신라향가 천년의 소망

본 출판물은 한국연구재단 2017년 저술출판지원사업
(과제번호:2017S1A6A4A01018968)의 지원을 받았습니다.

신라향가 천년의 소망

황병익

역락

신라향가 비석

1

2

1 **서동요薯童謠 시가비**
일연공원

2 **서동요 시가비**
부여 궁남지宮南池 주차장 뒤쪽

3

4

3 **모죽지랑가**慕竹旨郎歌 **시가비**
일연공원

4 **모죽지랑가 시가비**
죽령 고개 희방사 입구
(2018.07.21)

5

6

7

5 헌화가獻花歌 **시가비**
일연공원

6 제망매가祭亡妹歌 **시가비**
일연공원

7 찬기파랑가讚耆婆郎歌 **시가비**
일연공원

8

9

10

8 **찬기파랑가 시가비**
경주 계림鷄林

9 **안민가**安民歌 **시가비**
보문관광단지 보문호반길 현대호텔 옆 산책길

10 **도천수대비가**禱千手大悲歌 **시가비**
일연공원

11

12

11, 12 **처용가**處容歌 **시가비**

일연공원, 경주세계문화엑스포공원 내

13 **처용가 시가비**

처용암處容岩

13

14

14 일연의 영정과 일연찬가一然讚歌

"일연 국존國尊의 휘는 견명見明이요, 자는 회연晦然이었으나 뒤에 일연으로 바꾸었다. 속성은 김씨요, 경주 장산군章山郡 출신이다."(<군위 인각사 보각국존普覺國尊 정조탑비문靜照塔碑文>)
"오라 화산華山 기슭 인각사麟角寺로 오라. 하늘 아래 두 갈래 세 갈래 찢어진 겨레 아니라 오직 한 겨레임을 옛 조선朝鮮 단군檀君으로부터 내려오는 거룩한 한 나라였음을 우리 자손만대子孫萬代에 소식消息 전한 그이 보각국존普覺國尊 일연선사一然禪師를 만나 뵈러 여기 인각사로 오라"(2002.07.07. 고은, 일연찬가)
군위 인각사

15 일연선사一然禪師 부도탑

군위 인각사

15

16 삼국유사 기념 안내판
군위 휴게소

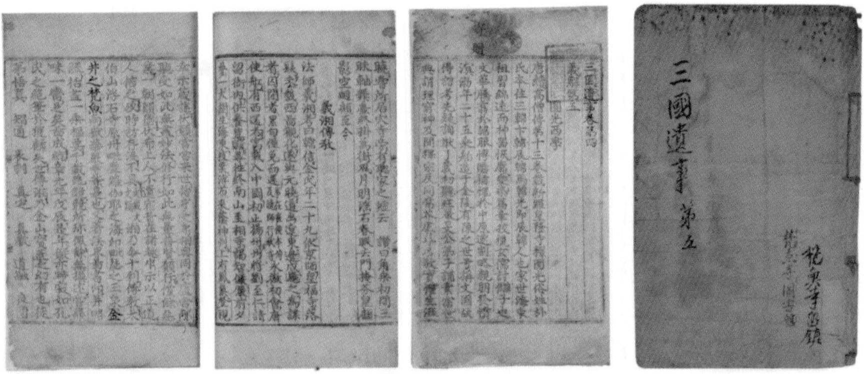

17 삼국유사 권4, 권5
일연 저, 1394년, 목판본 1책
경선스님, 범어사 성보박물관 신축기념 소장유물도록 범어사梵魚寺의 전적典籍, 범어사 성보박물관, 2018, p.14

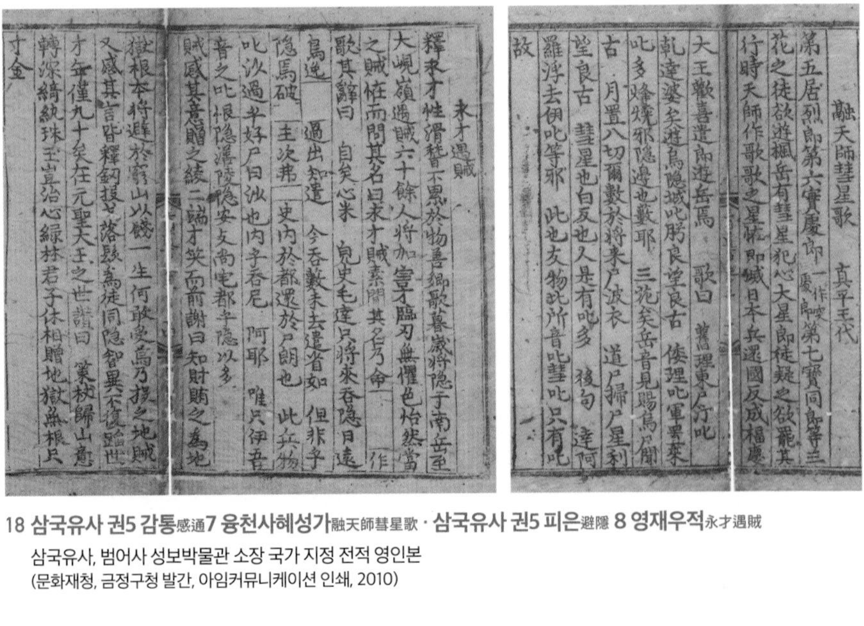

永才遇賊
釋永才性滑稽不累於物善鄕歌暮歲將隱于南岳至
大峴嶺遇賊六十餘人將加害才臨刃無懼色怡然當
之賊怪而問其名曰永才賊素聞其名乃命 作
歌其辭曰 自矣心米 皃史毛達只將來呑隱日遠
鳥逸 過出知遣 今呑藪未去遣省如 但非乎
隱焉破 主次弗 史內於都還於尸朗也 此兵物
叱沙過乎好尸曰沙也內乎呑尼 阿耶 唯只伊吾
音之叱恨隱潽陵隱安支尙宅都乎隱以多
賊感其意贈之綾二端才笑而前謝曰知財賄之爲地
獄根本將避於窮山以餞一生何敢受焉乃投之地賊
又感其言皆釋劒投戈落髮爲徒同隱智異不復蹈世
才年僅九十矣在元聖大王之世 讚曰 策杖歸山意
轉深綺紈珠玉豈治心綠林君子休相贈地獄無根只
寸金

融天師彗星歌 真平王代
第五居烈郎第六實處郎一作突處郎第七寶同郎等三
花之徒欲遊楓岳有彗星犯心大星郎徒疑之欲罷其
行時天師作歌歌之星怪即滅日本兵還國反成福慶
大王歡喜遣郎遊岳焉 歌曰 舊理東尸汀叱
乾達婆矣遊烏隱城叱肹良望良古 倭理叱軍置來
叱多烽燒邪隱邊也藪耶 三花矣岳音見賜烏尸聞
古 月置八切爾數於將來尸波衣 道尸掃尸星利
望良古 彗星也白反也人是有叱多 後句 達阿
羅浮去伊叱等邪 此也友物北所音叱彗叱只有叱
故

18 삼국유사 권5 감통感通7 융천사혜성가融天師彗星歌 · 삼국유사 권5 피은避隱 8 영재우적永才遇賊
삼국유사, 범어사 성보박물관 소장 국가 지정 전적 영인본
(문화재청, 금정구청 발간, 아임커뮤니케이션 인쇄, 2010)

19

19 인각사麟角寺 극락전極樂殿

"우리 동방 삼국의 삼국사기와 삼국유사는 다른 곳에서는 새겨진 일이 없고, 다만 본부本府에서만 새겨졌는데 세월이 오래 지나 문드러지고 떨어져 나가 한 줄에서 겨우 네댓 글자를 읽을 수 있게 되었다. 생각하건대 이 세상에 선비로 태어나서 여러 역사책을 두루 읽어 천하를 잘 다스리거나 못 다스리는 것, 흥하고 망하는 것, 여러 신비한 자취까지도 널리 알고자 하면서, 이 나라에 살면서 이 나라의 일을 몰라서야 되겠는가"(이계복李繼福, 『삼국유사』 발문跋文, 1512.12)

경북 군위군 고로면 삼국유사로 250

20

20 운문사 대웅보전大雄寶殿

1277년 일연 스님이 주지로 머물며 삼국유사의 집필을 시작했다고 알려진 곳이다.

"충렬왕 4년(1277)에 임금이 운문사 주지로 추대하여 청담淸談의 기풍을 크게 떨치게 하였다. 이로 말미암아 임금께서 스님을 공경하는 마음이 날로 깊어져 찬시를 지어 보냈다."

"1282년, 겨울 12월에는 충렬왕이 수레를 타고 친히 스님을 방문하여 법문을 들었다. 다음해 봄 임금께서 여러 신하들에게 이르기를, '나의 선왕들은 모두 석문釋門 중에 덕이 높은 스님은 왕사王師로 모시고 더 큰 스님은 국사國師로 추대하였거늘 과인만이 어찌 그렇게 하지 않겠는가! 지금 운문화상雲門和尙(일연)은 도가 높고 덕이 커서 국민이 함께 숭상한다. 과인도 스님의 자애로운 은혜를 크게 입었으니 마땅히 모든 국민들과 함께 존숭하리라." 하였다.(<군위 인각사 보각국존普覺國尊 정조탑비문靜照塔碑文>)

경북 청도군 운문면 운문사길 264

21

21 대견사 대견보궁大見寶宮

대견사는 부처님의 진신 사리를 모신 사찰이다. 일연(1206~1289)이 22세(1227)에 승과에 급제한 후 처음으로 주지로 부임하여 22년간 주석駐錫한 곳이다.

대구광역시 달성군 유가면 용리 산1

불교 계열 향가의 신앙 대상이 되는 다양한 부처 형상

22 석가모니불, 좌우로 아미타불과 약사여래불 세 부처의 모임
상주 용흥사 소장 괘불, 국립중앙박물관 도록

23 부석사 소조아미타여래좌상
극락, 즉 서방정토에 이르면 아미타불의 설법을 듣고 깨달음에 이르게 된다.
국보 45호, 고려시대(사진제공, 영주시 부석면 부석사 종무소)

24 **감산사**甘山寺
아미타불상阿彌陀佛像
(국보 82호, 감산사/국립중앙박물관 소장)

25 **감산사**甘山寺
미륵보살입상彌勒菩薩立像
(국보 81호, 국립중앙박물관 소장)

국립경주박물관, 특별전 문자로 본 신라, 세종문화사, 2002, pp.198-199. 본 소장처 감산사.
경주시 외동읍 신계리

26 **서산**瑞山
마애여래삼존상磨崖如來三尊像
(국보 81호, 국립중앙박물관 소장)

왼쪽부터 제화갈라보살입상, 석가여래입상, 미륵반가사유상의 삼세불三世佛
가운데 현세 석가여래불은 손바닥을 밖으로 하여 어깨높이까지 올려 물건을 주는 모양을 한 '시무외인'施無畏印, 손바닥을 밖으로 하여 내밀어 모든 중생의 소원을 만족시켜주는 모양, 여의보주나 감로수가 흘러 쏟아지는 모양을 한 '여원인'與願印의 포즈를 취하고 있다.
국보84호, 충남 서산시 운산면 마애삼존불길 65-13

24

25

26

27

27 제화갈라보살提華褐羅菩薩

석가모니불이 수행하던 시절에 석가모니가 장래에 부처가 될 것이라는 수기授記를 준 과거불의 보살 문수사리가 대답하였다.

"사갈라용왕에게 딸*이 하나 있었으니, 겨우 여덟 살이나 지혜가 있어 영리하였고, 중생의 모든 근기와 행업을 잘 알며 다라니를 얻었고, 여러 부처님들께서 설하신 매우 깊고 비밀한 법장을 다 수지하였습니다. 또한 선정에 깊이 들어 법을 요달하였으며, 찰나 사이에 보리심을 내어 물러남이 없는 법을 얻었으며, 변재가 걸림이 없고 중생을 어린아이처럼 사랑하고 공덕을 두루 갖추었습니다. 마음으로 생각하고 입으로 연설함이 미묘하고 광대하여 자비롭고 어질며, 그 뜻이 부드러워 능히 보리의 지위에 이르렀습니다."

지적보살이 다시 말하였다.

"내가 보니 석가모니불께서는 한량없는 겁 동안 어렵고 괴로운 수행을 하시고 많은 공덕을 쌓아 보리의 도를 구하시되 일찍이 쉰 일이 없으며, 삼천대천의 큰 세계를 볼 때 아무리 작은 겨자씨만한 땅이라도 이 보살이 신명을 버리지 않는 데가 없나니, 이것은 중생을 위하기 때문입니다. 이렇게 하신 뒤에 보리의 도를 이루셨거늘 이제 용녀가 잠깐 동안에 정각을 이루었다는 것은 잘 믿어지지 않습니다."

그 말이 채 끝나기도 전에 용녀가 홀연히 앞에 나타나 머리 숙여 예경하고 한쪽에 물러나 있더니 게송으로 찬탄하였다.

(이운허 역, 『묘법연화경』 권4, 제바달다품)

* 그때 용녀에게 한 보배 구슬이 있었으니, 그 값은 삼천대천 세계와 같았다. 그것을 부처님께 받들어 올리니 부처님께서 곧 받으시거늘 용녀가 지적보살과 존자사리불에게 말하였다. "제가 지금 이 보배구슬을 세존께 받들어 올리니, 곧 받으셨거늘 이 일이 빠르지 않습니까?"
  그들이 빠르다고 대답하니, 용녀가 다시 말하였다.
  "여러분들은 신통력으로 성불하는 것을 보십시오. 이보다 더 빠를 것입니다."
  그때 모인 대중이 용녀를 보니, 홀연 남자의 몸으로 변하여 보살행을 갖추고, 남방의 청정한 세계에 가서 보배 연꽃에 앉아 등정각을 이루었다."

28

28 미륵반가사유상彌勒半跏思惟像

(미래불)

대승불교의 보살로서 자씨慈氏보살이라고도 한다. 미륵보살은 인도 바라내국의 바라문 가문에서 탄생하여 석가모니의 가르침을 받고 미래에 성불할 것이라는 수기授記를 받은 후에 도솔천에 올라가 지금도 그곳에서 설법을 하고 있다고 한다. 미륵보살은 석가모니가 열반에 든 지 56억 7천만 년이 지나서 사바세계에 나타나 화림원華林園 안의 용화수 아래에서 성불하여 3회의 설법을 통하여 모든 중생을 제도한다고 한다. 미륵신앙은 대승불교의 종말론적 구원신앙의 대표적 형태로서, 우리나라에서는 삼국시대 이후 널리 유행하였다.

반가사유상은 왼쪽 다리를 내리고 오른쪽 다리를 얹은 반가부좌 자세로, 왼손은 오른쪽 다리의 발목을 잡고, 오른 팔꿈치는 무릎 위에 붙인 채 손가락을 뺨에 살짝 대고 깊은 생각에 잠겨 있는 보살상이다. 원래는 부처가 출가하여 중생구제라는 큰 뜻을 품고 고뇌하는 태자사유상太子思惟像에서 유래했다. 인도에서는 3세기경 간다라와 마투라 조각에 나타난다. 중국에서는 5세기 후반 윈강雲岡 석굴에서 이미 나타나지만 6세기 후반 북제시대에 가장 성행했으며, 명문을 통해 주로 태자사유상으로 제작되었음을 확인할 수 있다. 이에 비하여 우리나라와 일본의 반가사유상은 미륵보살로 추정된다. 석가모니 이후에 나타날 미륵불은 지금 미륵보살로서 태자사유형의 자세를 취하는 것이 자연스럽기 때문이다.(김승동, 『불교사전』, 민족사)

29

30

29 경주 남산 칠불암七佛庵 마애불상군磨崖佛像群

왼쪽 바위의 삼존불은 왼쪽부터 순서대로 문수보살, 석가모니불, 보현보살이고, 오른쪽 바위에는 사방불四方佛이 새겨져 있다.

30 경주 남산 칠불암 마애불상군 뒤쪽 신선암

31

32

33

31 마곡사麻谷寺 **5층석탑과 탑신부의 탑본**

(한봉규, 2012.5) 탑신에는 위쪽 왼쪽부터 동면 아촉불 서면 아미타불, 아래쪽에는 남면 보상불 북면 미묘성불을 새겼다. (국립공주박물관, 마곡사 근대불화를 만나다, 우진비앤피, 2012, pp.24-25).

충남 공주시 사곡면 운암리 567.

32 금동관음보살입상金銅觀音普薩立像

중앙에 부처의 모습이 새겨진 보관寶冠을 쓰고 손에는 정병淨甁을 들고 있다. 7세기 전반부터 보관에 부처의 모습이 나타나 이 시기에 본격적인 관음 신앙이 확립되었음을 알 수 있다.

국보 127호, 서울 삼양동 발견, 삼국시대 7세기 전반

국립중앙박물관 소장

33 석조십일면관음보살입상石造十一面觀音菩薩立像

경주 낭산 중생사지衆生寺址 출토, 통일신라, 8세기

머리 위 중앙까지 11개의 얼굴이 있어 11면 관음보살이라 한다. 경전에 따르면, 정면은 보살의 얼굴인데, 자비로운 마음으로 중생에게 즐거움을 주기 위한 것이라고 한다. 왼쪽의 셋은 분노하는 모습인데, 슬픈 마음을 일으켜 약한 중생을 구제하기 위한 것이고, 오른쪽 셋은 흰 이를 드러낸 모습인데 바르게 행하는 사람을 더욱 권면하기 위한 것이다. 보이지 않지만 뒤쪽 얼굴 하나는 웃는 모습으로 모든 중생을 웃음으로써 거두어들인다는 의미가 있다. 이렇게 머리띠처럼 일렬로 배치한 예는 중국이나 일본, 인도 등지에서도 찾아볼 수 없는 신라만의 독창적인 모습이라고 한다.

국립경주박물관 설명문

34 쌍계사雙溪寺 진감선사비眞鑒禪師碑

"평소 범패를 잘했는데, 그 목소리가 금옥 같았다. 측조側調에 나를 것 같은 소리는 상쾌하면서도 슬프고 구성져서, 능히 천상계의 모든 신불로 하여금 환희케 하였다. 길이 먼 곳까지 흘러 전함에, 배우려는 사람이 승당을 가득 메웠는데, 가르치기를 게을리 하지 않았다."(최치원 찬, 최영성 校註, 『校註 四山碑銘』, 이른아침, 2014, p.208)는 쌍계사 진감선사眞鑒禪師, 774~850)가 범패를 잘했음을 알려준다.

<도솔가>에서 경덕왕 19년(760년) 해가 2개 나타나 열흘 동안 사라지지 않을 때, 관습적으로는 범패를 통해 그 재이災異를 없애고자 한 듯하다. 이를 통해 볼 때, 성범聲梵, 범패은 8세기 중반 이전에 이미 신라에 전해져서 재齋를 올릴 때 연주하고 불렀고, 향가가 범패를 대등하게 대체하기도 했음을 알 수 있다.(박노준, 향가와 인연이 있는 군주들이 남긴 자취, 『향가여요 종횡론』, 보고사, 2014, p.61).

향가의 가창 상황에 대한 자료는 거의 없지만, "남녀와 승려와 속인이 함께 절에 모여, 낮에는 강의를 듣고 밤에는 예불禮佛·참회를 하며 불경과 차제次第를 들었다. 모이는 승려 숫자는 40명이다. 불경의 강의나 예불·참회는 신라 풍속을 따른다. 황혼과 새벽에 있는 2차례 예불·집회는 당唐 풍속에 따르지만, 그 밖의 의식은 신라어로 한다.(『입당구법순례기入唐求法巡禮行記』)를 보면, 신라풍(향풍)의 범패와 당풍의 범패, 일본사회에서 불리던 일본풍 범패가 있었음을 알 수 있다. 宋芳松, 『韓國音樂史論攷』, 영남대학교출판부, 1995, pp.89~90) 839년 11월 22일에 행한 음곡音曲도 모두 신라의 것이었는데, "이 불경을 어찌할 것인가 云何於此經", "바라건대 부처께서는 미묘함과 비밀스러움을 열어주소서願佛開微密"라는 구절을 외웠다 전하는 것을 볼 때, 향가는 다양한 불교 의례와 집회·참회·독경과 연관 지어 그 연행 방식을 확인해야 할 것으로 보인다.

34

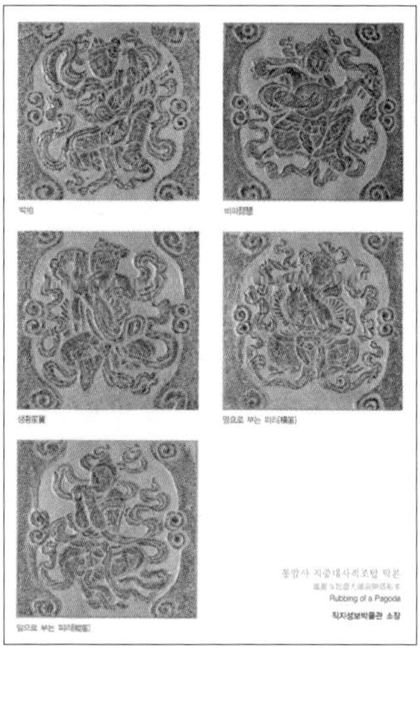

35 봉암사鳳巖寺 지증대사적조탑

통일신라 지증대사의 부도 기단부 중대석 부분에 악기를 연주하고 있는 천인天人들의 모습이 새겨져 있다. 악기는 타악기인 박, 현악기 비파, 관악기 생황笙簧과 옆으로 부는 피리, 세로로 부는 피리 등이다.

국립중앙박물관·국립국악원, 『우리 악기, 우리 음악』, 통천문화사, 2011, p.60.

경북 문경시 가은읍 원북로 485

36

37

36 **감은사感恩寺터 서3층석탑 전각모양 사리기 내함**

통일신라. 전각 모양 사리기의 네 모서리에는 악기를 연주하고 있는 천인들이 표현되어 있다. 악기는 비파, 동발, 옆으로 부는 피리, 요고 등인데, 연주하는 천인들의 모습이 매우 역동적이다. 동발은 오늘날의 심벌즈보다 작은 크기로 안쪽이 오목하게 들어간 형태로, 지금까지 확인된 삼국시대 금속 타악기로서 유일한 사례이다.
국립중앙박물관 소장
국립중앙박물관 · 국립국악원, 『우리 악기, 우리 음악』, 통천문화사, 2011, p.51.

37 **감은사感恩寺터 서3층석탑 전각모양 사리기 내함에 만들어 둔 천인의 악기 연주 모습. 비파/횡적**(옆으로 부는 피리)

통일신라, 국립중앙박물관 소장
국립중앙박물관 · 국립국악원, 『우리 악기, 우리 음악』, 통천문화사, 2011, pp.52-53.

38 **계림로 30호분 출토 신라시대 목이 긴 토기, 국립경주박물관, 국보 195호**

풍요를 기원하는 토우와 함께 신라금을 연주하는 모습을 토우로 만들어 붙인 것이 특징이다.

38

향가 작품 관련 공간과 유산

39

40

39 서동공원薯童公園 **궁남지**宮南池

충남 부여군 부여읍 궁남로 52
<서동요薯童謠>

40 서동공원 야외 무대의 상징조형물

충남 부여군 부여읍 동남리 187-2
<서동요>

41 서동공원 궁남지宮南池**와 포룡정**抱龍亭

<서동요>

42

42 미륵사지 서탑, 미륵산 사자사 부근에서 내려다 본 미륵사지 동서탑

"무왕이 왕비와 사자사에 행차하는데 용화산 아래 큰 연못에서 미륵삼존이 나왔다."
왕비가 왕에게, "이곳에 큰 절을 세우는 것이 제 간곡한 소원입니다."
왕이 이를 허락하고 못을 메워 미륵사를 창건했다. <서동요>

전북 익산시 금마면 기양리 32-9

43 불탑사지佛塔寺址 건달바

"세 화랑의 무리가 금강산에 수련을 떠나려 하는데, 혜성이 나타나 심대성心大星을 침범하였다. 화랑의 무리들은 꺼림칙하게 여겨 수련을 그만두려 하였다. 그때 융천사가 <혜성가>를 지어 부르니 혜성의 변괴가 즉시 사라지고 일본 군사가 저희 나라로 돌아가 도리어 복이 되었다."
<혜성가彗星歌>

경주시 남산4길 48-10

43

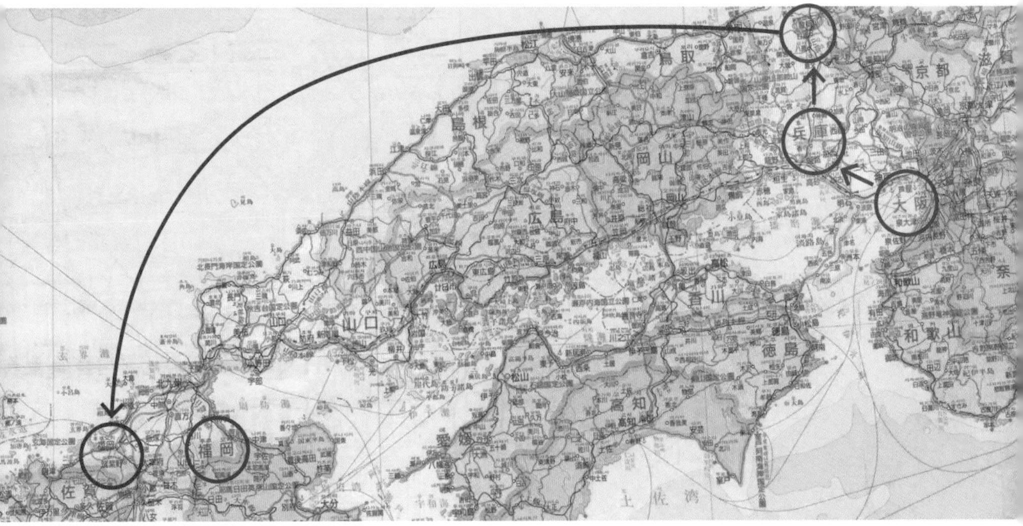

44 진평왕대 일본군사의 주둔지

진평왕대 <혜성가>와 관련 설화에는 왜군이 침략했다가 향가를 부르니 물러갔다고 했지만, 『삼국사기』에는 당시에 왜군이 쳐들어온 기록이 없다. 그러나 『일본서기』는 임나 지역을 합병한 신라에 대한 적개심과 침략 계획을 자주 적고 있다. 팩트를 체크해보니, 일본의 신라 정벌 계획은 주둔지 체류 기간이 길고, 군사들의 내부사정으로 인해 오사카大阪, 난바難破 宮-城, 大阪府 大阪市 中央區, 하리마播摩, 兵庫縣 加古郡, 아카이시赤石, 兵庫縣 豊岡市, 후쿠오카/츠쿠시筑紫, 福岡縣 筑紫野市를 넘지 못하였다.(일본군 동선 붉은 동그라미. 최종한, 일본전도, 지우사, 2002 활용) <혜성가>

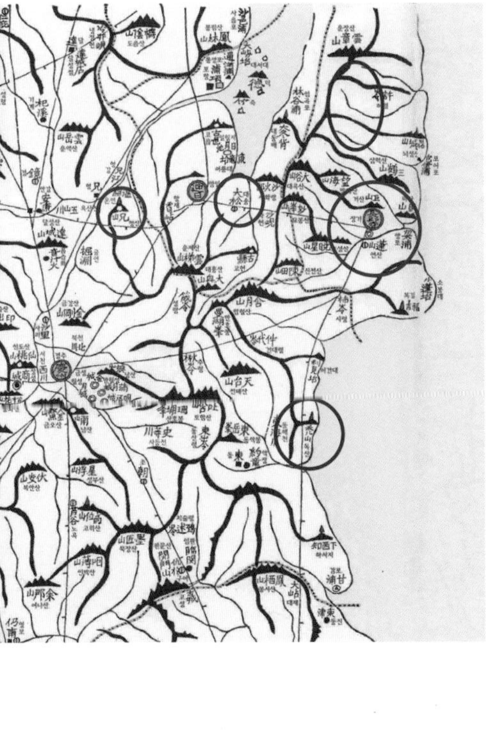

45 발산봉수대鉢山烽燧臺

보라색 동그라미로 표시한 부분이 구룡포해수욕장 부근 발산봉수대가 위치한 곳이다. 발산봉수대(화보 46)는 조선 중기에 생긴 것으로 소개하고 있다. 장기 아래의 복길 봉수는 남으로 경주 독산에 응하고, 북으로는 뇌성산에 응한다.(신증동국여지승람 장기현) 경주의 형산봉수는 영일의 사화랑산(대송 오른쪽) 봉수에 응한다.(동경잡기 권1, 봉수)
지도, 도편 최선웅, 해설 민병준, 해설 대동여지도, 진선출판사, 2017, p.216. <혜성가>
포항시 남구 구룡포읍 구룡포리 산1번지

의운정倚雲亭은 객관의 북쪽에, 인빈당寅賓堂 은 의운정의 서쪽에 있다. "김종직의 기에 "동녘 바닷가에 고을이 있으니, 그 이름은 영일迎日, 혹은 임정臨汀이라 하는데, 대개 신라 동편 가에 위치한다.", "동북쪽으로 7리를 가면 큰 바다가 있는데, 거센 파도가 하늘에 맞닿았고, 신기루가 저자를 이루었으니, 곧 일본의 서녘 바다이다. 산과 바다 사이에는 전원이 넓고 크고, 내와 못이었으며, 겹겹이 쌓인 곳에 언덕이 있어 그 이름 피막皮幕이요 정자가 있으니 이름이 대송大松이다." (『신증동국여지승람』 권23, 영일현 누정) <혜성가>에서 동쪽 물가에 신기루가 나타났다고 언급했는데, 위에서는 영일현을 신라의 동쪽 바다 끝東海之濱이라 했고, 여기에서 신기루가 시장을 이루었다고 했다. 또 영일의 대송은 위에서 언급한 대송정에서 유래한 지명일 가능성이 높다. 그러므로 <혜성가>에서 신기루를 보고 왜군으로 오해하여 봉화를 올린 해프닝을 일으킨 동쪽 물가는 영일迎日이나 장기長鬐 부근에 있는 봉수대를 말한 것으로 보인다.

46, 47

46 발산봉수대

진평왕대 <혜성가>

47 발산봉수대에서 바라본 동해 동쪽 방향

왜군이 신라를 침략할 때 저 배들이 떠 있는 곳을 지나쳐왔을 것이다. <혜성가>

48 석장사錫杖寺 벽돌과 불령사佛靈寺 벽돌탑

"양지良志 스님은 신기하고 괴이하여 다른 사람이 다 헤아리지 못했다. 잡다한 기예에 통달하여, 글씨에 뛰어나고 영묘사의 장륙삼존과 천왕상, 기와와 8부신장, 주불삼존, 금강신 등을 모두 빚었다. 영묘사와 법림사의 벽돌을 조각하여 하나의 작은 탑을 만들었다.(삼국유사 양지사석)

불령사, 경북 청도군 매전면 용산3길 99-8

<풍요風謠>

48

49

50

49 극락으로 가는 배

(국립중앙박물관)

50 극락에서 설법하는 아미타불

(국립중앙박물관)

"문무왕 때, 광덕廣德과 엄장嚴莊이 먼저 서방으로 가게 되면 서로 알리자고 약속했다. 광덕이 먼저 엄장의 집 창 밖에서, '나는 이제 서방으로 가네. 자네도 빨리 나를 따라 오게!'라고 했다.

엄장이 문을 밀치고 나가보니 구름 위에서 하늘의 음악 소리가 들려오고 밝은 빛이 땅까지 뻗쳤다.

<원왕생가願往生歌>

51 승마 기구, 모죽지랑가의 창작 배경 부산성

"죽지랑竹旨郞이 익선을 찾아가 득오의 휴가를 청하였으나 거절당하였다. 간진侃珍이 아랫사람을 귀하게 여기는 죽지랑의 마음을 귀하게 여겨, 걷어서 성 안으로 가져가던 세금 30석을 익선에게 주면서 도움을 청했으나 여전히 휴가를 허락하지 않았다. 이에 진절珍節이 말안장을 주니 그제서야 휴가를 허락하였다. 조정의 화주가 그 소식을 듣고 익선을 잡아다가 처벌을 내리려 했으나 익선은 달아나 숨으므로 익선의 맏아들을 잡아다 성 안의 못에 넣어 목욕시키니 그대로 얼어 죽고 말았다."

<모죽지랑가慕竹旨郞歌>

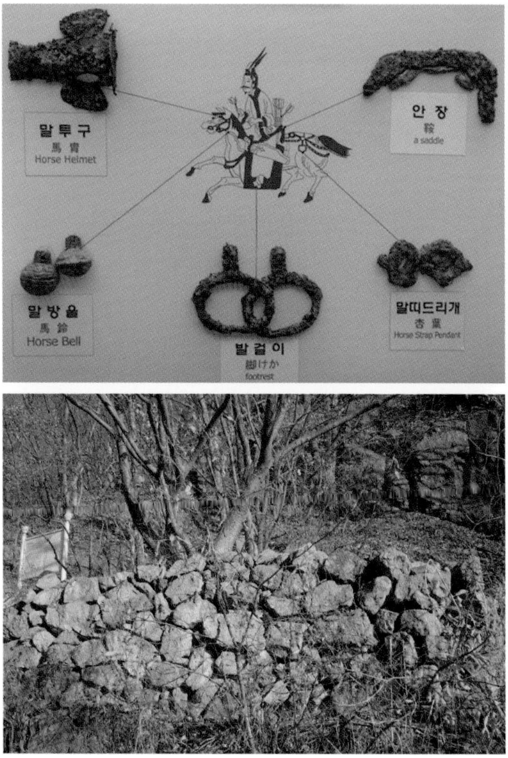

51

52

53

52 **소백산 정상 비로봉의 철쭉**(2018.05.19)

"누가 내게 저 꽃을 꺾어 주겠소? "
"사람이 오를 수 없는 곳입니다."
다들 나서지 못하였으나 소를 끌고 가던 노인이 꽃을 꺾어와 노래 부르며 바쳤다. <헌화가獻花歌>

53 **흥륜사**興輪寺 **뒤뜰의 잣나무와 단속사지**斷俗寺址 **당간지주**

효성왕이 왕위에 오르기 전, 궁궐 잣나무 아래에서 신충에게, "훗날에도 당신을 잊지 않겠다. 저 잣나무가 증명할 것이다." 신충이 <원가>를 지어 잣나무에 붙였더니 나무가 갑자기 시들어버렸다. <원가怨歌>
경북 경주시 국당3길5(흥륜사) 경남 산청군 단성면 운리 333(산속사지)

54

55

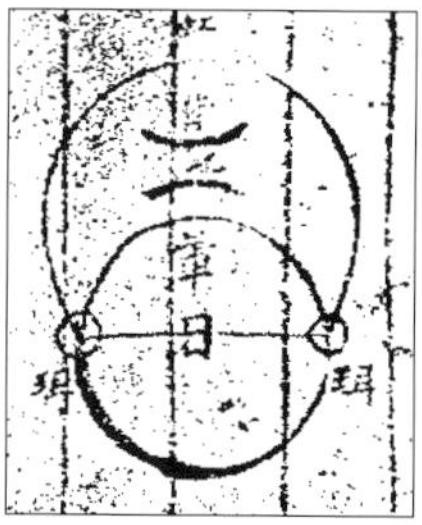

56

57

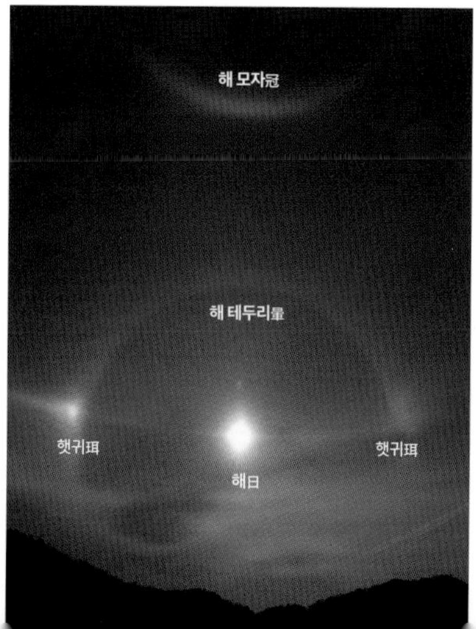

54 쌍계사의 명문 직심直心

경덕왕 19년(760) 4월 초하루에 두 해가 나란히 나타나 열흘 동안 사라지지 않기에 인연 있는 스님 월명사月明師를 시켜 노래 부르게 했더니, 해의 변괴가 곧 사라졌다고 한다. 이때 월명사는 꽃을 향해 곧은 마음의 명을 받들라 하였는데, 곧은 마음의 명이 바로 직심直心이다. 위의 왼쪽 명문에 "직심直心으로 부지런히 수행하면 이리二利가 모두 원만히 이루어진다直心勤修行 二利俱圓成" 했으니, 여기서 직심이란 진리를 바르게 보는 마음, 한결같은 마음, 정직하고 거짓 없는 마음을 뜻한다. 이란 자리自利와 이타利他를 말한다. 자리란 스스로의 힘으로 수행하는 것이고, 이타란 부처의 마음으로 다른 사람의 복까지 빌어주는 것이다. 부처는 이 둘을 모두 이루었으니, 수행자들에게도 직심으로 수행하라는 길을 일러준다. <도솔가兜率歌>

경상남도 하동군 화개면 쌍계사길 59, 쌍계사雙磎寺

55 환일幻日 현상

柴田清孝 저, 김영섭 · 김경익 역, 『대기 광학과 복사학』, 시그마프레스(주), 2002, 책머리 화보) 양쪽 햇귀의 바깥쪽에 청색, 안쪽에 붉은색이 분명하게 식별된다. 빛의 삼원색이라면 가운데는 녹색이어야 하겠는데, 색깔이 약해서 『고려사』에는 청적백색이라고 묘사했다.

56 「풍운기」의 백홍관일

16일, 니넘 연구소 소장, 조선고대관측기록조사보고서, 스케치(안상현, 우리 혜성 이야기, 사이언스북스, 2013, p.148) 가운데 맨 위부터 각각 햇등背, 해 모자冠, 해 테두리/무리暈, 해日라 적었고, 해의 왼쪽과 오른쪽에 햇귀珥를 표시하였다.

<도솔가>

57 부석사의 환일幻日현상

「풍운기」의 기록을 바탕으로 그린 환일 현상의 세부 명칭. 가운데 해, 해의 왼쪽과 오른쪽에 햇귀, 해의 위에 해 테두리, 테두리 윗부분의 해 모자

부석사 박물관 촬영(2017년 3월 12일), 부석사의 환일幻日 현상
http://www.pusoksa.org/05/photo/view

58

59

58 입천廿川과 이어지는 대종천의 모습

충담사忠談師가 남산 삼화령 미륵세존께 차를 끓여 바치고 내려오는 길인데, 왕이 자신에게도 차 한잔을 끓여 달라 했다. 차에서 향내가 풍겼다.
왕이 말하였다. "짐은 일찍이 대사가 기파랑耆婆郎을 찬미한 사뇌가의 뜻이 매우 높다고 들었는데, 정말 그런가?"
"그렇습니다."(삼국유사 경덕왕 충담사 표훈대덕)

입천은 경주시 양북면 입천리이고 대종천은 양북면 어일리와 용당리 구길리로 이어져 이견대利見臺 앞바다에 이른다. 모두 자갈과 모래로 이루어져 흐르는 물이 갈라져 흐른다는 특징이 있다. <찬기파랑가讚耆婆郎歌>

59 삼화령三花嶺 미륵세존彌勒世尊

삼화령 미륵세존께 차 공양을 드리고 오는 충담사에게 왕이 말하였다.
"그렇다면 짐을 위해 <안민가>를 지어보라."
충담은 왕명을 받들어 노래를 지어 바쳤다. 왕이 아름답게 여겨 왕사王師로 봉했으나 그는 삼가 절하며 간곡히 사양하고 떠났다.(삼국유사 경덕왕 충담사 표훈대덕)

<안민가安民歌>

60 **분황사**芬皇寺 **3층석탑**

"경덕왕 때 희명希明의 아이가 태어난 지 5년 만에 갑자기 눈이 멀자 그 어머니가 아이를 안고 분황사 왼쪽 전각 북쪽 벽에 그려진 천수대비 앞으로 가서 노래를 지어 빌게 했더니 멀었던 눈이 떠졌다." 한 것으로 보아, <도천수대비가>는 분황사에서 지은 작품이다.(삼국유사 분황사천수대비맹아득안)

<도천수대비가禱千手大悲歌>

61 **불국사**佛國寺 **미륵전**彌勒殿 **천수천안관음보살상**

62 **청도군 청도읍 상리**

멀리 화악산華岳山이 보이는데, 이 지역은 영재가 도적을 만난 대현령大峴嶺의 유력한 후보지다.

<우적가遇賊歌>

60

61

62

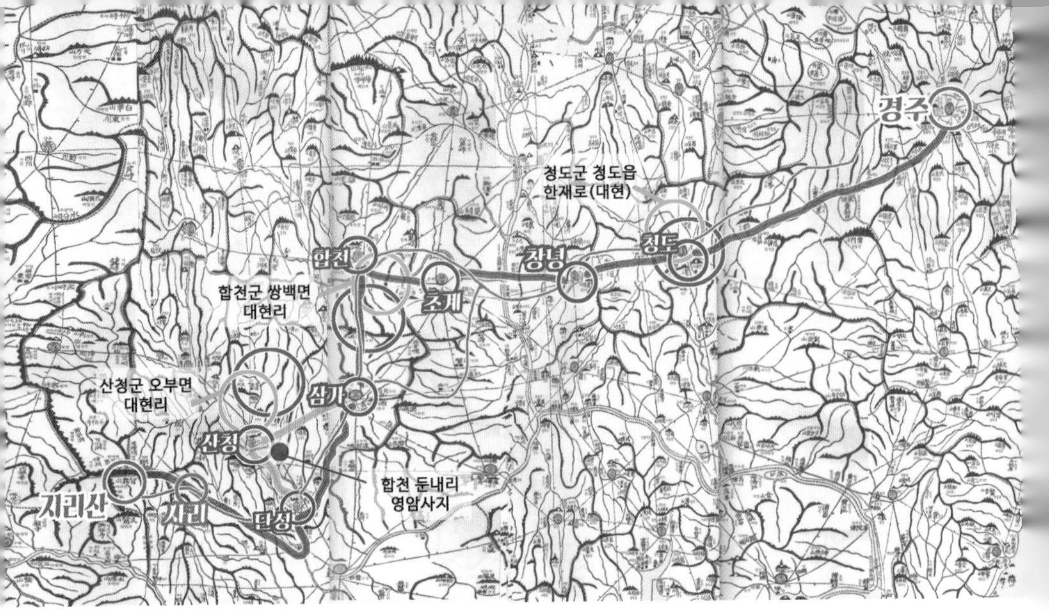

63 영재 스님의 이동 경로를 추정한 지도

신라시대의 길을 정확히 밝히기는 불가능하다. 위의 지도는 김정호『대동여지도』에 표시된 길을 따라 경주부터 지리산까지 굵은 선으로 표시한 것이다. 갈색 실선은『새 문화유적지도』(부록, 한국문화재보호재단, 2003)에 표시된 지금의 길을 따라 표시한 것이다. 오른쪽 지도는 고산자 김정호의 대동여지도를 새롭게 편집하고 색을 입힌 자료(도편 최선웅, 해설 민병준, 해설 대동여지도, 진선출판사, 2017, pp. 216-230)를 활용하였다. <우적가>

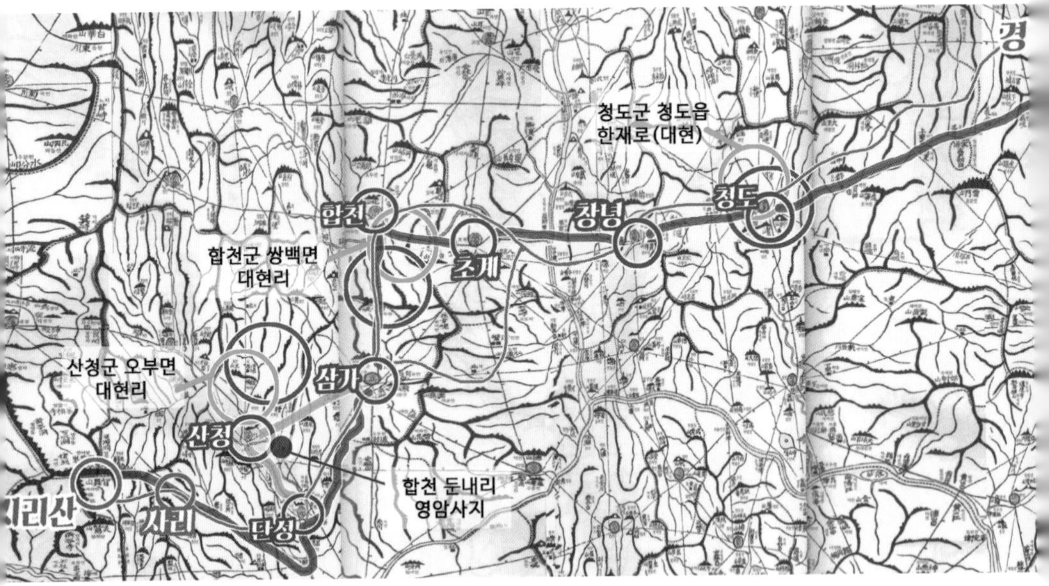

64 영재 스님의 이동 경로를 추정한 지도(확대본)

<우적가>를 지은 영재 스님은 늘그막에 남악(지리산)에 들어가 은거하려고 가다가 대현령大峴嶺에서 도적 60명을 만났다."(삼국유사 영재우적) 성호경을 비롯한 대부분의 학자들은 청도읍의 대현(한재)을 대현령이라 설명(성호경, 신라향가연구 -바른 이해를 위한 탐색, 태학사, 2008, pp.275-287)하고, 신재홍은 이 외에도 합천이나 산청의 대현리일 가능성을 제시한다.(신재홍, 향가 서정 여행, 월인, 2016, pp.119-125) 갈색으로 굵게 표시한 대동여지도의 통행로가 자연환경과 생활환경에 따라 이전부터 자연스럽게 발생하여 쭉 유지되어 왔다면, 경주에서 지리산까지 가는 길목에서 영재가 도적(강도)를 만날 가능성이 있는 곳은 청도와 합천의 대현령 두 곳 중 하나일 수 있다. <우적가>

65

65 **영암사지**靈巖寺址 **쌍사자 석등**

화보 64, 65에서 합천 부근에 보라색 점으로 표시한 부분으로 신라시대 사찰 터로 유명하다. <우적가> 참고 자료

경남 합천군 가회면 황매산로 637-97

66

66 **처용공원**處容公園 **고가도로 기둥에 새긴 처용무**處容舞**와 처용암**處容岩

처용의 아내가 매우 아름다워서 역신疫神이 흠모하여 사람으로 변하여 밤마다 그 집에 와서 몰래 자곤 하였다. 처용이 밖에 나갔다가 집으로 돌아와 역신이 아내를 범하는 것을 보고는 물러나 춤을 추며 <처용가>를 불렀다.

그때 역신이 형체를 드러내 처용 앞에 꿇어앉아,

"제가 공의 처를 탐하여 범했음에도 공은 노여워하지 않으니 감동스럽고 아름답습니다. 맹세코 오늘 이후로는 공의 형상을 그린 그림만 보아도 그 문 안으로 들어가지 않겠습니다."(삼국유사 처용랑 망해사) <처용가處容歌>

신라 왕실 세계도世系圖와 향가

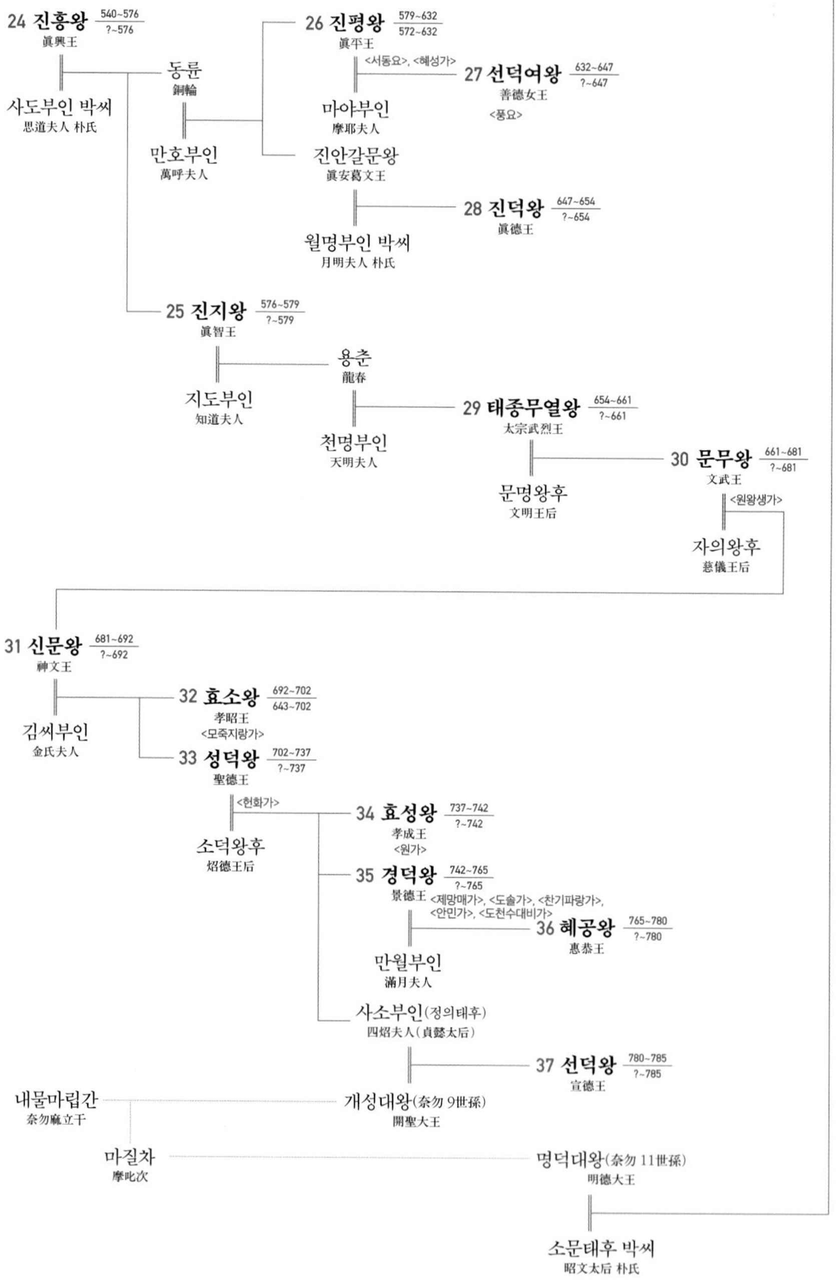

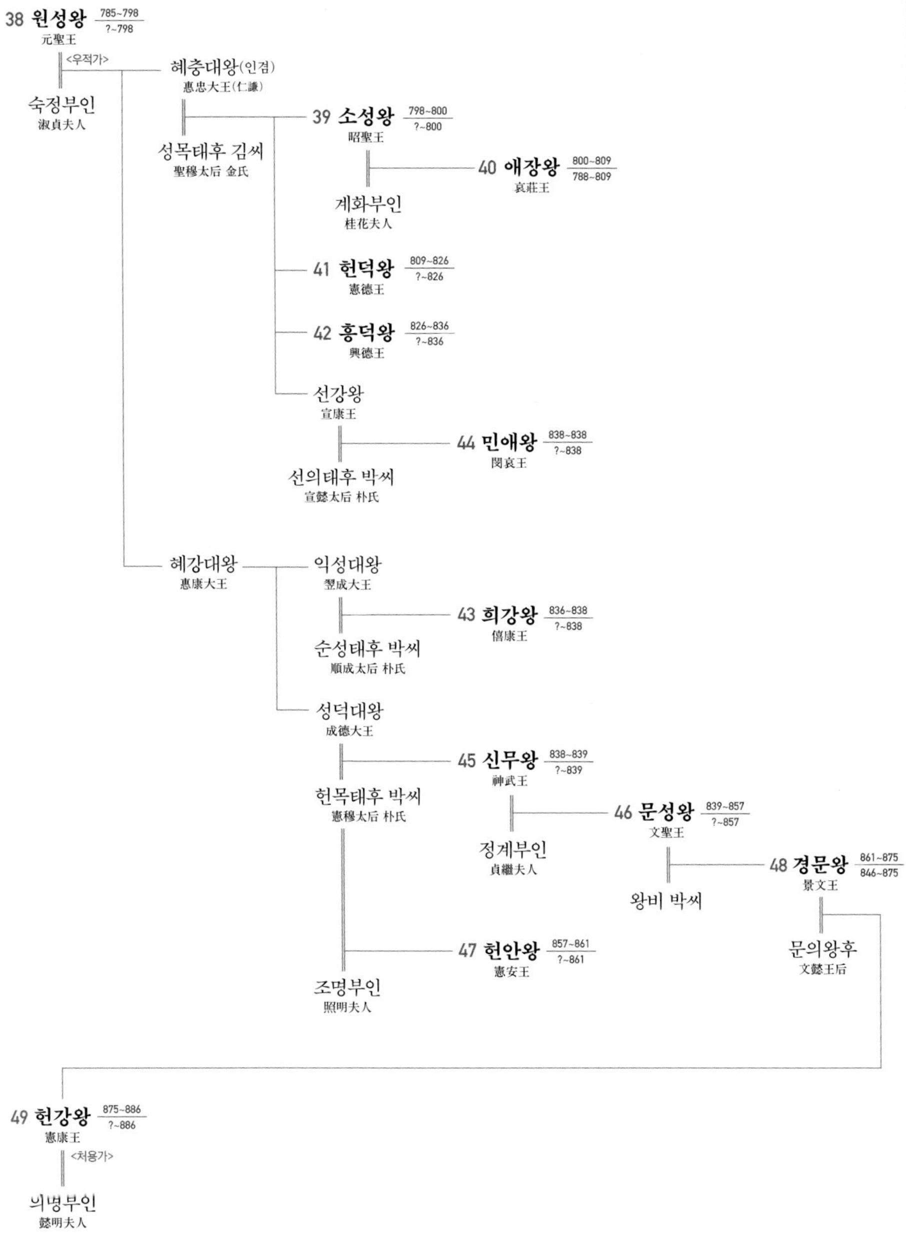

위의 세계도는 신라 24대 진흥왕부터 49대 헌강왕까지의 왕위 계승 과정 가운데 직계만을 추려서 그린 것이다.(출전 : 金貞培, 고대 편람, 『한국정신문화대백과사전』 26 연표 • 편람, 한국정신문화연구원, 1995, pp.11~13) 여기에 『삼국유사』의 기록에 따라, 해당 왕대에 창작된 향가 작품을 적어 넣었다.

책머리에

신라인의 고민을 함께 나눈 나날들

향가鄕歌는 우리가 고유한 문자를 갖지 못하고 동아시아 공동문어共同文語인 한자를 빌려 쓰던 시대의 문화유산이다. 우리말과 한문은 소릿값과 문장 순서에 차이가 있는데, 향가는 베트남의 자남字喃(chanom), 일본의 가명假名(kana)에 견줄 수 있는 차자표기법借字表記法인 향찰鄕札을 활용하여 우리말 노래의 음과 뜻을 우리말 어순에 따라 배열함으로써, 백성들의 마음을 온전히 담고 향가의 특유성과 고유성을 고스란히 간직했다.

1918년에 일본인 학자 가나자와 쇼자부로金澤庄三郎가 <처용가處容歌>를 해독하고, 오구라 신페이小倉進平가 향가 전체를 다룬 『鄕歌及び吏讀の研究』(1929)를 내는 바람에, 양주동梁柱東 박사는 우리 문학의 가장 오랜 유산, 더구나 문화 내지 사상의 최고 원류인 향가를 외인의 손을 빌려 해독했다는 자괴감에 빠져, 우리의 언어와 학문까지 저들에게 빼앗겼으니 한 민족이 다만 총칼에 의해서만 망하는 것이 아니라는 슬픔을 안고 『조선고가연구朝鮮古歌研究』(1942)를 완성했다. 권덕규權悳奎(1923), 신채호申采浩와 같은 초기 향가 학사들의 연구는 요즘까지도 크나큰 사명감과 책임의식을 부여한다.

그러나 향가 연구의 길은 그리 녹록치 않다. 양박사의 바통을 이은 김완진金完鎭 교수는 『향가해독법연구鄕歌解讀法研究』(1980)를 통해 모든 향가 작품에 대한 짤막하면서도 명쾌한 연구 성과를 내놓고도, 향가 해독의 길은 멀고도 험난하니 우리가 부단히 정진한다 하더라도 그 본의에 맞고 어지간히 만족할 만한 성과에 도달하려면 아직도 줄잡아 50년은 걸릴 것이라 점쳤다. 또, 욕심이야 한량이 없겠지만 아직은 누구도 천 년 전의 선민에게 묻고 천 년 뒤의 후손에 기약하겠다고 호기를 부릴 처지가 못 된다는 겸사로 가슴을 뭉클하게 했다. 내가 높은 벽에 막히어 좌절할 때마다, 앞으로 열 번이고 스무 번이고 다시 다듬어져야 할 것이고, 한 계단 한 계단 짚어 올라갈 것이지 결코 몇 십 계단을 단숨에 뛰어넘을 수 없다 하신 김 교수의 글, 고대어와 중세어 표기에 대한 충분한 성과가 축적되지 않는 한 누구도 선뜻 향가 해독의 결과에 만족할 수 없을 것이라는 신재홍 교수의 말은 내게 도리어 위안이 되곤 했다.

학술서는 늘 창의적이고 참신한 답을 요구하지만, 이미 더 이상 손볼 데가 없을 만큼 완성도 높은 선행업적도 많아서 경탄스러웠다. 향가 연구는 이제 최근 몇 십 년의 난만爛漫한 성과에서 보편타당한 이론을 종합하여, 중고등 교육 현장과 연계성을 높여나가야 미래를 밝힐 수 있다. 선학들이 피땀눈물로 고급 비단길을 깔아주었음에도 불구하고, 여전히 의문을 남기는 부분은 있다. 선뜻 이해할 수 없거나 미심쩍은 부분에 대해 새로운 대안을 찾다 보니, 어설프게 인접학문 분야의 경계선을 넘었다. 그러다 문득 내가 섣불리 이 선을 넘어도 될까 하는 의문이 생겼다. 영역의 확장이라 애써 위무해도 주제넘고 오지랖 넓은 과욕일지 모른다는 자책이 나를 괴롭혔다. 때마침 과학 분야와 인문학을 자유자재로 넘나드는 분을 만나, 일단 두려움은 묻어두고 도전에 의미를 두라는 격려사를 들은 후에 마음이 조금 편해졌다. 국경을 넘는 일은 늘 설레지만 긴장과 두려움을 동반한다더니 학문의 선을 넘는 일도 마찬가지인 것 같다.

『삼국유사』가 설화를 반영한 기록이다 보니 문학과 역사의 경계를 찾지 못하고 허둥댄 적도 한두 번이 아니었고, 기존의 고견을 최대한 수렴하고 경청하려고 애썼지만 쉽지 않았다. 향가를 그 시대 보편적 생활문화와 사고방식의 기반 위에서 이해하겠다는 취지를 가지고, 문학과 역사적 고증에 치중하다 보니 엉성한 해독 논리에 대한 질정叱正이 많았는데 그때마다 실증 자료를 찾고자 안간힘을 썼다. 그 과정에서 향가는 신라인들이 신분을 뛰어넘어 소통하는 수단이었고, 국가적 재난을 물리치기 위해 부처나 신을 구심점으로 뭉치게 하던 도구였으며, 질병 등 개인의 일상적 삶과 애환과 소망을 담던 그릇이었고, 부처님의 가르침을 깊이 믿고 자타의 극락왕생을 염원하던 신교信敎였음을 깨달은 것은 작은 보람이다.

탐구 기간이 제법 지났음에도 나날이 완성해 간다는 느낌은 들지 않고 새로운 허점만 자꾸 보여서 선뜻 세상에 내놓기가 망설여진다. 그러나 이렇게 매듭짓지 않으면 앞으로 눈비와 바람을 맞고 굳어질 수 있는 시간 또한 없을 것 같아, 흠집을 깁고 더하겠다는 다짐을 전제로 그간의 결과들을 바깥으로 낸다.

COVID-19가 견디기 힘든 재앙이 되어 지구촌을 뒤흔들고 있다. 교류하고 소통하지 않을 수 없는 현대사회는 이제 원치 않는 질병까지 공유해야 할 운명에 놓였다. 앞으로는 더 잦아질 것이 분명한 미래 재앙을 두고서, 진원을 탓하고 반목하기에 급급하기보다는 세계가 힘과 지혜를 한데 모으고 맺고 끊음을 분명히 하면서 공동 대응해 나가야 새로운 희망이 생길 수 있다. 천 년도 훌쩍 넘는 예전에 신라인들은 태양에 이상 징후가 나타나거나 난데없이 혜성이 나타나면 불길한 징조로 여기어 왕부터 백성까지 잔뜩 긴장하여 자기 주변을 살피고 여럿의 소망을 모아 대책 마련에 부심했다. 이렇듯 나라에 아무 재앙이 없고 백성들이 질병 없이 무탈하기를 빌고, 진심으로 믿어 신의 곁에 가기를 바라는 마음은 동서고금이나 신앙방식을 초월하여 모든 인류의 한결같은 소망이다.

지도교수 김승찬金承璨 선생님의 향가 이론이 본 연구의 주춧돌이 되었고,

2000년 초반 한국어문교육연구회에서 김학성金學成 선생님께서 해주신 격려는 당시 사막 위를 걷던 나에게 한 모금 샘물과도 같았다. 이 책에서 인용하고, 한국시가학회 향가연구 100년사 고찰에서 밝힌 수많은 학자들의 선행 성과는 항상 믿음직한 나침반이었고, 그분들의 지적과 충고는 내 연구에 피와 살이 되었다. 항하사恒河沙와 같은 고견들을 다 감당해내지 못한 건 순전히 내 소양이 부족한 탓이다. 지금, 여기에 이르기까지 정성스럽게 징검다리를 놓아주신 모든 시가 연구자들께 다시 한 번 고개 숙여 감사드리고, 기꺼이 출판을 허락하신 역락 출판사 이대현 사장님과 박태훈 이사님, 권분옥 팀장님께 고마움을 표한다.

2020년 여름

황령산荒嶺山 자락에서

황병익黃柄翊

차례

역사와 문학 기반 향가 연구사

100년을 회고하고 미래 연구를 전망하다

1. 향가 연구의 100년 역사는?

본격적이고 심도 있는 향가 연구는 "우리 문학의 가장 오랜 유산, 더구나 우리 문화 내지 사상의 현존 최고원류(最古源流)인, 귀중한 '향가' 해독을 근천년래 아무도 우리의 손으로 시험치 못하고 외인의 손을 빌렸다는 민족적 부끄러움", "한 민족이 다만 총칼에 의해서만 망하는 것이 아님을 문득 느끼는 동시에 우리의 문화가 언어·학문까지 완전히 저들에게 빼앗겨 있다는 사실을 통절히 깨달은 후에" 첫발을 뗐기 때문에, 그 발원과 결의는 현재까지도 향가 연구자들의 사명감과 책임의식을 크게 자극하고 있다.

출발부터 현재까지 향가 연구는 괄목할 진전을 이루었지만, "초창기 연구 수준에서 앞으로 가지 못하고 잘못 들어선 시각을 그대로 따르는 경우가 많고",[1] 향가 교육에서는 최근 4~50년간의 연구 성과를 거의 수렴하지

1) 성호경, 「향가 연구의 함정과 그 극복 방안」, 『국어국문학』 100(국어국문학회, 1989.12); 『신라향가연구―바른 이해를 위한 탐색』(태학사, 2008), pp.25~26.

못하고 있다. 그 결과, "향가는 신라인의 노래요, 생활이요, 정서요, 인생관이자 꿈"이었는데, "향가는 학자들의 손에 놓여있고, 일반대중과 거리가 멀어, 고등학교를 나온 학도들도 해독·감상은커녕 작품 이름조차 모르고 있기에, 향가를 일반에 접근시켜 널리 쉽게 이해·감상할 수 있게 해야 한다."는[2] 오래된 지적을 여전히 시정하지 못했고, 현재까지도 향가의 대중화는 요원하고, 중등교육에서는 도리어 비중이 점점 낮아지는 형편이다.

향가 연구사 100여 년에, 실정이 이러함은 1차적으로 연구의 어려움 때문이다. 모든 연구자가 "향가 해독의 길은 멀고도 험난하다. 우리가 부단한 정진을 계속한다 하더라도 해독의 본의에 맞고 어지간히 만족할 만한 성과에 도달하려면 아직도 줄잡아 50년은 필요하리라 본다.", "욕심이야 한량없겠지만, 아직은 어느 누구도 천 년 전의 선민에게 묻고 천년 뒤의 후손에 기약한다는 말을 호기 있게 할 수 있는 처지가 되지 못하는 것"[3] 이라는 선학의 고백에 망설임 없이 동의한다. 앞으로 열 번이고 스무 번이고 다시 다듬어져야 할 것이고, 한 계단 한 계단 짚어 올라갈 것이지 결코 몇 십 계단을 단숨에 뛰어넘을 수 없다 한 말도,[4] "향가 해독은 이두를 포함한 고대·중세어 표기에 대한 해박한 지식을 요구하므로, 충분한 성과 축적이 되지 않는 한 누구도 선뜻 시도하기 어렵다."는[5] 말에도 같은 심정이 담겼다.

향가 연구에서 더 이상 성과를 기대하기 어렵다는 예측도 있지만, "향가 연구의 목적은 그 시대의 생활을 이해하자 함이요, 그를 통해 문화의 전통을 이해하고, 나아가 우리의 정서와 약동하는 생명의 본체를 정확하게 파

2) 金思燁, 『鄕歌의 文學的 硏究』(啓明大學校出版部, 1979), pp.14~17.
3) 金完鎭, 『鄕歌解讀法의 硏究』(새문사, 1980), p.8.
4) 金完鎭, 향가의 解讀과 그 硏究史的 展望, 『三國遺事와 문예적 가치 해명』(새문사, 1982), p. Ⅲ-63.
5) 신재홍, 「鄕歌 難解句의 再解釋(1)-遇賊歌」, 『고전문학연구』 10(한국고전문학회, 1995), p.25.

악하자는 데 있는 것이다.", "향가를 어떻게 해독하느냐가 기본적인 문제이지만 그것이 향가 연구의 전부라고 생각해서는 안 될 것이다. 해독은 기실 하나의 준비공작이고 이 준비를 밟고 넘어서서 내용에 뛰어 들어갈 때 비로소 향가에 대한 본격적 연구가 시작될 것"이라는,6) 이미 60년도 더 된 격려사는 이 시점을 새 출발점으로 삼아 연구 방향을 조정하고 재설정7)하라는 채찍질로 들린다.

2. 향가 연구사를 회고할 때 성과는 무엇인가?

최초의 향가 연구는 1918년에 가나자와 쇼자부로(金澤庄三郞)가 이두(吏讀)를 연구하다가 <처용가(處容歌)>를 해독하면서부터 시작되었다.

(1) "東京(동경) 밝은 달이라/밤드리 놀러 갔다가/들어사 寢所(침소) 보곤/다리가 넷이라/둘은 내 아래에 있고/둘은 뉘 아래에 있는고/본디 내 아래 있다마는/빼앗긴 것을 어찌 하릿고."8)

1923년, 권덕규(權悳奎, 1890~1950)는 "이 노래들은 한자를 빌어 적은 것으

6) 趙潤濟, 「鄕歌硏究에의 提言-李能雨 君의 '鄕歌의 魔力'을 읽고」, 『現代文學』 23(현대문학사, 1956), p.19.

7) 金完鎭, 앞의 책(1982), pp.52~64; 金思燁, 鄕歌를 大衆에게 開放하는 길, 앞의 책(1979), pp.13~17; 林基中, 鄕歌의 硏究와 그 認識樣相에 대하여, 『關大論文集』 8(관동대학교, 1980), pp.25~42; 편집부, 鄕歌硏究의 反省的 考察(綜合討論), 『慕山學報』 9(동아인문학회, 1997), pp.281~315; 朴魯埻, 鄕歌의 歷史·社會學的 연구 성과 되짚어보기, 『慕山學報』 9(위의 논문), pp.139~169; 黃浿江, 鄕歌 硏究 70년의 回顧와 現況, 『韓國學報』 9(일지사, 1983), pp.193~224; 류병윤, 향가 연구의 방향 모색을 위한 고찰, 『한어문교육』 17(한국언어문학교육학회, 2007), pp.57~79 참조.

8) "Tongkyöng parkeun tar ira/pam teur-i norra ka-taka,/teur-a-sa cham-eui po-kon/tari-i nöis-si ra/tureun nai arai ö it-ko,/tureun nui-si arai ön-ko/pon-eui nai arai ita-ma-ö-neun,/spait-ta eur ötchi hă-ri ko"(金澤庄三郞, 吏讀の硏究, 『朝鮮彙報』, 朝鮮總督府, 1918.4, pp.90~91).

로, 혹은 글자의 음을 취하고 혹은 훈을 취하여 한결같은 모양으로 해석할 수 없으매 천편의 통석을 도저히 바라기 어려운데"라고 소개하면서 <처용가>를 축으로, <헌화가>·<서동요>의 대략을 해독했고,[9] 아유가이 후사노신(鮎貝房之進)은 <서동요>·<풍요>·<처용가>를[10] 중심으로 신라어와 한자어를 견주었다. 오구라 신페이(小倉進平)는 『향가 및 이두의 연구』(경성제국대학, 1929)에서 모든 향가작품을 다루었다. 이후 양주동은 「향가의 해독, 특히 원왕생가에 취하여」(1937), 「향가주석산고(鄕歌注釋散稿)」(1939)[11]를 발표하면서 향가를 본격적으로 연구했다. 양주동의 『조선고가연구』(博文書館, 1942)에서 뚜렷한 진전을 보였고, 지헌영·정렬모·정연찬·서재극·김완진·유창균·강길운·최남희·양희철·박재민에 이르러 한층 더 심도를 더하고 정밀해졌다.[12]

윤영옥·김종우·최철·박노준·김승찬·황패강·이도흠·이연숙·성기옥·고운기·박인희·서철원[13] 등의 연구를 통해 역사와 문학은 물론

---

9) "東京 밝은 달에/새도록 노니다가/들어 내 자리를 보니/가랄이 네이로새라/아으 둘흔 내히어니와/둘흔 뉘해어니오/본대 내해이다마르는/아인들 어떠하리오"(權悳奎, 『朝鮮語文經緯』, 廣文社藏版, 1923, pp.156~157).

10) "동경 불긔다라 밤드러/놀앗다가 드라사 자더/보곤 달이 넷이러라/두흘은 나아릐엇고/두흘은 누기 아릐언고/본더 나 아릐이다마어는/씟을랑을 엇치 ᄒᆞ리고"(鮎貝房之進, 國文·吏吐·俗謠·造字·俗字·借訓字, 朝鮮史講座『特別講義』(3), 朝鮮史學會, 1923, pp.193~198).

11) 梁柱東, 「鄕歌의 解讀, 특히 願往生歌에 취하여」, 『靑丘學叢』 19; 『國學硏究論攷』(乙酉文化社, 1962), pp.45~89; 梁柱東, 「鄕歌注釋散稿-上代語法에 關한 若干의 基本的 見解」, 『震檀學報』 10(震檀學會, 1939), pp.111~133.

12) 池憲英, 『鄕歌麗謠新釋』(정음사, 1947)과 『鄕歌麗謠의 諸問題』(太學社, 1991), 정렬모, 『신라향가주해』(국립출판사, 1954), 鄭然粲, 『鄕歌의 語文學的 硏究』(西江大學校 人文科學硏究所, 1972), 서재극, 『신라향가의 어휘연구』(계명대출판부, 1974), 김완진, 앞의 책(1980), 南豊鉉, 『借字表記法硏究』(檀大出版部, 1981)와 『吏讀硏究』(태학사, 2000), 兪昌均, 『鄕歌批解』(螢雪出版社, 1994), 姜吉云, 『鄕歌新解讀硏究』(학문사/한국문화사, 1995/2004), 최남희, 『고대국어형태론』(박이정, 1996), 李賢熙, 향가의 언어학적 해독, 『새국어생활』 6-1(국립국어원, 1996), 신재홍, 『향가의 해석』(집문당, 2000), 양희철, 『향찰연구 20제』(보고사, 2015), 박재민, 『신라향가변증』(태학사, 2013)과 『고려향가변증』(박이정, 2013).

13) 尹榮玉, 『新羅詩歌의 硏究』(형설출판사, 1980), 朴魯埻, 『新羅歌謠의 硏究』(悅話堂, 1982), 金鍾雨, 『鄕歌文學硏究』(二友出版社, 1983), 최철, 『향가의 문학적 연구』(새문사, 1983)와 『향

불교사상에 이르기까지 광범위한 성과를 냈다. 어학 위주의 해독은 향가 작품의 문학성을 밝힘에 불충분하다는 인식에서, 문학과 어학을 종횡무진 누빈 양희철·신재홍 등의 저작이 나왔고, 현재까지도 연구가 활발하다.[14)]

초기 연구는 주로 자료 정리와 어학적 해독에 관심을 집중했고, 문학적 연구는 형태의 발생 및 발달 과정에 관한 논의 정도로 그쳤다. 아래 자료는 1924년에 신채호가 <신라처용가>와 <고려처용가>의 성격과 가치에 대해 논평한 것이다.

> (2) "『삼국유사』·『악학궤범』의 두 처용가는 이름은 같으나 내용이 다르다. 전자는 처용이 간부와 간통하는 처를 목격하고 지은 노래로, 역신이라 한 것은 간부의 사장(詐裝)이거나 후인의 전회담(傳會談)이니 본가와 관계없는 것이고, 후자는 처용의 장엄한 꼴과 위대한 힘으로 역신을 쫓는 무가이다. 전자는 처용의 자작이요 후자는 후인의 연작이니 후자가 전자에 비해 가치가 없으니 …"[15)]

<신라처용가>는 역신의 침범을 간통으로 규정하고, <고려처용가>는 역신을 쫓는 무가라 했다. 역신이라 한 것은 뒤에 실상과 관련 없는 얘기가 덧붙었다 하여 혼선을 빚었다. 그러다 1950년대 후반부터 문학적 연구도 차츰 활성화되어 사상적인 면을 중심으로 향가의 전반적 성격 규정이 이루

가의 본질과 시적 상상력』(새문사, 1983)과 『향가의 연구』(정음사, 1984), 김승찬, 『신라향가론』(세종출판사/부산대 출판부, 1993/1999), 이도흠, 『화쟁기호학, 이론과 실제』(한양대 출판부, 1999), 李姸淑, 『新羅鄕歌文學研究』(박이정, 1999), 황패강, 『향가문학의 이론과 해석』(일지사, 2001), 성기옥, 「향가의 형식·장르·향유기반」, 『국문학연구』 6(국문학회, 2001), 고운기, 『일연과 삼국유사의 시대』(월인, 2001), 박인희, 『삼국유사와 향가의 이해』(월인, 2008), 서철원, 『향가의 역사와 문화사』(지식과교양, 2011)와 『향가의 유산과 고려시가의 단서』(새문사, 2013).

14) 양희철, 『고려향가연구』(새문사, 1988)와 『삼국유사 향가연구』(태학사, 1997), 신재홍, 『향가의 미학』(집문당, 2006)과 『향가의 연구』(집문당, 2017)와 『향가문학론 일반』(보고사, 2020) 등이 대표적이다.

15) 申采浩, 「朝鮮古來의 文字와 詩歌의 變遷」, 『동아일보』 1924년 1월 1일자.

어졌고, 1960년대 무렵부터는 작품의 문학성에 대한 내재적, 또는 문예학적 연구가 이루어지기 시작하여, 1970년대 이후 연구가 더욱 다양화되었다.[16)]

향가 연구에서 어석 연구는 사실상 선결 과제이다. 이를 토대로 문학적 연구가 가능하기 때문이다. "해독이 불완전한 상태에서는 형식 논의가 한계를 가지기 때문에, 향가 형식에 대한 연구는 아직도 본격화되지 못하고 있는 실정이다. 해독은 작품의 의미 파악에도 큰 지장을 주므로 향가의 문학적 연구도 뚜렷한 한계를 보일 수밖에 없다"는[17)] 주장은 타당하다. 향가의 문학적 연구가 불안감을 벗고 개운해질 수 없는 까닭도 여기에 있다.

그러나 오래 전부터 "어석 연구가 완벽히 끝나기를 기다려 다른 연구를 하는 것은 불가하며 또 그럴 필요도 없다. 어석과 문학 연구는 상호보완적이므로 서로 성과를 공유하면서 더욱 발전적 방향을 찾는 것이 옳다는 생각이 대세이다. "어석이 완벽하지 않더라도 작품 자체에 대한 본질적 연구는 가능하다. 특히 향가는 설화를 동반하므로 서사구조 속에서 작품을 연구하는 것도 한 방법일 것",[18)] "앞으로도 상당기간 어학적 해독에 관한 정설을 기대하면서 어학 외의 연구자들은 팔짱을 끼고 기다려야 한다면 자칫 향가 연구에서는 오롯이 어학적 연구만 남는 기현상을 초래할 수도 있다."는[19)] 지적이 옳다.[20)] 초기 연구부터 "작품의 주석적 연구가 성행하는데, 작품의 정신이 아니라 문학의 말초인 문구 해석에 그치고 마는 일은 가석(可惜)코 가애(可哀)롭다.", 향가해독은 이제 문학적 연구가 가능한 수준까지는 와 있으니,[21)] "좀 더 심각한 연구, 즉 문학의 생명과 정신에 육박하는 연

16) 성호경, 앞의 책(2008), p.15.
17) 성호경, 위의 논문(1989), pp.17~18.
18) 류병윤, 위의 논문, pp.68~73.
19) 黃浿江, 앞의 논문(1983), pp.207~208.
20) 신재홍, 앞의 논문(1995), p.25.
21) 林基中, 앞의 논문(1980), p.28.

구"를 해야 한다는 주장이[22] 타당성이 높다.

그간의 향가 연구 가운데, 먼저 역사적 연구 등 문학 외적 연구를 살피고, 문학적 해석이나 세계관 등 문학 내적 연구를 살펴보자.

문학 외적 연구로는 배경설화와 연관한 역사적 연구가 많다. 설화적 접근도 설화 자체에 대한 분석, 비교설화학적 분석으로 양립한다.[23] 예컨대, "처용은 지방호족의 아들로서 현실적 역학관계로 경주로 올라온 것"(이우성),[24] "서동설화에서 남주인공은 동성왕(東城王) 모대(牟大), 여주인공은 비지(比智)의 딸 선화(善化)",[25] "처용은 당대(唐代)에 중국에서 신라로 출범한 이슬람계인"[26]으로 본 연구 등이다. 향가 배경에 대한 민속학적 연구도 활기를 띠었다. 여기서 향가가 그 발생이나 전개 과정에서 민속 현상과 깊은 교섭 관계를 가졌음을 주장한다.[27] "이객(異客)에게 자기 처를 제공하는 습속의 구체적 표현"(김동욱), "처용 처와 역신의 간통은 바로 열병이고, 역신이 사람으로 변해 간통했다 함은 발병의 구체화이며, 역신이 무릎을 꿇는 것은 구귀(驅鬼)의 가무가 효험을 보인 것"(이상비)이라는 관점을 제시했다. "서동은 무강왕(武康王)·무왕(武王), 그 중 누구일 수도 있는, 우연적 결합에 의한 허구적 인물의 역사화"(김열규), "처용 전승 등 민속전승을 역사적 사실

22) 趙潤濟, 앞의 논문(1956), pp.12~13.
23) 李丙燾, 「薯童說話에 對한 新考察」, 『歷史學報』 1(歷史學會, 1952), pp.57~76; 李龍範, 「處容說話의 一考察-唐代 이슬람商人과 新羅」, 『震檀學報』 32(震檀學會, 1969), pp.1~34; 李佑成, 「三國遺事 所載 處容說話의 一分析-新羅末 高麗初 地方豪族의 登場에 대하여」, 『金載元博士回甲記念論叢』(을유문화사, 1969); 『韓國中世社會研究』(一潮閣, 1991), pp.166~199 재수록.
24) 李佑成, 위의 논문(1969), p.199.
25) 李丙燾, 위의 논문(1952), pp.57~76.
26) 李龍範, 앞의 논문(1969), p.34.
27) 崔南善, 民俗과 說話, 『三國遺事 解題』(瑞文文化社, 1983), pp.35~42; 宋錫夏, 『韓國民俗考』(日新社, 1960), pp.119~125, pp.266~300; 김동욱, 「처용가연구」, 『東方學志』 5(東方學會, 1961), p.6; 金烈圭, 鄕歌의 文學的 研究 一斑, 『鄕歌의 語文學的 研究』(西江大 人文科學研究所, 1972), pp.1~54; 李相斐, 「處容說話의 綜合的 研究」, 『국어국문학연구』 1(원광대 국어국문학과, 1974), p.62.

로 해석하려는 태도에 반론을 제기"하면서, 민속전승은 신이나 종교적인 것에 관한 것, 이성과 합리성을 초월한 것, 개념화하기를 거부하는 것이라[28] 하기도 했다. "처용무는 신라 이전부터의 벽사가면(辟邪假面)과 산신제무(山神祭舞)와 용신(龍神)·수신(水神) 등의 복합에서 출발"[29]했다는 결론은 민속적 접근에 따른 성과이다.

『삼국유사』의 배경설화에 대해서는 "애초부터 불교와는 관련이 없는 작품들을 얽어 놓았을 가능성도 배제할 수 없다."는[30] 회의론과 "『삼국유사』의 본질은 역사성인데, 그 표피만을 살펴 역사성을 무시하고 픽션 같은 서술법 때문에 설화집으로 간주하려는 시각은 편향적"이라는[31] 긍정론이 공존한다. "<모죽지랑가>의 죽지랑은 역사의 전면에서 퇴장(퇴락)한 모습이다. 그 주지(主旨)는 죽지랑과 득오로 대변되는 화랑단의 사양(斜陽)과 실세(失勢)"[32] 과정을 드러내는 것이라는 설명은 『삼국유사』의 역사성을 긍정적으로 인식한 데 따른 연구 성과이다.

향가의 문학 내적 요소에 대한 연구도 풍성하다. 먼저, 세계관·사상 연구 중에는 불교적 접근이 많아, 미타·미륵정토·관음사상으로[33] 나뉜다. "<서동요>의 선화를 관음, <원왕생가>를 정토문(淨土門), <제망매가>를 자력수도의 성도문(聖道門)"으로[34] 보고, 향가를 "미타정토사상(<원왕생가>·<제망매가>·<우적가>), 미륵하생신앙(<도솔가>·<찬기파랑가>·<안민가>), 관

28) 金烈圭 외, 『고전문학을 찾아서』(문학과 지성사, 1976), p.106.
29) 李杜鉉, 「處容歌舞」, 『大東文化硏究』 別輯 1(成均館大 大東文化硏究院, 1972); 金東旭 외, 『處容硏究論叢』(蔚山文化院, 1989), pp.361~363.
30) 류병윤, 앞의 논문(2007), p.74.
31) 朴魯埻, 앞의 논문(1997), p.145.
32) 朴魯埻, 慕竹旨郎歌, 『鄕歌文學論』(새문사, 1991), pp.242~249; 朴魯埻, 위의 논문(1997), p.162.
33) 金東旭, 新羅 鄕歌의 佛敎文學的 考察, 『韓國歌謠의 硏究』(乙酉文化社, 1961), pp.3~32; 金雲學, 『鄕歌에 나타난 佛敎思想』(東國大學校附設譯經院, 1976), pp.90~123; 金起東, 「新羅歌謠에 나타난 佛敎의 誓願思想」, 『佛敎學報』 1호(동국대불교문화연구원, 1963), pp.127~129.
34) 金鍾雨, 앞의 책(1983), pp.74~98.

음신앙(<도천수대비가>)"으로[35] 나눈 설명은 현재까지 유용하다.

향가를 불교사적 맥락에서 이해하여, 기복 불교에서 미타신앙으로의 전환을 설명하면서 초기불교에서 고급불교로 상승했다고 말한다. "불법이 들어온 이래 일정기간이 지나자 마침내 현세보다는 내세를 중시하는 신앙풍토가 조성되었다"고 밝혀서 말한다.[36] 향가에서 토속적·원시신앙적 요소를[37] 추출하여, 벽사귀면(辟邪鬼面)의 첩문(帖門) 민속, 산신·지신·용신 숭배 등 고유 신앙과 불교의 습합으로[38] 보기도 한다. 향가를 마력(魔力),[39] 주력(呪力) 관념의 문학으로[40] 본 경우가 많은데, 신앙·생각의 경계와 기준이 명확하지 않아 여전히 과제로 남았다.[41] "<혜성가>는 지상의 전란과 천상의 변괴가 애초부터 존재치 않음을 입증하여 문제를 해결하고자 하므로 불교시가가 아니라 고유 신앙의 주술성에 바탕을 둔 작품"이라는[42] 해석이 실례이다.

"신라가요가 원시종교를 축으로 한 불교의 수용이냐, 불교를 축으로 한 원시종교의 수용이냐 또는 이 양자의 병립인가 하는 문제" 논의의 필요성을[43] 강조하기도 하고, "선한 공덕을 지은 자에게 부처가 반드시 복을 준다 했기에, 고대 한국의 정토신앙은 본디 기복적이다. 이는 주술성 강한 기복이 아니라, 무명에 덮여 허덕이는 모든 중생을 구제하겠다던 아미타불의

---

35) 金雲學, 앞의 책(1976), pp.90~123.
36) 朴魯埻, 앞의 논문(1997), p.155.
37) 金烈圭,「怨歌의 樹木(栢)象徵」,『국어국문학』18(국어국문학회, 1957), pp.96~111; 張籌根,「處容說話의 硏究」,『국어교육』6(한국국어교육연구회, 1963), p.4; 玄容駿,「處容說話考」,『국어국문학』39·40호(국어국문학회, 1968), p.5; 林基中, 앞의 논문(1967), pp.75~87; 林基中,『新羅歌謠와 記述物의 硏究』-呪力觀念을 中心으로(半島出版社, 1981), pp.220~248.
38) 玄容駿, 위의 논문, p.5.
39) 李能雨,『古詩歌論攷-그 本性 把握을 위한 硏究』(숙명여대출판부, 1983), pp.359~372.
40) 林基中, 앞의 논문(1967), pp.75~77.
41) 林基中, 위의 논문(1980), pp.10~11.
42) 서철원, 앞의 책(2013), pp.38~39.
43) 林基中, 위의 논문(1980), p.35.

이타적 대원(大願)이다. 중생들의 발원은 대자비한 원력에 섭취되었기 때문에, 수순중생(隨順衆生)하는 순수한 서원(誓願)이다. 정토신앙을 순수타력신앙이라고 하는 까닭도 여기에 있다."[44] 하여 원시종교를 불교신앙의 태생적 성격으로 받아들이기도 한다.

아래의 표에서와 같이, 같은 작품에 대해서도 논자들마다 사상적 성격 규정이 상이하다. 불교의 전래와 정착 과정에서 토착신앙과 불교사상이 융합하는 과정을 밝혀[45] 향가의 사상적 성격을 분류할 기준을 마련하는 일은 꼭 필요하다.

신라가요의 종교학적 연구 현황[46]

觀點 / 論者 / 歌謠名	불교학적 관점								원시종교학적 관점					
	①	②	③	④	⑤	⑥	⑦	⑧	⑨	⑩	⑪	①	②	③
安民歌		○		○		○	○							
處容歌				○					○	○	○		○	○

44) 현송(남태순), 「淨土經典의 往生思想과 鄕歌에 나타난 彌勒信仰 연구」, 『淨土學 硏究』 12(韓國淨土學會, 2009), pp.426~427.

45) 김재경, 『신라토착신앙과 불교의 융합사상사 연구』(民族社, 2007), pp.25~236, pp.254~296; 최광식, 『한국고대의 토착신앙과 불교』(고려대학교출판부, 2007), pp.177~197, pp.223~328.

46) ① 梁柱東, 『古歌硏究』(博文書館, 1942), 梁柱東, 新羅 歌謠의 文學的 優秀性-주로 讚耆婆郞歌에 대하여, 『國學硏究論攷』(乙酉文化社, 1962), pp.22~29 ② 金東旭, 「新羅淨土思想의 展開와 願往生歌-향가의 불교 문학적 고찰」, 『論文集』 2(중앙대학교, 1957), pp.239~266; 「兜率歌 硏究-향가의 불교 문학적 고찰(續)」, 『論文集』 6輯-인문 사회과학 편(서울대, 1957), pp.137~153; 「新羅觀音信仰과 千手大悲歌」, 『文理大學報』 11(서울대학교 문리과대학, 1958); 「新羅鄕歌의 佛敎文學的 考察」, 『白性郁博士頌壽紀念佛敎學論文集』(東國文化社, 1959) ③ 金鍾雨, 앞의 책(1983). ④ 金聖培, 『韓國佛敎歌謠의 硏究-그 史的 전개를 중심으로』(亞細亞文化社, 1973), pp.14~41 ⑤ 金起東, 『國文學의 佛敎思想 硏究』(亞細亞文化社, 1976), pp.13~53, pp.66~85 ⑥ 金雲學, 앞의 책(1976), pp.90~123 ⑦ 鄭鉒東, 「韓國佛敎文學硏究」, 『論文集』 14(경북대학교, 1970) ⑧ 徐首生, 「兜率歌의 性格과 詞腦格」, 『東洋文化硏究』 1(경북대 동양문화연구소, 1974). ⑨ 李能雨, 「鄕歌의 魔力性」, 『現代文學』, 1956.9; 앞의 책(1983), 359~372면 ⑩ 林基中, 앞의 논문(1967), pp.75~87 ⑪ 金烈圭, 앞의 글(1972), pp.1~25.

觀點 / 論者 / 歌謠名	불교학적 관점								원시종교학적 관점					
	①	②	③	④	⑤	⑥	⑦	⑧	⑨	⑩	⑪	①	②	③
盲兒得眼歌	○	○	○	○	○	○			○	○				
願往生歌	○	○	○	○	○	○								
兜率歌	○		○	○		○	○	○	○	○	○	○	○	
祭亡妹歌		○	○	○		○				○				
彗星歌				○					○	○	○	○	○	
遇賊歌		○	○	○		○			○	○				
普賢十願歌			○	○	○	○				○				

고려 태조가 전쟁 속에서 개국했을 때, 음양(陰陽)과 부처에 뜻을 두니 참모 최응(崔凝, 898~932)이 "전쟁 때라도 반드시 문덕을 닦아야 하는 것이지, 불교와 음양에 의지하여 천하를 얻는다는 것은 아직 듣지 못했습니다."라고 하니, 태조는 "내가 그 말이 당연함을 어찌 모르겠는가? 백성들의 성품은 부처와 신을 좋아하고, 재물과 복과 이익을 바란다. 전쟁은 끝나지 않았고, 국가의 안위가 아직 결정되지 않았으니, (백성들은) 아침저녁으로 애쓰고 두려워하여 몸 둘 바를 알지 못한다. (나는) 오직 신과 부처님의 간접적 도움과 산과 물의 영험(靈驗)한 감응으로, 혹시라도 당장의 편안함에 효과가 있기를 생각할 뿐이다. 어찌 이것으로 나라를 다스리고, 백성을 얻는 큰 도리로 삼겠는가? 국난이 끝나 편안하고 바르게 살게 되면, 풍속을 바꾸어 교화를 아름답게 할 수 있을 것"이라[47] 했다. "고려 태조가 불교를 주요 종교로 삼고, 유교를 지배 질서로 간주하여, 두 종교의 공존을 가능케 하면서,

47) "太祖 當干戈 草創之際 留意陰陽浮屠 參謀崔凝諫云傳曰 當亂修文以得人心 王者雖當軍旅之時 必修文德 未聞依浮屠陰陽以得天下者", "太祖曰 斯言朕豈不知之然, 土性好佛神 欲資福利 方今 兵革未息 安危不決 旦夕 恓惶 不知所措 唯思神佛陰助 山水靈應 儻有效於姑息耳 豈以此爲理國 得民之大經也 待定亂居安正 可以移風俗 美敎化也"(崔滋, 『補閑集』 卷上; 『高麗名賢集』 2, 成均館大學校 大東文化硏究院, 1986, p.106).

자신의 치국책을 집행하기 위한 전략으로서 보살계를 받고, 불교계를 후원하고, 불교의례를 개최한 동시에 승직 수립을 통해 승단을 통제한 것이 자신의 정치적 어려움을 타계해나가는 한 가지 수단"[48]이었던 것처럼, 국가적 재난과 정치적 위기 상황에 향가 <도솔가>·<혜성가>·<안민가>를 부르게 한 것도 부처와 신의 힘으로써 심리적 불안감을 잠재우고 백성들의 마음을 위무하여 국난을 타계하고자 하였기 때문이다. 개인적인 위기 상황에 보살의 힘에 기댄 <도천수대비가>, 불도의 바른 길을 노래한 <원왕생가>·<우적가>·<제망매가>를 보아도 향가와 불교사상은 불가분의 관계임을 알 수 있다.

향가의 장르적 속성 관련[49] 연구로는, 향가의 개념·작가에 관한 연구가[50] 있었는데, 설화에 따라 실존인물, 전설상의 인물,[51] 설화적 가공인물로[52] 주장이 갈리었다. 형식에 관한 연구로는[53] 3구 6명에 관한 연구,[54]

---

48) 김종명, 『국왕의 불교관과 치국책』(한국학술정보, 2013), p.112.

49) 趙潤濟, 『國文學概說』(東國文化社, 1955), pp.79~89; 李能雨, 『入門을 위한 國文學概論』(국어국문학회, 1964), pp.37~39; 金東旭, 鄕歌의 下部 장르, 『新羅時代의 言語와 文學』(韓國語文學會, 1974), pp.309~323; 성기옥(2001), 앞의 글, pp.65~100; 金學成, 鄕歌의 장르史的 研究, 『論文集』 6(전주대학교, 1977), pp.87~102; 김학성, 「향가의 장르체계론」, 『大東文化研究』 27(성균관대학교 대동문화연구원, 1992), pp.3~22과 「향가 장르의 본질-사상적 측면을 중심으로」, 『韓國詩歌研究』 1(韓國詩歌學會, 1997), pp.7~35.

50) 朴魯埻, 「新羅歌謠의 作者攷」, 『詩文學』 22(詩文學社, 1973), p.83; 李在銑, 金烈圭 외, 『鄕歌의 語文學的 研究』(西江大人文科學研究所, 1972), pp.175~179; 成鎬周, 「鄕歌作者와 그 周邊問題」, 『荷西金鍾雨博士華甲論叢』(1977), p.99; 崔喆, 背景說話와 作者問題, 『新羅歌謠研究』(開文社, 1979), pp.26~37.

51) "서동은 전설 역사화로 변모한 인물로, 작중인물과 같아서 역사적·실재적 인물도 아닐 가능성이 크다."(史在東, 「薯童說話研究」, 『藏菴池憲英先生還甲紀念論叢』, 동논총간행회, 1971, pp.950~951).

52) 崔喆, 「三國遺事 所載 新羅歌謠의 背景說話 研究」(東國大 博士論文, 1978), p.81.

53) 金相善, 『韓國詩歌形態論』(一潮閣, 1979), pp.30~79.

54) 최근 대표 논저 몇을 들면, 성호경, 「三句六名에 대한 考察」, 『국어국문학』 86(국어국문학회, 1981), pp.175~192; 楊熙喆, 「三句六名에 관한 검토」, 『국어국문학』 88(국어국문학회, 1982), pp.205~225; 金文基, 「三句六名의 의미」, 『語文學』 46(韓國語文學會, 1985), pp.15~27; 金學成, 三句六名의 解釋, 『韓國文學史의 爭點』(集文堂, 1986), pp.128~137; 최철, 「三句六名」, 『동방학지』 52(연세대학교 국학연구원, 1986), pp.1~18; 김선기, 「三句六名 再考」,

수사론 연구,[55] 미학적 연구가[56] 있다.

이 중 작자에 대해서는 "천괴 혜성을 없애 천체운행을 융화·조화한 융천사", "신의를 믿고 충성을 다한 신충(信忠)", 안민이국(安民理國)의 충간을 노래한 충담사, "다섯 살 아이의 득명(得明)을 희원한 희명(希明)"은 설화와 작자의 연결이 우연의 일치로 보기 어렵고, 전래설화에 덧붙인 설화적 명명이라[57] 한 것이 타당성 높은 성과로 남아있다.

각 작품을 놓고 이루어진 연구 성과도 풍성하다. <서동요>를 "선화공주(善化公主)님은 남몰래 서동을 사귀어 두고 (있더라). 밤에 무엇을 안고 그 방(房)으로 가는가."라는[58] 어석에 근거하여, 노래와 설화의 관계, 구조 역학, 감춤의 시학이라는 표현 미학을 살핀 연구는[59] 해독·어석과 문학적 연구의 상보 관계를 절감케 한다. "<모죽지랑가>는 속(俗)의 한계를 뛰어 넘어 주체와 대상의 궁극적인 동일성을 이루지 못한데 비해, <찬기파랑가>는 성(聖)에 가까운 세계를 구현하여 영원한 현재의 무시간성과 주객간의 동일성을 획득했다."는[60] 분석도 의미 있다. "<제망매가>는 자타의 경계를 허물고 미분화된 합일의 경지를 지향한 작품으로, 문학적인 것과 종교적인 것, 세속적인 것과 숭고한 것의 경계를 원형적 어울림의 서정층위 내에서

『語文硏究』 28(어문연구학회, 1996), pp.151~159; 양태순, 「三句六名의 새로운 뜻풀이 (1)~(3)」, 『인문과학연구』 7~9(서원대미래창조연구원, 1998/2000); 박인희, 「三句六名에 대하여」, 『北岳論叢』 16(국민대학교, 1999), pp.1~27; 박상진, 「향가의 삼구육명과 십이대강보의 관계 연구-균여 향가를 중심으로」(성균관대 박사논문, 2006), pp.1~138이 있다.

55) 李在銑, 新羅歌謠의 語法과 修辭, 『鄕歌의 語文學的 硏究』(西江大人文科學硏究所, 1972), p.175.

56) 李丙燾, 「說話上에 나타난 新羅人의 肉體美觀」, 『국어국문학』 22(국어국문학회, 1960), pp.56~57; 鄭炳昱, 「文學으로 본 處容歌」, 『大東文化硏究』 別輯 1(成均館大 大東文化硏究院, 1972); 金東旭 외, 앞의 책(1989), pp.348~351.

57) 성호주, 鄕歌의 作者와 그 周邊問題, 『향가연구』(국어국문학회 편, 태학사, 1998), pp.153~154.

58) 池憲英, 앞의 책(1947), p.71.

59) 사재동, 薯童謠의 文學的 考察, 『향가연구』, 앞의 책(1998), pp.224~226.

60) 김진희, <모죽지랑가>와 <찬기파랑가>의 송도적 서정성에 대하여, 『향가의 수사와 상상력』(보고사, 2010), p.102.

흡수하는 차원의 전일적(專一的) 성격을 띤다. 노래를 종교시·서정시든 한 방향으로 재단하는 것은 섣부른 판단"이라거나[61] <제망매가> 첫 단락 "못 다 이르고 갑니까?"와 둘째 단락 "가는 곳을 모르는가!"는 너에게 묻는 의문이 아니라 '나'의 내부에서 우러나오는 슬픔이라고 해석한 것이나 마지막 단락 "도 닦아 기다리련다."는 자력 수행으로 정토세계에 가겠다는 불교적 신념을 담았다 하고, 이를 아미타불상을 만들고 점안하여 혼을 불어넣는 점안어(點眼語) 시문법으로 읽는 것,[62] 또는 "되뇌임(번뇌)→다짐·원왕생→사십팔 대원"으로 이어지는 <원왕생가>의 구조를 천상을 향해 쌓은 3층 석탑 구조로 이해하거나[63] 『붓다차리타』 6품에 실린 비유와 <제망매가>의 유사성을 견준 논의[64]도 모두 값진 문학 연구의 성과다.

<원가> 6구 '녈 믌겨랏 몰애로다'(지나가는 물결에 대한 모래로다)"(김완진)를 "지나가는 물결은 파상적 권력(외척 金順元), 모래는 그 힘에 당하는 대상물",[65] "자신을 궁원연못에서 새나가는 물처럼 처량한 신세"의[66] 비유로 보아 대체로 탄식·안타까움·좌절로 본다. "자기 몸도 못 가누는 허약 체질이라/조수 물결 까부는 대로 모였다 흩어지고,/바닷바람 부는 대로 높아졌다 낮아지네."(최치원, 沙汀),[67] 신의 병은 뿌리가 깊어 "썰물에 밀리는 모래가 정

61) 박경우, <제망매가>의 서정 층위와 변이 양상 분석, 위의 책(2010), p.130.
62) 임기중, 한국인의 말하기 전통과 7~8세기 시문법, 『향가의 깊이와 아름다움』(보고사, 2009), pp.170~175.
63) 신재홍, 「원왕생가와 삼층 석탑의 구조적 상동성」, 『향가의 연구』(집문당, 2017), pp.124~128.
64) 신영명, 『월명과 충담의 향가』(넷북스, 2012), pp.29~31.
65) 김승찬, 앞의 책(1999), pp.186~187; 金聖基, <怨歌>의 해석, 『한국고전시가작품론 1』(집문당, 1995), p.119; "말간 달빛이 비치는 곳은 밝은 세상, 곧 임금의 세상이고, 어둡고 침침한 수면 아래의 세상은 버림받은 신충의 세상이며, 그 사이에 가로막힌 일렁이는 수면은 바로 현실정치"라 했다(박재민, 「怨歌의 재해독과 문학적 해석」, 『民族文化』 34, 한국고전번역원, 2010.1, pp.261~262).
66) 신재홍, 「원가와 만전춘별사의 궁원 풍경」, 『국어교육』 138(한국어교육학회, 2012), p.214.
67) "弱質由來不自持 聚散只憑潮浪簸 高低況被海風吹"(崔致遠, 沙汀, 『桂苑筆耕』 卷20, 詩).

처 없이 흩어지고 서리 맞은 풀이 시드는 것과 같다."를[68] 보면, 이 비유는 "주체적으로 살지 못하고 외부에 이리저리 휩쓸리는 신세, 극심한 공격이나 비방에 시달리는 처지"를 뜻한다. "기파랑의 뜻이 높이 솟은 잣나무처럼 고고해서 그 어떤 힘도 누를 수가 없음을 표현한 것이다. 수사적으로, 잣나무의 높음, 곧음, 늘 푸름(不變性・久遠性)을 눈(雪)과 대립시킴으로써 기파랑의 고매한 뜻을 심상화한 것"이라는[69] 해석도 모두 문학적 연구의 성과이다.

3구6명(三句六名)에 대한 연구결과는 너무도 많아 정리하기 어렵다. 첫째, 문학적 형식, 둘째, 민족시가의 보편적 형식, 셋째, 신라와 고려의 음악과 관련을 가지는 음악적 단위로 보는 견해로 나뉜다.[70] 그러나 "장・연・구・부절(部節) 중 어느 단어를 선택하느냐에 약간의 차이를 보이지만, 10구체 사뇌가의 형식이라는 결론은 흡사하고, 3구와 6명을 상이한 양식으로 여기는 경우에도 "사전적으로 풀거나 불교용어로 접근하거나 구조단위는 일치점을 보이고 상호간 큰 견해차를 드러내지 않는다."는[71] 논평이 지배적이다. 그리고 "향가는 노래 이름이 아니라, 범패(梵唄)나 한시 따위와 구별한 지칭이라서 특정한 가요형태명이 될 수 없다",[72] "향가에 대한 개념・범주가 제대로 정립되지 못했다."는[73] 주장이 대체적 경향을 이룬다.

---

68) "顧臣素有貞疾 源委旣深 藥餌無效 譬如退潮之沙 演漾無定 經霜之草 委靡不振"(『承政院日記』 高宗 38년 12월; 『승정원일기』 고종 191, 민족문화추진회, 2003, pp.178~179).

69) 芮昌海, 「讚耆婆郎歌의 文學的 再構 및 解釋 試論」, 『한국고전시가작품론 1』, 앞의 책(1992), p.149.

70) 손종흠, 「三句六名에 대한 연구」, 『洌上古典研究』 37(열상고전연구회, 2013), p.375. 허정주는 3구6명의 유형을 "歌(노래), 詩(聯句・音步・三數), 종교적 양식설"로 나누고, 3구6명을 "컨텍스트론(사회적 위상으로서의 삶의 자리)・장르론(장르론적 위상)・이념론(시대・민족・이념의 반영)・역사론(역사적 전개와 변이)"으로 설명한다(허정주, 「한국 민족시학(Ethnopoetics) 정립을 위한 様式史學的 시론-三句六名을 중심으로」, 『건지인문학』 13, 전북대학교 인문학연구소, 2015, pp.375~406).

71) 金學成, 앞의 책(1986), pp.136~137.

72) 金東旭, 詞腦歌小考, 『韓國歌謠의 研究』(乙酉文化社, 1961), p.158.

3. 향가 연구의 전망과 과제는?

1) 향가의 개념과 성격에 대한 보편적 접근

향가의 작품 성격은 달라, 흔히 <풍요>는 민요, <처용가>는 무가, <헌화가>는 민요와 무가 사이라 한다. 형식적으로도, 4구체 민요형식도 있고, 정제된 10구체도 있으니, "향가는 단일하지 않은 여러 종류 시가의 총칭"이고, 작가의 층위 또한 두터우니 "향가를 하나의 갈래로 잡고 그 속성이나 작자층을 전칭함은 바람직하지 못하다."는[74] 지적이 옳다.

향가의 어원을 살피면, "자국어를 전면적으로 반영하는 차자표기(借字表記)를 한국에서는 향찰(鄕札), 일본에서는 가명(假名, kana),[75] 베트남에서는 자남(字喃, chanom)이라 했다. 이 표기법으로 쓴 시가를 한국에서는 향가(鄕歌), 일본에서는 화가(和歌, waka), 베트남에서는 국어시(國語詩/國音詩, quocnguthi)라고 했으니 명명법이 서로 비슷하다. 향(鄕)·화(和)·국(國)이 모두 중국을 뜻하는 한(漢)과 맞서서 자국을 지칭한다."는[76] 정의가 가장 합리적이다. 중국문학에서 '향가'라 지칭한 작품까지 수렴한다면,[77] '향가'를 "한시에 대응하여 자기 나라 노래, 중앙에 대응하여 지방(지역)의 고유한 구어(鄕語)로 된 노래"라 정의할 수 있다. 우리나라와 베트남·일본·백족(白族) 등에서 "한

73) 황패강, 앞의 책(2001), p.21.

74) 김홍규, 『한국문학의 이해』(민음사, 1986), p.39 : 성호경, 앞의 책(1989/2008), p.28.

75) "일본에서는 假名을 일본에서 궁리한, 소리를 본떠서(寫音) 만든 글자", "한자의 전부, 또는 일부를 빌려서 그 음훈을 이용한 글자"라고 설명한다.

76) 조동일, 신라향가에서 제기한 문제, 『한국시가의 역사의식』(文藝出版社, 1993), p.18; 조동일, 『세계문학사의 전개』(지식산업사, 2001), pp.105~107.

77) "驚麏遊兎在我傍 獨唱鄕歌對僮僕"(張籍 768~830, 車遙遙, 『張司業集』 卷2), "一曲鄕歌齊撫掌 堪遊賞 酒酌嬴杯流水上"(李珣, 855~930, 南鄕子, 『全唐詩』(下) 卷896), "鄕歌寂寂荒丘月 漁艇年年古渡風"(李咸用, 依韻修睦上人山居詩). 중국에서는 "지방의 풍토와 인정을 묘사하여, 생동감과 지방 색채가 선명히 부각된 작품"을 향가로 지칭했으니 村歌·民歌·樂府로 인식했음을 알 수 있다(김해명 감수, 『중국문학사전』 II 작가편, 연세대 중국문학사전 편찬위원회, 1994, p.450 참조).

자의 음과 훈을 빌려 자국의 언어를 차자표기한 노래"를 공통으로 창작했고, 현재까지 발견한 우리 향가는 6세기부터 12세기 초중반, 즉 신라와 통일신라 · 고려에 분포한다. 예컨대, "ᄂᆞᆷ 그슥(그ㅿ기) 얼어두고(他-密只-嫁良-置古)"(<서동요>), "길 쁠 벼리 ᄇᆞ라고(道尸-掃尸-星利-望良古)"(이상 밑줄 부분은 訓讀/그 외는 音借, <혜성가>)가 향찰과 그 해독의 예이고, 다음 도표는 다른 나라 차자표기의 예이다. "국어학계의 보수적인 견해로는 신라 이두가 8세기 무렵에 완성된 것으로 보았는데, <서동요>는 진평왕(재위 579~632)년 때의 노래이니 200여 년의 시간차가 생겨서"[78] 향가의 전승과 기록 면에서 의문이 생길 수 있었는데, 마침 5~7세기에 존재한 것으로 확인된 월성(月城) 해자(垓子)[79]에서 이두가 발견[80]되어 신라인들이 6세기 무렵에도 한자를 이용하여 신라어를 표기했음을 확인할 수 있도록 해주었다.[81]

종류		음절	용례
일본어[82]	音가나	1자 1음절	由岐(ゆき : 雪) 波奈(はな : 花) 安米(あめ : 雨) 必登(ひと : 人)
		1자 2음절	兼(けむ : 조동사) 欝瞻 (うつせみ : 空蟬)
	訓가나	1자 1음절	八間跡(やまと : 大和) 名津蚊爲(なつかし : 懷かし)
		1자 2음절	夏樫(なつかし : 懷かし) 忘金鶴(わすれかねつる : 忘わかねつる)
		2자 1음절	嗚呼(あ : 감탄사), 十六 (しし : 4×4)
베트남어[83]	音, 訓	tài(才) mệnh(命) chính(正)	

78) 김영욱, 향가해독이야기, 한국목간학회연구총서 03 주보돈교수정년기념논총『문자와 고대 한국 1-기록과 지배』(주류성, 2019), pp.192~193.

79) 이경섭,『신라 목간의 세계』(景仁文化社, 2013), pp.43~55.

80) 1면 "대오지랑 족하에게 萬拜하며 아룁니다(大鳥知郎足下万拜白之)" 2명 "經에 넣어 쓰려고 구매하는 白不踓紙 한두 斤(經中入用思買白不踓紙一二斤)" 3면 "牒을 내리신 명령이 있었습니다. 뒤의 일은 명한 대로 다하였습니다(牒垂賜教在之 後事者命盡)", 4면 "使內(시킨 대로 하였습니다.)"(이경섭(2013), 위의 책, pp.73~77).

81) 김영욱, 위의 책, p.192.

<table>
<tr><th colspan="2">종류</th><th>음절</th><th colspan="3">용례</th></tr>
<tr><td rowspan="2"></td><td>순수베트남어音</td><td colspan="4">một(沒) qua(戈) lại(吏)</td></tr>
<tr><td>訓</td><td colspan="4">vuốt(瓜), trào nách(腋)</td></tr>
<tr><td rowspan="3">白族
文字84)</td><td rowspan="2">音讀</td><td colspan="2">白文 漢字</td><td>白音</td><td>白語의 의미</td></tr>
<tr><td colspan="2">雙
波
角</td><td>sv^{35}
po^{35}
ko^{44}</td><td>田地的量詞四畝多
祖父, 陽性詞尾
田地的量詞二畝左右</td></tr>
<tr><td>訓讀</td><td colspan="2">壇主</td><td>ko^{35} ku^{33}</td><td>壇主</td></tr>
</table>

현전 향가의 내용적 · 형식적 특징이 다양하므로, 세계관이나 형식 · 작자층 등을 감안한 현대적 개념의 장르(갈래) 설정을 하려면 '향가'를 대체할 만한 장르 지칭을 찾아야 한다. 단지 음 · 훈차나 음 · 훈독의 표기방식이 같다고 동일한 장르로 묶어둘 수는 없기 때문이다.

(1) "11수의 향가는 노랫말이 맑고 글귀가 아름다워 그 지어진 것을 사뇌(詞腦)라고 부르나니, 가히 정관(貞觀) 때의 시를 능욕할 만하고, 정치함은 부(賦) 가운데 가장 뛰어난 것과 같아서 혜제(惠帝) · 명제(明帝) 때의 부에 비길 만하다.", "뜻이 노랫말에 정밀히 나타나기에 '뇌(腦)'라고 한다."85)

(2) 태강(太康) 이후의 화려한 수식을 숭상하던 육기(陸機) · 반안(潘安) · 좌사(左思) 등의 부를 혜제와 명제, 즉 혜명(惠明)의 부라 한다. "좌사와 반안은 작품의 웅장한 규모 위에 공적을 세웠고, 육기와 성공완(成公綏)은 변화하는 체제에 대한 토론에서 성과를 드러내었다. 곽박의 부는 언어가 현란하면서도 교묘하며 풍부한 문채와 정교한 논리를 갖추고,…이들은 위진(魏

82) 윤상길 외, 『新일본어학개설』(제이앤씨, 2012), pp.83~84.

83) Bùl Duy Tân 저, 박연관 역, 베트남의 쯔놈(字喃)과 베트남에서의 쯔놈 연구, 『아시아 諸民族의 文字』(口訣學會 編, 태학사, 1997), p.190 참조.

84) 徐琳 저, 梁伍鎭 역, 白族 文字에 관하여, 위의 책(1997), pp.40~41 참조.

85) "十一首之鄕歌 詞淸句麗 其爲作也 號稱詞腦 可欺貞觀之詞 精若賦頭 堪比惠明之賦"(赫連挺 저, 崔喆 · 安大會 譯注, 第8, 譯歌現德分者, 『均如傳』, 새문사, 1986, pp.62~63), "意精於詞 故云腦也"(『均如傳』 第7, 歌行化世分者, 위의 책, pp.44~45).

晉) 시대 일류의 사부가(辭賦家)들이다."[86]

사뇌가(詞腦歌)는 "사뇌(詞腦)로운 노래"로서, "'淸·精·麗·讚·雅·高·嘉'한 내용 범주를 지닌 노래"[87]이고, 이는 <보현시원가(普賢十願歌)> 11수를 지칭한 것이니 이와 비슷한 작품군을 묶고, 『삼국유사』의 작품 중 같은 유형을 추출하면 장르 분류는 명확해질 것이다. (1)에서는 사뇌가 <보현시원가>의 노랫말과 글귀의 아름다움을 극찬하며 혜제와 명제의 부(賦)에 견주는데, "감정과 생각은 외부의 사물로 인해 촉발되므로 거기에 담긴 내용은 반드시 분명하고 정아해야 한다. 외부의 사물은 생각과 감정을 통해서 관찰되는 것이기 때문에 그것에 대한 표현은 반드시 오묘하고 아름다워야 한다. 아름다운 표현과 정아한 내용은 구슬의 훌륭한 질과 아름다운 무늬가 서로 섞여있는 것과 같다."(『문심조룡』)[88]를 보면, 작품의 격조를 평하며 지향점을 찾는 일은 문인들의 일상이었는데, <보현시원가>의 사뇌가 11수를 부에 견주어 극찬했고, 『삼국유사』의 향가인 <찬기파랑 사뇌가>를 두고 "그 뜻이 매우 고상하다(其意甚高)"라 하였으니, <보현시원가>와 『삼국유사』의 <찬기파랑가>·<제망매가>·<우적가>·<원왕생가> 등은 함께 유형화 할만하다.

3구6명 문제는 향가 연구의 오래된 난제인데, 논자마다 주장과 논거가 너무 달라서 쉽게 결론짓기 어렵다. 『균여전』에서 제시한 3구6명은 한시의 '오언칠자(五言七字)'에 상응한다.[89] 거기다 "우리 선비들은 한시를 이해하고

86) "太沖安仁 策勳於鴻規 士衡子安 底績於流制 景純綺巧"(劉勰 저, 최동호 번역, 詮賦, 『文心雕龍』, 민음사, 1994, pp.123~125).

87) 박재민, 「兜率·詞腦·嗟辭의 語義에 대한 小考」, 『古典文學研究』 43(韓國古典文學會, 2013), p.23.

88) "蓋睹物興情 情以物興 故義必明雅 物以情觀 故詞必巧麗 麗詞雅義 符采相勝 如組織之品朱紫"(劉勰 저, 詮賦, 앞의 책(1994), pp.123~125).

89) "然而詩構唐辭 磨琢於五言七字 歌排鄉語 切磋三句六名"(赫連挺 저, 앞의 책(1986), pp.58~

읊조리지만, 중국은 박학하고 덕망 있는 선비라도 우리 노래를 이해하지 못한다. 한문은 인드라 구슬망처럼 얼기설기하나 향찰은 범서(梵書)처럼 쭉 펼쳐지니 중국에서 알기 어렵다. 고로 양송(梁宋)의 뛰어난 글은 우리에게 전해오지만, 신라의 훌륭한 글은 서쪽으로 가지 못하니 의사소통은 답답하고 한탄스럽다."[90]했다. 중국 등 동아시아 지식인들이 <보현시원가>를 통해 우리 불교신앙의 깊이를 널리 알 수 있기를 바라는 취지다. 그러므로 3구6명의 구(句)와 명(名)은 우리말 단어나 문장에만 한정적으로 적용되는 개념이 아니라 동아시아 문학이나 불경・불교가요에 두루 적용되는 보편적 개념이었을 가능성이 높다. 『균여전』에는 <보현시원가>를 3구6명으로 다듬는다 했고, 향찰표기 <보현시원가>와 7언 한시를 나란히 실어 대비할 수 있도록 했다.

(3) "사상과 감정을 적절하게 배치하는 일을 가리켜 장(章)이라 하고, 언어를 안배하는 일을 구(句)라고 한다. 장이란 명백하다는 것이고, 구는 국(局), 즉 '경계를 나눈다.'는 뜻이다. 언어의 경계를 나눈다는 것은 글자 하나하나를 엮어서 서로 구별되는 의미의 단위를 구성한다는 말이다.", "무릇 인간의 글은 단어를 사용하여 구를 만들고, 구를 모아 장을 만들고, 장이 쌓여 편(篇)을 이룬다. 완성된 글이 광채를 발하는 것은 각 장에 결함이 없는 데에서 비롯하고, 각 장이 명백하고 세밀한 것은 각 구절에 결함이 없는 데서 비롯한다. 각 구절이 청신하고 힘이 있는 것은 각 단어의 사용에 어지러움이 없기 때문이다."[91]

---

61).

90) "而所恨者 我邦之才子名公 解吟唐什 彼土之鴻儒碩德 莫解鄕謠 矧復唐文如帝網交羅 我邦易讀 鄕札似梵書連布 彼土難諳 使梁宋珠璣 數托東流之水 秦韓錦繡 希隨西傳之星 其在局通 亦堪嗟痛"(赫連挺 저, 위의 책(1986), pp.58~61).

91) "宅情曰章 位言曰句 故章者 明也 口者 局也 局言者 聯字以分疆", "夫人之立言 因字而生句 積句而成章 積章而成篇 篇之彪炳 章無疵也 章之明靡 句無玷也 句之淸英 字不妄也"(劉勰 저, 앞의 책(1994), pp.408~413).

(4) "경서의 구절을 구두(句讀)라고 한다. 중국에는 따로 방언이 없고 일상어가 그대로 문자가 되기 때문에 글귀 뗄 곳에 구두만 찍는다. 고로 우리나라처럼 원문 이외에 구두를 방언으로 만들어 읽으며 현두(懸讀)라 하지 않는다. 속칭 현토(懸吐)라 하는데 토를 달아 읽지 않으면 글 뜻을 알기가 어렵다. 그 때문에 그것을 구결(口訣)이라 한다. 신라 홍유후(弘儒侯) 설총(薛聰)이 방언으로 구경(九經)을 풀이하여 후학들을 가르쳤다.", "『자휘(字彙)』에 '무릇 경서 중에 한 마디 말이 끊어지는 곳을 구(句)라 하고 말이 끊어지지 않았어도 점을 찍어 나누어 송영(誦詠)을 편하게 하는 것을 두(讀)[92]라 한다. 지금 비서성(祕書省)에서 글을 교열하는 방식에 무릇 구가 해당하는 곳에는 글자 옆에 점을 찍고 두(讀)가 해당하는 곳에는 글자 중간에 점을 찍는다." 하였으니 그것이 바로 우리나라의 이른바 토(吐)이다. 즉 우리 음[諺音]의 '하고'는 위(爲)자의 훈(訓)에서 '하'를 빌어 위자의 머리인 두점인 '丷'을 취하고, 고(古)자의 음인 '고'를 빌어 고자의 말미인 'ㅁ'를 취하여 이를 합쳐 '하고[召]'라 하는 유이다. 일본(日本)의 '편가자(片假字)'를 경사(經史)의 구두 옆에 써 놓은 것도 마치 우리나라의 토와 같아 그대로 구결(口訣)이 된다."[93]

여기서 "한 마디 말이 끊어지는 곳"을 '구'라고 했는데, 『유식론』 권2나 『구사론(俱舍論)』 권5에도 '구'는 "여러 낱말이 모여서 사물의 의리(義理)를

92) "읽기가 끊어지지 않을 경우에 점을 찍어 나누어 읽고 외기에 편하게 하는 것을 '두(讀)'라고 한다. 지금의 책은 혹 '구(句)'를 끊을 때는 글자의 옆에 점을 찍고 '두'를 나눌 때는 글자의 중간에 점을 찍는데, 바로 이것을 말한 것이다."("讀未絶而點分之 以便誦詠 謂之讀 今書 或凡句絶 則點於字之旁 讀分 則點於字之中間 是也")(李衡祥 저, 김언종 외 옮김, 역주『字學』, 푸른역사, 2008, pp.77~78, p.211, pp.580~598).

93) "經書句節曰句讀 中國則無方言 而尋常言語 已具文字 故於句節處 點句讀讀之 故無如我東之原文外 句讀 作方言以讀之 曰懸讀也 俗稱懸吐 無此懸讀 則文義難解 故更名曰口訣 新羅弘儒侯薛聰 以方言解九經教授後學", "字彙 凡經書絶處 爲之句 語未絶而點分之 以便誦咏 謂之讀 今秘書省校書式 凡句絶處則點於字之旁 讀分則點於字之中間 是我東所謂吐 則如諺音'ᄒᆞ고' 則借爲訓'ᄒᆞ' 取爲字首兩點'丷' 借古訓'고' 取古字尾'ㅁ' 合爲召之類 如日本片假字 書經史句讀旁 若我東吐 而便作口訣"(李圭景, 經書口訣本國正韻辨證說,『分類 五洲衍文長箋散稿』第17輯, 經史篇1, 經傳類3).

밝히는 것"이고, '명'은 작상(作想)이라 했다. 향후, 불경을 위시한 여러 문헌에서 '구'와 '명'의 용례를 찾아 그 개념을 분명히 한 후에 <보현시원가>에서부터 구와 명의 적용을 검증하여, 비단 향가에만 적용되는 개념이 아니라, 동아시아 여러 나라의 문학작품에 두루 적용[94]될 수 있는 보편타당한 구·명 이론을 만들어 나가야 할 것이다.

2) 인접 학문 분야 연구 성과와의 통섭과 융합

모든 향가 작품에 공히 적용될 수 있는 연구 방법론은 전무하다. 향가에 대한 참다운 이해는 인접한 학문 간 교섭이 긴밀해질 때 가능하다.[95] 향가 연구는 어학·문학적 범위에 머물지 말고, 비교문학·신화비평·문화연구 등 다양한 방법론의 원용을 시도해야 하고, 향가의 음악성도 고려해 상보적·통합적 관점으로 고찰해가야 한다.[96] 작품 성격에 따라 역사·민속·사상 등 다양한 접근 방법이 필요하다. 『삼국유사』가 『고기(古記)』·『향전(鄕傳)』과 국사류(國史類) 등 기존 문헌을 참고했다지만, 설화적 표현이 다수이고, 기존 역사자료가 전혀 남지 않았기에 그 자체를 역사로 인정하기엔 어려움이 많다. "『삼국유사』는 전하는 이야기를 설화화한 결과이거나 찬자가 서술하는 과정에서 윤색을 가한 결과이다. 특히 불교적 내용의 결구는 찬자의 윤색으로 보아도 무방한 것이다."[97] 이에 『삼국유사』의 설화(전승담)을 어떻게 수용하느냐에 따라, 역사와 문학(설화), 진실과 허구의 영역 경계 지점이 논자마다 다르다.

---

94) 김정화, 『古詩 型式의 發見』(집문당, 2003), pp.13~69, pp.111~134 참조.

95) 黃浿江, 「鄕歌硏究試論 I -處容歌硏究의 史的 反省과 一試考」, 『古典文學硏究』 2(韓國古典文學硏究會, 1974), p.125.

96) 류병윤, 앞의 논문(2007), p.74 참조.

97) 이소라, 『삼국유사의 서술 방식 연구』(제이앤씨, 2005), p.136.

예컨대, <서동요>를 “서동과 선화공주의 결연 동화(1단계), 만금장자담(萬金長者譚)(2단계), 지명(知命)법사 법력으로 등극(역사)(3단계), 미륵사 창건 연기전설(史蹟化)(4단계), 무강왕(武康王)유사(5단계), 일연의 개찬(改竄)(6단계)”으로[98] 이해하거나 서동 · 처용 · 수로 등의 설화를 흥미소(호기심 유발, 설화 전승의 보편적 기본적 동인), 효용소(축액(逐厄) · 벽사(辟邪) · 치병(治病) 등으로 신앙 · 사상 확산 수단), 목적소(지배층의 문화적 우월과 교훈성 과시) 등의 전승소(傳承素)로[99] 설화의 형성 · 변이 과정을 살핀 연구는 모두 향가 전승을 설화적으로 이해함으로써 도출할 수 있었던 성과이다.

<도솔가>를 “일월조정(日月調整) 신화”,[100] “전래적 사양의례, 곧 하계 계절제에 불교적 요소를 가미하여 개변한 개벽신화 내지 사양신화(射陽神話)의 하나”로[101] 본 연구, <처용가>와 우타가키(歌垣)에 대한 정치문화사적 관계를 파악하고, 향가와 『만엽집(萬葉集)』의 정토왕생 · 호국불교사상 등을 비교 분석한 연구(송석래), 『만엽집』 전체를 국역하고 향가나 만엽집의 불교가(佛教歌)를 비교한(이연숙)[102] 연구는 비교문학이나 비교문화학적 연구로 이루어낸 결과이다.

<헌화가> 설화에서 관세음보살께 음식 · 꽃을 바친 것을 불교공양(보시)으로 본 시각은 그간 불교사상과는 거리를 두던 <헌화가> 연구에 다른 가능성을 제기한다. 여기서 노인의 헌화나 작가를 각각 ‘시험하기’와 ‘현신하

---

98) 史在東, 앞의 논문(1971), pp.950~951.

99) 金學成, 『韓國古典詩歌의 研究』(圓光大學校出版局, 1980), pp.324~349.

100) 조현설, 「두 개의 태양, 한 송이의 꽃-월명사 일월조정 서사의 의미망」, 『민족문학사연구』 54(민족문학사학회 민족문학사연구소, 2014), p.113, p.138.

101) 玄容駿, 「月明師 兜率歌 背景說話考」, 『韓國言語文學』 10(韓國言語文學會, 1973), p.106.

102) 金思燁, 『日本의 萬葉集-그 內包된 韓國的 要素』(民音社, 1983), pp.264~268; 宋晳來, 『韓日古代歌謠の比較研究(學文社, 1983), pp.28~120; 宋晳來, 『鄕歌와 萬葉集의 比較研究』(乙酉文化社, 1991), pp.56~60, pp.69~158; 李妍淑, 『韓日古代文學比較研究』(박이정, 2002), pp.79~112와 「향가와 『萬葉集』 작품의 불교 형상화 방식 비교 연구」, 『韓國詩歌研究』 21(韓國詩歌學會, 2006), pp.103~137과 『한국어역 만엽집』(1)~(8)(박이정, 2012~2015).

기'로, 백성들의 집단노래를 '구원하기'로 보아, 관세음보살 모티프로[103] 읽었다. 처용 가무의 전승·연행 과정을 살펴 "조선조 오방처용은 (신라에서는 동방에 속했던) 처용을 중앙과 사방으로 해석·확장한 성과이고, 고려·조선엔 민간에 호응이 높았던 주술적·성적 요소가 약화됐다"는[104]주장은 <처용가>를 연희와 예술적 측면에서 살핀 업적이다.

향가 연구와 역사를 분리하는 것은 사실상 불가능하다. 설화는 역사적 사실의 상관물로서 새 지평을 열어주기 때문이다. 그러나 "설화도 어떤 형태로든 역사적 사실을 내포·반영하기 때문에 과학적 검증이 필요하고, 실제 역사와의 간극에 대해서도 계속 고민해야 한다. 심지어 설화상의 역사적 사실은 단순한 차용일 가능성까지도 배제하지 말아야 한다."[105] 이상의 점을 감안하더라도 향가 연구에 역사적 방법론이 이룬 성과는 매우 크다.

<원가(怨歌)>를 지은 신충(信忠)은 경덕왕의 형인 효성왕 측근으로, 효성왕 때 집사부 중시를 지내고, 경덕왕 때 상대등에 임명된 총신(寵臣)이다.[106] 효성왕이 세자 시절에는 신충을 등용할 것을 약속했으나 왕위에 올라 바로 부르지 못한 까닭은 "왕권의 안정에 협력하는 박씨와 후궁 세력, 그리고 김순원 세력의 다툼이 치열했기 때문이다.[107] 효성왕은 16세가량에[108] 전왕인 성덕왕의 정치적 안정을 바탕으로 즉위했지만 6년의 짧은 재위기간 동안 계속 정치적 혼란을 겪었다.[109] 당시 신라는 가장 유력한 2~3개 가문

103) 한경란, 「<수로부인>에 나타난 관세음보살 모티프 양상」, 『韓國詩歌硏究』 40(한국시가학회, 2016), pp.15~23.

104) 서철원, 「처용가무의 전승 및 연행 과정에 나타난 오방처용의 성격」, 『韓國詩歌硏究』 41(한국시가학회, 2016), pp.51~52.

105) 류병윤, 앞의 논문(2007), pp.73~74.

106) 李基白, 『新羅政治社會史硏究』(一潮閣, 1997), p.219.

107) 曺凡煥, 「王妃의 交替를 통하여 본 孝成王代의 政治的 動向」, 『韓國史硏究』 154(한국사연구회, 2011), p.38.

108) 金壽泰, 『新羅中代政治史硏究』(一潮閣, 1996), pp.90~95.

109) 李基白, 統一新羅와 渤海의 社會, 『韓國史講座』 古代篇(一潮閣, 1982), pp.310~311, pp.314~315.

과 왕비나 시중, 상대등 관직을 통해 연합하고 타협하면서 왕통과 전제왕권을 유지하고 공존관계를 유지했는데, 외척인 김순원(金順元) 계의 강대화로 인해 약관의 효성왕은 별다른 영향력을 발휘하지 못했다.[110] 영종의 모반이 실패한 2년 후, 효성왕은 돌연사 하는데, 이에 대해서도 "효성왕은 자신을 둘러싸고 조성된 당시의 긴박한 분위기에서 큰 역할을 하지 못했다"는[111] 진단이 나왔다.

<안민가>에 대해서는 "경덕왕 때는 계속되는 천재지변으로 흉년이 들어 생활이 어려웠다. 많은 백성들이 굶주림에 허덕이니 국기(國基)가 제대로 설 리 없었고 경제적 위기가 극대화되었다",[112] 경덕왕 16년(757)의 녹읍제(祿邑制) 부활도 이를 방증하는데,[113] "(녹읍제는) 진골귀족들의 경제적 이익을 뒷받침하는 것이므로",[114] 왕과 진골귀족들의 갈등 속에 귀족세력이 강해지고 전제왕권이 쇠퇴해간 것으로 읽는다.[115] 경덕왕의 개혁은 이렇다 할 실효를 거두지 못하였고,[116] 경제적 어려움이 겹친 때에, "(경덕왕) 15년 봄 2월, 상대등 김사인(金思仁)이 재이가 자주 나타남을 이유로 글을 올려 시정의 득실을 따졌고",[117] "19년 봄 도성의 동쪽에 귀고(鬼鼓)·해의 고리·혜성이 나타나고, 8월에 복사꽃·오얏꽃이 피고, 유성이 심성(心星)을 범하는" 등 천재가 잇따라 사회적 불안이 조성되었다. 이와 같은 역사·시대적 배경에 근거하여, 경덕왕이 충담사에게 <안민가>를 청하고, 왕사(王師)로 모시려 한 일은 "국가적 난국에 신하와 백성의 소리를 들으며 통치행위를

110) 金壽泰, 앞의 책(1996), p.97.
111) 金壽泰, 전제왕권과 귀족, 『한국사』 9(국사편찬위원회, 1998), pp.101~104.
112) 朴魯埻, 『新羅歌謠의 硏究』(悅話堂, 1982), p.243.
113) 주보돈, 남북국시대의 지배체제와 정치, 『한국사』 3(한길사, 1994), p.326.
114) 이기백, 『한국고대정치사회사연구』(일조각, 1996), p.339; 李基白·李基東, 『韓國史講座』 1(一潮閣, 1982), p.346.
115) 이기백, 앞의 책(1996), p.335.
116) 이기백, 신수판 『한국사신론』(일조각, 1990), p.132, p.335.
117) "十五年春二月 上大等金思仁 以比年災異屢見 上疏極論時政得失"(『삼국사기』 권9, 경덕왕 15년).

성찰하고 경건하게 자중하는 태도"를 반영한 것이라는[118] 결론을 얻었다.

다음은 <모죽지랑가> 관련 연구다. 7세기 초, 진평왕이 수(隋)에서 귀국한 원광에게 보살계를 받은 것처럼, 신라 중고기에 '보살계제자'라는 호칭은 왕이 아니면 사용할 수 없었다. 그런데 <단석산 신선사 조상명기>를 보면, 이 즈음 모량부 존장(尊長)이 보살계제자를 칭했고, 모량리 사람들은 당시 주류인 미륵하생신앙과는 대조적으로 상생신앙을 신봉했다.[119] 이전에 모량부는 왕비족(박씨)으로서 왕비 자리를 독점하다시피 했으나 이후 선덕(善德)·진덕(眞德) 여왕이 즉위하고, 사륜계(舍輪系)·김유신계(金庾信系, 沙梁部)가 결합하여 무열왕비(武烈王妃)를 만듦으로써 세력이 점점 약화되었다. <모죽지랑가> 전승은 모량부의 세력 약화에 따른 불만이 터진 것으로서,[120] 사실상 익선으로 대별되는 모량부 세력과 왕실의 대결이라 할 수 있다.[121]

<서동요> 관련 연구는 2009년에 발견된 미륵사지 석탑 사리봉안기에 "무왕 40년(기해년, 639년)에 미륵사 서탑을 만들었고, 당시 왕후는 백제 좌평 사택적덕(沙宅積德)의 딸"이라 기록한 내용이 "무왕이 선화공주의 발원으로 미륵사를 지었다"는 『삼국유사』의 기록과 상치되면서 난관에 봉착했다.[122]

---

118) 황병익, 「安民歌의 창작 배경과 의미 고찰」, 『정신문화연구』 128(한국학중앙연구원, 2012), p.183.

119) "서로 道로써 죄를 없애고 복을 닦도록 권하여, … 피안에 올라 不二法門을 듣고, 모두 성불할 授記(약속)를 받자고 함께 의논하였다. 그러기 위해서는 불경을 新曲에 맞추어 읽고, (도솔천을) 우러러 가슴 깊이 서원하고 참회한다. 이에 山巖 아래 가람을 짓고 神仙寺라 이름 하여, 미륵석상 1軀와 보살 2구를 만들어 微妙相을 나타낸다."(相勸以道辨罪福報…登彼岸 法門不二如理唯一赤霞…地皆成佛…共來儀(要) 吟新曲仰覩誓懺…仍於山巖下創造伽藍因靈處名神仙寺 作彌勒石像一區高□丈菩薩二區□□微妙相, 辛鍾遠, 「斷石山神仙寺 造像銘記에 보이는 彌勒信仰 集團에 대하여-신라 中古期의 王妃族 岑喙部」, 『歷史學報』 143, 歷史學會, 1994, pp.1~26; 신종원, 『삼국유사 새로 읽기 (1)』-紀異篇, 일지사, 2004, p.187, p.205).

120) 朴海鉉, 앞의 논문(1996), p.56; 南武熙(2002), 앞의 논문, pp.131~133.

121) 신종원, 앞의 책(2004), pp.201~205.

122) 김상현, 「미륵사 서탑 사리봉안기의 기초적 검토」, 『대발견 사리장엄, 彌勒寺의 再照明』(마한백제문화연구소·백제학회, 2009), pp.138~154.

하룻밤 새에 산을 허물고 못을 메워 터를 닦은 것이나 신통력으로 신라 궁궐에 금을 날랐다는 이야기는 불교적 신비감 조성을 위한 설화적 각색이겠지만,[123] 미륵사 절터가 본디 못이었고, 석탑의 화강암이 인근 삼기산이나 미륵산 중턱의 화강암[124]인 점, 『삼국유사』에서 제시한 미륵사 가람 구조가 미륵사지 발굴 조사 결과와 정확히 일치하는 점,[125] 심지어 이 지역에 금이 많은 것도 사실로 확인되는데, 비단 "미륵사 창건을 발원한 선화공주를 가공의 인물이라 단정할 수는 없는 노릇"[126]이다. 무왕은 42년 동안 재위 했으니, 여러 왕후를 뒀을 가능성도 배제할 수 없고, 서탑・동탑이나 중앙 탑의 마무리 시기가 달랐을 수도 있다.[127] "금년 정월에 국주모(國主母)가 돌아가고, 제왕자(弟王子) 교기(翹岐)와 친여동생 4인, 내좌평(內佐平) 기미(岐味), 그 외에 신분 높은 인물 40여 명을 섬으로 추방했다."는[128] 기록을 바탕으로, "국주모는 당시 국왕인 의자왕의 어머니이다. 진평왕의 딸인 선화

---

123) 李乃沃, 「미륵사와 서동설화」, 『역사학보』 188(역사학회, 2005), p.50; "경문왕 설화의 경우, 경문왕의 표리부동한 허위를 당나귀 귀로 굴절시킨 요인은 효용소이다. 현실이 설화로 전이될 때 현실의 토대가 되는 사회경제적 맥락, 종교, 세계관, 문화적 취향, 미의식 등이 영향을 비친다."(이도흠, 三國遺事에서 현실의 反映과 屈折의 變因과 原理-景文王 설화와 調信夢 설화를 중심으로, 耳勤崔來沃教授華甲紀念論文集『說話와 歷史』(集文堂, 2000), pp.311~333.

124) 조규성・박재문, 익산 미륵사지 석탑에 사용된 화강암에 대한 암석학적 연구, 『과학교육논총』 27(전북대학교 과학교육연구소, 2002), pp.41~44.

125) 『삼국유사』 무왕조에는 "미륵법상 3개와 回殿・탑・廊廡를 각각 세 곳에 세우고 미륵사라" 했다는데, 미륵사지 발굴에서 확인된 중앙의 9층 목탑과 중금당, 서쪽의 9층 석탑과 서금당, 동쪽의 9층 석탑과 동금당 등 각각의 회랑으로 둘러싸인 삼탑-삼금당은 『삼국유사』에서 묘사한 가람구조와 동일하다.

126) 홍윤식, 「益山 彌勒寺 창건과 선화공주의 역사적 의미」, 앞의 책(2009), pp.22~35; 노중국, 彌勒寺 창건과 知命法師, 『백제사회사상사』(지식산업사, 2010), pp.429~432; 허윤희, 미륵사지 백제의 비밀을 털어놓다, ≪조선일보≫ 2009년 2월 25일, p.A18; 신재홍, 『향가 서정 여행』(월인, 2016), pp.14~15; 박현숙, 무왕과 선화공주의 미스터리, 미륵사지 출토 금제사리봉안기, 『금석문으로 백제를 읽다』(학연문화사, 2014), p.255.

127) 박현숙, 위의 책(2014), pp.254~255.

128) "今年正月 國主母薨 又弟王子兒翹岐及其母妹女子四人 內佐平岐味 有高名之人卌餘 被放於嶋"(『日本書紀』 卷24; 연민수 외, 『역주 일본서기』 3, 동북아역사재단, 2013, pp.135~136, p.164).

공주가 자신의 자매를 대동하고 백제왕실에 출가했을 리 없으므로 의자왕과 제왕자는 이복형제이다. 정황상 국주모가 의자왕의 생모이기는 어렵다. 의자왕이 사택씨 왕후의 소생이라면 태자 책봉과정이 그렇게까지 힘들었을 까닭이 없다. 사택씨 왕후가 낳은 왕자와 의자 태자의 책봉 경쟁이 치열했을 것이다. 따라서 의자왕의 어머니는 미륵사 창건 발원자인 선화 왕비일 수 있다는 것이 자연스러운 추론"이라는[129] 견해 또한 역사적 접근에 따른 성과이다.

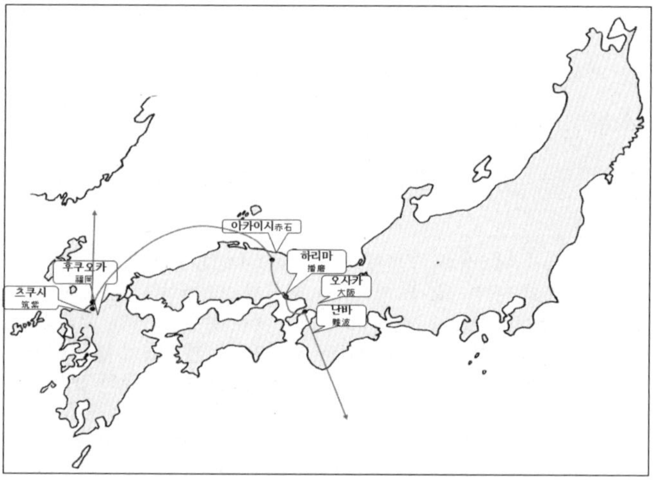

후쿠오카(福岡)현 츠쿠시(筑紫) 위치도

위의 지도는 <혜성가> 서사를 역사적으로 접근하여 그린 것이다. <혜성가>를 부르니 일본군이 철수했다는 전승담에 대해서는 의문이 많다. 우리에겐 진평왕(579~632 재위) 당시 일본이 신라를 침공한 역사기록이 없지만, 『일본서기』는 이에 대한 기록[130]을 남겼고,[131] 당시의 신라침략(계획)[132]에

129) 이도학, 『삼국통일 어떻게 이루어졌나』(학연문화사, 2018), pp.33~35.
130) "숭준천황 4년(591) 11월 2만 명의 야마또 군대가 츠쿠시까지 갔다가 그만두었다", "추고

는 몇몇 공통점이 있다. 첫째, 하나같이 신라가 임나를 복속한 일을 문제 삼았고 임나 부흥을 꾀했다. 둘째, 신라 정벌 계획을 세웠지만 주둔지 체류 기간이 길고, 일본 군사가 수만에 이르지만 왜군의 동선은 "난바(難破, 大阪府 大阪市)[133]-하리마(播摩, 兵庫縣 加古郡)-아카이시(赤石, 兵庫縣 豊岡市)-츠쿠시(筑紫, 福岡縣 筑紫野市)[134]"로, 최종거점 츠쿠시를[135] 넘어서는 일이 드물었다. 셋째, 장군이나 동행하던 장군 처의 죽음[136] 등 내부 사정에 의해 정벌계획이 모두 수포로 돌아갔다. "신라가 맥없이 항복했다"는 기록은[137] 천황 중심의 기술로 인한 굴절이고, 실제 전쟁으로 이어지지는 않았던 것이다.

초기 연구부터 <처용가>에 대한 민속학적 접근이 많았다. 역신(疫神)이 아내를 범함에도 물러나 춤을 춘 처용을 연극사・가무신인(歌舞神人)・무부(巫夫)・샤마니즘・용관념・제웅민속・굿・구나(驅儺) 등 다양한 시선[138]으

천황 11년(603) 7월 하리마까지 갔다가 야마또 군대 장군을 시종하는 처가 죽어 그만두었다" 등 5건.

131) 황병익, 「彗星歌의 爭點과 意味 考察」, 『韓國詩歌研究』 17(韓國詩歌學會, 2005), pp.180~189.

132) "是歲 新羅伐任那 任那附新羅 於是 天皇將討新羅…則不果征焉"(『日本書紀』 卷22, 推古天皇 31年).

133) 家永三郎 外 著, 姜亨中 譯, 『新日本史』(文苑閣, 1993) '古代(8~9世紀)의 行政區畫図' 참조.

134) 筑紫가 신라침공의 거점이고, 664/665년 對馬島와 壹岐島, 筑紫에 烽火臺・水城(방위용 성벽)을 구축("是歲(664) 於對馬嶋・壹岐嶋・筑紫國 等 置防與烽 又於筑紫 築大堤貯水 名曰水城", "(665年) 秋八月 遣達率憶禮福留 達率四比福夫於筑紫國 築大野及椽二城"(『日本書紀』 卷27, 天智天皇 3・4年)한 것을 보면, 筑紫는 '福岡縣 筑紫野'를, 선박을 모으고 군량을 나른 島郡은 '福岡縣 糸島'를 말한다. 부근에 壹岐嶋가 있다(下中邦彦, 『常用 日本地圖帳』, 平凡社, 1985, pp.56~61 참조).

135) "秋七月 將軍等 至自筑紫"(『日本書紀』 卷22, 推古天皇 2年 秋 7月), "十年 春二月 己酉朔 來目皇子爲擊新羅將軍 授諸神部及國造伴造等 幷軍衆二萬五千人"(위의 책, 推古天皇 10年 春 2月), "丁未 遣驛使於筑紫將軍所曰 依於內亂 莫怠外事", 위의 책, 卷21, 崇峻天皇 4年 11月 丁未)을 보면 筑紫가 倭軍의 주된 아지트이다.

136) "推古天皇 十一年 春二月 癸酉朔 丙子 來目皇子 薨於筑紫 夏四月壬申朔 更以來目皇子之兄當摩皇子 爲征新羅將軍 秋七月 辛丑朔癸卯 當摩皇子 自難波發船 丙午 當摩皇子到播磨 時從妻舍人姬王薨於赤石 仍葬于赤石檜笠岡上 乃當摩皇子返之 遂不征討"(위의 책, 卷22, 推古天皇 11年).

137) "新羅國主 聞軍多至 而豫慴之請服 時將軍等 共議以上表之 天皇聽矣"(위의 책, 推古天皇 31年).

138) 金承璨, 處容歌, 『新羅鄕歌論』(世宗出版社, 1993), pp.190~207; 김영수, 「처용무와 처용가」, 『佛敎學報』 2(동국대학교 불교문화연구원, 1964), pp.133~160; 김종우, 「불교의 용 관념

로 접근했고, 의료민속학적 고찰도 있었다.

> (1) "추고천황(推古天皇) 34년(626)에 일본에 흉년이 들자 삼한(三韓)에서 미속(米粟) 170소(艘)를 구해 싣고 오다가 낭화(浪華)에 정박할 때였다. 그때 배 안에 포창(疱瘡)을 앓는 세 소년이 있었는데, 한 소년은 노부(老夫)가, 또 한 소년은 부녀(婦女)가, 또 한 소년은 승도(僧徒)가 붙어있었다. 그들이 누구인지 몰라서 사람들이 그 이름을 묻자 붙어 있던 역신(疫神)이 '우리는 역신의 무리로 포창의 병을 맡았는데, 우리도 이 병을 앓다 죽어서 역신이 되었다. 이 나라 사람들은 금년부터 이 병에 걸릴 것'이라 하였다."[139)]

<처용가>의 역신은 두창(痘瘡) 등 전염병을 옮기는 악신을 눈으로 보는 듯 극적으로 묘사한 것이다. 아내에게 질병이 찾아드는 상황에, 노래 부르고 춤추며 물러났다.(唱歌作舞而退)" 당시엔 귀신이 붙어 병에 걸린다고 믿고, 치료하지 않고 귀신에게 제사지내며 소원을 빌었다. 병자를 살리기 위해 음식, 꽃 및 돈을 바치기도 했다. 귀신이 이 의식에 만족하여 빠져나가면 아이는 살게 되지만 그렇지 않으면 죽는다고 믿었다.[140)] 이에 민요나 무가에서 그 예를[141)] 찾아 이를 관용(寬容)이 아닌, 외기(畏忌) · 외신(畏愼) · 기휘

과 처용가」, 『處容硏究全集』 Ⅲ 민속(역락, 2005), pp.287~308; 徐大錫, 處容歌의 巫俗的 考察, 『韓國學論集』 2(啓明大學校 韓國學硏究所, 1975), pp.265~285; 박춘규, 處容歌의 巫覡性 考察, 『語文硏究』 11-1(한국어문교육연구회, 1983), pp.173~185; 임재해, 「처용담론에 나타난 사회적 모순과 굿 문화의 변혁성」, 『배달말』 24(배달말학회, 1999), pp.189~238 등 수없이 많다.

139) "推古天皇三十四年 日本穀不實 故三韓調進米粟百七十艘 船止於浪華 船中有三少年憂疱瘡者 一人則老夫添 一人則婦女添 一人則僧添居 不知孰人 國人問其名 添居者答曰 予等疫神徒 司疱瘡之病 予等亦元依此病死成疫神 此歲國人 始憂疱瘡."(李圭景, 「痘疫有神辨證說」, 『五洲衍文長箋散稿』 卷57, 人事篇1, 人事類2).

140) 朴瀅雨, 『濟衆院』(몸과 마음, 2002), p.238.

141) "아무리 지금 세월이 약이 좋고 주사가 좋다 해도/손님네를 잘 위해야지/손님네 잘못 삐끌어노면/참 자손들을 꼼보도 맨들 수 있고/병신도 맨들 수 있고/눈도 또 새따먹게도 맨드고 코빙신도 입비뚤이도 맨들고/뱅신을 모도 맨들어 노니"(김유선 구연, 임재해 채록, 慶州 月城 손님굿, 『韓國口碑文學大系』 7-2, 한국정신문화연구원, 1980, p.795).

(忌諱)로 읽은 것은[142] 의료민속학적 접근에 따라 세워진 의견이다.

향가 연구에서 불교 연구가 차지하는 비중은 매우 크다. <원왕생가>에서 노래한 서방정토 왕생의 염원은 단순한 불교적 의미를 넘어 대중적 호소력을 지닌다. 종교적 수행과정에서 일으키는 순수한 불교적 원력(願力)과 염원뿐만 아니라 핍박한 삶으로부터 벗어나고자 하는 통일신라기 대중의 소박한 현실적 염원도 동시에 끌어안을 수 있기 때문이다. 한편 <보현시원가>는 『화엄경』 보현행원품이라는 특정한 불교 경전의 교리를 노래로 부른 것이므로 노래한 세계가 대중성을 지니기에는 지나치게 전문적이다. <예경제불가(禮敬諸佛歌)>를 비롯한 11수의 노래는 경전에 나오는 보현보살의 10대원(大願) 제목을 그대로 차용하고 있을 뿐만 아니라 내용 또한 경전에 서술된 10대원의 교리 내용을 그대로 가져오고 있다. 노래한 세계가 순수하게 불교적인 만큼 이를 창작하고 즐기는 향유층 역시 특수층으로 제한되어 있다.[143]

『삼국유사』 <월명사도솔가> 조에서 천재지변 해결 후, 한 동자가 내원탑(內院塔)으로 들어간 일은 "진평왕 대 궁내에 내제석사(內帝釋寺; 天柱寺)가 있어,[144] 불교화 된 천신, 즉 제석신(帝釋神)이 왕위를 승인"하는 것으로 인식했음을 알려준다.[145] 이를 향가의 무불습합(巫佛習合)이라[146] 한다. <도솔가>의 '미륵 좌주(座主)'·'곧은 마음(直心)'의 뜻은 오로지 불교사상과 의례

142) 황병익, 「疫神의 정체와 신라 <처용가>의 의미 고찰」, 『정신문화연구』 123(한국학중앙연구원, 2011), pp.134~148.

143) 성기옥·손종흠, 앞의 책(2016), pp.87~88.

144) 韓國佛敎研究院, 『新羅의 廢寺 I』(一志社, 1974), pp.66~67 참조.

145) 金在庚, 「新羅 土着信仰의 分化進展」, 『歷史學報』 174(歷史學會, 2002), pp.24~25.

146) 역사학계에서는 '巫佛交代·巫佛融和'로 쓴다. 대표적 연구로, 李基白, 「三國時代 佛教傳來와 그 社會的 性格」, 『歷史學報』 6(歷史學會, 1954), pp.128~205; 李基白·李基東, 「佛教의 受容과 巫佛의 交代」, 『韓國史講座 I』(古代篇)(一潮閣, 1982), pp.247~251; 金杜珍, 古代人의 信仰과 佛教受容, 『한국사』 2(국사편찬위원회, 1984), pp.289~318; 최광식, 앞의 책(2007), pp.261~301이 있다.

연구를 통해야만 알 수 있다. "(왕들이) 곧 백만 억 개의 행화(行華)를 뿌리자, 그것이 허공에서 한 자리(座)로 변했고, 시방의 제불들이 함께 이 자리에 앉아 반야바라밀을 설했다."니,[147] 이는 꽃을 뿌려 미륵불을 의식의 주체로 모실 자리를 마련하는 것이고, '직심(直心)'이란 "보적아, 보살이 그 깨끗한 마음에 따르면 능히 바른 행을 일으키고 그 행에 의하면 깊이 도를 구하는 마음(深心)을 얻느니라."[148]와 같이, "만행의 근본이 되는, 바탕이 곧고 아첨이 없는 마음"(『주유마경(註維摩經)』 1)이다.

<도솔가> 연구에는 천문학적 접근이 유용하다. 하늘의 변화에 대한 고대・중세인의 인식과 대응을 살피는 일은 천문현상에 대한 실체 파악이 이루어질 때 명확해지기 때문이다. "두 개의 태양이 출현"한 이일병현(二日並現)을 담은 <도솔가> 전승담을 놓고는 여전히 반역세력의 상징, 한재(旱災), 오로라, 혜성 등 갖가지 이설이 상존하지만,

> (2) "의종(毅宗) 13년 정월 병진일에 일훈(日暈)이 있었으며 청적백색의 햇귀가 서북쪽에 두 개 있었고, 3중의 배기(背氣)가 있었는데 모두 태양으로부터 몇 자 떨어지지 않았다. 뭇사람들이 이것을 바라보고 세 개의 태양이 같이 떴다고 모두 말하였다."(『고려사』 권47, 지1, 천문1)

이 같은 문헌 자료나 불경에 근거하여 이일병현을 일시적으로 나타나는 환일(幻日) 현상으로 이해한 것은[149] 천문학 자료에 근거한다. 환일은 태양의 고도가 낮을 때 대기 중에 있는 얼음 결정에 빛이 반사됨으로써 태양

---

147) "諸王散華於虛空 不華變爲座三十方下 化佛說法 無量下 化衆散華 化佛說法"(원측 저, 백진순 역, 제6편 散華品, 『인왕경소』, 동국대학교 출판부, 2010, pp.601~602; 佛典刊行委員會 편, 『韓國佛教全書』1-新羅時代篇, 東國大學校出版部, 1979, p.100).

148) 譯經委員會, 『維摩經 外』(東國譯經院, 1986), pp.30~32.

149) 黃柄翊, 「三國遺事 二日竝現과 <도솔가>의 의미 고찰」, 『語文研究』 115(韓國語文教育研究會, 2002.9), pp.151~164에서 이에 대한 상론을 펼쳤다.

안쪽의 무리와 해의 둘레가 교차되는 부분이 한층 더 빛나 보이는 천문 현상이다. 『승정원일기』에도 "진시(오전 8시 경)에 햇무리가 생기고 양쪽에 햇귀가 있었다. 오전 10시경과 정오 무렵에 햇무리(暈, 해 테두리)와 양쪽 햇귀가 있었다. 햇무리 위에는 해 모자(冠)가 있었고, 해 모자 위에는 햇등(背)이 있었다. 햇등의 안쪽은 붉은색이고 바깥은 파란색이었다. 흰 무지개가 해를 꿰뚫었다."[150] 하여 환일에 대해 자세히 묘사했는데, 여기서도 안쪽 붉은색, 바깥 파란색이라는 태양스펙트럼을 적고 있어서 두 해가 나타난 일의 실체를 파악하는데 도움을 준다. 2개의 해는 사실상 곧 사라질 천문현상에 불과했으나 당시 임금은 이 같은 변괴가 자신의 통치행위나 국가안위를 저해하는 긴장요소로 이어질까 긴장하며 경건하게 주변상황을 점검했고, 이때 향가는 민심 동요를 잠재우는데 일조했다.

<도천수대비가> 연구에는 눈병의 실상과 처치, <처용가>에는 역신(疫神)·열병신(熱病神)의 실체와 인식, 대응방식을 파악하기 위한 한의학이나 의료 민속적 접근[151]이 필요하다.

"고고학·역사학자들은 문명 붕괴의 원인으로 가뭄·토양고갈·인구과잉·전쟁 등을 열거하고, 생태학자들은 영양실조나 질병을 이유로 들 수 있다. 원인은 그 중 하나일 수도 있고 몇 가지의 조합일 수도 있다."[152] 이것이 학문의 경계를 넘은 지식의 대통합이 필요한 까닭이다. 100여 년의 향가 연구사를 회고할 때, 다양한 분야에서 갖가지 성과를 냈으므로 이젠 완전히 새로운 방법을 찾기보다는 어학·역사·문학·사상 등 연관·인접

150) "辰時 日暈兩珥 巳時午時 日暈兩珥 暈上有冠 冠上有背 色皆內赤外靑 白虹貫日"(『承政院日記』 영조 24년(1748) 10월 16일 丁酉).

151) 신동원, 『호환 마마 천연두-병의 일상 개념사』(돌베개, 2013), 160~190면과 『호열자, 조선을 습격하다』(역사비평사, 2004), pp.44~56; 원보영, 『민간의 질병인식과 치료 행위에 관한 의료민속학적 연구』(민속원, 2010), pp.113~238.

152) Edward Osborne Wilson, 최재천·장대익 옮김, 『통섭Consilience』(사이언스북스, 2005), p.491.

학문끼리 경계를 허물고, 작품의 분석에 필요하다면 모든 방법을 총동원하고 항상 열린 자세를 견지하여 융합하고 통섭하여 상호보완적인 결론에 도달해야 할 것이다.

3) 향가의 사회문화적 효용에 대한 거시적 고찰

향가는 삼국시대의 사회문화적 배경 아래 탄생했다. 6~7세기는 세 나라가 정치적으로 강력한 왕권국가를 확립하고 영토 확장을 위해 팽팽하게 대치하던 시기이고, 중국의 한문화와 불교문화를 통해 민족문화의 자생적 기반을 구축한 시대이다. 여기에 화랑제도의 성립, 불교적 세계관의 확립, 한시나 불교음악과 같은 선진적 예술양식의 수용 등이 향가 형성에 영향을 미쳤다." 향가는 향유층의 확산을 통해 기층민과 상층지식인들이 두루 즐길 수 있는 노래 양식으로 대중화에 성공했고, 왕실음악으로 지위 상승까지 이루었다. 그러나 10~12세기의 고려시대 향가는 앞 시대에 확보했던 폭넓은 대중적 호소력을 상당 부분 상실하면서, 노래가 특수층의 이념을 대변하는 양식으로 기능화 되어 쇠퇴의 길을 밟게 되었다.153)

"현존 향가는 7세기 통삼(統三) 전쟁 무렵에 5수, 성덕왕에서 경덕왕에 이르는 60여 년 간 7수가 집중되었다. 향가의 작품세계는 고대 및 중세 문화사에서 매우 중요한 종교 신앙의 실체를 파악하는 데 더없이 좋은 자료이다. 7세기 향가는 언어의 주술성에 대한 사유를 지속하며 그와는 구별되는 체험적 · 종교적 언어의 효과에 대한 인식을 갖추기 시작했고, 8세기 향가는 시의 제재로서 '사람'에 대한 관심을 지속하는 한편, 사람을 통해 시간과 공간의 의미를 다시 해석하는 본격적 서정시 경향을 갖추었다. 9세기에

153) 성기옥 · 손종흠, 위의 책(2016), p.81, pp.87~88.

접어들어 한문학의 본격적 전파에 따라 향가의 역할은 다소 줄어, 다만 그 전승담에 적대자를 감화·교화시킨다는 내용이 공통으로 드러나 있어 이 시기 향가 담당층의 관심사를 유추해볼 따름이다."[154]

향가의 세기별 특징의 선명도는 계속 고구할 일이지만, 향가시대 동아시아의 불교·사회·문화의 흐름, 한자문화와 자국문화의 접변과 변화 위에서 생긴 보편성과 고유성을 살피는 일은 긴요하다. 한자 전래 이후, 향찰과 같은 차자표기는 동아시아 문화권에서 두루 유행했고, 불교·호국[155] 의례도 공통점이 많은 까닭이다.

첫째, <도솔가>와 전승담을 보면, 향가는 왕이 주재하는 국가의 공식 행사에서 불렸다. 이일병현을 국가적 재난의 징조라 여겼고, 왕이 직접 나서서 단을 열게 하고 계(啓)를 청하였다.

(1) "838년 10월 22일. 이른 아침에 살별(彗星)을 보았다. … 이 별은 검광(劍光)이다. 그저께, 어제, 그리고 오늘밤까지 3번이나 나타났다. 매일 밤 상공은 이를 괴이하게 여겨 일곱 명의 승려로 하여금 7일 동안 『열반경』과 『반야경』을 외도록 했다. 다른 절에서도 그렇게 했다."

(2) "838년 10월 23일. 살별이 나타나면 국가가 크게 쇠퇴하거나 병란이 일어난다. 동해 왕이 곤(鯤)과 고래(鯨) 두 마리가 죽었다고 하고, 점괘가 크게 괴이하여 피가 흘러 나루를 이룰 것이라 하니 이는 난리가 나서 천하를 정복하게 될 것이라는 뜻이다.…지난 원화(元和) 9년(814) 3월 23일 밤에도

154) 서철원, 앞의 책(2013), pp.13~15

155) "소수의 이민족이 압도적인 다수의 漢民族을 효율적으로 통치하고 또한 양 민족을 융화시키기 위하여 불교를 국가통치수단으로 이용했다. 이후 불교는 國家鎭護的 성격의 호국불교로 발전하게 되어 승려들도 국가의 정치에 관여하는 풍조로까지 발전했다. 신라의 경우 진흥왕 이래 불교 이데올로기를 국가적인 규모로 이용하여, 百座講會와 같은 중요한 불교행사에서도 호국경전을 강독하여 국가의 안정과 만민의 행복을 기원하고 천재지변이나 질병의 유행을 막고자하는 등, 중국보다 호국사상의 색채가 농후하였다."(민병훈, 인적교류와 호국불교, 『실크로드와 경주』, 통천문화사, 2015, p.108).

> 동쪽에서 살별이 나타나더니 10월에 재상의 반란이 일어났고, 상공인 왕씨(王氏) 이상 많은 사람들이 음모를 꾸며 재상과 대관 등 모두 20명이 죽은 것을 비롯하여 이 난리에 모두 1만 명 이상이 죽었다.156)

위 기록은 <도솔가>·<혜성가>의 전승 상황과 같다. “동남쪽에 있는 별을 보니 꼬리는 서쪽을 향하고 빛은 몹시 밝아 멀리서도 보였다. 빛의 길이는 열 길이 넘었다. 모든 사람들이 입을 모아 ‘이는 병란이 일어날 조짐’이라 했다.”에도 천변(天變)에 대한 중세적 인식이 담겨있다. <도솔가> 서사를 보면, 경덕왕 19년(760년) 해가 2개 나타나 열흘 동안 사라지지 않을 때 사실상 범패를 필요로 했음을 알 수 있다. <도솔가>를 부른 시기가 진감선사(774~850)의 쌍계사 범패보다 빠르므로 성범(聲梵, 범패)은 8세기 중반 이전부터 신라에 전해져 있었음을 알 수 있다. 전승을 살펴보면, 절에서 재(齋)를 올릴 때 ‘범패’를 연주했는데, 때로 향가가 범패를 대등하게 대체했음을 볼 수 있다.157)

> (3) “남녀와 승려와 속인이 함께 절에 모여, 낮에는 강의를 듣고 밤에는 예불(禮佛)·참회를 하며 불경과 차제(次第)를 들었다. 모이는 승려 숫자는 40명이다. 불경의 강의나 **예불·참회는 신라** 풍속을 따른다. 황혼과 새벽에 있는 2차례 예불·집회는 당(唐) 풍속에 따르지만, 그 밖의 의식은 신라어로 한다.158)

이 자료에 따르면, 중국 산동 반도의 적산원(赤山院)이라는 절에서는 신라풍(향풍)의 범패와 당풍의 범패, 일본사회에서 불리던 일본풍 범패가 있었음

---

156) (1)과 (2)는 圓仁 저, 申福龍 역, 『入唐求法巡禮行記』(정신세계사, 1991), p.46.
157) 박노준, 향가와 인연이 있는 군주들이 남긴 자취, 『향가여요 종횡론』(보고사, 2014), p.61.
158) “男女道俗 同集院裏 白日聽講夜頭礼懺 聽經及次第 僧亦其數卌來人也 其講經礼懺 皆據新羅風俗 但黃昏寅朝一時礼懺 且依唐風 自餘並依新羅語音”(839년 11월 16일, 圓仁 저, 위의 책, p.118).

을 알 수 있다.[159] 839년 11월 22일에 행한 음곡(音曲)[160]도 모두 당음(唐音)이 아닌 신라의 것이었고, "이 불경을 어찌할 것인가(云何於此經)", "바라건대 부처께서는 미묘함과 비밀스러움을 열어주소서(願佛開微密)"라는 구절을 외웠다 전한다. 그중에서 향풍으로 노래한 것은 주로 대중이 불명을 반복해서 부른다.

신라가 일본 천왕의 조문단에 음악인 80명을 보낸 것,[161] 일본 궁전 뜰에서 고구려 · 백제 · 신라 삼국의 음악을 연주한[162] 것을 보면, 신라음악이 활발히 교류되었음을[163] 알 수 있다.

'이일병현'을 물리치기 위해 <도솔가>를 불렀지만 본디 범패를 필요로 했다는 점, <제망매가>나 그 전승담이 "범패를 주로 부르는 상주권공재(常住勸供齋; 죽은 사람의 영가를 천도하기 위하여 행하는 49재 · 소상 · 대상)"와 흡사하고, <원왕생가>와 그 전승담이 생전예수재(生前豫修齋), 범패 중 바깥채비소리인 화청(和請),[164] 불교 포교를 위한 거사소리를[165] 닮았으므로 향후의 향가 연구는 동아시아의 불교의식과 범패,[166] 하늘의 변괴나 천재지변 · 질병

159) 宋芳松, 『韓國音樂史論攷』(영남대학교출판부, 1995), pp.89~90.

160) "廿二日 赤山院講經儀式 … 大衆同音 稱嘆佛名 音曲一依新羅不似唐音 講師登座 訖稱佛名便停 時有下座一僧 作梵一據唐風 卽云何於此 解脫香木項梵唄 訖講師唱經題目 便開題分別三門"(圓仁 저, 앞의 책(1991), p.119).

161) "新羅王聞天皇旣崩 而驚愁之 貢上調船八十艘 及種種樂人八十 是泊對馬而大哭 到筑紫亦大哭"(『日本書紀』 卷13, 允恭天皇 42年 春正月; 연민수 외, 『역주 일본서기』2(동북아역사재단, 2013), p.118.

162) "因以大辟罪以下皆赦之 亦百姓課役並免焉 是日 奏小墾田儛 及高麗 百濟 新羅 三國樂於庭中"(『日本書紀』 卷29, 天武天皇 12年 春正月; 연민수 외, 위의 책 3권, p.486, p.534).

163) "정관(貞觀) 5년(631년, 진평왕 53년)에 2명의 여악공을 보내오니,"(『신당서』 권220), "정관 5년에 사신을 보내와 여악공 두 사람을 바치는데,"(『구당서』 199).

164) "和請은 대중 포교수단으로 활용한 교술 중심의 소리로, 향가를 서정 중심의 노래로 추정한", 향가에 대한 장르적 연구가 있다.(김학성, 『한국 고시가의 거시적 탐구』, 집문당, 1997, pp.49~51).

165) "화청은 불교 포교의 한 방편으로 대중이 잘 알아들을 수 있는 우리말 사설을 민속적인 가락에 붙여 부르는 음악"인데, 지금까지 알려진 화청으로는 祝願和請, 六甲和請, 十王地獄道勸往歌, 八相和請, 西往歌, 十惡業, 白髮歌, 往生歌, 可歌可吟, 涅槃歌, 勸善曲 등이 있다.(김영운, 『국악개론』, 음악세계, 2015, pp.273~279, p.298).

등에 대응하는 불교의례, 강경(講經)·송경(誦經) 의식절차, 의식에 수반된 게송(偈頌)·찬(讚)이나 노래[167] 등을 비교분석하고, 중국이나 일본에 전해진 신라악(新羅樂), 수·당(隋唐)의 불교음악, 산화(散花) 등 서역의 불교음악, 인도·남방·중국·대만·티베트·실크로드 등 불교음악과[168] 연관 지어 보편적 결론을 찾아가야 한다.

> (4) "부처의 큰 가르침이 동쪽으로 전해진 이후 경전은 많이 번역되었지만 노래(聲)는 전해지지 않았다. 범어는 중복된 언어이고, 중국어는 단순하고 기묘해서, 천축의 곡(梵音)으로 중국어 가사를 읊게 되면 그 소리가 이어져서 게송(偈頌)이 촉급하고, 중국의 곡(漢曲)으로 범어가사를 노래하면 곡의 운율은 짧은데 가사는 길다."[169]

"가락만 중시하고 가사를 소홀히 하면 도를 얻을 수 없고, 가사만 중시하고 가락을 소홀히 하면 세속의 정의를 얻을 수 없는데, '범패'는 성(聲, 가락)과 문(文, 가사)을 둘 다 얻었기"[170] 때문에 아름답고 귀하게 여겨 동아시아에 두루 불리어졌다. (4)를 보면, 범어와 중국어의 차이 때문에 한어범패와 범어범패의 율격과 분위기가 달랐음을 알 수 있다. 월명사가 모른다고

166) 윤소희, 『동아시아 불교의식과 음악』(민속원, 2013), 136~170면과 『한중불교음악연구』(백산자료원, 2014), pp.175~200, pp.201~276과 『범패의 역사와 지역별 특징』(민속원, 2016), pp.31~50.

167) "제가 논을 짓고 게송을 설하니, 원하옵건대 아미타부처님 친견하고 모든 중생들과 함께 안락국토에 왕생하게 하옵소서. 무량수경 수다라 장구 제가 게송으로 모두 설해 마치옵니다."(天親菩薩 저, 무량수여래회 역, 無量壽經 優婆提舍 願生偈, 제5 회향문, 『淨土五經一論』, 비움과소통, 2016, p.320).

168) 윤소희, 앞의 책(2013), pp.30~71.

169) "自大教東流 乃譯文者衆而傳聲蓋寡 良由梵音重複漢語單奇 若用梵音以詠漢語 則聲繁而偈迫 若用漢曲以詠梵文 則韻短而辭長"(慧皎 撰, 『高僧傳』 卷13; 『大正新修大藏經』 50, 史傳部2, 아름출판사, 1960, p.415).

170) "但轉讀之爲懿 貴在聲文兩得 若唯聲而不文 則道心無以得生 若唯文而不聲 則俗情無以得入"(慧皎 撰, 위의 책, p.415).

말한 성범은 한어범패가 아니라 범어범패였다. "한어범패 가사들은 불보살을 칭탄하는 뜻에 집중된 것에 비해, 범어진언은 소리 나는 음에 집중하여 자송함으로써 신통력을 발휘"했다.[171] 초기에 서역에서 온 유랑승들은 범어로 된 다라니를 외며, 염불공덕하고, 액(厄)과 마(魔)를 물리치고, 제화초복, 치료[172]를 기원했다. 이들의 신주(神呪) 다라니, 즉 주어(呪語)들은 교리 전달보다는 재미있고 신통한 능력을 드러내 민중의 호감을 사는데 집중했다[173]

관음의 화신이 달달박박(怛怛朴朴)에게 준 7언 한시 "슬프고도 간곡하고 사랑스러워 하늘에서 온 선녀의 분위기가 있다. 만약 이 낭자가 중생을 따라서 다라니(陀羅尼) 언어를 몰랐다면, 어찌 이렇게 할 수 있었겠는가?"는[174] 한어범패이다. 불교계 향가는 한어·범어범패와 언어·율격 면에서 차별화하여, 신통한 힘으로 대중들에게 불교교리를 전달하려 한 노래이므로, 동아시아 불교음악과 신라·고려시대 불교 향가를 비교분석하면 그 특징이 잘 드러날 것이다. 사뇌가와 일본 사이바라(催馬樂)의 관계를 살펴, "'사이바라'는 '신라(新羅)'라는 뜻이고, 그 음악은 신라악(사뇌가)으로 추정한다."며, 두 노래의 박판(拍板)·공박자(空拍子)·종지형(終止型)·박자·감탄사·조음(調音)의 유사성을 살핀 연구는[175] 향가의 음악적 복원을 꾀했다는 점에서 의미가 있다.

둘째, 향가는 특유의 마력을 통해 대중들의 마음을 사로잡는데 긴요했다. 그 효력과 믿음을 동아시아의 송경(誦經)·독경(讀經) 의식과 견주어 살펴야

---

171) 윤소희, 월명사의 聲梵에 관한 연구–한국 초전불교와 서역 불교문헌를 통하여, 『국악원논문집』 31(국립국악원, 2015), pp.132~137.

172) "時東土多遇疫疾 曠旣少習慈悲 兼善神呪 遂遊行村里 拯救危急 乃出邑止 昌原寺 百姓疾者 多祈之致效"(『高僧傳』 卷5, 『大正新修大藏經』 卷50, p.356).

173) 조명화, 『佛教와 敦煌의 講唱文學』(이회문화사, 2003), p.175.

174) "觀其投詞 哀婉可愛 宛轉有天仙之趣 嗚呼 使娘婆不解隨順衆 生語言陀羅尼 其能若是乎"(『三國遺事』 卷3, 塔像 第4, 南白月二聖 努肹夫得 怛怛朴朴).

175) 전인평, 『새로운 한국음악사』(현대음악출판사, 2000), pp.100~102.

한다. 위 (3)에서 "바라옵건대 부처께서는 미묘함과 비밀스러움을 열어주소서(願佛開微密)"라 했는데, "<보현시원가>는 사람들 사이에 퍼져서 가끔 담벼락에 적히기도 했고, 고질병을 앓는 사람이 구술해 준 <원왕가(願王歌)>를 항시 읽으면 병이 나았다."[176]는 기록이 있다. 향가가 그만큼 당시에 민중들의 사랑을 받으며 대중화되었다는[177] 뜻이다. "영통사 백운방(白雲房)은 세워진 지가 오래되어 무너지려고 하였기 때문에 대사께서 중수하셨다. 이로 인해서 지신의 책망을 받아 재앙과 변괴가 날마다 일어났다. 이에 대사께서 대충 노래 한 마리를 지어 기도하고 그 노래를 벽에다 붙였더니 그 뒤로 정괴(精怪)가 곧 없어졌다."나[178] "광종의 비 대목황후(大穆皇后)의 부스럼을 치료하는 신이함"(『균여전』, 감통신이분자)은 모두 감응을 통하여 마귀를 항복시킨(感應降魔分) 예이므로, 동아시아에서 불경이나 노래가 가지는 위력이 어떤지를 살피는 일은 필요성이 매우 크다.

셋째, 향가는 대중을 향한 교육 · 일깨움 · 가르침의 효용을 지니었기에, "노래를 펴서 세상을 교화하였다(歌行化世分者)"고 말한다.

> (5) "평소 범패를 잘하였는데, 그 목소리가 금옥 같았다. 측조(側調)에 나를 것 같은 소리는 상쾌하면서도 슬프고 구성져서, 능히 천상계의 모든 신불(神佛)로 하여금 크게 환희케 하였다. 길이 먼 곳까지 흘러 전함에 배우려는 사람이 승당을 가득 메웠는데, 가르치기를 게을리 하지 않았다. 오늘에 이르러 우리나라에서 어산(魚山)의 묘한 곡조를 익히는 자가 코를 막고 가곡을 배우듯 다투어 옥천(玉泉, 진감선사)의 여향(餘響)을 본받으려 하니, 어

176) "右歌播在人口 往往書諸墻壁", "沙平郡 那必及干 新羅職 緜痼三年 不能醫療 師往見之 憫其苦口授此願王歌 勸令常讀 他日有空聲唱言 汝賴大聖歌力 痛必差矣 自爾立效"(赫連挺 저, 앞의 책, p.55).

177) 박노준, 앞의 책(2014), p.77.

178) "又靈通寺 白雲房 年遠浸壞 師重修之 因此 地神所責 災變日起 師略著歌一首以禳之 帖其歌于壁 自尒之後 精怪卽滅也"(赫連挺 저, 앞의 책, p.75).

찌 성문(聲聞)을 가지고 중생을 제도하는 교화가 아니겠는가?"[179]

위 <쌍계사(雙谿寺) 진감선사비명(眞鑒禪師碑銘)>은 진감선사가 신라의 스님들에게 범패를 가르치는 장면을 묘사하고 있는데, 범패를 통해 중생을 제도하고 교화한다 했다. 예컨대, <원왕생가>는 "인간적인 욕망에 빠져들었다가, 이를 극복하고 극락왕생하는 수도자의 모습을 보여줌으로써 서방정토로 왕생하기를 희구하는 많은 중생들에게 희망을 주기 위한 것",[180] 열심히 수행하면 부처가 타력의 힘으로 구제할 것이라는, 대승 불교적 성격의 가르침인 것이다. <제망매가>나 <우적가> 등도 비슷한 기능을 했다.

앞선 연구에서도 "향가 연구의 활성화를 위해서 양국의 고전 문헌들이 번역되어 수월한 원전 접근성과 정확한 이해가 선행되어야 한다. 한문 자료뿐만 아니라 향찰·민요가나의 비교를 통해 고대어 복원을 시도할 수 있다. 문학의 상호 관련성을 작품과 작가를 통해 구체화하려는 노력도 필요하다."[181]며 비교민속학적·종교적·문화적·지리적 연구 등 방법론의 다변화를 통해 동아시아 문학 전반을 조망하는 보편적 안목을 강조한 적이 있다.

4) 중등 현장교육과의 소통

향가의 독특한 표기법 때문에 예전엔 중등교육에서도 주목을 받았지만, 요즘엔 해독의 편차가 비교적 적은 몇몇 작품만 번갈아 가며 교과서에 실리고 있다.[182]

---

179) "雅善梵唄 金玉其音 側調飛聲 爽快哀婉 能使諸天歡喜 永於遠地流傳 學者滿堂 誨之不倦 至今東國習魚山之妙者 競如掩鼻 效玉泉餘響 豈非以聲聞度之之化乎"(崔致遠 撰, 최영성 校註, 雙谿寺 眞鑒禪師碑銘 并序, 『四山碑銘』, 이른아침, 2014, p.182, p.208).

180) 朴箕錫, 願往生歌와 廣德 嚴莊 설화의 관련 양상, 『한국고전시가작품론 1』, 앞의 책(1992), p.100.

181) 최정선, 「일본의 향가 연구 동향과 과제」, 『東아시아古代學』 41(東아시아古代學會, 2016), p.205.

182) 7차 교육과정까지 중등 국어교과서에 <제망매가>·<찬기파랑가>·<안민가>·<서동

〈중학교 교육과정의 향가〉

중학교 교과의 향가 단원	• 중2-2학기에 <서동요> 작품과 배경설화 수록(현행 14종 교과서), 성격상 특징으로 참요(讖謠)임을 강조, 사회·문화·역사적 상황을 바탕으로 작품의 의미를 파악 •『삼국유사』와 『삼국사기』의 차이점, 내용상 서정시와 형태상 정형시의 차이점 등 인지 • <제망매가>는 학습활동에서 언급	
중2 학습 후 O/X 평가 내용	질문	정답
	• 이 작품은 삼국 시대에 불렸던 향가이다.	O
	• <서동요>는 현전하는 향가 중 가장 오래된 것으로 알려져 있다.	O
	• <서동요>는 고려 충렬왕 때 승려 일연이 지은 『삼국사기(三國史記)』에 실려 배경설화와 함께 전해지고 있다.	X[183]
	• <서동요>는 한글로 표기된 우리 문학 최초의 정형시이다	X[184]

〈고등학교 문학 교육과정의 향가〉

고등 문학 / 수록 향가	두산미래엔 비상(우) 비상(한) 상문 신사고 지학사 창비 천재(김) 천재(정) 해냄(고2)[185] 국어(고1)
도솔가(兜率歌)	학습활동 영역에서 언급
헌화가(獻花歌)	이전 교육과정에 있었으나 현 교육과정에서는 거의 빠짐(현 고1, 창비)
처용가(處容歌)	지학(최), EBS 문학에는 있음
모죽지랑가(慕竹旨郎歌)	비상(한)
제망매가(祭亡妹歌)	신사고, 지학사, 창비, 천재(정), 해냄, 국어(고1, 미래엔, 동아)
찬기파랑가(讚耆婆郎歌)	두산, 미래엔, 비상(우), 비상(한)
안민가(安民歌)	고등부 교과서에 수록된 곳 없음, EBS 문학에는 있음
원왕생가(願往生歌)	창비, 비상(유)

요> 정도만 실렸다(조희정, 교과서 수록 고전 제재 변천 연구, 『문학교육학』 17, 한국문학교육학회, 2005, p.298).

183) "<서동요>는 고려 충렬왕 때, 승려 일연이 지은 삼국유사에 실려 배경설화와 전해지고 있다."

184) "향가는 향찰로 표기된 우리 문학사상 최초의 정형화된 서정시이다."

185) 2018.8월 현재 고등학교 문학 교과서 출판사명.

현재 중학교에서는 가장 짧고 이견이 적은 <서동요>를 가르치지만 그 내용을 알기 전에 표기법에 낯설어한다. 먼저 한자를 빌려 훈과 음을 활용한 차자표기, 향가의 성격과 발생·창작 배경을 가르친다. 향후에는 향가 2~3개 작품을 학년별 난이도에 따라 단계적 순서로 가르쳐 고등학교 수업과 연계될 수 있도록 해야 할 것이다.

고등학교에서는 '양주동 해독, 김완진 해독'을 제시하고, 본인이 이해하기 쉬운 해독을 참고하라고 유도하지만, 현대어 풀이나 용어 자체가 모두 어려워 난점이 많다. 사실 이 둘의 해독이 권위와 보편성을 가졌지만, 이후 다른 학자들의 연구 성과를 수렴하지 않음으로써 학습자에게 해독의 편협성과 도식성을 강요하는 느낌이 강하다.[186] <제망매가>와 <찬기파랑가>를 제외하고는 문학교과서에 자주 등장하는 작품이 없고, 수능 출제 빈도도 낮아져 향가를 고루 가르치지 않으니 학생들이 향가를 접할 기회는 갈수록 줄고 있다. 고등학교에서는 대체로 향가 작품 자체만 보여주고, 시적화자의 정서나 태도를 다른 작품과 연계, 학습자의 사고력 증진이라는 학습내용 성취기준에 맞춰 수업을 진행한다. 화랑조직은 단순히 "무사를 기르는 역할에 그치지 않고, 귀족자제들이 도의에 힘쓰고 전인적 인격을 갖추게 하여 나라를 이끌 인재를 양성"했고, 신라 역사에서 이름난 재상과 충신, 장군을 많이 배출했다.[187] 화랑으로 활약하는 연령대가 15세 전후임을 감안하면, <모죽지랑가>·<찬기파랑가>는 그저 시적화자의 정서와 태도에 집중하지 말고, 화랑의 존재와 정치·사회적 입지, 수련 과정, 사고체계 등을 교육하여 청소년들의 공감을 불러일으키고 공동체의식을 제고하는 방향으로 가르치는 것이 더욱 효과적일 것이다.

186) 김형태, 중등교육과정의 향가교육 실태연구, 『향가의 깊이와 아름다움』(보고사, 2009), pp.417~418.
187) 황순종, 『화랑 이야기』(인문서원, 2017), p.6.

대학의 향가 교육도 어려움이 많다. 처음에 학생들은 한자 기초능력, 향찰문자에 대한 기본적 이해, 향가의 역사·사회·문화적 배경에 대한 이해가 매우 약한 생태이다. 입시 중심의 교육에서, 향가는 교육·출제 가능한 내용·범위에 한계가 생겼고, 해독에 몰입하다보니, "자연히 향가를 문학작품으로 이해하고 탐구하고 토론하는 수업방식을 기대하기도 어려워졌다. 문학으로서의 향가 교육을 시도하더라도 단편적인 내용에 환상적·불교적 성격의 배경기사를 통해 설명하므로, 가슴에 와 닿는 문학임을 이해시키기도 힘들다. 이에 향가라 하면 그저 아득한 옛날 선조들이 남긴, 신비스럽고 종교적인 색채를 띤 고전시가쯤으로 인식할 따름이다."[188]

인문학은 다양한 논거와 관점을 통해 갖가지 의견이 도출되는 것이 당연하다. 하지만 입시 위주의 우리나라 중등교육에서 백화제방(百花齊放)의 향가 연구는 도리어 향가를 기피 단원으로 만드는 원인이 되고 있다. "<처용가>에 이르면, 더욱 자신이 없거니와, 한 가지 분명히 천명하고 싶은 것은 이렇듯 결론 없는 논쟁의 반복이야말로 <처용가>가 단지 문예학적·형식주의적인 방법론에 의해서 해명될 성질의 노래가 아니라"는[189] 지적은 오래전 일이다.

(1) "(공은) 『금강반야경(金剛般若經)』을 즐겨 읽고, 견성(見性)과 관공(觀空)을 즐거움으로 삼았다.… 낮에는 일을 처리하고 밤에는 불경을 외었다. 인종(仁宗)이 그 실상을 듣고 탄복하기를 마지않다가, 그 모습을 손으로 그려 그림을 만들게 하고, 그림 위에다 임금의 글씨를 더하여 '일장선생이 푸른 소를 타고 불경을 외는 그림'[日章先生騎青牛念經之圖]이라고 불렀다."[190]

---

188) 신재홍, 『향가의 연구』(집문당, 2017), pp.133~134.

189) 朴魯埻, 앞의 논문(1997), p.152.

190) "公 嗜讀金剛般若 以見性觀空爲樂事", "晝以視事 夜以念經 仁宗聞其實狀 歎伏無已以 其狀手畫作圖 圖上加御札 号曰日章先生騎青牛念經之圖"(국립중앙박물관, 卒內侍檢校戶部尚書試大僕少卿尹公墓誌銘, 『다시 보는 역사 편지 高麗墓誌銘』, 아트프린팅, 2006, pp.78~79).

(2) “병이 낫지 않고 날이 갈수록 더해지자, 병중에 다음 송(頌)을 지었다. “봄이 가고 다시 가을이 오니, 복숭아는 붉고 물은 푸르구나./서에서 다시 동으로 내 본성 잘 지키고/금일 병중에 내 신세 돌이켜보니,/먼 하늘 창공의 한 점 구름이었네.” 하며 서방을 보며 향가 1결(闋)을 지었다.[191]

여진 정벌로 유명한 윤관(尹瓘)의 아들 윤언민(尹彦旼, 1095~1154)의 묘지명이다. 불심이 깊었던 윤언민이 죽음을 앞두고 향가 1결을 지었다는 기록이다. <보현시원가>보다 후대의 작품이니 상당한 가치를 가지지만 현재 남아있지 않다. 이렇듯 향가는 당대인의 신앙이자 예술이자 일상이었다. “오늘날 우리가 문학을 향유하듯 당대인도 향가를 삶 속에서 짓고 즐겼다. 향가는 사람들 관계에 소용되는 가치 있는 수단이었다. 자기의 삶의 애환을 향가에 담았고, 청자·독자는 각자의 감성과 안목으로 수용했던 것”이다.[192]

향가는 하나의 소통수단이기도 했다. “8세기의 ‘감동천지귀신(感動天地鬼神)’ 논의에 이르러 향가에 여러 세상을 소통시키고 초월적 존재를 현현시키는 힘이 있다는 믿음으로 확장한다.”, “9·10세기에 드러난 조화론 지향은 현실 속의 적대적 관계를 해소하기 위한 소통을 매개로 서정 주체의 고뇌를 제거하는 방법을 모색한다”고 했다.[193] <헌화가>를 “신라의 전성기인 성덕왕 대에 이루어진, 귀족과 평민, 젊음과 늙음, 서울과 지방의 대승적인 화합”으로[194] 읽는 시선도 같은 맥락이다. “<원가>를 버림받은 신하의

191) “然其疾未瘉 日加無已 病中乃作頌云, 春復秋兮 桃紅水綠 西復東兮 護我眞君 今日病中 反觀身世 長空萬里 一點飛雲 又指西方 作鄉歌一闋 貽之以”(국립중앙박물관, 위의 책, pp.78~79). 위의 頌이 『고려사』에 “春復秋兮 花開葉落 東復西兮 善養眞君 今日途中 反觀此身 長空萬里 一片閑雲”으로 나와 있다. 묘지명의 것과는 동과 서가 바뀌어 있다.

192) 신재홍, 앞의 책(2017), p.134.

193) 서철원, 위의 책(2013), pp.17~18.

194) 황병익, 「三國遺事 水路夫人 條와 <獻花歌>의 意味 再論」, 『韓國詩歌研究』 22(韓國詩歌學會, 2007), pp.34~35 참조 : 신재홍, 앞의 책(2017), p.139.

처지에서 곡진한 비유를 써서 임금과의 소통을 시도한 작품", "<안민가>를 경덕왕과 충담의 소통 의지를 바탕으로 임금과 백성의 의사소통을 주제로 한 작품", "태평스러운 나라는 소통이 원활하게 이루어지는 상하동락의 사회임을 표명"했다고[195] 보는 시각도 그렇고, "하늘을 움직이고 인간 사회의 문제를 해결하는 힘, 곧 신통력을 말 그대로 인간이 신과 소통하는 데서 생기는 힘"으로 해독하고, <안민가>를 국왕을 비롯한 통치 집단에게 백성들의 진솔함 감정을 전달한 소통의 수단, 각간 위홍과 대구화상이 『삼대목』을 편찬한 일을 "소통의 부재로 인해 혼란해진 정치 상황의 극복을 위해, 민심을 살펴 인민과 소통하고자 하는 노력의 산물"[196]로 이해한 시선도 지지를 얻는다.

향가는 신라인들이 신분을 초월하여 소통하는 수단이었고, 국가적 재난을 물리치기 위해 부처나 신을 향해 믿음으로 대응하던 도구였으며, 개인의 일상적 삶과 애환과 소망을 담던 노래였고, 간절한 불교 신앙을 담아 자타의 극락왕생을 염원하던 간절한 신앙이었다. 그러므로 중등학교는 물론 대학에서도 작품해독이나 지식전달에 치중하지 말고, "신라인의 생활과 사고, 인간관계, 신앙과 의식"을 이해하는 데 교육목표를 두고, "창의적 상상이 가능할 수 있도록, 호기심을 갖고 스스로 문제 해결을 할 수 있도록" 내용을 개괄하고 단계적 학습절차를 개발해야 한다.[197] 역사와 문학을 넘나드는, 향가와 전승담을 탐구하는 중에 신라인의 공동체의식과 사고방식을 익히도록 읽기・쓰기교육을 해야 한다. 예컨대, <모죽지랑가>를 통해 화

195) 신재홍, 위의 책(2017), p.144, p.150.

196) 임주탁, 「소통문맥을 통해 본 향가의 특성과 그 의미」, 『어문학』 118(한국어문학회, 2012), pp.122~144.

197) 홍익희, 『유대인 창의성의 비밀-베스트보다 유니크를 지향하라』(행성B, 2013), pp.127~131; Thomas R.Guskey 저, 임재환 역, 『벤저민 블룸 완전학습의 길』(유비온, 2015), pp.58~59.

랑의 연령대와 위계, 수련・교육 과정을 알고, 죽지랑을 도운 왕・화주(花主)・간진(侃珍)・진절(珍節)과 모량리(牟梁里) 익선(益宣)의 권한과 역할을 가르치고, 일련의 사건을 빌미로 원측(圓測)법사 등 모량리 사람들에게 연좌제적 처벌을 한 까닭, 한겨울에 익선의 아들을 성 안 연못에 넣어 죽게 한 원인을 예측하게 해야 한다. <찬기파랑가>에서는 화랑의 선발기준과 외모와 인격 등을 언급하되, 창의적으로 상상하게 하고, 역사・제도, 실증으로 확인 학습할 수 있게 설명해야 한다. 학생들이 향가 관련 서사를 노래와 연관지어 역사적 사건의 인과관계를 밝히고, 요즘의 시선으로는 너무나도 낯선 사건에 대하여, 그럴듯한 가설을 세우고, 자기 나름의 논거를 찾아 논리화하는 교육방법론은 그 자체로 발전적이다.

현장의 교사들이 향가 연구 100년사의 난만(爛漫)한 성과를 다 섭렵하지 않더라도, 공신할 만한 이론을 얻을 수 있도록 향가 연구 성과를 모아 여러 번 심의를 거친 후에 활용 가능하게 해야 한다. 이를 통해 긴 세월동안 답보 상태에 있는 중등과정 향가 이론과 교육과정을 업그레이드하고, 미래 학문 후속세대들에게 공부의 동기를 유발하고 의욕을 고취해 가야 한다. 이에 향가의 대중화를 목표로 한 시가 연구자들의 노력은198) 그 의미와 가치가 매우 높다.

198) 박노준, 『향가』(열화당, 1991)와 『옛사람 옛노래 향가와 속요』(태학사, 2003), 『향가여요 종횡론』(보고사, 2014), 『향가 여요의 역사』(지식산업사, 2018); 이도흠, 『신라인의 마음으로 삼국유사를 읽는다』(푸른역사, 2000); 이임수, 『향가와 서라벌 기행』(박이정, 2007); 이형대 지음, 『신라인의 마음, 신라인의 노래-이야기와 함께 만나는 향가의 세계』(보림, 2012); 신재홍, 앞의 책(2016).

4. 향가 연구에 남은 문제는?

향가 연구 100년의 성과는 참으로 많아서, 역사와 문학은 물론 불교 연구에 이르기까지 광범위하다. 어학적 해독의 진전에 발맞추어, 향가의 정의와 개념, 작가에 관한 연구가 있었고, 3구6명의 형식, 내용 관련 연구는 물론, 수사론, 미학적 연구까지 풍성하다.

그럼에도 불구하고 여전히 난해한 구절[199]은 남았지만, 이젠 해독의 결론을 기다릴 것이 아니라 문학·민속·종교·역사·심리학뿐만 아니라 한의학·천문학 등 통섭적인 연구를 해야 하고, 차자표기를 활용한 동아시아 시가를 비교문학적으로 살펴 향가 연구에 활용하기도 해야 한다. "향가가 향유되던 시기의 문화적 맥락, 세계관과 코드에 대한 연구가 선행되어야 한다. 『삼국유사』와 향가에는 무수한 상징과 은유가 나타난다. 이를 자의적으로, 또는 현대의 관점에서 해석할 때 오독을 낳는다."[200] 그러므로 불경(佛經)이나 삼국시대 문집, 고승들의 비석 등을 통해 당시에 보편적으로 통하던 해독에 근접하고자 하는 노력은 꾸준히 지속되어야 한다.

향가 연구자들은 중등교육 현장의 교사들이 굳이 향가 연구 100년 동안에 이루어진 어렵고 양도 많은 이론들을 다 섭렵하지 않더라도, 공신할 만한 결과를 정리·종합할 수 있도록 학술대회나 심포지엄 등 심의 과정을 거쳐 연구 성과들을 활용 가능한 형태로 매듭지어 주어야 한다. 그리고 향가를 대중화하려는 쉬운 글쓰기는 꾸준히 지속되어야 한다. 중등 교과과정은 물론 대학에서도 작품해독이나 지식전달에 치중하지 말고, 신라의 역사

199) "100년간의 향찰 해독성과에 힘입어 신라향가는 현재 84.71%만큼 의미파악을 이룩했다고 진단한다."(박재민, 향가 해독 100년의 연구사 및 전망-향찰 체계의 인식과 古語의 발굴 정도를 중심으로, 『한국시가연구』 45, 한국시가학회, 2018, p.74).

200) 이도흠, 향가 연구의 쟁점과 전망, 『고전문학연구의 쟁점적 과제와 전망』下(월인, 2003), p.38.

와 문학, 신라인의 생활과 사고, 신앙과 의식, 화랑의 삶과 인간관계에 대해 상상하고 궁금해 하고 끊임없이 질문하는 가운데 창의력 · 사고력 · 문제해결능력이 성장할 수 있도록 교육 목표설정 자체를 달리해야 할 것이다.

〈서동요(薯童謠)〉

역사와 문학의 경계를 넘나들다

1. 〈금제사리봉영기〉, 〈서동요〉 논쟁에 다시 불을 붙이다

<서동요>는 "아직 여인의 사랑을 얻지 못한 남자가 사랑을 획득한 상태를 기정사실화하여, 자신이 마음을 두고 있는 여인과 그 주변 인물들에게 널리 알리는, 일종의 공개 구애(求愛) 노래"이다.[1] 그러나 앞뒤 문맥을 보면, 결국은 여인이 애정 대상과 부적절한 행위를 했다고 거짓으로 꾸민 것이니, 구애받는 여인은 설레기는커녕 분노가 치밀었을 것이다.

<서동요>는 "선화공주가 서동을 안고 간다는 것은 주관적 소망 내지 의지의 객관화인데, (그걸 앞서서 말했으니) 말이 곧 현실이라는 주술적 인식이 배어 있어, 무엇보다 사랑의 주가(呪歌)"이고, 노래가 곧 현실이 되었으니, 증험(證驗)[2] · 잠요(讖謠) · 예언적(豫言的) 노래로 보는 것이다. 다만 "주술

---

1) 강혜선, 求愛의 民謠로 본 <서동요>, 『한국고전시가작품론 1』(集文堂, 1995), p.37.
2) 金烈圭, 「鄕歌의 文學的 硏究 一斑」, 『鄕歌의 語文學的 硏究』(西江大 人文科學硏究所, 1972), p.16.

적 성격의 주가"인지 아닌지에 대해서는 논자마다 판단이 다를 수 있다.

짤막한 노랫말에 "薯童+房乙", "卯乙抱遣"의 해독은 쟁론이 심하고 그 의미 해석도 각양각색인데, 2009년에 미륵사지 석탑을 해체하는 과정에서 발견한 <금제사리봉영기(金製舍利奉迎記)>의 명문(銘文)으로 인해, 선화공주의 존재 여부까지 의심받고 있는 실정이다. 학계의 반응은 크게 둘로 나뉜다. 하나는 백제 당대인이 남긴 이 1차 기록을 믿고 선화공주의 실체를 부정하는 입장이고, 다른 하나는 <봉영기>를 새긴 639년 당시에는 사택적덕의 딸이 백제 왕후였다 해도 수십 년 동안 무왕의 왕비가 단 한 명이었다고 단정할 수 없다 하여 선화공주 존재를 긍정하거나 그 판단을 보류하는 시각이다.[3)]

6C말에서 7C초에 이르기까지, 백제와 신라는 권력의 주도권을 놓고 왕실과 귀족 간의 경쟁이 치열했다. 무왕은 자신의 태생지인 익산(益山)으로 천도를 계획했으니, 기존 사비성이나 웅진성의 귀족들과 만만찮은 다툼이 있었을 것이다. 그 과정에서 뚜렷한 명분을 세우는 일도 중요했을 것이고, 대외 교류나 신라와의 전쟁은 그중에 최선의 길을 찾으려는 노력의 일환이었을 것이다. 신라의 선화공주를 왕비로 맞는 일도 순탄했을 리 없다.

이에 본고는 <서동요>의 구절을 다시 살피어 합리적 의미를 찾아보고, 백제사에 중심을 두고 동아시아 정세를 살필 것이다. 그리고 무왕의 정체를 파악한 후, 선화공주의 존재 가능성을 살필 것이다. 이 둘은 <서동요>는 물론이려니와 관련 설화 전반을 뒤흔들 수 있는 핵심이므로 6세기말 동아시아의 정치질서 속에서 그 존재 기반을 조심스럽게 살펴나갈 것이다. 당시 미륵사 창건과 미륵사상의 의미를 재점검하는 가운데, 역사와 문학의 경계선에 있는 <서동요>의 사건과 서사의 함의, 나아가 노래의 의미를 고

---

3) 이병호, 『백제 왕도 익산, 그 미완의 꿈』(책과함께, 2019), p.223.

찰하고자 한다.

2. 무왕 조와 〈서동요〉, 역사와 문학의 경계는 어디인가?

1) 무왕 대의 정세와 미륵사 창건

551년, 신라와 백제는 동맹(同盟)을 맺어서 고구려의 한강 하류, 즉 한성과 평양 유역을 빼앗았다.[4] 나제는 각기 다른 전선(戰線)에서 고구려를 협공하여 죽령 이북에서 고현(高峴) 이남까지 10개 군을 취했다. 한편 고구려는 전선이 양분되어, 한강유역과 중원, 한반도 남부를 상실했다.[5] 이후 고구려는 내우외환에다 장수왕 사후 귀족들의 발호(跋扈) 때문에 왕권이 위축되고 침체기에 접어들었고, 북쪽 국경에서는 북제(北齊)와 돌궐(突厥)의 위협이 심각하여 나제동맹군과 맞서기 어려웠다. 8살에 불과한 양원왕을 둘러싸고 내란에 가까운 분쟁이 생겼고, 고구려는 내우외환의 극복을 위해 나제 동맹을 깰 목적으로 신라와 모종의 거래를 이루었다.[6]

(1) 진흥왕 14년(553) 가을 7월, 백제의 동북쪽 변두리를 빼앗아 신주(新州)를 설치하고 아찬 무력(武力)을 군주로 삼았다.[7]

(2) 성왕 31년(553) 가을 7월, 신라가 동북쪽 변경을 빼앗아 신주를 설치

---

4) 장원섭, 『신라 삼국통일 연구』(학연문화사, 2018), pp.88~89.

5) 鄭媛朱, 『高句麗 滅亡 研究』(한국학중앙연구원 박사논문, 2012), pp.89~90.

6) "承聖三年九月 百濟兵來侵於珍城 掠取人男女三萬九千 馬八千疋而去 先是 百濟欲與新羅合兵 謀伐高麗 眞興曰 國之興亡在天 若天未厭高麗 則我何敢望焉 乃以此言通高麗 高麗感其言 與羅通好 而百濟怨之 故來爾"(『三國遺事』 卷1, 紀異1, 眞興王); 盧泰敦, 「高句麗의 漢水流域 喪失의 原因에 대하여」, 『韓國史研究』 13, 韓國史研究會, 1976, pp.54~55; 鄭媛朱, 위의 논문(2012), p.94.

7) "秋七月 取百濟東北鄙 置新興(恐州之訛 濟紀作州) 以阿飡武力爲軍主 冬十月 娶百濟王女爲小妃"(『三國史記』 卷4, 新羅本紀 4, 眞興王 14年).

했다.[8)]

이처럼 신라는 고구려의 지원을 등에 업고, 백제가 차지한 한강하류를 빼앗고, 백제 동북변경에 신주(新州)를 설치한다. 한강유역을 확보하면 중국과의 직접적 교통로를 확보할 수 있기 때문에, 신라는 이 일이 백제와의 오랜 우호관계를 저버릴 만큼의 가치가 있다고 판단했을 것이다.[9)]

554년, 신라의 배신에 분노한 백제 성왕(聖王)은 대신들의 만류에도 불구하고 가야군과 합세한 후 신라를 공격하여 한강유역의 회복을 꾀한다.[10)] 그러나 백제는 최대 격전지 관산성(管山城, 충북 옥천) 전투에서 대패하여 왕과 좌평 4명, 사졸 3만이 전사했다.[11)] 최일선에서 백제군을 지휘하던 왕자 여창(餘昌, 威德王)만 간신히 목숨을 구했다. 이로써 120년간이나 지속된 백제와 신라의 공수동맹(攻守同盟)은 깨지고 양국은 다시 적대관계로 돌아갔다.[12)]

성왕 전사 후 위덕왕이 즉위하지만 승계까지 3년의 공위(空位)가 있고,[13)] 위덕왕이 "돌아간 부왕(성왕)을 받들기 위해 출가하여 불도를 닦으려 하니 대신들이 만류했다"[14)]는 기록까지 있으니, 패전 후의 왕위계승까지 순탄치 않았음을 알 수 있다. 위덕왕 즉위 후에도 정치실권은 신라공격을 반대하던 귀족들에게 있었다. 위덕왕은 즉위 후 대중국 외교를 통해 실추된 위상

8) "三十一年 秋七月 新羅取東北鄙置新州"(『三國史記』 卷26, 百濟本紀 4, 聖王 31年).

9) 장원섭, 위의 책(2018), pp.91～92, pp.100～101.

10) "餘昌謀伐新羅, 耆老諫曰, 天未與, 懼禍及, 餘昌曰, 老矣. 何怯也? 我事大國, 有何懼也. 遂入新羅國"(『日本書紀』 卷19, 欽明天皇 15年 冬十二月).

11) "十五年 秋七月, 急擊殺百濟王. 於是 諸軍乘勝大克之, 斬佐平四人-士卒二萬九千六百人, 匹馬無反者"(『三國史記』 卷4, 新羅本紀 4, 眞興王 15年).

12) 노중국, 삼국의 통치 체제, 『한국사』 3(한길사, 1994), p.141.

13) 『日本書紀』 卷19; 연민수 외 옮김, 『일본서기 2』(동북아역사재단, 2013), p.373, 554년부터 557년 춘3월까지이다. 한편 『삼국사기』엔 554년 승계로 되어 있다.

14) "八月 百濟餘昌, 謂諸臣等曰, 少子今願, 奉爲考王, 出家隊道, 諸臣百姓報言", "請悛前過, 無勞出俗"(『日本書紀』 卷19, 欽明天皇 16年 8月).

을 높이려 했지만 그것 또한 쉽지 않아서, 위덕왕 사후에 태자가 있음에도 나이 많은 위덕왕의 동생 혜왕(惠王)이 즉위했다. 왕흥사(王興寺) 창건 등으로 왕권강화를 꾀하던 법왕(法王)도 재위 2년 만에 죽고, 실권 귀족들은 법왕 사후에 익산지역의 몰락왕족 서동(薯童, 武王)을 옹립한다.[15) 이는 법왕을 제거한 귀족들이 정치기반이 없는 서동을 앉히고 자신들의 입지를 굳히려 한 까닭이다.[16)

(3) 대업(大業) 3년(607)에 장(璋)이 사자(使者) 연문진(燕文進)을 보내와 조공을 바치고, 그 해에 또 사자 왕효린(王孝鄰)을 보내 공물을 바치면서 고구려 토벌을 청하였다. 양제는 이를 허락하고 고려의 동정을 엿보게 하였다. 그러나 장은 안으로는 고려와 통화(通和)하면서 속임수로 중국을 엿본 것이다.[17)

(4) 이전에 백제 왕 장이 (수나라에) 사신을 보내 고구려를 칠 것을 청하니, 황제가 (백제를) 시켜 우리나라의 동정을 엿보게 하였으나, 장은 안으로 우리나라와 몰래 통하였다. 수 군대가 장차 출동하려 하자, 장은 그 신하 국지모(國智牟)를 수나라에 들여보내 출병할 시기를 알려 달라 하니, 황제가 크게 기뻐하며 후하게 상을 주고 상서기부랑(尙書起部郎) 석진(席律)을 백제에 보내 모일 시기를 알렸다. 수나라의 군대가 요하를 건너자 백제도 역시 국경에 군사를 엄히 배치하고 말로는 수나라를 돕는다고 하면서, 실은 양다리를 걸치었다.[18)

15) 盧重國, 『百濟政治史硏究』(一潮閣, 1988), pp.194～203.

16) 盧重國, 「百濟史에 있어서의 益山의 위치」, 『益山의 先史와 古代文化』(마한 백제문화연구소 · 익산시, 2003), pp.211～212.

17) "大業三年 璋遣使者燕文進朝貢 其年 又遣使者王孝鄰入獻 請討高麗 煬帝許之 令覘高麗動靜 然璋內與高麗通和 挾詐以窺中國"(『隋書』 東夷列傳, 百濟),

18) "初 百濟王璋遣使 請討高句麗 帝使之覘我動靜 璋內與我潛通 隋軍將出 璋使其臣國知牟 入隋請師期 帝大悅 厚加賞賜 遣尙書起部郎席律 詣百濟 告以期會 及隋軍度遼 百濟亦嚴兵境上 聲言助隋 實持兩端"(『三國史記』 卷20, 高句麗本紀8, 嬰陽王 23年).

위 (3)은 수(隋) 양제(煬帝) 3년(607), (4)는 고구려 영양왕(嬰陽王) 23년(612)의 기록이다. 607년에 고구려가 해로(海路)를 통해 송산성(松山城, 충남 홍성)을 공격하고, 석두성(石頭城, 서산 굴포)를 쳐서 남녀 3천을 잡아가자,[19] 무왕은 수의 고구려 원정에 호응한다. 이에 무왕은 (4)(611년)와 같이 수에게 대고구려 전쟁을 위한 출병시기를 묻는 등 적극적 태도를 취하지만, 실제로 전쟁이 일어났을 때는 어느 편에도 적극 가담하지 않고 '실지양단책(實持兩端策)'을 썼다. 고구려가 북수남진 정책으로 압력을 가해오자, 백제는 수(이후 唐)와 연결하여 실리외교를 펼쳤다.[20] 이로 인하여 고구려의 보복도 피할 수 있었던 것이다.[21]

백제 무왕은 "아명이 서동이고, 기량을 알기 어려웠다." 하고, "무왕의 휘는 장, 법왕의 아들로, 풍채가 빼어나고 재덕이 뛰어났다."[22] 했다. 서동의 정체에 대해 동성왕(東城王) · 무령왕(武寧王) · 원효(元曉) · 종교인물(宗教人物) · 설화주인공[23] · 준왕(準王, 箕準)[24] 등 다양한 설이 있지만, 본고는 이상 『삼국사기』와 『삼국유사』 기록과 "무령왕(武康王)과 그 비(妃)의 능(陵)에 대하여, 속칭으로 말통대왕릉(末通大王陵)이라 부르는데, 백제 무왕(武王)의 어릴 적 이름이 서동(薯童)"이라는[25] 고려 · 조선시대의 역사기록을 수용하는 것

19) "八年春三月 遣扞率燕文進入隋朝貢 又遣佐平王孝鄰入貢 兼請討高句麗 隋煬帝許之 令覘高句麗動靜 夏五月 高句麗來攻松山城 不下 移襲石頭城 虜男女三千而歸"(『三國史記』 卷27, 百濟本紀5, 武王8년).

20) 盧重國, 「高句麗 · 百濟 · 新羅 사이의 力關係 變化에 대한 一考察」, 『東方學志』 28(延大 國學研究院, 1981), pp.92～96; 國防部戰史編纂委員會, 『高句麗 對隋 · 唐 戰爭史』(同委員會, 1991), pp.230～231.

21) "외교정책에서는 무행동도 정책 중 하나다."(구대열, 『삼국통일의 정치학』, 까치, 2010, p.208).

22) "小名薯童, 器量難測"(『三國遺事』 卷2, 紀異 第2, 武王), "法王 諱璋 法王之子 風儀英偉 志氣豪傑"(『三國史記』 卷27, 百濟本紀5, 武王),

23) 崔來沃, 「薯童의 正體」, 『韓國文學史의 爭點』(集文堂, 1986), pp.149～159.

24) 조홍욱, 「서동요 작자 재론」, 『어문학논총』 24(국민대 어문학연구소, 2005), pp.67～82.

25) "又有後朝鮮武康王及妃陵 [俗號末通大王陵 一云 百濟武王 小名薯童](『高麗史』 卷57, 志, 卷11, 地理2, 전라도, 전주목, 金馬郡); "彌勒山石城 後朝鮮 武康王及妃雙陵 在郡西北五里許 谷呼武

이 합리적이라 여긴다. "백제 무광왕(武廣王)이 지모밀지(枳慕蜜地, 익산)로 천도"하고자 했다는 <관세음응험기(觀世音應驗記)>의 기록과 그 시기를[26] 고려하면, "백제 무광왕(武廣王)은 무왕(武王)을 다르게 표기한 것이고, '지모밀지'는 익산의 옛 지명이며, '제석정사'는 제석사의 다른 표현"이라는 설이[27] 타당성을 얻는다. 이 '무광왕(武廣王)'과 '무강왕(武康王)'은 오차 범위 안에 있으므로, 일연이 백제에 무강왕(武康王)이 없다고 한 것이 도리어 실증의 한계로 인한 오류로 보인다.

무왕은 수 · 당 · 고구려와의 외교전에서 양단책을 써서 가운데 강대국과의 관계 속에서 피해를 입지 않은 것을 보면, 신라보다 힘이 열세인 순간[28]에는 화평을 유지하다가, 즉위 3년(602) 아막산성 공격부터 37년 독산성 공격에 이르기까지 약 34년간 줄기차게 신라를 공격하며 세를 결집하고,[29] 자주 승리하여 국가를 안정시키고 왕권을 꾸준히 강화한 사실 등은 무왕이 기국(器局), 즉 재간과 도량, 재주와 덕, 재지와 덕행이 빼어난 인물임을 입증한다. 『동사강목』에는 위덕왕에 대하여 "아버지(성왕)가 신라에게 죽임을 당했으니 백제와 신라는 불구대천(不俱戴天)의 원수인데, 스스로의 국력이 약하다면 어째서 왜나 고구려와 뜻을 합하여 신라를 협공하지 않았는가?"

康王爲末通大王"(『세종실록』 권151, 지리지, 전라도 전주부 익산군).

26) "百濟武廣王 遷都枳慕蜜地 新營精舍 以貞觀十三年 歲次己亥 冬十一月 天大雷雨 遂災帝釋精舍 佛堂七級浮圖 乃至廊房一皆燒盡"(한국고대사연구회 편, <觀世音應驗記>, 『韓國古代史資料集』, 지식산업사, 1992, p.111); 洪潤植, 「文獻資料를 통해서 본 百濟 武王의 遷都 史實」, 『益山의 先史와 古代文化』(마한 · 백제문화연구소, 익산시, 2003), p.318; 이병호, 앞의 책(2019), p.60.

27) 이병호, 위의 책(2019), p.61.

28) 餘昌(훗날 위덕왕)이 신라를 정벌하자고 제안했을 때, 백제 조정의 원로대신들은 "하늘이 아직 우리와 함께 하고 있지 않다고. 화가 미칠까 두렵다"고 간언했다. 이로 보아, 이 당시 백제가 신라에 비해 힘의 열세였던 것으로 보인다.(『日本書紀』 卷19, 欽明天皇 15年 冬十二月, 원문 각주10 참조). 성왕 때부터 무왕 초기까지는 백제의 국력이 신라에 비해 열세였던 것으로 보인다.

29) 兪元載, 「百濟史에서 益山 文化遺蹟의 性格」, 『馬韓百濟文化』 14(圓光大 馬韓百濟文化硏究所, 1999), pp.112～115 참조.

라고 반문한 적이[30] 있는데, 무왕의 모습은 위덕왕의 모습과 분명한 대조를 이룬다.

무왕은 왕권회복을 위해, “미륵사(彌勒寺) 창건, 전륜성왕(轉輪聖王)의 자처, 익산 천도와 경영[31]” 등을 추진하면서 귀족 중심의 정치운영에 제동을 걸었으니,[32] 모두 백제중흥을 위해 노력하는 과정이다. 익산은 충청도와 전라도를 잇는 교통의 중심지인데다, 만경강과 금강에 둘러싸여 있기에 북쪽 미륵산만 잘 막으면 군사적 요충지로서 천혜요새의 조건을 갖추었고, 넓은 평야를 가졌기에 늘 백제 중앙의 중요한 관심 대상이었다.

미륵사 창건의 의미는 어떤가. 미륵사는 무왕이 사자사로 가던 중에 큰 못가에 미륵 삼존이 출현하면서 발원(發願)되었다.[33] 고대사원은 중문・목탑・불전이 가람중심부를 이루는 것이 일반적인데, 미륵사는 3개 사원을 나란히 병치해 하나의 대가람을 만든 삼원병렬식 사찰이다. 『삼국유사』에는 미륵사가 “미륵삼회(彌勒三會)를 법상으로 삼고 전・탑・낭무 각 세 곳을 창건했다”[34] 했으니, 발굴결과와 정확히 일치한다. 이 같은 배치는 한국뿐 아니라 중국이나 일본의 고대사원에서도 찾을 수 없으므로[35] 독특하다. 중원과 동원・서원 간에도 차이가 있어, 중원의 금당과 목탑이 동원・서원보

---

30) “按威德之父 嘗爲新羅所殺則威德之於新羅 實有不共戴天之讐 王卽位以後 只二度侵掠 反見敗衄而四十餘年之間 未嘗興一義兵 何哉”, “若國勢單弱 無以逞志則此時倭麗 皆與羅失和”(『東史綱目』 第3上, 戊午年 新羅 眞平王 20年).

31) “백제 武廣王이 枳慕蜜地(익산)에 천도하여 새로운 정사를 지었는데, 정관 13년(639) 己亥 11월에 큰 벼락과 비가 내려 새로 지은 帝釋精舍가 재해를 입고 불당과 7층탑, 廊房이 모두 불탔다.”(한국고대사연구회 편, 「觀世音應驗記」, 앞의 책(1992), 111면, 원문 각주26 참조), 그러나 완전한 천도는 이루어지지 못했다.

32) 노중국, 앞의 책(1994), pp.142～143.

33) “一日王與夫人 欲幸師子寺 至龍華山下大池邊 彌勒三尊出現池中 留駕致敬 夫人謂王曰 須創大伽藍於此地 固所願也”(『三國遺事』 紀異 第2, 武王).

34) “乃法像彌勒三尊殿塔廊廡 各三所創之 額曰彌勒寺”(『三國遺事』 紀異 第2, 武王).

35) “우리나라 고대사원에서 금당이나 그에 상응하는 건물이 3채 이상인 사례는 평양의 청암리사지나 정릉사지 등 고구려 사원과 신라 황룡사 중건가람에서 찾아볼 수 있다. 그러나 이 사지들에는 탑이 1기만 세워졌다.”(이병호, 위의 책(2019), pp.144～149).

다 크고, 중원에는 목탑을 배치하면서 동원·서원에는 석탑을 배치했으며,[36] 중원이 동원·서원보다 훨씬 넓은 면적을 차지하고 있다. 이런 상황은 중원이 주 가람이고 동원·서원이 부속 가람임을 뜻한다.[37] 서탑과 동탑도 전체적인 조형은 유사하나 구조적 조성 기법, 기단 구축방법,[38] 석탑 조립의 세부까지 달라, "중원의 회랑이 조영된 후에 서원 석탑의 대지조성과 기단 축조가 이루어지고, 서원의 석탑이 동원의 석탑보다 먼저 만들어진 것으로 보고되었다.[39] 익산 미륵사는 중원이 완성된 후 서원과 동원이 순차적으로 건립된 것이다.[40]

삼회설법(三會說法, =龍華三會)은 미륵보살이 성불한 뒤 중생을 제도하기 위해 개최하는 3번의 큰 법회를 가리킨다. 미래의 부처인 미륵은 56억 7,000만년 뒤에 용화수(龍華樹) 아래서 성불하고 화림원(華林園)에 모인 대중에게 3차례 설법하여 모든 중생을 구제한다. 미륵사 뒤쪽에는 용화산(龍華山)이 있다. 백제 사람들은 용화산 아래, 삼원병렬식 가람을 배치하여 미륵이 정법(正法)을 설법할 공간을 마련한 것이다.[41] 미륵산 중턱 사자암에서는 고려시대 '사자사' 명문 기와가 출토되었다. 그러므로 무왕의 미륵사 창건

---

36) "동·서 금당 하부 구조는 신라의 감은사에 앞서는 상징적인 용의 처소로 감실까지 두었음이 밝혀졌다"(이장웅, 「『삼국유사』 무왕 조를 통해 본 역사적 사실과 설화적 진실, 『삼국유사의 세계』, 세창출판사, 2018, p.169).

37) 이병호, 앞의 책(2019), p.144.

38) "西塔의 기단 남쪽과 북쪽에서 깊이 1.7m와 3.8m까지 모래질의 찰흙이 확인되었고, 그 이하 약 14m까지 모래층이 확인되었고, 서탑 탑신은 기둥이 면석보다 약 25m 돌출되어 있지만", "東塔의 기단은 外邊에서 약 2m 내외로 깊이 3.5m 가량 파 내려가서 깊이에 따라 크고 작은 화강석 덩이를 황갈색의 진흙과 함께 층층이 다져 깔았고, 탑신은 평면석인 돌출을 보인다."(扶餘文化財研究所·全羅北道, 『益山彌勒寺址 東塔址 基壇 및 下部調査報告書』, 扶餘文化財研究所·全羅北道, 1992, pp.59~61).

39) 扶餘文化財研究所·全羅北道, 위 보고서(1992), p.59; 崔鉛植, 「彌勒寺 創建의 歷史的 背景」, 『韓國史研究』 159(韓國史研究會, 2012), p.9.

40) 崔鉛植, 위의 책(2012), p.9.

41) 이병호, 앞의 책(2019), pp.146~147; 신종원, 앞의 책(2019), p.333; 한국역사연구회, 『한국고대사산책』, 역사비평사, 2017, p.62.

은 미륵신앙에 따라 익산에 이상적인 불국토를 세우려 한 것임을 알 수 있다.[42] 무왕 대에는 미륵이 계시는 도솔천(兜率天)으로의 상생신앙보다는 미륵 하생신앙을 더 중시하는 경향이 있었다. 요컨대, 미륵사 중원과 동원과 서원 3개의 원은 미래에 미륵이 삼회설법을 할 공간이고, 1개의 강당은 현재 이곳에 머무는 수행자들이 미륵불과 그의 성불에 대해 공부하고 수행하는 공간이라 할 수 있다.[43]

『미륵하생경』에 따르면 시두성(翅頭城)에 하생한 미륵이 용화수 아래서 성불하자, 전륜성왕이 그곳으로 가서 영례(迎禮)했다고 한다. 이는 무왕이 용화산 밑의 연못에 출현한 미륵 삼존에게 경배한 미륵사 창건설화와 흡사하다.[44] 이에 무왕(재위 600~641)은 석가모니를 대신하는 새로운 세계, 곧 미륵의 세계를 통해 백제에 새 희망을 불어넣고자 했던 것으로 보인다. 즉, 수도 사비(부여)가 아닌 익산에 새로운 이상향인 불신(佛神)의 도시, 신도(神都)를 세우고자 하였다.[45] 무왕은 익산 경영을 통해 왕권을 강화하고, 전륜성왕을 자처해 불교로써 왕의 권위와 위엄을 뒷받침하려고 했던 것이다. 이점은 신라의 진흥왕이 아들의 이름을 동륜(銅輪)·사륜(舍輪)으로 지어 전륜성왕을 자처하며 그 권위를 과시한 것과 맥이 닿는다.[46]

7세기에 백제는 한강유역을 되찾기 위해 사활을 건 전투를 이어갔기에, 잦은 전쟁으로 백성들의 불안이 커질 수밖에 없었을 것이다. 미륵사 창건은 백성들에게 현세에서 모든 게 끝나는 것이 아니라 누구든지 공덕을 쌓으면 내세에 더 나은 삶을 누릴 수 있다는 희망[47]을 제공하여, 전쟁의 종식

---

42) 이도학, 『백제인물사』(주류성, 2005), p.137.
43) 이병호, 앞의 책(2019), pp.145~146.
44) 이도학, 앞의 책(2005), p.138.
45) 한국역사연구회, 앞의 책(2017), p.62.
46) 盧重國, 앞의 책(1988), pp.202~203.
47) 박현숙, 「미륵사 금제사리봉안기의 출현과 선화공주의 수수께끼」, 『우리시대의 한국고대사 2』(주류성, 2014), p.65.

과 평화의 도래를 바라는 민심을 다독이기 위한 방편으로 삼기 위해 이루어진 불사이다.[48] 적대적이었던 백제와 신라 왕실의 혼인은 이와 같은 민중들의 염원을 담아[49] 윤색이 이루어졌을 것이다. 사자사(師子寺) 지명법사(知命法師)는 미륵사의 터를 닦고, 신라궁궐로 금을 날라주는 등 양국의 신앙교류에 가교 역할을 했고, 진평왕이 그 신비로운 변화를 기이하게 여기고 기술자들을 보내 돕게 했다는 것[50]은 정치적 이해관계를 초월한 양국 간의 신앙교류를 말한다.

2) 선화공주(善花公主)의 존재 검증

국문학・역사학계에서 『삼국유사』 무왕 조에 등장하는 신라 진평왕의 셋째 딸 선화공주(善花公主)의 존재에 대한 의심은 오랫동안 지속되어왔지만, 아직도 쉽게 결론 내릴 수 없다. 『삼국유사』 전반에, 그리고 무왕 조에 "어머니가 과부가 되어, 못 속의 용과 통하여 장(璋, 서동)을 낳고", "사자사 앞에 금과 편지를 가져다 놓았더니 법사가 신력으로 하룻밤 동안에 신라 궁중으로 옮겨서, 진평왕이 그 신기한 일을 이상하게 여겼다.", "법사가 신력으로 하룻밤 사이에 산을 무너뜨려 못을 메워 평지로 만들었다."[51]는 등 설화적 표현이 있다 보니, 선화공주의 존재까지 설화적 가공이라는 주장이 많아졌지만, 이는 "신라 영묘사 절터는 원래 큰 못이었으나 두두리(豆豆里)

48) 대백제 다큐멘터리 제작팀, 『대백제』(차림, 2010), pp.58~59.
49) 이병호, 앞의 책(2019), p.232 참조.
50) "신라 眞興王 때 國刹인 皇龍寺를 건립하면서 백제의 工匠 阿非知를 초청하였고, 왜에서도 백제에 瓦博師와 조경기술자들을 초청하였다"(崔孟植, 『彌勒寺址 西塔 周邊發掘調査 報告書』, 國立扶餘文化財硏究所, 2001, p.171).
51) "第三十 武王名璋 母寡居 築室於京師南池邊 池龍交通而生", "主作書 幷金置於師子前 師以神力 一夜輸置新羅宮中 眞平王異其神變", "詣知命所 問塡池事 以神力 一夜頹山塡池爲平地"(『三國遺事』 卷2, 紀異 第2, 武王).

무리가 하룻밤 사이에 못을 메웠다. 그리하여 불전을 세웠으나 지금은 없어졌다."와[52] 같이 불교를 신성시하고 신비하게 하려는 종교적 서술로 보는 것이 합리적이다.[53]

> (1) "우리 백제 왕후께서는 좌평(佐平) 사택적덕(沙宅積德)의 따님으로, 지극히 오랜 세월동안 선인(善因)을 심어 금생에 뛰어난 과보를 받아 만백성을 보살피고 불교의 동량(棟梁)이 되셨기에 능히 정재(淨財)를 희사하여 가람을 세우시고 기해년 정월 29일 사리(舍利)를 받들어 맞이했다.[54]

무왕 40년인 기해년(639년)에 미륵사 석탑을 만들었고, 당시 무왕의 왕후는 백제 좌평 사택적덕의 딸이라는 위의 기록이 나온 후, 미륵사와 선화공주를 연관 짓는 『삼국유사』의 기록을 총체적으로 의심하기에 이르렀다. 한편에서는 『삼국사기』에 무왕과 선화공주의 혼인을 기록하지 않았으므로 사실로 신뢰할 수 없다는 비판에 대해, "아들이 없었던 진평왕의 큰 딸 덕만은 선덕여왕이고, 둘째 딸은 김용춘(金龍春)에게 시집가서 김춘추를 낳았다. 그러나 『삼국사기』는 특별한 경우를 제외하고는 왕의 부모만 기록하고 있기 때문에 셋째 딸 선화공주는 『삼국사기』에 기록될 수 없었다."는[55] 해명이 이루어졌다.

'무왕' 조에는 무왕의 이름에 대해서, "『고본(古本)』에는 무강(武康)이라 했지만, 백제에는 무강이 없다."는 주석을 달았고, "『삼국사(三國史)』에는 무왕

52) "諺傳 寺址 本大澤 豆豆里之衆 一夜塡之 遂建此殿 今廢"(민주면 · 이채 · 김건준 저, 조철제 옮김, <佛宇>, 국역 『東京雜記』 卷2, 민속원, 2014, p.146).

53) 李乃沃, 「미륵사와 서동설화」, 『역사학보』 188(역사학회, 2005), p.50.

54) "我百濟王后 佐平沙宅積德女 種善因於曠劫 受勝報於今生 撫育萬民 棟梁三寶 故能謹捨淨財 造立伽藍 以己亥年 正月卄九日 奉迎舍利"(김상현 역, <금제 사리봉안기>, ≪한국일보≫ 2009년 1월 20일, 1면, 28면 참조; 국립익산박물관, 『舍利莊嚴, 탑 속 또 하나의 세계』, 비에이디자인, 2020, p.9).

55) 윤영수, 『한국사를 바꿀 14가지 거짓과 진실』(지식파수꾼, 2011), pp.108～109.

을 법왕의 아들이라 했지만, 이 전기에서는 과부의 아들이라 했으니 알 수 없는 일이라." 하여 기존 문헌을 통한 사실 확인에 엄정하다.[56]

『삼국유사』는 "일연이 광범위하게 수집한 고기(古記)·사지(寺誌)·금석문·사서·문집·승전 등을 활용하여 『삼국유사』를 단순한 야사가 아니라 사서로서의 기본 틀을 갖추게 했다."[57] 즉, 『(백제) 고기』·『고전기(古典記)』·『국사(國史)』·『양전장적(量田帳籍)』·『이제가기(李磾家記)』 등과 『한서』와 『구당서』·『북사』·『사기』·『삼국지리지』 등을 활용하여 사실 입증에 충실하고자 하였다. 무왕이 "법상 미륵 3회전(回殿)·탑(塔)·낭무(廊廡)를 각각 세 곳에 창건하였다."는 기록이 미륵사지 발굴에서 확인된 회랑으로 둘러싸인 삼탑-삼금당의 모습과 일치하고, 지명법사가 신통력으로 산을 무너뜨려 못을 메웠다는 기록은 미륵사 터가 못을 메워 만들었다는 발굴 결과와 맞아떨어진다. 미륵사지 석탑의 화강암 또한 삼기산과 미륵산 중턱 화강암과 일치한다.[58] 미륵사가 용화산 아래에 위치한다는 것과 무왕 대에 만들어졌다는 것도 완전 일치한다.[59] 역사적 사실에 대한 사실 확인에 엄정하고, 무왕 조의 내용과 미륵사지 발굴 결과가 상당 부분 일치하는데, 유독 선화공주의 존재는 가공으로 만들어 넣었을까하는 의문이 든다. 이에 미륵사 창건의 주체는 무왕·선화공주·사택왕후 모두라는 가능성을 제기하기도 하는데, 미륵사 발굴 결과 중원(中院)이 서원(西院)보다 일찍 조영되었으므로 탑과 삼원을 창건한 주체가 달랐을 가능성도 충분하다.[60]

---

56) "『삼국유사』를 野史, 私撰이라 매도하기도 하지만, 일연은 이야기(설화)로 전락할 뻔한 무왕/무강왕의 故事를 역사로 환원시키려 하는 등, 『고려사』나 『신증동국여지승람』 같은 책보다 더 정확한 안목을 가질 때도 있다."(신종원, 『삼국유사 깊이 읽기』, 주류성, 2019, p.335).

57) 채상식, 『一然 그의 생애와 사상』(혜안, 2017), p.27, pp.276～277.

58) 조규성·박재문, 「익산 미륵사지 석탑에 사용된 화강암에 대한 암석학적 연구」, 『과학교육논총』 27(전북대학교 과학교육연구소, 2002), pp.41～44.

59) 노중국, 『백제정치사』(일조각, 2018), p.46.

60) 박현숙, 「무왕과 선화공주의 미스테리, 미륵사지 출토 금제사리봉안기」, 『금석문으로 백제

'무왕' 조에는 선화공주를 언급하는 '공주(公主)'나 '주(主)'가 8회 반복되고, 사자사 행차와 미륵의 출현, 미륵사 창건 장면에서는 '부인(夫人)'이라 칭했다. 선화의 존재 검증 결과에 따라 '공주=부인'이란 등식이 곧바로 성립하지 않을 수도 있다. 왜냐하면, 『삼국사기』나 『삼국유사』에서 '부인' 호칭은 왕비(王妃)나 왕모(王母), 왕매(王妹), 큰 공훈을 세운 일가의 부인[61]에 국한하여 사용했기 때문이다.[62]

(2) 진흥왕 14년(553) 가을 7월, 백제의 동북쪽 변두리를 빼앗아 신주를 설치하고 아찬 무력(武力)을 군주로 삼았다. **겨울 10월, 임금이 백제왕의 딸을 맞아들여 작은 부인[小妃]으로 삼았다.**[63]

(3) 성왕 31년(553) 가을 7월, 신라가 동북쪽 변경을 빼앗아 신주를 설치하였다. 겨울 10월, 임금의 딸이 신라로 시집갔다.[64]

(2)와 (3)은 신라와 백제 사이에 긴장관계를 해소하기 위해 결혼을 추진한 예이다. 적대국과의 왕실 결혼은 그리 불가능한 일은 아니다. 성왕 31년 가을 7월 신라가 동북변경을 빼앗아 신주를 설치함으로써, 성왕은 한강유역을 다시 빼앗기게 되었음에도 그 해 겨울 10월에 성왕은 자신의 딸을 신라에 소비(小妃)로 보냈다. 그리고 다음해 32년 가을 7월에는 딸이 신라에가 있음에도 불구하고, 성왕은 다시 신라를 공격하다가 독산성에서 최후를 맞이하게 된다. 따라서 무왕 대와 시기상 근접해 있는 성왕 대의 사료들은

를 읽다』(학연문화사, 2017), p.257; 국립부여박물관, 위의 책(2011), p.38.

61) "十一年 秋八月 封金庾信妻爲夫人 歲賜穀一千石"(『三國史記』 新羅本紀 第8, 聖德王 11年).

62) 金興三, 「新羅 聖德王의 王權强化政策과 祭儀를 통한 河西州地方 統治(下)」, 『博物館誌』 4・5合輯, (江原大學校博物館, 1998), p.72.

63) "秋七月 取百濟東北鄙 置新興(恐州之訛 濟紀作州). 以阿飡武力爲軍主 冬十月 娶百濟王女爲小妃"(『三國史記』 卷4, 新羅本紀4, 眞興王 14年).

64) "三十一年 秋七月 新羅取東北鄙置新州 冬十月 王女歸于新羅"(『三國史記』 卷26, 百濟本紀4, 聖王 31年).

전쟁 상황 속에서도 백제와 신라 양국 왕실의 결혼이 정략적인 목적에서 이루어지고 있다는 것을 보여준다.[65]

"<금제사리봉영기>와 『삼국유사』 서동설화를 상반된 것으로 해석할 필요는 없을 것이라 하고, 선화공주가 무왕의 정비가 아니고 소비였을 가능성을 제기하기도 한다."[66] <사리봉영기>에서 좌평(佐平) 사택적덕(沙宅積德)의 딸을 두고 백제왕후라고 분명히 언급한 것과는 대조를 이룬다. <금제사리봉영기> 명문에 사택씨 왕비가 등장함으로써, 무왕의 여인은 적어도 3명,[67] 즉 의자왕의 어머니, 선화공주, 교기(翹岐)와 관련된 여인이 찾아진다. 무왕과 선화의 결연은 무왕 이전부터 초기 사이의 일이고, 사택적덕의 딸이 미륵사탑에 사리를 봉영한 시점(639년)은 무왕 재위 40년 후이니, 이 기간 동안 많은 변화가 생길 수 있기 때문이다. 『삼국유사』 '법왕금살(法王禁殺)' 조에도 무왕이 몇 십 년(數紀)을 지나 미륵사를 완공했다고 적었다.

이에 42년이라는 무왕의 재위 기간을 감안하여 사택왕후가 정비이고 선화공주가 후비이거나 사택왕후가 선화공주 사후의 왕비일 가능성을 제기하고, 서탑에서 <금제사리봉영기>가 나왔는데, 감은사지 · 금릉 갈항사지, 보림사 등 동 · 서로 2개의 탑이 있는 사찰의 탑 모두에서 사리기가 출토된 근거를 들어[68] 미륵사지 탑에도 서탑 <사리봉영기> 다른 내용의 기록이 동탑이나 중앙의 탑에 있었을 것이라 주장하며[69] 선화공주 존재를 부정하는 일을 보류하기도 한다. 또, 사리봉영기의 "법왕께서 세상에 출현하시어 근기(根機)에 따라 부감(赴感)하시고, 중생에 응하여 몸을 드러낸 것은 마치 물속에 달이 비치는 것과 같았다."가[70] 『법화경』의 구절이므로, 3개 사원

65) 박현숙, 앞의 책(2017), p.60.
66) 박현숙, 위의 책(2017), p.61.
67) 이현주, 「신라 선화공주의 역사적 실재와 역할」, 『史林』 70(首善史學會, 2019), pp.83~84.
68) 박현숙, 앞의 책(2014), p.257.
69) 박현숙, 앞의 책(2017), pp.61~62.

에 담은 신앙이 다를 수 있음[71]을 들어 사택왕후와 선화공주를 차별화하기도 한다.

이에 선화공주 존재에 대한 다각적 검증이 필요하다. 먼저 무왕의 뒤를 이은 의자왕(義慈王)의 출생 시기는 정확치 않지만, <부여융묘지명(扶餘隆墓誌銘)>에 따르면, 의자왕의 원자 부여융(扶餘隆)은 615년(무왕 16)에 태어났으므로,[72] 역산하면 의자왕은 대략 595년(위덕왕 42)경에 태어났다.[73] 무왕은 법왕의 아들이라 했다. 위덕왕은 525년에 태어나고,[74] 그 동생 혜왕(惠王)은 527년경에 태어났다. 그러므로 혜왕의 아들 법왕은 547년경이고, 법왕의 아들 무왕은 570년경에 태어났다.[75] 그러면 의자왕은 590~595년경에 태어난다. 한편 신라 김춘추(金春秋, 604~661)가 604년생이니 그의 어머니이자 진평왕의 둘째딸인 천명공주는 584년생이고 그 동생 선화는 대략 586년경에 태어났다. 그러나 신라 왕계로 다시 추산해보면, 진흥왕(534~576)이 20세가 되는 554년경에 동륜(銅輪)을 낳고, 동륜이 20세가 되는 574년경에 진평왕을 낳고, 진평왕이 594년경에 맏딸 선덕왕을 낳았다면 셋째 딸 선화공주는 595년 이후에 태어난 것이 된다. 선화공주는 586~595년경에 태어났다.

---

70) "法王出世 隨機赴感 應物現身 如水中月"(국립부여박물관, 『서동의 꿈 미륵의 통일, 백제 武王』, 씨티파트너, 2011, pp.36~37).

71) 박현숙, 앞의 책(2014), p.257; 국립부여박물관, 위의 책(2011), p.38.

72) <扶餘隆墓誌銘>에 따르면 부여융은 "68세로 私第에서 사망한다", "영순 원년(682) 임오년 12월 24일 계유일에 낙양 북망 청선리에 장례를 치렀다."(春秋六十有八, 薨於私第, 永淳元年, 歲次 壬午十二月, 庚寅朔, 廿四日 癸酉, 葬于北芒淸善里, 禮也". 이를 기준으로 출생 시기를 역산하면 그는 백제 무왕 16년(615)생이다.(宋基豪 역, 『韓國古代金石文』 1, 韓國古代社會硏究所, 1992, pp.545~553).

73) 노중국, 『백제정치사』(일조각, 2018), pp.444~445.

74) 고구려 陽原王에게 "餘昌(위덕왕)이 성은 같고 관위는 杆率이며 나이는 29세"라 했는데, 이 해(553년)에 위덕왕의 나이가 29세였다면, 그는 525년생이다.(『日本書紀』 卷19 欽明天皇 14년 冬 10월).

75) "무왕을 568년생 정도로 추산"한다.(남정호, 『백제 사비시대 후기의 정국 변화』, 학연문화사, 2016, pp.164~165); 崔鈆植, 「彌勒寺 創建의 歷史的 背景」, 『韓國史硏究』 159(韓國史硏究會, 2012), p.27.

『삼국사기』는 왕계의 정통성을 중시하여 무왕을 법왕의 아들이라 했지만, 『삼국유사』에 지룡(池龍)의 아들이라 한 것을 보면 무왕 출생에 얽힌 비밀이 있을 수 있고, 모두 한결같이 20세 전후에 출산하지는 않을 수도 있기에 생년(生年) 추산에는 일정정도 오차범위가 생길 수 있다. 요컨대, 의자왕이 태어난 595년 즈음에 선화공주는 10살도 채 안 되므로[76] 선화공주를 의자왕의 어머니로 단정하긴 어렵다.

"정월에 원자(元子) 의자를 봉하여 태자로 삼았다."[77]한 것을 보면 의자왕이 태자로 책봉된 시점은 무왕 33년(632)이다. 이 당시 의자왕은 40세 전후한 연만한 연령이 된다. 무왕이 사망하는 641년 3월이 되면, 부여융은 27세가 되고 의자왕은 50세가량이다. 의자왕이 연만한 연령에야 후계자로 책봉된 까닭은 의자왕의 모계에서 그 원인을 찾을 수밖에 없다.

> (4) "금년 정월에 국주모(國主母)가 돌아가셨다. 또 제왕자 아들인 교기 및 그 모매(母妹) 여자 4인과 내좌평 기미(岐味)와 고명한 사람 40여 명이 섬으로 추방되었다."[78]

642년, 의자왕은 국주모가 사망하자 교기(翹岐) 및 이모 4명을 포함, 40여 명을 섬으로 추방했다. 국주모는 문자 그대로 실제건 명목상이건 간에 의자왕의 어머니를 말한다. 이는 이전에 의자왕이 국주모로 인해 권력행사나 태자책봉이 순조롭지 않았음을 암시한다. 더불어 국주모와 의자왕이 친모자 관계가 아니었을 가능성을 높인다. 그렇다면 의자왕의 어머니는 누구인가.[79]

---

76) 최광식 편저, 『삼국유사의 세계』(세창출판사, 2018), p.175.
77) "三十三年 春正月 封元子義慈爲太子"(『三國史記』 卷27, 武王 33年).
78) 『日本書紀』 卷24, 皇極天皇 元年, "今年正月 國主母薨 又弟王子兒翹岐及其母妹女子四人 內佐平岐味 有高名之人四十餘 被放於嶋".
79) 이도학, 『백제 사비성 시대 연구』, 일지사, 2010, 159~160면, 본문 (4)에 근거하여, "다른

이상을 통해 볼 때, 무왕에게는 의자왕의 친모로 보이는 妃(A)가 있었고, 국주모로 지칭하는 비(B)가 있었고, 좌평 사택적덕의 딸인 왕후(C)가 있었다. 이들 중 겹치는 인물이 있을 수 있겠는데, 셋 중 B, C는 선화공주가 아닌 듯하다. 국주모의 자매들과 제왕자들을 섬으로 추방했다 했는데, 선화공주가 자신의 자매들을 데리고 백제 왕실에 출가했을 리 없기 때문이다.[80] 가능성으로 본다면, A에 가장 가깝지만, 이상의 추산에 의하며 의자왕과 선화공주의 연령대가 맞지 않아 향후 더욱 정밀한 검증을 필요로 한다. 이에 "선화공주가 무왕의 소비(小妃)였을 가능성을 제기하며, 무왕의 왕비는 적어도 4명, 즉 의자왕의 어머니, 선화공주, 교기와 관련된 여인, 사택씨 왕비가 있었다는 주장이 나왔다.[81]

42년이란 무왕의 재위 기간을 고려하고, 무왕 초기와 말기가 40여년의 차이가 있음을 감안하면, 무왕이 여러 명의 왕후를 두었을 가능성도 배제할 수 없고, "동탑이나 중앙의 탑에 다른 사리봉영기가 있었을 가능성도 배제할 수 없으므로",[82] "사택(사타)씨 왕후의 존재만으로 선화공주를 가공의 인물로 돌릴 수는 없기에 '무왕' 조의 선화공주를 쉽게 부정할 순 없다."[83] 거기다 "돌궐에서는 혼인 동맹을 맺더라도 외국 왕녀 소생은 왕비 즉위 자격이 없다고 한다. 의자 왕자의 경우도 이러한 범주에서 결코 자유로울 수는 없었을 것"이라[84] 한 것은 백제에서 선화공주는 정비(正妃)로서의 처우를 받지 못하고 의자왕은 선화공주의 소생이기에 왕위계승에 어려움이 생

반대되는 사료가 없는 이상 의자왕은 선화 왕비의 아들로 간주되는 게 온당하지 않을까 싶다."라 하기도 한다.

80) 이도학, 위의 책(2010), pp.159～160.

81) 박현숙, 앞의 책(2014), p.254.

82) 박현숙, 앞의 책(2014), pp.254~255.

83) 노중국, 彌勒寺 창건과 知命法師, 『백제사회사상사』(지식산업사, 2010), pp.429～432; 허윤희, 미륵사지 백제의 비밀을 털어놓다, 《조선일보》 2009년 2월 25일, A18면에 노중국 교수의 견해를 소개한 바 있다.

84) 이도학, 앞의 책(2010), pp.161～162.

겼을 가능성을 높여준다. 『삼국유사』에서 엄연히 언급한 선화공주의 존재를 쉽게 부정하기보다는 여러 가능성을 두고 검증하는 일이 우선과제이다. 무왕이 선화공주와의 혼인을 추진한 것은 막강하던 귀족세력들의 간섭을 피하려는 의도일 수 있다.

(5) "어리석은 이 오랑캐들이 섬에서 몰래 숨어살면서 구이(九夷)를 금대(襟帶)로 삼고 만 리나 떨어져 있어서 지세가 험준한 것에 기대어 감히 하늘의 도리를 어지럽히고, 동쪽으로는 가까운 이웃[親隣]을 쳐서 (중국의) 밝은 조칙(詔勅)을 어기고 북쪽으로는 역수(逆竪)와 연계되어 멀리 사나운 소리에 호응하였다. 하물며 밖으로 곧은 신하를 버리고 안으로는 요망한 계집을 믿어, 충성되고 어진 신하에게는 형벌을 내리고 아첨하는 자에겐 반드시 총애와 신임을 내렸으니, 표매(標梅)가 원망을 품고 저축(杼軸)이 슬픔을 머금었다."[85]

(5)는 660년(의자왕 20)에 신라와 연합하여 백제를 멸망시킨 당나라군이 정림사지 5층 석탑에 새긴 <대당평백제국비명(大唐平百濟國碑銘)>이다. 다분히 점령군인 당나라의 관점에서 백제의 죄상을 낱낱이 적고 있다. 동으로 가까운 이웃을 친 일도 죄목에 들어있다. 여기서 신라를 두고 '친린(親隣)'이라 했다. "수령이란 자는 부상(富商)에게 구부리고, 권세에 제어되는 무리라서…대납하는 사람으로 하여금 촌락을 횡행하여 뜻대로 수렴하게 하니, 발가벗기고 종아리를 때리는 등 이르지 않는 바가 없어, 집에 있는 것을 다하여도 오히려 넉넉하지 못하면 책임을 친린에게까지 미치게 합니다."처럼[86]

85) "蠢玆卉服, 竊命島洲, 襟帶九夷, 懸隔萬里, 恃斯險阨, 敢亂天常, 東伐親隣, 近違明詔, 北連逆豎, 遠應梟聲. 況外棄直臣, 內信祅婦, 刑罰所及, 唯在忠良, 寵任所加, 必先諂倖, 標梅結怨, 杼軸銜悲"(권인한 · 김경호 · 윤선태, <大唐平百濟國碑銘>, 『한국고대 문자자료연구』, 주류성, 2015, p.541, pp.555～556).

86) "然守令者 類爲富商所俛 權勢所制…令代納之人 橫行村落 縱意收斂 裸剝鞭笞 無所不至 罄室所有 而猶不足焉 則責及親隣"(『世祖實錄』 卷46, 세조 14년 6월 18일 丙午 4번째 기사).

친린은 "피붙이, 일가친척"까지 일컬을 수 있는 말이다.

> (6) "가을 8월, 웅진의 취리산(就利山) 맹약문(盟約文)의 내용은 다음과 같다. 지난 날 백제의 전 임금이 역리와 순리를 분간하지 못해 **이웃나라와 도탑게 지내지 못하고 인척끼리 화목하지 못했으며,** 고구려와 결탁하고 왜국과 교통하여 함께 잔인함과 포악함을 일삼아 신라를 침략해 마을과 성을 도륙하니 거의 평안한 해가 없었다."[87]

(6)은 665년(문무왕 5) 8월에 당나라 주재 하에, 취리산에서 웅진도독 백제 부여융과 신라 문무왕이 맺은 화친의 맹약, <취리산회맹(就利山會盟)>이다.[88] 이에 따르면 당이 웅진도독인 부여융의 선왕(先王)을 성토하는 구절 중에 "친인(親姻)과 화목하지 못했다."는 죄목이 있다. 이웃나라와 도탑게 지내지 못하고 인척끼리 화목하지 못했다는 뜻이다.

<대당평백제국비명>의 친린과 <취리산회맹>의 친인은 혼인으로 맺어진 친척이다. 여기서 친인은 소지왕(炤知王, 493년) 때나 진흥왕(553년) 때의 해묵은 혼인관계를 언급했다기보다는 인접한 시기인 진평왕과 무왕 대에 맺은 인척 관계를 말했을 것으로 보인다. 이는 동일한 서맹문에서 백제와 신라 사이를 "두 나라는 혼인으로써 약조를 맺어 맹세를 다졌으며, 짐승을 잡아 피로써 머금었으니 언제나 함께 친목하여야 하고 걱정을 나누고 환란을 서로 구제하여 형제나 다름없이 사랑하여야 할 것이다"[89]라고 한 것도 그 논거가 될 수 있다. 역시 당에서 작성한 <대당평백제국비명>에 따르면

87) "秋八月 其盟文曰 往者百濟先王 迷於逆順 不敦鄰好 不睦親姻 結託高句麗 交通倭國 兵爲殘暴 侵削新羅 剽邑屠城 略無寧歲"(『三國史記』 新羅本紀 第6, 文武王 5年 秋8月).

88) 양종국, 웅진도독 부여융과 신라 문무왕의 취리산 會盟址 검토 - 현재의 취리산과 연미산을 중심으로, 『취리산회맹과 백제』(혜안, 2010), pp.124～125.

89) "約之以婚姻 申之以盟誓 刑牲歃血 共敦終始 分災恤患 恩若弟兄"(『三國史記』 新羅本紀 第6, 文武王 5年 秋8月).

의자왕의 실정을 거론하면서 “동쪽으로 친인을 정벌했다”고 했다. 여기서 ‘친’에는 ‘부모’의 뜻이 담겨있다. 그렇다면 동쪽으로 부모인 이웃나라를 정벌했다는 해석이 된다. 신라는 의자왕의 어머니 나라가 되므로 이러한 표현을 구사한 것이다. 따라서 무왕이나 의자왕이 각각 인척이요 어머니의 나라인 신라를 공격할 수 없다고 보아 무왕과 선화공주의 결혼 사실을 인정한 예로 볼 수 있는 근거가 될 수 있다.[90]

서동과 선화공주의 혼인을 두고, “무왕과 선화공주의 혼인은 고구려의 침략을 막기 위한 동맹으로, 백제는 신라와의 혼인동맹을 통해 고구려의 침략에 대처하려 했을 뿐만 아니라, 언젠가 있을지 모르는 신라의 침입을 어느 정도 늦출 목적을 가졌다.”고 보는 시각도[91] 있다. 결혼의 의미에 대해서는 다양한 의미해석이 있을 수 있겠으나 분명한 것은 당시 신라와 백제는 신라가 한강유역을 독점한 데 대한 앙금을 털지 못하고 있었다는 것, 백제는 왕권이 극도로 미약해진 상태라서 신라를 공격할 힘이 없었다는 점이다. 위덕왕 25년(578)부터 백제와 신라 사이에 물론 전쟁 위험은 상존하고 있었지만 일단 분쟁이 멈춰진 상황이었다거나[92] “신라가 605년에 백제의 동쪽 변경을 공격한 이후, 백제가 611년에 신라의 가잠성을 포위 공격할 때까지 6~7년 동안 두 나라 사이에 군사 충돌이 없었고, 이를 혼인으로 맺어진 평화 무드”로[93] 보는 주장이 나온 것도 사실은 당시 신라가 백제보다 힘의 우위에 있었던 까닭이다. 602년 즉위한 지 3년 만에 백제 무왕이 군사 4만을 이끌고 신라를 선제공격하여 치열한 전투 끝에 대패[94]한 것을 보아

90) 이도학, 앞의 책(2010), p.161 참소.

91) 李鍾旭, 彌勒寺의 創建緣起, 『彌勒寺 -遺蹟發掘調査報告書 I 』(文化財管理局 文化財研究所, 1989), p.25.

92) 이도학, 앞의 책(2010), pp.106~107.

93) 노중국, 앞의 책(2018), p.451.

94) “三年 秋八月 王出兵 圍新羅阿莫山城(一名 母山城) 羅王眞平遣精騎數千 拒戰之 我兵失利而還”, “王怒 令佐平解讎 帥步騎四萬 進攻其四城”, “餘兵見此益奮 我軍敗績 解讎僅免 單馬以歸”(『三

도 백제가 약해진 국력을 회복하는데 상당한 시간이 소요되었음이 분명하다. 국제 정세는 우・열세와 유・불리가 주안점이고 서로의 이익과 목적에 우선할 뿐, 양국의 혼인 관계가 전쟁을 억제하는 절대적인 힘으로 작용하지는 못한 때가 많았던 것이다.

3. 〈서동요〉의 구절을 다시 읽다

"薯童房乙 夜矣卯乙抱遣去如"를 양주동은 "맛둥 방을 밤의 몰 안고 가다(맛둥방을 밤에 몰래 안고 가다)"로 해독하고, 김완진은 "서동(薯童) 방올 바매 알홀 안고 가다(서동 방을 밤에 알을 안고 가다)"로 해독해[95] 약간의 차이를 보이고 있다.

1) "善化公主主隱"

"'善花公主主隱'을 "선화공주(의, ∅) 님은"으로 해석하고, 여기서 '님(서동)'은 비존칭 체언이므로 서술어 '어러 두고'와 '안고가다'에 호응한다는 견해를[96] 제외하면, 대부분 이를 "선화공주님은"이라고 읽는다. 음독자(音讀字)는 "한자의 음으로 읽고, 본연의 의미는 그대로", 훈독자(訓讀字)는 "한자의 훈으로 읽고, 본연의 의미는 그대로", 음차자(音借字)는 "글자의 의미는 버리고, 음만 취하여 소릿값으로", 훈차자(訓借字)는 "글자의 의미는 버리고,

國史記』 卷27, 百濟本紀 제5, 武王 3年 秋8월).

95) 梁柱東, 訂補版 『古歌硏究』(博文書舘, 1960), pp.450～453, 詳註 『國文學古典讀本』(博文出版社, 1948), pp.228～229, 金完鎭, 『鄕歌解讀法硏究』(서울大學校 出版部, 1980), pp.94～96.

96) 고정의, 「薯童謠의 '主隱'과 '夘乙'에 대하여」, 素谷南豊鉉先生回甲紀念論叢, 『國語史와 借字表記』(同刊行委員會, 1995), p.81.

훈만 취하여 소릿값으로" 사용하는 글자이다. 이를 <서동요>에 적용하면, "善化公主・薯童"((가))은 음독자이고, "他・密・嫁・置・夜・夘・抱・去"((나))는 훈독자이며, "主・如"((다))는 훈차자, "隱・只・良・古・矣・乙・遣"((라))은 음차자이다. 정용자(正用字)는 체언이나 용언의 어간 등 주로 실질 형태소로 사용되고, "主・隱・只・良・古" 등의 차용자(借用字)는 조사나 용언의 어미 등 형식형태소로 사용한다.[97] <서동요>에서 (가)와 (나)는 정용자, (다)와 (라)는 차용자이다.[98]

2) "他密只嫁良置古"

'他密只'는 대체로 "놈 그ᅀᅳ기/놈 그슥"이고, '嫁良置古'도 "어리라 두고"(정인보, 1930),[99] "사귀어 두고"(고정의, 1995),[100] "얼일아 도고"(김선기, 1993)[101] 말고는 대부분이 "얼어/어러/얼아/어라"로 비슷하게 읽는다. 뜻은 "교합(交合)하다",[102] "짝 맞추어 두고"로[103] 해석한다.

<서동요>는 선화공주가 서동과 남몰래 얼어둔 일과 밤에 "안고 가는" 행위 둘을 흉잡는다. "얼다", 내지 "어르다"의 중세어 용례로는 "남진얼다・남진어르다(嫁)/겨집어르다(娶)", "얼운"(尊長), "얾다"(嬌, 媚) 등을 들 수 있다. '얼-'은 "交・合"의 뜻에 곧바로 대응하는 것이 아닌데도, 많은 논자

97) 박재민, 「고등학교의 訓借字・音借字 교육에 대한 비판적 고찰」, 『국어교육』 139(한국어교육학회, 2012), pp.159～165; 박재민, 향가 해독과 훈차자・음차자 교육에 대한 비판적 고찰, 『한국시가 연구사의 성과와 전망』(보고사, 2016), pp.83～84.

98) 다만 '薯童房'을 "서동+書房"의 줄임으로 읽으면 모두 음독자이고, "마+ㅅ+둥"으로 읽으면 "訓讀+ㅅ+音讀"이 된다. '房'을 "방(room)"으로 읽으면 음독이 아닌 훈독일 수도 있다.

99) 鄭寅普, 「朝鮮文學源流草本 第一編」, 『朝鮮語文研究』(延禧專門學校出版部, 1930), p.48.

100) 고정의, 앞의 논문(1995), p.81.

101) 김선기, 『옛적 노래의 새풀이 -鄕歌新釋』(普成文化社, 1993), pp.397～398.

102) "情을 通하여"(梁柱東, 앞의 책(1948), pp.228～229, "交, 合을 완곡히 하여 嫁로 표현한 것"(梁柱東, 앞의 책(1960), p.445).

103) 金完鎭, 앞의 책(1980), p.96.

들이 “교합, 결혼, 관계” 등으로 보고 “몸을 바치다, 사생아를 낳다”로까지 확대 해석함은 납득하기 어렵다는 반론과 함께, “어엿한 숙녀가 되어, 사랑을 갈구하는 마음을 담은 낭만적인 갈망”이라[104] 해석하기도 한다. ‘얼다’는 의미층위가 넓어, 물론 “그 겨지블 ᄃᆞ려다가 구틔여 어루려커시ᄂᆞᆯ”, “도ᄌᆞ기 오ᄉᆞᆯ 믜티고 平床(평상) 우희 ᄆᆡ야두고 어루려커ᄂᆞᆯ”처럼[105] ‘교합(交合)’의 의미부터 “시집가다”는 의미에 이르기까지 층이 넓다. 혼인하지 않은 공주가 몰래 남자를 뒀다면 그 자체로 치명적 약점이다. 유화(柳花)가 혼인 전에 해모수(解慕漱)와 정을 통함으로써 하백(河伯)에게 벌을 받은 <동명왕편>, 여동생 방에서 외간남자 소리가 난다는 소문에 목숨을 끊은[106] <쌍금쌍금 쌍가락지>가[107] 이를 증명한다. ‘얼다’의 의미를 어찌 해석하든, 진위 확인이 없다면 이는 선화공주를 궁궐에서 내쫓기게 할 만큼은 강한 메시지를 담고 있으므로 해석은 문학적 여백으로 두는 것이 좋겠다.

3) “薯童房乙”

“薯童房은 ‘마퉁이라는 서방’[108]이다. 15세기에 이미 ‘서방’이라는 말이 ‘夫’를 뜻했고, 『세종실록』에 ”女婿爲西房“이라 했으니, ‘西房’이나 ‘東房’이나 ‘房’이란 본래 ‘非正堂’의 ‘旁側室’(머릿방)[109]이고, 그 방을 차지하는

104) 신재홍, 『향가의 미학』(집문당, 2006), p.160; 신재홍, 『향가의 해석』(집문당, 2000), pp.144～145.

105) “遂引其婦 强欲淫之”(『三綱行實圖』 烈女 彌妻啖草 百濟), “群賊毁裂其衣 縛於牀簀之上 將陵之”(『三綱行實圖』 烈女, 崔氏見射).

106) 이는 “죽음을 통해 결백을 입증하려는 강한 의지”의 표현이다(서영숙, 『한국 서사민요의 날실과 씨실 - 우리 어머니들의 노래』(역락, 2009), pp.201～202.

107) MBC 『한국민요대전』, 경상남도 합천, CD 8-16, 가창자 : 김한준, 여, 1922, “쌍금 쌍금 쌍가락지, 은금 은금 은가락지, 호작질로 닦아내여, 먼 데 보니 처녀로다, 절에 보니 달이로다, 그 처녀가 자는 방에, 숨소리가 둘이로다. 오라바시 홍달아시, 거짓말쌈 말아시소”.

108) 小倉進平, 『鄕歌及び吏讀の硏究』(京城帝國大學, 1929), p.191.

109) “房 室在旁也 凡堂之內 中爲正室 左右爲房 所謂東房西房也“(許愼, 『說文解字』, 中華書局,

사람에게 '房' 자가 붙는 것은 괴이치 않다. 서방이란 조어도 그런 데서 이루어졌다고 보아야 한다."는[110] 주장과 "房은 원칙적으로 집이므로 '마퉁집을'이다. '을'은 원칙으로 대격이지만 이 지방에서는 방향격(方向格)으로도 쓴다."[111]는 주장이 공존한다.

(1) "瓦房 지애집(기와집), 草房 초개집(초가집) 廚房 음식 달호는 집(음식 만드는 집, 주방), 廊房 익납(익랑방翼廊房), 窩房 산막(산오두막)"[112]

(2) "樓房 다락집, 廚房 飮食 달오는 집, 瓦房 디새집, 花房 花草 덧는 집"[113]

(3) "倉房 곡식 녓는 집, 照房 뒷집, 歪房 기온 집", "房頂 집 곡지"[114]

(1)~(3)에서 방은 집·방·막(幕)의 의미로 쓰인다. "房을 '방'이라 읽은 것은 후대요, 처음에는 뜻을 가지고 '집'으로 읽었다. 필방(筆房)을 '붓집', 먹방[墨房]을 '먹집', 세책방(貰冊房)을 '세책집'이라고 하거나 필방집, 먹방집, 마방집 등으로 겹말을 만들어 쓴 예", 房을 '舍'로 읽은 예[115]가 있다. 이에 '房'을 집으로 읽어야 한다는[116] 견해도 유익하다.

지헌영이 "밤에 무엇을 안고 그 房으로 가는가."[117]라 한 후, '房'을 장소로 보는 해독[118]이 많아졌다. 현대의 "집을 간다."와 같이 '올(을)'은 처격조

2014, p.248).; 許愼 撰, 段玉裁 注, 『說文解字 注』(上海古籍出版社, 1981), p.586.

110) 徐在克, 「薯童謠의 文理」, 『淸溪金思燁博士頌壽紀念論叢』(學文社, 1973), p.261; 徐在克, 『新羅 鄕歌의 語彙 硏究』(啓明大學校 韓國學硏究所, 1975), p.23.

111) 徐在克, 위의 책(1973), p.261.

112) 李衡祥 저, 김언종 외 옮김, 『字學』(푸른역사, 2008), p.313, p.549.

113) 『譯語類解』 上, 屋宅, 16b; 『譯語類解』 上, 下, 補(弘文閣, 1995), p.36.

114) 『譯語類解』 補, 屋宅 補, 12b; 『譯語類解』 上, 下, 補(위의 책(1995), pp.282~283.

115) 노걸대언해 상29, "며 집 뒤히 곳 우믈이라(那房後便是井), 노걸대언해 상39, 집을 이고 든니라(頂着房子走)", 『廣雅』 釋宮, "房, 舍也. 莊子知北遊, 無門無房, 四達之皇皇也".

116) 홍기문, 『향가해석』(조선민주주의인민공화국 과학원, 1956), pp.202~203.

117) 池憲英, 『鄕歌麗謠新釋』(正音社, 1947), p.71.

118) "서동방은 서동이 기거하는 방, 즉 장소로 해석한다."(양희철, 『향찰 연구 20제 - 동형의

사로서 17세기까지 상당히 많이 쓰였다는 설명처럼[119] '薯童房乙'을 장소 표시 부사어 '薯童 방으로'로 해석하는 것이다.[120] 마지막 구절 "가다(去如)"는 '…에[處格]' 또는 '…으로[具格]'와 같은 구문으로 통합되는 것이 중세국어의 언어질서였다 한다.[121] 이에 필자는 '薯童+房+乙'의 '乙'은 위치자리 토씨로, 끝에 오는 '去如'의 행동 방향이라는[122] 주장을 따르고자 한다.

(4) • 한 시간 동안 산길을 걸었다.
• 어제는 하루 종일 백화점을 돌아다녔다.

(5) • 직장을 다니다
• 소년은 매주 절을 갔다.
• 시장을 가다.

(4), (5)는 국립국어원 『표준국어대사전』이다. (4)는 조사 '-을⁴'의 용례로, "가다, 걷다, 뛰다" 따위, 이동을 표시하는 동사와 어울려서 동작이 이루어지는 장소를 나타내는 격조사이고, (5)는 조사 '-을⁵'의 용례로, "가다, 오다, 떠나다" 따위의 동사들과 어울려 이동하고자 하는 곳을 나타내는 격조사이다. 이 경우, '을'은 "오늘 광주로 가는 비행기를 탔다.", "서울로 오너라.", "회의실로 불렀다."처럼 움직임의 방향을 나타내는 격조사 '로'와 기능이

이두와 구결도 겸하여』, 보고사, 2015, p.19).

119) 姜吉云, 『鄕歌新解讀硏究』(한국문화사, 2004), p.40.

120) 고정의, 앞의 논문(1995), p.81; 양희철, 앞의 책(2015), p.21; 최남희, 『고대국어형태론』(박이정, 1996), pp.219～220.

121) 鄭宇永, 「<薯童謠> 解讀의 爭點에 대한 檢討 -국어학자들의 연구 업적을 중심으로」, 『국어국문학』 147(국어국문학회, 2007), p.277, "公主ㅣ 노니샤 東山애 가샤 東山올 구경터시니(월석 22 : 15ㄱ)", "나그내 그려기난 구루메 올아 블근 ᄀᆞᅀᆞ로 가거늘"(두초 11 : 15ㄱ); 박재민, 『신라향가변증』(태학사, 2013), pp.198～199, 『화엄경』·『인왕경』에 "法으로 歸함으로(於法乙 歸爲隱乙以)", "팔부아수륜왕은 지금 귀신으로 전하고(八部阿須輪王隱現良中 鬼神乙 轉爲古)" 등의 쓰임이 있다.

122) 金完鎭, 앞의 책(1980), p.95; 洪在烋, 『韓國古詩律格硏究』(太學社, 1983), p.137.

같다. “학교에 가다”, “동생은 방금 집에 갔다.”, “지금 산에 간다.”의 ‘에’와 같이 “앞말이 진행 방향의 부사어임을 나타내는 격조사”123)이다.

<서동요>의 ‘-을’은 “房을~가다”로서 『표준국어대사전』 ‘-을5’에 해당한다.124) ‘에서’(from)와는 반대 방향으로서,125) “~(으)로”(to, toward)126)에 해당한다. “그는 학교를 향해 말없이 걸어갔다, 기차는 조그만 시골 역을 지나 대구를 향해 달리고 있었다.”127)와 같다.

(6) “내 젼년 正月(정월) 브터 물라 뵈를 가져 셔울 가 다 풀고”(老乞大諺解 上 13b), “내 친히 東萊(동래) 가 극진이 ᄉᆞᆯ오려니와”(捷解 初 1 : 25b)

(7) “나도 北京(북경) 향ᄒᆞ야 가노라”, “내 北京(북경)으로 향ᄒᆞ야 가노라”, “신음ᄒᆞ야 다시 벽을 향ᄒᆞ니 ᄡᅡᆼ뉘 흐ᄅᆞ믈 씻듯디 못ᄒᆞ리로다”128) “믈 우흿 龍(용)이 江亭(강정)을 向(향)ᄒᆞᄉᆞᄫᆞ니 天下(천하)ㅣ 定(정)ᄒᆞᇙ 느지르샷다” “집 우흿 龍(용)이 御床(어상)ᄋᆞᆯ 向(향)ᄒᆞᄉᆞᄫᆞ니 寶位(보위) ᄐᆞ실 느지르샷다”(<龍飛御天歌> 100장)

(6)에는 “‘을’이나 ‘~(으)로’”라는 격조사가 생략되었지만, “가다”라는 동사 앞에 이동하는 도착 지명을 제시하고 있어 현대어에 쓰이는 (4)・(5)나 『표

123) 국립국어원, 『표준국어대사전』(stdict.korean.go.kr) 참조.

124) 고려대학교 민족문화연구원, 『고려대 한국어대사전』 ㅂ~ㅇ, 창작마을, 2009, 4878면, 주체의 이동을 나타내는 동사와 함께 쓰여, 이동하는 도착점을 나타내는 목적격 조사로, “민기는 국회 도서관을 갔다.”, “철수는 정상을 향해 발을 내딛었다.”, “미숙은 서울을 향하여 이미 떠난 뒤였다.”가 있다.

125) 이희자・이종희, 『한국어 학습 전문가용 어미・조사 사전』(한국문화사, 2010), p.725.

126) “in the direction of sth; towards sth”, “I walked to the office”, “Her childhood was spent travelling from place to place”(NEW 9TH Edition 『Oxford Advanced Learner’s Dictionary』, Oxford university press, 2015, p.1589).

127) 이 외에 “그들은 탑고개를 향하여 내려갔다.”, “학생들은 강당을 향해 달려가기 시작했다”(이희자・이종희, 앞의 책(2010), p.725).

128) 출전은 순서대로 老乞大諺解 上7a, 老乞大諺解 上1a, “鳳眼朝天”(奎章 水滸 44 : 109), “悠然松徑向, 閒步意云何”(鶴石集 7b), “呻吟更向壁, 不覺雙淚流”(浩然齋 上 : 41b이다(박재연, 『필사본 고어대사전』 7 ㅋ~ㅎ, 學古房, 2010, p.323).

준국어대사전』 '을[5]'의 "~(으)로"(to, toward)에 해당하는 '을'의 쓰임을 보인다. (7)에서는 "向ᄒᆞ다"라는 동사 앞에 '을(ᄋᆞᆯ)', '(으)로라는 격조사가 쓰이어, "하ᄂᆞᆳ 긔운이 평화티 아니ᄒᆞ야 시긧병이 흔커든 미리 예비호미 됴ᄒᆞ니 즉빅나모 <u>동녁으로</u> 향ᄒᆞᆫ 니플 ᄆᆞᆯ외야 디허 ᄀᆞᆯ이 ᄃᆞ외어든 더운 므레어나 수레어나 ᄒᆞᆫ 돈만 프러 머고미 ᄀᆞ장 됴ᄒᆞ니라"와[129] 같은 기능을 보인다.

요컨대, <서동요>의 '薯童房乙'의 '을'은 "맛둥의 방(으)로", "맛둥의 방에"의 의미이다. 즉, <서동요>의 '薯童房乙'은 뒤 구절의 "去如"와 호응하여, "선화공주님은(주어)+맛둥∅[130]방에(부사어)+가다(서술어)"의 문장구조를 가진다. "맛둥의 방을/방에/방으로"의 격조사 셋은 모두 진행 방향을 이를 때 두루 통용한다. 즉, <서동요>의 '방을(ᄋᆞᆯ)'은 "가다"라는 동사와 어울려, 서동과 선화공주가 이동하고자 하는 장소를 말한다. 주어는 첫 구와 같이 "선화공주"이고, <서동요>에서의 쓰임은 "서동의 방을 향하여 ~ 가다", "서동의 방으로 ~ 가다", "서동의 방에 ~ 가다"와 같이 바꾸어도 무방하다. 그러나 "안고[抱遣]"는 혼자서 할 수 있는 일이 아니므로 결국은 선화공주와 서동의 애정행각을 꼬집은 말이다.

4) "夜矣卯乙抱遣去如"

아유가이 후사노신(鮎貝房之進)이 "션화공쥬님은/나멀긔멀여두고/셔동방을/밤의 몰 안견간다."(善化公主님은/남모르게 시집가두고/서동서방을/밤에 몰 안고 간

129) 번역하면, 차례로 "(태자가 출가하려 할 때) 시방세계가 밝고 (태자께서) 사자 같은 목소리로 말씀하시며 성(城)을 넘어 산을 향하셨습니다."(<月印千江之曲> 54), "天氣 不和 疫疾流行 可預備之 取栢樹東向葉 乾擣 爲末湯或酒 服一錢 神驗"(救急簡易方諺解 1 : 109)(하늘의 기운이 평화롭지 못하여 전염병이 창궐하면 이미 준비하는 것이 좋으니, 동쪽을 향한 측백나무 잎을 따서 말리어 찧어 가루로 만들어 미지근한 물이나 술에 넣어 한 돈만 먹으면 가장 좋다."가 된다.

130) ∅은 empty set로서 'ᄋᆡ(의)'가 생략된 자리를 표시한 것이다.

다.)라고[131] 해석한 것이 <서동요> 해독의 최초로 보인다. 이 후에 오꾸라 신페이(小倉進平), 양주동 등의 연구자들이 ‘夘’을 ‘卯’의 음차자로 여기면서 ‘夘乙=卯乙=몰’로 읽고, “서동(맛둥)방을 밤에 夘乙抱遣去如”한 행위, “몰래(不知·密·潛)”로 해석[132]한 후 줄곧 학계와 교육 현장의 통설이 되어왔다.

“동요이므로 남녀 간의 정사 장면을 노골적으로 나타내기 어려우므로, 동심에 어울리는 ‘마[薯]를 안고 가다’로 읽으면서, 서동이 자신들에게 인심 좋게 나누어준 마는 정작 서동이 공주로부터 받은 것이니, 결국 공주의 하사품(下賜品)으로 알아, 더 신명나서 거리를 누비고, <서동요>를 불렀을 법도 하다”는[133] 해석도 있다. 김완진이 “서동(薯童) 방을/바매 알홀 안고 간다.”로 해석하면서, “몰래 안고가다”와 “알을 안고 가다”라는 해석이 공존한다. 김완진은 “‘乙’자는 원칙적으로 대격(對格)의 표시이기에 ‘夘乙’을 ‘알홀’로 읽고, ‘안고 가다’라고 읽는 해독이 순리에 맞고 문법에도 어긋남이 없다. 그러나 구체적으로 무슨 내용인지를 말하기 어렵다. 어떤 은어 내지는 비유적 표현인 것 같으나, 지금으로서는 후고를 기다릴 수밖에 없다.”[134] 했다.

“‘夘’의 본체는 ‘卵’일 가능성이 매우 높지만,[135] ‘卯’자의 이체자로도 쓰인 바가 있고, ‘夗’자와 같은 글자라는 설명도 있으므로 의미파악에 더욱 신중할 필요가 있지만,” ‘夘乙=卯乙=몰’의 등식은 15~18세기 국어사자료

131) 鮎貝房之進, 「國文·吏吐·俗謠·造字·俗字·借訓字」, 朝鮮史講座 『特別講義』(3)(朝鮮史學會, 1923), pp.208~212.

132) ‘몯’을 “무엿>무잇을”로 보고, 서동에게 건네줄 그 어떤 물건, 그래서 “맛둥의 방을/밤에 무언가를 지니고(품고) 가다.”로 해석하기도 한다.(김창룡, 『한국의 명시가』, 보고사, 2015, p.262).

133) 황패강, 『향가문학의 이론과 해석』(일지사, 2001), pp.300~301.

134) 金完鎭, 앞의 책(1980), p.96.

135) 이 글자를 ‘夗’으로 읽어, “밤에 뒹굴 품고 가다.”로 해석하기도 한다.(김창룡, 『한국의 명시가』, 보고사, 2015, pp.264~265).

에서 입증되지 않은 사실이므로[136] '夘'를 형태상·통사상 '卵'의 이체자로 보는 데 동의한다.[137] "도치롤 알 안는 둙의 둥주리"(以斧懸抱卵雞窠下)에서도[138] '卵'을 '卯'로 표기하고[139] 있다.

그러나 해독 "알을 안다"는 그 뜻이 불분명한데다 자칫 <서동요> 앞 구절의 "맛둥방을[薯童房乙]"과 함께 한 문장 내에서 2개의 목적어를 만든다는 문제점을 지닌다. "'卵'은 어디까지나 남성의 고환(睾丸)이다. '도틔 불(豚夘)'(동의보감 液湯 1 : 52), '불(夘子)'(譯語類解 상35), '불ㅅ거웃(卵毛)'(譯語類解 상35)과 같이 雄性의 불(알)을 뜻하는 것이다. 따라서 '夘乙抱遣'는 '부를 푸먼(부를 품견)'이 되고 '서동의 불알을 안아서'란 말이 된다.[140] 즉, 암탉이 알을 품듯이, "선화공주님이 서동의 알, 즉 고환(睾丸)·음란(陰卵)을 품고서 간다."로 이해하고, "알을 안다(품다)는 선화공주가 서동과 성행위하는 장면을 조류가 알을 품은 모습에 빗댄 중의적 표현"으로 해독한다.[141] 반대로 "알은 바로 여성의 음부를 상징한다."고[142] 읽기도 하고, 궁궐에서 쫓겨날 만큼 합당한 문맥이어야 하므로 "알몸의 알"[143]로 읽거나, '밤의알(夜矣卵)'로 결

136) 鄭宇永, 앞의 논문(2007), p.278.
137) 고정의, 앞의 책(1995), p.81; 鄭宇永, 위의 논문(2007), pp.264~272; 양희철, 『향찰 연구 20제 - 동형의 이두와 구결도 겸하여』(보고사, 2015), pp.22~37; 박재민, 『新羅 鄕歌 辯證』(태학사, 2013), p.45, p.177. 다만 고정의가 "夘乙은 명사구로, '抱遣'의 목적어이다. 따라서 "선화공주의 님(서동)은 남몰래 사귀어 두고 서동 방으로 △를 안고가다."라고 한 해석에 대해서는 견해를 달리한다.
138) 『胎産集要』 11b, 17세기.
139) 『諺解胎産集要』; 金信根 編, 『韓國科學技術史資料大系』 醫藥學篇 33(驪江出版社, 1988), p.170.
140) 徐在克, 앞의 책(1973), pp.264~265.
141) 鄭宇永, 앞의 논문(2007), p.286.
142) 엄기표, 『백제왕의 죽음』(고래실, 2005), p.179; 이를 '陰核'으로 풀이하고, 공주의 음란성을 더욱 강조한 말로서 "남모르게 밀약한 낭자가 서동의 방으로 밤이 되면 몰래 알(음핵)을 안고(가지고) 간다."고 풀이했다.(洪在烋, 앞의 책(1983), pp.137~139).
143) 이 경우 '알'은 "겉을 덮어 싼 것이나 딸린 것을 다 제거한"을 뜻하는 접두사로, 『표준국어대사전』에 '알밤. 알몸. 알토란' 등의 용례가 있다(임홍빈, 「국어학과 인문학적 상상력」, 『국어국문학』 146, 국어국문학회, 2007, pp.7~34).

합하여 "밤알[栗子]",[144] "신화에서처럼 '알'은 곧 태어날 영웅을 상징"한다는[145] 등 해석이 다양하다.

(1) "下鳴 알낫타, 抱鳴 알 안다, 巢鳴 알 구울리다, 啄鳴 알 ᄠᅢ다, 開鳴 알 ᄠᅢ다"[146]

(2) "下鳴. 알 안다(알 품다), 抱鳴, 알 안다(품다), 巢鳴, 알 구을리다(알을 품어서 굴리다), 啄鳴, 開鳴 알 ᄭᅢ다(알 까다, 곧 부화하다)"[147]

(3) "下蛋 알 낫타, 抱蛋 알 안다, 啄蛋 알 ᄭᅢ다"[148]

(4) "알 夘, 알까다 夘毓/殼, 알 낫타 夘生, 알 안기다 抱夘"[149]

이와 같이 새가 알을 품는 행위를 두고 갖가지 표현이 있다. 일찍이 이를 "卵은 불(睾丸)로 읽고, 알안겨거다, 알안았다, 알안거다, 알안아겼다"(안동)로 보아,[150] "돌아가셨다(死)를 돌아가겼다고 하는 것처럼 '-거'를 선어말어미로 분석하기도 한다.[151] 양희철은 "밤의 알 안고 가다"로 해석하고,[152] "밤에 아이를/배를 안고가다"라고[153] 의역했다. (2)~(4)를 보면, 원(夘)을 '卵', '鳴·蛋'과 통용하고, "알 안다, 알 품다"는 뜻으로 "下鳴. 抱鳴"을 쓴다.

144) 정렬모, 『향가 연구』(사회과학원출판사, 1965), pp.115~116.

145) 최선경, 「서동설화의 영웅신화적 성격과 <서동요>의 의미」, 『향가의 수사와 상상력』(보고사, 2010), p.283.

146) 『譯語類解』 下, 24b, 飛禽(弘文館, 1995), p.194.

147) 李衡祥 저, 앞의 책(2008), p.321.

148) 『同文類解』 下, 飛禽; 『同文類解』 乾·坤(弘文閣, 1995), p.208.

149) 韓國語學資料叢書 第1輯 『國漢會語』(太學社, 1988), p.567.

150) 徐在克, 『新羅 鄕歌의 語彙 硏究』(啓明大學校 韓國學硏究所, 1975), pp.23~24; 徐在克, 增補 『新羅 鄕歌의 語彙 硏究』(螢雪出版社, 1995), pp.37~38.

151) 徐在克, 위의 책(1975), p.24; 徐在克, 위의 책(1995), p.38.

152) 楊熙喆, 「薯童謠의 語文學的 硏究」, 『語文論叢』 11(청주대 국어국문학과, 1995), pp.12~15.

153) 여기서 <서동요>의 여러 의미층위를 소개하면서, "선화공주가 남몰래 어린아이에게 시집갔다는 기본 의미에, 임신 내지 숨겨놓은 아이 하나 내지 둘을 가지고 있다는 것을 부가시킨 것"이라 했다(楊熙喆, 위의 논문(1995), pp.12~22; 양희철, 『삼국유사 향가연구』, 태학사, 1997, p.38, pp.56~61).

'抱夘'을 "알 안기다"라고 풀이하므로, '포란(抱卵)'은 우리말 "알 안기다"에 대응한다고 보는 것이 합리적이다.

(5) "ᄧᆞᆫᄒᆞᆫ ᄆᆞᅀᆞᆷ으로 工夫(공부) 일우믈 ᄃᆞᆯ기 알 안ᄃᆞᆺ ᄒᆞ며 괴 쥐 잡ᄃᆞᆺ ᄒᆞ며 주우리니 밥 ᄉᆞ랑ᄐᆞᆺ ᄒᆞ며 목ᄆᆞᄅᆞ니 믈 ᄉᆞ랑ᄐᆞᆺ ᄒᆞ며 아히 어미 그려ᄐᆞᆺ ᄒᆞ면 반ᄃᆞ기 ᄉᆞᄆᆞ촐 期約(기약)ㅣ 이시리라"(切心做工夫를 如雞이 抱卵ᄒᆞ며 如猫이 捕鼠ᄒᆞ며 如飢이 思食ᄒᆞ며 如渴이 思水ᄒᆞ며 如兒이 憶母ᄒᆞ면 必有透徹之期ᄒᆞ리라)(『禪家龜鑑諺解』 上13ㄴ, 16세기)[154]

(6) "도치를 알 안ᄂᆞᆫ ᄃᆞᆰ의 둥주리 아래 ᄃᆞ라 두면 ᄒᆞᆫ 자리 다 수ᄃᆞᆰ 되ᄂᆞ니라"(以斧懸抱卯雞窠下 則一窠盡是雄雛)(『胎産集要』 11b, 17세기)[155]

(5)에서는 "ᄃᆞᆯ기 알 안ᄃᆞᆺ ᄒᆞ며"에 "如雞이 抱卵ᄒᆞ며"가 대응하고, (6)에서는 "알 안ᄂᆞᆫ ᄃᆞᆰ"에 "抱卯雞"가 대응한다. 『훈몽자회(訓蒙字會)』에서도 '포(菢)'를 "알 아늘 포, 알 품을 포"(鳥伏卵)라고 주석했다. 『역어유해(譯語類解)』(1690)나 『동문유해(同文類解)』(1748), 『국한회어(國漢會語)』(1895)까지 15세기부터 19세기 문헌까지 "알 안다/알 안기다(抱鴠, 抱蛋, 抱卵)"로 쓰이다가 20C 초부터 "알 품다"라는 말이 더 많이 쓰이게 되었다.[156] 필자는 <서동요>의 '卯乙'은 '알+올/ㄹ'을 '알'로 생략·축약[157]한 것으로 보고, 뒤의 서술어 '안겨(抱遣)'와[158] 결합하여, (4)~(6)처럼 "알 안기다(抱夘)", 요즘 말로 "껴안다(두

154) 『法語錄諺解 禪家龜鑑諺解』(大提閣, 1987), p.336.

155) 『諺解胎産集要』; 金信根 編, 『韓國科學技術史資料大系』 醫藥學篇 33(驪江出版社, 1988), p.170.

156) 鄭宇永, 위의 논문(2007), p.285.

157) 이와 같은 생략, 축약 현상은 "菩提 아ᄋᆞᆫ 길흘 이ᄫᅡ"(菩提向焉道乙迷波)(<懺悔業障歌>), "善芽 모ᄃᆞᆯ 기른"(善芽毛冬長乙隱)(<請轉法輪歌>)의 <보현시원가>나 "ᅎᆞ 하ᄂᆞᆯ 밋곤"(際天乙及昆)의 <悼二將歌>와 같이 앞뒤에 'ㄹ'음이 겹치는 경우에 나타나고 있다.

158) "遣을 '견'내지 '겨'로 읽고 그 기능은 句 연결인 것으로 파악하고자 한다."(황선엽, 「향가에 나타나는 '遣'과 '古'에 대하여」, 『國語學』 39, 國語學會, 2002, p.7, p.20); "遣은 연결어미 '-견'으로 굳어진 후, '-견>겨'의 변화과정을 거쳐 나타난 것이다."(장윤희, 「고대국어 연결어미 '遣'과 그 변화」, 『口訣研究』 14, 口訣學會, 2005, pp.132~137).

팔로 감싸서 품에 안다)"라는 뜻으로 이해한다.

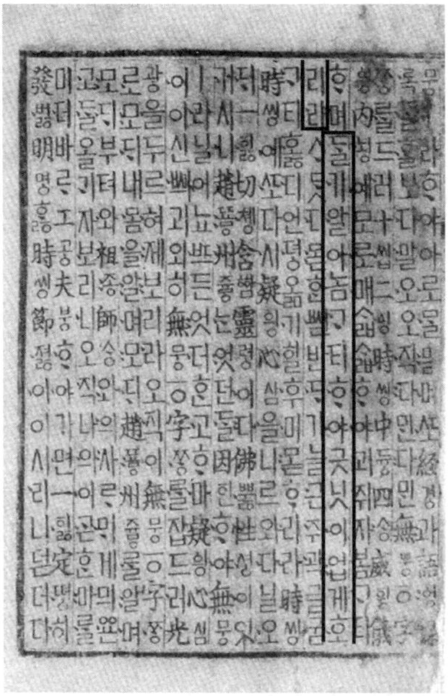

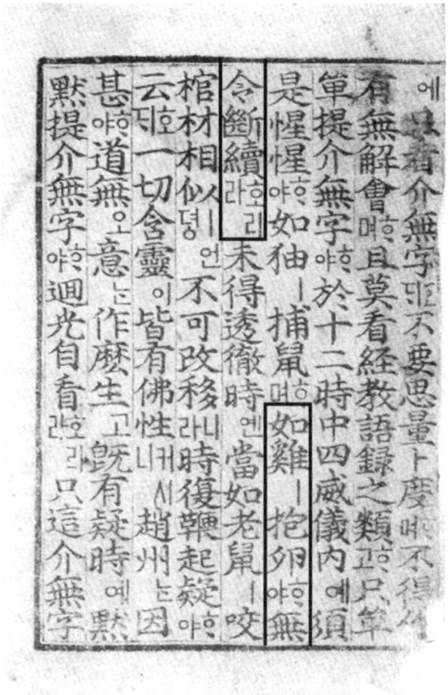

정우영, 역주 『사법어언해』(동경대본), 세종대왕기념사업회, 2009, 98·100쪽.

그럼 "닭이 알을 품듯"은 어떤 의미를 내포하는가.

(7) "닭이 알을 품는 것을 예로 들어 보건대, 알을 품어 준다고 해서 무슨 따뜻한 기운이 전해지겠느냐고 여길지도 모르겠지만, 닭이 언제나 그렇게 품어 주기 때문에 알을 깨고 나오게 되는 것이다. 만약 끓는 물을 가져다가 붓는다면 뜨거워서 바로 죽을 것이요, 품어 주는 일을 조금이라도 멈추면 바로 차갑게 식어 버릴 것이다.", "스스로 그만두려고 해도 그만둘 수가 없이 자발적으로 계속해 나가려고 할 것이니, 이는 그 자신이 이제는 이에 관한 자미(滋味)가 어떤 것인지를 알았기 때문이다."[159]

159) "如鷄抱卵, 看來抱得有甚暖氣, 只被他常常恁地抱得成. 若把湯去湯, 便死了. 若抱纔住, 便冷

후대의 자료이긴 하지만, “닭이 알을 품듯”이라는 비유는 주자(朱子)가 “학문이란 자체의 즐거움을 알고 항상 꾸준히 항상성을 유지해야 함”[160]을 강조한 말로, 이후에 여러 학자들이 인용했다. 기록적 폭염에 병아리가 자연부화 했다고 할 때, 알은 20일 정도 최저 31도 이상을 유지했다는 얘기고, 부화기의 온도가 37도 정도이기 때문에, “닭이 알을 품듯”이라는 비유는 잠시도 떨어지지 않고 꼭 껴안고 있다는 의미를 지니고 행위의 지속성과 항상성을 강조한 말이다.

(8) “모로매 싊싊ᄒᆞ야 괴 쥐 자봄ᄀᆞ티 ᄒᆞ며 ᄃᆞᆯ기 알아놈ᄀᆞ티ᄒᆞ야 긋닛이 업게 호리라”(須是惺惺ᄒᆞ야 如猫ㅣ 捕鼠ᄒᆞ며 如雞ㅣ 抱夘ᄒᆞ야 無令斷續호리라“[161]

(8)은 불교에서 일행삼매(一行三昧)로 정진 · 참선하라는 말씀을 닭이 알을 품는 일에 견준 것이다.[162] 중간에 끊김이 있어서는 수행을 완성할 수 없다는 말이니, 주자의 말씀과도 일맥상통한다. ‘밤’이라는 시간 설정은 남의 이목을 아랑곳하지 않고 은밀히 한다는 말이다. 풍수지리에서 금계포란(金鷄抱卵)은 “대가 끊이지 않고 자손이 번성할 길지(吉地) 지형”[163]이다. 닭은 한 번에 여러 개의 알을 포근히 감싸고 품기 때문에 나온 비유일 텐데, “모

了”, “自不解住了, 自要做去, 他自得些滋味了”(趙翼, <朱子論敬要語>, 『浦渚集』 卷19, 雜著; 『文叢』 卷321, 104면; 한국고전번역원 이상현 역, 2004, 『性理大全』 卷43 學1).

160) “(學) 如鷄抱卵, 看來抱得有甚暖氣, 只被他常常任地抱得成. 若把湯去湯, 便死了. 若抱纔住, 便冷了”(『朱子語類』 卷8).

161) “모름지기 또렷하게 깨어 마치 고양이가 쥐를 잡음같이, 닭이 알을 안음(품음)과 같이 하여 이어지다 그치는 일이 없도록 하야 할 것이다.”(慧覺尊者 譯訣, 『晥山正凝禪師示蒙山法語』; 鄭宇永, 역주 『牧牛子修心訣諺解 四法語諺解』, 세종대왕기념사업회, 2009, pp.185～187).

162) 鄭宇永, 위의 책(2009), pp.185～187.

163) 명당혈로는 飛鳳抱卵形, 金鷄抱卵形, 飛龍歸巢形 등이 있는데, “金鷄抱卵은 풍부하고 귀인이 나온다고 여긴다.”(村山智順 저, 崔吉城 역, 『朝鮮의 風水』, 民音社, 1990, p.626 참조).

두들 말하길 암·수컷이 잘 어울리니, 올해는 알을 많이 품으리라 하네."라고[164] 한 것을 보면, 닭 암·수컷이 어울리는 것은 곧 병아리를 많이 깔 것이라 기대한다. <서동요>에서 선화공주와 서동이 닭이 알을 품듯 안고 간다는 비유는 자연스럽게 듣는 이들에게 2세에 대한 기대로까지 이어질 수 있기 때문에 치명적인 공격이 될 수 있다. '알안겨'에서 '안겨'는 "안기다, 뜯기다, 담기다, 찢기다, 쫓기다."와 같은 '피동'의 접미사가 결합된 것으로, '선화공주님은'에 응하는 두 개의 서술어 "어러두고(어러노코)"와 "알안기다" 가운데 하나이다.

이상을 종합하면, "선화공주님은/놈 그슥 어러두고(어러노코)/맛둥 방(房)올/바미 알안겨가다."가 되고, 이를 의역하면 "선화공주님은/(맛둥 서방과) 남몰래 정을 통해놓고,/맛둥의 집(막)을 향해/밤에 꼭 껴 안겨 간다."가 된다. '방'은 '집'이라는 뜻부터 "겨우 비바람을 막을 정도로 임시로 지은 거처"인 '막(幕)'에 이르기까지 다양한데 후자가 노래의 정황에 더 어울린다. 시집도 안 간 공주가 임의로 제 짝을 정하고, 밤이 되면 새가 알을 품는 것처럼 "알안기어 간다." 하였으니 선화공주를 궁에서 쫓겨나게 할 만큼 치명적 스캔들이다. 굳이 둘의 성행위까지 거론하지 않더라도 후에 "선화가 있으면 신라가 망하고, 선화가 없으면 신라가 성한다."[165]라는 부정적 여론을 형성하기에 충분했을 것이다.

---

164) 李山海, <翌日 張君希道以雌鷄見遺 又以詩謝之>, 『鵝溪遺稿』 卷1, 箕城錄; 『文叢』 47, 447b면, "共說雌雄敵, 今年抱卵多".

165) "善花在新羅敗, 善花亡新羅昌"(李福休, 薯童謠, 『海東樂府』 卷1; 鄭求福 編, 『海東樂府集成』 2, 驪江出版社, 1988, p.322).

4. 〈서동요〉에 담긴 문학적 함의는?

<서동요>를 지은 6세기 후반, 백제의 왕권은 극히 미약했지만, 신라에도 사정이 있었다. 6세기 이후, 신라는 영토 확장을 위한 정복전쟁을 끊임없이 수행하고, 그에 어울리는 통치조직을 통해 중앙집권화를 꾀했다. 초기에는 군신이 조화를 이루는 체제를 유지했지만 중앙집권화가 진전되면서 군권과 신권의 조화는 깨지고 마찰을 빚기 시작했다.[166] 지증왕(智證王, 500~513) 이후 법흥왕(法興王, 514~539)을 거쳐 진흥왕(540~575)대에 이르기까지는 대체로 둘이 균형을 유지했으나, 진지왕(眞智王, 576~578)이 재위 4년 만에 귀족들에 의해 폐위되면서 양자의 균형은 무너지고 이후 둘 사이의 갈등이 표면화되기 시작했다.[167] 진평왕도 진흥왕의 대내외 정책을 계승하여 왕권 중심의 집권체제 구축을 위해 관제를 정비하고, 왕권 전제화를 위해 석가불 신앙과 아울러 유교 정치이념을 강화하여 왕가(王家)의 위상을 견고히 하려 했다.[168] 이런 상황에서 선화공주에 대한 악의적 소문을 담은 <서동요>는 신라 귀족들에게 왕권을 공격할 결정적 명분을 제공했을 것이다. "공주를 내쫓은 것은 들끓는 민심을 잠재운다는 미명하에, 선화를 희생양으로 삼아, 신료사회(백관 百官)의 위력을 드러낸 극단의 처방"이다.[169]

당시 백제는 신라에 비해 국력이 약했고, 서동이 법왕의 혈통을 이었어도 방계에 해당한다. 그러므로 <동명왕편>에서 "네가 만일 천제의 아들이고 내게 구혼할 생각이 있으면 마땅히 중매를 시켜 말할 것이지 지금 문득 내 딸을 잡아두니 어찌 그리 무례한가?"에서[170] 제시하듯, 중매를 거쳐 정

166) 주보돈, 남북국시대의 지배체제와 정치, 『한국사 3』(한길사, 1994), p.284.
167) 金瑛河, 「新羅 中古期의 政治過程試論 - 中代王權成立의 理解를 위한 前提」, 『泰東古典研究』 4(翰林大學校 泰東古典研究所, 1988), pp.10~12.
168) 이정숙, 『신라 중고기 정치사회 연구』(혜안, 2012), p.85.
169) 박노준, 『향가여요 종횡론』(보고사, 2014), p.48.
170) "汝若天帝之子 於我有求昏者 當使媒云云 今輒留我女 何其失禮"(李奎報, <東明王篇 并序>,

식으로 구혼함이 마땅했지만, 서동은 백제 왕자로서 대등한 입장에서 혼인을 청할 만큼의 신분적, 정치・경제적 처지가 아니었다. <서동요>는 이 상황에서 나온 계략의 노래[171]이다. 노래의 진원지를 찾아 소문의 진위를 가렸다면, 서동은 진실이 아닌 것을 진실인 것처럼 꾸며 세상에 퍼뜨린 <허위 사실 유포죄>, 악의로 특정인의 사회적 지위・인격 등에 해를 끼친 <명예훼손죄>로 처벌되었을 것이다. 게다가 합리적 사리판단을 할 수 없는 미성년자들을 꼬드겨 부정적인 여론을 조작했으니 가중 처벌되었을 것이다.

그러나 <서동요>는 동요로 유포됨으로써 그 배후와 계략을 밝히는 일조차 어려웠을 것이다. 또 "요임금이 거리에 나가 동요를 듣고 순에게 왕위를 물려주었으니"처럼[172] 오래 전부터 동요의 효험을 인정해온 터이다. 진흥왕 때, 원화(原花) 교정낭(姣貞娘)과 남모낭(南毛娘) 사건[173]을 해결할 결정적 단서를 제공한 것도 동요였으니, "항간의 동요는 사람들의 인위 작용이 내포되지 않는 자연적인 천성에서 순수하게 우러나는 것"이라는 생각에, "동요는 미래의 예언이 되어, 하나도 틀리지 않는다.", "나라의 흥폐는 천명과 인심의 향배로서, 반드시 먼저 그 징조가 나타나니 옛날부터 그러한 것이다."처럼,[174] 전통적으로 동요는 자연성과 순수성에서 우러나온 조짐이나 예언으로 여겨 무비판적으로 신뢰하는 경향이 강했다. 미혼의 공주가 남자

『東國李相國集』 全集 卷3; 『文叢』 1, p.316).

171) "<서동요>는 내용보다는 기능적 측면이 강조된 노래이다"(박인희, 『삼국유사와 향가의 이해』, 월인, 2008, pp.145～146).

172) "堯乃微服遊於康衢 聞兒童謠曰 立我蒸民莫匪爾極 不識不知 順帝之則 堯還宮 召舜 因禪以天下 舜不辭而受之"(『列子』 卷4, 4章 仲尼篇).

173) "貞(娘)者嫉妬毛娘 多置酒飮毛娘 至醉潛去北川中 擧石埋殺之", "有人知其謀者 作歌誘街巷小童 唱於街 其徒聞之 尋得其尸於北川中 乃殺"(『三國遺事』 卷3, 塔像 第4, <彌勒仙花 未尸郎 眞慈師>).

174) "自古街巷童謠之興 初無意義 而出於無情 不容人僞之雜純乎虛靈之天 自能感通前定 讖應不爽", "國之廢興 天命人心之所背嚮 必有先兆之見 自昔而然"(金安老 撰, <龍泉談寂記>, 『大東野乘』 卷13; 국역 『대동야승』 Ⅲ, 민족문화추진회, 1973, pp.119～120, pp.488～490).

와 어울린 것만 해도 큰 흠인데, "밤에 닭이 알 품듯 안고 가더라."며 구체적·사실적 묘사에다, 상대의 실명까지 거론했으니 동요의 파장은 커질 수밖에 없다.

그러나 <서동요>를 부른 후로, 서동과 선화의 서사에서 일방적 약세에 놓이어 불리하던 서동의 입지는 급반등한다. 백관(百官)들이 악의적 소문을 믿고 힘껏 간청하여 공주를 먼 곳으로 유배 보내면서, 서동이 "상층계급의 선화를 하층으로 격하하여, 표면상 하층에 속하는 서동과 결연이 가능하도록, 간사한 꾀를 부린 까닭"이다.[175] 남풍현은 "(선화공주가) 서여(薯蕷, 마)를 안고 간다는 노래가 만경(滿京)하여 궁금(宮禁)에 달했을 때 백관들이 극간(極諫)하여 공주를 귀양 보낼 만큼 당시에 사실성이 있었던 것"이라[176] 한다. <서동요> 이후로 상황은 급반전하여, 서동과 선화의 만남에서부터 무왕의 즉위, 미륵사 창건에 이르기까지 대체로 백제의 주도로 이루어진다.

여러 논자들이 <서동요>를 "무슨 소문을 듣고 누구를 놀리자고 부르는 동요의 짜임새",[177] 동요 "얼래껄래 얼래껄래/누구누구는 누구누구와 ○○했대요."와 같은 성격[178]이라 분석한다.

(1) "얼라리 꼴라리/이빨 빠진 갈강새/우물가에 가지마라/붕어 새끼 놀랜다"[179]

(2) "울퉁불퉁 모개야/아무따나 굵어라/니 치장은 내 해 주꺼이"[180]

---

175) "<서동요>는 서동이 아내로 맞이하고자 한 여인을 취하기 위한 詭計"(尹榮玉,『新羅詩歌의 硏究』,螢雪出版社, 1991, p.145).; 金烈圭, 앞의 책(1972), p.15.

176) 南豐鉉,「薯童謠의 '夘乙'에 대하여」,『韓國詩歌文學硏究』(新丘文化社, 1983), pp.382~386.

177) 조동일, 제4판『한국문학통사 1 - 원시문학-중세전기문학』(지식산업사, 2005), p.158.

178) 정한기,「<서동요>에 나타난 민요적 성격」,『고전문학과 교육』 22(한국고전문학교육학회, 2011), p.393.

179) 이정부, 경기도 김포시 월곶면 군하리 136번지, 2009.02.03.; 한국학중앙연구원,『한국구비문학대계』, https://gubi.aks.ac.kr/web/Default.asp.

180) 김복생, 경북 청송군 부남면 중기2리 경로당, 2009.07.29.; 한국학중앙연구원, 위 사이트

(3) "누구누구는 오줌 쌌대요/누구누구는 오줌 쌌대요/얼러리 꼴러리/누구누구는 오줌 쌌대요/얼러리 꼴러리"[181]

(1)은 <이 빠진 아이 놀리는 노래>이고, (2)는 <못 생긴 사람 놀리는 노래>, (3)은 <오줌 싼 아이 놀리는 소리>이다. 이 밖에도 <빤빤히 대가리/까까머리 놀리는 소리>, <울뱅이 찔뱅이/우는 아이 놀리는 소리> 등이 더 있다. 아동을 놀리는 노래는 다음과 같다.[182]

놀림 상대자	대상	노래의 종류
아동	외모	<빡빡머리 놀리는 노래> <곰보 놀리는 노래> <버짐 난 아이 놀리는 노래> <이에 물린 아이 놀리는 노래> <앞니 빠진 아이 놀리는 노래>
	행위	<고자질하는 아이 놀리는 노래> <우는 아이 놀리는 노래> <오줌싸개 놀리는 노래>

이상의 노래는 본디 특정한 개인 창작이라기보다는 특정지역에 이미 보편화된 노래를 특정 목표를 전제로 등장인물만 살짝 바꾸어 전승한 것이라고 할 수 있다. 동요 가운데는 '얼래 껄래(얼러리 껄러리), 소문내 보자'나 '○○네 담 밑에/○떡을 내놓고/○춤을 춘다네.'처럼 아예 유언비어 살포 의도를 가지고 상대방을 곤경에 빠뜨리는, 전도된 연가(戀歌)가[183] 있다.

<서동요>는 이상의 놀리는 노래 가운데 '행위'를 놀리는 노래에 해당한다. 공주가 남몰래 서동과 부적절한 관계를 맺어놓고 밤마다 품에 안겨 그의 거처로 간다고 했으니 소신하지 못한 공주의 행실을 놀리는 노래이다.

181) 이복순, 경기도 성남시 분당구 서현1동 문정로 150 율동경로당, 2016.1.28, 한국학중앙연구원, 위 사이트.

182) 강혜인, 「전래동요 <놀리는 노래>의 음악 분석 연구」, 『韓國民謠學』 17(韓國民謠學會, 2005), p.28.

183) 李在銑, 『鄕歌의 理解』(三省美術文化財團, 1979), pp.188～189.

그러나 서동은 <서동요>를 통해 공주를 곤궁하게 만들고, 궁궐에서 쫓겨난 뒤에는 자신이 접근하고자 계획했으니 처음부터 의도된 자작극이다. 노래로써 놀리는 일에 그친 것이 아니라, 자신의 목적을 위한 전초단계였다는 점은 이상 <놀리는 노래>와 <서동요>의 차이점이다. 이런 면에서 <서동요>는 "작은 앵무새가 짝을 찾아 운다./아무개(여인의 이름)는 나를 찾아 울고 또 운다./그녀가 내 보금자리에 들어와, 한 식구가 되고 싶어 울부짖는다."[184]라는 솔로몬 군도 토인들이 부르는 사랑의 주문(呪文)과 흡사하다. 자기가 사랑하는 여인이 자기의 청혼을 수락하기를 기원하는 마음이 담겨 있기 때문이다. <서동요>는 겉으로는 그 의도를 철저히 감추었지만, 큰 그림에서 본다면, "기만적이고 계략적인 구애시가",[185] 즉, "사랑을 획득한 것처럼 기정사실화하여, 여인과 주변 인물들을 향해 공개적(公開的)으로 구애(求愛)"하는[186] 노래의 성격을 가진다.

<무왕> 조의 '쫓겨난 여인→가난뱅이와 결혼→금 발견→부귀영화'라는 틀은 전라・충청 지역은 물론 양주시 남면이나 강원도 영월까지 전국적으로 분포함은 물론이고 중국・일본 <마나노장자>[187]에도 유행하는 설

---

184) "The parrakeet weeps for its mate; So and so[naming the girl] weeps, weeps for me. She cries for my basket, cries for my kinsfolk"(Hogbin, H. Ian, THE PAST, Religion and Magic, *"EXPERIMENTS IN CIVILIZATION"* : The Effects of European Culture on a Native Community of the Solomon Islands, London : Routledge & Kegan paul, 1939/1969, p.119); 趙鄕, 「詩의 發生學」, 『국어국문학』 16(국어국문학회, 1957), pp.80~81; 崔鶴璇, 『鄕歌硏究』(宇宙, 1985), p.51에 이 자료를 H.I.Hogbin 저서 중 <未開社會에 있어서의 文明의 實驗>라고 소개하였다.

185) 李在銑, 「新羅鄕歌의 性格」, 『古典文學을 찾아서』(文學과知性社, 1976), p.141.

186) 강혜선, 앞의 책(1995), p.37.

187) "나라奈良의 다마츠히메玉津姬 공주가 얼굴에 큰 흠을 가짐→꿈에 신이 나타나, 숯쟁이 코고로炭燒小五郎와 결혼하면 행복할 것이라 알려 줌→남루한 코고로와 부부가 됨→공주의 금을 보고, 숯가마 근처의 금을 알려줌→금 거북이가 보물을 두고 떠나니 부자가 됨→공주 얼굴이 다시 아름답게 됨, 이후 코고로를 마나노장자라 부름"(金贊會, 「大分縣の <眞名野長者伝說・物語>と韓國」, 『ぽリグロシア』 第8卷, 立命館アジア太平洋大學, 2004.1, pp.100~101 참조).

화에서도 볼 수 있는 보편적 유형이다. 이 설화 유형은 <내 복(덕)에 산다>, <서민이 출세한 이야기>(庶民出世譚), <쫓겨난 여인 복 터진 이야기>(女人發福說話), <숯구이 총각의 황금 구덩이>(生金場), <숯장수와 도사(道師)>, <숯장이와 마퉁이>, <삼공본풀이> 계 설화를 취했다.[188] <서동설화>는 "지룡(池龍)과 교통(交通)하여 서동을 낳았다는 야래자(夜來者) 전설이나 후백제 견훤(甄萱) 신화와 흡사한 전승도 있어, 한 인물이 태어나 왕이 되기까지의 과정을 이야기한 신화적인 속성을 가지고,"[189] 『잡보장경(雜寶藏經)』 <파사닉왕(波斯匿王)[190]의 딸 선광(善光)이 걸인(乞人)에게 시집간 전설>도 이와 흡사한 서사구조를 가진다.

(4) • 옛날 바사닉[프라세나지트]왕에게 선광(善光)이라는 딸이 있었다.
• 그는 총명하고 단정하여 부모들이 사랑하고 궁 안의 모든 사람들이 존경하였다.
• 그 아버지가 딸에게 말하기를, "너는 이 아비의 힘으로 말미암아 온 궁중사람들이 사랑하고 존경하는구나."라 하였다.
• 딸은 대답하기를, "저에게 업의 힘이 있기 때문이지 아버지의 힘이 아닙니다."라고 하였다. 왕이 3번 거듭 다시 물었으나 딸의 대답은 여전하였다.
• 아버지는 화를 내어, "과연 너에게 업의 힘이 있는가 없는가를 시험해 보리라." 하고, 좌우에 명령하기를, "이 성안에서 가장 빈궁한

188) 崔雲植, 「쫓겨난 女人 發福說話考」, 『韓國民俗學』 6(韓國民俗學會, 1973), pp.52～58; 황인덕, 「'내 복에 먹고 산다'형 민담과 <삼공 본풀이> 무가의 상관성」, 『語文硏究』 18(어문연구학회, 1988), pp.115～127; 玄承桓, 「내 복에 산다系 說話 硏究」(제주대 박사논문, 1992), pp.1～69; 현승환, 「서동설화와 무왕의 등극」, 耳勤崔來沃敎授華甲紀念論文集 『說話와 歷史』(集文堂, 2000), pp.239～242; 민찬, 「서동설화 형성의 설화적 논리」, 『韓國言語文學』 50(韓國言語文學會, 2003), pp.29～43; 羅景洙, 「薯童說話와 百濟武王의 彌勒寺」, 『韓國史學報』 36(고려사학회, 2009), pp.408～409; 신종원, 앞의 책(2019), pp.318～323.
189) 서대석, 『한국 신화의 연구』(집문당, 2002), pp.207～209.
190) 舍衛國의 王으로서, 왕의 제2부인이 勝鬘이다.

거지 한 사람을 데리고 오너라."라고[191] 하였다.

현생에 따른 업(業) 관념을 가진 아버지 왕과 전생의 업이 현생의 결과로 나타난다는 딸의 생각 대립은 <쫓겨난 셋째 딸 이야기>에서와 같다. 쫓겨난 딸이 스스로의 업을 증명해 보이는 것도 똑같다. 이후 "선광이 남편과 옛 집터로 가자 보물광이 나타나고, 궁인(宮人)과 기녀와 종과 하인들로 가득해진다. 아버지 왕이 이 사실을 알고, '부처님 말씀은 진실이다. 제가 선악을 지어 제가 그 갚음을 받는 것'임을 느꼈다.[192] 왕은 부처님 말씀을 듣고 행업을 깊이 통달하여 스스로 잘난 체하지 않고, 깊이 믿고 깨달아 기뻐하면서 떠난다."는[193] 내용이다. <서동요> 관련설화는 "좋은 일을 하면 좋은 결과가 오고, 나쁜 짓을 하면 나쁜 과보를 받는다."(善因善果 惡因惡果)는 이 내용에서 불교적 요소를 덜어내고 전승되었다.[194] 업은 "우리의 인생을 불가피하게 찾아오는 고(苦)와 낙(樂), 불고불락(不苦不樂)의 모든 원인"이니, "악업을 행하면 괴로움을 받고, 선업을 행하면 즐거움을 누린다."는[195] 불교 설화와 매우 닮았다.

<서동요>는 고금에 보편적인 <남 놀리는 노래> 형식을 본뜨고, 관련 설화는 <내 복에 산다>·<쫓겨난 셋째 딸 이야기>·<숯구이 총각 이야기> 등을 본받았다. 설화는 선악의 업에 따라 과보를 받는다는 윤회관념(輪

191) "昔波斯匿王 有一女 名曰善光 聰明端正 父母憐愍 擧宮愛敬 父語女言 汝因我力 擧宮愛敬 女答 父言我有業力 不因父王 如是三問答 亦如前 王時瞋忿 今當試汝 有自業力 無自業力 約勅左右 於此城中 覓一最下貧窮乞人"(『雜寶藏經』 卷2; 『高麗大藏經』 第30, 東國大 譯經院, 1975, pp.185～186).

192) "善光便卽與夫 相將往故舍 所周歷按行 隨其行處 其地自陷地中 伏藏自然發出 卽以珎寶 雇人作舍 未盈一月 宮室屋宅都 悉成就 宮人妓女 充滿其中 奴婢僕使 不可稱計 王卒憶念 我女善光云", "王言佛言眞實 自作善惡 自受其報"(『雜寶藏經』 卷2; 위의 책(1975), p.186).

193) "王聞佛所說 深達行業 不自矜 大深生信悟 歡喜而去"(『雜寶藏經』 卷2, 위의 책(1975), p.186).

194) 신종원, 『삼국유사 깊이 읽기』(주류성, 2019), p.328 참조.

195) 金勝東, 『佛敎 印度思想辭典』(釜山大學校出版部, 2001), pp.1373～1376.

廻觀念)과 업(業)의 인관(因果) 논리에 기반 하는데, 이 공통의 모티프를 무왕조의 분석에 대입하면 다음과 같다. 백제의 몰락왕족 서동은 가난하게 태어나 마를 캐며 힘겹게 살아가다가 <서동요>로써 지략을 부려 선화공주를 만난다. 역으로, 선화공주는 서동이 꾸민 소문 <서동요>에 피해를 입어 궁궐에서 쫓겨나는 신세가 된다. 두 사람은 업과 인연으로 혼인을 맺은 다음, 금광을 발견하고 서동은 인심을 얻어 왕이 되고 미륵사를 창건함으로써, 그간의 시련을 깨끗이 극복하고 나제 양국은 일시적으로나마 평화를 되찾게 되었다. 이는 현재의 고달픈 삶보다는 미래적 삶을 지향하고, 구원받지 못하고 고통 받는 중생에게 희망을 제공하는 것으로서, 종국엔 자신의 선인(善因)에 따라 선과(善果)를 받게 될 것이니 번뇌와 고통과 시련으로 가득한 현세에 낙망하지 말라는 희망의 메시지, 즉 미륵사상을 담은 것이다. <서동요>는 서동의 계략이 담긴 노래로, 분명 선화공주에게 고난과 시련을 안기는 계기를 만들었다. 그러나 '무왕' 조 서사는 두 주인공의 삶에 고통과 시련이 계속되다가, "천지간에 한 가지 일 한 가지 사물의 성패와 생몰(生沒)에도 모두 미리 정해진 운명이 없다고 할 수 없는 것이다. 그러나 오묘한 이치를 알고 미미한 동기를 식별할 줄 아는 선비라야 앉아서도 앞일들을 헤아려 알 수 있는 것이다."처럼[196] 인과를 찾아 순간순간 변화해 변화무쌍한 반전을 이루어가는 신이한 삶을 그려나갔다. 갖가지 설화를 결합하여 기술한 것은 이 조에서 기이(紀異)를 강조하려는 일연의 서술방식이겠지만, 여러 가지 논거로 볼 때 이는 무왕 당시에 일어난 역사적 사실에 기반 한 것으로 판단하는 것이 타당하다.

---

196) "是知天地間一事一物 成毁生沒 凡所云爲 莫非前定 惟覽玄識微之士 然後 可坐算而前知之也" (金安老 撰, <龍泉談寂記>, 『大東野乘』 卷13; 국역 『대동야승』 Ⅲ, 민족문화추진회, 1973, pp.119～490).

5. 잔꾀로 맺은 인연이 신이(神異)를 이루다

당대 기록인 <금제사리봉영기> 명문을 마땅히 존중해야하지만, 당시 역사를 단선적으로만 이해할 순 없다. 또, 『삼국유사』의 서사를 역사와 유리된 설화로만 보고, 선화공주를 아예 가공의 인물로 단정하는 것도 바람직하지 않다. 『삼국유사』의 설화적 기술 또한 역사적 사실에 바탕을 두고 있기 때문이다. 2009년에 미륵사 서탑 <사리봉영기>를 발견한 후, 역사학계에서도 오롯한 결론을 맺지 못하므로 여러 가능성을 염두에 두고 향후 연구 추이를 신중히 살펴야 할 것이다.

'무왕' 조는 『삼국유사』 기이(紀異)에 실려 있다. 기이는 신이(神異)한 일, 즉 신기하고 기이(奇異)한 것,[197] 신령(神靈)스럽고 신비한 일의 기술을 뜻이다. 일연은 <기이> 서(敍)에 "옛날 성인들이 예악으로 나라를 일으키고 인의(仁義)로 가르침을 베풀며 괴력난신(怪力亂神)은 말하지 않았으나 제왕이 일어나려 할 때는 부명(符命)에 응하거나 도록(圖籙)을 받아 남다른 신이함이 있어 그 기세로 대기(大器)를 잡고 대업을 이루었다. 중국역사서도 고대 제왕들의 신이한 일을 소개하는데, 우리 삼국의 시조가 신이에서 탄생한 일만 왜 괴이하랴"라[198] 하여 "중국에 견주어 자국 역사전통의 독자적 대등성",[199] "중국 중심 사관의 대척점에서 고유문화와 민족적 자주성"[200]을

197) "신이 내려옴으로써 흥하기도 하고 망하기도 하는데, 虞・夏・商・周 시대에 그와 같은 일이 있었다."(故有得神以興 亦有以亡 虞夏商周皆有之)(杜預 注 亦有神異, 『左傳』 莊公32年 秋7月).

198) "叙曰 大抵古之聖人 方其禮樂興邦 仁義設教 則怪力亂神 在所不語 然而帝王之將興也 膺符命受圖籙 必有以異於人者 然後能乘大變 握大器 成大業也", "自此而降 豈可殫記 然則三國之始祖 皆發乎神異 何足怪哉 此紀異之所以漸諸篇也 意在斯焉"(『三國遺事』 卷1, 紀異 第1).

199) 金泰永, 「三國遺事에 보이는 一然의 歷史認識에 대하여」, 『慶熙史學』 5(경희사학회, 1974), pp.77~96; 東北亞細亞硏究會 편, 『三國遺事의 硏究』(中央出版, 1982), pp.25~26.

200) 李基白, 「三國遺事의 史學史的 意義」, 『創作과 批評』 11권 3호, 통권 41호(창작과 비평사, 1976), pp.53~66.

존중하고 강조했다. 이는 "외세의 압박을 극복할 수 있는 새로운 힘의 원천이 자기전통에서 나온다는 판단에서 민족 자주성과 문화의 우위성"을[201] 담고자 한 때문이다. 이는 이규보가 <동명왕편>을 '귀(鬼)'와 '환(幻)'이 아니라 '신(神)'과 '성(聖)'으로 인식한 것과 맥이 같다. 『삼국유사』 <기이> 편은 역사 계승의식을 중시하고, 국가의 흥기(興起)를 강조했다. 즉 불교의 홍국사관으로, 왕의 통치를 통해 호국(護國)은 물론 흥국(興國), 곧 국가를 흥성시켜 태평성대를 이룬 왕의 행적을 신이하게 담았다.[202] '무왕' 조 또한 무왕이 고난과 시련을 견디고 왕이 되어 신라와 화합하고, 연못에서 미륵삼존(彌勒三尊)이 출현하여 미륵사를 창건하게 된 신이한 사실을 서술하여, 백제의 흥기와 왕권강화를 꾀하고, 미륵의 하생으로 백제에 새로운 미래가 올 것이라는, 구원과 희망을 향한 무왕의 꿈을 담았다. <서동요>는 <남놀리는 노래>나 남녀가 어울릴 때 부르는 <놀림말>[203] 노래의 틀 속에 선화공주를 음해하는 내용을 담았으니, 전체 서사에서 살펴보면 서동이 스님으로 변장하여 경주에 온 것이나 <서동요>를 지어 퍼뜨린 것은 "서동의 치밀한 계획과 궤책(詭策)"을 담은 전략의 하나이다. 표면적으로는 선화공주가 남몰래 남자를 사귀어놓고 안고 다닌다고 부정한 행실을 깎아내리지만, 그 내면에는 아름답기로 소문 난 선화공주를 좋아하는 마음, '선화공주가 다른 사람이 아닌 내 사람이 되었으면' 하는 간절한 바람이 담겨있다. 모두 서동이 꾸미고 계획한 일이니, 서동의 마음속엔 앞으로 선화공주와 결연(結緣)하고 포옹(抱擁)하는 주체가 노래의 내용대로 자신이 될 것이라는 속셈이 있었던 것이다.

201) 채상식, 앞의 책(2017), p.277.
202) 김두진, 『삼국유사의 사학사적 연구』(일조각, 2014), pp.113~116.
203) 사내아이와 계집아이가 한데 놀며 서로 사이가 좋음을 놀릴 땐, "머시매청 가시내청 속곳 밑에 손 넣고 아야지야 보×야"는 <놀림말> 민요 가운데 매우 유치하고 저급한 예에 속한다.(楊州地方 一致人, 놀림말(1)~(6), 『한글』 6-11/7-8(한글학회, 1938/1939), p.502, p.148).

〈혜성가(彗星歌)〉

혜성 출현에다 일본군 침략까지 엎친 데 덮치다

1. 〈혜성가〉에서 아직 풀리지 못한 문제는?

『삼국유사』 권5 '융천사(融天師) 혜성가' 조는 시가의 내용 구절과 배경설화의 의미 연결이 쉽지 않은 데다 난해한 시어가 많아 아직까지도 온전한 이해가 어려운 형편이다. 먼저 일본 군사의 침략과 환국을 역사적 사실로 볼 수 있는가 하는 문제를 풀어내야 하고, 이를 사실로 인정할 경우 일본군의 침략을 언급한 <혜성가(彗星歌)> 첫 단락(녜/녜리(舊理)~이슈라(也藪耶))과 "<혜성가>를 지어 부르니 일본 군사가 돌아갔다."[1]는 관련 기록 간의 시제 모순을 해명하는 일도 녹록치 않다.[2] <혜성가> 해석에서 발생하는 이견은 대체로 여기서 비롯한다.

---

1) "第五居烈郎 第六實處郎(一作突處郎) 第七寶同郎等 三花之徒 欲遊楓岳 有彗星犯心大星 郎徒疑之 欲罷其行 時天師作歌歌之 星怪卽滅 日本兵還國"(『三國遺事』卷5, 感通7, 融天師彗星歌眞平王代).

2) 김병국, <혜성가>의 설화 문맥과 해석상의 쟁점, 白影 鄭炳昱 先生 10週忌追慕論文集『한국시가작품론』1(集文堂, 1992), pp.87~90; 高惠卿, 彗星歌; 華鏡古典文學硏究會 編, 『鄕歌文學硏究』(一志社, 1993), p.316 참조.

이에 필자는 작품의 산문 전승과 노랫말의 행간을 유기적·실증적으로 읽어내고, 기존의 쟁론[3] 가운데 이 글의 논의와 관련된 몇몇 어휘와 구절들에 대한 나름의 견해를 제시한 후, <혜성가>의 내포적 의미를 재점검하고자 한다. 이를 위하여 먼저 『대방광불화엄경(大方廣佛華嚴經)』·『대지도론(大智度論)』·『마하반야바라밀경(摩訶般若波羅蜜經)』 등의 불경, 『삼국사기』·『삼국유사』·『일본서기』 등 국내외 역사서와 사학계의 연구 성과, 『두시언해』 등의 각종 언해서를 살피고, 혜성에 대한 중세의 인식 구조와 대응 방식을 고찰할 때는 『관상완점(觀象玩占)』·<마왕퇴백서천문기상잡점(馬王堆帛書天文氣象雜占)>·『천문유초(天文類抄)』 등의 자료를 활용할 것이다.

2. 〈혜성가〉 해독에 또다시 시비를 걸다

1) '건달바의 노론 잣'이란 무엇인가?

'건달바의 노론 잣(乾達婆矣遊烏隱城)'을 '건달바(乾闥婆)'와 '성(城)'이 긴밀히 결합된 단어로 보는 논자들은 대체로 건달바성이 "서역 배우들이 환술(幻術)로 성을 만들고 그 안에서 유희함으로써 만들어진 신기루"라는 데 동의한다.[4] 그러나 이 둘을 단일어로 보고, '노론(遊烏隱)'을 연결어로 보는 학자들의 결론은 비교적 다양하다.

---

3) <彗星歌> 기존 논쟁은 李都欽, 彗星歌研究(한양대 대학원 석사논문, 1985); 高惠卿, 彗星歌의 詩歌的 性格, 『梨花語文論集』11(梨花女子大學校 韓國語文學研究所, 1990); 김병국(1992), 위의 책; 양희철, 『삼국유사 향가 연구』(태학사, 1997); 兪昌均, 『鄕歌批解』(螢雪出版社, 1994)에서 상론한 바 있다.

4) 梁柱東, 詳註『國文學古典讀本』(博文出版社, 1948), p.230; 李鐸, 鄕歌 新解讀, 『한글』116(한글학회, 1956.3), p.9; 梁柱東, 『古歌研究』(博文書館, 1960), p.574; 金俊榮, 『韓國古詩歌研究』(螢雪出版社, 1990), p.166; 조동일, 제3판 『한국문학통사』1 원시문학~중세전기문학(지식산업사, 1994), p.159.

(1) 건달바는 기악을 잡히며 놀고 있는 동주(東洲) 수호의 성, 즉 보산(寶山)인 낭산(狼山)에 살면서 다라질천왕(多羅叱天王)을 도와 동주를 수호하면서 불법을 파괴하는 반문명적 야만민족인 일본족의 침입을 막아준다.[5)]

(2) 건달바(天樂神)가 놀았던 '동해 변성(邊城)',[6)] 곧 풍악(楓嶽)이다.[7)]

(3) 금강산의 명승, 동해 옛 나루 건달바 노니는 고장(즉 금강산)을 바라보고 왜병이 들어왔다고 해석한 것이다.[8)]

(4) 건달바는 금강굴(金剛窟)에 살고 있었으므로 '건달바성'은 '금강산'의 환유다.[9)]

(1)~(4)의 논자들은 '건달바가 놀던 곳'을 구체적인 장소로 국한하면서 다양한 이론을 제시했다. 범박하게 "건달바 노닐던 잣(고장)"[10)]으로 규정한 경우도 있다. 자료 (1)에서는 '건달바 놀던 성'이 동주 수호의 성인 경주 인근의 낭산(狼山)이라 하였다. "낭산에 인 구름이 누각과 같고, 향기 또한 자욱하였다."[11)] 하였으므로 가능한 논리이다.

그러나 이 경우 <혜성가> 2·7행에 표기된 'ᄇᆞ라고(望良古)'를 행위 주체에 따라 각각 '노려/탐내어'(왜군)·'바라보고(遠視)'(혜성발견자)로 달리 해석하고,[12)] 첫 단락의 서술어 'ᄇᆞ라고'·'봉화 슬얀'의 주체를 달리 파악해야 한다는 부담을 안게 된다. (2)는 '건달바ᄋᆡ 노론 잣'을 동해 변방, (3), (4)는 풍

---

5) 金承璨, 『新羅鄕歌論』(世宗出版社, 1993), 28~29면; 『신라 향가론』(부산대학교 출판부, 1999), pp.86~87; 양희철, 『삼국유사 향가 연구』(태학사, 1997), pp.414~415 참조.

6) 崔聖鎬, 彗星歌 硏究, 국문학연구총서1 『新羅歌謠硏究』(백문사, 1979), p.381.

7) 崔鶴璇, 『鄕歌硏究』(宇宙, 1985), p.44.

8) 홍기문, 『향가 해석』(조선민주주의 인민공화국 과학원, 1956), p.271; 최철, 『향가의 문학적 해석』(연세대학교 출판부, 1990), pp.186~187, p.295.

9) 姜吉云, 姜吉云全集Ⅴ『鄕歌新解讀硏究』(한국문화사, 2004), p.56.

10) 김일성종합대학 조선문학사강좌, 김일성종합대학용 『조선문학사』(김일성종합대학출판사, 1990), p.34; 정홍교, 『조선문학사』1(원시~9세기)(사회과학출판사, 1991), p.186.

11) "十二年 秋八月 雲起狼山 望之如樓閣 香氣郁然 久而不歇 王謂 是必仙靈降遊 應是福地"(『三國史記』卷3, 新羅本紀3, 實聖尼師今 12年).

12) 양희철, 앞의 책, p.388, pp.417~418, p.422 참조.

악(금강산)으로 비정하고 있다. (2)~(4)는 <혜성가> 앞뒤 문맥과 의미적 상관성을 높이고, 금강산으로 가려던 화랑들이 행보를 미룬 원인을 구명한 후 실증성을 더해야 할 것이다.

주지하듯이 '건달바(Gandharva)'는 기악을 행하면서 음식 향기를 맡아 구걸하는 배우를 가리키는 서역(西域) 말이다.[13] 배우들이 환술로 성을 만들고 노는 것을 두고 '심향성(尋香城)'이라 하고, 그 환(幻)이 때론 실체도 없이, 혹은 아지랑이가 만든 성처럼 보인다는 이유로 흔히 건달바성(Gandharva-nagara)이라 하였다.[14] 우리말에도 '굿을 놀다, 재주를 놀다, 윷을 놀다', '유락(遊樂), 유연(遊宴), 유가(遊街), 운유(雲遊)' 등의 표현이 있고, 국왕 · 화랑의 출유(出遊)에는 가악과 오락을 수반했다.[15] 또 『삼국사기』는 "낭산에 구름이 일고 향기 자욱한 현상을 두고 왕은 '선령(仙靈)이 내려와 논다.'고[16] 말했다" 하였다.

그러므로 '건달바ᄋᆡ 노론 잣'은 '건달바+놀(어간)+온(관형사형 어미)+잣'[17]으로 이루어진 합성어 건달바성이다. 건달바가 유락 · 유희하며[18] 지어낸,

13) "(雜名) 西域之俗俳優謂之乾闥婆 彼等不事生業只尋飮食之氣 作樂而乞求故名二十唯識述記上曰 西域呼俳優亦云尋香 此等不事王侯不作生業 唯尋諸家飮食等香氣 便往其門作諸伎樂 而求飮食"(中國佛書刊行會 編, 最新『佛敎辭典』, 寶蓮閣, 1975, p.1219).

14) "此等能作幻術 此幻作城於中遊戱 名尋香城 幻惑似有無實城用 或呼陽焰化城 名健達縛城"(中國佛書刊行會 編, 위의 책, p.1220), "乾闥婆城, 犍闥婆城, 健闥縛城, 巘達嚩城" 등 여러 표기를 쓴다.

15) "天成二年(927) 秋九月…萱猝入新羅王都 時王與夫人嬪御 出遊鮑石亭 置酒娛樂 賊至狼狽不知所爲"(『三國史記』, 卷50, 列傳10, 甄萱); "(花郎) 或相磨以道義 或相悅以歌樂 遊娛山水 無遠不至"(『三國史記』 卷4, 新羅本紀4, 眞興王 37年); 위의 책, 卷47, 列傳7, 金歆運.

16) 각주 11) 참조.

17) '온(烏隱)'은 "舍利佛이 須達ᄋᆡ 밍ᄀᆞ론 座애 올아앉거늘(釋譜詳節 6 : 30), 銼ᄋᆞᆫ 고기 ᄌᆞᆸᄂᆞᆫ 대로 밍ᄀᆞ론 거시라(月印釋譜 序22)"의 '온'처럼 쓰인 관형사형 어미이다. 시제를 따지면 과거임에 분명하지만, 필자는 <彗星歌>의 '놀온(遊烏隱)'을 '밍ᄀᆞ론 : 만드는'(뒤의 예)처럼 관습(습관)적임을 강조하거나 이미 관용구로 굳어진 표현으로 이해한다.

18) "樂遊行乾闥婆 於調伏希望法門 而得自在"(東晉天竺三藏佛馱跋陀羅譯, 『大方廣佛華嚴經』卷2, 世間淨眼品 第一之二), "所謂天女歌音 天娛樂音 龍女歌音 乾闥婆女歌音 緊那羅女歌音 大地音"(東晉天竺三藏佛馱跋陀羅譯, 『大方廣佛華嚴經』卷34, 寶王如來性起品 第三十二之二).

즉 건달바의 환술을 통해 지어진 환(幻)의 성이다. 건달바의 노른 잣은 “환, 아지랑이, 물속의 달, 거울의 상, 환사(幻師)가 지은 존재”,[19] “이른 아침 동녘에 보이다가 가까이 가면 보이지 않고 해가 뜨면 멸하는 이름만 있을 뿐 실체가 없는 것”,[20] “바다 위나 사막 또는 열대지방 벌판의 상공에서 공기의 밀도와 광선의 굴절 작용으로 일어나는 신기루 · 해시(海市)같은 실체 없는 성곽”,[21] 즉 실체가 없는데도 있는 듯 여겨지는 신기루[22]라 규정하는 것이 타당할 듯하다.

2) 일본군이 철수한 것이 사실인가?

<혜성가> 가사의 “왜군이 왔다”와 산문 기록 “이 때 <혜성가>를 지어 부르니 일본 병사가 환국하였다.”에 대한 기존해석은 대체로 실제 역사로 보는 견해와 혜성과 함께 떠오르는 상징적인 덧붙임으로 보는 시각이 대립하고 있다.[23]

전자는 기록에 나타나는 왜군의 정체를 미처 돌아가지 못한 패잔병,[24]

---

19) “無數億劫說法巧出 解了 諸法 如幻 如焰 如水中月 如虛空 如響 如揵闥婆城 如夢 如影 如鏡中像 如化 得無閡無所畏”(後秦龜玆國三藏鳩摩羅什譯 『摩訶般若波羅蜜經』 卷1 序品).

20) “以是故虛空但有名而無實 如虛空諸法亦如是 但有假名而無實 以是故諸菩薩知諸法 如虛空…(中略)…如犍闥婆城者 日初出時見城門樓櫓宮殿行人出入 日轉高轉滅 此城但可眼見而無有實 是名揵闥婆城 晨朝東向見之 意謂實樂疾行趣之 轉近轉失日高轉滅…若以智慧知無我無實法者 是時顚倒願息 復次揵闥婆城非城 人心想爲城 凡夫亦如是非身想爲身非心想爲心”(後秦龜玆國三藏法師鳩摩羅什 奉 詔譯, 『大智度論』 十喩釋論 第11 初品).

21) 운허용하, 『佛敎辭典』(동국역경원, 1961), p.24; “五乾達婆城 蜃氣映日光 於大海上現宮殿之相者也”, 中國佛書刊行會 編, 앞의 책, p.185.

22) 이도흠, 『신라인의 마음으로 삼국유사를 읽는다』(푸른역사, 2000), pp.107~108; 황패강, 『향가문학의 이론과 해석』(일지사, 2001), pp.319~320 참조; “조선시대 시인 묵객들이 蜃氣樓를 건달바의 幻作術이 아닌 객관적 자연물(아름다운 경관)로 여겼으므로 ‘乾闥婆 놀던 城’을 신기루로 보기 어렵다(金承璨, 新羅花郎徒와 그 文學世界의 探究, 『論文集』25-人文 · 社會科學篇(釜山大學校, 1978), pp.14~15 참조)는 견해도 있지만, 이는 신기루에 대한 佛家와 儒家의 시각 차이를 허용하지 않은 결론이다.

23) 오출세, 혜성가; 임기중 외, 『새로 읽는 향가문학』(아세아문화사, 1998), p.26 참조.

화랑 3개 부대와 전쟁하던 실제 왜군[25]이라 설명하면서도 실제 역사와 관련지은 구체적 언급은 없었다. 다만 "『삼국유사』 기록의 왜군 환국을 부인할 수 있는 결정적인 증거가 나타나기 전에는 사실을 그대로 인정해야 할 것"[26]이라는 잠정적인 결론[27]을 내리거나 후대의 일본, 혹은 대마도 정벌론[28]에 근거하여 역으로 추정하는 정도에 머물고 있다. 왜병침략을 구체적으로 언급[29]한 일부 경우에도 정황적 가능성을 제시하는데 그치고 있다.[30]

후자에는 <혜성가>의 왜병을 "신기루에 비친 왜병(사람과 말)",[31] "악신(樂神)이 놀던 소도(蘇塗)를 바라보고 올리는 망제",[32] "일본 군사의 내침이 현실(직접)적으로 <혜성가>의 창작과 관련되어 있지 않고, 왜병이 물러간 일은 역사적 진위를 떠나 가요의 효험을 설명하는 하나의 증거"[33] 정도의 견해가 주류를 이룬다. "실제 침략 사실이 아니라, 혜성 출현으로 인한 불길함 때문에 예방 차원에서 행한 주술 의례"[34]라는 주장도 같은 맥락이다. 즉, 왜병 출현은 지평선 위에 나타난 신기루라는 시가 내용을 그대로 수용하거나, 가요의 효험을 강조하기 위해 <혜성가> 창작 상황과 직접적 연관이 없는, 지나간 왜병침략 사건을 끌어왔다는 주장을 골자로 한다. 그러나

---

24) 尹榮玉, 彗星歌의 考察, 『嶺南語文學』4(嶺南語文學會, 1977), p.21.
25) 崔鶴璇, 앞의 책, p.44.
26) 姜吉云, 姜吉云全集V『鄕歌新解讀硏究』(한국문화사, 2004), p.89.
27) 金鍾雨, 彗星歌의 佛敎的 性格-新羅人의 星象思考와 관련하여, 『論文集』27 人文·社會科學編(釜山大, 1979), p.173 참조.
28) 洪起三, 融天師 彗星歌 眞平王代, 『東洋學』24(檀國大學校 東洋學硏究所, 1994), p.58.
29) 金承璨, 『新羅鄕歌論』(世宗出版社, 1993), p.33; 민족문화학술총서 5『신라 향가론』(부산대학교 출판부, 1999), pp.81~82.
30) 이도흠의 앞의 책, 같은 면에서 이에 대한 상론을 펼치고 있다.
31) 李鍾殷, 彗星歌考, 『論文集』11(漢陽大學校, 1977), p.23; 李鐸, 鄕歌 新解讀, 앞의 책, p.10.
32) 尹徹重, 彗星歌 硏究, 『陶南學報』13(陶南學會, 1991), p.42.
33) 이승남, 혜성가의 배경적 의미와 문학적 형상화, 『국어국문학』123(국어국문학회, 1999.3), p.66.
34) 崔聖鎬, 彗星歌 硏究, 『无涯梁柱東博士華誕紀念論文集』(同發行委員會, 1963.12), p.607; 林基中, 『新羅歌謠와 記述物의 硏究』-呪力觀念을 中心으로(半島出版社, 1981), pp.278~281; 朴魯埻, 『新羅歌謠의 硏究』(열화당, 1982), p.101 참조.

이 주장은 "<혜성가>를 지어 부르니 일본병이 환국하였다."는 『삼국유사』 기록이 뜻하는 바를 설명하기 어렵다는 한계를 가진다.

그러면 왜병이 나타났다가 환국했다는 <혜성가>조의 참뜻은 무엇인가? 『삼국사기』에는 진평왕 대(579~632 재위)에 일본이 신라를 침략했다는 기록이 없지만,[35] 『일본서기』는 일본의 신라 침공 (계획)을 여러 차례 기록하고 있다. 『일본서기』에는 자민족 중심의 수사적(修辭的) 과장・왜곡이 많으므로 액면 그대로 받아들일 순 없지만 모두 조작된 기사라 할 수 있는 근거는 더욱 없다.[36] 신라가 "591년 7월에 남산성을 쌓고, 593년 7월에 명활산성(明活山城)과 서형산성(西兄山城)을 개축하고,[37] 문무왕(661~680)이 동해 호국룡이 되어 왜를 막겠다."[38]라고 한 기록을 보면, 진평왕 대에도 왜병의 침략이 있었지만 우리 역사서에서 일정 기간 누락된 것으로 보인다.

『일본서기』에 실린 일본의 신라 침략 기록은 다음과 같다.

---

35) "<新羅本紀>에는 500년 이후 7세기 후반(670)까지 倭 관계 기사가 전혀 나타나지 않는다."(金澤均, 『三國史記』新羅의 對倭 關係記事 分析, 『江原史學』6, 江原大學校 史學會, 1990, p.6).

36) 이희진, 가야의 멸망과정과 '任那調', '任那復興'의 의미, 부산대학교 한국민족문화연구소 편 『한국 고대사 속의 가야』(혜안, 2001), p.271; "『일본서기』의 5~7세기 韓關係記事 중 倭(九州王朝)와 가야/신라/백제 관계를 보면 대체로 사실이다. 그들이 힘이나 입장을 과시, 정당화하기 위한 다수의 誇張이나 修飾이 첨가되었을 뿐이다."(李鍾恒, 新羅의 伽倻 諸國 併合過程과 倭의 動向에 대하여, 南軒田鳳德博士古稀記念『法史學硏究』6(韓國法史學會, 1981), pp.48~49) 참조

37) "十三年 秋七月 築南山城 周二千八百五十四步; 十五年 秋七月 改築明活城 周三千步 西兄山城 周二千步"(『三國史記』卷4, 新羅本紀4, 眞平王 13年, 15年).

38) "群臣以遺言葬東海口大石上 俗傳王化爲龍 仍指其石爲大王石"(『三國史記』卷7, 新羅本紀7, 文武王 21年).

〈도표 1〉

a. 숭준천황 4년(591)	11월 2만 명의 야마또 군대가 쯔꾸시까지 갔다가 그만 둠
b. 추고천황 8년(600)	1만 명의 야마또 군대가 신라를 쳐서 5개 성을 함락, 6개 성을 복종시킴
c. 추고천황 10년(602)	4월 2만 5천명의 야마또 군대가 쯔꾸시까지 갔다가 야마또 장군이 죽어 그만 둠
d. 추고천황 11년(603)	7월 하리마까지 갔다가 야마또 군대 장군을 시종하는 처가 죽어 그만 둠
e. 추고천황 31년(623)	수만 명의 야마또 군대가 신라를 치니 스스로 항복

기록의 전말을 살펴보면 이 시기 일본의 신라침략 혹은 그 계획은 대체로 임나(任那) 문제와 관련되어 있다.[39] 『광개토대왕비』에도 "10년 경자(400년)에 보병과 기병 5만 명을 보내어 신라에 주둔하면서 구원하도록 하교하였다. 남거성(男居城)을 거쳐서 신라성에 들어가니, 왜가 그 가운데 가득하였다. 바야흐로 관군이 그곳에 도착하자, 왜적이 물러났다. 신속히 뒤를 추격하여 임나가라(任那加羅)에 이르러"[40]라 하여 '임나'를 언급하였고, "지금 임나의 경계는 신라와 접하고 있다. 마땅히 항상 방비를 해야 할 것이다.", "신라의 실상은 잘 알 것이다. 임나를 해하고 일본을 막으려고 한 것은 이미 오래된 일이다. 그런데도 감히 움직이지 않는 것은 가깝게는 백제가 훌륭함에 백제를 두려워하고, 멀게는 천황을 두려워하기 때문이다."라고[41] 했고, "봄 정월에 신라가 임나관가를 공격하여 멸망시켰다.", "신라는 긴 창과 강한 활로 임나를 침공해 멸망시켰고, 거대한 이빨과 갈고리 같은 손톱으로 사람들에게 잔학한 일을 하였다."는[42] 임나와 신라는 오랫동안 국경을

39) 김은택, 『일본서기』의 '신라정벌' 관계 기사에 대하여, 『력사과학』87-2(과학 백과사전출판사, 1987), p.41, p.43.

40) "十年庚子教遣步騎五萬往救新羅從男居城至新羅城倭滿其中官軍方至倭賊退", "侵背急追至任那加羅"(林基中, 廣開土王碑原石初期拓本集成』, 東國大出版部, 1995, pp.377~384).

41) "方今任那境接新羅 宜常設備", "新羅情狀 亦是所知 毒害任那 謨防日本 其來尙矣 匪唯今年 而不敢動者 近羞百濟 遠恐天皇"(『日本書紀』卷19 欽明天皇 2年 秋 7月).

접하여 존재했고, 일본과 임나는 긴밀한 관계를 유지했으며, 신라는 그 세력을 견제했음을 알려준다. 신라가 임나를 멸한 일에 대한 『일본서기』의 반응은 분노에 가깝다.

임나의 일본부(日本府)를 "일본이 한반도 남부를 지배한 증거"[43]라는 주장은 아래와 같이 매우 비약적이다.

> (1) "4세기에 들어오자 야마토 정권은 조선반도에 진출하여 아직 소국가 상태에 있던 변한을 영토로 하고, 이곳에 임나일본부를 두었으며, 391년에는 또다시 군대를 보내 백제와 신라도 복속시켰다.[44] 조선반도 남부에 지배

---

42) "春正月 新羅打滅任那官家", "新羅 長戟强弩 凌蹙任那 鉅牙鉤爪 殘虐含靈"(『日本書紀』卷19 欽明天皇 23年 春正月; 연민수 외, 역주 『일본서기』 2, 동북아역사재단, 2013, pp.393~394).

43) 스에마쓰 야스카즈(1904~1992)가 한반도 남부에 고대일본의 식민지가 존재했다는 임나일본부설을 주장한 대표적인 식민사학자이다. 그는 "고대 일본의 야마토 정권인 倭가 4세기 중엽 가야지역을 정벌해 '임나일본부'라는 통치기관을 설치하고 가야를 비롯한 백제・신라 등 한반도 남부지역을 200여 년간 지배 또는 통제했다"고 주장한다.(신가영, 임나일본부 연구와 식민주의 역사관, 『한국 고대사와 사이비 역사학』, 역사비평사, 2017, p.148) 그의 학설은 당시 일본의 모든 역사 교과서, 개설서, 전문서적 등에 주요 학설로 소개되었다.(末松保和, 『任那興亡史』, 大八州出版, 1949; 『임나흥망사』, 吉川弘文館, 1956.; 신가영, 위의 책, pp.148~150). 일본군 참모본부에 근무하던 요코이 다다나오(横井忠直)도 고구려를 주어로 하여 "주로 고구려와 백제, 신라의 전쟁과 변화 과정을 서술한 (광개토왕비) 신묘년 기사를 (왜를 '渡海破百殘'의 주어로 삼아) 왜와 백제, 신라의 관계로 바꾸고, 왜가 신묘년에 바다를 건너와 백제와 신라를 격파하여 왜의 신민으로 삼은 것으로 바꾸었음"은 이미 곳곳에서 비판받은 적 있다.(박진석, 학술 연구 과정에서 느낀 몇 가지 소감-호태왕비 연구를 중심으로, 『광개토왕비의 탐색』, 동북아역사재단, 2015, pp.11~21 참조).

44) 이는 "百殘新羅 舊是屬民 由來朝貢 而倭以辛卯年來渡海 破百殘□□□羅以爲臣民 以六年丙申王躬率水軍 討利殘國 軍□□首功取壹八城"(廣開土王碑 末松保和釋文; 朴眞奭, 『好太王碑拓本研究』, 黑龍江朝鮮民族出版社, 2001, p.336)에서 앞의 3개 결자를 '任羅新'으로 읽고 4세기에 일본이 한반도 남단에 식민지를 만들었다는 주장이다. 그러나 朴眞奭은 이 결자 셋 가운데 마지막 '新' 정도를 추정하고, 榮禧와 金毓黻는 이 3자를 '隨破新'으로 추정하여 이 구설을 임나와 연관 짓지 않고,(朴眞奭, 위의 책, p.307, p.332) 그 주체를 왜(일본)가 아니라 고구려로 보았다. 박진석은 "辛卯年來∨渡海破百殘"의 ∨ 부분에 고구려라는 주어를 넣고, □로 표기한 결자 셋을 "往救新"을 넣는 것이 비교적 타당하다고 설명하고, "백제와 신라가 고구려의 속민으로서 조공을 바쳤다 함은 과장적 표현이라"고 했다.(朴眞奭・李東源, 『好太王碑與古代朝日關係研究』, 延邊大學出版社, 1996, pp.130~142) 그 후에. 광개토대왕 신묘는 기사는 주로 "고구려와 백제, 신라 관계의 변화 과정을 서술한 것이다. 고구려의 남진을 저해하는 주요 세력은 백제였고 고구려 남진의 주된 공격 목표도 백제였다. 왜도

력을 구축한 야마토 정권은 조선의 부와 문화를 흡수하여 군사력과 경제력을 강화했는데, 이로 인해 국내통일이 현저하게 촉진되었다.", "391년 일본의 조선출병은 지금도 중국 동남부에 남아있는 고구려 광개토대왕비에 씌어있는데, 이에 따르면 일본군은 조선 반도 중부까지 북상하여 신라를 구하기 위해 남진한 광개토왕의 군대와 싸웠다."[45]

임나일본부는 안라가야(安羅伽倻)[46] 등 지역에서 활동하던 일본 사신,[47] 혹은 외교사절・행정사무(內官家) 기관,[48] '안라왜신관(安羅倭臣館)'・'친백제계 왜인들로 구성된 백제의 대왜무역중개소'[49] 정도로 보는 것이 합리적이

고구려의 남진을 저해했으나 백제에 미치지 못했다. 비문에 따르면, 고구려와 왜는 크게 2번 싸웠으나 매번 고구려의 일방적인 승리로 끝났고 왜는 매번 실패하면서 쫓기는 신세를 면치 못하였다.(박진석, 학술 연구 과정에서 느낀 몇 가지 소감-호태왕비 연구를 중심으로, 『광개토왕비의 탐색』, 동북아역사재단, 2015, pp.11~21). 이상을 종합하면, 이 부분을 "백제와 신라는 예로부터 (고구려의) 속민으로 조공을 바쳐왔다. 그런데 왜가 신묘년(391)에 泗水(경남 사천, 『난중일기』를 보면, 임란 때도 왜의 주된 침입로)를 건너와 (신라를) 침공함에, (고구려가) 백제를 먼저 격파하고 동쪽의 신라를 구원하니, 신라가 (고구려의) 신민이 되었다. 그리고 병신년(396)에에 왕이 친히 수군을 이끌고 백제를 토벌하였다."로 해석한다.(林基中, 앞의 책(1995), pp.377~384 참조; 황보연, 『칠지도와 광개토대왕비 비문으로 다시 보는 고대 한일관계사』, 타임라인, 2019, pp.97~98). 이 부분은 광개토대왕이 즉위 후 수행했던 정복활동의 내용과 성과, 즉 고구려가 신라의 원군 요청을 받아들여 기병 5만을 데리고 신라 영토 안의 왜를 내쫓고 가야지역까지 추적함으로써 백제-가야-왜 동맹군의 기세를 꺾는 일을 기록한 것이다.(김현숙, 광개토왕비의 성격과 건립 목적, 『광개토왕비의 재조명』, 동북아역사재단, 2013, p.456)

45) 家永三郞(이에나가 사부로), 文部省檢定濟敎科書 三訂版『新日本史』(三省堂, 1972), p.15; 김병기, 『사라진 비문을 찾아서-글씨체로 밝혀낸 광개토대왕비의 진실』(학고재, 2005), p.41.

46) 『일본서기』에는 임나지역으로 加羅國, 安羅國, 斯二岐國, 多羅國 등 작은 나라 10개국을 들고 있다.(『日本書紀』卷19 欽明天皇 23年 春正月; 연민수 외, 위의 책, p.424).

47) "任那日本府에서 '府'는 '왕의 사신[御事侍, 미코토모치]'을 의미한다. 일본의 스즈키 교수도 日本府를 '外交 使臣'이라 주장하고 있다."(<역사스페셜>, 추적! 任那日本府의 正體(KBS, 2000.12.16일 방송분, 대본 VCR 3・4).

48) "中臣連國曰 任那是元我內官家 今新羅人伐而有之"(田溶新, 完譯『日本書紀』(一志社, 1989), pp.399~400).

49) "가야 서남부지역에 군대를 주둔시켜서 신라의 진출을 일단 억제한 백제는 530년대 후반의 어느 시기에 安羅에다 친백제 倭人官僚 印岐彌를 파견하여 이른바 '임나일본부', 즉 '安羅倭臣館'을 설치했다. 그럼으로써 백제는 安羅・卓淳을 거쳐 왜로 통하는 교역로를 잠정적으로 확보하고, 그러한 교역을 빌미로 하여 신라와의 마찰을 피하고 가야지역의 동향을 감시하면서, 백제에 가까운 지역인 '任那之下韓', 즉 하동・함양・산청 등지에 郡令・城主

다.[50] 현재 일본 학계에서도 가야지역에 대한 야마토 정권의 지배를 인정하지 않고, "6세기 전반, 군사적 통치기관이 아닌, 한반도의 선진문물을 독점 수용하기 위해 임나에 파견한 사신 또는 관인 집단으로 이해하는 견해가 많다."[51] "임나가 만약 멸망하면 그대들은 의지할 곳이 없어질 것이다. 임나가 만약 일어난다면 너희들은 도움을 얻을 수 있을 것이다 지금 임나를 옛날과 같이 일으켜 너희들을 돕게 하여 백성을 만족시켜야 한다고 명하였다."나 "지금 일본부가 조에 따라 임나를 구조한다면 반드시 천황이 칭찬할 것이고 너희들 자신에게도 상이 있을 것이다. 일본경(日本卿)[52] 등은 오랫동안 임나의 나라에 머물면서 신라와 경계를 가까이 접하고 있다."[53] 고 한 것을 보면, 임나는 일본부를 안고 있는 주체이고, 일본부는 임나에 의지하는 형세였음을 알 수 있다. 안라가야는 지역의 안전을 위해 왜를 적절히 활용했고, 백제・신라는 임나를 차지하려고 서로 다툼을 벌였는데, 진흥왕 23년(562)에 신라가 임나를 완전 복속[54]하면서, 특히 왜가 임나에 대한 강한 집착을 보였다.

를 파견하여 행정구역화해 나갔다. 그러므로 성립 초기의 '안라왜신관'은 백제가 안라에 설치한 왜국사절 駐在館의 성격을 띠되, 실제적으로는 친백제계 왜인들로 구성된 '백제의 대왜무역중개소'와 같은 성격을 띠는 것이었다.(金泰植, 加倻史研究의 現況, 『韓國史 市民講座』 11, 一潮閣, 1992, pp.136~137).

50) 府의 훈이 "미코토모치(御事持)"인데, 다양한 의견이 있지만 대체로 기관・기구로 보는 시각과 使者・사신으로 보는 시각으로 대별된다.(신가영, 앞의 책, p.154), 이재석은 임나일본부를 "외교사신적인 존재"라고 했다.(이재석, 『고대 한일관계와 일본서기-일본서기의 허상과 실상』, 동북아역사재단, 2019, p.170).

51) 신가영, 위의 책, p.155.

52) "日本府의 卿이라는 의미이다. 경은 후대에 윤색된 표현이다. 여기서는 일본부의 상급관인 즉 적신(的臣) 등을 가리키는 것으로 추측된다."(『日本書紀』 卷19, 欽明天皇 2년 여름 4월; 연민수 외, 역주 『일본서기』 2, 동북아역사재단, 2013, p.349).

53) "今日本府 部能依詔 救助任那 是爲天皇 所必褒讚 汝身所當賞祿 又日本卿等 久住任那之國 近接新羅之境"(『日本書紀』 卷19, 欽明天皇 2년 가을 7월).

54) "二十三年 秋七月 百濟 侵掠邊戶 王出師拒之 殺獲一千餘人 九月 加耶叛 王命異斯夫討之 斯多含副之"(『三國史記』卷4, 新羅本紀4, 眞興王 23年), "新羅打滅任那官家"(『日本書紀』卷19, 欽明天皇 23年 春正月).

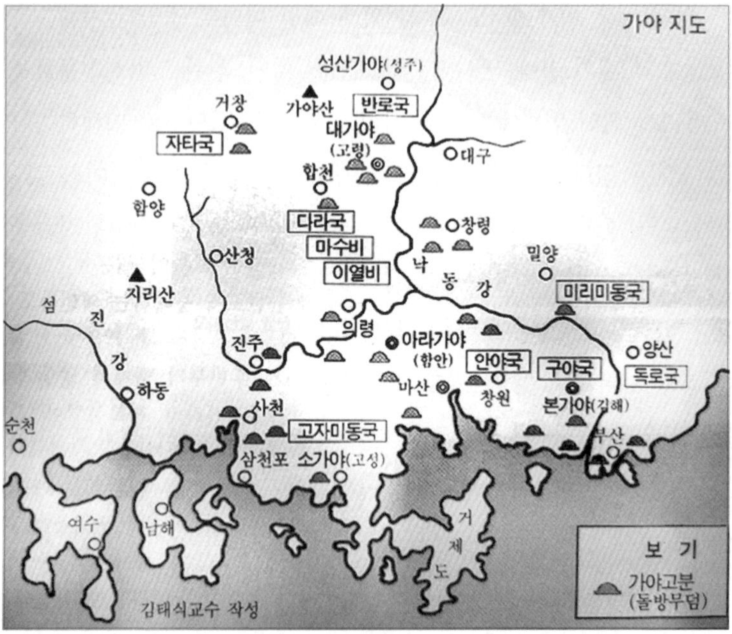

김태식 교수 작성, 한영우, 『다시 찾은 우리 역사 1권–고대·고려』, 경세원, 2013, p.113.

(2) (흠명천황 欽明天皇이) 신라가 임나를 친 일을 문제 삼았다. 마침내 임나에 가서 천집부수등미(薦集部首登弭)를 백제에 보내 싸울 계획을 세우게 하였다.[55)]

(3) 신라 사신이 신라가 임나를 멸하여, 천황이 분개한 것을 알고 감히 돌아가겠다고 청하지 못했다.[56)]

(4) 판전이자랑군(坂田耳子郎君)을 신라에 사신으로 보내 임나가 망한 까닭을 묻게 하였다. 여름 4월, 천황이 중병으로 눕자 황태자에게 유언하기를, "모름지기 신라를 쳐서 (다시) 임나를 세워라. 옛날처럼 두 나라가 서로 친하면 죽어서도 한이 없을 것이라." 하였다.[57)]

---

55) "是月 欲問新羅攻任那之狀 遂到任那 以薦集部首登弭 遣於百濟 約束軍計"(『日本書紀』, 위의 책, 同王 23年 秋 7月).

56) "冬十一月 新羅遣使獻 幷貢調賦 使人悉知國家 憤新羅滅任那 不敢請罷 恐致刑戮 不歸本土" (『日本書紀』, 위의 책, 同王 23年 冬 11월).

(5) 민달(敏達) 12년(583년) 가을 7월 정유삭(1일), 왕이 명하기를, "선고(先考) 천황은 임나를 회복하는 일을 도모하셨다. 그러나 뜻을 이루지 못하고 붕하셨다. 그러므로 짐이 이 위대한 뜻에 따라 임나를 부흥시키려 한다.[58]

(6) 숭준(崇峻) 4년(591년), 천황이 군신에게 명하여, "짐이 임나를 세우려고 한다. 경들 생각은 어떠한가?"라고 물었다. … 겨울 11월, 비장(裨將), 부대장들이 각 씨족의 신하들과 연계하여 2만 여의 군사를 거느리고 축자(筑紫)로 출병하였다. 길사금(吉士金)을 신라에 보내고, 길사목연자(吉士木蓮子)를 임나에 보내서 임나의 일을 묻게 하였다.[59]

(7) 추고(推古) 8년(600), 신라와 임나가 서로 공격하였다. 천황은 임나를 도우려고 … 1만여 군사를 거느리고 임나를 위해 신라를 치게 하였다. 이때 신라의 다섯 성을 공략하니 신라왕이 두려워하여 백기를 들고 장군의 깃발 아래 와서 섰다.[60]

위 예문은 신라의 임나 합병으로 일본 황실이 긴장하는 모습((2)(3)), 후대에 그 긴장이 분개로 변해((4)(5)) 일본이 신라를 침공 혹은 그것을 계획((6)(7))하는 모습을 기록하였다. 이 외에도 601년 3월에 일본이 고구려와 백제에 사신을 보내 임나를 도울 것을 요구하고 군사동맹을 제의한 것,[61] 이상의 자료 (2)~(7)은 일본이 임나 회복을 위해 얼마나 안간힘을 썼는가를 잘 보여주고 있다.

---

57) "三十二年春三月戊申朔壬子 遣坂田耳子郎君 使於新羅 問任那滅由, 夏四月戊寅朔壬辰 天皇寢疾不豫 皇太子向外不在 驛馬召到 引入臥內 執其手詔曰 朕疾甚 以後事屬汝 汝須打新羅 封建任那 更造夫婦 惟如舊日 死無恨之"(『日本書紀』위의 책, 同王 32年 春3月).

58) "十二年秋七月丁酉朔 詔曰 先考天皇 謀復任那 不果而崩 不成其志 是以 朕當奉助神謀 復興任那"(『日本書紀』卷20 敏達天皇 12年 秋 7月).

59) "四年 秋八月庚戌朔 天皇詔群臣曰 朕思欲建任那 卿等何如 群臣奏言 可建任那官家 …(中略) 冬十一月 己卯朔壬午 率氏氏臣連 爲裨將部隊 領二萬餘軍 出居筑紫 遣吉士金於新羅 遣吉士木蓮子於任那 問任那事"(『日本書紀』卷21 崇峻天皇 4年 秋8月).

60) "八年春二月 新羅與任那相攻 天皇欲救任那 …(中略)… 將萬餘衆 爲任那擊新羅 於是 直指新羅 以泛海往之 乃到于新羅 攻五城而拔 於是 新羅王 惶之擧白旗 到于將軍之麾下而立"(『日本書紀』卷22, 推古天皇 8年 春2月).

61) 金恩淑, 日本書紀 '任那'기사의 기초적 검토, 『韓國史 市民講座』(一潮閣, 1992), pp.40~41.

임나는 '백제-가야-왜'의 동맹 체제를 유지해주는 정치·군사적 요충지였고, 왜에게는 동북아 각국과의 경제·문화적 교류 창구 역할도 했다.[62] 임나가 멸망(562년)한 후에도 일본이 계속 임나부흥을 꾀한 것은 임나, 즉 왜 대표부의 기능과 권익을 회복하려는 노력[63]이었던 것이다. 최근엔 일본 교과서(2006년)에서도 임나를 "4세기 후반에 조선반도 남부의 철(鐵) 자원을 확보하기 위하여 가야제국과 긴밀한 관계를 맺고 있었다."는 정도로 기술하고 있으므로, 이제 임나는 정치적·군사적인 활동이었다기보다는 경남 함안의 안라(安羅)에 기반을 둔 교역적·외교적인 거점 정도로 이해하는 것이 좋을 듯하다.[64] 즉, 이 '안라왜신관(安羅倭臣館)'은 백제가 안라에 설치한 왜국사절 주재관(駐在館)의 성격을 띠되, 실제적으로는 친백제계 왜인들로 구성된 '백제의 대왜 무역중개소' 같은 성격을 띠는 것으로서, 하동·함양·산청 등지에 군령(郡令)·성주(城主)를 파견하여 행정을 구역화 했다.[65] 일본은 신라가 가야의 이 지역을 장악한 상황임을 부각시키면서, 그곳을 회복하기 위하여 갖가지 노력을 경주하지만, 끝내 뜻을 이루지 못하였다. 일본은 "군세를 정비하여 신라를 토벌하고, 임나를 되찾아 백제에게 귀속시켜야 합니다. 어찌 신라가 영유하게 할 것입니까?"[66]라며 임나 지역의 회복을 염원했지만, 회복은 그들의 희망사항에 불과했다.

(2)~(7)이나 당시의 신라침략(계획)[67]에는 몇 가지 공통점이 있다. 첫째,

---

62) 李鍾敏, 『三國時代의 對日關係史』(螢雪出版社, 1980), p.196; 이희진, 『가야와 임나』(동방미디어, 1999), p.242 참조.

63) 이희진(2001), 앞의 책, pp.289~293; 『가야와 임나』(동방미디어, 1999), p.240 참조; 이로 인하여 한반도에서 왜 열도로 가는 통로가 막혔다.(최진, 『다시 쓰는 한·일 고대사』, 대한교과서, 1996, p.167 참조).

64) 주보돈, 『임나일본부설, 다시 되살아나는 망령』(역락, 2012), p.41, p.140, pp.155~156.

65) 金泰植, 加耶史硏究의 現況, 『韓國史 市民講座』 11(一潮閣, 1992), pp.136~137.

66) "請戒戎旅征伐新羅 以取任那附百濟 寧非益有于新羅乎"(『日本書紀』卷22, 推古天皇 31年 秋7月).

67) "是歲 新羅伐任那 任那附新羅 於是 天皇將討新羅 … 則不果征焉"(『日本書紀』卷22, 推古天皇 31年).

한결같이 신라가 임나를 복속한 일을 문제 삼았고, 임나 부흥을 꾀하려 하였다. 둘째, 정벌 계획, 주둔지 체류 기간이 길고 군사가 수만에 이르지만 왜군의 동선(動線)[68]은 "난바(難破 宮-城, 大阪府 大阪市 中央區)[69]-하리마(播摩, 兵庫縣 加古郡)-아카이시(赤石, 兵庫縣 豊岡市)-츠쿠시(筑紫, 福岡縣 筑紫野市)[70]"로, 최종 거점 츠쿠시를[71] 넘어서는 일이 드물었다. 셋째, 장군이나 동행하던 장군 처의 죽음[72] 등 내부 사정에 의해 신라 정벌 계획이 수포로 돌아갔다. "일본의 신라원정계획은 추고기(推古紀) 9년(601) 11월부터 11년(603) 7월조까지에 보이는데, 내목황자(來目皇子)를 대장군으로 하는 원정군 25,000명을 조직하나 내목황자가 사망하고, 다시 당마황자(當摩皇子)로 교체하지만 황자의 비가 죽으니 결국 원정계획을 중지하였다"[73] 넷째, 전쟁으로 이어진 경우가 적지만 종국엔 신라가 맥없이 항복했다[74]고 과장하여 적었다.

---

68) 下中邦彦, 常用『日本地圖帳』(平凡社, 1985), p.85, pp.88~89를 통해 위치를 확인하였다.

69) 家永三郎 外 著, 姜亨中 譯,『新日本史』(文苑閣, 1993) '古代(8~9世紀)의 行政區畵図' 참조.

70) 筑紫는 日本의 北海都 厚岸郡, 三重縣 員弁郡, 兵庫縣 神戶市, 高知縣 宿毛市에도 있다. 그러나 筑紫가 신라 공격의 거점이고, 664/665년 對馬島와 壹岐島, 筑紫에 烽火臺·水城(방위용 성벽)을 구축("是歲(664) 於對馬嶋·壹岐嶋·筑紫國 等 置防與烽 又於筑紫 築大堤貯水 名曰水城", "(665年) 秋八月 遣達率憶禮福留 達率四比福夫於筑紫國 築大野及椽二城"(『日本書紀』卷27, 天智天皇 3/4年)한 점을 보면 '筑紫'는 '福岡縣 筑紫野市'를, 선박을 모으고 군량을 나른 島郡은 '福岡縣의 糸島郡'을 의미한다. 인근에 壹岐嶋가 있다(下中邦彦, 앞의 책, pp.56~61 참조)는 것도 확신의 근거가 된다.

71) "秋七月 將軍等 至自筑紫"(『日本書紀』卷22, 推古天皇 2年 秋 7月), "丁未 遣驛使於筑紫將軍所曰 依於內亂 莫怠外事",『日本書紀』卷21, 崇峻天皇 4年 11月 丁未), "十年 春二月 己酉朔 來目皇子爲擊新羅將軍 授諸神部及國造伴造等 并軍衆二萬五千人"(『日本書紀』卷22, 推古天皇 10年 春 2月)을 보면 筑紫가 倭軍의 주된 아지트이다.

72) "推古天皇 十一年 春二月 癸酉朔 丙子 來目皇子 薨於筑紫 夏四月壬申朔 更以來目皇子之兄當摩皇子 爲征新羅將軍 秋七月 辛丑朔癸卯 當摩皇子 自難波發船 丙午 當摩皇子到播磨 時從妻舍人姬王薨於赤石 仍葬于赤石檜笠岡上 乃當摩皇子返之 遂不征討"(『日本書紀』卷22, 推古天皇 11年).

73) "그러나 일본의 신라원정 중지의 본질적 원인은 고구려와의 동맹이 일본으로 하여금 隋와의 전쟁에 말려들게 할 위험을 인식한 때문이었다. 이후 일본은 수와의 교섭을 중시하면서 신라와의 관계도 개선되었다" 했다.(金恩淑, 日本書紀 任那 기사의 기초적 검토,『韓國史 市民講座』 11, 一潮閣, 1992, pp.40~41).

74) "率數萬衆 以征討新羅 時磐金等 共會於津 將發船以候風波 於是 船師滿海多至 兩國使人 望瞻之愕然 乃還留焉 更代堪遲大舍 爲任那調使而貢上 於是 磐金等相謂之曰 是軍起之 既違前期 是

당시 왜국에 비해 신라의 국력이 우위였음에도 불구하고, "신라가 사탁부 나말 북질지(北叱智)를, 임나가 습부대사(習部大舍) 친지주지(親智周智)를 보내 같이 조공했다.", "신라가 나말 죽세사(竹世士; 지쿠세이시)를 보내 불상을 바쳤다." 한[75] 것을 보면, 『일본서기』는 다분히 자국 중심으로 서술했음을 알 수 있다. 그러면 일본이 임나 문제를 빌미삼아 츠쿠시에 장기 주둔하며 신라 공격을 꾀하다가 중도에 포기했다거나 왜가 습격하니 신라국왕이 지레 겁먹고 항복했다는 기록들을 어떻게 수용해야 하는가?

『일본서기』는 내목황자(來目皇子), 당마황자(堂摩皇子)의 처가 죽었다는 이유로 신라 침공이 무산되고, 공격을 감행하면 일본이 승리했다고 하지만 당시 동북아 정세와 일본 내외의 정황을 살핀 다음에야 숨겨진 비밀을 알 수 있다.

첫째, 이 당시는 고구려·백제·돌궐·일본의 남북 세력과 신라·수(隋)의 동서 세력이 대립하는 동아시아 세력 구도[76]에서, 일본은 고구려와 동맹(595년)을 맺었기 때문에 신라를 침공하면 자칫 수와의 전쟁에 말려들 위험이 있다고 판단했던 시기이다.[77]

둘째, 당시 신라의 국력은 막강했다. 신라는 6세기부터 급속히 강해져, 진흥왕 16년에 창녕을 석권하고,[78] 여제동맹군(麗濟同盟軍)의 침공을 받으면서도 가야를 정복하여 낙동강 유역을 장악했다. 진평왕도 행정 기능을 세분하여 운영체제를 개선하고 관제를 정비함으로써 정치·군사·경제적 능

以任那之事 今域不成矣 則發船而度之 唯將軍等 始到任那而議之 欲襲新羅 於是 新羅國主 聞軍多至 而豫慴之請服 時將軍等 共議以上表之 天皇聽矣"(『日本書紀』卷22, 推古天皇 31年).

75) "十九年 秋八月 新羅遣沙喙部奈末北叱智 任那遣習部大舍親智周智 共朝貢"(『일본서기』권22, 추고천황 19년 추8월), "廿四年 秋七月 新羅遣奈末竹世士 貢佛像"(위의 책, 추고천황 24년 7월).

76) 洪淳昶, 7~8世紀에 있어서의 新羅와 日本과의 關係-佛敎文化와의 關係를 中心으로 하는, 『韓日古代文化交流史硏究』(乙酉文化社, 1974), pp.18~19.

77) 金恩淑, 앞의 논문, pp.40~41.

78) 김성호, 『비류백제와 일본국가의 기원』(지문사, 1982), pp.273~286.

력과 방위 태세의 능률을 제고했다.[79] 왜보다 국력이 강한 신라는[80] 소문,[81] 혹은 첩보를[82] 통해 왜적 침략 정보를 사전에 입수・대비하였을 것임은 당연하다.[83]

셋째, 당시 일본은 항해에 미숙했다. 일본에서 당나라에 보내는 사신들의 선박이 762년엔 일본 내해에서 좌초되고, 838년엔 신라 선원의 지도를 받는다.[84] 남・남동 계절풍을 이용하지 않으면 출항도 어려웠을 만큼 일본의 조선・항해술은 열악했다. "신라를 침범한 왜구는 군사 1천 명이 채 안 되는 소규모에,[85] 공격 기간도 10일을 넘지 못했으며, 식량 문제 해결이 절박한 3~6월에[86] 영토 확보나 점령・지배보다는 기습・약탈을 목적으로 했다"[87]는 통계가 되레 진실에 가깝다.

넷째, 당시 일본 내에는 신라 침공을 반대하는 신중론도 만만치 않아 신라・백제를 저울질하며[88] 섣불리 공격할 수 없었다.

---

79) 金瑛河, 新羅中古期의 政治過程試論, 『泰東古典硏究』4(泰東古典硏究會, 1988), p.8; 李晶淑, 新羅 眞平王代의 政治的 性格-所謂 專制王權의 成立과 關聯하여, 『韓國史硏究』52(韓國史硏究會, 1986), pp.13~14; 金德原, 新羅 眞平王代의 政治改革 小考, 『명지사론』4(명지사학회, 1992), pp.36~38.

80) "신라가 왜에 阿湌・沙湌・大奈麻・一吉湌・奈末 등의 하위 관리를 파견한 것도 신라가 상대적으로 국력이 약한 왜를 대수롭지 않게 여겼음을 반증한다."(李根雨, 百濟本記와 任那問題, 『加羅文化』8(慶南大 加羅文化硏究所, 1990), p.29 참조).

81) "夏四月 都人訛言倭兵大來 爭遁山谷 王命伊湌翌宗等諭止之"(『三國史記』卷1, 新羅本紀1, 祇摩尼師今 11年), "夏五月 聞倭兵至 理舟楫 繕甲兵"(위의 책, 卷2, 新羅本紀2, 儒禮尼師今 06年), "春二月 王聞倭人於對馬島置營 貯以兵革資粮 以謀襲我 我欲先其未發 揀精兵擊破兵儲"(위의 책, 卷3, 新羅本紀3, 實聖尼師今 7年).

82) "秋九月辛巳朔戊子 新羅之間諜者迦摩多到對馬"(『日本書紀』卷22, 推古天皇 9년 秋9월).

83) 岡山 善一郎, 鄕歌 '彗星歌' と歷史記述, 『朝鮮學報』187(朝鮮學會, 2003.4), pp.99~100.

84) 崔在錫, 『續日本記』의 신라침공용 造船 계획 기사의 허구성에 대하여, 『民族文化』23(民族文化推進會, 2000), p.182.

85) 李鍾旭, 廣開土王陵碑 및 『三國史記』에 보이는 '倭兵'의 正體, 『韓國史 市民講座』11(一潮閣, 1992), p.57.

86) 申瀅植, 『韓國古代史의 新硏究』(一潮閣, 1984), p.292.

87) 國防軍史硏究所, 民族戰爭史 9『倭寇討伐史』(同硏究所, 1993), pp.34~36 참조.

88) "田中臣曰 不然 百濟是多反覆之國 道路之間尙詐之 凡彼所請皆非之 故不可附百濟 則不果征焉"(『日本書紀』卷22, 推古天皇 31년).

다섯째, 신라는 왜에 대해 온건 정책을 썼을 것이다. 5세기 중엽까지 동맹관계였던 신라와 백제의 관계가 파탄 난 상황에서, 왜・백제・고구려와 대립하면 신라의 대외적 입지는 그만큼 좁아지게 마련이다.[89] 왜가 신라에 강경한 자세로 임한 시기가 고구려와 왜의 관계가 긴밀했던 시기[90]임을 감안한다면, 신라가 임나를 빌미 삼는 왜를 무조건적으로 홀대할 수는 없었다. 그러므로 이 당시는 신라가 임나를 통합한 후, 왜가 그 일에 대해 적극적 공세를 펼치자, 신라는 그 반대급부로 왜에게 '임나의 조(調)'(575・600・611・622년)를 제공하는 등 원만한 국제 관계를 유지하기 위해 타협적 자세[91]를 취했는데, 이 일을 두고 『일본서기』는 신라가 왜에 항복했다고 자기중심적인 역사 기술을 했던 것이다.

대장군이나 그 처의 죽음이라는 내부적 요인으로 인하여 일본은 결국 신라 원정계획을 중지했다. 그러나 일본이 신라원정을 중지한 본질적인 원인은 고구려와의 공맹이 일본으로 하여금 수(隋)와의 전쟁에 말려들게 할 위험을 인식한 때문이었다. 이후 일본은 수와의 교섭을 중시하면서 신라와의 관계도 개선한다. 추고기 18년(610) 7월조에서는 신라 사신이 '임나' 사신과 함께 일본에 파견되어 외교의례를 행하고 돌아갔으며, 추고 19년 8월 다시 신라사가 '임나' 사신과 함께 일본에 파견되어 조공하였다고 한다. '조공'도 '조'와 마찬가지로 『일본서기』의 일본 중심적 표현으로, 외교의례상 선물을 건넨 일을 이렇게 표현한 것으로 보인다. 이렇게 일시적으로 신라와 일본의 관계 개선을 이루어졌지만, 618년 수나라가 멸망하여 동아시아의

89) 이희진(2001), 앞의 책, p.276 참조.

90) 李成市, 高句麗와 日隋 外交-이른바 國書 문제에 관한 一 試論, 碧史李佑成教授定年退職紀念論叢 『民族史의 展開와 그 文化』上(紀念論叢刊行委員會, 1990), p.78.

91) "562년 가야의 멸망 이후 642년까지 신라가 '任那의 調'를 바친 것은 4회인데, 항상 이를 보내기 전에는 일본 측과 평화적 또는 무력적인 접촉이 이루어지고 있다."(金恩淑, 『日本書紀』'任那' 기사의 기초적 검토, 『韓國史 市民講座』, 一潮閣, 1992, p.39 참조).

국제관계가 혼란해지자 두 나라의 관계는 다시 악화된다.[92]

이상을 종합해 볼 때, 일본이 신라의 임나 지배에 앙심을 품고 츠쿠시에 주둔하며 신라 공격을 계획 혹은 시도한 것은 사실이지만, 쉽게 신라를 칠 수 있는 상황은 아니었다. 신라 또한 당시의 국제 정세를 고려하여 왜를 함부로 다루진 않은 듯하다. 그런데 『일본서기』가 "신라왕이 두려워하여 백기를 들고 장군의 깃발 아래 와서 섰다"라고 기록한 것은 천황 중심적 역사 기록이 부른 왜곡[93]이다. 당시의 위상으로 보아 왜에 승려를 바쳤다고 보기 어려운 고구려가 담징(曇徵)과 법정(法定)을 바쳤다[94] 하고, 왜를 '중국'으로까지 격상[95]시킨 기록이 그를 반증한다.

『일본서기』의 신라 정벌 기사는 '삼국 간 상호 견제' 정세에 편승하여 신라의 임나 합병에 따른 외교적·경제적 손실에 버금가는 반대급부를 노린 일본의 가식적 군사 행동[96]을 담고 있다. 즉 『삼국유사』 <혜성가> 조에 "융천사가 <혜성가>를 부르자 별의 변괴가 사라지고 왜병이 환국했다." 한 것은 신라 침공을 시도하던 왜군이 대내·외적 이유 때문에 일본 근해에서 장기 주둔하다가 회군(철군)한 사건(<도표 1>의 a·c·d 사례 등), 또는 신라가 왜와 백제·고구려 간의 관계를 의식하여 일본군의 공격에 대해 싸움 없이 마무리한 전쟁 상황(<도표 1>의 b·e, 인용문 (6) 등)을 과장한 묘사이다. 왜병의 움직임에 따른 경계를 느슨히 한 채, 화랑들이 전국 성지를 순례하면서 재(齋)를 짓고,[97] 수련하고, 견문·식견을 넓히는 일체 행위[98]인 출유

92) 金恩淑, 日本書紀 任那 기사의 기초적 검토, 『韓國史 市民講座』 11(一潮閣, 1992), pp.40~41.
93) 이희진(2001), 앞의 책, p.274.
94) "十八年 春三月 高麗王貢上僧曇徵 法定"(『日本書紀』卷22, 推古天皇 18年 春3月).
95) "田狹既之任所 聞天皇之幸其婦 思欲求援而入新羅 于時 新羅不事中國"(『日本書紀』卷14, 雄略天皇 7年), "自天皇卽位 至于是歲 新羅國背誕 苞苴不入 於今八年 而大懼中國之心 脩好於高麗"(위의 책, 同王 8年).
96) "率氏氏臣連 爲裨將部隊 領二萬餘軍 出居筑紫 遣吉士金於新羅 遣吉士木蓮子於任那 問任那事"(『日本書紀』卷21 崇峻天皇 4年 秋8月)는 日本軍이 筑紫에 주둔하며 任那를 빌미로 新羅에게 시위·협상하는 과정인 듯하다.

(出遊)를 계획하고, 왜병 환국 소식이 있자마자 아무런 주저 없이 금강산으로 간 것도 당시 동아시아의 역학 관계에서 일본의 군사 행동이 신라에겐 그리 심각하게 받아들여지지 않았음을 증명한다.

진평왕 이전에도 일본 군사가 침략했다가 아무런 소득 없이 '無功而退(還)'한 사례가 있다는 점은[99] 이와 같은 판단에 확신을 더한다. 물론 신라가 일본과의 전쟁을 싸움 없이 마무리한 일을 두고 "융천이 노래를 부르자 왜병이 돌아갔다."라고 표현할 수 있는가 하는 반론을 제기할 수도 있다. 그러나 "25일 왕이 환국하는 길에 욕돌역(褥突驛)에 머무르니 국원(國原)의 사신(仕臣) 대아찬(大阿飡) 용장(龍長)이 사적으로 잔치를 베풀고 왕 및 여러 시종관을 대접하였다."[100]나 "오늘에 이르러 적이 평정되니 주상이 환국하다."[101] 등을 보면, '환국(還國)'이란 말은 굳이 다른 나라와의 전쟁이 끝난 후에 본국으로 돌아간 사실만을 지칭하는 것이 아니라 왕이 출병했다가 다시 서울(수도)로 돌아가거나 군사들이 주둔지에서 본거지로 되돌아간 것을 두고도 그렇게 칭했음을 볼 수 있다.

<혜성가>의 "倭理叱軍置來叱多 烽燒邪隱邊也藪耶"를 양주동은 "예ㅅ

---

97) "견훤이 신라를 친 음력 11월에 야외에서 놀았을 가능성은 희박하다. '포석정'은 팔관회, 禊浴 장소이고, 『花郎世紀』에 鮑石祠로 기록된 데다 아직도 여기서 洞祭나 堂祭를 행하는 점이 그 논거이다."(정종목, 포석정은 놀이터가 아니었다, 『역사스페셜』3, 효형출판, 2001, pp.35~49 참조).

98) "(花郎) 或相磨以道義, 或相悅以歌樂, 遊娛山水, 無遠不至"(『三國史記』卷4, 新羅本紀4, 眞興王 37年); 위의 책, 卷47, 列傳7, 金歆運;"遂復入於百濟 告任子曰 奴自以謂旣爲國民 宜知國俗 是以 出遊累旬不返"(위의 책, 卷42, 列傳2, 金庾信); "(眞)表啓曰 勤修幾何得戒耶 濟曰 精至則不過一年 表聞師之言 遍遊名岳 止錫仙溪山不思議庵 該鍊三業 以亡身懺悔得戒"(『三國遺事』卷4, 義解5, 眞表傳簡).

99) 이도흠, 향가 연구의 쟁점과 전망, 『고전문학연구의 쟁점적 과제와 전망』下(월인, 2003), p.19.

100) "二十五日 王還國 次褥突驛 國原仕臣龍長大阿湌 私設筵 饗王及諸侍從 及樂作"(『三國史記』卷6, 新羅本紀6, 文武王 8年).

101) "元白樸 『梧桐雨』第四折 '今日賊平無事 主上還國'"(羅竹風 編, 『漢語大詞典』10(漢語大詞典出版社, 1994), p.1256).

군두 옷다 봉화 ᄉᆞᆯ얀 ᄀᆞᆺ 이슈라"라고 하여 '藪'를 음차 했고, 김완진은 "여릿 軍도 왯다 홰 티얀 어여 수프리야"(횃불 올린 어여 수플이여)라고 '藪'를 훈독했다. '藪'를 '숲'으로 읽어 은거의 장소, "숲과 같이 빽빽하게 모여 있는 사람들의 무리 혹은 소굴"의 의미로 읽는 경우가 가장 많은데,[102] "산[山藪]에 돌아가 마음을 닦지 못한다 하더라도 자신의 능력에 따라 선행을 버리지 말아야 한다."나[103] 신라 <불상조상명(佛像造像銘)>에서 "석비로자나불(石毘盧遮那佛)을 조성하여 무구정광다리니경(無垢淨光陁羅尼經)과 나란히 석남암(石南巖 숲; 도량, 石南巖藪) 관음암(觀音巖)에다 둡니다."라고[104] 한 것을 보면, '藪'는 "항상 일체중생 교화하되 승방을 짓고 산과 숲과 전원과 밭을 마련하고 탑을 쌓고 겨울과 여름 안거에 참선할 곳과 도 닦을 도량을 마련해야 한다."와 같이[105] 부처님의 설산, 달마의 소림굴에 해당하는[106] "승방, 불탑, 참선할 곳, 도 닦을 곳(一切行道處)"을 지칭한다.

한편 경주 읍성 가운데 부윤 관사 북쪽의 '비보수(裨補藪)', "경주 동쪽 8리 동천가에 제방 숲이 5리를 뻗쳐 있다 하여 붙인" '오리수(五里藪)', 경주 동쪽 8리에 있는 '한지수(閑地藪)'을 "금년에 사리역이 옮겨진 후에 예전처럼 나무를 심어서 뒷날 숲을 조성하는 터전을 만들었다. 그러나 여기에 계속 숲이 가꾸어져 있을지 없을지는 아직 알 수 없다."는[107] 기록을 보면,

102) 양희철, 위의 책(1997), 724~725쪽; 신재홍, 위의 논문(1995), p.36.
103) "然而不歸山藪修心 隨自身力 不捨善行"(元曉 지음, 무비 스님 강의, 『發心修行章』, 조계종출판사, 2015, p.114).
104) "石毘盧遮那佛 成內 無垢淨光陁羅尼幷 石南巖藪 觀音巖中 在內如"(永泰2年 佛像造成記, 766)(朴敬源, 「永泰二年銘 石造毘盧遮那坐像-智異山 內院寺石佛 探査始末」, 『考古美術』 168(韓國美術史學會, 1985), p.9; 부산박물관, 石南寺址 石造毘盧遮那佛坐像 蠟石舍利壺, 『부산박물관 소장유물 도록 珍寶』, 디자인인트로, 2013; 대원애드컴, 『부산의 문화재』, 부산광역시, 1998, p.13.
105) "常應教化一切衆生 建立僧坊山林園田 立作佛塔 冬夏安居 坐禪處所 一切行道處 皆應立之"(李圓淨 편, 목정배 역, 『梵網經菩薩戒本彙解』, 운주사, 2015, p.407).
106) "世尊 住雪山 六年 坐不動 達磨居少林 九歲 默無言 後來參禪者 何不依古蹤"(Mu Bi, 自警文, 『Admonitions to Beginners』, 조계종출판사, 2003, p.67).

단순히 숲을 지칭할 때도 있다. 이에 본고에서는 <혜성가>의 '수(藪)'를 앞의 '변(邊)'과 의미 덩이를 이루는 한 단어로서 "일본군이 왔다고 (착각하여) 봉화를 올린 변방 요새의 숲"이라 풀이하고자 한다. "변방 요새의 숲"이라면, 적의 침략을 항상 경계하는 봉수(烽燧)나 숲(藪)을 의미할 것으로 보이는데, 경주 인근엔 하서지(下西知 : 동70리)・독산(禿山 : 동54리)・대점(大岾 : 동57리)・도악(東岳 : 동57리) 등의 봉수와 시림(始林 : 동남5리)・오리수(五里藪 : 동5리)・한지수(閑地藪 : 동8리) 등이 있는데,[108] <혜성가> 3・4구는 이처럼 숲이나 봉화대에서 일어난 해프닝을 언급한 것이다.

3) '녜(舊理)'는 무슨 뜻이고, 혜성과 일본군 중 무엇이 먼저 출현했는가?

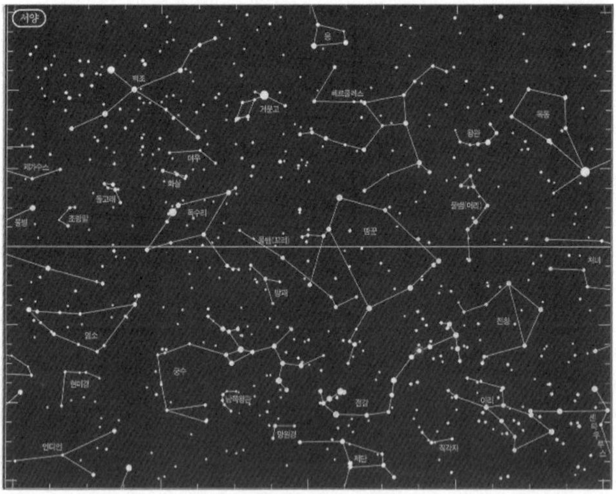

서양의 별자리(여름)

107) "裨補藪 在府城中 府尹衙舍北 五里藪 在府東八里 東川邊 延袤五里 故名", "閑地藪 在府東八里, 今年 沙里驛 撤移之後 依前種樹 以爲後日成藪之地 未知有能繼此 不替者否耶"(민주면・이채・김건준 저, 조철제 옮김, 국역『동경잡기』, 민속원, 2014, pp.207~208).

108)『新增東國輿地勝覽』 卷21 慶州府; 민주면・이채・김건준 저, 조철제 옮김, 위의 책, pp.85~87, pp.207~208).

심대성(心大星)은 28수 중 동방 창천(蒼天)에 있는 방(房)·심(心)·미(尾) 가운데 하나[109]로, 심수 가운데 큰 별인 전갈α(Antares)를 일컫는데, 『사기』 천관서(天官書)에는 "심수는 명당, 대성은 천왕을, 그 앞뒤의 별은 자속(子屬)을 상징한다." 했고, 『진서』 천문지에는 "심수는 천왕정위(天王正位)로 그 가운데의 큰 별은 천하의 상벌을 주관한다." 하였다. 그러므로 혜성이 심대성을 범하면 국가의 안위, 국왕의 신변에 문제가 생길 수 있다고 불안해하는 것은 당연한 일이다.[110] 혜성이 심대성을 범하는 바람에 화랑들이 금강산으로 가던 길을 멈추고, 변괴가 소멸하자 왕이 기뻐하며 다시 화랑들을 출유케 한 것을 보면 혜성 출현은 상징이 아닌 실제 현상이다.

동양의 별자리(여름)

문제는 '혜성이 심대성을 범한' 시점이다. 혜성 출현 때문에 <혜성가>를 창작했는데, 이 작품의 창작 시기에 대해 594, 602, 607, 623년 등의 설이

109) "二十八宿 五官六府 紫宮太微 軒轅咸池 四守天阿 何謂九野 中央曰鈞天 其星角亢氐 東方曰蒼天 其星房心尾 東北曰變天 其星箕斗牽牛"(『淮南子』 天文訓).

110) 김승찬, 앞의 책(1999), p.76 참조.

제기된 바 있다. 602년 창작설은 역사적,[111] 623년설은 문헌적[112] 근거에 토대한다. 594년설[113]과 607년설[114]은 중국 역사서의 혜성 기록을 살펴 추리한 결과이다. 전자는 『수서(隋書)』와 『삼국사기』에 함께 기록된 혜성 기록에 근거하고,[115] 후자는 607년의 장성(長星)·혜성 출현 기록[116]을 바탕으로 논지를 전개하였다. 그러나 우리 역사서와 달리 『수서』·『신당서』에는 이외에도 581, 588, 604, 606, 608, 614, 616, 617, 626년의 혜·패성(孛星) 관측 기록[117]이 더 있다. 관측 자료들이 <혜성가>조의 혜성과 왜병의 실제를 입증하고, 그 시기를 설정하는 데 좋은 자료임은 분명하지만, 혜성 출현·이동 방향, 혜성의 종류와 출현 시기 등에 대한 과학적인 검토가 선행된 후에야 논거로 활용할 수 있을 것이다.

실제 역사에 기반을 둔 혜성 출현과 왜병 침략 서사의 선후를 밝혀주는

---

111) 岡山 善一郎, 앞의 논문, 100면에서 일본이 군사 2만5천을 동원, 신라를 침범한 연대에 근거했다.

112) "融天下大師 作彗星歌 鄕歌之傳始此"(魚允迪 編, 『東史年表』, 東國文化社, 1959, p.218). 그러나 자세한 정황 설명이 없어 결정적 근거는 되지 못한다.

113) 조동일, 彗星歌의 창작 연대, 白影 鄭炳昱先生 還甲紀念論叢 II 『韓國詩歌文學硏究』(新丘文化社, 1983), pp.64~65.

114) 서영교, 融天師의 彗星歌 창작시기와 그 배경, 『民族文化』27(민족문화추진회, 2004), pp.21~22.

115) "(文皇帝)十四年 十一月癸未 有彗星孛于虛危及奎婁" (『隋書』卷21, 志16, 天文下, 五代災變應); "冬十一月癸未 星孛于角亢"(『三國史記』百濟本紀, 威德王 41年).

116) "春正月 丙子 長星竟天 出於東壁 二旬而止"(『隋書』紀3, 帝紀3, 煬帝楊廣上, 大業三年), "二月己丑 彗星見於奎 掃文昌 歷大陵 五車 北河 入太微 掃帝坐 前後百餘日而止", "五月 癸酉 有星孛于文昌上將 星皆動搖"(위의 책, 같은 면),

117) 나열 순서대로 "十二月 辛巳 彗星現"(『隋書』卷5, 本紀5, 宣帝 太建13年), "冬十月己亥 有星孛于牽牛"(『隋書』紀2, 帝紀2, 高祖下 開皇8年 高祖8年), "十一月 癸未 有星孛于角亢"(위의 책, 紀2 帝紀2, 高祖下 開皇14年), "九月 戊寅 彗星出於五車 掃文昌 至房而滅"(위의 책, 紀3, 帝紀3, 煬帝楊廣上, 大業4年), "十一年六月 有星孛于文昌東南 長五六寸 色黑而銳 夜動搖 西北行 數日至文昌 去宮四五寸 不入"(위의 책, 卷21, 志16, 天文下, 五代災變應, 隋), "十三年 六月 有星孛于太微五帝座 色黃赤 長三四尺所 數日而滅"(위의 책, 卷21, 志16, 天文下, 五代災變應, 隋), "九月己丑 彗星見於營室"(위의 책, 紀4, 帝紀4, 煬帝下, 大業13年), "武德九年二月壬午 有星孛于胃 昴間 丁亥 孛于卷舌 孛與彗 皆非常惡氣所生 而災甚于彗"(『新唐書』志32, 天文2, 孛彗 武德 9年), "二月 壬午 有星孛于胃 昴 丁亥 孛于卷舌"(위의 책, 紀1, 本紀1, 高祖皇帝李淵, 武德 9年)이다.

또 하나의 열쇠는 <혜성가> 모두의 '녜(舊理)'에 있다. 양주동이 이를 '녜(예전)'으로 분석[118]한 이후, 대부분의 학자들이 이를 "예전 · 옛날"[119]로 풀이해 왔다. 끝 음에 붙은 '리(理)'는 'ㅣ'나 'ㄹ'을 나타내는 것이 아니라 어느 경우에나 '리'를 적기 위한 것이므로 '녀리'로 번역하고,[120] "녜누리(녜, 녜뉘) 샐 믈ㅅ" · "녜리샘 믌ㅅ"[121]으로 해석한 경우에도 '옛날'로 풀이하기는 마찬가지이다. 이 외에도 이를 '옛 나루'[122] 혹은 "날이(해가) 샐"[123], "멀이(멀리)"[124], "구슲ᄂᆞ(고시레/고시네ㅅ)"[125]로 풀이하는 경우가 있다. 하지만 대체로 "누구나 알고 있는 과거의 이야기를 '옛날~'로 시작하여 청중의 주의를 환기[126]"하는 말이라는 데 동의하는 경우가 많다. 반면 "'녜'는 '예부터', 즉 옛날로 못 박힌 과거가 아니라 예부터 자주 나타나는 어떤 현상을 이끄는 말"[127]이라는 설은 연구사에서 매우 의미 있는 방향전환이다.

각종 문헌을 보면 '녜/녯'은 '녜다'의 고형인 '녈다'의 어간 '녈-'에 부사화 접미사 '-이'가 붙어서 '녀리'가 되고, '녀리>녀이>녜'가 되었다[128]는 어원 풀이가 가장 자연스럽다. 문제는 오히려 '녜'와 현재시점과의 시간적

---

118) 梁柱東, 詳註『國文學古典讀本』(博文出版社, 1954), p.230.
119) 崔聖鎬, 彗星歌 硏究, 无涯 梁柱東博士 華誕『紀念論文集』(仝發刊委員會, 1963), p.607.
120) 金完鎭, 『鄕歌解讀法硏究』(서울大學校出版部, 1980), p.128.
121) 徐在克, 韓國學硏究叢書 3 『新羅 鄕歌의 語彙 硏究』(啓明大學校 韓國學硏究所, 1979), pp.40~44; 金俊榮, 『鄕歌詳解』(敎學社, 1964), p.98.
122) 홍기문, 『향가 해석』(조선민주주의 인민공화국 과학원, 1956), pp.268~270; 金思燁, 『鄕歌의 文學的 硏究』(啓明大學校出版部, 1979), p.288.
123) 김선기, 길쓸볼 노래, 月刊『現代文學』通卷145(現代文學社, 1967), p.294, p.300; "새려고 하는 차에"(신재홍, 『향가의 해석』, 집문당, 2002, p.228).
124) 李鐸, 鄕歌 新解讀, 앞의 책, pp.8~10.
125) 池憲英, 『鄕歌麗謠新釋』(正音社, 1947), pp.8~9.
126) 고혜경, 앞의 논문; 국어국문학회, 국어국문학연구총서 1 『향가연구』(태학사, 1997), p.256.
127) 洪起三, 融天師 彗星歌 眞平王代, 『東洋學』24(檀國大學校 東洋學硏究所, 1994), p.60.
128) 姜吉云, 姜吉云全集Ⅴ, 『鄕歌新解讀硏究』(한국문화사, 2004), pp.53~54 참조; "녜는 동사 '니다/닐다'(가다)에서 '니/닐'이 '니어→니여→녀→녜'의 과정을 거쳤다"고 보는 견해도 있다.(류렬, 조선어학전서13『향가연구』(조선민주주의 인민공화국 사회과학원 언어학연구소/박이정, 2003), p.57).

격차이다. ‘구(舊)·석(昔)’의 중심 의미는 ‘오래된·장구한’[129]이지만, 이 시제는 막연한 ‘이전’일[130] 수도 있고, “녜 내 초당(草堂)을 ᄇᆞ리고 갈 제는 만이(蠻夷)ㅣ 성도(成都)애 ᄀᆞ득 ᄒᆞ얫더니 이제 내 초당애 오니 성도애 마초아 시르미 업도다.”[131]에서처럼 1~2년 남짓한 인접 과거일[132] 수도 있다.

(1) 신라의 해와 달이 광채를 잃어 (연오랑의) 말에 따라 비단을 가져다 하늘에 제사를 올리자 일월이 다시 이전과 같아졌다.[133]

(2) 진표율사(眞表律師)가 다시 발원하여 스무 하루를 기약하여 밤낮으로 부지런히 닦을 제, 돌에 몸을 부딪쳐 참회한 지 사흘 만에 손과 팔이 부러져 떨어지더니, 7일째 되는 밤에 지장보살이 손에 금빛 나는 석장(錫杖)을 가지고 와서 어루만지니, 손과 팔이 이전과 같았다.[134]

(1)에서 ‘녜’는 신라의 해와 달이 ‘빛을 잃었다 되찾는’ 아주 짧은 시간차를 뜻하고, (2)는 손과 팔을 되찾는 4일간의 서사를 다루고 있다.

이처럼 ‘녜’는 “아주 오래 전~방금 전”을 모두 포괄하는 과거시제이다. 그러므로 전후 서사를 고려하지 않고 시간 명사 ‘녜’를 상고(上古)·중고(中古)·근고(近古) 가운데 특정한 시제라고 확정지을 수 없다. 따라서 <혜성가>

129) “古老的, 陳舊的, 長久的”, “久遠, 久舊”(羅竹風 編, 『漢語大詞典』8(漢語大詞典出版社, 1991), p.585, p.1298).

130) “靑門種瓜人 舊日東陵侯”(李白, <古風>9; 久保天隨註解, 復刻愛藏版『李白全詩集』上(日本図書, 1978), p.57), “舊入故園嘗識主 如今社日遠看人”(杜甫, <燕子來舟中作>; 辛碩祖 外, 『纂註分類杜詩』卷17(以會文化社, 1992), pp.187~188).

131) 杜詩諺解 重刊本 6 : 37b; “昔我去草堂 蠻夷塞成都 今我歸草堂 成都適無虞”(杜甫, <草堂>; 辛碩祖 外, 위의 책, 卷6, pp.90~91).

132) “寶應 원년(762) 4월 嚴武가 조정에 들어갔는데, 7월 劍南四川兵馬事 徐知道가 반란을 일으켰다. 8월에 嚴武에 의해 진압되었다. 두보 가족은 梓州로 피난했다 廣德 2년(764) 봄 成都로 돌아왔다.”

133) “是時 新羅日月無光…延烏郎…仍賜其綃 使人來奏 依其言而祭之 然後日月如舊”(『三國遺事』卷1, 紀異1, 延烏郎 細烏女).

134) “師更發志願 約三七日 日夜勤修 扣石懺悔 至三日手臂折落 至七日夜 地藏菩薩 手搖金錫 來爲加持 手臂如舊”(『三國遺事』 卷4, 義解5, 關東楓岳鉢淵藪石記).

시가 문맥 속의 '녜'를 근거로 왜병의 출현 시기를 '오래 전'으로 확정하고, "<혜성가>를 지어 부르니 혜성과 일본 군사가 물러갔다."는 서사와의 시제 모순을 지적하거나 『삼국유사』 <혜성가>조의 진실성을 의심할 수는 없는 일이다. 오히려 <혜성가> 문맥에서 밝힐 수 없는 두 사건의 선후(시제)를 산문 문맥을 통해 해명하는 것이 바람직하다.

(3) 녜 고원(故園)에 드러 일즉 님자홀 아더니 이제 사일(社日)에 머리와 사ᄅᆞᄆᆞᆯ 보ᄂᆞ다(舊入故園嘗識主 如今社日遠看人)(杜重 17 : 16b)

(4) 녜 ᄏᆡ던 누른 고지 하니 새려 비소니 힌 머리터리 젹도다(舊采黃花賸新梳白髮微)(杜重 11 : 30b)

(5) 녜ᄂᆞᆫ 믈 우흿 ᄀᆞᆯ며기 ᄀᆞᆮ더니 이젠 그믌 소갯 톳기 ᄀᆞᆮ도다(昔如水上鷗今如罝中兎)(杜重 21 : 38a,b)

(3)~(5)에서 '구(舊)·석(昔)'은 '신(新)·금(今)'과 대구를 이루어 '예전(이전, 지난 번)엔~, 지금(현재, 이번)엔~'의 뜻으로 쓰였다. 즉 이들 시간 명사는 두 서사의 시간적 격차를 구체적으로 지정하는 것이 아니라 다만 사건 간의 선후를 매기는 역할을 한다. <혜성가> 첫머리의 '녜'에 연결된 '왜병 출현' 사건(첫 단락 주요 서사)은 혜성이 심대성을 범한 현상(둘째 단락 주요 서사)보다 명백히 앞선다. 앞의 기록에서 '왜병 침략-혜성 출현'의 시기가 흡사한 것만 추출해 살피면, '591—594', '600·602·603—604·606', '623—626'년이므로 두 서사는 짧게는 1~2년, 길게는 3~6년 정도의 간격일 수 있다.[135)]

이 기간은 일본 군사들이 임나 문제를 빌미삼아 신라 공격을 시도하거나 축자(筑紫)를 근거지로 장기간 주둔[136)]하며 침략의 틈새를 노리던 기간이다.

---

135) 중국 사서를 활용했다는 한계가 있고, 각 관측기록을 검증하여 왜군 침략시기와 관련짓는 단계가 남아 있으므로 아직 추정치임을 밝혀둔다.

136) 『일본서기』에 따르면, 倭兵이 筑紫에서 3년 동안 주둔하며 신라 침략을 꾀했음을 알 수 있다.

<혜성가> 바로 뒤에 기술한 "융천사가 노래를 지어 부르니 혜성이 사라지고 일본 군사도 돌아갔다."를 보면, 왜병 침략과 혜성 출현은 몇 년간의 격차를 갖지만 혜성 소멸과 왜병 환국의 시점은 같다. 앞의 "화랑의 무리가 풍악으로 가려할 때 혜성이 심대성을 범하므로 하니 그를 의심하여…"에서 혜성 출현(현재 시제) 사실을 제시했기 때문에 왜병 출현을 언급한 앞 서사에는 '녜(舊理)'를 붙이고, <혜성가> 두 번째 단락의 '금(今), 신(新)'은 생략한 것으로 보인다.

요컨대, <혜성가>는 "예전에[舊理]-신기루를 왜군으로 (보고)-봉화를 올린 변방[烽臺]이 있었는데, 이번엔[今/新]-길 쓸 별을 혜성이라 (오인하여)-사뢰는 사람이 있구나!"처럼 시간 간격이 그리 길지 않은 두 서사를 짝지은 진술이고, <혜성가> 조에 나타난 두 서사의 단락은 "왜병이 침입하다→봉화를 올리다→혜성이 출현하다→별의 변괴를 보고하다→<혜성가>를 지어 부르다→혜성이 사라지고 왜병이 돌아가다."의 순이다.

3. 〈혜성가〉를 어떻게 풀이해야 하는가?

<혜성가>의 첫째 단락과 풀이는 다음과 같다.

舊理東尸汀叱 녜 ᄉᆡᆺ믌ᄀᆞᆺ
乾達婆矣遊烏隱城叱肹良望良古 건달바ᄋᆡ 노론 잣ᄒᆞᆯ란 ᄇᆞ라고
倭理叱軍置來叱多 예ㅅ 군두 옷다
烽燒邪隱邊也藪耶 봉화[137] ᄉᆞᆯ얀 ᄀᆞᆺ 이슈라[138]

137) 필자는 통상적 인식(烽-횃불, 燧-연기)과 다른 "與城上烽燧相望 晝則擧烽 夜則擧火"(『墨子』 第70, 號令). "長淮路 夜亭警燧 曉營吹角 綠鬢將軍 思下馬"(黃機 撰, 滿江紅, 『竹齋詩餘』; 欽定 『四庫全書』集部10, 詞曲類1, 詞集之屬)에 근거하여 <彗星歌>의 '烽'을 '烽燧, 烽火'의

여기서 가장 주목할 부분은 ‘건달바의 노론 잣’인데, 이 글의 앞에서 이를 “건달바 신이 허공에 만들어놓은 환상·착시의 도성”, 즉 ‘신기루’로 파악하였다. 먼저 과거시제 ‘녜~ㅈ(이) 이슈라[139]’는 다음 단락의 현재시제 ‘(이뎨) ~ 사ᄅᆞ미 잇다’와 대구를 이룬다. 또 ‘동쪽 물가(東尸汀)’는 왜구가 자주 침몰한 신라 동해의 변방[140]인데, 『삼국사기』에도 변(邊) 4회·동변(東邊) 7회·남변(南邊) 2회·해변(海邊) 1회·경(境) 1회로 기록[141]했으므로 ‘정(汀)’은 이 ‘변(邊, ㅈ)’과 같은 뜻이다. 왜구의 침략 루트가 대체로 낙동강 하구, 감포, 영일만, 영덕이었으므로[142] ‘동정(東汀)’은 이 가운데 한 곳이었을 확률이 높다.[143]

신라 경덕왕 때 영일(迎日)을 임정(臨汀)[144]이라 칭하고, “지리적으로 영일현을 신라의 동편 가로 인식”[145]하였으며, 왜구의[146] 침략에 대비해 이곳에다 성을 쌓았고,[147] 『동국여지승람』에서도 영일의 ‘의운정(倚雲亭)’이나

범칭으로 이해하고자 한다.

138) 梁柱東, 앞의 책(1960), pp.561~607; 앞의 책(1954), pp.229~231의 해독을 바탕으로 한다.

139) 필자는 첫 단락의 용언 ‘也藪耶’의 ‘藪耶’를 ‘藪邪·等耶·等邪’처럼, ‘다라·드라·ᄃᆞ야(현대어 더라·노라·로다·도다)’ (中嶋弘美, 鄕歌와 『萬葉集』의 표기법 비교를 통한 鄕歌 解讀 硏究, 『語文硏究』117, 韓國語文敎育硏究會, 2003, pp.48~49 참조)로 읽은 견해를 수용하여 ‘잇다라, 잇더라, 잇도다, 잇노라’로 보고자 한다.

140) 신재홍, 앞의 책, p.228 참조.

141) 李鍾旭, 廣開土王陵碑 및 『三國史記』에 보이는 ‘倭兵’의 正體, 『韓國史 市民講座』11(一潮閣, 1992), pp.52~53 참조.

142) 國防軍史硏究所, 앞의 책, pp.33~34 참조.

143) “東汀은 ‘東海川’ 즉 지금의 慶州郡 陽北面 龍堂里 臺本里 奉吉里가 있는 大鍾川 하구로, 天樂神이 놀던 吐含山의 蘇塗 지역”이라 한 견해는 ‘東汀’의 위치를 구체적으로 지정하려 한 점에서 매우 신선하다. 그러나 군사적 측면보다 제의적 성격을 고려하여 위치를 비정하고, 필연적 상관성을 밝히지 못한 문제가 남아 있다(尹徹重, 彗星歌 硏究, 『陶南學報』13, 陶南學會, 1991, pp.28~30).

144) “本新羅斤烏支縣(一作 烏良友) 景德王改臨汀 爲義昌郡領縣 高麗改今名 顯宗屬慶州”(『新增東國輿地勝覽』卷23 迎日縣 建置沿革).

145) “東海之濱 有縣曰迎日 或稱臨汀 盖新羅東表之地也”(金宗直, 迎日縣寅賓堂記, 『佔畢齋集』卷2, 文集; 『文叢』12, p.424); “海東濱海之地亦非一 而鷄林之臨汀 爲朝日之地”(金宗直, 위의 글, p.425).

146) 왜구를 두고 동쪽 섬의 소인배[海島之小醜]라 기록하였다.

147) “文不能制治 武不能戡亂 海島之小醜 乃敢窺邊 …(中略)… 喟然嘆曰 此豈可以遺賊 爲資乎 迺

'인빈당(寅賓堂)'을 소개하면서, "대개 신라 동편 가에 위치하면서, 거센 파도가 하늘에 맞닿았고, 신기루가 저자를 이루었으니, 곧 일본 서녘의 바다"[148]라고 한 자료를 보면, <혜성가>의 'ᄉᆡㅅ(昰)ᄀᆞᆺ(東汀)'는 영일 앞바다를 지칭했을 가능성이 가장 높다.

<혜성가> 1단락 '녜~ᄀᆞᆺ(이) 이슈라'는 '신기루를 (멀리서) 바라보고'[149]와 '봉화를 올린'이 모두 ᄀᆞᆺ(汀, 邊)을 수식하는 안긴문장(관형절)이다. 바닷가에서 적의 동정을 살피고, 봉화를 올릴 수 있는 ᄀᆞᆺ이란 결국 봉수대(烽燧臺)를 뜻하므로 이 문장은 "녜 동해 봉수대(ᄋᆡ서) (ᄒᆞᆫ 봉졸(烽卒) ㅣ) 건달바ᄋᆡ 노론 잣ᄒᆞᆯ란 ᄇᆞ라고 왜군이 옷다 봉화 ᄉᆞᆯ얀 일 이슈라"로 재구성할 수 있다.

<혜성가>에서 일본 병사의 출현을 알리는 봉화를 사른 일은 왜구의 침략 정보를 입수하고[150] 실수로 올린 예비 봉화[151]로서의 성격이 짙다. 겹쳐진 봉우리나 운무, 산 아지랑이나 바다 안개 때문에 봉화가 전달되지 않거나 아예 봉화를 잘못 올린 예들도 있지만,[152] 어느 시대[153]나 "봉화를 끊은 곳의 봉졸은 변방 오지에 보내고, 적군이 이르러도 봉화를 올리지 않거

議板築之事"(李崇仁, 迎日縣新城記, 『陶隱集』卷 4; 『文叢』6, p.591).

148) "東北七里許 有大海 鯨濤接天 蜃樓成市 卽日本之西涯也."(金宗直, 앞의 책, p.425); "倚雲亭在客館北 寅賓堂 在倚雲亭西", "金宗直記 東海之濱 有縣曰迎日 或稱臨汀 蓋新羅東表之地", "東北七里 有大海 鯨濤按天 蜃樓成市卽日本之西涯也 山若海之間 田原廣膴川澤相重有丘曰皮幕 有亭曰大松"(『新增東國輿地勝覽』 卷23, 迎日縣 樓亭). 여기에서 대송정은 현재 영일 대송리에 있었을 것으로 추정한다.

149) 'ᄇᆞ라고'를 '탐내어(앗으려고)'로 풀이하는 경우가 있다. 이 경우 "왜군이~탐내어, 봉졸이 봉화를 올린"이 되므로 한 문장에 있는 서로 다른 주어를 생략한 원인을 구명하기 어렵다.

150) 岡山 善一郞, 앞의 논문, pp.99~100 참조.

151) "烽燧 平時一炬 賊現形則二炬 近境則三炬 犯境則四炬 接戰則五炬 京則五員告本曹外則伍長告鎭將"(『經國大典』 卷4, 兵典, 烽燧 p.66).

152) "右議政 申琓曰 北路烽臺 多在海上 重峰疊嶂雲霧蔽塞 烽火之不得相準 勢固然耳"(『增補文獻備考』卷123, 兵考15, 烽燧1;『增補文獻備考』(中)(以文社, 1978), p.442); "大抵 關北烽路 皆是海邊絶頂 故 山嵐海瘴 無時開霽 晝之烟烽 輒混於瘴嵐 終不如火照 雖相距不遠 處難"(위의 책, 같은 조, p.444).

153) "漢代 以前 中國에서 성립된 烽燧制가 전파되어 三國時代에 이미 組織的 체계를 갖추었다."(許善道, 近世朝鮮前期의 烽燧制(上), 『韓國學論叢』7(國民大學校 韓國學硏究所, 1985), pp.138~139).

나 거짓으로 봉화를 올린 자는 참형에 처하는"[154] 등 엄격한 처벌이 따랐으므로, <혜성가> 문맥대로 신기루 현상을 왜군으로 잘못보고 봉화를 올렸을 가능성은 희박하다.

『일본서기』에 따르면 당시 왜병들은 주로 후쿠오카(福岡)현 사도(糸島)군・지쿠시노(筑紫野)에 주둔했는데, 신라 동해안에서 이곳까지 거리가 약 250~300km[155]이므로 왜군의 모습이 바다 위에 신기루로 나타났을 가능성도 있다.

그러나 앞에서 살폈듯이, 신기루는 꼭두각시[幻], 아지랑이, 꿈, 그림자, 소리울림, 물에 비친 달, 물거품, 환각처럼 공중에 떠있는 꽃, 바퀴 모양의 불[156] 등과 함께 십연생구(十緣生句)의 하나로, 불교에서 "요술과 같이 생기고 사라지지만 실제는 생기지도 없어지지도 않고, 자체의 변하지 않는 본성을 갖지도 않는" 무자성(無自性)・가유(假有),[157] "눈앞에 보이는 모든 현상이 실체로 보이지만 실상은 거울 속의 꽃이나 물에 비친 달처럼 순간의 형상에 지나지 않는다."는 공(空)[158]을 설명할 때 쓰이는 비유로 보는 것이 자연스럽다.[159] 즉 신기루를 통해, 일체 법은 자체가 없는 꿈이자 환사가 지어낸 존재[160]이므로 거리끼고 두려워 할 필요가 없음[161]을 강조한다.

---

154) "絶火處烽卒 極邊充軍 賊到不報火者 處斬 僞擧烽火者 用一律"(『增補文獻備考』卷124, 兵考 16, 烽燧 2; 『增補文獻備考』앞의 책, p.446).

155) 下中邦彦, 앞의 책, p.85, pp.88~89와 최종한, 『日本全圖』(지우사, 2002)의 축척과 거리 비율을 참고로 한 추정치이다.

156) "秘密主 若眞言門修菩薩行 諸菩薩 深修觀察十緣生句 當於眞言行通達 作證云何爲十謂如幻 陽焰 夢影 乾闥婆城 響 水月 浮泡 虛空華 旋火輪"(大唐天竺三藏菩無畏共沙門一行 譯, 『大毗盧遮那成佛神變加持經』卷1; 『高麗大藏經』第13, 東國大學校 民族佛敎硏究所, 1986, p.867).

157) 『大乘入楞伽經』卷5, 無常品; 『大般涅槃經』卷21, 光明遍照高貴德王菩薩品; 『大方等無想經』卷6, 大雲初分增長健度 참조; "假有 (術語) 謂因緣生之法也 因緣所生之法 如鏡花 水月 無其實性 雖無實性 然非虛無之法 因之對於龜毛免角之無法 比於眞如法性之實有而名之爲假有"(中國佛書刊行會 編, 앞의 책, p.1222).

158) 황패강, 앞의 책, p.320 참조.

159) 金正信, 『佛敎學大辭典』(弘法院, 1988), p.35 참조.

160) "有時有所 思念因果體及一切法 無自體 故 是名如夢"(大唐中印度三藏波羅頗蜜多羅譯, 『般若

이점을 감안한다면 250~300km에 주둔하고 있던 왜병들이 신라 동해에 신기루로 나타난 것이 아니라, 왜군이 출현(예고)한 현실이 한낱 신기루와 같은 해프닝이길 바라는, 간절한 마음을 담은 이상적 설정으로 보는 것이 합리적이다. 즉 왜군의 출현으로 불안(위기)을 느끼는 신라인들이 눈앞의 현상에 지배되지 않고 의연·초월하기를 기원하고, 사람들에게 "아지랑이가 참이 아님을 알고, 신기루가 진실이 아닌 줄 아는" 지혜[162]로 상황에 의연해 질 것을 촉구하는 종교적 메시지이다.

즉, <혜성가>는 신라 사람들의 인식 국면을 변화시키는데 치중하고,[163] 신라가 왜군의 도발을 군사적 긴장을 완화시키는 선린 외교로 대응하는 가운데 흉조에 대한 두려움을 길조로 해석함으로써 민심을 안정시키려 한 의도를 담았다.[164] 원성왕이 왕좌에 앉기 전에 "두건을 벗고 흰 갓을 썼고, 12현금(絃琴)을 들고 천관사(天官寺) 우물 속으로 들어가는" 꿈을 꾸고 나서 사람을 시켜 점을 쳤더니, "두건은 벗은 것은 관직을 잃을 징조이고, 가야금을 든 것은 칼을 쓸 징조이고, 우물 속으로 들어간 것은 옥에 갇힐 징조입니다."라고 하였다. 이에 왕은 매우 근심하여 문을 잠그고 밖으로 나오지 않다가, 아찬(阿飡)이 다시 "두건을 벗은 것은 위에 앉은 이가 없음이고, 흰 갓을 쓴 것은 면류관(冕旒冠)을 쓸 징조이며, 12현금을 든 것은 12대손까지 왕위를 전할 징조요, 천관사 우물로 들어간 것은 궁궐에 들어갈 상서"라며 일어나 절하였다.[165] 이후 원성왕은 더 지위가 높던 김주원(金周元)을 제치

燈論釋』卷14, 偈本龍樹菩薩 釋論分別明菩薩 觀顚倒品 第23).

161) "…如水中月 如虛空 如響 如揵闥婆城 如夢 如影 如鏡中像 如化 得無閡無所畏"(後秦龜茲國三藏鳩摩羅什譯『摩訶般若波羅蜜經』 卷1 序品).

162) "大王 如熱時炎 愚癡之人謂之是水 智者了達知其非水 殺亦如是 凡夫謂實諸佛世尊知其非眞 大王 如乾闥婆城 愚癡之人謂爲眞實 智者了達知其非眞 殺亦如是凡夫謂實 諸佛世尊知其非眞"(北涼天竺三藏曇無讖譯,『大般涅槃經』卷20, 梵行品 第八之六).

163) 손동국, 혜성가의 구조적 특성-주술성 여부를 중심으로,『서강인문논총』37(서강대학교 인문과학연구소, 2013), p.158.

164) 신영명, 7세기 초 신라 정치사와 혜성가,『우리문학연구』24(우리문학회, 2008), p.42.

고 왕위를 차지했다. 관직을 잃고 칼을 쓰며 옥에 갇힐 절체절명의 위기 상황에서 순식간에 "위에 앉은 이를 물리치고 왕이 되어 후세에까지 왕위를 전한다."는 희망을 갖게 한 운명적 인식 전환이다. <혜성가>를 통해 인식 전환을 꾀한 것도 이와 같은 맥락이다.

다음은 둘째 단락이다.

三花矣岳音見賜烏尸聞古	삼화(三花)ᄋᆡ 오ᄅᆞᆷ 보샤올 듣고
月置八切爾數於將來尸波衣	ᄃᆞᆯ두 ᄇᆞ즈리 혀렬바애
道尸掃尸星利望良古	길ᄡᅳᆯ 별 ᄇᆞ라고
彗星也白反也人是有叱多	혜성여 술ᄫᅧ여 사ᄅᆞ미 잇다

화랑의 무리가 금강산으로 갈 계획을 잡은 후에 혜성이 나타났으니 더욱 예의주시했을 것이다. "화랑의 무리가 구름처럼 모여 혹은 도의로써 서로 연마하고, 혹은 노래와 음악으로 서로 즐기며, 산수를 즐겨 찾아다니며 유람하되 그들의 발길이 닿지 않는 곳이 없었다."[166] 했으니, 화랑의 금강산행은 이와 같은 성격이었을 터이다. 달이 밝게 빛나는 일은 화랑의 수련을 축복하는 징조인데, 불길한 혜성의 출현은 이와 상충되므로 순간 머뭇거리게 됨은 당연하다. 고대・중세에는 하늘과 사람은 같은 기운을 가지고 있으므로 한쪽에 부조화가 생기면 다른 쪽에도 이변이 생긴다는 천인감응[167]

165) "使人占之曰 脫幞頭者失戢之兆 把琴者著枷之兆 入井入獄之兆" 王聞之甚患杜門不出, (阿湌)曰 脫幞頭者人無居上也 著素笠者冕旒之兆也 把十二絃琴者十二孫傳世之兆也 入天官井入宮禁之瑞也"(『三國遺事』, 卷2, 紀異二, 元聖大王)

166) "名花郎以奉之 徒衆雲集 或相磨以道義 或相悅以歌樂 遊娛山水 無遠不至"(『三國史記』 卷4, 新羅本紀 第4, 眞興王 37年).

167) "四氣者 天與人所同有也 非人所能蓄也 故可節 而不可止也 節之而順 止之而亂…故四時之行父子之道也; 天地之志 君臣之義也; 陰陽之理 聖人之法也."(董仲舒, 『春秋繁露』卷11, 王道通三第44); "是故天執其道爲萬物主 君執其常 爲一國主; 天不可以不剛 主不可以不堅; 天不剛 則列星亂其行 主不堅 則邪臣亂其官; 星亂則亡其天 臣亂則亡其君; 故爲天者 務剛其氣 爲君者 務堅其政 剛堅然後 陽道制命"(董仲舒, 『春秋繁露』卷17, 天地之行 第78); 權延雄, 朝鮮 前期 經筵

사상이 만연했다. 『삼국사기』에 천재지변과 전쟁을 약 2 : 1의 비율(62 : 38)로 기록[168]한 것도 이와 같은 인식에 기반을 두고 있다. 혜성을 괴상한 별, 역모와 난리가 생길 나쁜 징조,[169] 큰 전쟁이 일어나 천리에 시체가 즐비할[170] 기미, 크고 작은 전쟁이 일어나거나 군주가 죽음에 이르리라는 예조[171]로 여겼다. <혜성가>에도 "혜성이 심대성[172]을 침범하면 대신들이 서로 의심하여 죽는 자가 있거나 궁중에 싸움이 생기거나 전쟁이 난다"[173]는 생각이 담겨있다. 고대 · 중세에 혜성이 나타나면 크게 긴장하여, 못다 챙긴 국사를 챙기거나[174] 죄인들을 가까운 곳으로 이동시키며[175] 대책을 마련하기에 바빴던 원인도 여기에 있고, 세 화랑의 무리들이 금강산으로 떠나려다 멈춘 것도 왜병보다는 혜성 출현 때문에 불길한 마음이 커졌기 때문이다.

의 災異論, 『歷史教育論集』13 · 14집-金英夏教授停年退任紀念 史學論叢(歷史教育學會, 1990), pp.599~600 참조.

168) 申瀅植, 『韓國古代史의 新研究』(一潮閣, 1984), p.295.

169) 唐에서는 국가가 크게 쇠퇴하거나 兵亂이 날 징조로 여기고,(엔닌 圓仁 저, 申福龍 역, 『入唐求法巡禮行記』(정신세계사, 1991), pp.45~46) 동아프리카 마사이족은 흉년의 조짐, 남아프리카 줄루족은 큰 질병, 자이레의 드자가족은 천연두가 일어날 징후로 여긴 것(칼세이건 · 앤드루연 저, 홍동선 역, 『혜성』(범양사, 1985), pp.30~31)을 보면 이 사고방식은 세계 보편적이다.

170) "彗孛掃畢邊兵大戰 積屍千里"(李淳風, 觀象玩占 卷16; 續修『四庫全書』1049, 子部, 術數類(上海古籍出版社, 1995), p.325).

171) "是是蒿彗 兵起 軍幾(飢), 是是苦彗 天下兵起 若在外歸, 槁星 小戰三 大戰七"(續修四庫全書編纂委員會 編, 馬王堆帛書天文氣象雜占; 위의 책, p.12, p.16), "彗星 有兵 得方者勝, 是是 帚彗 有內兵 年大孰(熟), 是是竹彗 人主有死者"(위의 책, p.13, p.17).

172) 이문규, 『고대 중국인이 바라본 하늘의 세계』(문학과지성사, 2000), p.98, p.112; 안상현, 우리가 정말 알아야 할 『우리 별자리』(현암사, 2000), pp.152~154, p.309 참조.

173) "彗孛犯心 大臣相疑 有戮死者 武密曰 兵起宮中 劍戰交錯 近期十七日 遠期一百八十日 一曰彗孛犯心 天下披甲", "彗孛入心 有大喪 太子不立 石氏曰 大臣作亂 一曰兵起宮中 血流廟廷 大臣相伐 天下披甲 近期七日 中期七十日 遠期百八十日"(李淳風, 觀象玩占 卷10; 續修『四庫全書』1049, 子部, 術數類(上海古籍出版社, 1995), p.269).

174) "六月十二日 有彗星孛于東方 十七日 又孛于西方 日官奏曰 '不封爵於琴笛之瑞' 於是冊號神笛爲萬萬波波息 彗乃滅 後多靈異 文煩不載."(『三國遺事』卷3, 塔像4, 栢栗寺).

175) "(毅宗七年) 彗見東方 八月丁丑以彗星未滅 赦二罪以下流者量移"(『高麗史』卷48, 志2, 天文2).

<혜성가>를 부른 것은 혜성이 부정적 기운으로 이어지는 불상사를 막고, "심한 바람이 동에서 불어와 나무를 꺾고 기와를 날리니, 서울 사람들이 왜병이 크게 쳐들어온다는 소문을 믿고 놀라 산으로 도망갔다. 이에 왕은 이찬(伊湌) 익종(翌宗)을 보내 설득시켜 돌아오게"[176] 하고, 혜성이 나타나자 백 명의 승려를 동원하여 재(齋)를 연[177] 국내외 기록들은 민심의 이반을 방지하고 심리적 안정감을 확보[178]하려는 수습책으로 보인다. "화랑의 무리가 풍악으로 유하려니 달도 바지런히 빛을 내는데……."처럼 밝은 달(黃潤=기쁨)[179]이라는 최상의 기상 조건으로써 혜성이 가지는 불길한 빛을 무력화[180] 하고, 원치 않는 변화, 즉 불운이나 재앙을 의미하는 혜성을 '길쓸별(道尸掃尸星)'로 인식한 것도 이와 동일한 목적이다.

다음 자료들은 혜성에 대한 새로운 인식을[181] 담고 있다.

(1) 제(齊)나라에 혜성이 나타나자, 임금이 제사를 지내서 이를 물리치라 했다. 그때 안자(晏子)가 삼가 "제사를 지내는 것은 무익한 일입니다. 무릇 천도는 진실 되어 두 가지 명을 내리지 않는데, (액운이라면) 빈다고 한들

---

176) "夏四月 大風東來 折木飛瓦 至夕而止 都人訛言 倭兵大來 爭遁山谷 王命伊湌翌宗等 諭止之"(『三國史記』卷1, 新羅本紀1, 祇摩尼師今 11年 4月).

177) "(十二月)己巳 彗星見南方 屈僧一百口 設齋於楊梅宮"(黑板勝美國史大系編修會, 光仁天皇 宝龜3年, 『續日本記』卷32(春山宇平, 1974), p.407).

178) 鄭尙均, 彗星歌 · 怨歌 硏究, 새터 姜漢永敎授 古稀紀念 『韓國 판소리 古典文學硏究』(亞細亞文化社, 1983), p.329; 고혜경, 앞의 논문, p.259.

179) 'ㅂ즈리(八切爾)'는 'ㅂㅅ다(눈부시다)'란 뜻이다. '밝게 빛나는 달'은 "月變色爲殃 靑饑 赤兵旱 黃喜 黑水"(李純之 저, 김수길 · 윤상철 역, 『天文類抄』(大有學堂, 1998), pp.321~322) 가운데 黃色으로, '기쁨'이 생길 징조이다. "月變色 其國有殃 靑爲憂爲饑…黃潤而明 則有喜"(李淳風, 앞의 책, p.182)도 이와 같다.

180) 관측가능 혜성은 대체로-1.8~10 등급[Halley 4.6, Tycho Brahe-1.8, Encke 9.0 등급]이지만 달의 극대 광도는-12.6 등급(『브리태니커세계대백과사전』(브리태니커 · 동아일보, 1993)(이하 『브리태니커』)이므로 달과 혜성의 광도는 차이가 많다. 이러한 기상학적 차이가 달(光明 · 길잡이 · 쇄신)이 彗星(不吉 · 災殃)보다 우위를 점하는 근거가 된다.

181) "融天師는 군사와 일관보다 높은 차원의 인식을 통해 사태를 긍정적 방향으로 돌리려 하였다."(신재홍, <혜성가>의 역사적 배경, 『韓國詩歌硏究』16, 韓國詩歌學會, 2004, p.35).

어찌 달라질 수 있겠습니까? 하늘의 혜성에는 더러운 것을 쓸어 없애는 뜻이 있습니다. 임금께서 때 묻지 않았는데 무엇을 쓸어 없애겠습니까?"라고 아뢰니 임금이 제사를 지내지 말라고 명하였다.[182]

(2) 혜(彗)는 본디 불길한 것을 쓸어버린다는 뜻에서 생긴 것이니, 이익이 될지언정 해가 되진 않는다. 이익이 있다면 길한 것이요, 해가 있다면 불길한 것이니, 이 별이 어찌하여 불길하다 하겠는가? (…중략…) 그렇다면 "요사스러운 물건이 덕 있는 자를 이기지 못한다."는 말은 곧 이를 계기로 덕을 닦아 닥쳐올 재난에 대비하란 말이다. 비유컨대, '도둑이 와서 개가 짖는데 그 개를 어찌 요물이라 할 수 있겠는가?'와 같다.[183]

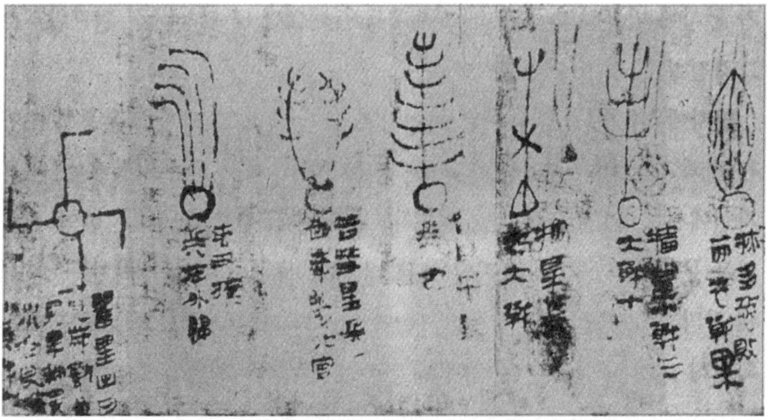

마왕퇴(馬王堆) 비단에 새겨진 혜성. 이렇게 생긴 혜성이 나타나면 "작은 전쟁 3번, 큰 전쟁 7번이 난다."거나, "임금에게 화禍가 있다"는 등의 경고를 적어두었다. 하늘의 변괴가 땅의 재앙으로 나타날 수 있다는 생각에 따라 이전의 경험을 후세에 알려 사전에 대비하라는 말이다.(신수 『사고전서』, 마왕퇴백서천문기상잡점)

위의 자료는 혜성이 요성이자 불길한 기운이라는 관념을 깨고, 이를 오

---

182) "齊有彗星 齊侯使禳之 晏子曰 '無益也 祇取誣焉 天道不謟 不貳其命 若之何禳之 且天之有彗也 以除穢也 君無穢德 又何禳焉 ….' 公說, 乃止"(『春秋左傳』昭公 26年).

183) "彗之名 本因除穢 而得則有益 而無害 益則祥 害則灾 何謂之灾星 … 然則 妖不勝德者 乃因此修德 以克不見之灾也 此如盜至而犬吠 謂之妖犬可乎"(李瀷, 灾祥, 『星湖僿說』卷1, 天地門).

히려 '낡은 것을 쓸어내고, 원한・치욕 등의 더러운 먼지를 털어버리는[제구포신 除舊布新]'[184] 빗자루별(소성 掃星)로 해석함으로써 '불안 요소'가 아니라 변화나 개혁의 조짐[185]으로 이해하였다. "주(紂) 정벌에 나선 주(周) 무왕이 삼일동안 비가 줄기차게 내리는 것을 흉한 조짐으로 여겨 두려워하자 태공이 도리어 그 비가 병기를 닦아주는 길조"라 하고,[186] "치우(蚩尤)는 (황제의) 앞길을 인도하고 풍백(風伯)은 앞으로 나아가 먼지를 털고 우사(雨師)는 길을 닦는다."[187]와 동일한 인식 전환이다. 자료 (1), (2)의 "이를 계기로 덕을 닦아 닥쳐올 재난에 대비"하자는 말처럼, <혜성가>의 둘째 단락에도 현재의 고난을 전화위복의 계기로 삼자는 신라인의 결의와 다짐이 섞여 있는 것이다. 토정(土亭)이 율곡에게 "저는 지난해의 요성을 서성(瑞星)이라 생각한다."라고 한 것도 이 같은 믿음에 기초한다.[188]

그러므로 <혜성가> 둘째 단락에는 눈앞의 혜성이 현실적 재앙으로 이어지지 않고 낡고 더러운 것만 쓸어내기를 바라는 마음과 혜성이 나타난 일을 계기로 상하가 삼가고 변화하여 어려움을 극복하자는 의연한 결의가 담겨 있다.

---

184) "[疏]彗所至新也 正義曰 彗埽箒也 其形似彗 故名焉 箒 所以埽去塵 彗星象之 故 所以除舊布新也 言此星見 必有除舊之事"(十三經注疏(1815年 阮元刻本), 『春秋左傳』正義, 昭公, 卷48, 傳17年); "漢申須曰 彗所以除舊布新也 公羊傳 孛者 何彗星也 彗謂帚也 言其狀似埽帚 光芒孛孛然妖變之星非常所有 故言孛又言彗也"(十三經注疏(위의 책), 爾雅注疏, 卷6, 釋天 第8); "三月 金陽 以兵五千 襲武州 至城下 州人 悉降 進次南原 遇明所遣兵 與戰 克之 祐徵 以士卒 久勞 且還淸海鎭 休兵 冬 彗孛 見西方 芒角指東 衆 賀曰 此除舊布新 報寃雪恥之徵也"(『東國通鑑』卷11, 新羅紀 僖康王).

185) "時鄧艾至成都 軫白太守曰 '今大軍來征 必除舊布新 明府宜避之 此全福之道也' 太守乃出 艾果遣其參軍牽弘自之郡 弘問軫前守所在 軫正色對曰 前守達去就之機 輒自出官舍以俟君子 弘器之 命復爲功曹 軫固辭"(新校本『晉書』卷90, 列傳60, 良吏 杜軫).

186) "太公對曰 天雨三日不休 欲灑五兵也"(『韓詩外傳』卷3 志13).

187) "昔者黃帝…蚩尤居前 風伯進掃 雨師灑道 虎狼在前 鬼神在後"(『韓非子』十過).

188) "栗谷日記曰 丁丑十月 妖星見于西方 光芒數十丈 李土亭之菡 謂栗谷曰 去年妖星 吾則以爲瑞星 栗谷曰 何謂也 土亭曰 人心世道極其潰敗 將生大變 而自星視之後 上下恐懼 人心稍變 僅得不生大變 豈非瑞星乎."(成周悳 編, 이면우・허윤섭・박권수 역, 『書雲觀志』, 소명출판, 2003, pp.231~232).

다음은 <혜성가>의 마지막 단락이다.

(後句) 達阿羅浮去伊叱等邪　　아으 돌 아래 뻐갯더라.
此也友物比所音叱彗叱只有叱故　　이 어우 므슴ㅅ 혜(彗)ㅅ기 이실꼬

"아으 돌(達) 아래 뻐갯더라, 이 어우 므슴ㅅ 혜ㅅ기 이실꼬"에 대한 기존의 풀이는 매우 다양하다. 둘째 단락은 혜성의 출현과 그에 대한 인식 전환을 담고 있는데, 이 혜성 출현이 왜군침략을 떠올리는 시적 모티프로 작용했다. 혜성 출현이 현재적 사건이고, <혜성가>가 줄곧 혜성의 귀추에 주목하고 있으므로 9행 '뻐갯더라'의 주체도 달보다는 혜성일 확률이 높다.

<처용가>·<원왕생가>·<찬기파랑가>·<원가>에는 달(月)을 '月良/月下/月(돌)羅理'로 표기했는데, <혜성가>에는 '달아라(達阿羅)'로 명기했다. <혜성가>의 첫째, 둘째 단락에 서술어 '바라고'가 두 번 쓰인 것을 보면 앞 단락 '달도(月置)'와의 중복을 피하기 위한 표현이라 말하기도 어렵다.[189] 고구려에서 난산현(蘭山縣)·산산현(森山縣, 蒜山縣)·송산현(松山縣) 등을 석달현(昔達縣)·매시달현(買尸達縣)·부사달현(夫斯達縣)이라 했고,[190] 고구려 가지달현(加支達縣)을 신라 경덕왕이 청산현(菁山縣)으로 고쳤다가 고려 현종 9년에 다시 문산현(汶山縣)[함남 안변군 탑성리]으로 바꾼 것을 보거나 경기도 연천군의 고구려지명 "공목달(功木達)을 달리 웅섬산(熊閃山)", 강원도 고성군 간성읍의 고구려지명이 "소물달(所勿達)(samə-tarV)을 달리 승산현(僧山縣)"이라 한 것을 보면, '山'은 훈독이고, '達(tal)'은 음차자였음을 알 수 있다.[191] 그러므

189) 김종규, 혜성가의 표현, 『韓國詩歌硏究』4(韓國詩歌學會, 1998), p.163 참조; 홍기문도 이를 지적하면서, "達阿羅는 혜성이 떠가는 모습을 형용한 擬態語(드르드, 다ㄹㄹ)"라 하였다(홍기문, 앞의 책, p.281).

190) 이 외에 "釜山縣 一云 松村活達(松材活達) 功木達 一云 熊閃山 迂城郡 一云 加阿忽 僧山縣一云 所勿達"(『三國史記』卷37, 志6 地理4)과 "梨山城 本 加尸達忽"(위의 책, 卷37, 志6, 地理4)이 있다.

로 <혜성가>의 달아라(達阿羅)에서 ‘달(達)’은 ‘산(山)’이라 해독해야 한다. ‘달아라(達阿羅)’에서 ‘아라’[192]는 ‘아래(下)’의 뜻이다. 즉 ‘달아라’는 달(山)+알(下)+아(처격조사)의 결합으로, ‘달(山) 아래로(方向)’란 뜻이므로,[193] “(혜성이) 산 아래로 떠갔더라.”[194]로 풀이하는 것이 마땅하다. 앞 절에서 밝게 비춘다 하여 좋은 기운(기쁨)으로 여기던 달이 저 아래쪽으로 사라지는 것을 경사로 여겼을 리는 없으므로 “ᄃᆞᆯ[月]이 아래에 ᄠᅥ갯다라(떠갔더라)”[195]고 풀이하는 것은 적절치 않다. 혜성이 달에 들어오거나 혹 범하면 병란이 12년 동안 일어나고, 큰 기근이 든다 하였고,[196] 혜성이 달에 들어가 달이 빛을 잃으면 나라가 멸망한다고[197] 하였으니, “(혜성이) 달(月) 아래로 떠갔다.”로 번역하는 것은 문맥상 자연스럽지 못하다. 이에 따라 “산 아래로 떠갔더라.”가 더욱 설득력을 얻게 된다.

<혜성가>의 끝 대목은 불길한 조짐인 혜성에 ‘산 아래로 사라져 버렸으면(⇒있어야 할 현실)’하는 바람을 명령형[198]으로 표현함으로써 혜성이니 길

191) 최남희, 『고구려어연구』(박이정, 2005), pp.132~134, p.350; “지명의 달(達)은 ‘대’니 ‘산’의 칭이요 …”(申采浩, 朝鮮古來의 文字와 詩歌의 變遷, 『동아일보』1924.1.1.); 兪昌均, 『鄕歌批解』(螢雪出版社, 1994), p.769; 양희철, 앞의 책(1997), p.408 참조.

192) “아라 우희 다 큰 브리어든(월석 1 : 29), 아라 우 업슨 道理ㅅ ᄆᆞᅀᆞᄆᆞᆯ 發ᄒᆞ야(월석 8 : 71)”의 쓰임과 같다. ‘阿’는 중국 중고음인 [칼그렌]·FD(ɑ)이고 동운은 ‘하’로 나타나며 신라음은 ‘아’이다.(姜吉云, 姜吉云 全集Ⅴ 『鄕歌新解讀硏究』, 한국문화사, 2004, pp.82~83).

193) 池炯律, 『鄕歌正讀』(瑞原企劃, 1996), p.152; “城 아래 닐흔 살 쏘샤 닐흐늬 모미 맛거늘 京觀올 밍ᄀᆞᄅᆞ시니/城 우희 닐흔 살 쏘샤 닐흐늬 ᄂᆞ치 맛거늘 凱歌로 도라오시니”(維城之下 矢七十發 中七十人 京觀以築/維城之上 矢七十射 中七十面 凱歌以復)(龍歌 40章).

194) 金承璨, 新羅 花郎徒와 그 文學世界의 探究, 『論文集』 25-人文·社會科學篇(釜山大學校, 1978), p.16; 정홍교, 앞의 책, p.186; 양희철, 앞의 책(1997), p.423.

195) 양주동, 앞의 책(1997), p.598.

196) “彗入(月)或犯兵期十二年 大饑”(李純之, 앞의 책, p.323).

197) “彗星 入月中 兵大起 期十二年大飢 海中占曰 彗星入月 而月無光不出 期年 國亡 星入 而即出則亡國復立 彗星觸月 臣叛主 彗星貫月 臣謀主 彗星出月上 兵起將死 一日 四夷 來侵”(李淳風, 觀象玩占, 續修『四庫全書』1049, 子部, 術數類, 上海古籍出版社, 1995, p.195).

198) 이를 두고 김열규는 “없어져야 할 現實을 言語에 의해 선행적으로 描寫·模倣하는 것으로, 명령법의 消極的 發動”(金烈圭, 鄕歌의 文學的 硏究 一斑, 人文硏究論集4『鄕歌의 語文學

쓸별이니 의견이 분분하던 별이 숫제 사라지길 바라고 있다. 즉 인간의 의지와 정성이 나쁜 기운을 물리칠 수 있다는 믿음[199]으로, 신라인들의 마음 깊이 자리한 불안감(있는 현실)을 털어내려 하였다.

마지막 행의 '지(只)'를 '-기'·'ㄱ~기'·'-ㄱ'으로 표기하고,[200] 신라 지명에서도 'ki~kɪ, čɪ'로 음독[201]한 점을 보면, <혜성가>의 '彗叱只'는 '혜ㅅ기(彗氣)'이다. 역사서에도 하늘을 가로 지르는[202] '혜성'의 꼬리를 자세히 묘사하고, "하각(河角)에 '혯기(彗氣)'가 일었다"[203]거나 "됫박에 비유"[204]한 것을 보면, <혜성가>의 '혜ㅅ기'는 혜성의 핵(comet nucleus)과 그를 잇는 길고 밝은 빛줄기(光芒)를 총칭한다. 흔히 이 혜ㅅ기는 살기(殺氣)·악기(惡氣)란 뜻[205]이므로 <혜성가> 마지막 구절은 '혜ㅅ기'의 흉조를 부정하는 말로, "(혜성이 저 산 아래로 가버렸으니) 앞으로 무슨 (살기나 악기와 같은) 나쁜 기운이 있을 수 있겠는가?"라는 긍정적 바람으로 보는 것이 마땅하다.

(3) "중 무학(無學)이 안변 설봉산(雪峰山) 아래 토굴에서 살 때, 아직 왕위

的 研究』(西江大學校 人文科學硏究所, 1972), p.17 참조), 이능우는 "자기 희망이 이미 성취된 것과 같이 불러 목적을 달성하려는 태도"(李能雨, 『古詩歌論攷』, 숙명여대출판부, 1983, p.364)라고 하였다.

199) 신재홍, 앞의 논문, p.46.

200) "爲只爲, 故只, 並只, 須只, 唯只, 曾只, 爲良只 등이 그 實例이다."(장세경, 한양대학교 한국학연구소 한국학특수사전 1『이두자료 읽기 사전』, 한양대학교 출판부, 2001, p.306).

201) "東畿停本毛只停, 鬐立縣本只沓縣 등이 그 實例이다"(姜吉云, 姜吉云全集Ⅴ『鄕歌新解讀硏究』, 한국문화사, 2004, p.38, p.86).

202) "彗氣橫天 除舊布新 業定商周鼎功包天地爐 風塵三尺劍社稷一戎衣"(宋 魏慶之 撰, 彗氣橫天, 『詩人玉犀』卷4; 景印『四庫全書』 1481, 集部 420, 詩文評類, 臺灣商務印書館, 1983, p.86).

203) "河角起彗氣 雲罅露秋碧"(宋 呂祖謙 編, 劍聯句, 『文鑑』卷29; 楊家駱 主編, 『宋文鑑』上, 世界書局, 1967. p.372).

204) "癸未 彗長丈五尺 星有彗氣如一升器 歷營宿至張 凡一十四舍 積六十七日 星氣孛皆滅"(『宋史』卷56, 志9, 天文9, 彗孛; (元) 脫脫 等撰, 『宋史』 4冊, 中華書局, 1923, p.1228).

205) "彗氣 彗星之光, 比喩殺氣 黃人『題李賞爾秘密結社和同國遺民原韻』'心校坤球熱, 刀含彗氣秋.'"(羅竹風 編, 『漢語大詞典』3, 漢語大詞典出版社, 1989, p.1658), "孛與彗皆非常惡氣所生, 而災甚于彗"(新校本『新唐書』卷32, 志 22, 天文2, 孛彗).

에 오르기 전에 태조가 찾아가서 묻기를, '꿈에 파옥(破屋) 안으로 들어가서 세 개의 서까래를 지고 나왔으니, 이것이 무슨 징조요' 하였다. 무학이 축하하며 말하기를, '몸에 서까래를 진 것은 그것이 왕자(王字)의 형상입니다.' 하였다. 또 묻기를, '꿈에 꽃이 떨어지고 거울이 떨어졌으니, 이것은 무슨 징조요' 하니, 곧 대답하기를, '꽃이 날라 떨어지면 마침내 열매가 생기고, 거울이 떨어질 때에 어찌 소리가 없으리오?' 하였다. 태조가 크게 기뻐하여 그 땅에다 절을 창건하고 그 절을 석왕(釋王)이라고 이름 하였다."[206)]

(4) "옛날에 유생 세 사람이 과거시험장으로 나아가려 할 때, 한 사람은 **거울이 땅에 떨어지는 꿈을 꾸었고, 한 사람은 허수아비가 문 위에 걸린 꿈을 꾸었으며, 또 한 사람은 바람이 불어 꽃이 떨어지는 꿈을 꾸어**, 모두들 해몽하는 사람의 집으로 갔더니, 해몽하는 사람은 없고 그의 아들이 혼자 있으므로, 세 사람이 나아가 물으니 그 아들이 점을 쳐 말하기를, **"모두 상서롭지 못한 것이니, 소원을 이루지 못할 것이다."**하였는데, 조금 이따 해몽하는 사람이 와서 그 아들을 꾸짖고 시를 지어주기를, **"허수아비는 사람들이 우러러보는 바요, 거울이 떨어지면 어찌 소리가 없겠는가. 꽃이 떨어지면 응당 열매가 있을 것이니, 세 분이 함께 이름을 이루리라."**(艾夫人所望 鏡落豈無聲 花落應有實 三人共成名) 하였는데, 세 사람이 과연 모두 과거에 급제하였다.[207)]

위의 두 예문은 일반적인 해석, 새롭게 전환한 인식을 함께 제시한다. 보통은 꽃이 떨어지고, 거울이 깨지는 것을 불길하다 여기지만, 모두 그 반대로 해몽하여 긍정적 인식으로 전환했다.[208)] "두건을 벗고 흰 갓을 썼고, 12

---

206) "僧無學 居安邊雪峯山下土窟中 上龍潛時 訪而問之曰 夢入破屋中 負三椽以出 此何祥 無學賀曰 身負三椽乃王字也 又問夢花落鏡墜 此卽何祥 卽答曰 花飛終有實 鏡落 豈無聲 上大喜卽其地創寺因以釋王名之"(李肯翊, 『燃藜室記述』, 卷1, 太祖朝 故事本末, 潛龍時事).

207) "昔有儒生三人 將赴試場 一夢鏡墮于地 一夢艾夫懸于門上 一夢風吹花落 俱詣占夢者之家 占夢者不在 而其子獨在 三人就問之 其子占云 三者皆不祥之物 未諧所願 俄而占夢者至叱其子 而作詩與之曰 艾夫人所望 鏡落豈無聲 花落應有實 三子共成名 三人果皆登第"(成俔, 『慵齋叢話』 卷6).

208) 김창룡, 『한국의 명시가-고대・삼국시대 편』(보고사, 2015), pp.248~249.

현금(絃琴)을 들고 천관사(天官寺) 우물로 들어간" 일을 "관직을 잃고, 칼을 쓰고, 옥에 갇힐 징조"라고 해석했던 것을 뒤집어 "두건을 벗은 것은 위에 앉은 이가 없음이고, 흰 갓을 쓴 것은 면류관(冕旒冠)을 쓸 징조, 12현금을 든 것은 12대손까지 왕위를 전할 징조로 여기고, 우물로 들어간 것은 궁궐에 들어갈 상서"라고 한[209] 경우도 <혜성가>의 화법과 맥락이 같다. (3)과 (4)나 위의 예문은 꿈을 두고, <혜성가>는 현실을 두고 인식을 전환했다는 점만 다를 뿐이다. "(원성)왕은 그것을 듣고 매우 근심하여 문을 잠그고 밖으로 나오지 않았다."처럼[210] 흉몽이나 불길한 일, 돌이킬 수 없는 일로 해석했다면 그 순간 근심으로 좌절하고 말았을 텐데, 긍정적인 인식전환으로 새로운 희망과 기대를 안겨주었다. <혜성가>는 백성들에게 신망이 높은 융천사가 불안해하고 근심하는 신라인들을 향해, 현실을 이상으로 바꾸어 가자는 독려를 담은 노래이다.

(5) "(고려) 인종 24년 을축(1145년)에 임금께서 스님의 도덕을 존숭하여 우부승선 이보여(李輔(鋪)予)를 시켜 왕사(王師)로 모셔오게 하였으나 받아들이지 않았다. 다시 지주사(知奏事) 김영관(金永寬)을 보내 계속하여 왕의 뜻을 전했으나 스님은 역시 굳게 사양하였다. 세 번째까지 사양하였으나 왕의 간청도 마지아니하였다. 마침 이와 때를 같이 하여 혜성이 나타난 지 이미 20일이 지났고, 또 날이 가물어서 조정과 민간이 모두 크게 근심하였다. 5월 6일 비로소 간청하여 왕사로 봉하는 조서를 내렸더니 스님은 하는 수 없이 받아들였는데, 이날에 큰 비가 내렸다. 임금은 크게 기뻐하면서 덕이 높은 스님을 왕사로 책봉했기 때문이라 하여 더욱 신봉하였다. 그 다음날 임금께서 금명전(金明殿)에 나아가서 북쪽을 향하여 구의(摳衣)의 예를 행하

---

209) "使人占之曰 脫幞頭者失戢之兆 把琴者著枷之兆 入井入獄之兆", "(阿湌)曰 脫幞頭者人無居上也 著素笠者冕旒之兆也 把十二絃琴者十二孫傳世之兆也 入天官井入宮禁之瑞也"(『三國遺事』 卷2, 紀異二, 元聖大王).

210) "王聞之甚患杜門不出"(『三國遺事』 卷2, 위의 책).

였다."[211]

위의 글에는 혜성이 나타나 20일 동안 사라지지 않아 조정과 민간이 모두 크게 근심하고, 임금까지 그 덕망을 존경하고 숭배하는 스님을 끝내 왕사로 모시어 그 문제를 해결하려고 하는 절박한 상황이 그대로 나타났다. 혜성의 불길한 기운을 물리치고, 큰비를 내리게 한 것을 모두 그 스님의 덕으로 여기고 왕이 직접 옷의 아랫도리를 걷어 올리고 북쪽을 향해 예를 행한 과정을 소상히 기록했다.

다음은 이상 논의를 바탕으로 <혜성가> 세 단락의 의미구조와 진술 내용을 정리한 것이다.

〈도표 2〉

<table>
<tr><th colspan="2">구분 / 행</th><th>서술단계</th><th>시제</th><th>내용과 그 성격 분석</th></tr>
<tr><td rowspan="3">단락 I</td><td rowspan="3">1~4행(A)</td><td rowspan="3">특수명제1</td><td rowspan="3">인접 과거</td><td>녜 ᄉᆡᆺ믌ᄀᆞᆺ 건달바ᄋᆡ 노론 잣ᄒᆞᆯ란 ᄇᆞ라고 예ᄉ 군두 옷다 봉화 ᄉᆞᆯ얀 ᄀᆞᆺ 이슈라</td></tr>
<tr><td>이전에 (봉졸이) 동해변에 나타난 신기루를 보고, 왜군이 왔다고 봉화를 올렸다.</td></tr>
<tr><td>왜병 침입(사실 확인 혹은 정보 입수, 현실 1), 봉화를 올림(현실 2),
동해변 신기루(허구적 설정, 바람 1)</td></tr>
<tr><td rowspan="5">단락 II</td><td rowspan="3">5~6 (B)</td><td rowspan="3">특수명제2</td><td rowspan="3">현재</td><td>삼화(三花)ᄋᆡ 오롬 보샤올 듣고 ᄃᆞᆯ두 ᄇᆞ즈리 혀렬바애</td></tr>
<tr><td>화랑의 무리가 풍악에 가려 하니 달이 밝게 비춘다.</td></tr>
<tr><td>밝은 달(자연의 좋은 기운, 기쁨 예고, 현실 3)</td></tr>
<tr><td rowspan="2">7~8 (C)</td><td rowspan="2">특수명제3</td><td rowspan="2">현재</td><td>길ᄡᅳᆯ 별 ᄇᆞ라고 혜성여 ᄉᆞᆯᄫᅧ여 사ᄅᆞ미 잇다</td></tr>
<tr><td>(이빈에) (어번 사람이) 재앙 없애 주는 별을 보고 불길</td></tr>
</table>

211) "二十四年乙丑 上尊師道德 四月七日 右副承宣 李輔予 傳宣以致師事之意 席不○ ○遣知奏事 金永寬 繼傳上意 師復牢讓 至于再三 然上亦勤請不已 是時彗星出 已經二十餘日 而又大旱 朝野憂懼 五月六日 始降請封王師書 時○○王師 卽於是日 天乃大雨 上謂封崇耆德所致 益加信嚮 厥明 就金明殿 行北面摳衣之禮"(李之茂 撰, 李智冠 역, 山淸 斷俗寺 大鑑國師 塔碑文, 校勘譯註『歷代高僧碑文』(高麗篇 3), 伽山佛敎文化硏究院, 1996, pp.398~414).

				한 별이라 아뢴다.
				혜성 출현(겹친 재앙, 시적 모티프, 불안한 군중 심리, 현실 4), 하늘의 불길한 변화를 보고(현실 5) 길쓸별(허구적 인식 전환, 바람 2)
단락Ⅲ	9(D)		미래	아으 돌 아래 떠갯더라.
				(앞으로) (혜성은 저 멀리) 산 아래로 떠나가 버리리라.
				이상 제시(바람 3)
	10(E)	일반명제	미래	이 어우 므슴ㅅ 혜(彗)ㅅ기 이실꼬.(양주동 역)
				(앞으로) 왜군, 혜성으로 인한 재앙이 없을 것이다.
				이상 제시(바람 4, 신라인의 최종 희망사항)

<혜성가>를 지어 부른 것은 하늘의 불길한 징조를 지우기 위한 불교 행사(소재의례 消災儀禮)의 하나이다. <혜성가>에 담은 집단적 바람은 9행에 응축되어 신라인의 최종 바람인 10행으로 향함으로써 자연 "혜성이 사라지고(자연의 섭리), 왜군이 돌아갔다(필연적 우연)"는 서사단락을 이끈다.

이상과 같이 <혜성가>는 실제 현실을 바람으로 전환하는 특수 명제 1·3과, 자연 현상에서 끌어온 특수 명제 2를 바탕으로 결론(일반명제)을 이끄는 귀납적 논증을 취하고 있다. A와 C는 대구를 이루어 결론(E)에 대한 전제가 되고, 또 달의 좋은 기운(B)은 인식의 전환 대목인 C의 전제가 되면서 결론(E)을 보강하는 명제로 기능한다. A~C의 논리적 기반에다, D와 같은 주술적 명령을 더함으로써 "왜군, 혜성으로 인한 재앙은 없을 것"이라는 최종 희망(결론)에 설득력을 더하려 했다.

<혜성가>의 마지막 단락은 혜성의 출현 내지 존재를 원천적으로 부정[212]했지만 사실상 이 언술은 이미 C에서 이루어졌으므로 E에선 왜군·혜성으로 인한 고통과 재난이 없으리라는 기원을 담고 있다. 있는 현실(현실

212) 이승남, 앞의 책, p.42 참조.

1~5)과 있어야 할 현실(바람1~4)을 교차하면서 집단적 바람에 간절함을 더하고, 여러 특수명제를 전제로 실제의 불길함을 부정해 나가고 있으므로, <혜성가>는 눈앞의 부정적 상황과 상반되는 이상적 바람을 제시하는 달램,[213] 혹은 구슬림의 어조를 지닌다.[214]

요컨대 <혜성가>는 왜군 출현과 그에 잇따른 혜성 출현에 동요하는 신라의 민심을 진정[215]시키고 향가의 효과를 강조함으로써 사회 안정과 불교 신앙고취를 동시에 이룩하려는 호국불교 신앙에 기초한다.[216]

<혜성가>는 있는 현실이 있어야 할 현실로 변화하기를 바라는 '기원'의 노래이므로, 앞의 도표에서 보인 <혜성가>의 풀이에서 내포적 의미를 추출하여 재구성하면 "이전에 봉화 올려 왜군이라 이른 일은 한낱 신기루일 뿐(이길 바라고), 이번에 불길하다 사뢴 별은 재앙 없애주는 것이길 (바랄 따름이네). 혜성은 아예 산 아래로 떠나가리니, 우리에게 무슨 변고가 있을 꼬!"이다. 여기엔 "왜군이란 자성(自性)이 없는 신기루처럼 순간의 인연으로 나타나 곧 소멸할 기운"이라는 종교적 비유와 "이번 혜성은 그리 두려워할 필요 없는 '길쓸별'에 지나지 않는다."는 인식 전환과 "혜성은 아예 사라져 버리고 왜군과 혜성이 전쟁과 살벌한 기운으로 이어지지 않기를 바라는"

213) "현재도 '우리 아기 착해서 울지 않는다.'고 말해 우는 아기를 달랜다. <혜성가>는 現存의 災殃的 事實을 言語表現으로 부정함으로써 바라는 바 상태를 획득한다는 생각을 담고 있다."(尹榮玉, 彗星歌의 考察, 『嶺南語文學』4, 嶺南語文學會, 1977, p.25).

214) <彗星歌>는 소망을 기정사실로 규정함으로써 바람을 이루려는 '덕담'류 언술이다.(洪錫謨 著, 李錫浩 譯, 『東國歲時記』; 韓國思想大全集 『東國歲時記 京都雜志 洌陽歲時記 東京雜記』, 良友堂, 1988, p.28 참조).

215) 양희철은 <혜성가>의 효용이 "동요의 진정과 민심의 획득"에 있다(양희철, 앞의 책, p.126) 하고 당시의 정치 상황과 결부하여 구체적인 의미를 규정하고 있다.

216) "<혜성가>는 鄕歌의 神聖한 歌力 또는 詩力을 보인 福音(gospel)"(李在銑 編, 三星文化文庫 130 『鄕歌의 理解』(三星美術文化財團, 1979), p.161 참조); "<혜성가>는 미신적 관념을 앞세우고 벌벌 떠는 비겁한 자들을 은근히 비판하려는 의도를 담고, 이를 지어 불러 살별이 사라졌다고 한 것은 결국 작자 자신인 승려의 신비한 재주나 불교의 신비성을 내세운 것"(김일성종합대학 조선문학사강좌, 앞의 책, pp.34~35)이라는 학설들은 표현차이는 있어도 비슷한 효용성을 언급한다.

집단적 소망이 담겨 있다.

4. 전쟁의 공포, 해프닝으로 끝나다

『삼국유사』 '융천사 혜성가'조는 일본군이 신라에 쳐들어왔다가 돌아갔다는 기록이 사실인지, 왜의 침략을 언급한 <혜성가> 첫 단락(녜/녜리~)과 설화문맥 "<혜성가>를 부르니 일본 군사들이 돌아갔다." 간의 시제 모순을 해명해야 하기 때문에 가장 어려운 향가 작품 가운데 하나로 손꼽힌다.

이 글은 각종 문헌을 활용하여 산문 전승과 노랫말의 행간을 다시 읽었는데, 그 논의 결과를 제시하면 다음과 같다.

첫째, <혜성가>의 왜병 침략은 인접한 과거에 실재한 역사이다. 진평왕대에 일본이 신라를 침략했다는 우리 기록은 없지만, 신라는 591년 7월 남산성을 쌓고 593년 7월에 명활성과 서형산성을 개축하여 왜의 침략에 대비하였다. 여기다 당시 임나-일본의 사신들이 외교 사절로 활동하던 안라가야 지역-는 왜가 동북아 각국과 교류할 수 있는 경제・문화적 교두보였다. 그런데 신라가 임나를 합병하자 일본은 이를 빌미로 자주 신라공격을 감행 혹은 준비했다. 그러나 일본의 야욕과는 달리, 6C 말~7C초에 왜가 신라를 쉽사리 칠 수는 없었다. 요컨대, 『일본서기』에 나타난 신라 정벌기사나 "융천사가 <혜성가>를 부르자 별의 변괴가 사라지고 왜병이 환국했다."는 기록은 신라침공을 시도하던 왜군이 대내・외적 이유 때문에 일본 근해에서 장기 주둔하다가 회군(철군)한 사건, 혹은 신라가 왜와 백제・고구려 사이의 친밀한 관계를 의식하여 일본군의 공격에 대해 싸움 없이 마무리한 전쟁 상황을 자기중심적으로 묘사한 것이다.

둘째, <혜성가> 첫 단락의 '녜'는 오래된 과거를 뜻하는 것이 아니라,

'녜-왜군, 지금-혜성'으로 혜성 출현(현재)과 왜군 침략(과거)의 시점을 규정짓는 말로, 전후 사건이 비교적 짧은 의미의 '이전(예전, 지난 번)에'로 풀이하는 것이 자연스럽다. 건달바 노론 성(신기루)은 그림자 · 아지랑이 · 꿈처럼 만물에는 자체의 본성이 없고 오직 순간의 형상-무자성(無自性) · 공(空) · 가유(假有)-만 있음을 강조하는 종교적 비유이다. 왜군의 출현(있는 현실)은 곧 사라질(있어야 할 현실) 허상임을 지적한 것이다. 달(達)은 산(山)의 옛말이므로 "둘 아래 떠갯더라"는 신라인의 소망을 담은 명령 "혜성이 산 아래로 떠나갈 것이라"이고, 혜ㅅ기(彗氣)는 살벌하고 불행한 기운이므로 "이 어우 므슴ㅅ 혜ㅅ기 이실꼬"는 "아! (혜성이 산 아래로 떠나가는데) 무슨 나쁜 기운이 있겠는가?"란 뜻이다.

셋째, 이상의 논의에 따라 <혜성가>를 풀이하면 "이전에 어떤 봉졸이 동해변에 나타난 신기루를 보고 왜군이 왔다고 봉화를 올리더니, 세 화랑의 무리가 금강산으로 가려하니 달까지 환히 비추는 터에, (이번엔) 재앙을 쓸어가는 별을 보고 누군가가 불길한 별이라고 아뢰는구나! (혜성은 숫제) 산 아래로 떠나갈 텐데, (신라에) 무슨 나쁜 기운이 있겠는가?"이다. 이 작품이 역사적 사건 · 현상(있는 현실)을 허구로 전환, 간절한 기원을 담은 노래임을 감안해 의역하여 재구성하면 "이전에 봉화 올려 왜군이라 이른 일은 한낱 신기루일 뿐이길 바라고, 이번에 불길하다 사뢴 별은 재앙 없애주는 것이길 바랄 따름이네. 혜성은 곧 산 아래로 떠나가리니, 우리에겐 아무런 변고도 없을 것이라."가 된다. 여기엔 "왜군이란 자성이 없는 신기루처럼 순간의 인연으로 나타나 곧 소멸할 기유"이라는 종교적 비유와 "이번 혜성은 그리 두려워할 필요 없는 '길쓸별'에 지나지 않는다."는 사고 전환과 "혜성은 아예 사라져버리고 왜군과 혜성이 전쟁과 살기로 이어지지 않기를 바라는" 집단적 소망이 담겨 있다.

넷째, <혜성가>는 있는 현실과 있어야 할 현실을 교차하면서 집단적 바람에 간절함을 더하고, 여러 특수명제를 전제로 실제의 불길함을 부정한다. 눈앞의 부정적 상황과 상반되는 이상 상황을 제시하는 달램, 혹은 구슬림이 주된 어조라 할 수 있다. 요컨대 왜군 출현과 그에 잇따른 혜성 출현에 동요하는 신라의 민심을 진정시키고 향가의 효과를 강조함으로써 사회 안정과 불교 신앙고취를 동시에 이루려는 호국불교 신앙에 기초하였다.

〈풍요(風謠)〉

양지 스님이 중생들과 함께 불상을 만들며 공덕을 닦다

1. 백성들의 서러움을 달래는 해결법은?

그동안의 연구를 살피면, <풍요(風謠)>를 민요(노동요)로 보는 시각과 <공덕가(功德歌)>로 보는 관점은 팽팽히 맞서있다. 『삼국유사』의 문면을 읽어보면, 이 두 관점에는 뚜렷한 근거가 있으므로 먼저 <풍요>의 산문 기록과 시가 작품에 등장하는 단어의 개념을 명확히 살핀 후에 작품을 분석하고 그 성격을 이해할 필요가 있다.

이에 본고는 먼저 작품이 지어진 시대적 정황을 살피고, 영묘사(靈廟寺)를 짓고 장육삼존상(丈六三尊像)을 조상(造像)한 배경을 밝힌 연후에, 대체로 "오다 오다 오다(來如來如來如)/오다 셜번 해라(來如哀反多羅)/셜번 히ᄂᆡ 물아(哀反多矣徒良)/功德(공덕) 닷ᄀᆞ라 오다(功德修叱如良來如)"(김완진 해독)로[1] 해독하는 작품의 의미를 분석하고자 한다. 첫째, 대체로 '오다(온다)', 또는 '오라'로 풀이

1) 金完鎭, 『鄕歌解讀法硏究』(서울대학교 출판부, 1980), pp.108~110. 현대어로는 "온다 온다 온다/온다 서러운 이 많아라/서러운 중생(衆生)의 무리여./공덕(功德) 닦으러 온다."이다.

하는 '내여(來如)'의 주체는 누구이고, 어디로부터 어디로 오는 것인지를 해명할 것이다. 둘째, 흔히 "일하면서 사는 신세가 서럽다. 원하지 않은 노동에 동원되는 괴로움을 하소연"[2] 했다고 설명해왔던 '哀反多羅'이 과연 백성들의 현실적 고통을 구체적으로 드러낸 것인지, 그렇다면 영묘사 장육삼존을 만드는 일에 백성들이 다투어 참여했다는 『삼국유사』의 기록을 어떻게 이해해야 할지, 그것이 아니라면 무엇을 서럽다고 표현한 것인지 등도 규명해야 할 문제이다. 흔히 <풍요>에 무상·공덕 관념이 배어있다고 하는데, 무엇을 두고 무상이라 하고 공덕이라고 한 것인지에 대한 명확한 해답을 구하기 위한 실증적인 노력을 경주할 것이다.

2. 선덕왕 대의 정치현실과 영묘사(靈廟寺) 조상(造像)의 배경은?

『삼국유사』 양지사석(良志使錫) 조에는 "승려 양지(良志)의 조상과 고향은 알 수 없고, 단지 선덕왕 때에 자취를 나타났을 뿐"이라 했지만, 그는 석장사(錫杖寺)에 머물렀다고 기록되어 있다. 그리고 영묘사 장육삼존과 천왕상과 전탑(塼塔)의 기와와 아울러 천왕사 탑신의 8부신장과 법림사 주불 삼존과 좌우 금강신 등을 모두 그가 빚은 것이라 했다. 석장사 터 발굴 결과, '민공(民貢)'이라고 적힌 너비 12×15cm, 두께 2.5cm의 글자 기와 조각이 나왔다. 이 명문 와편은 기와 만들기를 위시해서 절을 짓는데 '민(民)'이 '공(貢)'을 부담한 것, 즉 민초들이 노동력 차출[力役]에 동원되었다는 사실을 말해준다.[3]

2) 조동일, 『한국문학통사1-원시문학~중세전기문학』(지식산업사, 2005), p.160; 李庚秀, 勞動謠로서의 風謠, 『한국고전시가작품론 1』(집문당, 1992), p.51.

(1) "그가 영묘사(靈廟寺)의 장육상(丈六像)을 빚을 때에 스스로 삼매경(三昧境)에 빠져 사난(邪亂)을 여의고 잡념 없는 상태에서 뵌 부처의 형상을 본따 조상(造像)하니 성중 남녀들이 다투어 가면서 진흙을 날랐다."(其塑靈廟之丈六也 自入定以正受所對爲揉式 故傾城士女爭運泥土)

『삼국유사』의 위 구절에서 "정수소대(正受所對)와 유식(揉式)은 무슨 의미 파악이 어려워", "정수소대로 유식을 삼기 때문에 성안의 남녀 할 것 없이…"라고 풀이한 경우[4]도 있는데, '유식(揉式)'은 부석사 무량수전(고려시대)의 주존상처럼 진흙으로 만든 불상 소불(塑佛[5])의 제작 방식을 말한다. 『주역』에 "신농씨는 나무를 잘라서 보습(耜)을 만들고 나무를 휘어잡아서는 극젱이를 만들어 갈고 매는 이익을 천하 만민에게 가르쳤다."에서[6] 나무를 휘어 극젱이(耒) 만드는 것을 유목(揉木)이라 했듯이, 소불은 나무를 심지로 하여 밧줄로 휘감고 그 위에 잘 반죽한 점토를 발라서 대체적인 형태가 만들어지면 건조시킨 뒤에 표면을 완성한다.[7]

진흙을 사용하여 불상을 만드는 법에는 스타코상, 이상(泥像), 테라코타상 등이 있다. 이 가운데 이상은 진흙으로 형상을 성형하여 굽지 않고 햇빛에 그대로 말린 것이요, 테라코타는 불로 구운 것이다. 우리나라에서는 이 두 가지를 엄밀히 구별하지 않고 '소조상'이라 총칭한다. 여기에는 진흙을 손으로 주물러서 살을 붙이고 죽도(竹刀) 등 연장을 써서 세부(細部)를 조각하는 것, 상을 만든 후 이 완성된 조각을 진흙으로 다시 떠서 틀을 만들어 실

3) 신종원, 『삼국유사 깊이 읽기』(주류성, 2019), p.192.
4) 김승곤, 『문법적으로 쉽게 풀어 쓴 향가』(글모아출판, 2013), pp.68~69.
5) "불상을 만드는 재료로는 금・은・동・철・나무・종이・천・흙・돌・옥 등 다양하다. 물론 재료에 따라 제작 수법이 다르다. 즉 금속 제품은 조각상에 따르는 鑄造의 단계를 거쳐서 완성됨에 비하여 종이나 천 등은 형체에 붙여 만들고, 흙은 빚어서 만들며 석재나 목재 등은 조각의 단계를 거쳐야만 한다."
6) "神農氏作 斲木爲耜 揉木爲耒 耒耨之利 以敎天下"(『周易』, 繫辭 下).
7) 최정인, 『현대인을 위한 알기 쉬운 불교교리』(불교시대사, 2000), p.122.

제로 바라던 상을 틀에서 찍어 조각하는 방식이 있는데, 장육상(丈六像) 같이 단순한 형태의 큰 상을 만들 때는 전자의 방법을 쓴다고 한다.[8] 대형 소조불상으로는 영주 부석사 무량수전의 여래좌상(국보 45), 또는 안성 청원사(淸源寺)의 소조여래좌상 등이 있다고 한다.[9]

이에 이 구절을 직역하면 양지가 "스스로 선정(禪定)에 들어 정수(正受)의 상태에서 대한 바를(自入定以正受所對) …"이 된다.

(2) 선이란 "고요히 생각한, 생각으로 닦음"이란 뜻이다. 생각을 가라앉혀 정신을 집중시킨다 해서 정(定)이라 번역하고, 음과 뜻을 합해 선정이라고 부른다. 선(禪)은 정념(正念), 직관, 주의, 관찰 등을 통해 자신을 계발하여 마침내 사물의 본성을 있는 그대로 보고, 궁극의 진리인 열반을 깨닫는 최고 지혜의 성취로 이끈다. 선은 자기 성취의 최상의 방법이며, 성불로 가는 가장 빠른 길로 알려져 있다.[10]

(3) "비구는 항상 정진하여 온갖 선정을 끊임없이 익히도록 해야 한다. 만약 선정을 얻은 사람은 다시는 마음이 동요하지 않을 것이다. 마치 물을 아끼는 집에서 둑을 잘 쌓아놓은 것과 같다. 수행하는 사람도 마찬가지여서 지혜의 물을 간직하고자 하는 까닭에 선정을 잘 닦아 그 누실을 막는 것이다. 이것을 선정이라 한다."(『유교경(遺敎經)』)

(4) '세 종류의 청정한 업을 깊이 생각하고 바르게 받아들이라'고 한 것은 흐트러진 마음을 생각하고 헤아려 보는 것으로, 이를 '사유(思惟)'라 한다. 열여섯 가지의 바른 관을 설하신 것을 '바르게 받아들인다(正受)'고 표현한 것이다.[11]

---

8) 姜友邦, 「新良志論-良志의 活動期와 作品世界」, 『美術資料』 47(국립중앙박물관, 1991), p.21; 신종원, 『삼국유사 새로 읽기(2)』(일지사, 2011), p.55.

9) 장충식, 『한국의 불상』(동국역경원, 2005) pp.133~139.

10) 摩聖, 『佛敎信行功德』(불광출판부, 2004), pp.153~154.

11) "思惟正受三種淨業 散心思量 名曰思惟 十六正觀 說名正受"(大韓佛敎天台宗 總本山 救仁寺, 『觀無量壽佛經 觀無量壽佛經疏』, 민족사, 1996, p.169).

선(禪)은 중국의 말로, 범어 선나(禪那)의 약칭이다. “한마음으로 사물을 생각하는 것을 선이라 하고, 일경(一境)이 정념(靜念)한 것을 정(定)이라 한다. 선은 정념(正念) 등으로 자신을 계발(啓發)하여 사물의 본성을 있는 그대로 보아 열반으로 가는 길이다. 즉, 선은 자기 속에 내재한 무한한 능력을 계발하는 지름길로서, 지혜를 얻기 위한 수단이다. 부처님도 처음 출가하여 두 스승으로부터 선정을 배워 익혀서 경지에 이르렀다 전한다.

또, “사난(邪亂)에서 벗어나,[12] 샛되지 않은 것을 바름(正)”이라 하고,[13] “무념무상(無念無想)하여 납법재심(納法在心)을 수(受)”라 한다.[14] 정수는 세상을 분별하는 16가지 바른 눈을 바로 받아들인다는 뜻이므로, 양지사석 조의 ‘自入定以~’는 “양지가 스스로 마음이 동요하지 않는 삼매경에 빠져, 간사하거나 어지러운 마음을 털고, 잡념이 없는 오롯한 상태에서 뵌 부처의 형상을 본 따 영묘사 장육삼존을 만들었다”는 말이 된다. “자장이 소상 앞에서 명감이 있기를 기도했더니 꿈에 소상이 자장의 정수리를 어루만지면서 범어로 된 게송을 주었다. 깨어나 해석을 못하더니 아침이 되어 한 기이한 스님이 와서 해석하고, 또 말하기를 ‘비록 만 가지 가르침을 배워도 이보다 나을 것이 없다.’라고 하고는 다시 가사와 사리 등을 주고 사라졌다.”는[15] 일화처럼 양지가 삼매의 상태에서 부처의 계시를 얻어 영묘사 장육존상을 만들었다는 것이다.

불상이 없던 시대에는 세존과 인연이 있는 유물인 탑·금강보좌(金剛寶

12) 韓國佛教大辭典編纂委員會, 『韓國佛教大辭典』 3(寶蓮閣, 1982), p.592; “心住一緣離於散動故名爲定”(遠法師 撰, 『大乘義章』 卷13; 『新修大正大藏經』 第44卷 經集部2, 아름출판사, 1961, p.718); “定如前釋 離於邪亂故說爲正”(遠法師 撰, 『大乘義章』 卷13, 위의 책, 같은 면).

13) “韋提下 示生處 思惟是願 願思是業 正問其因 正受者 非邪曰正 領納名受”(大韓佛教天台宗 總本山 救仁寺, 『觀無量壽佛經 觀無量壽佛經疏』, 민족사, 1996, pp.169~170).

14) 『大乘義章』 13, 『觀經玄義分』; 韓國佛教大辭典編纂委員會 編, 『韓國佛教大辭典』 3(寶蓮閣, 1982), p.882).

15) “藏於像前禱祈冥感 夢像摩頂授梵偈 覺而未解 及旦有異僧來釋云 又曰 雖學萬教 未有過此 又以袈裟 舍利等付之而滅”(『三國遺事』 卷4, 義解第5, 慈藏定律).

座)・보리수나무 등에 예배했다. 불상에 예배하게 될 때까지 사람들은 세존을 대할 때처럼 진지하고 경건하게 이들을 모셨고, 불상이 제작된 후까지도 결코 소홀히 대하지 않았다.[16] 이후, "석가모니가 출현하여 불법이 처음 흥할 때, 모든 중생들은 도처에서 서둘러 그를 따랐다. 그러나 석가모니가 열반한 후에는 아무것도 존재하지 않고 그의 형상만이 현궁(玄宮, 무덤)에 남아 혼란을 주는" 까닭에, "여래정토에서 부처를 만나지 못할까 걱정되어 사재를 털어 공양하고 전심전력으로 미륵하생석불을 조상하였다." 했다.[17] 조망희(曹望憘) 석각에는 불상을 만든 까닭과 필요성이 소상히 적혀 있다.

> (5) 그는 다시 생각하였다. '만일 내가 부처님의 모습을 조성하여도 부처님과 같지 않으면 반드시 나는 무량한 죄를 얻을까 두렵구나. 가령 세간에 지혜 있는 이들이 모두 함께 여래의 공덕을 칭송하여도 다하지 못할 것이다. 만일 어떤 사람이 분수에 따라 찬미할지라도 얻는 복이 무량하니, 나도 분수에 따라 조성하리라."[18]

위의 기록을 보면 부처님 모습을 조성해도 부처님과 같지 못하면 석존에 대한 모독이 되어 무량한 죄를 얻을까봐, 장인들이 불상을 조상하는 일에 매우 조심스러워했음을 알 수 있다. 양지는 잡다한 기예에 통달하고, 천왕사(天王寺) 전탑의 기와, 법림사(法林寺) 주불삼존 등 갖가지 불사에 참여한 장인임에도 삼매의 경지에 이르러 부처의 형상을 뵙고서야 조상한 것은 당

16) 진홍섭 글, 안장헌・손재식 사진, 『불상』(대원사, 1989), p.30.

17) "夫法道初興 則十方趣一 釋迦啓建 則含生歸伏 然神潛涅盤 入於空境 形坐玄宮 使愚迷", "恨未逢如來之際 減己家珎 玄心獨拔 敬造彌勒下生石像一軀"(曹望憘 座臺 碑文, 彌勒下生石像; 고혜련, 『미륵과 도솔천의 도상학-"佛說觀彌勒菩薩上生兜率天經"에 근거하여』, 일조각, 2011, p.208).

18) "復生是念 若我造像不似於佛 恐當令我獲無量罪 復作念言 假使世間有智之人 咸共稱揚如來功德 猶不能盡 若有一人隨分讚美獲福無量 我今亦然當隨分造"(『佛說大乘造像功德經』 卷上; 『新修大正大藏經』 第16卷 經集部3, 아름출판사, 1961, p.790).

시에 붓다에 대한 철저한 이해와 신앙, 붓다를 사실과 같이 표현하려고 하는 지순한 발원, 일도삼례적(一刀三禮的) 경건한 태도, 탁월한 표현기술, 이러한 제요소가 혼연일체가 되어야만 최고의 불상이 탄생할 수 있다고 믿은 때문일 것이다.[19]

진평왕이 세상을 떠나기 1년 전 칠숙(柒宿)과 석품(石品)의 난이 발생한 것은 진평왕의 후계자 선정을 둘러싼 불만이 표출된 것으로 이해한다. 진평왕은 즉위 53년으로 연로한 상태였을 것인데, 신라 제2위 관등인 이찬(伊湌) 칠숙과 6관등 아찬(阿湌) 석품이 이 난을 주모했으니 진평왕의 후계자 선정 과정에서 지배층 내부의 반발이 만만치 않았던 것을 짐작할 수 있다.[20] 선덕왕 즉위 초에 대신(大臣; 상대등) 을제(乙祭)로 하여금 국정을 총괄하게 한 것 또한 눈여겨 볼 일이다. 이를 두고 귀족과의 타협이라 보기도 하지만,[21] 이는 선덕왕이 즉위 초에 권력을 장악하지 못한 상황이었음을 보여준다.[22] 당 태종도 선덕여왕에 대해 "여왕은 잘 다스리지 못한다(女主不能善理)"는 생각을 전했으니, 선덕여왕은 정권 초기 대내외적으로 어려운 상황에 처해 있었음을 알 수 있다.[23]

이에 선덕여왕은 앞뒤의 진평왕 대, 진덕여왕 대와 변별되는 정책들을 추진했다. 신라는 법흥왕 대에 불교를 공인한 이래로 왕즉불(王卽佛) 사상과 진종설(眞宗說)을 통해 신성왕권의식을 고양해나갔다.[24] 법흥왕・진흥왕・

19) 홍윤식, 『한국의 불교미술』(대원정사, 1999), p.130.

20) 李鍾旭, 『新羅上代王位繼承硏究』(영남대학교 민족문화연구소, 1980), pp.180~183; 金瑛河, 「新羅 中古期의 政治過程試論-中代王權成立의 理解를 위한 前提」, 『泰東古典硏究』 4(翰林大學校 泰東古典硏究所, 1988), pp.24~25; 朴勇國, 「善德王代 初의 政治的 實狀」, 『복현사림』 23(경북사학회, 2000), p.258.

21) 鄭容淑, 「新羅 善德王代의 정국동향과 毗曇의 亂」, 『李基白先生古稀紀念 韓國史學論叢』(上)-古代篇・高麗時代篇(一潮閣, 1994), p.245.

22) 辛鍾遠, 「三國遺事 善德王知幾三事 條의 몇 가지 問題」, 『新羅文化祭學術發表會論文集 17-新羅와 狼山』(新羅文化硏究所, 1996), p.43.

23) 金德原, 「신라 善德王代의 불교정책에 대한 고찰」, 『新羅史學報』 31(新羅史學會, 2014), p.19.

24) 金哲埈, 「新羅 上代社會의 Dual organization(하)」, 『歷史學報』 2(歷史學會, 1952), pp.91~97.

진평왕 등 중고기 국왕이 그렇게 하였다.[25] 그러나 현실적 힘을 보유하지 못한 선덕왕은 그 권력의 원천을 초월적이고 신성한 권위에 둘 수밖에 없었기 때문에 그 대응책으로 더 많은 불사를 행하였다. 선덕왕의 '지기삼사(知幾三事)' 일화도 여왕에 대한 신비화 전략이다.[26] 선덕왕은 분황사와 영묘사의 창건, 황룡사 9층 목탑의 건립, 그리고 백고좌강회(百高座講會)의 개최와 도승(度僧)의 실시 등 다양한 불교정책을 추진하였다. 이 과정에서 자장(慈藏) 등의 승려들이 활동하였고, 그와 더불어 새로운 불교사상을 수용했다. 신라 중고기에 창건된 50여 개의 사원 중에서 25개의 사원이 선덕왕 대에 창건되었고, 승려의 수도 크게 증가하였다.[27] 선덕왕의 즉위과정에서 제기된 '여왕'에 대한 문제를 사원 창건과 건탑, 승려들의 활동 등 다양한 불교정책을 추진하는 과정에서 해결하려고 했음을 알 수 있다.[28]

영묘사는 분황사(芬皇寺)가 창건된 1년 후인 635년(선덕왕4)에 완성되었다. 분황사도 선덕여왕을 위해 건립했는데, 연이어 영묘사와 같은 큰 불사를 행했던 것이다. 영묘사에는 15세기 중후반 무렵까지 선덕왕의 진영(眞影) 또는 소상이 있었던 것으로 전하는데, 성현(成俔)은 <영묘사>라는 시에 '황금대상(黃金大像) 비로불(毗盧佛)'과 '백옥교자(白玉嬌姿) 여주불(女主身)'이라고 하였다. 여기서 전자는 장육삼존상, 후자는 선덕왕을 지칭하였을 것이다. 영묘사 창건 이후에 선덕왕에 대한 신성화 작업이 이루어졌다.

---

25) "불교는 왕실을 통하여 받아들여져, 현실적으로 상하의 지배질서를 성립시킨 왕실이 관념적으로도 귀족보다는 우월하다는 점을 드러내기 위해서, 불교신앙의 홍포를 단행하였다. 당연히 귀족은 이러한 불교에 대해 반대하는 입장에 서 있었을 것임은 분명하다."(김두진, 『삼국시대 불교신앙사 연구』, 일조각, 2016, p.31).

26) 鄭容淑, 앞의 책, pp.258~259.

27) 金德原, 앞의 논문, 3면; 李仁哲, 「新羅上代의 佛寺造營과 그 社會經濟的 基盤」, 『白山學報』 52(白山學會, 1999); 진성규 · 이인철, 『신라의 불교사원』(백산자료원, 2003), p.229; 金德原, 앞의 논문, pp.6~7.

28) 朱甫暾, 「毗曇의 亂과 善德王代 政治運營」, 『李基白先生古稀紀念 韓國史論叢』(上)(一潮閣, 1994), pp.213~217; 鄭容淑, 앞의 책, pp.258~259; 金德原, 『新羅中古政治史硏究』(景仁文化社, 2007), pp.208~209.

'영묘(靈廟)'는 불교에서 부처님 생전의 역사적 · 전기적 기념탑을 의미하는 'chaitya'를 의역한 말로, 신령을 모신 묘당이라는 의미를 가진다. 이와 관련하여 영(靈)은 죽은 사람의 정기로서 조상숭배와 관련되고, 묘(廟)는 돌아가신 조상의 형용을 모신 곳이므로, 영묘는 죽은 사람의 정기를 신앙하여 그 형상을 모시는 것이다. 영묘란 신령을 모신 묘당의 의미이므로 영묘사는 조상 숭배와 관련을 가진, '조상의 신령을 모신 종묘 사원'의 성격을 가진 것으로 이해할 수 있다. 선덕여왕이 영묘사를 지어 '성조(聖祖)'를 모신 것은 자신이 성조의 적통임을 인정받아 왕권을 안정시키기 위함이다.[29]

선덕여왕의 이와 같은 노력이 결실을 이루어, 선덕왕 4년(635년) 당나라는 부절을 보내 주국낙랑군공신라왕으로 책봉하여 아버지 진평왕의 봉작을 잇게 했고, 이 해에 영묘사도 완성되었다.[30] 선덕왕 초기, 조공 기사가 눈에 띄는데, 즉위 원년 12월에 당나라에 조공을 바치고, 이듬해인 2년에도 당에 사신을 보내 조공하고 있다. 선덕왕은 즉위 초에 대내외적으로 왕권에 대한 불안감이 있었고, 이를 극복하기 위한 다각적인 노력을 기울였는데, 영묘사 낙성은 선덕왕 왕위 계승의 정통성을 대내외에 과시하는 무대이자, 선덕왕의 위엄과 신이함을 보여주려는[31] 불사의 하나였던 것이다.

3. 〈풍요(風謠)〉 구절을 어떻게 읽는가?

<풍요>는 대체로 "來如來如來如/來如哀反多羅/哀反多矣徒良/功德修叱如

---

29) 김선주, 「신라 선덕여왕과 영묘사」, 『한국고대사연구』 71(한국고대사학회, 2013), pp.294~295 및 p.305.

30) "四年 唐遣使持節冊命王 爲柱國樂浪郡公新羅王 以襲父封 靈廟寺成"(『三國史記』 卷5, 新羅本紀 第5, 善德); 『舊唐書』 卷199, 東夷列傳 新羅傳.

31) 김선주, 위의 논문, pp.291~292.

良來如"와 같이 끊어 아래와 같이 풀이한다.

(1) "오다 오다 오다/오다 셔럽다라/서럽다 의내여/공덕 닷ㄱ라 오다"(양주동)

(2) "오다 오다 오다/오다 셜번 해라/셜번 하늬 물아/功德 닷ㄱ라 오다(온다 온다 온다/온다 서러운 이 많아라./서러운 중생의 무리여/공덕 닦으러 온다.)"(김완진)

(3) "오가 오가 오가/오가 셟반 하라/셟반 하 의늬아/功德 닷가 오가(오가? 오가? 오가?/오가? 서러운 것이구나!/서러운 것! 우리내야!/공덕(功德) 닦아아 오가?)"(양희철)

(4) "오다 오다 오다/오다 셜본 다라/셜본 디 물아/功德 닷ㄱ라 오다(오다 오다 오다/오다 서러운 곳이라./서러운 곳의 무리여!/공덕 닦으러 오다.)"(신재홍)

(5) "오다 오다 오다/오다 셜븐 해라/셜븐 한 의내여/功德 닷ㄱ라 오다(오다 오다 오다/오다 슬픔 많아라/슬픔 많은 우리 무리여/공덕(功德) 닦으러 오다"(황패강)[32]

먼저 5번이나 반복되는 '來如'에 대해서는 "오다/오라/온다/오가" 등의 해독이 공존한다. 한편, '哀反多羅'의 해독은 "셔럽다라/셜번 해라/셟다라/셟븐 다라" 등 이견의 폭이 넓지 않고, 다만 어미 '多羅'를 "~다라/~더라", 혹은 "~하라/~해라"로 읽는 정도의 차이를 보인다. '다라(多羅)'를 단순한 어미나 "많다"는 술어로 보지 않고 범어 'tala'(괴로움의 세계, 사바(娑婆) 세계), 즉, 우주의 물질적인 국면을 뜻한다고 해석한[33] 참신한 주장도 있다. 그 뒤

32) 梁柱東, 『訂補版 古歌硏究』(博文書舘, 1960), p.487; 金完鎭, 『鄕歌解讀法硏究』(서울대학교출판부, 1980), pp.108~110; 양희철, 『삼국유사 향가연구』(태학사, 1997), p.340; 신재홍, 『향가의 해석』(집문당, 2000), pp.176~180; 황패강, 『향가문학의 이론과 해석』(일지사, 2001), p.337.

33) 박재민, 『신라 향가 변증』(태학사, 2013), pp.332~334.

구절 '哀反多矣徒良'은 대체로 "셔럽다 의내여"(양주동, 지헌영, 유창선 등), "하니 물아"(서재극, 김완진 등)로 해독이 나뉜다. 앞 '의내(矣徒)'에서 '矣'는 이두문의 "의몸(矣身)・의집(矣家)"와 동일한 소유(所有)의 뜻으로 자칭에 관용되는 '의'에 해당한다. '徒(내)'는 "중(衆)・역도(役徒)"의 뜻이니[34] 이 대목의 의미는 비슷하다. 한자어로 되어 있어서 연구자들 사이에 거의 이견이 없는 구절이 공덕 닦기를 권유하는 구절 '功德修叱如良來如'이다.

먼저, 향찰 '來如來如來如'에서 '如'는 '다'로 읽히는 경우가 많아 "오다 오다 오다"라는 해독이 가장 주류를 이루지만, "是如=이다=이라, 是如乎所=이다온바=이라는 바, 是如乎旀=이다오며=이라하오며, 是如在乙=이다견을=아라거늘, 爲如敎=하다이산=하라 하시는"의[35] 예를 들어 "오라 오라 오라"로 읽어야 한다는 주장도 만만치 않다.

'오다'로 읽으면 이 구절은 시공을 초월한 역사적 현재형이 된다. "이 노래를 보면 깨끗한 마음으로 공덕을 닦으러 오는 선남선녀의 행렬을 두고, '오다 오다 오다'라고 거듭함으로써 무한으로 오기를 상상한다."나[36] "'오다'의 반복이 무수한 행렬의 강조를 뜻하는 것이라면, 여기서 당시 신앙의 주조가 무엇인가, 그 시대적인 상황도 쉽게 추출할 수 있다. 미래지향적인 신앙의 자세는 어느 한두 사람만의 것이 아니라 그 시대를 살던 많은 사람들의 움직일 수 없는 종교적 신념이었다는 사실을 깨달을 수 있다."는[37] 모두 이 구절을 '오다'로 읽은 결과이다.

그렇다면 <풍요>에서 '오다'는 "노래의 내용을 장육존상의 조소 불사와 결부시켜 볼 때, 항상 존재하는 부처에 비해 인간은 서러움이 많은 존재요, 이 많은 서러움을 떨쳐버리기 위해서는 공덕 닦기를 해야 하고, 그 공덕 닦

34) 梁柱東, pp.492~493.
35) 金俊榮, 『鄕歌文學』(螢雪出版社, 1982), p.136.
36) 金雲學, 『鄕歌에 나타난 佛敎思想』(東國大學校 佛典刊行委員會, 1978), p.80.
37) 朴魯埻, 『新羅歌謠의 硏究』(悅話堂, 1982), p.117.

기의 하나로 진흙 시주를 오라는 것이다."에서처럼[38] 진흙을 나르는 노동으로써 시주하기 위해 오라는 말인가. 그리고 이 작품을 "일하면서 사는 신세가 서럽다. 원하지 않은 노동에 동원되는 괴로움을 하소연"한 것이라는[39] 분석은 가능한 것인가?

불교 용어로, 선래(善來. Susvāgata)라는 말이 있으니, 이는 출가수행자인 비구(比丘)가 오는 사람들을 환영한다는 말이다. 기부전(寄婦傳) 3에 "서방에서 사중(寺衆)들이 많아, … 무릇 새로 온 사람을 볼 적에는 구객(舊客)이나 제자, 문인, 구인을 막론하고 곧 모두 일어나 맞이하면서 일제히 '사게치(莎揭哆)'하고 합창하는데 이 말은 '선래'라는 말이다. 또, '선래비구(善來比丘)'라는 말이 있다. 이는 당인의 원력에 따라 부처의 위신력을 주는 것이다. 부처를 향해 출가를 원하는 사람을 선래비구, 또는 편성사문(便成沙門)이라 한다. 『증일아함경』 15에 "제불의 상법(常法)에 선래비구 편성사문"이 있다. 이때 세존께서 가섭에게 말하기를, "선래비구야 이 법은 미묘하며 범행(梵行)을 잘 닦아라."[40] 했다 한다. 한편 스승이 그 제자를 일컬어 선래자(善來者)라고 한다. 대소(大疏) 8에 "저 진실한 선래자를 네가 지금 얻어 저와 같다."라고 하였다.

(6) "세존께서 '오라, 비구여'라고 하여 제도하신 비구는 위의의 나가고 멈추며 좌우를 돌아보고 가사를 입고 발우를 가지는 것이 모두 법다웠다. 그런데 여러 비구들이 제도하면서 또한 '오라'고 하나 위의의 나가고 머무름과 좌우를 돌아봄과 가사를 입고 발우를 가지는 것이 모두 법답지 못하다."

(7) 그때 사리불 존자가 이 말을 듣고서 고요한 곳에서 가부좌를 하고 앉아서 생각하기를 "다 같이 '오라'고 하여 제도하였는데, 어찌하여 세존께서

---

38) 김승찬, 『신라향가론』(부산대학교출판부, 1997), p.108.
39) 조동일, 앞의 책(2005), p.160.
40) 韓國佛教大辭典編纂委員會 編, 『韓國佛教大辭典』 3(寶蓮閣, 1982), p.567.

> '오라'고 하여 제도하신 비구는 모두 법답고, 여러 비구들이 '오라'고 하여 제도하는 비구는 모두 법답지 못한가?"[41]

영묘사에 와서 부처님의 형상을 만들기 위해 흙을 나르는 일은 곧 불법에 귀의하는 것이요, 신앙을 향한 출발을 의미한다. 양지가 맡은 영묘사 불상은 장육삼존은 자그마치 4.5~5미터에 이르고, 조성 작업에는 쌀 23,700석, 요즘의 시세로 견잡아도 엄청난 비용이 드는 국가적 작업이다.[42] 시주나 노동력 제공은 모두 "수보리야, 보살은 법에 머물지 않고 보시해야 한다.", "보살이 상(相)에 머물지 않고 보시한다면 그 복덕을 헤아릴 수 없기 때문이다."와[43] 같은 보시(布施)에 해당한다.[44] 이름난 장인이 불사를 맡은데다, 양지의 꿈에 부처가 현몽했다하니, 영묘사 조상 작업에 대한 신비감은 한없이 높았고, 그로 인해 성안의 사녀들이 자발적으로 진흙을 날랐을 것이다. 이는 그만큼 불상을 만들어 신앙하고, 깨달음을 기원하는 마음이 컸음을 뜻한다.

『삼국유사』 양지사석 조에는 "양지…영묘장육삼존(靈廟丈六三尊)…개소소

---

41) "世尊所度善來比丘威儀進止 左右顧視著衣持鉢 皆悉如法 諸比丘所度 亦名善來威儀進止 左右顧視 著衣持鉢 皆不如法", "爾時尊者舍利弗聞是語已 在閑靜處加趺而坐作是思惟 俱是善來 何故世尊所度善來比丘 皆悉如法 諸比丘所度善來比丘 皆不如法"(佛陀跋陀羅, 法顯 共譯, 『摩訶僧祇律』 卷23; 『大正新修大藏經』 제22권, 律部1, 아름출판사, 1963, p.412).

42) 이 비용은 경덕왕 즉위 23년(764)에 다시 도금하는데 든 것이라고 한다.("景德王 卽位二十三年 丈六改金 租二万三千七百碩 良志傳 作像之初成之費 今兩存之"(『三國遺事』 卷3, 興法 第3, 塔像, 靈妙寺丈六), "장육상은 보통 사람의 2배 크기인 16척에 해당하는 큰 규모의 불상으로, 唐尺을 참고하면 약 644톤에 해당하며, 영묘사의 장육상 조성 시에 투입된 비용이 23,700석이라 했으니 현 곡물 시세를 반영하면 약 1억 2천만 원에 해당한다고 할 수 있다."(김병준, 善德女王代 <風謠>의 불교정치적 의미, 『우리文學研究』, 우리문학회, 2013, p.31) 하였다. 우리나라에서는 주곡물인 쌀값의 안정화 정책으로 인해 다른 물품에 비해 쌀값의 상승폭이 계속 완만했음을 감안하면 그 이상의 비용이라 짐작한다.

43) "復次須菩提 菩薩 於法應無所住 行於布施", "若菩薩不住相布施 其福德 不可思量"(涵虛得通 편, 이인혜 역, 妙行無住分, 『金剛經五家解說誼』, 도피안사, 2009, pp.172~176).

44) 김병권, 신라 노래 <풍요>의 문화적 담론 읽기, 『退溪學論叢』 31(퇴계학부산연구원, 2018), p.157.

야(皆所塑也)"라 했다. 삼존(三尊)은 본존(本尊)과 양편의 보살을 함께 일컫는 말로, 흔히 아미타불·관세음보살·대세지(大勢至)보살, 약사여래·일광(日光)보살·월광보살, 석가여래·문수보살·보현보살을 지칭한다. 맨 앞의 지칭이 가장 보편적인데, 관세음이나 대세지는 비록 보살이지만 아미타불을 따르기 때문에 모두 부처라 일컫는다. 관세음보살은 대자대비를 근본 서원(誓願)으로 하는데, "세간 모든 중생들의 소리를 관찰한다.", 즉 중생들이 보살의 이름을 부르고 보살을 청하는 것을 들으면 즉시 구제한다는 뜻이다.[45) 대세지는 "지혜문으로, 이 보살의 지혜 광명이 모든 중생에게 비쳐 3도(途; 지옥·아귀·축생)를 여의고 위없는 힘을 얻게 된다는 의미를 담고 있다. 흔히 아미타불을 신앙하는 사람이 죽으려고 할 때, 아미타불이 관세음·대세지보살을 데리고 와서 그 앞에 나타나 극락정토로 맞이해가는 것[46)]을 두고 삼존내영(三尊來迎)이라 하듯이, <풍요>에서 "來如"를 반복한 것은 "중생들이여, 부처에게로 오라! 너희를 깨우치고 구제하여 극락(서방정토)으로 인도하리라."가 된다. 이는 세존을 향해 오기를 기원한 위 (6), (7)과 같은 환영사로서, 여래(如來)를 향한 맞이[來如]라는 점에서 성스러운 의도로 읽힌다.

'哀反多羅'에 대해서는 그동안 다음과 같은 의견을 제시해왔다.

(8) "생의 덧없음을 슬퍼한 무상 관념"(김종우), "그동안 집착해 온 일체의 현세복락(現世福樂)에 대해서 민중들은 그것이 실상은 덧없는 것, 허상의 것임을 자각하게 되었을 것이고, 그러한 자각과 동시에 지금까지의 삶에 대해서 회의를 느끼고 서러운 감정에 휩싸였을 것이다. <풍요>에서 말하고 있는 '서럽다'의 의미는 이러한 맥락, 즉 천상의 세계를 발견한 순간, 그 종교적인 희열을 맛봄과 동시에 일체의 세속적인 것에 대한 무상감과 비애가 한 덩어리가 되어서 토출된 민중의 심경을 토대로 해서만 정확히

45) 김승동, 『불교사전』(민족사, 2015), p.84.
46) 韓國佛敎大辭典編纂委員會, 『韓國佛敎大辭典』 3(寶蓮閣, 1982), p.378.

파악된다."

(9) "'서러움'은 향유층인 왕경의 남녀 쪽에서 볼 때는 그들의 현세적 고통에서 생긴 서러움을 이 노래의 가사에서 적시(摘示)하니 공감을 얻어 노래를 부르게 된 것이고, 작자 쪽에서 볼 때는 당시 백성의 현세적 서러움을 표현해 줌으로써 노래에 공감을 갖게 하여 그들로 하여금 공덕 닦기(현세적 이익)로 나아갈 수 있게 하는 데 큰 몫을 한 어휘인 것이다."[47]

(8)에서는 민중들이 현세복락의 덧없음을 깨닫고 서러운 감정에 휩싸였다가, 내세(來世)에 대해 눈을 뜨고 천상의 세계와 종교적 희열을 맛보게 되어 그 복합 감정을 '서러움'이라 표현했다고 설명한다. "'서럽더라'는 적어도 이중의 의미를 지니고 있다. 일반 노동요나 민요에 내재된 비감성(悲感性)과 믿음이 없는 삶의 허적감(虛寂感)의 지난날 또는 고해의 괴로움을 벗어나지 못한 인간의 서러움이 함께 교차된 것이 아닐까"도[48] '서러움'을 교차적인 감정으로 이해한 결론이다. (9)에서는 작자가 백성들의 현세적 고통을 표현해줌으로써 공감을 얻어갔다고 했다. 또, '哀反多羅'를 "서럽더라"로 읽어, "일하면서 사는 신세가 서럽다는 말이어서 원하지 않은 노동에 동원되는 괴로움을 하소연했다"고 보기도 하고, 인생무상의 감정으로 이해하기도 하며, "당시 양인들이 영묘사에 와서 자기 존재의 내면을 들여다보고 무명하고 무상함을 인식하고서 서럽다고 표명한 것"이라고[49] 설명하기도 한다.

(10) 옛날에 이름난 꽃 그림자 낙화암 물가에 비칠 제,
궁녀의 고운 얼굴과 자주 서로 비추었네.

---

47) 朴魯埻, 『新羅歌謠의 硏究』(悅話堂, 1982), pp.115~116; 김승찬, 앞의 책, p.109.
48) 李在銑, 『鄕歌의 理解』(三星美術文化財團出版部, 1979), p.185.
49) 조동일, 앞의 책, p.160; 이도흠, 『신라인의 마음으로 삼국유사를 읽는다』(푸른역사, 2000), pp.119~120.

하루아침 옥이 깨져 슬픔 원망 많은데,
바위에 꽃만 남아 사람을 웃게 하네.[50]

(11) "동료가 되었던 일 기억하는가.
이별이 아쉬워 슬픔이 많소.
사귐을 맺으니 정이 두텁고
형(形)을 잊으니 도가 어긋나지 않아,
남의 집에 세 들어 사는 관계로,
두 번째 이웃이 되어 왔었네."[51]

우리말 순으로 배열한 '哀反多羅'에서 의미 글자를 뽑아 한자 어순으로 만들면, '多哀'가 되는데, 위의 (10)이나 (11)에서는 이를 "슬픔 많아라."라고 풀이하고, 이와 같은 예는 "인생 늙어감에 슬픔만 많아지는데, 마음속 응어리 언제나 저절로 풀리려나!",[52] "백년의 인간 세상, 슬픔도 즐거움도 많네."로[53] 풀고 있다. 이에 <풍요>의 '哀反多羅'는 "슬픔이 크다, 슬픔이 많은 법이라."로 풀이하는 것이 옳을 듯하다.

『우바새계경(優婆塞戒經)』 권1의 <비품(悲品)>에는 인생의 다양한 슬픔을 나열한다.

(12) "세존이시여, 어떻게 비심(悲心)을 닦을 수 있나이까."
"선남자여, 지혜로운 자는 깊이 모든 중생이 생사고뇌(生死苦惱)의 큰 바다에 빠진 것을 보고 건져내고자 하나니 이러므로 가엾어 함을 내느니라.[54]

---

50) "名花昔照此巖濱 宮女紅顔相映頻 一朝玉碎多哀怨 只有巖花笑殺人"(尹愭, 『무명자집』 시고 제6책, 詩 영동사 252).

51) "爲僚能記否 惜別獨多哀 托契情相密 忘形道不乖 又因賃屋住 再得卜隣來"(權近, 『陽村集』 卷4, 詩 送全羅道按廉陳正郎十四韻).

52) "人生老去只多哀 懷緖何時得自開"(成海應, 『硏經齋全集』 卷8 詩, 又拈韻).

53) "山河千里足岐路 人世百年多哀樂"(李敏敍, 『西河先生集』 卷2 七言古詩 將赴三江留別李兄景略).

여기서는 중생이 생사고뇌의 큰 바다에 빠진 것을 보면 가엾은 마음, 즉 비심(悲心)이 생긴다 했다. 원인(요인)으로 인해 나타나는 결과 때문에 슬픈 마음이 생겨나기도 하고, 때로는 근원을 뚜렷이 말할 수 없는 과보(果報)로 인해 슬픔이 일어나기도 한다. 『우파새계경』에는 "자제하지 못하거나 방일(放逸)하거나 집착하는 것", "애착 · 이별 대상에 괴로움 당해도 애착을 끊지 않는 것", "부모 · 형제 · 처자 · 노비 · 권속과 친척을 사랑하여 아끼지 않는 것" 등 더욱 다양한 슬픔의 인자를 제시한다.[55] 인간세계는 늘 굶주림 · 목마름 · 추위 · 더위에서 자유롭지 못하고, 계율을 어기고 고통을 받으며, 집착하고 갈애하며, 형상 있는 물건이나 환경, 감각으로 받아들여지는 갖가지 것에 얽매어 버리지 못함으로써 끊임없이 슬픈 삶을 되풀이한다.

(13) "이때에 중생들은 고독하고 의지할 곳이 없어서 모두 마음으로 여래를 생각하면서 큰 근심을 내니 부모를 잃은 듯 했으며, 화살이 가슴에 박힌 듯하였다. 모두 세존께서 계시던 곳에 갔으나 동산이나 숲이나 뜰이나 집안이 모두 비고, 부처님이 안 계시매 더욱 슬픈 생각이 그칠 줄 몰랐다."

(14) "'내가 지금 근심하고 슬퍼하니 머지않아 죽을 것이다. 어찌하여야 내가 목숨을 버리기 전에 부처님을 뵈올 수 있을까.' 이어 다시 생각하였다. '어떤 사람이 마음에 사랑하는 이가 있으되 볼 수 없을 때, 그의 머물던 곳이나 비슷한 사람만 볼 지라도 근심과 걱정이 덜리듯이 …' … 그는 또 생각하였다. '내가 지금 부처님의 형상을 조성하여 공양하고 예배하리라.'"[56]

---

54) "世尊 云何而得修于悲心 善男子 智者 深見一切衆生浸沒生死苦惱大海 爲欲拔濟 是故生悲"(曇無讖 漢譯, 『優婆塞戒經』卷1, 悲品 第3).

55) "善男子 智者 深見一切衆生浸沒生死苦惱大海, 又見衆生常爲財物 妻子纒縛 不能捨離, 又見衆生以色命故 而生驕慢, 又見衆生墮生有界 受諸苦惱 獨故樂著, 又見衆生畏生老死 而更造作生老死業, 又見衆生愛別離苦而不斷愛, 又見衆生處無明暗 不知熾然智慧燈明, 又見衆生爲煩惱火之所燒然 而不能求三昧定水, 見衆生爲五欲樂 造無量惡, 又見衆生流轉八苦 不知斷除如是苦因, 又見衆生飢渴寒熱 不得自在, 又見衆生毁犯禁戒 當受地獄 惡鬼畜生, 又見衆生處飢饉世 身体羸瘦 互相劫奪, 更相殘害 惡心增盛 當受無量苦報之果, 又見衆生父母 兄弟 妻子 奴婢 眷屬 宗室 不相愛念 是故生悲"(曇無讖 漢譯, 위의 책, 같은 곳).

(13)에서는 "부처님 사시던 곳으로 갔으나 부처님이 계시지 않아 슬픔 생각이 그칠 줄 모른다."고 했고, (14)에서는 "근심하고 슬퍼하여 불상을 조성하여 예배하겠다."고 했다.

(15) 그때 위제희(韋提希)는 유폐되어 슬픔과 근심으로 얼굴이 초췌해져서 멀리 기사굴산을 향하여 부처님께 절하며 이렇게 사뢰었다.

"부처님이시여, 전에는 항상 아난존자를 보내시어 저를 위로해주었습니다. 지금 저는 슬픔과 근심으로 괴로워서 거룩하신 부처님마저 뵐 길이 없나이다. 원하옵건대 목련존자와 아난존자를 보내시어 제가 뵐 수 있도록 하여주시옵소서."

이 말을 하고 나서 슬퍼하며 눈물을 비 오듯 흘리며 멀리 부처님을 행하여 절을 하였다.[57]

세속의 사람들에게 근심 걱정과 슬픔은 근원적인 것이다. 부처가 계시면 그 근원적인 근심과 슬픔을 달랠 수 있다고 여겨서 부처의 형상을 만들어 공양하고 예배했음을 알 수 있다. '비(悲)'란 'karunā'의 역어로서, 본래 '신음'을 뜻한다. 위의 (13)~(15)에서 근심하고 슬퍼하여 눈물 흘리는 것은 중생들의 고통이자 신음이다. 신음이란 인간 슬픔의 표현이다. 그 신음을 듣고, "아, 그도 역시 인간으로서의 괴로움을 걸머지고 있구나."하고 공감하는 것이 '슬픔'의 정신이다. 중국의 주석가는 이를 가엾고 슬프다는 뜻을

56) "是時衆生孤獨無依 皆於如來心懷戀慕生大憂惱 如喪父母如箭入心 共往世尊曾所住處 園林庭宇悉空無佛 倍加悲戀不能自止"(『佛說大乘造像功德經』 卷上; 『新修大正大藏經』, 앞의 책, p.790), "我今憂悲不久當死 云何令未捨命間得見於佛 尋復思惟 譬若有人心有所愛而不得見 見其住處及相似人或除憂惱 … 卽更思惟 我今應當造佛形像禮拜供養"(『佛說大乘造像功德經』 卷上, 위의 책, 같은 곳).

57) "時에 韋提希는 被幽閉已하고 愁憂憔悴하야 遙向耆闍崛山하고 爲佛作禮하며 而作是言하니라 如來世尊이시여 在昔之時에 恒遣阿難하사 來慰問我하시더니 我今愁憂하야 世尊威重을 無由得見이오니 願遣目連尊者 阿難하사 與我相見케 하소서 作是語已에 悲泣雨淚하고 遙向佛禮"(『觀無量壽佛經 觀無量壽佛經疏』, 大韓佛敎天台宗 總本山 救仁寺, 1996, p.25).

가진 '측창(惻愴)'이라 했다. 인간은 기쁠 때보다 슬픔 속에서 진정한 공감을 나눌 수 있는 것이므로 <풍요>에서 말하는 슬픔은 단순히 고된 노동으로 인한 괴로움과 슬픔이라기보다는 부처의 시선에서 중생들의 삶을 공감한 표현이다. 즉, 번뇌와 집착, 탐욕과 성냄, 어리석음 등으로 인하여 인간의 삶이란 근원적으로 슬픈 것이니 불상을 조성하여 그 근원적인 슬픔을 알고 깨달아 그 번뇌와 슬픔에서 벗어나라는 보편적인 사랑의 마음을 담고 있다. 불교용어에서 '동고(同苦)'라 하고, '동비(同悲)'라 하는 것도 그것을 말함이리라.[58] 보통의 중생은 우주와 인생에 깃들어있는 궁극적인 이치를 밝게 깨닫지 못하였기 때문에 스스로 업과 윤회의 고리를 끊지 못하고, 되풀이하여 업을 짓고 또 그 과보를 받으며 살기 때문에 그러한 자체가 슬픔이고, 부처의 입장에서 본다면 인(因)에 따른 과(果)를 예상하고 또 지켜보는 것이 슬픔인 것이다.

'功德修叱如良來如'에서 '공덕(功德)'은 "공덕을 닦는다는 것은 요컨대 천상의 세계를 지향한다는 뜻이요, 삶의 모든 의미를 거기에다 의탁한다는 뜻이다. 현세구복의 차원에서 탈피하여 영생할 수 있는 세계를 찾아서 그 길로만 매진할 때 천상의 세계에 도달키 위한 정신과 마음의 수련은 필연적인 것일 수밖에 없고, 그것은 마치 성곽을 쌓아올리듯 공덕을 닦고 쌓는 과정에서만 가능한 일일 것이다."라고[59] 이해하는 것이 일반적이다.

공덕은 산스크리트어로서, 구나(guna, 求那)의 번역이다. 공덕에는 '부처의 공덕'처럼, "좋은 일을 쌓은 공, 아미타불이 성불하기 이전인 법장비구(法藏比丘) 때부터 쌓은 여러 가지 수행"이란 의미로, 중생에게 베풀어 찬양의 대상이 되는 경우도 있지만, 일반의 신도들이 "불도를 수행한 덕"이란 의미로 쓰일 때가 많다. 후자의 경우, 공덕은 선행의 결과로서 얻어지는 행복과 이

58) 마스타니 후미오 저, 이원섭 역, 『불교개론』(현암사, 2015), pp.179~180.
59) 朴魯埻, 『新羅歌謠의 硏究』(悅話堂, 1982), p.116.

익 등의 과보, 즉 선과(善果)·복과(福果)·선근(善根)과 유사한 의미이다.

(16) "부처님께 예배하고 공경하면 열 가지 공덕을 갖추게 된다."(妙色身, 出語人信 등; 『업보차별경』)

위는 예불의 공덕을 말한다. 웃어른이 평안하도록 보살펴 잘 받드는 일, 즉 경의·예배·헌신적인 보살핌을 뜻하는 공양의 공덕도 있다. 이외에도 방생(放生)·자비의 공덕, 포교의 공덕, 사경(寫經)·문법(聞法)·사리(舍利)·가사(袈裟)의 공덕, 채식(菜食)·출가·걸식의 공덕, 조상(造像)·조탑(造塔)·욕상(浴像)·욕불(浴佛)·우요불탑(右遶佛塔)·시등(施燈)의 공덕 등 여러 가지가 있다.[60]

(17) "목밀(木櫁)이며 다른 재목이나 기와 벽돌 진흙으로 넓고 거친 들 가운데 흙을 모아 절 지으며 어린애들 장난으로 흙모래로 탑을 세운 이러한 사람들도 모두 이미 성불했고", "어떤 이는 부처님 위해 여러 형상 세우거나 부처님 상 조각한 그들도 이미 성불했고", "혹은 7보(寶)로나 놋쇠나 백동들과 납 주석 쇳덩이나 나무 진흙으로 만들거나 교칠포로 치장하여 부처님 상 장엄한 이와 같은 여러 사람들 모두 다 불도 이루었고, 백복으로 장엄한 부처님 상 그릴 적에 제가 하나 남 시키나 모두 이미 성불했고",[61]

(18) "아이들 장난으로 풀나무 붓이거나 혹은 꼬챙이로 부처님 모양 그린 이들", "이와 같은 여러 사람들 공덕을 점점 쌓아 큰 자비심 갖추어 모두 성불하였나니", "다만 보살 교화하여 무량 중생 건졌노라. 어떤 사람 탑과 묘나 불상이나 화상에 꽃과 향과 번개(幡蓋)로써 공경하여 공양하거나 사람

60) 摩聖, 앞의 책, pp.25～246.

61) "栴檀及沈水 木櫁幷餘材 甎瓦泥土等 若於曠野中 積土成佛廟 乃至童子戱 聚沙爲佛塔 如是諸人等 皆已成佛道 若人爲佛故 建立諸形像 刻雕成衆相 皆已成佛道 或以七寶成 鍮鉐赤白銅 白鑞及鉛錫 鐵木及與泥 或以膠漆布 嚴飾作佛像 如是諸人等 皆已成佛道 彩畫作佛像 百福莊嚴相 自作若使人 皆已成佛道"(『妙法蓮華經』 卷1, 方便品 第2).

을 시켜 풍악 울리고 북도 치고 소라 불며", "마음이 산란해도 꽃 한 송이 일심으로 불상에 공양하면 많은 부처님 뵙게 되며"[62)]

<풍요>에서 중생에게 공덕 닦으러 오라고 한 것은 위의 (17)과 (18)에서 보듯, 성불에 이르는 길을 알려준 것이다. 절을 지으며 어린애 장난처럼 흙모래로 탑을 세운 사람들도, 부처님을 위해 여러 형상을 세우거나 부처님 상을 조각한 사람들도, 7보나 놋쇠나 백동들과 납 주석 쇳덩이나 나무 진흙으로 만들거나, 교칠포로 치장하여 부처님 상을 웅장하고 위엄 있게 한 사람들도 모두 불도를 이루었으니, <풍요> 관련 서사에서 불상을 조성하는 일에 참여한 백성들 또한 깨달음을 성취하여 성불할 수 있음을 일러준 것이다. (18)에서도 부처님 모양을 만든 이들이 성불하였다고 했다.

(19) 건흥(建興) 5년(596) 병진에 불제자 청신녀(淸信女) 상부(上部) 아엄(兒奄)이 석가문상(釋迦文像)을 만드니, 바라건대 나고 나는 세상마다에서 불을 만나 법을 듣게 하고, 일체중생이 이 소원을 같이하게 하소서.[63)]

(20) 갑인년(甲寅年, 594) 3월 26일에 제자 왕연손(王延孫)이 현세 부모를 위해 금동석가상(金銅釋迦像) 1구를 공경히 만드니, 바라건대 부모가 이 공덕으로 현신이 안온(安穩)하고, 나는 세상마다 삼도(三途)를 거치지 않고 8난을 멀리 떠나 빨리 정토에 나서 불을 보고 법을 듣게 하소서.[64)]

---

62) "乃至童子戱 若草木及筆 或以指爪甲 而畵作佛像 如是諸人等 漸漸積功德 具足大悲心 皆已成佛道 但化諸菩薩 度脫無量衆 若人於塔廟 寶像及畵像 以華香旛蓋 敬心而供養 若使人作樂 擊鼓吹角貝 … 若人散亂心 入於塔廟中 一稱南無佛 皆已成佛道"(『妙法蓮華經』 卷1, 위의 책, 같은 곳).

63) "建興五年 歲在丙辰 佛弟子 淸信女 上部兒奄造釋迦文像 願生生世世値佛 聞法 一切衆生 同此願" (黃壽永 編, 丙辰銘金銅光背, 增補 『韓國金石遺文』, 一志社, 1976, p.239).

64) "甲寅年三月廿六日 弟子王延孫 奉爲現在父母 敬造金銅釋迦像一軀 願父母乘此功德 現身安穩 生世世 不經三途 遠離八難速 生淨土 見仏聞法"(黃壽永 編, 甲寅年釋迦像光背, 앞의 책, pp.242~243).

(19)에서는 부처상을 만들면서 태어나는 세상마다 부처님을 만나 법을 듣게 되기를 희망하였고, (20)에서는 금동석가상을 만든 공덕으로 부모님이 무사하고 평온할 것, 태어나는 세상마다 지옥・축생・아귀의 '삼악도(三惡道)', 고통이 너무 심하거나 즐거움이 너무 많아서, 지혜가 너무 뛰어나 불교의 진리나 부처의 가르침을 듣지 못하는 '팔난'을 만나지 않고, 서방정토에 나서 부처를 보고 법을 듣도록 해달라고 소망한다. "부모를 살해했거나 재계법(齋戒法)을 파계했거나 갖가지 동물을 살생한 모든 중죄인들이라도 경전을 만들거나 불상을 조성한 공덕이 있으면 그 내용이 업의 거울에 기록되어 있어, 이를 본 염라왕이 기뻐하면서 그 사람을 방면하고 부귀한 집안에 태어나게 하며 그가 지은 죄를 면제해준다."했으니[65] 불상을 만든 공덕을 매우 크게 인정한다. "어떤 이는 가는 곳마다 힘닿는 대로 절을 세워서 재계하고 강설(講說)하는 법회를 열며 대중에게 공양을 올린 공덕으로 오늘날 처소에 태어났다"[66] 했으니 절을 세우고 불상을 조영하는 일은 크게 공덕을 쌓는 일이다.

<풍요>에서 말한 공덕 닦기란 위의 (17)~(20)과 같이 1차적으로는 영묘사 장육삼존의 조상(造像) 공덕을 의미하는 것임에 분명하다. 그러나 성안의 백성들을 불사에 참여시킨 궁극적인 목적이 조상 공덕에만 있다고 하긴 어렵다. 조상 공덕은 신심(信心)・예불・발심(發心)・공양 공덕으로부터 염불・간경(看經)・정진・선정(禪定)・지혜공덕에 이르기까지 갖가지 공덕을 두루 포함한 것으로, 이들 공덕을 꾸준히 닦음으로써 부처의 가르침, 불교의 진리를 알고 깨닫기를 기원하는 것이 조불(造佛)의 궁극적 목표요 귀착점이기

65) "在生之日 殺父害母 破齋破戒 殺猪牛羊鷄狗毒蛇 一切重罪 應人地獄 十劫五劫 若造此經 及諸尊像 記在業鏡 閻王歡喜 判放其人 生富貴家 免其罪罰"(藏川 저, 김두재 옮김, 『佛說閻羅王授記四衆預修生七往生淨土經』, 성문, 2006, p.19).

66) "或造僧祇 四方無礙齋講說會 供養飯食 修此功德 來生我所", "或有起塔 供養舍利 念佛法身 以此功德 來生我所"(三藏鳩摩羅什, 456 『佛說彌勒大成佛經』; 『大正新修大藏經』 14, p.432).

때문이다.

4. 〈풍요〉의 작품 성격은?

그간 논의에서 <풍요>를 노동요로 보는 관점이 주를 이루었다.

> (1) "오ᄃᆞ오ᄃᆞ오ᄃᆞ/오ᄃᆞ설뒤하라/설뒤한의 내아/공덕(功德)닷ᄉᆞ라오ᄃᆞ" : 대의 "왔다 왔다 왔다,/왔다 떼서리 많아라/떼서리 많은 우리아(우리가 무엇하러 왔는가 하면 소상하는 일에 힘껏 마음껏 조력하여 부처님께)/공덕 닦으러 온 것이다.(자 열심熱心으로 일하자.)[67]

<풍요>에는 부처를 소상하는 일에 힘껏 조력하자는 뜻이 담겼으니 노동요라는 관점이다.

> (2) "당시 노역에 시달리는 피지배 노역계층이 집단적 감정을 은연중에 토로한 노래", "위정자들이 시정득실을 살펴볼 수 있는, 민간에 유포되어 있는 일종의 민요로, 바꾸어 말하면 일반백성들이 위정자들의 시정이나 거기에서 결과 되는 그들의 삶과 그 삶에서 우러나는 위정자들을 향한 감정을 토로한 노래"[68]

노역에 시달리는 피지배계층이 "위정자나 지배층에 대한 원성 불만의 감정을 토로하는 노래로서, 민중들은 이와 같은 민요로 쌓이고 쌓인 울분을 승화 발산시키는 연모로 삼았던 것"이라는[69] 견해가 주를 이룬다. "민중사

67) 李鐸, 「鄕歌新解釋」, 『國語學論考』(正音社, 1958), pp.231~232.
68) 尹榮玉, 『新羅詩歌의 研究』(螢雪出版社, 1991), p.158, p.163.
69) 崔聖鎬, 『新羅歌謠研究 ~背景과 思想을 중심으로』(文賢閣, 1984), pp.63~64.

관에 따라 이 작품을 민중에 대한 노동 착취로 해석한다."는[70] 북한 학계의 시각에 따라, "<풍요>는 강제 노역의 고통과 힘없는 자의 서러움을 표현했다"고 보는 주장도[71] 있다. 이에 <풍요>는 "현생의 서러움과 내세의 희망을 노래하면서, 박자를 맞춰 노동의 효율을 높이는 기능을 한 노래"로서, "우리는 서러운 이 세상에 공덕 닦으러 오다"라는 주제의식을 담은 노래"가[72] 된다.

"<서동요>·<풍요>는 민요이니…"라고 하여,[73] <풍요>가 민요인 까닭을 명칭에서 찾기도 하고, "명승(名僧) 양지가 영묘사의 장육존상을 소조할 때 많은 남녀들이 이토(泥土)를 운반하면서 부른 노래"라고 작업 과정에서 찾기도 한다. "<풍요>는 도구질 노래(舂相役作謠)의 발생 설화"[74], "모든 사람에게 이토시주가 되기를 바라는 향찬적(鄕讚的) 민요",[75] "집단적 가요(Chorlied)로서의 노동요(Arbeitslied)로서의 민요"는[76] 다 같은 관점이다.

<풍요>를 불가로 보는 관점도 여럿 제시되었는데, 그 가운데 대표적인 몇몇만을 보인다. "<풍요>는 신심과 신심끼리의 만남에서 자연스레 불린 것이지 힘겨운 노역에 동원된 피지배층의 천민들이 그들의 불만을 해소하기 위해 부른 노래는 아니라"는[77] 주장도 있다.

---

70) "부역에 끌려나와 고역에 시달리는 인민들의 처지와 원망이 담겨져 있으며, 불교의 허황성(허황된 공덕)과 중놈들의 기만성을 폭로 비판하는 반항의 감정을 풍자적으로 노래"(김일성종합대학 조선문학사강좌, 『조선문학사』, 김일성종합대학출판사, 1990, p.33).

71) 이임수, 『한국시가문학사』(보고사, 2014), p.78.

72) 김유경, 노래와 이야기를 통해 본 향가의 주제, 『향가의 깊이와 아름다움』(보고사, 2009), pp.302~303.

73) 張德順, 『國文學通論』(新丘文化社, 1988), p.93.

74) 池憲英, 『鄕歌麗謠의 諸問題』(太學社, 1991), p.257.

75) 金東旭, 『韓國歌謠의 硏究』(乙酉文化社, 1961), p.31; 金學成, 『韓國古典詩歌의 硏究』(圓光大學校出版局, 1980), p.95.

76) 李在銑, 「新羅鄕歌의 語法과 修辭」, 『鄕歌의 語文學的 硏究』(西江大學校 人文科學硏究所, 1972), p.145.

77) 朴魯埻, 『新羅歌謠의 硏究』(悅話堂, 1982), p.114.

(3) "불상을 조성함으로써 그에 대한 귀의심을 더욱 돈독히 하고, 삶의 안락을 바라서 공덕을 닦는다는 신앙심에서 불린 것이므로 이는 노동을 통해 영출(詠出)된 공덕가였다 할 만한 것이다. 불교의 공덕사상을 배경으로 하고 노동적 기능을 나타낸 불교적 민요라 할 수 있는 것이다."[78]

<풍요>는 불상 조성에 참여함으로써 불교에 귀의하는 마음을 표현한 공덕가, 즉 불교적 민요라는 주장이다. 이외에도 "불사에서의 영적 체험을 노래화한 것", "삶의 목적을 수공덕(修功德)에 두고, '우리가 서러운 이 세상에 온 것은 공덕을 닦기 위해서이다'라는 철학적 언술을 시적으로 형상화" 했다고[79] 한 연구는 <풍요>를 불교적 관점에서 이해한 결과이다. 박노준은 '서럽다'에는 무상 관념이, '공덕 닦아라'에는 자각한 민중들의 미래지향적 공덕관념이 들어있다고 한다. "알겠도다. 알겠도다. 공덕 닦으라고 나를 보냈고, 보람된 일을 남기기 위해서 내가 태어난 것이로다."도[80] 같은 맥락이다. 나아가 "<풍요>는 문승(門僧)인 양지가 재비(齋費)[81]를 얻고자 하여 단월가(檀月家) 문앞에서 불렀던 주원(呪願)의 불가였는데 영묘사 장육불상을 소조하는 불사에 참예한 사녀들에 의해서 널리 유포된 것 같다."는[82] 주술적 바람을 담은 불교의례에서 불리어진 <풍요>가 사녀들에 의해 전파된 것으로 보고 있다.

<풍요>의 노동요적 성격과 불가적 성격을 동시에 인정하는 주장도 있다.

---

78) 金鍾雨, 『鄕歌文學硏究』(二友出版社, 1983), p.164.
79) 황패강, 『향가문학의 이론과 해석』(일지사, 2001), p.333; 신재홍, 『향가의 해석』(집문당, 2000), pp.180~181, 신재홍, 『향가의 미학』(집문당, 2006), pp.163~164.
80) 呂增東, 『韓國文學歷史』(螢雪出版社, 1983), pp.14~16.
81) 최철, 『향가의 문학적 연구』(새문사, 1983), p.247에서도 <풍요>를 재비 마련을 위한 공덕가로 보고 있다.
82) 金鍾雨, 「風謠에 대하여」, 『藏菴池憲英先生華甲紀念論叢』(湖西文化社, 1971), pp.92~93.

(4) "노동의 기능인 공동노역에서의 호흡조절을 기할 뿐 아니라, 영탄법을 써서 생의 무상감을 절감하고 이토시주(泥土施主)를 통해 공덕 닦음(부처에의 귀의)을 강조하고 있다. 따라서 이 노래는 불교의 공덕관념을 바탕으로 한 노동요"[83]

(5) "<풍요>는 영묘사의 장육존상을 조성하기 위하여 이 애상적 내용의 전래적인 방아노래를 불교적 공덕가로 재문맥화"[84]

위처럼 불교의 공덕관념을 바탕으로 한 노동요, "권유의 불교 이념"과 "민중들의 애환 표출"이라는 두 가지 해석이 양립한다는[85] 시각은 <풍요>의 이중적 성격을 다 수용한다. 다만, 위의 (5), "전래의 공덕가를 노동요로서 대용해 부른 것",[86] "양지스님이 불상을 만들 때 부른 토목노동요가 불교신앙요로도 변전",[87] "<풍요>는 민요에 불교적 색채가 가미되어 문학작품으로 상승"했다는[88] 주장은 민요(노동요)와 불교신앙요(공덕가)의 선후 문제에 대해서만 견해가 약간씩 다를 뿐이다. 이에 "엄밀하게 말하면 의식공덕요이고, 여유롭게 다룬다면 의식에 노동요적 성격이 가미된 노래"라는[89] 주장은 <풍요>의 2가지 성격을 함께 생각한 것이고, "현실은 서러움 많은 고통의 삶이지만, 이상은 공덕을 닦고자 하는 신심이기에 숭고의 비극적 표상 구현"는[90] <풍요>의 2중적 성격을 미의식에 근거하여 설명한 것이다.

---

83) 金承璨 · 權斗煥, 『古典詩歌論』(한국방송통신대학출판부, 1989), p.63.
84) 성기옥 · 손종흠, 『고전시가론』(한국방송통신대학교출판부, 2006), pp.71~72.
85) 유종국, 「풍요론-전승문맥의 검토를 통한 성격과 의미 재론」, 국어국문학회 편, 『향가연구』(태학사, 1998), p.281.
86) 朴魯埻(1982), p.114.
87) 조동일, 앞의 책, p.160.
88) 金榮喆 · 朴鎭泰 · 李圭虎, 『韓國詩歌의 再照明』(螢雪出版社, 1984), pp.316~317.
89) 김창룡, 『한국 노래문학의 의혹과 진실』(태학사, 2010), p.126.
90) 金學成, 『韓國古典詩歌의 硏究』(圓光大學校 出版局, 1980), pp.95~96.

부처가 열반한 후, 5세기가 경과한 시기에 불교도들이 부처의 형상을 대하고 싶어 하는 염원이 강해졌고, 그 심정을 대변한 것이 일심로 아미타불을 사념하면 아미타불을 볼 수 있다고 한 『반주삼매경(般舟三昧經)』이다. 부처를 볼 수 있는 삼매의 경지에 이르는 방법 가운데 '부처의 형상을 만들거나 그림을 그린다.'는 말이 있는 것을 보면 부처를 보고 싶어 하는 심정이 불상을 제작하는 데 큰 자극제가 되었음에 분명하다.[91]

(6) 이때 부처님께서 형상을 향해 말씀하셨다. "너는 오는 세상에서 크게 불사를 일으키게 될 것이다. 내가 멸도한 후에는 나의 여러 제자들을 너에게 부촉하노라. 만약 어떤 중생이 부처의 형상을 만들어 놓고 갖가지로 공양하면, 이 사람은 내세에 반드시 부처님을 생각하는 청정한 삼매를 얻게 될 것이다."[92]

(7) "이렇듯 무량한 아라한들이 모두 일찍이 불상 앞에서 간략한 공양을 드리되 내지 나가파라(那伽波羅)와 같게 하거나 불상의 좌대 앞에서 조그마한 황단(黃丹)으로 하나의 동상을 그리어 공양하면, 이러한 복을 말미암아 모두 영원히 괴로움을 여의고 해탈을 얻으리라."[93]

'청정(淸淨)'이란 "죄업이나 번뇌의 더러움에서 벗어난 깨끗함", "계행(戒行), 즉 율법에 따라 실천하고 수행하는 것이 더럽거나 속되지 않고 깨끗함"이고, '삼매(三昧)'란 "마음을 한곳에 모아 움직이지 않게 하며, 마음을 바르

91) 진홍섭 글, 안장헌 · 손재식 사진, 『불상』(대원사, 1989), pp.39～40.

92) "爾時 世尊而語像言 汝於來世 大作佛事 我滅度後 我諸弟子 以付囑汝 空中化佛 異口同音 咸作是言 若有衆生 於佛滅後 造立形像 幡花衆香 持用供養 是人來世 必得念佛淸淨三昧"(『佛說觀佛三昧海經』 卷7; 『新修大正大藏經』 第15卷 經集部2, 아름출판사, 1961, p.678).

93) "有如是等無量諸阿羅漢 皆悉曾於佛像之所薄申供養 乃至極下如那伽波羅 於像座前以少許黃丹畫一像身而爲供養 由此福故皆永離苦而得解脫"(『佛說大乘造像功德經』 卷上; 『新修大正大藏經』 第16卷 經集部3, 아름출판사, 1961, p.791).

게 하여 망념에서 벗어나는 것"으로 불교의 중요한 수행방법 중 하나이다. (6)에서 중생이 부처의 형상을 만들어두고 갖가지로 공양하면 바로 이 삼매에 이를 수 있다고 했다. 삼매는 곧 선정(禪定, dhyāna)의 공덕이다. (7)에서는 불상 앞에서 공양을 드리면 영원히 괴로움을 여의고 해탈을 얻을 것이라 했다. 또 "붉은 흙, 백회 또는 진흙 아니면 나무 따위의 물건으로 그 힘과 분수에 따라 불상을 조성하되 너무 작아서 하나의 손가락 크기와 같을지라도 보는 이로 하여금 능히 이것이 부처님의 상호임을 알게만 하면 그 사람의 복보를 내가 지금 말하여 주리라."에서도[94] 작은 불상이라도 조성한다면 복보, 즉 공덕을 쌓거나 가치 있는 행위를 하여 생겨나는 좋은 결과를 얻을 것이라 했다.

<풍요>에서 중생들에게 공덕 닦으러 오라고 한 것은 이들을 불도로 이끌기 위함이다. 중생을 깨우쳐 부처가 되게 하는 것은 석존 한 사람이 할 수 있는 일이 아니다. 다만 관불(觀佛)이나 염불을 통해 중생들로 하여금 구도정신을 갖는 계기를 마련해 주기 위한 것이다. 이를 위해서 부처의 형상이 필요하였던 것이다.[95] 제작 동기나 목적들이 실현되지 않았을 때에도 불상이 꾸준하게 조성된 배경에는 불상에 그만한 예술성이 담겨있기 때문이라 여겨진다. 미지와 환란에 직면할 때 사람들의 불안감을 달래주는 것은 불상 조성의 공덕으로 극락왕생할 수 있다는 믿음이고, 이와 별도로 불상 조형의 시각적인 이미지가 주는 위안과 거기서 얻는 만족감이 있었을 것이다.

불상은 보는 사람들로 하여금 부처님의 세계에 몰입하는 것을 돕는다. 이를 위해 불보살상에 인간적인 생명감을 부여하였고, 그럼으로써 친숙한

---

94) "丹土白灰若泥若木如是等物 隨其力分而作佛像 乃至極小如一指大 能令見者知是尊容 其人福報我今當說"(『佛說大乘造像功德經』 卷下; 『新修大正大藏經』 第16卷, 위의 책, p.793).

95) 秦弘燮, 『韓國의 佛像』(一志社, 1992), pp.66～67.

신뢰감을 느끼도록 했다. 불상 조형의 정확성이나 완벽함으로부터가 아니라 불상에 표현된 생명감으로부터 위안과 평안을 느낀다는 의미다. 더불어 불상을 보며 심리적 · 시각적인 위안을 얻고 그 앞에서 기도하는 것이 무엇보다 중요한 문제였다.[96]

<풍요>의 서사를 담은 '양지사석'은 『삼국유사』 의해(義解) 편에 실려 있다. 중국 · 인도 · 신라 등 국가적 차이는 있지만, 의해 편에 실리는 내용은 첫째, 모두 불법을 구한다는 것이다. 둘째, 그들이 불법에 통달하였다는 것이고, 셋째는 강론이든 포교든 불법을 널리 나타냈다는 것이다.[97] 『삼국유사』 의해도 경율론교의 사장(四藏)에 대해 나름대로의 입론을 세운 이들의 '불학의 깊은 뜻을 풀이한다.'는 의미와 교학과 신앙 두 측면에서 일정한 성취를 이룬 이들에 관한 '뜻을 풀이한다.'는 의미도 담겨있다. 의해 편은 불교 공인 뒤 진종설과 골품제가 확립된 시대로 진입한 6~7세기 진평왕 대 이래 교학과 신앙 두 측면에서 다양한 활동을 전개한 고승들의 전기를 집성하고 있다. 『삼국유사』의 의해 편은 해당 인물들의 특징적인 행적을 채록하여 신라불교의 성취를 뒷받침해주고 있다.[98]

'양지사석'에는 양지를 신비하고 신통력 있는 존재로 묘사하고 있다. 먼저 "절을 세우고 불상을 만든 인연이 양지법사전(良志法師傳)에 상세히 적어 실렸다.", "지팡이 머리에 포대를 달아두면 저절로 시주할 집으로 날아가 자루를 채워 되돌아온다.", "각종의 기예에 능통하여 비할 바 없이 신묘하고 서화에도 능통했다.", "스님은 재주를 갖추고 덕행이 충실하여 대가로 조그마한 기예에 숨었던 자"라고[99] 했고, 장육삼존이니 주불 삼존, 전탑 등

96) 이해주, 『삼국시대 불상의 미의식 연구』(학연문화사, 2013), pp.89~90.

97) 김지현, 「삼국유사 義解 良志使錫 조를 통해 본 양지의 작품과 활동시기」, 『신라문화제 학술발표 논문집』 33(동국대 신라문화연구소, 2012), p.131.

98) 고영섭, 『삼국유사 인문학 유행』(박문사, 2015), pp.485~486, p.491.

99) "創寺塑像因緣 具載良志法師傳"(『三國遺事』 卷3, 興法 第3, 塔像, 靈妙寺丈六)., "錫杖頭掛一布

불사에 대한 능력도 소개하고 있다. 그러므로 '양지사석' 조는 양지의 다양한 활동과 성취, <풍요>에는 장육삼존을 만들어 불도와 공덕을 닦게 하려는 마음을 담았다. 지팡이를 자유자재로 부릴 만큼[良志使錫] 신통력을 가진 양지가 영묘사 장육상을 빚을 때에 스스로 삼매경에 빠져 사난(邪亂)을 여의고 잡념 없는 상태에 이르러 부처를 뵙고, 그 형상을 본 따 조상(造像)하니 더욱 신비한 영험을 인정받아 성안의 백성들이 다투어 진흙을 날랐던 것이다. 이 동참이 자신들을 부처의 설법을 듣고 불교의 진리를 깨우쳐 서방정토로 이끌 것이라는 강한 믿음 때문이다.

앞에서 부처의 형상을 만들어 공양하면, 청정한 삼매에 이르고, 복보(福報)를 얻으며, 영원히 괴로움을 여의고 해탈을 얻을 수 있음을 보았다.

(8) 경(景) 4년 신묘(辛卯)에 비구(比丘) 도수(道須)와 여러 선지식(善知識)인 나루(那婁)·천노(賤奴)·아왕(阿王)·아거(阿琚)의 5인이 함께 무량수상(无量壽像) 1구(軀)를 만든다. 바라건대 돌아간 스승 및 부모가 다시 날 때마다 마음속에 늘 제불을 기억하고, 선지식들은 미륵을 만나기를 바란다. 소원이 이러하니 함께 한곳에 나서 불(佛)을 보고 법(法)을 듣게 하소서.[100)]

(9) 갑신년(甲申年)에 … 석가상을 만드니, 제불을 만나서 길이 고통에서 떠나고 …[101)]

(8)과 (9) 또한 불상의 조상기(造像記)이다. 조상기의 기원은 몇 가지 공통적인 특징을 지니고 있다. 첫째는 기원의 내용이 윤회전생하는 육도(六道)

岱 錫自飛至檀越家 振拂而鳴 戶知之納齋費 岱滿則飛還", "其神異莫測皆類此 旁通雜藝 神妙絶費", "師可謂才全德充 而以大方隱於末技者也"(『三國遺事』 卷4, 義解 第5, 良志使錫).

100) "景四年在辛卯 比丘道須 共諸善知識 那婁 賤奴 阿王 阿琚 五人 共造无量壽像一軀 願亡師父母生生 心中 常値諸佛 善知識等値 遇彌勒 所願如是 願共生一處 見佛聞法"(黃壽永 編, 辛卯銘金銅三尊佛光背, 앞의 책, p.237).

101) "甲申年□□施造釋加像 正遇諸佛 永離苦利"(黃壽永 編, 甲申銘金銅釋迦坐像光背, 위의 책, 같은 면).

중에서 지옥·아귀·축생의 삼도를 빨리 떠나기를 바라고 있다는 점이다. 둘째로는 장차 태어나는 세상에서 부처를 만나 법을 듣고 깨닫기를 바라는 기원이 담겨있다는 점이다. 셋째 부모나 자신의 평안을 빌기도 하고, 죽은 사람의 명복을 빌기도 한다. "여래정토에서 부처를 만나지 못할까 걱정되어 사재를 털어 공양하고 전심전력으로 미륵하생석불을 조상하였다. 그의 공덕이 충분하여 가족·국가·자신·주변사람들이 윤회의 고통에서 영원히 벗어나기를 원하고 항상 불회에 참여하기를 기원한다."나[102] "혜공왕(惠恭王) 2년(永泰 2년 丙午, 7월 2일)에 법승(法勝)·법연(法緣) 두 스님이 돌로써 비로자나불을 조성하여 무구정광다라니경과 나란히 석남암(石南巖) 숲(도량, 藪) 관음암에 봉안하였다.", "모든 사람이 삼악도의 업보에서 벗어나기를 원한다."를[103] 보면, 불상을 조상하면 삼악도(三惡道, 貪瞋癡; 탐냄, 성냄, 어리석음)나 윤회의 고통에서 벗어나, 청정한 삼매에 이르고, 복보(福報)를 얻으며, 괴로움을 여의고 해탈을 이르는 등 다양한 과보가 뒤따를 것이라고 믿었음을 알 수 있다.

『삼국유사』 권5 효선(孝善) 진정사효선쌍미(眞定師孝善雙美)에서 진정(眞定)의 어머니는 진정이 베푼 선정의 공덕으로 인하여 죽어서 천상에 태어났고, 『삼국유사』에서 사복(蛇福)의 어머니가 과부로서 남편 없이 잉태하고 가난한 생활을 한 현실, 욱면비(郁面婢)가 종으로서 겪는 괴로움, 죽지랑이 진골귀족 가문에 태어나 화랑이 된 것, 김대성(金大城)이 국재(國宰)인 김문량(金文

102) "恨未逢如來之際 減已家珎 玄心獨拔 敬造彌勒下生石像一軀 顛以建立之功 使津通之益 仰爲家國 已身眷屬 永斷苦回 常與佛會"(曹望憘 座臺 碑文, 彌勒下生石像, 고혜련, 『미륵과 도솔천의 도상학-"佛說觀彌勒菩薩上生兜率天經"에 근거하여』, 일조각, 2011, p.208).

103) "永泰二年 丙午 七月二日 釋法勝法緣 二僧幷 爲石毘盧遮那佛 成內 無垢淨光陁羅尼幷 石南巖藪 觀音巖中 在內如", "一切衆生 那一切 皆三惡道業滅"(永泰2年 佛像造成記, 766)(朴敬源, 「永泰二年銘 石造毘盧遮那坐像-智異山 內院寺石佛 探查始末」, 『考古美術』 168(韓國美術史學會, 1985), p.9; 부산박물관, 石南寺址 石造毘盧遮那佛坐像 蠟石舍利壺, 『부산박물관 소장 유물 도록 珍寶』(디자인인트로, 2013); 대원애드컴, 『부산의 문화재』(부산광역시, 1998), p.13.

亮)의 집에 태어난 사실 등은 모두 전세(前世)에서의 공덕의 결과로 묘사하고 있다.[104] <풍요> 또한 전생과 현세, 내세가 쌓아온 공덕에 따라 인과응보(因果應報) 원리로 이어진다는 윤회전생사상에 근거하여 공덕 닦기를 강조한 것이다. 양지가 조상 이전에 "스스로 선정에 들어 정수(正受)의 상태에서 …"라고 한 것 또한 '선정'의 공덕이다. "고요히 생각한, 생각으로 닦음"이란 뜻의 '선(禪)', "생각을 가라앉혀 정신을 집중시킨다." 해서 '정(定)'을 합해 선정이라 한다. 양지는 영묘사 불상을 조상하기 위해 모인 백성들이 조상공덕(造像功德)을 계기로 하여 지속적으로 수행해 가면 3도(途)를 여의고 법(法)을 듣고 진리를 깨달아 극락정토로 갈 것임을 일깨우는 의미로 <풍요>를 불었던 것이다.

1구에 이어 4구까지 총 5번이나 반복되는 "來如"는 1차적으로는 조상 공덕을 실천하는 불사에 참여하라는 의미이지만, 궁극적으로는 아미타불이 관세음보살·대세지보살을 데리고 와서 중생들을 극락정토로 인도할 것이라는 삼존내영(三尊來迎)의 기원이자 예언이다. 이를 '오다'(역사적 현재)로 읽거나 '오라'(명령)로 읽거나 중생들을 부처의 곁으로 부르는 마음[105]은 동일하다. 2구와 3구의 슬픔은 단순히 "(성 안의 백성들이) 일하면서 사는 신세의 서러움, 원하지 않은 노동에 동원되는 괴로움을 하소연"한 것이 아니라,[106] "인간이 늘 굶주림·목마름·추위·더위에서 자유롭지 못하고, 생

104) 李基白, 『新羅思想史硏究』(一潮閣, 1994), pp.88~89, pp.92~93.

105) "다섯 번이나 반복되는 '오다'의 시적 의미는 무상감을 깨닫고 마침내 내세를 준비하기 위해 공덕을 쌓고자 찾아 나선 무수한 신도들의 행렬을 뜻하는 것으로 풀이된다고 했다."(박노준, 『향가』, 열화당, 1994, p.22).

106) <良志使錫> 조에는 양지의 신비한 행적을 듣고, "이에 온 성의 백성들이 다투어 진흙을 날랐다(故傾城士女 爭運泥土)"고 했기에, 원하지 않는 노동에 동원된 것이라 보기는 어렵다. "(탑을 옮길 때에) 사리가 땅에 가득 쌓였다. 불자들은 감히 이 사리를 밟지 못하고 모두 사찰 밖으로 나왔다."(移塔之時, 滿地現舍利 士女不敢踐之 悉出士外, 段成式, 『酉陽雜俎』 續集 卷5; 정환국 역, 『유양잡조』 2, 소명출판, 2011, p.140, p.469)를 볼 때, 흔히 士女와 士夫를 구분하지만 여기서는 일반적인 백성(불자)로 이해하는 것이 좋을 듯하다.

로병사를 두려워하면서도 또 생로병사의 업을 짓고, 애착·이별 대상에 괴로움 당해도 애착을 끊지 않으며, 번뇌의 불속에 활활 타면서도 삼매수행의 물을 구하지 않는 것이나 집착하고 갈애하며, 형상 있는 물건이나 환경, 감각으로 받아들여지는 갖가지 것에 얽매어 버리지 못하는 것 등등, 끊임없이 원인을 만들고 과보를 받는" 삶의 보다 근원적인 슬픔을 말한다. 중생으로서는 그러한 삶 자체가 슬픈 것이고, 부처의 시각에서는 그 슬픔 되풀이에 대해 자비의 비감(悲感, 悲心)이 생기는 것이니 <풍요>의 2·3구는 이 2가지 슬픔을 복합적으로 담고 있다. 4구는 삶의 번뇌와 슬픔에서 벗어날 수 있는 유일한 길로 '수공덕(修功德)'의 방향을 제시한다. 영묘사 삼존불상을 조상하는 불사에 흙을 나르는 일 또한 조상의 공덕인데, 이를 계기로 지속적으로 공덕을 쌓아나가면 지옥·아귀·축생을 되풀이하는 3도(途)의 윤회에서 벗어나 부처의 법(法)을 듣고 불교의 진리를 깨달아 종국엔 극락정토에 이를 수 있다는 바른 길을 제시하고 있다. 이는 "우리들이 공덕을 닦으면 큰 서러움을 상쇄하고, 인생의 인과적 윤회를 끊을 수 있으니, 어려움을 극복하면서 지성스런 공덕을 더욱 닦자"가 된다.107) 바꾸어 말하면, <풍요>는 불법승(佛法僧)의 삼보(三寶)에 귀의하기를 유도하는 노래이다. 귀의란 신봉(信奉)과 비슷한 말로서, 믿고 따른다는 뜻이다. 불은 부처님으로 중생의 미망을 제거하고 안락을 얻게 하므로 귀의하고, 법(法)은 부처님이 설한 가르침으로서 일상행동의 규범이 되므로 귀의하며, 승은 승가(僧伽)로서 부처가 설한 법을 전승하여 중생에게 전달하고 부처를 대신해 중생을 인도하여 열반에 들게 하므로 귀의한다.108) <풍요>는 너 많은 사람들이 삼보에 귀의하여 공덕을 닦음으로써, 업인(業因)과 과보의 슬픈 고리를 끊고, 깨달음을 얻어 열반을 성취하기를 바라는 마음을 담은 작품이다.

107) 양희철, 풍요; 임기중 외, 『새로 읽는 향가 문학』(아세아문화사, 1998), p.68.
108) 김승동, 『불교사전』(민족사, 2011), pp.117~118.

풍요 자체에 민요라는 의미가 있다 보니, <풍요>를 애초부터 노동 현장의 민요였다고도 하고,[109] 본디 불교 공덕가인데 사찰 밖에서 행해지던 일과 관계되면서 불교적 의미의 측면을 떠나서 노동요로 대용했다고도[110] 한다. 또 다음과 같이 기존 노동요가 불교적 의미를 담고 <풍요>로 변했다가[111] 고려시대 이후 다시 방아노래가 되었다는 주장도[112] 있고, 애초에 불교적 깨달음을 노래한 <풍요>를 노동의 현장에서 가져다 쓰면서 노동요로 전이했다고 이해하기도 한다.[113]

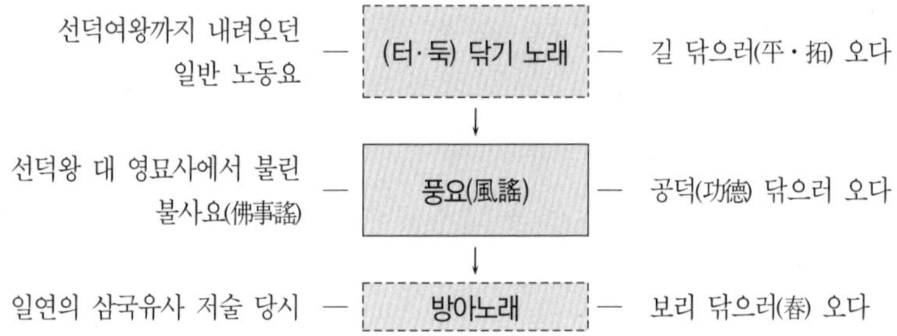

(10) "한 놈은 방아 타령을 하는데, 뫼에 올라 산전(山田)방아, 들에 내려 물방아,…깊은 밤에 우리 님은 가죽방아만 찧는다. 오다 오다 방아 찐는 동무덜ㅇ 방아 처음 너던 사람 알고 찧나 모르고 찧나, …"

(11) "우리 님 혼자 와서 가죽방아만 찧는다. 오다 오다 창힐(蒼頡)이 조자(造字)할 제 이별 이자(離字) 왜 지었노"[114]

(12) "이방아 저방아 다바리고/칠야 삼경의 기픈밤의/우리임은 가쥭방아

109) 梁柱東, 앞의 책, p.488.
110) 박노준, 『향가』(열화당, 1994), p.22.
111) 金俊榮, 『鄕歌文學』(螢雪出版社, 1982), p.136.
112) 張珍昊, 『新羅鄕歌의 硏究』(螢雪出版社, 1997), pp.234~237.
113) 신재홍, 『향가의 해석』(집문당, 2000), pp.180~181.
114) 姜漢永 校注, 심청가, 『신재효 판소리 사설集』(普成文化社, 1978), pp.546~547 및 pp.240~243.

만 찟난다/오더 오더 방아찟난 동무더라/…"[115]

(10)은 판소리 <변강쇠가>, (11)은 <심청가>, (12)는 민요인데, 비슷한 구절이 많다. <풍요>와 같은 구절 '오다 오다'의 반복은 동참을 확인하며 참여의식을 고조시키는 기능을 하고 있다. 밑줄 친 대목은 세 작품에 모두 공통적으로 들어있는데, 이는 '공덕(功德)=쿵덕'이 방아의 의성(擬聲)을 연상케 하기 때문에"[116] 생긴 연결일 것이다. "어~유하방아요/덜커덩덜컹 자주 찧는다./…/어~유하방아요/주장군은 눈 없어도/여자의 옥낭간은 잘 찾는데/어~유하방아요/여자의 보지그것다가/육방아나 찧어볼거나/어~유하방아요"에[117] 그 흔적이 그대로 남아있다.

(10)~(12)와 같은 방아노래는 집단(방아 찧는 동무)의 흥미를 돋우기 위해 희락적으로 전성된 형태이고, 다음 작품에는 불교적 기원의식이 잘 남아 있다.

> (13) "애이야디야 방애야/애이야디야 방애야/초불공덕/생불공하니/왕의모나/되어주소", "애이야디야 방애야/애이야디야 방애야/중불공덕은/개천석하니/…/후불공덕은/왕천석하니/…"[118]

이 방아타령에 곁들인 설명을 보면, 방아를 찧으며 "천 날 만날 방아품을 팔아서 힘들게 먹고사는데, 하나 있는 아들만큼은 잘되게 해 달라는 마음"을 담아 노래를 불렀더니, 그 아들이 결국 왕이 되었다 했다. <풍요>와

---

115) 任東權, 『韓國民謠集』(集文堂, 1961), pp.619~620.
116) 李庚秀, 「勞動謠로서의 風謠」, 『한국고전시가작품론 1』(집문당, 1992), p.50; 金俊榮, 『鄕歌文學』(螢雪出版社, 1982), p.136.
117) 방아 타령, 경상남도 하동군 화개면, 화개면 민요9, 탑리 원탑(1984.2.19. 김승찬, 곽의숙 조사); 金承燦, 『韓國口碑文學大系』 8~14(韓國精神文化硏究院, 1986), p.199.
118) 조동일 · 임재해, 『한국구비문학대계』 7~2 경북 경주 · 월성 편(한국정신문화연구원, 1980), pp.445~446.

방아노래의 동일성은 반복적인 행위를 하며 지극정성으로 기원한다는 점에 있다. 노래에 간절한 소원을 담아 지속적으로 기원함으로써 결국 뜻하는 바를 이루어가는 모습을 보여주고 있다. 『삼국유사』에는 “지금까지도 그곳 사람들이 방아를 찧거나 다른 일을 할 때 이 노래를 부르는 것은 아마도 여기에서 비롯한 것으로 보인다.”고[119] 했다. <풍요>의 전통이 2가지 방식으로 전승되어, (10)~(12)는 불상을 조성하면서 흙을 채로 치고, 물을 섞어 흙의 점성률을 높이기 위해 반죽하고 이기어 찧는 과정을 통해 ‘육(가죽)방아’까지 연상한 천박한 상상이 이룬 작품 유형이고, (13)은 “방아를 찧어 곡식을 만들어내는 과정과 공덕을 쌓는 과정이 동질적인 비유”를[120] 이룬 것으로, <풍요>의 기원과 정성이 송주(誦呪)의 공덕으로 자리매김한 유형이다. 흔히 “장곡(章曲)이 있으면 이를 가(歌)라 일컫고, 장곡이 없으면 요(謠)”라[121] 하고, “곡(曲)이 악(樂)과 합해진 것을 ‘가’라 말하고, 무리지어 부르는 노래를 요”(曲合樂曰歌 徒歌曰謠, 『詩經』)라 하는데, 신라시대 영묘사 조상 과정에서 양지 스님이 장곡을 갖추지 않고 노동에 참여한 백성들의 취향에 맞추어 짓고, 백성들이 무리지어 부른 <풍요>가 후대에까지 오랜 생명력을 가지고 전승된 것으로 보는 것이 합리적이다.

5. 고통 받는 중생에게 수행공덕을 권유하다

<풍요>는 영묘사의 장륙존상을 만들 때 불린 노래로, 짤막한데도 반복구절(‘내여(來如)’)이 많은 민요 형식을 취했지만, 공덕 쌓기를 권유하는 내용

119) “至今土人春相役作皆用之 蓋始于此”(『三國遺事』 卷4, 義解第5 良志使錫).
120) 최철, 功德歌; 金承璨, 『鄕歌文學論』(새문사, 1986), pp.214~215.
121) “有章曲謂之歌 無章曲謂之謠”(徐師曾, 『文體明辯』 古歌謠辭).

을 담은 전형적인 불교가요이다. 5번 반복하는 구절은 공덕을 닦으러 오는 백성들 행렬이 한없는 이어지는 모습을 상상하고 권유하고 기원한다. <풍요>는 “셔럽다(哀反多羅) → 오다(來如) → 공덕 닦아라(功德修叱如良)”로 단계적이고, 주제가 담긴 핵심 구절은 “공덕 닷ᄀᆞ라 오다(功德修叱如良來如)”이다. ‘셔럽다’를 흔히 “종래까지 추구해온 세속적인 지상의 복락이 덧없음을 고백”했다 하거나 민중들이 노동에 시달리는 서러움을 말한다 하지만, 실상은 윤회의 삶 속에서 업을 쌓고 그 업보를 받는 인간의 끊임없는 순환 고리를 “슯프다 · 슯허ᄒᆞ다 · 슬흐다(悲, 哀, 惻愴)”라고 표현한 것이다. 즉, <풍요>의 슬픔은 우리 삶의 본질에 대한 감정이다. 마지막 행의 “공덕 닦으러 오다.”는 수미상관의 답이요, 중간의 모든 과정을 포괄하는 마무리이다.[122] ‘공덕 닦기’는 인생의 원래적 슬픔을 극복해가는 방향 제시이기도 하고, 부처의 모습을 조상하는 궁극적인 목표이기도 하다.

지금까지의 <풍요> 연구는 서사 단락에 담긴 불사의 과정과 시가 작품을 동일시하거나 <풍요>의 형식적인 틀에 주목하여 노동요로 간주한 경우가 많았다. 그러나 불상을 조성하는 까닭, ‘來如’가 가지는 의미, ‘哀反多羅’의 원인, 공덕 닦기(修)가 뜻하는 바를 불교적 측면에서 제대로 이해할 때 <풍요>가 가지는 의미를 무리 없이 분석할 수 있을 것으로 보인다. 아울러, 『삼국유사』나 불교 문헌에 실린 의해 편의 편제와 내용 취지를 파악한 기반 위에서 양지사석 조나 <풍요>를 이해할 때 더욱 보편타당한 작품 분석을 할 수 있을 것으로 보인다.

122) 신재홍, 『향가 서정 여행』(월인, 2016), pp.269~270.

〈원왕생가(願往生歌)〉

광덕(廣德)과 엄장(嚴莊) 스님의 수행길을 담다

1. 아미타부처에게 가는 길?

<원왕생가>는 『삼국유사』 감통(感通) '광덕엄장(廣德嚴莊)' 조에 실려 있다. 이 작품에 대한 주된 논지는 논자들끼리 대체로 일치하지만, '뇌질고음(惱叱古音)' 등 일부 구절에 대해서는 여전히 논란이 있다.[1] 마지막 구절에 "아으 이몸 기텨 두고, 48대원 일고샬까?"라는 설의적 표현에 대해서도 위협적, 주사적(呪詞的),[2] 불확실함에 대한 초조감으로부터 청원(請願[3])에 이르

1) 楊熙喆, 「願往生歌의 解讀釋」, 『인문과학논집』 12(청주대 인문과학연구소, 1993), pp.17~18; 황선엽, 원왕생가의 해독에 대하여, 『口訣硏究』 17(구결학회, 2006), p.188, pp.199~205.

2) "내심은 威脅이다. 나를 이 裟婆에 남겨두고는 48대원을 이루지 못한다. 그러니 往生彼土케 하라는 명령이다. 식석접인 祈願은 畏敬인 자세를 취했으나 직접적인 고백은 위협적인 자세로서의 명령이다."(尹榮玉, 『新羅詩歌의 硏究』, 螢雪出版社, 1991), p.95), "나를 成道시켜주지 아니하고 어쩌겠는가?"하는 상대방에 대한 어느 의미로는 위협적인 요구로도 되며, 동시에 자기 수행에 대한 지순한 자신을 표현했다고도 보겠다. (황패강, 願往生歌 硏究, 『三國遺事의 문예적 硏究』(새문사, 1982), p. I ~103).

3) "3행, 4행은 간접청원이고, 7행과 8행은 직접청원이다."(李在銑, 新羅鄕歌의 語法과 修辭, 『鄕歌의 語文學的 硏究』(西江大學校 人文科學硏究所, 1972), pp.155~156).

기까지 다양한 해석의 관점이 공존한다.

그동안 <원왕생가>의 작자를 밝힘으로써 창작의도를 규명하고, 그를 근거로 작품의 의미를 명확히 하고자 했지만, 많은 논의에도 불구하고, 이 작품의 작자 문제에 대해서는 광덕, 광덕처(廣德妻), 엄장, 원효(元曉), 전승민요(작자 실명) 등 다양한 설[4]이 공존하고 있다.

'광덕엄장' 조와 <원왕생가>의 연관성에 대한 시각도 다양한데, 이 조의 핵심은 광덕과 엄장의 서승(西昇)이라고 논의의 방향을 전환한[5] 것은 매우 의미 있다. <원왕생가>의 내용도 종교적이고, 설화의 내용도 수도승의 수행 과정임을 감안하면, <원왕생가>의 해석은 이 수도승들의 불교수행법을 살피는데 주력하는 것이 마땅하다. 이에 본고에서는 <원왕생가>에 관한 다양한 문학적 상상 이전에, 불교문헌이나 이론을 통해 '광덕엄장' 설화의 문면을 살피어 객관적이고 실증적인 구절 해독을 한 후에, 작품의 의미 분석을 시도해 보고자 한다.

4) 양주동, 德字辨-원왕생가의 작자 문제, 『국어국문학논문집』 3(동국대 국어국문학과, 1962); 金士燁, 원효대사와 원왕생가, 『朝鮮學報』 27(天理大 조선학회, 1963) : 『향가의 문학적 연구』(계명대출판부, 1985); 丁益燮, 願往生歌의 作者攷-背景說話를 中心으로, 『湖南文化研究』 9(全南大學校 湖南文化研究所, 1977); 김병권, 원왕생가의 작자 추정고, 『語文教育論集』 5(부산대학교 국어교육과, 1980); 신동익, 원왕생가의 작자, 『한국문학사의 쟁점』(집문당, 1986); 나경수, 원왕생가의 작가고, 『국어국문학』 110(국어국문학회, 1993); 성기옥, 원왕생가, 『鄉歌文學研究』(일지사, 1993); 이승남, 원왕생가의 시적 자아와 작자 문제, 『한국어문학연구』 39(동악어문학회, 2002); 이승남, 『고전시가의 작품세계와 형상화』(역락, 2003).

5) 朴仁熙, 感通篇 鄉歌로서 願往生歌, 『大東文化研究』 50(성균관대 대동문화연구원, 2005), p.299.

2. 〈광덕엄장〉 조와 〈원왕생가〉의 구절을 푼다면?

1) 광덕의 16관(觀)

『삼국유사』 광덕엄장 조에 "남편과 나는 10여 년 동안 함께 살았지만 일찍이 하룻밤도 잠자리를 같이 한 적이 없는데, 하물며 몸을 더럽혔겠습니까?", "그분은 다만 매일 밤 단정하게 앉아서 한결같은 마음으로 아미타불을 외면서 16관을 짓고, 관(觀)이 다 되어 미혹을 깨닫고 달관하여, 밝은 달이 창으로 들어오면 때때로 그 위에 올라 가부좌를 하였습니다. 이처럼 정성을 다하였으니, 비록 극락으로 가려고 아니 해도 어디로 가겠습니까?"에서[6] 보듯 광덕은 16관법을 닦았다.

염불은 대승 삼매(三昧)의 실천행으로 나타났는데, 그 하나가 '반야삼매(般若三昧)'이다. 이것은 아미타불을 사념함으로써 현재의 여러 부처가 수행자의 면전에 나타난다고 여기는 것으로, 염불의 실천적인 면을 중시한다. 다른 하나가 '관불삼매(觀佛三昧)'인데, 붓다를 관찰·관상(觀想)하는 방법이 수행방법으로 되었다. 『관무량수경』은 그러한 부류에 속하는 것으로 극락정토와 아미타삼존 등을 관상하는 16관(觀), 상품상생부터 하품하생의 9단계 왕생방법을 설하고 있다. 서사 문맥을 살펴보면, 광덕의 염불은 반야삼매이자 관불삼매의 실천이다.

(1) "만약 수행하고자 하면 집에 있으면서도 득도할 수 있다. 절에 있어야만 도를 성취하는 것은 아니다. 만약 절에 있으면서 수행하지 않으면 서방의 극락세계에 마음이 악한 사람과 같다. 만약 집에 있으면서 수행하면 동

---

6) "夫子與我 同居十餘載 未嘗一夕同床而枕 況觸汚乎 但每夜端身正坐 一聲念阿彌陀佛號 或作十六觀 觀既熟 明月入戶 時昇其光 加趺於上 竭誠若此 雖欲勿西奚往"(『三國遺事』 卷5, 感通7, 廣德嚴莊).

> 방의 사람으로 선(善)을 닦는 것이다. 다만 스스로 집에서 청정도(淸淨道)를 수행하기를 원하면 바로 집이 곧 서방극락세계이니라.[7]

광덕은 집에서 처자를 데리고 사는 재가(在家) 수행을 했다. 집에서 청정도를 수행하여 서방정토로 갔는데, 아미타불을 외면서 16관을 짓고, 관이 다 되어 미혹을 깨닫고 달관한 그의 수행은 『관념법문』에서 "수행자가 정토에 태어나고자 하면 오직 모름지기 계를 지키면서 염불하고 아미타경을 외워라. 하루에 따로 15번, 2년에 만 번, 하루에 따로 부처님을 만 번 등을 염하라."라고 한 지계(持戒) 염불의 수행과 일맥상통한다.

> (2) "이처럼 발타화보살이여, 만약 사문과 재가신자가 서방극락 아미타불의 정토를 들으면 마땅히 아미타불을 생각해야 하느니라. 계를 어기지 말아야 하며, 한결같은 마음으로 아미타불을 염하기를 하루 밤낮이나 혹은 칠일 밤낮을 염하면 칠일이 지난 후에 아미타불을 뵙게 되느니라. 깨어나서 뵙지 못하면 꿈속에서라도 뵙느니라."[8]

아미타불 생각하기를 그치지 말고, 칠일 밤낮을 염하면 칠일 후에 아미타불을 뵙는다고 했는데, 광덕은 10여 년 동안 한결같은 마음으로 수행한 결과로 서방정토로 간 것이다. 아미타불께서 보살에게 "나의 나라에 태어나기를 원한다면 항상 나를 생각하기를 끊지 않고 마땅히 생각을 지켜서 쉬어서는 안 된다. 이와 같이 하면 곧 나의 나라에 왕생하게 되느니라."라고[9] 한 것도 이와 같은 자료이다. 출가와 재가를 막론하고 불교에 입문하

---

7) "若欲修行 在家亦得 不由在寺 在寺不修 如西方心惡之人 在家若修行 如東方人修善 但願自家修清淨 卽是西方"(慧能 撰, 『敦煌本壇經』).

8) "如是颰陀和菩薩 若沙門白衣 所聞西方阿彌陀佛剎 當念彼方佛 不得缺戒 一心念若一晝夜 若七日七夜 過七日以後 見阿彌陀佛 於覺不見 於夢中見之"(後漢月氏三藏支婁迦讖 譯, 『般舟三昧經』 上, 行品; 『大正藏』 13, p.905).

9) "颰陀和 菩薩於是間國土 聞阿彌陀佛 數數念 用是念故 見阿彌陀佛 見佛已從問 當持何等法 生阿

면 계(戒)를 받는다. 계를 받은 수행자는 그 계를 철저히 지킴으로써 진정한 수행자로 거듭나게 되는데,[10] 광덕이 10여 년 동안 아내와 잠자리를 하지 않고, 매일 밤 가부좌를 하고 단정하게 앉아 아미타불을 윈 것은 교의에 부합하지 않는 모든 사상과 언행을 금지한 지계염불(持戒念佛) 수행 과정이다.

이 계를 지키려면 주변의 나쁜 벗과 환경을 멀리 여의고 좋은 환경을 접하고 살아야 좋은 신업(身業)을 지을 수 있고, 마음으로 나쁜 생각을 갖지 않으려 하고, 나쁜 분별을 일으키지 말아야 입으로 좋은 구업(口業)을 지을 수 있다. 그리고 정신적으로는 자기에게 주어진 건강과 물질, 그리고 위치에 만족하면서 기뻐해야 탐하는 마음을 자제할 수 있을 것이며, 상대를 이해하려는 마음을 가져야 성내는 마음을 일으키지 않을 것이고, 항상 삼매얻기를 좋아해야 어리석은 마음이 사라지고 지혜가 생길 것이라 생각한다.[11] 광덕의 수행이 범속한 사람들은 수행하기 힘들 만큼 비현실적으로 비쳐지는 것도 이 때문이다.[12]

광덕이 행한 16관은 16가지 관법(觀法)이다. 관법은 "제법의 진성(眞性)을 관하는 것, 다시 말해 마음으로 진리를 관념하는 것"을 말한다. 16종의 관법은 위제희(韋提希) 부인이 죽음의 공포에 괴로워하면서 이 고뇌와 근심이 없는 세계를 가르쳐달라는 소원을 말하자, 부처가 "그대가 정녕 괴로움이 없는 세계를 보고 싶으면 우선 마음을 진정하고, 서쪽 하늘로 넘어가는 태양의 모습을 생각하라"라고 한 데서 유래한다.[13] 예컨대, 정좌하고 서향(西向)하여 지는 해를 보면서 마음을 굳게 하는 '일상관(日想觀)', 물이 청정함을

彌陀佛國 爾時阿彌陀佛 語是菩薩言 欲來生我國者 常念我數數 常當守念 莫有休息 如是得來生我國"(後漢月氏三藏支婁迦讖 譯, 위의 책, 같은 면).

10) 김방룡, 『불교수행법』(민족사, 2009), pp.114~115.

11) 李太元, 『淨土의 本質과 教學發展』(운주사, 2006), pp.238~239.

12) 서철원, 『향가의 역사와 문화사』(지식과 교양, 2011), p.120.

13) 『관무량수경』 正宗分; 賢松, 『정토불교의 역사와 사상-정토불교의 기원과 전개, 교리와 인물을 중심으로』(운주사, 2014), pp.70~71.

보고 또한 분산되지 않는 뜻을 밝히는 '수상관(水想觀)'(『관무량수경』 正宗分) 등이다. 즉 16관법은 부처가 서방 극락세계에 태어날 것을 원하고, 겸하여 미래세의 중생을 왕생시키고자 하는 불세존이 아미타불의 불신(佛身) · 국토를 관상(觀想)하는 16가지 방법인 것이다.

선도(善導, 613~682)는 "손이 닫는 대로 경전을 탐독하다가 『관무량수경(觀無量壽經)』을 얻은 후부터 16관법에 전념하여 여산에 가서 혜원의 유적지를 돌아보고 정업(淨業)을 닦기로 마음을 굳혔다."[14] 선도의 일상생활은 자기에게 대해서는 여법(如法)하고 준엄하게 행동하였고, 계율을 추호도 범하지 않았으며, 눈을 들어 여인을 똑바로 쳐다보지 않았고, 목욕할 때 이외는 삼의(三衣)를 벗지 않는 등 30여 년간 일정한 침소를 정하지 않고 잠시도 수면을 취하지 않았다고 한다.[15] 이상 선도의 철저한 지계정신은 광덕의 수행과 흡사한 형태이다. 광덕의 수행은 노힐부득(努肹夫得)의 그것과 상통하고, "경덕왕 때, 포천산(布川山)의 다섯 비구가 미타불을 염하며 극락을 구한지 수십 년 만에 홀연히 연화대에 앉아 하늘에서 풍악이 연주되는 중에 허공으로 올라 서쪽을 향하여 날아간 이야기",[16] "남산의 동쪽 기슭, 피리사(避里寺)에서 기이한 스님들이 씨명을 말하지 않고 늘 미타불을 염하여 360방 17만 호에 높고 낮음이 없이 낭랑한 염불소리가 들려 정성껏 공경하여 염불사(念佛寺)라고 이름 했다는 이야기"와도[17] 통하는 수행 · 득도의 과정이다.

14) "入大藏信手探卷 得觀無量壽佛經 乃專修十六妙觀 及往廬山觀遠公遺跡 豁然增思"(西蜀輔慈沙門明昱 書, 『佛祖統紀』 卷27; 『大正藏』 49, p.276).

15) 賢松, 앞의 책, pp.172~173.

16) "布川山 五比丘 景德王代", "有五比丘 未詳名氏 來寓而念弥陁 求西方幾十年 忽有聖衆 自西來迎 於是 五比丘各坐蓮臺", "放大光明 向西而去"(『三國遺事』 권5, 避隱8, 布川山 五比丘 景德王代).

17) "南山東麓有避里村 村有寺因名避里寺 寺有異僧 不言名氏 常念弥陁 聲聞于城中 三百六十坊 十七萬戶 無不聞聲 聲無高下 琅琅一樣", "其本住避里寺 改名念佛寺 寺旁亦有寺 名讓避 因村得名"(『三國遺事』 卷5, 避隱8, 念佛寺).

2) 엄장의 참회와 삽관법(鍤觀法)

다음은 <광덕엄장> 조의 한 부분이다.

> (1) "(엄장이) 밤에 (광덕의 부인과) 사통하려니 그 부인이 부끄러워하면서 '대사가 정토를 구하는 것은 나무에 올라가 고기를 구하는 것과 같다고 할 수 있습니다.", "엄장이 무안해 하며 물러나와 원효법사의 처소로 가서 극락왕생하는 요체를 간절히 청하였다. 원효가 삽관법을 만들어 가르치니, 엄장이 이에 자신을 청결하게 하며, 한마음으로 관을 닦아 역시 극락으로 갈 수 있었다."[18]

광덕의 부인은 자신과 사통하려는 엄장을 향해, "대사가 극락정토를 구하는 것은 불가능하다"고 했다. 불교에서는 음욕을 철저히 금기시하기 때문이다.

여인을 볼 적에 조롱하고 꾀이고 웃고 지껄이고 희롱하는 일뿐만 아니라 담 밖에서 나는 여인의 노리개소리 등을 듣고 마음에 애착을 내는 것[19]까지 금기시하고 있다. 『삼국유사』 <노힐부득 달달박박> 조에서 예불하던 박박이 암자에 묵어가기를 청하는 낭자에게 "난야(蘭若)란 청정함을 지키려고 애쓰므로 네가 가까이 할 데가 못 된다. 지체 말고 냉큼 이곳을 떠나라!" 하고 문 닫고 들어간 것도 여인에 대한 탐착에서 벗어나지 못한 때문이다. "남자와 여자가 서로 따라다니는 것을 보고는 문득 탐욕을 내는 행위도 계율을 문란케 하는 것"으로[20] 간주한다. 심지어 '여근(女根)'을 산 채로 지옥

---

18) "遂留夜宿 將欲通焉 婦靳之曰 師求淨土 可謂求魚緣木", "莊愧赧而退 便詣元曉法師處 懇求津要 曉作鍤觀法誘之 藏於是潔己悔責 一意修觀 亦得西昇"(『三國遺事』 卷5, 感通 第7, 廣德嚴莊).

19) "善男子 若有菩薩 自言戒淨 雖不與彼女人和合 見女人時或生嘲調 言語戲笑 如是菩薩 成就欲法 毁破淨戒 汚辱梵行 令戒雜穢 不得名爲淨戒具足", "嘲調戲笑 於壁障外遙聞女人瓔珞環釧種種諸聲 心生愛着 如是菩薩 成就欲法 毁破淨戒 汚辱梵行 令戒雜穢 不得名爲淨戒具足"(北涼天竺三藏 曇無讖 譯, 『大般涅槃經』 卷29, 師子吼菩薩品; 『高麗大藏經』 卷9, p.276).

에 떨어지게 하는 사나운 음욕의 불에 비유하거나[21] 살을 문드러지게 하는 독사의 입에 견주기도 한다.[22] "남자와 즐기며 혹은 남자가 몸으로써 그 하나하나의 몸 부분에 닿으면 곧 탐착이 생기어 아이를 배나니,…"라[23] 하여 잉태를 탐착의 결과라 했다. "음(淫)은 부정한 행위이니, 탐욕의 마음으로써 성행위를 행함일세. 그런 까닭으로 부정(不淨)이라 이름 한다" 했다. "『범망경(梵網經)』에 이르되, 차라리 이 몸으로서 사나운 불꽃과 큰 칼산 구덩이에 의지할지언정 삼세제불의 경과 율을 훼손시키고 범해서 일체 여인으로 더불어 부정한 행위를 짓지 말라"라고[24] 하였다.

이상을 통해 볼 때, 엄장이 광덕의 부인과 사통하려고 한 것은 분명 음욕에서 벗어나지 못한 탐착이다. 광덕의 부인이 그를 꾸짖자, 엄장은 무안해하며 물러나와 원효법사의 처소로 가서 극락왕생하는 요체를 간절히 청하였다. 이때 원효를 찾은 것은 무엇 때문인가.

> (2) "원효가 낙산사를 순례할 때, 한 여인에게 마실 물을 청하니 그 여인은 월수를 빨아낸 더러운 물을 떠서 바쳤다. 원효는 그 물을 내쏟아버리고 다시 냇물을 떠서 마셨다. 그 때 소나무 위에서 파랑새 한 마리가 '제일 좋은 것(醍醐 : 佛性)을 그만두는 화상'(休醍醐和尙)이라 부르고는 홀연 간 곳 없이 사라지고, 그 나무 아래엔 신 한 짝이 벗겨져 있음을 보았다."[25]

---

20) "見男女相隨然 爲生天受五欲樂 如是菩薩 成就欲法 毁破淨戒 汚辱梵行 令戒雜穢 不得名爲淨戒具足"(北涼天竺三藏曇無讖 譯, 위의 책, p.276).

21) "猛火 欲火也 謂作是於已 遂生猛火於女根 節節燒燃 不待身死 而陷地獄"(釋一陀 編, 釋哲牛 註解說, 『沙彌尼律儀』, 金剛戒壇, 1992, p.64).

22) 『善見律毘婆沙』 卷6; 이운허, 『한글대장경 96』 율부6-四分律 Ⅲ, 善見律毘婆沙(동국역경원, 1972), p.383.

23) 『善見律毘婆沙』 卷6; 이운허, 위의 책, p.378.

24) "淫者 不淨行也 謂以染汚心 行穢惡行 故名不淨也", "梵網經云 寧以此身 投熾然猛火 大坑刀山 終不毁犯三世諸佛經律 與一切女人 作不淨行"(釋一陀 編, 釋哲牛 註 解說, 앞의 책, p.62, pp.67~68).

25) 『三國遺事』 卷3, 塔像 第4, 洛山二大聖 觀音正趣調信.

여기서 원효가 만난 여인은 관음의 진신(眞身)이다. 그 여인들이 무상한 육체가 아닌 관음보살의 참된 몸, 무상을 초월한 진실한 부처였다면, 당시엔 원효도 관음보살의 시험을 분별하는 혜안을 갖지 못한 셈이다. 또 원효는 요석궁(瑤石宮)의 공주를 만나 설총을 낳고, 마을마다 교화하고 다니고, 술집이나 창가도 마지하지 않고 거문고를 퉁기며 노래를 부르며 시중을 떠도는 무애(無碍)의 삶을 살았다.[26] 종국에 원효는 "사사로움이 없는 까닭에 더러운 마음(染)과 깨끗한 마음(淨)이 서로 융합한다. 부처님의 세계(眞)와 중생의 세계(俗)는 평등함"을[27] 역설한 성(聖)과 속(俗)의 초월자이다. 6두품으로 신분적 제약 속에 살았던 원효는 이러한 사상을 학문적으로 천명했음은 물론, 몸소 대승보살도를 실천해보임으로써 민중 속에서 불교를 이해시키고자 했다. 이에 현세에서 이렇다 할 희망을 갖고 있지 못한 평민이나 노비 신분에 정토사상은 적지 않은 위안을 주었다.[28] 엄장이 원효를 찾은 것은 이 때문일 것이다.

이 때 원효가 엄장을 지도한 삽관법에 대해서는 그 명칭부터 이견이 많다. 쟁관법(錚觀法)으로 읽기도 하고,[29] 그냥 정관법(淨觀法)이라 보기도 한다. 삽관법에 대해서는 "원효가 십념(十念)의 가르침에 대한 독자적 견해를 전하고 있음을 볼 때, (나무아미타불) 십념(十念) 칭념 행법으로 엄장의 임종을 지도한 결과 그가 극락으로 가게 되었음을 추정할 수 있다",[30] "쟁(錚)자가

26) "發言狂悖 示跡乖疎 同居士入酒肆倡家", "或撫琴以樂祠宇 或閭閻寓宿 或山水坐禪 任意隨機 都無定檢"(宋 贊寧 撰, 新羅國黃龍寺元曉傳, 『宋高僧傳』 卷4, 中華書局出版, 1987, p.78); 李永子, 元曉의 止觀, 『韓國天台思想의 展開』(民族社, 1988), pp.73~77.

27) "無其私故 染淨斯融 染淨融故 眞俗平等"(元曉 저, 최세창 역주, 『大乘起信論疏記會本』 卷1; 『대승기신론소 별기』(운주사, 2016), pp.67~68).

28) 신종원, 불교사상과 제반문화, 『한국사 4』-고대사회에서 중세사회로2(한길사, 1994), p.289.

29) "發言狂悖 示跡乖疎 同居士入酒肆倡家", "或撫琴以樂祠宇 或閭閻寓宿 或山水坐禪 任意隨機 都無定檢"(宋 贊寧 撰, 新羅國黃龍寺元曉傳, 『宋高僧傳』 卷4, 中華書局出版, 1987, p.78); 李永子, 앞의 책, pp.73~77.

30) 정각(문상련), 『한국의 불교의례 Ⅱ』(운주사, 2015), p.159.

정(淨)자의 잘못이라고 해도 관계없다. 원효는 정관법을 지어 엄장을 지도한 것이다. 엄장은 스스로 자신의 마음을 뉘우쳐 자책하며 일념으로 관을 닦아 서방으로 갔다. 그것은 한순간 애욕에 눈이 멀었던 수행자 엄장을 일깨워준 부정관(不淨觀), 즉 인간의 육체가 추하고 더러운 것임을 관상(觀想)하여 탐욕의 번뇌를 멸하는 관법이었을 것인데, 여기서 원효의 자유자재한 무애가풍을 읽을 수 있다"[31]는 해설이 가장 무난하다.

(3) 원효는 엄장에게 '관법(觀法)'을 권하였는데,[32] 『기신론』의 '생멸문(生滅門)'에서는 이러한 '관법'의 강조가 두드러지기 때문이다. 따라서 '삽관법'은 아마도 '생멸문' 인식을 바탕으로 한 깨달음의 방편이었을 것이다. 원효는 '생멸문'에 나타난 심식 분석을 기반으로 엄장의 근기를 제시하였을 것이며, 또한 이것이 '삽관법'이라는 방편으로 표현되었을 것으로 추측된다.[33]

삽관법이 "마음으로 진리를 관념하는" 관법의 일종인 것은 분명하다. 엄장은 원효가 지정해준 '삽관법'으로 '생멸문'에 나타난 '시각(始覺; 가르침을 듣고 수행하여 처음으로 깨달음)'의 경지에 이르고, 결국 '본각(本覺; 망념에서 완전히 떠나 본래의 맑고 깨끗한 본성을 깨달음)'의 지위에도 도달했을 것이다. 원효는 엄장의 성품을 파악한 후 수행의 방편을 제시하고, 기층민에게 현실적으로 가장 적합한 수행방식을 권장하였던 것이다.[34]

삽관법은 선정(禪定)이나 지관(止觀)과 관계있는 일종의 예로 보인다. 지관이란 "가장 먼저 망념망상(妄念妄想)을 쉬게 하여 마음을 한곳으로 집중해서 동요 없는 마음을 확립시켜 번뇌를 보고, 그것을 멸각시키며, 진리를 요지

31) 고영섭, 『원효』(한길사, 1997), pp.142~143.
32) 李永子, 앞의 책, 73면. 엄장에게 교시한 '錚觀法'도 禪이나 止觀과 관련이 있다고 서술했다. 또한 원효의 지관이 『瑜伽師地論』과 『天台小止觀』의 영향일 것으로 추정했다.
33) 이병학, 『역사 속의 원효와 금강삼매경론』(혜안, 2017), p.62.
34) 이병학, 위의 책, p.62.

(了知)하고 그것에 통찰시키려고 하는 실천적 태도를 말하고,[35] 선정은 마음을 하나의 대상에 집중하여, 산란함을 막고 번뇌를 끊어 깊이 진리를 사유하는 경지에 들어가는 수행방법이니 지관도 선정의 일종이다. 원효의 『금강삼매경론』에도 지(止)와 관(觀)에 대한 의미를 명백히 하고 있다. 그 서두에 "이 경의 종지를 살펴보면, 펼치어 여는 면과 합하여 종합하는 면이 있으니, 종합하면 그 본질은 하나같이 '관행(觀行)'으로 요점을 삼는다. 펼치어 말한다면 '십중법문(十重法門)'으로 종을 삼는다."[36] 하였다.[37]

『송고승전(宋高僧傳)』 4에 원효가 '혹산수좌선(或山水坐禪)' 했다 하였고, "위산(潙山)이 앙산(仰山)에게 '어디에서 오는가?' 하니, 앙산이 '밭에서 옵니다.'라고 했다. 위산이 '밭에 사람이나 있던가?' 했더니, 앙산이 가래를 꽂고 차수(叉手)하고 서니, 위산이 '남산에 사람들이 새풀을 베네.'라 하고, 앙상이 가래를 들고 가버렸다 한다."에[38] "가래를 꽂고 차수하고 선" '삽추(揷鍫)'가[39] 나온다. 이에 삽관법을 선(禪)에서 행하는 예의 가운데 하나로 보는 것이다.

원효의 삽관법은 여인에 대한 탐욕을 가졌던 엄장을 일깨워, 선정・관상(觀想)하여 탐욕의 번뇌를 멸하는 관법으로, "죄를 반성하고 부처나 다른 사람 앞에서 고백하고 허락을 구하는" 참회(懺悔)・회과(悔過)의 수행법이었던 것이다.

(4) "어쩌면 본각이 존재하는 까닭에 '원래 범부(凡夫)는 없다.'고도 말하지만, 아직 시각(始覺)이 없는 까닭에 본래 범부가 있는 것이므로 잘못은 없

35) 金勝東, 『佛教 印度思想辭典』(부산대학교 출판부, 2001), pp.1959~1960.
36) "此經宗要 有開有合 合而言之 一味觀行爲要 開而說之 十重法門爲宗"(元曉, 『金剛三昧經論』, 初述大意).
37) 李永子, 앞의 책, pp.73~77.
38) 韓國佛教大辭典編纂委員會, 『韓國佛教大辭典』 3(寶蓮閣, 1982), p.429.
39) "立則杖揷"(『戰國策』)에서 '揷'은 '鍤'과 통용한다.

> 는 것이다. 만약 그대가 본각이 있기 때문에 본래부터 범부는 없다고 말한다면, 결국 시각은 없을 것이니 무엇을 보고 범부가 있다 하겠는가. 범부도 끝내 시각이 없다면 본각이 없는 것이니, 어찌 본각에 의하여 범부가 없다고 말하겠는가."[40]

원효는 '시각'의 관점에서는 범부와 성인을 차별화하고, '본각'의 경지에서는 범부와 성인의 구분이 있을 수 없다는 논리를 펼치고 있다. 중생의 현실적 처지를 직시하면서도, 모든 중생의 성불 가능성을 인정하고 있는 것이다.[41] 흔히 "시방세계 중생들이 지극한 마음으로 믿고 좋아해서 … 다만 오역죄(五逆罪)를 지었거나 정법을 비방하는 자는 제외하겠습니다."(十念往生願)라고[42] 하여 큰 죄인에게는 극락왕생의 길을 열어주지 않는다고 했지만,

> (5) "네가 아까 묻기를 '선근을 끊은 사람에게도 불성이 있습니까?'라고 하였는데, 여래의 불성도 있고, 후신(後身)불성도 있다. 이러한 두 불성은 장애 때문에 아직 오지 않았으므로(障未來故) 없는 것이라 말할 수 있으나, 필경은 얻고야 말 것이기 때문에 '있는 것'이라고 말할 수도 있다."[43]
>
> (6) "중생이 여래가 있는 곳에서 나쁜 마음을 내어 부처님 몸에 피를 내며 다섯 역죄(逆罪)를 짓거나 잇찬티카(icchāntika, 一闡提)가 되는 것을 보임은 … 여래에게 본래 죽이려는 마음이 없었으면 비록 몸에 피를 냈더라도 그런 죄업은 경하고 중대하지 아니한 것과 같이 여래도 그와 같아 오는 세상에서 중생을 교화하기 위하여 업의 과보를 보이려는 것이니라."[44]

---

40) "然雖曰有本覺故本來無凡 而未有始覺故本來有凡 是故無過 若汝言由有本覺本來無凡 則終無始覺望何有凡者 他亦終無始覺則無本覺 依何本覺以說無凡"(元曉 저, 최세창 역주, 『大乘起信論疏記會本』 卷2, 正宗分, 解釋分, 운주사, 2016, p.264).

41) 이병학, 앞의 책, p.63.

42) 『無量壽經』 正宗分, 四十八大願.

43) 元曉 저, 黃山德 역, 『涅槃宗要』(東國大學校 佛典刊行委員會, 1982), p.5, p.157.

44) "有衆生於如來所生麤惡心 出佛身血起 五逆罪 至一闡提 … 於如來所本無煞心 雖出身血 是業亦尒輕而不重 如來如是 於未來世爲化衆生示現業報"(北涼天竺三藏曇無讖 譯, 『大般涅槃經』 卷9,

(5), (6)을 보면, 부모를 죽이고, 아라한을 죽이고, 부처님 몸에 피를 낸 오역죄인에게까지도 개선의 여지를 남기고 있다. 본래부터 죄를 지을 마음이 없었다면, 비록 부처님의 가르침을 믿지 않고 그것을 비방하는 사람, 즉 이교도(icchāntika, 一闡提)까지도 성불할 수 있다고 했다. 즉, "내 이름을 듣고 나를 정성껏 부르면 누구라도 서방정토 극락세계로 맞이하겠네. 가난한 자도 부유한 자도 구별하여 차별하지 않으시고, 지혜로운 자도 우둔한 자도 가리지 않으시네. 많이 배운 자도 배우지 못한 자도 구별하지 않으며, 계율을 잘 지키는 자건 죄를 지은 자건 죄가 없는 자건 가리지 않으셨네. 오직 나의 죄를 깊이 반성하고 오로지 아미타부처님의 이름을 부른다면 이 세상의 기와조각을 저 세상의 황금으로 변하게 하네."라며[45] 포용력을 보이고 있다.

『대승기신론』에는 "주야(晝夜) 육시에 제불을 예배해서 성신으로 참회하고 권청(勸請)하고 수희(隨喜)하고 회향하면 제장(諸障)을 받지 않는다. 선근을 증징하기 때문에",[46] 원효의 『대승기신론소』 "제불에게 예배하는 것은 총괄해서 여러 장애를 없애는 방편을 밝힌 것이다. 어떤 사람이 자신에게 부채가 있어도 왕에게 맡긴다면, 즉시 채주(債主)에 대한 부채가 없어지는 것과 같다. 이와 같은 행인은 제불을 예배하면 제불의 수호를 받고 능(能)과 소(所)의 장애를 벗어날 수 있다."는[47] 죄업을 자각하고 뉘우치면 장애(障碍)에서 벗어날 수 있음을 강조한다. 『열반종요(涅槃宗要)』에서도 '천제성불(闡提

如來性品;『高麗大藏經』 卷9, p.76).

45) "彼佛因中立弘誓 聞名念我總迎來 不簡貧窮將富貴 不簡下智與高才 不簡多聞持淨戒 不簡破戒罪根深 但使回心多念佛 能令瓦礫變成金"(法然上人 撰述, 須摩提 옮김, 『아미타불의 본원을 선택하라-選擇本願念佛集』, 비움과소통, 2016, pp.94~98).

46) "晝夜六時禮拜諸佛 誠心懺悔勸請隨喜迴 向菩提 常不休廢 得免諸障 善根增長故"(『大乘起信論』 卷1; 『大正藏』 32, p.582).

47) "方法中言禮拜諸佛者 此總明除諸障方便 如人負債依付於王 則於債主無如之何 如是行人禮拜諸佛 諸佛所護能脫諸障也"(元曉, 『起信論疏』 卷下; 『大正藏』 44, p.221).

成佛)', 즉 빈천하고 무지한 사람, 선근이 부족하고 믿음이 없어 성불 가능성이 없는 사람도 다 불성이 있으므로 결국엔 성불할 수 있다는 가르침을 널리 폈다. 이 같은 허용적인 태도는 원효의 철저한 대승보살도(大乘菩薩道) 정신인 동시에, 원효가 엄장에게 "자신을 청결하게 하고, 스스로를 꾸짖고 뉘우쳐 한마음으로 관(觀)을 닦아 극락으로 갈 수 있도록 한"[48] 삽관법의 요체이다. 이는 원효가 『대승기신론』을 지어 "도를 구하는 자로 하여금 시비・선악 등 만 가지 번뇌에서 영원히 벗어나 마침내 일심의 근원으로 돌아가게 한 것"[49]과도 궤를 같이 한다.

3) 아미타불 48대원

<원왕생가>에서 "아으 이몸 기텨 두고, 48대원 일고샬까(양주동)/아야 이모마 기텨두고, 48대원(大願) 일고실가(김완진)"(阿邪 此身遺也置遣 四十八大願成遣賜去)에서 48대원은 아미타불이 과거 세상에서 법장(法藏)이라는 이름의 비구(보살)일 당시에 세운 본원(本願)・서원(誓願)을 말한다. 법장은 수행을 통하여 그 본원을 실현함으로써 아미타불이 되어 현재 극락세계에서 "그대가 만약 부처님을 생각할 수 없으면 마땅히 무량수불을 불러서 귀명하라. 이렇게 지극한 마음으로 소리가 끊어지지 않게 십념을 구족하여 나무아미타불을 부르면, 부처님의 명호를 부른 까닭에 일순간에 팔십억 겁 동안의 생사의 죄가 없어진다."와 같이[50] 신앙의 대상으로서 중생을 구제하는 역할을 담당하고 있다.

48) "曉作錚觀法誘之 藏於是潔己悔責 一意修觀 亦得西昇"(『三國遺事』 卷5, 感通 第7, 廣德嚴莊).
49) "爲道者 永息萬境 遂還一心之原"(元曉 저, 최세창 역주, 앞의 책, pp.70~71).
50) "汝若不能念彼佛者 應稱歸命無量壽佛 如是至心令聲不絶 具足稱南無阿彌陀佛稱佛名故 於念念中 除八十億劫生死之罪"(『觀無量壽經』; 『大正藏』 12, p.346).

(1) 만약 내가 부처를 이룰 적에 시방 세계 중생들이 내 나라에 태어나기 위해 지극한 마음으로 신심과 환희심을 내어 내 이름을 불러 십념에 이르기까지 내 나라에 태어날 수 없다면 저는 부처가 되지 않겠습니다.[51)]

아미타불의 48원은 크게 그 불국토에 왕생한 사람에 대한 것, 그 불국토의 부처님에 대한 것, 그 불국토의 아름다운 장엄에 대한 것, 그 불국토에 왕생하려는 사람에 대해서 서원한 것인데, 법장보살은 48개의 각 원마다 "만약 이 서원이 성취되지 않으면 결코 성불하지 않겠다."라고 다짐하고 있다. (1)은 48원 가운데 제18원, 즉 '십념왕생원(十念往生願)'의 구절이다. 서원은 산스크리트어 '프라니다나(praṇidhānā)'로서, "기원하다, 맹세하다"라는 뜻이다. 특히 법장비구는 스스로 깨달음을 얻고, 다른 중생을 구제할 것이라는 맹세까지 했다. 이와 같은 서원에는 어느 보살에게서나 볼 수 있는 일반적인 서원과 보살 개개인에 따른 특유한 서원이 있다. 전자에는 사홍서원과 『화엄경』에 설명된 보현보살의 십대원(十大願)[52)]이 유명하고, 후자에는 아촉불의 12원, 약사여래의 12원, 아미타불의 48원 등이 대표적이다.

(2) "모름지기 극락에 태어나기를 원구해야 하고, 혹은 자신의 왕생을 서원하거나 혹은 중생의 왕생을 서원하며, 혹은 석가모니부처님께서 정토로 보내주실 것을 서원하거나 혹은 아미타불이 와서 맞이해주실 것을 서원하며, 혹은 정토에서 노닐기를 서원하거나 …"[53)]

---

51) "設我得佛 十方衆生至心信樂 欲生我國 乃至十念 若不生者不取正覺 唯除五逆誹謗正法"(『佛說無量壽經』 卷上; 『大正藏』 12, p.268).

52) 보현보살이 발원한 10가지 큰 소원. "1.모든 부처님을 예경(禮敬)한다. 2.여래를 찬양한다. 3.공양을 널리 올린다. 4.업장을 참회한다. 5.공덕을 따라 기뻐한다. 6.법륜을 굴리기를 청한다. 7.부처님께서 항상 세상에 머물기를 청한다. 8.항상 부처님을 따라 배운다. 9.항상 중생을 따른다. 10.널리 모두 회향한다." 열 가지 소원은 모든 보살들의 행원(行願)을 대표한다.(金勝東, 『불교사전』, 민족사, 2011, p.377).

53) "四發願者 須別發願求生極樂 或願自身往生 或願衆生往生 或願釋迦遣送 或願彌陀來迎 或願常遊淨土"(帝京弘法寺釋迦才 撰, 『淨土論』 卷上, 第三 定往生因; 『大正藏』 47, 諸宗部 4, p.89).

이를 보면, 서원(誓願)에는 “자신의 왕생, 중생의 왕생, 아미타불의 내영(來迎), 보리의 증득, 정토왕생의 기원” 등 기원과 맹세의 의미가 함께 들어 있다. 지금까지 <원왕생가>에서 법장비구의 48대원을 환기시킨 것은 아미타불의 도움에 의해 정토 왕생할 수 있다는 타력 신앙에 의존한 때문이라는 견해가 지배적이었다.

불도에는 이력(二力)이 있으니, 자기가 닦은 선근은 자력(自力)이고, 불(佛)의 본원력(本願力)과 가피력(加被力)은 타력(他力)이다. 『나선비구경(那先比丘經)』에서도 부처님의 위신력을 강조하여, “큰 돌은 물에 뜨지 않고 가라앉기 마련이지만, 아무리 큰 돌도 배에 실음으로써 물에 뜰 수가 있다.”고 했다. 염불하는 자체는 자력이지만 아미타신앙에서는 미타불을 향한 귀의와 믿음이 필요하다는 얘기다.[54] 즉, 정토에 태어난 자가 수행하여 붓다가 되기까지는 분명 자력성불이지만, 정토에 왕생하기까지 타력의 도움은 필수적이라는 뜻이다. 죄업 중생은 무거운 업보 때문에 고통의 바다에 빠져 허우적대다가 가라앉을 수밖에 없지만 아미타불이라는 큰 배를 탄다면 바다를 건너 무사히 목적지에 당도하게 되는 것이다.[55] 『법원주림』에도 “불국토에 태어나는 것은 큰일이므로 혼자 공덕만을 행해서는 성취할 수 없나니 반드시 원력을 필요로 한다. 마치 소가 아무리 힘껏 수레를 끌어도 반드시 부리는 사람의 힘이 있어야 하는 것과 같아서 청정한 불국토에 가는 것도 서원과 이끎으로 말미암아 이루어지는 것이다. 원력에 의하는 까닭에 복덕이 증장(增長)하여 잃지도 않고 무너지지도 않아 항상 그 부처를 보기 때문이다.”라고[56] 했다.

54) 고명석, 『누구나 알고 싶어 하는 불상의 마음』(조계종출판사, 2014), pp.55~56.

55) 賢松, 앞의 책, p.14.

56) “又大莊嚴論云 佛國事大 獨行功德不能成就 要須願力 如牛雖力挽車要須御者能有 所至淨佛國土由願引成 以願力故福德增長 不失不壞常見佛故”(西明寺沙門釋道世 撰, 『法苑珠林』 卷16, 敬佛篇 第六之四, 彌勒部 第5, 發願部; 『大正藏』 53, 事彙部 上, 1962, p.405).

『정토론(淨土論)』 중하(中下)에 "타력은 증상연(增上緣)이 된다." 했다. 증상연이란 적극적인 힘으로 제 현상의 발생을 돕는 작용을 말하니, 타력은 혼자서는 이루기 힘든 수행의지를 북돋운다. 또한 "열부(劣夫)는 나귀를 타고도 올라가지 못하지만 전륜왕(轉輪王)을 따라가면 문득 허공을 타고 사천하(四天下)를 두루 다녀도 장애됨이 없다."도 자력신앙의 완성을 돕는 타력의 중요성을 강조한다. 이렇듯 "말하자면 단지 부처님을 믿는 인연을 가지고 정토에 태어나기를 원한다면 부처님의 원력을 입어 저 청정한 국토에 왕생할 수가 있고, 부처님의 힘이 보호하고 보살펴 주시어(佛力住持) 곧 대승 정정취(正定聚)에 들어간다. 정정(正定)이란 곧 아비발치이다. 비유컨대 물 위에서 배를 타는 즐거움과 같다"[57]라고 하여, 아미타불의 본원을 믿고 발심(發心)하여 왕생을 원하면 부처님의 원력으로 인해 극락세계에 왕생하기가 쉽다는 것이 정토교학의 요체이며 목적이다.

요컨대, 광덕이 10년 동안 아내와 하룻밤도 잠자리를 한 적이 없는 것, 매일 밤 단정하게 앉아서 한결같은 마음으로 아미타불을 외면서 16관을 지은 것, 달빛에 가부좌를 하고 수행한 것 등이 자력이라면, 원왕생을 외치고 아미타불에게 법장비구 시절의 맹세를 상기시키며 "이 몸을 남겨두고 어찌 48대원을 이루실까?"를 강조한 것은 아미타불의 타력을 통해 왕생의 과(果)를 완성하려는 바람의 표현이다.

57) "謂但以信佛因緣願生淨土 乘佛願力便得往生彼清淨土 佛力住持卽大乘正定之聚 正定卽是阿毘跋致 譬如水路乘船則樂"(曇鸞, 『無量壽經優婆提舍願生偈』; 『大正藏』 40, p.826).

3. 〈원왕생가〉의 의미와 작품의 성격은?

1) 〈원왕생가〉의 의미

<원왕생가>의 제 1, 2구 "月下伊底亦/西方念丁去賜里遣"에 대한 이견은 제법 크다.

'伊底亦'	'西方念丁去賜里遣'
"이뎨/읻ᄋᆡ"(이제)58)	"서방(西方)ᄭᆞ장 가샤리고"(서방까지 가시고/가시어서)(양주동, 지헌영) "서방(西方) 더ᄃᆞ 가ᄉᆞ리오"(거쳐서 가실 것인가)(이탁) "셰방꺼정 가샤리고"(서쪽까지 가셔서)(김상억)
"이적"(이제)59)	"서방 거쳐 가시려는가요?"(서재극)
"엇뎨역"(어째서)60)	"서방까지 가시겠습니까?"(김완진)
"뎌 믿여"(저 근본여/이제여)61)	"서방 넘으며 가실 것인고"(양희철)
"어느제"(이 언제쯤)62)	"극락왕생(極樂往生)을 염(念)하려 가시겠나이까?"(유창균)
"이저(伊底) ᄯᅩ"(근본이 밝아)63) / "이뎨 ᄯᅩ"(이제 또)64)	"서방 염(念)뎡 가드리견"(서방정토 생각, 간다면)(정창일)
"이제여"(이제), "뎌역"65)	"서방 념정 가사티고"(서방정토에나 가게 하시오)(정열모) "셔방너메 가샤리겨"(서쪽 넘어 가십시오)(정열모)
"이더히"(이러히)66)	"서ᄶᆞ(갈모) 니히 가시리고"(서쪽으로 극락 다녀가시리요?)(류렬)

58) 梁柱東, 『古歌硏究』(博文書舘, 1960), p.498; 池憲英, 『鄕歌麗謠新釋』(正音社, 1947), pp.11~12; 李鐸, 『國語學論考』(正音社, 1958), p.232; 金尙憶, 『鄕歌』(한국자유교육협회, 1974), pp.337~359.

59) 徐在克, 『新羅 鄕歌의 語彙 硏究』(啓明大學校 韓國學硏究所, 1975), p.31; 徐在克, 增補 『新羅 鄕歌의 語彙 硏究』(螢雪出版社, 1995), p.52.

60) 金完鎭, 『鄕歌解讀法硏究』(서울대학교출판부, 1980), p.118.

61) 양희철, 『삼국유사 향가연구』(태학사, 1997), p.434.

62) 兪昌均, 『鄕歌批解』(螢雪出版社, 1996), pp.641~642.

63) 鄭昌一, 『鄕歌新硏究』(세종출판사, 1987), p.461.

64) 최남희, 『고대국어형태론』(박이정, 1996), p.466.

65) 정열모, 새로 읽은 향가, 『한글』 99호(한글사, 1947), p.397; 정열모, 『향가연구』(사회과학원출판사, 1965), pp.217~218.

그러나 이 구절의 의미 글자를 "月, 西方, 去"로 읽고, "달을 불교적 서방 정토에 이르는 사자(使者)"로 규정하며,[67] "달이 현세적 예토(穢土)와 미래적 정토를 잇는 중개 구실을 하는 것으로, 현세적 고뇌와 한계성을 초극"한다는[68] 견해는 대체로 일치한다.

3 · 4구는 "무량수불전에 닏곰다가 ᄉᆞᆲ고샤셔/무량수불전의 ᄌᆞᆺ곰 함즉 ᄉᆞᆲ고쇼셔"(無量壽佛前乃 惱叱古音 多可支白遣賜立)이다. 무량수불은 아미타불이다. 아미타불은 과거무수겁(過去無數劫)에 법장보살(法藏菩薩)이 세자재왕불(世自在王佛)을 스승으로 하여 48원을 세워서, 지금으로부터 10겁 이전에 원을 성취하여 아미타불이 되어 이 세계에서 10만억 토를 지나 서방극락세계에서 지금도 설법하고 있다.

"惱叱古音 多可支白遣賜立"는 대체로 "닐곰다가 ᄉᆞᆲ고샤셔(일러다가 사뢰소서)/ᄌᆞᆺ곰 함즉 ᄉᆞᆲ고쇼셔(보고報告의 말씀 빠짐없이 사뢰소서)/ᄌᆞᆺ곰 다갑 ᄉᆞᆲ고시셔(스스로 번뇌함 다구어 사뢰시셔)/뇌ㅅ고ㅁ 다ᄀᆞ기 ᄉᆞᆲ고시셔(되뇌임 가져가서 사뢰소서)"로[69] 번역하므로 해독의 편폭이 너무 넓다. 어석의 성과를 더 기다려야 하겠지만, 지금으로서는 향찰 중 의미 글자인 '惱'와 '白'을 감안하여, 화자의 번뇌를 아미타부처에게 사뢰어 달라는 의미인 "ᄌᆞᆺ곰 다갑 ᄉᆞᆲ고시셔"를 선택하고자 한다. 이 부분을 음차가 아닌 훈독하여, "번뇌ㅅ(惱叱) 말씀 많다(多)"라는 번뇌 · 고뇌로 해독하는[70] 주장이 합리적이다.

번뇌는 "마음이 어지럽고 괴롭다"(『잡아함경』), "지나간 일을 추상(追想)하거나 혹은 현재의 일이 내 마음에 만족스럽지 못하여 스스로 괴로워하는

66) 류렬, 『향가연구』(박이정, 2003), p.109.
67) 金東旭, 改訂 『國文學概說』(普成文化社, 1974), p.52.
68) 金學成, 『韓國古典詩歌의 硏究』(圓光大學校 出版局, 1980), p.80; 김학성, 『한국고전시가의 연구』(한국학술정보, 2001), p.87.
69) 차례대로 梁柱東, 詳註 『國文學古典讀本』(博文出版社, 1948), p.233; 김완진, 앞의 책, p.118; 양희철, 앞의 책, p.434, p.464, pp.466~467; 신재홍, 『향가의 해석』, p.183, p.203.
70) 박재민, 『新羅鄕歌辯證』(태학사, 2013), p.358.

정신작용"이다. 원시불교에서 번뇌는 좋은 대상에 대한 집착, 즉 '탐(貪)', 좋지 않은 대상에 대한 반감・혐오・불쾌를 뜻하는 '진(瞋)', 현상과 도리에 마음이 어두운 '치(癡)'를 일컫는다. '잡된 번뇌에 매인 생각' 때문에 이어서(一心相續) 부처님의 상호(相好)를 관하고, 입으로 염불을 하는 것이다. 마음이 오욕에 끌리는 것이 잡된 번뇌에 매인 생각이다. 염불은 순수하고 청정한 마음이므로 번뇌와는 서로 어긋나는 것이다.[71] 『중아함경』에는 "재가(在家) 수행자는 금은과 축목이 불어나지 않기 때문에 번뇌에 시달리고,[72] 출가 수행하면 걸식하므로 의식주에는 신경 쓰지 않지만 탐진치로부터 자유로울 수가 없어 번뇌"한다고[73] 했으니 인간은 언제 어디서나 번뇌와 함께한다. 광덕은 신발을 만들며 살아가는 재가승이었으니 몸과 마음이 겪는 고통, 생사해탈을 얻지 못하고 생사의 바다를 헤매는 것이 번뇌였을 것이다. 앞의 설명처럼 광덕에게도 의식주의 해결이 정신적 번뇌의 원인이었을 수도 있지만, 설사 의식주에 아무런 부족함이 없었다 할지라도 세속적인 집착과 망상이 번뇌의 원인이었을 수 있다.

<원왕생가>의 5~8구는 "다딤 기프샨 尊어히 울워러/다딤 기프신 ᄆᆞᄅᆞ옷 ᄇᆞ라 울워러(誓音深史隱尊衣希仰支)"와 "두손 모도호ᄉᆞᆯᄫᅡ, 원왕생 원왕생, 그릴 사ᄅᆞᆷ 잇다 ᄉᆞᆲ고샤셔/두 손 모도 고조ᄉᆞᆯᄫᅡ, 원왕생 원왕생, 그리리 잇다 ᄉᆞᆲ고쇼셔(兩手集刀花乎白良 願往生願往生 慕人有如白遣賜立)"이다.[74] 5구에서 "다짐이 깊다"한 것은 시적 자아의 다짐이 아니라, 아미타불이 법장비구 시절에 보인 "신앙심"과 "다른 중생을 구제하겠다고 맹세한 서원"을 말한다.

---

71) "不離結使念者 唯須一心相續 觀佛相好 而若口念佛 心緣五欲者 是雜結念也 念佛是淳淨心 與結使相違也"(원효 저, 혜봉 역주, 『유심안락도』, 운주사, pp.188~189).

72) "出家 在家各有自在與不自在之苦樂 如在家以金銀 畜牧等不增長之不自在爲苦 出家以隨貪欲嗔癡自在任運爲苦"(『中阿含經』 卷36).

73) 정암, 『在家修行』(하늘북, 2009), p.37.

74) 梁柱東, 『增訂 古歌研究』(一潮閣, 1965), p.497; 金完鎭, 앞의 책, p.111.

(1) "상품상생이란 저 극락정토에 태어나기를 원하는 중생들이 세 가지 마음을 일으켜 극락정토에 왕생하는 것을 말한다. 그 세 가지란 무엇인가. 첫째는 지극히 정성스러운 마음(至誠心)이고, 둘째는 깊은 신앙심(深心)이며, 셋째는 자신이 쌓은 모든 선행을 회향하여 극락세계에 태어나기를 바라는 마음(廻向發願心)이다. 이러한 세 가지 마음을 갖추면 누구나 반드시 저 극락정토에 태어난다."[75]

심심(深心)은 깊은 믿음이다. 이는 지성심, 회향발원심과 더불어 삼심(三心)의 하나로, 법을 구하는 마음이 심중(深重)한데 따른 지칭이다. 『유마경』 불국품에 "심심은 곧 이 정토"라 한 것은 깊은 믿음과 지극한 수행이 원인이 되어 열반에 이른다는 말이다. 그리고 "오로지 아미타불을 믿는 것(教行信證), 조금도 의심하지 않고 불경을 전념하여 믿는 것, 본원진실(本願眞實)을 깊이 믿는 것"을 심신이라 한다. 『유마경(維摩經)』 구사론에도 "깊이 법을 믿는 것, 깊은 신앙, 불법을 깊고 견고하게 믿는 것"을 심신이라 했으니, 법장비구도 심신염불(深信念佛)로 아미타불이 되는 선인(善因)을 만들었다.

이 마음은 부처를 향한 찬탄(讚歎)·찬영(讚詠)이고, "울워러(仰支)"와 이어진다. "울워러"는 해신(解信)의 상대어인 앙신(仰信)으로, 우러르고 존경하고 따른다는 뜻의 앙망(仰望)·앙모(仰慕)·앙흠(仰欽)·흠앙(欽仰)과 같다. 또 "산란한 마음을 가라앉혀 한결 같은 마음으로 부처의 염호를 외는 담란(曇鸞) 대사가 말한 일심불란한 칭명염불"이다. 순박·순수한 마음으로 다른 의심이 전혀 없다는 점에서 순심(淳心)에 해당한다.[76] 6구의 "두 손 모아 간절히(兩手集刀花乎)"는 합장하여 부처에게 공경을 표시하는 예배이다. 불보살 전에 꿇어앉아 머리를 숙이고 경건하게 절하는 것이다. 7구의 "원왕생 원왕

---

75) "上品上生者 若有衆生願生彼國者 發三種心卽便往生 何等爲三 一者至誠心 二者深心 三者廻向發願心 具三心者必生彼國"(宋西域三藏 畺良耶舍 譯, 『佛說觀無量壽佛經』; 『大正藏』 12, p.344).
76) 韓國佛教大辭典編纂委員會, 『韓國佛教大辭典』 7(寶蓮閣, 1982).

생(願往生願往生)"은 마음에 일심으로 왕생을 원하는 뜻의 작원(作願)·전념(專念)에 해당한다. 광덕엄장 조에 매일 밤 몸을 단정히 하고 정좌하여 아미타불을 염하였다 하였으니, 이는 "오로지 일심으로 정토와 아미타불 또는 정토의 훌륭한 모습에 마음을 쏟아서, 그것을 관찰하고 그려내는 것"을 뜻하는 관찰정행(觀察正行)에 해당한다.

> (2) "사리불이여, 만일 선남자 선여인이 아미타불의 이름을 듣고 그 이름을 마음속으로 간직하고 외우기를 하루나 이틀~이레 동안 한결같은 마음으로 염불하여 마음이 조금도 흐트러지지 아니하면, 그 사람이 목숨을 마치려 할 때에 아미타불께서 여러 거룩한 제자들과 그 앞에 영접하러 오실 것이다. 이 사람의 마음이 뒤바뀌지 아니하면 아미타불의 마중을 받아 극락세계에 태어날 것이다."[77]

윗글은 광덕의 수행과 깨달음의 과정과 그대로 일치한다. 『왕생론』의 신(信)을 보면, "어떻게 관(觀)하고 어떻게 신심(信心)을 가지는가? 만약 선남자, 선여인이 오념문(五念門)을 닦아서 행(行)이 성취되면 반드시 안락국토에 태어나 저 아미타불을 본다."[78] 하고, "관하고 신심을 가진다."에 해당하는 것은 오념문의 수행인데, 오념문은 예배, 찬탄, 작원(作願), 관찰, 회향의 오문(五門)으로부터 성립되어 있다.[79] <원왕생가>의 1~8구는 아미타불의 정토에 왕생하기 위한 오념문의 행업(行業)을 고스란히 보여준다. 박덕한 사람들은 한량없는 백 천만 억 겁 만에 혹 부처님을 뵙기도 하고 뵙지 못하기도 하는 때문에 마음에 부처를 연모하는 생각을 품고, 간절히 그리워하는 일 또한 좋은 과보(果報)를 받을 선근이다.[80] 심덕이 두텁지 못하고 덕행이 적

---

77) 『阿彌陀經』; 『大正藏』 12, p.347.

78) "云何觀 云何生信心 若善男子善女人 修五念門行成就 畢竟得生安樂國土 見彼阿彌陀佛"(李太元, 『往生論註 講說』, 운주사, 2003, p.266).

79) 藤能成, 『원효의 정토사상 연구』(民族社, 2001), p.53.

은 사람은 백 천만 억 겁의 세월이 지나도 부처를 만나기 어려운데, 부처를 존경하고 연모하여 선근을 쌓는 앙모는 부처를 만날 가능성을 더욱 높인다. 아미타불을 깊이 믿어 우러른다는 것은 의심 없음을 뜻한다.

(3) 십념(十念)의 염불로 저 나라에 태어날 수 있다는 것을 듣고도 깨닫지 못하므로, 의심을 내어서 말하기를 "**일생 동안 악을 짓지 않음이 없는 자가 단지 십념 염불로써 능히 모든 죄를 소멸시키고 즉시 저 극락에 왕생하여 정정취에 들어가 영원히 삼도**(三途 : 지옥·아귀·축생의 삼악도)**를 여의고 끝내 불퇴전에 오를 수 있겠는가!**", "어떻게 두 바퀴 번뇌(二輪煩惱 : 견혹과 사혹의 두 번뇌)를 끊지 않고 곧바로 십념만으로써 삼계의 밖으로 벗어날 수 있겠는가?"라고 했다.[81)]

윗글은 십념의 염불로 정토에 태어날 수 있다는 가르침을 의심하는 태도를 경계하고 있다. 사람들은 "앉은뱅이가 어떻게 하루 동안에 천리를 간다고 말하는가?"라고 의심한다. 그러나 배를 탄다면 가능한 일이다. "배를 부리는 사공의 힘으로도 오히려 이와 같이 생각지 못하는 일을 하는데, 하물며 여래 법왕의 힘으로 어찌 불가사의한 일을 할 수 없겠는가?"라고[82)] 불력을 의심하지 말라고 강조한다. 5~8구는 아미타불을 향한 의심 없는 믿음을 말한다. 아미타불의 48대원에서 "지극한 마음으로 신심(信心)과 환희심(歡喜心)을 내어 십념(十念)하는 일"을 중생들을 구제하는 전제로 제시했기 때문

80) "諸佛出世難可値遇 所以者何 諸薄德人 過無量百千萬億劫 或有見佛或不見者 以此事故我作是言 諸比丘 如來難可得見 斯衆生等聞如是語 必當生於難遭之想 心懷戀慕渴仰於佛 便種善根"(『妙法蓮華經』 卷5, 如來壽量品).

81) "十念念佛 得生彼國 由不了故 生疑而言…如何一生無惡不造 但以十念 能滅諸罪 便得生彼 入正定聚 永離三途 畢竟不退耶", "如何不斷二輪煩惱 直以十念 出三界外耶"(원효 저, 혜봉 역주, 『유심안락도』, 운주사, pp.56~58).

82) "可言躄者 云何一日至千里耶 世間船師之力 尙作如是絶慮之事 何況如來法王之力而不能作不思議事耶"(원효 저, 혜봉 역주, 위의 책, pp.59~60).

에 그 믿음을 표현한 것이다.

<원왕생가> 9~10구 “아으 이몸 기텨 두고, 48대원 일고샬까 / 아야 이모마 기텨두고, 48대원(大願) 일고실가[83]”는 “연약한 한 인간으로서의 명을 걸고 아미타불에게 의탁하여 매달리고자 하는 안간힘이 꿈틀거리고 있다”라고[84] 할 만큼, 화자의 간절한 바람을 담고 있다. 법장비구 시절의 과거 맹세이고, 이미 아미타불이 되었으니 사실상 시제는 맞지 않다. 이 구절을 “앞에 조건문을 두고, 그 다음에 반어 의문문을 이어 나를 왕생시켜달라는 청원”이라 한[85] 것도 이 때문이다. 이 구절에 “범부(凡夫)는 아미타불의 본원타력에 의지하지 않고는 극락왕생할 수 없다는 생각”이 담긴 것은 사실이다.

법장비구는 부처가 되기 이전에 스스로의 힘으로 깨달았지만, 범부는 교법을 닦는 능력, 즉 ‘근기(根機)’가 약하여 스스로의 힘으로 깨달음에 이르기가 힘든 것을 알고,[86] 48대원의 서원에 담긴 ‘상구보리(上求菩提) 하화중생(下化衆生)’의 실현을 청원한 것이다. 아미타불을 향해, “보살의 마음으로서, 위로는 보리를 구하고, 아래로는 중생을 교화하려는 마음”을 갈구한 것이다. 이상(理想)으로는 보리(깨달음)를 구하고, 현실적으로는 중생을 교화한다는 말이니, 상구보리는 자리행(自利行)이고, 하화중생은 타인을 위한 이타행(利他行)이다. 이상의 내용을 <원왕생가>의 마지막 구절에 대입하면, ‘나무아미타불’, 즉 “아미타불께 귀의합니다.”, 아미타불의 본원력에 의지하여 깨달음의 세계에 도달하겠다는 바람이다. 즉, “아미타불이시여! 제가 아미타불께서 법장비구 시절에 행하신 48대원을 믿고, 신실한 마음으로 꾸준히 수

83) 梁柱東(1965), 앞의 책, p.497; 金完鎭, 앞의 책, p.111.
84) 박경주, 願往生歌의 作者와 文學的 解釋에 대한 一考察, 『국어교육』 85(한국어교육학회, 1994), pp.249~266.
85) 楊熙喆, 앞의 논문, pp.34~36.
86) 賢松, 앞의 책, p.14.

행하며 깨달음을 구하여 왔으니 아무쪼록 저에게도 하화중생의 이타행을 베풀어 주십시오.”라는 간청이다.

이상 논의에 따라 <원왕생가>의 내용을 풀면,

> 달님이시여,
> 서방을 거쳐[87] 가십니까?
> 무량수불(無量壽佛)께
> (고뇌 많음을) 사뢰어 주소서.
> 다짐 깊으시던 무량수불을 우러러,
> 두 손 모아 간절히
> ‘원왕생(願往生)! 원왕생(願往生)!’
> 그리워하는 사람 있다고 사뢰어 주소서.
> 아아! (법장비구 시절에 맹세하셨듯이) 이 몸 남겨두고서야
> (어찌) 48대원(大願)을 이루시겠습니까?

가 된다. “달이 온 세상에 비춘다(月印千江)”, “달은 본래 하나이건만 여러 중생들이 제각기 달리 보는 것과 같이, 여래도 그러하여 세상에 나타나거든 어떤 하늘사람이나 세상 사람은 여래가 지금 내 앞에 있다고 생각하고”처럼[88] 달은 자주 부처와 같은 항상성(恒常性)의 존재로 비유하는데, <원왕생가>에서의 달은 대체로 “예토와 서방정토를 이어주는 매개자”[89]로 이해한다.

달을 향한 서술어 ‘숣고샤셔(아뢰어 주소서)’는 <원왕생가>의 4구와 8구에

---

87) “<淨兜寺五層石塔造成形止記>의 ‘同年春秋冬念丁 今冬’에 근거하여 ‘念丁’을 “거쳐, 지나서, 넘어서”로 파악하는 여러 논자(이탁, 홍기문, 정렬모, 김준영, 유창균, 이도흠, 황선엽)들의 견해에 따른다.”(황선엽, 앞의 논문, p.195).

88) 『대반열반경』 권9, 15 달비유(月喩品)(동국역경원, 1995), pp.159~160.

89) 최정선, 極樂往生의 發願으로서의 願往生歌 연구, 『한민족문화연구』 13(한민족문화학회, 2003), p.50.

2번 반복된다. 5~8구는 "자신이 예배 · 찬탄 · 작원 · 관찰을 하며 수행정진하고 있는 모습"을 담고 있으니"[90] 4구의 서술어 '숣고사셔'의 목적어가 된다. 즉, 달을 향해, 1~8구가 아미타불에게 자신의 자력염불을 굽어 살펴주십사 하는 청원이라면, 9~10구는 아미타불의 타력신앙을 촉구하여 왕생하려는 바람이다.

흔히 말하는 사홍서원(四弘誓願)은 불자들이 공통적으로 갖는 4가지의 큰 서원이다. 이는 『심지관경(心地觀經)』의 "일체중생을 건지기를 서원한다.", "일체 번뇌를 끊기를 서원한다.", "일체 법문을 배우기를 서원한다.", "일체 불과(佛果)를 증득하기를 서원한다."에서[91] 유래했다. 첫 번째는 "고해에서 헤매는 한량없는 중생들을 남김없이 다 제도하겠다는 서원(衆生無邊誓願度)"이고, 둘째는 "한량없이 많은 번뇌를 남김없이 다 끊어버리겠다는 서원(煩惱無盡誓願斷)"이고, 셋째는 "한량없이 많은 부처님의 법문을 남김없이 다 배우고 실천하겠다는 서원(法門無量誓願學)"이며, 넷째는 "무상대도인 불도를 기필코 이루겠다는 서원(佛道無上誓願成)"이다. 사홍서원 가운데 첫째는 이타의 서원이요, 2.3.4번째는 자리의 서원이다.[92]

사홍서원 가운데 2.3.4는 아미타불이 행한 자리(自利)의 서원이다. 아미타불은 부처가 되기 전에 끊임없이 수행한 원력에 의하여 부처가 되었고 그 원력이 일체중생을 구제하는 힘의 원천이 된 것이다. 이러한 점에서 염불수행 또한 타력이 아닌 자력 수행에 바탕하고 있음을 알 수 있다.[93] 아미타불의 전신인 법장보살은 그러고도 48가지의 별원(別願)을 세웠다. 그 별원은

---

90) 朴仁熙, 感通篇 鄕歌로서 願往生歌, 『大東文化硏究』 50(성균관대 대동문화연구원, 2005), p.316.

91) "一切菩薩復有四願, 云何爲四, 一者誓度一切衆生 二者誓斷一切煩惱 三者誓學一切法門 四者誓證一切佛果 善男子 如是四法 大小菩薩 皆應修學"(『大乘本生心地觀經』 卷7, 功德莊嚴品 第9; 『大正藏』 3, p.325).

92) 김승동 편저, 『불교사전』(민족사, 2011), p.486.

93) 김방룡, 앞의 책, p.121.

"아미타불을 향해 정토왕생을 외치는 범부들을 구제하고자 하는 '관상(觀想)·관불(觀佛)·관념(觀念)'의 '정토신앙'의 논리"로 대표된다.[94] <원왕생가>의 흐름은 염불 수행자의 원력이라는 자리·자력과 일체중생을 제도하겠다는 아미타불의 원력을 의미하는 이타·타력이 둘이 아닌 하나가 되어야 곧 깨달음의 세계에 이를 것이라는[95] 믿음에 근거한다.

소승(小乘) 불교는 지혜를 강조하며, 깨달은 성인, 즉 아라한(阿羅漢, arhat)이 되는 것을 목표로 하므로 세속을 떠나 사성제 진리를 깨달아 열반에 이르는 것을 지상의 목표로 삼고, 다른 이의 고뇌를 돌보지 않는다. 반면, 대승불교[96]는 이것을 편협한 이기주의라고 보고, 깨달음에 이르렀으나 다른 중생들을 구제하기 위해 성불을 늦추는 보살이 되는 것을 이상으로 삼아 '자비(慈悲)와 정토교'라는 타력적 신앙을 강조한다.[97] 광덕엄장 조와 <원왕생가>는 신라 불교가 소승불교와 귀족불교의 한계에서 벗어나 아미타신앙에 근거한 대중 불교로 확산되는 중에, 광덕은 간절한 마음으로 반야삼매(般若三昧)·관불삼매(觀佛三昧)·지계염불(持戒念佛)을 통해, 엄장은 참회·회과(悔過)·지관(止觀)의 수행법을 통해 현실의 고난과 번뇌를 초월하고 깨달음에 이르는 과정을 보여준다. 평범한 사람이라도 염불수행의 자력으로 공덕을 닦으면 여기에 아미타불의 본원(本願, 타력신앙)이 더해져, 탐진치와 번뇌와 집착을 모두 벗고 맑고 청정한 세계에 이를 수 있음을 보인 것이다.

---

94) 히로사치야 지음, 『소승불교와 대승불교』, 강기희 옮김(민족사, 1991), pp.262~263.

95) 김방룡, 앞의 책, p.122 참조.

96) 대승 불교적 사고는 『유마경』·『首楞嚴三昧經』·『般舟三昧經』 등을 비롯하여, 시간적·공간적으로 무한한 붓다, 즉 아미타불에 대한 절대적 신앙과 그의 本願力에 의한 他力的 구원을 설하고 있는 『무량수경』·『관무량수경』·『아미타경』에 잘 담겨있다.(동국대학교 불교문화대학 불교교재편찬위원회, 위의 책, p.137).

97) 동국대학교 불교문화대학 불교교재편찬위원회, 『불교사상의 이해』(불교시대사, 1997), pp.147~148.

2) 〈원왕생가〉의 작품 성격

덕본(德本)은 아미타불의 명호로서 모든 선법(善法)의 근본이라고 했으니, 여기서 덕은 선(善)의 뜻이다.[98] 흔히 "도덕·품덕(品德) 등 말과 행동이 적절하고 마땅하여 밖으로는 다른 사람에게 부끄러움이 없고 안으로는 마음에 얻은 바가 있음"을 '덕(德)'이라 하는데, <광덕엄장> 조의 광덕은 철저히 계율을 지키고, 도리에 맞는 수행으로 좋은 과보를 받을 만한 행동을 한 인물에 걸맞은 명명으로 보인다.

(1) "**원합니다. 원합니다. 극락왕생을 원합니다.** 극락세계 어디 가서 아미타불 친히 뵙고 마정수기(摩頂授記) 받기를 원합니다."(願往生 願往生 往生極樂見彌陀 獲夢摩頂授記莂), "아미타불의 회중좌에 왕생하여 향과 꽃을 집어 언제나 공양하기를 원합니다."(願往生~ 願在彌陀會中坐 手執香火常供養), "연화세계 어서 가서 너도나도 다 함께 일시에 불도를 이루기를 원합니다."(願往生~ 往生華藏蓮華界 自他一時成佛道)[99]

(2) "왕생하기 원하옵고 왕생하기 원하오니 / 극락정토에 태어나서 아미타불 친견하고 / 저의 이마 만지면서 수기(受記)하게 하옵소서. / 왕생하기 원하옵고 왕생하기 원하오니 / 아미타불 극락정토 회상중에 자리하여 / 언제든지 향꽃 들어 공양하게 하옵소서. / 왕생하기 원하옵고 왕생하기 원하오니 / 연화장의 극락세계 모두 함께 태어나서 / 너나없이 한꺼번에 성불하게 하옵소서."[100]

위의 두 자료를 보면, 광덕이 오롯이 자신의 발상만으로 <원왕생가>를 지은 것 같지는 않다. 연화세계에 가서 불도를 이루고 극락왕생을 희구하

---

98) 金勝東, 앞의 책(2001), p.363.

99) 安震湖 편, 第7章 放生篇, 『釋門儀範』(法輪社, 1982), pp.564~565.

100) "願往生願往生 願生極樂見彌陀 獲蒙摩頂授記別 願往生願往生 願在彌陀會中座 手執香花常供養 願往生願往生 願生華藏蓮華界 自他一時成佛道"(『阿彌陀經』 正宗分 往生偈).

는 마음은 이들 작품과 일맥상통한다. 흔히 운문으로 설한 부처님의 가르침, 또는 선승들이 깨달음의 세계를 읊은 시구를 게송이라 하는데, 위의 게송과 <원왕생가>는 매우 흡사하다. 다만 <원왕생가>가 달을 아미타불과 시적 자아를 매개 짓는 존재로 등장시켜 기원을 우회시킨 것, 법장비구의 본원을 상기시킨 것, 아미타불을 향한 자신의 마음을 솔직히 드러내 표현한 것 등은 차별화된 부분이다. 다음 『찬아미타불게』 "나는 서방정토에 계신 아미타불 세존께 극락왕생하기를 바라 몸과 마음을 불도에 의지하여 예배합니다. 현재 (사바세계에서) 10만 억찰(億刹)이나 떨어진 안락국에, 명호가 아미타이신 불세존이 계신지라 나는 극락왕생하기를 바라 몸과 마음을 불도에 의지하여 예배합니다. 여러 중생들이 모두 지극한 마음으로 귀의하여 안락국 부처님이 계시는 서방정토에 왕생하기를 발원합니다."도[101] 위의 두 게송과 비슷하게 수행자의 소망을 직접적으로 드러내고 있다.

<도천수대비가>가 <관음세안결(觀音洗眼訣)> "관세음이시여, 구원해주소서. / 저에게 큰 안락을 주소서. / 크게 저를 인도하시어, / 저의 어리석음과 어둠을 멸하여 주옵소서. / 모든 거리낌을 없애 주시고, / 모든 악업을 지워주소서. / 저의 눈을 어둠 속에서 꺼내시어 / 제게 만물의 빛을 보게 해주옵소서. / 지금 제가 이 게(偈)를 말함은 / 제 안식(眼識)의 죄를 뉘우치기 위함이니/널리 광명을 베푸시어 / 사물의 오묘한 형상을 보여주옵소서."를[102] 본뜬 신주(神呪), 즉 천수천안관음보살에게 눈병을 고쳐줄 것을 기원한 다라니[103]인 것처럼, <원왕생가>는 이상의 게송에 근거하여 자력·타력으로 정

---

101) "南無至心歸命禮西方阿彌陀佛 現在西方去此界十萬億剎安樂土 佛世尊號阿彌陀 我願往生歸命禮 願共諸衆生往生安樂國 南無至心歸命禮西方阿彌陀佛"(曇鸞法師, 『讚阿彌陀佛偈』; 『大正經』 47, 諸宗部4, 大正新修大藏經刊行會, 1967, p.420).

102) "觀音洗眼訣曰 '救苦觀世音 施我大安樂 賜我大方便 滅我愚癡暗 除却諸障礙 無明諸罪惡 出我眼室中 使我視物光 我今說是偈 洗懺眼識罪 普放淨光明 願睹微妙相' 每淸朝 持淨水一器 向水誦此訣七遍 或 四十九遍 用以洗眼 凡積年障翳 近患赤腫 無不全愈"(柳重臨, 『增補山林經濟』 卷16, 雜方, 偶記; 古農書國譯叢書6 『增補山林經濟』 Ⅲ, 농촌진흥청, 2004, p.634).

토에 왕생하려는 화자의 간절한 소망을 문학적으로 형상화한 작품이다. 문면을 읽는 각도에 따라 <원왕생가>의 작자를 다양하게 설정하고, "이 작품의 진정한 가치는 광덕, 엄장 나아가 당대의 일반 독자까지 아울러 전체의 흐름을 입체적으로 파악할 때 더욱 명료해진다"[104]고 여기고, "<원왕생가>의 의미를 굳이 개인적 차원에 머물게 할 필요가 없다."고[105] 한 것은 <원왕생가>가 이와 같은 보편적 염원과 소망을 담고 있기 때문으로 보인다. '되뇌임(번뇌) → 다짐 · 원왕생 → 사십팔 대원'으로 이어지는 <원왕생가>의 구조를 천상을 향해 한 층 한 층 쌓은 3층 석탑의 구조로 이해하는[106] 관점도 불교 신앙과 기원을 보편타당한 논리로 설명한 경우이다. <원왕생가>는 부처와 보살들이 세운 간절한 원력으로 인하여 누구나 절실하게 기원하면 쉽게 구제될 수 있다는 열린 생각을 담은 작품이다.

"보살이 스스로의 힘으로 보리심(菩提心)을 일으키는 것을 자력이라 하고, 다른 것에 의거하여 발심하는 것을 타력"이라"[107] 한다. <원왕생가>는 "모든 몸의 행위로 아미타불을 예배하고 입의 행위로는 아미타불을 칭송하며 마음의 행위로는 아미타불을 잊지 않고 끊임없이 생각하는"[108] 지성심(至誠心), "자기 자신은 원래 번뇌에 꽉 찬 어리석은 인간이고 선(善)을 행하는데 있어서도 아직 모자람이 많고 고통의 세계를 떠도는 마치 번뇌의 불기둥이 활활 치솟는 집속에서 빠져나올 수 없는 것과 같다는 것을 깊이 깨

103) 황병익, 禱千手大悲歌의 재해석-'一等沙隱賜以古只內乎叱等邪'의 의미를 중심으로, 『한국시가연구』 26(한국시가학회, 2009), pp.215~242.

104) 서철원, 『향가의 유산과 고려시가의 단서』(새문사, 2013), pp.214~215.

105) 박경주, 願往生歌의 作者와 文學的 解釋에 대한 一考察, 『국어교육』 85(한국어교육학회, 1994), p.262.

106) 신재홍, 원왕생가와 삼층 석탑의 구조적 상동성, 『향가의 연구』(집문당, 2017), pp.124~128.

107) 『菩薩地持經』 卷1.

108) "一者至誠心 所謂身業禮拜彼佛 口業贊歎稱揚彼佛 意業專念觀察彼佛 凡起三業 必須眞實 故名至誠心"(法然上人 撰述, 須摩提 옮김, 앞의 책, pp.192~196).

달아 아미타불의 서원을 의심하지 않고 깊이 믿는" 심심(深心)을 담아 번뇌와 생사의 틀에서 벗어나 깨우치고 열반에 들어가는 과정을 담았다.[109] 원효도 "선근은 연(緣)이 작용하여 이루어지는 것이지 자신이 닦는 것이 아니며, 중생은 여래의 선근을 이어받기 위해 발보리심하고 지성심으로 염불함으로써 부처의 본원력으로 정토에 왕생할 수 있다"고 하였다. 이것은 일심(一心)의 증득이 곧 정토왕생이라는 믿음 위에서 발보리심과 십념염불의 '자력 수행'이 여래장사상에 기반을 한 아미타불의 대비원력이라는 '타력 염불'과 융합하여 비로소 왕생의 원인이 됨을 강조한 것이라고 할 수 있다.[110]

'회향(迴向)'이란 회전취향(迴轉趣向)의 의미로, "자기가 닦은 공덕을 남에게 돌려서 자타가 함께 깨달음을 성취하게 하는 것"으로 대승불교의 보살사상의 하나이다. 즉, "일체 고뇌하는 중생을 버리지 않으려는 마음으로 항상 원을 세워 대비심을 성취하는 것"이다. 회향에는 "자기의 공덕을 일체 중생에게 돌려, 아미타여래의 정토에 왕생하려고 원을 세우는" '왕상(往相)'과 "정토에 왕생한 보살이 중생을 구제하기 위해 사견(邪見)과 번뇌가 무성한 곳으로 가서 일체 중생을 교화하여 함께 불도에 향하겠다고 맹세"하는 '환상(還相)'이 있다.[111]

<원왕생가>의 끝에 아미타불의 48대원을 언급한 것도 궁극적으로는 아미타불의 회향을 기대한 때문이다. 광덕 · 달달박박 · 의상은 세속적 욕망을

109) "二者深心 卽是眞實信心 信知自身是具足煩惱凡夫 善根薄少 流轉三界 不出火宅 今信知彌陀本弘誓願 及稱名號 下至十聲一聲等 定得往生 乃至一念無有疑心 故名深心", "深心者謂深信之心當知 生死之家 以疑爲所止 涅槃之城 以信爲能入"(法然上人 撰述, 須摩提 옮김, 위의 책, 같은 곳 참조).

110) 고영섭, 『분황 원효의 생애와 사상』(운주사, 2016), p.325.

111) "云何迴向 不捨一切苦惱衆生 心常作願 迴向爲首 得成就大悲心苦", "迴向一者往相 二者還相 往相者 以己功德迴施一切衆生 作願共往生彼阿彌陀如來安樂淨土 還相者 生彼土已得奢摩他毘婆舍那方便力成就 迴入生死稠林敎化一切衆生共向佛道"(李太元, 『往生論註 講說』, 운주사, 2003, pp.292~293).

철저히 거부함으로써 왕생이나 득도를 한 반면 엄장·노힐부득·원효는 세속적 욕망을 초월하는 법을 깨달고 왕생했다. 전자가 소승적이고 교조적인 수도자라면 후자는 대승적이고 개방적인 수도자이다.[112] 전자의 경우는 두터운 신앙이 전제가 되어 있으므로 왕생극락까지의 서술이 비교적 단조로울 수 있지만, 후자는 필연코 전환이 수반되어야 한다.[113] 일연이 광덕과 엄장의 서승(西昇) 과정을 자세히 묘사한 것은 소승·대승적 득도 과정을 제시하여 너나 할 것 없이 꾸준히 수행할 것을 강조하려 한 때문일 것이다.

4. 도적들이 잘못을 뉘우치고 극락을 향하다

신라에서는 귀족·호국 불교가 성행했는데, 원효 이후에 정토신앙이 널리 보급되면서 일반 백성들에게까지 파고드는 대중 불교, 신앙불교로 확장되었다. 대중 불교, 신앙불교의 구체적인 전개 양상은 원효가 소승계율을 버리고 대승보살의 길을 선택한 데서부터 찾아야 할 것이다.

<원왕생가>가 정토왕생에 대한 기원을 담고 있는 것만은 분명하다. 정토는 불보살이 사는 곳으로, 중생들이 사는 예토(穢土)에 상대되는 말이다. 정토는 예토와 달리 온갖 고통과 번뇌가 사라지고 즐거움과 청정함만이 존재하는 세계이다. 서방극락정토에는 아미타불이 거처하면서 스스로 깨달아 성불하기에 어려움이 있는 중생을 구제하는 이타행을 행한다. 광덕과 엄장의 수행 과정이 오래 전승되고, 일연이 『삼국유사』에 수록한 것은 표준의 수행과 "인간적인 욕망에 빠져들었다가 다시 극복하여 극락왕생하는 수도

112) 이도흠, 원왕생가의 문화사회학적 시학, 『畿甸語文學』 7(수원대학교 국어국문학회, 1992), p.70.

113) 朴魯埻, 『新羅歌謠의 研究』(悅話堂, 1982), p.59.

자의 모습을 보여줌으로써 서방정토로 왕생하기를 희구하는 많은 중생들에게 희망을 주기 위한 것"이다.[114] 열심히 수행하면 부처가 타력의 힘으로 구제할 것이라는, 대승 불교적 성격의 희망의 메시지인 것이다. 통일신라는 강력한 중앙집권적 전제국가로 체제를 정비하였으나 권력은 중앙귀족이 독점한 배타와 독점의 분열시대였다. 불교 또한 서민들과는 거리가 먼 왕실 중심의 귀족 불교였다. 의지할 곳 없는 민초들의 고달픔은 이루 말할 수 없을 정도였다. 원효가 화쟁(和諍)을 외치고 무애행을 펼치며, 가난하고 무지한 하층민을 깨우쳐 누구라도 쉽게 따라할 수 있는 "나무아미타불"을[115] 외치게 한 것과 <원왕생가>를 짓고 전승시킨 까닭은 종교적 사명감 측면에서 흡사한 점이 많다.

그동안 <원왕생가>의 논지가 분명하고, 해독상의 이견이 적다는 이유로 작품을 매우 단순하게 이해해 온 측면이 적지 않다. 이에 향후에는 작품을 창작한 문무왕 대의 정치·사회·문화적 배경과 연관 지어, 당시에 정토사상이나 대승 불교, 이타행이 성행한 까닭이 무엇인지를 밝히고, 그 결과를 세계불교사의 사상적 흐름과 상관 지어 신라 불교문학과 <원왕생가>의 특징을 살피려는 노력이 필요할 것으로 보인다.

---

114) 朴箕錫, 願往生歌와 廣德 嚴莊 설화의 관련 양상, 『한국고전시가작품론 1』(집문당, 1992), p.100.

115) 元曉 저, 최세창 역주, 앞의 책, pp.49~50.

〈모죽지랑가(慕竹旨郞歌)〉

늙은 화랑을 향한 애틋한 그리움을 노래하다

1. 그리운 마음, 추모하는 마음?

『삼국유사』 '효소왕 대(孝昭王代) 죽지랑'조의 <모죽지랑가>는 죽지랑의 낭도(郎徒)인 득오(得烏)의 작품인데, 죽지랑 사후에 지은 추모(追慕)의 노래인가 아니면 생시에 지은 연모의 노래인가는 이 작품 연구에서 최대의 쟁점이자 난제이다.[1] 추모시로 보는 논자들은 자신에게 은덕을 베풀었던 죽지랑이 세상을 떠나자 추모의 정을 노래했다 하고, 연모의 노래로 보는 논자들은 노래와 배경설화의 시점을 맞추는데 주력한다.[2] 그러나 죽지랑 조에는 그의 죽음에 대한 언급이 없고 복잡한 갈등관계만 나타나기 때문에, 작

1) 신동흔, 모죽지랑가의 시적 문맥, 白影 鄭炳昱 先生 10週忌追慕論文集『한국고전시가작품론 1』(集文堂, 1992), p.109; 신재홍, 『향가의 해석』(집문당, 2000), p.35. 참조.

2) 전자에는 지헌영, 홍기문, 김동욱, 김선기, 조지훈, 김준영, 김종우, 김완진, 김학성, 황패강, 조동일, 유창균, 강길운 등의 논자가 있고, 후자에는 양주동, 이탁, 정렬모, 정연찬, 서재극, 김승찬, 양희철 등의 논자가 있다. 이에 대한 상론은 김동욱, 慕竹旨郎歌, 華鏡古典文學研究會 編, 『鄉歌文學研究』(一志社, 1993), pp.356~368와 양희철, 『향가 꼼꼼히 읽기-모죽지랑가의 해석과 창작시기』(태학사, 2000), pp.16~17, pp.141~167에서 제시하고 있다.

품과 배경설화를 연관 짓는 데 어려움이 있다. 또 후자는 화랑도와 지역세력, 왕의 미묘한 갈등 관계 속에서 작품을 이해한 성과에 비해 서사내용과 창작시기를 '효소왕 대'와 상관 짓는 데 한계가 있다.

죽지랑 조는 죽지랑의 덕망을 강조한 미담, 죽지랑의 신이한 탄생설화, 득오의 애절한 노래를 유기적으로 구성[3]하고 있으므로, 서사와의 긴밀한 상관성 속에서 작품을 분석해나가야 할 것이다. 시가와 이야기에 모두 죽지랑과 득오의 헤어짐 및 만남이 서술된 점도 눈여겨 볼 일이다.[4] 이에 본고는 여러 자료와 정황을 통해 죽지랑의 생몰 시기와 효소왕 대의 정치 사회적 배경, 배경설화를 면밀히 따져본 후에 <모죽지랑가>의 어휘・구절을 다시 살핌으로써 작품의 창작 배경과 시기, 각 구절의 내포적 의미를 파악해 나갈 것이다.

2. 〈모죽지랑가〉는 왜 지었을까?

1) 효소왕 대(孝昭王代) 죽지랑

죽지랑 조에는 1) 죽지(竹旨)가 익선(益宣)에게 득오(得烏)의 휴가를 청했다가 거절당하고, 간진(侃珍)・진절(珍節)의 도움으로 득오를 찾고, 나중에 왕이 익선에게 수뢰의 죄를 물어 처벌한 이야기, 2) 죽지랑의 아버지 술종공(述宗公)이 죽지령(竹旨嶺) 거사(居士)와의 인연으로 죽지를 낳은 이야기, 3) 득오가 <모죽지랑가>를 지은 이야기 등 세 기록이 있다.

그러나 1)과 3)의 서사와 '효소왕 대'의 연결고리가 분명치 않아 서사와

3) 金學成, 향가 장르의 본질, 『韓國詩歌研究』 창간호(韓國詩歌學會, 1997), p.25.
4) 신동흔, 앞의 책(1992), p.109 참조.

창작 시기에 대한 논의가 분분하다. 많은 논자들은 "진골 죽지랑이 60여 세에는 이미 세력이 혁혁한 고관이니 득오를 데려오기 위해 간진 등의 힘을 빌지는 않았을 것", "죽지가 만년에 익선을 어쩌지 못했다는 사실을 믿기 어렵다."[5]는 이유로 1)을 효소왕 대 일로 규정하는 데 의구심을 갖는다. 이에 따라 1)이 죽지랑의 젊은 시절인 진평왕 대, 진평왕 말년 혹은 선덕여왕(善德女王) 초년 경,[6] 기록대로 효소왕 대[7]라는 다양한 견해를 제시한다. 서사 발생은 진평왕 말 혹은 선덕여왕 초인 630년 전후이고, 작품을 지은 것은 효소왕(재위 692~702) 때라는[8] 견해도 제시했다.

하지만 일연은 『구삼국사』 등 삼국시대 자료를 모본으로 『삼국유사』를 편찬했는데, 간지・연도가 아닌 왕대(王代)에 오류를 범하거나 일부내용을 빠뜨렸다고 쉽게 추정하긴 어렵다. 『삼국유사』의 제명(題名)과 첫머리 내용은 본디 곧바로 이어지고,[9] 『삼국유사』 기이(紀異)는 『삼국사기』 본기(本紀)의 체제와 같이 "문무왕법민文武王法敏(30대)-만파식적萬波息笛(31대 신문왕)-효소왕 대孝昭王代(32대) 죽지랑-성덕왕聖德王(33대)-수로부인(성덕)-효성왕孝成王(34대)-경덕왕景德王(35대) 충담사忠談師 표훈대덕表訓大德"의 순서에 따랐다.[10] 그러므로 결정적 논거 없이 1)을 진평왕(26대), 선덕여왕(27대)

---

5) 홍기문, 『향가해석』, 조선민주주의인민공화국 과학원; 北韓語文 資料 3, 『향가해석』(영인본)(大提閣, 1956/1991), p.78.; 李鍾旭, 「三國遺事 竹旨郎條에 대한 一考察」, 三國遺事 特輯Ⅱ『韓國傳統文化硏究』2(曉星女子大學校 韓國傳統文化硏究所, 1986), p.207.

6) 三品彰英 著, 李元浩 譯, 『新羅花郎의 硏究』(集文堂, 1995); 金哲埈, 「新羅 貴族勢力의 基盤」, 『韓國古代社會硏究』(知識產業社, 1975); 辛鍾遠, 「新羅五臺山事蹟과 聖德王의 卽位 背景」, 崔永禧先生華甲紀念 『韓國史學論叢』(同刊行委員會, 1987).

7) 李弘稙, 「三國遺事 竹旨郎條 雜考」, 『韓國古代史의 硏究』(新丘文化社, 1973); 金在康, 「新羅의 宗敎 受容과 그 性格」, 『大邱史學』14(大邱史學會, 1978); 洪起三, 「孝昭王代 竹旨郎 考」, 『佛敎學報』30(동국대 불교문화연구원, 1993).

8) 조동일, 제3판 『한국문학통사』 1(지식산업사, 1994), p.160.

9) "文虎王 法敏-王初卽位 龍朔辛酉", "萬波息笛-第三十一 神文大王", "聖德王-第三十三 聖德王 神龍二年丙午歲", "水路夫人-聖德王代 純貞公赴江陵", "景德王 忠談師 表訓大德-老子道德經等大王備禮受之"(『三國遺事』 卷2, 紀異2).

10) 南武熙, 「圓測의 生涯復元과 그의 政治的 立場」, 『한국고대사연구』28(한국고대사학회, 2002),

대의 일로 보긴 어렵다.

그러므로 결론에 앞서 죽지랑의 생몰연대를 밝히는데 힘써야 할 것이다. 술종공述宗公(죽지랑의 아버지)은 "진덕왕眞德王(647~653) 때 알천(閼川)·임종(林宗)·술종(述宗)·호림(虎林)·염장(廉長)·유신공(庾信公)과 더불어 남산 우지암(亏知巖)에서 나랏일을 의논한" 진골 귀족이다. 이 가운데 알천공은 당시 신라의 수뇌인 상대등이었고 임종공은 대등이었다. 풍월주 14세 호림공은 579년, 17세 염장공은 586년,[11] 15세 유신공은 595년에 출생했으니 우지암 회의 구성원은 지위와 연령을 고려한 순차적 나열인 듯하다. 회의 당시 김유신(595~673)은 53~59세, 염장공은 62~68세, 호림공은 69~75세였으므로 술종공은 579년 이전에 태어났을 것이다. 술종공이 삭주도독사(朔州都督使)로 부임한 이듬해에 죽지랑을 낳았다는 기록도[12] 죽지랑의 생년을 파악하는 단서가 된다. '도독'은 삼국 통일기에 군주(軍主)가 총관(摠管; 將軍)으로 개칭되면서 군주를 대신하여 주(州)에 파견하던 관직으로,[13] 군태수(郡太守)와 현령(縣令)을 예하에 두고, 행정권·역역(力役)의 징발권·경찰권 혹은 병권·사법권·징세권을 총괄했다.[14] 박도유(朴都儒, ?~671)가 김인문(金仁問, 629~694) 예하에서 한성주(漢城州) 도독(都督)을 지내던 때(668년)가 35~40세경이고, 김군관(金軍官, ?~681)이 한산주(漢山州) 도독을 지내던(664년) 나이도 35세 전후이므로, 술종공도 35~40세에 삭주도독을 지냈을 가능성이 높다.[15]

---

p.129 참조.

11) "(十四)虎林己亥生 癸亥主", "(十七)廉長公 建福丙午生 辛巳郎主 太和元年戊申薨 春秋六十三"(김대문 저, 이종욱 역주, 『화랑세기-신라인의 신라 이야기』, 소나무, 1999, p.281, p.286).

12) "初 述宗公爲朔州都督使 將歸理所 時三韓兵亂 以騎兵三千護送之 行至竹旨嶺 有一居士 … 隔一朔 夢見居士入于房中 … 妻氏自夢之日有娠 旣誕 因名竹旨"(『三國遺事』 卷2, 紀異2, 孝昭王代竹旨郎).

13) "都督은 아홉이었다. 지증왕 6년(505)에 異斯夫를 悉直州軍主로 삼았고, 문무왕 원년(661)에는 고쳐서 摠管이라 했으며, 원성왕 원년(785)에 都督이라 불렀다(都督九人 智證王 六年 以異斯夫 爲悉直州軍主 文武王 元年改爲摠管 元王元年 稱都督, 『三國史記』 卷40, 잡지).

14) 李仁哲, 『新羅政治制度史研究』(一志社, 1993), p.205.

15) 물론 위의 亏知巖 회의, 술종공이 도독을 지낸 연대 추정은 신분제(골품제) 사회에서 연령

이를 종합하면 술종공은 575~579년경에 태어나 40세를 전후한 615~619년에 삭주도독사로 부임했다. 진평왕 30년경에 고구려가 신라를 자주 공격했고, 신라는 이후에도 계속 고구려·백제·말갈과 전쟁하므로,[16] 술종공이 부임하면서 당시 삼한에 전쟁이 잦아 기병 3천을 대동한 것도 같은 이유일 것이다. 술종공이 임소(삭주)에 이른지 한 달 만에 죽지를 잉태했으므로, 죽지는 616(진평38)~620년경에 태어났다.[17] 효소왕 대에 죽지랑은 73~83세이지만, 원측(圓測, 613~696)이 연좌제적 처벌에 따라 승적에 이름을 올리지 못했으므로,[18] 죽지랑과 득오의 미담은 효소왕 초기(692~696년)[19]에 일어났고, 이때 죽지랑의 나이는 73~81여세이다. 그러므로 효소왕 대는 죽지랑이 노령에 이르러 삶을 마감한 때로 보는 것이 타당하다.

효소왕은 6세에 왕위에 올라 독자적 정국 운영을 하지 못했다.[20] 정공(鄭恭)이 신문왕릉(神文王陵)을 조성하는 일에 저항하고, 이찬(伊湌) 경영(慶永)이 모반한 것은 효소왕과 귀족 간 대립·충돌의 단면이고,[21] 국선(國仙) 부례랑(夫禮郎)이 말갈[狄賊]에게 붙잡히고 왕권을 상징하는 현금(玄琴)과 만파식적

과 관직의 역전 현상이 적으리라는 예상을 전제하므로 오차 범위를 가질 수 있다.

16) 權悳永, 「圓測의 入唐과 歸國問題」, 水邨朴永錫敎授華甲紀念 『韓國史學論叢(上)』(探求堂, 1992), p.336.

17) 죽지가 김유신의 副帥로 전장에 나간 진덕왕3년(649)엔 30~34세, 金純·眞欽·天存·天品과 貴幢摠管으로 출전하던 무열왕 8년엔 42~46세, 伊湌으로 승진하고 京停摠管으로 평양성을 공격하던 668년엔 50세가 된다.

18) "원측은 693년 불타파리, 지파가라의 번역에 참여했고, 후에 낙양에 들어가 『신화엄경』을 강의하고 번역했으나 마치지 못했다. 이때 696년 7월 22일, 84세 때였다."(남무희, 「원측의 저술활동과 역경 참여」, 『역사와 현실』 54, 한국역사연구회, 2004, p.249.) 원측과 모량부 익선 사건의 상관성은 과하게 부풀려진 감이 있다.

19) 신재홍은 「모죽지랑가」가 "효소왕 7년(698) 이후~崩御 이전"에 지어졌고, 기사 말미 원측의 몰년(696년)을 고려하여 시점을 조정해야 한다는 견해를 제시했다(신재홍, 『향가의 미학』, 집문당, 2006, p.325.).

20) "七年(687) 春二月 元子生 是日 陰沈昧暗 大雷電"(『三國史記』 卷8, 新羅本紀8, 神文王 7年); "按孝照一作昭 以天授三年壬辰卽位 時年十六 長安二年壬寅崩 壽二十六"(『三國遺事』 卷3, 塔像4, 臺山五萬眞身)에서와 같이 두 기록은 즉위 시 효소왕의 나이에서 차이를 보인다. 본고는 『삼국사기』 기록을 따른다(박해현, 『신라중대정치사연구』, 국학자료원, 2003, pp.62~ 64.).

21) 金壽泰, 「전제왕권과 귀족」, 『한국사』 9(국사편찬위원회, 1998), pp.95~97.

(萬波息笛)을 잃은 일도 효소왕 초기의 불안정한 정국을 반영한다. 형제간의 왕위 계승전이 벌어지고, 성덕왕 때에 모량부와 박씨족이 다시 세력을 잡은 일은 신문왕 때부터 이어지던 왕권과 신권의 대립이 그때까지도 미처 봉합되지 못했음을 보여준다.[22)]

효소왕 모후(母后) 신목왕후(神穆王后), 모후를 세운 김개원(金愷元)·삼광(三光)·문영(文穎)은 불안정한 왕권에 대한 협조 세력이었다. 개원과 문영은 상대등을 지내고, 사량부 부례랑(夫禮郎)은 대각간(大角干), 그 아버지 대현(大玄)은 태대각간(太大角干)을 지낸다. 삼광은 김유신의 장자이므로 사량부, 김유신 가문 등이 협조하여 왕권 강화를 꾀한 셈이다.[23)] 651년(진덕5)에 국왕 직속으로 기밀사무를 담당하는 집사부(執事部) 중시(中侍)가 되고, 진덕(眞德, 647~653)~신문(神文, 681~691)에 걸쳐 총재(冢宰)를 지낸[24)] 이력을 보면, 통일전쟁 당시 김유신 휘하에서 전공을 세우던 죽지랑도 분명 효소왕을 보호하는 세력이었다. 집사부는 왕의 직속기관이자 대변자였으므로 중시직(中侍職)은 주로 진골귀족이나 왕의 혈족을 임명하였다.[25)] 총재는 말 그대로 백관(百官)을 고루 다스리는 직위로,[26)] 민간 요역(徭役)의 노일(勞逸)과 조부(租賦)의 경중과 관리의 청탁(淸濁)까지 살피는 왕의 측근이었다.[27)] 죽지랑은 익선이

---

22) 辛鍾遠, 「斷石山神仙寺 造像銘記에 보이는 彌勒信仰 集團에 대하여-신라 中古期의 王妃族 岑喙部」, 『歷史學報』143(歷史學會, 1994), p.20.; 金壽泰, 「新羅 中代 專制王權과 眞骨貴族」(서강대 대학원 박사학위논문, 1990), p.49; "신문왕 원년(681)에 蘇判 金欽突·波珍湌 興元·大阿湌 眞功 등이 모반하다 伏誅되었고, 이찬 軍官도 죽임을 당했다. 4년(684) 11월에 安勝의 族子 大文이 金馬渚에서 모반하다 복주되었다."(『三國史記』 卷8, 新羅本紀8, 神文王代).

23) 朴海鉉, 「新羅 中代 政治勢力 硏究」(전남대 대학원 박사학위논문, 1996), p.56.

24) "二月 改稟主爲執事部 仍拜波珍湌竹旨 爲執事中侍 以掌機密事務"(『三國史記』 卷5, 新羅本紀5, 眞德王5年); "與庾信公 爲副帥 統三韓 眞德太宗文武神文四代 爲冢宰 安定厥邦"(『三國遺事』 卷2, 紀異2, 孝昭王代竹旨郎).

25) 李基白, 「新羅 執事部의 成立」, 『新羅政治社會史硏究』(一潮閣, 1974), p.158, p.162.

26) 冢宰는 六官의 長으로 六卿의 우두머리다. "冢宰掌邦治 統百官 均四海"(『書·周官』), "冢宰又衆長之長也"(朱熹 『集傳』), "(吏部)尙書掌天下官吏選授封勳 考課之政令 以甄別人才 贊天子治 蓋古冢宰之職 視五部爲特重"(『明史』 職官志 一); 孫詒讓正義 "胥 徒雖亦爲庶人在官 而不得爲士 以其爲受役之民也"(『周禮』 天官 序官).

왕의 공적 조직인[28] 화랑 소속의 득오를 차출한 일이 혹 왕권에 대한 도전일 수 있다[29]는 우려와 충정 때문에 익선을 찾아갔을 것이다. 법흥왕 무렵 6부의 자치력은 소멸되고 왕경의 행정구역으로 전환되어 부산성과 그 창고도 이미 왕경(王京)의 질서 속에 편입된 상태였으므로,[30] 익선이 득오를 차출한 경위를 감찰(監察)하고 왕권을 보호하는 역할이 필요했을 것이기 때문이다.

2) 득오 차출과 모량부 처벌의 배경

신라는 사량(沙梁; 사훼沙喙)부, 훼부(喙部)를 중핵으로 집권 체제를 구축했는데, 사량부는 부(部)의 성격이 변화한 후에도 여전히 세력을 유지했다.[31] 사량부 김씨왕족은 직접적 지배기반과 세력 확대를 도모하는 한편, 혈연을 통해 훼부와 연합하고 모량부의 박씨와는 혼인관계를 맺어 연대했다. 지증마립간비(智證麻立干妃) 연제부인(延帝夫人, 등흔이찬登欣伊湌의 딸), 지철로왕비(智哲老王妃; 모량부牟梁部 상공相公의 딸), 법흥왕비(法興王妃; 보력부인保刀夫人), 진흥왕비(眞興王妃; 사도부인思道夫人), 진지왕비(眞智王妃; 지도부인知刀夫人, 기오공起烏公의 딸)가 모두 그 예이므로 중고시대 왕비는 모량부(왕비족) 박씨가 독점하다시피 했다.[32]

---

27) 이인철, 『신라정치경제사 연구』(일지사, 2003), pp.173~174; "王 一日 召庶弟車得公曰 汝爲冢宰 均理百官 平章四海 公曰 陛下 若以小臣爲宰 則臣願潛行國內 示民間徭役之勞逸 租賦之輕重 官吏之淸濁 然後就職 王聽之"(『三國遺事』 卷2, 紀異, 文虎王法敏).

28) 李基東, 『新羅骨品制社會와 花郞徒』(一潮閣, 1984), p.361.

29) 이도흠, 「모죽지랑가의 創作背景과 受容意味」, 『韓國詩歌硏究』3(韓國詩歌學會, 1998) p.164; 이도흠, 향가 연구의 쟁점과 전망, 『고전문학연구의 쟁점적 과제와 전망』下(월인, 2003), p.27.

30) 김기흥, 『삼국 및 통일신라 세제의 연구』(역사비평사, 1991), pp.100~102; 金昌錫, 「신라 倉庫制의 성립과 租稅 運送」, 『한국고대사연구』22(한국고대사학회, 2001), p.226 참조.

31) 全德在, 『新羅六部體制硏究』(一潮閣, 1996), pp.118~125 참조.

32) 辛鍾遠, 斷石山神仙寺 造像銘記에 보이는 彌勒信仰 集團에 대하여-신라 中古期의 王妃族 岑喙部, 『歷史學報』 143(歷史學會, 1994), pp.1~26.; 신종원, 『삼국유사 새로 읽기 (1)』-紀異篇

혼인을 통한 연합지배체제는 중고기 김씨 왕통이 지닌 한계를 암시하고, 왕권의 성장과 함께 극복되어야 할 문제이기도 했는데,[33] 이후 선덕·진덕 여왕이 연이어 즉위하게 되자 왕비족의 존재 가치가 점점 희미해졌고, 사륜계(舍輪系)와 김유신계(金庾信系, 사량부沙梁部)가 결합하여 김유신의 누이 문명황후(文明皇后) 문희(文姬)가 태종무열왕(太宗武烈王)의 비가 됨으로써 모량부 세력은 점점 약화되었다. 이런 경향은 신문왕(681~692)대 이후에도 지속되었다.

더 이상 왕비를 배출하지 못하고 세력이 약화되면서 모량부의 불만은 점점 커져 갔다.[34] 게다가 모량부 구성원들은 왕실이나 여타 화랑세력과 달리 미륵상생신앙을 신봉했다. 모량부(牟梁部) 사람들은 그들의 영산(靈山)인 단석산 정상을 극락, 즉 도솔천이라 믿고 육도윤회(六道輪廻)를 여의고 이곳에 상생하여 부처가 되길 기원했다. <단석산(斷石山) 신선사(神仙寺) 조상명기(造像銘記)>는 "현세에 죄를 소멸하여 복을 받고, 죽어선 도솔천에 올라 미륵의 법문을 듣고자 참회하는" 『미륵상생경』[35]에 기초했다. 모량부는 미륵상생신앙을 신봉하며 그들의 존장(尊長)을 왕과 같은 '보살계(菩薩戒) 제자(弟子)'로 칭[36]하면서 왕실과 대등함을 자처했다. 반면 죽지랑 출생담[37]은 "석가불(釋迦佛)로부터 팔관재법(八關齋法)을 수지(受持)하여 (미륵불彌勒佛의) 처소에 왔다."[38], "사바세계에 의탁할 부모를 정해 하생한 뒤 국토를 교화"한다

(일지사, 2004), p.187에 재수록.

33) 李文基, 「新羅 中古의 六部와 王統」, 신라문화제 학술발표회 논문집8 『新羅社會의 新研究』(동국대학교 신라문화연구소, 1987), pp.85~86.

34) 朴海鉉, 앞의 논문(1996), p.56.; 南武熙(2002), 앞의 논문, pp.131~133.

35) 신종원, 앞의 책(2004), pp.192~195 참조; "若一念頃受八戒齋 修諸淨業發弘誓願 命終之後"(「觀彌勒菩薩上生兜率天經」, 『大正藏』 14, p.420).

36) "佳有菩薩戒弟子岑珠"(金煐泰 編, 「新羅斷石山神仙寺(上人巖)造像銘記」, 『三國新羅時代佛敎金石文考證』, 民族社, 1992, p.340).

37) 豊基邑 水鐵洞 權占鳳의 구연에 따르면, 죽지미륵각 터에 석탑이 있었고 수철동 사람들이 정월보름날 자정에 보살각과 미륵각, 산신각에 제사를 올렸다(최현, 「모죽지랑가를 찾아 30년」, 『榮州文學研究』 창간호, 九曲詩文學會·榮州文學研究會, 200, p.8) 하므로 죽지령은 경북 풍기와 충북 단양을 가르는 '죽령'이다.

는[39] 『미륵하생경』에 기초하고, “화랑(미륵)을 자신들의 염원을 실현시켜 줄 미륵의 현신으로 모시는” 미륵하생신앙[40]을 담고 있어 모량부의 신앙과 크게 다르다.

익선이 득오에게 군역을 부과한 것은 과연 정당한 권리인가. 익선은 모량부의 당전(幢典)이었다. 익선은 모량부 부사(部司) 내지 감전(監典)의 일원으로 중고기 왕경인의 역역 동원, 군역의무자 징발의 주체였다.[41] 익선이 죽지의 소청을 당당히 거절하고, 사리(使吏) 간진(侃珍)도 그런 익선을 “융통성 없다(鄙宣暗塞不通)”고만 한 것을 보면, 당시 익선과 득오는 모량부의 지배세력과 소속부원이라는 전통적 관계 때문에 부역(隨例赴役)했던 듯하다.[42] 이 부역(赴役)은 부역(部役)이나 부역(賦役)과 달리 “(어떤 병사나) 늘 하던 대로 (대장의) 밭에 일하러 갔다”는 관습적 노역일 수도 있고, ‘역록(力祿)’ 형태의 관인급여제일 수도 있지만 익선이 가진 합법적 권리였음은 분명하다.[43]

이상을 종합할 때, 익선이 득오를 데려가 창직(倉直)이란 임무를 부여한 것은 미륵상생신앙을 신봉하던 모량부가 그동안 견지하던 왕비족으로서의 전통적 권위가 약해지고 사량부에 비해 상대적 약세에 몰림으로써 사량부・왕실・화랑세력을 향해 불만[44]을 표출한 행위이다. 죽지랑이 많은 낭도들을 대동한 것도 의아하지만, 기마안구(騎馬鞍具)를 뇌물로 받은 익선이 달아나자 그 아들을 잡아다 못에서 동사(凍死)케 하고 모량리 사람들은 아예

---

38) “或於釋迦文佛所 受八關齋法 來至我所”(『佛說彌勒下生經』, 上同, p.422).

39) 김승동 편저, 『佛敎・印度思想辭典』(부산대학교출판부, 2001), p.529.

40) 李道學, 「新羅 花郎徒의 起源과 展開過程」, 『정신문화연구』38(정신문화연구원, 1990), p.16 참조; 李基白, 『新羅思想史研究』(一潮閣, 1986), pp.17~18; 신종원, 앞의 책(2004), p.192.

41) 李文基, 『新羅兵制史研究』(一潮閣, 1997), p.255.

42) 盧泰敦, 「麗代의 門客」, 『韓國史研究』21・22(韓國史研究會, 1978), pp.43~44; 李文基, 「신라 중고의 육부에 관한 일고찰」, 『歷史教育論集』1(역사교육학회, 1980), pp.68~69 참조.

43) 全德在, 앞의 책(1996), p.118; 蔡雄錫, 『高麗時代의 國家와 地方社會-‘本貫制’의 施行과 地方支配秩序』(서울대학교출판부, 2000), pp.23~24 참조.

44) 一然, 최광식・박대재 역주, 『삼국유사』1(고려대출판부, 2014), p.441.

벼슬할 수 없게 하고, 덕이 높은 원측에게도 승직을 주지 않은 것은 더 불합리하고 가혹하다.[45] 이 같은 과민반응은 새 시대 왕비족(王妃族)인 사량부 김씨가 구시대의 왕비족이라는 오랜 권세에 편승하여 분수를 넘어 전횡하는 모량부 세력을 견제한 처벌이다.[46] 즉 사량부인들이 도전과 수뢰를 빌미삼아 모량부 전체를 억눌러,[47] 사량부의 지역적 결속과 전통적 지배력을 와해하려는 의도적 처벌인 셈이다. 이상 "죽지랑과 익선 사이의 갈등은 단순한 인격상의 갈등을 넘어, 죽지·화주(花主)로 대표되는 화랑세력과 지역세력 사이에 벌어진 사회세력간의 갈등"[48]이었던 것이다.

3. 〈모죽지랑가〉의 어휘와 의미를 고찰하다

去隱春皆理米
간봄 그리매(양주동 해독) / 간봄 몯 오리매(김완진 해독)[49]
간(지난 해) 봄 거리미 // 작년 봄, 보살펴주실(도와·이끌어 주실) 때는

'去隱春'에서 '隱'은 보조사이므로, 의미 글자는 '去春'이다. 흔히 '去年'은 작년,[50] '去日(過日)'은 어제, '去月(客月)'은 지난달을 의미하므로 '去隱春'

45) "익선의 잘못으로 모량부원 전체에게 불이익을 주는 것은 중국을 비롯한 동양 전통사회에서 흔히 발견되는 地域的 連坐制를 닮았다."(朱甫暾, 「新羅時代의 連坐制」, 『大邱史學』25, 大邱史學會, 1984, pp.30~32).
46) 李文基, 앞의 논문(1980), p.70 참조.
47) 신종원, 앞의 책(2004), pp.203~205 참조; "毛梁部 세력은 中古末 舍輪系와 김유신계의 등장으로 위축되면서 반 효소왕 세력이 되어, 모량부와 박씨족은 후에 성덕왕을 옹립하는 중심 세력이 된다."(박해현, 「新羅 聖德王代 정치세력의 추이」, 『韓國古代史研究』31, 韓國古代史學會, 2003, pp.346~347).
48) 신동흔, 慕竹旨郎歌와 죽지랑 이야기의 재해석, 『冠嶽語文研究』 15(서울대학교 국어국문학과, 1990), pp.190~191; 최광식 외 역주, 앞의 책(2014), p.441.
49) 이후 양주동 해독을 '양', 김완진 해독을 '김'이라고 표기한다.

도 '작년 봄'이다.

'皆理米'는 구성상 '그릴(慕理尸)'과 다르다.[51] '皆'는 "皆伿焉世呂修將來賜留隱", "皆佛體置然叱爲賜隱伊留兮"처럼 뜻으로 쓰인 경우도 있고, "伊知皆矣爲米", "然叱皆好尸卜下里"처럼 음으로 읽히기도 한다.[52] '皆'를 음독하면 '그·가·ᄀᆞ·긔·긔·거' 등 여러 음으로 읽힐 수 있다. 『삼국유사』에 "率左人 鄕云皆叱知 言奴僕也"라 하여, '노예(奴隷, 牢子)'를 '거리치'(『훈몽자회(訓蒙字會)』 중1 인류1)라 했으니 '皆理米'[53]는 '거리다'의 활용형인 '거리매'인 듯하다.

(1) 이끌ᄒᆞ야 모ᄅᆞ논 일흔 性을 거리시려(拯昏迷之失性ᄒᆞ시려(『法華經』 서16』)

(2) 큰 敎網ᄋᆞᆯ 펴샤 人天 고기ᄅᆞᆯ 거리샤ᄃᆡ ᄒᆞᆫ 衆生이 뎌 그므레 들리 업스니(張大敎網ᄒᆞ샤 漉人天魚ᄒᆞ샤ᄃᆡ 無一衆生이 入彼網中ᄒᆞ니)"(『금삼』 5：25)

(3) 두 朝ᄅᆞᆯ 거리츄믄 늘근 臣下의 ᄆᆞᅀᆞ미니라(兩朝開濟老臣)(초간본 『두시언해』 6：33)

(1)~(3)의 '거리다(拯, 漉, 濟)'는 "건져 올리다, 물을 퍼 올리다(漉)", "구제하다, 건지다, 도우다(拯, 濟)"라는 뜻이다.[54] 그러므로 '皆理米'는 죽지랑이

---

50) "去年白帝雪在山 今年白帝雪在地"(杜甫, 「前苦寒行」之二).

51) 池憲英, 語文硏究學術叢書 第1輯 『鄕歌麗謠의 諸問題』(太學社, 1991), p.90.

52) 梁柱東, 訂補版 『古歌硏究』(博文書舘, 1960), pp.76~78 참조.

53) 兪昌均, 「鄕歌의 解讀을 위한 試論-其一, 慕竹旨郎歌의 '皆理米'를 中心으로」, 『慕山學報』 1(慕山學術硏究所, 1990), p.240, p.247.

54) '皆'는 '글(그)/걸(거)'로 해석되어 '그리며', 곧 '끠며', 즉 '시샘하다, 원망하다, 꺼림칙하다'로 보기도 하고(兪昌均, 위의 논문, p.222, p.228), '皆理米'를 '물리메(모시다, 짝하다)'(姜吉云, 『鄕歌新解讀硏究』, 한국문화사, 2004, p.124), 'ᄀᆞ리믜(隨從, 依託하다)'(신재홍, 『향가의 해석』, 집문당, 2000, pp.43~44)로 읽기도 한다. '皆'의 훈독 '다리다(携, 率, 挾)'["나ᄅᆞᆯ ᄃᆞ려 耆婆天을 뵈ᅀᆞ올 제(携我謁耆婆天)"(『능엄경언해』 2：8), "살기ᄅᆞᆯ ᄃᆞ려(挾子)"(초간본 『두시언해』 10：18), "네 사ᄅᆞᆷ ᄃᆞ리샤(遂率四人)"(「용비어천가」 58)]를 받아들여도 뜻은 "이끌다(携), 거느리다·인솔하다(率), 좌우에서 끼고 도우다(挾)"가 되어 같은 상황으로 해석할

득오의 휴가를 청하려고 애쓰던 시절을 회고하는 표현이다.

毛冬居叱沙哭屋尸以憂音

모둔것사 우리 시름(양) / 모돌 기스샤 울므롤 이 시름(김)

모돌 기스사 울오로 시름 // 함께 지낼(머무를) 수 없어 시름하며 울었었는데,

'毛冬'은 '不冬(안돌)'과 같은 부정사로, '毛'는 '몯', '冬'은 '돌', 곧 '모돌'에 해당한다.

(4) 위의 官職과 賞뿐으로 酬答 못하신 功業이 분명 있으므로 三韓後壁上功臣과 같이 錄券을 더하여 施行하게 하시고(右職賞分以 酬答 毛冬教 功業是去 有在等以 三韓後壁上功臣 一例以 錄券加施行教是遣(貼文 : 尙書都官 1262)

(5) 衆生ㅅ 깨우미 ㄹ 모돌 願海이고(際毛冬留願海伊過)(「總結無盡歌」)

(6) 善芽 못 기른/衆生 밭을 적심이여(善芽 毛冬 長乙隱 衆生叱田乙潤只沙音也)(「請轉法輪歌」)

'毛冬教'(모돌 이신)는 "못 하신", '際毛冬'(ㄹ 모돌)은 "끝 모를", '毛冬 長乙隱'은 "못 기른"이므로 '毛冬'은 중세국어의 '몯'에 해당하고 '안돌(不冬)'과는 구분된다.[55] '居'는 주로 동물의 서식을 지칭하는 '깃-(棲)'과 변별되는데, 이는 '살다'의 의미, 좀 더 구체화하면 "일정하게 한곳에 머문다."[56]는

수 있다.

55) 南豊鉉, 『吏讀硏究』(태학사, 2000), p.563, p.558, p.563.

56) 金東旭 解說, 金烈圭·申東旭 編, 한국문학연구총서 고전문학편1 『三國遺事의 문예적 硏究』(새문사, 1982) p.Ⅳ-3; "(季秋之月)民氣解惰 師興不居", 鄭玄注 "不居 象風行不休止也"(『禮記』 月令), "歲月不居 時節如流"(孔融, 『論盛孝章書』), "歲月曾幾何 耆老逝不居"(蘇軾, 『答任師中家漢公』).

뜻이다. 그러므로 '모돌 기ᄉᆞ사'는 '不居', 즉 "함께 머무르지 못하여(不停留)", 의역하면 "풍류황권에 적을 두고 함께 하던 시절에 낭과 같이 지내지 못해"이다.

'哭屋尸以憂音'에서 '哭屋尸'는 '우올'·'憂音'은 '시름'이다. '以(로)'는 "기구, 자격, 방향, 원인, 시발(始發), 사역(使役), 재료" 등 다양한 조격조사로 쓰이는데, 시발의 뜻에서 발전하여 주로 원인의 의미로 사용되고 한어 문법에서도 흔히 인과·원인 관계로 쓰인다.[57] "신병(身病)으로 세상을 버리다(身病以 遷世爲去在乙, 淨兜寺形止記8)"의 '以'가 원인·이유의 격조사로 쓰인다. 그러므로 '毛冬~憂音'을 우리말 순으로 풀면 "함께 지내지 못하여 울다가 시름(근심)이 생겼다."이고, 한어의 순서에 따라 풀면 "근심 때문에 눈물 흘렸네."가 되는데 후자가 자연스럽다.

앞서 살폈듯이, 득오는 낭도(郞徒)였지만 삼국통일 이후 화랑제도는 신문왕 원년(681년) 폐지 명령이 내려지기도 했기에[58] 당연히 화랑 조직의 구속력은 약한 상태였다. 이는 삼국통일(676년) 후 장기간의 평화를 구가하면서 화랑제도의 군사적 기능이 약화된 까닭으로 짐작할 수 있다.[59] 모랑부 소속의 군관(軍官) 익선이 득오를 역역이나 군역에 동원할 정당한 권리를 가졌기에 죽지랑에게 알리지 못하고 차출당한 득오는 더욱 애가 탔을 것이다. 죽지가 137명의 낭도들을 이끌고 부산성을 찾아와 자신의 휴가를 청했으나 거절당하고 간진·진절의 도움으로 겨우 휴가를 얻어냈으니 그 절망과 비통함은 더 컸을 것이다. 그러나 연로한 죽지랑이 익선과 힘으로 대결하지

57) 李丞宰, 國語學叢書17 『高麗時代의 吏讀』(國語學會, 1992), p.115.; 南豊鉉, 앞의 책(2000), p.156, p.440.

58) "慈儀太后命罷花郞 使吳起公籍郞徒盡屬兵部 授之以職 雖然地方郞政依舊自存 悉直最盛 未幾其風又漸京中 重臣皆以爲古風不可卒變 太后乃許 以得道爲國仙 花郞之風於是大變"(김대문, 앞의 책, pp.313~314.).

59) 류해춘, 『한국시가의 맥락과 소통』(역락, 2019), pp.46~47.

않고 온화한 성정으로 대응하여 주변사람들의 도움을 이끌어내고, 득오 개인에 대한 자애와 보살핌에서 발단한 일에 왕권을 보호하려는 충정까지 내포되었으니 경외감은 더 커졌을 것이고, 자기 권리를 행사하며 이익을 추구하던 익선의 인격과 확연히 대조되면서 외경과 감동은 더욱 크게 여겨졌을 것이다.

<모죽지랑가>의 "지난 봄 거리믹/모둘 기ᅀᆞ사 울오로 시름"에는 작품 창작의 모티프가 담겨있다. 즉, 지난 해 봄 죽지랑이 자신(득오)을 구하려고 애쓰던 당시의 애달픔과 고마움, 갑자기 모량부 창직으로 차출당해 화랑들과 함께 지내지 못하던 시절의 눈물과 한숨, 슬픔과 근심을 담고 있다.

> 阿冬音乃叱好支賜烏隱
> 아룸 나토샤온(양) / 두던 ᄃᆞ룸곳 됴ᄒᆞ시온(김)
> 아룸(아담) 됴ᄒᆞ시온 // 아름답고도(고상하고) 정정하시던

'阿冬音'은 '아름(아룸)', '아ᄃᆞ룸', '아돌음', '두돌음' 등 여러 가지로 읽힌다.[60] 이에 필자는 아기씨(阿只氏), 아비(阿父)[61]의 '아'를 취하고, '冬音'을 '룸(담)'으로 읽어 '아룸(아담)', 즉 "아름답다"[62]라는 뜻을 취하고자 한다. '乃叱'은 'ᄂᆞ(나)', '叱'은 'ㅅ'이므로 '乃叱'은 '낫'이다. 강세접미사 'ᄂᆞ'에 'ㅅ'이 합해졌으니 한층 강세의 뜻이 강화되었다.[63] 그러므로 '阿冬音乃叱'은 "아름답고도(고상하고도)"라는 뜻이다.

---

60) 양희철, 앞의 책(2000), pp.39~40과 『삼국유사 향가 연구』(1997), p.79에 상론이 있다.
61) 한글학회, 『우리말큰사전』 4(어문각, 1992), p.5452.
62) 류렬, 『향가연구』(박이정, 2003), pp.142~143; 아울러 "그 弟子ㅣ 四方에 흗터 이쇼애 그 사룸이 어딜며 어림을 조차 다 循循히 아담ᄒᆞ고 조심ᄒᆞ니(其弟子ㅣ 散在四方애 隨其人賢愚ᄒᆞ야 皆循循雅飭ᄒᆞ니)"(『小學諺解』(1974), 6 : 10, 大提閣, p.160)와 같이 "바르다, 고상하다"로 해석할 가능성도 있음을 밝힌다.
63) 兪昌均, 『鄕歌批解』(螢雪出版社, 1994), p.176.

'好支賜烏隱'에서 '好'는 흔히 '둏다'로 풀이한다.

(7) 그 ᄢᅴ 大臣이 이 藥 ᄆᆡᇰᄀᆞ라 大王ᄭᅴ 받ᄌᆞᄫᆞᆫ대 王이 좌시고 病이 됴ᄒᆞ샤 이 말 드르시고 놀라(重刊本『釋譜詳節』 11 : 21)

(8) 다 머그면 즉재 됴ᄒᆞ리라(頓腹之 卽愈)(『救急簡易方』 1 : 25)

(7), (8)의 '둏다'는 '전(痊)·유(愈)'의 번역으로, "병이 낫다, 쾌유(快癒)·쾌차(快差)하다"의 뜻이다. 이어지는 '賜'(시)는 '聞賜'(들으시)이고, '支'는 "기" 이므로[64] '阿冬音乃叱好支賜烏隱'은 '아름답고(아담하고) 됴ᄒᆞ시온', 즉 "아름답고(고상하고)도 좋으시던(건강하시던)"이란 뜻이다. 이 '阿冬音', '好'는 '皃(즛)'을 꾸미는데, "좋다, 찬미(讚美), 덕을 지니다, 건강하다" 등 사전적 의미 층위가 넓다.

(9) 풍월주에 임명된 사람들은 첫째, 용모를 주목할 수 있다. 1세 위화랑은 얼굴이 백옥 같고, 입술은 마치 붉은 연지와 같았고 맑은 눈동자와 하얀 이를 가졌는데 이야기할 적에는 바람이 이는 듯했다.[65] 2세 미진부는 모습이 아름답고 재주가 많았다고 한다.[66] 4세 이화랑은 피부가 옥과 같이 부드럽고 눈은 미소 짓는 꽃과 같고, 음률과 문장을 잘하였다고 한다. 12살에 능리 모랑공의 부제가 되었고 지소태후가 매우 사랑하였다고 한다.[67]

(10) 염장공(17세 풍월주)은 나이가 14살로 보종공(16세 풍월주)보다 6살이 적었으나 준수하기는 대체로 비슷하였다. 공이 보종공의 아름다움을 좋아하여 자원하여 그의 아우가 되었다. 보종은 형으로 행세하지 않고 오히려

64) 楊熙喆, 『鄕札文字學』(새문사, 1995), pp.219~221.

65) "(魏花郞)公面如白玉 脣若赤脂 明眸皓齒 談下生風"(金大問 著, 李泰吉 譯, 「1世 魏花郞」, 『花郞世紀』, 民族文化, 1989, p.25).

66) "未珍夫公 貌美而多才 法興大王愛之"(金大問 著, 李泰吉 譯(1989), 「2世 未珍夫」, 위의 책, p.30.).

67) "二花郞 膚如玉膚 眼如笑花 善音律文章 以十二歲 能副毛郞公 (只召)太后極愛之"(金大問 著, 李泰吉 譯(1989), 「4世 二花郞, 위의 책, p.40.); 李鍾旭, 「풍월주의 임명과 퇴임」, 『東亞研究』 39(西江大學校 東亞研究所, 2000), pp.203~204.

공을 형처럼 섬겼다.[68]

아름답고 준수한 외모는 풍월주(화랑)의 화두이자 기본 조건이었고, 원화(原花)도 미모의 여성을 뽑았으며,[69] 『삼국사기』에도 "미모의 남자를 데려와 화랑으로 삼았으니"[70] '阿冬音', '好'는 죽지랑의 외적 이미지와 내적 품격을 아울러 지칭한 회고의 말인 듯하다.

兒史年數就音墮支行齊

즈ᅀᅵ 살쬼 디니져(양) / 즈ᅀᅵ ᄒᆡ 혜나삼 헐니져(김)

즈ᅀᅵ ᄒᆡ 나삼(들음) 뼈디(지)니짓 // 분께서 세월 지나가니 (이렇게) 돌아 가시었구나.

여기서 아름답고 건강하던 죽지의 모습에 갑작스런 변화가 있었음을 알 수 있다. 이 대목을 "주름살을 지니려는구나."[71] "전각(殿閣)을 환하게 밝히던 그림의 모습도 해가 가고 달이 가면서 점점 헐어만 가는구나."[72]라고 풀이하기도 했다. 그러나 '皃史'는 훈독으로 대체로 「예천명봉사자적선사능운탑비음명(醴泉鳴鳳寺慈寂禪師凌雲塔碑陰銘)」의 '皃如'(즛다히, …하는 모습과 같이)처럼 '즛'(貌, 모습 · 풍채)이란 뜻으로 쓰이고,[73] '연수(年數)'는 "햇수, 세월

68) "公好風采 善言辭 有御衆承上之才 知道太后愛之 托于龍春公 使屬虎林公 時(廉長)公年十四 少宝宗公六歲 而俊秀畧相似 公愛宝宗公之美 自願爲其弟 宝宗不以兄處 反事公如兄"(김대문 저, 이종욱 역주(1999), 「17세 廉長公」, 『화랑세기』, 앞의 책, pp.286~287).

69) "天性風味 多尙神仙 擇人家娘子美艷者 捧爲原花 要聚徒選士 敎之以孝悌忠信 亦理國之大要也"(『三國遺事』 卷3, 塔像4, 彌勒仙花 未尸郎 眞慈師).

70) "美貌男子 粧飾之 名花郎以奉之 徒衆雲集 或相磨以道義 或相悅以歌樂 遊娛山水 無遠不至"(『三國史記』 新羅本紀 第4, 眞興王).

71) 梁柱東, 詳註 『國文學古典讀本』(博文出版社, 1948), p.236.

72) 金完鎭, 『鄕歌解讀法硏究』(서울대학교출판부, 1980), p.61 : 『향가와 고려가요』(서울대학교출판부, 2000), p.125.

73) 南豊鉉, 앞의 책(2000), p.472 참조.

혹은 나이"를 뜻한다. 세월이 지나가서 생긴 결정적인 변화가 바로 '墮支行齊'이다.

(11) 動無墮容 口無虛言(『淮南子』, 兵略訓), 常以法度自整 家人莫見惰容焉(『後漢書』 黃琬傳).

(12) 흔 蓮花ㅣ 소사나아 므레 떠디니 그 고지 ᄂᆞ올 ᄇᆞᆰ고 貴흔 光明이 잇더라(『석보상절』 11 : 31)

(13) 기피 가라 두ᅀᅥ 이럼 심구믈 甚히 네이우제 떠디디 아니ᄒᆞ노라(深耕種數畝 未甚後四隣)(『두시언해』 초간본 16 : 70)

(14) 이 여러 뵈ᄂᆞᆫ 너므 좁다 조븐뎌 별히 므스거시 떠디료(這幾箇布忒窄窄時偏爭甚麽)(『번역노걸대』 하 : 62)

여기서 '墮'는 "나태하다, 흐트러지다"((11)), "떨어지다"((12)), "뒤떨어지다, 처지다"((13)), "값어치가 떨어지다"((14))의 뜻으로 쓰였다. 그러므로 <모죽지랑가>의 '墮'도 "실추(失墜)·전락(轉落)·추락(墜落)·폐기(廢棄)·상실(喪失)하다" 등 여러 의미로 확장할 수 있다.[74] 앞부분 '就音'에도 'ᄆᆞᄌᆞ'(마지막), 곧 "수명이 끝나다(다하다)"의 뜻이[75] 있음을 감안한다면, '年數就音墮支行齊'는 "연수(年數, 姿·齡) 닐음에 떠러뎌 녀졔", 즉 "세월 지나(연세 높으시어) 돌아가시었구나(失殞)!"로,[76] 그동안 건강하고 수려한 풍모를 유지하던 죽지랑이 세월의 무게를 이기지 못하고 점점 늙어 급기야 돌아가신 데 대한 안타까운 심정을 담은 것이다. 더욱이 지난해까지만 해도 자신(득오)과 왕실을 위해 동분서주하며 온정과 충정을 보이던 분이 갑작스레 유명을 달리한 데

74) 池憲英, 앞의 책(1991), p.85.
75) 兪昌均, 앞의 책(1994), pp.194~195.
76) 小倉進平도 이 부분을 "命數(壽命) 다하여 숨 떨어지셨구나!"로 풀이하였다.(小倉進平(1929), 『郷歌及び吏讀の研究』, 京城帝國大學; 韓國學文獻硏究所 編, 『國語國文學資料叢書』, 亞細亞文化社, 1974, p.153 참조).

대한 놀라움과 비통함을 토로하고 있다.

目煙廻於尸七史伊衣
눈 돌칠 ᄉᆞ이예(양) / 누늬 도랄 없시 더옷(김)
눈 돌칠 ᄉᆞ이예 // 짧은 시간 안에야(금방 사이에야)

그동안 이 구절을 "눈이 도는 일 없이, 즉 마음에 간직한 회상 세계이거나 임이 가 있을 피안의 하늘"77)로 이해하고, "눈 돌림이란 죽지랑이 죽고 없는 현실에서 벗어나 과거를 회상하거나 내세를 상상하는 것"78)이라 하였다. 그러나 '돌치다'가 "회두간(回頭看) 돌쳐보다", "투착회간(偸着回看) ㄱ만이 돌쳐보다"79)에서 보듯 '돌리다'의 뜻이고, '史伊衣'가 '사이에'의 음과 일치하므로 '目煙廻於尸七史伊衣'는 "눈 돌릴 사이에"라는 뜻이 된다. 이는 "세월이 화살이나 베틀의 북(紡錘)과 같아서 눈 깜짝할 사이에 20여년이 흘렀다"80)에서의 '전안지간(轉眼之間; 전안轉目)'처럼 "눈동자를 돌릴 정도의 아주 짧은 시간만큼"을 뜻한다.

逢烏支惡知作乎下是
맛보옵디 지소리(양) / 맛보기 엇디 일오아리(김)
맛보기 엇디 지소(아)리 // 어찌 만나 뵈올 수 있으리.

'逢烏支惡知作乎下是'는 '逢烏支惡知∨作乎下是', '逢烏支∨惡知∨作乎下

---

77) 金東旭 解說, 金烈圭・申東旭 編, 앞의 책(1982), p.Ⅳ-4.
78) 조동일, 앞의 책(1994), p.161.
79)『同文類解』 상28,『한한청문감』 6 : 39~40.
80) "果然光陰似箭 日月如梭 轉眼二十年"(『二刻拍案惊奇』 卷20), "轉眼榕城春欲暮 杜鵑聲裏過花朝"(郁達夫『毀家詩紀』 詩之一)(羅竹風(2001),『漢語大詞典』 9下, 漢語大詞典出版社, p.1321.); "開目卽是今 轉目已成昨"(梅堯臣, 飮劉厚甫舍人家), "可憐臺上穀 轉目已陰繁"(王安石, 詠穀)(羅竹風(2001), 위의 책, p.1316).

是' 가운데 어떤 것으로 끊느냐에 따라 "맛보옵디 지소리(만나보도록(만나게) 하리/되리)", "맛보기 엇디 일오아리(만나보기를 어찌 이루리)"로 다르게 풀이한다.[81]

(15) 願혼든 우리 죄롤 쇼호샤 뎌와 겻구아 맛보게 호쇼셔(『월석』 2 : 70)
(16) 여희엿다가 다시 서르 맛보니(離別重相逢)(『두해』 초 22 : 22)
(17) 졍히 제 남지를 맛보와(正撞見他的漢子)(『박번』 상 : 35)

이상에서 '봉(逢)·우(遇)'를 '맛보다'로 풀이하고 '烏支'가 '오기'의 음차인 점을 감안하면 '逢烏支'는 목적격에 해당하면서 격어미를 생략한 '맛보(오)기'[82]이다.

문제는 '惡知'이다.

(18) '디·지·기' 삼음은 서로 통하므로, '惡知'는 '惡支·惡只'와 동일어이다. 이 세 음은 모두 동사 아래에 붙는 조사이므로 '숩디'의 轉 '옵디' 그 속음 '옵기'이다. '압디·옵기'의 '옵'을 '惡'으로 記寫한 것은 대개 '옵기'가 자음동화에 의해 실제 '옥기'로 발음되었기 때문이다. '惡知·惡支·惡只'는 실제론 '옵기, 옥기'로 발음되었다.

'디·지·기'는 서로 통하여 '惡知'는 '惡支·惡只'와 같으므로 '惡'는 음차 '악'이고 '효소왕 대 죽지랑'조에선 '압'의 전음(轉音)으로서의 '옥'이므로 '맛보옵디 지소리'[83]라는 뜻으로 풀이하기도 한다. 그러나 '惡'에는 '焉·豈·何'란 뜻이 있고 '支·只·知'는 gi(支), ki(只), ti(知)로 구분[84]되므로 '惡知'는 '作乎下是'를 제약하고 있는 부사 '엇디'[85]라는 반론이 제기되었다.

---

81) 孫鎔珠, 「鄕歌語釋 '逢烏支惡知'에 대하여」, 『啓明語文學』 6(啓明語文學會, 1991), p.120 참조.
82) 楊熙喆, 앞의 책(1995), p.220.
83) 梁柱東, 앞의 책(1960), p.67, p.153, p.161.
84) 兪昌均, 「향가의 '支·只·知'에 대한 解釋試圖」, 『國語學論攷』(啓明大學校出版部, 1984), p.203.

이후 '惡知'를 '엇디/앗디/엇뎨'(어찌)로 파악하고,[86] 김완진은 '逢烏支惡知'를 '맛보(逢)+오(烏, 의도형)+기(支, 동명사형 어미)+엇(惡)+디(知)'의 '실사(實辭)+허자(虛字)+허자+실사+허자' 구조로 분석하여 설득력을 더했다. '오(惡)'는 '애도절(哀都切)', '왕호절(汪胡切)', '왕오절(汪烏切)' 등 음이 모두 '오(汙)'이고, 뜻은 '안야(安也)', '하야(何也)' 즉 '어듸'이다.[87] 여기에 '作乎下是'가 의문형 어미를 취하고, '知'는 'ø, 디, 지' 등의 음을 빌린 어미이므로 '惡知'는 의문부사 '어찌', '逢烏支惡知'는 '만나게(만나도록) 어찌'[88]라는 풀이가 적절하다. '어찌(惡知)'는 '지소리(作乎下是)'와 호응되고, '作'은 <남산신성비명(南山新城碑銘)>의 쓰임('作節(지을 때)', '作後(지은 후))처럼[89] '짓다·만들다·이루다'란 뜻이다.

그러므로 앞부분과 연결하면 이 구절은 "짧은 시간 안에야(금방 사이에야) 어찌 만날 수 있으리."란 뜻으로, 이는 현재 죽지랑이 유명(幽明)을 달리하여 이젠 쉽사리 만날 수 없는 데 대한 아쉬움과 통탄을 담고 있다.

> 郎也慕理尸 心未行乎尸道尸
> 郎이여 그릴 ᄆᆞᅀᆞ미 녀올길(양) / 郎이여 그릴 ᄆᆞᅀᆞ미 즛 녀올 길(김)
> 郎 그릴 ᄆᆞᅀᆞ미 녀올 길 // 郎을 추모하는 수행 길,

여기서 '낭(郎)'을 화랑의 약칭으로 보고, <모죽지랑가>의 창작 시점을 결정하는 근거로까지 활용했다. 그러나 이는 죽지가 지낸 집사부(執事部) 중시(中侍), 총재(冢宰) 등 국왕 측근의 시랑(侍郎)·낭중(郎中), 즉 낭관(郎官)의 약

---

85) 池憲英, 『韓國言語文學』創刊號(韓國言語文學會, 1963); 池憲英, 앞의 책(1991), p.97 참조.
86) 金完鎭, 앞의 책(1980), p.63.; 琴基昌, 『新羅文學에 있어서의 鄕歌論』(太學社, 1993), p.47 참조.
87) "君子去仁 惡乎成名"(『論語』 里仁 第4), "惡有言人之國賢若此者乎"(『春秋公羊傳』 昭公); 『康熙字典』(1958), 中華書局, p.391 참조.
88) 孫鎔珠, 앞의 논문(1991), pp.123~125; 兪昌均, 앞의 책(1994), p.219 참조.
89) 南豊鉉, 앞의 책(2000), p.155.

칭[90]인 것으로 보인다. 그리고 ‘ᄆᆞᅀᆞᄆᆡ 녀올 길(心未行乎尸道尸)’에서 ‘심행(心行)’은 “마음속으로 굳게 생각하고, 특히 고민하며 간절히 바라며, 견성(見性)하여 마음이 혼미하지 않게 하는 활동”[91]이고, ‘행도(行道)’란 곧 “마음으로 정성을 다하는 수행”[92]이므로 ‘ᄆᆞᅀᆞᄆᆡ 녀올 길’은 “도(道)를 지향하는 마음의 수행 활동”을 뜻한다.

> 蓬次叱巷中宿尸夜音有叱下是
> 다봊 ᄆᆞ술히 잘 밤 이시리(양) / 다보짓 굴헝히 잘 밤 이시리(김)
> 다봇 굴헝히 宿夜 이샤리[93] // 쑥 우거진 구렁에서 숙야의례(宿夜儀禮) 행하리.

마지막 구절의 ‘蓬次叱巷中’, ‘宿尸夜音有叱下是’가 모두 풀기 어려운 대듭이다. ‘봉차질항(蓬次叱巷)’을 “네 몸을 떠나 멀리 구천(九泉) 길을 헤매는 마음의 행로”[94]로 보는 범박하게 이해하기도 하지만 매우 중요한 구절이므로 심도 있는 성찰을 요한다.

> (19) ‘蓬次叱巷’은 무덤이고 ‘다봊마술’은 ‘호리(蒿里)’의 이두아역(吏讀雅譯)이다. ‘호리’가 ‘다보ㅅ마술’, 곧 무덤으로 쓰인 것은 『삼국유사』 광덕엄장(廣

---

90) 이 직책은 執事省 中侍(진덕왕5, 651) → 侍中(경덕왕6, 747), 典大等(진흥왕26, 565) → 侍郞(경덕왕6, 747), 大舍(眞平王11, 589) → 郎中(경덕왕18, 759), 舍知(신문왕5, 685) → 員外郎(경덕왕18, 759) → 舍知(혜공왕12, 776) 등의 변화를 보인다.; “郎 郎官 謂侍郎 郎中等職 秦代置郎中令 爲皇帝左右親近的高級官員 屬官執衛陪從”(『漢語大詞典』 10, p.619.), “武字子卿 少以父任 兄弟幷爲郎”(『漢書』 列傳 卷54, 李廣蘇建傳 第24, 蘇武傳), “冢宰 胥十有二人 徒百有二十人”(『周禮』 天官).

91) 韓國佛敎大辭典編纂委員會, 『韓國佛敎大辭典』 4(寶蓮閣, 1982), pp.119~120.

92) “寫留行道影 焚却坐禪身”(賈島, 「哭柏岩和尙」), “身若在師行道處 晩來唯訝不聞鐘” (高啓, 「方匡師畵」).

93) “‘有叱下是’는 ‘이샤리’”(나까지마 히로미(中嶋弘美), 「鄕歌와 『萬葉集』의 표기법 비교를 통한 鄕歌 解讀 硏究」, 『語文硏究』117, 韓國語文敎育硏究會, 2003, p.38).

94) 金東旭 解說, 金烈圭 · 申東旭 編, 앞의 책(1982), p.Ⅳ-4.

德嚴莊) 조에도 용례(同營蒿里)가 있다. 이에 따라 필자는 <모죽지랑가>를 죽지랑 사후(死後)에 지은 추모(追慕) 만가(挽歌)로 본다. 더구나 동가(同歌)의 "目煙廻於尸七史伊衣 逢烏支惡知作乎下是"가 "눈 돌릴 사이에 만나게 되리라"는 뜻, 다시 말하면 한문의 제문(祭文)이나 만사(輓詞)에 나오는 '비불기시(悲不幾時)'와 뜻이 부합(符合)됨으로써 더욱 그러하다.[95]

(19)의 골자는 '蓬次叱巷'이 광덕엄장(廣德嚴莊) 조의 '호리(蒿里)'와 같이 무덤을 의미[96]하고, 이런 까닭에 <모죽지랑가>는 죽지랑 사후에 지은 추모만가(追慕挽歌)라는 것이다.

(가) 다봇 門을 오늘 비르서 그듸롤 爲하야 여노라(蓬門今始爲君開)(『두시언해』 22 : 6)

(나) 나난 굴형 南녀킈 살오 그듸는 굴형 北녀키로다(我居巷南子巷北)(『杜詩諺解』 卷 25 : 40)

(다) 기픈 굴허이 슬프고(窮巷悄然)(初 『두해』 21 : 41)

그러나 봉자(蓬茨)·봉사(蓬舍)·봉숙(蓬宿)·봉호(蓬戶)·봉거(蓬居)·봉려(蓬廬)·봉문(蓬門)·봉실(蓬室) 등은 한결같이 "쑥이나 풀로 엮은, 가난한 사람이나 은자(隱者)의 집"[97]이다. '봉우(蓬宇)·봉실(蓬室)·봉암(蓬庵)'도 "쑥으로 인, 누추한 집"을, 봉호(蓬戶)와 필문(蓽門)을 더한 '봉필(蓬蓽)'도 봉호옹유(蓬戶甕牖), 즉 가난한 사람의 집을 형용한다. '항(巷)'은 사전적으로 마을 안에 있는 거리, 궁궐 안의 통로나 복도를[98] 의미하고, '봉(蓬)'은 '다봊(다봍)', '항

95) 趙芝薰, 探求新書 3 『韓國文化史序說』(探求堂, 1984), p.344.

96) "蒿里 本山名 在泰山之南 爲死人之葬地 漢書六三廣陵厲王傳 蒿里召兮郭門閱 死不得取代庸 身自逝 注 蒿里 死人里 / 晉陶潛陶淵明集 七 從弟敬遠文 長歸蒿里 邈無還期"(『辭源』, 商務印書館, 1987, p.1462).

97) 이에 따라 蓬巷을 "쑥대가 우거지거나 쑥대로 엮어 만든 문들이 즐비한 거리, 즉 民庶들이 사는 누추한 마을"로 풀이하였다(황패강, 『향가문학의 이론과 해석』, 일지사, 2001, p.382).

(巷)'은 '굴헝'이란 뜻으로 쓰이지 무덤(蒿里)의 의미를 지니지는 않는다. 더욱이 '석문(席門)'은 "청빈한 집, 은자가 사는 곳", '궁항(窮巷, 陋巷)'은 "누추하고 좁은 거리, 가난한 사람이 사는 좁은 뒷골목"의 뜻을 지니어, '석문봉항(席門蓬巷)'은 '석문궁항(席門窮巷)'과 같이[99] 으슥하고 외따롭고 누추한 곳을 뜻하므로[100] '봉항(蓬巷; 다봇 굴헝)'은 "쑥대가 우거진, 후미지고 누추한 거리"로 읽는 것이 합리적이다.

'宿尸夜音有叱下是'는 대부분의 논자들이 한결같이 '잘 밤'이라고 풀이해, '숙시(宿尸)'를 '잠자다 · 잠들다(眠 · 睡)'의 의문형으로 이해(소창진평, 양주동, 서재극)하기도 하고, '잠자리를 얻다(宿, 寢)'라는 평서형(김완진)으로 풀이하기도 했다. 이에 따라 대체로 "잠 오는 밤도 없으려니", "잠 오는 밤이 있겠습니까?"처럼[101] 그리움에 잠 못 이루는 화자의 감정으로 이해했다. '잘 밤'을 '장면(長眠)'에 해당하는 말, 즉 "머지않아 낭의 무덤 곁으로 함께 묻혀 가오리"로 읽기도 하고, 낭이 살아 있을 때 "무덤에 묻힌 뒤에라도 그곳으로 찾아가 울며 밤을 지새우겠다."는 사모의 정을 읊은 노래[102]로 이해하기도 했다. 대체로 "죽지랑의 넋이 머무는 머나먼 곳을 찾아가려면 몇 날 며칠이 걸

98) "易睽 遇主于巷 釋文 字書作衖 古時巷 衖兩字不分"(『辭源』, p.523); "方言皆謂之屈亢 故 以壑爲巷者 多矣 然 壑者谿谷也 巷者里涂也 門與巷直 故 謂之門巷 村以巷行 故 謂之村巷 方言所云 골목 僻居曰僻巷 狹小曰陋巷 曲折曰委巷 皆門巷村巷之謂也 鄭風云 '巷無居人'謂里中無人 豈謂谿壑空虛乎 又宮中牆廡 相通之涂 曰 永巷"(丁若鏞 箸, 金鍾權 譯註, 『雅言覺非』, 一志社, 1976, p.122).

99) "席門窮巷 亦作 席門蓬巷 形容所居之處窮僻簡陋 唐王勃『夏日諸公見尋訪詩序』席門蓬巷 佇高士之來游 叢桂幽蘭 喜王孫之相對 唐高適『行路難』詩 東鄰少年安所知 席門窮巷出無車"(『漢語大詞典』 3上, p.724).

100) "席門 以席爲門 喻家貧 史記陳丞相世家 '家乃負郭窮巷 以弊席爲門 然門外多有長者車轍', 宋書 袁粲傳 妙德先生傳 '所處席門常掩 三逕裁通 雖揚子寂漠 嚴叟沈冥 不是過也'"; "窮巷 陋巷 戰國策秦一 '且夫蘇秦 特窮巷掘門 桑戶棬樞之士耳 文選戰國楚宋玉風賦' 夫庶人之風 塕然起於窮巷之間 … 邪薄入甕牖 至於室廬"; "席門蓬巷(席門窮巷) 形容所居之處窮僻簡陋(成語大全(上)之12)"(『辭源』, p.529, p.1265; 『漢語大詞典』 3上, p.724).

101) 金完鎭, 앞의 책(1980), pp.66~67; 兪昌均, 앞의 책(1994), p.90, pp.254~255 참조.

102) 박노준, 『향가』(열화당, 1991), p.33 참조.

릴지 모를 일, 거친 들판을 가로질러 가노라면 인가도 없는 다북쑥 구렁텅이 같은 곳에서 자야할 때도 있으리라."[103]라는 행간으로 읽고 있다.

그러나 '숙시야(宿尸夜)'의 '시(尸)'가 'ㄹ/ㅅ'에 해당하고,[104] '딜닙(落尸葉)'(<제망매가>), '싊(싈)믈ᄀᆞᆺ(東尸汀)'·'길쓸별/빗자루별(道尸掃尸星)'(<혜성가>)의 예가 있으므로 '잘 밤'에 해당하는 '숙시야'는 '대야(大夜)·태야(太夜)·태야(迨夜)·체야(逮夜)·반야(伴夜)·증별야(贈別夜)'[105]와 같은 불교 용어 '숙야(宿夜)', 즉 "다비(茶毘, 火葬) 바로 전날 밤"을 지칭하는 듯하다.[106] 다비란 영혼이 육체에서 분리되고, 산 자와 죽은 자의 입장에서 만나고 헤어지는 전환점이다.[107] 'ᄆᆞᅀᆞᄆᆡ 녀올 길(心未行乎尸道尸)'은 곧 도를 향하는 마음의 수행인데, '숙야' 또한 이 수행 과정의 일부이다. 다비는 더러움을 버리고 깨끗한 데로 나아가며 맑은 정신으로 멀리 뛰어나게 하는 것으로, 천도왕생(薦度往生)을 돕는 길이다. 즉, 망자의 극락왕생을 돕는 도로, 인간이 주인(영혼) 없는 집(육체)에 대한 집착으로부터 벗어나 홀연히 떠나도록 해 주는 길이다.[108] 다비는 땅속에 묻는 매장과는 근본적으로 차이가 있지만 준비의식은 전통적 매장과 크게 다르지 않다. 몸을 정결하게 하고 옷을 단정하게 입히며 시신을 관에 넣어 발인(發靷), 운구(運柩)하는 과정은 대부분 공통된 절차이다.

---

103) 金完鎭, 앞의 책(1980), p.67.

104) 兪昌均, 앞의 책(1994), p.159.

105) 塚本善隆, 『增訂 望月仏教大辭典』 4권(世界聖典刊行協會, 1958), p.3450.

106) "卽迨夜也 明日荼毘之前夜 故云宿夜 見象器箋三"(中國佛書刊行會 編, 『最新 佛敎辭典』, 寶蓮閣, 1975, p.1248); "種種衆生 咸悉發心 欲還所住 我皆密護 令得正道 達其處所 宿夜安樂 善男子 若有衆生 盛年好色 憍慢放逸 五欲自恣"(于闐國三藏實叉難陀奉 制譯, 『大方廣佛華嚴經』 卷72, 入法界品第三十九之十三; 罽賓國三藏般若奉 詔譯, 『大方廣佛華嚴經』 卷22, 入不思議解脫境界普賢行願品).

107) 茶毘는 준비 의식과 본 의식으로 나뉘는데, 준비의식은 削髮, 洗手, 洗足과 새 옷으로 갈아입는 着裙·着衣·着冠, 靈駕를 맞이하는 正坐·安坐, 入棺 의식인 入龕, 發靷 의식인 기감이 있고, 본 의식은 화장의식 擧火·下火와 유골을 처리하는 起骨·拾骨·碎骨·散骨이 있다(박경준 글, 송봉화 사진, 『다비와 사리』, 대원사, 2001, p.21).

108) 涵虛·張商英 著, 金達鎭·玄明昆 譯, 『顯正論 護法論』(東國大學校附設 譯經院, 1988), pp.40~41.

다만 전통의식이 사자(死者)를 보내는 단순형식인데 비해 다비는 모든 과정에 해탈로 가는 불교적 의미를 부여함으로써 죽음도 삶도 하나의 수행과정으로 인식한다.109)

<모죽지랑가>의 '다복쑥 구렁'은 "천도왕생을 기원하는 무욕(無慾, 脫俗)의 공간"이고, '宿尸夜音有叱下是'는 '숙야의례(宿夜儀禮) 있으리(행하리).'의 뜻이므로 죽지랑의 해탈을 위해 정성을 다해 다비를 준비하겠다는 마음의 다짐으로 읽고자 한다. 상례(喪禮)는 "사람이 죽은 순간부터 시체를 매장하고 일정 기간 상복을 입은 후 일상으로 돌아오기까지의 모든 의례절차"를110) 말한다. 불교 상장례(喪葬禮)는 크게 임종의례(臨終儀禮)・시다림(尸茶林)・다비의례(茶毘儀禮) 등 세 가지로 구분된다. 이 중 시다림은 임종 후 장례가 행해지기 전까지의 행법을 의미하며, 다비 의례는 장례에 관한 전체적 행법이다.111) 임종의례는 "임종 시에 오직 아미타불을 생각게 하고, 큰소리로 염불하되 눈물을 흘리거나 우는 소리를 내어 정념을 잃게 하지 않도록" 환경과 마음가짐을 조성하는 것이고, 시다림은 "승려가 빈소에 참석하여 망자에게 설법이나 염불을 들려주면서, 생전의 인연에 얽매이지 말고 피안의 세계(극락왕생)로 나아가도록 인도해주는 의식이다. 다비는 연꽃모양으로 장식한 거대한 장작더미 속에 주검을 안치한 후 직접 불을 붙여 태우고 유골을 거두는 의식이다.112)

빈소에 머무는 동안 마지막으로 고인을 추모하고 장례를 준비하는 다양한 단계와 세부절차들이 있는데, 불교의식집인 『작법귀감(作法龜鑑)』에 따르

109) 박경준 글, 송봉화 사진, 앞의 책(2001), p.21.

110) 김용덕, 喪葬禮 風俗의 史的 고찰, 『한국 민속학 연구논집 : 관혼상제』 15(거산, 1998), p.31.

111) 탄탄, 『한국의 죽음 의례의식 연구』-불교의 상장례를 중심으로(운주사, 2019), pp.180~181.

112) "우리나라의 다비는 7세기 중엽부터 나타나기 시작했으나 신라 말인 9세기경에 이르러 승려들을 중심으로 확산되었고, 민간에까지 널리 화장풍습이 정착된 것은 12세기 이후부터이다."(탄탄, 『한국의 죽음 의례의식 연구』-불교의 상장례를 중심으로(운주사, 2019), pp.180~212).

면 “삭발-목욕-세수-세족-착군(着裙)-착의(着衣)-착관(着冠)-정좌(正坐)-시식(施食)-표백(表白)-입감(入龕)”의 11개 절차로 되어있다.[113] 시신을 입감(入龕), 화장(火葬)하여 보내면 자비로운 음덕을 가진 분과 헤어진다는 아쉬움과 사모(추모)의 정이 북받쳤을 것인데,[114] <모죽지랑가>의 “눈 돌칠 ᄉᆞ이예(5행) / 맛보기 엇디 지ᄉᆞ리(6행)”에는 이젠 쉽게 만날 수 없게 된 데 대한 아쉬움을, “낭을 추모하는 수행 길(7행), 쑥 우거진 구렁에서 숙야의례 행하리(8행)”에는 죽지랑에 대한 추모와 왕생 기원을 노래했다. 7·8행에서 헤어져 이젠 만날 수 없게 되었음을 재확인해 줌으로써 이별의 아쉬움을 극대화하고 있다. 이승과 이별하는 죽지랑의 다비의례를 앞둔 득오의 마음은, “왕생(往生)의 때를 구하옵니다만 다시 받들어 모시지는 못할 것입니다. 참된 모습이야 어제와 같건만 지금은 떠나가 기약할 수 없으니 용위수로(容衛首露) 사모하는 울부짖음 그 끝이 없고 비통한 마음 무너질 듯하옵니다.”[115]에 담긴 사모와 비통일 것이다. 불교에서는 생사를 초월하여 업과 윤회에서 벗어나는 열반적정(涅槃寂靜)을 추구하고, 미륵의 현신으로 추앙되던 죽지랑의 죽음과 화장 또한 세상의 온갖 번뇌에서 벗어나 어지럽혀지지 않은 이상적 상태에 이른 것이므로 가없이 괴로워하고 슬퍼할 일은 아니다. 다만 암색불통(暗塞不通)하고 탐욕적이던 익선과 달리 아랫사람에게 온정을 쏟고, 연로한 몸으로 귀족들의 이상 징후를 살피어 왕권을 보호하려는 충정을 지닌 죽지랑과 이젠 삶과 죽음으로 나뉘어, 생시의 자비와 음덕을 느끼며 받들어 모시지 못하므로 아쉬운 마음을 담아 숙연히 추모하는 것이다.

<모죽지랑가>는 효소왕 초기(692~696)[116]에 왕권 보호와 국정 안정을 위

---

113) 구미래, 『한국불교의 일생의례』(민족사, 2012), p.280.

114) “順寂逮玆 龕室斯掩 號慕罔極 身心隕裂”(吳杲山, 「入龕畢 成服祭文」, 『茶毘文』, 寶蓮閣, 2002, p.115).

115) “將掩玄宮 永隔慈陰 旣結終天之恨 堪求往生之期 侍奉無由 眞容如昨 今則遷止迨期 容衛首露 號慕罔極 殞心若崩”(吳杲山, 「茶毘作法 祭文」, 위의 책(2002), p.113 참조).

해 힘을 기울이던 죽지랑이 돌아가자 낭도 득오가 지난날의 추억을 회고하며 지은 추모 노래로, 이별에 대한 아쉬움을 담담한 어조로 서술했다는 점에서 다분히 종교적(불교적) 색채를 지녔다.

4. 노화랑 죽지를 보내고 그리워하다

<모죽지랑가>가 추모 노래인가, 생시에 지은 사모의 노래인가는 학계의 오랜 쟁점이자 난제이다. 이에 본고는 죽지랑 생몰시기와 효소왕 대의 정치·사회적 배경을 살피어 작품의 내포를 실증하는데 주력하였다. 이상의 논의 결과를 요약하면 다음과 같다.

첫째, 『삼국유사』 기이(紀異)는 왕대를 순차적으로 나열하였으므로, '효소왕 대 죽지랑' 조에 누락이나 왕대 착오가 있을 가능성은 낮다. 술종공은 575년경에 태어나 40세를 전후해 삭주도독사(朔州都督使)로 부임했고, 616~620년경에 죽지를 낳았다. 효소왕 대에 죽지는 73~81세의 고령이었다.

둘째, 효소왕은 6세에 왕위에 올라 정국 운영능력을 갖추지 못함으로써 모후(母后)와 김유신 가문, 사량부의 지원을 받았으나 정치 사회적 대립 속에 왕권은 계속 불안정했다. 익선이 득오를 차출하고, 왕실이 모량부를 처

116) "初得烏谷, 慕郞而作歌曰"의 '初'를 작품의 창작시기와 관련짓기도 한다. 그러나 『삼국유사』의 '初'는 "1)예전 어느 때로 '이후'(뒤)와 짝을 이룬다. 2)막연한 '이전', 3)군이 시기를 언급 않는 '하제 전한', 4)정확한 연내와 함께 일의 처음" 등 여러 의미로 쓰인다. "종전(初) 梁郡[지금(今) 章山郡] 남녘 佛地村 북쪽 栗谷 裟羅樹 밑에서 태어났다(『三國遺事』 卷4, 義解 제5, 元曉不羈)의 '초'는 3)의 의미로 쓰였다. 그런데 '章山郡'은 신라 景德王때 '獐山', 고려 태조 23년(940)에 '章山'으로 고쳐(『新增東國輿地勝覽』 卷27, 慶山縣)졌고, "麟德 2년(文武王5, 乙丑, 665) 사이에 문무왕이 上州, 下州의 땅을 나누어 歃良州를 두었는데, 下州는 지금의 昌寧郡"이라 했는데, '창녕'은 고려 태조 23년(940)에 생겨났으므로 『삼국유사』의 '初/今'의 기준 시점은 일연이 『삼국유사』를 편찬할 당시이다. 그러므로 '초'에 의거, 「모죽지랑가」의 창작시기를 설정할 수는 없다.

벌한 것도 왕실과 귀족의 대립 갈등의 한 양상이다.

셋째, 중시와 총재를 지내며, 효소왕을 옹호하던 죽지가 득오를 찾아 간 것은 부하에 대한 '온정', 모량부 귀족의 동정을 살펴 왕권을 안정시키려는 '충정' 때문이었다. <모죽지랑가>는 고령의 몸으로 자신에게 온정을 쏟고, 왕권보호를 위해 충심을 다하던 죽지와의 추억을 기리고, 그의 죽음을 아쉬워하며 다비의례를 준비하는 숙연한 심정을 노래한 추모의 노래이다.

넷째, <모죽지랑가> 각 단락의 의미를 정리하면 다음과 같다.

원문, 1차 풀이	현대어 풀이	내포적 의미
1) 去隱春皆理米(간 봄 거리믹) 2) 毛冬居叱沙哭屋尸以憂音(모돌 기스사 울오로 시름)	1) 작년 봄, 보살펴 주실 적엔 2) 함께 지낼 수 없어 시름하며 울었었는데,	• 자신(득오)에게 애정과 관심을 가져주던 죽지랑에 대한 회고, 감사의 마음(인품에 대한 외경畏敬) • 부산성 창직(倉直)으로 가서 가슴 졸이고 애태웠던 시절을 회고 / 과거 회고
3) 阿冬音乃叱好支賜烏隱(아롬(아담)낫 됴ᄒᆞ시온) 4) 皃史年數就音墮支行齊(즈ᅀᅵ 히 나삼 뻐디니지)	3) 아름답고(고상하고) 정정하시던 4) 낭께서 세월이 흘러 (이젠) 돌아가시었구나.	• 준수한 용모를 지니던 죽지랑의 젊은 날과 세월 지나 늙고 쇠잔하여 죽음에 이른 현재 상황을 대비함으로써 "세월의 덧없음과 인생의 무상함"을 절감 / 현재의 한탄
5) 目煙廻於尸七史伊衣(눈돌칠 ᄉᆞ이예) 6) 逢烏支惡知作乎下是(맛보기 엇디 지ᅀᅩ리)	5) 짧은 시간 안에야 6) 어찌 만나 뵐 수 있으랴.	• 이승과 저승, 삶과 죽음으로 갈리어 이젠 쉽게 만날 수 없음에 대한 안타까움 • 언젠가 미륵세계에서 다시 만날 수 있다는 희망이 내재 / 단절(이별)의 현실, 미래 기약
7) 郎也慕理尸 心未行乎尸道尸(郎 그릴 ᄆᆞᅀᆞᄆᆡ 녀올 길) 8) 蓬次叱巷中宿尸夜音有叱下是(다봊 굴헝히 宿夜 이샤리)	7) 낭을 추모하는 수행 길, 8) 쑥 우거진 구렁에서 숙야의례(宿夜儀禮) 행하리.	• 죽지랑에 대한 추모의 정 • 다비(茶毘, 수행)를 준비하는 경건하고 엄숙한 마음, 도(道)를 지향하는 수행 • 죽지랑이 해탈과 열반에 이르기를 기원 / 추모의 정, 해탈 기원(미래)

〈헌화가(獻花歌)〉

노옹이 절세가인 수로(水路)에게 꽃을 꺾어 바치다

1. 견우노옹(牽牛老翁)의 꽃에 담긴 의미?

정밀한 내용 분석에 들어가면 견해 차이가 없는 것은 아니지만,[1] <헌화가>에 대한 기존의 풀이는 대체로 다음에서 크게 벗어나지는 않는다.

자줏빛 바위 가에	紫布岩乎邊希
잡고 있는 암소 놓게 하시고	執音乎手母牛放敎遣
나를 아니 부끄러워하시면	吾肸不喩慚肸伊賜等
꽃을 꺾어 바치오리다.[2]	花肸折叱可獻乎理音如

그러나 이를 『삼국유사』 기이(紀異) '수로부인(水路夫人)' 조의 서사문맥과 관련지으면 의문점은 한두 가지가 아니다. 먼저 꽃을 주고받은 '노옹(老翁)'과 '수로부인'의 정체가 무엇인지, 순수하게 꽃을 꺾어 준 것인지 아니면

1) 성기옥, 「<獻花歌>와 신라인의 미의식」, 『한국고전시가작품론』 1(集文堂, 1992), p.55.
2) 金完鎭, 韓國文化硏究叢書21 『鄕歌解讀法硏究』(서울大學校出版部, 1980), pp.68~70.

그 이상의 상징적 의미가 있는지가 문제로 떠오른다. 수로를 강릉 태수로 부임하는 순정공(純貞公)의 부인이라 명시했지만, 부임지로 가는 과정에 생겨난 일들이 범상치 않아 실상을 온전히 파악하기 어렵다. 수로부인의 정체 파악과 <헌화가>의 성격 규명에 큰 영향을 미치는 '해룡(海龍)'의 정체도 여전히 미결의 현안이다. 바다에 용이 있다는 믿음이야 보편적이지만, 수로가 해룡에게 약람(掠攬)되었다가 '노인'과 백성들의 도움으로 풀려났다는 구체적 진술까지 모두 상상에 근거한 기술이라 보긴 어렵기 때문이다. '수로부인' 조에 두 번이나 기술된 '주선(晝饍)'이 제의(祭儀)와 연관된 것인지의 여부도 <헌화가>의 성격・배경 파악에 영향을 미치는 고약한 논쟁거리이다. 마지막으로 수로부인에게 꽃을 꺾어 바친 노옹의 행위가 구애인가 아닌가, 옆에 남편인 순정공이 버젓이 있는데도 구애가 이루어질 수 있는가 하는 의문도 <헌화가>의 진의 파악에 상당한 걸림돌을 만들고 있다.

이에 본고는 이 작품의 창작 배경이 되는 성덕왕 시대의 역사적 배경과 당시 강릉 지방의 지리적 입지 등을 살피고, 이를 바탕으로 노옹(노인)・백성・해룡・순정공・수로부인 사이의 역학 관계, 각각의 정체를 고려하여 <헌화가>의 성격을 밝혀 나갈 것이다. 아울러 '주선'의 개념 정립을 통해 <헌화가>나 '수로부인' 조와 제의의 상관성을 살필 것이다.

2. 『삼국유사』 수로부인 서사의 쟁점을 재론하다

1) 수로부인의 정체

<수로부인> 조에는 순정공(純貞公)의 부인 수로가 '자용절대(姿容絶代)'하여 심산대택(深山大澤)을 지날 때 자주 신물의 약람을 당한다 하였다. 이 기

록을 제외하고는 수로부인에 관한 기록을 거의 찾을 수 없으므로 남편 순정공을 통한 우회적 접근이 필요할 듯하다.

『삼국유사』 왕력과 『삼국사기』 신라본기 경덕왕 2년 기록에 따르면 경덕왕 왕비는 삼모부인(三毛夫人)과 만월부인(滿月夫人) 둘이다. 그 가운데 삼모부인은 이찬(伊湌) 순정(順貞)의 딸이다.[3] 왕비에 대한 기록이 아예 누락될 가능성은 낮고, 같은 시기의 기록에 또 다른 김순정이 없으며, 『삼국유사』와 『삼국사기』에서 동일인의 이름을 동음이사(同音異寫)한 경우가 많다는 점[4]을 감안하면 『삼국사기』의 이찬 순정과 『삼국유사』의 순정공은 동일한 인명을 달리 쓴 것으로 보인다.

효성왕(737~742)이 후사 없이 죽어 경덕왕(742~765, 본명 헌영憲英)이 왕위를 계승하자, 경덕왕 잠저시(潛邸時)에 왕자비였던 삼모부인이 왕비가 되고, 후에 어머니 수로를 부인으로 책봉하였던 것이다.[5] 김순정에 관한 기록은 『속일본기(續日本記)』에도 실려 있다. 『속일본기』는 성덕왕 25년(726년), 신라 사신이 일본에 가서 김순정이 전년에 죽었음을 알리자, 성무천황(聖武天皇)이 애도하는 조서와 함께 황색 비단과 면(綿)을 보냈다고 했다.[6] 후손 김옹

---

3) "景德王立 諱憲英 孝成王同母弟 孝成無子 立憲英爲太子 故得嗣位 妃伊湌順貞之女也"(『三國史記』 新羅本紀 景德王 元年).

4) 성덕왕비 陪昭王后의 父 김원태(金元太; 金元泰)와 경덕왕의 后妃 滿月夫人의 父 김의충(金義忠; 金依忠), 희강왕비인 文穆夫人의 부 김중공(金仲恭; 金重恭)에게서도 볼 수 있다.("第三十三 聖德王 … 先妃陪昭王后 諡嚴貞 元太阿干之女也"; 『三國遺事』 王曆, "納承府令蘇判金元泰之女爲妃; 『三國史記』 卷8, 新羅本紀8, 聖德王3年 5月", "僖康王立 … 妃文穆夫人 葛文王文忠恭之女"; 卷10 新羅本紀10, 僖康王 元年, "第四十三 僖康王 … 妃文穆王后 忠孝角干之女 一云重恭角干"; 『三國遺事』 王曆, "仍賜王叔彦昇及其弟仲恭等門戟"; 『三國史記』 卷10, 新羅本紀10, 哀莊王9年, 第三十五景德王 後妃滿月夫人 諡景垂王后垂一作穆 依忠角干之女; 『三國遺事』 王曆, 納舒弗邯金義忠女爲王妃; 『三國史記』 新羅本紀 景德王 2年 4月).

5) 최호석, 「경덕왕 설화 연구-三國遺事의 서술방식과 역사 인식을 중심으로」, 『韓國民俗學』 30(民俗學會, 1998), p.258; 金興三, 「新羅 聖德王의 王權强化政策과 祭儀를 통한 河西州地方 統治(下)」, 『博物館誌』 4·5合輯(江原大學校博物館, 1998), pp.62~63; 조태영, 「三國遺事 水路夫人說話의 神話的 成層과 歷史的 實在」, 『古典文學硏究』 16(韓國古典文學會, 1999), pp.19~20.

6) "貢調使薩湌金奏勳等奏稱 順貞以去年六月卅日卒 哀哉 賢臣守國 爲朕股肱 今也則亡 殲我吉士 故贈賻物黃絁一百疋 綿百屯 不遺爾績 式獎遊魂"(『續日本記』 卷9, 聖武天皇 神龜 3年 秋7月).

(金邕)이 김순정의 상재(上宰) 직(職)을 이었다 하고,[7] 일본 조정에서도 순정의 죽음을 애도한 것을 보면 김순정은 국내외적으로 입지가 상당한 인물이었음을 알 수 있다.[8] 김순정이 성덕왕 24년(725년)에 죽었으므로 삼모부인은 늦어도 725년 이전에 태어났다.[9]

『예기』에 "천자(天子)의 비(妃)는 후(后), 제후(諸侯)는 부인(夫人), 대부(大夫)는 유인(孺人), 사(士)는 부인(婦人), 서인(庶人)은 처(妻)라고 각각 칭한다."[10] 하였고, 『삼국사기』나 『삼국유사』에도 '부인' 칭호는 왕비(王妃)나 왕모(王母), 왕매(王妹), 김유신이나 박제상처럼 나라에 큰 공훈을 세운 일가의 처[11]에게 국한하여 사용했다.[12] "성덕왕 19년 6월 왕비 김씨를 책봉하여 왕후로 삼았다. 신라의 후비제도(后妃制度)는 처음에는 부인이라 하다가 뒤에 비(妃)라 하더니, 이때에 비로소 후(后)"[13]라 일컬었고, '수로'에는 'sulya(太陽, 大陽)',[14] "영웅적, 도전적, 장하고, 용감한(산스크리트어 'sūra')"[15]의 어원을 찾을 수 있다. 『삼국유사』에서 여인의 아름다움을 평하는 수식은 "얼굴이 곱고 아름답다(姿容艶美, 桃花女)", "매우 아름답다(二公主甚美, 헌안왕 둘째 공주)", "덕행과

---

7) "本國上宰金順貞之時 舟楫相尋 常脩職貢 今其孫邕 繼位執政 追尋家聲 係心供奉"(『續日本紀』 卷33 宝龜 五年三月 癸夘); 鈴木靖民, 金順貞・金邕論-新羅政治史の一考察, 『朝鮮學報』 45, 朝鮮學會, 1967, pp.22~23 참조.

8) 金壽泰, 「統一新羅期 專制王權의 崩壞와 金邕」, 『歷史學報』 99・100(歷史學會, 1983), p.133, p.137.

9) 조태영, 앞의 논문, p.26.

10) 『禮記』 上卷, 曲禮 下, 第2.

11) "十一年 秋八月 封金庾信妻爲夫人 歲賜穀一千石"(『三國史記』 新羅本紀 第8, 聖德王 11年).

12) 金興三, 앞의 논문, p.72.

13) "六月 冊王妃金氏 爲王后 新羅后妃之制 初稱夫人 後稱妃 至是 始稱爲后"(『東史綱目』 第4下, 聖德王 19年 庚申年 夏六月).

14) "徐羅伐/徐耶伐(sula-pur/suya-pur)은 범어 太陽城(sulya-pura)에서 유래하였다."(金在鵬, 「新羅王都攷」, 『朝鮮學報』 60, 朝鮮學會, 1971, pp.81~82; 「卵生神話의 分布圈」, 『文化人類學』 4(韓國文化人類學會, 1971.12), pp.48~49; 이도흠, 『신라인의 마음으로 삼국유사를 읽는다』(푸른역사, 2000), pp.207~208.

15) "heroic, warlike, valiant, brave; m. hero, hero towards any one"(Arthur Anthony Macdonell, A Practical Sanskrit Dictionary, Oxford University Press, 1965, p.317).

용모가 아름답다(德容雙美, 億廉의 딸)", "뛰어나게 아름답다(美艷無雙, 선화공주)", "매우 아름답다(其妻甚美, 처용의 처)"와 같이 매우 다양한데, 수로부인의 '자용절대(姿容絶代)'는 그 가운데서도 최상급이다.

이상의 논의를 종합하면, 수로부인은 경덕왕비인 삼모부인(三毛夫人)의 어머니이자 이찬 김순정의 처로서 "태양의, 아름다운, 영웅적인, 용감한" 등 화려한 수식어가 붙는 신라의 귀부인이었고 당대에 견줄만한 상대가 없을 만큼 미모가 빼어났다.

2) 노옹(老翁)의 정체

'수로부인' 조에는 수로부인이 천길 암벽 위의 철쭉을 꺾어 달라 하니, 따르던 사람들이 "사람이 이를 수 없는 곳이라."며 난색을 표했는데, 마침 어떤 노옹이 암소를 끌고 옆을 지나다 그 말을 듣고 꽃을 꺾어 왔다고 했다. 그동안 이 노옹을 부처·보살·선승·신선 등 초월적 존재로 보기도 했고, 희생적 퇴우(退牛) 의례의 주관자,[16] 산신·수신, 풍요와 생산을 주관하는 무(巫), 주력(呪力)을 지닌 노인이나 농신(農神) 등의 신적 존재, 부농, 평범한 농부[17]로 보기도 했다.[18] 시적 문맥에서 '노옹'은 수로부인의 내적 인격인 Animus를 상징한다는 의견도 나왔고,[19] 신이나 불·보살의 존재를 인

16) 최용수, 「<헌화가>에 대하여」, 『嶺南語文學』 25-斗山 金宅圭博士 停年退任紀念號(嶺南語文學會, 1994), p.251, p.258, 최용수, 헌화가의 노인은 누구인가, 『영남어문학』 25(영남어문학회, 1994),;『고전시가 깊이 읽기』(문예원, 2015), p.90.

17) 朴魯埻, 『新羅歌謠의 硏究』(悅話堂, 1982), p.201 참조; "노인은 소에게 생활의 노역을 거의 의존하다시피 하며 살아가는 일개농민의 상징적 인물이다."(金學成, 「三國遺事 所載 說話의 形成 및 變異過程 試考-鄕歌와 關聯說話를 中心으로」, 『冠嶽語文硏究』 2, 서울大學校 國語國文學科, 1977, p.210); 尹榮玉, 『新羅詩歌의 硏究』(螢雪出版社, 1991), p.171.

18) 이도흠, 「헌화가의 문학사회학적 시학」, 『한양어문』 10(한양어문학회, 1992), p.97; 劉六禮, 「獻花歌의 硏究」, 『古詩歌硏究』 12(韓國古詩歌文學會, 2003), pp.142~150 참조.

19) 金榮錫, 「<獻花歌> 原型象徵論-心理主義的 解釋의 試圖」, 『慶熙語文學』 6(慶熙大學校 國語國文學科, 1983), pp.261~262.

간계로 매개하는 상징적 형태,[20] 선승이자 신선이며 신선이면서 이인현자(異人賢者)라는 복합적 신분[21]이라는 절충론이 나오기도 했다. 또, 『삼국사기』의 한재(旱災) 기록에 근거하여 거사(居士) 이효(理曉), 혹은 지역에서 기우제를 주관하는 사제(司祭)[22]라 하기도 했다.

'노옹'에 대한 기존의 다양한 논의 가운데 "성스럽고 신비스런 존재가 아니라, 그곳의 지형과 지물에 익숙해서 마음만 먹으면 언제든 절벽 위로 올라갈 수 있는 평범한 인물"로[23] 보는 시각과 "의례의 주관자, 혹은 무격"으로 보는 시각이 우세하다. 후자는 '주선(晝饍)'을 신에게 바치는 제례의식 때의 제물[24]로 보는 논점과 맞물리어 수로부인 서사를 제의의 한 과정으로 보는 논거로 활용되고 있다.

그러나 노옹의 실체는 좀 더 보편적인 관점에서 이해할 필요가 있다. 사람의 마음엔 원형(原型), 즉 신이나 도, 또는 불성 등의 무의식이 있는데, 이것이 신화나 종교・민담에서 부처나 그리스도, 신신령(山神靈), 노현자(老賢者, 때로는 어린아이) 등 여러 가지 모습으로 나타나 초인적 역할을 한다.[25] 또, 노인은 "신(神, 국가신國家神) → 노인, 불(佛, 본지本地) → 신(神) → 노인(老人)"[26]에서처럼 신과 인간의 매개자로 여겨지기도 한다. 『삼국유사』 '문호왕(文虎

---

20) 崔光植, 「『三國遺事』 所載 老翁의 起源과 性格」, 『효대논문집』 35(대구효성가톨릭대학교, 1987), p.179.

21) 홍기삼, 「巫・佛 복합의 인물, 老翁-水路夫人」, 『불교문학연구』(집문당, 1997), p.122.

22) "十五年 夏 六月 旱 又召居士理曉祈禱 則雨 赦罪人"(『三國史記』 新羅本紀, 第8, 聖德王 15年); 金文泰, 「<獻花歌>・<海歌>의 제의문맥」, 임하 최진원 박사 정년기념논총 『고전시가의 이념과 표상』(대한, 1991) : 『三國遺事의 詩歌와 敍事文脈 硏究(太學社, 1995), p.84.

23) 金東旭, 改訂 『國文學概說』(民衆書館, 1962), p.44; 황패강, 『향가문학의 이론과 해석』(일지사, 2001), pp.388～389.

24) 金光淳, 「獻花歌 說話에 關한 一考察」; 權寧徹・金文基 外, 白江徐首生博士還甲紀念論叢 『韓國詩歌硏究』(螢雪出版社, 1981), pp.18～19.

25) 李符永, 『分析心理學』-C.G.Jung의 人間心性論(一潮閣, 1978), p.102 참조.

26) 崔光植, 「日本 古代의 老翁」, 『한국전통문화연구』 3(대구효성가톨릭대학교 인문과학연구소, 1987), p.98.

王) 법민(法敏)' 조에서 안길(安吉)이 황룡(皇龍) · 황성(皇聖) 두 절 사이에 있는 단오거사(端午居士)의 집을 찾고 있을 때, "두 절 사이에 있는 집은 곧 대궐이요, 단오는 곧 차득영공(車得令公)이라"고 가르쳐 준 인물도 '노옹'이다. 김유신이 중악의 석굴에 들어가 수련하고 있을 때 비법을 전수해 준 것도 노인이고,[27] '수로부인' 조에서 해룡에게 납치된 수로부인을 구해준 것도 노인이니, 노옹 · 노인은 신통함을 지니고 집단의 무의식과 바람을 실현해주는 존재, 즉 고난에 처한 인간을 도와주는 지혜로운 해결자이다.[28]

그러므로 '수로부인' 조에서 노옹을 '부지하허인(不知何許人)'이라 묘사하고, 노옹이 천 길 봉우리에서 꽃을 꺾어왔다는 이유로 곧바로 무격 혹은 신선, 산신과 연결 짓는 일은 성급한 감이 있다. 사람의 자취가 미치지 못하는 천 길 봉우리에서 꽃을 꺾어오는 일은 인간의 능력 밖이지만, '천 길'이란 '상당히 높다'는 수사에 불과할 수도 있고, 경주에서 강릉으로 가는 길에 그 정도로 높은 봉우리가 없는 것을 감안하면[29] 서사 기록을 글자 그대로만 이해할 수는 없을 듯하다. 사전적으로도 '부지하허인'은 "어떤 내력을 가진 사람인지, 어느 때 어느 곳에 살던 사람인지를 알 수 없다"는 뜻으로, 어느 정도 삶의 행적과 윤곽이 드러난 사람이라도 정확한 성이나 이름을 모를 때,[30] 또는 역사적 혹은 허구적 인물에 대해 다분히 신비한 느낌을 부여하기 위해 자주 사용했다.[31]

---

27) 『三國史記』 卷41, 列傳, 金庾信列傳 上.

28) "<海歌>의 노인은 벼슬자리에 있지 않았지만 그만한 영향력을 가진 사람이다. 한마디로 말해서 마을의 정신적 지주이다. 그런 위상에 있는 노인이 순정공을 도왔다 함은 그가 화엄만다라를 수용했음을 뜻한다."(이도흠(1992), 앞의 논문, p.103).

29) 황패강, 앞의 책, pp.388~389; 그러나 경주에서 강릉으로 가는 내륙이나 해안의 교통로 중에 철쭉이 필 만큼의 높은 산, 아찔한 낭떠러지라고 묘사할 만한 공간을 지속적으로 탐사할 필요가 있다. 실증적 검증이 문화관광콘텐츠 발굴의 출발점이다.

30) "先生不知何許人也 亦不詳其姓字"(陶潛, 五柳先生傳, 『陶淵明集』 卷5; 『文淵閣四庫全書』 集部, 別集類), "漢陰老父者 不知何許人也"(『後漢書』 卷113, 逸民列傳73, 漢陽老父傳).

31) "金庾信 王京人也 十二世祖 首露 不知何許人也"(『三國史記』 列傳 第1, <金庾信>上), "羅時 有觀機 道成 二聖師 不知何許人 同隱包山(鄕云所瑟山 乃梵音 此云包也) 機庵南嶺 成處北穴 相去

기록을 통해 노옹의 존재를 구체화한다면, "크게 가물어서 왕이 하서주(河西州) 용명악(龍鳴嶽)에 사는 거사 이효를 불러 임천사(林泉寺) 못에서 비를 빌었더니 곧 열흘 동안이나 계속해서 비가 내렸다."[32] 하고, "친척인 수천(秀天)이 악질에 걸렸을 때, 김유신이 거사를 보내어 병을 보게 하였더니, …"[33]에 등장하는 '거사 · 은자'가 그 역할에 가장 가깝다. 은자(거사)란 "덕이 높고 재예가 있으나 벼슬하지 않고 은거하는 사람"으로, 무릇 세상에 자신을 드러내는 것을 꺼려 '세인부지기하인(世人不知其何人)'이라는 수식이 붙지만, '수로부인' 조의 노인처럼 그 지방의 사정과 민심을 꿰뚫는 경외 대상으로 때론 상당한 영향력을 발휘기도 한다.

3) 주선(晝饍)의 뜻

『삼국유사』 '수로부인' 조의 두 서사에 모두 순정공 일행의 '주선' 기록이 있다.[34] "천 길이나 되는 석장(石嶂)이 병풍처럼 펼쳐졌으니, 이는 곧 신성한 장소를 의미한다."고 보고, 이를 신성 공간에서 "일행의 전도(前途)에 무사안일을 기원하는 의식"을 기록한 것이라 했다. 즉, 일정 지역을 지날 때마다 그 지방 혹은 동리의 수호신에게 안녕을 빌면서 바치는 제물이 곧 '주선'이라 했다.[35] 이를 전제로 '수로부인' 서사를 제의와 연관시키거나 수로를 무당으로 규정하기도 한다.

十許里"(『三國遺事』 避隱 第8, 包山二聖), "百結先生 不知何許人 居狼山下"(『三國史記』 卷48, 列傳8, 百結先生), "玄夫不知何許人也"(李奎報, 淸江使者玄夫傳; 『東國李相國集』 卷20, 雜著).

32) 『三國史記』 卷8, 新羅本紀8, 聖德王 14年 6月.

33) 『三國遺事』 卷5, 神呪6, 密本摧邪

34) '주선'을 단순히 점심으로 이해하는 논자와 의례(제의)에 차려진 음식이라는 견해가 팽팽하다.(楊熙喆, 「<獻花歌>의 解讀釋-가정문의 수작과 교훈의 모호성을 중심으로」, 『語文論叢』 12, 淸州大學校 國語國文學科, 1996, pp.17~18; 고운기, 『길 위의 삼국유사』, 미래M&B, 2006, p.227) 둘이 전후자의 최근 성과인데, 논의는 이 외에도 무성하다.

35) 金光淳, 앞의 책, pp.18~19.

(1) "하루 동안 왕의 수라상에 쌀 3말, 수꿩 9마리가 제공되었다. 경신년 백제를 멸망시킨 뒤 점심을 거르고 다만 아침저녁만 하였으나 세어보면 하루에 쌀 여섯 말, 술 여섯 말, 꿩 열 마리였다."[36]

(2) "왕이 감은사에서 유숙하고 17일에 기림사 서녘 시냇가에 이르러 수레를 멎고 점심을 들 제, 태자 이공(理恭)이 대궐을 지키더니 이 일을 듣고 말을 달려와 하례하며 자세히 살펴보고 아뢰었다."[37]

(3) "(진평왕) 7년 봄 3월, 날이 가물어 왕이 정전에서 물러나 평소보다 음식을 간소히 하고 남당에 앉아 친히 죄수들을 조사하여 억울한 일이 없도록 하였다.[38]

(4) "(을묘 42년, 1255) 9월, 밖에서도 반찬거리가 들어오지 않고, 내장(內藏)된 것도 다 떨어져 왕이 점심 식사를 줄였다."[39]

(5) "유월에 백성들 사이에 전염병이 돌아 대관들에게 찬을 줄이라고 명하고 악부의 관원을 줄였으며, 말(馬)의 수를 감하게 하고 백성들을 널리 구휼하였다."[40]

(1)~(5)에 모두 '선(饍, 膳), '주선(晝饍)'을 명시했는데, (1)・(3)・(4)・(5)에서는 한 나라의 임금이 전쟁을 전후한 시기, 나라가 궁핍하거나 재해나 질병에 시달릴 때, 자성・자숙의 의미로 '주선'을 간소히 했음을 부각시키고 있다. 국가적 재난 상황이지만, 제의와 관련된 '주선'의 용례는 없다. (2)는 재난과도 무관한 왕의 일상적 식사를 지칭하고, (5)는 대관들의 음식에까지 확대 적용했으므로, 이들 기록의 '주선'은 어려운 시기에 왕의 검소를 강조하다보니 두드러졌을 뿐이지, 결코 왕의 식사나 제의의 제물에 국한한 용

36) "王膳一日飯米三斗 雄雉九首 自庚申滅百濟後 除晝膳 但朝暮而已 然計一日米六斗 酒六斗 雉十首" (『三國遺事』 卷1, 紀異2 上).
37) "王宿感恩寺 十七日 到祇林寺西溪邊 留駕晝饍 太子理恭(卽孝昭大王)守闕 聞此事 走馬來賀 徐察奏曰"(『三國遺事』 卷2, 紀異2 下).
38) "七年 春三月 旱 王避正殿 減常饍 御南堂 親錄囚"(『三國史記』 卷4, 眞平王 7年, 春 3月).
39) "(乙卯年 九月) 是月 外膳不繼 內藏告竭 王減晝膳"(『高麗史』 卷24, 世家 卷24, 高宗 3).
40) "六月 以民疾疫 令大官損膳 減樂府員 省苑馬 以振困乏"(『漢書』, 本紀, 권9, 元帝紀 第9).

어가 아니므로 '수로부인' 조의 '주선'은 "갖추어서[具食] 풍성하게 먹는, 귀족적 점심 식사"로,[41] 아침·저녁을 뜻하는 조선(早膳(饍))·만선(晩膳(饍))과 같은 계열로 보는 것이 마땅할 듯하다.

3. 해룡(海龍)의 정체는?

순정공과 수로부인 일행이 임해정에 이르러 점심을 먹자니 갑자기 해룡이 나타나 수로부인을 약람해 갔다. 이에 문득 한 노인이 나타나 백성들을 데려와 <해가>를 부르게 하니 해룡이 수로부인을 돌려주었다. 바다 속의 일을 묻자 수로부인은 그곳을 "칠보로 꾸민 궁전에 음식들은 맛이 달고 부드러우며 향기롭고 깨끗하여 인간 세상의 음식향이 아니었다(七寶宮殿 所饍甘滑香潔 非人間煙火)"라 형상화 했고, 그녀의 옷에서는 좋은 향내가 났다 하였다.

여기서 해룡은 '수로부인' 조나 <헌화가>·<해가>의 성격을 파악하는 데 중요한 단서이지만 의미파악은 매우 어렵다. "옛날이라 해도 사람이 해룡에게 납치된다는 것은 납득하기 어려우므로 이 이야기는 신화적 문맥, 상징체계로 보지 않으면 안 된다."[42]는 인식 전환은 해룡의 정체 파악이 그만큼 어렵다는 방증이기도 하다.

이에 '수로부인' 서사의 상징성을 강조하여 수로의 약람을 "세속적 인간인 수로와 초월적 존재인 해룡과의 교구(交媾, 접신接神)", 혹은 "절대적인 힘에 의한 이끌림, 무녀가 되기 전 신(神)이 지피는 과정"[43]이라고 했지만, 이

41) "食也 與膳同, 具食也, 膳夫掌王之食飮"(『康熙字典』, 中華書局出版, 1958, 1425면).
42) 芮昌海, 「<獻花歌>에 대한 한 試論」, 白影 鄭炳昱先生 還甲紀念論叢 Ⅱ 『韓國詩歌文學硏究』(新丘文化社, 1983), p.50.
43) 芮昌海, 위의 책, p.51, pp.56~57.

설명은 '수로부인' 서사에 신 내림을 짐작케 하는 묘사가 없는 이유, '바다 속으로 납치해갔다(忽攬夫人入海)'고 묘사한 원인, 지방민들이 이를 극구 만류한 까닭을 해명하기 어렵다는 난점이 있다.

'수로부인' 서사를 이해하려면 먼저 '칠보궁전(七寶宮殿)', '감골향결(甘滑香潔)', '비인간연화(非人間煙火)', '홀람부인입해(忽攬夫人入海)', '부인의습이향(夫人衣襲異香)'을 통해 수로부인이 경험한 공간을 추적해야 한다. '감골향결'에서 '감골'은 "맛이 좋고 부드러우며 윤기가 도는 먹거리(鮮美柔滑的食物)"[44]를 뜻하고, '향결'은 "향이 좋고 맛깔스러운 음식(芳香洁淨的粢盛)"[45]을 의미한다. '연화'가 익힌 음식을 뜻하므로,[46] '비인간연화'는 수로가 다녀온 곳이 불에 익히는 속세의 음식과는 색다른 음식문화를 가졌음을 뜻한다.

(1) "아난이 붓다께 말씀드리기를, '미증유합니다. 세존이시여, 이와 같은 향기의 음식으로써 불사(佛事)를 이룰 수 있는 것입니까?' 붓다께서 말씀하시길, '그렇고말고, 그렇고말고.'"[47]–음식으로써 불사를 이룸(有以飯食 而作佛事)[48]

수로가 거기서 칠보궁전을 보고, 옷에 좋은 향이 배었다고 말한 것도 실마리가 될 만하다.

다음의 자료들이 이들 구절에 숨은 뜻을 파악하는데 단서를 제공한다.

---

44) "生前不得供甘滑 歿後揚名徒爾爲"(薛逢, 鄰相反行, 『御定全唐詩』 卷548), "輦覩絜了來卽誰亳修吏職外 日得以俸給躬薦甘滑 綵衣煌煌色"(王禹偁 撰, 送戚維序; 『文淵閣四庫全書』 集部, 別集類, 北宋建隆至靖康).

45) "吹擊管鼓 侑香潔也 拜庭跪坐 如法式也"(韓愈 <潮州祭神文>之二, 『漢語大詞典』 12上).

46) "此詩出塵絶俗 信非食煙火人語也(明楊愼 『升庵詩話』 卷3)", "啖石 予家傭人王嘉祿者 少居勞山中 獨坐數年 遂絶煙火 惟啖石爲飯"(淸 王士禛 『池北偶談』 談異1).

47) "阿難 白佛言 未曾有也 世尊 如此香飯 能作佛事 佛言 如是如是"(華公 강설, 『유마경과 이상향』, 민족사, 2014, p.520).

48) 華公 강설, 위의 책, p.520.

(2) 수미산(須彌山)은 '수미루(須彌樓) · 수미루(修迷樓) · 소미로(蘇迷盧) · 미로(迷盧)'라고도 하는데, 4대주(四大洲)의 중앙, 즉 금륜(金輪) 위에 우뚝 솟은 높은 산을 말한다. 둘레에 금산(金山) · 8향해(八香海)가 있고, 철위산(鐵圍山)이 둘러 있어 물속에 잠긴 것이 8만 4천 유순(由旬), 물 위에 드러난 것이 8만 4천 유순이며, 동은 황금, 남은 가려(珂黎), 서는 백은(白銀), 북은 유리(琉璃)로 이루어졌다. 그 옆으로는 4대하(四大河)가 있고, 위로는 사천왕천(四天王天)을 비롯하여 28천(二十八天)의 점층(漸層)이 있다.[49]

(3) 제석궁(帝釋宮)은 제석천에 있는 궁전이다. 『구사론(俱舍論)』 11에 "산정 가운데 궁이 있는데 선견(善見)이라 하며, 면은 2천 유순나(由旬那) 반(半)이고 둘레는 만유선나(萬踰繕那)다. 금성(金城)의 높이는 일유선나(一踰繕那) 반쯤이며 그 땅은 평탄하고 또한 진금(眞金)으로 되어 있으며, 함께 101의 잡보(雜寶)를 사용하여 장엄하게 수식하였으며 땅의 감촉은 유연함이 투나면(妬羅綿)과 같아 밟을 때에는 발을 따라 높아졌다 낮아졌다 한다. 이 천제석(天帝釋)이 도읍(都邑)한 중간에 수승전(殊勝殿)이 있는데 갖가지 묘한 보배로 장엄하게 구족하여 다른 천궁을 덮어버리므로 수승(殊勝)이라 한다.

(4) 제석성(帝釋城)은 제석천이 사는 곳으로, 수미산 꼭대기 도리천 중앙에 있는데, 사면이 각각 2,500 유순이 되고, 높이가 400 유순이며 땅은 평탄하여 진금(眞金)으로 되었고 땅에 닿으면 부드럽기가 도라면(兜羅綿)과 같다고 한다. 성에는 1,000개의 문이 있는데, 갑주(甲胄)로 장식한 500청의야차신(靑衣夜叉神)이 수호하고, 성안에는 수승전(殊勝殿)과 성의 네 귀퉁이에는 금은 등의 보배로 된 사대관(四臺觀)이 있으며 성 밖에는 4개의 원(苑)이 있어서 제천의 유희장으로 쓰고 있으며 동북쪽에는 원생수(圓生樹)가 있고 서남쪽에는 선법당(善法堂)이 있다고 한다.[50]

(2)는 수미산(須彌山), (3)은 제석궁(帝釋宮), (4)는 제석성(帝釋城)에 대한 설명

49) 韓國佛教大辭典編纂委員會, 『韓國佛教大辭典』 3(寶蓮閣, 1982), p.795.
50) 韓國佛教大辭典編纂委員會, 위의 책, pp.28~30.

이다. 수미산은 4대주(四大洲, 9山 8海)의 중앙인 금륜(金輪) 위에 우뚝 솟은 높은 산으로, 제석이 수미산 정상의 희견성(喜見城)에 기거하면서 다른 32천을 거느리고 불법을 수호한다고 믿어지는데, 도리천의 임금이라 하여 이를 '제석천'이라고도 칭한다. (2)~(4)를 종합해 보면, 제석천이 기거하는 수미산 꼭대기는 바다 속으로 들어가 물 위로 올라오게 만들어져 있는데,[51] 들어가고 나오는 길이가 각각 8만 4천 유순[52]에 이른다. 수미산 반복(半腹)에는 4대천왕(四大天王)이 살고, 그 주위에는 향해(香海)와 금산(金山)이 있으며, 사방으로 동은 황금(黃金), 서는 백은(白銀), 남은 가려(珂黎), 북은 유리(琉璃)로 이루어져 있다. 그 땅은 평탄하고 진금(眞金)으로 되어 있으며, 101 가지 보석으로 장엄하게 수식하였으며 땅의 감촉은 투나면(妬羅綿)과 같이 유연하고, 밟을 때 땅이 발을 따라 높아졌다 낮아졌다 한다고 믿고 있다.

부모은중경판화변상도(父母恩重經版畫變相圖) 중 수미산(須彌山) 그림, 경기도 화성 용주사본. 조선 1796년 목판화. 이 그림에는 총 21장면의 변상이 등장한다. 이 장면은 부모님을 업고 수미산을 다 돌아도 은혜를 갚을 수 없다는 내용을 담고 있다. 치악산 명주사 고판화박물관 소장(김정희, 『찬란한 불교미술의 세계, 불화』, 돌베개, 2009, 297면). 수미산은 4대주(大洲)의 중앙의 금륜(金輪) 위에 우뚝 솟은 높은 산으로, 둘레에 7산(山) 8해(海)가 있고, 말속에 잠긴 것이 8만 4천 유순, 물 위에 드러난 것이 8만 4천 유순이고 꼭대기에는 제석천, 중턱에 사천왕의 거처가 있다. 수미산은 불교의 우주관을 잘 담고 있다.

노자(老子)와 윤희(尹喜)가 곤륜산(崑崙山)에 오르니 금으로 된 정자, 옥으로

51) "崑崙宮 有五城十二樓 其人鳥經曰 山廣三百六十億萬里 自然七寶宮殿爲元始天尊治按 因本經稱須彌山頂爲帝釋天所居 入海中 出水上 各八萬四千由旬"(『文淵閣四庫全書』, 子部, 雜家類, 雜纂之屬, 玉芝堂談薈, 卷23).

52) '由旬'은 산스트리트어 'yojana'의 음역으로, 1유순은 약 10km 정도이다.

된 누각, 갖가지 보석으로 꾸민 궁전이 있어 밤낮으로 환했고, 천제 사왕(四王)이 노니는 곳에는 옥으로 만들고 칠보로 장식한 마루가 있었으며,[53] 칠보누대는 전설에서 신선이 산다고 믿어지고, "광한(廣寒) 궁궐은 대체로 수정으로 만들어져, 안팎이 서로 비치고 겉과 속이 통한다. … 칠보 누대는 갖가지 보석으로 만든 것으로, 항아(嫦娥)가 기거한다."[54] 여겼으니 불교나 신선세계의 이상적인 공간은 대체로 이렇듯 비슷하게 그려진다.

그러므로 '수로부인' 조의 '칠보궁전'은 수미산이나 곤륜산처럼 화려하고 아름답게 꾸며진 종교적 이상(신비) 공간[55]을 뜻하고, 해룡이 수로부인을 잡아 바다 속으로 들어가고, 그곳을 다녀온 부인은 태연히 바다 속의 일을 말했고, 수로의 옷에 향긋한 냄새가 배었다고 한 것은 수로가 바다, 즉 향해(香海)를 거쳐 수미산이라는 어떤 상징공간을 다녀왔다는 상황 설정이다.

(5) 항수해(香水海, 香海)는 수미산을 둘러싸고 있는 내해(內海)로 모두 향수로 채워져 있다. 『화엄경』 8에 "저 수미산 미진수(微塵數)의 풍륜(風輪)은 수승위광장능지보광마니장엄향수해(殊勝威光藏能持普光摩尼莊嚴香水海)라, 이 향수의 바다에 대연화(大蓮花)가 있다" 하였고, 『탐현기(探玄記)』 3에는 "저 염토(染土)의 함렬(鹹烈)한 바다와 다르므로 향수해"라 했다. 『구사론』 11에 "묘고(妙高)가 처음이 되고 윤위(輪圍)가 최후가 되며 중간에 8해(海)가 있는데, 전의 칠명(七名) 중 칠(七)은 모두 8공덕수(功德水)가 갖추어졌다."

---

53) "老子與尹喜 登崑崙上 金臺玉樓 七寶宮殿 晝夜光明 爲天帝四王之所遊處 有珠玉七寶之牀"(居處部 15, 道觀 2; 『文淵閣四庫全書』, 子部, 類書類, 御定淵鑑類函, 卷354 : 『文淵閣四庫全書』, 子部, 類書類, 天中記, 卷 50).

54) "'廣寒宮闕皆以水晶築成 內外通明 表裏透澈 … 西偏崢嶸聳霄漢者曰 七寶樓臺 乃以諸天寶見所建造者 蓋卽嫦娥所居也"(王韜, 『淞隱漫錄』 陸月舫; 『漢語大詞典』 1上).

55) "帝釋四苑은 須彌山 꼭대기 帝釋天의 도성 4면에 있는 정원인데, 1) 衆車苑, 제석천왕이 유람하기 위해 이 동산에 들어가면 여러 가지 보배로운 수레가 저절로 나타난다. 2) 麤惡苑, 제석천왕이 전쟁하기 위해 이 동산에 들어가면 여러 가지 무기가 나타난다. 3) 雜林苑, 모든 천인들이 이 동산에 들어가면 곳곳에서 훌륭한 즐거움을 느끼게 된다. 4) 喜林苑, 지극히 묘한 경계가 모두 이 동산에 모여 있어 즐거움이 한량없다."고 하였다.

> 하였고, 『불조통기(佛祖統記)』 31에 "제1향수해는 가로와 넓이가 8만 유순이고, 제2향수해는 4만 유순이며 7향수해는 1,250유순이다." 하였으며, 『법화현찬(法花玄贊)』 서에 향해를 타고 8만을 율(律)한다 하였다.[56]

이에 따르면 향수해를 지나야 제석천이 사는 수미산에 이른다. 또 『법화의소(法華義疏)』 2에는 "무엇 때문에 항상 제석과 싸우는가? 바사(婆沙)에 이르기를 수라(修羅)에게는 미녀는 있어도 좋은 음식이 없고, 제석은 좋은 음식은 있으나 미녀가 없어서 서로가 미워하기 때문에 항상 싸운다."[57]는 구절이 있어, 미녀 수로와 제석천의 상관성을 대략 가늠하게 한다.

(6) 동해에 신선 사는 산이 있나니,
그 산의 이름은 봉래산이라.
번쩍이는 황금으로 궁궐 만들고,
빛나는 백옥으로 누대 세웠네.
큰 바다 하늘 밖에 둘러 있어서,
작은 바다는 하나의 술잔이라네.
파도와 바람은 저절로 생겨나
밤낮으로 그 소리 우레와 같네.[58]

(7) 성역 국토 바래보니 땅은 황금이요
침을 뱉으니 구슬이 되는 곳인데
물 밑에 서기는 순색으로 황금빛이라.
연못 안에 연화꽃은 청연화 홍연화 백련화

---

56) 韓國佛教大辭典編纂委員會, 앞의 책, pp.118~119.

57) "法華義疏 二曰 問何故常與帝釋戰 答婆沙云 修羅有美女耳無好食 諸天有好食而無美女 互相憎嫉 故恆鬪戰也"(中國佛書刊行會, 最新『佛教辭典』, 寶蓮閣, 1975, p.1031).

58) "東海有仙山 厥山名蓬萊 黃金爲宮闕 白玉爲樓臺 大海環天外 裨海若一杯 風濤自開闔 日夜聲如雷"(鄭斗卿, 遊仙詞, 『東冥集』卷9).

수래박 같은 연화가 사철 없이 피어있고 칠보로 자잤는데
청색에 청광이요 황색에 황광이라
청황적백 사색 광명 서로 섞여 어려 있고 향냄새 묘한데
그 위에 누각 지어 허공 주에 가득하되 칠보로 장엄이라
황금 백은이요 유리 만호로다
색색이 꾸미시레 칠전 낭간에 칠보 망울이 둘러있고
칠보 향수 보백낭기 일곱 불로 둘러서라(영일지역 무가)[59]

위의 두 자료는 도가(道家)와 무속(巫俗)에서 이상적 공간, 서방정토·극락세계를 그려낸 것인데, 앞의 (2)~(4)에서 제시한 종교적 공간과 크게 다르지 않다. 특히 앞의 자료는 도가에서 말하는 삼신산(三神山)의 모습인데, 여기에서도 황금 궁궐과 백옥 누대, 큰 바다가 에워싸여 바람 불고 파도치는 봉래산의 묘사가 수로부인이 다녀온 종교적 이상공간과 매우 흡사하다. 『사기』에도 삼신산은 "발해(渤海) 한가운데 있는데 속세로부터 그리 멀지는 않다. 언젠가 가 본 사람이 있었는데 거기엔 여러 신선들과 불사약이 다 있고 모든 물건과 짐승들은 다 희고 황금과 은으로 궁궐을 지었다 한다. 멀리서 보면 마치 구름과 같은데 막상 삼신산에 도착해 보면 물 아래에 있다."[60]고 묘사하고 있다.

그러므로 수로부인 조에서 수로가 바다(향해)를 통해 간 칠보궁전은 곧 '해룡'이 꾸며둔 어떤 종교공간을 지칭한 것으로 보인다. 수로가 납치된 일의 전말을 보면, 해룡은 중앙 정부의 통제력이 약한 틈을 타고 성장한 강릉(명주)[61] 지방의 토착 호족·촌주 세력으로, 독자적인 부와 권력·신앙 체계

59) 金泰坤 編, 『韓國巫歌集』4(集文堂, 1980), pp.96~97.
60) "此三神山者 其傳在勃海中 去人不遠 患且至 則船風引而去 盖嘗有至者 諸仙人及不死之藥皆在焉 其物禽獸盡白 而黃金銀爲宮闕 未至 望之如云 及到 三神山反居水下"(『史記』卷28, 封禪書6).
61) <헌화가>의 배경을 강릉 인근의 安仁津과 正東津에 이르는 火飛嶺 근처라 하고, <海歌>의 배경을 安仁津 燈明寺 海靈山이라 주장(張正龍, 新羅鄕歌 獻花歌의 背景論的 高察, 『井山

를 구축한 영향력 있는 존재로 이해하는 것이 합리적이다.

『삼국유사』 수로부인 조는 한 지방호족[62]이 음식과 향이 색다르고 갖가지 보석으로써 궁전처럼 꾸민 공간, 즉 스스로 '제석천이 사는 공간' 혹은 '수미산'으로 믿고서 꾸며둔 어떤 특정한 신앙 공간에 수로부인을 데리고 가서 체험하게 한 일을 극적 신비감을 부여하여 그린 것이다. 즉, 수로부인이 해룡에게 납치되었다가 풀려난 것은 수로부인이 세력 있는 지방호족이 주재하면서 꾸며놓은 강릉 일원의 사찰이나 선문(禪門)[63]·도가·무속의 한 공간을 둘러본 느낌을 기록한 것이거나 그 신앙공간에 얽힌 이야기나 연기설화를 부연 각색하거나 여과하지 않고 종교적 믿음 그대로 묘사한 것이다. 이를 두고 약람이라고 기술한 것은 사전에 순정공 일행의 동의를 구하지 않고 데려간 일을 현실감 있게 기술한 것으로 이해하고자 한다.

『동국이상국집』을 보면, "단술 신술에 저절로 배가 불러/몸을 추켜 펄쩍 뛰면 머리가 대들보에 닿는다./나무 얽어 다섯 자 높이의 감실(龕室)을 만들어/제 혼자 제석천이라 함부로 부르지만,/제석천황은 본디 하늘 위에 있는

柳穆相博士華甲紀念論叢』, 中央大學校 中央文化硏究院出版部, 1988, p.535, p.549)하기도 하고, <헌화가>의 현장을 강릉이 아닌 울진-삼척지방으로 추정(李昌植, 水路夫人 說話의 現場論的 硏究, 石田 李丙疇博士 古稀紀念 特輯號 『東岳語文論集』 25, 東岳語文學會, 1990, p.202)하기도 한다.

62) "중앙의 용은 신라국가(왕)을 정점으로 하는 경주중앙골품제 귀족정권의 상징이고, 변경의 용들은 신라일대를 통한 지방의 潛在勢力(豪族·族團)의 상징이다"(李佑成, 三國遺事 所載 處容說話의 一分析, 『韓國中世社會硏究』, 一潮閣, 1997, p.175), "海龍은 성덕왕 때 강릉지방에 웅거해 있던 潛在勢力을 대표하는 豪族인 惟正家系이거나 朴氏(蓮花夫人) 가계로 추정된다."(金承璨, 三國遺事 水路夫人 條의 한 考察, 『千峰李能雨博士七旬紀念論叢』, 同刊行委員會, 1990, pp.44~46).

63) 우리나라의 禪宗은 9세기에 와서야 본격화되지만(鄭濟奎, 統一新羅의 佛敎信仰 變遷 小考-密敎的 特性을 中心으로, 『史學志』 22, 檀國大學校 史學會, 1989, p.246; 曺凡煥, 『新羅禪宗硏究』-朗慧無染과 聖住山門을 중심으로, 一潮閣, 2001, p.177), 法朗이 중국 선종 4조인 道信(580~651)에게서 수학하여 神行禪師에게 전법한 일("更聞法朗禪師 在踞崛山 傳智慧燈 則詣其所 頓受奧旨 未經七日 試問之曲直 微言冥應 以卽心無心 和上歎曰 善哉 心燈之法 盡在於汝矣 勤求三歲 禪伯登眞 慟哭粉身 戀慕那極", 金獻貞 撰, 斷俗寺神行禪師碑; 金煐泰, 『三國新羅時代佛敎金石文考證』, 民族社, 1992, pp.110~111)을 보면 禪門은 그 이전에도 명맥을 유지하고 있었던 것으로 보인다.

법/어찌 한 구석인 네 집에 들어가 있겠는가./온 벽에다 붉고 푸른 귀신 형상을 그리고"[64]라 하여 자신만의 신앙공간을 이상공간이라 칭한 예가 있다. 또 경주 동천동 도량사(道場寺)에 "띠 줄기를 뽑으니 장엄하고 청허한 칠보 난간과 누각이 나타나 그 속에 들어가니 그 땅이 돌연 서로 합해졌다."는 연기설화가 전한다.[65] 도량사는 경주 동천동 중리 금강산 동쪽 기슭에 있다 했는데, 현재 마을 안쪽으로 난 좁은 길을 따라가면 길옆에 남향의 마애불이 있어 이곳을 도량사지라고 추정하고 있다.[66] 풀뿌리를 뽑으니 칠보 난간과 누각이 나타나고 그 속에 들어가니 그 땅이 돌연 서로 합해졌다는 신비한 이야기는 해룡이 수로부인을 데려갔다 되돌려준 일의 신비함과 일맥상통한다.

문무왕(文武王)은 삼국통일의 위업을 달성하고, 죽어 호국룡(護國龍)이 되었다 했고,

> (8) 다음날 두 여인이 내정(內庭)에 와서 아뢰기를, "저희들은 동지(東池)・청지(青池)에 있는 두 용의 아내입니다.-청지는 동천사(東泉寺)의 샘이다. 절의 기록에 의하면, 이 우물은 동해의 용이 왕래하면서 불법을 듣던 곳이라 한다.-당(唐)의 사자(使者)가 하서국(河西國) 사람 2명을 데리고 와서, 우리 남편인 두 용과 분황사(芬皇寺) 우물에 있는 용까지 세 마리 용을 술법을 써서 작은 물고기로 변하게 하여 통에 담아 가지고 돌아갔습니다." 바라옵건대 폐하께서는 그 두 사람에게 명령하여 저희 남편을 비롯한 호국룡을 찾아 주십시오.[67]

---

64) 이규보, 노무편 병서, 『동국이상국집』전집 권2; 『문총』1, p.305.

65) "拔茅莖 下有世界 晃朗淸虛 七寶欄楯樓閣 莊嚴殆非人間世 福負尸共入 其地奄然而合"(『三國遺事』 卷4, 義解5, 蛇福不言).

66) 진성규・이인철, 『신라의 불교사원』(백산자료원, 2002), p.71; 백률사 정상에서 북쪽으로 조금 내려가면 마애삼체석불이 있는데, 이곳을 "금강산 좋은 터에 이차돈을 위하여 지어준 剌楸寺"터라 하기도 한다.(한국불교연구원, 『신라의 폐사』Ⅰ, 일지사, 1974, p.77).

67) "後一日 有二女 進內庭 奏曰 妾等乃東池青池 二龍之妻也 青池卽東泉寺之泉也 寺記云 泉乃東

에서도 다양한 용을 설정하고 정치권력의 우열을 가늠하기도 하므로,[68)] <수로부인>조의 해룡이 중앙에서 파견된 수로부인을 데려간 사건은 이들 지방 세력과 중앙세력 사이에 정치 · 사상 · 종교적 갈등 혹은 이질성이 내재했음을 의미하고,[69)] 납치되었다 돌아온 수로가 그곳을 긍정적으로 묘사한 것은 이들 지방 세력과 융화 · 타협 · 포용하겠다는 개방적인 자세를[70)] 보인 것이며, 노인이 둘 사이를 중재하고 백성들이 여기에 힘을 보탠 것은 이 지방의 민심이 중앙에서 새로 파견된 관리인 순정공 일행과 지방 세력이 조화를 이루고 화합하기를 기대한 협조와 중재로 볼 수 있겠다.

海龍往來聽法之地", "唐使將河西國二人來 呪我夫二龍及芬皇寺井等三龍 變爲小魚 筒貯而皈 願陛下勅二人 留我夫等護國龍也"(『三國遺事』 卷2, 紀異 第2, 元聖大王).

68) "하서국(명주) 사람은 곧 원성왕과 왕위를 경쟁하다 패한 김주원(金周元)의 세력이다. 원성왕이 왕위에 오른 뒤에도 김주원을 견제하려는 의도가 설화적으로 윤색된 것", "헌덕왕 때 김헌창과 김범문의 반란을 호국룡을 잡아가는 행위로 형상화했다"는 주장을 폈다.(박성혜, 삼국유사 원성대왕 조의 원성왕 형상, 『東方文學比較硏究』 7, 동방문학비교연구회, 2017, p.50).

69) 김승찬, 민족문화학술총서5 『신라향가론』(부산대학교 출판부, 1999), p.157 참조; "수로부인 설화는 山澤神과 결합된 무속적 신앙 체계에 의해 결집되고, 산택신(산신 · 용신)의 권위와 위력을 앞세우면서 중앙 정권에 반기하여 지역을 장악하고 중앙 권력을 위협하던 세력이다."(조태영, 『三國遺事』 水路夫人說話의 신화 · 역사적 해석, 『국어국문학』 126, 국어국문학회, 2000.5, p.241); "海龍 또한 사람에게 해를 끼치는 것이니, 아식 화엄만다라에 귀의하지 않고 전제왕권의 강화와 사회통합에 서항한 재래신앙 세력을 뜻한다."(이도흠, 앞의 논문, p.100 참소).

70) 이는 "해룡을 불법의 수호신으로 보고, 피랍상황은 수로의 무속집단과 해룡의 집단 간의 교섭, 혹은 토속적인 무속신앙과 외래종교 간의 교섭양상을 상징한다."(金榮洙, 鄕歌와 山川祭儀의 相關性 考察-獻花歌와 海歌를 중심으로, 『漢文學論集』 19(槿域漢文學會, 2001), 273면. 277~278면)는 의견과 대의가 같은데, 수로와 해룡 그리고 노옹(노인)의 정체 파악, 그리고 이들 사이의 역학관계를 바라보는 시각에서 차이가 있다.

4. 〈헌화가〉의 창작 배경과 그 의미는?

1) 성덕왕 대(聖德王代)의 시대적 상황

<헌화가>와 <해가>는 성덕왕(702~737)대를 배경으로 하고, 수로의 남편 순정공은 강릉[溟州] 태수로 부임하는 중이었다. 삼국통일 후, 신문왕 5년(685)에 전국을 9주로 나눌 때 하서주(河西州)를 설치했는데, 하서주는 경덕왕 16년(757) 9주 5소경이 확립될 때 명주(溟州)로 개명하였다.[71] 이 지역은 고려 성종 14년(995)에는 삭방도(朔方道), 정종(靖宗) 2년(1036)에는 동계(東界), 원

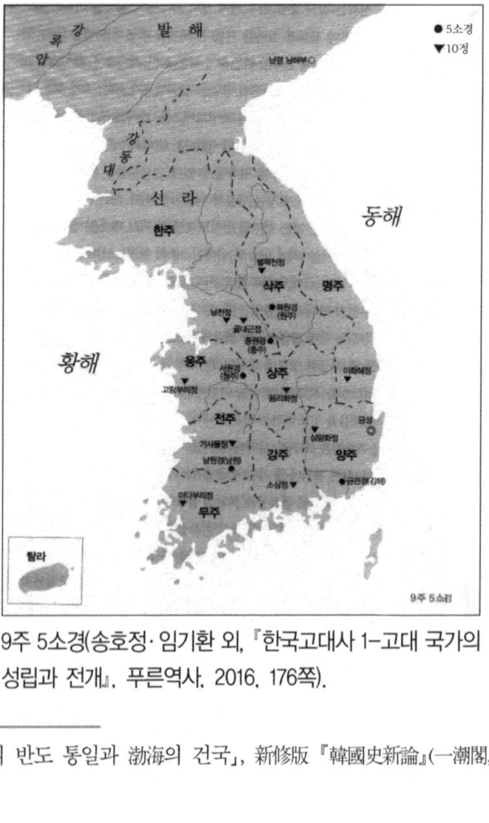

9주 5소경(송호정·임기환 외, 『한국고대사 1-고대 국가의 성립과 전개』, 푸른역사, 2016, 176쪽).

---

71) 李基白, 「新羅의 반도 통일과 渤海의 건국」, 新修版 『韓國史新論』(一潮閣, 1967), pp.104~105.

종(元宗) 4년(1263)에는 강릉도(江陵道), 공민왕 5년(1356)에는 강릉삭방도(江陵朔方道)에 예속되었으니[72] 성덕왕 당시엔 하서주였을 것이다. 『삼국유사』에는 순정공을 태수라 했지만, 이를 '도독(都督)'의 오기로 보고 "순정공은 강릉태수가 아니라 하서주 도독"[73]으로 보기도 한다. 지방행정조직 주(州)에는 도독(=군주軍主·총관摠管), 군(郡)에는 태수, 현(縣)에는 현령(縣令)을 두어 중앙의 명령을 전달하고, 중앙정부에 대한 보고나 조세 수취 등은 그 역의 과정을 거쳤다. 그리고 "(헌덕왕憲德王 11년) 3월에 초적(草賊)이 곳곳에서 일어나므로 여러 주군(州郡)의 도독(都督)·태수(太守)에게 명하여 잡게 하였다.", "헌덕왕 18년, 우잠(牛岑) 태수 백영(白永)에게 명령하여 주군의 1만 명을 징발하여 패강(浿江)을 중심으로 장성(長城)을 쌓게 하였다."[74] 하였으니, 군태수나 현령 등의 지방관이 징발권과 군사력까지 함께 가졌던 것으로 보인다.[75]

"『신당서(新唐書)』 발해전(渤海傳)에 기록된 이하(泥河)는 강릉 이북 양양 이남으로, 통일 이전 신라와 고구려·말갈 사이에 치열한 공방전이 벌어졌던 곳"[76]이니, 순정공이 부임한 '하서주(강릉)'는 통일 전후 고구려와 말갈의 침입을 막아내는 군사적 거점이자 전진·방어 기지 역할을 했다. 7c 중엽 신라의 동해안 진출이 강릉지방에서 장벽에 부딪치게 된 것도 말갈이 이하성까지 점령했기 때문인데, 이후에도 말갈이 있는 한 신라의 동해안 진출은 계속 장벽에 부딪쳤다. 여기에 발해가 건국(699)하여 삭정군(朔庭郡, 安邊), 정천군(井泉郡; 咸南 德源) 이북을 거점으로 이남으로의 진출을 꾀하고 있었으

72) 金興三, 앞의 논문, p.63.

73) 金興三, 위의 논문, p.65.

74) 『三國史記』 卷10, 新羅本紀10, 憲德王 11년 3월, 18년 7월.

75) 朱甫暾, 『新羅 地方統治體制의 整備過程과 村落』(신서원, 1998), p.267.

76) "鏞又案 泥河者 我江陵之北泥川水也 新羅慈悲王時 徵何瑟羅人 築泥河城 又炤知王時 追擊句麗靺鞨兵于泥河之西 卽此地也 渤海新羅 卽以泥河爲界 則襄陽以北 皆渤海之所得也"(정약용, 渤海考, 『我邦疆域考』 권6, 정해렴 역주, 현대실학사, 2001, p.164). 『신당서』, 『문헌비고』의 泥河(용흥강)도 이와 같지만, 『발해고』에서는 이하를 평양의 패수라 하여 패수(대동강)를 신라와 발해의 경계로 잡고 있다(유득공 저, 『발해고』, 정진현 역, 서해문집, 2006, p.126).

니, 당시에 이 지역은 항상 적들과 잠재적 대치상태에 있었다.[77] 발해의 5경 가운데 남경남해부(南京南海部)가 통일신라와 접경하고 있었는데, "721년 7월에 신라가 하슬라도(何瑟羅道, 지금의 강릉)의 장정을 동원하여 북쪽 경계에 장성(長城)을 쌓았고, 신라가 발해에 대비하여 패강(浿江, 대동강)에 방어기지를 설치하라고 요청(735년 당나라가 신라에 보낸 칙서)한 것을 보면, 발해가 한반도 서북과 동북지역까지 세력을 넓혔음"을 알 수 있다. 732년 발해가 등주(지금의 산동성)를 공격하자 당나라에서 신로에게 발해의 남쪽을 공격하라고 요청한 사실도 발해와 신라가 국경을 맞대고 있었거나 서로 가까운 거리를 두고 마주하고 있었음을 방증한다.[78]

대조영 중반까지 유지되던 신라와 발해의 교섭 분위기[79]는 그 말기부터 대립관계로 전환되어, 신라는 성덕왕 12년(대조영16, 713)에 발해와의 접경지인 개성에 성을 쌓기에 이르렀고, 대립양상은 2대 대무예(大武藝, 719~737)에 이르러 더욱 굳어졌다. 발해는 주변 종족들을 병합하며 전과를 올렸고, 신라가 차지한 고구려 땅에 대한 회복의지도 강력했다. 721년에 신라가 강릉지방의 장정 2천 명을 징발하여 북경(北境)에 긴 성을 쌓고, 성덕왕이 재위 36년 동안 당에 44차례나 조공사를 보냈으며, 발당(渤唐) 전쟁에 출병한 직후(734년) 신라가 발해·말갈의 정벌을 위해 당나라에 단독 출병을 요청한 것[80]은 이들과의 군사적 대결을 의미한다.[81]

---

77) 徐炳國, 「渤海와 新羅의 國境線問題 硏究-東海岸地域을 中心으로」, 『關大論文集』 9(關東大學校, 1981), pp.452~453; 박해현, 「新羅 聖德王代 정치세력의 추이」, 『한국고대사연구』 31(한국고대사학회, 2003), p.333; 김종복, 「渤海 初期의 對外關係」: 韓國古代史研究會 編, 『古朝鮮과 夫餘의 諸問題』, 신서원, 1996, pp.319~320.

78) 김동우, 발해의 지방통치체제, 『새롭게 본 발해사』(고구려역사재단, 2005), p.63.

79) 김은국, 『영원한 남북 교섭의 창-발해와 신라』(고구려연구재단, 2005), pp.105~106.

80) 李東輝, 「境界로 보는 新羅와 渤海의 관계」, 『역사와 경계』 47(부산경남사학회, 2003.6), p.55, p.61.

81) 韓圭哲, 「新羅와 渤海의 交涉과 對立」, 新羅文化祭 學術發表會 論文集 15 『新羅의 對外關係史 研究』(東國大學校 新羅文化研究所, 1994), p.312 참조; 김종복, 앞의 책, p.326 참조.

성덕왕(702~737)이 즉위할 무렵, 신라가 처한 상황은 외견상 안정되고, 백성들은 오랜만에 전쟁 공포에서 벗어나 안정되는 듯 했으나, 그 내면을 들여다보면 줄곧 대외적 압박에 시달려야 했고, 통일 전쟁을 치르며 피폐·몰락한 데다 흉년과 굶주림[82]이 겹쳐 유민이 되거나 노비신세로 전락해가는 백성들도 많았다.[83]

이에 성덕왕은 705년, 동쪽 주군에 관리를 파견하여 유망민(流亡民)을 진휼하고,[84] 706년에도 창고를 열어 백성들을 구제하였으며, 모든 백성들에게 정전(丁田)을 지급하여 활로를 모색케 했다.[85] 또 집사부 중시를 통해 전제왕권을 강화하고, 일본이나 당과의 활발한 외교 활동을 통해 신라의 국제적 위상을 높여갔다.

> 성덕대왕은 덕이 산하와 함께 우뚝하고 명성은 일월과 가지런히 높았다. 어진 인재를 등용하여 예악과 풍속을 다듬고, … 40여 년간 나랏일에 임해서 정치에 힘쓰니 한 번도 전쟁[干戈]으로 인해 백성들을 놀라게 하거나 나라를 시끄럽게 한 적이 없었다. 그런 까닭으로 사방의 이웃나라 사람들이 먼 곳으로부터 달려와 귀화하니 오직 임금의 풍화를 흠모함이 있을 뿐이요, 일찍이 화살을 날리어 틈새를 엿보는 일이 없었다.[86]

---

82) "聖德王 神龍二年丙午歲禾不登 人民飢甚 丁未正月初一日至七月三十日 救民給租 一口一日三升爲式 終事而計 三十萬五百碩也 王爲太宗大王 奉德寺 設仁王道場七日 大赦"(『三國遺事』 권2, 紀異, 聖德王).

83) 李基東, 「新羅 聖德王代의 政治와 社會-'君子國'의 內部事情」, 『歷史學報』 160(歷史學會, 1998), p.5.

84) "통일 전의 州는 군사적 기능이 중시되었고, 통일 후에는 민정을 우선한 행정으로 변모하였다"(최근영, 『통일신라시대의 지방세력 연구』, 신서원, 1990, p.101), 조동일, 『한국문학통사』 1(지식산업사, 1995), p.154; 조태영, 앞의 논문, pp.25~27 참조. 순정공을 파견한 원인은 두 논저 모두 일치한다. 다만 파견 시기는 성덕왕 4년, 성덕왕 19년 무렵으로 서로 다르다.

85) 金瑛河, 성덕왕, 『한국민족문화대백과사전』 12(한국정신문화연구원, 1995), p.422.

86) "聖德大王 德共山河而並峻 名齊日月而高懸 擧忠良而撫俗崇禮樂而觀風 …(中略)… 四十餘年臨邦 勤政 一無干戈驚擾百姓 所以 四方隣國萬里歸賓 唯有欽風之望 未曾飛矢"(新羅 聖德大王神鍾銘; 金煐泰, 韓國佛教金石文考證1 『三國新羅時代佛教金石文考證』, 民族社, 1992, pp.86~87).

성덕왕은 활발한 대당·대일 외교를 계속하고, 국권을 강화하고 백성들을 어루만지는 행정력을 발휘함으로써 점차 정치적 안정을 누리게 했음을 알 수 있다. 성덕왕이 순정공을 강릉에 파견한 것도 신라의 북쪽 경계 지역에 대한 군사적 역할, 지방 민정을 살피고 위무하여 지방에 대한 지배 체제를 견고히 하고 나아가 중앙 집권력과 강력한 왕권 기반을 마련하려는 정책의 일환으로 보인다.[87]

2) 〈헌화가〉의 의미 분석

(1) 〈헌화가〉의 구절 풀이

<헌화가>의 1차 풀이는 "지뵈 바회 ᄀᆞᅀᅢ(紫布岩乎邊希) / 자ᄇᆞ몬 손 암쇼 노히시고(執音乎手母牛放教遣) / 나ᄅᆞᆯ 안디 뭇그리샤ᄃᆞᆫ(吾肹不喩慚肹伊賜等) / 고 줄 것거 바도림다(花肹折叱可獻乎理音如)[88]"이다.

① "紫布岩乎邊希"

'紫布岩'이란 서사 문맥의 천 길 석벽 위에 만개한 철쭉(躑躅)의 정경이라는 시각이 보편적이어서[89] 그간 이를 '붉은'(소창진평, 홍기문, 김준영), '짙붉은'(양주동, 김선기, 정연찬), '자줏빛'(서재극, 김완진) 바위로 풀이해 왔다. 자줏빛 자체가 신성한 색으로 묘사되므로 '紫布岩乎邊希(딛배 바회 ᄀᆞᆺ히)'를 제사를 주관하는 사당이 존재할 만한 곳, 즉 제단이라 해석하기도 한다.[90]

자색((紫色)을 제왕이나 현자가 나타날 상서로운 기운[91]으로 여겨, 김수로

87) 朱甫暾, 『新羅 地方統治體制의 整備過程과 村落』(신서원, 1998), p.268, p.272.
88) 金完鎭, 앞의 책, p.68.
89) 梁柱東, 訂補版 『古歌研究』(博文書舘, 1960), p.201; 신재홍, 『향가의 해석』(집문당, 2000), p.75.
90) 李惠和, 「龍 사상의 한국문학적 수용 양상」(고려대 대학원 박사논문, 1988), p.92.

왕 서사는 '자승(紫繩)', 혁거세는 '자란(紫卵)', 김알지는 '자운(紫雲)', 견훤(甄萱)은 '자의남(紫衣男)'과 상관지어 묘사하였고, 자황(紫皇)은 도교 전설에서 최고의 신선을 일컫고, 자궁(紫宮)은 제왕이나 천제가 사는 곳을 지칭한다. <헌화가>의 '紫布岩'에도 이와 같은 신성함이 전제되었을 텐데, "은자(隱者)가 어디에서 살 것인가? 선촉(仙躅) 고운 자암(紫巖)에서, 달밤에 거문고 뜯으면, 그 이상 무엇을 바라겠는가?"나[92] "송나라가 멸망하자 석자개(石子介) 옹이 출사하지 아니하고 향촌에 은거하면서 사부(詞賦)로 소일하여 스스로의 호를 '자암(紫巖)'이라 지었다."[93] 한 자료를 보면, '자(포)암(紫(布)岩)'은 "일반인들의 발길이 쉽게 닿을 수 없는 곳의 암벽", 나아가 "어지러운 세상을 피하여 그윽한 곳에 숨어사는 사람", 즉 '유인(幽人; 은사/거사)'이 기거하는 신비스러운 공간을 지칭한다. "자암산(紫岩山)의 돌에서 자초(紫草)가 난다 하여 '자암'이라"[94] 했는데, 앞의 자료에서도 은자의 공간을 '선촉(仙躅) 고운 자암(紫巖)'으로 묘사했다.

<헌화가>에서는 철쭉으로 곱게 물든 벼랑 위의 자색 기운을 은자가 사는 공간에 비유하였고, '변(邊)'은 "가장자리, 변방, 변두리, 근처, 두메, 벽지"를 뜻하므로 '紫布岩乎邊希'는 "철쭉 곱게 핀 자암의 곁", 곧 "은자나 살 법한 산간벽지, 세상과 유리된 별천지"라는 의미를 담고 있다.

---

91) "列異傳 老子西遊 關令尹喜望見有紫氣浮關 而老子果乘青牛而過也"(禹譜 撰, 『駢志』 卷16, 辛部 下; 『文淵閣四庫全書』 子部, 類書類), "貴嬪生於樊城 初產有神光之異 紫氣滿室"(『南史』 卷12, 列傳2, 后妃傳 下, 武帝丁貴嬪).

92) "幽人在何所 紫巖有仙躅 月夜橫寶琴 此外將安欲"(王績, 古意三首; 『文淵閣四庫全書』 集部, 總集類, 唐文粹, 卷14上).

93) "石字介翁婺之蘭谿人 業詞賦 自負甚高 宋亡隱居不出 一意于詩 因居鄉 自號紫巖 晚徙城中 更號兩谿有集"(『宋詩紀事』 卷80; 『文淵閣四庫全書』 集部, 詩文評類, 宋詩紀事, 卷80).

94) "以紫岩山石 產紫草 故名"(『赤城志』; 『文淵閣四庫全書』 史部, 地理類, 都會郡縣之屬, 赤城志, 卷2).

② “執音乎手母牛放教遣”

“執音乎手母牛放教遣”에서 ‘執音乎手’은 ‘잡은 손’의 어순이지만 “손에 잡은”, 혹은 “손에 잡고 있는”으로 풀이해야 요즘의 어순에 맞다.

‘수로부인’ 조의 암소를 제의 희생물, 혹은 ‘어미, 여자’의 상징어로 추정[95]하기도 하지만, 노옹이 암소를 끌고 가다가(牽牸牛) 풀어 놓았고(放母牛), ‘자우(牸牛)’와 ‘모우(母牛)’의 사전적 의미도 동일하므로 이에 ‘노옹이 끌고 가던 소’ 이상의 의미를 부여하긴 어려울 듯하다.

문제는 오히려 소를 풀어 놓는 ‘방우(放牛)’이다. ‘암쇼 노히시고(母牛放教遣)’라 했는데, ‘教遣’은 “이시고(~하게 하시고)”[96]라는 ‘사(使)·령(令)’의 뜻을 담고 있어서, ‘방우’는 노옹이 소 끈을 내려놓는다는 의미만이 아니라 수로(순정공)의 허락이나 배려를 요하는 행위가 된다.

‘방우’의 뜻을 짐작하게 하는 자료로 먼저 “제(齊)나라 관중(管仲)이 고죽(孤竹)을 정벌하고 돌아오다가 길을 잃었는데, 늙은 말에게 마음대로 가도록 풀어주니(放老馬) 마침내 길을 찾았다.”[97]는 기록이 있다. 여기서 ‘방마(放馬)’는 말을 풀어 자유롭게 가도록 한다는 뜻이다. 주(周) 무왕(武王)이 전쟁에서 승리한 후에 화산(華山)의 남쪽에 말을 보내고[歸馬於華山之陽], 도림(桃林)의 들에 소를 보내어 마소와 병사들이 전쟁 없이 쉬도록 한 일을 ‘방우우도림지야(放牛于桃林之野)’[98]라 한 자료도 논거가 될 만하다. 무왕은 전쟁 이후, “말과 소를 풀어 놓고, 병거(兵車)나 갑옷에 피를 칠하는 예를 취한 후에 창

95) 김승찬, 앞의 책, p.160.

96) 兪昌均, 『鄕歌批解』(螢雪出版社, 1994), pp.271~275; 장세경, 『이두자료 읽기 사전』(한양대학교 출판부, 2001), p.31.

97) “管仲 隰朋從桓公伐孤竹 春往冬反迷惑失道 管仲曰 老馬之智 可用也 乃放老馬而隨之 遂得道”(『韓非子』 卷6, 34篇 說林 上).

98) “武王滅紂 縱馬于華山之陽 放牛於桃林之墟偃干戈 振兵釋旅 示天下不復用也”(『史記』 권4, 周本紀, 제4 樂記); “歸馬於華山之陽 放牛於桃林之野 示天下不服 山南曰陽 桃林在華山東北 皆非長養牛馬之地 欲使自生死 示天下不復乘用也 修文教也”(李昉 等 撰, 偃武, 『太平御覽』 卷327, 兵部58; 『文淵閣四庫全書』, 子部, 類書類).

고에 간직하며, 창의 칼날을 뒤집어 호랑이 가죽을 싸서 간직하는" 일[99]을 논공행상, 서민들의 세금과 부역을 줄이는 일만큼이나[100] 중시했다. 또, 후한 때 두기(杜畿)가 하동(河東) 태수(太守)가 되어, 백성들에게 암소와 초마(草馬)를 기르게 하고, 백성들을 농사에 힘쓰게 하니, 집집마다 풍족하고도 충실하였다. 백성들이 부유해진 후, 겨울에는 병기를 수리하여 무예를 가르치고, 학궁을 개설하여 경서를 교수하니 군중이 모두 잘 따랐다[101] 한다.

강릉(명주)은 본디 고구려 하서주(河西州; 하서량河西良/하슬라河瑟羅)로 뒤에 신라에 소속되었다. 선덕왕 때 소경을 만들고 사신을 두었다가, 태종왕(太宗王) 때에는 이곳이 말갈과 연접되었다 하여 경(京)을 주(州)로 고쳐 군주를 두어 지키게 했다.[102] "발해와 말갈이 자주 쳐들어와서 한(漢)·삭(朔)·명(溟) 등의 삼주(三州)에 군현을 두어 9주를 정비"[103]했고, 김유신은 하늘에다 말갈의 평정을 기도했으며,[104] 효소왕 때에 국선(國仙) 부례랑(夫禮郎)과 낭도들이 금란(金蘭)을 유람하다가 북명(北溟)의 말갈에 사로잡힌 일도 있었다.[105]

이렇듯 삼국통일 전후시기에 강릉 지역은 고구려·말갈·발해와 대치하

99) "濟河而西 馬散之華山之陽 而弗復乘 牛散之桃林之野 而弗復服 車甲釁而藏之府庫 而弗復用 倒載干戈 包之以虎皮 將帥之士 使爲諸侯 名之曰建櫜 然後天下知武王之不復用兵也 散軍而郊射"(『禮記』 제19, 樂記).

100) "武王克殷 反商 未及下車 而封黃帝之後於薊 封帝堯之後於祝 封帝舜之後於陳 下車而封夏后氏之後於杞 投殷之後於宋 封王子比干之墓 釋箕子之囚 使之行商容而復其位 庶民弛政 庶士倍祿"(『禮記』, 위의 책, 같은 부분).

101) "後漢杜畿爲河東太守 課民 畜牸牛草馬 百姓勤農 家家豐實 畿乃曰民富矣 不可不敎也 於是 冬月修戎講武 又開學宮 親自執經敎授 郡中化之"(『牧民心書』 禮典六條, 第4條 興學).

102) "溟州 本高句麗河西良-一作何瑟羅-後屬新羅 賈耽古今郡國志云 今新羅北界溟州 蓋濊之古國 善德王時爲小京 置仕臣 太宗王五年 以何瑟羅地連靺鞨 罷京爲州 置軍主以鎭之"(『三國史記』 雜志 第4, 地理2).

103) "其地多入渤海靺鞨 新羅亦得其南境 以置 漢朔溟三州 及其郡縣 以備九州焉"(『三國史記』 卷37, 雜志6, 地理4, 高句麗).

104) "國疆 慷慨有平寇賊之志 獨行入中嶽石崛 齊戒告天盟誓曰 敵國無道 爲豺虎以擾我封場"(『三國史記』 卷42, 列傳1, 金庾信 上).

105) "孝昭王奉大玄薩湌之子夫禮郎爲國仙 珠履千徒親安常尤甚 天授四年 長壽二年癸巳暮春之月 領徒遊金蘭 到北溟之境 被狄賊所掠而去"(『三國遺事』 卷3, 塔像4, 栢栗寺); 문안식, 『한국 고대사와 말갈』(혜안, 2003), p.186.

는 불안한 접경지대였고, '방우'하는 장소인 '자암'은 은자가 사는 별천지를 뜻한다. 그러므로 <헌화가>의 "손에 잡은 암소 놓게 하시고"는 "소를 한적한 곳에 풀어 방목(散牛, 牧牛)하면서 더 이상 전쟁에서 짐을 싣는데 쓰이지 않는(스스로 나서 스스로 죽도록 하는)106) 농부들의 안정된 일상"을 뜻한다. 즉, 전쟁을 그치고 태평한 세월을 누리고 싶은 지방민들의 마음을 노옹의 덕담으로 드러낸 것으로, 신라의 북경에 위치하여 삼국통일 과정에서 수많은 전투를 치르고도 여전히 전쟁 위협에서 벗어나지 못한 강릉 지방의 백성들이 새로 온 태수(목민관)에게 거는 일상적 기대이자 기원이다.

③ "吾肹不喩慚肹伊賜等"

<헌화가>의 '나를 아니 부끄러워하신다면'은 표면상 남녀가 구애할 때 말하는 "실례가 안 된다면", "시간 괜찮으시면", "허락해 주신다면"처럼 예절을 차린 관용어이다.

수로부인이 벼랑 위의 꽃을 가지고 싶다 했지만 종자(從者)들은 꺾어 오는 일이 불가능하다 했기에, 꺾는 방법을 알고 능력을 가진 은자(隱者; 노옹)의 개입은 필연적이다. 거기다 벼랑 위에 핀 꽃을 꺾는 일은 죽음까지 감수해야 하는 위험한 일이었기에 '나를~'이라 한 노옹의 언사는 지나친 낮춤이다. 이는 수로와 노옹 사이의 격차를 의식한 말로 보는 것이 좋을 듯하다. 먼저, 이 말은 노옹 자신과 미녀 수로를 비교한 데서 생긴 노옹의 자괴감일 수도 있다. 가히 하강한 천선(天仙)이라 할 만한 수로에 비해 자신은 너무 보잘 것 없기에, 수로가 자신의 봉사까지도 부끄러워할지 모른다는

106) "自生自死 以示不復輸積"(『史記』 卷55, 留侯世家, 第25); 이를 "자줏빛 바위 주변은 촌주로 대변되는 세력가들이 방목과 생산 활동을 허용하지 않는 禁地이므로, 노옹이 중앙 정부의 대리인으로 지방세력 巡撫에 나선 순정공 일행에게 자신들의 경제적 권익을 위해 금지의 해체를 요구"(신영명, 「<헌화가>의 민본주의적 성격」, 『어문논집』 37, 안암어문학회, 1998, p.77)한 것이라 이해하기도 했다.

노옹의 열등한 마음이다.[107] 또, 노옹과 수로의 신분적 격차, 부군(夫君)인 순정공의 존재, 남녀유별의 인식, 생면부지의 낯선 관계[108]라는 데 대한 부담감 때문일 수도 있다. 노옹과 수로부인 사이의 거리는 한편으로 <헌화가>를 오롯한 구애노래로 보는 시각에 제동을 거는 요소이기도 하다.

④ "花肹折叱可獻乎理音如"

시제(時制)에 대한 논란은 있지만 이 부분을 "꽃을 꺾어 바치오리다."로 풀이하는 데는 논자 간에 별다른 이견이 없다. 그러나 꽃의 의미에 대해서는 "인간을 매혹시키는 객체(美)", "신과 인간을 소통하게 하는 마술적 매체(聖)"[109] 등 견해가 다양하다. <헌화가>를 제의와 관련짓는 논자들은 "꽃은 생생력(生生力)을 상징하고, 생명의 근원으로서 모태를 상징하는 짙푸른 바다, 거기에 치솟은 거대한 암벽, 암벽을 물들인 척촉화는 그 절정"[110]이라 설명한다. 나아가 수로가 '암소' 대신 제물이 되어 주는 대가로 암벽 위 철쭉을 보상받고, '입해(入海)'와 '출해(出海)'는 제의적 죽음과 재생 과정을 상징한다고[111] 분석한다.

한편, '수로부인' 조에서 꽃을 바친 일을 구애, <헌화가>를 세레나데로 보는 시각도 줄곧 있어 왔다. <최고운전(崔孤雲傳)>에서 경노(鏡奴)가 나승상(羅丞相)의 딸이 꽃을 즐겨함을 알고, 꽃을 꺾어 바치며 "낭자께서 꽃을 즐기시기에 싱그러운 꽃을 꺾어 왔사오니 받아 감상하옵소서."라고 하자 승상

107) 尹榮玉, 『新羅詩歌의 硏究』(螢雪出版社, 1991), p.174 참조.

108) "능력 경쟁에서 열세에 있기 때문에 생긴 부끄러움이고, 여자가 낯선 남자 앞에서 느끼는 부끄러움이나."라고 지적하기도 했다.(조동일, 신라 향가에서 제기한 문제, 『한국시가의 역사의식』, 文藝出版社, 1993, p.35).

109) 류수열, 「꽃의 시적 표상에 대한 주제론적 접근-고전시가교육의 방법론 모색을 겸해」, 『韓國詩歌硏究』 15(韓國詩歌學會, 2004.2), pp.48~49.

110) 강등학, 「헌화가의 심층」, 『새국어교육』 33(한국국어교육학회, 1981), p.83.

111) 呂基鉉, 『新羅 音樂相과 詞腦歌』(月印, 1999), pp.245~265; 여기현, 「<헌화가>의 제의성」: 김학성 · 권두환 편, 新編 『古典詩歌論』(새문사, 2002), pp.145~151.

의 딸이 놀라 머뭇거리다가, 결국 꽃을 받아 들고 부끄러워하는 장면[112]은 남녀가 꽃을 통해 고백을 나누는 예이다. 또, 중국 서남부에 위치하는 소수 민족인 '이족(彝族)'[113] 민속에 다음과 같은 구애 과정과 노래가 있어 눈길을 끈다.[114]

(1) "남 : 높고 높은 산 바위벽 위에 마앵화(馬櫻花) 한 그루 활짝 피었구나. 이족 중에 가장 예쁜 그대여, 부디 저에게 예쁜 꽃 하나 꽂아 주오…….

여 : 높은 산 바위 위에 예쁜 꽃이 활짝 피었네. 꽃을 따러 높은 산에 오르지 않으면, 어찌 높은 산의 꽃이 제 발로 오리오."[115]

(2) "산에는 꽃들이 흐드러지고, 사람들은 생황 불며 노래하네. 이월 초파일 삽화절(揷花節)! 기쁜 노래 즐거운 얘기 집집마다 가득한데, 앵화(櫻花)는 붉어지고 다화(茶花)는 향기롭네. 처녀들 암벽 올라 꽃을 꺾누나. 다화는 뜯어 머리에 꽂고, 앵화는 꺾어 낭군에게 바치네."[116]

---

112) "鏡奴外憂內喜 先試羅女 卽折花枝詣窓外 羅女悽然泣下 忽見壁上鏡裡 人影影之 牕隙視之 則鏡奴折抱花枝 獨立門外 羅女怪而問之 鏡奴曰 '娘子欲翫此花 故未衰之前折來 宜受一翫' 羅女太息不受 鏡奴慰之曰 鏡裡影落之人 反使娘子無憂矣 勿憂速受此花 羅女聞其言 頗起之 掩面受花 羞愧而入 告父母前曰 …(後略)…"(崔孤雲傳; 林明德, 『韓國漢文小說全集』 卷4, 國學資料院, 1999, p.443).

113) "줄넘기, 팽이치기, 딱지치기, 제기차기, 공기놀이 등의 놀이가 유사하고, '팽이'는 발음까지 흡사하다. 내몽골 유목문화를 제외하면 중국 농경문화는 화북평원 일대 밀농사 지역과 장강이남 도박문화지역으로 구분되는데, 한국의 한강 이남은 농기구, 세시풍속, 구비문학, 음식, 놀이 등 많은 부분이 장강이남 문화와 흡사하다." 이족과 한민족의 직접적인 교류나 문화 접촉이 있었는지는 분명하지 않지만, 윈난 일대 이족은 벼농사를 생업으로 하고 있으며 남방에서 동남아 문화와 인도 불교문화를 동으로 전파하는 경로에 위치하기 때문에 한국의 민속 문화와 많은 공통점을 가지고 있다"(김선풍 · 김인희 · 타오리판, 『한국민속과 중국 서남이족의 민속 비교』-다이족, 이족, 먀오족을 중심으로, 박이정, 2003, p.149, p.153 참조).

114) 普忠良 · 楊慶文 · 張柄廷, 中國少數民族風情游叢書 『彝族』(中國水利水電出版社, 2004), pp.63~64.

115) 男 "高高山上一道巖 巖上一朵馬櫻開 彝族最美的姑娘啊 請你給我一朵鮮花戴…", 女 "高高山上一道巖 好花常在高山開 不上高山無花採 上得高山花自來"(汪玢玲 · 張志立 主編, 『中國民俗文化大觀』(上), 吉林人民出版社, 1999. pp.50~51).

116) "芦笙響, 山花開, 曼兒馬若跳歌來 二月初八揷花節 歡歌笑語滿彝寨 櫻花紅 茶花香 姑娘採花攀石巖 茶花採來頭上戴 櫻花採來送情郎"(汪玢玲 · 張志立 主編, 위의 책, 같은 면).

(1)은 중국 이족이 봄의 삽화절에 산과 들에 핀 마앵화(馬櫻花)・산다화(山茶花)・두견화(杜鵑花)를 꺾어 마음에 드는 이성에게 바치면서 부르는 노래이고, (2)는 삽화절의 정경을 묘사한 것이다. 삽화절에 이족 청년남녀들은 그동안 감추어온 사랑을 고백하고, 서로 꽃을 꽂아주며 혼인을 약속한다. 남자들은 산다화를 낭자의 머리 위에 꽂고, 여자들은 마앵화를 남자애들의 생황에 꽂으며, 진지하고 순수한 사랑을 표시한다.[117] 이 민속은 못된 관리의 방해로 끝내 이루지 못한 사냥꾼 청년과 양치기 처자 미이루(咪依魯)의 비극적 사랑에서 유래했다. 결국 처녀는 관리를 죽이고 자신 또한 죽게 되는데, 청년이 죽은 그녀를 부여안고 통곡하다 흘린 피눈물이 흰 꽃을 붉게 물들였다 하여 '붉은 꽃'을 바친다.

높고 높은 산 위의 암벽에 기어올라, 붉고 향기로운 꽃을 꺾어다 이성에게 바치고, 그 과정에서 노래를 부르는 단계가 『삼국유사』 '수로부인' 조의 설정과 매우 흡사하다. 표면적으로는 <헌화가>도 한 노옹이 미모의 여인에게 꽃을 꺾어 바치며 부르는 구애 노래이다.[118] 이족의 삽화절 노래에도 나타나는 것처럼, <헌화가>도 "세상에서 가장 아름다운 당신께, 암벽에 곱게 핀(어렵게 딴) 붉은 꽃을 꺾어다 바치오리다."라는 기본 구조를 가진다. 자신이 구애하는 대상을 향해 세상에서 가장 아름답다는 찬사를 보내고, 굳이 벼랑이나 높은 절벽에서 '붉은 꽃'을 따다 바치는 설정은 세레나데의 대체적인 진술방식[119]이다. 이는 문화적 영향관계를 떠나, 위 (1)의 노래 구절

117) "挿花節是當地彝族人民習俗中最隆重的節日 通過相互挿花表示祝賀 標志一年一度的春天又來到了人間 人畜興旺 五穀丰登 在新的一年里人們生活將像春大一樣的美好 而也是青年男女愛情的節日 在這一天 有許多鍾情的青年男女 互相挿花爲訂婚禮 小伙子把一朵朵鮮艶的山茶花挿在姑娘的包頭上 姑娘也把一朵朵馬櫻花挿在小伙子吹的芦笙上 相互表示着眞摯純洁的愛情 他們邊挿花邊唱道"(汪玢玲・張志立 主編, 위의 책, 같은 면).

118) 성기옥(1992), 앞의 책, p.64.

119) 세레나데에서는 흔히 애정 대상을 "꽃잎 같은 입술, 반짝이는 눈동자(Don Giovanni)", "꽃 같은 너의 모습(Riccado Drigo)", "햇빛같이 찬란한(Opera Pagliacci)"으로 묘사하고, "추운 밤 얼어붙은 바람(Bramhs)", "창살을 통해 살금살금(Bramhs)" 등의 어려운 상황을 설정하

"꽃을 따러 높은 산, 높은 바위에 오르지 않으면 어찌 쉽게 꽃을 얻으리오" 에 드러나듯, 남녀의 사랑은 때론 목숨까지 걸만큼 어렵고 힘들게 얻어야 더욱 가치 있다는 사고에 근거한다.

<구지가>나 <해가>가 흰 사슴에게 비를 빌던 <백록주술(白鹿呪術)>,[120] 도마뱀에게 비를 빌던 중국의 <도마뱀 노래(蜥蜴歌)>,[121] 인도네시아 토라자(Toradjas) 기우(祈雨)[122] 주술에 근원을 두고,[123] '임금을 맞이하고 수로를 되찾는 상황'에 걸맞게 변화시킨 것처럼, <헌화가>도 구애노래(세레나데)를 기본 틀로 하여 의미를 담고 있다. 즉, <헌화가>는 앞의 기우노래나 "까치(혹은 쥐)에게 헌 이를 주며 새 이를 달라"는 노래처럼[124] 보편적 분포를 가진 민요적 발상을 지녔다.

며, "살아가는 이유되는 당신 앞에서 내 목숨 태워 바치려(김연준)" 하는 열정을 드러낸다(金明子, 「Serenade의 形態와 內容分析」, 계명대학교 대학원 음악학과 석사논문, 1980, p.16, p.28, p.34, p.71, p.74, p.92).

120) "天不雨沸流 漂沒其都鄙 我固不汝放 汝可助我憤 鹿鳴聲甚哀 上徹天之耳 霖雨注七日-西狩獲白鹿 倒懸於蟹原呪曰 '天若不雨而漂沒沸流王都者 我固不汝放矣 欲免斯難 汝能訴天', 其鹿哀鳴 聲徹于天 霖雨七日"(李奎報, 東明王篇 幷序, 『東國李相國集』 卷3, 古律詩).

121) "誦呪曰 蜥蜴蜥蜴 興雲吐霧 雨令滂沱 令汝歸去"(社稷 嶽瀆 籍田 先蠶 奏告 祈禜, 『宋史』 卷102, 志55, 禮5 吉禮5, 中華書局, 1977, pp.2501~2502).

122) "Go and ask for rain, and so long as no rain falls, I will not plant you again, but there shall you die.", "Go and for rain, and so long as no rain comes, I will not take you back to the water."(James George Frazer, The magical control of rain, *The Golden Bough-A Study in Magic and Religion,* The Macmillan Company, 1963, p.87).

123) 자세한 설명은 성기옥, 「<구지가>의 작품적 성격과 그 해석(1)」, 『울산어문논집』 3(울산대학교 국어국문학과, 1987); 「<구지가>의 작품적 성격과 그 해석(2)」, 『배달말』 12(배달말학회, 1987) ; 「<龜旨歌> 형성의 문화 기반과 역사적 양상」, 『韓國古代史論叢』 2(韓國古代社會硏究所, 1991), 성기옥 · 손종흠, 『고전시가론』(한국방송통신대, 2006), p.72에 잘 제시되어 있다.

124) "Big rat! little rat! Here is my old tooth. Pray give me a new one"(James George Frazer, The king of the wood, *The Golden Bough-A Study in Magic and Religion,* A new abridgement, oxford university press, 1998, p.39); "까치야 까치야 너는 헌 이 가지고 나는 새 이 다고"(개성지방)(任東權 編, 『韓國民謠集』 I , 集文堂, 1961, p.322)는 주술대상인 쥐와 까치만 다를 뿐 일치하고 있다.

(2) 〈헌화가〉 행간의 의미

<헌화가>는 해독상의 문제에 관한 한 연구자들의 이견이 그리 크지 않다. 그러나 문학적 해석은 다양하고 편차도 크다. 일상의 세속적 노래, 초월적 성스러움의 노래, 소박한 사랑 노래, 고도의 상징적 노래, 평범한 촌로의 노래, 초자연적 신격의 노래라는 다양한 해석과 관점이 뒤얽혀 있어 어떤 일치된 해석의 경향성을 찾기가 불가능한 형편이다.[125)]

'수로부인' 서사를 제의적 관점으로 해석한 연구자들은 <헌화가>가 제의에서 불린 주가(呪歌)라는 태도를 견지했고, <헌화가>를 현실적 차원의 구애사건으로 본 연구자들은 "한 남성이 수로부인의 미모에 반하여 부른 구애가요"로 보았으며, 소를 끌고 가는 노옹을 구도(求道)로 읽은 논자들은 <헌화가>를 불교적 수행과 관련된 선승의 노래로 해석했다.[126)]

다양하고 상반된 논의들 가운데 <헌화가>를 제의, 그 가운데 기우제로 보는 경우가 대세를 이룬다. 기우제가 음양의 부조화를 조화롭게 복원시키는 과정이라는 전제 하에, "자줏빛 바위에 암소를 놓는 일과 수로부인이 철쭉꽃을 받는 일"을 양과 음의 교합으로 이해한다.

---

125) 성기옥, 앞의 책(1992), p.57 참조; <헌화가> 에 대한 그간의 연구를 정리하면 대략 다음과 같이 유형화 할 수 있다. (1) 인간의 욕망과 관련된 세속적 노래(金東旭, 尹榮玉, 成鎬周) (2) 토착 주술·종교적 제의와 관련된 무속적 노래(김사엽, 허영순, 안영희, 조동일, 예창혜, 강은해, 呂基鉉, 김영수, 김문태, 윤경수, 이창식, 조태영, 강등학, 최용수, 최선경), 꽃거리(서정범, 조동일, 여기현, 장정룡) (3) 불교적 수행과 관련된 선승의 노래(金鍾雨, 金雲學) (4) 초자연적 신이나 신격화된 인물의 노래(李相寶, 洪在烋) (5) 자연과 인간의 대립 해소(이은봉) (6) 익사자의 초혼제로서의 가능성(김열규) (7) 꽃을 매개로 이루어진 사랑(김승찬, 최리자), 상[illegible] 사랑(김학성), 노옹의 짝사랑(박노준) (8) 신화적 인물이 인간(여성)에게 바치는 구애의 노래(김선기, 정덕순·이어령, 성기옥) (9) 신에게 바치는 祭儀, 禪僧의 고백(김광순) (10) 巫佛복합(홍기삼) (11) 至純無垢한 호의, 인간적 연대와 신뢰 회복(황패강). <헌화가>에 대한 그간의 연구사는 林治均, 「水路夫人 說話 小攷」, 『冠嶽語文研究』 12(서울大學校 國語國文學科, 1987); 成基玉, 위의 책(1992); 朴魯埻, 헌화가 : 華鏡古典文學研究會 編, 『鄕歌文學研究』(一志社, 1993)에 자세히 제시되어 있다.

126) 최선경, 「<獻花歌>에 대한 祭儀的 考察」, 『人文科學』 84(연세대학교 인문과학연구소, 2002.12), p.40 참조.

그러나 '수로부인' 서사에서 수로부인이 무당이라거나 수로부인 피랍담과 노인 헌화담이 굿, 혹은 제의라는 언질은 전혀 찾을 수 없다.127) 앞에서 살핀 것처럼, 제사를 뜻하는 '주선(晝饍)'의 용례를 찾기도 어렵다. 가뭄에 대한 기록이야 어느 왕대에서나 자주 발견할 수 있고, 가뭄 때문에 기우제를 올리면 '감선(減饍(膳)), 제주선(除晝膳)' 등 엄숙한 자기반성을 동반해야 하는데 '수로부인' 조에는 그런 기미가 없다.

'수로부인' 서사는 <헌화가>·<해가>의 배경설화를 제시한 후, 결미에 "수로부인이 매우 아름다워서 깊은 산 큰 못을 지날 때면 신물(神物)에게 자주 납치당하였다.(水路姿容絶代 每經過深山大澤 屢被神物掠攬)"라는 문구를 실었다. 이 해석적 논평은 독립성이 강한 '수로부인' 조의 두 삽화를 하나로 묶는 공통된 주지가 수로부인의 아름다움과 그로 인해 발생한 신이(神異)임을 말해준다.128) 시간적으로 다른 두 서사는 수로의 아름다움이라는 동질 요소로 인해 간극을 좁힌다.129) 수로의 빼어난 미모 때문에, 처음 만나는 노옹은 죽음의 위험까지 감수하면서 철쭉을 꺾어다 바치는 적극적인 호의를 보이고, 해룡이 그녀를 납치하는 일련의 과정은 모두 그녀의 초월적 아름다움에서 발단한다.

<헌화가>는 분명 수로의 미모에 매료된 노옹이 그녀에게 바치는 구애요 형식을 취하고 있다. "노래의 분위기로 보아 발신과 수신의 주체가 모두 사랑에 눈떠가는 젊은이라야 제격"이겠지만,130) 발신자와 수신자의 설정, 등장인물 사이의 상황과 입장·관심도 사뭇 다르다. 즉, <헌화가>는 구애노

127) 성기옥(1992), 앞의 책, p.66; 이영태, 「수록경위를 중심으로 한 <수로부인>조와 <헌화가>의 이해」, 『국어국문학』 126(국어국문학회, 2000.5), pp.195~196 참조.

128) 성기옥, 위의 책, p.67 참조.

129) 김수경, 「남성성과 여성성의 대립으로 헌화가」, 『梨花語文論集』 17(梨花語文學會, 1999), p.9.

130) 황패강, 앞의 책, p.402.

래의 어법을 취하고 있지만 '구애'가 서사의 본질을 이루지는 않는다. '수로부인' 서사나 <헌화가>는 세레나데(구애노래) 형식을 빌려, 아름답고 고귀한 손님에 대한 순수한 호의와 관심을 표명했다고 읽는 것이 합리적이다.

<헌화가>로써 수로 일행을 환영하는 뜻과 호의를 전달하고, <해가>에서는 마을 주민들이 공조하여 납치된 수로를 구하는 기지를 보여주었으니 '수로부인' 서사는 중앙에서 파견한 태수와 지역(강릉) 주민이 낯설음을 극복하고 심리적 긴장을 해소하여 융화를 지향하는 '축제(祝祭)'로서의 성격이 강하다. 노옹으로 묘사한 지방 세력이 벼랑에 핀 철쭉을 따다 주고 지방호족과 중앙세력의 갈등을 해결해 줌으로써 상층민과 하층민, 지배층과 피지배층 간의 거리가 없어지고, 새 태수를 맞이하는 기쁨이 두드러진다. 수로의 초월적 아름다움을 찬미하는 형식을 취하여 축제의 분위기는 더욱 발랄해진다. 두 상황을 모두 지혜롭게 해결한 노옹이 자용절대(姿容絶代)한 수로의 가치를 더욱 상승시키고, '태수를 맞이하는 축제' 마당을 더욱 흥겹게 만들고 있다.

축제란 본디 신과 인간 사이의 의사소통, 즉 다양한 사람들이 함께 벌이는 제사이자 잔치이므로, 수로부인 서사가 "각자의 형편에 따라 제물을 마련해, 생황을 불고 슬(瑟)을 연주하며 며칠 동안 배불리 먹고 취하고 즐기는"[131] 영동지방 전통축제의 한 장면을 묘사한 것일 수도 있다. 가뭄 등 국가적 결핍·재난 상황에서 행해지는 삼가 엄숙하고 경건한 제의장면으로 보이진 않는다. 수로 일행이 연속적으로 '풍성한 식사(feast)'(晝饍)를[132] 즐기

131) "嶺東民俗 每於三四五月中擇日迎巫 極辦水陸之味以祭山神 富者馱載 貧者負戴 陳於鬼席 吹笙鼓瑟 嬉嬉連三日醉飽 然後下家 始與人買賣 不祭則尺布不得與人 高城俗所祭乃是日也 行路處處 男女盛粧 絡繹不絶 往往稠如城市", 南孝溫, 遊金剛山記, 『秋江集』 卷5; 『韓國文集叢刊』 16, 民族文化推進會, 1988, p.101).

132) 서연호, 민족문화와 축제문화, 문화예술총서 8 『한국의 축제』(한국문화예술진흥원, 1987), p.9 : 김선풍·김경남, 『江陵端午祭硏究』(보고사, 1998), pp.158~160 참조.

고, 순정공이 노옹과 수로가 꽃 · 노래를 주고받음에도 전혀 개입하지 아니하고, 노옹이 구애 노래에 시원을 둔 <헌화가>에다 "은자가 사는 한적한 공간에 소를 풀어 기르고자 하는" 강릉 지역주민의 바람을 담아 태수 일행에게 전한 것은 공동체적 신명과 흥을 추구하는 '축제'가 가지는 개방적이고 비일상적이며 경쾌한 단면이라 할 수 있다.

5. 벼랑에 핀 꽃을 꺾어 환영의 뜻을 전하다

<헌화가>는 암벽 위에 핀 철쭉을 갖고 싶어 하는 수로부인의 욕구와 암벽 주위 산의 형세를 잘 아는 노옹의 경험과 능력이 맞아떨어지면서 생성 계기를 만들었다. 철쭉은 경주에서는 쉽게 볼 수 없는 꽃이기에 수로부인의 호기심을 자극했을 것이고, 수로부인의 빼어난 미모는 노옹의 호의와 지역민의 관심을 이끌어 수로부인 서사를 만드는 동인으로 작용했다.

'수로부인' 조에서 노옹이 수로에게 꽃을 꺾어 바치는 서사는 봄에 온 산과 들에 핀 꽃을 꺾어 마음에 드는 남녀에게 바치며 노래하는, 중국 서남 이족의 삽화절 풍속과 흡사하다. 이족은 삽화절에 "높고 높은 산 바위벽 위에 마앵화 한 그루 활짝 피었구나. 이족 중에 가장 예쁜 그대여, 부디 저에게 예쁜 꽃 하나 꽂아 주오"라고 노래한다. 수로부인 조의 <헌화가>와 이족 구애요의 공통요소를 추출하면 "세상에서 가장 아름다운 당신께, 암벽에 곱게 핀 붉은 꽃을 꺾어다 바치오리다."라는 구애 노래가 된다. 구애 대상을 치켜세우고, 상대의 마음을 얻기 위해서는 어떤 어려움이라도 감수하겠다는 다짐은 세레나데의 보편 구조이다.

그러나 <헌화가>는 발신 · 수신자 설정, 가창의 목적성에서부터 구애노래와는 거리가 있다. 노옹과 수로의 신분적 차이, 남녀의 유별함, 생면부지의 낯설음, 남편 순정공의 존재 등이 <헌화가>를 오롯한 '구애' 노래로 보는 시선을 가로막는다.

노옹과 해룡의 실체를 분석해 보면, 노옹은 속세를 떠나 지내는 은자(隱者)·지자(智者)이고, '해룡'은 중앙 정부의 통제가 약한 지역적 특성을 이용해 독자적인 부와 권력·신앙 체계를 구축한 강릉(명주) 지방의 토착 호족이다. 해룡이 순정공 부인을 약람했다 데려다준 일련의 과정은 '수미산(제석궁)'으로 형상화되고 믿어지는 강릉 인근의 특정 신앙 공간(寺刹·禪門 등)을 둘러 본 느낌을 기록한 것이거나 그와 같은 신앙공간에 얽힌 연기 설화를 부연·각색한 것으로, 지방과 중앙 세력의 정치·사상·종교적 알력을 고스란히 담고 있다.

<헌화가>에서 '자줏빛 바위(紫布岩)'는 철쭉이 곱게 핀 천길 암벽 위의 자색 기운을 은자가 사는 신비 공간에다 비유한 것이고, '손에 잡은 암소 놓게 하시고'는 전쟁을 끝내고 말과 소를 한가로이 방목하는, 백성들의 평화로운 일상을 뜻한다. 순정공이 태수로 부임하는 강릉은 발해·말갈과의 접경지대로 군사적 요충지였기에 '손에 잡은 암소~'에는 삼국통일 과정에서 수많은 전투를 치렀음에도 여전히 긴장감에 시달리는 지방민들이 새로운 태수에게 다툼이 없는 태평세월을 만들어 주길 바라는 기원이 담겨 있다.

<구지가>나 <해가>가 <백록주술>·<도마뱀 노래(蜥蜴歌)>·토라자(Toradjas) 주술과 같은 기우 노래에 원천을 두고 '임금을 맞고 수로를 되찾는' 상황에 걸맞게 변화한 것처럼 <헌화가>는 구애노래(세레나데)의 기본 틀에다, 새로운 태수 일행을 환영하는 뜻, 안정을 바라는 주민들의 바람을 담아 공동체적 신명과 흥으로 풀어낸 '축제(祝祭)'에서 불리었다.

〈원가(怨歌)〉

정치현실에 대한 애달픈 충정을 전하다

1. 은둔인가, 참여인가?

『삼국유사』 권5 피은(避隱) '신충괘관(信忠掛冠)' 조의 <원가>는 해독에서부터 의미 해석에 이르기까지 견해차가 비교적 큰 향가에 속한다. <원가>는 거의 모든 행에 걸쳐 해독차를 보이고 있기에 해독을 일정 정도 유보한 채 논의를 진행해야 한다는 주장까지[1] 나왔다. <원가> 독해상의 격차를 해소하지 못한 상태에서 그 내밀한 의미 구조를 밝혀내는 일은 지극히 어려운 작업일 뿐더러, 설령 만용을 부린다 해도 그 결과를 믿기 어렵다는[2] 조심스러운 전제까지 제기될 정도이다.

<원가>에서는 특히 '秋察尸不冬爾屋支墮米'와 '行尸浪阿叱沙矣以支如支', '世理都隱之叱逸烏隱第也'에 대한 풀이와 해독이 어려운 부분으로 꼽힌다. 이 가운데 첫 구절은 "잣나무는 가을이 되어도 떨어지지 않는다."처

1) 金聖基, 「怨歌의 해석」, 『한국고전시가작품론 1』(集文堂, 1992), p.116.
2) 尹榮玉, 「信忠掛冠과 怨歌」, 『三國遺事의 문예적 硏究』(새문사, 1982), p. Ⅰ-133.

럼 잣나무의 속성을 언급했다는 해석과 "잣나무가 가을도 안 되어 떨어졌다."처럼 잣나무의 목이(木異) 현상으로 보는 견해가 양립하고, 둘째 구절의 풀이에 대해서도 이견이 많지만 이는 대체로 '물결 속의 모래'를 무엇으로 보는가에 따른 시각차이다. 셋째 구절은 화자의 태도나 지향을 담은 부분인데 의견일치를 보지 못하고 있다.

신충이 <원가>를 지어 나무에 붙이자 잣나무가 누렇게 마르다가 효성왕(孝成王)이 신충을 등용한 후에 다시 소생하였다는 <원가> 관련 서사는 매우 주술적인데 반해 작품의 내용은 서정적이므로 궁극적으로 어디에 주안점을 두고 <원가>의 성격을 파악해야 하는가 하는 문제도 난제 가운데 하나이다.

이 가운데 '行尸浪~'는 <원가>에서 시적 화자의 감정 상태를 특히 잘 드러낸 대목인데, "가는 물결을 애달파하듯!"부터 "못 속의 달그림자 물결이 일면 일그러지듯 세상이 이래서야 아속도 하지"[3]에 이르기까지 참 다양한 해석이 있어서 작품 이해에 어려움을 주고 있다. 이에 본고는 <원가> 풀이의 키워드인 '秋察尸~'와 '行尸浪~', '世理~'에 대해 실증적으로 접근하면서 풀이와 의미해석의 간극을 조금이나마 줄여보고자 효성왕 대의 정치현실과 구절 풀이에 입각하여 작품이 담고 있는 의미를 고찰하고자 한다.

2. 효성왕(孝成王) 대의 정치현실은 어땠나?

'신충괘관' 조에 실린 <원가> 관련 서사는 다음과 같다.

---

3) 金尙憶, 『鄕歌』(한국자유교육협회, 1974), p.457; 朴喜璡, 『散花歌 신향가집』(佛日出版社, 1988), p.21.

"효성왕이 아직 왕위에 오르지 않았을 적에 현사(賢士) 신충과 더불어 궁궐 마당의 잣나무 아래에서 바둑을 두면서 말하기를, '훗날에 만약 경을 잊는다면 저 잣나무와 같으리.'라고 하니 신충이 일어나서 절을 하였다.

몇 달 뒤에 왕이 즉위하여 공신들에게 상을 주면서 신충을 잊어버리고 차례에 넣지 않았다. 신충이 원망하며 노래를 지어 잣나무에 붙였더니 나무가 갑자기 누렇게 말랐다. 왕이 괴상스럽게 여겨 알아보도록 해서 노래를 가져다가 바치자 왕이 깜짝 놀라 말하기를, '정사에 바쁘다 보니 골육 같은 사람을 잊어버릴 뻔했구나!'라고 하고는 곧 불러서 작록을 주니 잣나무가 곧 소생했다."[4]

요약하면 "효성왕이 등극 전에 잣나무 아래에서, 즉위하면 신충에게 벼슬을 줄 것이라 약속한다."→"등극한 뒤에 신충에게 벼슬을 주지 않다."→"신충이 잣나무에 향가를 붙인다."→"잣나무가 누렇게 마른다."→"신충에게 벼슬을 내린다."→"잣나무가 소생한다."이다.

효성왕이 세자 시절에 신충과 한 약속을 잊었다고 기술했지만 신충의 괘관(掛冠)과 정계 복귀는 당시 효성왕의 입지나 정치현실을 통해 이해할 필요가 있다. 신라 34대 효성왕은 성덕왕(聖德王)의 둘째 아들이고, 35대 경덕왕의 동복형이다. 효성왕은 원년(737년)에 이찬 정종(貞宗)을 상대등으로 삼았고, 아찬 의충(義忠)을 중시(中侍)로 삼았다가, 3년 봄 정월 중시 의충이 죽고 난 후에 신충(信忠)을 중시로 삼았다.[5] 경덕왕 16년(757년) 봄 정월에 상대등 김사인(金思仁)이 병으로 면직하면서 이찬 신충을 상대등으로 삼았으니[6] 신충은 중시와 상대등 등 신라의 주요 관직을 두루 거친 중요 인물이다.

4) "孝成王潛邸時 與賢士信忠 圍碁於宮庭栢樹下 嘗謂曰 他日若忘卿 有如栢樹 信忠興拜 隔數月 王卽位賞功臣 忘忠而不第之 忠怨而作歌 帖於栢樹 樹忽黃悴 王怪使審之 得歌獻之 大驚曰 萬機鞅掌 幾忘乎角弓 乃召之賜爵祿 栢樹乃蘇"(『三國遺事』 卷5, 避隱, 信忠掛冠).

5) "孝成王 聖德王第二子 母炤德王后 聖德王薨卽位, 以伊湌貞宗爲上大等 阿湌義忠爲中侍, 三年春正月 中侍義忠卒 以伊湌信忠爲中侍"(『三國史記』 新羅本紀 第9, 孝成王).

6) "十六年春正月 上大等思仁病免 伊湌信忠爲上大等"(『三國史記』 新羅本紀 第9, 景德王).

이에 먼저 신라 중대(中代) 중시・상대등의 정치적 입지를 살펴야 한다. 중시(中侍=侍中)는 집사부(執事部)의 장관이다. 집사부는 행정을 분장(分掌)하는 일반 관부(官府)와 국왕의 중간에서 위로는 왕명을 받들고 아래로는 여러 관부를 통제한다.[7] 이에 집사부 중시는 병렬적으로 할거 하고 있는 중앙 제1급 행정관서인 제부(諸部)・부(府)를 유기적으로 통제함으로써 국가권력을 국왕에게 일원적으로 귀속시키니[8] 왕의 측근에서 기밀사무(機密事務)를 관장하는 국왕의 행정적 대변자이자 국정을 총괄하는 관직이다. 그러므로 이 자리에는 대체로 왕과 혈연적으로 가까운 인물(왕족)이 임명되어 실제로는 관직상의 권한 이상을 가졌다.[9] 중시에는 혈연적으로 왕의 제(弟), 손(孫), 숙부(叔父), 질종제(姪從弟) 등 7촌 이내의 부계친을 비롯해 왕의 지극한 근친들이 임명되어 왕의 보조자 내지 안전판 역할을 하였다.[10] 중시를 역임한 지경(智鏡)과 개원(愷元, 禮元)은 문무왕의 동생, 대장(大莊)은 신문왕의 종형제(從兄弟, 문무왕 3子의 아들), 신충은 효소왕의 종숙(從叔, 성덕왕의 從弟)이었던 것이[11] 그 예이다.

상대등은 신라 최고의 관직으로 귀족 전체의 결합을 위한 매개이자 상징적인 존재이다. 대체로 왕과 가까운 혈연이나 왕을 추대한 공로자를 상대등에 앉힌 것, 상대등이 섭정(攝政), 나아가 왕위를 계승하기도 한 것을 볼 때 상대등은 왕 족당의 대표자 같은 느낌을 준다.[12] 중대의 상대등 중 김유신이 무열왕의 처남, 개원(愷元, 禮元)은 효소왕의 증조부, 신충(信忠)은 경덕왕의 종숙(從叔), 김양상(金良相)은 혜공왕의 고종형제(姑從兄弟)였으므로 당시

7) 李基白, 「新羅 執事部의 成立」, 『新羅政治社會史研究』(一潮閣, 1974), p.152.
8) 李基東, 「新羅 興德王代의 政治와 社會」, 『國史館論叢』 21(國史編纂委員會, 1991), p.99.
9) 신형식, 『新羅史』(이화여자대학교 출판부, 1985), p.140.
10) 金昌謙, 『新羅 下代 王位繼承 研究』(景仁文化社, 2003), p.269.
11) 金昌謙, 위의 책, p.274.
12) 李基白, 「上大等考」, 『新羅政治社會史研究』(一潮閣, 1974), p.123.

왕의 지근친(至近親)이었다.[13] 상대등은 왕과 귀족의 마찰을 극복하면서 원만한 국정집행을 조정하는, 귀족의 대표이면서 전제화해 가는 왕권과 조화하는 양면성을 지녔다.[14]

신문왕 대(神文王代)에 확립된 중대왕권의 전제(專制) 정치는 성덕왕, 경덕왕 대에 절정을 이루었다. 이러한 전제 정치가 강력한 관료제에 입각한 율령정치를 바탕으로 한 것은 사실이지만, 전제 정치를 위해서는 소수 귀족 세력의 뒷받침을 필요로 했다. 중대 사회의 왕권 전제화를 상징하는 위의 세 왕은 즉위 초에 선비(先妃)를 축출한 공통점을 가지고 있는데, 축출된 왕비와 관련된 세력은 전제왕권의 희생자였다.

왕명	왕비명	가계	동향
神文王	失名(先) 神穆王后(後)	金欽突 女 金欽運 女	出宮, 父 모반사건 연루
聖德王	嚴貞王后(先) 炤德王后(後)	金元泰 女 金順元 女	出宮, 父(中侍)
孝成王	惠明王后	金順元 女	
景德王	三毛夫人(先) 滿月夫人(後)	金順貞 女 金義忠 女	出宮, 父(上宰『續日本紀』) 父(中侍)

신라 중대와 하대에 중시와 상대등은 정치권력에 깊숙이 관여되어 있었다. 신라 중대 왕실은 전제왕권을 유지하기 위해 하나의 특정가문과 결속하기보다는 2~3개 가문과 연합하고 타협하며 왕통을 유지했다. 동시에 가장 유력한 가문과는 왕비나 시중, 상대등의 관직을 통해 공존관계를 갖는다. 그러므로 왕통은 2~3개의 가문과 정치적 협조를 하거나 불교관계사업의 추진, 경덕왕의 한화정책(漢化政策)과 같은 개혁으로 불만을 가진 귀족세

13) 金昌謙, 앞의 책, p.235; 申瀅植, 『統一新羅史硏究』(한국학술정보, 2004), p.162.
14) 申瀅植, 『新羅史』(이화여자대학교 출판부, 1985), p.136.

력을 억압하기도 했다. 다시 말해 왕의 정치적 개혁이나 새로운 정책 실시가 특정 가문과의 협조 내지 타협으로 이룩되었기 때문에 왕위의 교체와 개혁 정책의 성패 및 새로운 귀족세력의 등장은 일정한 관련을 갖게 된다. 동시에 전제왕권의 유지는 귀족 세력의 정치적 타협이 우선될 때 가능하므로 특정가문의 득세는 도리어 전제왕권을 제약하기도 한다. 여기서 전제왕권기에는 빈번한 시중의 교체와 왕권의 출궁이 뒤따르게 되었다.[15]

(1) 효성왕 2년 봄 2월, 당나라에서 사신을 보내어 조서를 내려 왕비 박씨를 책봉하였다.

(2) 효성왕 3년 3월, 왕이 이찬 순원의 딸을 맞아들여 왕비로 삼았다.

(3) 효성왕 4년 봄 3월, 당에서 사신을 보내어 왕비 김씨를 책봉하였다.

(4) 효성왕 4년 8월, 파진찬(波珍湌) 영종(永宗)이 모반하였다가 복주(伏誅)되었다. 이에 앞서 영종의 딸이 후궁으로 들어갔는데 왕이 심히 사랑하여 은총이 날로 더하니 왕비가 이를 질투하여 그 족당과 더불어 죽이려 하였다. 이에 영종이 왕비와 그 족당을 원망하여 드디어 모반하게 된 것이다.

효성왕 2년에 왕비 박씨를 책봉하였다가 다음 해에 다시 김순원(金順元)의 딸을 혜명(惠明) 왕후로 책봉하였으니 이는 김순원의 정치적 활동과 불가분의 관계에 있었음을 밝히고 있다.[16] 효성왕 4년, 효성왕의 후궁을 제거한 것도 김순원 세력이 주도한 것으로 파악한다.[17] 결국 효성왕 대는 왕권의 안정에 협력하는 박씨 세력과 후궁 세력, 그리고 김순원 세력의 세력다툼이 치열하여 극심한 대립과 갈등을 겪었음을 알 수 있다.[18]

15) 申瀅植, 『統一新羅史硏究』(한국학술정보, 2004), pp.161~162.
16) 金壽泰, 『新羅中代政治史硏究』(一潮閣, 1996), p.92; 박해현, 『신라 중대 정치사연구』(국학자료원, 2003), pp. 112~113.
17) 김수태, 위의 책, p.86, pp.96~97.
18) 曺凡煥, 「王妃의 交替를 통하여 본 孝成王代의 政治的 動向」, 『韓國史硏究』 154(한국사연구회, 2011), p.38.

요컨대, 효성왕은 16세가량의 나이에,19) 전대 왕인 성덕왕이 마련해 놓은 정치적 안정을 바탕으로 즉위했지만 6년이란 짧은 재위 기간 동안 계속 정치적 혼란을 겪었다.20) 신라 중대의 왕실은 가장 유력한 2~3개의 가문과 왕비나 시중, 상대등의 관직을 통해 연합하고 타협하면서 왕통과 전제 왕권을 유지하고 공존관계를 유지했지만, 외척 세력인 김순원 계의 강대화로 인해 약관의 효성왕은 별다른 영향력을 발휘하지 못하였다.21) (4)와 같이 영종의 모반이 실패한 2년 후 효성왕은 아무런 이유도 밝혀지지 않은 채 갑자기 죽는다. 이에 효성왕은 자신을 둘러싸고 조성된 당시의 긴박한 분위기에서 큰 역할을 하지 못하는 당시 정치 상황에 크게 영향을 받았다는22) 진단이 나왔다. 효성왕의 친족인 신충이 벼슬길에서 벗어났다가 복귀하는 과정을 담은 <신충 괘관> 조는23) "신충을 잊어버리고 차례에 넣지 않았다(忘忠而不第之)"는 문면 그대로 효성왕의 무심함 때문에 생겨난 위약이라기보다는 당시 왕과 태자를 정점으로 하여 극히 좁은 범위의 근친왕족들이 상대등, 병부령, 재상, 어룡성(御龍省) 사신(私臣), 시중 등의 요직을 두고 경쟁하는 과정에,24) 신충이 힘의 우열에서 밀려났다가 다시 세력을 회복해 가는 과정을 담고 있다.

---

19) 金壽泰, 앞의 책(1996), pp.90~95.

20) 李基白, 「統一新羅와 渤海의 社會」, 『韓國史講座』 古代篇(一潮閣, 1982), pp.310~311, pp.314~315.

21) 金壽泰, 앞의 책(1996), p.97.

22) 金壽泰, 「전제왕권과 귀족」, 『한국사』 9(국사편찬위원회, 1998), pp.101~104.

23) "後漢 逢萌이 王莽의 신하되기를 꺼려 東都의 성문에 의관을 걸어놓고 요동으로 떠났다는 고사와 南朝梁의 陶弘景이 侍讀을 지내다가 집이 가난하여 지방 수령으로 보내줄 것을 청하였으나 받아들여지지 않자 朝服을 神武門에 걸어놓고 떠난 고사에서 유래한 말이다."(晉 袁宏 『後漢紀』 光武帝紀 5 "(逢萌) 聞王莽居攝 子宇諫莽殺之 萌會友人曰 三綱絶矣 禍將及人 卽解衣冠 挂東都城門 將家屬客於遼東", 檀國大學校 附設 東洋學硏究所 編, 『漢韓大辭典』 5, 檀國大學校出版部, 2002, p.1169).

24) 李基東, 『新羅骨品制社會와 花郞徒』(一潮閣, 1984), p.153.

3. 〈원가〉의 구절을 풀면?

갓 됴히 자시

(質 좋은 잣이)(物叱好支栢史)

ᄀᆞᄉᆞᆯ 안ᄃᆞᆯ곰 ᄆᆞᄅᆞ디매

(가을에 말라 떨어지지 아니하매,)(秋察尸不冬爾屋支墮米)

너를 하니져 ᄒᆞ시ᄆᆞ론

(너를 重히 여겨 가겠다 하신 것과는 달리)(汝於多支行齊敎因隱)

울월던 ᄂᆞ치 가ᄉᆡ시온 겨ᅀᅳ레여

(낯이 변해 버리신 겨울에여.)(仰頓隱面矣改衣賜乎隱冬矣也)

ᄃᆞ라리 그르메 ᄂᆞ린 못ᄀᆞᆺ

(달이 그림자 내린 연못 갓)(月羅理影支古理因淵之叱)

녈 믌겨랏 몰애로다

(지나가는 물결에 대한 모래로다)(行尸浪阿叱沙矣以支如支)

즈ᅀᅵᄉᆞᆺ ᄇᆞ라나

(모습이야 바라보지만)(皃史沙叱望阿乃)

누리 모ᄃᆞᆫ갓 여희온ᄃᆡ여

(세상 모든 것 여희여 버린 處地여.)(世理都之叱逸烏隱苐也)

(後句亡)

(김완진 해독)

먼저 제2구 '秋察尸不冬爾屋支墮米'에 대한 논자들의 해석은 다음과 같이 둘로 나뉜다.

(1) "ᄀᆞᄉᆞᆯ 안ᄃᆞᆯ 이울이 디매(가을에 안 시들어 떨어지매)"(양주동)/"ᄀᆞᄉᆞᆯ 안ᄃᆞ리옷 디매(가을에도 잎이 떨어지지 아니하고)"(지헌영)/ᄀᆞ잘 안ᄃᆞᆯ ᄉᆞ온 ᄋᆞ디ᄆᆡ(가을 아니 이울어지매)"(이탁)/"가잘 안달 이울이디매(가을에도 아니 이울어짐에)"(김상억)/"ᄀᆞᄉᆞᆯ 안ᄃᆞᆯ 글오히디매(가을에도 그릇되이(枯凋) 아니

지매)"(서재극)/"ㄱ술 안돌 이우리 디매(가을에 시들어 안 떨어지므로)"(전규태)[25]/"ㄱ술 안돌곰 ㅁㄹ디매(가을에 말라 떨어지지 아니하매)"(김완진)/"ㄱ술 안돌 니위 디매(가을에도 잇대어 떨어지지 아니하매)"(금기창)/"ㄱ술 안돌 니옵 디매"(가을에 아니 이울어지매)(양희철)

(2) "ㄱ술 안들 갓가오어 떠러디메"(오꾸라)/"가슬 아니되 움기짐메(가을도 아닌데 빛이 시드는구나)"(정열모)/"ㄱ슬철 아닌 겨르리 움기 디메(가을 아닌 때 생기를 잃었네)"(정열모)/"ㄱ술 안돌 이우리디매(가을도 아닌데 시들어지니)"[26]/"ㄱ술 안돌 니르기 디믹(가을에 아니 이르러 떨어지매)"(신재홍)[27]/"거슬 안들 갓가봇 디메(가을이 가깝지 아니하여서 잎이 떨어지매)"(강길운)[28]

이 구절에 대한 그간의 해독은 대체로 "가을에 안 시들어 떨어지매"[29]나 "가을도 아닌데 빛이 시드는구나."로[30] 양분되어 가을에도 시들지 않는 잣나무의 불변성으로 이해하기도 하고, 가을도 안 되어서 시들어버린 잣나무[31]의 이변으로 읽기도 한다.

---

25) 全圭泰, 『論註 鄕歌』(정음사, 1976), pp.62~69.

26) 崔鶴璇, 『鄕歌硏究』(宇宙, 1985), pp.82~83.

27) 신재홍, 『향가의 해석』(집문당, 2000), pp.280~281.

28) 姜吉云, 『鄕歌新解讀硏究』(한국문화사, 2004), pp.167~168.

29) "ㄱ술 안돌 이울이 디매(가을에 안 시들어 떨어지매)"(梁柱東, 『古歌硏究』, 博文書舘, 1960, p.612), "ㄱ술 안돌곰 ㅁㄹ디매(가을에 말라 떨어지지 아니하매)"(金完鎭, 『鄕歌解讀法硏究』, 서울大 出版部, 1980, p.138, p.143).

30) "가슬 아니되 움기짐메(가을도 아닌데 빛이 시드는구나)"(정열모, 새로 읽은 향가, 『한글』 통권99, 한글社, 1947, p.399), "가슬철 아닌 겨르리 움기 디메(가을 아닌 때 생기를 잃었네)"(정열모, 『향가 연구』, 사회과학원출판사, 1965, p.251).

31) <怨歌> 첫 구의 '栢史'가 잣나무인가 측백나무인가에 대해 이견이 분분하다. 중국 고전에서 '栢/柏'은 측백나무일 수 있으나 우리 문헌에서는 잣나무로 봐야 한다는 주장(박봉우, 「옛 그림과 글에서 보는 잣나무」; 이천용 편, 『잣나무의 생태와 문화』, 숲과 문화, 2006, p.11)도 있고, 중국 고전에 '松柏'이 나오지만 "잣나무는 사천성은 물론 황하나 양자강 유역 등 중국 본토에서는 자라지 않기 때문에 소나무와 측백나무로 보는 것이 옳다."는 견해(박상진, 잣나무와 목조 문화재; 이천용 편, 위의 책, p.18)도 있다. 두 나무 모두 상록수로서 그 상징 또한 흡사한데, 정치한 논의를 거쳐야 결론에 이를 수 있을 듯하다. 이에 여기서는 대체적 견해에 따라 <원가>의 '栢'을 <신라촌장적>에서 세금을 매기던 수목으로, "한결같

<원가> 가운데 "秋察尸~"의 의미에 대해서는 면밀한 검토가 필요하다. 여기서 가장 주목해야 할 키워드는 '不冬'이다. '不冬'이 '秋察尸不冬'과 어울려 서술의 기능을 하는지, 뒤의 서술부 '爾屋支墮米'를 부정하는 말인지에 따라 해독에 상당한 차이가 생기기 때문이다.

(3) "不冬喜好尸置乎理叱過"(<隨喜功德歌>) : "안돌 깃홀 두오릿고"(양주동)/"안돌 깃글 두오릿과"(기뻐함 아니 두리이까)(김완진)

(4) "佛影不冬應爲賜下呂"(<請佛住世歌>) : "佛影 안달 應ᄒ샤리"(佛影 아니 應하시리)(양주동, 김완진)

(5) "他道不冬斜良只行齊"(<常隨佛學歌>) : "년길 안돌 빗격 녀져"(양주동)/"녀느 길 안돌 빗격 녀져"(딴 길 비껴가지 않을진저)(김완진)

(6) "不冬萎玉內乎留叱等耶"(<恒順衆生歌>) : "안돌 이우누올ㅅ다라"(양주동)/"안돌 입으ᄂ오롯다야"(이울지 아니하는 것이더라.)(김완진)

(3)에서 안돌(不冬)은 "기뻐함 두리이까(喜好尸置乎理叱過)"를, (4)에서는 "應ᄒ샤리(應爲賜下呂)"를, (5)에서는 "빗격 녀져(斜良只行齊)"를, (6)에서는 "이우누올ㅅ다라(萎玉內乎留叱等耶)"를 부정하는 말로 쓰이고 있다.

(7) "권신 최충헌(崔忠獻)으로 말하면 … 신하된 자의 뜻에 의의(擬議)하지 아니하신 죄악(罪惡)인 것이 (분명히) 있거늘"(權臣崔忠獻矣段 … 人臣之意良中 擬議 不冬教 罪惡是去 有乙)/"중서령(中書令) 최이(崔怡)로 말하면, … 국가를 보익(輔翊)시키온 바 없이 아니하거늘"[32)]

위의 '不冬教'는 '안돌이신'. "…하지 아니하신"의 뜻이다. 고려시대까지는 동사를 부정할 때 '不冬/안돌'을 쓰고 명사를 부정할 때는 '不喩/안디'를

음, 충성심, 지조와 절개"를 뜻하던 '잣나무'로 보고자 한다.

32) 南豊鉉, 『吏讀硏究』(태학사, 2000), p.563.

써 동사부정과 명사부정을 구별했는데, 이 문법은 15세기 이전에 없어졌다. 다만 이두에서는 이 어법이 근대까지도 보수적으로 지속되어 구별되었다. "한번 외오 쩌려디면 버셔늘 길 영원니라 텬당디옥 분노홀 졔 지쳑간에 비랏ᄒᆞ니 그 안니 두려오며 니 안니 슴갈쇼냐"(思鄕歌 금베드로본 9 : 209)[33]처럼 '不冬'은 대체로 서술어 기능을 하고, 피부정사에 후행하는데 그 피부정사가 용언이라는 특징이 있다.[34]

'不冬'은 이두문에서도 다음과 같이 쓰였다.

(8) 若自首不實及不盡者 以不實不盡之罪 罪之至死者 聽減一等-自告爲乎矣 直陳不冬齊 漏落盡告不冬爲在乙良 不實不盡之罪 以與罪爲遣 現告人亦當死罪爲在乙良 減一等以論齊[35]

(9) 其逃叛者 雖不自首 能還歸本所者 減罪二等-逃亡背叛罪人 亦必于現告不冬爲良置 本處良中還歸爲在乙良 減罪二等齊[36]

(8)의 앞 뒤 내용을 풀이하면, "자수(自首)를 하더라도 믿음성이 적거나 모든 것을 실토하지 않는다면 부실부진(不實不盡)의 죄를 묻되, 죄가 사형에 이르는 자는 한 등급을 감한다.-스스로의 죄를 알리더라도 곧이 말하지 않거나 빠뜨리고 다 말하지 않는다면 부실부진의 죄로써 죄를 묻고, 스스로 죄를 고한 자가 마땅히 사형에 이르는 벌을 받거든 1등급을 낮출 것이라."이다. 여기서 '不冬齊'은 "않거나", '不冬爲在乙良(안들하견을안(낭))'은 "하지 않았다면"이란 뜻이다.[37] (9)는 "도망한 자가 비록 자수하지 않더라도 본디

33) 박재연 주편, 선문대 중한번역 문헌연구소, 『고어대사전』 5(학고방, 2010), p.63.
34) 배대온, 『歷代 이두사전』(형설출판사, 2003), p.152.
35) 『大明律直解』 卷1 名例律; 奎章閣 資料叢書 法典篇 『大明律直解』(서울大學校奎章閣, 2001), p.73.
36) 『大明律直解』, 위의 책, p.73.
37) 中樞院 編, 『吏讀集成』(國學資料院, 1975), p.11.

있던 곳으로 다시 돌아온 자라면 죄를 2등급 감해준다."[38]이다. 이두문에서 '不冬爲良置(안들하야두)'는 "하지 않아도"의 뜻이다.[39] 여기서도 '不冬'은 "말하다, 자수하다, 고하다"라는 서술어를 부정한다. 이에 "안돌/안니-"는 용언 위에 붙어서 부정 또는 반대의 뜻을 나타내는 말로 보는 것이 합리적이다. 즉, <원가>의 "秋察尸不冬爾屋支墮米"에서 '不冬'은 'ᄀ술'에 대한 서술 기능보다는 서술어 '爾屋支墮米'를 부정하는 말이다.

이에 2구 "秋察尸不冬爾屋支墮米"은 "가을에도 말라 떨어지지 아니하는데"이고 '不冬'은 서술어 "이울다, 이올다"를 부정하는 말이다. 이는 "초목이 이울어든 슬픈 ᄆᆞᅀᆞ미 나ᄂᆞ니"(月序 16)나 "닙 프며 이우루메 비와 이슬왜 기우도다(榮枯雨露偏)"(두해초 20 : 14)에서와 같이 '고사(枯死)나 황췌(黃悴)'의 뜻이다. "죽백(竹柏)은 그 성질이 서로 다르지만 추위를 견딘다는 점에서는 동일하고……."처럼[40] 대나무, 잣나무는 소나무와 함께 추위에도 변하지 않는 꿋꿋한 지조의 상징으로 여겼으니 가을에도 지지 않는 상록불개(常綠不改)라는 뜻이다.[41]

> (10) 고열(顧悅)은 간문제(簡文帝)와 같은 나이였지만 머리가 먼저 희어졌다. 문제가 물었다.
>
> "그대가 어찌하여 나보다 먼저 머리가 희어졌소?"
>
> 그러자 이렇게 대답하였다.
>
> "저의 머리는 물버들(瀉柳) 같아서 가을을 바라만 보아도 곧 잎이 지는 것이요, 임금의 머리는 송백(松柏)과 같아서 설상(雪霜)을 겪으면 더욱 무성해지기 때문입니다."[42]

---

38) 예문 (9)의 뒷부분의 풀이는 "도망하여 배반한 죄인이 반드시 스스로 죄를 고하지 않더라도 본디 있던 곳으로 돌아온다면 죄를 2등급 감해준다."이다.

39) 中樞院 編, 앞의 책, p.12.

40) "是則竹柏異心而同貞 金玉殊質而皆寶也"(『文心雕龍』 第47, 才略).

41) 金聖基, 앞의 책, p.117.

위에서 고열(顧悅)은 신하인 자신의 머리를 가을이 들기 전에 낙엽 지는 '버들'에 비유하고, 간문제(簡文帝) 사마욱(司馬昱)의 머리를 눈서리 속에서도 굴하지 않고 더욱 무성해지는 '송백'에 견주고 있다. 이는 자고로 왕이란 시절과 세월에 따라 변하지 말고, 어려움 속에서도 한결같은 모습을 유지해야 한다는 당위성을 강조한 말이다. 주(周) 성왕(成王)이 동생 숙우(叔虞)와 오동나무 잎으로 옥새를 만들어 장난삼아 주면서 "이것으로 너를 봉하겠다."고 했는데, 후에 사일(史佚)이 "천자는 장난삼아 하는 말이 있을 수 없다." 하므로 성왕이 숙우를 당(唐)에다 봉했던 고사,[43] "장차 불러서 이봉(泥封)할 것이며 임기 만료 때까지 가지 않을 것이라 하심에 저는 하늘이 저의 운명을 열어주는 것이라고 생각했습니다. 임금이 허튼소리를 해서는 안 되는 법이니 스스로 영화에 오름에 길이 생긴 것을 기쁘게 생각했습니다."[44] 등 '왕자무희언(王者無戱言)'은 왕의 언행이나 약속이 미리 정해진 대로 이루어지지 않을 때, 혹은 약정한 대로 실행되기를 기대할 때 쓰는 말이다. 그러므로 <원가>에서 가을이 되어도 이울지 않는 잣나무를 들어 비유한 것은 "임금이 허튼소리를 해서는 안 되는 법"이라는 고사를 통해 효성왕이 신충에게 한 약속, "훗날에 만약 경을 잊는다면 저 잣나무와 같으리라."(他日若忘卿 有如栢樹)를 상기시키려 했다.[45]

그러나 당시 정치 상황을 볼 때, 신충과 효성왕의 약속을 신충의 정계 복

---

42) "顧悅與簡文同年 而髮蚤白 簡文曰 卿何以先白 對曰 蒲柳之姿 望秋而落 松柏之質 凌霜猶茂"(劉義慶 撰, 林東錫 譯註, 『世說新語』 1/4, 동서문화사, 2011, p.212).

43) "成王與叔虞戱 削桐葉爲珪以與叔虞 曰 以此封若 史佚因請擇日立叔虞 成王曰 吾與之戱耳 史佚曰 天子無戱言 言則史書之 禮成之 樂歌之"(『史記』 卷39, 晉世家).

44) "謂將召以泥封 方不及於瓜代 吾聞語矣 天若啓之 王者無戲言 自喜榮升之有路"(林椿, 啓狀祭文 二十二, 上某官啓 代人, 『西河先生集』 卷6).

45) "잣나무를 두고 행한 왕의 맹세가 깨어졌음을 보여주는 내용이다. 과거 맹세의 약속을 환기시키면서, 그 맹세의 약속이 깨어졌음을 보여주는 내용이다. 왕 쪽으로 보면, 맹세의 약속으로 왕을 구속하여, 과거의 맹세를 이행하라는 의미이다. 잣나무 쪽으로 보면, 맹세(약속)의 보증자로 잣나무를 구속하여, 그 보증자로 왕이 약속을 깼으니 황췌하라는 의미이다."(양희철, 『향가 문학론 일반』, 보고사, 2020, p.527).

귀를 위한 계기로 삼았을 뿐이지 왕에 대한 직접적인 압박이나 간언으로 볼 수는 없을 듯하다. 왜냐하면 효성왕이 6년이란 짧은 재위 기간 동안 지속적으로 정치적 혼란을 겪은 점, 외척 세력인 김순원 계의 세력 강화로 별다른 영향력을 발휘하지 못한 점, 신충이 이후 단속사에 들어가 왕의 복을 빈 점, 신충이 혈연적으로 효성왕의 지친(至親)의 입장이었던 점 등을 고려하면 신충의 말은 특정가문의 득세에 따라 왕권에 대한 제약이 생겨서는 안 되고 귀족 세력의 정치적 타협이 우선되어 전제왕권을 유지해 가야 함을 강조한 말로 보는 것이 옳을 듯하다.

다음 구절인 4구의 '仰頓隱面矣改衣賜乎隱'을 "쳐든 나치 개이사온 듸에(쳐든 면목이 깨졌는고)", "ᄇᆞ라든 ᄂᆞ치 ᄀᆡ이샤온 겨르리라(쳐들었던 얼굴이 깎인 때이기에)"로 풀이하여,[46] 이 대목의 숨겨진 주어를 왕으로 잡고 왕이 신충과 약속을 지키지 않아 체면을 구겼음을 직설적으로 언급한다는 관점도 있지만, 대체적인 해독은 "울월던 ᄂᆞ치 가ᄉᆡ시온/고티샤온"[47]이다.

'仰頓隱'이 '面'을 꾸미는데, 여기서 '면'이란 "낯, 얼굴, 얼굴의 바닥, 안면(顔面)·면모(面貌)"이므로 용안(龍顔)을 칭한다.

(11) "ᄂᆞ미게 미더 울어로미 어려우니라(難仰他人矣)"(번역 소학 8 : 36), "울얼 仰"(『類合』 下5)

(12) "그 아내가 돌아와서 첩에게 말하기를, 남편이란 우러러 바라보면서

---

46) 정열모, 「새로 읽은 향가」, 『한글』 99(한글사, 1947); 정열모, 『향가연구』(사회과학원출판사, 1965), p.251.

47) "울워 조을은 ᄂᆞᆾ애 고티샤온들로"(오꾸라), "울월던 ᄂᆞ치 겨샤온ᄃᆡ(우러러 뵈옵던 왕의 얼굴이 계시온데)"(양주동), "울월던 ᄂᆞ츼 고티샤온 겨을여(얼굴을 몇 달 지나지 않은 오늘에 고치신 겨울이로구나)"(지헌영), "울올ᄃᆞᆫ 낟ᄋᆞ 가ᄉᆡᄉᆞ온ᄃᆡ여(우럴던 낯이 變하시온져)"(이탁), "울월던 ᄂᆞ치ᄂᆞ치 가ᄉᆡ시온 겨스레여(낯이 변해 버리신 겨울에여)"(김완진), "우뤌던 나치 계샤온대(우러르던 낯 이 계시오매)"(김상억), "울월이ᄃᆞᆫ 낯의 가ᄉᆡ시온 ᄃᆡ라(우러러 뵈온 얼굴이 벌써 변하신 것이로구려)"(유창균), "울얼ᄃᆞᆫ ᄂᆞᆽ의 가ᄉᆡ시온 ᄃᆞᆰ의야"(울월던 낯의 고치이시온 겨울에야)(양희철), "울월ᄃᆞᆫ ᄂᆞ치 가ᄉᆡ시온 ᄃᆡ아(우러르던 얼굴이 변하신 데에야)"(신재홍).

일생을 마쳐야 할 사람인데, 지금 이 모양이다."[48]

(13) "백성들은 황제가 이미 하늘로 올라간 것을 우러러 바라보면서, 그 활과 용의 수염을 끌어안고 부르짖었다."[49]

이를 보면, <원가>의 "울월던 낯"(仰頓隱面)은 윗사람이나 존경 대상을 바라보는 마음을 담아, "곁에서 우러러 공경하고 머리 조아리며 모시던[50] 분의 낯빛"이란 의미이다.

<원가>의 '改衣賜乎隱'은 위의 예들에서처럼 "고티다"의 뜻이다.

(14) "아비 道애 고팀이 업세사(無改於父之道)"(『宣小』 2 : 24), "관도(官渡)애 또 술윗 자최롤 고툐라(官渡又改轍)"(중간본 『두시언해』 2 : 36)

"마음을 고침, 이전의 생각이나 태도를 바꾼다."는 의미의 개심(改心), "낯빛이 달라진다."는 개안(改顔)과 같은 말이다. 왕의 낯빛 뒤에 "가시시온/고티샤온(改)"이 뒤따르니 '낯빛(얼굴빛)'[51]이 달라졌음을 뜻한다. 늘 우러러 모시던 임금의 낯빛이 달라졌다는 뜻이니 정철의 <속미인곡>에서 "어쩐지 날 보시고 네로다 여기실새/나도 님을 믿어 군뜻이 전혀 없어/이래야 교태야 어지러이 하였던지/반기시는 낯빛이 예와 어찌 다르신고!"와 같은 뜻이 되는 것이다.

다음 구절 5·6구 '月羅理影支古理因淵之叱 行尸浪阿叱沙矣以支如支', 즉 "ᄃᆞ라리 그르메 ᄂᆞ린 못ㄱᆺ(달이 그림자 내린 연못 갓)/녈 믌겨랏 몰애로다(지나가는 물결에 대한 모래로다)"(김완진)에서 "녈 믌겨랏 몰애로다"에 대한 풀이와

48) "其妻歸告其妾曰 良人者 所仰望而終身也 今若此"(『孟子』 離婁 下).

49) "百姓仰望黃帝旣上天 乃抱其弓與龍胡頷號"(『史記本紀』 卷12, 孝武本紀).

50) 비슷한 말로 '仰見·仰觀·仰視·仰顧·仰望·仰慕·仰瞻'이 있다.

51) "予豈若是小丈'然哉 諫於其君而不受 則怒悻悻然見於其面 去則窮日之力而後宿哉"(『孟子』 公孫丑 下).

해독은 가장 어려운 부분으로 손꼽힌다.

이 대목에 대한 풀이 가운데 몇몇만 제시해보면 다음과 같다.

> (15) “녈 믌결 애와타돗(가는 물결 애원하듯)”(양주동, 최학선, 김상억), “녈 믈 ᄉᆞᆷㅅ사 ᄒᆡ히ᄃᆞ히(지나가는 물결이 언덕을 할퀴듯이)”(서재극), “녈 물앗 모래 씨기닷기(흐르는 물에 씻기는 모래처럼)”(정열모), “녈 믌결잇 사이잇돗(지나가는 물결에 間隔 있듯이)”(지헌영), “닐 물 아리 모사히 이기다히(물 아래 모래가 출렁이는 물결도 이겨내듯이)”(류렬),[52] “닐 믌결 믈ᄀᆞㅅ 모래ᄋᆡ 이치다ᄫᅵ(지나가는 물결이 물가의 모래에 흔들리듯이)”(금기창), “닐 믈결앗 몰ᄀᆡ 머믈기다기(흐르는 물결에 모래가 머무름과 같이)”(유창균)/“닐 믈결앗 몰긔 입답”(갈 물결엣 모래애 입듯)(양희철)/“녈 믌겨랏 ᄉᆡ이기 다히(오고가는 물결에서 새어나감 같이)”(신재홍), “녈 믌결가즛몰게 이다ᄫᅵ(출렁거리는 물결에서 모래가 도태되듯이)”(강길운)

6구 “녈 믌겨랏 몰애(行尸浪阿叱沙矣)”의 뜻이 모호한데, 여기에 논자마다 차이가 있는 서술어 “애와타돗(애원하듯)”, “ᄋᆡ히ᄃᆞ히(할퀴듯이)”, “이치다ᄫᅵ(흔들리듯이)”, “이다ᄫᅵ(도태되듯이)” 등을 붙이면서 뜻이 모호해진다. 물결에 쓸리고 있는 모래의 처지와 마음을 잡지 못하고 방황하는 자기 모습을 은연중에 일체화하여, 모래인 듯 자신인 듯, 둘 모두인 듯이 “모습일랑 바라나 세상 모두 잃은 처지여라”라고 했다. 물살에 쓸리고 있는 모래는 모습(뚜렷한 지향)을 바라보지만 지향처(=누리)를 잃었고, 작자도 왕의 모습을 바라나 헛된 그림자일 뿐 모든 것을 잃은 처지라 했다.[53] 일렁이는 물결 때문에 달 그림자가 드러나기 어려우므로 “모습이야 바라보지만, 세상 모든 것을 잃어버린다.”는 말 속에는 “못에 비친 달, 곧 왕의 모습조차도 뚜렷이 바라볼

52) 류렬, 조선민주주의인민공화국 사회과학원 언어학연구소 기획 조선어학전서 13『향가연구』(박이정, 2003), pp.192~194.

53) 황패강,『향가문학의 이론과 해석』(일지사, 2001), p.424.

수 없다"는 의미로 보기도[54] 하니 "물결의 모래"를 어떻게 해석하느냐에 따라 탄식, 안타까움, 좌절 등 다양한 정서로 이해하고 있다.

이 외에도 "물 아래에 모래가 흔들림 없이 출렁이는 물을 이겨내듯이, (자신이 왕과 맺은) 전날의 믿음을 지키고 있다는 안타까운 마음을 담고 있다"는[55] 해석은 이 대목을 효성왕이 자신과의 약속을 반드시 지킬 것이라는 믿음으로 이해했고, 또 "물결이 파란(波瀾), 파랑(波浪)이라면 이는 지배계층 권력 쟁취의 장이다. 상승적 화합을 지향했던 잠저 시의 태자가 왕위에 나아간다는 것은 오히려 파란에 휩쓸리는 것"이라는[56] 주장도 이 대목을 정치적 격랑에 비유한 것이다. "'둜그림제 녯 모샛 / 널 믌결 애와티둣'은 인간세상의 변덕스러움을 시적으로 비유한 것이다. '못'에 갑자기 '물결'이 높아진 것은 격동과 파란을 뜻하고, 물결이란 곧 외계(外界)로부터 가해 온 변수이다. 그것은 신충에겐 이롭지 못한 정치 세력의 준동이 될 것이다. 이것을 신충은 서정시의 리듬으로 차분하게, 그러나 조금은 감상적인 음성으로 읊조리고 있는 것"이라는[57] 견해도 비슷한 관점이다. 나아가 "물을 이기는 모래"처럼 변치 않는 강인함으로 세상을 본래 상태로 회복하리라는 의지를 담은 구절로 해석하기도 한다.[58]

비유와 상징에 대한 견해도 상이하여 "'달그림자 고인 못'에서 달은 왕비를 상징하고, 달그림자는 왕비의 허상, 즉 외척 김순원을 표상한 것이고, '달그림자 고인 못'이란 곧 외척 김순원의 전횡에 눌림을 받고 있는 당시 정치적 상황의 표상이며, '지나가는 물결'이란 김순원의 전횡으로 일어나는 파상적 힘의 표현이니, '모래'는 외부의 파상적 힘에 할큄과 부대낌을 당하

54) 성호경, 『신라 향가 연구-바른 이해를 위한 탐색』(태학사, 2008), pp.100~101.
55) 류렬, 앞의 책, p.194.
56) 尹榮玉, 『新羅詩歌의 硏究』(螢雪出版社, 1991), p.212.
57) 朴魯埻, 『新羅歌謠의 硏究』(悅話堂, 1982), p.159.
58) 서철원, 『향가의 역사와 문화사』(지식과교양, 2011), p.181.

는 대상물일 수밖에 없다. 이는 곧 정치권에서 소외된 시적 자아의 비애를 모래에 투사시킴으로써 모래와 시적 자아를 동일화하고 있는 것"이라고[59] 본 견해가 있다면, 바라보는 주체는 '모래'이고, 객체는 임금을 표상하고 있는 하늘의 '달'이므로 이 구절은 아래에 침잠해 있는 모래가 일렁이는 물결을 통해 흐릿하게 바라보는 '달'을 표현한 것이라는[60] 관점도 있다. 또 "궁원의 연못으로 흘러들어가는 물과 새어나오는 물을 구분하여 자신을 후자의 신세에 비유"하면서[61] 처량함을 더했다고 보는 견해도 있다.

그간에는 <원가> 6구 '行尸浪阿叱沙矣以支如支' 해석의 보편적 근거를 다른 문헌에서 찾는 일보다 <원가>와 그 산문 전승 속에서 비유와 상징의 근거를 찾는 데 주안점을 두어 왔기에 논자마다 해석이 달랐다. 그러나 이 부분은 <원가>의 의미 해석에 매우 중요한 만큼 전고를 살펴 좀 더 실증적으로 접근해야 할 필요가 있다.

(16) "멀리서 보면 흡사 눈꽃이 날리는 듯/자기 몸도 못 가누는 허약한 체질이라/조수 물결 까부는 대로 모였다 흩어지고/바다 바람 부는 대로 높아졌다 낮아지네./연무 자욱한 비단 폭 위엔 사람 자취 끊어지고/햇빛 되쏘는 서리 밭엔 학의 발길이 느긋해라/가슴 가득 이별의 한 읊조리다 어느새 밤/마침 달이 또 밝으니 이를 어찌할거나"[62]

(17) 궁내부 특진관 김철희(金喆熙)가 상소하기를,

"돌아보건대 신이 평소에 앓고 있던 병은 뿌리가 이미 깊어서 약을 써도

59) 김승찬, 『신라 향가론』(부산대학교 출판부, 1999), pp.186~187.

60) "말간 달빛이 비치는 곳은 밝은 세상, 곧 임금의 세상이고, 어둡고 침침한 수면 아래의 세상은 버림받은 신충의 세상이며, 그 사이에 가로막힌 일렁이는 수면은 바로 현실정치인 것이다."라고 하였다.(박재민, 「怨歌의 재해독과 문학적 해석」, 『民族文化』 34, 한국고전번역원, 2010.1, pp.261~262).

61) 신재홍, 「원가와 만전춘별사의 궁원 풍경」, 『국어교육』 138(한국어교육학회, 2012), p.214.

62) "遠看還似雪花飛 弱質由來不自持 聚散只憑潮浪簸 高低況被海風吹 煙籠靜練人行絶 日射凝霜鶴步遲 別恨滿懷吟到夜 那堪又值月圓時"(崔致遠, 沙汀, 『桂苑筆耕』 卷20, 詩).

효과가 없으니, 비유하자면 썰물에 밀리는 모래가 이리저리 정처 없이 흩어지고 서리 맞은 풀이 시들어 다시 싱싱해지지 않는 것과 같습니다. 그런즉 차라리 평화로운 시대에 성상의 명을 거스르는 죄를 지을지언정 감히 오늘날 신이 조정에 나아갈 생각은 하지 못하겠으니, 지은 죄가 자연 커서 스스로 속죄하기가 어렵습니다.[63)]

(16)은 최치원의 <모래섬(沙汀)>, 즉 '물가 모래톱'이라는 제목의 한시로, 물살에 휩쓸리는 모래의 모습을 묘사적으로 그렸다. 바람에 날리는 모래를 눈꽃에 비유하면서 자기 몸을 가누지 못하는 허약체질이라 했다. 조수 흐름에 따라 모였다 흩어지고 바람이 부는 대로 높아졌다 낮아졌다 하므로 모래는 허약하고 주체적이지 못하며 외부 환경에 따라 이리저리 휩쓸리는 신세라 했다. (17)은 김철희(金喆熙)가 병세의 위중함을 들어 자신에게 제수한 벼슬을 고사하는 상소문이다. 자신의 병세를 "썰물에 밀리는 모래가 이리저리 정처 없이 흩어지고", "서리 맞은 풀이 시들어 다시 싱싱해지지 않는 것"에 견주었다. 병으로 인해 자기 몸도 가눌 수 없고, 도저히 기운을 차리기도 어렵다는 점을 썰물에 밀리는 모래, 서리 맞은 풀에다 견주고 있다.

(18) "역로에서 이별을 하고서는 의지를 잃은 것 같아 마음의 방황을 금할 수 없었습니다. … 나는 곧 시끄러운 도회지로 들어와서 여러 가지 바쁜 일을 감수하다 보니 마음도 따라서 방자하여 전도되므로 두려워서 어찌할 바를 모르겠습니다. 그런데 게다가 거센 물결에 날리는 모래와 같은 비방이 아직 끝나지 않아, 마음을 어지럽히고 눈살을 찌푸리게 하는 여러 말들이 때때로 귀에 들어오니, 천화(天和) 화기(和氣))를 함양하는데 크게 방해가 됩니다."[64)]

---

63) "顧臣素有貞疾 源委旣深 藥餌無效 譬如退潮之沙 演漾無定 經霜之草 委靡不振 則寧犯明時逋慢之罪 不敢爲今日呈身之計 獲戾自大 難以自贖"(『承政院日記』 고종 38년 12월; 『승정원일기』 고종 191, 민족문화추진회, 2003, pp.178~179).

(18)에선 마음을 어지럽히고 눈살을 찌푸리게 하는 비방의 말을 거센 물결에 날리는 모래에 비유했다. "비(碑)가 새겨진 이듬해 최유청(崔惟淸)과 정서(鄭敍)가 함께 참소되어 유배되거나 폄출(貶黜)되었는데, 당시 조정의 신하들이 우리를 미워하여 온갖 욕설로 공격하면서 반드시 죽인 다음이라야 적개심이 풀릴 듯하였다."는 경우처럼[65] 빗발치는 비방과 욕설을 물결이나 바람 속의 모래에 견주고 있다. 종합하면, <원가> '녈 믈겨랏 몰애'는 "자기 뜻에 따라 주체적으로 살지 못하고 외부환경에 이리저리 휩쓸리는 신세", "몸을 가누어 스스로를 주체하지 못할 만큼 극심한 공격이나 비방에 시달리는 처지"에 대한 비유적 표현이다.[66]

다음에 이어지는 부분이 7・8구 '皃史沙叱望阿乃 世理都之叱逸烏隱苐也'이다. 이 부분의 해독은 "즈ᇫᅀᅡ ᄇᆞ라나(얼굴이야 바라보나)"(양주동), "즈ᅀᅳ삿 ᄇᆞ라나(모습이야 바라보지만)"(김완진)로서 대체로 일치한다. 담긴 의미는 "신충이 자기를 완전히 잊어버리고 다른 사람들만 불러 올려다 벼슬을 주는 효성왕의 배신이 섭섭하고 안타깝기는 하지만 옛정을 그대로 잊을 수 없어 자기의 믿음을 바꾸지 않고 '그전과 마찬가지로 효성왕의 그때 그 모습을 그리워하고 바라기는 하나'라는 호젓하고 애타는 마음을 그렸다"고[67] 말한다.

(19) "진표(陳豹 : 子皮)라는 자가 있는데, 키가 크고, 등이 굽어 있고, 눈은 늘 위를 쳐다봅니다. 양백준(楊伯峻)이 주하기를, '망시(望視)'는 위를 쳐

64) "歷路辭別 不禁屛營 … 鏞遽投闤闠中 消受諸般滾汨 恐此心隨卽放倒 惶懼不知所出 兼之駭浪飛沙 尙未妥帖 種種亂心皺眉之說 時來入耳 此于涵養天和 大有妨礙"(『茶山詩文集』 卷19, 書, 與蔓溪).

65) "碑旣鑴石之明年 臣與叙 俱爲讒邪 所搆 或流或貶 朝士 皆忌惡臣等 百喙攻擊 必欲置之死地以滿 讎"(崔惟淸, 先覺國師碑陰記, 『先覺國師碑銘』, 奎章閣 microfilm 81-103-455-G, 6면).

66) 해석은 다르지만 '以支如支'를 "-이기 다히", "이기다히"라는 독법(홍기문, 『향가해석』, 조선민주주의인민공화국 과학원, 1956, p.288; 신재홍, 『향가의 해석』, 집문당, 2000, p.281)이 이와 같은 구절 풀이의 근거가 될 수 있겠다.

67) 류렬, 앞의 책, p.196.

다본다는 말이다. … 대개 곱사등이는 눈이 위를 향한다."[68]

'망시'란 위를 쳐다본다는 말이다. "돼지가 하늘을 쳐다보고 눈썹이 붙으면 고기에 쌀알 같은 망울이 있다. 정현(鄭玄)이 '망시'란 하늘을 쳐다보는 것을 말한다고 주석하였다.[69] "누가 송나라 멀다 하는가. 발돋움하면 가히 바라볼 수 있도다. 정현이 주하기를, 발돋움만 한다면 그것을 볼 수 있다." 에서[70] '망견(望見)'도 멀리 바라본다는 뜻이고, '망원(望遠)'이나 '요망(遙望)'[71] 도 "멀리 바라봄, 올려다 봄"을 뜻한다. "공자가 말씀하기를, (군자란) 말에 도리가 있고 좋고 싫음에 정한 바 이치가 있는 까닭에 그 모습을 바라보기만 해도 알 수 있다. 그러므로 가까이 있어도 혹되지 않고 멀리 있어도 의혹이 없다."고[72] 했는데, 여기서도 '可望貌而知'는 멀리서 그 모습을 바라보기만 해도 알 수 있다는 의미로 쓰였다. 범녕(范甯)은 '모(貌)'는 용모와 몸매를 말하고, '형(形)'은 안색(顔色)을 말한다고[73] 하였다. 그러므로 <원가>의 '즈ᅀᅡ ᄇᆞ라나(皃史沙叱望阿乃)'는 신충 자신이 왕의 곁에서 멀리 벗어나 그저 모습을 바라볼 수밖에 없기 때문에 왕의 안색을 살펴드리지 못한다는 안타까운 심정을 담고 있다.

8구 '世理都之叱逸烏隱苐也'도 "누리도 아쳐론뎨여(세상도 살기 싫은 때여)"(양주동), "누리도 이럿 을온듸여(세상도 이리 흐린저)",[74] "누리도 이저기잇 ᄇᆞ

68) "有陳豹者 長而上僂 望視 楊伯峻 注 望視 仰視貌…大概 背駝者 目皆向上"(『左傳』 哀公 14年).

69) "豕望視而交睫 腥 鄭玄 注 望視 視遠也"(『禮記』 內則).

70) "誰謂宋遠 跂予望之 鄭玄箋 跂足則可以望見之 誰謂宋國遠乎 但一跂足而望 則可以見矣, 明非未遠而不可至也 乃義不可而不得往耳"(『詩經』 卷3, 衛風 河廣).

71) "窮居而閒處 升高而望遠 坐茂樹以終日 淸泉以自潔 採於山 美可茹 釣於水 鮮可食"(韓愈, <送李愿歸盤谷序>), "누른 ᄉᆡ 나무 사이의셔 우니 멀리 바라미 뫼 빗치 푸르도다(黃鳥樹間囀 遙望山色靑)"(鶴石集 4b).

72) "子曰 唯君子 … 言有常也 由好惡有定 可望貌而知 故近不惑 而遠不疑也"(衛湜 찬, 『禮記集說』 권33, 緇衣).

73) "望遠者 察其貌而不察其形 范甯注 貌 姿體 形 容色"(穀梁傳, 桓公14年).

74) "일어나는 물결에 달그림자 부서져 흐리듯 세상도 다 이렇게 혼미하구나. 그런데 아직도

리온뎨라(세상도 이제는 나를 버렸는가 보다)"(유창균) 등 참으로 다양한 해석이[75] 있다. '世理'는 '누리', 곧 '세상'의 의미로 일찍 정해(正解)되었다. 그러나 이어지는 '都'에 대해서는 재고의 여지가 있다. 이는 보조사 '-도'의 차자로 풀이되기도 했다. 그러나 후행하는 '之叱'이 '옛(ᄋᆡᆺ)'으로 읽히는 처격조사이므로, '도'를 본연의 의미인 '모ᄃᆞ, 모두'로 풀이하는 데[76] 동의하고, '逸'을 "잃다, 잊히다."로 풀어 "누리 모두다ᄋᆞᆺ 일온 등제(等第)여(세상 모두에게 잊힌 등용이여)", 즉 세상이 물결 아래의 모래를 보지 않듯이 신충의 등용 역시 세상 모두에게 잊히고 말았음을 표현하고 있다는[77] 뜻으로 이해하는 관점이 있다.

하지만 필자는 '第也'를 느낌이나 깨달음, 또는 장중한 어조를 띠며 감탄의 뜻을 나타내는 종결어미 '-구나'로 읽어 "세상 모든 것을 잃어버렸구나."로 해석하면서, 상황에 따라 달라진 자기 처지에 대한 시적 자아의 인식 및 탄식"으로 본 견해에[78] 동의한다. '世理'는 '누리', '都隱'은 '모ᄃᆞᆫ'이며 '之叱'은 형식명사 '갓(=것)', '逸烏隱'은 '여히온', '第也'는 'ᄃᆡ여'로 읽어, "누리 모ᄃᆞᆫ 갓 여히온 ᄃᆡ여(세상 모든 것 여희여 버린 처지여)"라[79] 한 견해도 자신의 처지에 대한 탄식으로 읽으므로 본고는 이들 해독에 따르고자 한다.

어리석게 무엇을 바라는가?"(李鐸, 『國語學論攷』, 正音社, 1958, p.237).

75) "누리도 짓 일온 터예(세상도 체통 잃어 신의 모르는 판세로다)"(정열모, 1947)/"누리도 지지릴 가문 데라(세상은 지지리 더러운 데구나)"(정열모, 1965), "누리셔볼앳 일ᄋᆞᆫ뎨여(澆薄한 인정세태가 아름다운 우리나라의 서울 경주에 이루어진 이때여니)"(지헌영), "누리도 ᄌᆞᆺᄃᆞ론뎨아(세월인즉 마저 함부로 달아난 것이로구나)"(서재극), "누리도 아쳐론데여(세상도 한스러운지고)"(김상억), "누리 모도잇 이론 뎨여(세상 모든 것에 일을 마친 결과로 되게 한 경위(經緯)여"(금기창), "누리도 밨윗 잃온뎌야"(세상도 밖엣 잃었구나)(양희철), "누리 아모잇 숨온 뎨아(세상 아무데에 숨은 적에야)"(신재홍).

76) 박재민, 『新羅 鄕歌 辨證』(태학사, 2013), p.274.

77) 박재민, 위의 책, p.274, p.347.

78) 성호경, 『신라 향가 연구–바른 이해를 위한 탐색』(태학사, 2008), pp.104~105.

79) 김완진, 『향가해독법연구』(서울대출판부, 1980), p.143.

"누리 모둔갓 여힉온 딕여"에서 '여힉다/여희다'는 다음과 같은 쓰임을 보인다.

(20) "나조히 婚娶ᄒᆞ고 새배 여희유믈 니ᄅᆞᄂᆞ니 아니 너므 ᄲᅡᄅᆞ니여"(暮婚晨告別 無乃太忽忙)(초간본 『두시언해』 8 : 67), "여흴 리(離)"(신합 하 : 43)

(21) "첫ᄀᆞ슬히 이 亭子ᄅᆞᆯ 여희요라"(初秋別此亭)(초간본 『두시언해』 3 : 35, 36), "부모도 ᄇᆞ리며 집도 여희오"(違背爺孃 離家別貫)(부모은중경 24), "여러 법연(法緣)을 여힉약 분별성(分別性)이 업슳딘댄"(離諸法緣無分別性)(능엄경언해 2 : 26).

(20), (21)에서 '여힉다'는 모두 "여의다, 떠나다, 이별하다"(別/離)의 의미로 쓰였다. "누리 모둔갓"은 목적어가 되고, "여힉온딕여"는 서술어가 되니, 목적어인 세사(世事)·속사(俗事)·속세간(俗世間)·세고(世故)·세루(世累)·속루(俗累)·진루(塵累), 즉 세상살이에 얽매인 너저분한 일을 떠난다는 의미로 읽을 수 있다. 곧, "사바세계(裟婆世界)ᄅᆞᆯ 여희야 지이다",[80] "내라 무슴 혬이 업ᄉᆞ며 악명을 ᄲᅵᆺ고져 아니라마ᄂᆞᆫ 하 셜워 애ᄅᆞᆯ ᄡᅥ ᄐᆞ난 닷 간댱이 줄고 심간의 블이 븟ᄂᆞᆫ ᄃᆞᆺᄒᆞ니 후일 ᄉᆡᆼ각이 업ᄉᆞ이셔 이 인간을 여희고져 ᄒᆞ야 손조 죽고져 ᄒᆞ노라"(<셔궁일기 1 : 57>)의 의미와 같다. 서술어 부분의 의미사인 '逸'과 목적어 '世理都隱之叱'을 합치면 "위(魏)나라 서간(徐幹)이 <칠유(七喩)>의 '일속(逸俗) 선생이 암석 아래에서 밭을 갈면서 깊은 골짜기 굴속에서 벼슬 않고 놀며 지냈다.' 하였다.",[81] "세상을 피해 숨는다."는 뜻의 일은(逸隱), 속세를 버리고 은거하는 사람을 뜻하는 일민(逸民)에서의 '일(逸)'처럼 "세상에서 떠나다, 숨다"의 의미가 된다. 요컨대, <원가>의 8구 '世理都之叱逸烏隱苐也'는 "나는 속세를 떠나 숨어 살면서 거짓을 꾸며 임금을

80) 『월인석보』 8 : 4, 『월인천강지곡』 219.

81) "魏 徐幹七喩曰 有逸俗先生者 耦耕乎岩石之下 栖遲乎穹谷之岫"(『藝文類聚』 卷57).

비방하는 사람을 의롭다고 여기지 않는다.",[82] "선표(單豹)는 세상에 등 돌리고 속세를 떠나 바위굴에서 살며 계곡물을 마셨다. 명주나 삼실로 만든 옷도 입지 않고, 오곡도 먹지 않으면서 70년을 지냈는데도 도리어 어린아이와 같은 혈색을 지니고 있었다."에서처럼,[83] "살던 곳을 떠나 감", "세상의 모든 일을 떠나, 숨어 지내다."이라는 뜻의 이속(離俗)·이거(離居)·이절(離絶)과[84] 같은 말로서, 속세 즉 벼슬살이하는 번거로운 정치현실에서 벗어나 은거하여 살겠다는 의지를 밝힌 것으로 보인다.

이상의 논의를 반영하여 <원가>를 현대어로 의역하면, "좋은 잣나무는/가을에도 시들지 않는데,/'너를 어찌 잊을까' 하시던,/우러러 뫼시던 왕께서 낯빛을 바꾸실 줄이야!/달이 그림자 내린 연못,/흐르는 물결의 모래처럼 (휩쓸리는 신세 되어),/(임금님) 모습을 멀리서 바라보며,/속세의 모든 것을 피해 숨었도다."가 된다.

4. 〈원가〉의 의미 구조와 작품 성격은?

<원가>의 1·2구는 가을이 되어도 시들지 않는 잣나무의 속성에 견주면서 '왕자무희언'의 당위를 강조하는 전제를 만들었고,[85] 3·4구는 언약이 지켜지지 못하는 정치현실에 대한 애달픈 심정을 표현했다. 자연의 불변성과 인간 세상의 가변성을 대조시키면서 아쉬운 마음을 극대화했다.

---

82) "離俗隱居 而以作非上 臣不謂義"(『韓非子』 卷2, 18편 有度).

83) "單豹倍世離俗 巖居谷飲 不衣絲麻 不食五穀 行年七十 猶有童子之顏色"(『淮南子』 卷18, 人間訓).

84) "谷風 刺'夫失道 衛人化其上 淫於新婚而棄其舊室 夫婦'離絶 國俗傷敗焉"(『詩經』 邶風, 谷風序).

85) 李丞南, 「삼국유사 신충괘관 조의 의미소통과 향가 원가의 정서적 지향」, 『韓國思想과 文化』 46(한국사상문화학회, 2007), pp.167~168 참조.

5 · 6구에서는 자기 처지를 물결에 휩쓸리는 모래에 견주어, 주체적이지 못하고 불안하며 외부 환경에 따라 이리저리 휘둘리는 빈약한 자신의 정치적 입지를 그렸다. 7 · 8구는 왕을 곁에서 모시고 싶지만 속세를 떠나서 지내야하는 안타까운 마음을 적었다. 3 · 4구가 원인이고, 5 · 6구와 7 · 8구는 결과이다.

'후구망(後句亡)'[86]이라 했으니 9 · 10구의 내용을 알 길 없으나 정치 상황의 변화와 질서 회복을 촉구하는 내용으로 마무리했을 것으로 추측한다.

<원가>는 왕과의 사전 언약이 있어 전제왕권을 위한 협조를 약속했었지만 당시의 정치현실에서 자신의 입지를 찾지 못하고 흐르는 물결 속의 모래와 같이 주체성을 갖지 못하고 이리저리 흔들리며 갖은 비난에 시달리다가 세상일에서 벗어나 지내는 신충의 처량한 신세를 그렸다. 다시 말해, 효성왕이 시중, 상대등과 연합하여 질서와 타협 속에 전제왕권을 유지하는 것이 '있어야 할 현실'이라면, 외척세력인 김순원 계의 일방적 힘의 우위로 효성왕조차도 정치현실에서 별다른 영향력을 발휘하지 못하는 상황은 '있는 현실'이다. <원가>는 있어야 할 현실과 있는 현실의 괴리 속에서 자신의 입지를 찾지 못하고 있는 신충의 착잡한 심정을 담고 있다.

효성왕의 잠저(潛邸) 시절, 효성왕과 신충의 언약이 1차 계기라고 한다면 <원가>를 붙여 잣나무가 누렇게 마르는 목이(木異) 현상이나 중시 의충의 죽음은 신충의 정계 복귀에 또 다른 명분을 제공하여 권력구도 재편의 2차적 계기를 만들어주었다. '신충 괘관' 조는 신충이 귀족들 간에 존재한 힘의 우위에서 밀려 잠시 물러나 있다가 중시 의충의 죽음에 따라 권력 구조 재편의 결정적 원인이 되고, 지난날의 약속을 증명이라도 하는 듯이 잣나무가 누렇게 마르는 목이 현상이 뒤따라 대의명분과 민심을 얻어 정계에

86) 成武慶, 「<怨宮庭栢歌>가 亡失한 後句의 시적 가능성에 대하여」; 반교어문학회, 『신라가요의 기반과 작품의 이해』(보고사, 1998), p.519 참조.

복귀하는 일련의 과정을 담았다.

<원가>를 왕과 신하의 맹약(盟約)과 위약(違約)의 노래로 읽거나, 왕의 사랑을 받던 총신(寵臣)이 실의의 말년을 노래로 자위한 것으로 이해[87]하거나 연군류 시가의 전통을 만들었다고[88] 해석하는 관점은 <원가>와 관련 서사를 문면대로 읽은 것이라 대체로 공감한다. 그러나 <원가>를 주술, 혹은 서정 가운데 무엇으로 보느냐 하는 문제는 숙고를 요한다. <원가>를 지어 붙인 것을 "원시시대의 의례(ritual)처럼 욕구 충족을 위한 상징적 제의(祭儀)"로[89] 보기도 하고, 주술적 숭고미 속에 맹약은 반드시 지켜야 한다는 소극적인 명령법을 담은 노래로[90] 해석하기도 한다. 신충과 효성왕이 바둑을 둔 것을 두고 왕권 획득을 위한 밀사(密祀) 내지 상징으로 보고 왕의 식언(食言)을 신군(神君)으로서의 자격, 즉 신성성을 상실한 것으로 보면서 <원가>를 지어 붙인 것을 제의적 행위로[91] 해석하기도 한다. <원가>를 "예로부터 내려오던 토속적 원시신앙 가운데 수목정령 신앙에 바탕을 둔 주술적 향가"로[92] 보거나 이를 "실제화, 곧 효과에 있어서 주문과 다를 바가 없고 첩(帖)으로 볼 때는 주부적(呪符的)"이라 한 것도[93] <원가>의 주술적 기능을 강조한 해석이다.

반면 <원가>를 서정 가요로 보는 시각도 만만치 않다. <원가>는 "무정한 세상일을 탄식하는 서정 가요"이고,[94] "<모죽지랑가>와 더불어 종교적

---

87) 이은상,「향가의 가요사적 지위」,『현대평론』 1929.3; 李基白, 景德王과 斷俗寺 怨歌,『新羅政治社會史硏究』(一潮閣, 1974), p.224.
88) 金鍾雨,『鄕歌文學硏究』(이우출판사, 1980), pp.172~174; 윤영옥, 信忠掛冠과 怨歌,『삼국유사와 문예적 가치 해명』(새문사, 1982), pp.118~139.
89) 金烈圭,「怨歌의 樹木(栢) 象徵」,『국어국문학』 18(국어국문학회, 1957), p.110.
90) 金學成,『한국고전시가의 연구』(원광대 출판국, 1980), pp.244~245.
91) 黃浿江,「信忠怨樹譚의 神話的 考察」,『韓國敍事文學硏究』(단국대출판부, 1972), pp.196~198.
92) 허영순,『우리 고대사회의 무속사상과 가요』(세종출판사, 2007), p.211.
93) 林基中,『新羅歌謠와 記述物의 硏究-呪力觀念을 中心으로』(半島出版社, 1981), p.119.
94) 全圭泰,『論註 鄕歌』(정음사, 1976), p.275.

요소를 지니지 않은 순수 서정시, 자연과 정신의 병렬적인 대비에 의한 구조"라고[95] 분석하기도 한다. <원가>에 주술적 의도가 내포되어 있으나 적어도 내용상으로는 서정이 전부이고, 주술적 요소가 없으니 <원가>의 주술성은 외연으로 따로 떼서 거론해야 한다.",[96] "<원가>는 주술적인 힘으로 무언가를 극복하는 주가(呪歌)가 아니라 개인적 정서가 세련된 비유와 상징으로 드러난 서정시의 진수"라[97] 한 것은 <원가>를 서정이 우세한 작품으로 본 견해이다.

<원가>는 분명히 서정적 내용이지만 잣나무에 노래를 붙인 것은 단순한 전달의 차원을 넘어 주술적 의도를 가졌다. 서정은 보편적 장르의 문제이지만, 주술은 신앙·의식의 문제로서 범주가 다르다. 작품 내용에 창작 목적이 투영되는 경우가 많은데, <원가>는 그렇지 않은 것이 특징이다. <원가>는 잣나무의 수목 정령(精靈)[98]을 향해, 자기의 심정과 처지를 드러내어 현실 문제가 개선되기를 희망했다는 점에서 분명 '주구(呪具)'로 활용되었다. "강한 신, 불의 신이여, 그들의 마력을 깨뜨려주세요."나 "너의 가슴병과 황달은 태양으로 올라가라.…원컨대 이것이 손상 없이 노란색에서 해방되기를!"과[99] 같은 주술적 언술은 없지만, 마지막 2구의 내용을 확정할 수 없으니 섣불리 단정내리기는 어렵지만, 서정적 내용을 담았으나 <원가>를 부른 후에 잣나무가 갑자기 말랐기에 주술적 쓰임도 간과할 수 없으니 주안점에 따라 작품에 대한 이해가 다를 수 있다.

자연의 변화에 대한 고대·중세 사람들의 시선은 예민하고 진지하고 엄

---

95) 이재선, 「신라 향가의 어법과 수사」, 『향가의 어문학적 연구』(서강대, 1972), p.149.
96) 朴魯埻, 『新羅歌謠의 硏究』(悅話堂, 1982), pp.156~157.
97) 김혜진, 「<원가>의 서정성 연구」, 『태릉어문연구』 14(서울여자대학교 인문과학대학 국어국문학과), p.18.
98) J.G.Frazer, 장병길 역, 『황금가지 Ⅰ』(삼성출판사, 1990), p.163.
99) J.G.Frazer, 위의 책, p.50.

숙하다.

(1) "선덕왕이 죽고 아들이 없어 신하들이 왕의 족질 주원을 옹립하려 했다. 이때 주원은 서울 북쪽 20리에 살았는데, 홍수로 인해 물을 건너지 못했다. 누군가 '임금의 큰 지위란 본시 사람이 도모할 수 없는 것인데, 오늘의 폭우는 하늘이 주원을 왕으로 세우려 하지 않는 것이다. 임금의 아우 상대등 경신은 본디 덕망이 높아 임금의 체통을 지녔다.' 하니, 여러 사람들의 의논이 단번에 일치되어 그를 왕으로 삼았다. 얼마 후 비가 그치니 나라 사람들이 모두 만세를 불렀다."[100]

이처럼, 자연의 변화를 인간사에 대한 전조로 받아들여, 왕을 바꾸는 명분으로 활용하기도 했던 것이다. 나무의 변화를 예의주시한 사례도 많다. "다음날 송악(松岳) 북쪽의 소나무가 바람이 없는데도 저절로 넘어간 것이 몇 천 그루나 되는지 몰랐다. 대왕께서 이 변괴를 들으시고 점을 쳐보라 명하시니 점사(占辭)가 '법왕(法王)을 욕보였기에 일어난 것이다.'라고 나왔다. 대왕께서는 이에 후회스럽고 두려워 곧 대궐 안에 소재도량(消災道場)을 배설하시고 법관에게 명하여 저자에서 정수를 베고 정수의 방을 철거하라 하셨다."[101] 단종 계유(癸酉)에 버드나무가 갑자기 죽으니 혹자가 유성원(柳誠源)에게 '재앙은 반드시 버드나무로부터 시작될 것이다.'라고 했는데, 얼마 지나지 않아 과연 징조가 나타났다.",[102] "현종(1661) 때, 말라죽은 대추나

100) "及宣德薨 無子 群臣議後 欲立王之族子周元 周元宅於京北二十里 會 大雨 閼川水漲 周元不得渡 或曰 卽人君大位 固非人謀 今日暴雨 天其或者不欲立周元乎 今上大等敬信 前王之弟 德望素高 有人君之體 於是 衆議翕然 立之繼位 旣而雨止 國人皆呼萬歲"(『三國史記』 卷10, 新羅本記10 元聖王).

101) "至明日 松岳北畔松樹無風自倒者 不知其幾千有株 上聞此怪 命卜之 云 辱汙法王 所由生也 上乃悔懼 便於大內 持置消災道場 命法官斬正秀於市 仍池其正秀房"(赫連挺 저, 崔喆·安大會, 譯注, 『均如傳』, 새문사, 1986, p.75).

102) "端宗癸酉柳忽枯或戱柳誠源曰禍必自柳始 未幾果驗"(『增補文獻備考』 卷11, 象緯考11, 草木異).

무가 다시 살아나 거듭 무성하니 왕(숙종)이 탄생했다."는 기록[103]은 고대·중세 사람들이 자연물의 변화를 인간세상이나 정치의 변화와 연관 지어 예의주시했음을 알려준다. 예조에서 대성전의 나무가 부러진 일로 위안제(慰安祭)를 주청한 일,[104] "대궐 안의 큰 느티나무가 저절로 말라 죽고, 연이어 좌보(左輔) 흘우(屹于)가 죽으니 왕이 매우 슬피 울었다."는[105] 기록은 <원가> 서사에서 잣나무가 누렇게 말라 죽은 목이 현상을 신이나 하늘의 반응으로 여기어 근심했을 것이라는 추측에 힘을 싣는다.[106] 더구나 효성왕과 신충의 언약을 옆에서 지켜 본 잣나무가 누렇게 말라가는 일은 당대 정치현실에서 묵과하기 힘든 근심거리였을 것이다. 그것도 궁궐 안의 잣나무이기에 모두들 더욱 예민하게 주시했을 것이니 이 일을 근거로 어떤 정치적 변화를 주는 행위에 충분한 명분을 제공할 수 있었을 것이다.

"갓 됴흔 자시 ~ 이울어디매(物叱好支栢史 ~ 爾屋支墮米)"라 하고, 잣나무가 갑자기 누렇게 말랐다가 신충이 벼슬을 받은 후에 소생했다(栢樹忽黃悴~栢樹乃蘇) 하니, 당시 신라의 정치 세력들이 <원가>의 신통력에 크게 주목했음에 틀림없다. 이는 유충에 의해 잣나무의 잎, 신초, 줄기, 가지, 구과 등에[107] 고사 기미가 보이다가 방제 또는 회복된 일일 수도 있고, 중종 때 조광조 등에 앙심을 품고 남곤(南袞)이 여러 나뭇잎에다 꿀로써 '주초위왕(走肖爲王)'이라 쓰고서 벌레를 모아 나뭇잎의 감즙(甘汁)을 갉아 먹게 하고선 마치 한(漢)나라 공손(公孫)인 병기(病己)의 일처럼 자연이 만든 사건으로[108] 정

103) "其後木忽枯死不知幾年 顯廟辛丑樹復重榮而是歲 肅廟誕降"(『增補文獻備考』 卷11, 象緯考11, 草木異).

104) "禮曹啓 昨日風雨 聖廟東庭松栢各一株折傷 請慰安祭 來十二日設行 允之"(『영조실록』 권109, 영조 43년(1767) 8月 9日 경오 4번째 기사).

105) "二十一年 春二月 宮中大槐樹自姑 三月 左輔屹于卒 王哭之哀"(『三國史記』 百濟本紀1 多婁王 21年).

106) 허영순, 앞의 책, p.219 참조.

107) 신상철, 「잣나무 해충의 생태와 방제법」, 『잣나무의 생태와 문화』(숲과 문화, 2006), p.144.

108) 『선조실록』 권2, 선조 1년(1568) 9월 21일 정묘 2번째 기사.

략적 활용을 할 수도 있다. 약관의 나이도 못 되어 왕위에 오른 효성왕이 김순원 계의 강대화로 인해 정국에서 별다른 영향력을 발휘하지 못하고, 효성왕 잠저 시에 정치적 유대가 깊었던 자신 또한 효성왕과 뜻을 합하지 못하고 정치권력에서 소외되어 속세를 떠나게 되었으니 정치 국면의 전환을 위해 자연물의 변화를 유도·이용했을 가능성도 있다. 신충의 희원(希願)에 자연물이 신령스러운 힘을 실어준 격이 되었고, 효성왕에게도 신충을 불러들일 명분이 생겼으니 이후에 신충은 중시 직을 맡아 정계 구도의 변화를 이끌었을 것이다.

그간 <원가>의 성격 이해도 각양각색이었다. "누리도 싫은지고(양주동)", "세상은 지지리 더러운 데구나.",[109] "세월(=세상인심)인즉 마저 함부로 달아난 것이로구나." 등은[110] <원가>의 '원(怨)'을 왕에 대한 원망으로 보지만, "세상 모든 것 여희여 버린 처지여"(김완진)는 원망이 외부보다는 자기 내면을 응시하는 가운데 체념적으로 진술하고 있다는[111] 판단이다. "감성적 서정을 곁들여 자탄하는 가운데 절망적인 상실감을 노래"한 작품으로[112] 보거나 왕보다 세상과 지배층에 대한 원망으로[113] 본 시각도 있다. "<원가>가 자연(自然)-인사(人事)를 반복으로 제시하면서 과거-현재를 대비시켜 자신의 원망스런 심정을 제시할 뿐 왕에 대한 직접적 원망은 드러내지 않으면서 자기 처지에 대한 체념적 차탄으로 일관했다"고 이해하기도 하고,[114] "<정과정곡>에 속기(俗氣)어린 애소(哀訴)가 있다면 <원가>는 노래 이름과는 달리 원망이 없으며 시종 담담한 음성으로 무정한 세상사와 각박한 인

---

109) 정열모, 『향가연구』(사회과학원출판사, 1965), p.251.
110) 徐在克, 『新羅 鄕歌의 語彙 硏究』(啓明大學校 韓國學硏究所, 1975), p.48.
111) 金榮洙, 怨歌, 『鄕歌文學硏究』(一志社, 1993), p.386.
112) 황패강, 『향가문학의 이론과 해석』(일지사, 2001), p.427.
113) 尹榮玉, 「信忠掛冠과 怨歌」, 『三國遺事의 문예적 硏究』(새문사, 1982), Ⅰ-139면; 金榮洙, 怨歌, 『鄕歌文學硏究』(一志社, 1993), p.390.
114) 金聖基, 앞의 책, p.121.

정세태를 탄식하고 체념한다."고[115] 보기도 한다.

"만장(萬章)이 물었다. 순임금이 밭에 가서 하늘을 부르며 우신 까닭이 무엇입니까? 맹자가 말씀하시기를, 자신을 원망하고 부모를 원망할 수 없기에 애틋하게 그리워한 것이다."에서[116] 순임금이 부모에 대해 가졌던 감정을 '원모(怨慕)'라고 적었다. "나는 힘을 다해 밭을 갈아 공손히 자식 된 직분을 할 따름이니, 부모께서 나를 사랑하지 않음은 나에게 무슨 죄가 있어서인가."라고[117] 했으니, 순임금이 부모의 사랑을 받지 못한 신세를 슬프게 여기면서 깊은 사모의 정을 가졌던 것을 말한다. <원사(怨詞)>, "소첩이 가지고 있는 비단 옷, 진왕(秦王)이 계실 때 만들었지요. 봄바람 속 자주 춤추었는데, 가을이 오자 차마 입기 어렵네요."는[118] 궁녀가 예전에 입던 비단 옷을 입고 진왕(秦王)에게 총애를 받던 옛 시절을 회상한 작품이니 자기 연민에 가깝다. 또 <원가행(怨歌行)>은 한나라 궁녀 반첩여(班婕妤)가 총애를 받지 못하는 자신을 비단부채에 가탁한 것으로, 총애를 받을 때는 부채가 군주의 품속과 옷소매 사이를 드나드는 것과 같다가 사랑이 쇠하고 나면 하루아침에 서늘한 가을바람이 불어 상자 속에 버려둔 부채와 같이 은혜와 사랑이 끊어진다는 내용이다.[119] <원가행> 또한 왕의 총애를 잃은 서글픈 자기 신세를 한탄한 것이다. "음악이 실상을 잃으면 그 음악은 즐겁지 아니하고, 음악이 즐겁지 않으면 그 백성이 반드시 슬프고 그 생업이 꼭 근심스럽게 된다. 고유(高誘)가 주하기를 '원(怨)'은 슬픔이라."[120] 했는데, 군주제사

---

115) 朴魯埻, 앞의 책, pp.160~161.

116) "萬章問曰 舜往於田 号泣於旻天 何爲其号泣也 孟子曰 怨慕也 怨慕 怨己之不得其親而思慕也"(『孟子』 萬章 上).

117) "我竭力耕田 恭爲子職而已矣 父母之不我愛 於我何哉"(『孟子』 萬章 上).

118) "妾有羅衣裳 秦王在時作 爲舞春風多 秋來不堪著"(沈德潛 엮음, 서성 옮김, 『당시별재집』 5, 소명출판, 2013, p.264).

119) "漢宮班婕妤寵眷旣衰 託興於紈扇 謂其得寵之時 如扇出入於君之懷抱衣袖間 一旦愛衰 則如秋至風凉 廢棄於篋笥中 恩愛絶矣"(『古文眞寶』 卷2).

120) "失樂之情 其樂不樂 樂不樂者 其民必怨 其生必傷 高誘注 怨 悲"(『呂氏春秋』 侈樂).

회였던 점이나 신충이 곧 중시로 복귀한 사실을 감안하면 <원가>의 '원이작가(怨而作歌)'는 원망보다는 "슬퍼하며 노래를 지었다."로 보는 것이 타당할 것으로 보인다.

5. 노래에 마음을 담아 정치현실의 변화를 기대하다

<원가> 1~8구의 내용이 주로 정치현실의 문제, 처량한 마음으로 은둔한 슬픔을 담았다. 이에 망실한 후구(9·10구)는 정치현실이 달라지기를 기원하는 내용이었을 확률이 가장 커서, 전제정치에 힘을 싣고 외척세력인 김순원 일파가 세력화하는 정계 구도에 변화를 촉구하는 메시지였을 것으로 추정한다. <원가>를 잣나무에 붙이자 곧 나무가 누렇게 말랐고 신충에게 벼슬을 주고 난 후에 다시 소생하였으니, 이는 목이 현상이 당시 정계 구도를 재편하는 계기가 되었음을 말한다. 이런 점에서 <원가>는 현실적 목적성이 분명한 작품이다.

<원가>는 자신과의 언약을 지키지 않는 왕에 대한 원망의 노래라기보다는 언약을 지킬 수 없는 정치적 권력구도에 대한 반론이고, 효성왕 곁에서 사랑을 받지 못하는 자기 신세를 탄식하는 원모와 슬픔의 노래이다.

자기감정을 진솔하게 드러냄으로써 수목의 정령을 움직여 명분을 얻고 뜻을 이루었으니 사람들에겐 <원가>가 천지 귀신과 감통하는 마력의 노래로 여겨졌을 것이다. 8구에서 세상 모든 일을 떠날 것처럼 표현한 것은 역으로 세상에 대한 아쉬움과 미련이 그만큼 크다는 뜻임을 강조한 것이다. "녈 믌겨랏 몰애"라는 비유에도 화자의 마음이 잘 담겨 있는데, 이는 당시에 신충이 "자기 뜻에 따라 주체적으로 살지 못하고 외부 환경에 따라 휩쓸리면서, 자신을 감당하고 가눌 수 없을 만큼 극심한 공격이나 비방에 시

달리는 처지"였음을 말해준다. <원가>는 자신의 뜻과 상반되게 흘러가는 정치현실에 대한 비애와 자탄을 담아 향후 정치 구도의 변화를 꾀한 작품이다.

<제망매가(祭亡妹歌)>

누이의 천도재(薦度齋)에서 불도를 말하다

1. 서정적인가, 종교적인가?

<제망매가>는 정제된 형식미와 고도의 서정성을 담은 작품으로, 대체로 "죽은 누이에 대한 추모, 누이의 죽음으로 인한 슬픔과 그 극복 의지"를 담았다고 말한다. 인간에게 피할 수 없는 운명인 죽음에 대한 두려움과 누이와의 사별에 따른 애절함을 종교적 구도(求道)로 승화한 작품이라는 판단에 따라 작품을 3개 단락으로 나누고, 제1~4구는 죽음의 비애에 대한 인식, 5~8구는 남매의 이산(離散)과 인생무상에 대한 서정적 비유, 9~10구는 종교적 의지라고 구분한다.

기존 논의는 <제망매가>를 하나의 독립된 문학작품으로 놓고 미학적 관점에서 시석 이미지나 의미망을 추출한 것이 아니라 작품을 단락 나누고 단락마다 제기되는 인식론적 의미를 평면적으로 해설하는 데 그치고, 작품 전체의 의미 구조에서 죽음 인식의 성격, 비유와 수사(修辭), 정토왕생사상이 어떤 상호 관련성을 지니고 기능하는지에 대해서는 별로 주목하지 않았

다는 지적도[1] 있었다. 화자가 죽음 앞에서 두려움(머뭇거림)을 가지고, 누이와의 이별에 인간적 비애와 탄식을 느끼고, 덧없는 삶에 대한 무상감을 그린 1~8구와 수도(修道)를 통해 서방정토(극락)에 이르겠다는 자세를 그린 9~10구는 매우 이질적 정서이다. 불교에서는 삶과 죽음에 대해 의연한 태도를 가지는 것이 보편적이므로 작품에 나타난 두려움·탄식·비애에 대해서는 좀 더 심도 있는 설명이 필요하다.

이에 본고는 "生死路隱 此矣有阿米"(A)·"次肹伊遣"(B)·"此矣彼矣浮良落尸葉如"(C)에 대한 풀이를 바탕으로 <제망매가>의 의미 해석을 시도하고자 한다. 첫 구절(A)에서는 '此矣有阿米'의 의미를 다시 짚어보고, 둘째 구절 "次肹伊遣"(B)에 대해서는 의미 추정 단계에서 벗어나 좀 더 실증적 근거를 찾으려 노력할 것이다. 셋째 구절(C)은 누이와의 사별을 가지에서 떨어진 낙엽에 견준 비유이므로 비유의 연원과 함축을 다시 살펴 <제망매가>의 전체적 흐름을 유기적으로 파악해 나갈 것이다. 이 과정에서 월명사 사고의 근간이 되었을 불교 이론을 적극 활용하여 작품에 일관된 맥락과 정서를 찾아나갈 것이다.

2. 〈제망매가〉의 구절 풀이?

1) "生死路隱此矣有阿米次肹伊遣"

그동안 해독을 위한 노력을 계속했음에도 <제망매가>의 "次肹伊遣"은 여전히 난해 구절로 남아있는데,[2] 이 구절은 앞 구절 "生死路隱 此矣有阿

1) 具本機, 「<祭亡妹歌>의 詩的 構成과 意味-화자와 청자 사이의 인식론적 거리」, 『한국고전시가작품론 1』(집문당, 1992), pp.123~124.

2) "차힐이견 넉자는 쉬 합의를 보기 어려운 부분이다."(김완진, 『향가와 고려가요』, 서울대학

米"를 비롯해 작품 전체 해독에 미치는 영향이 크므로 매우 난감하다. 그동안 이 구절은 '次'를 음독하느냐 훈독하느냐에 따라, 그리고 '次'와 '伊'를 모두 훈독하느냐에 따라 대체로 다음과 같이 해독했다.

(1) 저히고 : 소창진평, 양주동, 홍기문
(2) ㅈ흘이고 : 지헌영, 유창균
(3) 앗올이오(어즐이오) : 이탁
(4) 멈흐리견 : 서재극
(5) 머믓그리고 : 김완진, 미지깔이겨 : 김선기, 메지홀 지견 : 정렬모
(6) 버글이고 : 강길운

향찰 원리에 비추면 '次'는 훈독일 가능성이 높지만 대안을 찾기가 쉽지 않았다. 4행 '毛如云遣去內尼叱古'와의 의미맥락으로 보아 김완진(1980)의 '머뭇그리-'를 따르며 해독을 미루기도[3] 했다. '저히고'는 "두려워지고(畏, 懼), 있을 수 없어"(홍기문), '어즐이오'는 "어찌릿고, 어찌할 수 있느냐!", '멈흐리견'은 "머믈우거니와(머무르거니와, 靈駕를 머무르게 하고)", '머뭇거리고'이다. '有阿米∨次'가 아니라 '有阿∨米次'로 끊어 읽은 (5)의 '미지깔이겨'와 '메지홀 지견'은 각각 "머뭇거리고, 미적거리다", "끝마칠 적에는"의 뜻이고, 'ᄌ흘이고'는 "죽고", 'ㅈ흘이고'는 "낳고(生)"(지헌영)·"의지하고"(유창균)로 해석했다.[4] 이를 "무섭게 하다, 두렵다, 무섭다"[5]로 읽고 "소식 없이 찾

교출판부, 2000, p.153)와 같은 지적이 여러 번 있었다.

3) 고정의, 「제망매가 해독의 일고찰」, 『울산어문논집』 11(울산대학교 국어국문학과, 1996), pp.89~91.

4) 梁柱東, 訂補版 『古歌研究』(博文書舘, 1960), p.545; 홍기문, 『향가해석』(조선민주주의인민공화국 과학원, 1956), p.255; 李鐸, 『國語學論攷』(正音社, 1958), p.239; 徐在克, 『新羅 鄕歌의 語彙 研究』(啓明大學校 韓國學研究所, 1975), p.37; 金完鎭, 『鄕歌解讀法研究』(서울大學校出版部, 1980), p.125; 김선기, 『옛적 노래의 새풀이-鄕歌新釋』(普成文化社, 1993), pp.315~318; 정열모, 『향가 연구』(사회과학원출판사, 1965), p.265; 金俊榮, 『鄕歌文學』(螢雪出版社, 1982), p.149; 池憲英, 『鄕歌麗謠新釋』(正音社, 1947), p.23; 兪昌均, 『鄕歌批解』(螢雪出版社, 1994),

아온 죽음의 공포,[6] 두려움・처창(悽愴)함, 미지의 세계에 대한 두려움"으로[7] 보기도 한다.

이 중 (1)・(5)가 통설을 이룬다. 피할 수 없는 죽음이기에 인간은 생사로 갈리게 마련이고, 생사의 길이 곁에 있기에[8] 항상 두려워하고 머뭇거리는 태도를 취할 수밖에 없다는 것이다. "수행하는 스님이 죽음이라는 원초적인 문제 앞에서 머뭇거리고(두려워하고) 있는 모습을 노출하고 있는데, 종교인이 죽음을 두려워한다면 신앙심이 약한 것이다. 누이의 죽음을 종교적 신이함으로 극복하고 극락왕생하게 했다는 것은 너무나 비종교적 발상"[9]이라는 지적도 있었고, 두려움과 머뭇거림은 제9・10행 극락왕생의 소망에 비추어 어색하므로 그 주체를 분명히 할 필요성도 제기된 바 있다.[10] "次의 훈독은 사뇌가와 고지명에 일절 용례가 없다. 次의 근훈(近訓) '다ᄋᆞᆷ'은 '異・殊'의 훈 '닫'의 원음 '다ᇫ'의 명사형 '다ᅀᆞᆷ(다ᄋᆞᆷ)'이오 고훈(古訓)은 '副'의 뜻 '벅'이나 둘 모두 훈독되지 않는다."는 이유로 '次'를 통음차(通音次) '저'로 읽고,[11] "젛, 저히, 피협(被脅)되고, 피구(被懼)되고(脅, 怵)"의 뜻으로 이해한 것,[12] '머뭇-흘-이-고'(머뭇그리고)로 해독하여 "머뭇거리고"로 이해한 것은 모두 훈독에 찬동하지만 적절한 용례를 발견하지 못하여 선택한 대안으로서의 성격이 강하다.

---

pp.707~708; 姜吉云, 『鄕歌新解讀硏究』(한국문화사, 2004), pp.208~209 참조.

5) 류렬, 『향가연구』(박이정, 2003), p.216.

6) 朴魯埻, 『新羅歌謠의 硏究』(悅話堂, 1982), p.183.

7) 尹榮玉, 『新羅詩歌의 硏究』(螢雪出版社, 1991), pp.70~71; 朴昱奎, 「<祭亡妹歌>에 나타난 삶과 죽음의식」, 『瑞江大論文集』 14(서강정보대학, 1995), p.10.

8) 정경섭, 『고전문학의 이해와 감상 1』(문원각, 2003), p.49; 김원호, 『고전시가 분석 노트』(디딤돌, 2006), pp.67~68.

9) 박경우, 「제망매가의 서정 층위와 변이 양상 분석」, 『향가의 수사와 상상력』(보고사, 2010), pp.116~117.

10) 신재홍, 『향가의 해석』(집문당, 2000), pp.212~213.

11) 梁柱東(1960), p.543.

12) 梁柱東, 詳註 『國文學古典讀本』(博文出版社, 1948), p.242.

한편 '次'를 훈독해 '벅다(次) · 버히다(斬) · 버흘다(離) · 벌다(開) · 벗기다(寫)' 등에서 어근 '버'를 추출해 '버그리고'(갈라지고)로 읽은 적도 있다.[13] "이에 이스메 버글이고/이에 이ᅀᅡ매 버금이고"로 읽어, "죽고 사는 길은 현실에 있으므로 그것에 대한 슬픔은 차치하고"라[14] 풀기도 한다. '버글이고'로 읽으면서 "틈새를 벌여 서로 갈라지게[乖] 한다는 뜻으로 볼 경우에 '생사로(生死路)'는 너와 나, 곧 누이와 화자의 이별이 이루어지는 갈림길"[15]을 가리킨다고 설명하기도 한다. '次'를 '버글'(=다음), '두 번째이고'로[16] 해석하기도 한다. 이상은 훈독을 시도했다는 점에서 필요한 전환점을 만들었지만, 마땅한 용례를 함께 제시하지 않았다는 점이 아쉽다.

(7) "조부모나 부모께서 연로하고 병이 들어, 구완할 버근 남자가 없거들랑…."(祖父母父母老疾 應侍家無以次成丁者"-"祖父母父母弋只 年老 有病是遣 犯斤侍病男丁無在乙良 其矣"(『大明律直解』 卷1, 名例律, 犯罪存留養親)

(8) "함께 죄를 범한 사람 가운데 버근 가장을 처벌한다."("以共犯罪 次長者 當罪-同犯罪人內良中 犯斤家長乙 坐罪齊"(위의 책, 같은 항)

『대명률직해』에서 '次'의 대역어 '犯斤'은 훈독 '버근'이다.[17] '老疾~次成丁者'을 이두에서는 '병구완 할 버근 남정(犯斤侍病男丁)'이라 했다.[18] 『원각경』이나 『금강경』의 용례를 바탕으로 '次'의 어간을 '벅, 버그'니, '버글이고'로 읽고 "다음이고, 동생이 되고(친근한 사이, 남매간이 되고)"로 읽기도 했다.[19]

---

13) 池炯律, 『鄕歌正讀』(瑞原企業, 1996), pp.134~135.
14) 姜吉云, 앞의 책, p.206.
15) 신영명, 『월명과 충담의 향가』(넷북스, 2012), p.26.
16) 姜吉云, 앞의 책, pp.208~209.
17) 고정의, 앞의 논문, pp.90~91.
18) 『大明律直解』 卷1, 名例律, 犯罪存留養親; 奎章閣 資料叢書 法典篇 『大明律直解』(서울대학교 규장각, 2001), p.56.

(9) "염한이 운쉬 맛고 간신이 니러나라홀 어즈러이니 몬져 십상시 난이 잇고 버거 동탁의 난을 맛나며"(禪眞 15 : 63), "밤에 대궐을 범ᄒᆞ여 몬져 대뎐을 범ᄒᆞ고 버거 동궁을 범한 후의 급히 경국보롤 내여 대비의게 드린 후에"(朝記 西宮廢論 8 : 22)[20]

'버거(次)'는 '몬져(先)/처엄(初)'에 이어지는 뒤(後)라는 뜻이다.[21] (9)에서 '버거'는 둘째・셋째・넷째 등[22]으로 이어질 때도 쓰였다. 이에 '차힐이견'의 '차(次)'를 앞의 것에 지속해 이어지는 차서(次序)・차제(次第)의 의미로 보는 것이 합리적이다. "동지섣달 지난 다음엔 봄이 이르러, 좋은 때가 고기비늘처럼 계속되리라."에서는[23] 계절의 이어짐을, 선비들이 공부할 『대학』과 『논어』・『맹자』를 소개할 때도 그 다음 연결이 되는 책을 의미할 때[24] '차급(次及)'을 썼다.

"식(識)이 멸하는 것을 사(死)라 하고, 복덕의 인연으로 식이 일어나는 것을 생(生)이라 한다."[25]고 하고, "현세 가운데서 처음으로 제음(諸陰)을 얻는 것을 생이라 하고 또한 오음이 퇴몰한 것을 사(死)"라[26] 했으니 '생사로'는 "인간이 죽고 사는 길"의 계속됨을 뜻한다.

---

19) 金俊榮, 『鄕歌詳解』(教學社, 1964), pp.84~85.

20) "不期炎漢數終 奸邪亂國 先有十常侍之變 次遭董卓之亂"(禪眞 15 : 63), "乘夜犯闕 先犯大殿 次犯東宮後 急傳國寶而進大妃" 朝記 西宮廢論 8 : 22.

21) "녁싱이 몬져 뉵국 종횡하던 말을 니라고 버거 진황의 무도훈 말을 니ᄅᆞ니 말솜이 도도ᄒᆞ여 하슈롤 드리온 듯ᄒᆞ여 그치지 아니ᄒᆞ니(於是酈生先說大國縱橫 後言秦皇無道 口如懸河 滔滔不絶)"(西漢 3 : 18), "처엄믄 일후미 더러운 位오. 버건 일후미 더러우며 조한 위오"(初名染位次名染淨位, 심경 41), "그 버거는 넙지를 篤實히 ᄒᆞ며"(其次有篤志, 飜小學 9 : 12).

22) "믹일 ᄉᆞ경의 오술 닙으샤 평명의 됴회랄 바ᄃᆞ시고 버거 시ᄉᆞᄒᆞ시고 버거 눈ᄃᆡᄒᆞ시고 버거 경연ᄒᆞ샤"(朝會 2 : 89) "每日四夜求衣 平明受朝 次視事 次輪對 次經筵"(朝會 2 : 89).

23) "長至嘉平次及春 佳辰相續似魚鱗" 金宗直, 「己酉冬至五首 十一月二十二日」, 『佔畢齋集』 卷23.

24) "子程子曰 大學 孔氏之遺書而初學入德之門也 於今 可見古人爲學次第者 獨賴此篇之存 而論孟次之 學者必由是而學焉 則庶乎其不差矣" 『大學章句』.

25) "世尊 如此之身 云何名死 云何名生 佛言 善男子 識滅名死 福德因緣 識起名生"(『僧伽咤經』 卷4).

26) "是故現在世中 初得諸陰名生 亦說五陰退沒名死"(『成實論』 卷7, 夏 不相應行品 94).

(10) "그 묻ᄌᆞ오매 당(當)과ᄒᆞ시고 해(解)와를 둘헤 아니ᄒᆞ샤 곧 비로자나(毗盧遮那) ㅣ시니 삼성(三聖)이시니 그럴ᄊᆡ 문수(文殊)ᄭᅴ 버그시니라"(故次文殊, 圓覺 上一之二 69)[27]

(11) "ᄃᆞᆼ(道)애 드로ᄆᆞᆫ 셩(性) 보ᄆᆞ로 ᄀᆞᆫ원(根源) 삼고 법(法) 아로미 버그니 비록 셩(性)을 보아도 만법(萬法)을 아디 몯ᄒᆞ면…"(了法 次之, 楞解 4 : 1)[28]

(12) 버금 ᄎᆞ(次)(音韻 30b), 버금 듕(仲)(音韻 12a), 버금 부(副)(音韻 16a), 버금 아(亞)(音韻 21b), 버금 슈(倅)(音韻 20a), 버검 이(貳)(音韻 26b)

(10), (11)에서 "~ 문수(文殊)ᄭᅴ 버그시니라", "법(法) 아로미 버그니"의 '次'는 "賢은 聖에 버그샤미오"(賢則亞聖, 『圓覺』 上一之二 75)에서의 '亞'와 같이 "버금가다"는 뜻의 용언 '버그다'이다. 이에 '차힐이견'을 "次(버그ᄒᆞ)+肹(흘)+伊(이)+遣(고)로 분석하고, '버글'은 '次'의 뜻 '버그'을 취하고 '肹'을 '글'로 읽고 '버그'의 '그'를 장음으로 읽어 '그ᄒᆞ', 즉 '버그ᄒᆞ'로 읽는" 데 동의한다.[29] 이는 '慚肹伊'을 '븟그흘'로 읽은 <헌화가>의 독법과 같은 것이다. (12)에서 '次'는 '仲·副·亞·倅·貳'와 같이 '버금·다음·둘째'라는 뜻인데, 이상을 종합하면 '버그다(버글다)'는 서술어·관형어로서 "처음에 이어지는 다음 차례, 뒤를 잇다."를 뜻한다.[30]

(13) "대도사(大導師)에게 경배합니다./능히 구속을 끊으심을 경배합니다./

27) "故로 當其問ᄒᆞ시고 行解不二ᄒᆞ샤 卽是毗盧遮那ㅣ시니 是爲三聖이시니 故로 次文殊ᄒᆞ시니라" (『圓覺 經諺解』 上一之二; 『역주 원각경언해』, 세종대왕기념사업회, 2004, pp.71~72).

28) "入道ᄂᆞᆫ 以見性ᄋᆞ로 爲本ᄒᆞ고 了法이 次之ᄒᆞ니 蓋雖見性ᄒᆞ야도 不了萬法ᄒᆞ면 …"(『楞嚴經諺解』 卷4; 『능엄경언해』, 大提閣, 1985, p.185).

29) 양희철, 『삼국유사향가연구』(태학사, 1997), pp.556~557. 다만 '차힐이견'의 뜻을 "다음이고(두 번째이고)"로 보고, "中有의 生死路는 지금 내가 올리고 있는 追薦齋에 달려있기 때문에 두 번째이고, (우선은) '나는 가나다'라는 말도 모두 가볍게 이르고 가느냐?"라는 의미 해석은 견해를 달리한다.

30) "若不獲命而使嗣宗職 次及於事…"(『左傳』 成公 3年), "其法何以 先教小學 次及四子 道豈在遠 學固平易"(李玄逸, 「又鄭元陽」 『葛庵集 續集』 附錄 卷4).

이미 깨달음의 언덕(彼岸)에 이르러/중생을 제도하며/생과 사를 떠난 부처님을 경배합니다./중생의 오가는 모습을 밝히고/온갖 사물[法]로부터 해탈하였으니/세간의 집착 여의기를 마치 연꽃과 같이 하여/항상 공적(空寂)을 행하시네."[31]

『능엄경』에 "나고 죽는 것은 서로 이어져 태어나서는 죽고, 죽어서는 또 다시 태어나고, 태어나고 또 태어나고, 죽고 또 죽는 것이 마치 '화륜(火輪)'이 빙빙 도는 것과 같아 쉼이 없다."고[32] 했다. 생사란 일체의 중생들이 업의 부름에 따라 태어나서는 죽고, 죽은 자가 또 태어나는 것이고,[33] 위에서는 이 생사의 길을 '생사도(生死道)'라 했으니 결국 생사도와 <제망매가>의 생사로(生死路)는 동일한 의미이다. 위에선 생과 사의 길을 떠나 깨달음의 언덕에 이른 부처님을 경배한다고 했다. 깨달음의 언덕을 '피안(彼岸)'이라 하는 반면 생과 사의 인생길을 '생사도·생사로'라 했다. 『대지도론』 12에 "바라는 진언(秦言)으로 피안이다.", "생사는 차안이 되고, 열반은 피안이 된다."[34]했고, 『유마경』 불국품에 머리를 조아리고 피안에 이르렀다 하며 주에 "조(肇)가 말하기를 피안은 열반안(涅槃岸)이라[35]했다.

(14) 선의 보살은 말하였다.

"생사와 깨달음(涅槃)은 서로 대립한다. 만약 생사 자체의 본성을 이해하면 생사는 이미 없는 것이다.-거기에 사람을-결박하는 것은 없고 그로부터

---

31) "稽首一切大導師 稽首能斷衆結縛 稽首已到於彼岸 稽首能度諸世間 稽首永離生死道 悉知衆生來去相 善於諸法得解脫 不著世間如蓮華 常善入於空寂行"(『維摩經 外』, 東國譯經院, 1986, pp.29~30).

32) "生滅相續 生死死生生生死死 如旋火輪 未有休息"(唐天竺沙門般刺蜜帝 譯, 『楞嚴經』 卷3).

33) 韓國佛敎大辭典編纂委員會 編, 『韓國佛敎大辭典 3』(寶蓮閣, 1982), pp.500~501.

34) "生死爲此岸 涅槃爲彼岸 而不能渡檀之彼岸"(『大智度論』 卷12, 大智度論釋初品中檀波羅蜜法施之餘).

35) 韓國佛敎大辭典編纂委員會 編, 『韓國佛敎大辭典』 6(寶蓮閣, 1982), p.875.

벗어날 필요도 없다.-또 고뇌로 인하여 몸을-태울 일이 없으므로 그것을 없앨 필요도 없다. 이같이 깨닫는 것이 절대 평등한 경지에 드는 것이다.[36]

생사가 있는 중생의 고해를 차안이라 하고, 생사가 없는 열반(깨달음)의 해(海)를 피안이라 하였다. 『유마경』 아축불품(阿閦佛品)에서 "이 언덕도 아니고 저 언덕도 아니며 중류도 아니다. 그러나 중생을 교화하고 계신다."[37]하였고, 주에 "생(生)이 말하기를 이 언덕을 생사라 하고, 저 언덕을 열반이라 하며 중류는 결사(結使)다"한 것처럼, 생사의 '차안'과 열반의 '피안' 사이에 '중류(中流=中有)'가 있다.[38] 차안은 차토(此土)·차생(此生)·차세(此世)·이 세상·이승·현세(現世)·차승(此乘)과 같아 아미타불의 극락인 타토(他土)·타방(他方)·피토(彼土)·피생(彼生)·피세(彼世)·저 세상·저승에 견주어 사바세계(裟婆世界)를 말한다.

그간 '此矣有阿米'의 '이에(此矣)'를 "누이가 중유의 생사에 처한 시간, 월명사가 죽은 누이를 위해 올리는 사십구재의 시간"으로[39] 이해했다.

사람은 죽으면 몸과 분리된 영혼이 일정한 기간을 거친 후 육도(六道) 중 하나의 존재로 윤회한다. 일회적인 삶을 다한 후에도 끊임없이 생과 사를 되풀이하니 불교에서 사후세계는 무한히 열려 있는 셈이다.[40] 육도란 중생이 스스로 지은 업(業)에 이끌리어 지향하는 여섯 상태나 세계를 말하는데, 크게는 선도(善道)와 악도(惡道)로 분류되고 작게는 지옥·아귀·축생·아수라(阿修羅=수라)·인간·천상 등으로 구체화된다.[41] 윤회를 근간으로 하는 1

36) "善意菩薩曰 生死 涅槃爲二 若見生死性 則無生死 無縛無解 不生不滅 如是解者 是爲入不二法門"(『維摩經 外』, 위의 책, p.113).

37) "不此岸 不彼岸 不中流 而化衆生 觀於寂滅 亦不永滅 不此不彼 不以此 不以彼"(『維摩詰所說經』 見阿閦佛品 第12).

38) 양희철, 「<제망매가>의 표현과 주제」, 『新編 古典詩歌論』(새문사, 2002), pp.114~119.

39) 楊熙喆, 「祭亡妹歌의 意味와 形象」, 『국어국문학』 102(국어국문학회, 1989), p.244; 양희철, 제망매가의 표현과 주제」, 『인문과학논집』 21(청주대학교 인문과학연구소, 2000), p.165.

40) 구미래, 『한국인의 죽음과 사십구재』(민속원, 2009), pp.360~361.

회의 삶은 생유(生有)・본유(本有)・사유(死有)・중유라는 4유의 단계로 설명한다. 즉, 각자의 업에 따라 모태에 잉태되는 순간을 생유라 하고, 출생 후 죽음에 이르기까지 생전의 존재를 본유라 하며, 죽는 순간을 사유, 그리고 죽어서 다시 태어나기 전까지의 존재를 중유라 한다.

이전 존재가 다음 존재로 태어나기 위해선 중유라는 사후 기간을 거쳐야 하므로, 윤회하는 삶의 과정에서 보면 본유와 중유가 결합하여 일생을 이루고 있는 것이다.[42] 윤회를 근간으로 하는 1회적 삶은 모두 이승(차생・차안)에서 일어난다. "오호라! 모습이 바뀌어가는 데에는 다 인연이 있는 것이라, 여기에서 죽고 저기에 태어나는 것은 대개 그러한 일이라."에서도[43] 여기는 이승을, 저기는 피안을 지칭한다. '次肹伊遣'는 앞뒤 순서를 번갈며 지속되는 차서이므로 <제망매가> 1・2구 '生死路隱~次肹伊遣'는 이승에서의 사람들은 인생에서 피할 수 없는 고통, 즉 나고 늙고 병들어가는 일과 죽는 일, 죽은 다음 생이 결정되는 중유의 순간까지 계속되는 생사윤회의 원리를 반복한다는 뜻이다.[44] 삶은 죽음 다음에, 죽음은 삶 다음에 이어져 삶과 죽음은 서로 '버금'이요, '버그는' 관계이다. 깨달음을 얻어 열반에 이르면 윤회의 업은 끝나지만 아직 열반에 들지 않은 사람의 혼은 태어났다가 죽고 죽었다가 다시 태어나니 육도의 윤회를 계속하는 것이니 삶과 죽음은 이승에서 서로 버그는 것이다.

---

41) BBS 편성제작국, 『알기 쉬운 불교』(불교방송 출판부, 1992), p.312.
42) 구미래, 『사십구재』(민족사, 2010), pp.42~43.
43) "嗚呼 化有緣 有緣盡 死於此 生於彼 擧之事也"(赫連挺, 『均如傳』, 第十 變易生死分者).
44) "此는 삶과 죽음이 나누어지는 순간에 대한 것이 아니라 윤회라는 중생의 존재 양상에 대한 불교적 인식에 근거한 것"(박재민, 『신라 향가 변증』, 태학사, 2013, pp.360~361).

2) "於內秋察早隱風未 此矣彼矣浮良落尸葉如"

<제망매가> 5~8구는 같은 부모에서 태어나 죽은 후엔 서로 가는 곳을 모르는 인생을 바람에 날리는 낙엽에 비유했다. 죽음에 의한 이별을 낙엽에 비유하는 것은 불교 문화권에서는 이미 보편적인 것이고 그 표현도 관습적으로 굳어져있다.[45)]

(1) "쓸쓸히 창가에 앉아 나의 벗 생각노니/계절 따라 풍경은 절로 분분히 바뀌누나./덧없는 인생은 그저 바람에 날리는 낙엽이니/저물어가는 한 해가 어찌 패전한 군사만 하랴."[46)]

(2) "옛날에 듣기로 조씨네 집 피리는/한 곡조에 들보의 먼지 날린다더니/이별한 지 벌써 십 년에 가까운데/덧없는 자취 그 어디로 가셨느뇨."[47)]

(3) "아 덧없는 인생 늙고 쇠했으니/별장이 한가히 지내기에 넉넉하네./논밭은 겨우 세 이랑 남짓,/산수는 한 언덕으로 만족하네./이리저리 떠돌아 정착하기 어려워라/높은 벼슬을 어찌 다시 구할쏜가."[48)]

(1)에서 인생을 바람에 날리는 낙엽에 비유한 것은 <제망매가>의 발상과 같다. 이백의 "모두 바람에 날리는 낙엽처럼(俱飄零落葉), 각기 흩어져 동정호 물결 따라 흘러, 몇 해 동안 만나지 못했네."도[49)] 은거하는 삶을 바람에 날리는 낙엽에 비유하며, 인생은 짧고 덧없고, "정한 곳, 일정한 장소"가

45) 송지언, 「감동천지귀신의 의미와 제망매가의 감동」, 『국어교육』 139(한국어교육학회, 2012), p.271.

46) "悄悄軒囱念我羣 推遷時物自繽紛 浮生但覺風飄葉 殘歲爭如戰敗軍"(李瀷, 「歲除用前韻 二首」, 『星湖全集』 卷2).

47) "舊聞趙家笛 一曲梁塵飛 別來近十年 飄零何處歸"(李廷龜, 「又次贈笛工億良 趙兵使家奴也」, 『月沙集』 卷16, 倦應錄 上).

48) "浮生嗟潦倒 別墅足遨遊 田畝餘三頃 煙霞足一丘 飄零難自定 名宦復何求"(徐居正, 「自諸富村墅垂晩到夢村」, 『四佳詩集』 卷50. 詩類).

49) "昔別黃鶴樓 蹉跎淮海秋 飄零落葉 各散洞庭流 中年不相見"(李白, 「贈王判官時余歸隱居廬山屛風疊」, 『全唐詩』 3函5冊; 『全唐詩』 上, 上海古籍出版社, 1986, p.399).

없어 정처 없으며, "대수롭지 않거나 쓸모가 없어" 부질없음을 강조한다. 이별한 지 십 년, 덧없는 자취를 한탄한 (2), 늙고 쇠한 떠돌이 인생을 덧없다고 한 (3)의 맥락은 같다. <제망매가>에서 부모・자식을 나무뿌리와 가지라는 보조관념을 활용하지 않고 나뭇가지와 나뭇잎에 비유한 것은 둘의 관계가 얽매이고 집착할 것이 아니라는 점, 인생에서의 만남이란 짧고 일시적인 것이요 본디 정해진 일임을 강조하기 위한 설정이다. "공천(孔穿)은 공자의 후손이라(孔穿 孔子之葉也, <公孫龍子>) 한 데서 그 용례를 찾을 수 있다.

(4) "세존하 우리 무리 표령ᄒᆞ야 표령ᄋᆞᆫ ᄇᆞᄅᆞᆷ 부러 닙 뻐러딜씨니 육도애 두루 ᄃᆞᆫ뇨ᄆᆞᆯ 니ᄅᆞ니라"[50]

(5) "비유컨대 봄에 난 나무/점점 자라 가지와 잎 우거졌다가/가을 서리에 말라 떨어지는 것처럼/한 몸으로도 오히려 나뉘나니"[51]

(4)처럼 나뭇잎이 바람에 나부끼어 흩날리는 것을 표령(飄零=飄落)이라 했는데, 인간이 덧없이 육도를 두루 다니는 것, 한곳에 안착하지 못하고 이리저리 떠돌아다니는 것을 말한다. (5)에는 봄에 난 잎이 우거졌다가 가을엔 낙엽 되어 떠다니듯 인간은 정처 없이 윤회하고, 영원을 꿈꾸지만 영원한 것은 없어 모든 존재는 끊임없이 변화한다 했다. 정해진 이별이지만 인간은 늘 이별의 순간을 아쉬워하고, 예정된 죽음이지만 늘 죽음을 애달파한다. 이 아쉽고 애달픈 마음은 무엇 때문인가. 모든 것이 무상한 것인데 우리는 사물을 모두 나의 것이라고 생각하여 고집하고 있기 때문이다. 이에 불교에서는 "사람들은 나의 것이라고 사물에 집착하기 때문에 근심한다.

---

50) 세종대왕기념사업회 편, 『역주 능엄경언해』 제5・6(천풍전산, 1997), p.30.

51) "譬如春生樹 漸長柯葉茂 秋霜遂零落 同體尙分離"(김달진, 車匿還品 제6, 『김달진전집 9 붓다차리타』, 문학동네, 2008, pp.116~117).

자기가 소유한 것은 항상 머물고 있는 것이 아니고, 이 세상 모든 것은 오직 변하고 없어질 것이다."를 설하며, 집착이나 욕망 · 무상 · 나 자신(자기)의 고찰을 통해 괴로움과 근심에서 벗어날 것을 강조한다.[52)]

<제망매가> 5~8구는 '가을'과 '바람', '잎'과 '가지' 등을 통해 삶이 지닌 쓸쓸함(가을), 유동성과 무상함(바람), 가볍고 덧없음(잎), 가녀리고 흔들림(가지) 등의 심상을 떠오르게 하여[53)] 인생무상과 덧없음, 부질없음을 일깨우려는 표현이라 한다. 그 결과 "생사의 무상함을 나뭇잎에다 비유하여, 누이의 요절에 대한 한(恨)"으로 해석하는 경우가 많지만, 『벽암록』을 살피면 "어떤 스님이 운문스님에게 물었다. **'나무가 메마르고 잎새가 질 때면 어떠합니까?**(이는 무슨 상황인가. 집안이 망하자 사람이 뿔뿔이 흩어지고, 사람이 뿔뿔이 흩어지니 집안이 망하는구나)', **'가을바람에 완전히 드러났느니라.**(하늘과 땅을 떠받들고 버티며 못을 끊고 무쇠를 자른다. 말끔히 벗어버리고 아무것도 없이 맑기만 하다. 한 번에 창공을 올라가는구나)'"[54)]라고 하여, 나무가 메마르고 잎이 지는 것, 비유적으로 인생의 쇠함과 늙음을 도리어 말끔히 벗어버리고 사치스럽지도 않으며 아무 것도 없이 맑기만 한 진면목이라 이해한다. 그러므로 <제망매가>에 나타난 월명사의 감정을 세속적인 시각이 아닌, 의연한 종교적 세계로 이해하는 것이 합리적이다.

52) 中村 元 저, 鄭泰爀 옮김, 『原始佛敎-그 思想과 生活』(東文選, 1993), p.85.
53) 신재홍, 『향가의 미학』(집문당, 2006), p.341.
54) "擧 僧問雲門 樹凋葉落時如何 是什麽時節家破人亡人亡家破 雲門云體露金風 撑天柱地斬釘截鐵淨 躶躶赤洒洒平步青霄"(圜悟 저, 백련선서간행회, 제27칙, 雲門體露金風, 『碧巖錄』 上, 藏經閣, 1993, p.219, p.240). 李喜益, 『碧巖錄』(상아출판사, 1988), pp.199~200.

3. 〈제망매가〉에 담긴 뜻?

1) 생사윤회(生死輪廻) 반복의 이치

'차힐이견'은 '버그다(버글다)'의 활용으로, 생과 사가 번갈아 계속됨을 뜻한다. 누이의 죽음에 대한 슬픈 마음의 표현이라기보다는 생사윤회의 보편적 원리를 기술한 것이다.

> 왕은 물었다. "나아가세나존자여, 그대가 말씀한 윤회란 무엇을 뜻합니까?" "대왕이여, 이 세상에 태어난 자는 이 세상에서 죽고, 이 세상에서 죽은 자는 저 세상에 태어나며, 저 세상에서 태어난 자는 저 세상에서 죽고, 저 세상에서 죽은 자는 다시 딴 곳에 태어납니다. 이것이 윤회입니다." "비유를 들어주십시오." "어떤 사람이 잘 익은 망고를 먹고 씨를 땅에 심었다고 합시다. 그 씨로부터 망고나무가 성장하여 열매를 맺을 겁니다. 다시 그 나무에 열린 망고를 따 먹고 씨를 땅에 심으면 다시 나무로 성장하여 열매를 맺게 될 겁니다. 망고나무는 이렇게 끝없이 계속될 것입니다. 윤회도 이와 같은 것입니다."[55)]

윤회전생(輪廻轉生)에 따르면, 인간은 전생의 업에 따라 다음 생의 6갈래가 결정되는데, 이 중 '지옥'에선 죄를 지은 중생이 무수한 고통을 받고, '아귀'에선 탐욕에 사로잡힌 중생이 굶주림을 받고, '축생'에선 어리석어 진리를 믿지 않고 비방하던 중생이 짐승으로 산다. '인간'에선 선·악, 고통·기쁨이 혼재하고, '수라'에선 분노·폭력·무질서가 난무한다. 생사란 영원한 사멸이 아니고 새로운 태어남의 전단계라 하겠다.[56)] <제망매가> 1·2구는 생과 사의 윤회가 무한 반복하는 원리를 담담하게 기술한 것이다.

---

55) 서경수, 『밀린다왕문경』(동국역경원, 1983), p.367.
56) 배영기, 『죽음에 대한 문화적 이해』(한국학술정보, 2006), pp.217~218.

2) 애별리고(愛別離苦)와 갈애(渴愛), 덧없음과 번뇌(煩惱)

<제망매가> 3·4구의 "나는 가ᄂᆞ다 말ㅅ도/몯다 니르고 가ᄂᆞᆫ닛고"는 황황(遑遑)히 떠난 누이의 매정함에 대한 원망이고,[57] 8구의 '가논 곳 모ᄃᆞ온뎌'는 "삶의 유한성과 무상, 죽음에 대한 고뇌",[58] "삶의 유한성, 즉 현세의 한계에 대한 체념"[59]으로 파악하는 것이 일반적이다.

"비록 몇 겁 동안을 머문다 해도/마침내는 갈리어 이별하리니/다른 몸이면서 서로 모인 것/언제나 함께할 수 없는 이치이니라."[60] 했으니, 이별은 피할 수 없는 삶의 단계·원리이다. 서로 이별하고 없어지고 서로 떠나 모이지 못하며, 멀리 떠나 함께 있지 못하고 모이지 못하여 괴롭고 사랑하는 이와 떠나 슬프고 괴로운 것이다.[61] 원효(元曉)는 사복(蛇福)의 어머니가 세상을 떠나자 그의 집으로 가서 고인에게 계율을 주고, 그 앞에서 "태어나지 말라, 죽는 것이 괴롭다. 죽지 말라, 그 나는 것이 괴롭다"라고 하자, 사복이 말이 너무 번잡하다고 하니 원효는 다시 고쳐서 말하기를 "죽고 사는 것이 모두 괴롭다"[62]고 했다 하므로 죽고 사는 일은 늘 힘들고 괴로운 일로 여겼음을 알 수 있다.

(1) 괴로움의 성제에 대해서 경전은 여덟 가지 괴로움을 드는 것이 보통이다. "어떤 것이 고성제인가. 나고, 늙고, 병들고, 죽고, 미운 것과 만나고(怨憎會), 사랑하는 것과 헤어지고(愛別離), 구하는 바를 얻지 못하는(求不得)

---

57) 尹榮玉, 앞의 책, p.71.

58) 李在銖, 「新羅鄕歌이 語法과 修辭」, 『鄕歌의 語文學的 硏究』(西江大人文科學硏究所, 1972), p.166.

59) 김수경, 「향가에 나타난 죽음인식의 두 양상-<모죽지랑가>와 <제망매가>를 중심으로」, 『이화어문논집』 11(이화여대 이화어문학회, 1990), p.227.

60) "正使經劫住 終歸當別離 異體而和合 理自不常俱"(김달진, 大般涅槃品 제26, 앞의 책, p.464).

61) 『佛說四諦經』; 월운, 『佛說泥洹經』(東國譯經院, 1995), p.516.

62) "曉布薩受戒 臨尸祝曰 莫生兮其死也苦 莫死兮其生也苦 (蛇)福曰 詞煩 更之曰 死生苦兮"(『三國遺事』卷4, 義解 第5, 蛇福不言).

것은 괴로움이다. 오취온(五取蘊)은 다 괴로움이다."(『中阿含』 卷7, 分別聖諦經)

<제망매가> 3·4구의 "나는~가ᄂᆞ닛고"는 '애별리고(愛別離苦)', 즉 사랑하는 사람과 헤어져야 하는 괴로움, 좋아하는 것과 떨어져야 하는 괴로움이다. 준비 없는 이별의 아쉬움과 고통, 누이와의 갑작스러운 이별이다. 인간은 이별이라는 진리를 받아들이지 못하여 정신적 고뇌, 슬픔과 비탄, 절망에 빠진다. 되풀이되는 윤회에서 누구나 사랑하는 사람과 함께하기를 원하지만 이는 실현이 어렵다.[63] "만일 죽을 때 생존에 대한 집착이 있다면 다시 태어날 것이요, 집착이 없다면 다시 태어나지 않을 것"이라 했다.[64] 생존에 대한 망집(妄執)에서 벗어나지 못하고, 사랑하는 이들과 헤어지지 않기를 바라는 것도 갈애(渴愛)·유애(有愛)[65]이고 집착이다. 오욕에 목말라 매달리는 것을 갈애라 하고, 무엇엔가 홀린 듯 얽매이고 탐욕(貪欲)·진에(瞋恚)·우치(愚癡)에 뇌란함을 번뇌라 하니 모두 중생의 마음을 흐리터분하게 뒤흔드는 요소다.

<제망매가> 5~8구의 "어느 ᄀᆞᄉᆞᆯ ~ 모ᄃᆞ론뎌."에는 인생무상이 주를 이룬다. 봄에 파릇하던 잎이 가을바람에 정처 없이 나부끼는 것도 덧없는 일

---

63) "백만장자 멘다까의 가족은 한때 벽지불께 음식 공양을 하면서 내생에도 아내와 아들·사위·하인 등 한 가족이 항상 함께 있기를 발원했다. 이 선업의 공덕으로 그들의 소원은 이루어졌으며, 우리의 고따마 부처님 시기에 다 같이 태어나 가족구성원이 되었다. 그러나 윤회의 고통에서 완전히 벗어나겠다는 결의를 가진 사람에게 집착의 족쇄를 키우는 발원은 어울리지 않는다."(마하시 아가 마하 빤디따 지음, 김한상 옮김, 『초전법륜경』, 행복한 숲, 2011, pp.235~236).

64) 서경수 역, 앞의 책, p.338.

65) "愛란 감각에 대한 애착이다. 즐거운 것에 대해서는 끝없이 향유하려는 탐욕이 일어나고, 괴로운 것에 대해서는 싫어하고 미워하는 마음이 일어난다. 좋고 싫음에 대한 분별과 집착이 급기야 윤회의 원동력이 된다."(서정형, 철학사상 별책 제2권 2호 『밀린다팡하-철학텍스트들의 내용 분석에 의거한 디지털 지식 자원 구축을 위한 기초적 연구』, 서울대학교 철학사상연구소, 2003, p.70).

이지만, 영원히 함께 살아갈 줄 알았던 손아래 동기(同氣)가 죽음을 맞아 떠나는 일도 슬픈 일이다.

> (2) 현상적인 모든 것들은 실체가 없고 한순간도 고정됨 없이 변하는(無常) 것임을 철저하게 인식하는 일이야말로 어떻게 살아야 할 것인지를 깨닫게 되는 지름길이다. 모든 번뇌는 탐착으로 인해 생겨나는 것임을 알고 괴로움의 실체를 분명히 깨닫는 자만이 고(苦)에서 벗어나 행복한 삶을 누릴 수 있기 때문이다.[66]
>
> (3) "이 몸은 무상하여 염념(念念)히 주하지 아니함이 전광(電光)·폭수(瀑水)·환염(幻燄)과 같다"[67], "일체유위법(一切有爲法)의 무상함이 새로 또 새로 생겼다가 사라졌다가 하므로 인연에 속한다."[68]

세간의 일체 법은 생멸전변(生滅轉變)하여 잠깐도 상주함이 없으니, 이를 '무상'이라 한다. 이 세상 모든 것은 독자적인 실체가 없고, 일정한 원인과 조건에 의해 일시적으로 생겼다 덧없이 사라지니 '제법무아(諸法無我)'이다.[69] 그러나 <제망매가> 7·8구는 한 부모에서 나고도 사후엔 가는 곳을 모른다고 탄식했으니 이별의 당연함을 깨닫지 못한 까닭이다. 일체 무아를 알지 못하고 찰나의 인연을 아쉬워하고 죽음을 허무하고 무상한 일로 여겨 불안에서 벗어나지 못했으니 이는 유애·갈애·번뇌·집착이다. 중생이란 일시적 지음[行]에 불과하다…갈애도 무상한 지음이고 조건에 의한 것이다…비구들이여, 이를 알 때 번뇌는 소멸한다 했다.[70] 그러나 불선업을 지은 나쁜 사람은 임종을 앞두고 자신이 저지른 악행을 보아 괴롭고, 선업을

66) 구미래, 『한국 불교의 일생 의례』(민족사, 2012), p.15.
67) "是身無常 念念不住 猶如電光 暴(瀑)水 幻炎"(『涅槃經』 第1, 壽命品).
68) "一切有爲法 無常者 新新生滅故 屬因緣故"(『智度論』 卷23, 初品).
69) 서정형, 앞의 논문, p.33.
70) 임승택, 『초기불교-94가지 주제로 풀다』(종이거울, 2013), p.271.

많이 쌓은 사람이라도 사랑하는 사람 혹은 재산과 작별하는 것을 감내할 수 없기 때문에 닥쳐오는 죽음 때문에 괴롭다. 일시적 지음이 만들어낸 인연에 집착하고 연연하게 만들어 육체적·정신적 고통을 동반하기 때문에 부처께서는 죽음을 괴로움이라 했다.

3) 불교적 이상, '극락'을 향한 수도(修道)

제9·10구 "아야 미타찰에 맛보올 나/도 닷가 기드리고다"는 미타찰, 즉 서방정토(西方淨土; 涅槃)를 희구하는 이상을 담았다. 궁극 목표인 깨달음에 이르면 윤회의 굴레에서 벗어나 생사에 얽매이지 않는데, 49재에서 거론되는 극락은 의례를 통해 이에 다다르고자 하는 것이다.[71]

> (1) 어찌 남음이 있는 열반(涅槃)이라 이르는가. 마땅히 그 함이 없는 경계[無爲界]에 이를 것을 말함이다. 어찌 마땅히 함이 없는 경계를 이를 것이라 이르는가. 여러 괴로움의 근본이 일체 끊어짐을 말함이다. 그러므로 수행하는 이가 일체 극심한 번뇌를 버리려고 할진대 늘 마땅히 오로지 정진하여 딴 행을 일으키지 않고 교법과 계율을 헐지 않아 적정한 관법을 세워야 한다.[72]

일체 괴로움의 근본을 끊고 번뇌를 버려야 열반에 이른다. 윤회의 탁류를 건너 저쪽이니 '피안'이라 하는데, "아무 것도 소유하지 않고 욕망에 집착하지 않는다. 번뇌의 강물을 넘고, 생과 노쇠를 뛰어넘는" 궁극의 경지, '최고의 것'이라 부른다.[73] 해탈을 추구하는 일만이 "출생과 죽음의 괴로움

---

71) 구미래(2009), 앞의 책, p.360.
72) 『수행지도경』 제1 집산품; 『維摩經 外』, 앞의 책(1986), p.153.
73) 中村 元 저, 鄭泰爀 옮김, 앞의 책, p.134.

에서 벗어나 슬픔을 극복하는 길이다. 열반에 이르면 더 이상 지나간 과거와 다가오지 않은 미래에 대해 근심하지 않아도 되므로, 오로지 지혜와 실천을 통해 감각적 욕망(갈애)과 집착을 제거하고 업을 쌓는 번뇌를 멸하는" 최종 목표이다.[74]

【상단 : 天界·극락 표현】 불 · 보살, 불국정토와 관련된 세계
【중단 : 천도재 장면】 齋壇, 作法僧衆, 喪主, 공양 올리는 대중들
【하단 : 구제의 대상 표현】 구제의 대상인 망혼, 삼악도를 중심으로 한 육도의 존재

〈감로 탱화의 3단 구조〉

불교의 육도는 지옥과 극락의 이원적 구도이다. 승려의 염송 · 염불 · 독경은 지옥의 반대편인 극락을 지향한다.[75] 열반은 생로병사의 괴로움, 근심 · 슬픔 · 고통 등 절망에서 벗어난 행복 상태, 탐냄과 성냄과 어리석음의 소멸이다.[76] 초기 불교에서 지향했던 열반이란 감정적 · 심리적 동요 없이 살아갈 수 있는 능력이다. 곧 깨달음의 실현을 통해 얻어지는 능력이다.[77]

(2) "괴로움의 소멸에 대한 성스러운 진리란 무엇인가? 무명(無明)이 사라지고 남김없이 소멸함으로써 업의 형성력[行]이 소멸한다. 업의 형성력이 소멸함으로써 그 결과인 식(識)이 소멸한다. 식이 소멸함으로써 정신과 물

74) 정준영 외, 『죽음, 삶의 끝인가 새로운 시작인가』(운주사, 2011), pp.66~78.
75) 구미래(2009), 앞의 책, pp.369~370.
76) 서경수 역, 앞의 책, pp.356~357 참조.
77) 임승택, 앞의 책, pp.174~175.

> 질[名色]이 소멸한다. 정신·물질이 소멸함으로써 육입(六入)이 소멸한다. 육입이 소멸함으로써 감각 접촉[觸]이 소멸한다. 감각 접촉이 소멸해서 갈애가 소멸된다. 갈애가 소멸해서 집착[取]이 소멸한다. 집착이 소멸해서 업의 생성[有]이 소멸한다. 업의 생성이 소멸해서 태어남이 소멸한다. 태어남이 소멸됨으로써 죽음·늙음·근심·탄식·육체적 고통·정신적 고통·절망도 소멸한다. 그리하여 영혼의 실체도 없고 행복과도 관련 없는 괴로움의 무더기가 소멸한다. 비구들이여, 이를 멸성제(滅聖諦)라 한다.[78)]

월명사는 이상 공간인 서방정토에 이르기 위해 수도에 전념하겠다고 했다. 세상 어떤 것에도 움직이는 일이 없고, 평온한 세계로 돌아가 고뇌와 바람이 없는 사람, 그는 생과 노쇠를 초월한다. "이것이 나의 것이다."라는 집착이 없으면 그것이 곧 해탈이다. 일체를 생각하지 않는 사람은 이미 윤회의 세계를 벗어나고 있는 것이라[79)] 했다. 수행으로 해탈에 이르고자 했으니 고뇌를 없애고, 생로병사를 초월하여 집착을 없애겠다는 말이다.

윤회의 고통에서 벗어나 불교에서 추구하는 궁극적인 목표인 열반을 성취하기 위해서는 지혜와 실천, 즉 사성제(四聖諦)에 대한 올바른 이해와 8정도(八正道)의 바른 수행이 필수적이다.[80)] 8정도, 곧 "정견(正見), 정사(正思惟), 정어(正語), 정업(正業), 정명(正命), 정정진(正精進), 정념(情念), 정정(正定)"은 고통의 소멸로 이끄는 수행법이다. 바른 견해(사물의 근본이치를 바로 봄), 바른 결심, 바른 말, 바른 행위, 바른 생계(올바른 생업), 바른 노력, 바른 알아차림, 바른 삼매(명상·참선)를 말한다.[81)] 중생들은 마음이 일면 원래의 청정한 마음을 유지하지 못하고 망념(妄念)·잡념(雜念) 등으로 흘러 번뇌, 망상이 들끓게 되어 있는데, 그렇게 되지 않고 본래 마음을 유지하도록 이끌어주는 것

---

78) 마하시 아가 마하 빤디따 지음, 김한상 옮김, 앞의 책, pp.356~357.
79) 中村 元 저, 鄭泰爀 옮김, 앞의 책, p.107.
80) 정준영 외, 앞의 책, p.79.
81) 이필원, 『사성제 팔정도』(민족사, 2010), pp.149~150; 權明大, 『修行』(東文選, 2010), pp.20~21.

이 8정도이다. 8정도를 통해 사성제를 꿰뚫어 볼 때, 지혜와 생기와 통찰지와 명지와 광명이 생기게 된다.[82] 8정도는 "진리에 대한 통찰과 윤리적 행위, 그리고 바른 수행방식으로서, 훌륭한 인격을 갖추어가는 길이고 해탈로 이끄는 수행도"이다. 이 가운데 가장 핵심은 바른 견해, 즉 정견(正見)이다.[83]

9·10구에서 월명사는 아집과 번뇌, 갈애와 집착, 번뇌와 망상에서 벗어나 사성제를 꿰뚫어 팔정도를 닦겠다는 다짐을 한 셈이다. 죽은 누이에게 재를 올리는 가운데 세속의 갈애와 번뇌를 깨는 수도를 강조한다. 『삼국유사』에 "明又嘗爲亡妹營齋 作鄕歌祭之"라 했으니, <제망매가>는 천도재(薦度齋)에서 부른 노래다. 천도는 불·보살을 향해 망혼을 극락으로 보내달라고 천거하는 법도다. 불교는 궁극의 목표에 이르는 길을 다양하게 열어 민간의 삶에 밀착해왔는데, 천도재는 이러한 방편불교(方便佛敎)[84]의 특성이 집약된 의례이다. 업은 자연의 인과 법칙에 따라 이뤄지는 것이 불교 본래의 입장이라면, 방편불교에서는 업을 심판하는 신적 존재가 개입되어 있을 뿐만 아니라 타력에 의해 생전의 업을 없애거나 감할 수 있다고 여긴다.[85] 월명사 스스로 수도정진을 다짐한 "나 도 닷가 기드리고다(吾道修良待是古如)" 부분을 자력(自力) 신앙이라 한다면, 월명사가 죽은 누이를 위해 재를 올리면서 "미타찰애 맛보올(彌陀刹良逢乎)"이라고 누이의 극락왕생을 기원한 것은 타력(他力) 신앙이다.

(3) "자력과 타력이란 마치 깨미기 달린 새를 의지하면 장차 수미산에 오

82) 마하시 아가 마하 빤디따 지음, 김한상 옮김, 위의 책, p.437.
83) 이자랑·이필원 글, 배종훈 그림, 『도표로 읽는 불교입문』(민족사, 2016), pp.70~71.
84) "方은 방법, 便은 편용이니, 여러 중생들을 이익 되는 방향으로 제도하는 수단 방법을 말한다."(한국불교대사전편찬위원회 편, 『한국불교대사전』 2, 보련각, 1982, pp.415~418 참조).
85) 구미래(2012), 앞의 책, pp.419~422.

르게 되고, 높이 올라 모든 쾌락을 누릴 수 있는 것과 같다. 범부가 하는 염불도 또한 이와 같아 부처님의 원력을 입어 속히 서방세계에 왕생하여 모든 쾌락을 누리는 것이 개미가 날개 있는 새의 힘에 의지하여 산에 오르는 것과 같다. 이것이 타력이다. 나머지 다른 수행의 문은 마치 개미가 자력으로 기어서 산을 오르려고 하지만 도달할 수 없는 것과 같다. 이것이 자력이다."[86)]

자력으로 왕생하는 것은 마치 개미가 높은 산을 기어서 오르려는 것과 같고, 타력으로 왕생하는 것은 개미가 날개 있는 새에 의지하여 높은 산을 단숨에 오르는 것과 같다. 월명사는 이 도리를 이미 알고 지극한 마음으로 왕생 발원하여 죽은 누이동생을 이 반야선에 오르게 하려했다.[87)] 월명사가 죽은 누이의 재를 올리면서 향가를 부르니, 광풍에 노잣돈 지전(紙錢)이 서쪽으로 날아갔으니[88)] 월명사의 기원이 서방에 전달되었다는 뜻이다.[89)] 중생이 지은 악업 때문에 반드시 악도에 떨어지게 되어 있더라도, 가족들이 죽은 이를 위해 좋은 인연을 닦으면 여러 가지 죄가 다 소멸될 것이라 했고, 만일 몸이 죽은 뒤라도 49일 안에 (가족들이) 여러 가지 좋은 공덕을 널리 지어주면, 그 사람은 영원히 악도를 여의고 인간 세상이나 천상에 태어나 빼어나고 묘한 즐거움을 받게 되오며 현재의 가족들도 한없는 이익을

86) "又自力他力者 猶如蟻子寄在翅鳥之上 遂將蟻子在須彌山 蟻子昇高受諸快樂 凡夫念佛亦復如是 乘佛願力速生西方受諸快樂 猶如 蟻子乘翅鳥力上山相似 此之他力 餘門修道猶如蟻子自力行上山不此乃自力"(道鏡 · 善道 저, 이태원 역, 『염불, 정토에 왕생하는 길(念佛鏡)』, 운주사, 2003, pp.23~25 참조).

87) 현송, 『한국 고대 정토신앙 연구』(운주사, 2013), p.222.

88) "明又嘗爲亡妹營齋 作鄕歌祭之 忽有驚颷吹紙錢 飛擧向西而沒" 『三國遺事』 感通 第7.

89) 紙錢이 서방으로 향한 것 자체가 누이의 극락왕생을 의미한다는 설명이 많다. 그러나 "월명사가 올린 재의 효험으로 지전이 날아간 것은 상징적 지시일 뿐 이를 누이동생의 왕생이 즉각 실현된 것으로 보진 않는다. 미타찰에서 만난다는 것은 당연한 귀결이 아니라 월명사의 誓願이라 해야 한다."(김완진, 『향가와 고려가요』, 서울대학교출판부, 2000, p.168의 주장에 공감한다).

받게 된다고[90] 했으니 누이를 위한 월명사의 타력신앙은 본인의 공덕과 선업으로 남게 되는 것이다.

> (4) "대사(大士)여, 염부제의 중생이 사후에 가족들이 (죽은 이를) 위하여 공덕을 닦아 주거나 재를 베풀어 여러 가지 선한 일을 하게 되면, 목숨을 마친 그 사람이 큰 이익을 얻어 해탈에 이를 수 있나이까?' … 만약 어떤 남자나 여인이 생전에 선업을 닦지 않고 여러 가지 죄를 짓고 임종을 하였을 때, 그의 가깝고 먼 친척들이 훌륭한 공덕을 지어 복을 닦아주면, 그 공덕의 칠분의 1은 죽은 사람이 얻게 되고 나머지 (칠분의) 6에 해당하는 공덕은 살아있는 사람 스스로의 차지가 됩니다. 그러므로 현재와 미래의 선남자 선여인 등이 이 말을 잘 새겨 스스로를 닦게 되면 그 공덕의 전부를 얻을 수 있다."[91]

월명사 누이가 생전 어떤 깊이의 불심을 가졌는지를 알 수는 없지만, 『지장경(地藏經)』에는 가족들이 죽은 이를 위해 공덕을 닦아 주거나 재를 베풀면 목숨을 마친 사람이 큰 이익을 얻어 해탈에 이를 수 있다 했다. 그것도 공덕의 7분의 1은 망자에게, 7분의 6은 살아있는 사람에게 간다고 했으니 월명사는 이 재를 통해 자력과 타력의 공덕을 함께 쌓은 셈이다. 가장 이상적인 죽음은 생전의 선행과 깨달음으로 스스로 피안에 드는 것이지만, 대부분은 죽은 후에 자신 이외의 힘을 빌려 천도하는 타력신앙에 의지한다. 천거의 방식은 유족이 불·보살에게 공양과 기원을 올리는 한편, 승려가

90) "是諸衆生 所造惡業 計其感果 必墮惡趣 緣是眷屬 爲其臨終之人 修此聖因 如是衆罪 悉皆消滅 若能更爲身死之後 七七日內 廣造衆善 能使是諸衆生 永離惡趣 得生人天 受勝妙樂 現在眷屬 利益無量"(『地藏經』 利益存亡品 제7; 權相老, 『地藏經』, 寶蓮閣, 1985, pp.344~345).

91) "大士 是南閻浮提衆生 命終之後 大小眷屬 爲修功德 乃至設齋 造衆善因 是命終人 得大利益 及解脫 … 若有男子女人 在生 不修善因 多造衆罪 命終之後 眷屬大小 爲造福利一切聖事 七分之中 而乃獲一 六分功德 生者 自利 以是之故 未來現在善男女等 聞健自修 分分全獲"(『地藏經』 利益存亡品 제7; 權相老, 위의 책, pp.348~349).

독경・염송 등으로 법문을 들려줌으로써 망혼이 미혹함에서 깨어나 극락과 같은 상승 단계에 이르도록 하는 것이다. 망자를 위해 행하는 유족의 공덕과 불・보살의 가피 등 타력을 통해 다음 생에 영향을 미칠 수 있다고 봄으로써, 천도재는 불교 신성존재의 위신력을 드러내고 신자로서 행할 종교적 귀의를 촉발하는 특성을 지닌다.[92]

4) 고집멸도(苦集滅道)의 깨달음과 삶의 방향 제시

<제망매가> 제1~2구는 생사윤회의 원리를 제시했지만, 3~8구는 이별에 대한 갈애와 탐착, 죽음에 대한 무상과 번뇌를 담았다. 제9구는 극락, 곧 멸성제를 제시하는데, 윤회도 스스로 청정본성을 찾으려고 너와 나를 경계하는 집착을 버리면 자연 소멸됨을[93] 강조한다. 집착과 번뇌를 끊고 마음을 청정하게 닦으면 육도의 생사경계가 해탈의 경계가 되는 것이다. <제망매가>에서 제시한 과정은 곧 부처가 깨달은 진리, 고집멸도의 사성제이다. 윤회는 모두 괴로움이라는 진리가 '고'이고, 그 괴로움의 근본 원인은 '집'이고, 괴로움은 소멸될 수 있다는 진리가 '멸', 괴로움의 소멸에 이르는 길에 대한 진리가 '도'이다.[94] "식별작용→눈의 접촉(觸)→감수(受)→갈애[愛]→집착[取]→생존[有]→생겨남[生]→늙음・죽음・비애・쓰라림・실망→괴로움"[95]이니 역으로 눈과 형상이 없는 곳에는 눈의 식별작용이 없고, 눈의 식별작용이 없는 곳에 감수가 없고, 감수가 없는 곳에 갈애가 없고, 갈애가 없는 곳에 집착이 없고, 집착이 없는 곳에 생존 일반이 없고, 생존 일반이 없는 곳에는 생겨남이 없고, 생겨남이 없는 곳에는 늙음과 죽음과 비

92) 구미래, 앞의 책(2009), pp.367~368.
93) BBS, 앞의 책(1992), p.312 참조.
94) 서정형, 앞의 논문, p.70.
95) 서경수, 앞의 책, pp.341~342.

애와 비통과 쓰라림과 실망 등이 없다. 이리하여 모든 괴로움은 끝난다는 것이다.[96]

<제망매가> 3·4구 "나는~가ᄂᆞ닛고"에 나타난 비애와 비탄, 7·8구 "ᄒᆞᆫ단~모ᄃᆞ론뎌"에 나타난 불안정한 탄식은 죽음에 대한 '갈망'이자 '번뇌'를 언급한 것으로서, 1·2구에 담은 생로병사 윤회의 근원이다. 월명사는 누이의 죽음을 계기로, 갈애와 번뇌는 생과 사의 괴로운 윤회를 반복하는 근원임을 깨달았을 터이다. 불변의 실체란 있을 수 없다는 무아를 깨닫고, 인연에 따라 형성된 모든 현상은 순간 생멸하여 제행무상임을 절감했을 것이다. 무상과 무아는 있는 그대로의 진실을 보지 못하는 어리석음이 근원임을 느껴, 9·10구에서 팔정도를 닦고 '아라한 도의 지혜' 사성제를[97] 꿰뚫는 열반을 지향한다. 이를 "알아야 할 것[苦諦], 버려야 할 것[集諦], 실현되어야 할 것[滅諦], 계발되어야 할 것[道諦]에 한발 앞선 지혜"라[98] 설명한다. 고제와 집제는 "현실세계의 모습"이고, 멸제와 도제는 "열반의 상태와 거기에 이르는 방법", 곧 깨달음의 세계이다. 이 4성제를 관찰하고 실천하면 영원한 삶에 이른다.[99] <제망매가>는 죽은 누이를 위한 천도재에서 독경이나 염송과 같은 기능을 한 공양·기원 행위의 하나로서 누이의 죽음을 계기로 새삼 확인하게 된 생사윤회의 괴로움, 갈망과 무상과 번뇌의 실상을 꿰뚫어 보고, 불교의 이상인 깨달음과 극락세계를 지향해 수도한다는 방향성을 제시하고 있다. 부처가 깨달음에 이른 것처럼, 월명사가 삶의 원

---

96) 서경수, 위의 책, p.342.

97) 김종우는 일찍이 <제망매가>를 사제, 8성도와 연관 지어 설명하였다. "苦諦와 集諦는 현실무상의 果와 因을 말하고, 滅諦와 道諦는 이 無常의 현실을 지양하고, 常樂의 세계로 전환하는 방법과 목적을 말한다." 이어령도 <제망매가>의 구절을 '사제의 언설'로 설명한 바 있다.(김종우, 『鄕歌文學硏究』, 二友文化社, 1983, pp.74~82; 李御寧, 新羅人의 Glocalism-<제망매가>의 분석을 모형으로, 제1회 동아시아 비교문학 국제학술대회 발표요지 p.2, 『불교신문』 235, 1997.7.1.).

98) 마하시 아가 마하 빤디따 지음, 김한상 옮김, 앞의 책, pp.137~138, p.423.

99) 이자랑·이필원 글, 배종훈 그림, 『도표로 읽는 불교입문』(민족사, 2016), pp.72~73.

리를 깨달아 초월적 이상 세계를 추구하는 과정을 드러냄으로써 '죽음'에 대해 모두가 견지해야 할 태도를 제시한다. 물론 <제망매가>에 죽은 누이에 대한 추모와 왕생 기원이 왜 없을까마는, 이 감정보다는 당연한 윤회의 이치·원리, 불교적 진리를 깨달아, 궁극적인 지향점을 찾아가는 모습에 초점을 두고 이해하는 것이 마땅하다.

4. 불교를 통해 초월적 세계를 지향하다

그간 <제망매가> '차힐이견'을 죽음에 대한 두려움·머뭇거림으로 읽어 1~4구는 누이에 대한 정과 그 죽음으로 인한 번뇌를 그렸다고 했지만 이를 '버그리고·버글이고'로 읽어 생사윤회라는 보편 원리로 이해하면 작품의 전반적 흐름이 달라진다.

> "아, 슬프다! 누님이 갓 시집가서 새벽에 단장하던 일이 어제처럼 선하다. 나는 그때 막 여덟 살이었는데 응석스럽게 누워 말처럼 뒹굴면서 신랑의 말투를 흉내 내어 더듬거리며 은근하게 말을 했더니, 누님이 그만 수줍어서 빗을 떨어뜨려 내 이마를 건드렸다. 나는 성을 내어 울며 먹물을 분가루에 섞고 거울에 침을 뱉어댔다.", "눈물을 흘리며 누님이 빗을 떨어뜨렸던 일을 생각하니, 유독 어렸을 적 일은 역력할뿐더러 또한 즐거움도 많았고 세월도 더디더니, 중년에 들어서는 노상 우환에 시달리고 가난을 걱정하다가 꿈속처럼 훌쩍 지나갔으니 남매가 되어 지냈던 날들은 또 어찌 그리도 촉박했던고."[100)]

100) "嗟乎 姊氏新嫁 曉粧如昨日 余時方八歲 嬌臥馬驟效婿語 口吃鄭重 姊氏羞 墮梳觸額 余怒啼 以墨和粉 以唾漫鏡", "泣念墮梳 獨幼時事歷歷 又多歡樂 歲月長 中間常苦離患 憂貧困 忽忽如夢中 爲兄弟之日 又何甚促也"(朴趾源, 伯姊贈貞夫人朴氏墓誌銘, 『燕巖集』 卷2; 신호열, 김명호 옮김, 국역 『연암집』, 민족문화추진회, 2005, pp.237~239).

위의 글은 박지원이 누나를 떠나보낸 후 어릴 적 일화를 떠올릴 때 생기는 미안한 마음, 우환과 가난에 시달린 누나의 삶에 대한 애처로움, 남매로 산 세월이 너무 짧게 여겨져 안타까운 심정을 토로했다. 지난날을 반추하고 슬퍼하고 눈물 흘리는 모습이 요즘 우리가 가족의 죽음에 직면했을 때의 일상과 크게 다르지 않다.

그러나 <제망매가>는 "부처님이 이 자리에서 정법(正法)을 설하리니 이른바 온갖 것은 늘 괴로운 것이라는 진리(苦聖諦), 모든 괴로움의 원인은 번뇌라는 진리(集聖諦), 괴로움을 여읜 열반에 대한 진리(滅聖諦)와 열반에 도달하는 수도의 진리(道聖諦)를 설하리라.",[101] "석가모니는 자신의 아버지 정반왕(淨飯王)이 세상을 떠난 후, 그를 화장하여 불타는 모습을 보고 제자들이 슬퍼하자, 세상의 모든 것은 무상하며, 고(苦)이고 공(空)이고 무아(無我)이다. 견고함이 없어 허깨비와 같고, 타오르는 불꽃과 같고, 물속의 달과 같다. 오래 살지 못한다. 이 불이 뜨겁다고 보지 마라. 모든 욕망의 불꽃은 이보다 훨씬 더 뜨거우니, 너희들은 마땅히 생사에서 영원히 벗어나는 일에 힘써서 마음의 평화를 얻어야 할 것"라는[102] 가르침에 기반을 두고, 담담하게 인생의 원리를 전하고 있으므로 월명사가 <제망매가>에 담은 정조도 슬픔이 주를 이룬다고 보긴 어렵다.

<제망매가> 제1~2구는 생로병사의 윤회 원리, 제3~4구는 갑작스런 죽음으로 인한 이별의 실감, 제5~8구는 헤어짐에 따른 상실감·덧없음, 제9~10구는 깨달음에 이르기 위한 수행의 다짐이다. 제3~8구는 월명사가 갈애와 번뇌에 빠진 까닭이라기보다는 생사윤회의 원리와 수행이라는 지향점

101) "佛於此座轉正法輪 謂是苦 苦聖諦 謂是集 集聖諦 謂是滅 滅聖諦 謂是道 道聖諦"(三藏鳩摩羅什, 456『佛說彌勒大成佛經』;『大正新修大藏經』14, p.431).

102) "爾時世尊 告衆會日 世皆無常 苦空非身 無有堅固 如幻如化 如熱時炎 如水中月 命不久居 汝等諸人 勿見此火 便以爲熱 諸欲之火 極復過此 是故汝等 當自勸勉 永離生死 乃得大安"(512『佛說淨飯王涅槃經』;『大正新修大藏經』14 經集部1, 大正新修大藏經刊行會, 1971, p.783).

을 제시하는 전제에 해당한다. 9~10구는 제1~8구까지에 드러낸 생사윤회, 이별에 대한 갈애와 탐착, 죽음에 대한 무상감, 사후세계에 대한 번뇌 등에서 벗어난 초월적 지향을 표현하고 있다. 즉, 순간의 인연이 만든 만남과 헤어짐에 연연하지 않고 초월적이고 이상적인 서방정토를 지향하고 있으므로 <제망매가> 주제 분석의 초점은 제9~10구에 두는 것이 옳다. 누이의 죽음에 대해 왜 추모하고 명복을 비는 마음이야 없을까마는, 그 마음보다는 부처가 고집멸도를 깨달은 것처럼 월명사가 윤회원리와 삶의 이치를 실감하여 더욱 불도에 정진한다는 방향 제시에 주안점을 두어야 한다는 것이다.

〈도솔가(兜率歌)〉

해 2개의 동시 출현으로 잔뜩 겁먹은 신라인들을 진정시키다

1. 2개의 해 때문에 생긴 국가비상사태?

『삼국유사』 감통(感通) 편 <월명사 도솔가> 조는 경덕왕 19년 경자년(760) 4월 초하루에 두 해가 나란히 나타나 열흘이 되어도 사라지지 않으니, 일관(日官)이 "인연 있는 승려를 청하여 산화공덕(散花功德)을 하면 (재앙을) 물리칠 수 있을 것"이라 예언했다. 이에 마침 그 곁을 지나던 월명사를 맞이하여 <도솔가>를 부르게 하니 해의 변괴가 사라졌다[1]는 내용이다. 2개의 해를 나쁜 기운이라 생각하고 두려움과 불안에 떨었다. 월명사가 의례를 행하고 <도솔가>를 불렀더니 열흘이나 계속되던 해의 변괴가 곧 사라졌고, 왕은 이를 고맙게 여겨 좋은 차 한 봉지와 수정 염주 108개를 바쳤다. 이후 한 동자가 나타나 차와 염주를 들고 가 남벽 미륵보살 벽화 앞에 두고 사

1) "景德王十九年庚子四月朔 二日竝現 挾旬不滅 日官奏 請緣僧 作散花功德則可禳 於是潔壇於朝元殿 駕幸青陽樓 望緣僧 時有月明師 行于阡陌時之南路 王使召之 命開壇作啓 明奏云 臣僧但屬於國仙之徒 只解鄉歌 不閑聲梵 王曰 旣卜緣僧 雖用鄉歌可也 明乃作兜率歌賦之 其詞曰"(『三國遺事』 卷7, 感通, 月明師 兜率歌).

라졌다." 하여 미륵의 현신(現身)까지 나타나니 <도솔가> 조는 극적 구성까지 갖춘 이야기이다.

<도솔가>에 대한 연구[2]는 그동안 꾸준히 깊이를 더해 왔는데, 이들 논의에서 두 해의 출현, 즉 '이일병현(二日竝現)'의 문제는 항상 주된 쟁점으로 떠올랐다. 이일병현에 대한 기존 논의의 초점은 주로 이 현상의 의미와 당시대 사람들의 인식 문제에 놓여 있었고, 그 가운데 전자에 대해서는 아직까지도 이견이 분분하다. 그 결과 <도솔가>의 창작 배경이 밝혀진 상태에서 시가와 산문 전승의 상호 관련성을 유기적으로 분석하고 해석하는 후속 작업이 이루어지지 못하고 있는 실정이다.

그동안 <도솔가> 연구의 쟁점은 창작 동기인 이일병현의 의미를 밝히는 데 주력했다. 그 실체에 세부적 차이는 있지만, 대체로 이일병현을 하나의 상징으로 이해하고 전체 흐름은 대체로 정치사적 격동으로 파악했다.[3] 이에 따라 '꽃'과 '미륵좌주' 등의 표현 역시 정치사의 맥락에서 해석되어 왔다. 꽃을 화랑의 형상으로 보고, 미륵은 미래불로서 차기 왕좌에 앉을 태자를 가리키는 것으로 보고, <도솔가> 작품 전체를 "화랑 너희들은 흔들리거나 굽은 마음을 따르지 말고 오직 한 마음으로 태자를 섬기도록 하라는 뜻", "내가 미륵을 모시듯 꽃인 화랑도 너희들은 미륵불의 화신인 태자를 사심이 없는 곧 마음으로 모셔달라고 당부하는 의미"로 풀이한다.[4] "미륵좌주의 실체 역시 불투명한데, 경덕왕 또는 태자의 우의(寓意)로 보는 관

---

2) 金東旭, 兜率歌硏究-鄕歌의 佛敎文學的 考察(續)」, 『서울대 논문집』 6(서울대학교, 1957); 『韓國歌謠의 硏究』(乙酉文化社, 1961)에 재수록; 玄容駿, 月明師 兜率歌 背景說話考, 『韓國言語文學』 10(韓國言語文學會, 1973); 金承璨, 兜率歌의 密敎的 考察, 『三國遺事硏究』(上)(嶺南大 民族文化硏究所, 1973); 黃浿江, 兜率歌硏究, 『新羅文化』 6(東國大學校 新羅文化硏究所, 1989); 尹榮玉, 兜率歌, 『新羅詩歌의 硏究』(螢雪出版社, 1991); 朴魯埻, 兜率歌, 『新羅歌謠 硏究』(悅話堂, 1982) 외 다수의 연구 논문이 있다.

3) 최정선, 도솔가에 나타난 미륵신앙, 『불교학연구』 19(불교학연구회, 2008), pp.157~158 참조.

4) 羅景洙, 『鄕歌文學論과 作品硏究』(集文堂, 1995), pp.319~322.

점이 우세하다."고 인정받아, "정체가 무엇이든, 서정주체가 바람직한 정치 역할관계에 따라 꽃이 미륵좌주를 모셔주기를 바란다는 점에는 변함이 없다. 미륵좌주(미륵보살)는 정치적 존재의 우의이고, 꽃은 내 마음의 은유", "꽃은 마음의 은유이기도 하지만 정치적 문맥 속에서는 특정 인물, 혹은 집단으로서 화랑을 지칭한다."[5]는 결론으로 이어지고 있다.

이에 본고는 <도솔가>의 산문 전승에 기록된 이일병현 현상의 실체를 좀 더 다각적으로 살피고자 『삼국사기』, 『삼국유사』, 『고려사』 등의 천문학 관계 자료, 『인왕반야경(仁王般若經)』·『금광명경(金光明經)』 등의 불경, 그 외 여러 관계 문헌에 주목하였다. 여기서 밝혀진 사실을 바탕으로 하늘의 변화[天變]에 대한 당대인들의 인식 구조와 당면한 자연 변화에 대한 대응 논리를 고찰함으로써 작품 해석의 단초를 마련하려는 연구목표를 가진다. 이에 따라, 본고는 먼저 <도솔가>의 산화(散花)·직심(直心)·좌주(座主)의 개념을 실증적으로 살피고, 그 결과를 <도솔가> 해석에 대입하여 자세한 풀이를 꾀한 후, 작품에 담긴 사상적 종교적 의미를 고찰하고자 한다.

2. 2개의 태양에 대한 기존의 견해는?

"경덕왕(景德王) 19년(760년) 사월 초하룻날, 두 개의 해가 나타나 없어지지 않자 월명사로 하여금 <도솔가>를 짓게 하였다."라는 『삼국유사』 기록에서 이일병현은 <도솔가>의 가장 근원적인 창작 배경으로 명시되어 있다.

"영웅의 활로 2개의 태양을 쏘아 없앤 것을 농경의례와 연관된 사양설화(射陽說話)로 해석한[6] 것은 신화학의 연구 성과인데, 두 해의 출현을 두고

5) 서철원, 『향가의 역사와 문화사』(지식과교양, 2011), pp.210~212.
6) 玄容駿, 月明師 兜率歌 背景說話考, 『韓國言語文學』 10(韓國言語文學會, 1973), pp.102~104.

"(4월 초하루에) 무더위가 시작됨을 말하려는 의도에서 비롯한 신화요, 그것을 없애려고 거행하는 제의는 곧 하계풍농계절제(夏季豐農季節祭)"[7]라 이해했다. 그리고 "2개의 태양이 등장한다는 것은 지나친 태양의 열을 의미하니, 극양(極陽)의 한발(旱魃) 현상을 뜻한다. 태양을 쏘아서 떨어뜨린다는 것은 농작물에 타격을 주는 가뭄을 방지하려는 의도의 표현으로서, 어느 특정시기에 국한된 것이 아니고 해마다 실행하는 기풍(祈豐) 의식의 소산"으로 본 경우도[8] 있고, 가뭄이 들 때 하늘이 시뻘겋게 물드는 오로라aurora 현상[9] 또는 혜성의 출현 등과 같이 하나의 과학 현상으로 이해하려는 탄력적인 시각도 제시된 바 있다.

> (1) 해가 둘 나타났다는 것은 있을 수 없는 일처럼 보이지만 그렇지 않다. 760년은 바로 헬리Halley 혜성이 지구에 나타났던 해이다. 혜성이 낮에도 보였기 때문에 해가 둘이라고 생각하여 어떻게 해서든지 물리치는 방안을 모색해야 했던 것으로 생각된다.[10]

이들 주장은 두 개의 해를 상징적 의미로만 해석하던 기존 논의에서 방향 전환을 이루었다는 점에서 중요한 의미를 가진다. 그러나 극심한 가뭄은 역사서에 이일병현이 아니라 '대한(大旱)'·'한재(旱災)'이라는 말로 엄연히 구분[11]하여 썼고, 오로라는 주로 극지방(極地方)에 나타나는 발광(發光, 極光) 현상인 점을 감안한다면 두 해의 출현을 가뭄, 오로라로 보는 견해는 재

7) 玄容駿, 兜率歌, 金承璨 편저, 『鄕歌文學論』(새문사, 1986), p.309.

8) 서대석, 『한국 신화의 연구』(집문당, 2002), pp.238~242.

9) 尹敬洙, 『鄕歌·麗謠의 現代性 硏究』(집문당, 1993), p.124, pp.131~133.

10) 조동일, 『한국시가의 역사의식』(문예출판사, 1993), pp.24~25.

11) "二十四年 春正月 大旱 樹木皆枯" (『三國史記』 卷24, 百濟本紀2, 古尒王 24年), "十年 春夏旱 侍中魏昕退 波珍湌金啓明爲侍中" (위의 책, 卷11, 新羅本紀11, 文聖王 10年), "三年 春正月 下令日 今倉廩空匱 戎器頑鈍 儻有水旱之災 邊鄙之警" (위의 책, 卷1, 新羅本紀1, 婆娑尼師今 3年)

고의 여지가 있다. 뿐만 아니라 삼국시대의 천문이나 기상 관측이 이미 상당한 수준에 이르러 있었다는 점과 당대의 역사 기록에 이일병현과 혜성의 출현은 너무도 명확히 구분되어 있다는 점을 고려한다면, (1)에서 "낮에도 사라지지 않는 혜성을 두고 또 하나의 태양으로 생각했다"는 주장 또한 설득력이 약해진다.

이일병현에 대한 기존 논의는 특정한 기상(氣象)·천변(天變) 현상과 연관 짓는, 이상과 같은 관점보다 "합리적인 사고로는 하늘에 해가 둘일 수 없으므로 '두 해의 출현'은 사실을 기록한 것이 아니라"[12]는 시각이 더욱 다양하게 제시되었다. 그 결과 이일병현은 한 순간 암흑으로 변해버린 지상 세계를 상징적으로 지칭[13]한 것이거나 어떤 정치적 난상에 대한 은유적 표현[14]이거나 왕과 관계된 상징적 의미 또는 점성술적 용어[15]로 이해하여 왔다. 이와 같은 주장이 확대된 것은 이일병현을 왕권에 대한 심각한 도전의 상징으로 해석하는 정치 사회학적 관점을 전면 부정할 수 있는 대체 논리, 즉 이일병현에 대응하는 구체적인 과학 이론을 찾아내기가 어려운 데[16]에 그 원인이 있다.

(2) 태양의 병출(並出)은 왕권에 대한 도전의 전조(前兆)로서 인식되었던 것 같다. 혜공왕 2년에 두 해가 출현한 것은 대공(大恭)과 대렴(大廉) 두 사람의 모반을 알린 예징(豫徵)이었고, 문성왕 7년에 세 개의 해가 출현한 것은 궁복(弓福)과 양순(良順)과 흥종(興宗) 등 세 사람의 모반을 알린 예징이므로 이일(二日)과 삼일(三日)이 곧 모반자의 수와 일치함을 알 수 있다. 경덕왕 19년의 이일병현도 역시 이처럼 왕권 도전의 선소로서 인식되었을 개

12) 尹榮玉, 『新羅詩歌의 硏究』(螢雪出版社, 1991), p.59 참조.
13) 朴魯埻, 『新羅歌謠의 硏究』(悅話堂, 1982), pp.175~177.
14) 羅景洙, 『鄕歌文學論과 作品硏究』(集文堂, 1995), p.316.
15) 김승찬, 앞의 책(1999), p.227.
16) 장영우, 도솔가, 『새로 읽는 향가문학』(아세아문화사, 1998), p.172 참조.

연성이 있다.[17]

(3) 이는 왕권을 둘러싼 파벌간의 극심한 대립을 설명한 것으로 본다. 김사인(金思仁)·김양상(金良相)·만종(萬宗)을 반 왕당파의 인물들로 볼 수 있고, 신충(信忠)·김옹(金邕)·이순(李純)은 왕당파라 하겠다. 반 왕당파의 대두로 왕이 신분상의 위협을 느끼게 된 현상을 '이일병현'으로 상징화했다.[18]

(4) 월명사가 <도솔가>를 지은 것은 왕당파와 반 왕당파 사이의 치열한 싸움이 시작(764년)되기 4년 전의 일이었다. 그때 이미 김양상(반 왕당파) 쪽의 도전은 치열했으리라고 생각된다. 해가 둘이 나타나 열흘 동안 없어지지 않는 변괴는 그런 상황과 관련해서 심각한 의미를 지녔다고 생각된 것으로 보아 마땅하다. 해는 군주를 상징한다. 해가 둘이 나타났다는 것은 왕위에 대한 도전이 생겼다는 뜻이다.[19]

(2)~(4)의 학설은 대체로 1) '태양의 병출(並出)'은 왕권에 대한 도전의 전조이거나 왕권을 둘러싼 파벌간의 극심한 대립을 의미하는데, 2) <도솔가>가 지어진 경덕왕 대에 신충·김옹·이순 등의 왕당파와 김사인·김양상·만종 등의 반 왕당파 사이의 알력이 극심했으므로 '이일병현'이란 이 사건을 의미한다는 논리적 흐름을 가지고 있다. 이 외에도 "해는 태자를 상징하고, 두 개의 해라는 것은 태자 문제에 대한 혼란을 뜻하는 것"[20]이라는 견해가 제시된 바 있는데, '해=태자'로 관계 설정을 하고 있어 지시 대상이 다른 것 같지만 모두 경덕왕에서 혜공왕으로 이어지는 왕위 계승을 둘러싼 계파간의 알력을 뜻한다는 점에서 사실상 같은 주장이다.

그러나 다음의 천변 기록들을 살펴보면 이일병현이 사실을 기록한 것이

17) 林基中, 『新羅歌謠와 記述物의 硏究-呪力觀念을 中心으로』(半島出版社, 1981), p.281 참조.
18) 최철, 『향가의 문학적 연구』(새문사, 1983), pp.258~259.
19) 조동일, 제2판 『한국문학통사 1』(지식산업사, 1989), p.152 : 제3판 『한국문학통사 1』(1994), p.165; 제4판 『한국문학통사 1』(2005), p.171 참조.
20) 羅景洙, 앞의 책(1995), p.318.

아니라 특정한 역사적 사건을 상징・은유한 것이라는 이상의 해석에 대한 의문이 생긴다.

> (5) 우리들 四왕과 여러 귀신들이 국토를 버리면 (…중략…) 그 나라에 반드시 여러 가지 재변이 생기게 되고 (…중략…) 여러 가지 병이 유행하고, 혜성이 나타나고, 괴이한 유성이 떨어지고, 다섯 별들도 모두 제 자리를 이탈하고, 두 개의 해가 한꺼번에 뜨고, 일식・월식이 생기고, 희고 검은 불길한 무지개가 자주 나타나고, 큰 지진이 일어나서…(후략)….[21]
>
> (6) 해와 달이 궤도를 잃고, 햇빛이 백색・적색・황색・흑색으로 변하고, 둘・셋・넷・다섯 개의 해가 함께 비추고, 달빛이 적색 황색으로 변하고, 일식이나 월식이 나타나고, 햇무리가 하나・둘・셋・넷・다섯 겹으로 나타난다.[22]

자료 (5), (6)에서는 혜성, 유성, 별들의 불규칙 운행・일식・월식・무지개 등의 천변과 '여러 해의 출현'을 함께 소개하고 있다. 그리고 자료 (6)은 해・달의 색깔 변화, 여러 개로 겹쳐지는 일괴(日怪) 현상을 더욱 자세히 소개하고 있다. 이와 같은 해의 변화는 신라 2년(766),[23] 문성왕(文聖王) 7년(845) 12월 초하루[24]의 역사 기록에도 나타나 있다. 불경에는 지진, 우물에서 나는 소리, 홍수, 나쁜 바람, 큰 불, 극심한 가뭄[25] 등 실로 다양한 천변・자

---

21) "我等四王及無量鬼神 捨其國土…其國 當有種種災異…諸疾疫 彗星現 怪流星崩落五星諸宿 違失常度 兩日並現 日月薄蝕 白黑惡虹數出現 大地震動發" (北涼三藏法師曇無讖 譯, 四天王品, 『金光明經』 卷2; 大正新修 『大藏經』 卷16, 經集部 3, 大正一切經刊行會, 1925, p.343).

22) "日月失度 日色改變白色赤色黃色黑色 或二三四五日並照 月色改變赤色黃色 日月薄蝕 或有重輪一二三四五重輪現"(三藏沙門不空 譯, 奉持品, 『仁王護國般若波 羅蜜多經』 卷下; 大正新修 『大藏經』 卷8, 般若部4, 大正一切經刊行會, 1924, p843).

23) "惠恭王 二年(766) 春正月 二日並出 大赦 二月 王親祀新宮"(『三國史記』 卷9, 新羅本紀9, 惠恭王 2年 春正月).

24) "(文聖王) 七年(845) 冬 十一月 雷 無雪 十二月朔 三日並出"(『三國史記」 卷11, 新羅本紀11, 文聖王 7年).

25) "彗星數出 兩日並現 博蝕無恒 黑白二虹 表不祥相 星流地動 井內發聲 暴雨惡風 不依時節"(大唐

연 재해와 함께, 『삼국사기』에는 천둥과 우박이 풀과 나무를 상하게 하고, 황룡사 남쪽에 큰 별이 떨어지고, 지진이 일어나고, 샘과 우물이 마르고, 범이 궁중에 들어오는[26] 자연의 변괴와 함께, '여러 해가 출현'한 사실을 기록하고 있다.

불경이나 역사서에서 다른 천재・인재는 모두 발생 가능한 일을 소개하면서, 태양의 병출에만 유달리 은유・상징적 의미를 부여했다는 이론은 상당한 의구심을 갖게 한다.

뿐만 아니라 전대의 역사 기록을 후대에 발생한 특정 사건의 징조로 해석하는 논리는 그 명쾌함에 동반되는 자의성이 문제가 된다. 위의 (2)~(4)에서 논자들은 경덕왕 대의 '이일병현'은 그보다 4년 뒤에 발생한 왕당파와 반 왕당파 사이의 치열한 싸움에 대한 전조이고, 혜공왕 2년(766년) 정월에 두 해 가 나타난 현상은 동왕 4년(7684) 7월에 발생한 일길찬(一吉湌) 대공(大恭)과 아찬(阿湌) 대렴(大廉)의 무리가 33일 동안 왕궁을 포위했던 사건[27]을 암시한 것이고, 문성왕 7년(845년) 12월 초하루에 세 개의 해가 나타난 현상은 동왕 8년 봄에 발생 한 궁복(弓福)의 배반 사건, 동왕 9년 5월에 일어난 이찬(伊湌) 양순(良順)・파진찬(波珍湌) 흥종(興宗)의 모반 사건[28]을 예고한 것이라는 논리를 펴고 있다. 심지어 앞의 (2)의 논자는 '두 개의 해'와 '세 개의 해'가 곧 모반자의 수를 의미한다고 주장하고, 이일병현이 태자 책봉을

三藏沙門義淨奉 制譯, 四天王護國品, 『金光明最勝王經』 卷6; 大正新修 『大藏經』 卷16, 經集部3(大正一切經刊行會, 1925), p.430); "赤日出黑日出 二三四五日出 或日蝕無光 或日輪一重二三四五重輪現 當變怪時 讀說此經 爲一難也 二十八宿失度 金星彗星輪星鬼星火星水星風星刀星…(後略)…"(姚秦三藏鳩摩羅什 譯, 受持品, 『仁王般若波羅蜜經』 卷下; 大正新修 『大藏經』 卷8 般若部4(大正一切經刊行會, 1924), p.832.

26) "六月 京都雷雹傷草木 大星隕 皇龍寺南 地震聲如雷 泉井皆渴 虎入宮中 秋七月一吉湌 大恭與弟阿湌 大廉叛 集衆 圍王宮三十三日"(『三國史記』 卷9, 新羅本紀9, 惠恭王 4年).

27) 위의 책, 같은 곳.

28) "十二月朔 三日並出"(『三國史記』卷11, 新羅本紀11, 文聖王 7年), "八年 春 淸弓福 怨王不納女據鎭叛"(위의 책, 같은 권, 文聖王 8年), "九年 夏五月 伊湌 良順・波珍湌 興宗 等叛 伏誅"(위의 책, 같은 권, 文聖王 9年).

둘러싼 정쟁이라 해석한 논자는 “<도솔가>가 불린 것은 4월의 일이요, 태자 책봉은 7월의 일이지만 그 3개월의 시간차는 큰 의미를 지니지 못한다.”[29]는 논지를 펴고 있다.

그러나 경덕왕 대(760년)의 이일병현을 그보다 4년 뒤에 본격화되는 왕당파와 반 왕당파의 치열한 싸움에 대한 예고로 본다면 『삼국사기』나 『삼국유사』가 예언서의 성격을 가지는 꼴이 되어버리고, 연구자의 주관적 판단에 따라 서로 다른 모반 사건과 대응시킬 수 있다는 한계 때문에 논거의 객관성을 확보하기 어렵다. 이일병현에 대한 기존 논의는 다른 문헌들을 면밀히 관찰하지 못하고, 두 개 이상의 해가 나타나는 현상이 실제일 수는 없다는 관념에 힘입어, 주로 해의 상징성에만 주목함으로써 많은 의문점을 지니고 있다. 이일병현을 하나의 상징적 기록으로 이해하고, 그 상징성을 비슷한 시대, 왕실 주변에 일어난 역사적 사건과 연결 짓는 것은 이일병현의 실상 파악에 도움을 주지 못할 뿐만 아니라 자칫 자의적이고 도식적인 결론에 이를 우려가 있다. 그러므로 먼저 ‘여러 해의 출현’을 기록한 문헌들을 면밀히 살펴, 논의의 객관성을 확보해야 할 것이다.

3. 2개의 태양이란?

다음 기록들은 기존 논의에서 생겨나는 의문을 해결하고, ‘이일병현’의 의미를 파악하는데 중요한 실마리를 제공한다.

(1) 인종(仁宗) 7년 정월 정해일에 세 개의 태양이 함께 떠올라 마치 무지개와 같았다.[30]

29) 羅景洙. 앞의 책(1995), p.318.

(2) 의종(毅宗) 13년 정월 병진일에 일훈(日暈)이 있었으며 청적백색의 햇귀가 서북쪽에 두 개 있었고, 배기(背氣)가 3중으로 있었는데 모두 태양으로부터 몇 자 떨어지지 않았다. 뭇사람들이 이것을 바라보고 세 개의 태양이 같이 떴다고 모두 말하였다.[31)]

(3) 공민왕 5년 정월 갑오일에 붉은 기체 사이에 해가 끼어 있었는데 기체의 길이는 수 척이 넘었으며 그 안에 또 일륜(日輪)이 있었다. 그리하여 사람들은 세 개의 태양이 함께 떴다고 하였다.[32)]

(4) 공민왕 23년 10월 경신일에 무지개가 해를 둘러싸고 있었으며 태양 곁에 또 크고 작은 두 개의 태양이 있었다.[33)]

(1)~(4)에는 천변에 대한 상황묘사가 비교적 정밀하기 때문에 '여러 해의 출현'이 의미하는 바를 충분히 파악할 수 있다. 여기서 세 개의 태양이 함께 떠올랐는데 무지개와 같이 서로 연결되어 있었다거나 배기가 3중으로 되어 있다는 것, 붉은 기체 사이에 해가 띠 모양을 이루고 있었다는 것 등은 중요한 판단 근거가 된다. 그리고 서북쪽에 청적백색의 햇귀 두 개가 있었다는 자료 (2)와 태양 곁에 크고 작은 두 개의 해가 있었다는 자료 (4)의 관측 기록, 거기다 위의 (1), (2), (4)와 흡사한 "정월 초하룻날 무지개가 해를 가렸고, 해에 귀고리가 생겼다."[34)]는 경덕왕 20년의 기록도 실상 파악에 중요한 단서이다. (2)~(4)에는 이 현상을 두고 "뭇사람들이 세(두) 개의 태양이 같이 떴다고 말하였다."라고 분명히 명시되어 있다.

이상의 관측 기록은 대기 광학 현상 가운데 하나인 환일(幻日, parnelion;

30) "(仁宗) 七年正月丁亥 三日並出 相連如虹"(『高麗史』 卷47, 志1, 天文1).

31) "(毅宗) 十三年正月丙辰 日暈有珥色靑赤白 西北方有二 背氣三重 皆去日輪不數尺 閒人望之 皆謂三日並出" (『高麗史』 卷47, 위의 책, 같은 곳).

32) "(恭愍王) 五年正月甲午 赤氣挾日 長數尺餘 其中皆有日輪 人言三日並出"(『高麗史』 卷47, 위의 책, 같은 곳).

33) "(恭愍王) 二十三年 十月庚申 虹圍日 日旁又有大小二日."(『高麗史』 卷47, 위의 책, 같은 곳).

34) "二十年 春正月朔 虹貫日 日有珥"(『三國史記』 卷9, 新羅本紀9, 景德王 20年).

mocksun, sun dog) 현상의 특징과 정확히 일치한다.

(5) 환일이란 태양의 고도가 낮을 때, (태양빛이) 대기 중에 있는 얼음 결정에 반사됨으로써 태양 안쪽의 무리와 해의 둘레가 교차되는 부분이 한층 더 밝게 빛나 보이는 현상을 말한다. 환일 현상은 태양과 같은 고도에서 좌우 양측에 출현하는데, 대개 흰색이나 붉은 색을 띠게 된다. 태양의 고도가 0~20°일 때는 환일과 태양의 각거리(角距離)가 22°되는 지점에 내부 무리가 위치 해 있지만 고도가 40°일 때는 약 28°, 50°일 때는 약 32°되는 지점에 무리 가 위치하게 된다. 그러나 태양의 고도가 600이상일 때는 출현하지 않는다. 이와 같은 현상은 달빛에 의해 밤에 일어나기도 하는데, 그를 환월(幻月)・환월환(幻月環)이라 부른다.[35)]

(6) '무리(halo)'란 태양빛이나 달빛이 빙정(氷晶)으로 구성된 엷은 구름을 통과 할 때 생기는 다양한 대기 광학 현상이다. 이 현상은 빛이 결정을 투과하면서 굴절되거나 결정면에 반사되면서, 또는 이 2가지 효과의 조합에 의해 생긴다. 결정을 투과하는 각기 다른 파장을 갖는 입사광의 굴절률이 조금씩 다르기 때문에 빛의 굴절 효과에 의한 분광 현상이다. 가장 일반적인 무리 는 22°무리로, 이는 태양이나 달을 중심으로 각반경이 22°인 일련의 빛 계열이며 때로는 완전한 원형으로 나타나기도 한다. 무리 빛의 순서는 빨간색이 안쪽, 파란색이 바깥쪽으로 대기의 광환(光環)과는 그 순서가 반대이다. 무리 해・해기・접호(接弧)・십자햇무리 등의 드물게 나타나는 현상도 태양이나 달빛이 빙점에 의해 반사・굴절되면서 형성된다.(『브리태니커』)

환일은 태양의 고도가 낮을 때 대기 중에 있는 얼음 결정에 빛이 반사됨으로써 태양 안쪽의 무리와 해의 둘레가 교차되는 부분이 한층 더 빛나 보이는 현상을 가리키고, 햇무리는 태양빛이 빙정(氷晶)으로 이루어진 엷은 구

35) 吉野正敏 外, 『氣候學 氣象學辭典』(二宮書店, 1985), p.166.

름을 통과할 때 서로 다른 굴절률 때문에 발생하는 분광(分光) 현상을 말한다.

'햇무리'는 "히ㅅ모로(ᄒᆞ다)"(日暈), '햇고리(환일)'는 "히귀엿골(ᄒᆞ다)"(日珥), "히ㅅ귀엿골"(日環)이라 불렀다.[36] 서북쪽에 햇귀 두 개가 있다는 위의 자료 (2)나 태양 곁에 크고 작은 두 개의 해가 보인다는 자료 (4)의 관측 기록은 태양빛이 얼음 결정에 반사됨으로써 해 안쪽의 무리와 해의 둘레가 교차되는 접점 부분이 한층 더 밝게 빛나는 환일 현상과 일치한다. 또 자료 (3)에서 붉은 기체 사이에 해가 끼어 있다고 한 것은 햇무리·환일 현상이 나타날 때, 태양과 가장 가까운 가장자리가 붉게 보이는 현상을 그대로 묘사하고 있다. 이 두 광학 현상에서 스펙트럼 안쪽은 가장 작게 굴절되어 붉은색이 나타나고, 바깥쪽은 그보다 굴절이 커서 푸른색이 나타난다. 태양과 같은 고도에서 좌우 양측에 출현하는 환일은 붉은색과 함께 흰색을 띠게 된다. 위의 자료 (1)에서 "세 개의 태양이 연결되어 무지개와 같았다."라고 한 것이나 (2)에서 "청적백색의 햇귀가 있었다."라고 한 것은 이 두 광학 현상에 따른 빛의 스펙트럼을 관측하여 기록한 것임에 분명하다.[37]

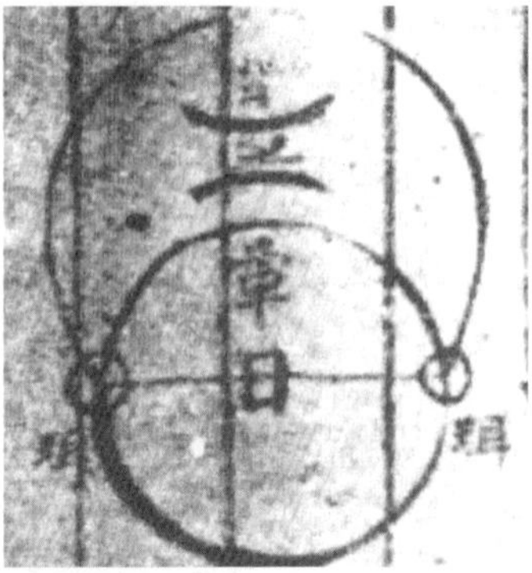

「풍운기」에 그려진, 1748년 음력 10월 16일 백홍관일(안상현, 『우리 혜성 이야기』, 사이언스북스, 2013, 148쪽.)

36) "햇귀에 있는 고리"라는 의미이다.(『譯語類解』上, 1a, 天文; 『譯語類解』 上, 下, 補, 弘文閣, 1995, p.5 : 『同文類解』上, 1a; 『同文類解』乾, 坤, 弘文閣, 1995, p.7).

37) 『風雲記』의 내용을 옮긴 아래 도표에, "是日 辰時 日暈兩珥 巳時午時 日暈兩珥暈上有冠 冠上有背 色背內赤 外青白虹 貫日"이라 하였다.(和田雄治, 『朝鮮古代觀測記錄調査報告』, 朝鮮總督府, 1917, p.18).

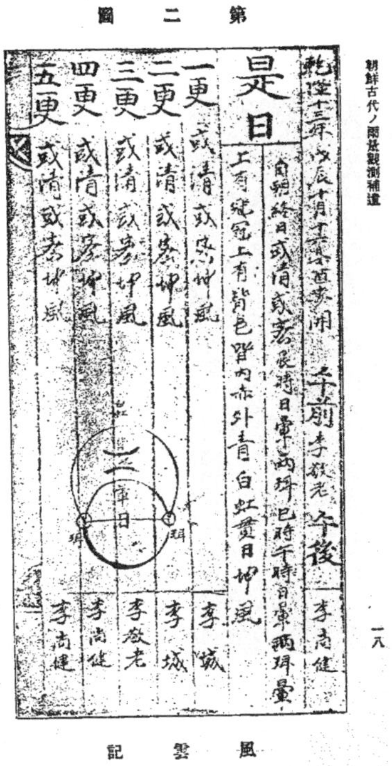

화전웅치(和田雄治), 『조선고대관측기록조사보고(朝鮮古代觀測記錄調査報告)』(조선총독부, 1917), p.18. 시간에 따라 실제 관측을 맡은 사람들의 실명이 적혀있다.

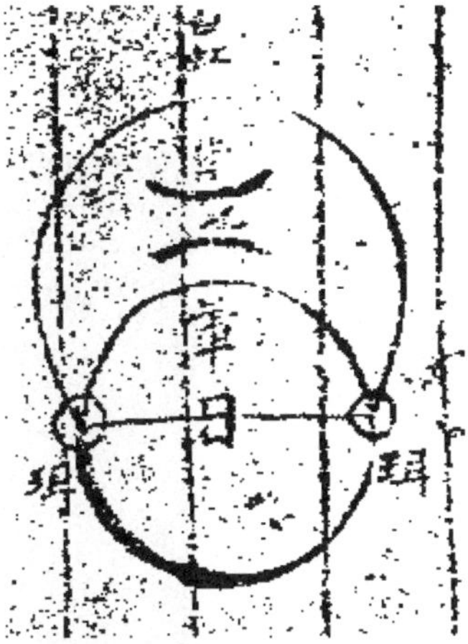

스케치 가운데 맨 위부터 각각 햇등(背), 해 모자(冠), 해 테두리/햇무리(暈), 해(日)라 적었고, 해의 왼쪽과 오른쪽에 햇귀(珥)를 표시하였다. "1748년(乾隆 13년) 10월 16일 오전 7시부터 9시 사이에 햇무리와 햇귀 둘이 나타나고, 10시부터 정오 사이에는 햇무리와 2개의 햇귀, 그 위에는 해 모자, 그 위에는 햇등이 있었다. 햇등의 안은 적색 바깥은 청백(靑白) 무지개가 나타났다."(『조선고대관측기록조사보고』, p.18).

이상의 논의를 통해 <도솔가>의 '이일병현'은 사실상 특정한 역사적 사건을 상징·은유한 기록이 아니라 실재한 하늘의 변화를 묘사한 것임을 확인할 수 있었다. 고대·중세인들은 이 현상을 일식, 월식 그리고 구름과 바람 등의 변괴와 더불어 자연의 큰 변화이자 하늘의 비정상적 기운으로 인식하였고, 이들은 "정치의 좋고 나쁨에 따라 길흉을 표시하는 것이니 하늘과 인간 사이의 가장 가까운 매개체"[38]라고 생각하였다. 즉 하늘과 사람은 같은 기를 가지고 있으므로 한쪽에 부조화가 생기면 이에 감응하여 다른 쪽에도 이변이 생긴다는 천인감응(天人感應)[39] 신앙을 지니고 있었던 것이다.

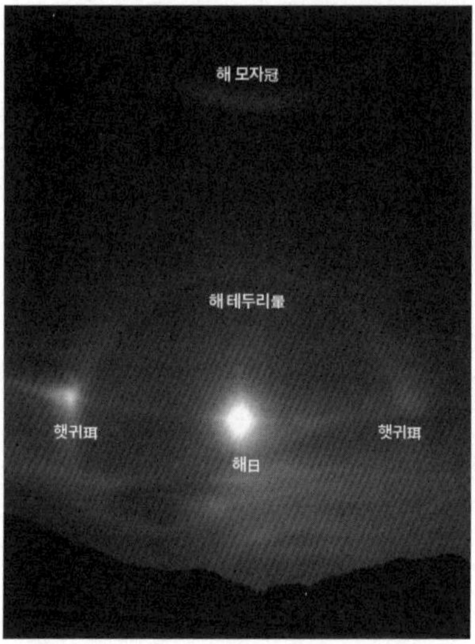

기록을 바탕으로 그린 환일 현상의 세부적 명칭(가운데 해(日), 해의 양쪽에 햇귀(日珥), 해 테두리(日暈), 테두리 윗부분의 해 모자(日冠), 해 모자 위에 햇등(日背)가 있다)

『일본서기』에도 "임나와 신라가 함께 계략을 꾸밀 때에 벌과 뱀의 괴이한 징조가 나타났다고 한다. 이것 또한 여러 사람들이 아는 바이다. 무릇 흉조는 행동을 경계하기 위해 나타나고, 재이 현상은 사람들이 깨닫도록

38) "日月暈適雲風 此天之客氣 其發見亦有大運 然其與政事俯仰 最近(大) 天人之符"(司馬遷, 『史記』 卷27, 天官書 第5).

39) 이에 대한 이론은 董仲舒의 『春秋繁露』에 자세히 나와 있다. "四氣者 天與人所同有也 非人所能蓄也 故可節 而不可止也 節之而順 止之而亂…故四時之行 父子之道也; 天地之志 君臣之義也; 陰陽之理 聖人之法也." (董仲舒, 『春秋繁露』 卷11, 王道通三 第44); "是故 天執其道爲萬物主 君執其常 爲一國主; 天不可以不剛 主不可以不堅; 天不剛 則列星亂其行 主不堅 則邪臣亂其官; 星亂則亡其天臣亂則亡其君; 故爲天者 務剛其氣 爲君者 務堅其政 剛堅然後 陽道制命"(董仲舒, 『春秋繁露』 卷17, 天地之行 第78); 權延雄, 朝鮮 前期 經筵의 災異論, 『歷史敎育論集』 13·14집-金英夏敎授停年退任紀念 史學論叢(歷史育學會, 1990), pp.599~600 참조.

하려고 나타난다. 이는 바로 하늘의 경계이고 선령(先靈)의 징표이다."[40] 했으니, 하늘의 기운 변화를 인간사에 대한 예조나 경고라고 생각한 것은 매우 보편적이다. 고려 우왕(禑王) 원년 11월에 서운관(書雲觀)은 "최근에 햇귀, 햇배, 흰 무지개가 태양을 지나간 현상들에 대하여 문헌을 참고하여 보니, '여악(女樂)을 없애버리고 어질고 착한 이들을 등용하여야 한다.'라고 적혀 있었다."라고 하였고,[41] 고종(高宗) 40년 12월에, 태사(太史)는 "한 개의 배기(背氣)는 안쪽에 있고 다른 배기는 바깥쪽에 있으니 이는 안에 있는 사람이 밖에 있는 사람과 함께 모략을 꾸미는 것이다."[42]라고 보고하였다. 고려 헌종 원년에도 햇무리[日暈]와 해 양쪽 곁의 혜성을 제후가 난을 일으킬 징조로 해석[43]한 경우가 있다. 덕치를 행하여 천명에 순응하면 상서로운 일이 생기고, 부덕을 행하여 천명을 거스르면 재앙이 내린다는 재이관(災異觀)은 유교적 사고가 팽배해가는 시기에도 마찬가지로 유지되었다.

(7) 대사헌 박경(朴經) 등이 상소하였다. "도저히 보고만 있지 못할 것은 하늘의 노함이요, 더욱이 무시하지 못할 것은 백성들의 의심이옵니다. 사람들의 의심을 풀어줄 줄 알게 되면 하늘의 노여움도 없어지게 할 것입니다. 이달 22일에 전하께서 거둥하실 때, 하늘이 크게 천둥하고 번개하며 우박을 내리게 하여 연일 계속되오니, 이것은 곧 하늘의 마음이 인자하여 전하로 하여금 두려워하여 속히 수성개행(修省改行)하게 하려는 것입니다.[44]

---

40) "任那與新羅運策席際 現蜂蛇怪 亦衆所知 且夫妖祥 所以戒行 災異所以悟人 當是 明天告戒 先靈之徵表者也"(『日本書紀』卷19, 欽明天皇 2年 秋7月).

41) "辛禑 元年 十一月甲戌 日珥日背白虹貫日 書雲觀奏曰 '近者日珥日背白虹貫日 以本文考之 宜釋女樂入賢良."(『高麗史』 卷47, 志1, 天文1).

42) "(高宗) 四十年 十二月壬子 日珥 癸丑 日暈二重色如虹 東北有背氣 太史奏 '一背在內 一背在外 中人與外人同謀."(『高麗史』 卷47, 志1, 天文1)

43) "乙亥 元年 春正月 戊戌 朔 風從乾來 日有暈 兩傍有彗 太史奏 元日風從乾來 當有憂 日有彗 近臣亂 諸侯 欲有反者"(『高麗史節要』 卷6, 獻宗恭殤大王 元年).

44) "大司憲 朴經等 上疏曰, 至不可玩者 上天之怒 尤不可忽者 斯人之疑 知所以解人心之疑 則可以息天心之怒矣 今月二十二日 當殿下游幸之時 天大雷電雨雹 以至連日 乃知天心仁愛殿下 欲恐懼

하늘의 변화, 여역(癘疫), 흉년 등이 생기면, 인륜을 도탑게 하고 인심을 감화시키지 못한 까닭으로 보아, "가뭄이 드는 이유는 백성의 원망 때문이니 동해(東海) 한 지어미의 원통함이 가뭄을 들게 한 일에서도 증험할 수 있습니다. 삼남(三南) 지방은 땅이 넓고 사람이 많으므로 쌓인 원망도 가장 많습니다. 경기 서쪽은 간혹 비가 내렸으나 삼남은 한 방울의 비도 내리지 않았다고 남쪽에서 온 사람마다 다 그렇게 말합니다.", "오늘의 재난을 구원하는 계책은 오직 백성을 구원하는 데 있습니다."에서[45] 보는 바와 같이 심각하게 여겼다. <도솔가> 조에 기록된 이일병현을 당시 사람들이 "정치가 피폐하고 도(道)가 사라져서 나타나는 하늘의 거리낌"[46]으로 해석한 것만은 분명한 사실인 듯하다. "당시에는 천상의 질서와 지상의 질서를 동일시하였기 때문에 천체의 이상이 있을 때, 그 뒤에 일어나는 변란을 천체의 이상과 연관시켜 기술한 것"을 보면,[47] 당시에는 천체의 변화를 여지없이 정치적으로 해석한 것이 분명하다. 그러나 이일병현에 대한 사관(史官)이나 일관(日官)들의 해석은 해의 변화를 보고 막연히 예언한 것이거나 사후에 제시한 대응책에 불과하다. 다만 '여러 해의 출현=도전 세력의 등장'은 단지 해석에 불과할 뿐이지, '이일병현'이라는 기록 자체가 역사가 아니라 왕이나 왕 주변의 재난을 상징·은유한 예언적 기록이고, 경덕왕 중심의 왕당파와 그에 반기를 들던 반 왕당파 사이의 정치적 대립·갈등 관계, 즉 군왕[해]에 도전할 세력의 등장을 암시[48]한 기록이라고 이해하는 것은 타당하지 못하

修省改行之速也"(『太祖實錄』 卷7, 太祖 4년(1395) 4월 25일 戊子 1번째 기사).

45) "致旱之由 出於民怨 東海一婦之致旱 亦可徵也 三南地大 人物殷盛 故積怨最多 畿甸以西 時或下雨 而三南點雨不下 南來之人 無不言之", "今日救災之策, 惟在於救民"(『孝宗實錄』 卷18, 孝宗 8년(1657) 5월 4일 丙午 1번째 기사).

46) "夫王者德化洽於宇內 則四靈表瑞 政弊道消 則彗孛見於上"(梁會稽嘉祥寺沙門釋慧皎 撰, 『高僧傳』 卷9, 神異上 竺佛圖澄一; 『高麗大藏經』 第32(東國大學校民族佛教研究所, 1986), p.852).

47) 이도흠, 향가 연구의 쟁점과 전망, 『고전문학연구의 쟁점적 과제와 전망』下(월인, 2003), p.28.

48) 李基白, 景德王과 斷俗寺·怨歌, 『新羅政治社會史研究』(一潮閣, 1974), pp.217~218; 林基中,

다는 것이다.

환일은 태양의 고도가 낮을 때 대기 중에 있는 얼음 결정에 빛이 반사됨으로써 태양 안쪽의 무리와 해의 둘레가 교차되는 부분이 한층 더 빛나 보이는 천문 현상이다.49) 『승정원일기』에도 "진시(오전 8시 경)에 햇무리가 생기고 양쪽에 햇귀가 있었다. 오전 10시 경과 정오 무렵에 햇무리(暈)와 양쪽에 햇귀가 있었다. 햇무리 위에는 해 모자(冠)가 있었고, 해 모자 위에는 햇등(背)이 있었다. 햇등의 안쪽은 붉은색이고 바깥은 파란색이었다. 흰 무지개가 해를 꿰뚫었다."라고50) 하여 환일에 대해 자세히 묘사했는데, 여기서도 안쪽의 붉은색, 바깥의 파란색의 태양 스펙트럼까지 적혀있다.

요컨대, 이일병현은 점성술적 용어, 상징적 기록이 아니라 실재한 천체 현상에 대한 묘사인데다 고대・중세의 왕이 이 현상을 자신의 통치 행위와 국가안위에 대한 중대한 긴장 요소[왕의 죽음, 국망(國亡), 병혁(兵革), 신왕조 출현 등등]로 보고, 여러 가지 가능성들을 예비하며, 신중하게 자신의 정치적 행위와 주변 상황을 돌아보았던 것은 기정사실이지만, 이일병현과 그로 인한 제의 속에 구체적인 사건과 관련된 정치적 해석이나 대응논리를 담고 있었다고 주장할만한 근거는 찾을 수 없기 때문이다. 그러므로 당대인들은 이일병현을 비롯한 모든 하늘의 변화를 인간사에 불길한 일이 발생할 것임을 예고하는 하늘의 메시지이거나 군주의 불합리한 통치 행위에 대한 신의 경고로 여기고 대응책에 부심했다는 범박한 결론이 오히려 타당하다. 그러므로 월명사가 <도솔가>를 가창하는 경덕왕 19년(760년)의 창작의식도 이와 동일한 궤도에서 논해져야 할 것이다. 당시 임금이 이와 같은 태양의 변괴

앞의 책(1981), p.281; 尹榮玉, 『新羅詩歌의 硏究』(螢雪出版社, 1991), p.60 참조.

49) 黃柄翊, 『三國遺事』 二日竝現과 <도솔가>의 의미 고찰, 『語文硏究』 115(韓國語文敎育硏究會, 2002.9), pp.151~164에서 이에 대한 상론을 펼쳤다.

50) "辰時 日暈兩珥 巳時午時 日暈兩珥 暈上有冠 冠上有背 色皆內赤外靑 白虹貫日"(『승정원일기』 영조 24년(1748) 10월 16일 정유).

를 두고, 자신의 통치 행위나 국가 안위에 중대한 긴장 요소가 생길까 긴장하여 신중하고 경건한 자세로 주변 상황을 점검한 것은 사실이지만, 두 개의 태양이 출현했다는 기록 자체가 아예 있을 수 없는 상징적 기록인 것은 아니다.

4. 중세에는 하늘의 변화에 어떻게 대응했나?

고대·중세인들은 하늘의 변화가 곧 인간 세상의 어떠한 재앙을 예고한다는 믿음 때문에 천변이 나타나면 늘 불안해했다. 이와 같은 불안은 곧 일정한 후속 행위로 이어져, 고려 성종은 혜성이 나타나자 노약자를 원호(援護)하고, 외롭고 헐벗은 사람을 구제하고, 공훈이 많은 사람을 등용하고, 효자와 절부를 표창하였다. 또 세금을 범포한 자를 용서하고 체납한 세금까지 경감하였고, 이로 인해 혜성이 재앙으로 되지 않았다[51]고 생각했다. 고려 현종은 혜성이 사라지고 나서야 정전으로 돌아와 반찬 수를 종전대로 하였고,[52] 혜공왕은 해 2개가 나란히 뜨자 죄수를 크게 방면했다.[53] "753년 여름에 큰 가뭄이 들었을 때, 경덕왕이 대덕(大德) 대현(大賢)에게 『금광경(金光經)』을 강하여 단비를 빌게 하였던 기록도[54] 백성들의 생활고, 그리고 국가 재정난으로 인해 어수선한 시국을 극복하고자 하는" 국정운영을 보여주고 있다.[55] 고대·중세인들은 하늘의 변화에 지극히 민감하여 괴변이 나타

51) "成宗 八年九月甲午 彗星見 赦 王責己修行 養老弱恤孤寒 進用勳舊 褒賞孝子節婦 放逋懸蠲欠負 彗不爲灾"(『高麗史』 卷47, 志1, 天文1).

52) "十一月癸亥 輔臣 以彗星已滅 表請御正殿 復常膳 從之"(『高麗史』 卷4, 世家4, 顯宗1).

53) 각주 23) 참조.

54) "夏大旱 詔入內殿 講金光經 以祈甘霔一日齋", "斯須井水湧出 高七丈許"(『三國遺事』 卷4, 義解5, 賢瑜加 海華嚴).

55) 박명호, 『7세기 신라 정치사의 이해』(景仁文化社, 2016), pp.264~265.

나면 항상 왕의 주변을 주목하고, 왕도 스스로의 통치 행위를 성찰하며 경건한 태도로 자중하고 반성했다.

천변이 몰고 올 수 있는 재앙을 없애버리고자 불교 의례나 신앙 행위를 베풀기도 했다. 헌강왕은 운무(雲霧)가 행차를 가로막는 이변이 일어나자 일관의 말에 따라 용신(龍神)을 위한 사찰을 창건할 것을 명하였다.[56] 또 천지가 괴이하여 28수(二十八宿)와 해와 달이 때를 잃고 법을 잃으면 『인왕경』을 강독할 것[57]을 강조한 것이나 가뭄이 들자 유가종(瑜伽宗)의 대현(大賢)이 『금광경』을 강설하여 우물물이 일곱 길쯤 솟아오르게 하였다는 기록[58]도 천변과 불교 의례의 긴밀한 상관성을 강조한 예일 것이다. 김부식이 쓴 <소재도량소(消災道場疏)>에 "해에 이변이 생기자 재앙을 예방하기 위해 불문에 의탁하고, 불사의 의식을 베풀고, 향공(香供)하고, 불경을 강독하였다."라고[59] 한 것을 보아도 천변이나 자연 재해가 있을 때 의례를 통해 불문에 의탁하는 것은 당시에 일반화된 관례였음을 알 수 있다.

그러나 삼국시대 기록에 보이는 불교 도량은 의외로 적어서, 호국경전, 『금광명경(金光明經)』·『인왕경』·『법화경』을 전독(轉讀)하여 천부(天部)와 8부(八部) 신상(神象)의 호국신을 청하고, 적국의 내침, 질병 등의 질운(疾運)에서 왕실과 백성을 수호하려 베풀었던 백고좌강회(百高座講會),[60] 흉년으로부터 백

---

56) "大王 遊開雲浦 王將還駕 晝歇於汀邊 忽雲霧冥曀 迷失道路 怪問左右 日官奏云 '此東海龍所變也, 宜行勝事以解之.' 於是 勅有司 爲龍創佛寺近境 施令已出 雲開霧散"(『三國遺事』 卷2, 紀異2, 處容郎望海寺2).

57) "天地怪異 二十八宿星道日月失時失度 多有賊起大王 若火難水難風難 一切諸難 亦應講讀此經"(姚秦三藏鳩摩羅什譯, 護國品, 『佛說仁王般若波羅蜜經』 卷下; 大正新修 『大藏經』 卷8, 般若部4(大正一切經刊行會, 1924), p.830).

58) "景德王 天寶十二年癸巳 夏大旱 詔入內殿 講金光經 以祈甘霔 …及晝講時 捧爐默然 斯須井水湧出 高七丈許與刹幢齊"(『三國遺事』 卷4, 義解5, 賢瑜珈 海華嚴).

59) "顧惟涼德 叨據丕基 不能體春秋之一元以養萬物 不能用洪範之五事以調庶徵 夙夜思惟淵冰恐懼 況又日官有諗 天象可驚 赤枝偃蹇以干霄 白暈輪困而逼日 不識令玆之異 終爲何所之災 數有未通 疑誰能決 欲豫防於厄會 須仰託於法門 式展妙科 祗陳香供 禮金仙之睟相 繙寶藏之微言 翼此精誠 通于覺照"(金富軾, 消災道場疏, 『東文選』 卷110).

성들을 보살펴 줄 것을 기원하고 왕의 통치 행위를 성찰한 인왕도량[61] 등이 고작이다. 거기에 비해 고려시대에는 불정도량(佛頂道場), 금광명경도량, 제석도량(帝釋道場), 소재도량 등 도량에 대한 많은 기록을 남겼다. 이는 고려시대에 이르러 불교 의례에 대한 지칭이 더욱 세분되고, 그 횟수도 잦아졌음을 의미한다. 그런데 이규보의 <소재도량소>나 김부식의 <금광명경도량소>·<소재도량소>를 보면 이들 불교의례의 세밀한 면면과 진행 과정을 짐작할 수 있다. 이에 따르면, 천변 때문에 행하는 고려의 불교의례는 '의례를 주재하는 왕 자신의 부덕함을 반성하고, 눈앞에 펼쳐지는 천체(天體)의 이변이나 자연 재해를 소개하고, 이 변괴가 인간 세계의 재앙으로 이어지는데 대한 두려움·불안함을 표출하고, 불법의 가호로 기상이 순조로워 풍년이 들고 백성들이 화평할 것을 기원하는'[62] 식의 내용적 흐름을 가지는데, 성격상으로 보아 삼국시대의 천변 소재의례(消災儀禮)나 <도솔가>의 가창 현장도 이와 유사한 목적과 흐름을 가졌을 것으로 보인다.

5. 월명사 〈도솔가〉 조에 담긴 의미는?

이일병현을 주된 모티프로 하는 <도솔가>의 산문 전승은 앞에서 살펴

60) 洪潤植(1975/1986), 「三國時代의 佛教信仰儀禮」, 崇山朴吉眞博士 華甲記念『韓國佛教思想史』, 圓光大 出版部; 『韓國密教學論文集』, 大韓佛教眞覺宗, p.855 : "王疾 醫禱無效 於皇龍寺 設百高座 集僧 講仁王經 許度僧一百人"(『三國史記』 卷5, 新羅本紀5, 善德王 5年, 春正月).

61) "第三十三 聖德王 神龍二年丙午歲 禾不登 人民飢甚 …(中略)… 王爲太宗大王創奉德寺 設仁王道場七日 大赦"(『三國遺事』 卷2, 紀異2, 聖德王1).

62) "言念眇冲 夙叨艱大 政未張於琴瑟 動昧變通 民方隨於溝坑 罔圖 拯濟 紀綱所紊怪異滋彰 忽遭赫赫之災精 大掃陳陳之積稟 萬民生命 一旦寒灰 此尙疚於中懷 而未遑於假寐 矧靈臺之觀象 多星度之失躔 熒惑入羽林而迕行 大陰與木曜而同舍 未識如茲之譴 終爲何等之祆 旣往之災 雖甘受天威之難避 未然之患 庶確憑佛力以逆消 玆扣勝門 覬蒙眞蔭 結香泥之界 虔敞梵筵 繙玉軸之文特宣密藏 熏功纔集 慧鑒已通 伏願五緯循常 八風協候 干戈韜戢 坐臻萬戶之晏眠 禾稼豐穰 遄復千囷之露積 胡虜絶窺窬之志 邦家延攸久之基"(李奎報, 「消災道場疏」, 『東文選』 卷110).

본 과정, 즉 이일병현의 실재(實在)→닥쳐올 재앙에 대한 불안→불문에의 의탁, 불교의례의 거행→천변의 해결'이라는 흐름 속에서 이해해야 할 것이다. 아래 의미 분석은 전승문맥과 노랫말 부분을 유기적으로 관련짓되 앞에서 논의가 이루어진 부분이나 이미 일반화된 이론에 대한 언급은 되도록 줄였다.

1) 일관이 연승(緣僧)에게 산화공덕(散花功德)을 청하다

『삼국유사』 <도솔가>조의 산화에 관해서는 꽃을 흩어 미륵불에게 공양하는 행위로 이해하는 관점이 주를 이루지만, "화(花)는 뿌리는 꽃이 아니라 화랑을 뜻한다. 화랑들에게 호국에 대한 연원으로 나라를 지키라고 호소하는 노래로 볼 것이다. 화랑은 평소에는 각각 흩어져 각자의 생업에 종사하다가 유사시에 집결하여 임무를 수행"한다는 데서 근원을 찾고,[63] "오늘 이곳에 모든 화랑을 부르는 바라/(나라의) 은총을 입고 있는 화랑 너희들은/한결같이 굳은 마음으로 목숨을 바쳐/여기에 미륵좌주를 뫼셔 받들 것이로다."라는[64] 해석이 있기에 열린 시선과 관점으로 최종적인 결론을 고대할 필요성이 있다.

<도솔가>에서 꽃을 뿌리는 행위는 공양의 한 종류로 보인다. 『십지경론』에 의하면 공양에는 세 종류가 있다. "첫째는 이양(利養) 공양이니, 의복이나 와구(臥具) 등을 말한다. 둘째는 공경(恭敬) 공양이니, 향과 꽃과 깃발과 덮개 등을 말한다. 셋째는 행(行) 공양이니, 신행(信行)과 계행(戒行) 등을 수행하는 것을 말한다. 이것은 두 번째의 공경 공양에 해당한다."[65] 했으니 화공양은

63) 兪昌均, 『鄕歌批解』(螢雪出版社, 1996), pp.691~696.
64) 兪昌均, 위의 책, p.680.
65) 圓測 著, 백진순 역, 『인왕경소』, 동국대학교 출판부, 2010, p.368.

공경을 표하는 공양에 해당한다.

> (1) 839년 11월 22일. 오전 8시 경에 종을 친다. 종소리 여운이 사라지면 강사와 도강(都講) 두 명이 법당으로 들어온다. 대중들은 먼저 들어와 줄지어 앉는다. 강사와 독사(讀師)가 법당에 들어올 때면 대중들은 일제히 길게 찬불(讚佛)한다. 그러면 강사가 올라와 북좌(北座)에 앉고, 도강이 남좌(南座)에 앉으면서 찬불이 멈춘다. 이때 아랫자리의 한 승려가 범패로 '이 불경을 어찌할 것인가'라는 구절을 읊조린다. 범패가 끝나면 남좌에서 오늘 강의할 경(經)의 제목을 발표하고 그 불경을 길게 읊는데, 그 음의 굴곡이 많다. 불경을 읊는 동안 대중들은 세 번 꽃을 뿌리는데, 꽃을 뿌릴 때마다 저마다 기리는 것이 있다.[66]

불경을 읊거나 의례를 행하는 동안 부처를 찬양하고 공경한다는 뜻을 담아 꽃을 뿌리는 것이다. "(왕들이) 곧 백만 억 개의 행화(行華)를 뿌리자, 그것이 허공에서 한 자리(座)로 변했고, 시방의 제불들께서 함께 이 자리에 앉으셔서 반야바라밀을 설해 주셨다. 한량없는 대중들도 함께 한 자리에 앉아 금라화(金羅華)를 쥐고 있다가 석가모니불 위로 뿌리니, 그것이 만륜화(萬輪華)를 이루어 대중들을 덮어 주었다."[67] 했으니 산화 공양은 여러 부처들에게 공경을 표현함과 동시에 설법할 부처가 내려와 앉을 자리를 마련하는 의식이기도 하다.

---

66) "(唐 開成四年, 新羅 神武王元年 己未) 承和六年 辰時打鍾 長打擬了 講師都講二人入堂 大衆先入列坐 講師讀師入堂之會 大衆同音 稱嘆佛名長引 其講師登北座 都講登南座了 讚佛便止 時有下座一僧作梵 云何於此經等一行偈也 作梵了 南座唱經題目 所謂唱經長引 音多有屈曲 唱經之會 大衆三遍散花 每散花時 各有所頌"(圓仁, 『入唐求法巡禮行記』 卷2, 文海出版社, 1976, p.40; 圓仁 저, 申福龍 주해, 『入唐求法巡禮行記』, 정신세계사, 1991, pp.120~121).

67) "諸王散華於虛空 不華變爲座三十方下 化佛說法 無量下 化衆散華 化佛說法"(원측 저, 백진순 역, 제6편 散華品, 『인왕경소』, 동국대학교 출판부, 2010, pp.601~602 : 佛典刊行委員會 편, 『韓國佛敎全書』1-新羅時代篇, 東國大學校出版部, 1979, p.100).

(2) "두 번째는 꽃을 뿌리며 공양한 것이다. 이 중에 세 가지가 있다. 처음은 행화(行華)를 뿌렸고, 다음은 반야화(般若華)를 뿌렸으며, 마지막은 묘각화(妙覺華)를 뿌렸다. 이 세 종류 꽃은 모두 표현되는 대상을 따라서 꽃 이름을 붙인 것이다. 처음에 '행화'를 뿌린 것은 삼현(三賢)의 유루의 행(行)을 표현한 것이고, 다음에 반야화를 뿌린 것은 십성(十聖)의 무루의 지를 표현한 것이며, 마지막에 묘각화를 뿌린 것은 불지(佛地)의 각법(覺法)이 원만함을 표현한 것이다. '자리(座)'는 삼현을 표현한 것이니, 그들은 가장 하위이기 때문이다. '대(臺)'는 십성을 표현한 것이니, 그들은 유루에서 벗어났기 때문이다. '성(城)'은 열반을 표현한 것이니, 가장 위대하고 뛰어난 것이기 때문이다."[68]

삼현(三賢)이란 십주(十住)・십행(十行)・십회향(十回向)의 세 보살을 뜻하는데, 보살을 향해 행화를 뿌린다 했다. "허공에 꽃을 뿌려 한량없는 화대(華臺)를 변화해 내니, 그 위에는 한량없는 대중이 있어, (보살들이 그들에게) 열네 가지 바른 행을 설해 주었다. 십팔 명의 범(梵)과 육욕천의 왕들도 역시 보배 꽃을 각각 허공대(虛空臺) 위에 앉아 열네 가지 바른 행을 설하였고, 이것을 수지하고 독송하며 그 이치를 이해하였다. 한량없는 모든 귀신들도 몸을 나타내어 반야바라밀을 수행하였다."[69] 했으니, 산화는 화대를 만들어 부처와 많은 선신(善神)들이 내려와 묘법을 설법하게 하려는 의도를 가진다.

(3) "꽃송이마다 장엄한 보살처럼 생긴 몸빛이 미묘한 24명의 천녀들이 손에 5백억 보배그릇을 받들고 있을 것이다.…그리하여 저 도솔천에 태어나는 사람이면 다 이렇게 천녀들이 와서 받들어 주는 섬김을 받느니라. 또 일곱 가지 보배로 된 사자좌(獅子座)가 있을 것인데, 그 높이는 4유순이고

68) 원측 저, 백진순 역, 제6편 散華品, 위의 책, pp.601~602.

69) "時諸衆中 至十四正行 釋曰 自下第三大衆供養 文別有三初菩薩香華供養大衆 說十四正行 次十八梵天下 諸天供養 受持讀誦後無量鬼神下 明鬼神修行般若 文顯可知"(원측 저, 백진순 역, 제3편 教化品, 위의 책, pp.445~446; 佛典刊行委員會 편, 앞의 책, p.80).

염부단의 금과 같은 무수한 보배로 장엄하게 만들었고, 네 귀퉁이에서는 네 송이 아름다운 연꽃이 피어나올 것인데, 연꽃마다 백 가지 보배로 이루어져 아주 오묘한 백억 가지 빛을 낼 것이다. 그 광명은 다시 5백억 가지 보배로 된 가지가지 꽃으로 변하고, 장엄한 장막으로 둘러싸일 것이라."[70]

<도솔가>는 미륵을 신앙대상으로 했고, 배경설화에는 미륵의 현신을 표현했다. 도솔천에 태어나는 사람들이 뿌려진 꽃송이가 바뀐 천녀들의 섬김을 받듯이 <도솔가>와 관련설화는 허공에다 꽃을 뿌리어 현세에다가 미륵이 지내던 도솔천의 화대를 만듦으로써 그 자리에 미륵불이 내려와 좌정하기를 소망하는 모습을 그리고 있다. "만약 선남자, 선여인이 있어 다만 꽃 한 송이를 허공에 흩으면서 염불하니, 곧 지극한 괴로움이 끝나고, 그 복이 다하지 않는다."[71] 했으니 이와 같은 산화 의례는 현세의 지극한 괴로움이 끝나고 복을 부르기 위한 목적이다.

"그대의 국토 중에 백 부의 귀신들이 있고, 이 하나하나의 부류마다 다시 백 부가 있어서, 즐겁게 이 경을 듣고서 이 모든 귀신들이 그대의 국토를 수호할 것입니다. 대왕이여, 국토가 어지러울 때는 먼저 귀신들이 어지러워지고 귀신들이 어지러워지기 때문에 모든 백성들이 어지러워지니, 외적이 와서 나라를 빼앗고 백성들이 죽으며, 신하와 임금과 태자와 왕자와 백관들이 함께 시비를 일으킬 것입니다. 천지도 괴이해지고, 28수(宿)의 성도(星道)와 일월도 때를 잃고 도(度)를 잃어버리니 도적이 많이 일어납니다." 라고[72] 했듯이, 신라의 하늘에 두 개의 해가 동시에 나타나는 변괴가 나타

---

70) "一一花上 有二十四天女 身色微妙 如諸菩薩 莊嚴身相 手中自然化五百億寶器…若有往生兜率天上 自然得此天女侍御 亦有七寶大師子座 高四由旬 閻浮檀金 無量衆寶 以爲莊嚴 座四角頭 生四蓮花 一一蓮花 百寶所成 一一寶出百億光明 其光微妙 化爲五百億衆寶雜花 莊嚴寶帳"(『佛說觀彌勒菩薩上生兜率天經』 卷1).

71) "若有善男子善女人 但以一華散虛空中念佛 乃至畢苦其福不盡"(『摩訶般若婆羅蜜經』 卷21, 三慧品).

나자 허공에다 꽃을 뿌려 미륵불이 내려와 앉을 화대를 만듦으로써, 미륵불이 그 자리에 내려와 앉아 묘법을 강론하고, 향후 하늘의 변괴가 땅의 재앙이 되어 나타나지 않기를 바라는 집단의 염원을 전하려 했던 것이다.

일관은 두 해의 출현이라는 실재한 천변에 대해 풀이 · 논평하며 처방을 내리는 기후 샤만[73]의 역할만 담당할 뿐 변괴 퇴치를 위한 행위는 전적으로 연승에게 맡겨졌다. 불교에서는 세상의 모든 일이 일시적 인연에 따라 만들어졌다가 사라진다고 믿는다. 석가모니도 "세상의 모든 것은 무상하며, 고(苦)이고 공(空)이고 무아(無我)이다. 견고함이 없어 허깨비와 같고, 타오르는 불꽃과 같고, 물속의 달과 같다. 오래 살지 못한다. 이 불이 뜨겁다고 보지 마라. 모든 욕망의 불꽃은 이보다 훨씬 더 뜨거우니, 너희들은 마땅히 생사에서 영원히 벗어나는 일에 힘써서 마음의 평화를 얻어야 할 것"이라[74] 했다. 이 문맥에서 연승은 크게 두 가지 의미를 지닌다. 첫째, 연승은 재변을 일으키는 모든 악신들을 다스릴 수 있는 미륵을 부르는 중재자로 기능한다. 둘째, 연승은 불교의 만유(萬有) 원리를 체득 · 실천하는 주체이다. 불법에 따르면 세상의 모든 것은 자성(自性)이 없는 가유(假有) · 가명(假名)의 상태이고, 만유와 상황의 변화를 일으키는 것은 오직 '인연'[75]이므로 연승

---

72) "明所護難, 略有八難一者鬼亂 二萬人亂 三賊來劫國 四百姓亡喪 五君臣是非 六天地怪異 七星宿失度 八日月失度 多有賊起如是等難 不可具述"(원측 저, 백진순 역, 제5편 護國品, 앞의 책, pp.548~549; 佛典刊行委員會 편, 앞의 책, p.93).

73) 신종원은 日官을 "사회 발전에 따라 다양해지고 전문화된 샤만의 한 갈래"인 기후 샤만으로 규정하였다. 그는 고대 · 중세의 샤만의 직능인 天文家, 探索者, 醫師의 역할 가운데 주로 앞의 둘을 행하는 샤만을 日官(氣候 샤만), 뒤의 둘을 행하는 샤만을 巫(보통 샤만)이라 하였다. (辛鍾遠, 古代 日官의 性格, 『韓國民俗學』 12, 한국민속학회, 1980, p.140 참조).

74) "爾時世尊 告衆會曰 世皆無常 苦空非身 無有堅固 如幻如化 如熱時炎 如水中月 命不久居 汝等諸人 勿見此火 便以爲熱 諸欲之火 極復過此 是故汝等 當自勸勉 永離生死 乃得大安"(512 『佛說淨飯王涅槃經』; 『大正新修大藏經』14 經集部1, 大正新修大藏經刊行會, 1971, p.783).

75) "謂因緣生之法也 因緣所生之法如鏡花水月 無其實性 雖無實性 然非虛無之法 因之對於龜毛兎角之無法 比於眞如法性之實有 而名之爲假有"(中國佛書刊行會 編(1975), 『佛教辭典』, 寶蓮閣, p.1222 참조).

을 통해 두 해의 변괴라는 '자연의 일시적 악연'을 없애려 하였다. 월명사는 인연의 이치를 깨달은 연각승으로 기능하고 있다. 왕이 월명사의 범패가창 능력에 그리 집착하지 않은 것도 천변이 발생한 현실 상황과 월명사와의 오묘한 '인연'을 강조했기 때문이다. 달까지 멈출만한 월명의 연주 능력, 현실 상황과 그의 인연은 '능감동천지귀신(能感動天地鬼神)'으로 인식되는 향가(鄕哥)의 주력(呪力),[76] 지극한 정성과 덕을 쌓아 인천함열(人天咸悅)·접화군생(接化群生)·민물안녕(民物安寧)[77]을 이루려는 풍월도(風月道) 사유에 더해져 문제 해결 가능성과 <도솔가>의 마력을 더욱 증폭시키는 힘으로 작용하고 있다.

2) 곧은 마음의 명(命)을 받들어 미륵좌주(彌勒座主)를 모시라

곧은 마음의 명이 직심(直心)이다. <도솔가>의 "直等隱 心音矣 命叱 使以"에 대한 기존 해석을 크게 구분하면 다음과 같다.

(1) "고ᄃᆞᆫ ᄆᆞᅀᆞᆷ의 命ㅅ 브리ᅀᆞᆸ디", "곧은 마음의 명을 심부름 ᄒᆞ옵기에"(양주동), "고ᄃᆞᆫ ᄆᆞᅀᆞᄆᆡ 命ㆆ 브리옥"(최남희), "고단 마자믜 명ㅅ 브리압디(곧은 마음의 명(命)을 심부름 하여)"(김상억),[78] "너는 나의 곧은 마음의 사자(使者)로서"(오꾸라), "고든 마음의 명 부림이입지(곧은 마음의 사명을 받아)"(정열모), "고든 맘의 시김 바리로"(옳은 맘이 시키는 대로)(정열모),[79] "고ᄃᆞᆫ 마ᅀᆞᄆᆡ 명으로 브리아디"(참다운 마음의 시키는 그대로)(홍기문)[80]

76) "(月)明常居四天王寺 善吹笛 嘗月夜吹過門前大路 月馭爲之停輪 因名其路日月明里 師亦以是著名…羅人尙鄕歌者尙矣 蓋詩頌之類歟 故往往能感動天地鬼神者 非一"(『三國遺事』卷5, 感通7, 月明師兜率歌).
77) 김학성, 『한국 고시가의 거시적 탐구』(집문당, 1997), p.145, p.177.
78) 金尙憶, 『鄕歌』(한국자유교육협회, 1974), pp.363~378.
79) 정열모, 『신라향가주해』(국립출판사, 1954); 한국문화사(1999 영인), p.95.
80) 홍기문, 『향가해석』, 조선민주주의인민공화국, 1956; 大提閣(1991 영인), p.248.

대부분의 해독이 “곧은 마음의 명을 받아”이다. “고든 마음에 목숨 브리악”(곧은 마음에 목숨을 바쳐서)으로 해석하면서, “꽃한테 미륵보살을 목숨을 바쳐 잘 모시라는 것뿐이고 특별히 해의 이변에 관한 것은 반영되어 있지 않으니, 도솔·미륵보살·꽃은 불가분리의 관계에 있다는 말의 다른 표현”으로[81] 보는 경우도 있다.

“곧은 마음의 명”이 누구의 것인가 하는 ‘주체’ 문제에 주목하여, 그 주체는 ‘부처나 보살의 곧은 마음이 아니라 믿는 이, 곧 부처와 보살을 받드는 이의 곧은 마음’이라고 결론짓는 이론도 있다. 곧 “불법의 대자대비와 제도중생(濟度衆生)을 믿고 바라는 이의 변함없는 신심(信心)을 표징한 것으로 해석하고, 명은 길(道)을 뜻하며, 하늘의 변괴가 사라져 땅위에 경사가 오기를 비는 마음의 길, 이 간절한 기원을 ‘꽃의 사자(使者)’에 기탁한 것”으로[82] 보는 것이다. 여기서는 경덕왕을 직심의 주체를 본다.[83] 제례에서 월명은 사제자(司祭者)이고, 이 의식의 주체이자 <도솔가>의 화자는 제주(祭主)인 왕이라는 것이다. 꽃에 곧은 마음을 실어 미륵에게 보내는 이는 바로 경덕왕인 것이다. 한편 직심의 주체가 ‘화랑’일 가능성을 열어두기도 한다. 경덕왕이 후사의 문제에 집착했고 경덕왕의 궁극적인 의례 동기는 곧 태자와 관련된 것이므로, 태자의 보위를 튼튼히 할 목적으로 당시의 한 세력으로 등장하고 있던 화랑 집단에게 태자의 보필을 강조한 것으로 보는 것이다.[84]

그러나 그간 불교 문헌에서 직심이 어떤 쓰임과 의미를 가지는지를 살피어, 누가 누구를 향해 가지는 마음인지를 밝히는 일에 집중하지 못했다. 이에 ‘직심’의 개념을 정확히 살펴, 주체를 확인해 볼 필요성이 있다.

---

81) 姜吉云, 『鄕歌新解讀硏究』(한국문화사, 2004), p.193, p.204.
82) 金尙憶, 앞의 책, p.377.
83) 尹榮玉, 『新羅詩歌의 硏究』(螢雪出版社, 1991), pp.64~65 : 羅景洙, 앞의 책, p.321.
84) 羅景洙, 위의 책, p.321.

(2) "믿음을 성취하여 발심한다는 것은 어떤 마음을 내는 것인가? 간략히 말하면 세 가지 마음이다. 첫째는 곧은 마음으로 바로 진여의 법을 생각하는 것이며, 둘째는 깊은 마음으로 일체 선행을 모으기를 좋아하는 것이며, 셋째는 대비의 마음으로 일체 중생들의 고통을 덜어주는 것이다."[85]

(3) "보적아, 마땅히 알아야 하느니라. 직심은 보살의 정토로서 보살이 부처가 될 때 그 나라에는 거짓을 하지 않는 중생이 태어난다. 깊이 도를 구하는 마음[深心]은 보살의 정토이니 보살이 부처가 될 때 그 나라에는 공덕을 갖춘 중생이 태어난다. … "보적아, 이와 같이 보살이 그 깨끗한 마음[直心]에 따르면 능히 바른 행을 곧 일으키고 그 행에 의하면 깊이 도를 구하는 마음을 얻느니라."[86]–"시방여래(十方如來)는 동일한 도(道)이기 때문에 생사를 벗어나는데 모두 곧은 마음으로 한다." 했고, 『주유마경(註維摩經)』 1에 "조(肇)가 말하기를 직심이란 바탕이 곧고 아첨이 없는 것을 말하는 데 이 마음은 만행(萬行)의 근본이다."하고, 집(什)은 말하기를 "직심은 성실한 마음이다. 발심(發心)하는 시초는 성실에서 비롯한다." 하였다.

(2)는 발심(發心)의 양상을 말한 것인데, 발심이란 부처를 믿는 마음을 일으키는 것이다. 신성취발심(信成就發心)은 믿음을 성취하여 부처님을 믿는 마음을 낸다는 것으로 마명(馬鳴)의 『대승기신론(大乘起信論)』에 따르면 보살이 여러 부처를 만나 친히 공양하고 일만 겁 동안 신심을 수행하여 성취하고 십주위(十住位)에 들어가 직심 · 심심(深心) · 대비심(大悲心)을 일으킨다 했다. 3종의 발심이란 바로 이 세 가지 마음을 뜻한다. 오로지 진여법(眞如法)을 생각하는 마음을 곧은 마음, 즉 '직심'이라 한다. 현상의 객관 경계에 끌려가 세속적 환경에 파묻혀 신심을 잃지 않는 것을 말한다.[87] 오로지 진여를 생

85) "復次信成就發心者 發何等心 略說有三種 云何爲三一者 直心 正念眞如法故 二者 深心 樂集一切諸善行故 三者 大悲心 欲拔一切衆生苦故"(馬鳴 지음, 지안 옮김, 『대승기신론』, 지식을 만드는 지식, 2011, p.136).

86) 譯經委員會, 『維摩經 外』(東國譯經院, 1986), pp.30~32.

87) 馬鳴 지음, 지안 옮김, 앞의 책, p.136.

각하는 곧은 마음을 직심이라고 규정하고 있다. '진여'라고 말한 것은, 보낼 것이 없음을 '진(眞)'이라 하고 세울 것이 없음을 '여(如)'라고 하니, 『기신론소기회본』(2권 4장)에서 "이 진여의 체는 보낼 만한 것이 없으니 일체법이 다 참되기 때문이며, 또한 세울 만한 것도 없으니, 모든 법이 다 같기 때문이다. 그러나 일체법(一切法)은 말할 수도 없고 생각할 수도 없기 때문에 진여라고 이름 하는 것임을 알아야 할 것이다."라고 말했다.[88] 또 "마음과 연관된 조건을 떠나서는 어떠한 차별도 보이지 않으며, 변하거나 달라지는 일도 없는, 부서지지 않는 한마음,[89] 즉 참되고 한결같은 마음을 '진여'라고 한다.

(3)에서는 거짓을 행하지 않고, 바른 행(行)을 일으키는 마음을 '직심'이라 했고, 『유마경』 주에 따르면 바탕이 곧고 아첨이 없는, 만행의 근본이 되는 마음을 직심이라 했다. 성실한 마음을 두고 직심이라 한 구절도 있다. 또, "직심이라고 한 것은 굽지 않았다는 뜻이다. 만약 진여를 생각하면 곧 마음이 평등하게 되어 다시 다른 갈래가 없을 것이니, 무슨 어그러지고 굽음(廻曲)이 있겠는가? 그러므로 바로 진여법을 생각하기 때문'이라 말하였다.[90]

요컨대, 직심이란 부처를 믿는 마음을 일으키는 3종의 마음, "이치를 향하는 마음(오롯한 한 길을 향하는, 이행(二行)의 근본)인 '직심', 많은 선행과 덕행을 갖추는 것으로서 참된 마음으로 돌아가는 것(스스로의 이익이 되는 행의 근본)을 뜻하는 '심심', 욕망과 괴로움을 없애고 불도를 구하게 하는 마음(利他行의 근본)인 '대비심(大悲心)'"[91] 가운데 하나이다. 즉, '심심'이 깊은 마음으로

---

88) "言眞如者 無遣曰眞 無立曰如 如下文云 此眞如體無有可遣 以一切法悉皆眞故 亦無可立 以一切法皆同如故 當知一切法不可說不可念 故名爲眞如"(원효 저, 은정희 역주, 앞의 책, pp.51~52).

89) "離心緣相 畢竟平等 無有變異 不可破壞 唯是一心 故名眞如"(馬鳴 지음, 지안 옮김, 앞의 책, p.16).

90) "第二顯發心之相 … 初中言直心者 是不曲義 若念眞如 則心平等 更無別岐 何有迴曲 故言正念眞如法故"(원효 저, 은정희 역주, 앞의 책, pp.335~336).

91) "直心者 謂向理之心 無別岐路故 卽二行之本", "深心者 備具萬德 歸向心源 卽自利行本", "大悲

일체 선행 모으기를 좋아하는 것, '대비심'이 대비의 마음으로 일체 중생의 고통을 덜어주는 것이라면 '직심'은 "왜곡되거나 편협하지 않고, 차별이나 대립을 일으키지 않는 마음",[92] "곧은 것, 곧게 비추는 것, 행위에 삿됨이 없고 굽힘이 없는 마음",[93] 곧, "바탕이 곧고 거짓이나 아첨이 없이 오롯이 한길을 향하여 바른 행을 일으키는 마음가짐"을 뜻한다.

미륵좌주(彌勒座主)의 개념과 역할에 대한 논의도 필수다. 그동안 '미륵좌주'를 "절 본산의 일을 관장하는 주지스님", "미륵정토를 관장하는 맏어른, 즉 미륵보살", 도솔천의 우두머리 고승이니 즉 미륵보살을 높여 이르는 말,[94] 스님들의 모임에서 주장되는 사람, 좌상의 윗사람을 이르는 말로[95] 이해해왔다. 한편, "미륵좌주라는 말은 미륵세존이나 미륵보살과 같은 순불교적(純佛教的)인 표현이 아니고, 낭불(郎佛) 융합의 과정에서 이루어진 한 독특한 용어이다. 다시 말해 화랑의 고유한 신 관념에다 불교의 화생적인 미륵사상을 융합시킨 표현이다. 이와 유사한 말로 미륵 선화(仙花)란 말이 있다. 불교를 화랑화한 것인데, 좌주는 화랑 중에서도 우위의 화랑인 화주(花主)를 가리킨 말로서 위의 미륵선화란 말의 사용과 꼭 동철(同轍)의 것"이라는[96] 견해도 제시된 바 있다. 또 "경덕왕은 미륵좌주의 화신이고 꽃은 화랑도 무리를 비유한 것"이라는 판단에 근거하여, <도솔가> 해당 부분을 "임금의 마음을 뛰시도록 만든 꽃이여(임금의 마음을 고무시킨 꽃이여)"라고 풀고, <도솔가>는 불교적 외양을 가졌지만 사실상 경덕왕을 찬양하여 전제왕권

心者 廣拔物苦 令得菩提 卽利他行本"(『起信論疏記會閱』 卷9, 大乘起信論疏筆削記會閱 卷9).

92) 조현설, 두 개의 태양, 한 송이의 꽃-월명사 일월조정서사의 의미망, 『민족문학사연구』 54 (민족문학사연구소, 2014), p.137.

93) "述曰 第五直心中 直者 擧章門也 行無邪曲 故名直心 言直照者 釋直心名"(太賢 著, 한명숙 옮김, 『梵網經古迹記』, 동국대학교출판부, 2017, p.141).

94) 姜吉云, 앞의 책, p.193, p.201.

95) 류렬, 『향가연구』(박이정, 2003), p.210.

96) 金鍾雨, 『鄕歌文學研究』(二友出版社, 1983), pp.40~42.

의 안정과 사회통합을 꾀하는 악장의 성격으로 분석한 경우도 있다.97)

(4) "왕에게 아뢰기를, 유자(儒者)들은 좌주니 문생(門生)이니 하면서 서울과 지방에 포진하여 서로 청탁하여 하고 싶은 대로 하니, …"98)

(5) "당송(唐宋) 이후로 '좌주'와 '문생'이라는 명칭이 생겼으니 과거를 중하게 여겨 나온 것이다. 명청(明淸) 시대에 이르러서는 그 친분이 더욱 중요시되었다. … 일찍이 예부상서(禮部尙書)로서 여러 번 시험을 주관하였는데, 천거한 사람이 모두 이름이 알려진 선비들이었다. 이 때문에 조정의 반은 모두 그의 문생이었고, 제삿날마다 높은 수레와 사마(駟馬)가 문 앞에 운집(雲集)하였다 한다."99)

위의 두 자료를 보면, 유학자들도 좌주라는 말을 썼음을 볼 수 있다. 여기서 좌주(座主)는 감시(監試)의 급제자가 시관(試官)을 일컫는 경칭(敬稱)이고, 문생은 과거에 합격한 사람이 고시관(考試官)에 대하여 자신을 이르는 말이다. 이 말은 당송 이후로 줄곧 천거한 사람과 천거를 받은 사람이라는 의미로 줄곧 사용해 왔다.

좌주의 불교적 쓰임은 다음과 같다.

(6) "그해 초겨울에 등루를 세우고 11월 4일에 이르러 공산(公山) 동사(桐寺)의 홍순 대덕(弘順大德)을 초청하여 좌주로 삼고 재(齋)를 베풀어 준공을 축하하는 불사를 베풀었다. 이때 태연 대덕(泰然大德)과 영달 선대덕(靈達禪大德)과 경적 선대덕(景寂禪大德)과 지념 대덕(持念大德)과 연선 대덕(緣善大

97) 신영명, 도솔가, 구원의 문학, 『우리문학연구』 18(우리문학회, 2005), pp.188~200.

98) "乃謂王曰 儒者 稱座主門生 布列中外 互相干謁 恣其所欲"(『高麗史節要』 卷28, 恭愍王3, 戊申 17년(1368)).

99) "唐宋以來 有座主門生之稱 爲重科擧而然也 至於明淸 其誼尤講", "嘗以禮部尙書 屢典會圍 所擧俱知名士 由是 半朝皆爲門生 每當祭日 高車駟馬 雲集門前"(李裕元, 『林下筆記』 卷28, 春明逸史; 안정 역, 한국고전번역원, 2000).

德)과 홍륜사(興輪寺)의 융선 주사(融善呪師)와 같은 고승들이 모두 참여하여 법회를 장엄하게 하였다"[100]

(7) 839년 11월 16일. 적산원에서 『법화경』의 강의를 시작해 다음해 정월 보름까지 한다. 주위의 여러 곳에서 온 승려들과 인연이 있는 시주(施主)들이 모여 뜻을 맞추었는데, 그들 중 성림화상(聖琳和尙)이 불경을 강의하는 좌주이다. 그 외에도 돈증(頓證)과 상적(常寂) 등 두 사람이 더 강론을 했다. 남녀와 승려와 속인이 함께 절에 모여, 낮에는 강의를 듣고 밤에는 예불·참회를 하며 불경과 차제(次第)를 들었다. 승려들이 모이는 숫자는 40명이다. 불경의 강의나 예불·참회는 신라의 풍속에 따른다.[101]

(6)에서 좌주는 여러 대덕(大德; 高僧) 가운데서도 재(齋)나 법회를 주관하는 인물을 뜻하고, (7)에서 좌주는 여러 스님들 가운데 불경을 강의하는 주체를 뜻한다. "서기 838년 7월 24일. 오전 8시경에 서지사(西池寺)에서 『대승기신론』의 강의가 있었다. 좌주 겸 스님은 전임·후임의의 삼강(三綱) 등과 함께 배를 찾아와 멀리서 온 두 승려를 위로했다. 대화는 필담으로 나누었다" 에서도[102] 같은 활용을 볼 수 있다. 그러므로 "좌주란 높은 자리를 뜻하는데, 전하는 말에 따르면 중요한 일을 맡아보는 사람을 뜻한다. 불교에서는 학문이나 경지 등이 깊고 풍부하여 남보다 빼어난 것을 '좌주'라 이름하고 한 자리의 주관이라고 일컫는다. 설법을 하는 학덕 높은 스님을 '고좌(高座)'라 하고, 혹은 '고좌'의 주관자라고도 했다."는[103] 자료는 좌주의 개념 정립

---

100) "其年孟冬 建燈樓已 至十一月四日 邀請公山桐寺弘順大德爲座主 設齋慶讚 有若泰然大德 靈達禪大德 景寂禪大德 持念緣善大德 興輪寺融善呪師等 龍象畢集 莊嚴法筵"(崔致遠, 新羅壽昌郡護國城八角燈樓記, 『孤雲集』 卷1; 『文叢』 1, p.166).

101) "十六日 山院起首講法花經 限來年正月十五日 爲其期 十方衆僧 及有緣施主 皆來會見 就中聖琳和尙 是講經法主 更有論義二人僧頓證 僧常寂 男女道俗 同集院裏 白日聽講 夜頭禮懺 聽經及次第 僧等其數卌來人也 其講經禮懺 皆據新羅風俗"(圓仁, 『入唐求法巡禮行記』 卷2, 文海出版社, 1976, p.39); 圓仁 지음, 申福龍 주해, 앞의 책, p.118.

102) "廿四日辰時 西池寺講起信論 座主謙幷先後三綱等 進來船上 慰問遠來兩僧 筆書通情"(圓仁, 위의 책, p.5); 圓仁 지음, 申福龍 주해, 위의 책, p.30).

에 유용하다. 즉, 불교식 재나 법회를 주관하거나 강의나 예불이나 참회(懺悔)를 주도하는 고승을 좌주라 부르는 것이다.

그러면 '미륵'과 '좌주'를 합한 의미는 무엇인가?

(8) "제수라시(帝殊羅施)를 좌주로 하여 중심에 대연화좌(大蓮花座)를 편다. 좌주는 바로 석가여래정상(釋迦如來頂上)에 있는 화불(化佛)로서 불정불(佛頂佛)이라고 부른다. 만일 불정을 좌주로 삼지 않으면, 마음속으로 생각하는 모든 부처님과 보살로 바꾸어도 된다. 그 좌주를 제외하고 그 밖의 모든 부처님과 보살들은 모두 본위(本位)에서 공양을 받는다. … 중심에 좌주의 자리를 안치하고 나서 내원(內院)의 동면(東面) 중앙에 반야바라밀다화좌(般若波羅蜜多華座) 1을 안치하고, 이어 우변(右邊)에 석가모니불좌(釋迦牟尼佛座) 2를 안치하고, 이어 좌변에 일체불심불좌(一切佛心佛座) 3을 안치하라. 그리고 북면의 바로 문 가운데에 대세지보살좌(大勢至菩薩座) 4를 안치하고, 이어 우변에 관세음모좌(觀世音母座) 5를 안치하고, 이어 좌변에 관세음보살좌(觀世音菩薩座) 6을 안치하고,…"[104]

(9) "단의 중심에 십일면관세음을 안치하여 좌주로 삼고 연화좌 위에 수레바퀴 형상[輪形]을 안치합니다. 다음에 내원의 동쪽면 중앙에 아미타불을 안치하고 오른쪽 변에 석가모니불을 안치하고 왼쪽 변에 반야바라밀(般若波羅蜜)을 안치합니다."[105]

(8)과 (9)를 보면, 좌주를 제외한 모든 부처와 보살은 본래의 자리에서 공

103) "是名上座 座主 摭言曰 有司謂之座主 今釋氏取學 解優贍穎拔者名座主 謂一座之主 古高僧呼講者爲高座 或是高座之主"(『釋氏要覽』 上).

104) "以帝殊羅施爲之座主 當中心敷大蓮花座 座主卽是釋迦如來 頂上化佛 號佛頂佛 如其不以佛頂爲主 隨意所念諸佛 菩薩替位亦得 除其座主以外諸佛及菩薩等 皆在本位 而受供養", "中心安置座主位已 次於內院東面 當中安般若波羅蜜多華座 次右邊安釋迦牟尼佛座二 次左邊安一切佛心佛座三 次於北面正當門中安大勢至菩薩座四 次右邊安觀世音母座五 次左邊安觀世音菩薩座六…"(大唐天竺三藏阿地瞿多譯, 『佛說陀羅尼集經』 卷12).

105) "於壇中心 安十一面觀世音以爲坐主 蓮華座上 安置輪形 次內院東面中央 安阿彌陀佛 佛右邊安釋迦牟尼佛 左邊安般若波羅蜜多"(『佛說陀羅尼集經』 卷4, 觀世音 卷上, 十一面觀世音神呪經).

양을 받고, 좌주는 부처 가운데 부처, 즉 '불정불(佛頂佛)'의 예우를 받아 가장 가운데 자리에서 공양을 받는다. 좌주는 단 중심 가장 높은 자리에 앉고, 다른 부처와 보살은 연화좌 위에 수레바퀴 형상으로 둘러앉는다. 단의 중심에 앉는 부처가 재나 법회 예불의 상황에 따라 다르고, "불정을 좌주로 삼지 않으면, 마음속으로 생각하는 모든 부처님과 보살로 바꾸어도 된다." 고도 했다.

의례의 목적과 필요성에 따라 단의 중심 가장 높은 자리에 좌주를 위치하게 했는데, <도솔가> 조에서는 '미륵'을 좌주로 세웠으니, 그 자체로 <도솔가>를 부른 목적의식이 바로 드러난 셈이다. 이전에 "미륵불을 '미륵좌주'라 함은 혹 당시의 속칭일지나 본조의 용례는 미륵강(彌勒講)을 위하여 미륵보살을 도솔천으로부터 단상고좌(壇上高座)에 요치(邀致-불러들임)함으로 특히 '좌주'라 이름 하였다."는[106] 이론은 '좌주'의 정확한 쓰임은 살피지 않았으나 미륵의 자리를 정확히 잡고 있다.

<도솔가>와 그 산문 전승에서 미륵을 좌주로 삼은 이유는 무엇인가. 미륵은 현세불인 석가모니가 구제하지 못한 중생을 빠짐없이 구제한다는 대승적 자비에 근거한 내세불이다. 경전에는 "이렇게 하여 오랜 시간이 흐른 뒤에 미륵불이 세간에 내려와 부처님이 되면, 그 때서야 천하가 태평하고 독기가 녹아 없어질 것이다. 이때는 비도 꼭 알맞게 내려서 오곡이 무성하고 수목은 장대해진다.",[107] 미륵의 세상은 "나라가 모두 넉넉하고 번성하며,/형벌도 없고 재액도 없으며/그곳의 모든 남녀들은 /선업으로 말미암아 태어날 것이라."라고[108] 했다. "처음에 자심삼매(慈心三昧)를 얻고(화엄경)",

106) 梁柱東, 訂補版『古歌硏究』(博文書舘, 1960), p.538.

107) "如是之後數千萬歲 彌勒當下世間作佛 天下泰平 毒氣消除 雨潤和適 五穀滋茂 樹木長大"(『佛說法滅盡經』 卷1).

108) "國土咸富盛 無罰無災厄 彼諸男女等 皆由善業生"(『佛說彌勒下生成佛經』; 『大正新修大藏經』 卷14, 經集部1, 아름출판사, 1971, p.426).

미륵을 자씨(慈氏)로 번역하는 것은 과거의 왕 담마유지(曇摩流支)가 나라 사람들을 사랑으로 다스리어 받은 지칭이 상명(常名)이 된 것(天台 淨名疏5)[109]이라 했으니 미륵을 낙토의 이상을 이루어줄 자비로운 존재로 여겼음을 알 수 있다.

(10) "대왕이시여, … 그 국토 안에는 일곱 가지 재난이 있습니다. 모든 국왕들이 이 재난을 없애기 위해 반야바라밀다경을 강독한다면 일곱 가지 재난이 곧 멸하고 나라의 땅이 안락해질 것입니다.",[110] "내(부처)가 이제 나라를 지킬 바른 길을 말하리라. 그대들은 반야바라밀(般若波羅蜜)을 받아 지니어, 국토가 파괴되고 어지러우며 … 할 때면 마땅히 백좌(百座)의 불상과 보살상과 나한상(羅漢像)을 모시고 백 명의 비구중(比丘衆)과 사대중(四大衆)·일곱 대중(七衆)과 함께 백 명의 법사에게 청하여 반야바라밀을 설하라. 일백 사자후의 높은 자리 앞에 백등(百燈)을 켜고 일백의 화향(和香)을 피우고 백 가지 꽃을 가지고 삼보를 공양하고 삼의집물(三衣什物)을 가지고 법사를 공양하고 또 소반·중반을 때에 맞추어 공양하라. 대왕이시여 하루 두 번 이 경을 강독하라. … 천지에 괴이한 일이 자꾸 생기어 28수(二十八宿)와 해와 달의 작용이 고르지 못하고 조화를 잃으며 여기 저기 도적 떼가 일어나기도 하느니라."[111]

국토가 파괴되고 어지러우며, 해와 달의 작용이 고르지 못하는 등의 7난이 일어나면, 여러 대중들이 백좌(百座)의 불상과 보살상과 나한상(羅漢像)을 모시고 법사를 청하여 반야바라밀을 설하라 했다. 이때 갖가지 공양을 해

---

109) 韓國佛教大辭典編纂委員會, 『韓國佛教大辭典』 2(寶蓮閣, 1982), p.296.

110) "是諸國中 若七難起 一切國王 爲除難故 受持解說此般若波羅蜜多 七難卽滅 國土安樂"(『仁王護國般若波羅蜜多經』 奉持品 第7); 원측 저, 백진순 역, 앞의 책, p.720.

111) "吾今正說護國土法用 汝當受持般若波羅蜜 當國土欲亂破壞…當請百佛像 百菩薩像 百羅漢像 百比丘衆 四大衆 七衆 共聽請百法師 講般若波羅蜜 百師子吼高座前 燃百燈 燒百和香 百種色花以用供養三寶 三衣什物 供養法師 小飯中食 亦復以時 大王 一日二時講讀此經 … 天地怪異 二十八宿星道日月 失時失度 多有賊起"(鳩摩羅什 譯, 『佛說仁王般若波羅蜜經』 護國品 第5).

야 한다. "(왕들이) 곧 백만 억 개의 행화(行華)를 뿌리자, 그것이 허공에서 한 자리로 변했고, 시방의 제불들께서 함께 이 자리에 앉으셔서 반야바라밀을 설해 주셨다."는[112] 자료를 보면, <도솔가>는 이일병현의 천변이 일어나자 불경의 가르침에 따라 꽃을 뿌려서 미륵이 내려와 좌주로 앉을 자리를 만들어 두고, 구세주인 미륵불에게 설법을 청함으로써 혹 닥쳐올지 모르는 국가적 재난을 방지하고자하는 마음을 담아 부른 것이다. "미륵은 인간 세상에 내려와 설법을 통해 사람들을 참회하게 하고, 죄를 없애 국토를 청정하게 한다는 믿음에서 비롯했을"[113] 것이다. 미륵에 대하여 "온 세상이 평화로워 원수나 도둑의 근심이 없고 도시나 시골이나 문을 잠근 곳이 없으며, 늙고 병드는 데 대한 걱정, 물이나 불의 재앙이 없으며 전쟁과 굶주림이나 동식물로 인한 독해(毒害)가 없느니라. 공경과 자비의 마음으로 세상에 생성 발현되는 나쁜 근본을 없애고, 부모 자식 사이처럼 서로 사랑하며 언어와 행동이 지극히 겸손하게 되는 것은 다 미륵 부처가 자비로운 마음으로 깨우치고 이끌어 주시기 때문"이라고[114] 인식했다. 중세의 사람들은 하늘의 변괴가 땅 위의 재앙으로 이어진다는 천인감응(天人感應)을 굳게 믿었으므로 하늘에 해가 두 개 나타나는 변괴가 신라 사회에 변고를 가져올 수 있다는 두려움 때문에 미륵을 이 법요(法要)의 좌주로 삼아 하늘의 변괴와 지상의 불안을 해결해 줄 것을 간절히 소원했던 것이다.

---

112) 원측 저, 백진순 역, 앞의 책, pp.601~602.

113) 박광연, 앞의 논문, p.105.

114) "其土安穩 無有怨賊劫竊之患 城邑聚落 無閉門者 亦無衰惱水火刀兵 及諸飢饉毒害之難 人常慈心 恭敬和順調伏諸根 如子愛父如母愛子 語言謙遜皆由彌勒慈心訓導"(456『佛說彌勒大成佛經』; 『大正新修大藏經』 14, p.429).

3) 해의 변괴가 사라지고 신(神)의 징표(徵標)가 나타나다

열흘 동안이나 지속되어 불길한 마음을 일게 하던 두 해의 변괴가 사라진 것은 왕에게 커다란 즐거움이었다. 현대 과학의 시각으로 본다면 이 변괴는 자연적으로 소멸될 일시적 현상이었지만 당시 사람들의 관점에서는 모두가 연승 월명의 간절한 기원과 미륵의 도움 덕분으로 여겨졌을 것이다. 왕은 이에 대한 고마움과 공경의 표시로 월명에게 차와 수정 염주 108개를 주고, 견 백 필까지 하사한다. 왕이 월명에게 차와 수정염주를 준 것은 공양 행위이다. 차는 신성한 물(聖水)을 상징하는 것으로, 하늘에 제사지내거나 신불(神佛)이나 신성한 사람(神人·仙人)에 대한 공양물로 많이 쓰였다.[115] 충담사가 미륵세존에게 3월 3일과 9월 9일에 차공양(茶供養)을 올린 일,[116] 보천(寶川)·효명(孝明) 두 태자가 늘 골짜기의 물을 길어다 차를 달여 1만의 문수에게 공양한 일[117] 등은 차를 달이는 일이 중요한 수행법이었음을 보여주고 있다.

왕의 공양에 대하여 얼굴이 맑고 조촐한 동자가 나와 차와 구슬을 받들고, 신(神)의 징표가 나타난 것은 불국토에 나타난 구세주, 즉 미륵의 현현[118]을 의미한다. 동자가 나타나 차와 구슬을 받은 것은 왕과 월명의 간절한 기원이 수렴되어 미륵과 교감을 이루었음을 의미하고, 왕이나 월명도 모르게 동자가 출현한 사실은 미륵의 음우(陰佑)를 상징한다. 왕이 괴이하게 여겨 뒤를 좇으니 동자가 내원(內院)의 탑 밑에 숨고, 차와 구슬은 남쪽 벽

115) 오출세, 한국민속과 불교의례, 『불교민속학의 세계』(집문당, 1996), p.31.
116) "旣覺 與友人尋所標 至其洞 掘地 有石彌勒出 置於三花嶺上 善德王十二年甲辰歲創寺而居 後名生義寺(今訛言性義寺 忠談師 每歲重三重九 烹茶獻供者 是此尊也)".(『三國遺事』 卷3, 塔像4, 生義寺石彌勒).
117) "(寶川與弟孝明) 兩太子業禮拜 每日早朝 汲于洞水 煎茶供養一萬眞身文殊"(『三國遺事』 卷3, 塔像4, 溟州五臺山寶叱徒太子傳記).
118) 김영태, 『삼국시대 불교신앙 연구』(불광출판부, 1990), p.163 참조.

자씨(慈氏) 화상(畵像) 앞에 있었다고 한 것은 탑을 구세주 현신의 통로로 설정하고, 미륵을 천변・재난의 본질적 해결자로 구체화하려는 편찬자의 의도적 진술이다.

<도솔가> 산문 전승에서 이 단락은 일괴가 사라지고 현세에 복이 내릴 것을 바라는 간절한 기원이 미륵에게 전해져 바람이 이루어지고, 이에 대한 기쁨이 왕의 귀의, 공양 행위로 이어지는 과정을 관념적 서술에서 벗어나 구체적으로 묘사하고 있다. <도솔가>와 그 전승은 실재한 하늘의 변화를 인간 세상의 재앙, 경고로 인식하는 당시 사람들의 불안한 심리를 저변으로 하고, 자신의 통치 행위를 성찰하고 늘 경건한 태도로 자중하고 반성하는 국왕의 태도를 주축으로 하여 이루어졌다. 특히 산문 전승 속의 시가는 신라의 호국(護國)・주밀(呪密)신앙에 근거하여 창작된 진언(眞言)의[119] 성격을 가지고, 불교식 제의 과정 속에서 국가적 재난을 없애고 군주・국가의 안녕을 기원하며 불렀다. 즉, 하늘의 변고를 해결해 줄 구세주로 미륵을 상정하고, 인연 있는 스님에게 산화공덕을 행하고 향가를 노래하게 함으로써 앞으로 닥쳐올지 모르는 국가적 재앙을 미연에 방지하려는 마음을 담고 있다.

6. 〈도솔가〉의 어학적·문학적 의미는?

1) 구절 풀이를 위한 시도

여러 책에서 <도솔가>의 '巴寶白乎隱'을 각각 다르게 읽으니 이 구절이 가장 어려워 쉽게 결론에 이르기 힘들다. 다만 한시 번역에서 '도송(挑送)'이

119) 김승찬(1999), 앞의 책, p.224 참조.

라 하고, 또 불교의식의 하나로서 '산화(散花)'를 고려한다면 "뽑아 보내다", "빼어 보내다"의 뜻으로 짐작해왔다.[120] 이 구절의 해독은 대개 "뿌리다(散)"(양주동, 최학선, 김상억), "뽑다(擇, 拔)"(이탁, 홍기문, 김사엽), "돋우다/솟구치다"(김준영, 서재극, 김완진)의 세 가지 해독으로 나누어진다. 다만 "손곧 불라바뷷술온 곶아 너는(國仙 부르러 뽑아 보내사온 꽃아 너는)"과[121](이탁) 같이 풀이는 같아도 의미 해석이 다른 경우는 있다. 현대어로 '올려 보내는, 날려 보내는'으로 해석하기도 하고,[122] "돌보숣본 고라 너흰"(유창균), "돌보ᄉᆞᆸ본 굴아 넌((미륵보살을) 돌본 꽃이여)"(강길운)으로 해석하는 경우도 있다. "베푸ᅀᆞᆸ온 곶이여 너는(베풀어 놓은 꽃아, 너는)"으로 해독하고, "설비(設備)의 뜻이라고 하면서 꽃을 사자로 보내기 위해 제사를 베풀었다"고 이해하기도[123] 했고, '巴'를 꼬리를 아래로 내린 모양, 돌(廻, 顧, 還)의 뜻으로 보아, "돌보숣본"으로 해독하고, "(나라의) 은총을 입고 있는 화랑, 너희들은"이라고 읽기도 했으니[124] 해독이 참으로 다양한 셈이다.

이상은 발음이 비슷한 경우를 찾은 경우가 많고, '호은(乎隱)'과 결합하는 '白'의 역할을 찾지 못한 데 문제가 있다. 이에 이 구절은 각 글자의 정확한 활용의 예를 살펴서 발음을 확정하고 또다시 그 실제를 살필 필요가 있다.

(1) "巴는 벌레다. 혹자는 코끼리를 먹은 뱀이라고 한다. 상형이다. 巴부에 속하는 한자는 모두 巴의 의미를 따른다.", '巴'의 발음은 伯(백)과 加(가)의 반절이다.[125]

---

120) 류렬, 『향가연구』(박이정, 2003), pp.205~206.

121) 大意는 "오늘 이에서 (消災安邦할) 국선을 부르기 위하여 특별히 선택하여 보내는 곶(仙, 선)아 너는"(李鐸, 『國語學論攷』, 正音社, 1958, p.238).

122) 신재홍, 『향가의 해석』(집문당, 2000), p.206.

123) 小倉進平, 『鄕歌及び吏讀の硏究』, 京城帝國大學, 1929; 한국학문헌연구소 편, 『국어국문학자료총서』5(아세아문화사, 1974), p.208.

124) 兪昌均, 앞의 책, pp.680~700.

125) "巴 蟲也 或曰 食象蛇 象形 凡巴之屬皆從巴 伯加切(bā) (譯文) 巴 蟲名 有人說 就是食象的蛇

『설문해자』에서는 '巴'를 '바'로 읽었고, 소창진평(小倉進平)은 '巴'의 통음차(通音借)는 '보', 고음은 '바'이며 고지명에서는 '보/부'에 전용된다고 했다. "신방언(新方言) 석형체(釋形體) 조에 '說文 酺 頰也云云 今揚州安慶皆謂頰爲輔書如巴'라 했음에 주목하면서, '보(輔)'를 '巴'자로 읽었다. 인명, 지명의 표기에서 '巴'자가 '보'음의 자들과 등가로 쓰였던 것은 널리 알려진 사실이라 했다.[126] 또 『삼국유사』와 『삼국사기』에 근거하면 '蛇卜=蛇巴=蛇伏'을 등가관계로 보고 '巴'의 당대 차자음(借字音)은 '복'에 근사한 음이라 본다. 장보고의 이름을 '궁파(弓巴)'라 적었는데, 이것을 『삼국사기』에서는 '궁복(弓福)'이라 적었다. <아미타여래조상기(阿彌陀如來造像記)>에 '고보리(古寶里)'라 되어 있는 인물이 『삼국유사』에는 '고파리(古巴里)'로 변자(變字)되어 기사되어 있음을 본다. 이는 '파(巴)'의 음이 '보(寶)'였음을 강하게 시사하고 있다. 결국 '파'자는 당대에 '보·복' 음으로 쓰인 것이고, 이 음은 본 항목에서도 마찬가지일 개연성을 갖는다.[127] 이상에 따르면, '보보'나 'ㅂ보(바보)'의 음으로 읽는 것이 타당할 듯하다. 흔히 향찰은 일반적으로 '한자+차자'의 구성법을 보이는데, 순전히 음차만으로 구성되어 해독에 어려움을 주긴 하지만,[128] "능히(能亦), 못조(某條, 아무쪼록), 은밀히(隱密亦), 자세히(仔細亦), 비록(必于), 뎐혀(專亦, 全亦), 우선(爲先)"[129] 등 부사어의 경우 음차만으로 구성된 경우도 많다.

이에 본고에서는 『설문해자』에 쓰임이 보이고, '巴'의 고음인 '바'를 취

象形 大凡巴的部屬都從巴"(염정삼, 『설문해자주-부수자 역해』, 서울대학교출판문화원, 2007, p.710; 許愼, 『說文解字』; 湯可敬, 『說文解字今釋』(上下), 岳麓書社, 1997, p.2122).

126) 金完鎭, 『鄕歌解讀法硏究』(서울대학교출판부, 1980), p.120쪽.

127) "<도솔가>의 '巴寶'는 解詩에서 '挑送'에 정확히 대응하고 있는데 이 '挑'가 "돋다, 돋우다"의 의미이므로 '보보'로 추정하고 "위로 올려 보내다"라는 뜻이다."(박재민, 『신라 향가 변증』, 태학사, 2013, pp.334~337).

128) 박재민, 위의 책, p.334.

129) 장세경, 『이두자료 읽기 사전』(한양대출판부, 2001), p.44, p.56, p.270; 배대온, 『역대 이두사전』(형설출판사, 2003), p.309, p.349, p.380, p.396, p.439.

하고, 뒤의 '白'을 '숣다'로 해독하여 '巴寶白乎隱'을 "밧보숣온(바보솔반)/밧보솔온"이라고 이해하고 뒤 구절 '곶(花良)'을 꾸미는 말로 보고자 한다. "마음의 븓으루 그려 숣븐 부텨 앞에(心未筆留 慕呂白乎隱 佛体前衣)"(<禮敬諸佛歌>)에 비슷한 쓰임이 보인다. '밧보(바보)'는 중세어에서 형용사 "밧부다, 밧브다, 뵈앗ᄇᆞ다", 부사 "밧비 · 뵈왓비 · 뵈왜비"에 해당하는 말이고, 뒤의 '白'과 결합되므로, "유신이 급히 아뢰기를, '사세가 위급합니다. 사람의 힘으로써는 미치지 못할 것이요, 오직 신술로써만 구원할 수 있을 것이외다.'라고 하고는 곧 성부산(星浮山)에 제단을 설치하고 신술을 청했더니 갑자기 큰 독 크기 불빛이 나타나 제단 위로부터 나와 별처럼 날아서 북쪽으로 갔다." 등[130] 여러 곳에 쓰임을 보이는 "치보(馳報) · 급보(急報)"가 된다. 즉, "바쁘게/급히 아뢴다."는 뜻이다.

다음으로 '使以惡只'의 해독에 의문이 있었다. '사(使)'자에 "심부름하다", "사신(使臣)이 되어 가다"라는 의미가 있긴 하지만, 이는 어디까지나 자동사 용법이지 타동사로서 그렇게 쓰이는 일은 없기 때문에 어려움이 생긴다는 논리다. 논의 끝에 '使以惡只'을 '브리이악'으로 읽어, '以'는 '브리-'에서의 '리'의 '이'를 나타내는 것이 아니라 그 피동형 '브리이-'의 말음(末音) '이'를 적은 것이라는 논리가 세워졌다.[131] 이에 본고는 이 부분을 "봉명(奉命)ᄒᆞ야 브리여 갓ᄂᆞ니란"(杜초 20 : 15), "내 브리여 나갈 일 이셔(我有箇差使)"(朴초 상8), "나ᄂᆞᆫ 브리이ᄂᆞᆫ딕 업스니(我無所役)" 등에 쓰이듯 "부리이다(被使)"로 읽고자 한다. 중세어에서도 '브리이다'를 '브리다'와 구분했으니 <도솔가>의 '使以惡只'는 "브리여, 주 命에 부리어셔서(=命을 받들어)"로 풀이하는 것이 타당할 것으로 본다. '陪立羅良'는 "뫼셔(陪) 벌리다(列, 羅)"의 뜻이니,

---

130) "庾信 馳奏曰 事急矣 人力不可及 唯神術可救 乃於星浮山 設壇修神術 忽有光耀如大瓮 從壇上而出 乃星飛北去"(『三國遺事』 紀異 第1, 太宗春秋公).

131) 金完鎭, 앞의 책, pp.121~122.

"웃어른을 모시고 좌우에 선다"는 뜻의 '시립(侍立)'이나 '나립(羅立)・나열(羅列)'로 푼다.

이상을 종합하면, <도솔가>는 "오늘 여기에서 산화(散花) 불러,(今日此矣散花唱良)/바삐 사뢴 꽃아! 너는(巴寶白乎隱花良汝隱)/곧은 마음의 명(命)에 부려져,(直等隱心音矣命叱使以惡只)/미륵좌주를 뫼셔 서라!(彌勒座主陪立羅良)"이다. 이를 의역하면, "오늘 이 자리에서 <산화가>를 부르면서,/(미륵부처를 향해) 다급하게 사뢰는 (華供養에 쓰인) 꽃이여! 너는,/(우리의) 진실 되고 곧은 마음의 청을 들어,/(華臺를 만들어) 미륵불을 (가운데에) 뫼시고 서 있으라!"는 꽃 공양의 원문(願文)이다.

2) 〈도솔가〉의 의미 해석

<도솔가>의 의미에 대한 기존의 해석은 크게 셋으로 나누어진다.

(1) "<도솔가>에 대한 문학적인 품척(品隲)이란 이 노래가 있어온 본연한 능양(能樣) 즉 미륵보살을 청불(請佛)하는 염화가(拈花歌)이며, 종교찬가(宗教讚歌)라는 범주를 벗어날 수 없다."[132]

(2) "뿌려진 꽃은 단순히 공양의 의미를 지닌 것이 아니라 미륵을 모셔올 수 있는 주력(呪力)을 지닌 물건이다. 즉 청불을 하는데 종교적인 귀의나 축도(祝禱)로써 하는 것이 아니라 꽃이라는 주물의 주력으로 미륵을 모셔오므로 산화는 단순한 공양의 의미를 넘어선, 주술적 의미의 제의요, 산화를 하면서 부른 이 노래는 꽃에게 청불의 주력을 발휘케 하는 주가(呪歌)의 성격이 있다"[133]

(3) "이 노래의 양식은 완전히 주사적(呪詞的)이다. 직접 <구지가>적인

132) 金東旭, 『韓國歌謠의 硏究』(乙酉文化社, 1961), pp.60~61.
133) 玄容駿, 兜率歌 考; 金烈圭・申東旭, 『三國遺事의 문예적 硏究』(새문사, 1982), p. Ⅰ-109.

> 전통에 맥을 대고 있는 주가인 것이다. 효험에 있어서만 주가인 것이 아니라 미륵좌주에의 귀의가, 혹은 신심이 꽃 주물에 대한 주가적 행위를 통해 표상되어 있다고 보면 그 양식에 있어서도 의연히 주가인 것이다."[134]

(1)은 <도솔가>를 불교적 의미로 해석한다. "산화공덕을 위한 미륵신앙"으로[135] 본 경우나 "<도솔가>는 도솔천과 신라, 미륵과 신라, 미륵과 화랑, 미래와 현재를 하나로 일체화하려는 작가의 염원을 담은 노래로, 표면적으로 보면 미륵불에게 올리는 청원가라 할 수 있으나 속뜻은 어서 빨리 우리의 구제자인 미륵불이 오시어 이 신라에 앉으시라는 지극한 신앙심을 나타낸 불교의 발원문"[136]이라고 본 시각도 <도솔가>를 불교적 관점으로 이해한 결과다.

그러나 (2)와 (3)과 같이 <도솔가>를 꽃을 주물(呪物)로 삼아 재액을 물리치고자 하는 술법을 보인 주가로 보는 의견이 다수를 차지한다. "월명사를 불교도(승려) · 화랑으로 보기보다는 일괴(日怪)를 없애려고 동원되어 그 재앙을 없애는 제의를 성공적으로 해냈던 샤먼적인 주술사로서의 성격이 더 강하다.", "월명사는 사자(死者) · 악마 · 자연신과 의사소통하는 샤먼적인 성질을 보였고, 길흉화복의 인간운명을 굿으로 조절하는 능력을 보여 주었고, 세계를 죽음과 질병과 기근과 재난과 암흑의 세계로부터 지키는 능력을 보여주고 있다."고[137] 한 주장도 (2), (3)과 비슷한 관점이다.

> (4) <도솔가>의 미륵불은 중생제도의 미래불과는 전혀 무관한 하늘과 나라의 변괴를 불양해주는 미륵선화인 것이다. 미륵선화는 풍월도에서 미륵

134) 金烈圭, 鄕歌의 文學的 硏究; 金承璨 편저, 『鄕歌文學論』(새문사, 1986), pp.24~25.
135) 金雲學, 『新羅 佛敎文學硏究』(玄岩社, 1976), p.277.
136) 현송, 『한국 고대 정토신앙 연구-삼국유사에 나타난 신라 정토신앙을 중심으로』(운주사, 2013), pp.149~152.
137) 鄭尙均, 兜率歌 연구, 『한국고전시가작품론』 1(集文堂, 1992), pp.77~79.

신앙을 수용하여 '흥방국(興邦國)'하는 풍월도의 이상을 실현해주는 신력을 가진 현실적 존재이지 미래불은 아닌 것이다. 그러므로 <도솔가>에서 미륵좌주는 미륵선화, 곧 화랑세력을 의미하며 산화 의식 때 뿌려진 꽃은 화랑세력과 대척적인 불교세력을 의미하는 것으로, 이 두 세력의 팽팽한 대립이 이일병현과 대응된다.138)

(4)는 <도솔가>의 미륵을 미륵선화, 즉 화랑으로 이해한다. 여기서 화랑세력을 나라를 일으킬 왕권파로 이해하고, 반면 불교세력은 왕권을 견제하고 은밀히 모반까지 꾀하는 귀족세력이라 연결된다. 이렇게 볼 때 <도솔가>는 꽃(귀족 · 불교세력 · 반 왕당파)에게 미륵좌주(화랑세력 · 왕권파)를 잘 받들어 모시라는 강제 명령의 어법을 담음으로써, 나라를 평온하게 하는 결과를 가져올 수 있다는 화랑세력의 의지를 담았다고 분석한다. 미륵좌주는 풍월주를 의미하여 이런 발상은 화랑집단의 풍월도적 사유체계에 기반 한다는 논지이다.

(2)~(4)는 <도솔가>의 산화를 선화(仙花)로 이해하고 꽃을 뿌리는 행위에 주안점을 두고 논의를 확장하거나 정치적 상징으로 분석하려는 의도성이 강하다.

(5) "부처가 말씀하시길, 첫째는 해와 달이 법도를 잃어 햇빛이 변하여 흰색 혹은 붉은색, 누런 색, 검은색 해가 뜨거나 두 개나 세 개나 네 개나 다섯 개의 해가 뜨며, 달빛이 변하여 붉은 색과 황색이 되고 일식과 월식이 일어나 빛이 없어지고, 혹은 일륜(日輪)이 한 겹으로 나타나거나 두 겹이나 세 겹이나 네 겹이나 다섯 겹의 일륜이 나타나니, … 이러한 재난은 한량이 없고, 이러한 재난이 일어날 때마다 그대들은 조용히 이 반야바라밀다경을

138) 김학성, 향가와 화랑집단, 한국고전문학회 편, 『문학과 사회집단』(집문당, 1995), pp.18~19.

읽고 해설해야 합니다."[139]

(6) 부처님께서 파사익왕(波斯匿王)에게 말씀하셨다. "일체의 국토를 편안히 하고 만백성을 기쁘게 하여 주는 것은 모두 반야바라밀의 위신력 때문이니라.…그 국토 가운데 일곱 가지의 재난이 있을 때에 모든 국왕은 이 재난을 위해 반야바라밀을 강독하면 칠난이 곧 소멸하고 7복이 생기며 만백성이 안락을 누리고 제왕(帝王)은 환희(歡喜)를 얻으리라. 무엇을 7난(七難)이라 하는가? 일월이 궤도(軌度)를 잃고 절도를 어김으로 혹 붉은 해가 뜨기도 하고 혹 검은 해가 떠서, 둘 · 셋 · 넷 · 다섯의 해가 거듭 뜨기도 하며 혹 일식으로 빛을 잃고 또 혹 일륜(日輪)이 하나로 겹쳐 둘 · 셋 · 넷 · 다섯 겹의 바퀴가 나타나기도 하나니 이런 변괴의 때를 당하면 이 경을 강설 · 독송할 것이니 이것이 첫 번째 일난(一難)이니라.…"[140]

(5)와 (6)에서는 국가의 7가지 재난으로 해와 달이 도를 잃는 재난, 별들이 괴이해지는 재난, 큰 불의 재난, 큰 홍수의 재난, 큰 바람의 재난, 극심한 가뭄의 재난, 도적이 침입하는 재난 등을 제시한다. 그리고는 이 재난을 극복하기 위해 『반야바라밀경』을 강독하라는 지침을 제시한다. "대왕이여, 이 반야바라밀은 모든 불보살과 모든 중생들의 심식(心識)의 신본(神本)이고 모든 국왕의 부모입니다. 또한 신부(神符)라고도 하고 벽귀주(辟鬼珠)라고도 하며 여의주(如意珠)라고도 하고 호국주(護國珠)라고도 하며 천지경(天地鏡)이라고도 하고 용보신왕(龍寶神王)이라고도 합니다.[141] 이 경전을 두고, 귀신을 피하고 보살이 갖는 기물(器物), 호국의 구슬에 비유하고 있다. 이는 "부처님이시여, 저희들 四왕과 한량없는 귀신들이 그 나라를 버리게 되면, 우리는

139) "佛言 一者日月失度 日色改變 白色 赤色 黃色 黑色 或二三四五日竝照 月色改變 赤色 黃色 日月薄蝕 或有重輪一二三四五重輪現 … 如是災難 無量無邊 一一災起皆須受持 讀誦解說此般若波羅蜜多"(『仁王護國般若波羅蜜多經』 奉持品 第7).

140) 宗常 編譯, 仁王護國般若波羅蜜經, 『護國三部經』(佛國寺, 1986), pp.88~89.

141) 원측 저, 백진순 역, 제7편 受持品, 앞의 책, pp.722~726.

만 떠나는 것이 아니라, 그 나라를 보호하고 지키던 본래 있던 선신들까지도 그 나라를 버리고 떠날 것이며, 저희들 사왕과 모든 귀신들이 떠나간 뒤에는 그 나라에 여러 가지 재변이 생기게 되어,…"에서[142] 볼 수 있는 것처럼, 나라를 지키는 선신(善神)과 수호신들이 나라를 버리고 떠나기 때문이라고 원인 분석하고 있는데, 불경을 통해 재난을 극복하라는 처방전은 『인왕경』·『금광명최승왕경(金光明最勝王經)』·『반야바라밀경』 등의 호국경전에 공통적으로 제시하고 있다. "만일 왕으로서 스스로 안락하고 나라가 태평하려 하거나 나라 안 백성들이 쾌락을 누리고자 하면…임금들은 마땅히 이 경을 잘 들어야 할 것이며, 이 경을 받아 지니고 읽고 외우는 이를 공경하고 공양하여야 한다."처럼[143] <도솔가> 서사는 미륵을 좌주로 모시어 호국 경전을 청해 들음으로써 두 개의 해가 나타난 변괴를 없애고 태평을 찾으려 했던 것이다.

2개의 해는 곧 사라질 천문 현상에 불과했으나 당시 임금이 이와 같은 변괴가 자신의 통치 행위나 국가 안위를 저해하는 긴장 요소로 이어질까 두려워 잔뜩 긴장하며 경건한 자세로 주변 상황을 점검했고, 이에 따라 다음과 같이 민심도 크게 동요했다.

> (7) "이에 앞서 임금이 오랫동안 놀이에 탐닉하여 조야(朝野)가 몹시 두려워하고 있던 차에 때마침 혜성이 나타났는데, 꼬리의 길이는 몇 장(丈)이나 되었고 그 빛은 땅을 비추었다. 혜성은 혹 치우기(蚩尤旗)라 일컫기도 하는

---

142) "世尊 我等四王及無量鬼神 捨其國土 不但我等 亦有無量守護國土諸舊善神 皆悉捨法 我等諸王及諸鬼神旣捨離已 其國 當有種種災異…多諸疾疫 彗星現怪 流星崩落 五星諸宿 違失常度 兩日並現 日月薄蝕 白黑惡虹數數出現 大地震動 發大音聲 暴風惡雨 無日不有 穀米勇貴 饑饉凍餓多有"(宗常 編譯, 金光明最勝王經 四天王品 6, 『護國三部經』, 佛國寺, 1986, pp.140~141, pp.246~247).

143) "若有人王 欲得自護及王國土多受安樂 欲令國土一切衆生悉皆成就具足快樂 欲得摧伏一切外敵 欲得擁護一切國土 欲以正法正治國土 欲得除滅重生怖畏 世尊 是人王等 應當必定聽是經典 及恭敬供養讀誦 受持是經典者"(宗常 編譯, 앞의 책, pp.140~141, pp.246~247).

데 전쟁의 조짐이라고도 하므로, 민심이 소란스러워, 도성 안의 사대부들 중에는 왕왕 가족을 데리고 시골로 내려가는 자가 있기도 하였고, 관서 지방에는 기근이 들어 유망(流亡)하는 사람이 심히 많았다."[144]

위는 조선시대 자료이다. 이때까지도 백성들은 혜성 출현 등의 천변을 전쟁의 조짐으로 여기거나 정치현실의 문제와 연결 짓고 있는데, 혜성 출현으로 민심이 교란되어 백성들이 삶의 터전을 버리고 떠나 방랑하고 있음을 볼 수 있다. "근래에 천재 시변이 없는 해가 없는데 이번 이 혜성의 이변으로 인심이 두려워하고 있으니 장차 어디에 허물을 돌리겠습니까."에서도[145] 백성들은 혜성을 반란 · 전쟁 · 죽음 · 질병, 난데없이 나타나 우주의 질서를 어지럽힌다는 부정적 이미지로 여기어 동요하고 불안해하며 피난까지 준비했다.

(8) 관상대(觀象臺)의 관측에 의하면 별의 운행이 제자리를 잃는 일이 많음이겠습니까. 형혹성(熒惑星, 화성(火星))이 우림(羽林) 천군(天軍)을 관리하는 장수 별)의 성좌에 들어가서 거슬러 운행하고, 달이 해와 더불어 집을 같이합니다. 이와 같은 하늘의 꾸짖음이 마침내 어떠한 재앙이 될지 모르겠습니다. 기왕의 재난은 비록 하늘의 위엄을 피하기 어려워서 달게 받았으나 미래의 근심은 굳게 부처의 힘에 의지하여, 재앙이 오기 전에 사라지기를 바랍니다.[146]

(9) "더구나 또 일관이 고하기를, 하늘의 현상이 놀랄 만합니다. 붉은 요기(妖氣)가 높이 하늘을 침범하고, 흰 햇무리가 바퀴처럼 둥글게 서려서 태양에 다가서고 있다고 합니다. 이제 이 이변이 마침내 어떠한 재앙이 될지

144) 『순조실록』 권15, 순조 12년(1812) 4월 21일 계해 2번째 기사.

145) 『현종개수실록』 권11, 현종 5년(1664) 10월 13일 신미 3번째 기사.

146) "矧靈臺之觀象 多星度之失躔 熒惑 入羽林而迕行 大陰與木曜而同舍 未識如玆之 譴 終爲何等之祆 旣往之災 雖甘受天威之難避 未然之患 庶確憑佛力以逆消"(李奎報, 消災道場疏; 『東文選』 卷110).

> 알지 못하겠습니다.", "재앙이 닥치는 고비를 예방하고자 하면, 모름지기 불문에 우러러 의탁하여야 하겠습니다."147)

(8), (9) 모두 하늘의 이변을 꾸짖음이라 여기고, 재앙이 될지 모른다고 두려워하여, 재앙을 예방하고자 불사를 행한다 했다. 이에 "불사(佛事)의 의식을 베풀고, 삼가 향기로운 공양을 바쳐 부처님의 화한 모습에 예배하고, 보배로운 교법의 미묘한 말씀을 강독하오니, 이 정성이 부처님의 살피심에 통하기를 바랍니다. 엎드려 원하옵건대 일만 신령이 보호하고 백복(百福)이 와서 이루어져서, 드디어 이 보잘 것 없는 사람으로 하여금 길이 강녕(康寧)의 길운을 보전하게 하소서."라는148) 바람을 담았다.

"839년 11월 22일, 적산원(赤山院)의 불경 강의 의식에서, 강사가 법당으로 올라와 고좌(高座)에 앉고 대중은 일제히 탄불(嘆佛)하는데, 그 음곡(音曲)은 모두가 신라의 것이지 당음(唐音)이 아니었다 한다."에서 볼 수 있듯이 의식에서 불경을 외는 것과 범패와 신라 음악은 공존할 수 있었다.149) 월명사가 경덕왕에게 자신은 범패(梵唄; 梵聲)에 능하지 못하다고 한 것을 보면, 그 순간에 향가 <도솔가>는 범패를 잇거나 대체한 것임을 알 수 있다.

<도솔가>는 경덕왕 당시 2개의 해가 불러올 수 있는 변고를 예방하기 위해 행해지는 법요의식에서 다른 불・보살들은 주변에 나립(羅立)하고 가운데 고좌(高座)에 미륵불을 모시어 집단의 염원을 담은 공양문(供養文)이다.

---

147) "況又日官有諗 天象 可驚 赤祲偃蹇以干霄 白暈輪囷而逼日 不識今玆之異", "欲豫防於厄會 須仰託於法門"(金富軾, 消災道場疏, 『東文選』 卷110).

148) "況又日官有諗 天象 可驚 赤祲偃蹇以干霄 白暈輪囷而逼日 不識今玆之異 終爲何所之災 數有未通 疑誰能決 欲豫 防於厄會 須仰託於法門 式展妙科 祗陳香供 禮 金仙之睟相 繙寶藏之微言 冀此精誠 通于覺照 伏願萬靈保護 百福來成 遂令眇末之軀 永保康 寧之吉"(金富軾, 消災道場疏, 『東文選』 卷110).

149) "廿二日 辰時,…方定衆鍾講師上堂 登高座間 大衆同音 稱嘆佛名 音曲一依新羅 不似唐音", "時有下座一僧作梵 一據唐風, 頌梵唄訖 講師唱經題目"(圓仁, 앞의 책, p.39; 圓仁 지음, 申福龍 주해, 앞의 책, p.119).

산화 공양을 행하며 지성으로 발원하면 미륵불이 나타나 이 어려움을 해결해주리라 생각했던 것이다. 흔히 범문(梵文) 가운데 짧은 것을 진언 또는 주(呪)라 하고, 긴 것을 다라니 또는 대주(大呪)라 하니[150] 미륵불을 청하는 <도솔가>는 진언(眞言, 참된 말), 혹은 주문이라 부르는 것이 옳을 것이다. "주(呪)란 기원하는 것이다. 세간의 신주(神呪)에도 큰 위력이 있어서 주문을 외우고 신에게 빌면 오지 않는 복이 없고, 물러나지 않을 화(禍)도 없다. 이 『마하반야바라밀』도 마찬가지로 앞에서 말한 네 가지 덕을 다 갖추어 큰 신력이 있으므로 안으로는 모든 덕이 다 갖추어지며, 밖으로는 모든 환란(患亂)이 다 없어진다. 만약 지극한 마음으로 이 명구(名句)를 외우고 모든 부처님과 보살·신을 우러러 바라면 성취되지 않는 일이 없다. 그러므로 이를 주(呪)라고 한다."를[151] 보면, <도솔가>는 호국 경전에서 제시한 공양을 철저히 따른 작품이다. 그러므로 꽃은 주물의 의미보다는 향(香)·등(燈)·차(茶)·과(果) 등과 같은 공양물의 의미를 가진다. <도솔가>는 '호법즉호국(護法卽護國)'이라는 호국사상에 입각해,[152] 특히 왕이 불법을 수호해야 국가가 곤란과 위난에서 벗어날 수 있다는[153] 불경의 가르침을 따랐다. 이를 반대로 말하면 정법(正法)을 경시하고 멸악장선(滅惡奬善)을 완만히 할 때, 민심은 이반하고 천신이 버리는 까닭에 나라는 드디어 멸망한다고 설한[154] 호국 경전의 가르침에 따른 법요 진행 과정을 담은 것이다. 다만, 중국에서 용에게 항복받고 귀신을 제어하는 법을 말하는 것과 인도의 다라니(陀羅尼,

150) 韓國佛教大辭典編纂委員會, 『韓國佛教大辭典』 6(寶蓮閣, 1982), pp.153~154.

151) "呪者禱也 如世神呪有大威力 誦呪禱神福无不招 禍无不卻 今此摩訶般若波羅密 亦復如是 具前四德有大神力 內卽无德不備 外卽无患不離 若至誠心誦此名句仰禱諸佛菩薩神人 隨所求願无不成辦 由是義故 說名爲呪"(元曉, 『金剛三昧經論』 卷下, 眞性空品).

152) 이기영, 仁王般若經과 護國佛教, 『東洋學』 5(단국대학교 동양학연구원, 1975), pp.6~7, p.16.

153) 장지훈, 『한국고대 미륵신앙 연구』(집문당, 1997), pp.160~161.

154) 田雲德 發行, 正論品, 『金光明經 金光明經玄義』(大韓佛教 天台宗 救仁寺, 1996), p.19.

Dhārani)가 비슷한 의미로 활용되면서 원시 종교적 주술과 공통적인 성격을 가진 것처럼 보이는 것이다.

"월명사가 <도솔가>를 부르고, 왕이 차 한 봉지와 수정 염주 108개를 내려놓으니 동자(童子)가 나타나 차와 염주를 받들어 내원(內院)의 탑 안으로 사라지고, 남쪽 벽 미륵상 앞에 차와 염주가 놓여 있었다." 한 것은 철저히 미륵 신앙에 입각한 기원이다. 왕과 월명사 그리고 신라인들이 주체가 되어, 미륵불이라는 대상을 향해 나라를 위난에서 벗어나게 해 달라고 기원한 것이니, 동자(童子)는 미륵의 화현(化現)·현신(現身)으로,[155] 중생을 교화하고 구제하기 위해 동자의 모습으로 나타나 세상에 그 모습을 보인 것이다. 2개의 해가 출현함으로써 동요하기 시작한 민심을 달래기 위한 극적인 연출일 수도 있겠지만, 그 믿음은 『금광명경』·『인왕경』 등의 호국경전에 근거한 것이다. 흔히 산화 등의 공양에는 진실한 참회, 공경을 담은 불공(佛供; 獻供)의 뜻을 담아 재시(財施)·법시(法施)·무외시(無畏施) 등을 기원하는데, <도솔가>는 여기서 한발 더 나아가 "불국토의 나라인 신라에, 불길한 하늘의 기운이 나타났으니, 이 변괴가 현실적인 재앙으로 나타나지 않도록, 미륵이 속히 이 땅에 하생하여 악귀가 만들어내는 이 혼돈과 불안을 잠재우는 영험을 베풀어 도솔천의 이상을 실현해 주시기를 기원하는"[156] 마음을 강조하기 위해 일반의 <산화가(散花歌)>와 구별하여 구체화하고 특정한 것으로 본다.

향가 <도솔가>의 원문과 번역문을 제시하면 다음과 같다.

---

155) 김용덕, 불교설화에서 童子 출현의 양상과 의미 연구, 『실천민속학 연구』 15(실천민속학회, 2010), pp.181~182.

156) 金三龍, 「彌勒信仰의 源流와 展開」, 韓國思想史學 6輯 『彌勒思想의 本質과 展開-文山 金三龍博士 古稀紀念 特輯』, 瑞文文化社, 1994, pp.11~22; 洪潤植, 「韓國史上에 있어 彌勒信仰과 그 思想的 構造」, 위의 책, pp.74~75, p.88 참조.

(가) 오ᄂᆞᆯ 이에 散花 블러 (오늘 이에 散花 불러) (今日此矣散花唱良巴寶白乎隱花汝隱)

보보ᄉᆞᆯᄫᆞᆫ 고자 너는,(솟아나게 한 꽃아 너는,)

(나) 고ᄃᆞᆫ ᄆᆞᅀᆞ미 命ㅅ 브리이악(곧은 마음의 命에 부리워져) (直等隱心音矣命叱使以惡只)

彌勒座主 모리셔 벌라 (彌勒座主 뫼셔 羅立하라.)[157] (彌勒座主陪立羅良)

꽃을 뿌리며 노래하는 (가)와 꽃에다 미륵좌주를 모실 것을 주문하는 (나)로 나누어진다. 먼저 꽃을 뿌리는 산화 의식은 현교(顯敎)에서는 4개 법요(四箇法要), 밀교(密敎)에서는 2개 법요(二箇法要) 가운데 하나로, 꽃을 피우면 부처님네가 와서 앉아 정토를 이룬다 하여 행하는 의례이다. 또 귀신이 꽃향기 맡기를 싫어하므로 악귀를 쫓는다는 의미도 함께 지닌다. "선남선녀들이 꽃 한 송이를 허공에 뿌리면서 부처(南无佛)를 염하면 지극한 고통은 사라지고 복이 다하지 아니 하므로"[158] 꽃에게 세상을 어지럽히는 악귀를 쫓고, 현세의 고통을 마감하고, 복을 부르는 임무를 부여하고, 청정한 꽃의 좌대(座臺) 위에 부처를 모심으로써 현세의 복을 구하려는 것이 산화의식이다.

<도솔가>는 불교식 산화공양에서 부른 노래이다. 도를 행하지 않고 각각 그 자리에 앉아서 순서에 따라 가타(伽陀)를 읊으며 꽃을 뿌리는 것을 차제산화(次第散華)라 하고, 도를 행하며 하는 것을 행도산화(行道散華)라 한다. 대표적인 가타로는 "원하옵건대 내가 도량에서 부처님께 향화(香花)로 공양하게 하여 주옵소서."가 있다.[159] 월명사는 법회 때에 꽃을 뿌리는 일을 맡은 산화사(散華師) 역할을 했다. 이색(李穡)이 보법사(報法寺)의 불사를 거론하

157) 金完鎭, 『鄕歌解讀法硏究』(서울대학교출판부, 1980), pp.119~123.

158) "若有善男子善女人 但以一華 散虛空中 念佛 乃至畢苦其福不盡 須菩提置是 敬心念佛散華念佛若有人一稱南无佛 乃至畢苦其福不盡"(『摩訶般若波羅蜜經』 卷21, 三慧品 第 七十).

159) 韓國佛敎大辭典編纂委員會, 『韓國佛敎大辭典』 3(寶蓮閣, 1982), p.223.

며 "늘그막에 부처가 있어 귀의할 만 하여라 … 백일청천 설법 속에 번뇌를 털어내면, 뿌리는 꽃들이 옷에 붙지 않으리."[160]라 하여 부지런히 도를 닦아 번뇌를 털지 않으면 이때 뿌린 꽃이 몸에 달라붙는다고 인식하기도 했다.

<도솔가>는 눈앞에 전개되는 이일병현이란 이상(異常) 현상을 해결할 구세주로 '미륵'을 상정하고, 연승에게 산화 공덕과 향가 가창을 하게 함으로써 예견되는 현실적 재앙을 미연에 방지하려는 호국기원을 담았다. 노랫말에서 '곧은 마음'이라 표현한 것도 이를 뒷받침해 주고 있다. 이 작품에서 "경덕왕이 산화 의식의 현장에서 곧은 마음으로 미륵불을 모시겠다고 서원(誓願)한 것은 표층적 의미"에 불과하고, 작품의 심층에는 "내[경덕왕]가 미륵불을 모시듯 화랑도[꽃] 너희들은 미륵불의 화신인 태자를 사심이 없는 곧은 마음으로 모셔 달라."[161]는 당부하는 의미가 자리하고 있다며, <도솔가>의 창작 배경을 구체적인 역사적 배경과 연관 짓는 주장도 있다.

<도솔가>의 창작 배경을 가창 현장에서 펼쳐지는 일괴(日怪)와 그에 대한 불안 의식에 두지 않고 특정한 역사적 사건과 연관 짓고, 그에 따라 작품을 해석하는 것은 자칫 논리적 비약으로 흐를 가능성이 높다. 또 이일병현이 양기(陽氣)의 극성, 즉 극심한 가뭄을 의미하는 것이 아니므로 <도솔가>를 '기우제 때 지은 노래'[162]로 판단할 근거도 희박하다. 이 작품에는 오히려 작자와 미륵불, 혹은 현세와 천상(天上)의 괴리를 중간자적인 꽃을 매개로 하여 일체화하려는 염원을 나타내고, 꽃을 통해 미륵과의 영적 교감을 이룸으로써 신라에 미륵하생의 이상국토를 구현하고, 일체의 재앙으로부터 해방된 신라에는 더 이상 일괴 따위의 재앙이 있을 수 없다는 차원

160) "老年有佛可歸依 雷驚白日初麾塵 花散清風未著衣"(李穡, 漆原尹侍中在報法寺 大作佛事 穡欲往觀 以病不果,『牧隱藁』 卷22;『文叢』 4, p.295).

161) 羅景洙, 앞의 책(1995), p.321 참조.

162) 尹敬洙, 앞의 책(1993), p.134 참조.

높은 종교적 신념을 드러내고 있다[163]는 식의 성격 분석이 더욱 타당성을 얻는다.

7. 노래 한 곡으로 나라를 진정시키다

<도솔가> 산문 전승에 기록된 이일병현에 대한 의미 해석은 아직 명료한 결론에 이르지 못하고 있다. 이와 같은 난점을 극복하기 위하여 천문학 문헌 자료나 『인왕반야경』·『금광명경』 등의 불경에 나타난 비슷한 천체 현상들에 주목하고, 이 과정에서 확인한 사실들을 '이일병현' 해석의 근거로 삼았다. 이 글에서 논의한 사실들을 요약하여 결론을 대신하고자 한다.

첫째, "합리적인 사고로는 하늘에 해가 둘일 수 없으므로 '두 개의 해가 나타나는 현상'은 실재 사실이 아니고, 왕과 관계된 상징이거나 점성술적 용어"라는 기존의 의견은 반드시 수정되어야 마땅하다. 왜냐하면,

1) 하늘의 서북쪽에 청적백색의 두 개의 햇귀가 있고,
2) 수척이 넘는 붉은 기체 사이에 해가 끼어 있고,
3) 해의 배기가 3중으로 나타나고,
4) 뭇사람들이 이를 두고 세 개의 태양이 떴다고 하였다

라는 역사 자료가 실상을 전해주고 있기 때문이다. 이는 실제의 천문 현상인 환일, 햇무리 현상과 정확히 일치한다. 이 둘은 대기 중에 있는 얼음 결정이나 그것으로 구성된 얇은 구름에 반사·굴절되어 발생하는 것으로 청적백색으로 나타나는 스펙트럼까지 위의 기록들과 일치한다. 그러므로

163) 黃浿江, 兜率歌 硏究, 『新羅文化』 6(東國大學校 新羅文化硏究所, 1991), p.13 참조.

<도솔가>에 나타나는 두 해의 출현은 환일 현상을 묘사한 것임에 분명하다. 환일과 해무리는 비슷한 원리이지만, 둘 가운데서는 환일이 '여러 개의 태양이 나타나는 분광현상'과 더 밀접한 대응 관계를 이룬다.

둘째, 고대·중세인들은 하늘의 변화가 곧 인간세상의 변화로 이어진다는 천인감응설을 믿어, 하늘의 변화에 민감하고 불안해했다. 그 결과 천변이 나타나면 왕은 이를 자신의 통치 행위와 국가 안위에 대한 중대한 긴장요소로 보고, 여러 가지 가능성들에 대비하며, 신중하게 자신의 정치적 행위와 주변 상황을 성찰했다. 그러나 각각의 현상을 '왕권에 대한 도전'과 같이 구체적인 사건과 연관 지어 정치적으로 대응한 흔적은 뚜렷이 살필 수 없으므로, <도솔가>의 이일병현이 경덕왕 대 왕당파와 반 왕당파의 대립을 암시한 기록이라 하는 주장은 무리가 많다.

셋째, <도솔가>와 그 산문 전승은 '이일병현(천변)→천변에 대한 불안→불문에의 의탁, 불교식 의례의 거행→천변 해결'의 흐름을 가지고 있기 때문에, 이 맥락 속에서 시가의 내용을 해석하는 것이 마땅하다. 이 글에서 이루어진 해석 가운데 특기할 것만을 소개하면,

1) <도솔가>에서 일관이 인연 있는 스님을 청한 것은 인연을 중시하는 불교의 만유(萬有) 원리에 따른 것이다. 즉 인연 있는 불승을 통해 두 해의 변괴라는 '자연의 일시적 악연'을 지우려 하였다.

2) <도솔가>는 해가 두 개로 보이는 눈앞의 변괴에 대하여, 이 이상 현상을 해결할 구세주로 '미륵'을 상정하고, 인연 있는 스님에게 산화공덕을 행하고 향가를 노래하게 함으로써 앞으로 닥쳐올지 모르는 국가적 재앙을 미연에 방지하려 한 호국 기원요이다.

3) <도솔가>는 꽃이라는 매개를 통해 작자와 미륵보살, 혹은 현세와 천상의 괴리를 메우고, 신라를 미륵이 보살피는 이상국토로 만들려는 차원 높은 종교적 신념을 보인 작품이다.

<도솔가>는 미륵불의 출현을 기원한다. 이 노래가 현세에 미륵불을 모시어 왕권에 도전하는 세력으로 인한 정치 · 사회적 혼란을 막아달라는 의도성을 가진다면, 현실로 나타난 상황 해결이 우선이지 어찌 이 절체절명의 위기를 종교적으로 해결하는 일에 골몰했을까 하는 의문이 생긴다. 그리고 조원전(朝元殿)에 단을 세우고 인연 있는 스님을 기다렸다가 월명사에게 산화의식을 행하게 한 데서도 현실적 다급함을 느끼기 어렵다. <도솔가>는 <제망매가>를 지은 월명사의 작품인데다, 2개의 태양이 한꺼번에 나타난 현상이 이목을 집중시켜 중등 교과과정에서 자주 언급하는 작품이다. 그러므로 그간의 결론을 기정사실화하기보다는 끊임없이 새로운 관점에서 작품을 이해하려는 시도가 필요하다. 경덕왕 대(760년)의 이일병현을 그보다 4년 뒤에 발생하는 김양상(金良相) 등 반 왕당파의 도전과 연관 짓는 일에 의문이 생기고, 『삼국사기』와 『삼국유사』, 『고려사』 등에 나타나는 해의 출현을 다 정치현실과 관련짓는데 대한 의문이 사라지지 않는 한 <도솔가>에 대한 역사적 · 불교적 · 사회문화적 고찰은 지속적으로 이루어져야 할 것이다.

〈찬기파랑가(讚耆婆郞歌)〉

기파랑의 명쾌한 판단과 고고한 지조를 찬양하다

1. 기파랑의 고매한 인품 찬양?

<찬기파랑가>는 다른 작품과 달리 창작동기에 대한 언급이 일체 없다. 다만 경덕왕(景德王)이 충담사(忠談師)에게 <안민가(安民歌)> 창작을 요청하기 직전에 충담사의 기존 작품인 <찬기파랑가>를 두고 '기의심고(其意甚高)'가 맞는지를 확인했을 뿐이다. '기의심고'가 이 작품에 대한 유일한 단서인 셈이니 작품의 성격 파악이 쉽지 않다. 이에 중등 교육에서는 이 작품의 주제를 "기파랑의 고매한 인품 예찬" 정도로 범박하게 설명한다.

반면 <찬기파랑가>는 <제망매가>와 함께 10구체 향가의 백미로서 시적 의미나 표현기법이 월등히 뛰어나다는 평을 받고 있다.[1] 비유 등의 문학적 수사는 작품의 우수성을 진단하는 기준이지만 해독을 어렵게 하는 걸림돌이 되고[2], 양주동 · 김완진 선생님의 해독에도 차이가 너무 커서[3] 중등

1) 이완형, 「<讚耆婆郞歌>에 숨겨진 의도와 노래의 기능」, <어문학> 96(한국어문학회, 2007), p.221.

교육현장에서는 <찬기파랑가> 교육의 어려움을 토로한다.[4]

이에 본고는 "기파랑에 대한 그리움과 회상과 찬양은 어떤 성격인가?", "<찬기파랑가>를 '기의심고'라 한 까닭은 무엇인가?", "<안민가>를 청하고, 그에 응답하여 왕사(王師)가 되어줄 것을 요청받은 경덕왕과 충담사의 정치적 · 사회적 입장은 무엇인가?", "그동안 10구체 향가에 일관되게 적용한 4구-4구-2구의 공식을 <찬기파랑가>에만 예외적으로 적용한 것은 타당한가?", "작품의 키워드임에도 논자마다 다르게 해석해 온 '마음의 끝'이나 '화판(花判)'의 개념은?" 등 <찬기파랑가>에 대한 꼬리에 꼬리를 무는 의문에 대하여, 논증을 시도하고자 한다.

2. 〈찬기파랑가〉의 창작배경과 충담사· 기파랑은?

경덕왕은 왕권이 미약하고 정치적 혼란이 극심했던 효성왕(737~742)의 뒤를 이어 즉위했다. 즉위 초에 왕권은 외척과 진골귀족의 영향 아래 있었다. 이에 경덕왕은 감찰기관의 신설, 왕과 관련한 관부와 관원의 증치 등으로 왕권강화를 꾀했다.[5] 동궁관아(東宮官衙)를 정비하고 관료체제를 정비했으며, 국학에 제업박사(諸業博士)를 설치하여 관료교육을 강화하고(747년), 정찰(貞察) 1원을 두어 백관을 규찰(748년)했다.[6] 또 북변지방을 검찰하게 하고

---

2) 이현우, 「경덕왕 대 향가 5수의 사상적 배경과 의미 분석-배경설화와의 관련 양상을 중심으로」, <국제어문> 73집(국제어문학회, 2017), p.278.

3) 서정목, 「<찬기파랑가> 해독의 검토」, <서강인문논총> 40(서강대 인문과학연구소, 2014), pp.328~329.

4) 염나리, 「<찬기파랑가> 이해를 위한 학습 활동 구성 연구-상징을 중심으로」, <국어교과교육연구> 29(국어교과교육학회, 2017), pp.57~59.

5) 신정훈, 『8세기 신라의 정치와 왕권』(한국학술정보, 2010), p.115.

6) 주보돈, 「남북국시대의 지배체제와 정치」, 『한국사』 3(한길사, 1994), p.325.

대곡성 등 14군현을 설치하여 왕권 강화를 꾀했다. 그리고 한화정책(漢化政策) 등 중대(中代)를 통하여 형성된 지배체제의 모순을 제거하고, 관료체제를 재정비하려 했다. 이렇듯 경덕왕은 즉위 후에 외척을 배제하고 새로운 진골귀족들을 등용하여 왕권강화에 힘썼지만, 김순원(金順元)·김사인(金思仁)계, 김옹(金邕) 등은 독자적인 세력을 만들어 왕권을 견제해[7], 개혁정책은 이렇다 할 실효성을 거두지 못했다.[8] 763년에는 한화정책 추진의 중추를 이루던 상대등 신충(信忠)과 시중 김옹(金邕)이 동시에 면직되고, 총신 이순(李純)까지 돌연 사직하고 승려가 되었다. 시중(侍中)의 비정상적인 퇴임과 공백 현상, 이후 상대등 김사인의 시정득실 극론은 당시에 경덕왕이 왕의 정책에 대하여 반대하는 외척, 진골귀족 세력과 갈등관계에 놓여 있었음을 보여준다.

이렇듯 경덕왕의 왕권강화 정책은 한계를 보였기에[9], 경덕왕 후기를 전제정치가 기울어져간 분기점으로 이해한다.[10] 경덕왕 16년(757), 신문왕(神文王) 때 폐지했던 '녹읍제(祿邑制)'를 부활한 것도 전제왕권에 대한 진골귀족의 반항이고[11], 순탄치 못한 개혁 과정을 보인 것으로 해석한다.[12] 경덕왕 대는 갖가지 갈등 속에 귀족세력이 다시 대두하고 전제왕권은 쇠퇴해간 시기이다.[13]

경덕왕이 충담사에게 "스님이 지은 <찬기파랑가사뇌가>가 그 뜻이 높다는데[其意甚高], 과연 그런가?" 하니, 충담사는 선뜻 동의한다. 흔히 누가 자기 작품을 칭찬하면 겸손한 태도로 부인하게 마련이다. 그런데 왕의 하

---

7) 신정훈, 앞의 책(2010), p.63, p.75, p.102 참조.
8) 이기백, 신수판『한국사신론』(일조각, 1990), p.132; 주보돈(1994), 앞의 글, p.326.
9) 신정훈, 앞의 책(2010), p.115.
10) 이기백,『한국고대정치사회사연구』(일조각, 1996), pp.331~332.
11) 李基白·李基東,『韓國史講座』1(一潮閣, 1982), p.346.
12) 주보돈, 앞의 글(1994), p.326.
13) 이기백, 앞의 책(1996), p.335.

문에 충담사는 거리낌 없이 동의했으니 신하된 예[14], 일상적 예에 어긋난다는 지적도 있다. 이에 이 대화의 속뜻을 살펴야 한다.

<찬기파랑가>의 평어(評語) '기의심고'를 "뜻이 매우 높다, 내용이 깊고 높다, 기파랑의 뜻이 매우 높다."로 이해하고, "당대비평(唐代批評)의 의격(意格)을 뜻하는 말로, 왕창령(王昌齡)의 의격으로 보면 "사리(事理)의 의격이 매우 높다"이고, 교연(皎然)의 의격으로 보면 "<찬기파랑가> 도덕 입언의 격이 매우 높다"라고 하여 개념 논의가 명확하고 진지해졌다.[15]

(1) 화서(華西)선생이 임종할 때, 죽은 후의 일을 말하지 않고 "이는 뒤에 죽은 사람의 책임이다. 내가 어찌 관여하겠는가?"라고 했으니 이 뜻이 매우 고상하다. 세상 사람이 평생 어찌하지 못하고 사사로운 뜻으로 영위하다가 죽음에 임해도 여전히 자질구레하게 늘어놓는 자의 기상과 비견하면 매우 큰 차이다.[16]

(2) "편지를 받고 보니 문장과 담은 뜻이 고상하여 가히 선생의 학문이 높으심을 알 수 있었습니다."[17]

(1)은 임종 시의 유언을, (2)는 편지글의 문장을 높인 평어이다. (2)에서 겉으로 드러난 문채를 '문(文)'이라 하고 속에 담긴 뜻을 '의(意)'라 했다. "높은 뜻이 하늘과 합치되니 자연의 모습은 무궁무진하다. 사계절 아름다운 꽃이 피고, 여러 봉우리엔 귀한 풀들이 즐비하네."에서는[18] 남의 뜻을 높여

---

14) 이완형, 앞의 논문(2007), pp.224~225.

15) 楊熙喆, 「'其意甚高' 연구의 문제와 전망」, <人文科學論集> 30(청주대 인문과학연구소, 2005), p.31; 楊熙喆, 「唐代批評으로 본 '其意甚高'와 <찬기파랑가>」, <韓國詩歌硏究> 18(韓國詩歌學會, 2005), pp.43~76.

16) "華西先生臨沒 不言身後事曰 此後死者責也 我何與焉 此意甚高 視世人平生不奈私意營爲 臨死猶規規有鋪排者氣象 相萬也"(柳重教, 答趙友三 甲申, 『省齋集』 卷20, 往復雜稿; 『韓國文集叢刊』(이하 『文叢』) 323, p.487).

17) "來書 文甚高 意甚高 可見足下之學 亦甚高"(李顯益, 答李仁老, 『正菴集』 卷6, 書; 『文叢』 續60, p.267).

‘고의(高意)’라 했으니, ‘기의심고’는 “상대방의 높은 뜻, 다른 사람의 마음이나 생각을 존중하여 이르는 말”로, <찬기파랑가>의 “ᄆᆞᅀᆞᄆᆡ ᄀᆞᇫ홀(心未際叱肹)”과도 유관할 수 있다.

기파랑을 “향가연구가 시작된 이래 특별한 의심 없이 화랑으로 인정해 왔는데”,[19] “냉정히 말하자면 기파랑을 화랑으로 단정할 근거는 없다. 다만 기파랑에 대한 충담사의 태도가 죽지랑에 대한 득오의 태도와 유사한 까닭에”[20] 관습적으로 인정한 측면이 강하다고 말한다.

(3) “세종은 홀로 깨끗한 절개를 지키면서 나가서는 장수가 되고 들어와서는 재상이 되었으나 담담하고 사사로운 뜻이 없었다.”, “평생토록 한 사람도 책망하지 않았고, 한 소송도 그릇되게 판결하지 않았으니, 진실로 화랑 중의 화랑이었다.” 찬하여 이르기를, “태후의 사사로운 아들이요, 정승의 후예로서/맑고 곧으며 높은 행실은 화랑의 모범이로다.”[21]

(4) ‘우리 집안은 대대로 화랑을 이어받은 것으로 족할 뿐, 어찌 다시 관작이 필요하리오.’라고 말하며 물리쳤다. 보리공은 청렴과 결백으로 지조를 지켰으나 낭주는 태후의 사랑하는 딸이었기 때문에 내리는 재물이 심히 많았다.”[22]

(5) “사람은 3파를 고루 써서 사리사욕에 치우치지 않도록 하였고”, “천관공이 지극히 공정하고 사사로움이 없음을 알게 되었다.”[23]

---

18) “高意合天製 自然狀無窮 仙華凝四時 玉蘇生數峰”(孟郊, 『全唐詩』 6函 5冊, 題韋少保靜恭宅藏書洞).

19) 박노준, 『옛사람 옛노래 향가와 속요』(태학사, 2003), p.143.

20) 서철원, 『향가의 유산과 고려시가의 난서』(새문사, 2013), p.104.

21) “世宗公終始獨守淸節 雖以美室之意 出將入相 淡然無私意”, “自以爲一生事 平生未嘗責一人誤一訟 眞花郞中花郞也”, “贊曰 太后私子 相國寵胤 淸雅高標 花郞典型”(金大問 저, 이종욱 역주해, 『화랑세기』, 소나무, 1999, p.247).

22) “吾家世襲花郞足矣 又何用官乎 公淸潔自守 而娘主以太后愛女賞與甚多”(金大問 저, 위의 책(1999), 12세 菩利公, p.274).

23) “人員均用三派 無至偏私”, “而知公之至公無私”(金大問 저, 위의 책(1999), 24세 天光公, pp.306~307).

(3)~(5)는 각각 풍월주(風月主) 6세 세종(世宗), 12세 보리공(菩利公), 24세 천광공(天光公)에 대한 기록이다. 사사로운 뜻을 가지지 않고 깨끗한 절개를 지키는 것은 화랑에게 요구하던 매우 중요한 덕목이다. 필사본 『화랑세기』[24]에 이르기를, "어진 재상과 충성된 신하들이 여기서 빠져나오고, 좋은 장수와 용맹스런 군사들이 이로 인하여 배출되었다." 했고,[25] 『신라국기』에 이르기를, "귀인들의 자제 중 아름다운 자를 가려 뽑아 분을 바르고 곱게 단장하여 받들었으며, 이름을 화랑이라 하고 나라 사람들이 다 받들어 섬겼

---

24) "筆寫本『花郎世紀』는 朴昌和가 일본 宮內廳 왕실도서관 자료를 손으로 베낀 것이므로, 바로 金大問이 쓴『화랑세기』라 단정하긴 어렵다. 여전히 이 필사본과 拔萃本 두 문헌을 1930년~1945년 박창화의 창작 욕구를 담은 역사소설, 또는 僞作으로 보는 시각이 팽배하여 쉽게 진위논쟁의 양단에 서거나 객관적 대안을 제시하긴 어렵다(盧泰敦, 「筆寫本 花郎世紀의 史料的 價値」, <歷史學報> 147, 歷史學會, 1995, pp.353~354; 金基興, 「花郎世紀 두 사본의 성격」, <歷史學報> 178, 歷史學會, 2003, p.11). 그러나 이 자료를 통해『삼국사기』나『삼국유사』에서 확인하기 어려운 摩腹子나 진지왕의 두 아들(김용춘·김용수)의 존재에 대한 해명이 이루어지기도 하고"(김종성, 『신라 왕실의 비밀』, 역사의아침, 2016, pp.163~164 참조) "화랑 관련 사실, 왕위 계승, 골품제, 친족제(혈족, 혼인 등)를 확인하기도 한다."(이종욱, 「화랑세기를 보는 눈」, <한국고대사탐구> 6, 한국고대사탐구학회, 2010, p.18) 일본이 1910년부터 압수해 가지고 간 조선고적이 약 20만권에 이르므로, 정부기관과 학계는 외교·문화·학술교류를 통하여 그 서적들의 書誌學的 정보를 만들고 유형을 분류하여 일본이 '보존도서'라 칭하며 공개를 꺼리는『화랑세기』원본의 존재 여부를 입증해야 할 것인데(李熙眞, 「최근 제기된 필사본 조작설에 대한 비판적 고찰」, <한국고대사탐구> 5, 한국고대사탐구학회, 2010, pp.272~273 참조), 역사학계의 논의 진전을 기다리며 오랫동안 사료의 활용을 유예했으나 그날이 요원하므로, 본고는 "화랑설치에서 只召太后의 역할, 圓光의 가계, 그리고 斯多含 등에 관한 풍부한 내용이 오늘날 신라사 이해에 많은 암시를 주고"(權悳永, 筆寫本 花郎世紀의 史料的 檢討, <歷史學報> 123, 歷史學會, 1989, p.195), "향가 연구 초창기에 향찰로 된 향가를 쉽게 창작할 수 없고, 調府右卿·兵部右令 등『삼국사기』에 없는 새로운 사실이 있으며, 선덕여왕의 재위 시점을 고려하여 善德王·善德公主를 구분한 점"에 주목하여, "화랑들의 인맥 즉 신라인의 씨줄·날줄을 밝힌 화랑 世譜, 화랑도 조직과 그 운영 체계를 밝힌 낭정의 大者, 화랑도 안의 派脈과 그 갈등과 싸움을 밝힌 파맥의 正邪를 밝힌 것으로 인정"(이종욱, 「花郎世紀의 신빙성과 그 저술에 대한 고찰」, <韓國史研究> 97, 韓國史研究會, 1997, pp.27~31; 이종욱(2010), 앞의 논문, p.18)하는 필사본『화랑세기』자료의 일부를 활용하고, 향후 역사학계의 연구 추이를 一覽하면서 객관적 시선으로 사료의 가치와 타당성을 점검할 것이다.

25) "其後 更取美貌男子 粧飾之 名花郎以奉之 徒衆雲集 或相磨以道義 或相悅以歌樂 遊娛山水 無遠不至 因此 知其人邪正 擇其善者 薦之於朝 故金大問花郎世紀曰 賢佐忠臣 從此而秀 良將勇卒 由是而生"(『三國史記』 卷4, 新羅本紀 第4, 眞興王 37年).

다. 이는 대개 왕의 정치를 돕기 위한 방편이었다. 선랑이었던 원화부터 신라 말까지 무릇 2백여 명이 나왔는데 그 중에 사선(四仙)이 가장 어질었으니, 저 『세기』에서 설명한 바와 같다."[26] 하였다. "사다함(斯多含)은 진골(眞骨)에 속하고", "그는 본시 문벌이 높은 귀족 출신으로 풍모가 청수(淸秀)하고 의지와 기개가 방정하여 당시 사람들이 그를 화랑으로 추켜올리매 마지못하여 화랑 노릇을 하였는데 그에게 따르는 무리가 무려 1천 명에 달하였고 그들 전체의 환심을 끌었다."는[27] 화랑 사다함의 자질을 들어 찬양하고 있는데, 이는 충담사가 기파랑을 칭송하는 마음과 매우 닮아 있다.

"공의 나이가 15세 때에 화랑이 되었는데, 당시 사람들이 그에게 흡족한 마음으로 복종하여 용화낭도(龍華郎徒)라고 불렀다."는[28] 기록이 있다. "미륵이 부처가 될 때, 용화수(龍華樹) 아래에 앉게 되는데, 꽃가지가 마치 용의 머리와 같기 때문에 이같이 이름 한다."(『법화주림(法苑珠林)』) 하고, "용화라 함은 용궁에서 숭상하는 꽃이기 때문이라"(『대일경소(大日經疏)』 7)에서 화랑을 자주 미륵과 연관 지었음을 알 수 있다. 이에 김유신을 용화낭도라 칭송한 것처럼, 충담사가 <찬기파랑가>를 지은 것은 화랑의 정신적 지주격인 낭승(郎僧)의 입장에서, 기파랑의 자질과 성품을 널리 알리어 낭도들이 외경감(畏敬感)을 갖게 하고 화랑집단의 단합을 꾀하려는 의도에서 비롯한 것으로 보인다. "아름다운 용모의 사내를 (화랑으로) 뽑아, 도의를 연마하게 하고, 그 무리 중에 바르고 바르지 않는 이를 살펴본 후, 착한 인재를 가리어 조정에 천거"[29]하였다는 내용은 『삼국사기』·『해동고승전』[30]·『화랑세기』[31]

26) "新羅國記云 擇貴人子弟之美者 傳粉粧飾而奉之 名曰花郎 國人皆尊事之 此蓋王化之方便也 自原郎至羅末 凡二百餘人 其中四仙最賢 且如世記中"(章輝玉, 『海東高僧傳』, 民族社, 1991, pp.179~180).

27) "斯多含 系出眞骨 奈密王七世孫也 父仇梨知級湌 本高門華胄 風標淸秀 志氣方正 時人請奉爲花郎 不得已爲之 其徒無慮一千人 盡得其歡心"(『三國史記』 卷44, 列傳 第4, 斯多含).

28) "公年十五歲爲花郎 時人洽然服從 號龍華香徒"(『三國史記』 卷41, 列傳 第1, 金庾信 上).

29) "其後 更取美貌男子 粧飾之 名花郎以奉之 徒衆雲集 或相磨以道義 或相悅以歌樂 遊娛山水 無

가 동일하다. 경덕왕이 <찬기파랑사뇌가>를 익히 알고, 그 뜻을 높이 평가한 것은 인재를 가리어 천거한 충담사의 혜안(慧眼)이 경덕왕과 이심전심으로 통했음을 보여준다.

3. 〈찬기파랑가〉의 구절을 풀이하면?

다음은 양주동과 김완진의 <찬기파랑가> 해독이다. 이 작품은 『삼국유사』에도 정확히 아래와 같이 분절되어 있으므로 분절에 대한 논란은 없지만, 아래에서 짙게 칠한 부분은 해독상 이견이 크다. 본고에서는 이 가운데 논란이 되는 구절을 중심으로 논의하고자 한다.

열치매(열어 제치매(구름 장막을)) 咽嗚爾處米
나토얀 ᄃᆞ리(나타난 달이) 露曉邪隱月羅理
흰구름 조초 ᄠᅥ가ᄂᆞᆫ 안디하(흰 구름 따라 쫓아서 떠가는 것 아닌가?) 白雲音逐于浮去隱安支下
새파ᄅᆞᆫ 나리여히(새파란 내에) 沙是八陵隱汀理也中
耆郞ᄋᆡ 즈ᅀᅵ 이슈라(기랑의 얼굴이(모양이) 있어라!) 耆郎矣皃史是史藪邪
일로 나리ㅅ ᄌᆡ벼히(이로부터 조약돌에) 逸烏川理叱磧惡希
郞ᄋᆡ 디니다샤온(낭이 지니시던(가지시던)) 郎也持以支如賜烏隱
ᄆᆞᅀᆞᄆᆡ ᄀᆞᆺ홀 좇누아져(마음의 가를 쫓으려 하노라.) 心未際叱肹逐內良齊
아으 잣ㅅ가지 노파(아아, 잣나무 가지 높아) 阿耶 栢史叱枝次高支好

遠不至 因此 知其人邪正 擇其善者 薦之於朝"(『三國史記』 卷4, 新羅本紀 第4, 眞興王 37年).

30) "三十七年 始奉原花爲仙郎 初君臣病無以知人 欲使類聚群遊 以觀其行義 擧而用之", "其後選取美貌男子 傅粉粧飾之 奉爲花郎 徒衆雲集 或相磨以道義 或相悅以歌樂 娛遊山水 無遠不至 因此知人之邪正 擇其善者 薦之於朝"(章輝玉, 앞의 책, pp.178~179).

31) "古者仙徒只以奉神爲主 國公列行之後 仙徒以道義相勉 於是賢佐忠臣 從此而秀 良將勇卒 由是而生 花郎之史不可不知也"(金大問 저, 앞의 책, 序文, p.45, p.230).

서리 몯 누올 화판(花判)여(서리 모를 화랑의 長이여)[32] 雪是毛冬乃乎尸花判也

(양주동 해독)

늣겨곰 ᄇᆞ라매(흐느끼며 바라보매)
이슬 볼갼 ᄃᆞ라리(이슬 밝힌 달이)
힌 구룸 조초 떠간 언저레(흰 구름 따라 떠 간 언저리에)
몰이 가ᄅᆞᆫ 믈서리여히(모래 가른 물가에)
耆郞ᄋᆡ ᄌᆞᄉᆡ올시 수프리야.(耆郞의 모습이올시 수풀이여.)
逸烏나릿 ᄌᆡ벼긔(逸烏내 자갈 벌에서)
郞이여 디니더시온(낭이 지니시던)
ᄆᆞᅀᆞᄆᆡ ᄀᆞᆺ술 좃ᄂᆞ라져(마음의 갓을 좇고 있노라.)
아야 자ᄉᆞᆺ가지 노포(아아, 잣나무 가지가 높아)
누니 모ᄃᆞᆯ 두폴 곳가리여(눈이라도 덮지 못할 고깔이여.)[33]

(김완진 해독)

1) 咽嗚爾處米

"'咽嗚爾' 3자는 "열(開)로 읽힌다. '열'이 장음이므로 '열오' 밑에 '오이'를 첨기하여, '여오ᄅᆞ'를 지었다."[34] 그러나 "'咽嗚爾處米'를 전부 음독함은 훈주음종(訓主音從)의 법칙에서 벗어나기에 "'목메치매'라는 서재극의 해독을 최선으로 여겨 '늣겨, ᄒᆞ늣겨'라" 읽기도 한다.[35] 후자의 해석을 바탕으로, "제1행 속에는 절의를 지키나가 이승을 떠난 고고(孤高)한 잣나무 같

32) 梁柱東, 訂補版『古歌硏究』(博文書舘, 1960), pp.318~372; 梁柱東, 詳註『國文學古典讀本』(博文出版社, 1948), pp.246~247.
33) 金完鎭,『鄕歌解讀法硏究』(서울대학교출판부, 1980), pp.81~92.
34) 梁柱東, 增訂『古歌硏究』(一潮閣, 1965) pp.321~322
35) 金完鎭, 앞의 책(1980), pp.81~82.

은 선비[文士], 또는 장군[武士], 기랑(耆郞)에 대한 애통함을 표현한 실사 '咽嗚'가 들어있다."라는[36] 풀이를 제시하기도 한다. 또, "善化公主・他・密・嫁・置 등의 정용자(正用字)는 체언이나 용언의 어간 등 주로 실질형태소로 사용하고, 主・隱・只・良・古 등의 차용자(借用字)[37]는 조사나 용언의 어미 등 주로 형식형태소로 사용한다."는[38] 점을 고려하면, '咽嗚爾處米'에서 '열오'는 훈독일 가능성이 높다.

(1) "어마님이 드르샤 목메여 우르샤"(月釋 8 : 84), "과골이 밥 먹다가 목 메어든 귨 거플 훈 량을 더운 므레 돔가"(卒食噎陳橘皮一兩湯浸, 救簡 2 : 82), **"목멜 열(咽)"**(유합 상20), "믄득 목 메여 공경호믈 겨신 적ㄱ티 ᄒ더라"(輒哽咽敬之如在, 東續三綱 孝3)

(2) "영고(寧考)를 계승한 초기에 문조(文祖)에게 지우(知遇)를 받던 옛 친구를 방문하시니 공은 감히 다른 말을 올리지 못하고서 연촉(蓮燭)을 받들고 **오열하였다**. 이는 선제의 은혜를 추모하여 충성을 다하여 보답할 것을 도모하려 해서일 것이다. 공경(公卿)의 반열에 발탁되니 측근 중신(重臣)의 일을 맡기셨고 문원(文苑)에서 종장(宗匠)이 되어 생용(笙鏞)과 보불(黼黻)로 아름답게 장식하였다."[39]

---

36) 서정목, 앞의 논문(2014), p.330.

37) 正用字는 "한자 정통의 의미를 그대로 지닌 채 향찰・이두・구결 자료에 사용된 글자로서, 音이나 訓 중 어느 하나를 차용한 차용자에 대립되는 개념"이고, 여기에는 '訓讀'과 '音讀'이 있다. '借用字'는 "音이나 訓 중 어느 하나를 차용한 글자로서, 한자의 원래 뜻을 버린 채 사용되는 글자"를 말한다. 여기에는 '訓借'와 '音借'가 있다. 예컨대, <薯童謠>의 '善化公主'는 한자 정통의 의미를 그대로 지닌 音讀字에 해당하고, 마지막 구절의 "안고 가다"는 "抱(正用字, 訓讀)+遣(借用字, 音借)+去(正用字, 訓讀)+如(借用字, 訓借)"로 분석된다(박재민, 향가 해독과 훈차자・음차자 교육에 대한 비판적 고찰, 『한국시가 연구사의 성과와 전망』, 보고사, 2016, p.67, pp.78~84). "대상 자소를 그 훈을 내재한 채로 음으로 읽는 '公主'는 音讀이다(고창수, 『신라 향가의 표기 원리』, 한성대학교출판부, 2011, p.31).

38) 박재민, 위의 책(2016), pp.83~86.

39) "迨寧考嗣服之初 訪文祖知遇之舊 不敢以他道進 捧蓮燭而咽嗚 蓋欲追先帝恩 傾葵忱而圖報 擢鵷班於卿列 委畀以視聽股肱 執牛耳於文苑 賁飾以笙鏞黼黻"(金允植, 右議政 文翼公朴珪壽廟庭配享敎諭書, 『雲養續集』 卷2, 敎諭書; 『文叢』 328, p.558).

(1)의 '咽'은 "목메다"로 쓰이고, (2)에선 '오열(嗚咽)'과 같은 말로 쓰인다. '爾'는 "너 · 이 · 가까이"로 쓰이어, '爾'를 "그치-(止)"처럼 훈차로서 '그'로 읽을 가능성도 제기되었지만 '止' 자를 취하지 않은 까닭을 설명하기 어려우므로[40] "月置八切爾數於將來尸波衣"(<혜성가>), "秋察尸不冬爾屋支墮米"(<원가>)에서 '爾'를 읽는 독법에 따라 '이치미(이처미)'로 읽고, "모미 이쳐커든 져기 관계탕(官桂湯)과 쥭(粥)므를 머겨 모기 젓게 ᄒᆞ고"(却身苦勞動少與官桂湯及淸令喉潤, 救急 상77)처럼 "가쁘다, 피곤하고, 힘겹다, 지치다"로 읽고, 미약하고 쇠잔해진 상태로 이해하고자 한다. '열오(咽嗚) · 오열(嗚咽)'은 비단 사람의 울음에만 국한하지 않고, "푸른 깃발은 바람에 나부끼고, 뿔피리는 흐느껴 우네."처럼[41] 뿔피리나 옥피리 소리를[42] 비유하기도 한다.

(3) "뒤숭숭한 나그네 심회 쉽게 안정이 안 되는데, 더구나 또 갈바람 속에 스님을 떠나보내다니. 일반문 밖 청계의 흐르는 물소리도 전일과 완전히 다르게 목메어 우네."[43]

(4) "시름 있어 얼굴 찌푸리고 근심을 말 않으면, 얼음 밑 물 흐느껴 시원스레 흐르지 못하는 것과 같다오. 대장부도 시름에 차면 큰 소리로 통곡해야지, 머리 떨어뜨리고 부질없는 눈물 흘리지 않아야 하네. 행복하다, 묘군(苗君)은 큰 도시에 숨어, 깊숙한 청산에서 솔잎 씹으며 물 마시는 자를 웃는구려."[44]

---

40) 양희철, 『삼국유사향가연구』(태학사, 1997), p.604.

41) "靑旗飄颯颯 畫角咽嗚嗚"(趙絅, 『海行摠載』, 回槎錄, 乙未年, 12月 29日 己卯).

42) "鮑石亭前水氣香 遺民尙說景哀王 千重鐵騎圍歌席 一隊花袍亂舞裳 輦路幾回芳草綠 荒城依舊暮雲黃 只今明月紅樓上 嗚咽唯聞玉笛揚"(丁若鏞 저, 송기채 역, 계림에서 고적을 회상하다[鷄林懷古], 『茶山詩文集』 卷1, 詩; 국역 『다산시문집』 1, 민족문화추진회, 1996, p.33).

43) "忽忽羈懷未易寧 秋風況復送師行 一般門外淸溪水 嗚咽殊非舊日聲"(李崇仁 저, 이상현 옮김(2008), 送僧, 『陶隱集』, 한국고전번역원, p.446).

44) "愁人矉頞不言愁 有如氷底之水嗚咽不快流 丈夫愁來卽大哭 不宜暗泣空低頭 幸哉苗君大隱九市中 笑却喰松喫水靑山幽"(李奎報, 次韻陳翰林 題苗正字大隱樓在市場, 『東國李相國前集』 卷13, 古律詩; 정지상 · 이장우 공역, 국역 『동국이상국집』 2, 민족문화추진회, 1980, pp.229~230).

위에선 흐르는 물에 감정을 이입하여, "목메어 운다."고 이별의 슬픔을 표현했고, 물이 바위와 부딪쳐서 서로 싸우는 듯 내는 소리를 사람의 오열에 비유한다.[45] "우러 흐르는 므레 갈홀 ᄀ다니 므리 블그니 놀히 소늘 헐우소다"(磨刀嗚咽水 水赤刃傷手)[46]처럼, '咽嗚爾處米'를 문맥에 따라 "(냇물이) 嗚咽(목멘 울음) 이치매"로 읽고, "흐느껴 우는 듯 콸콸 흐르던 시냇물의 흐름이 점점 미약(微弱)·잔잔(潺潺)해진다"는 의미로 이해하고자 한다.

2) 白雲音逐于浮去隱安攴下 沙是八陵隱汀理也中

앞 구절에서는 '安攴下'가 논란의 중심에 있다.

> (1) "한 마디도 그것에 대한 직접 언급이 없이 돌연히 벽공찬출(劈空撰出)의 달과의 문답체를 빌려와 전 8구에서 그것을 은연중 암유(暗喩)로 방서(傍敘)하고, 결(結) 2구에서 '잣가지'를 빌려 그것을 정서(正敘)하였다. 그러나 우선 그 문답체의 천의무봉한 솜씨를 보라. 1~3구는 달에게 시문(試問)하는 사(辭), 4~8구는 달의 의답(擬答)을 취하며, 문-답-결사의 방식은 희랍(希臘) 희곡의 '男·女·合'唱과 불기이동(不期而同)되는 희한한 기법이다."[47]

양주동은 이 부분을 "아니냐?, 아니더냐?"라는 의문으로 읽어, "달아 너는 흰 구름을 좇아 서쪽으로 떠가는 것이 아니냐?"(1~3구)라는 질문에 대하여 달이 "나는 흰 구름을 좇아감이 아니로세."(4~8구)라는 대답으로 이해했다. 오구라 신페이는 "열치매 들어나 붉은 둘이 흰 구룸을 조차 떠가는 어

45) 崔致遠, 石上流泉,『桂苑筆耕集』卷20, 詩;『文叢』1, p.127; 이상현 역,『계원필경집』2(한국고전번역원, 2010), p.579.

46) 重刊本『杜詩諺解』卷5, 26b.

47) 梁柱東,「新羅 歌謠의 文學的 優秀性-주로 讚耆婆郎歌에 대하여」,『國學研究論攷』(乙酉文化社, 1962), pp.26~27.

듸이오?"라 하여 '安攴下'를 "어디냐?(어디드냐?)"[48]로 파악했다.

(2) "가죽이 없는데 털은 장차 어디에 붙일 것인가"/"항우가 말했다. 패공은 어디에 있는가.", "신비(申毗)가 말하기를, '폐하께서는 병사들의 집을 옮기려고 하시는데, 그 계획은 어디에서 나온 것입니까?' " 했다./"곧 조조에게 물었다. '조공에게는 호후(虎侯)가 있다는데 어디에 있습니까?' "/"당신 아들이 왕이 되면, 그를 어디에 봉하려 하는가?"(安傳/安出/安在)[49]

여기서 '安'은 의문형으로 쓰이므로, <찬기파랑가>의 '安攴下'를 의문대명사로 읽을 여지가 있지만 앞으로 앞뒤 문맥을 고려한 신중한 문법 검증을 요하므로 단정을 유보한다.[50]

'沙是八陵隱汀理也中'을 "새파ᄅᆞᆫ 나리여히(새파란 내에)"[51]로 읽거나 "몰이 가ᄅᆞᆫ 믈서리여히(모래 가른 물가에)[52]로 읽은 성과는 그 후의 해독에 많은 영향을 미치고 있다. 첫 대목을 음독한 전자보다는 훈독한 후자를 따르고자 한다. " '八'은 나눈다는 뜻이다. 나뉘어 서로 등진 모양의 상형이다." 동일한 성모(聲母)와 운모(韻母)를 가진 글자인 別자로 八자의 의미를 해설했다. 지금 절강(浙江) 지방의 속어로 다른 사람에게 물건을 주는 것을 八이라고 한다. 다른 사람에게 주었으니 나눈 것이다.[53] 이에 "ᄀᆞ롬애 드르시니 믌결

48) 小倉進平, 『鄕歌及び吏讀の硏究』(京城帝國大學, 1928), pp.173~175.

49) 각각 순서에 따라, "皮之不存 毛將安傅(『左傳』 僖公 14), "項王曰 沛公安在(『史記』 項羽本紀), "申毗曰 陛下欲徙士家 其計安出"(『三國志』 魏書 申毗傳), "乃問太祖曰 公有虎侯安在"(『三國志』 魏書 許褚傳), "子當爲王 欲安所置之"(『史記』 滑稽列傳補)이 원문과 출처이다.

50) '安'의 용법을 '무엇(何也)', 구체적으로 '므스'와 '엇데'로 나누고, 뒤에 '攴'가 놓였으니 '무스기'가 되겠다. "므스기 을후미 小法 즐기ᄂᆞ니오"(何名樂小法者)(金剛 下97), "무스기 깃브미리오"(何喜)(永嘉 下17)로 본 견해가 있다(兪昌均, 『鄕歌批解』, 螢雪出版社, 1996, p.450).

51) 梁柱東, 訂補版 『古歌硏究』(博文書館, 1960), p.336.

52) 金完鎭, 『鄕歌解讀法硏究』(서울대학교출판부, 1980), pp.80~81.

53) "八 別也 象分別相背之形 凡八之屬皆從八 此以雙聲疊韻說其義 今江浙俗語 以物與人謂之八 與人則分別矣"(염정삼, 『說文解字注』 부수자 역해, 서울대학교출판문화원, 2010, p.44).

이 갈아디거늘"(月印 上39), "지류(枝流)는 므리 가리여 나 정류(正流) 아닌 거시라"(원각 상 1-1 : 23)에서의 '八'(갈아디다, 가리다, 갈리다)"을 취한다. '汀'은 "믈ᄌᆞ, 믈ᄀᆞ, 믌ᄀᆞ, 믌ᄌᆞ", 즉 "믈가 하연(河沿)"(譯語類解 上7) 또는 "믈ᄌᆞ 뎡(汀)"(類合 상6)으로, 사주(沙洲, 해안에 저절로 생기는 모래톱)이나 정형(汀瀅, 작은 시내, 작은 물)과 같이, "얕은 물 가운데 토사가 쌓여 물위에 나타난 곳", 즉 "모래섬"(沙汀, 沙渚)을 일컫는다.

신라 향찰	
希(긔)	中(ᄀᆡ)
邊希(긔) : ᄌᆞ긔	巷中(ᄀᆡ) : 골ᄀᆡ
尊衣希(긔) : 尊의긔 磧惡希(긔) : ᄌᆡᆨ벽아긔	汀理也中(ᄀᆡ) : 나리여ᄀᆡ 前良中(ᄀᆡ) : 아라ᄀᆡ

'希'와 '中'은 신라 향찰에서는 위와 같다가 고려 향찰에서는 각각 '희'와 'ᄒᆡ'로 변했다.[54] 중세국어 위치자리토씨는 한 음절의 '애/에'와 'ᄋᆡ, 의'가 대부분이다. 이것은 한 음절로 표기된 '良'에서 '애, 에'가 계승되었고, '中'과 '矣' 등에서 'ᄋᆡ/의'가 계승되었다. '良'은 '아/어'이고, '애/에'로 계승된 것은 'ᄋᆡ/의'에 대한 유추현상이며 그 변천과정은 다음과 같다.[55]

원시국어	고대국어	중세국어	현대국어
良中(아ᄒᆡ/어희)	良中(아ᄒᆡ/어희)		
	良(아/어)	→ 애/에	→ 에
	中(ᄒᆡ/희)	→ ᄋᆡ/의	

54) 양희철, 『향찰 연구 16제-동형의 이두와 구결도 겸하여』(보고사, 2013), pp.182~183.
55) 최남희, 『고대국어 형태론』(박이정, 1996), p.257.

(3) "ᄀᆞ숤긔 상로(霜露)ㅣ 와 초목(草木)이 이울어든"(月釋 序16)
(4) "엇디 내 나라긔 은혜 베프미 이시리오"(山城 64)
(5) "ᄀᆞᄅᆞᄆᆞ숤긔 ᄒᆞ오ᅀᅡ 도라가는 ᄡᅡ해"(江村獨歸處)(初刊本 杜詩諺解 23 : 6)

"內, 中間, 半"과 의미가 상통하는 조사 '中'(긔, 의)은 시간과 공간 할 것 없이 두루 쓰이는데, "긔·긔>긔·희>의·의"로 발달했고[56], "'汀理也中'의 '理'를 고려하면 '물기스레' 정도로 음성 실현되었을 가능성이 있다. 현대어로 '모래(를) 가른 물기슭에'로"[57] 읽는다. 앞의 문맥과 의미사끼리 연결하면 "달이"(月羅理)→"흰 구름 좇아 떠가"(白雲音逐于浮去)→"모래톱 가른 물 가운데 (비치었다)."(沙是八陵隱汀理也中)이다. 제3구의 '安支下'가 의문의 뜻이라면 4구는 그에 대한 답이 되겠다. 의역하면, "달이 구름 좇아가는 모습이 모래톱 갈린 물에 훤히 비쳤다."이다.

3) 耆郎矣皃史是史藪邪 逸烏川理叱磧惡希

'皃'는 '貌'이다. "皃는 밖으로 드러나는 모습이다. 얼굴의 모양을 상형한 '白'에 우뚝 선 사람을 본뜬 '儿(인)'을 결합했다.", "허신이 '儀'자를(굳이 덧붙여) 말한 이유는 밖으로 드러나는 행위의 법도는 모양으로 상형되기 때문이다. '용(容)'은 내면을, '모(皃)'는 외면을 말한 것이다. 인신(引伸)되어 그 모양을 갖춘 경우에 '皃'라고 하였다."[58] 했으니, 기파랑의 겉모습을 말한다.

'是史藪邪'[59]는 "이슈라, 잇드라, 잇고야, 이시슈리"로 읽는 경우와 "수

56) 裵大溫, 『吏讀文法素의 通時的 硏究』(경상대학교출판부, 2002), p.61.
57) 서정목, 앞의 논문(2014), p.350.
58) "皃 頌儀也 從儿 白象面形", "(許愼) 必言儀者 謂頌之儀度可皃象也 凡容言其內 皃言其外 引伸之 凡得其狀曰皃 析言則容皃各有當"(염정삼, 앞의 책(2010), pp.418~419).
59) "음차자로 쓰인 것은 'ᄋᆞ, 야, 아, 사' 등이며 '語助'의 기능을 반영하는 것으로는 '라' 소리 표기로 쓰였다."(최남희, 앞의 책(1996), p.206).

프리야, 수피야, 덤블여"로 읽는 경우로 나뉜다. 그러나 '史'가 '是, 藪'를 분리한 것을 보면, '耆郎, 皃, 是, 藪'는 훈독이다. '藪'를 '숲'으로 읽으면 주로 은거의 장소, "숲과 같이 빽빽하게 모여 있는 사람들의 무리 혹은 소굴"이다.[60] 한편 "산[山藪]에 돌아가 마음을 닦지 못한다 하더라도 자신의 능력에 따라 선행을 버리지 말아야 한다."나[61] 신라 <불상조상명(佛像造像銘)>을[62] 보면, '수(藪)'는 "승방을 짓고 산과 숲과 전원과 밭을 마련하고 탑을 쌓고 겨울과 여름 안거에 참선할 곳과 도 닦을 도량을 마련해야 한다."처럼[63] 부처의 설산, 달마의 소림굴에 해당하는[64] "참선할 곳, 도 닦을 곳(一切行道處)"을 말한다. 또, 경주 읍성 가운데 부윤 관사 북쪽의 '비보수(裨補藪)', "경주 동쪽 8리 동천가에 제방 숲이 5리를 뻗쳐 있다 하여 붙인" '오리수(五里藪)', 경주 동쪽 8리에 있는 '한지수(閑地藪)'를 "금년에 사리역이 옮겨진 후에 예전처럼 나무를 심어 숲을 조성했는데, 남아있는지는 아직 알 수 없다."는[65] 기록을 보면, '수(藪)'는 단순히 우거진 숲을 칭하기도 한다.

> "이견대(利見臺)에서 이십내리(二十乃里)까지를 사동이(四同二)라 하고, 내아리(乃兒里)에서 월내동(月乃洞)까지를 오동(五同)이라 한다.", "영남 여러 고을에 한 해 농사의 풍흉에 따라 서원(書員)들이 맡은 한계를 동(同)이라 한다."[66]

---

60) 양희철, 위의 책(1997), pp.724~725; 신재홍, 위의 논문(1995), p.36.

61) "然而不歸山藪修心 隨自身力 不捨善行"(元曉 지음, 무비 스님 강의, 『發心修行章』, 조계종출판사, 2015, p.114).

62) <풍요> 장의 각주 103) 참조.

63) "建立僧坊山林園田 立作佛塔 冬夏安居 坐禪處所 一切行道處 皆應立之"(李圓淨 편, 목정배 역, 『梵網經菩薩戒本彙解』, 운주사, 2015, p.407).

64) "世尊 住雪山 六年 坐不動 達磨居少林 九歲 默無言 後來參禪者 何不依古蹤"(Mu Bi, 自警文, 『Admonitions to Beginners』, 조계종출판사, 2003, p.67).

65) "裨補藪 在府城中 府尹衙舍北 五里藪 在府東八里 東川邊 延袤五里 故名", "閑地藪 在府東八里, 今年 沙里驛 撤移之後 依前種樹 以爲後日成藪之地 未知有能繼此 不替者否耶"(민주면 · 이채 · 김건준 저, 조철제 옮김, 국역 『동경잡기』, 민속원, 2014, pp.207~208.)

66) "自利見臺 至二十乃里 爲四同二 自乃兒里 至月乃洞 爲五同", "嶺南諸邑 年分書員 所掌之界限

'逸烏川理'는 기파랑과 특별한 연관이 있는 냇물의 고유명사로서[67], "숨을 逸"의 뜻[訓]과 '烏'의 소리[音]를 차용하여 "숨오나리, 수모나리", 즉 현재의 '수모내'라는 주장에[68] 따른다. 『동경잡기(東京雜記)』에는 감포 이견대(利見臺)부터 이십내리(수모내)까지를 동해변 사동이(四同二)로 불렀다고 기록했다. 경주시내에서 감포 쪽으로 30km쯤 가면 '어일'이라는 곳이 있는데, 여기서 서남쪽 대종천을 건너 형제봉에 이르는 계곡을 '시무내', '수모내'[卄川]라 한다.[69] 조선까지 '스무내리'라 부르다 일제강점기인 1914년 행정구역 통폐합으로 스물·이십을 스물 卄자로 바꾸고 乃를 川으로 바꾸어 '입천리(卄川里)'라 했다. 주민들 얘기로는 "물이 땅 밑으로 숨어 흐르는 내"이기에 수모내라 했고 옛날엔 이곳이 대종천 뱃길과 맞닿아 동해와 남녘으로 넘어가는 요충지였다 한다. 지금도 비가 오면 수모내 계곡물이 대종천과 합쳐진다.[70]

'磧惡'은 "돌지악, 지벽"(磔)이므로, 5·6구는 "耆(婆)郎이 즈ᅀᅵ 이 수프리라, 수모 나릿 지벼긔"가 되고, 의역하면, "기파랑의 모습이 이 숲, 스무내[卄川] 자갈벌에 있구나."가 된다. 이 수풀과 자갈벌은 기파랑의 행적과 관련된, 그의 흔적을 담은 공간[71]이다. 기파랑이 따르던 낭도(郎徒)들과 함께 말을 타고 달리던 냇가, 자갈벌, 우거진 숲이니 수련처란 말이고, 추억과 기억이 쌓여 모두들 이곳에 서면 자연스럽게 그의 모습을 연상하게 된다는

謂之同"(崔南善, 『東京雜記』, 朝鮮光文會, 1913, p.23; 민주면·이채·김건준 저, 위의 책, pp.224~225.)

67) 홍기문, 『향가해석』(조선민주주의인민공화국 과학원, 1956), p.200, 이도흠, 「찬기파랑가의 새로운 語釋과 의미 해석」, 『文兼 全英雨博士華甲紀念論文集 國語國文學論叢』(水原大 國文學科, 1994), p.678.

68) 이임수, 『향가와 서라벌 기행』(박이정, 2007), pp.140~141.

69) "1991년 현지에 거주하는 노인들의 발음을 들어보면, '수모내, 수몬내, 시모내, 시무내' 등으로 다양하고, 또 '입천, 이십천'이라고도 한다."(이임수, 위의 책(2007), pp.140~141).

70) 이임수, 위의 책(2007), p.141.

71) 박재민, 『新羅鄕歌 辯證』(태학사, 2013), p.345. 다만 이 공간에서 기파랑을 추모하고 있다는 해석은 관점 차이를 보인다, 이도흠, 앞의 논문(1994), p.695.

말로 이해한다.

대종천의 자갈 하천이 갈라져 흘러가는 모습(위의 사진은 두산대교에서 바라본 대종천의 모습인데, 자갈과 모래로 뒤섞인 하천의 폭이 구역에 따라 수십에서 100여 미터에 이른다. 동경주의 대종천은 '수모내'와 이어져 있다.)(경북 경주시 양북면 어일리)

4) 郎也持以支如賜烏隱 心未際叱肹逐內良齊

불교에서 '지닌다'(持)는 "귀의한 사람이 번뇌를 끊고, 한량없는 법을 배우고, 중생을 제도하겠다(煩惱無盡誓願斷 法門無量誓願學 衆生無邊誓願度) 결심하고", "부처님 멸도하신 뒤, 이 경 능히 가지므로,…", "능히 이 경 갖는 이 내 몸을…"에서와[72] 같이 "항상 경문을 독송하여 수행하다, 확고히 배워 보존한다."는 뜻이다. 즉, '지념(持念) · 억지(憶持)', "기억하여 잊지 않는 확고한 신앙이나 신념"을 의미한다.

---

72) "以佛滅度後 能持是經故", "能持是經者 則爲已見我"(『妙法蓮華經』 卷6, 如來神力品).

(1) "사람에겐 끝이 있기에 중생들은 그 근기에 따라 오래 살거나 짧게 산다. 오조의(吳兆宜)가 주를 달기를, 부처님의 가르침에 따르면 삶과 죽음은 그 끝도 없이 돌고 돈다 하였다."[73]

(2) "자유자재하고 불가사의한 마음의 작용은 일찍이 그 궁극을 논한 적이 없고, 불법을 지킴은 어둠 속에서도 그 끝이 없다."[74]

'제(際)'는 '변(邊), 한(限)'과 함께 쓰여, "가장자리, 한계, 끝, 궁극(窮極)"을 말한다. "그 끝의 가장자리는 마을의 숫자를 통해 대략 짐작해 볼 뿐, 보지 못한 부분까지는 알아서 헤아리지 못한다."[75], "다가가 살펴보니 그 끝을 볼 수 없고, 가리키는 요체와 근원을 찾을 수 없었다."[76]에서 말하는 "가장자리, 끝과 경계"를 가리킨다. "세상이 어두우면 괴상한 말 난무하듯, 사당을 세우지 않아도 무덤 즐비하고, 공 세워 이름 날리는 일의 길고 짧음이야 마음(뜻)이 정하는 바에 따라 다르지만 이 산의 흠이라면 굴 하나 없는 것이네."에[77] '심제(心際)', 즉 'ᄆᆞᅀᆞᄆᆡ ᄀᆞᇫ'이란 단어가 나오는데, "마음이나 뜻이 정한 바"이다. 심제는 "마음이 이르는 곳"(心行)과 비슷한 의미다.

(3) "이는 반드시 마음으로 행해야 할 일이요 입으로만 욀 일이 아니다. 입으로만 외고 마음으로 행하지 않는다면 허깨비와 같고 이슬과 같으며 번개와도 같이 허망한 것이다. 입으로 외고 마음으로 행한다면 마음과 말이 서로 어울려 본디 성품이 부처님으로서 이 성품을 떠나 따로 부처님이 없다."[78]

---

73) "我有邊際 隨機延促 吳兆宜 注 付法藏經 流轉生死 無有邊際"(徐陵, 『東陽雙林寺傅大士碑』).

74) "靈機未曾論邊際 執法無邊在暗中"(『景德傳燈錄』, 池州魯祖山敎和尙).

75) "其際限以里數者臆見 此不知鏡外又有測儀也"(李圭景, 測量天地辨證說, 『五洲衍文長箋散稿』 天地篇 天文類, 天文總說).

76) "迫而視之 端際不可得見 指掜不可胜原"(『晋書』 列傳, 第6章).

77) "世入幽陰怪說紛 不尊祠宇重丘墳 功名夭壽違心際 歸咎其山穴不眞"(金昌翕, 葛驛雜詠, 『三淵集』 卷14, 詩, 108; 『文叢』 165, p.295).

78) "此須心行 不在口念 口念 心不行 如幻如化 如露如電 口念 心行 則心口相應 本性 是佛 離性無

(4) “중생의 심행이 각기 다르니 어떤 때는 여럿이 하나의 심행을 갖기도 하고 때로는 한 사람이 여럿의 심행을 갖기도 한다. 한 사람이 여럿이 되는 것이나 여럿이 한 사람이 되는 것처럼 법강(法綱), 즉 법률과 규율을 늘려 널리 전하여 심행의 새를 잡고자 할 따름이라.”[79]

심행은 마음으로 추구하는 지향점이다. 진리에 이르고자 하는 진정성으로 수행하는 자세다. <찬기파랑가>에서 “郎(기파랑)의 지니시던 마음의 가[心際]를 좇겠다.” 했으니, 여기서 ‘마음의 가’는 “삼매(三昧)의 오묘한 위덕(威德)을 가지고,/지혜는 그 끝 간 데가 없으며,/그 마음과 경계가/모두 깊디깊어 헤아릴 수 없어라.”에서[80] 말하는 ‘심(心)과 경계(境界)’, ‘끝을 알 수 없는 지혜’(智慧無邊際)를 말한다. 즉, 기파랑의 마음이 지향하는 바, 마음에 생각하는 바는 넓고 깊어서 그 끝을 헤아릴 수 없지만, 여럿이 하나의 심행(心行)을 갖고 그의 지향점을 따르겠다는 다짐이 된다. 이 구절은 “낭(郎)의 디니다(持) 주시온(賜), ᄆᆞᅀᆞ미 ᄀᆞ술 좇ᄂᆞ라져”가 된다. 충담사가 <찬기파랑가>를 지었지만, 작품에 담긴 추종이 비단 충담사의 감정만이 아니고 기파랑과 더불어 생활하고 수행・수련하던 모든 사람들의 마음을 대변한다. <찬기파랑가>를 두고 ‘기의심고’라 평한 것도 이 때문이다.

5) 阿耶 栢史叱枝次高支好 雪是毛冬乃乎尸花判也

‘화판(花判)’을 “서리 몯누올 화판(花判)여”,[81] “서리 몯ᄂᆞ올 곶ㅂ한(國仙)

別佛”(慧能 저, 원순 역, 『六祖壇經』, 법공양, 2005, pp.66~67).

79) “衆生心行各各不同 或多人同一心行 或一人多種心行 如爲一人衆多亦然 如爲多人一人亦然 須廣施法綱之目 捕心行之鳥耳”(天台, 『摩訶止觀』 卷5 上; 『大正新修大藏經』(이하 大正藏) 46, pp.1911~1912).

80) “三昧妙威神 智慧無邊際 彼心及境界 一切皆甚深”(『大方廣佛華嚴經』 卷2, 入不思議解脫境界普賢行願品; 『大正藏』 第10卷, 華嚴部 下, 大藏出版株式會社, 1970, p.668).

여"[82], "누니 모돌 두폴 곳가리여"[83], "눈이 모돌 녀리올 곶갈아"[84] 등으로 해석한다. "아아 자싯(栢)가지 높ㆆ호 눈이 모두 ᄃᆞ빋올 곶ᄀᆞᄅᆞ여"(아아, 잣가지 높이 눈이 모이어 필 꽃가루여(눈이 모이어 필 꽃가루 같은 은빛 달빛이여))처럼[85] 다양하게 풀이한다.

그러나 '毛冬'을 "善芽毛冬長乙隱"(善芽 모돌 기른, 善芽 못 기른)(<청전법륜가>), "毛冬居叱沙哭屋尸以憂音"(모돌 기ᄉᆞ샤 우롤 이 시름, 살아계시지 못하여 울 이 시름)(<모죽지랑가>)에서처럼 부정사 '몯(못)'으로 읽고, "乃乎尸"를 "이에+오+ㄹ"을 결합한 "이올다"(凋, 萎, 落, 枯, 槁, 憔悴)로 해독하면 무리가 적다.

문제는 '화판'이다. '화판'이 기파랑을 지칭한다는 데는 대체로 의견이 일치한다. 그러나 화판을 구체적으로 설명할 때는 "사원(寺院)과 화원(花院)을 같은 의미로 보아, 화판은 일체 사무를 주재 통괄하던 진골출신의 화랑으로서, 화원의 총재자(總宰者), 즉 화랑집단의 우두머리"[86], "화랑장(花郎長)"[87]이라는 주장을 가장 많이 따르고, 생명신(生命神)·창조신(創造神)[88], 불경에 따라 "명(命)·장명(長命), 긴 목숨"으로[89] 보고 "미륵의 화신으로, 이런 인물이 곧 왕세자로 탄생하기를 바란 것"[90]이라고도 한다. 나아가 "신문왕의 명에 의해 깨끗이 자진함으로써 잣나무 같이 변하지 않는 지조와 충절을 만대에 남긴 그 당시 최고위직 화랑 출신 장군, 상대등 겸 병부령 김군관(金軍官)을 찬양한 노래"[91], "사건을 판결하고 그것을 집행할 수 있는 판

81) 梁柱東, 앞의 책(1960), p.367.
82) 李鐸, 鄕歌新解讀, 『國語學論攷』(正音社, 1958), pp.240~242.
83) 金完鎭, 앞의 책(1980), pp.80~81.
84) 양희철, 『삼국유사향가연구』(태학사, 1997), pp.596~597.
85) 권재선, 「讚耆婆郎歌 語釋考」, <국어국문학> 89(국어국문학회, 1983), p.84.
86) 金鍾雨, 『鄕歌文學研究』(二友出版社, 1983), p.95; 尹榮玉, 『新羅詩歌의 研究』(螢雪出版社, 1980), p.45.
87) 梁柱東, 앞의 책(1962), p.26.
88) 지헌영, 「善陵에 대하여」, <東方學志> 12(연세대 국학연구원, 1971), p.147.
89) 梁柱東, 增訂 『古歌研究』(一潮閣, 1965), p.342.
90) 崔喆, 『鄕歌의 본질과 시적 상상력』(새문社, 1983), p.198.

관이나 지방 수령",[92] "기파랑의 인물 됨됨이가 곧고 바르고 위풍당당하여, 판결과 공문서 처리가 분명했음"[93]이라고 매우 구체적으로 결론 내려준 연구는 선구적 업적이다.

(1) "당나라에 관리를 선발하는 네 기준이 있다. 신언서판(身言書判)[94], "판(判)은 문리우장(文理優長), 즉 문장을 지을 때 뛰어난 판단력으로 조리 있게 표현한다는 뜻이다.", "독서와 문장 실력을 갖추지 못하면 관리가 될 수 없었다. 조정 대신들도 공문서나 상주문(上奏文) 등을 작성할 때 반드시 수십 구의 대우(對偶)를 사용해야 했다. 정전(鄭畋)의 칙서(勅書)와 당판(堂判)도 모두 대우를 사용하였다. 세상 사람들이 소소한 이야기를 좋아하기에 판결문에 해학적인 말을 삽입하기도 했는데, 이런 판결문을 '화판(花判)'이라 한다. 화판은 내용도 충실하고 읽는 재미도 있다."[95]

(2) "당태종(唐太宗)이 좋은 정치를 구현하려고 정력을 기울이면서 군국대사(軍國大事)에 대해서는 중서사인(中書舍人)으로 하여금 각자의 소견을 가지고 그 이름 아래에 뒤섞어 써넣게 하였는데, 이를 오화판사(五花判事)라 하였습니다. 그리하여 중서시랑(中書侍郎)과 중서령(中書令)이 자세히 살피고 급사중(給事中)과 황문시랑(黃門侍郎)이 반박하여 바로잡게 하였으므로

91) 서정목, 앞의 논문(2014), p.331.

92) 芮昌海, 「<讚耆婆郎歌>의 文學的 再構 및 解釋 試論」, 『한국고전시가작품론』 1(集文堂, 1992), p.149.

93) 양희철, 앞의 책(1997), pp.634~645; 이 대목을 곶갈(고깔, 花判, 판결), 갈곶(判花, 공문서 판결문 뒤에 친 花押, 공문서의 처리)으로 읽고, 그 의미는 "자연의 고깔, 판결의 곶갈, 판결문의 화압"인 공문서 처리를 뜻한다고 해석한 연구 결과는 선구적인 귀감이다(楊熙喆, 讚耆婆郎歌의 어문학적 연구, 『한국고전연구』2, 한국고전연구학회, 1996, pp.45~46); 양희철, 『향가 문학론 일반』, 보고사, 2020, pp.576~578), "기파랑의 마음에 지니고 간 志義가 높기에 그의 공문서 처리는 雪怨이나 時流便乘者가 못나올 정도"라 했다.(양희철, 唐代批評으로 본 其意甚高와 <찬기파랑가>, 『韓國詩歌研究』18, 韓國詩歌學會, 2005, pp.68~72).

94) 『新唐書』 卷45, 志第35, 選擧志.

95) "唐銓選擇人之法有四 一曰身 二曰言 三曰書 四曰判 文理優長", "非讀書善文不可也 宰臣每啓擬一事 亦必偶數十語 今鄭畋勅語 堂判猶存 世俗喜道瑣細遺事 參以滑稽 目爲花判 其實乃如此 非若今人握筆據案 只署一字亦可"(洪邁, 唐書判, 『容齋隨筆』 卷10; 홍승직 외 옮김, 『용재수필』 1, 학고방, 2016, pp.331~332, p.356).

일을 망치는 경우가 드물었습니다."[96]

(1)을 보면, 당나라 관리 선발기준인 신언서판에서 '판(判)'은 "뛰어난 판단력, 조리 있는 문장 표현"을 뜻한다. 또 "해학(재치 있고 익살스러운)이 들어간 판결문"을 '화판'이라 했다. (2)에서 '오화판사'는 "당나라 중서성(中書省)에서 군국(軍國)에 관한 정사가 있을 때 중서사인(中書舍人)들이 각기 자기의 소견에다 이름을 잡서(雜書)한 것"이다. 중서사인은 고려 중서문하성 판관직(判官職)으로, 간쟁(諫諍)과 봉박(封駁)의 책임이 있는 낭사(郎舍), 간관(諫官) 구실을 했다.[97] "중서사인 6명이 조서를 쓰고 서명을 뒤섞어 나열할 때 먹의 농도에 따라 묽고 진한 글자체가 아름다워 마치 꽃송이와 같아서"[98] '화서(花書)·화판(花判)'이라 했다. 참여하는 사인(舍人)의 수에 따라 5花 또는 6花 판사(判事)라고 했다.

> (3) "내사(內史)의 소임은 사인(舍人)이 중요하기 때문에 오화판사란 미명을 얻게 되고, 하나의 부처가 세상에 나왔다는 말이 있게 된 것이니, 진실로 그런 사람이 아니면 어찌 그 소임에 맞겠는가. 그대는 문장이 훌륭하고 지조가 헌앙(軒昂)하여, 모든 청요(淸要)한 벼슬을 거치되 언제나 현혁(顯赫)한 명성을 드날려, 대강(臺綱, 사헌부의 기강)이 떨치게 되매 조정 반열들이 모두 칭찬하였으며, 규탄(糾彈)이 사가 없어 모질지 않아도 두려워하고 의논이 막힘없어 결단하기를 물이 흐르듯 했다."[99]

---

96) "唐太宗 勵精圖治 凡軍國大事 則中書舍人 各持所見 雜署其名 謂之五花判事中書侍郎 中書令省審之 給事中黃門侍郎駁正之 鮮有敗事矣"(『承政院日記』 고종 2년 5월 6일 경자).

97) 邊太燮, 中書舍人, 『한국민족문화대백과사전』 21(한국정신문화연구원, 1995), p.95.

98) "花書云者 自書其名而走筆成姸狀如花葩 中書舍人六員 凡書敕雜列其名 濃淡相間 故名爲六花判事 花書之起 其必始此矣"(程大昌 撰, 以華陽隱居代名花書, 『演繁露』 卷2; 『四庫全書』 子部, 雜家類, 雜考之屬).

99) "內史之司 舍人爲重 故得五花判事之美 至有一佛出世之稱 苟非其人 曷稱斯任 汝文章博贍 志節軒昂 凡歷位於淸華 輒揚聲於顯赫 臺綱所振 朝列皆稱 糾彈蔑私 不寒而慄 議論無滯 其決如流"(李奎報, 金弁讓中書舍人 不允批答, 『東國李相國集』 卷33, 教書 批答 詔書).

(4) "붓은 오화판(五花判)이었고, 관(冠)은 한 뿔이 더 높았다. 반궁(泮宮)에서 사람을 가르치자 놀라울 만큼 70제자들이 속히 스승을 닮았고 예조에서 선비를 뽑았으니 어찌 30명의 사람만이 신선을 얻었을 뿐이랴."[100)]

(3)은 이규보(李奎報, 1168~1241)가 중서사인 김변양(金弁讓)에 관해 쓴 글이다. 여기서 '내사(內史)'란 나라의 법전을 맡은 벼슬을 말한다. 김변양의 문장이 훌륭하고 지조가 헌앙(軒昂)하여 모든 청요한 벼슬을 거쳐 대강(臺綱, 사헌부[101)]의 기강)을 떨쳤다고 했다. 이에 그를 오화판사라 했고, 그는 빼어난 문장, 책임감·지조 있고, 청요한 태도로 오화판사라는 미명을 얻었다 했다. (4)는 이인로가 금의(琴儀)의 빼어난 글 솜씨를 두고 '오화(五花)'라 칭했다. 오화판사를 두고 '오화'[102)]라 하거나 '오화의(五花儀)', '판오화(判五花)'로 부르기도 하고[103)], '화판(花判)'[104)]이라 줄이기도 한다. 여기서 '판(判)'은 "반(半)이나 단(斷)"을[105)] 뜻하고, "정치를 한 집안처럼 하니 (이는) 하늘과 땅이 갈라진(개벽한) 이후로 없었던 일이라."와[106)] 같이 쓰인다. 『설원(說苑)』 권12의 '부판(剖判)'은 "시비를 가리고 판단하다."는 뜻인데, 비슷한 말로 "옳고 그름을 갈라 판단·결정한다, 쪼개어 나누다(해결하다)."는 '부판(剖斷)·부

---

100) "筆判五花 冠峩一角 誨人於泮宮也 驚七十子之束肖 取士於春官也 豈三十人之得仙"(李仁老, 琴儀爲銀青光祿大夫 簽書樞密院事 左散騎常侍 翰林學士承旨 官誥, 『東文選』 卷25, 制誥).

101) 고려 초, 唐宋관제를 받아들여 설치한 司憲臺를 고쳐 御史臺라 하다가, 1369년(공민왕18) 사헌부로 정착되어 조선으로 이어졌다. 이는 왕권강화를 위해 臣權을 계속 견제·제약하려는 의도를 반영한다.

102) "沙堤依舊倚門斜 喬木三韓積善家 道上問牛憂國切 朝中薦鶚進賢多 勳臣鐵劵聯雙軸 冢相麻書疊五花 已道魯論分二半 更加一半著功何"(權近, 次松堂趙政丞韻, 『東文選』 卷17, 七言律詩), "要職方當戶 淸班已亞坡 五花榮最好 一佛賀如何"(李奎報, 上中書舍人, 『東文選』 卷11, 五言排律)에서는 "백마서(관상서)에 五花를 겹쳤네.", "五花의 榮華가 그지없는데"라고 했다.

103) "五花儀久廢 三尺法略施 原注 故事 舍人五花判事 今則廢之"(王禹偁, 謫居感事詩), "判五花, 唐故事有軍國事中書舍人 雜署其名 謂之五花判事鑑"(『韻府羣玉』 卷6, 下平聲).

104) "花判 五花判事 詳花", "判 普半切分也 半也 斷也 陸賈傳 自天地剖判"(『韻府羣玉』 卷15, 十四願).

105) 『韻府羣玉』, 위의 책, 같은 부분.

106) "政由一家 自天地剖判 未嘗有也"(劉向 撰, 『說苑』 卷12, 奉使).

결(剖決)·부석(剖析)', "분명히 가려내어 명백히 해결한다."는 '부석(剖晰)'이 있다. "경술(經術)하는 선비는 귀중한 것, 청렴과 재능은 세상에서 어질게 여기네. 화판 찍어 국론에 참예를 하고, 백간(白簡) 받들어 조정을 숙청했네. 좋은 벼슬 지내어 이름 더욱 나타났고, 천하를 맑게 할 뜻이 더 굳어졌네." 에서도[107] "화판 찍어 국론에 참예를 하고(判花參國論)"란 옳고 그름을 판단하고 결정하는 국정에 참여했단 말이다.

> (5) "지금 세상에 석천자(石川子) 있는데, 그 사람됨은 정조(節操)를 유지하네. 연꽃처럼 고고한 기상 갖췄으니, 어찌 크고 작은 걸 구별해 말하랴. 그 옛날 나를 찾아왔었지. 산해정(山海亭) 오두막집으로. 보아하니 알차고 야무진 사람이라, 이런저런 귀한 얘기 나누었네. 석천(石川) 천 그루의 귤, 알맹이 터뜨리니 혀에는 향기 가득! **돌아가 옳고 그름 분명히 하며, 그 절조 고치지 않았도다.** 비록 굶주려도 헛말을 않으니, 사람들은 그의 높은 도(道)를 더욱 인정했네. 그의 빼어난 지혜와 경계(警戒) 숭상하여, 사무치는 그리움에서 헤어날 길 없네."[108]

(5)는 남명(南冥) 조식(曺植)이 임억령(林億齡, 1496~1568)을 두고 쓴 글이다. 1545년(명종 즉위년), 금산 군수 임억령은 동생 임백령(林百齡)이 윤원형(尹元衡) 등 소윤(小尹)에 가담하여 대윤(大尹)의 많은 선비들을 추방하는 을사사화를 주동하자 자책감을 느껴 본인이 사퇴하고 해남에 은거한다. 그는 천성적으로 도량이 넓고 청렴결백하며, 시문을 좋아하고 사장(詞章)에 탁월하여 당시 현인들의 존경을 받았다. 높은 도를 유지하고, 식언(食言)을 않았으니 "歸來

---

107) "經術儒爲貴 廉能世所賢 判花參國論 捧簡肅朝聯 揚歷名尤著 澄淸志益堅"(李仁復, 送楊廣按廉韓掌令哲冲, 『東文選』 卷11, 민족문화추진회, 1998, p.498).

108) "今有石川子 其人古遺節 芙蓉儘聳豪 何言大小別 昔年要我乎 山海之蝸穴 看來豆子熟 琬琰東西列 石川千木奴 破甘香滿舌 歸來花判事 其行不改轍 雖飢不食言 人益紅爐雪 尙君明逸戒 有懸非解紲"(曺植, 贈石川子林億齡號, 『南冥先生集』 卷1, 五言古風; 『文叢』 31, p.467).

花判事"는 언행에서 "옳고 그름을 분명히 유지하는 절조 있는 모습으로 돌아왔다."로 읽는 것이 타당할 것으로 보인다.

위에서 살핀 오화판사는 "해학적 판결문", "조리 있는 문장"부터 "나라의 중요한 일에 대하여, 여럿의 의견을 수렴하고, 사건을 자세히 살피는 신중한 의사 결정방식"에 이르기까지 다양한 비유와 의미 층위를 가진다. 여기에, '화판(花判)'은 "평판(評判)과 같은 말이다. "포송령(蒲松齡)의 『요재지이(聊齋志异)』 소사(小謝)에 따르면, 추용(秋容)은 본디 글을 알지 못했고, 도아(塗鴉)는 분별할 수 있는 능력이 없어서 비평하여 옳고 그름을 가리는 일이란 애당초 어려워, 스스로 소사(小謝)보다 못한 것을 부끄러워했다. 그 주(注)에 화판(花判)은 오화판사와 같은 것으로 아름다움과 추함(잘남과 못남, 좋음과 나쁨)을 나누어 판단하는 것"[109]을 말한다. 그러므로 <찬기파랑가>의 '화판'은 기파랑의 인격과 품성을 한마디로 정의한 평어(評語)로, 실제 관직명이라기보다는 위 (4)의 "붓은 오화판(五花判)"처럼 "중서사인 판관(判官)의 역할에 견줄 만큼, 옳고 그름을 분명히 가려내고 시비(是非)와 사리(事理)에 대한 판단력을 갖춘 기파랑을 추켜세운, 비유적 찬사"로 보인다. 조리를 갖춘, 빼어난 문장은 그 토대가 되는 능력이다. 이에 이 구절을 "아야 잣가지 노포/누니 모돌 이올 화판(花判)이야"로 읽고자 한다.

이상의 논의에 따라, 1차 해독을 한 후에, 의역하면 다음과 같다.

1	(시냇믈) 우로 이치ᄆᆡ,	세찬 물살이 잔잔해진 뒤,
2	나토샨(ᄃᆞ료샨) ᄃᆞ리[110]	나타난 달이,
3	힌 구룸 조초 ᄠᅥ가ᄂᆞᆫ하(히)	흰 구름 좇아 떠 가서,
4	ᄆᆞ래 ᄀᆞᄅᆞᆫ 믈ᄀᆞᆺ기	모래톱 가른 물속에! (비쳤구나.)

109) 花判. 猶評判. "秋容素不解讀 塗鴉不可辨認 花判已 自顧不如小謝 有慚色 何垠註 花判 如五花判事 猶言判其好醜也"(蒲松齡, 『聊齋志异』 卷6, 小謝, 岳麓書社, 2019, pp.260~261; 羅竹風, 『漢語大詞典』 9上, 漢語大詞典出版社, 2008, p.290).

5 耆郞의 즈ᅀᅵ 이시 수프리라(수플이야)기파랑(耆婆郞)의 모습이 선한 수풀(이라),

6 수모나릿 ᄌᆡ벽아긔	수모내[卄川] 자갈벌에서,
7 낭야 디니더시온	낭께서 지니시던,
8 ᄆᆞᅀᆞᄆᆡ ᄀᆞ술 좇ᄂᆞ라져	뜻과 이상을 좇노라.
9 아! 자싯가지 노포	아! 잣가지 높아,
10 누니 몯 이올 화판이여	눈도 시들게 못할 (청렴한) 평판(評判, 判決)이여.

9~10구를 다시 다듬으면, “아아, 높은 잣나무 가지가 눈이 내려도 시들지 않는 것처럼, 청렴과 지조로 일의 옳고 그름을 판별하던 기파랑이여!”가 된다. 기존 논의의 대부분은 <찬기파랑가>의 의미단위를 3구-5구-2구, 또는 5구-3구-2구로 나누었지만[111], <찬기파랑가>도 여느 10구체 향가처럼 4구-4구-2구로 구분하는 것이 마땅할 것으로 보인다.

4. 〈찬기파랑가〉의 시적 세계와 성격을 분석한다면?

기존에 <찬기파랑가>의 주제는 “정토(淨土)에의 동경(憧憬) · 상념(想念)”[112], “사후재식(死後齋式, 追慕祭)에서 올린 불찬가(佛讚歌)”[113], “난국 극복에의 간구와 염원”[114], “감동적 정조를 담은 찬송(讚頌)”[115], “의자(醫者)인 기파(耆婆)

110) “ᄃᆞ라리 그르메 ᄂᆞ린 못ᄀᆞᆺ(月羅理 影支 古理因 淵之叱)”(<怨歌>)에 ‘月羅理’의 용례가 있다.

111) “그 결과 4 · 5구의 순서를 바꾸어, “흐느끼며 바라보매/이슬 밝힌 날이/흰 구름 좇아 떠간 언저리에/노화랑의 모습일시 숲이여”로 단락 구분하자고 제안하기도 한다.“(서정목, 앞의 논문(2014), p.355).

112) 梁柱東, 앞의 책(1962), p.28.

113) 金東旭, 『韓國歌謠의 硏究』(乙酉文化社, 1961), p.23; 임주탁, 「소통 문맥을 통해 본 향가의 특성과 그 의미」. <語文學> 118(한국어문학회, 2012), pp.133~135. <찬기파랑가>를 “기파의 극락왕생 사상과 수도의 자세를 추모하고, 왕생을 위한 실천 의지를 다지고 있는 작품”(신재홍, 『향가의 미학』, 집문당, 2006, pp.432~435)으로 이해하기도 한다.

114) 김승찬, 『신라 향가론』(부산대학교 출판부, 1999), p.268.

를 찬미함으로써 왕의 성적(性的) 결함[玉莖長八]을 치유하고 나아가 아들을 얻으려는 주원력(呪願力)을 발휘한 노래"까지[116] 매우 다양한 주장이 있다. 불교·주술·서정적 성격 등등 내용 이해도 각양각색이고, 기파랑 생전에 지었는지 사후에 지었는지에 대한 의견도 분분하다.

'물에 비친 달'(水中月)과 '높은 잣가지'는 <찬기파랑가>의 의미 파악에 긴요한 비유다.

(1) "이별의 눈물을 흘리지 않는대서, 반드시 모두 장부는 아니고말고 남아 있는 그대의 마음 상할까 봐, 억지로 즐거운 표정 지었을 뿐일세. 이미 오솔길로 문을 나온 뒤에는, 누가 날 자주 머뭇거리게 하는지 원, 깨끗하기 물속의 달 같은 임이여. 잡으려다가 다시없음을 깨달았네. 인생이 서로 아는 이도 많건마는, 또한 다시 어찌해야 한단 말인가"[117]

(2) "마음이 물속에 비친 달과 같으니, 구태여 오물을 씻어 낼 까닭 있을까. 차라리 맛 좋은 술이나 마시고, 돌 위에 누워서 노래나 부르리."[118]

물속에 비친 달로 인해 기파랑을 떠올리던 화자는 심리적 연쇄 작용을 일으켜 과거 추억의 공간으로 들어간다. 둘째 단락은 이러한 추억의 공간에서 기파랑이 지녔던 내면의 고결성과 만나게 된다.[119] 제2~5구는 "달이 흰구름(을) 좇아 떠가 숨어 지어(내리어, 下) 물 가운데 기파랑의 모습을 가졌

115) 李在銑, 「新羅鄕歌의 語法과 修辭」, 『鄕歌의 語文學的 硏究』(西江大學校 人文科學硏究所, 1972), pp.168~170.

116) 張珍昊, 『新羅鄕歌의 硏究』(螢雪出版社, 1997), pp.119~120.

117) "別離不下淚 未必皆丈夫 恐傷居者意 强顔作歡愉 旣已徑出門 誰使頻踟躕 皎如水中月 欲捉還覺無 人生多結識 亦復胡爲乎"(黃玹, 途中有懷寄茂亭, 『梅泉集』 卷2; 임정기 역, 도중에 회포가 있어 무정에게 부치다, 『매천집』 1, 한국고전번역원, 2010, p.366).

118) "心如水中月 汙泥何敢浼 不如飮美酒 長歌石上臥"(車天輅, 奉呈藥圃東皐 二首, 『五山集』 續集 卷1, 五言古詩; 『文叢』 61, p.472).

119) 박수밀, 「<讚耆婆朗歌>의 文學的 意味와 世界觀」, <東方學> 2(한서대 동양고전연구소, 1996), p.69.

구나(/지녔구나/갖추었구나)", 이는 곧 '물가운데(水平面/水中)에 기파랑의 모습(=달)이 있다'가 되면서, '水中之耆郎貌=水中之月'의[120] 등식으로 계산한다. (1)과 (2)에서 물에 비친 달은 깨끗한 이미지에 대응한다. "좌승(左丞) 현형(賢兄)은 중용(中庸)의 도리로 온후하게 대처하고 대아(大雅)의 인품으로 청렴하게 행하시어 마치 맑은 하늘을 떠받치는 산악의 정상에 구름이 한 점 없고, 가을 풍경을 반사하는 못 속에 달이 비치는 것과 같아 화려한 관직을 두루 거치면서 아름다운 업적을 빛내셨다."는[121] 맑고 청렴한 인품을 갖춘 인물을 못 속에 비친 달에 비유하고 있다. '달'은 흔히 부처나 임금 등 숭고한 숭배 대상을 일컬을 때 쓰는 비유이다.

기파랑은 또 '높은 잣나무 가지'에 견주어진다.

(3) "저의 머리는 물버들과 같아서 가을을 바라만 보아도 곧 잎이 지지만, (임금의 머리는) 송백과 같아 눈과 서리를 겪으면 더욱 무성해지기 때문입니다."[122]

(4) "소나무 잣나무가 무성하듯이 당신의 일은 끊임없이 이어지네. 정현이 주를 달기를, 송백의 가지가 늘 무성하고 푸른색을 유지하여 쇠락하지 않는 것이라 하였다."[123], "난을 만나도 덕을 잃지 않는 것은 하늘에서 추위가 닥치고 서리와 눈이 내릴 때 소나무와 잣나무의 잎이 무성함을 아는 것과 같다."[124]

120) 양희철, 앞의 논문(2005), pp.43~76.

121) "賢兄左丞 中庸處厚 大雅含淸 柱晴空而嶽頂無雲 瑩秋色而潭心有月 是得歷游華貫 輝綽令猷" (崔致遠 저, 이상현 옮김, 盧紹給事에게 보내는 글; 앞의 책(2009), p.301).

122) "顧悅與簡文同年 而髮蚤白 簡文曰 卿何以先白 對曰 蒲柳之姿 望秋而落 松柏之質 凌霜猶茂" (劉義慶 撰, 林東錫 譯註, 『世說新語』 1/4, 동서문화사, 2011, p.212).

123) "如松柏之茂 無不爾或承, 鄭玄箋 如松柏之枝葉常茂盛 靑靑相承 無衰落也"(『詩經』 小雅, 天保; 『詩經集傳』 卷9).

124) "臨難而不失其德 天寒旣至 霜雪旣降 君是以知松柏之茂也"(『莊子』 讓王).

백(柏·栢)은 잣나무라고도 읽고 측백나무라고도 읽는데, 모두 상록수다. (3)에서 송백(松柏·栢)은 항상 푸르기 때문에 곧고 굳센 지조·불변을 상징한다. (4)에서 소나무와 잣나무는 어떤 어려움을 만나도 늘 푸르고 싱싱하다(松柏之茂) 말한다. "변치 않는 곧은 절개"를 '송백지지(松柏之志)'라 하고, '송백후조(松柏後凋)'는 "지사(志士)는 위기와 곤경 속에서도 끝까지 지조와 절개를 지킨다."는 뜻이다.

(5) 죽죽(竹竹)이 말하기를, "그대의 말이 마땅하지만 내 이름을 죽죽이라고 한 것은 바로 추운 겨울에도 시들지 않고 꺾이거나 굽히지 않는다는 뜻에서 붙여졌다. 어찌 죽는 것을 두려워하여 적군에게 항복하겠는가?"라고 한 뒤, 힘껏 싸우다 성이 함락되어 용석과 함께 전사하였다.[125)]

(6) 유신이 "겨울이 찬 뒤에야 소나무와 잣나무의 절개를 아는 법[126)]인데 오늘 사태가 위급하니 그대가 아니면 누가 용감히 싸우며 특출한 일을 이룩하여 여러 사람의 마음을 격려하겠는가?"라 말했다.[127)]

(5)와 (6)에서 대나무와 소나무와 잣나무는[128)] 모두 적과 싸워야 하는 등 위기의 순간에, 변하지 않고 더욱 꿋꿋한 지조와 절개를 강조하는 비유로 쓰였다. <원가(怨歌)>에서도 "잣나무는 실하여, 가을이 되어도 시들지 않는다"(物叱好支栢史 秋察尸 不冬 爾屋支 墮米)는 비유를 활용한 적이 있다. <원가>를 통해 볼 때, <찬기파랑가>의 '고(高)'와 '호(好)'는 모두 잣나무와 기파랑에 대한 자질과 품격을 논하는 평어로 활용한 말일 수 있다. 눈 속에서도 잎의 빛이 변하지 않는 송백이라는 뜻의 '설중송백(雪中松柏)'에서 고난과 시

125) "君言當矣 而吾父名我以竹竹者 使我歲寒不凋 可折而不可屈 豈可畏死而生降乎 遂力戰 至城陷與龍石同死"(『三國史記』 卷47, 列傳7, 竹竹).

126) "歲寒然後 知松柏之後凋也"(『論語』 子罕).

127) "(庾信)曰 歲寒然後 知松栢之後彫 今日之事 急矣 非子誰能奮勵出奇 以激衆心乎"(『三國史記』 卷47, 列傳7, 丕寧子).

128) "是則竹柏異心而同貞 金玉殊質而皆寶也"(『文心雕龍』 第47, 才略).

련을 뜻하는 '눈'은 더욱 굳은 지조와 절개를 뜻한다.

(7) "생각하건대, 경은 타고난 자품이 깨끗하고 마음가짐이 견고하며, 국가의 전례에 익숙하고 의리에 통달하며, 청백하고 검소한 것으로 백성을 다스려 일찍부터 선량한 관리로서 이름이 드러났고, 마음과 뜻이 뭇 사람보다 높고 크게 뛰어나서 재상의 체통을 지녔었다. 백부(柏府)의 장(長)이 되니 기강이 서고, 묘당(廟堂)에 들어오니 국책이 결정되었다."[129]

(7)은 영돈녕(領敦寧) 류정현(柳廷顯)에게 궤장(几杖)을 하사하는 교서의 내용인데, 여기서 '백부(柏府)'는 곧 사헌부(司憲府)다. "4월 27일 신유(辛酉)에 왕세자가 겸보덕(兼輔德) 이경휘(李慶徽)를 보내어 조제한 제문 중에, "충청도 관찰사로 나아가서는, 한 지방에 끼친 은택 흘러 넘쳤네. 급기야 사헌부의 장관[長栢府]이 되어, 무너졌던 기강을 진작시켰네. 성균관서 후생들을 잘 가르쳐서, 청아의 교화를 크게 도왔네."[130], "중서(中書)에서 서명할 적에 오화의 판사에 참여하였고, 백부에 발탁됨에 한 마리 수리가 허공을 가로지르는 모습을 보았도다.", "재주와 식견의 소통이 내직과 외직 모두 적합하기에, 지조의 공정함과 진실함을 가상히 여겨 임금의 총애가 더욱 융성하였다. 평생 거취가 분명하였으니 어찌 흠결을 걱정하겠는가."에서도[131] 오화판사의 지조와 공정과 진실과 사헌부의 장관을 연관 짓고 있다. '잣나무'의 이미지[132]와 서슬 퍼런 청렴과 소신으로 기강을 잡아야 하는 '사헌부'의 특

129) "惟卿稟資精純 秉心堅確 諳練國典 識達義理 淸儉治民 夙著循吏之風 磊落出衆 蔚有宰相之體 長柏府而紀綱張 入廟堂而謨猷定"(『世宗實錄』 卷26, 세종6년(1424) 12월 10일, 辛亥 2번째 기사).

130) "(初四月) 二十七日 辛酉 王世子 遣兼輔德李慶徽諭祭曰", "出按湖節 澤流一方 及長栢府 振肅頹綱 國子敎冑 化贊菁莪"(金堉, 潛谷 年譜, 『潛谷遺稿』, p.51).

131) "署名中書 參五花之判事 蜚英栢府 瞻一鶚之橫空", "由其才識之疎通 內外俱適 嘉乃志操之公亮 眷注彌隆 生平去就之分明 何恤乎疵玷"(李觀命, 敎江華留守黃欽書, 『屛山集』 卷8, 應製文; 『文叢』 177, p.156).

132) 金聖基, 「怨歌의 해석」, 『한국고전시가작품론 1』(집문당, 1992), p.117.

징을 결합한 말이다.

(8) “衆魔ㅣ 不能壞眞說이니 眞說ᄋᆞᆫ 長如栢在庭ᄒᆞ니라 幾見雪霜ᄋᆡ 凋萬木고마ᄅᆞᆫ 盤空聳檻ᄒᆞ야 更青青ᄒᆞ도다”

“중마(衆魔)ㅣ 어루 진설(眞說)ᄋᆞᆯ 허디 몯ᄒᆞᄂᆞ니 진설ᄋᆞᆫ 기리 자시 뜰헤 이숌 ᄀᆞᆮᄒᆞ니라 몃 마 눈과 서리의 만목(萬木)ᄋᆞᆯ 뼈러디게 호ᄆᆞᆯ 보아뇨마ᄅᆞᆫ 허공(虛空)애 서리며 헌함(軒檻)애 소사나 가ᄉᆡ야 퍼러ᄒᆞ도다”(여러 마귀가 가히 진실한 설법을 헐지 못하므로 진설(眞說)은 키 큰 잣나무가 뜰에 있는 것과 같으니라. 눈과 서리가 모든 나뭇잎을 떨어지게 하는 것을 몇 번이나 보았을까. 허공에 서리어 있으면서 대청기둥 바깥에 솟아나 다시 퍼렇도다.)[133]

【주】 “뜰헷 자시 서리와 눈과ᄋᆡ 것거디요ᄆᆞᆯ 닙디 아니ᄒᆞ야 ᄒᆞ오ᅀᅡ 퍼러ᄒᆞ니 진설(眞說)이 이 ᄀᆞᆮ하야 마외(魔外)ᄋᆡ 허로ᄆᆞᆯ 닙디 아니ᄒᆞ야 그 체(體) 구들시라”(뜰에 있는 잣나무가 서리와 눈에 꺾어짐을 입지 아니하여 혼자 푸르니, 진설이 이와 같아서 밖의 마귀들의 허물어뜨림을 입지 아니하여 그 체가 굳다는 것이다.)[134]

잣나무에 부여하는 이미지는 한결같다. 이에 “<찬기파랑가>는 여러 자연물의 색채가 ‘잣나무’로 집약되면서 맑고 밝은 색채이미지와 원뿔형의 형상을 통해 기파가 지닌 인격과 이념의 고결함을 드러냈다”, “기파가 남긴 말, 문도들이 좇는 마음의 끝, 잣나무를 두고 표명하는 화랑의 서원 등이 자연의 색채와 결합된 것”으로[135] 보기도 한다. (8)에서 변치 않는 진리와 깨달음의 이야기, 즉 진설(眞說)을 뜰 앞에 서 있는 키 큰 잣나무에 견준다. 충담사도 기파랑을 잣나무에 견주면서 어떤 어려움 속에서도 변치 않는 강

---

133) 이유기, 역주 『南明集諺解』(세종대왕기념사업회, 2002), pp.232~233.
134) 이유기, 위의 책(2002), p.233.
135) 신재홍, 『향가의 연구』(집문당, 2017), p.35.

직함을 유지하는 인물로 묘사했다.

(9) 찬(贊)하여 이른다. "비량공(比梁公)이 남긴 기상이요, 위화랑(魏花郞)의 후손이로다. 적을 친 공이 컸으나 스스로 불모지만 택했도다. 저 청조산(靑鳥山) 가운데 송백처럼 길이길이 푸르리라."[136)]

(10) "세종은 홀로 깨끗한 절개를 지키면서 나가서는 장수가 되고 들어와서는 재상이 되었으나 담담하고 사사로운 뜻이 없었다.", "평생토록 한 사람도 책망하지 않았고, 한 소송도 그릇되게 판결하지 않았으니, 진실로 화랑 중의 화랑이었다." 찬하여 이르기를, "태후의 사사로운 아들이요, 정승의 후예로서, 맑고 곧으며 높은 행실은 화랑의 모범이로다."[137)]

(11) '우리 집안은 대대로 화랑을 이어받은 것으로 족할 뿐, 어찌 다시 관작이 필요하리오.'라고 말하며 물리쳤다. 보리공은 청렴과 결백으로 지조를 지켰으나 낭주는 태후의 사랑하는 딸이었기 때문에 내리는 재물이 심히 많았다."[138)]

위는 모두 풍월주(風月主) 화랑에 대한 찬이나 평판이다. (9)는 사다함(斯多含)에 대하여, "적을 친 공이 컸으나 스스로 불모지를 선택한 삶을 칭찬하며, 청조산(靑鳥山) 가운데 송백처럼 길이길이 푸르리라."라고 송축(頌祝)했다. (10)은 세종에 대하여 장수와 정승으로서 깨끗한 절개를 지킨 삶이라 칭송하며 화랑의 모범이라 치켜세웠다. (11)은 보리공(菩利公)이 화랑으로서의 명예에 만족하며 관작을 물리치고 청렴과 지조를 지킨 삶을 칭송했다. 기파랑의 청렴과 지조와 절개를 단적으로 규정한 말이 곧 '화판(花判)'인데, (1

136) "比梁遺氣 魏花之孫 征虜功高 自居不毛 靑鳥山中 松柏長靑"(金大問 저, 앞의 책, 5세 斯多含, p.241).

137) "終始獨守淸節 雖以美室之意 出將入相 淡然無私意", "自以爲一生事 平生未嘗責一人誤一訟 眞花郞中花郞也", "贊曰 太后私子 相國寵胤 淸雅高標 花郞典型"(金大問 저, 위의 책, 6세 世宗, p.247).

138) "吾家世襲花郞足矣 又何用官乎 公淸潔自守 而娘主以太后愛女賞與甚多"(金大問 저, 위의 책, 12세 菩利公, p.274).

0)·(11)처럼 실제 벼슬아치 판관(判官)이라기보다는 화랑 가운데 "높은 잣나무 가지가 눈이 내려도 시들지 않는 것처럼, 청렴하게 고고한 지조와 절개를 잃지 않은 '판관' 역할을 한 기파랑"을 칭송한 말이다. 『화랑세기』에 24세 풍월주 천광(天光)이 "사람은 3파를 고루 써서 사리사욕에 치우치지 않도록 하고", "지극히 공정하고 사사로움이 없음을 알게 되었다."는[139] 기록이 있다. "불교 게송(偈頌)에 '저울에 파리 한 마리라도 앉게 해서는 안 된다. 일단 조금이라도 기울어지면 바르고 평평함을 잃는다.'라는 말이 있다. 저들이 들어가는 곳은 비록 바르지 않지만, 그 마음을 쓰는 것은 매우 높다."[140]고 했다.

경덕왕이 충담사를 향해 질문한 '기의심고'가 <찬기파랑가>에 관한 평어이고 <찬기파랑가>는 기파랑의 높은 뜻을 찬양한 것이므로, 기파랑의 뜻이 매우 높다고 한 것과 맥이 통한다. 거기다 앞 구절에 "기파랑의 마음이 지향하는 바, 마음에 생각하는 바[141], 즉 '마음의 끝'을 따르겠다고 하였으므로" '기의심고'는 기파랑의 지향(志向)·지향(指向)과 이상(理想)이 넓고 높았고, 경덕왕·충담사뿐만 아니라 그를 따르던 낭도들도 다 인정하였음을 볼 수 있다. 일찍이 양주동은 기파랑의 꿈과 이상을 두고, "무한한 동경(憧憬)과 머나 먼 이상", "고고한 자태, 그 드높은 포부와 교양과 인격"이라 하고, "서방은 상필(想必) 정토(淨土)에의 동경(憧憬)·상념(想念)일시 분명하나, 구태여 불설(佛說)에만 의지할 것도 아니다. 현실의 세계를 초월한, 미지의, 불가견(不可見)의, 영원한, 궁극적 피안의 세계를 말한다. 이는 기랑(耆郞)의

---

139) "人員均用三派 無至偏私", "而知公之至公無私"(金大問 저, 위의 책, 24세 天光公, pp.306~307.)

140) "釋家偈辭有云 秤頭不許蒼蠅坐 些子一傾失正平 彼類入頭 雖不正 然用意甚高"(柳重教, 大學說, 『省齋集』 卷24, 講說雜稿; 『文叢』 323, p.570).

141) "(기파랑의) 마음의 끝을 좇겠다고 한 것은 그 정신의 최고 경지, 그 정점에까지 도달하여 이를 자신의 삶의 지표로 삼겠다는 뜻이다."(박노준, 『옛사람 옛노래 향가와 속요』, 태학사, 2003, p.148).

고매한 정신의 표시일 뿐 아니라, 실로 인류 이상의 영원한 문제"라고[142] 설명했다. 화랑에 대한 평어로는 "온화한 말씨(溫言), 큰 뜻(大志), 겸양(謙讓)"(春秋公), "인정, 신의, 인심, 충성, 너그러움, 어짊"(欽純公), "단아, 온화, 자상"(體元公) 등으로 다양하다. "성품이 활달하여 맑고 탁함을 가리지 않는 사교성"(欽純公)을 가졌음을 부각시키기도 한다. 그러나 충담사 관련 서사와 <찬기파랑가>에서 형상화한 기파랑의 이미지는 이와 같은 평어와는 구분하여 맑음·청렴·공정(公正)·판단력(判斷力)·고지(高志)·고의(高意)·지조·절개 등을 강조한다. 즉, <찬기파랑가>는 옳고 그름이나 좋고 나쁨을 명쾌하게 가리어 한쪽으로 치우치지 않고 공명정대한 판단력을 유지하는 판관과 같은 역할을 담당하던 기파랑을 높이 치켜세워 찬양한 작품이다.

경덕왕 대의 승려 교류가 이전과는 다르게 횟수가 높고 목적과 형태가 다양해지고, 경덕왕 대의 불사(佛事)는 재위 13년인 754년을 중심으로 증가하고 있는데, 이러한 경향은 당시의 정치와 사회가 어려워지고 있는 상황과 비례해서 나타나고 있다. 당시 왕은 문제가 발생했을 때 자문을 구하거나 강설을 요청하는 방식으로 승려들을 등용하고, 대중을 교화할 수 있는 여러 가지 방법을 취하여 사회의 안정과 통치에 힘썼다.[143] 화랑은 창설 당시부터 인재를 선발하기 위한 장치였고, "할아버지 각간(角干) 흠춘(欽春)은 진평왕 때에 화랑이 되어 마음이 매우 인자하고 신의가 두터워서 많은 사람들의 신망을 얻었다. 그가 장성하매 문무대왕이 그를 발탁하여 재상으로 삼았다. 그가 충성으로 임금을 섬기고 관후한 정책으로 백성을 다스리니 나라 사람들이 한결같이 어신 재상이라고 칭찬하였다."는[144] 전례가 많다.

142) 梁柱東, 앞의 책(1962), pp.28~29.

143) 전보영, 「경덕왕과 승려의 교류양상과 그 의미」, 『史學硏究』 112(한국사학회, 2013), pp.53~68.

144) "祖欽春(或云欽純)角干 眞平王時爲花郎 仁深信厚 能得衆心 及壯 文武大王陟爲冢宰 事上以忠 臨民以恕 國人翕然稱爲賢相(『三國史記』 卷47, 列傳 7, 金令胤).

경덕왕은 충담사를 통해 기파랑에 대한 인물평을 재확인하여 천거를 받고 <안민가>를 청해 정치사회적 안정을 향한 방법론을 찾았고, 충담사는 이에 적극적으로 협조[145]했다. 흔히 화랑은 진골의 자제로 구성되어 "귀족 세력과 왕권의 조화 내지는 타협을 상징하고"[146], "진골 · 하급귀족 · 일반 평민출신으로 구성되어 그 자체로 국가에 대한 충성과 애국을 강조하는, 무엇보다도 현실의 왕권을 지지하고 진골세력과 왕권 사이에서 일종의 완충제적 구실을 하는 것"이 현실적인 위치였다.[147]

이렇듯 <찬기파랑가>에 표현한 세계가 명료하다 하더라도 이 작품을 추모의 노래로 볼 것인가, 아니면 천거의 노래로 볼 것인가 하는 문제는 해석이 다를 수 있다. 이를 실증할 만한 단서가 부족하기 때문이다. 하지만 충담사가 " '기파랑'과 같은 인물이 신하의 역할을 할 수 있어야 나라가 태평하다는 의견을 제시한다.", "국왕 통치 방식의 변화만이 현실적인 문제를 해결할 수 있다는 메시지를 향가를 통해 던진 것"으로[148] 이해할 여지는 충분하다. "일반 사람들이 본받을 수 있는 화랑의 인간적인 모습을 표현"하고, "기파랑이 하늘의 달처럼 모든 사람에게 추앙받고, 땅에 흐르는 푸른 물과 조약돌처럼 사람들의 모범이 되는 존재로서 하늘과 땅을 이어주는 존재임을 강조"한 작품이다.[149] 충담사는 <찬기파랑가>를 통해 '기파랑'을 모두가 연모하고 추앙하고 찬양할 만한 대상으로 형상화한다. '기파랑'을

145) 충담사의 협조나 <안민가> 창작은 "백성들의 삶을 가련하게 생각하는 기파랑의 마음"을 본받아 실천한 것으로 보기도 하고(성호경, 「讚耆婆郎歌의 시세계」, <국어국문학> 136, 국어국문학회, 2004, p.136), <찬기파랑가>와 <안민가>는 "나라가 평안하려면 신하들이 왕을 잘 섬겨야 한다는 메시지를 담은 것"으로 읽기도 한다(박인희, 「경덕왕 대 향가 4수의 의미와 역할」, <韓國詩歌文化研究> 42, 韓國詩歌文化學會, 2018, pp.102~103).

146) 李基白, 「신라 초기 불교와 귀족 세력」, <震檀學報> 40(震檀學會, 1975); 李基白, 『新羅時代의 國家佛敎와 儒敎』(韓國研究院, 1978), pp.86~94.

147) 李基東, 『新羅骨品制社會와 花郎徒』(一潮閣, 1997), pp.360~361.

148) 임주탁, 앞의 논문(2012), pp.133~135.

149) 손종흠, 『고전시가미학강의』(앨피, 2011), pp.73~74.

대쪽 같은 청렴함을 가진 인물임을 강조하여 화랑의 귀감으로 추천한다. 이에, 그가 치우치지 않고 공평한 판단력을 갖추었다는 점을 강조한다. "찬(讚)은 간략하게 서술하여 감정과 사물이 충분히 드러나도록 해야 하고 명백하고 뚜렷하게 언어를 결합해야 한다. 사람의 업적을 기린 것이 찬이다."[150] 충담사의 <안민가>가 경덕왕에게 정명(正命)과 정법치국(正法治國)이라는 부처의 교법을 전하여 정치적 안정을 염원한 노래라면, <찬기파랑가>는 기파랑을 만인에게 추앙받을 존재, 이상적 인격의 전형으로 설정하고[151] 그의 청렴한 인물됨과 치우침 없는 판정능력을 포양(褒揚)・포찬(褒讚)한 작품이다. "탑을 옮길 때 승려 수행(守行)이 그곳에 도량을 건립했다. 그런데 그 자리에서 사리가 쏟아져 나왔다. 일반 불자들에게 공개하고 불찬(讚佛)을 마치기도 전에 사리가 땅에 가득 쌓였다."에서의[152] '찬'도 부처의 숭고함을 기리어 분명히 한 것이듯, <찬기파랑가>는 기파랑의 빼어난 점을 명확하고 구체적으로 드러낸 칭송이자 찬가이다.

5. 화랑 세계의 표준을 만들다

<찬기파랑가>에 등장하는 달과 구름, 시냇물과 자갈, 눈(서리), 잣나무의 이미지와 색채를 분석하고, 그 결과로써 천상적인 것과 지상적인 것, 해탈과 속박, 성(聖)과 속(俗), 보편과 특수 등을 비유나 상징 등으로 이해하고 도

---

150) "(讚) 約擧以盡情 昭灼以送文 此其體也", "勳業垂讚"(劉勰 著, 최동호 역편, 『文心雕龍』, 민음사, 1994, pp.134~137).

151) 하정화, 「신라향가에 나타난 유가적 윤리성-安民歌와 讚耆婆郎歌를 중심으로」, <동양예술> 8(한국동양예술학회, 2004), p.75.

152) "移塔之時 僧守行建道場 出舍利俾士庶觀之 唄讚未畢 滿地現舍利"(段成式, 『酉陽雜俎』 續集 卷5; 정환국 역, 『유양잡조』 2, 소명출판, 2011, p.140, p.469).

식화하려는 노력이 계속되어 왔지만, 이에 앞서 시어나 단어 단위의 면밀한 분석을 통해 작품 전체의 흐름을 파악하려는 노력을 선행해야 마땅하다.

이상의 논의를 통하여, <찬기파랑가>는 달과 구름이 물에 비치고, 물에 비친 달로 인해 '기파랑'을 자동 추억하고 회상하는 계기가 되어, 수련의 장인 자갈벌에서 기파랑이 추구하던 마음의 지향점을 떠올린다. 나아가 겨울에도 시들지 않는 잣나무에 비유할 정도로 '화판'으로서의 모습, 즉 강직하고, 명쾌한 판단을 갖추었으며, 고고한 지조와 기개를 겸비한 기파랑의 모습을 숭상하고 찬양한 작품이다. 1~4구는 서경(敍景)의 표현에 숭상의 마음을 은근히 담았고, 5~8구는 수풀과 자갈벌에서의 회상, 추종의 마음가짐을 담았다. 9~10구는 잣나무 가지에 견주어 숭고한 대상의 자질을 더욱 명료하게 했다. 화랑에 속한 낭승(郎僧)이 한 인물을 찬양한 것은 당시 미륵으로 추앙하던 '화랑'의 본보기를 치켜세워, 하나의 지향점을 제시하고 그를 중심으로 화랑들의 결집력을 강화하려는 의도였을 것이고, 전제왕권과 귀족들의 유대 강화를 통하여 정치사회를 안정시키려는 목적을 가졌을 것으로 생각한다. 그 인증 문제를 유보한다면, 필사본 『화랑세기』와 <찬기파랑가>에서 제시한 화랑의 표상(表象)은 대동소이하여, '기파랑=화랑'의 등식은 자연스럽게 성립하지만, 역사학계의 검증 과정을 좀 더 지켜본 후에 최종적 판단을 해야 할 필요성이 있다.

〈안민가(安民歌)〉

나라가 가야 할 길을 제시하다

1. 유교와 불교, 한 길을 얘기하다

『삼국유사』 경덕왕 충담사 표훈대덕 조에 실린 <안민가>는 경덕왕(景德王, 742~765)의 요청에 따라 충담사(忠談師)가 지었다. <안민가>는 군신민(君臣民)의 관계를 가족관계에 빗대어 임금과 신하가 백성을 사랑으로 돌보면 나라가 편안할 것이라는 정치적 이상을 담고 있다.

이 같은 결론에는 큰 이견이 없으나 <안민가>가 지어진 역사적 상황이나 "民焉狂尸恨阿孩古", "窟理叱大肹生以支所音物生", "此肹喰惡支治良羅"에 대한 세세한 풀이, 작품의 성격 분석은 논자들마다 차이가 크다.

해당하는 중세어 어휘를 찾기 힘들어 '窟埋叱大肹……'의 풀이는 여전히 추정의 성격이 강하고,[1] 다만 백성의 의식주와 일정한 관련을 가진 구절이

---

1) 徐在克, 『新羅 鄕歌의 語彙 研究』(啓明大學校 韓國學研究所, 1975), p.13; 金完鎭, 『鄕歌解讀法研究』(서울대학교출판부, 1980), pp.73~74; 黃善燁, 「<안민가> 해독을 위한 새로운 시도」, 『한국문화』 42(서울대학교 규장각한국학연구원, 2008), pp.219~220; 신영명, 『월명과 충담의 향가』(넷북스, 2012), pp.137~138.

라는 범박한 결론에 그치고 있다. 결론짓기 어려운 대목일수록 어학·문학적 측면에서 갖가지 노력을 통해 돌파구를 모색하는 것이 문제 해결을 위한 길일 수 있다.[2]

<안민가>의 성격을 유교와 불교의 측면에서 살피어, 유교의 왕도사상과 불교의 왕론법, 혹은 그 가운데 어느 하나라고 규정하려는 시도는 꾸준히 지속되고 있다. 그러나 "현전 향가의 대부분은 불교사상을 배경으로 하고 있으나 유일하게 <안민가>만 유교적 통치 이념을 내세우고 있다. 임금과 백성을 부모와 자식으로 생각한 발상법은 위정자를 목민관으로 규정하는 유교적 사고를 반영한 것"이라는 설명이 <안민가>에 관한 학계의 통설로 통한다.

이에 이 글에서는 <안민가>가 지어지는 경덕왕 후반기인 24년의 역사·경제적 상황을 살펴보고, 위의 난해 구절을 실증적인 관점에서 면밀히 살핀 후, <안민가>가 충담사의 어떠한 시각을 담았고 그 내용적 성격은 어떠한지를 유교·불교 사상적 측면에서 폭넓게 고구하고자 한다. 기존 논의를 살펴보고, 경덕왕 당대의 정치 상황과 연관 지어 <안민가>의 구절구절을 살핀 후에 작품의 성격을 실증적이고 다각적으로 이해하려는 노력은 앞으로도 계속 이어져야 할 것이다.

2. 〈안민가〉 창작의 역사적 배경은?

<안민가>는 경덕왕 24년(765년) 3월 삼짇날에 왕이 위엄을 갖춘 승려를 찾던 중 삼화령(三花嶺) 미륵세존께 공양을 마치고 돌아오던 충담에게 "나를

---

2) 신영명, 위의 책, p.138.

위해서 백성을 편안히 살도록 다스리는 노래를 지어주시오"라고 요청하여 짓게 된 작품이다.

경덕왕은 왕권이 미약하고 정치적 혼란이 극심했던 효성왕(737~742)의 뒤를 이어 즉위했다. 경덕왕 즉위 직후 왕권은 외척과 진골세력의 영향 아래에 놓여 있었다. 이에 경덕왕은 감찰기관의 신설과 왕과 관련된 관부와 관원의 증치 등으로 왕권 강화를 꾀하였다.[3] 동궁관아(東宮官衙)를 정비하고 관료체제를 정비했으며, 747년에는 국학에 제업박사(諸業博士)를 설치하여 관료 교육을 강화하고, 748년에는 정찰(貞察) 1원을 두어 백관을 규찰하게 하였다.[4] 북변지방을 검찰하게 하고 대곡성 등 14군현을 설치한 것도 경덕왕이 즉위 초기에 비해 왕권 강화에 노력한 단면이다.[5] 한화정책(漢化政策) 등 경덕왕의 개혁 정치는 중대(中代)를 통하여 형성되어왔던 지배체제의 모순을 제거하고, 나아가 관료체제의 재정비를 위한 시도였으나 이렇다 할 실효를 거두지 못했다.[6] 경덕왕은 즉위 후 외척을 배제하고 새로운 진골귀족들을 등용하여 왕권을 강화하려 했지만 김순원(金順元)·김사인 계, 김옹(金邕) 등이 독자적인 세력을 만들어 왕권을 견제하였다.[7] 763년에는 한화정책을 추진하는 데 큰 역할을 했을 것으로 추정되는 상대등 신충(信忠)과 시중 김옹을 동시에 면직했고, 국왕의 총신이던 대나마 이순(李純)까지 돌연 관직을 버리고 입산하여 승려가 되었다. 시중(侍中)의 비정상적인 퇴임과 시중직의 비정상적 공백 현상, 그리고 상대등 김사인의 시정득실 극론과 병면 등은 왕의 정책에 대하여 반대하는 외척, 진골귀족 세력과의 갈등을 나

3) 신정훈, 『8세기 신라의 정치와 왕권』(한국학술정보, 2010), p.115.
4) 주보돈, 남북국시대의 지배체제와 정치, 『한국사』 3 고대사회에서 중세사회로 1(한길사, 1994), p.325.
5) 신정훈, 앞의 책, p.63 참조.
6) 이기백, 『한국사신론』 신수판(일조각, 1990), p.132; 주보돈, 앞의 글, p.326.
7) 신정훈, 앞의 책, p.75, p.102.

타내는 것이다. 이렇듯 경덕왕의 왕권 강화는 제한적인 성격을 갖고 있었다.[8] 그 결과 흔히 경덕왕 후기를 전제정치가 기울어져가는 시기로 분석한다.[9]

신문왕(神文王)대, 관료체제를 정비하면서 폐지했던 녹읍제(祿邑制)를 경덕왕 16년(757년)에 부활시킨 것도 개혁이 순조롭지 못했음을 뜻한다.[10] 녹읍 부활의 원인을 "전제적 왕권 대 귀족 관료의 미묘한 힘의 대립을 보인 것으로, 경덕왕 16년 당시에 국왕의 전제권력도 귀족 관료의 요망을 소홀히 할 수 없는 상황에 있었던 모양이다. 구 귀족들이 왕권과 신흥 귀족세력들을 누르고 자신들에게 유리한 녹읍을 부활했다"라고[11] 보거나 "진골귀족들의 실질적인 경제적 이익을 뒷받침하는 녹읍의 부활은 친왕파나 반왕파를 가리지 않는 모두의 바람이었을 것이니",[12] "녹읍의 부활을 전제왕권에 대한 진골귀족들의 반항"[13]으로 보는 관점이 그간에 통설이 되었다. 이를 근거로, 경덕왕 대에는 갖가지 갈등 속에 귀족세력이 다시 대두하여 전제왕권이 쇠퇴해간 것이 정치의 대세라 하였다.[14]

그러나 "당대에 이루어진 주군현의 영속관계를 새롭게 조정하는 일이나 지명과 관제의 명칭을 한식(漢式)으로 개칭한다는 것은 강력한 왕권의 뒷받침이 전제되지 않고서는 어려운 일인데, 이 같은 개혁을 단행한 경덕왕 때

---

8) 신정훈, 위의 책, p.115.

9) 이기백, 『한국고대정치사회사연구』(일조각, 1996), pp.331~332.

10) 주보돈, 앞의 글, p.326.

11) 姜晋哲, 「新羅의 祿邑에 대하여」, 『李弘稙博士 回甲紀念 韓國史論叢』(동간행위원회, 1969; 『韓國中世 土地所有研究』(一潮閣, 1989), p.28 재수록. 후에 "녹읍을 부활한 이유를 촌락사회에서 공동체적 관계가 분해되지 않아 호 단위의 경작 주체(반전수수의 전국적인 시행)가 정착되지 못했고, 그 때문에 율령체제의 재정구조를 확립하기 어려웠던 것에서 찾기도 했다."(강진철, 신라의 祿邑에 대한 약간의 문제점, 『佛敎와 諸科學』, 東國大學校 出版部, 1987; 위의 책, pp.70~77 재수록).

12) 이기백, 앞의 책(1996), p.339.

13) 李基白·李基東, 『韓國史講座』 1(一潮閣, 1982), p.346.

14) 이기백, 앞의 책(1996), p.335.

에 녹읍을 부활했다고 해서 이를 두고 진골귀족을 위시한 세력들이 전제왕권에 대해 정치적으로 승리했다고만 해석하기는 어렵다"고[15] 다른 시각을 제시하기도 한다.

녹읍의 부활은 중앙 재정이 궁핍해졌을 때 그것을 해소할 수 있는 하나의 방안이다. 녹읍은 녹봉 대신 일정한 지역에서 조(租 : 곡물)를 수취할 수 있는 권리를 지급하는 것이므로 녹읍을 부활하면 중앙재정의 지출을 크게 줄일 수 있다. 더구나 이 당시에는 농민들의 도산으로 국가의 수취체계가 문란해졌으므로 조세의 징수도 곤란해졌을 것이다. 이때 녹읍을 부활하면 귀족 관료들이 녹읍지에 자신 등을 보내 수조(收租)하게 되므로 신라정부의 입장에서는 조세 징수에 따른 여러 가지 어려움을 해소할 수 있다. 게다가 조세를 거두거나 그것을 운반할 때 소요되는 비용과 행정력의 낭비도 줄일 수 있다.[16]

"천보(天寶)의 난 이후 국가 재정의 빈곤에 따라, 지덕(唐 肅宗, 至德 756–757) 이후 내외 관료들에게 요전(料錢)을 지급하지 않았고, 군부현(郡府縣)에서 관급(官給)으로 주는 녹봉을 반으로 줄이고, 건원(唐 肅宗, 乾元 758–760) 원년에 외관의 급료를 반만 주고 직전(職田)을 주었다. 경관(京官)에게는 급료를 아예 주지 않은"[17] 등의 예는 중앙 재정의 궁핍에 따라 녹읍을 줄이거나 폐지한 구체적 사례이다. 후한 말, 삼국시기 혼란기에 조세 수입이 격감하고, 군비 지출이 증가되면서 재정이 고갈되자, 관리들에게 녹봉을 지급할 재원이 부족하여 그것을 타개하기 위하여 공전(公田, 職田)을 지급하였는데, 관리들은 그 토지에서 일어난 수입금을 녹봉에 보충하였다. 그리고 위진남북조(魏晉南北朝)와 수당대(隋唐代)에 재정 압박을 받아 녹봉 지급이 정체(停滯) · 감액(減

15) 전덕재, 『한국고대사회경제사』(태학사, 2006), p.354.
16) 전덕재, 위의 책, p.354.
17) 築山治三郎, 「官僚の俸祿と生活」, 『唐代政治制度の研究』(創元社, 1967), p.559; 위의 책, p.345.

額)·폐지(廢止) 상태에 이르는 경우가 종종 발생하였다.

이와 같은 사례들은 급여제도의 변동이 국고의 재정 형편과 매우 깊은 관련이 있음을 시사한다. 녹읍은 관리들에게 급여의 일종인 바, 그 변천은 국고의 재정 사정과 무관할 수 없다.[18] 고려후기, 조정을 강화도로 천도한 이후 수십 년 동안 전쟁으로 농토가 황폐해지고, 조세의 수취가 제대로 이루어지지 않은 결과 창고가 비어 관리들에게 제대로 녹봉을 지급할 수 없게 되자, 국가는 관리들에게 녹봉 대신 토지를 분급하는 '분전대록(分田代祿)'의 녹과전 제도를 실시한 적이 있었다.[19]

그러므로 경덕왕 대에 녹읍이 부활된 것은 경덕왕 왕권과 진골귀족의 갈등 끝에 귀족들에게 힘이 쏠렸기 때문만이 아니라, 경덕왕이 사원에 과도하게 기진(寄進)하고, 여러 사찰을 건립하며 재정을 많이 지출하였기 때문이다. 동왕 대에 전면적인 행정구획 정비를 실시함으로써 행정비용이 증가하고, 왕의 족류(族類)에 대해 녹읍에 상응하는 조(租)를 지급하면서 재정적으로 궁핍해진 경제적 측면[20]까지 함께 고려해야 할 것이다.

『삼국유사』에 따르면, 경덕왕이 "위엄을 갖춘 승려를 데려오라"고 하자 곧 지나가던 깨끗한 대덕(大德) 한 명을 모셔 왔으나 "내가 말한 영승(榮僧)이 아니라" 하며 돌려보냈다. 경덕왕이 말한 위엄을 갖춘 승려, 즉 영승은 누구를 지칭하고, 이 대목에서 어떤 의미를 가지는가? 영승은 "위엄을 갖추어 깨끗이 차려입은(威儀鮮潔)" 것만을 뜻하지 않는다. 위의(威儀)는 "좌작진퇴(坐作進退)에 위덕(威德)과 의칙(儀則)을 가진 것"을 뜻한다. 『법화경』 서품(序品)에

18) 全德在, 「新羅時代 祿邑의 性格」, 『韓國古代史論叢』 10(駕洛國史蹟開發硏究院, 2000), p.196.
19) "祿科田 高宗四十四年六月 宰樞會議分田代祿 遂置給田都監", "元宗十二年二月 都兵馬使 言近因兵興 倉庫虛竭 百官祿俸不給 無以勸士 請於京畿八縣 隨品給祿科田"(『고려사』 권78, 지32, 食貨1, 田制); 魏恩淑, 祿科田의 설치, 『한국사』 19 고려후기의 정치와 경제(국사편찬위원회, 1996), pp.263~268.
20) 盧泰敦, 「統一期 貴族의 經濟基盤」, 『韓國史』 3(국사편찬위원회, 1978), pp.153~154.

"구족계(具足戒)를 보니 위의가 결함이 없다" 했고, 『관무량수경』에 "구족(具足)한 중계(衆戒)는 위의를 범하지 않았다" 했으며, <계소일하(戒疏一下)>에 "'위(威)'는 용의(容儀)가 가관인 것을 말하며, '의(儀)'는 궤도(軌度)에 맞는 물건을 말한다." 하였고, 『좌전』에 "위엄이 있어서 두려워하는 것을 '위'라 하고, 궤도가 있어 모범이 되는 것을 '의'라 한다." 하였다. 이에 '위의구족(威儀具足)'은 "동작과 행위를 갖춘, 규율에 맞는 위엄 있는 기거동작을 갖춘 상태"(『법화경』 약초유품)를 말하고, '위의'승(僧)·사(師)는 "계(戒)를 줄 적에 삼사(三師)·칠증(七證) 가운데 교수사(教授師)가 있어서 수계자(授戒者)에게 앉고 동작하고 나아가고 물러나는 위의를 지시하는 사람"이다. 행사초상삼(行事鈔上三)에 "위의사 한 분만을 백차(白差)한다" 했는데, 이로부터 일반법회에서 중승의 의식 작법을 지휘하는 승을 위의사라 하였다.[21]

경덕왕은 차려입은 스님을 보내고, 남루한 옷차림[衲衣]으로 삼태기를 지고 오던 충담사를 위의승으로 뽑는다. 납의(衲衣)는 세상 사람들이 버린 낡은 헝겊을 모아 누덕누덕 꿰매어 만든 옷이다. 승려는 이것으로 몸을 가리므로 납자(衲子)라 하고, 또 자신을 낮추어 야납(野衲)·포납(布衲)·미납(迷衲)·노납(老衲)·병납(病衲)이라 한다.[22] 경덕왕은 민심을 전해줄 인물을 원했으므로 화려한 옷이 아닌 남루한 옷을 입은 충담사를 택한 것이다. 충담사는 신실한 신앙을 갖추고, 뜻이 깊고 높은 <찬기파랑가>를 지을 만큼 덕을 갖춘 스님으로, 규율에 맞는 위엄과 모범적 행실을 갖추었으므로 국가 재정이 궁핍한 상황에서 그에게 치도(治道)를 물었다.

경덕왕의 개혁은 이렇다 할 실효를 거두지 못하고 혜공왕 대에 이르면 대란으로까지 번져나갔다.[23] 경제적인 어려움도 겹친 때에, "(경덕왕) 15년

---

21) 韓國佛教大辭典編纂委員會 編, 『韓國佛教大辭典』 5(寶蓮閣, 1982), pp.118~119.
22) 韓國佛教大辭典編纂委員會 編, 『韓國佛教大辭典』 1(寶蓮閣, 1982), pp.529~530.
23) 이기백, 앞의 책(1990), p.132, p.335.

봄 2월, 상대등 김사인(金思仁)이 근년에 재이가 자주 나타남을 들어 글월을 올려 시정의 득실을 따졌고",[24] "19년 봄 도성의 동쪽에서 귀고(鬼鼓)가 들리고, 20년 봄 무지개가 해를 꿰고 해에 둥근 고리가 생겼으며, 여름 4월에는 혜성이 나타났고, 22년 7월 태풍에 기와가 날아가고, 8월에 복사꽃과 오얏꽃이 피었으며, 24년 4월에는 유성(流星)이 심성(心星)을 범하는" 등의 천재(天災)가 잇따라 사회적 불안이 조성되고 있었다.

경덕왕이 충담사에게 백성을 다스려 편안히 하게 할 노래 <안민가>를 청하고, 이를 아름답게 여겨 왕사(王師)로 모시려 한 것은 국가적인 난국에 신하와 백성의 소리를 들으며 자신의 통치행위를 성찰하고 경건한 태도로 자중자애하려는 태도에서 비롯되었다. 이는 경덕왕 15년에 김사인의 시국정치의 잘잘못에 대한 극론을 기꺼이 받아들인 일, 세속을 버리고 단속사(斷俗寺)에 들어갔던 왕의 총신 이순(李純)이 왕이 음악을 좋아함을 허물이라 하며 고칠 것을 간청한 일 등과 궤를 같이하는 소통과 자성(自省)의 행위이다. 경덕왕 후반기, 표훈(表訓) 스님 이후로 왕은 조금 더 대중적이고 다양한 방법을 통해 사회에 영향력을 미치고자 하였다. 즉, 재위 후반으로 갈수록 어려워진 정치・사회적 상황에, 승려들의 다양한 능력과 영향력을 통해 기존의 불교 신앙을 통해서만이 아니라 대중을 교화할 수 여러 가지 방법으로 사회의 안정과 통치에 힘을 얻고자 했다. 모든 계층에서 현실을 중시하고 실천한다면 개인적인 문제의 극복은 물론 신라사회의 질서가 유지될 수 있다고 보아 <안민가>를 창작하게 했을 가능성이 높다.[25]

---

24) "十五年春二月 上大等金思仁 以比年災異屢見 上疏極論時政得失"(『삼국사기』 권9, 신라본기 경덕왕 15년).

25) 전보영, 경덕왕과 승려의 교류양상과 그 의미, 『史學硏究』 112(한국사학회, 2013), p.68.

3. 〈안민가〉의 뜻풀이와 작품의 성격은?

1) 〈안민가〉의 뜻풀이

<안민가>의 해독은 다음과 같다.

君은 어비요(君隱父也)
臣은 ᄃᆞᄉᆞ샬 어ᅀᅵ여(臣隱愛賜尸母史也)
民ᄋᆞᆫ 얼ᄒᆞᆫ 아ᄒᆡ고 ᄒᆞ샬디(民焉狂尸恨阿孩古爲賜尸知)
民이 ᄃᆞᄉᆞᆯ 알고다(民是愛尸知古如)
구믈ㅅ다히 살손 물생(窟理叱大肹生以支所音物生)
이흘 머기 다ᄉᆞ라(此肹喰惡支治良羅)
이 ᄯᅡ흘 바리곡 어듸 갈뎌 홀디(此地肹捨遣只於冬是去於丁)
나라악 디니디 알고다(爲尸知國惡支特以支知古如)
아으 君다이 臣다이 民다이 ᄒᆞᄂᆞᆯᄃᆞᆫ(後句 君如臣多支民隱如)
나라악 太平ᄒᆞ니ㅅ다(爲內尸等焉國惡太平恨音叱如)(양주동 해독)

이 가운데 "民焉狂尸恨阿孩古", "窟理叱大肹生以支所音物生", "此肹喰惡支治良羅"에 대해서는 크고 작은 이견이 있고, 그중 특히 "窟理叱大肹生以支所音物生"의 이견 간극이 크다. 먼저, '民焉狂尸恨阿孩古'에서 '狂尸恨'은 "밋칠은/미칠한"(오구라 · 정열모), "어린(유창선)", "얼ᄒᆞᆫ"(양주동 · 지헌영 · 이탁 · 김상억 · 서재극 · 금기창 · 유창균 · 강길운 · 최남희), "어릴ᄒᆞᆫ"(김완진), "어리한"(홍기문 · 정창일) 등으로 해석한다.

'광(狂)'은 "ᄠᅳ들 일흐면 미치게 아라(失趣狂解)"(능엄경언해 10 : 6), "미칠 광(狂)"(훈몽자회 중34)에서처럼 "미치다"로 읽힐 수 있으므로 "밋칠은/미칠한"도 가능하지만, 문맥상 '광(狂)'은 '어러이'[26]로 읽는 것이 자연스럽다. "가락에 맞지 않는 소리로 미친 듯이 부르는 노래"를 '광가(狂歌)', 즉 '어러이 놀애'라 했으니 '狂尸恨'을 "얼한"으로 읽는 것도 가능하다.

'광(狂)'에 "마음이 미혹하여 도리와 시비를 분간하지 못함, 경솔하고 조급하다"는 뜻이 있고, "무지하여 제멋대로, 마음껏 내키는 대로 행동하는 사람"을 '광생(狂生)'이라 했으니 결국 "우리 무리 어리오 둔(鈍)ᄒᆞ야(我輩愚鈍하야)"(능엄경언해 7 : 67), "나ᄂᆞᆫ 어리고 미혹ᄒᆞᆫ 사ᄅᆞ미라(我是愚魯之人)"(번역 박통사 상 : 9), "늘그며 어리며 병들며 부녜 능히 오지 못ᄒᆞᄂᆞᆫ 이ᄂᆞᆫ 식구 혜고 계일ᄒᆞ야 ᄡᆞᆯ을 주라"(경신록언해 78)에서의 '어리다(얼이다)(愚, 幼)'와 뜻이 통한다.

"무왕(武王)은 강숙(康叔)에게 이르기를, '백성을 어린 자식처럼 보호하여 그들을 안락하게 하라' 하였으니(武王誥康叔, 如保赤子其康乂),[27] 여기서 적자(赤子)는 갓난아기이다. 『한서』 고의전(賈誼傳)에 따르면 '적자'란 갓 태어나 아직 눈썹과 터럭이 나지 않아 불그레한 어린아이를[28] 이른다. 이 탓으로 "임금의 치하에서 그 은택을 받는 백성"을 비유적으로 일컫는 말이 되었다. 백성을 "도리와 옳고 그름을 가리지 못하고 무지하여 내키는 대로 하는 아이"에 비유하고 있다. "말을 깨달아 서로 믿는 것은 먼저 이해하여 가만히 같아지는 것이니 **어린애 같은 중생을 어찌하며,** 어떻게 발심(發心)을 권하겠습니까?"에서도[29] 중생을 어린아이에 견주었다. <안민가>의 '民焉狂尸恨阿孩古'는 백성을 적자·어린아이와 동일시한 말로서, "民ᄋᆞᆫ 얼ᄒᆞᆫ(어린) 아ᄒᆡ고"로 읽힌다. 이는 어버이인 임금은 이들의 마음을 헤아리고 불쌍히

26) "어러이 ᄃᆞ라 ᄆᆞᄎᆞ매 어드러 가리오(狂走終奚適)"(두해 초 3 : 15), "어러이 놀애 블러聖朝애 브텻노라(狂歌託聖朝)"(두해 초 3 : 22), "性命이 다ᄅᆞᆫ 사ᄅᆞᄆᆞᆯ 말미ᄒᆞᄂᆞ니 슬허셔 오직 어러이 도라보놋다(性命由他人 悲辛但狂顧)"(두해 초 21 : 38).

27) 『세종실록』 2년(1420) 3월 27일(을미).

28) "顔師古 注 赤子 言其親生 未有眉髮 其色赤."

29) "了言相信 先會暗同 爭奈童蒙 如何勸發"(한국역사연구회 편, 淨土寺法鏡大師慈燈塔碑, 譯註 『羅末麗初金石文』(上), 혜안, 1996, p.117; 한국역사연구회 편, 정토사 법경대사 자등탑비, 譯註 『羅末麗初金石文』(下), 혜안, 1996, pp.171~172).

여겨 항상 보살펴야 함을 강조한 언술이다.

이는 뒤의 '民是愛尸知古如', 즉 "임금이 진심으로 돌보면 백성들은 자연 그 사랑을 알게 될 것이라"는 말로 이어진다. 위에서 "구믈ㅅ다히 살손 물생"이라 풀이한 구절은 <안민가>에서 가장 난해한 구절이다. 아예 미상이라 하기도 했고, 논자마다 제시한 풀이만 해도 참으로 다양하다.

(1) "굴ㅅ댈 생으로 괼 바인 물생(物生)"(오꾸라, 1929), "추기(樞機)에 생기 있게 하는 자"이다.[30]

여기서 '추기'는 "사물의 긴하고 중요한 데, 중요한 기관", "중요한 정무(政務), 국가의 대정(大政)"을 말한다.

(2) "구믈ㅅ다히 살손 물생(物生)"(양주동, 1942)/"구믈ㅅ다히 살손 물생"[31]("구물거리며 살아야 할 백성")/"구물ㅅ 다히 살손 物生"[32]("꾸물거리며 사는 서민(庶民)들이")/"구물ㅅ다히 살손 물생"(구물구물 사는 중생)[33]/"구믈다히 살손 物生"[34]("꿈실거리면서 사는 서민(庶民)이")/"구믈짜히 살손 물생(物生)"[35]("꾸물거리며 사는 가련한 백성들")

(3) "구슕ᄂᆞ 잇실돌ᄂᆞ"[36]("고시레, 아름다운 나라 우리 삼한(三韓)에 살고 있는 중생들을") * 구슕ᄂᆞ : 신국(神國), 고상하고 장려(壯麗)한 나라. 우리 민속에 '고시레', '고시네ㅅ'[37]

(4) "굴 크흘 생으로기솜 물생"(굵고 큰 생이어니 중생),[38] "구리ㅅ대홀 사

30) 小倉進平, 『鄕歌及び吏讀の研究』(京城帝國大學, 1929), p.166.
31) 金尙憶, 『鄕歌』(한국자유교육협회, 1974), p.164, p.209.
32) 崔鶴璇, 『鄕歌研究』(宇宙, 1985), pp.118~119.
33) 許文燮·李海山 編, 『古代歌謠 古代漢詩』(民族出版社, 1988), pp.20~21.
34) 金起東·朴晟義·梁柱東 外, 韓國古典文學全集 1 『鄕歌 高麗歌謠』(良友堂, 1981), pp.72~74.
35) 張珍昊, 『新羅鄕歌의 研究』(螢雪出版社, 1997), p.90, p.93.
36) 池憲英, 『鄕歌麗謠新釋』(正音社, 1947), pp.19~20.
37) 池憲英, 위의 책, p.8.

로기스리 묻사리홀"("전통을 살리리라/창생을"),[39] "굴 글 생이로기솜"("억조 창생이니")[40]

(5) "구릿 대홀 나히 고이솜 갓나히"("윤회(輪廻)의 차축(車軸)을 괴고 있는 갓난이")[41]

(6) "갈릴 다홀 내아 견ᄃᆞ올 뭇ᄋᆞᆯ 내아" – "갈릴 땅을 내어 견딜 물건을 내어"(신하에게 명령하기를) 갈릴 땅을 내어 (생활하고) 견딜 만한 물건을 내어)[42]

(7) "구무릿 ᄃᆡ흘 사닔 손 物生"("구물거리며 사는 바 물생"(가냘픈 인생)),[43] 단순한 중생이라기보다는 '구차히 사는, 하찮은, 생명을 이어가는, 먹고사는' 등의 뜻을 내포하고 있다.[44]

(8) "구릳 깐 깔 나리디숌 믈생"(김선기, 1967) "코릳 깐깔 나리디숌 뭂생"[45]

(9) "구릿대홀 내히숌 믈生"[46]("탄식(嘆息) 또는 저주(詛呪)를 내뿜고 있는 뭇 창생(蒼生)들")

(10) "구릿 하늘 살이기 바라믈씨"[47]("대중을 살리기에 익숙해져 있기에")

(11) "窟 理싈 한홀 生이러 바롬 物生"(정창일, 1978)[48]

(12) "굸 쿰흘 살릿솜 무리 목숨"("굴(거처)의 큼(대단히 넓음)을 살게 하는

---

38) 정열모, 「새로 읽은 향가」, 『한글』 12-1(한글학회, 1947), p.395.
39) 정열모, 『향가 연구』(사회과학원출판사, 1965), p.280.
40) 정열모, 『신라향가주해』(국립출판사, 1954); (한국문화사, 1999), p.45, p.51.
41) 홍기문, 『향가해석』(조선민주주의 인민공화국, 1956); 『향가해석』(大提閣, 1991), pp.122~123.
42) 李鐸, 『國語學論攷』(正音社, 1958), pp.242~243.
43) 金俊榮, 『鄕歌文學』(螢雪出版社, 1982), pp.100~101.
44) 金俊榮, 위의 책, p.105.
45) 김선기, 『옛적 노래의 새풀이-鄕歌新釋』(普成文化社, 1993), p.197.
46) 徐在克, 『新羅 鄕歌의 語彙 硏究』(啓明大學校 韓國學硏究所, 1975), p.15.
47) 金完鎭, 『鄕歌解讀法硏究』(서울大學校出版部, 1980), p.71, p.80.
48) 王舍城 七葉窟의 교리로 사는 커다란 삶이라고 바람을 가진 중생들"이란 뜻이다. '굴리'는 '窟居部'의 理法이다. 大生은 참선과 斷惑을 근본으로 하는 鷄胤部의 자만심이고, '물생'은 중생이 아닌 것으로 보아 하대한 표현이다. 물론 有情類를 말한다. 백성이 굴거부의 환상에 싸인 것처럼 착각하고 있다는 의미이다.(鄭昌一, 『鄕歌新硏究』, 圓光大學校 鄕土文化硏究所, 1987, pp.411~412).

안[內]의 무리")[49]

(13) "대중을 살리기에 익숙해져 있기에"[50]

(14) "마가릿 한글 살이숌 갓살이"[51]("오막살이의 대중을 살리시는 토산물(土産物))"

(15) "구릿대훌 살이숌 物生"[52]

(16) "굴리(구리, 理窟)ㅅ 한훌 살이기 숌 物生(갓살, 生物이)"[53]("주린 배의 큰 것을 살리기에 있음의 물건을")

(17) "구릿 블훌 살이기 바, 물생"[54]("아궁이의 불을 살린 바, 물생")

여럿 중에 (2)의 "구믈ㅅ다히 살손 물생(物生)"(꾸물거리며 살아야 할 백성)이 가장 보편적이다. (7)의 "구무릿 딕훌 사닔 손 物生", "구물거리며 사는 바 물생"(가냘픈 인생)은 "구차히 사는, 하찮은, 생명을 이어가는, 먹고사는 백성"의 뜻이므로 (2)와 그리 다르지 않다.

(18) 구물[窟理]은 무엇의 훈독인가? 이는 실로 '준준(蠢蠢)'의 뜻 '구믈구믈'의 부사형 어근을 표기한 것이다. "구믈어리는 함령(含靈)에 니르리(乃至蠢動含靈)"(『금강경』 9), "구믈구믈ᄒᆞᄂᆞᆫ 중생이"(蠢動含靈)(『蒙山法語畧錄』 10), "ᄒᆞᆫ무렛 사ᄅᆞ믄 ᄒᆞᆫ갓 구믈어리ᄂᆞ니"(流輩徒蠢蠢)(『두시언해』 권5, 38)에 쓰인 의미와 같다고 하였다. 균여가 가운데는 이 말을 바로 '구물질(丘物叱)'로 음기하였다. 이로써 '窟理叱'이 곧 '丘物叱'임을 확지할 수 있다. '준준, 준동(蠢動)'은 불전에 흔히 일체 함령(含靈)을 형용하는 말이다. '구믈'은 아랫말 '물생'을 형용한다. '물생'은 인생이란 말보다 좀 더 광의적인 불교적 속어일 것이다.[55]

---

49) 금기창, 『新羅文學에 있어서의 鄕歌論』(太學社, 1993), p.90.
50) 나경수, 『향가의 해부』(민속원, 2004), p.410.
51) 姜吉云, 『鄕歌新解讀硏究』(한국문화사, 1995), pp.228~229.
52) 최남희, 『고대국어형태론』(박이정, 1996), p.122.
53) 양희철, 『삼국유사 향가연구』(태학사, 1997), p.650.
54) 신재홍, 『향가의 해석』(집문당, 2000), p.79, p.96.

『금강경』 등의 불경에 나타나는 "구믈구믈ᄒᆞᄂᆞᆫ 중생이"를 '굴리(窟理)'로 이해하고 있다. 그러나 불경에서의 '준준', '준동'을 왜 '굴리'로 표기하고, '구믈ㅅ 다히, 구무릿 디흘'이라고 풀이하는데 대한 분명한 근거를 제시하지 못하고 있다. 그리고 '물생'을 생물(生物)이나 중생(衆生)과 일치하는 단어로 볼 수 있는 실례를 찾기 어렵다. (2)나 (7)을 제외하고는 제각기 조금씩 서로 다른데, "'窟理叱大肹'은 "코릿[屎]이 크다", "'뱃구레가 크다'는 관용어구처럼 식생활과 관련된 기관의 특징을 가리킨 것으로 이해한 해석이 시적 문맥에서 유효하다고 할 수 있다"[56]와 같이 풀이는 다를지라도 백성들의 민생과 관계된 말이라는 점은 공통적이다.

'굴(窟)'은 사전적으로 "굴 굴(窟)(類合 하56), 고(窖)(倭上 8), 굴 동(洞)(漢 27c), 굴(堀)"로, "짐승이 사는 구멍, 전(轉)하여 사람이 많이 모이는 곳", 즉 "움집, 토굴집, 몸을 굽히고 들어가는 구멍"을 뜻한다.

(19) "녯 사ᄅᆞᆷᄆᆞᆫ 부톄오 여룡(驪龍)ᄋᆞᆫ 무명(無明)이오 굴(窟)안 생사(生死)ㅅ 굴혈(窟穴)이라"(『남명』 하69)

(20) "동굴 가온ᄃᆡ 도적글 피ᄒᆞ여서(避賊石窟中)"(『동신속삼강』 열 3 : 57)

(a) "그 뫼해 ᄒᆞᆫ 선인(仙人)ᄋᆞᆫ 남(南)녁 굴(堀)애 잇고 ᄒᆞᆫ 선인ᄋᆞᆫ 북(北)녁 굴애 잇거든 두 산(山) ᄊᆞ시예 ᄒᆞᆫ 식미 잇고"(『석보상절』 11 : 25)

(b) "서울에는 협객(俠客)들이 머무는 곳, 산림은 은사(隱士)들의 보금자리, 부잣집이라고 어찌 영화로우리. 몸을 봉래(蓬萊)에 의탁하는 것만 같지 못하리."[57]

위에서는 사람이 머무르거나 몸을 피할 수 있는 굴, 신선이나 협객이 머

55) 梁柱東, 訂補『古歌硏究』(博文書舘, 1960), p.276, p.281.

56) 윤덕진, <안민가> 해석의 새로운 방향 모색, 고가연구회 편, 『향가의 수사와 상상력』(보고사, 2010), p.170.

57) "京華游俠窟 山林隱遯棲 朱門何足榮 未若託蓬萊"(晉 郭璞 <遊仙詩 1> 7首 中 第1首).

무르는 곳을 굴(窟)이라 지칭했다. 굴실(窟室)은 토굴이나 석굴의 방을 뜻하는데, "요 임금 때에 물이 역류하여 홍수가 나니 뱀이나 용이 살고 백성들은 살 곳이 없어 낮은 지역 사람들은 보금자리[巢]를 만들었고, 높은 지역에 사는 사람들은 굴을 파고 살았다"에는[58] 낮은 지역 사람들이 사는 곳을 보금자리라 칭하고 높은 지역 사람들이 사는 곳을 굴이라 하였다. "거처하는 굴[營窟]이란 높은 곳에 판 굴로, 땅에다 흙을 쌓아서 만든다. 보금자리[橧巢]에서 증(橧)이란 섶을 끌어 모아 만든 집이다",[59] "옛날 왕들에게 아직 궁실이 없을 때, 겨울에는 굴에서 거처하고 여름에는 증소(橧巢)에서 살았다"[60] 했으니 굴이 궁실을 대신하기도 했음을 알 수 있다. 이에 <안민가>의 '窟理叱'은 '구리ㅅ', 즉 굴(窟, 窨, 洞, 堀)"이고,[61] 삶의 터전인 보금자리를 뜻한다.

다음은 그동안 주로 '중생(衆生)'[62]으로 풀이했던 '물생'에 대한 풀이이다. '물생'은 백성을 대칭하는 표현으로, '이안민(理安民)' 책무를 수행하여야 할 왕의 과업이 지중하고 막대함을 암시하는 함축적 표현이라고[63] 하였다. 또

58) "當堯之時 水逆行 氾濫於中國 蛇龍居之 民無所定 下者爲巢 上者爲營窟"(『孟子』 滕文公 下), "嚴陵方氏曰 孟子所謂下者爲巢 上者爲窟 是矣"(宋 衛湜 撰, 『禮記集說』 卷54, 禮運 第9).

59) "營窟者 地高則穴於地 地下則營纍其土而爲窟 橧巢者橧聚其薪以爲巢"(宋 衛湜 撰, 『禮記集說』 卷54, 禮運 第9).

60) "昔者先王未有宮室 冬則居營窟 夏則居橧巢", "孔穎達疏 謂於地上累土而爲窟"(『禮記』 禮運).

61) 이 부분을 "고릿 다홀 내기솜 物生"으로 읽어 "보금자리에 터전을 이룩하게 된 중생(衆生)"이라 풀이한 경우가 있다(兪昌均, 『鄕歌批解』, 螢雪出版社, 1996, pp.309~310). "구리>굴의 변화를 상정하여 '구릿'으로 읽을 수 있다. 『훈몽자회』에는 '囱 굴총, 堗 굴돌'이 나와 있는데, 이 '굴'은 '굴뚝'을 가리킨다. 굴이나 구멍의 뜻으로는 '窟'과 통하는 것이나"라고 한 학설도 있다(신재홍, 『향가의 해석』, 집문당, 2000, pp.82~84).

62) 이탁은 '물'을 '몾'(물건), '생'을 '내'(만들다)', 즉 "물건을 만들어"라 했고, 홍기문은 '물'을 '갓', '생'은 '나히'로 '물생'은 '갓난이'라 했으며, 정렬모는 '묻사리'로 '물생'을 우리말로 바꾼 것이라 하였다. 한자 '물생'을 그대로 취한 경우가 가장 많으나, 풀이는 각각 다르다. 소창진평은 '물생'을 사람이라 했고, 양주동도 近古語에 '鳥, 獸, 虫'을 '중싱'이라 한 데 대해, 羅代에 '서민, 인류'를 '물생'이라 한 것은 흥미 있는 일이라 하였다. 김선기는 '생물'이라 했고, 서재극은 '무리[類, 群]'라 하였다.

63) 윤덕진, 앞의 논문, p.170.

는 "불교에서 말하는 중생을 끌어들이되, 그것을 '물생'으로 바꾸어 표기함으로써 조금도 그러한 냄새를 풍기지 않았다. 부처의 자비는 사람에 한하는 것이 아니라, 이 땅에서 생을 누리고 있는 일체의 생명체[生物]를 다 포함하는 것으로 생각한 것"이라[64] 하기도 하였다.

(c) "하늘이 백성들을 낳으시고 만물에 법칙 있게 하셨네./백성들 일정한 도를 지니어 아름다운 덕을 좋아하네."(天生蒸民 有物有則 民之秉彛 好是懿德)(『詩經』 大雅, 蒸民).

(d) "궁은 임금이요, 상은 신하요, 각은 백성이요, 치는 사(事)요, 우는 물(物)이라. 이 다섯이 어지럽지 않으면 음조가 막혀 고르지 못하고 어지러움이 없다."[65]

(c)에서는 하늘이 백성을 낳으시고, 사물의 법칙을 만들었다 했고, (d)에서는 궁상각치우(宮商角徵羽)를 각각 임금・신하・백성・사(事)・물(物)에 비유하였으며, "천지(天地)가 있기 전에는 무형(無形)이었지만 천지가 생긴 이후로 이와 같은 이치가 행해져 천지음양(天地陰陽)과 군신민물(君臣民物)의 이치는 한시도 사라지지 않았다."[66] <안민가>에서 군신민, 다음에 물(物)이 등장했으니 이 또한 천지음양과 같이 조화를 이루며 살아야 하는 만물(萬物), 즉 "세상의 온갖 사물들"을 뜻하는 말이다. (라)에서 "궁(宮)은 토(土)에 해당하여 중앙에 놓이어 사방을 통괄하니 바로 임금의 모습이고, 상(商)은 임금 다음에 신하가 있으니 임금에 버금가는 것이라. 각(角)은 봄으로, 물이 함께 자라는 것이니 각각의 백성을 뜻하고, 치(徵)는 여름으로서 물이 성한

64) 兪昌均, 『鄕歌批解』(螢雪出版社, 1996), p.364.

65) "宮爲君 商爲臣 角爲民 徵爲事 羽爲物하니 五者不亂則無惉滯之音矣니라."(국립국악원, 한국음악학 자료총서 40 『樂書正解 聖學十圖 初學琴書 玄琴譜』, 민속원, 2005, p.39).

66) "故未有天地 是理隱於無形 旣有天地 是理行乎 天地陰陽 君臣民物 事理之間 未嘗一日廢也"(陸費墀,『西谿易說』 原序).

까닭에 사(事)도 많으니라. 우(羽)는 겨울로 물을 모음인데, 수(水)가 되어 가장 맑은 까닭에 물이 된다"고[67] 하였다. <안민가>에서는 군신민 다음에 사와 물 가운데 "세상의 온갖 만물들"을 대표하는[68] '물'을 취하고 있다.

'물생'이 결합된 활용의 예도 있다.

(e) 장씨(張氏)가 말하기를, 생겨나 자라난다는 것은 점점 나아감을 말한다. 무릇 만물은 나면 나아가 커지게 되므로 생겨난 것은 나아갈 뜻을 가진 것이다.[69]

(f) "『통전(通典)』에 이르기를, 『설문(說文)』에는 생황(笙簧)을 정월의 소리라 했는데, (정월에) 만물이 생성되기 때문에 그렇게 일컬은 것이다."[70]

(g) "『문언(文言)』에 이르기를, 원(元)이란 길하고 좋은 것이 자라난 것이요, 형(亨)이란 경사스럽고 좋은 것이 모인 것이라. 음과 양이 화합을 이루면 만물이 생겨나 좋은 것을 이룬다."[71]

(h) "천지의 기운이 화목하게 합해져야만 초목에 싹이 트기 때문이다. 장자가 말하기를, 음이 지극하면 삼가 조용하고 양이 지극하면 환하게 빛난다. 삼가 조용함은 하늘에서 나오고, 밝게 빛남은 땅에서 나온다. (음양이) 통하고 화합하여야 만물이 생겨난다."[72]

(e)와 (f)는 온갖 사물이 생기어 자라는[生長] 일을 두고, '물생'이라 했고,

---

67) "宮 正義曰宮屬土하야 居中央總四方하니 君之象也니라, 商 次宮爲臣하니 次君者也니라, 角 王肅曰 春은 物이 並生하야 各別民之象也니라, 徵 王肅曰 夏에는 物이 盛故로 事多니라 索隱曰 徵屬夏하니 夏에는 生長萬物하야 皆成形體하고 事亦有體 故로 配事니라 羽王肅曰 冬은 物聚라 索隱曰 羽爲水하야 最淸之象故로 爲物하니 用絃四十八絲ᄒᆞ라."(국립국악원, 앞의 책, p.39).

68) "誠者物之終始 不誠無物 [注] 物 萬物也 亦事也 大人無誠 萬物不生 小人無誠 則事不成 是故君子誠之爲貴"(『禮記註疏』 卷53).

69) "張氏曰 生生者 進進之謂也 夫物生則進而大 故生有進意"(黃倫 撰, 盤庚中, 『尙書精義』 卷20).

70) "通典曰 說文曰 笙 正月之音 物生 故謂之"(黃鎭成 撰, 笙, 『尙書通考』 卷6).

71) "文言曰 元者善之長也 亨者嘉之會也 陰陽和而物生曰嘉"(蘇軾 撰, 『東坡易傳』 卷1).

72) "故天地之氣和同 草木所以萌動也 莊周曰 至陰肅肅 至陽赫赫 肅肅出乎天 赫赫發乎地 兩者交通成和而物生焉"(宋 衛湜 撰, 『禮記集說』 卷39).

(g)와 (h)는 천지와 음양의 기운이 통하고 화합할 때 생겨나는 것을 두고 '물생'이라 했다. 만물 생육(生育)의 덕은 천지(天地)・천도(天道)에 '원형이정(元亨利貞)' 등 네 덕과 같다 했다. '원'은 봄으로 만물의 시초이므로 인(仁)이고, '형'은 여름으로 만물이 자라나니 예(禮)가 되고, '이'는 가을로 만물이 이루어져 의(義)가 되고, '정'은 겨울로 만물을 거두게 되어 지(智)가 된다는 것이다. 그러므로 '물생'은 "천지 음양의 기운이 통하여, 온갖 만물이 나고 자라는 것"이다.

이에 <안민가>의 이 대목은 "窟理叱大肹生以支所音物生∨此肹喰惡支治良羅"가 아니라 "窟理叱大肹生以支所音∨物生此肹喰惡支治良羅"로 끊는 것이 합리적일 듯하다.

먼저 앞 구절 '生以支所音'을 보자. '사로기스리'(정열모, 1965)는 '살리게스리'와 같이 부사형 어미로 '기'를 본 것이다. 그러나 부사형 어미에 '기'가 없는 문제점을 안고 있다는 비판을 받았다. '살이기 바라몰씌'(김완진, 1980)는 '살리기에 익숙해져'의 의미인데, 처소부사격 어미는 시간이나 장소를 나타내는 단어 아래에서만 생략된다는 문제를 가지고 있다.

'내기솜'(유창균, 1994)은 '기'를 사동형 어미로 보고 그 의미를 '이룩하게 된, 만들게 된'으로 보았다. 그리고 '살이기 바-'(신재홍, 2000)는 '살린 바-'의 의미로 '-기'에 관형형 어미 '-ㄴ'의 기능을 부여하기도 했는데, 이 해독은 앞에서 본 <처용가> '명기(明期)'의 해독과 상통하는 면을 가지고 있다. '기(期)'를 '기'로 읽고, 이 '기'에 관형형 어미의 기능을 부여한 것이다.[73] '-ㅁ'은 다음과 같이 관형형 어미와 동사형 어미가 동시에 가능하다.

---

73) '肹'은 부림 토씨이고, '生'은 훈독자 '살-'의 줄기이며, '以는 음차자 '이' 표기로 하임말의 파생어를 만든다. 支는 '히'로 '살이-'의 줄기를 긴 소리로 발음한 현상이다. 所는 훈차자, 즉 매인 이름씨 'ᄉ'로 읽고, '音'은 'ㅁ'으로 씨끝 '숨'이다. '生以支'는 '살-이-', 즉 "살게 하다"라는 뜻이고, '所音'은 씨끝이다. 높임의 안맺음씨끝 '-시'에 이름법의 씨끝 '-ㅁ'이 결부된 것이다.(최남희, 『고대국어 표기 한자음 연구』, 박이정, 1999, p.285).

(i) 므슴 자비(慈悲) 겨시거뇨(『석보상절』 6 : 6)

(j) 무ᄉᆞᆷ 일을 ᄒᆞ엿ᄂᆞ다(得甚事)(『오륜행실도』 2 : 58)

(k) 낙화(落花)ᅟᅵᆫ들 ᄭᅩᆺ치 아니랴 쓰러 무ᄉᆞᆷ ᄒᆞ리오(『청구영언』 대학본 164)

(l) 무심(無心)ᄒᆞᆫ 져 고기ᄅᆞᆯ 여어 무ᄉᆞᆷ ᄒᆞ려ᄂᆞᆫ다(『청구영언』 대학본 40)

(i)와 (j)의 '-ㅁ'은 '무ᄉᆞᆫ'의 선행형인 관형형 어미이고, (k)와 (l)의 '-ㅁ'은 관형형 어미이면서 동명사형 어미이다. "곳펌 세월(歲月)이 몰마가놋다(菁華歲月遷)"(『초간본 두시언해』 20 : 1), "아ᄎᆞᆷ설(大晦日)"(『譯語類解補』 3), "에옴길(彎路, 彎子)"(『譯語類解』 상 6)에서도 '-ㅁ'은 "꽃 피언 세월, 아ᄎᆞᆫ 설, 에온 길" 등 관형사형으로 쓰이고 있다. 이렇게 볼 때, '소음(所音)'의 '-ㅁ'은 관형사형 어미와 동명사형 어미 모두 될 수 있다. 이에 <안민가>의 '소음'을 'ᄉᆞᆷ'으로 읽어 '-ㄴ'이나 '-ㄹ'과 같은 관형형 어미로 볼 수도 있고, '-ㅁ'을 동명사형 어미로 보아 그다음 관형격 어미 '-ㅅ(의)'이나 목적격 어미 '-을'을 생략한 것으로 볼 수도 있다.[74] 강길운은 '모소음질(牡所音叱)'을 '므섬ㅅ'으로 읽고 그 뜻을 '무ᄉᆞᆫ'으로 파악하면서도 '-ㅁ'을 관형형 어미로 보고 있다. '-ㅁ'은 관형형·동명사형 어미가 가능하다.

그러나 이 경우에 '므섬ㅅ'으로 본다고 해도 '-ㅁ'은 동명사형 어미이고, '므섬ㅅ'이 관형형 어미가 되는 것은 '-ㅅ'이 관형형 어미 '-의'에 해당하기 때문이다.[75] "이어우 므슴ㅅ", "이여우 믓ᄉᆞᆷ", "이어우 므ᄉᆞᆫ", "디 ᄉᆞᆷㅅ" 등으로 다양하게 풀이[76]하는 <혜성가>의 "此也友物比所音叱"이 대체로 "이에 ~ 무ᄉᆞᆫ"으로 해독되는 것도 이 경우에 해당한다. <혜성가>의 '소음'은 주로 '므슴ㅅ'(무ᄉᆞᆫ)으로, '-ㅁ'을 동명사형 어미로 보고 '-ㅅ'을 관형사형

74) 양희철, 『향찰 연구 12제』(보고사, 2008), pp.237~239.

75) 양희철, 위의 책, p.243.

76) "甚(=怎)은 무ᄉᆞᆫ의 뜻으로, 甚所音은 전형적인 訓主音從의 표기요, '므슴'을 나타내는 데에 아무런 손색이 없는 것이다" 하였다.(金完鎭, 『鄕歌解讀法硏究』, 서울대학교출판부, 1980, p.135).

어미로 본다. 이에 ‘生以支所音’을 뒤의 ‘물(物)’을 꾸미는 관형사 “살리는(바의)”로 풀이하고자 한다.

앞뒤 문장 구조상, ‘대힐(大肹)’은 ‘굴(窟)’의 술어일 수도 있고, 뒤의 ‘생(生)’과 연결될 수도 있다. 전자라면 ‘대굴(大窟)’, 즉 ‘대실(大室)’이 된다. ‘대실’은 권세 있고 자손이 풍성한 집안이란 뜻이니,[77] 백성들의 보금자리가 더욱 커지고 풍요롭기를 기원하는 마음을 담은 표현이고, 후자라면 한살이 · 한사리, 즉 ‘대생(大生)’이 된다. ‘대생’은 “60세나 70세 생신처럼 노인들이 맞이하는 10년마다의 생신”[78]을 뜻하므로 백성들이 삶의 터전을 굳게 다지어 오래 살기를 기원하는 마음을 담았다. 그러므로 ‘窟理叱大肹生以支所音’을 **“구리ㅅ 크흘 살이숌”**, 또는 **“구리ㅅ 한사리(큰 사롬)이숌”**으로 읽어, 백성들이 삶의 보금자리를 꾸리어 안락을 누리며 장수하기를 바라는 기원을 담은 부분으로 이해하고자 한다.

그러므로 <안민가>는 1) “임금은 아버지, 신하는 어머니, 백성은 어린아이라고 여겨 자애와 사랑을 베풀면”(君隱父也, 臣隱愛賜尸母史也, 民焉狂尸恨阿孩古) ⇒ 2) (1) “백성들이 임금과 신하들의 사랑을 알게 되고”(民是愛尸知古如), (2) ① “만물이 나고 자라서”(物生) → ② “백성들을 먹여 살리고”(此肹喰惡支治良羅), “백성들은 보금자리를 확보하여 풍요로운 삶을 이루며”(窟理叱大肹生以支所音) ⇒ 3) “백성들이 이 땅을 버리고 어디로 가지 않고, 나라를 유지하며 살게 된다”(此地肹捨遣只於冬是去於丁 爲尸知國惡支特以支知古如) 4) (1) “임금과 신하와 백성이 각기 그 직분을 지키면”(君如臣多支民隱如), (2) “나라가 태평할 것이다”(爲內尸等焉國惡太平恨音叱如)로 의미가 연결된다. 1)은 전제이고, 2)와 3)은 예상하는 결과이다. 2) 안에서도 다시 (2) ①은 전제를 이루고, (2) ②는

---

77) “世家大族. 宋何薳 <春渚紀聞> 二富室疏財 然則所謂富家大室者 所積之厚 其勢可以比封君.”(羅竹風,『漢語大詞典』2下, 漢語大詞典出版社, 2001, p.1359).

78) “一般指老年人逢十的生日 如六十壽辰 七十壽辰等”, “沙汀 <范老老師> 自從去年做過七十歲的大生以后 老老師的精神 便不大濟事了.”(羅竹風, 위의 책, p.1331).

결과이다. 4)는 <안민가> 전체를 포괄하면서 다시 조건절과 결과절로 끝맺고 있다.

2) 〈안민가〉의 성격 분석

<안민가>는 유교적 성격이 주를 이루는 것으로 이해하는 경향이 강하지만, 그간 학계의 주장들을 모아보면 다양한 각도에서 성격 분석이 이루어졌다. 첫째, 유교를 사상적 기반으로 보는 견해가 수적으로 가장 많다.[79] 양주동이 <안민가>의 배경사상을 『논어』 안연(顔淵) 편의 "군군신신부부자자(君君臣臣父父子子)"에 두면서 줄곧 유가사상에 근원한 작품으로 이해해왔고,[80] 이를 군과 신과 민의 관계를 중시하고 다분히 현실사회에 기초한 민본주의사상,[81] "민본은 여민동락(與民同樂)이 우선이므로, 백성과 더불어 희로애락을 같이 하고, 백성의 어려움에 눈을 돌리고 그들과 더불어 가야 한다는 치자(治者)의 도리를 진언"한 작품으로[82] 이해하는 것이 통설을 이루고 있다.

> (1) "<안민가>만이 오로지 유교사상으로 일관된 노래로서 우선 그 가요의 이름부터 그러하다."(양주동), "<안민가>는 사뇌가나 불찬가와 구별되는, 치리(治理)와 의식(儀式)을 노래한 다술놀애[兜率歌]",[83] "유가적 이념에 바

---

79) "<안민가>는 그 배면에 불교적 정법사상이 깔려 있음에도 불구하고 왕도사상이 우세한 경향을 보인다" 하여 유교·불교 사상이 혼합되어 있지만 왕도사상의 우세로 판정하기도 한다.(신영명, 『월명과 충담의 향가』, 넷북스, 2012, pp.160~161).

80) 梁柱東, 增訂 『古歌硏究』(一潮閣, 1965), pp.312~313.

81) 하정화, 신라향가에 나타난 유가적 윤리성-安民歌와 讚耆婆郎歌를 중심으로, 『동양예술』8(한국동양예술학회, 2004), p.70.

82) 하정화, 위의 논문, p.72.

83) 趙芝薰, 新羅歌謠硏究論考, 『民族文化硏究 1』(高麗大學校 民族文化硏究所, 1964), pp.163~164.

탕을 두고 있는 치리가(治理歌)이고",[84] "전구는 인간의 도리를 담은 가족주의적 성명론(性命論), 중구는 유교 이념인 민본사상, 후구는 군신민 계도를 담은 정명론(正名論)을 구조화"한 것이다.[85]

(2) <안민가>는 유가적인 윤리의식에 바탕을 두고 일상적 비유를 끌어와 노래한다. 즉, 군왕이나 백성들이 제 신분과 입장에 따라 윤리적 명분과 한계를 알고 실천하도록 하는 예치(禮治)를 강조한다. 임금이 인격을 갖추어야 덕치(德治)를 이룬다는 충간(忠諫)을 담았다. 민본(民本)·정명(正名) 사상이 주이다.[86]

초기 연구에서 "<안민가>만이 오로지 유교사상으로 일관된 노래로서 우선 그 가요의 이름부터 그러하다"라고 한 이후, <안민가>는 "유가적인 윤리의식에 바탕을 둔 평범한 일상적 비유를 이끌어와, 군신민이 본분을 지키고 상호 긴밀한 유대의식이 맺어질 때 나라는 정녕 태평해질 것이라는 치리(治理)의 법을 밝혔다. 나라의 안위는 군신민의 올바른 윤리 관계에서만 이루어질 수 있다는 점을 강조했다."[87] (2)에서 지적한 것처럼 <안민가>는 "여타의 향가와는 달리 전적으로 유교적 통치 이념을 직설적으로 설파한 작품"[88]이라는 분석이 주이다. 충담사를 유교사상으로 무장한 사람으로[89] 보기도 하고, "<안민가>는 단순히 유가사상을 표현한 작품이 아니라 유가적인 사상과 패러다임을 활용하여 귀족층과 화랑조직에 속한 미천한 인민들의 목소리를 표현하는 데 목적이 있었던 작품"[90]이라 읽기도 한다.

---

84) 박노준, 『신라가요의 연구』(열화당, 1985), p.233; 변종현, 「안민가」, 『향가문학연구』(일지사, 1993), p.452.
85) 羅景洙, 『鄕歌文學論과 作品硏究』(集文堂, 1995), pp.368~378.
86) 卞鍾鉉, 安民歌, 華鏡古典文學硏究會 編, 『鄕歌文學硏究』(一志社, 1993), pp.446~449.
87) 崔喆, 『鄕歌의 본질과 시적 상상력』(새문사, 1983), p.192.
88) 金文泰, 安民歌와 敍事文脈, 『三國遺事의 詩歌와 敍事文脈 硏究』(太學社, 1995), p.165.
89) 羅景洙, 앞의 책, p.372.
90) 임주탁, 안민가의 창작 동기와 의미 해석, 『한국문학논총』 57(한국문학회, 2011), pp.21~22.

둘째, 불교를 <안민가>의 사상적 기반으로 보는 견해도 있지만 다수는 아니다.

> (3) "충담사가 매년 중삼(重三) 중구(重九)일에 미륵세존께 다공양(茶供養)을 하였으니 미륵신앙이 주를 이룬다.",[91] "<안민가>에는 화엄사상이 녹아 있다. 화엄의 '일즉다 다즉일(一卽多多卽一)'을 통치자나 백성의 입장에서 각자 유리하게 해석할 수 있다."[92]

<안민가>를 미륵신앙에 경도되어 불국토의 이상을 그린 작품, 화엄사상이 녹아 있는 작품으로 보고 있다. 한편 "유교적 왕도사상을 표출시키면서 이면에 밀교 경전 『금광명경(金光明經)』의 내용을 갖고 있으니 현세이익적인 잡밀적 성격과 미륵사상을 바탕으로 한 진언적(眞言的) 노래"로[93] 보는 시각도 있고, "『인왕경』·『금광명경』 등을 위시한 호국 불교 이념에 입각하여 불교의 국가관·통치관을 피력한 노래"로[94] 이해하는 관점도 있다.

셋째, <안민가>를 불교와 유교 사상의 혼합으로 보는 견해[95]도 있다. "대왕이여, 마땅히 아소서. 왕이란 백성으로써 나라를 삼아야 설 수 있거늘 백성의 마음이 편안하지 않으면 나라는 곧 위태로워집니다. 그러므로 왕이란 항상 백성의 일을 근심하되 갓난아기와 같이 하여 마음에서 떨치지 말아야 할 것입니다"에[96] 근거하여 <안민가>를 유교의 왕도사상과 불교의 왕론법(王論法)의 사상에 기반을 두고 창작된 전제왕권시대의 교도시가라[97]

---

91) 尹榮玉, 『新羅詩歌의 硏究』(螢雪出版社, 1991), pp.235~237, pp.240~241.
92) 이도흠, 『신라인의 마음으로 삼국유사를 읽는다』(푸른역사, 2000), p.271.
93) 李姸淑, 『新羅鄕歌文學硏究』(박이정, 1999), pp.234~242.
94) 김운학, 『鄕歌에 나타난 佛敎思想』(東國大學校附設譯經院, 1978), p.66.
95) 金東旭, 『韓國歌謠의 硏究』(乙酉文化社, 1961), p.26; 홍기삼, 『향가설화문학』(민음사, 1997), pp.207~219.
96) "大王 當知 王者得立 以民爲國 民心不安 國將危矣 是故王者 常當憂民 如念赤子 不離於心"(『大薩遮尼乾子所說經』 王論品 卷五之一).

하였다. "<안민가>의 배경사상은 유교적인 것과 불교적인 것을 가지고 있다. 그러나 <안민가>는 배경사상을 독자적으로 변용하여, 군신민 상호 간의 애타사상(愛他思想), 유교와 불교의 사상을 바탕으로 새로 융합한 민본사상, 군신관계의 정명론을 군신민관계의 정명론으로 확대 변형하고 있다"[98] 하였다.

이 외에도 <안민가>의 사상적 기반으로 '주술'을 잡기도 하고,[99] 인간이라면 누구나 가질 수 있는 보편적인 욕망・담론으로 보는 시각도[100] 여럿 있다. 거역하는 신하의 세력을 누르기 위해 백성의 지지가 필요하기에 경덕왕이 충담사에게 <안민가>를 부탁했다[101] 하여 정치적 효용성을 강조한 견해도 있다.

분석결과가 이렇게 다양하다는 것은 <안민가>의 성격 규정이 그만큼 어렵다는 반증이기도 하다. <안민가>의 성격을 하나로 특정하기란 더더욱 쉬운 일이 아니다. 기존의 논의들은 대체로 한 가지 시각에 치중하여 <안민가>의 성격을 밝히려 했으므로, 이젠 여러 사상에서 공통으로 드러나는 부분과 변별되는 부분을 아울러 살핀 후 결론에 도달할 필요가 있다.

> (4) 신이 듣기를, "아버지는 하늘과 같고 어머니는 땅과 같고, 자식은 만물과 같다고 했습니다. 그러므로 하늘이 평정하고 땅이 안정되면 음양이 조화를 이루고, 만물이 힘차게 자랍니다. 아버지는 인자하고, 어머니는 사랑하니 집안에서는 자식들이 효순(孝順)합니다. 음과 양이 조화롭지 못하면 만물은 일찍 죽어버리고 부모와 자식이 조화롭지 못하면 집안이 망하는 까

97) 김승찬, 『신라 향가론』(부산대학교 출판부, 1999), pp.254~256.
98) 楊熙喆, 『삼국유사 향가 연구』(태학사, 1997), p.708.
99) 林基中, 『新羅歌謠와 記述物의 硏究-呪力觀念을 中心으로』(半島出版社, 1991), pp.295~296.
100) 조규익, 『고전시가와 불교』(學古房, 2010), pp.68~69; 朴魯埻, 『新羅歌謠의 硏究』(悅話堂, 1982), p.232, p.254; 琴基昌, 『新羅文學에 있어서의 鄕歌論』(太學社, 1993), p.77.
101) 조동일, <안민가>에 나타난 정치의식, 『한국고전시가작품론』 1(集文堂, 1992), pp.134~135.

닭에 부모가 부모답지 못하면 자식도 자식답지 못하고 임금이 임금답지 못하면 신하 또한 신하답지 못합니다."[102]

하늘과 땅, 음과 양이 조화를 이루어 만물이 생성되는 것처럼 하늘과 땅이 안정되어야만 만물이 힘차게 자란다 하였다. 음양이 조화를 이루지 못하면 만물이 죽는 것처럼, 부모와 자식이 조화롭지 못하면 집안이 망한다는 전제를 바탕으로 임금이 임금답지 못하거나 신하가 신하답지 못한 것을 경계하고 있다. 군신의 도리를 부모 자식에 비유하고, 음양의 조화를 만물의 생성과 연관 지은 것이 <안민가>의 비유나 내용 흐름과 흡사하다.

(5) 제나라의 경공(景公)이 공자에게 정치에 대해 묻자 공자가 대답하기를 "임금은 임금다워야 하고, 신하는 신하다워야 하고, 어버이는 어버이다워야 하며, 자식은 자식다워야 합니다." 하니 경공이 "좋은 말씀입니다. 참으로 임금이 임금답지 못하고, 신하가 신하답지 못하고, 어버이가 어버이답지 못하고, 자식이 자식답지 못하면, 비록 곡식이 있은들 내 어찌 무엇인들 먹을 수 있으리오?" 하였다.[103]

공자는 임금이 덕으로 다스리고, 신하는 그 도리를 지키며, 어버이는 자식에게 엄함과 자애로 대하고, 자식은 효성으로 부모 뜻을 따르면서, 도를 넘지 않고 맡은 바 본분을 다하면 자연히 사회질서가 유지된다고 하였다. 그동안 이 말에 근거하여 <안민가>에 담긴 유교사상을 말해왔다.

군신・부자가 그 정의에 부합한다면 천하에 도가 서게 된다(天下有道)면서

---

102) "臣聞 父者猶天 母者猶地 子猶萬物也 故天平地安 陰陽和調 物乃茂成 父慈母愛 室家之中 子迺孝順 陰陽不和則萬物夭傷 父子不和則室家喪亡 故父不父則子不子 君不君則臣不臣"(『前漢書』 卷63, 武五子傳 第33).

103) "齊景公問政於孔子 孔子對曰 君君 臣臣 父父 子子 公曰 善哉 信如君不君 臣不臣 父不父子不子 雖有粟 吾得而食諸"(『論語』 제12편, 顔淵).

입장에 맞는 역할을 강조한다. 공자는 위의 넷이 각각의 모습을 유지하지 못하는 당시 세상을 보고, 빗대어 "고(觚 : 모난 술잔의 이름)가 모나지 않으면, 그것을 고라고 할 수 있겠느냐!"라고[104] 했다. 공자는 당시 사회가 이름이 바르지 못해서 어지러워졌다고 생각했기 때문에 이름을 바룸으로써 당시의 폐단을 구제하고자 한 것이다.[105] 공자의 이 같은 생각을 '정명(正名)'이라 한다. 자로(子路, 542–480 BC)가 공자에게 "위나라 임금께서 선생님께 정치를 맡기면 무슨 일부터 하시겠습니까?"라고 했을 때도 공자는 "그야 물론 이름을 바르게 하는 정명이다"[106] 하였다. "정치의 진정한 의미는 바르게 하는 데[正]에 있으며"[107] 정치를 한다면 먼저 정명을 실현해야 함을 강조한 것이다. 인간이 타자와 생활하면서 사회적 관계나 부여된 직책에서 요구되는 역할을 올바로[正] 알맞게[中] 구현할 때 비로소 정명이 이루어진다.[108]

지배체제의 모순을 제거하고 관료체제를 정비하여 왕권을 강화하려 했던 경덕왕의 개혁 정치는 만족할 만한 성과를 거두지 못했다. 왕과 진골귀족 세력과의 갈등은 여전했고, 경제적인 어려움도 생겨났다. <안민가>의 "君다이 臣다이 民다이 ᄒᆞ놀ᄃᆞᆫ(君如臣多支民隱如)"은 이와 같은 정치 상황에 대한 해법의 하나로 정명론(正名論 : 正明主義)을 제시한다.

어지러운 세상을 바로잡아 정상적 상태를 회복하려면 무엇보다 각각이 여전한 천자 · 제후 · 제후 · 대부 · 배신(陪臣) · 백성이지 않으면 안 된다. 즉, 이름에 부합하는 역할이 중요한 것이다.[109] "김귀손에게 이르기를, '수령의 임무는 백성을 사랑하는 것이 중하니, 그대는 나의 마음을 본받아 소민(小

104) "觚不觚 觚哉 觚哉"(『論語』 6 : 25).
105) 풍우란 저, 박성규 역, 『중국철학사』 상(까치, 1999), p.103 참조.
106) "子路曰 衛君待子而爲政 子將奚先"(『論語』 13 : 3).
107) "季康子 問政於孔子 孔子對曰 政者正也 子帥以正 孰敢不正"(『論語』 12 : 17).
108) 임헌규, 孔子의 正名論에 대한 일고찰, 『哲學研究』 118(大韓哲學會, 2011), p.232.
109) 풍우란 저, 박성규 역, 앞의 책(1999), p.102.

民)을 자식처럼 사랑하라'고 하여[110] 군신과 백성을 부모와 어린 아이에 비유하면서 백성을 항상 보살펴야 할 어린아이에 견주는 일은 매우 보편적으로 오래된 유교적 전통이다.

<안민가>의 비유나 내용 흐름은 또한 불경에도 담겨 있다.[111]

> (6) 왕이 말하기를 "대사(大師)는 저 모든 왕들을 무슨 까닭에 왕이라 합니까?" 대사가 말하기를 "대왕이시여, 왕이란 백성들의 부모이니, 능히 법에 의거하여 중생을 섭호하고 편안하게 하는 까닭에 왕이라 합니다. 대왕께서는 아셔야 합니다. 왕은 민초를 부양하기를 마땅히 갓난아기[赤子]와 같이 할 것이니, 마른자리를 물려주고 젖은 자리를 없애줘야 함은 말할 필요가 없을 것입니다.[112]
>
> (7) "대왕이시여, 마땅히 아옵소서. 왕이란 백성으로써 나라를 삼아야 설 수 있는데 백성의 마음이 편안하지 않으면 나라는 곧 위태로워집니다. 그러므로 왕이란 백성의 일을 근심하되 갓난아기와 같이 하여 마음에서 떨치지 말아야 합니다."[113]

(6), (7)도 왕과 백성의 관계를 부모와 자식 관계에 비유하면서, 왕은 백성에게 마른자리를 물려주고 젖은 자리를 없애주면서 마음에서는 항상 백성에 대한 근심을 떨치지 말아야 한다는 당위를 강조한다. "왕(과 백성)을 세인들이 자식 낳아 기르는 일에 비유하자면, 부모가 자식을 불쌍하게 여겨

110) 『문종실록』 즉위년(1450) 8월 22일 계사 3번째 기사; "知靈光郡事朴曉辭 上引見曰 全羅道農事稍稔 然流移人民 多聚其界 宜當愛民如保赤子 爾往乃邑 勿忘予言"(『세종실록』 8년(1426), 10월 1일 신유 4번째 기사).

111) 신영명, 『월명과 충담의 향가』(넷북스, 2012), pp.146~149.

112) "王言 大師 彼諸王等 何故名王 答言 大王 王者民之父母 以能依法 攝護衆生 令安樂故 名之爲王 大王當知 王之養民 當如赤子 推乾去濕 不待其言."(元魏 天竺三藏 菩提留支 譯, 『大薩遮尼乾子所說經』 卷3, 王論品 第5之1; 佛敎大藏經事業會, 『佛敎大藏經』 21, 民族文化, 1987, p.490).

113) "大王 當知 王者得立 以民爲國 民心不安 國將危矣 是故王者 常當憂民 如念赤子 不離於心."(元魏 天竺三藏 菩提留支 譯, 위의 책, 같은 곳).

사랑함은 보물을 아끼는 것과 같고 갖가지 편의를 보아 항상 즐겁게 하려는 것과 같다. 자식이 장성하면 효도와 공경이 생기는 것처럼 왕의 마음이 자애로우면 백성도 같은 것이다. 모든 백성들은 다 자식 같은 것이니 왕이 백성을 사랑하고 생각함은 부모가 자식을 사랑하고 생각하는 것과 같아서 항상 사섭법(四攝法)[114]을 행해야 한다"고[115] 하였다. "모든 백성이 따르는 까닭에 백성들을 자식처럼 자애롭게 대해야 하고, 백성들도 왕을 자기 부모 대하듯 해야만 한다는 것"인데,[116] 이는 인간 구제를 위해 인간을 다스려 지킬 네 가지 수단을 보인 것이다. 불도를 실천하는 사람이 사람을 유인하고 여럿의 맘을 인도해가는 방법이기도 하다.

"악인은 멀리하고 바른 법[正法]을 닦아서, 중생들을 편케 할지니, 모든 착한 법에서 가르치고 악을 막아서 나쁜 일은 멀리 여의도록 하면 나라 안은 편안하고 풍성하고, 임금도 마찬가지로 위덕을 갖추어 얻으리."[117], 『금광명최승왕경』 왕법정론품(王法正論品)에도 왕법의 정론과 치국의 강요를 설하고 있다. 여러 나라에서 왕이 된 이에게 만약 정법이 없다면 나라를 능히 다스려 중생들을 편안하게 할 수 없고, 그 자신도 훌륭한 왕위에 오래 있을 수 없을 것이라고 강조한다.[118] "정법을 행하면 여러 백성들에게 칭찬받는

114) "(복과 이익 등 도움을 주는) 布施, (온화한 얼굴과 사랑스러운 말로 다가가는) 愛語, (자기는 뒤로하고 남을 이롭게 하는) 利行, (서로 도와 협력하는) 同事 등의 四種法"을 말한다. 사종법 혹은 四攝事라고도 한다.

115) "大王譬如世人生育一子 父母憐愛猶如珍寶 多設方便常令快樂 其子長大亦生孝敬 王心慈愛亦復如是 一切人民皆如一子 王所愛念猶如父母 常以四法而爲攝化."(『佛說勝軍王所問經』; 佛敎書局 編, 『佛敎大藏經』 第十二冊, 方等部 十, 佛敎出版社, 1978, pp.150~151).

116) "所謂布施愛語利行同事常行 如是四種法 故一切人民皆悉歸伏 王以慈心觀諸人民旣如子想 彼一切人亦復於王如其父母."(『佛說勝軍王所問經』; 佛敎書局 編, 위의 책, 같은 쪽); 佛敎大藏經事業會, 『佛敎大藏經』(民族文化, 1987) 참조.

117) "當遠惡人 修治正法 安止衆生 於諸善法 教勅防護 令離不善 是故國土 安隱豐樂 是王亦得威德具足"(『金光明經』 卷2, 四天王品 第6).

118) 金相鉉, 7세기 후반 新羅佛敎의 正法治國論-元曉와 憬興의 國王論을 중심으로, 『新羅文化』 30집(東國大學校 新羅文化硏究所, 2007), p.100.

바가 되고, 죽어 천상계에서 좋은 응보를 받아 부귀와 즐거움을 누리고 공경을 받는다."[119] 하였고, 왕이 정법을 행해야 모든 국가를 귀순·복종시킬 수 있고, 부모가 자식을 사랑하듯 백성들을 자애롭게 보살펴야 백성들이 왕을 자식이 아버지를 우러르듯 한다고[120] 하였다.

<안민가>의 "君은 어비요(君隱父也) [···] 民ᄋᆞᆫ 얼ᄒᆞᆫ 아ᄒᆡ고 ᄒᆞ샬디(民焉狂尸恨阿孩古爲賜尸知) 民이 ᄃᆞ술 알고다(民是愛尸知古如)"는 불교 정법(正法)의 왕론(王論), 즉 국왕이 행해야 할 왕법(王法)을 제시하고 있다.

이는 왕이 덕이 높은 스님에게 법을 듣고 나라를 다스리는 바른 법을 찾아가는 과정이다. 정법(正法)이란 진정한 도법(道法), 즉 부처의 교법(敎法)이다. 이치에 어긋남이 없는 것을 정(正)이라 하고, 삼보 중의 법보(法寶)로써 교리행과의 넷을 체(體)라 하였고, 『무량수경』 상에도 "정법을 널리 편다" 하였다.[121]

신라 중대 왕실은 불교를 적극 신앙했고, 국왕들의 신앙 또한 독실하였다. 궁중에 별도 사찰 내원(內院)이 있었고, 국왕은 고승을 초청하여 설법을 듣거나 정치적 자문을 구하였다. 정치사상과 관련된 내용은 여러 경론에 보이지만, 특히 『금광명경(金光明經)』과 『살차니건자경(薩遮尼乾子經)』·『왕법정리론(王法正理論)』·『유가론(瑜伽論)』에는 국왕이 나라를 다스리는 일, 특히 국왕의 과실과 공덕에 관한 내용을 자세히 담았다. 원효와 경흥(憬興)도 치국과 관련하여 『출애왕경(出愛王經)』(『왕법정리론』)을 통해 이해했다 한다.[122] 이들 가운데 『살자니건자경』은 일승(一乘)의 종지(宗旨)[123]와 국왕의 행법과

---

119) "若王及臣棄背正法行非法者 於現世中人所輕謗 乃至身壞命終不生勝處 若王及臣捨離非法行正法者 於現世中人所稱讚 乃至身壞命終 生天界中受勝果報 富樂自在天人受敬."(『佛說勝軍王所問經』; 佛教書局 編, 앞의 책, 같은 쪽).
120) 『불설장아함경』 권18, 세기경, 전륜성왕품.
121) 韓國佛教大辭典編纂委員會 編, 『韓國佛教大辭典』 5(寶蓮閣, 1982), p.868.
122) 金相鉉, 앞의 논문, p.92.
123) 일승(一乘)은 "성불할 수 있는 유일의 도"를 말하는데, 법화경만을 지칭하는 때도 있다.

여래소유의 공덕을 설한 경전이다. '왕정법(王正法)'이란 "제왕이 마땅히 지켜야 할 정법이다. 부처가 우전(優塡) 국왕을 위해 『왕법정론경』을 설하고, 사위(舍衛) 국왕을 위하여 『왕법경』을 설하였다"124) 했고, '왕법위본(王法爲本)'은 "왕법을 근본으로 삼는다는 뜻으로, 인륜도덕을 완전히 하여 국법과 명령을 받드는 것을 근본으로 한다" 했으며, 『왕법정리론』에는 제왕의 10종의 과실과 공덕, 5종의 쇠손법(衰損法)・방편법(方便法)・가애법(可愛法) 등을 설하고 있다.

세상 사람들은 저마다 허물이 있으니, 왕도 예외가 아니라고 하였다. 이들 경전의 <왕론품>에서 '왕론'이란 왕이 해야 할 일을 논의한다는 뜻이니, 왕은 앞서 정법을 실천해야 하고, 어떤 어려운 경우라도 자비심을 가지고 나라를 다스려야 함을 강조하고 있다. 정치체제의 기본구조는 치자(治者)・피치자(被治者)의 관계이며, 체제가 안정과 균형을 이루기 위해서는 긍정적 상호 작용이 필요하다. 즉, 동질적인 사유구조를 바탕으로 피지배집단이 지배집단의 권위를 승인하고 재생산되어야만 치자의 권위가 확보됨은 물론 정치체제가 안정된다. 치자와 피치자를 연결시킬 수 있는 동질 논리가 정법치국(正法治國)의 이념이다.125) 정법에 의해 모든 인민의 이익과 안락을 증진해야 하는데, 이 같은 정법치국 이념은 불교의 수용과 함께 신라 정치제도에도 자연스럽게 수용될 수 있었다.126)

<안민가>는 첫째, 경덕왕이 귀족과의 갈등, 어려운 경제 상황에서 경덕왕이 고승에게 자문을 구한 데 대한 대답이다. "짐(朕)을 위하여 이안민가(理安民歌)를 지어 달라"는 왕의 요청에 충담사는 <안민가>를 통해 불교적 정

124) 韓國佛教大辭典編纂委員會 編, 『韓國佛教大辭典』 4(寶蓮閣, 1982), p.858. 이상의 경전 이외에도 『佛說諫王經』, 『佛爲優塡王說王法政論經』 등에서 왕이 지켜야 할 도리를 논하였다.
125) 조현걸, 불교의 정법치국의 이념과 신라정치체제에서의 수용-신라의 삼국통일 이전 시기를 중심으로, 『대한정치학회보』 16집 3호(대한정치학회, 2009), p.133.
126) 조현걸, 위의 논문, p.131.

법치국과 유교적 정명론을 강조하였다. 즉, "군신은 부모이고, 백성은 어린 아이이므로 자애와 사랑을 베풀어야 하고", "군신과 백성은 저마다 직분을 지켜함"을 강조하며, 이들이 전제가 되어야만 "백성들이 보금자리를 확보하여 풍요로운 삶을 이루고, 이 땅을 버리고 어디로 가지 않고, 나라를 유지하며 살게 될 것"이라 하였다. 국왕은 남을 사랑하는 것이 자신을 사랑하는 것과 같음을 강조한다.127)

"대왕이여, 바른 법으로 백성을 다스리면 목숨을 마친 뒤 천상에 날 것이요, [⋯] 비법으로 백성을 다스리는 이는 모두 지옥에 날 것이니, [⋯] 대왕이여, 법으로 다스리고 비법을 쓰지 마시오"라고128) 했으니, 정법치국 사상을 통해 왕도 자비를 베풀어야만 죽어 천상계에서 좋은 응보를 받아 부귀와 즐거움을 누리고 공경을 받을 것임을129) 강조하였고, 유교적인 정명논리를 통해 치자(治者)의 자애로움, 군주의 솔선수범, 백성을 향한 덕치 등을 강조하였다. 인륜의 이법(理法)과 불교의 제왕론(帝王論)을 실행하는 일이 일체 중생의 이익과 안락을 도모하는 길임을 깨우쳐 당시 어지러운 정치현실에 해법을 제시하고자 하였다. 경제적 어려움, 자연 재해 등에 따른 불안과 민심 이반을 잠재우고 안정을 되찾기 위해 국왕이 백성을 자식처럼 보살피는 자애와 정법, 정명을 강조한 것이다.

둘째, <안민가>는 인간의 조화가 천지자연의 조화를 이끈다는 불변의 진리를 담고 있다. <안민가>는 군君(부父)→신臣(모母)→민民(아이阿孩)→물物(만물萬物, 사물事物)의 순차적 상호 작용을 강조하고 있다. 이는 "궁상각치우(宮商角徵羽)는 임금과 신하와 백성과 사(事)와 물(物)의 차례로 매겨진다"에서130) 보듯 흔히 5음의 조화에 비유한다. 5음이 조화를 이루어야 좋은

127) 장지훈, 『한국 고대 미륵신앙 연구』(집문당, 1997), p.113 참조.
128) 『增一阿含經』 卷51, 제52 大愛道般涅槃分; 『한글대장경』 8-2, 증일아함경 2(동국역경원, 1969), pp.318~319.
129) 장지훈, 앞의 책, p.111.

소리를 내듯 군신과 백성이 조화를 이루어야 사물(만물)이 순조롭게 생성된다. <안민가>를 "백성이 민족과 국가의 바탕임을 확인해 둠으로써, 왕도사상에 입각한 초기 민족국가의 면모를 보인 것"으로 해석하기도 하고,[131] "전제왕권을 추구하는 도중 진골 귀족들의 반대에 부딪혀 실의에 빠져있는 경덕왕에게 다시금 군신의 조화를 강조한 것으로"[132] 보기도 한다.

5음에서 "궁을 임금, 상을 신하, 각을 백성, 치를 사(事), 우를 물(物)"에 비유하고, "궁이 어지러우면 흉년이 들고 임금은 교만히 굴고, 상이 어지러우면 간사하여 벼슬살이가 무너지고, 각이 어지러우면 근심스러워 백성의 원망이 자자하고, 치가 어지러우면 슬픔만 가득하여 그 일들이 괴로워지고, 우가 어지러우면 위태로워 그 재물이 다해 없어진다"고[133] 하였다. 임금과 신하가 어버이 역할을 하며 어리석은 백성들에게 자애를 베풀면 자연・만물이 조화로워 나라가 평온하게 유지될 것이라 했으니, <안민가>는 만물의 융성은 인간 세계의 조화로움에서 비롯한다는 보편타당한 논리를 담고 있다.

셋째, <안민가>는 경제 융성과 민생 안정을 치국의 근본 원리로 강조한다. 정법치국과 정명이 전제되어야 경제와 민생이 안정될 수 있음을 말한다. 군신이 백성들을 잘 보살펴야 백성들이 지배층의 사랑을 느끼고 만물이 융성하게 생장할 것이라 하였다. 그리고 만물이 융성하게 생장해야 백성들이 윤택해져서 이 땅을 떠나지 않고 나라가 안녕하게 유지될 것이라 하였다. 정법치국과 정명은 정치적 현안이나 민생 문제를 해결하는 방법론

---

130) "宮商角徵羽 君臣民事物之次也"(陳暘 撰, 『樂書』 卷9).

131) 申瀅植, 武烈王系의 成立과 活動, 『韓國古代史의 新硏究』(一潮閣, 1984), p.127.

132) 金英美, 統一新羅時代 阿彌陀信仰의 歷史的 性格, 『新羅彌陀淨土思想硏究』(民族社, 1988), pp.168~169.

133) "宮爲君 商爲臣 角爲民 徵爲事 羽爲物 五者不亂則無怗懘之音矣", "宮亂則荒 其君驕 商亂則陂 其官壞 角亂則憂 其民怨 徵亂則哀 其事勤 羽亂則危 其財匱"(『禮記註疏』 卷37, 樂記, 孔穎達 疏).

이고, 왕과 충담사, 백성들 공동의 염원은 만물이 융성하게 생장하여 백성들의 삶이 윤택해지는 일이므로 <안민가> 창작의 1차적 계기는 경덕왕대의 경제적 어려움에서 비롯되었다 할 수 있다. "이흘 머기 다스라"에서처럼 정치에서 '밥'은 항상 백성을 움직이는 근원적인 힘으로 거론된다.

"곡식 창고가 차야 예절을 알고, 의식이 족하여야 영욕을 안다"고 하였다. 예는 경제적 여유가 있는 데서 생기고 경제적 여유가 없는 데서 폐해진다[134] 하였다. 『열자』 권7, 양주(楊朱)의 말에 근거하여, "조물주가 세상 다스리는 힘은 실로 먹을 것에 달렸으니, 이가 없다면 하늘이 사람을 어떻게 제어하며 임금이 어떻게 백성을 부릴 수 있겠는가?"에서는[135] 만약 의식주와 경제가 갖춰지지 못한다면 사람을 제어하고 백성을 부릴 힘조차 없어진다고 말했다. 『논어』에서도 백성을 물질적으로 부유하게 하여 삶을 안정시키는 일이[136] 중요하다 하였다. 신라 유리왕(儒理尼師今)이 환과고독(鰥寡孤獨) 백성들의 어려운 삶을 보살펴주니 이웃 백성들까지 찾아들었다 했고,[137] "무릇 땅을 가지고 백성을 다스리는 자들이 항시 힘써 일하고 곡간을 열심히 지키니 국가에 재물이 많아 먼 데서 사람들이 찾아오고 궁벽한 땅의 백성도 편안히 머물러 사니 곡간이 실해야만 예절을 알게 되고 의식을 족히 해야 영욕을 알게 된다"에서도[138] 백성들이란 경제적인 여유를 가진 다음에야 예절과 영욕을 알게 된다고 하였다.

---

134) "故日 倉廩實而知禮節 衣食足而知榮辱 禮生於有而廢於無"(『史記』 貨殖列傳).

135) 성대중, 『청성잡기』 권4, 醒言.

136) "子適衛 冉有僕 子日 庶矣哉 冉有日 旣庶矣 又何加焉 日富之 日旣富矣 又何加焉 日教之"(『論語』 13 : 9).

137) "五年 冬十一月 王巡行國內 見一老嫗飢凍將死 [⋯] 鰥寡孤獨老病不能自活者 給養之 於是 鄰國百姓聞而來者 衆矣 是年 民俗歡康 始製兜率歌 此歌樂之始也"(『三國史記』 新羅本紀, 儒理尼師今 5年).

138) "凡有地牧民者 務在四時 四時所以生成萬物也 守在倉廩 國多財 則遠者來 地辟舉 則民留處 倉廩實 則知禮節 衣食足 則知榮辱"(房玄齡 注, 『管子』 卷23, 牧民1).

(8) "대재부(大宰府)에 명하기를, '잠깐 사이에 신라에서 귀화하는 배들이 끊이지 않는데 부역의 고통을 피하기 위해 조상 무덤이 있는 고향을 멀리 두고 왔으니 그 마음을 생각해보면 어찌 돌이켜 그리워하는 마음이 없겠는가. 마땅히 여러 번 뜻을 물어 아무쪼록 돌아가고자 하는 자들에게는 식량을 주어 보내라' 하였다."[139]

위는 경덕왕 18년(759)의 기록이다. 많은 신라인들이 부역의 고통을 피하여 고향을 등지고 일본에 오니 식량을 주어 보냈다 한다. 동왕 23년(764)에도 "근년에 신라에서 투화해 온 백성들이 '신라가 군대를 내어 경비를 하고 있는데, 이것은 일본국이 침공할까 봐 의심한 때문이라' 하는데 사실인가, 아닌가?"[140] 하였다. 곧이곧대로 신빙하지 않더라도, 경덕왕 말기에 신라인들이 일본에 투화했다는 기록은 <안민가>의 한 구절 "이 ᄯᅡᄒᆞᆯ 바리곡 어듸 갈뎌 ᄒᆞᆯ디"와 무관하지 않을 것으로 보인다.

이는 경덕왕이 정치·경제적으로 어려운 정치현실에 처해 있었음을 입증한다 하겠다. <안민가>의 구절에서는 "구리ㅅ 크ᄒᆞᆯ 살이ᄉᆞᆷ/구리ㅅ 한사리(큰 사ᄅᆞᆷ)이ᄉᆞᆷ(窟理叱大肹生以支所音)", "이ᄒᆞᆯ 머기 다ᄉᆞ라(此肹喰惡支治良羅)"에 백성들을 먹여 다스리는, 경제적 만족이 가장 우선적인 일이라는 시각이 담겨 있다.

---

139) "勅大宰府 頃年新羅歸化 舳艫不絶 規避賦役之苦 遠弃墳墓之鄕 言念其意 豈无顧戀 宜再三引問 情願還者 給粮放却"(『續日本記』 卷22, 淳仁天皇 天平宝字 3年(759) 9月 丁卯; 新訂增補 國史大系『續日本記』 前篇, 吉川弘文館, 1974, p.265).

140) "問曰 比來彼國投化百姓言 本國發兵警備 是疑日本國之來問罪也 其事虛實如何"(『續日本記』 卷25, 淳仁天皇 天平宝字 8年(764) 7月 甲寅; 新訂增補 國史大系『續日本記』 後篇, 吉川弘文館, 1971, p.302).

4. 임금에게 백성들을 위한 길을 제시하다

<안민가>의 난해구 '窟理叱大肹生以支所音'은 "구리ㅅ 크홀 살이숌", 또는 "구리ㅅ 한사리(큰 사롬)이숌"으로, 백성들이 삶의 보금자리를 꾸리어 안락을 누리며 장수하기를 바라는 기원을 담았고, 바로 뒤 구절 '물생'은 "천지 음양의 기운이 통하여, 온갖 사물이 나고 자라는 것"을 뜻한다. 이에 <안민가>의 이 대목을 "窟理叱大肹生以支所音物生∨此肹喰惡支治良羅"가 아니라 "窟理叱大肹生以支所音∨物生此肹喰惡支治良羅"로 끊어 읽는 새로운 독법을 제시하고자 한다. <안민가>에는 군君(부父)→신臣(모母)→민民(아이阿孩)→물物(만물萬物, 사물事物)의 순차적 상호 작용을 강조하고 있는데, 이는 임금과 신하와 백성과 사(事)와 물(物)에 해당하는 5음 궁상각치우(宮商角徵羽)와 같으니 다섯 음이 조화를 이루어 좋은 소리를 낼 수 있듯이, <안민가>는 임금과 신하와 백성이 조화를 이루어야 사물(만물)이 순조롭게 생성될 수 있음을 강조한 작품이다.

<안민가>의 "君다이 臣다이 民다이 ᄒᆞᄂᆞᆯ든(君如臣多支民隱如)"에는 공자가 정치에서 가장 먼저 해야 할 일로 꼽은 정명 사상이 배어 있다. 정명이란 임금·신하·백성이 가지는 제각각의 본질이니, 정치의 진정한 의미는 타자와 생활하면서 부여되는 사회적 관계나 직책의 역할을 올바로 구현할 때 비로소 이루어진다. "君은 어비요(君隱父也) [⋯] 民이 ᄃᆞᅀᆞᆯ 알고다(民是愛尸知古如)"는 유교·불교는 물론 보편적 담론으로도 볼 수 있지만 국왕이 행해야 할 왕법(王法)을 조목소복 담은 점은 불교 정법의 왕론, 즉 '왕법정이론(王法正理論)'과 일맥상통한다. 『삼국유사』 표훈대덕 조나 충담사의 <안민가>는 덕이 높은 스님이 왕에게 나라를 다스리는 바른 법을 전하는 과정을 잘 담고 있다. '정법'이란 진정한 도법(道法), 즉 부처의 교법(教法)을 말한다. 이치에 어긋남이 없는 것을 정(正)이라 하고, 삼보 중의 법보(法寶)로써 교리행

과의 넷을 체(體)라고 하였고, 『무량수경』 상에서도 "정법을 널리 펴다"라고 하였다. 신라 중대 왕실은 적극적으로 불교를 신앙했고, 국왕들의 신앙 또한 매우 독실해서 이렇듯 고승을 초청하여 설법을 듣거나 정치적 자문을 구하기도 했던 것이다. <안민가>는 충담사가 경덕왕에게 부처의 교법을 전하는 일이기도 하고, 어려운 정치현실에 대해 충간하는 일이기도 하다. 왕이 정명과 정법치국을 통해 이상적 군주가 되고 정치적 안정을 이루어 극락왕생하기를 바라는 간절한 기원을 담고 있다.

경덕왕은 재위 후반기로 가면서 승려들의 다양한 능력과 영향력을 통해 기존의 불교신앙 뿐만 아니라 대중을 교화할 수 있는 여러 가지 방법으로 사회의 안정과 통치에 힘을 얻고자 했다.[141] 그리고 당시 신라는 지정학적인 토착성과 후진성을 면해보고자 중국과의 통교를 위해 서학에 적극적이었다. 유학승들이 불교뿐 아니라 유교 등 중국 선진문화에 대한 욕구가 커서 사신의 내왕과 동반하여 출입하면서 새로운 문물을 들여오는 선구자적인 역할을 하였으며, 대중 관계의 창구로서의 외교적 의미가 있었기 때문이었다.[142] 당시 신라는 다양한 경로로 유입한 선진 사상을 도입하여 사회 변화를 꾀하려 했을 것이므로, <안민가>의 배경사상을 '왕법정이론'으로만 특정하는 것은 다소 단정적일 수 있겠으나 다만 충담사가 왕에게 전하려는 충간의 핵심 논리는 불교에 있음이 분명하다. 앞에서 살핀 것처럼, <안민가>에는 유교적 정명사상도 함께 배어있으므로, 향후에도 다각적 시선으로 <안민가>의 작품 성격을 규명하려는 자세가 필요할 것이다.

141) 전보영, 경덕왕과 승려의 교류양상과 그 의미, 『사학연구』 112(한국사학회, 2013), p.68.
142) 金福順, 『新思潮로서의 신라 불교와 왕권』(景仁文化社, 2008), pp.66~67.

〈도천수대비가(禱千手大悲歌)〉

눈 멀어가는 자식을 위해 애절히 기도하다

1. 질병과 치유에 대한 팩트 체크?

『불설천수천안관세음보살광대원만무애대비심다라니경(佛說千手千眼觀世音菩薩廣大圓滿無礙大悲心陀羅尼經)』·『천안천비관세음보살다라니신주경(千眼千臂觀世音菩薩陀羅尼神呪經)』 등에는 "다라니(陀羅尼)를 외면 모든 장애와 재난, 몹쓸 병의 고통이 없어지고, 모든 좋은 법을 성취하며, 두려움을 멀리 여의게 된다."[1] 하였고, "천수관음다라니를 송창(誦唱)하면 메마른 못이나 샘에도 물이 생기어 충만하고, 질병이 있는 자가 다라니를 외면서 손으로 쓰다듬으면 일체의 병환이 사라지며, 갈피잡지 못하던 사람도 다라니를 외면 반듯한 생각(正念)을 되찾게 되고",[2] "다라니 신수(神呪)를 송지(誦持)하는 이는

1) "我今亦說 爲諸行人作擁護故 除一切障難故 除一切惡病痛故 成就一切諸善法故 遠離一切諸怖畏故"(唐西天竺沙門伽梵達摩 譯, 『千手千眼觀世音菩薩廣大圓滿無礙大悲心陀羅尼經』; 『大正新修大藏經』 20, 密教部3, 大正新修大藏經刊行會, 1965, p.111; 천명일 편저, 『깊은 뜻이 담겨있는 부처님 말씀, 천수경』, 지혜의 나무, 1999, p.209).

2) "若於枯池河泉邊 誦此陀羅尼者 卽得水還盈滿 若一切病患 當誦此陀羅尼 以手摩之 卽得除差 於失念者邊 誦此陀羅尼 還得正念"(大唐總持沙門智通 譯, 『千眼千臂觀世音菩薩陀羅尼神呪經』 卷

세간 8만 4천 종의 병을 모조리 다스려 고치지 못하는 병이 없다."[3]고 하였다. "중생 가운데 눈 아픈 자는 관음보살의 천안인주(千眼印呪)를 스물한 번만 외면 눈병이 곧 사라지고 이 인연으로 천안광명(天眼光明)을 얻어 상계(上界)의 견성(見性)에 통하여 종종 천인(天人)들의 쾌락을 누리게 된다."고[4] 하기도 했다.

불치의 '질병'에 걸린 환자가 간절히 기원하면 신은 상상을 초월하는 신비한 능력과 종교적 효능을 발휘할 때가 있다지만, "경덕왕 대(景德王代) 한기리(漢岐里)에 사는 여인 희명(希明)의 다섯 살 난 아이가 갑자기 눈이 멀게 되고, 아이에게 분황사 좌전 천수대비 앞에서 <도천수대비가>를 지어 부르게 하니, 마침내 눈을 뜨게 되었다."[5]는 대목을 "실제로 눈을 뜬 것이 아니라 정신적인 혜안(慧眼)을 뜬 것" 등으로만 이해하기는 쉽지 않으므로 육체적인 '득명'을 설명하려는 노력이 무엇보다 중요하다.[6]

<도천수대비가> 8행의 '一等沙隱賜以古只內乎叱等邪'의 해독은 작품의 의미 층위를 분석하고 아이 눈병 치료의 전말을 밝히는 데 매우 중요하다. 이에 본고는 '古只內乎叱等邪'를 '고티누옷다라(고쳐주옵소서)'로 해독하고 "하나를 그윽이(은밀히, 아는 듯 모르는 듯) 고칠러라."로 이해하는[7] 기존 논의를 벗어나 새로운 풀이를 위한 방향성을 모색해갈 것이다. '古只內乎叱等邪'의 용례와 어원에 맞는 해석을 찾는 작업은 근본적으로 "갑자기 눈이 멀게 된 아이(忽盲)가 드디어 눈을 뜨게 되는(得明)" 질병의 치료 과정, 그 치

上, 9張; 東國大學校 編, 『高麗大藏經』 11, 民族佛教研究所, 1986, p.943).

3) "誦持此神呪者 世間八萬四千種鬼病 悉皆治之無不差者 亦能使令一切鬼神 降諸天魔及諸外道"(唐西天竺三藏伽梵達磨 譯, 앞의 책, 第11張, p.966).

4) "若有衆生有眼痛者 呪師以菩薩千眼印呪 二十一遍 以印印眼眼卽除愈 以此大因緣 其人獲得天眼光明徹見上界 種種天人受勝快樂"(大唐總持沙門智通, 大唐總持沙門智通 譯, 앞의 책, p.946).

5) "景德王代 漢岐里女 希明之兒 生五稔而忽盲 一日其母抱兒 詣芬皇寺左殿北壁畵千手大悲前 令兒作歌禱之 遂得明"(『三國遺事』 卷3, 塔像4, 芬皇寺千手大悲 盲兒得眼).

6) 양희철, 『향찰 연구 12제』-동형의 이두와 구결도 겸하여(보고사, 2008), pp.177~178 참조

7) 梁柱東, 『古歌研究』(訂補版)(博文書舘, 1960), pp.477~480.

유의 가능성과 관음신앙에 입각한 기원(祈願)의 성격을 확인하려는 의도에서 비롯한다.

2. 선행 연구를 분석한다면?

<도천수대비가> '一等沙隱賜以古只內乎叱等邪'에 대한 기존의 해독과 현대어 풀이를 제시하면 다음과 같다.

(1) 한무리산 주셔 고티올뎌라(하나를 주시어 고쳐주옵소서)[8]

(2) ᄒᆞᄃᆞᆫ쇼 느즘이 예누옷다라(하나쯤은 슬그머니 사랑하시와 나리어주시옵더이다.)[9]

(3) ᄒᆞᄃᆞᆫ사 주리 고티누훗다라(하나나마 주어 고칠네라.)[10]

(4) ᄒᆞ나손 주어 곧ᄋᆞᄂᆞ올ᄃᆞ라(하나만 주어 고치올 것이외다.)[11]

(5) ᄒᆞᄃᆞᆫ사 그ᅀᅳᅀᅵ 고티누옷다라(하나를 그윽이(은밀히, 아는 듯 모르는 듯) 고칠러라,[12] 하나라도 은밀히 고칠네라)[13]

(6) ᄒᆞᄃᆞᆫ사 그시 고지ᄂᆞ오쓰라(하나야 슬그머니 꽂고 있더라.)[14]

(7) ᄒᆞᄃᆞᆫ사 숨기주쇼셔 ᄂᆞ리ᄂᆞ옷ᄃᆞ야(하나를 숨겨 주소서 하고 매달리누나),[15] (나에게 하나라도 은밀하게 내려 주소서 하면서 매달립니다.)(두 개도 나에게는 많은 것이니 두 눈도 말고, 천 개 중 하나만 주십시오, 어린이다운 순진한 발상이 더욱 애절하여 긴장과 발원 효과가 커진다.)[16]

---

8) 小倉進平, 『鄕歌及び吏讀の硏究』(京城帝國大學, 1929), pp.196~197.
9) 池憲英, 『鄕歌麗謠新釋』(正音社, 1947), pp.17~18.
10) 홍기문, 『향가해석』(조선민주주의인민공화국 과학원, 1956), pp.206~207, pp.218~219.
11) 李鐸, 『國語學論攷』(正音社, 1958), p.24.
12) 梁柱東, 앞의 책, pp.477~480.
13) 황패강, 『향가문학의 이론과 해석』(일지사, 2001), pp.518~520.
14) 徐在克, 『新羅 鄕歌의 語彙 硏究』(啓明大學校 韓國學硏究所, 1975), pp.26~29.
15) 金完鎭, 『鄕歌解讀法硏究』(서울大學校出版部, 1980), p.97, pp.105~107.

(8) 하든사 그스샤이 고디ᄂᆞ옷드라(하나만 그윽하시게 고치옵소서(슬쩍 하나만 고쳐 주옵소서)[17]

(9) ᄒᆞᄃᆞᆫᅀᅡ 그ᅀᅳᅀᅴ 그티 누옷다라(하나야 슬그머니 고치라)[18]

(10) ᄒᆞᄃᆞᆫ사ᄂᆞᆫ 드리곳긔나 호신 ᄃᆞ사(하나만은 내려 주시졌구나 하오신다냐, 꼭 하나만이라도 주어야 되겠다.)[19]

(11) 까단산 주이고 디나꼳따라(하나쯤은 주시고 지낼만하겠더라. : "천수관음은 눈이 천 개나 되는데 나는 눈이 둘 다 멀었으니 하나쯤 나에게 주신들 지낼만하지 않습니까?" 눈은 둘 다 멀었지만 오직 하나만이라도 주시기를 애절하게 빈 것이다)[20]

(12) ᄒᆞᄃᆞᆫ사 넌즈시 고기ᄂᆞ옷ᄃᆞ라(하나쯤 넌지시 괴여(支, 撑)주실 것인지여)[21]

(13) ᄒᆞᄃᆞᆫ사ᄂᆞᆫ 주시곡 ᄂᆞ옷ᄃᆞ야(하나는야 주셨으면 하도다.)[22]

(14) 가튼사 그싀곡 놓드라(하나야 숨기고 내어놓더라.)[23]

(15) "ᄒᆞᄃᆞᆫ산 주이고"ㄱ 드룟ᄃᆞ라('하나만은 줄까'라고 드리는 것이라(하나만이라도 주옵소서)[24]

(16) ᄒᆞᄃᆞᆫᅀᅡ 숨기주쇼셔 ᄂᆞ리ᄂᆞ옷ᄃᆞ야(고치옵더이다, 나리어 주시옵더라)[25]

'일등사(一等沙)'를 '한무리산, 까단산, 가튼사' 등으로 독해하는 경우도 있지만 대체로 'ᄒᆞᄃᆞᆫᅀᅡ(ᄒᆞᄃᆞᆫ사)'로 읽으면서 "소망의 소박성을 표한 것으로, 신

---

16) 李姸淑, 『新羅鄕歌文學硏究』(박이정, 1999), p.266.
17) 金俊榮, 『鄕歌文學』(螢雪出版社, 1982), pp.128~129.
18) 崔鶴璇, 『鄕歌硏究』(宇宙, 1985), pp.132~133.
19) 鄭昌一, 『鄕歌新硏究』(圓光大學校 鄕土文化硏究所, 1987), pp.446~447.
20) 김선기, 「눈 밝안 노래(得眼歌)-신라 노래 열하나」, <現代文學> 14卷 10號, 通卷166(現代文學社, 1968.10), p.314, p.325.
21) 兪昌均, 『鄕歌批解』(螢雪出版社, 1994), pp.574~575, pp.613~614.
22) 池炯律, 『鄕歌正讀』(瑞原企業, 1996), p.109.
23) 姜吉云, 『鄕歌新解讀硏究』(한국문화사, 2004), pp.289~290.
24) 신재홍, 『향가의 해석』(집문당, 2000), pp.165~170.
25) 김상억, 『향가』(한국자유교육협회, 1974), p.323.

력(神力)에 대한 겸양의 소산이면서 자신의 청원을 직접적으로 표출한 대목"으로 보고 있다.[26] '隱賜以'는 '는즘이(넌즈시), 주셔(주리), 주이고(주어), 드리곳긔나, 숨기주쇼셔, 그스샤이' 등의 풀이가 있는데 대체로 '그ᅀᅵ'라 읽고 있다. '古只內乎叱等邪'는 '예누옷다라((2)), ᄂᆞ리ᄂᆞ옷ᄃᆞ야((7), (16)), 호신 ᄃᆞ사((10)), 디나끋따라((11))'로도 풀지만 '고티올뎌라/고티누홋(옷)다라/곧ᄋᆞᄂᆞ올ᄃᆞ라/고지ᄂᆞ오ᄯᅳ라'로 읽어 "고쳐주옵소서(醫, 治療)"로 보는 견해가 통설이다.

끊어 읽기는 一等沙隱∨賜以∨古只內乎叱等邪((1), (3), (4))로 하기도 하고, 一等沙隱∨賜以古只∨內乎叱等邪((11), (13)),[27] 一等沙∨隱賜以古只∨內乎叱等邪((14), (15))로 끊어 해독하기도 하지만 一等沙∨隱賜以∨古只內乎叱等邪가 주를 이룬다.[28] 이에 따라 이 구절을 "덕담(德談)으로, 기원하는 사항이 이미 이루어져버린 것으로 설해 버림으로써 기대하는 일이 빨리 이루어지기를 바라는 하나의 마력(魔力), 즉 주원성(呪願性)에서 나온 언표"((6))로 분석하기도 하고,[29] "한 개사 적이 헐어주시려는가 하는 넘어설 수 없는 선만 그어놓은 채 어미의 마음은 이미 제 손으로 벽화에서 눈 하나를 떼 오기 직전이다. 자비라면 어디에 쓰려고 나를 외면하시냐는 마지막 부분에 이르면 이미 절규에 가깝다."[30]는 분석을 내 놓기도 한다. "'드리-'를 '드리(獻)-'의 의미가 아니라, '여쭙-(말씀디리-)'로 정리하여, '주시이곡 드리옷ᄃᆞ야'로 읽고, 뜻은 '(반드시) 주시오 여쭈옵다야'이라"는[31] 견해도 있고, (16)의 풀이에 따라 "눈을 뜨고자 하는 강한 발원을 결과적 성취로 노래한 것

---

26) 呂運弼, 「禱千手大悲歌의 新願歌的 理解」; 『한국고전시가작품론』 1(集文堂, 1992), p.158.
27) "一等沙隱∨賜以古只∨內乎叱等邪로 끊어 '하나는야 주셨으면 하도다'로 읽었다."(池炯律, 앞의 책, p.105).
28) 신재홍, 앞의 책, p.165 참조.
29) 張珍昊, 『新羅鄕歌의 硏究』(螢雪出版社, 1993), p.213.
30) 고운기, 『가려 뽑은 고대시가』(현암사, 2007), p.58; 고운기, 『길 위의 삼국유사』(미래M&B, 2007), p.102.
31) 양희철, 앞의 책, p.346.

으로서, 천안을 갖춘 대비의 상호(相好)에서 대비심을 발휘하여 하나쯤이야 슬쩍 덜어 시적 화자에게 내려줌으로써 시적 화자에게 반만의 광명이라도 찾게 해 줄 수 있지 않나 하는 애절한 바람을 강하게 진술한 것으로[32] 보는 주장도 있다. 논자 간 약간의 견해차를 인정하더라도 '一等沙隱賜以古只內乎叱等邪'는 대략 "절대자에 대한 간구(懇求), 의존, 간청, 애원의 대목으로, 두 눈이 먼 아이에게 두 눈이 다 필요하긴 하지만 하나쯤만 슬그머니 내려 달라고 애원함으로써 절박함의 정도를 극대화하고, 관음보살의 자비심을 더욱 자극하며",[33] "자비로 구제하는 관세음보살(觀世音菩薩)의 영험을 늘어놓고, 기원자의 비극적 처지를 고백하여 이에 대한 구제의 영능(靈能)을 청원"하는 구절로 분석하고 있다.[34]

그러나 '古只'의 음이나 훈에 맞는 용례를 찾고 그에 해당하는 단어를 선정하는 일이 쉽지 않아 '只'를 중고음(中古音) 'ki' 로 읽어내지 못하고 '고티 올뎌라/고티누홋(옷)다라/고지ᄂᆞ오ᄯᅳ라'로 읽는 어려움을 겪음으로써 이 구절의 내포적 의미에 대한 다양한 논의를 이끌어내는 데 한계를 보이고 있다.

3. 새로운 해석을 시도하다

1) 난해구 一等沙隱賜以古只內乎叱等邪의 의미

<제망매가>의 'ᄒᆞᆫ ᄃᆞᆫ 가지애(라) 나고(一等隱枝良出古)'나 <도천수대비가> '一等下叱放 一等肹除惡攴'에서의 쓰임을 고려하면 '一等'은 'ᄒᆞ나ㅎ+ᄃᆞᆫ'의

32) 김승찬, 『신라향가론』(부산대학교 출판부, 1999), pp.201~202.
33) 朴魯埻, 『新羅歌謠의 硏究』(悅話堂, 1982), p.257, p.266.
34) 李在銑, 「新羅鄕歌의 語法과 修辭」, 『鄕歌의 語文學的 硏究』(西江大學校 人文科學硏究所, 1972), p.155.

결합인 'ᄒᆞᄃᆞᆫ'으로, 『계림유사(鷄林類事)』 "一日 河屯"의[35] '河屯'(ᄒᆞᄃᆞᆫ)에 해당한다. 이를 가ᄐᆞᆫ(同)(정렬모)의 뜻으로 읽어도 의미상 통하지 않는 바는 아니지만, '一等'을 'ᄒᆞ나'의 뜻으로, '沙'를 강세접미사 'ᅀᅡ'로 보아[36] '一等沙'는 'ᄒᆞᄃᆞᆫᅀᅡ', 즉 "하나아(하나는)"로 보는 견해에 따른다.

이어지는 '隱賜以'는 다음과 같은 용례를 가진다.

(1) 샹녯 말ᄉᆞ매 닐오ᄃᆡ 사오나온 일란 그ᅀᅵ고 됴ᄒᆞᆫ 일란 펴 낼 거시라 ᄒᆞᄂᆞ니라(常言道 隱惡揚善)(번역노걸대)

(2) 太子ㅣ ᄒᆞ마 位ᄅᆞᆯ 傳ᄒᆞ샤ᄆᆞᆯ 그ᅀᅳ기 드로니 聖德이 北녀그러 南單于를 降服히시도다(竊聞太子已傳位 聖德北服南單于)(초간본 두시언해 8 : 2)

(3) 凡夫는 날로 ᄡᅳᄃᆡ 아디 몯ᄒᆞᆯᄉᆡ 닐오ᄃᆡ ᄀᆞ만ᄒᆞ며 그ᅀᅳᆨ다 ᄒᆞ니라(凡夫日用而不知 故云潛密)(圓覺經諺解 상1-2 : 15)

(4) 그ᅀᅳ근 ᄠᅴ멘 ᄃᆞᄐᆞᆫ ᄠᅥ러 ᄇᆞ료미 어려우니 바ᄅᆞ 모ᄃᆡ 그ᅀᅳᆨᄒᆞᆫ ᄠᅳ믈 헤텨 여러(幽隙之塵은 拂之호미 且難ᄒᆞ니 直須破開陰隙ᄒᆞ야)(능엄경언해 1 : 107)

(1)~(4)에서 '그ᅀᅳᆨ다'는 "숨겨진/은밀한, 감추다, 은근(그ᅀᅳᆨ)하다, 남몰래, 은밀히" 등 여러 비슷한 의미망을 갖고 '竊·暗·闇·隱·密·陰·幽·諱·屛·潛·掩' 등과 동의어로 쓰인다. '賜'는 상고(上古)에서 중고(中古)에 이르는 사이 '시, 스, 시, ᄉᆞ' 등 다양한 음의 변화를 겪었는데,[37] '爲賜(하시)·爲賜以(하심으로)·成賜乎(이루시온)·施賜乎(베풀으신)·見賜(보시)' 등의 활용이 대체인 바[38] '시'로 읽고, '以'는 '(ᄋᆞ)로'와 음차 '이' 가운데 '구릿 하ᄂᆞᆯ 살이기(窟理叱大肹生以支)', '안족 턱도 업스니다(安支尙宅都乎隱以多)'에서

35) 孫穆, 『鷄林類事』; 姜信沆, 『鷄林類事 高麗方言 硏究』(成均館大學校出版部, 1980), p.36.
36) 兪昌均, 앞의 책, p.601, p.608, p.724.
37) 兪昌均, 위의 책, p.184.
38) 배대온, 『歷代 이두사전』(형설출판사, 2003), pp.167~168.

처럼 음차 '이'로 읽는 것이 자연스러워, "그슥(그스)+시+이"를 취한다. 이에 따라 '隱賜以'를 '그슥이/그스기/그싀/그스이(숨기고서/몰래)'로 읽고,[39] 은밀한 곳, 즉 "가려져 잘 드러나지 않는 곳에"·"깨닫지 못하는 사이에"라는 의미로 이해한다.

문제는 '古只內乎叱等邪'를 읽는 법이다.

(5) 結已縣-潔城縣 悅已縣-悅城縣 多只縣-多岐縣 奴斯只縣-儒城縣[40] 三岐縣-三支縣 三岐-大城郡[41]

(5)의 지명표기에서 '只'는 '只=已=岐=支'→'城'과 대응관계를 이루어 'k-' 표기자이다.[42] 동통허(董同龢)가 재구한 상고음에 따르면, '只'는 [kieg]이다. 이를 기준으로 삼는다면, '只'의 신라 한자음은 '기(ki)'이고, 약음차자는 'ㄱ'이다.[43] "爲只爲(ᄒᆞ기솜/ᄒᆞ기암), 只在乙良(기견으란/이견으란), 只乎矣(기오디/이오디), 並只(다므기), 曾只(일즈기)" 등도[44] 모두 '只'가 '기'로 읽힌 경우이다. 이 가운데 '爲只爲'는 '하도록, 하기 위하여'의 뜻을 가진 말로, 'ᄒᆞ기삼>ᄒᆞ기삼>ᄒᆞ기암'의 과정을 거쳤다. 또, '想只'는 '슻기' 또는 '스치기'이고,[45] "庄嚴令只者 二 青衣童子(庄嚴시킨 두 青衣童子)"이나[46] '最只(안즈기)·擬只(사기)·的只(마기)',[47] '彗叱只有叱故'의 '혜ㅅ기', '畓柒石落只(논 일곱 섬지기)'[48]에서도 '只'는 '기'이다. 또, "狼毒·蔄茹, 同吾獨毒只(鄕藥採取月令-이

39) 姜吉云, 『鄕歌新解讀研究』(한국문화사, 2004), p.289 참조.
40) 『三國史記』 卷36, 雜志5, 地理3.
41) 『三國史記』 卷34, 雜志3, 地理1; 『三國史記』 卷32, 雜志1, 祭祀.
42) 최남희, 『고대국어 형태론』(박이정, 1996), pp.213~214.
43) 최남희, 위의 책, p.213.
44) 장세경, 『이두자료 읽기 사전』(한양대학교 출판부, 2001), p.306.
45) 南豊鉉, 『吏讀研究』(태학사. 2000), p.554, p.565.
46) 南豊鉉, 위의 책, p.237.
47) 장세경, 앞의 책, p.306; 兪昌均, 앞의 책, pp.378~380.

하 月令-2월 · 5월), 五獨毒只(村家救急方-이하 村家)"는 '오독ᄡᅩ기 · 오독도기', "遠志, 阿只草 朱書 又非師豆刀草(月令 8월), 阿只草(村家)"는 '아기ᄑᆞᆯ', "茵蔯蒿, 同加外(火)左只(月令 4월)"는 '가외자기, 더위자기, 더블자기', "雀甕, 鄕名衰也只(月令 9월)"은 '소야기', "楮葉, 多只(간이방 2 : 108)"은 '닥닙(다기닙)', "薺苨, 同季奴只(月令 2월)"은 '계로기'(訓蒙字會 上14), "癧진, 豆等良只(상, 5)"는 '두드러기'(훈몽자회 中33)"[49]로 쓰여 향명(鄕名)에서도 '只'의 소릿값이 '기'였음을 말해준다. <용비어천가>에서 "아기바톨(阿其拔都)[50]의 '阿其'도 '阿只'로도 쓰이고, 이두문에서도 '이ᄉᆞᆲ기(是白只)' · '고록기(古祿只)' 등 어두 · 어중 · 어말의 다양한 자리에서 '只'는 'ki'로 읽힌다.[51]

이에 '古只'는 '고기'에 대응하고, 그 가운데 힘줌 강세사만 남으면 '곡'이 되겠는데,[52] <怨歌>의 "月羅理影攴古理因淵之叱"을 "ᄃᆞ라리 그르메 ᄂᆞ린 못ᄀᆞᆺ"라 하고, '古理'를 'ᄂᆞᆰ+理(代替添記)'로 보아 'ᄂᆞ린'으로 읽기도 하고,[53] "ᄃᆞᆯ의 그름자 고인 못을"(소창진평), "달빛 고인 소애ㅅ"(지헌영), "ᄃᆞᆳ 그림제 녯 모샛"(양주동), "ᄃᆞ럭 그르메△ 녜린 못"(김준영) 등으로 해독하기도 하니, '古'는 뜻을 가지고 와서 'ᄂᆞᆰ,[54] 녜'으로 읽거나 음을 가지고 와서 '고' 등 여러 해독이 가능하다. <도천수대비가>의 '古只'도 'ᄂᆞᆰ다(古)[55]+기(只)'의

---

48) "畓柒石落只 東道 南西 禿豆ホ 北渠"(太祖賜給芳雨土地文書; 朴盛鍾, 『朝鮮初期 古文書 吏讀文 譯註』, 서울대학교출판부, 2006, p.469).

49) 이상 『鄕藥採取月令』(大提閣, 1987), p.8, p.13, p.17, p.18; 『訓蒙字會』(大提閣, 1985), p.406, p.461; 『東醫寶鑑』湯液 권2,3(南山堂, 1966), p.708, p.717, p.726; 南豊鉉, 『借字表記法研究』(檀大出版部, 1981), pp.110~111, p.117, p.145; 최남희, 『고대국어 표기 한자음 연구』(박이정, 1999), pp.333~335).

50) 김성칠 · 김기협, 『역사로 읽는 용비어천가』(들녘, 1997), pp.255~256; 韓國學文獻研究所 編, 『龍飛御天歌』(亞細亞文化社, 1972), p.653.

51) 李崇寧, 『新羅時代의 表記法 體系에 관한 試論』(塔出版社, 1978), pp.37~39.

52) 兪昌均, 앞의 책, p.613; 姜吉云, 앞의 책, pp.290~291 참조. 여기선 다만 그에 상응하는 예를 찾을 수 없다 하였다.

53) 金完鎭, 『文學과 言語』(탑출판사, 1979), pp.127~128.

54) "<도천수대비가>의 '古召旀(ᄂᆞ초며)'에서 '古'를 'ᄂᆞᆰ'으로 읽은 것이 그 예이다."(金完鎭, 『鄕歌解讀法研究』, 서울大學校出版部, 1980), pp.98~99).

'놀기(놀개)'로 읽을 가능성도 배제할 수는 없으므로[56] 이의 해석을 일단 '고기/곡,[57] 놀기' 등 둘로 열어두고자 한다.

'內乎叱等邪'의 '內'는 '願爲內 等者(願하는 것은)'(균흥사), '入內如(넣는다)'(화엄경사경) 등에서 '-ᄂᆞ'로 쓰이니[58] 'ᄂᆞ'로 읽기도 하고, "드료롯ᄃᆞ라(內乎留叱等耶)"(<恒順>), "오래 病 드럿거를(『삼강행실도』孝7 : 19)"처럼 훈을 취하여 '들다/들이다(納)'로[59] 읽는 일도 가능하다.

'乎'는 어간에 직결되고, '審是內乎矣(살피오되), 令是白內乎矣(시키사오되), 使內白乎旀(부리시오며)'의 경우처럼 중세어의 선어말어미 '오'이다. 다음에 체언이 올 경우 관형사형 어미 표지자를 생략한 채 문맥에 따라 '온', 또는 '올'로도 읽을 수 있다.[60]

'叱等邪'는 "達阿羅浮去伊叱等邪(<彗星歌>), 法雨乙乞白乎叱等耶(<請轉>), 世呂中止以友白乎等耶(<請佛>), 佛體爲尸如敬叱好叱等耶(<恒順>)"에서의 쓰임에서 볼 수 있듯이 『삼국유사』, 『균여전』의 공통적 관용어구로, 형태소 '-ㅅ+ᄃᆞ+라'의 결합이다. '江陽郡 大良州郡 又大耶州'(『삼국사기』 권34, 지리1)에서와 같이 '耶・邪'는 '良・羅'와 통용되어 '라'에 대용되었다. 『삼국유사

55) "ᄃᆞ라리 그르메 ᄂᆞ린 못ᄀᆞᆺ(月羅理 影攴 古理因 淵之叱)"(<怨歌>)에 'ᄂᆞᆰ+리+ㄴ(古理因)'의 용례가 있다.

56) 향가는 대체로 '前衣(알픠), 至去良(니르거라), 心未(ᄆᆞᅀᆞ미), 月羅理(ᄃᆞ라리)' 등 訓主音從의 기준으로 표기하였지만(金完鎭, 『鄕歌解讀法硏究』, 서울대학교출판부, 1980, pp.17~23) '八切爾(ᄇᆞ질이), 史伊衣(ᄉᆞ이예), 毛冬乎丁(모ᄃᆞ온뎌/모ᄃᆞ론뎌), 古召旀(고조며/ᄂᆞ초며), 逸留去耶(이루가라/이루거야)' 등 내포적 의미와는 전혀 다른 음차가 잇달아 나타나는 경우도 여럿 있다. <도천수대비가>에서 고기/놀기(古只)를 '肉/翼'로 표기하지 않은 것도 이와 같은 맥락일 것으로 이해한다.

57) "늘그니 머글 盤앳 바ᄇᆞᆯ ᄂᆞᆫ화 더러 시내햇 고ᄀᆡ게 밋게 ᄒᆞ노라"(盤飱老夫食 分減及溪魚)(初刊本 『杜詩諺解』 10 : 31)이나 "룡(龍)ᄋᆞᆫ 고ᄀᆡ 中에 위두ᄒᆞᆫ 거시니"(『月印釋譜』 1 : 14)에서 '곡(魚, 肉)+ᄋᆡ게/ᄋᆡ'의 결합을 볼 수 있고, "貪瞋癡乙 棄爲古只 罪叱 法乙 蠲除爲飛立", "僞飾乙 捨爲古只 眞實處良中 到飛立)(『華嚴經疏』4 : 12, 3 : 1)에 연결어미 '고'에 강세사 'ㄱ'이 붙은 형태가 보인다.

58) 南豊鉉, 앞의 책, pp.448~450.

59) 신재홍, 『향가의 해석』(집문당, 2000), p.404 참조.

60) 兪昌均, 앞의 책, 224면; 배대온, 앞의 책, pp.448~452.

』에는 “達阿羅浮去伊叱等邪, 烽燒邪隱邊也藪耶”(<彗星歌>) 종결어미(씨끝)로 ‘邪’와 ‘耶’를 혼용했고, 『균여전』에서는 이와 같은 형태소로 ‘耶’를 썼는데, 이는 ‘耆郎矣皃史是史藪邪’(<찬기파랑가>), ‘佛體爲尸如敬叱好叱等耶’(<恒順>)에서 두 씨끝의 표음이 등가적(等價的)이었음을 뜻한다.[61] 이에 ‘叱等邪’를 ‘-ㅅᄃᆞ라’로 읽어, ‘-ᄃᆞ-’를 회상법의 안맺음씨끝, ‘라’를 감탄(마침)의 씨끝으로 본다.

이상의 논의에 따라 ‘一等沙∨隱賜以∨古只∨內乎叱等邪’를 “ᄒᆞᄃᆞᆫᅀᅡ 그ᅀᅳᆨ이 고기 ᄂᆞ(너)옷ᄃᆞ라, 혹은 ᄒᆞᄃᆞᆫᅀᅡ 그ᅀᅳ기 ᄂᆞᆯ기 드롯ᄃᆞ라”로 읽고자 한다.[62]

2) 작품과 맹아득명(盲兒得明)의 내포적 의미

그러면 ‘ᄒᆞᄃᆞᆫᅀᅡ 그ᅀᅳᆨ이 고기 ᄂᆞ(내)옷ᄃᆞ라/ᄒᆞᄃᆞᆫᅀᅡ 그ᅀᅳ기 ᄂᆞᆯ기 드롯ᄃᆞ라’(一等沙 隱賜以 古只 內乎叱等邪)’에 담긴 뜻은 무엇인가?

(1) “ᄯᅩ 누니 物뭃에 傷샹커나 시혹 肉ᅀᅲᆨ고기 내왇거든 고툐ᄃᆡ 이ᄅᆞᆯ ᄡᅳᆯ디니 生ᄉᆡᆼ地띵膚붕ㅅ삸 닷 兩량ᄋᆞᆯ 조히 시서 디허 汁집을 取츙ᄒᆞ야 沙상合합애 담고 구리 져로 ᄌᆞ조 눈 가온ᄃᆡ 디그라 겨ᅀᅳ렌 ᄆᆞᄅᆞ닐 글혀 汁집을 取츙ᄒᆞ야 디그라 ᄯᅩ 杏ᅘᆡᆼ仁ᅀᅵᆫ을 므르 ᄀᆞ라 사ᄅᆞ미 졋 汁집에 불워 ᄌᆞ조 디그

61) 兪昌均, 위의 책, pp.441~443.

62) 기존 풀이 가운데 이 부분을 “훈기리 사느리 고지 나옷ᄃᆞ야(한기리는 딕댁으로 번영하는 꽃이 피고 있습니다)”라 하여 희명이 살던 漢岐里와 관련지은 경우(정렬모, 『향가 연구』(사회 과학원 출판사, 1965), 314, 320~322면)도 있고, “ᄒᆞᄃᆞᆫ사 그ᅀᅳᆨ 주시이 고기ᄂᆞ옷ᄃᆞ야(하나아 그윽 주시게 지금 몹시 언짢아지게 하고 있다야)”로 읽어 천수관음에게 매달려서 천수관음의 마음을 몹시 언짢게 한 상태를 표현했다고 본 경우도 있다. “古只를 ‘고치(治)-’로 보는 시각을 비판하면서, ‘고기-’는 현재의 타동사 ‘꾸기다/고기다’에 해당하고, 뜻은 ‘마음을 몹시 언짢아지게 하다’라고 풀면서 ‘고기ᄂᆞ옷ᄃᆞ야’는 다정한 보챔으로 어린 아이의 매달림을 잘 보여주는 순진하면서 밀착된 청원”이라 분석했다.(양희철, 「禱千手觀音歌의 作家와 解讀」, 『人文科學論集』 13, 1994, 청주대학교 인문과학연구소, p.37).

라"(又方治眼爲物所傷 或肉努 宜用此 生地膚苗五兩 淨洗 右擣絞取汁 甕合中盛 以銅筯 頻點目中 冬月 煮乾者 取汁點之 又方以杏仁爛硏 以人乳汁浸 頻頻點)[63]

* 현대어 풀이 : "또 눈이 이물질로 상하거나 혹 눈에 군살이 자라거든 이것을 써서 고칠 것이니, 생 댑싸리의 싹 다섯 냥을 깨끗이 씻어, 찧어서 즙을 내어 사기그릇에 담고 구리젓가락으로 눈 가운데 자주 찍어 넣으라. 겨울에는 데쳐 말린 것을 끓여 즙으로 넣으라. 또 살구 씨를 곱게 갈아 사람의 젖에 불려 자주 찍어 넣으라."

(2) "간의 ᄇᆞᄅᆞᆷ으로 눈 즌므르며 막킨 고기 나고(肝風眼爛生壅肉)"[64]

여기서 '육노(肉努)'·'생옹육(生壅肉)'은 'ᅀᅲᆨ(肉)고기 내왇거든', '막킨 고기 나고'에 해당하는데, '육(肉)'은 "몸을 구성하는 부드러운 부분, 살점. 살이 붙다." 등의 의미를 가진다.

(3) "봄바람에 누에는 개미처럼 야위었네. 뽕잎은 까마귀 부리처럼 겨우 조금 돋았건만(努), 어느 집 아낙네는 새벽잠 설치며 뽕잎을 따네! 손으로 긴 뽕잎 가지 끌며 줄줄 눈물 흘리네."[65]

(4) "빗보기 둗거우시고 우묵디 아니ᄒᆞ시고 내왇디 아니ᄒᆞ시고 두루 微밍妙묳히 됴ᄒᆞ샤미"[66]

(5) "軒檻애 내와ᄃᆞᆫ 곳 가지ᄂᆞᆫ 이슬 가져 옷곳ᄒᆞ얏도다"(出檻花枝ᄂᆞᆫ 帶露香ᄒᆞ도다)(남명집 상 : 20)

(6) "셜흔 두 相ᄋᆞᆫ 밠바당이 平뼝ᄒᆞ샤ᄃᆡ … 머릿 뎡바기예 ᄉᆞᆯ히 내와다 머릿 조조리 ᄀᆞᄐᆞ샤 놉고 우히 平뼝ᄒᆞ실 씨라"(월인석보 2 : 40~41)

(7) "길에 내와ᄃᆞᆫ 나모 바ᄅᆞᆯ 眞率호ᄆᆞᆯ 비ᄂᆞ니 다시 기르마 지ᄒᆞᆫ ᄆᆞᄅᆞᆯ 調習

63) 眯目第二十五 墮睛被物打附;『역주 구급방언해』하(세종대왕기념사업회, 2004), p.93.
64)『馬經抄集諺解』上(弘文閣, 1983), p.77.
65) "春風吹蠶細如蟻 桑芽纔努靑鴉觜 侵晨探采誰家女 手挽長條淚如雨"(唐彦謙, 採桑女,『全唐詩』10函 5冊;『全唐詩』下, 上海古籍出版社, 1986, p.1687).
66)『法華經』卷2, 譬喩品 第3, p.15; 申駿浩,『妙法蓮華經諺解』(民族文化社, 1986), p.152.

ᄒᆞ야 어러이 즐겨 賞玩ᄒᆞᄂᆞ다"(長生木瓢示眞率 更調鞍馬狂歡賞)(초간본 두시언해 15 : 1)

(8) "믌ᄀᆞᅀᅴ 내왓ᄂᆞᆫ 긄 우미 파라ᄒᆞ도다"(渚秀蘆笋綠)(초간본 두시언해 6 : 51)

(3)의 "뽕잎은 까마귀 부리처럼 겨우 조금 돋았다(桑芽纔努青鴉觜)"에서 '노(努)'는 "돋아나다, 돌출하다(凸出, 鼓起)"의 뜻으로 쓰였고, (4)~(8)의 '내왇다(내왓다)'는 '出, 生, 秀'의 뜻으로 쓰였다.

'노(努)'와 '육(肉)'의 결합이 '노육(努肉; 胬肉)'인데, 이는 눈에 군살이 돋는 안질환으로 '익상편(翼狀片)·식육(息肉·瘜肉)·췌육(贅肉)·어육(瘀肉)·노육반정(胬肉攀睛)·노육침정외장(胬肉侵睛外障)·어육반정(瘀肉攀睛)·적근판정(赤筋板睛)' 등으로 불린다. 앞서 살핀 것처럼 <도천수대비가>에서 '고기/곡, 눌기'로 읽히는 '古只'는 눈병의 일종인 익상편(翼狀片)을 지칭한 것으로 보인다. "황하를 건너 저옹(著雍)에 이르자 증상이 심해져 눈에도 나타났다.(病目出, 눈자위에 노육(努肉 군살)이 생긴 것이다.)"가[67] 주나라 영왕(靈王) 재위 18년(기원전 554)의 기록이므로, 익상편은 일찍부터 확인할 수 있는 안질환이다.

(9) "ᄯᅩ 술위와 ᄆᆞᆯ왓 ᄉᆞᅀᅵ예 디여 기르마와 여러 가짓 거세 그ᅀᅳᆨᄒᆞᆫ ᄃᆡ 고기 그처디닐 고툐ᄃᆡ 醋ᄎᆞ로 ᄀᆞᄅᆞᆯ ᄆᆞ라 ᄇᆞᄅᆞ라(又方治墮車馬間 馬鞍及諸物隱體肉斷 以酢和麪 塗之, 현대어 : 또 수레와 말의 사이에 떨어져 말안장과 여러 가지 물건에 보이지 않는 신체 부분의 살이 끊어진 것을 고치려면 초로 가루를 개어 바르라.)"[68]

(10) "자식의 이름을 지을 때는 나라이름을 넣지 말고, 日이나 月을 넣지 말며, 숨겨진 병(隱疾) 이름을 넣지 말며, 산과 강의 이름을 넣지 말지어다."[69]

---

67) "濟河 及著雍 病目出 目睛努出也"(李時善, 『歷代史選』 卷3, 周, 靈王, 十八年, 丁未).

68) 第二十四; 『역주 구급방언해』(하)(세종대왕기념사업회, 2004), p.85.

69) "名子者 不以國 不以日月 不以隱疾 不以山川 孔穎達疏 體上幽隱之處疾病 后用 隱疾 指不便告

(9)의 '그슥훈 딕'는 상처가 "사타구니 등 잘 보이지 않는 곳"에 생겨났음을 뜻하고, (10)에서 '숨겨진 병'이란 "성병(性病)이나 선천적인 성불구처럼 몸의 구석진 곳에 그윽이 숨은, 남에게 알리기 어려운 질병"을 말한다. 희명의 아이도 눈 가장자리에 군살이 자라나 각막으로 퍼졌으므로 "겉으로 잘 드러나지 않는, 으슥한 곳에 생긴 질병(隱病・隱疾)"[70]을 말한다.

이 병은 대체로 사열(邪熱)이 장부(臟腑)에 있으면서 간을 훈증(熏蒸)하여 눈으로 몰리고 열독(熱毒)이 성하여 혈맥에 쌓여서 흩어지지 않고 뭉치면 눈에 군살[努肉]이 생긴다."[71]고 원인을 진단한다.

> (11) 이황산(二黃散) 득효방(得效方) : 노육반정(努肉攀睛, 군살이 돋아나서 흰 눈동자를 덮는 증상)과 눈이 벌겋게 짓무르는 증상이 여러 해 된 것을 치료한다. 이것은 <u>간경(肝經)에 풍열(風熱)이 몰리거나 힘든 일을 지나치게 하여 간기(肝氣)를 상해서 생기는데 혹 가렵기도 하고 아프기도 하다가 양 눈초리에서 노육(努肉)이 살아난다</u>. 기분이 나쁘고, 근심 걱정으로 심기가 불편하면 눈 흰자위까지 덮이며 혹 근막(筋膜)이 일어서기도 한다.[72]
>
> (12) 소아안생예막(小兒眼生翳膜) : 눈은 장부(臟腑)의 정기가 모인 곳으로, 간기와 통해 있어서 눈에 간의 상태가 나타난다. 소아의 장부에 몰려있던 열이 간을 훈증(熏蒸)하면 그 기운이 눈으로 발산되어 처음에는 눈이 화끈거리고 아프다가 열기가 오랫동안 몰려 있으면 결국 장예(障翳)가 생긴다. 열기가 경미하면 백예(白翳)가 생기는데 작은 것은 기장[黍米]만 하고 큰 것

人的疾病 如性病 天閹之類"(漢鄭氏注, 『禮記註疏』 卷2, 曲禮 上; 『欽定 四庫全書』 經部, 禮類, 禮記之屬).

70) "隱密 謂不知不覺 自然而然, 隱藏, 不直露, 秘密 神秘"(羅竹風 主編, 『漢語大詞典』 11下, 漢語大詞典出版社, 2001, p.1127).

71) "聖惠方 論曰 夫邪熱之氣 在於臟腑 熏蒸於肝 攻衝於目 熱毒 旣盛 併於血脉 蘊積 不散結聚 而生努肉也"(眼生努肉, 『鄕藥集成方』 卷31; 『韓國科學技術史資料大系 醫藥學 篇』(4)(驪江出版社, 1988), p.541)(이하 같은 책); 辛民教 외 역, 『國譯 鄕藥集成方』上中下(永林社, 1989) 참조.

72) "得效方 二黃散 治努肉 攀睛 或先赤爛多年 肝經 爲風熱 所衝而成 或用力作勞 有傷肝氣而得 或痒 或痛 自兩眥頭 努出 心氣不寧 憂慮不已 遂乃攀睛 或起筋膜"(眼生努肉, 『鄕藥集成方』 卷31; 위의 책, pp.542~543).

은 삼씨나 팥알만 하다. 막은 경중에 따라 다른데 심할 때는 두세 개가 생긴다. 예막(翳膜)이 자라나 백장(白障)이 생기면 매우 넓게 퍼지게 되는데, 예막이 검은자위까지 덮어 눈 전체가 하얘져 실명에 이른다.[73]

익상편(努肉)은 눈 가장자리에 삼각형 모양의 군살이 자라나 흑정(黑睛; 각막)으로 자라 들어가는 안질환으로, "고깃덩이나 기름덩이 같은 것이 점점 자라나와 붉게 뭉치는 악혈(惡血)"이라[74] 정의한다. (11), (12)에 따르면 익상편은 간에 풍열(風熱)이 몰리거나 간기(肝氣)를 상하면 생기고,[75] 가렵고 화끈거리고 아프다. 군살에 핏줄이 많고 두꺼우며 삼각형 정점 주위의 흑정에 혼탁이 있으면 빨리 자라 실명하고, 핏줄이 적고 엷으며 흑정에 혼탁이 없으면 자라 들어가지 않고 검은자위와 흰자위 경계에 머물기도 한다.[76] 당기고 깔깔한 감이 있고, 때로 안구운동장애도 있어 물체가 둘로 보이기도 한다.[77]

서양의학에서는 이를 'Pterygium(군날개)'이라[78] 하는데, 이는 외안부(外眼

73) "夫眼是腑藏之精華 肝之外候 而肝氣通於眼也 小兒藏腑積熱 熏漬衝發於眼 初目熱痛 熱氣蘊積 變生障翳 熱氣輕者 生白翳結聚 小者如黍米 大者如麻豆 隨其輕重 翳生 重者 乃至兩三翳也 若生翳而生白障者 是病重極偏 覆黑睛滿眼悉白 則失明也"(小兒眼生翳膜, 『鄕藥集成方』 卷72; 위의 책, pp.831~832).

74) "努肉證 多起上輪 有障如肉 或如黃油 至後漸漸厚 而長積赤瘀 努起如肉 或赤如硃"(『證治準繩』 卷15; 文淵閣 『四庫全書』 子部, 醫家類).

75) "定心丸. 治肝風熱 用力作勞 或心氣不寧 努肉攀睛, 石菖蒲 甘菊 枸杞子 各五錢, 辰砂 二錢, 遠志 一錢, 麥門冬 一兩 右末 蜜丸梧子大 每三十丸 熟水下"(楊禮壽, 眼目門 五十一 附 眯目 被物打, 『醫林撮要』 卷7)의 원인 분석도 흡사하다.

76) "군살이 차츰차츰 각막의 중앙을 향해 가는데 증세는 몇 년 혹은 몇 십 년 동안 지속될 수 있다. 進行性인 것은 生長 속도가 빠르고, 靜止性인 것은 그 진행이 아주 완만하여 평생토록 각막의 동공까지는 침범하지 않을 수도 있다. 코 옆, 관자놀이 옆에서 동시에 발병하여 각각 각막 중앙을 향해 진행되어 각막 중앙에서 만난다."("翼狀胬肉 逐漸向角膜中央發展 病程可幾年至幾十年 進行性者生長速度快 靜止性者 僅僅是生長緩慢而已 可以終身不至于侵入角膜瞳孔領 如鼻側顳側同時發病 則各自向角膜中央生長 相會于角膜中央"(胡國臣・張年順, 現代中西醫診療叢書 『中西醫臨床眼科學』, 中國中醫藥出版社, 1998, p.206).

77) 조선과학백과사전출판사 출판 위원회, 『新東醫學辭典』(여강출판사, 2003), p.210.

78) 아래의 사진 자료는 박철용・지용훈・정의상, 「소아 익상편 절제술 후 발생한 각막 켈로

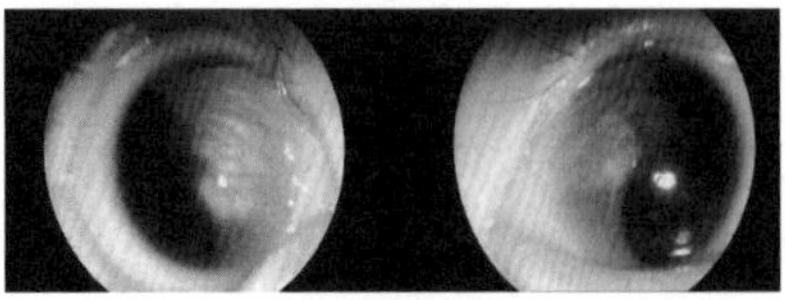
〈익상편 소아의 눈〉

部) 질환(疾患) 중 각막질환(角膜疾患), 그 가운데 각막변성(角膜變性)에 속한다.[79] 흔한 질환으로, "외부로부터의 자극(태양광선, 자외선, 먼지바람 등 물리적 자극)이 원인이 되고, 검열부 안쪽 구결막(球結膜)에 삼각형의 섬유혈관성 조직이 증식되어 각막으로 침범하는데, 동공령까지 침범하면 시력 장애가 있다."[80] 지역, 기후, 자외선, 직업 등에 따라 유병률이 다양(2.0%~22.5%)하고,[81] "충혈(49.1%), 이물감(44.4%), 안정피로(34.3%), 미용상(26.9%), 유루(流淚; 22.2%), 안통(14.8%), 시력장애(8.3%), 수명(7.4%)의 순" 등의 증상이 따른다.[82] <도천수대비가>에서 희명의 아이는 간의 풍열이나 간기의 손상, 혹은 태양광 · 자외선 · 먼지 등 다양한 내 · 외부적 원인으로 군날개(익상편)가 생겨나, 눈이 충혈 되고 껄끄럽게 이물감이 느껴지며 아프고 사물이 잘 보이지 않고 눈물이 흘러 실명에 대한 불안감으로 시달렸을 것이다.

한의서는 이에 대한 다양한 치료법을 제시하고 있다.

(13) 깽깽이풀(黃連) 1兩(37.5g)을 갈고 댓잎(竹葉) 1냥(兩)을 잘라서 물과 함께 동(銅)그릇에 끓인 후에 묽은 엿처럼 굳힌 후 떠서 안약으로 넣으면 뜨거운 눈물이 흘러나와 곧 낫는다.[83]

이드 1예」, <대한안과학회지> 44권 9호(대한안과학회, 2003), p.2172에 실린 것이다.

79) 金尙敏, 「小兒의 失明」, <대한의학협회> 18권 8호(대한의학협회, 1975), p.717.

80) 이상욱 · 김재호, 개정증보 『안과학 Textbook of Ophthalmology』(수문사, 1989), p.89.

81) 김양호 · 김주현 · 이동호 · 유호민, 「익상편 수술 후 재발에 관여하는 인자」, <대한안과학회지> 40권 11호(대한안과학회, 1999), p.3027.

82) 李廷瑾, 「翼狀片에 關한 臨床的 硏究」, 『大韓眼科學會雜誌』 22권 1호(大韓眼科學會, 1981), p.19.

83) "黃連 一兩碎 竹葉 一兩切 右二味 以水一升半煎 取半升 置銅器中湯 上煎似稀餳止 臥時 點眼中熱淚出 卽差止"(必効療眼熱努肉及赤痒方, 『外臺祕要方』 卷21; 文淵閣 『四庫全書』 子部, 醫家類).

(14) 눈에 군살이 생겨서 눈동자에 그득 차게 된 증상과 주관(珠菅; 삼)이 선 증상을 치료하는 처방 : 패치(貝齒; 燒), 황단(黃丹) 각 1전을 함께 매우 곱게 가루 내어 노육(努肉)이 돋아난 곳에 하루 3~4회 조금씩 넣는다.[84)]

(15) 눈에 식육(息肉; 瘜肉, 贅肉)이 돋아난 증상을 치료하는 처방 : 물소리가 들리지 않는 곳에서 자란 오가피 뿌리에 얽힌 흙을 털고 껍질을 벗겨 가루 낸 것 1되를 좋은 술 2되에 7일 동안 담가 두었다가 그 술을 하루 2회씩 마신다. 약을 복용할 때에는 식초를 금한다. 14일이 되면 온몸에 창이 생긴다. 창이 생기지 않는 것은 효과가 없는 것이므로 미지근한 물에 목욕을 하고 독을 빼서 창이 생기게 해야 한다.[85)]

(16) 간에 병이 있어 눈에 핏발이 서고 군살이 돋아나며 얼룩진 예막(翳膜)이 생기고 사물이 똑똑히 보이지 않으면 승마(升麻) 8분(分)[86)], 산치자(山梔子) 7분, 결명자(決明子) 10분, 차전자(車前子) 10분, 황금(黃芩) 8분, 고호(苦瓠) 7분, 용담(龍膽) 5분, 충울자(茺蔚子) 5분, 건강(乾薑) 10분, 지부자(地膚子) 10분을 가루 내어 매회 3분씩 물에 타서 공복에 복용한다.(승마산升麻散 오장론五臟論)[87)]

(13)에선 깽깽이풀과 댓잎을 끓여 굳힌 후 안약처럼 넣으라 하였고, (14)에서는 태운 패치(貝齒), 황단(黃丹)을 가루 내어 군살이 돋은 곳에 넣으라고 처방하였다. (15)는 오가피 뿌리껍질을 벗겨 가루 낸 것 1되를 좋은 술 2되에 7일 동안 담가뒀다가 그 술을 하루 2회 마시면 온몸에 창이 생기며 독

84) "聖惠方 治眼中 生努肉 欲滿及生珠管 貝齒燒 黃丹 各 一錢 右同研 令極細 每用時 取少 許點於努肉上 日三四度"(眼生努肉, 『鄕藥集成方』 卷31; 『韓國科學技術史資料大系 醫藥學 篇』(4), 앞의 책, p.541)

85) "千金方 治目中息肉 五加皮 不聞水聲者 根去土 搗末一升 和上酒二升 浸七日外 一日兩 時 眼之禁醋 二七日 偏身生瘡 若不出未得藥力 以生熟湯 浴之 取毒瘡差"(眼生努肉, 『鄕藥集成方』 卷31; 위의 책, pp.541~542).

86) 1냥은 100分, 37.5g이므로 1分은 0.375g이다.

87) "肝有病 卽目赤 眼中生努肉暈膜 視物不明 升麻 八分 山梔子 七分 決明子 十分 車前子 十分 黃芩 八分 苦瓠 七分 龍膽 五分 充蔚子 五分 乾薑 十分 地膚子 十分 右搗節 爲散 每日 空心 飮汁調三分"(眼生努肉, 『鄕藥集成方』 卷31, 위의 책, p.542).

기가 나온다고 했다. (16)은 승마(升麻), 산치자(山梔子), 결명자(決明子)를 비롯한 여러 약재를 가루 내어 매회 3분씩 물에 타서 공복에 복용하라고 처방했다. 연한 추엽(楸葉; 가래나무 잎)에 진흙을 발라 구워 만든 즙을 안약처럼 넣으라는 처방,[88] "뿌리를 없앤 미나리(防風), 용담초(龍膽草) 각 5전, 동청(銅青) 3전, 오배자(五倍子) 2전, 뿌리를 없앤 담죽엽(淡竹葉) 1악(握) 이상을 가루 내어 매회 반전(半錢) 씩을 끓인 물 1합에 우려 식혀서, 맑게 가라앉힌 물로 눈을 씻으면 곧 효과가 있다."[89]는 처방도 있다. 『의림촬요(醫林撮要)』에는 "노육반정(努肉攀睛)을 치료하려면, 황금(黃芩)·대황(大黃) 등을 같은 양으로 썰어 매번 3돈을 꿀 조금과 함께 물 1잔반에 넣고 달여 식후와 잠잘 무렵에 먹는다."(『득효방(得效方)』)하고, "군살[努肉]이 점점 자라는 것과 가려운 것을 치료하는데 중탕으로 뜨겁게 하여 하루 6~7번 씻는다. 다 씻은 다음에는 눈을 한참 감고 있어야 한다."고[90] 했다.

이 가운데 "웅작분(雄雀糞)을 곱게 가루 내어 인유즙(人乳汁)에 개어 넣으라.",[91] "태운 패치를 가루 내어 눈에 넣으라."[92]한 것이 노육(努肉)과 예막(翳膜)에 대한 가장 보편적인 처방전이다.

(17) 야명사(夜明沙)·청합분(青蛤粉)·곡정초(穀精草) 각 1냥을 가루 내어 매회 1전(錢)씩, 5~7세 이상 되는 아이에게는 2전씩 먹이되 새끼돼지 간

88) "楸葉嫩者三兩 爛擣 以紙裹 更將泥重苞著 猛火燒之 候泥乾取出 去泥 入水少許 絞取汁 以銅器盛慢火 漸漸熬之 如稀餳 貯入瓷合中 每日一度 點一菉豆許 又方 書中白魚 爲末 點少許翳上 卽愈"(小兒眼生翳膜, 『鄕藥集成方』 卷72; 위의 책(6), p.832).

89) "防風(去芦) 龍膽草 各 五錢 銅青 三錢 五倍子 二錢 淡竹葉(去根) 一握 右爲末 每服半錢 熱湯一合泡 停冷 澄清洗 捷效"(眼生努肉, 『鄕藥集成方』 卷31; 위의 책(4), p.543).

90) "二黃散 治努肉攀睛, 黃芩 大黃 防風 薄荷 等分 右切 每服三錢 水盞半 蜜少許 煎 食後臨臥服"(得效方), "廣大重明湯. 去努肉泛長及痒 極驗 重湯坐令熱 日用六七次 但洗畢 合眼一時"(楊禮壽, 眼目門 五十一 附 眯目 被物打, 『醫林撮要』 卷7).

91) 眼生努肉, 『鄕藥集成方』 卷31; 위의 책(4), pp.541~543; "聖惠方 治小兒眼生白膜 雄雀糞以人乳汁熱研以 傳翳上 當漸漸消除"(小兒眼生翳膜, 『鄕藥集成方』 卷72; 위의 책(6), p.832).

92) "治小兒眼赤及翳 貝齒一兩 細硏如粉 每用黍米 大著翳上 日再點之"(위의 책, 같은 면).

> (豘猪肝)을 큰 숟가락 크기로 저미어 안에다 골고루 뿌리고 삼끈으로 동여맨 다음 쌀뜨물(米泔水) 반 주발을 붓고 간이 익도록 삶아서 눈에 더운 김을 쐬고 간은 3회에 나누어 잘 씹어 먹게 한다. 이어 하루 3회 수시로 간 삶은 물을 먹인다. 어른의 작목증(雀目症)에는 아침 공복에 먹으면 그날 저녁에 볼 수 있다. 병이 오래 되어서 효과가 없으면 1일 2회 복용한다.[93]

여기선 야명사(夜明沙)·곡정초(穀精草) 등의 가루를 나이에 따라 1전 혹은 2전씩을 먹이고, 새끼돼지 간과 그 삶은 물을 섭취하게 하고 삶을 때 더운 김을 쐬라고 처방하였고, "심폐풍열로 온 것은 풍열을 없애고, 혈을 잘 돌아가게 하며, 어혈을 없애는 방법으로 치자승기산(梔子勝奇散)을, 비위습열로 온 것은 습열을 없애는 방법으로 사비음제열음(瀉脾陰除熱飮)을, 신음의 소모로 온 것은 음(陰)을 불려 화(火)를 내리는 방법으로 지백팔미환(知柏八味丸)을 쓰고 눈에는 마장령광고(磨障靈光膏)를 넣는다. 노육반정이 진행성이거나 흑정의 눈동자를 덮으면 구할법(鉤割法)으로 수술한다."[94]는 다양한 처방과 수술법도 전한다.[95]

위 (11), (12)의 예에서처럼 익상편은 실명에까지 이를 수 있는 치명적인 질병임에 반해, 그 치료 과정은 그리 심각하지 않다. "눈에 돋은 군살, 핏발에는 웅작분(雄雀糞) 가루를 인유즙에 개어 자주 넣으면 곧 삭아진다.", "살구씨 알맹이 14매(枚)를 껍질과 끝을 버리고 생으로 씹어 손바닥에 뱉은 다

93) "夜明沙 青蛤粉 穀精草 各一兩 爲末 每服一錢 五七歲以上 二錢 豘(徒昆切豬兒)豬肝 一匙 大一片 批開摻藥 在內攤勻 麻托定 米泔水半碗 煮肝 熟取出肝 傾湯碗內 熏眼 分肝 作三次嚼喫 却用肝湯 下日三不拘時 大人雀目 空心服 至夜 便見物 如患多時 不效 日二服"(小兒眼生翳膜, 『鄕藥集成方』 卷72; 위의 책, p.833).

94) 조선과학백과사전출판사 출판 위원회, 『新東醫學辭典』(여강출판사, 2003), p.210.

95) 서양 의학에서는 군날개 가운데 진행성이 아니고 작은 무혈관성인 것은 그대로 두고, 보통은 수술로써 절제하며, 수술 후 재발을 막기 위하여 스테로이드제의 점안을 실시한다. 그 밖에 '티오테파(Thio Te a)'의 점안, 또는 '스트론튬'90(strontium 90)의 照射도 한다는 절제 제거시술이 주를 이룬다.(이상욱·김재호, 앞의 책, p.89)

음 식기 전에 솜에 묻혀서 군살이 돋아난 곳에 바르면 3~4회를 넘지 않아 낫는다." 하였고,[96] (17)에서도 아침에 먹으면 저녁에 효력을 본다 하였으니 익상편 치료에 관한 민간의학에서의 자신감은 대단하다.『관세음보살여의마니다라니경』에도 "웅황(雄黃)·건강(乾薑) 등의 약재들을 찧어 가늘게 갈고 용뇌향과 사향을 섞어 약을 만들어 두고, 심주(心呪)·수심주(隨心呪)·근본주(根本呪)를 천 여덟 번씩 외고, 손에 약을 집어 관세음보살상의 발에 댄 다음 그 약을 바로 눈에 바르면 이미 걸린 모든 눈병, 청맹과니, 태노육(胎努肉)까지 모두 낫는다."[97]는 처방전을 제시하고 있다.

요컨대, <도천수대비가>의 "고기 ᄂᆞ(내)옷ᄃᆞ라/ᄂᆞᆯ기 들옷ᄃᆞ라"는 아이의 한쪽 눈에 날개 모양의 군살, 즉 익상편이 생긴 데 대한 근심을 드러냈다. 'ᄒᆞᄃᆞᆫᅀᅡ'는 두 눈 가운데 한쪽 눈의 질병[98]을 특정지은 말로 앞 구절의 'ᄒᆞᄃᆞᆫᄒᆞᆯ 덜ᄋᆞᆸ기(一等肹除惡攴)'의 '덜ᄋᆞᆸ기'에 대한 구체적 표현이다. '덜ᄋᆞᆸ기(除)'는 그 앞 구절의 "천 개 손 안에 그려진 천개의 눈(千隱手叱 千隱目肹)"과 이어져 '안(眼, 目)'을 목적어로 가지는데, 이는 "천수천안관음의 눈을 던다."는 의미가 아니라 '제질(除疾, 除眼疾)/제유(除愈)',[99] 즉 "아이의 눈 쪽의 질병을 완전히 없애달라는 기원"을 담고 있다. 아이가 두 눈의 시력을 다 잃어 앞을 볼 수 없는 지경[100]에 이르렀지만, 그나마 덜 절망적이라서 회복 가능성이 엿

96) "杏仁 二七枚 去皮尖 生嚼 吐於掌中 承煖 綿纏筯頭 點努肉上 不過三四度差"(眼生努肉,『鄕藥集成方』卷31; 앞의 책(4), p.541).

97) "雄黃…乾薑 以前件藥 並擣研爲極細末 以龍腦香麝香和之 誦心呪一千八遍 隨心呪一千八遍 誦根本大呪一千八遍 以手取藥觸觀世音菩薩足 卽塗眼中已所有眼病 乃至有目青盲胎努肉悉得除差"(唐天竺 三藏寶思惟 譯,『觀世音菩薩如意摩尼陀羅尼經』;『大正新修大藏經』卷20, 密敎部3, 大藏出版, 1965, p.201).

98) "익상편 발병의 성별 관계를 보면 남자가 51안(47.2%), 여자가 57안(52.8%)으로서 여자가 약간 많았다. 좌우안의 발생비율은 우안이 다소 많았으나 큰 의미는 없는 것으로 보인다. 재발은 20대에서 2안, 30대에서 1안, 50대에서 1안으로 모두 4안이었으며 주로 젊은 층에서 재발이 많았다."(李廷瑾, 앞의 논문, p.19).

99) "除 愈也"(『廣雅』 釋詁), "南楚病癒者謂之差 或謂之除"(『方言』第3), "武王示之病 扁鵲請除之 高誘 注 除 治也 鮑彪 注 欲去其病"(『戰國策』 秦策2).

보이는 한쪽 눈(익상편)의 시력 회복을 기원하고 있다. 눈 가장자리로 군살이 자라 점점 눈동자로 번지니, 그 모양이나 느낌 때문에 실명의 위기감과 불안감을 가졌을 터인데, '홀맹(忽盲)'은 눈병 환자의 그러한 다급한 마음을 과하게 표현한 것이다. 이 대목은 <관음세안결(觀音洗眼訣)>의 "저의 어리석음과 어둠을 멸하여 주옵소서./모든 거리낌을 없애 주시고,/모든 악업을 지워주소서(滅我愚癡暗 除却諸障礙 無明諸罪惡)"에 해당한다. <도천수대비가>에는 '一等下叱放', '放冬矣用屋尸慈悲'에서와 같이 '放'이 두 번 나오는데 이 '방'은 앞뒤 문맥상 모두 눈(眼)을 목적어로 가지어 '방안(放眼; 시야를 넓히다, 눈을 크게 뜨다)'라는 뜻이다.[101] 익상편이라는 아이의 질병을 구체화함으로써 "관음보살이 가진 천 개의 눈 가운데 하나만이라도 눈을 크게 뜨시어, (5・6행) 이 아이의 딱한 질병을 굽어 살피시는 자비(慈悲)를 베풀어 주소서(9・10행)"라는 청원(請願)에 대한 근거를 제시하고, 치료에 대한 간절함을 더하는 효과를 가진다.

<도천수대비가> '一等沙 隱賜以 古只 內乎叱等邪'의 'ᄀᆞᄉᆞᆷ이'는 'ᄂᆞ옷ᄃᆞ라(내왿더라)/드롯ᄃᆞ라'와 호응하고, 주어 '고기/눌기'는 서술어 'ᄂᆞ(ᄂᆡ)옷ᄃᆞ라/드롯ᄃᆞ라'의 주어이며 'ᄃᆞ라'는 아이의 안질(眼疾)에 대한 비탄을 담은 감탄형어미이다. 이 구절의 주어는 천수관음보살이 아니라 안질환 익상편이다. 그러므로 이 구절은 "절대자(천수관음)에게, 두 눈이 다 필요하긴 하지만 하나쯤만 슬그머니 내려 달라고 간절하게 희구하는 마음"을 담은 것이 아니라, 아이의 한쪽 눈에 생긴 병증을 구체화하여 실명 위기에 놓인 안질의 심각성과 구원의 절실함을 부각시키고, 천수관음을 향한 신앙치료의 희망을 드러내고 자비심을 이끌어내려는 전제적 언술이다. 이는 바로 뒤 구절인

---

100) "于萬隱을 '가만'으로 읽어 '두블 가만 나라'로 읽고, 그 뜻을 '(눈) 둘(이) 흐린/희미한'으로 읽고, 이는 눈이 완전하게 멀거나 시력을 회복할 수 없는 상태가 아니라 흐린/희미한 상태"라고 해독하기도 한다.(양희철, 앞의 책, pp.177~178).

101) "放眼看青山 任頭生白髮"(白居易, 洛陽有愚叟, 『全唐詩』 卷453).

'吾良遺知攴賜尸等焉'과 의미상의 연결을 이루고 있는데, 이 대목은 천수관음이 아이를 보살펴 자비와 은혜를 베풀어달라는 '사유(賜遺)'[102] 기원으로 이어진다.

<도천수대비가>는 <관음세안결> "관세음이시여, 구원해주소서./저에게 큰 안락을 주소서./크게 저를 인도하시어,/저의 어리석음과 어둠을 멸하여 주옵소서./모든 거리낌을 없애 주시고,/모든 악업을 지워주소서./저의 눈을 어둠 속에서 꺼내시어/제게 만물의 빛을 보게 해주옵소서./지금 제가 이 게(偈)를 말함은/제 안식(眼識)의 죄를 뉘우치기 위함이니/널리 광명을 베푸시어/사물의 오묘한 형상을 보여주옵소서."[103]와 같이 천수천안관음보살에게 눈병을 고쳐줄 것을 기원하는 신주(神呪, 다라니)이다. 즉, "매번 첫새벽에 맑은 물 한 그릇을 받쳐 들고 물을 향하여 이 다라니를 일곱 번이나 마흔아홉 번을 외운 후에 이 물로 눈을 씻으면 여러 해 묵은 각막의 병(障翳)과 종기(赤腫)까지 안 낫는 일이 없다"[104]한 <관음세안결>의 가르침, 혹은 앞 『관세음보살여의마니다라니경』의 처방처럼 천수천안의 무한한 시야로 실명 위기에 놓인 아이의 슬픔을 꿰뚫어 보고 눈을 고쳐주시기를 바라는 마음을 담은 간절한 주문이다.

"희명(希明)의 다섯 살 난 아이가 갑자기 눈이 멀자(忽盲)→분황사 천수대비 앞에서 향가를 부르게 하니→마침내 눈을 뜨게 되었다(得明)"하는, <도

102) '賜遺'는 "윗사람이 아랫사람에게 하사한다.", "상으로 어떤 물건을 내리다.", "내려주시는 것을 받음"의 뜻을 가진 말로, '遺與', '賞賜', '賜給'와 같다.("王自以丕年大 故用爲嗣 我但當以免無敎導之 過爲幸耳 亦何爲當重賜遺乎"(『三國志』魏志 武宣卞皇后傳), "臣亡父僻處塞外 仰慕天子威德 遺使表獻 不空於歲 天子降念 賜遺甚厚"(『魏書』 西域傳 車師國).

103) "觀音洗眼訣曰 '救苦觀世音 施我大安樂 賜我大方便 滅我愚癡暗 除却諸障礙 無明諸罪惡 出我眼室中 使我視物光 我今說是偈 洗懺眼識罪 普放淨光明 願睹微妙相' 每淸朝 持淨水一器 向水誦此訣七遍 或 四十九遍 用以洗眼 凡積年障翳 近患赤腫 無不全愈"(柳重臨, 『增補山林經濟』 卷16, 雜方, 偶記; 古農書國譯叢書6 『增補山林經濟』 Ⅲ, 농촌진흥청, 2004, p.634).

104) "每淸朝 持淨水一器 向水 誦此訣七遍 或 四十九遍 用以洗眼 凡積年障翳 近患赤腫 無不全愈"(柳重臨, 위의 책, p.634).

천수대비가>에 얽힌 신비한 서사는 분황사 천수대비 앞에 오기 전까지, 혹은 그 이후에도 지속되었을 희명의 갖가지 치료행위와 깊은 불심의 소산이다. 즉, 전통적인 민간의 치료행위, 혹은 『관세음보살여의마니다라니경』 등의 불경에서 제시한 여러 눈병 치료법, 천수대비의 힘으로 실명 위기를 극복할 수 있다는 신념과 이상[105]이 숭고한 모성, 아이의 간절한 기도와 맞물려 '득명(득안)'의 성과로 이어지면서 희명과 아이의 기쁨은 배가 되고, '노래를 지어 부르며 기도드린(作歌禱之)' 대상이 천수천안관세음보살이었으니 아이의 득명은 모두 이 보살의 자비와 공덕이라고 감사해했을 것이다.

천수대비를 향한 기도와 향가 가창을 통해 아이의 눈병을 치료했다는 『삼국유사』 '분황사천수대비(芬皇寺千手大悲) 맹아득안(盲兒得眼)' 조 이야기는 아이 눈에 생긴 군날개를 치료하려는 희명의 물리·의료적 노력과 정성, 천수대비에 대한 독실한 믿음, 아이와 희명의 경건한 기도가 이끌어낸 쾌거이자 신앙치료의 한 단면을 보여주는 것으로서, <도천수대비가>의 치병과정은 "사평군(沙平郡; 忠南 洪城郡) 나필급간(那必及干)이 중병으로 병을 치료하지 못했는데 대사가 가서 보고 그 괴로움을 가엾게 여겨 이 노래를 입으로 가르쳐주고 항상 읽도록 권하고", "그대는 큰 성인의 노래의 힘을 입어서 아픈 것이 반드시 나으리라."라고 하고 병이 나은[106] 예와 비슷한 소망의 실현이다.

105) 金學成, 『韓國古典詩歌의 硏究』(圓光大學校 出版局, 1980), p.86; 金學成, 『한국고전시가의 연구』(한국학술정보, 2001), p.94 참조.

106) "沙平郡 那必及干 緜痼三年 不能醫療 師往見之 憫其苦 口授此願王歌 勸令常讀 他日有空聲唱言 汝賴大聖歌力 痛必差矣"(『均如傳』第7, 歌行化世分者).

4. 간절한 기도가 결국 통하다

<도천수대비가>는 "무릎을 곧추며, 두 손바닥 모아, 천수관음 앞에, 기구(祈求)의 말씀 두노이다."107)라는 기원에서 출발한다. "티끌처럼 많은 보살마하살이 모두 부처님 앞에서 일심으로 합장하고 부처님 존안(尊顔)을 우러러보며 여쭈었다."와108) 같은 맥락이다. 제8행 '一等沙隱賜以古只內乎叱等邪'는 "경덕왕 대에 희명의 다섯 살 난 아이가 갑자기 눈이 멀자 분황사 천수대비 앞에서 이 노래(향가)를 부르게 하니 마침내 눈을 뜨게 되었다."는 이 기원의 까닭을 알고, 서사의 비밀을 푸는 매우 중요한 열쇠이다.

핵심적 키워드인 '古只'를 그간 '고티다(고치다)(醫, 治療)'로 풀이하고 "눈 하나만 몰래 고쳐주시길 비옵니다."로 이해해 왔다. 하지만 'ᄒᆞ기숌/ᄒᆞ기암(爲只爲), 기오디/이오디(只乎矣), 다므기(並只)'나 <혜성가>의 '혜ㅅ기(彗叱只)' 등을 보면 '只'는 '티/디'보다는 '기(ki)'로 읽는 것이 마땅하다. 이에 근거하여 본고는 이 부분을 눈의 잘 보이지 않는 곳에 감춰진 안질(眼疾), 즉 은질(隱疾; 隱病)로 보았다.

실명에까지 이를 수 있는 병의 심각성에 비해, 민간의 처방전도 다양하고 치유 가능성도 아주 높은 것으로 전한다. <도천수대비가>의 이 구절은 기존의 분석처럼 "절대자에 대한 겸손하고 간절한 애원"이 아니라 아이의 한쪽 눈에 생긴 안질을 특정하여 '실명 위기'라는 상황의 심각성과 구원의 절실함을 부각시키고, 천수관음을 향한 신앙치료의 희망을 드러내고 자비심을 이끌어내려는 전제적 언술이다. 이는 앞 구절 "덜옵기(除)"의 '제질(除疾)'과 상통하고, <관음세안결>의 기원과 일치한다. 이는 "천수관음이 아이

---

107) "膝肹古召旀 二尸掌音毛乎支內良 千手觀音叱前良中 祈以支白屋尸置內乎多"(『三國遺事』 卷3, 塔像, 芬皇寺千手大悲 盲兒得眼).

108) "微塵等菩薩摩訶薩 從地涌出者 皆於涌出者 皆於佛前一心合掌瞻仰尊顔而白佛言"(『妙法蓮華經』 卷6, 如來神力品 第21).

를 보살펴 자비와 은혜를 베풀어달라는 '사유(賜遺)'의 뜻을 담은" 바로 뒷부분 '吾良遺知支賜尸等焉'과 의미상의 연결을 이루어, 한쪽 눈의 심각한 병증을 통해 천수관음보살의 굽어 살핌을 유도하고 있다. 분황사 천수대비 앞에서 향가를 부르게 하니, 실명 위기에 있던 아이가 마침내 눈을 떴다는 <도천수대비가> 서사는 치료를 위한 희명의 노력과 정성, 천수대비를 향한 깊은 신앙, 향가를 통한 순수한 기원이 이끌어낸 쾌거이자 신앙치료의 한 단면을 보여주고 있다. 이를 통해 부처의 신성하고 위대한 힘을 대중들에게 널리 전파하는 수단으로 삼았을 것이다.

〈우적가(遇賊歌)〉

영재 스님이 칼을 든 도적을 불자로 만들다

1. 도적을 만난 노래에 대한 성격 규명은?

『삼국유사』 영재우적(永才遇賊) 조에 실린 <우적가(遇賊歌)>는 결자(缺字)로 인해 해독의 어려움이 있고, 작가와 배경에 대한 정보도 소략하여 매우 어려운 향가 중 하나이다."[1)]

도적(賊徒)들이 마음을 고쳐 불도(佛徒)가 된 까닭, 그 진위 여부도 관심의 대상이다. "도적떼 60명은 대단한 숫자이다. 도적이 늘어난 것은 살기가 어려워진 탓이다. 도적들이 처음에는 영재에게 반감을 보이다가 노래를 듣고 감복했다는 것은 불만계층에 대해 공감했기 때문이다. 영재가 도적들을 개심(改心)시켰다고 말했지만, 사실은 영재가 도적떼에 가담해 한 패거리가 되었을지 모른다."는[2)] 주장도 있었고, 도적 발생 원인을 족적 공동체의 해체에서 찾기도 한다.[3)] 한편, 도적들은 "이미 <우적가>를 받아들일 만한 능력

1) 길태숙, 「공간・구도자・도적, 그리고 <우적가>」, 『향가의 수사와 상상력』(보고사, 2010), p.406.
2) 조동일, 제4판 『한국문학통사 1』(지식산업사, 2005), p.181.

을 갖추었고, 탈속(脫俗)의 길에 들어선 노승의 의미 깊은 선가(禪歌)·심가(心歌)를 완전히 이해·체득할 수 있을 만큼 유식계급(有識階級)이거나 아니면 거기에 가까운 부류", "화랑단의 잔비(殘匪)나 경주를 중심으로 한 중앙 집권층의 세력 다툼에서 밀려난 반체제 세력"이라는[4] 견해도 나왔다. 반체제 인사라는 견해[5]에 동조하면서, 당대의 정치상황과 관련시켜, 주원계(周元系)의 일파, 특히 헌창계(憲昌系)였을 가능성이 높다고[6] 구체화한 경우도 있다. 한편, "헌덕왕 7년 서변주군(西邊州郡)에 도적이 일부 횡행하다, 동왕 11년과 흥덕왕 때에 기근이 발생하자마자 전국적으로 확산된" 예를 들고,[7] "도적의 발생은 어떤 목적의식 하에 반란을 도모한 것이 아니라 자연재해로 인해 생계유지를 위해 도적질을 한 경우"로[8] 보인다는 주장도 설득력 있다. 사회질서를 어지럽히는 도적의 존재는 어느 시대나 있을 수 있으므로 구체적 단서 없이 특정하기는 어렵겠지만 원성왕 대의 시대상과 관련하여 그 정체성을 가늠해 볼 필요는 있다.

그동안 <우적가>는 "직접적 설유(說諭)나 강요가 아니고, 영재 자신의 입장을 밝혀 적도들의 공감을 부른 작품", "1~4구는 노승 영재가 비로소 인간의 실상(자기 마음의 실상)을 깨닫고 적멸처(寂滅處)를 구해 궁산(窮山)으로 퇴은하는 과정을, 5~8구는 적도가 그 퇴은의 진로를 방해하지만 그것은 도리어 영재의 정토왕생을 재촉하니 바람직하다는 감정을, 9~10구는 적도가 악업을 하나 더 짓게 하는 일은 자기의 악업이 될 것임을",[9] 그리고 "웬만

---

3) 金哲埈, 「羅末麗初의 社會轉換과 中世 知性」, 『創作과 批評』 12(一潮閣, 1968), p.774.
4) 朴魯埻, 『新羅歌謠의 硏究』(悅話堂, 1982), p.275, pp.280~281; 崔聖鎬, 「遇賊歌의 時代的 背景攷」, 『東岳語文論集』 17(東岳語文學會, 1983), pp.331~332.
5) 조법종, 「삼국유사 피은 영재우적 조 검토」, 『신라문화제학술논문집』 31(新羅文化宣揚會, 2010), pp.257~260.
6) 李雄宰, 「遇賊歌 說話의 硏究」, 『平沙閔濟先生華甲紀念論文集』(同刊行委員會, 1990), pp.297~302.
7) 이기봉, 「신라 원성왕 대의 재이와 정치·사회적 변동」, 『新羅史學報』 25(新羅史學會, 2012), p.297.
8) 신재홍, 『향가의 연구』(집문당, 2017), pp.252~254.

한 선업으로는 극락왕생이 불가능하다."는 마음을[10] 표현했다는 해석이 대체적인 통설인데, 여전히 의미 해석의 치밀함이 약하다. 이에 앞뒤 문맥을 면밀히 살펴 <우적가>의 결자를 가늠하고, 철저히 불교 이론에 따라 객관적이고 실증적인 해독을 시도해보고자 한다.

2. 원성왕(元聖王) 대의 정치사회적 배경은 어떠했나?

<우적가>는 원성왕 대(785~798)에 지었으니 신라 하대[11]의 작품이다. 상대는 성골, 그 이하는 진골이고, 중대 왕은 순수한 무열왕 계통, 하대의 모든 왕은 원대방계(遠代傍系)이다. 부계 혈통에 따라 상중하대를 구별한 것 같지만, 이는 국가·정치 세력의 변천단계와 맞물려있다.[12] 신라 하대는 귀족의 발호, 왕위 쟁탈전, 음모·반역·골육상잔이 이어졌다. 이런 상태는 중대의 혜공왕부터 49대 헌강왕까지 계속되다 진성여왕 때 극에 달한다. 혜공왕은 8세에 등위해 태후의 섭정을 받다, 장년에는 음탕성색에 빠져 절도를 잃고, 기강이 문란하고 이재가 빈번했으며, 인심은 배반하고 사직이 위태로웠다.[13]

785년, 선덕왕(宣德王)이 죽자 귀족회의에서 김주원(金元周)을 공식적인 왕위계승자로 추대했다.

(1) 김주원(金周元). 당초에 선덕왕이 죽고 후사가 없이 여러 신하는 정의

9) 尹榮玉, 『新羅詩歌의 硏究』(螢雪出版社, 1980), p.248.

10) 박노준, 『향가여요 종횡론』(보고사, 2014), p.156.

11) 시조 혁거세부터 진덕여왕까지 28왕을 상대, 29대 무열왕부터 36대 혜공왕까지 8왕을 중대, 37대 宣德王부터 56대 경순왕까지 20왕을 하대라 한다.

12) 李丙燾, 『國史大觀』(白映社, 1954), pp.135~137.

13) 이기백, 『한국사신론』(일조각, 1999), pp.111~112.

태후(貞懿太后)의 교지를 받들어, 주원을 왕으로 세우려하였다. 그러나 조카인 상대장등(上大長等) 경신(敬信)이 중인(衆人)을 위협하고, 먼저 궁에 들어가 왕이 되었다. 주원은 화가 두려워 명주로 물러나고 서울에 가지 않았다. 2년 후 주원을 명주군 왕으로 봉하고 명주 속현인 삼척・근을어(斤乙於)・울진 등 고을을 떼어서 식읍으로 만들게 하였다. 자손이 인하여 부(府)를 관향으로 하였다.[14]

(2) 선덕왕이 죽고 아들이 없어 신하들이 왕의 족질 주원을 옹립하려 했다. 이때 주원은 서울 북쪽 20리에 살았는데, 폭우로 인해 물을 건너지 못했다. 누군가 '임금의 큰 지위란 본시 사람이 도모할 수 없는 것인데, 오늘의 폭우는 하늘이 주원을 왕으로 세우려 하지 않는 것이다. 임금의 아우 상대등 경신은 본디 덕망이 높아 임금의 체통을 지녔다.' 하니, 여러 사람들의 의논이 단번에 일치되어 그를 왕으로 삼았다. 얼마 후 비가 그치니 나라 사람들이 모두 만세를 불렀다.[15]

김주원과 김경신의 계보를 볼 때, 주원에게 왕위계승 우선권이 있었다. 선덕왕이 임종할 때 주원을 후계자로 지목한 것은 무열왕계 왕통을 유지하기 위함이다. 무열왕계가 소멸될 시점에 선덕왕이 외손으로서 왕위를 이어, 후사가 없으니 무열왕계 방계 주원을 염두에 두었던 것이다. 반면 경신은 중대왕실과 혈연관계가 없으므로, 후계 선상에 오르지 못할 입장이다.[16] 위 (1)은 "경신이 중인(衆人)을 위협하고, 먼저 궁에 들어가 왕이 되었다."하고, (2)는 알천(閼川)의 폭우를 하늘의 명으로 여기고, 상대등 경신의 덕망과 체통을

---

14) "宣德王薨 無嗣 羣臣奉貞懿太后之敎 立周元爲王 族子上大長等敬信 劫衆 自立先入宮稱帝 周元懼禍退居溟州 遂不朝請 後二年 封周元爲溟州郡王 割溟州翼領三陟斤乙於蔚珍等官 爲食邑 子孫因以府爲鄕"(『新增東國輿地勝覽』 卷44, 江陵大都護府, 人物).

15) "及宣德薨 無子 群臣議後 欲立王之族子周元 周元宅於京北二十里 會 大雨 閼川水漲 周元不得渡 或曰 卽人君大位 固非人謀 今日暴雨 天其或者不欲立周元乎 今上大等敬信 前王之弟 德望素高 有人君之體 於是 衆議翕然 立之繼位 旣而雨止 國人皆呼萬歲"(『三國史記』 卷10, 新羅本記10 元聖王).

16) 선석열, 『신라 왕위계승 원리 연구』(혜안, 2015), p.232.

명분삼아 경신을 왕에 앉혔다했다. 이에 “궁에 들어간 경신 세력이 천명을 빙자하여, 주원을 추대한 세력들을 협박하고, 폭우를 천명에 부회한 것”이라 한다.[17] 뒷날(헌덕왕14년 3월) 주원의 아들 김헌창(金憲昌)이 같은 이유로 반란을 일으킨 것[18]을 보아도 이 당시에 왕위 다툼이 치열했음을 알 수 있다.

경신의 덕망이나 체모를 언급하고 선덕왕과의 혈연을 강조한 것은 유교적 표현이고, 경신이 왕위에 앉는 꿈을 꾸고 북천신의 비호를 받았다 함은 변칙적 즉위를 합리화한 수식이다.[19] 즉, 군사 행동에 의해 왕위에 오른 원성왕은 애초에 정통성을 결여해서[20] 폭우나 만파식적(무열왕계 상징) 등을 통해 자신의 즉위를 정당화했다는 논리다.[21] 그럼에도 원성왕 대 정치사는 불안감을 벗지 못했다. 당시 실시한 독서삼품과(讀書三品科, 788년)는 지지 세력이 없던 원성왕이 자기세력을 선발하려 한 것이고, 당시까지 적대적이던 발해에 사신을 파견한 것도 내부의 불만과 높은 정치적 관심을 이전하려는 발상 때문이다.[22] 그는 당의 책봉, 외교적 승인도 없어 더욱 불안을 감수했다. 중대에서 하대로 가면서 귀족들은 왕권의 전제주의에 반항해 귀족연립적인 방향을 걸었다. 집사부(執事部) 중시(中侍) 대신에 상대등(上大等)이 다시 각광을 받고, 시대 조류에 대한 반동이 일어났다.[23] 원성왕의 증손 애장왕(哀莊王)은 아우 체명(體明)과 함께 숙부 헌덕왕(憲德王)에 살해되었다. 중앙의 어지러움은 직간접으로 지방에 영향을 끼쳐 중앙에서 뜻을 잃은 왕족이 지방에 웅거하며 난을 일으키기도 했다. 김헌창(金憲昌) 부자의 난이 일어나고, 이후에 홍덕

---

17) 권영오, 『新羅下代 政治史 硏究』(혜안, 2011), pp.134~135

18) “二月 熊川州都督憲昌 以父周元不得爲王反叛 國號長安”(『三國史記』 卷10, 新羅本紀10, 憲德王 14年春三月).

19) 선석열, 위의 책, pp.226~234.

20) 한규철, 「남북국의 성립과 전개과정」, 『한국사 3-고대사회에서 중세사회로1』(한길사, 1994), p.258.

21) 권영오, 위의 책, p.141.

22) 한규철, 앞의 책, p.258.

23) 이기백, 앞의 책, pp.111~112.

왕(興德王)의 종제 균정(均貞)과 종질 제융(悌隆) 사이에 왕위 계승 다툼이 발생하고, 여기서 승리한 제융이 희강왕(僖康王)이 되었다가 또 김명(金明)의 반란에 자살하고, 김명은 자립하여 민애왕(閔哀王)이 되고, 김균정(金均貞)의 아들 우징(祐徵)이 장보고의 도움을 얻어 민애왕을 박해하여 신무왕(神武王)이 되는 등, 지방 대 중앙의 대립, 귀족사회의 부패와 기강문란은 극심했다.[24)]

원성왕 때의 잦은 이재(罹災)와 정치・사회적 변동은 불안을 가중시켰다. "가을에 나라 서쪽지역에 가뭄이 들었고 누리가 생겼으며 도적이 늘어 왕이 사신을 보내 안무(按撫)할"[25)] 정도였다. 왕 3년 2월에는 경주에 지진, 5월에 태백성 출현, 4년 가을 나라 서쪽에 가뭄이 들고 누리가 생겼으며 도적들이 많아져 왕이 사신을 파견해 안정시키고 위무했으며, 5년 춘정월에는 한산주 백성들이 굶주려 곡식을 내주었고, 가을 7월에는 서리가 내려 곡식이 상했다. 6년에서 13년까지 갖가지 재난이 이어졌다.[26)] 누리・가뭄・역질・홍수・서리 등 잦은 재해로 원성왕은 굶주린 백성들을 구휼하고, 죄수를 사면하거나 친히 관리했다. 원성왕 4년의 도적떼는 특히 눈길을 끈다. 도적의 발생은 흔히 "민이 생활고에 의해 각 지역에서 일탈하여 불법행위를 통해 살 길을 모색하는 것"[27)]으로 이해한다. 이와 같은 재앙은 자연히 국가 재정에 문제를 발생시키고,[28)] 백성들의 생활을 위협하여 생활을 파탄케 만들고, 사회의 바탕을 뒤흔들었을 것임에 틀림없다.[29)]

원성왕 5년 준옹의 참여를 계기로 원성왕 직계가 정국운영을 주도했는

---

24) 李丙燾, 앞의 책, pp.136~137 참조.

25) "秋 國西旱蝗 多盜賊 王發使安撫之"(『三國史記』 新羅本紀, 元聖王 4年).

26) "三年 春二月 京都地震 夏五月 太白晝見 秋七月 蝗害穀, 四年 秋 國西旱 蝗多盜賊 王發使 安撫之, 五年 春正月 漢山州民饑 出粟以賙之 秋七月 隕霜傷穀, 六年 五月 出粟 賑漢山熊川二州饑民, 十一年 夏四月旱 親錄囚 至六月 乃雨, 秋八月 隕霜害穀, 十二年春 京都飢疫 王發倉廩 賑恤之, 十三年 秋九月 國東 蝗害穀 大水山崩"(『三國史記』 卷10, 新羅本紀10, 元聖王).

27) 박명호, 『7세기 신라 정치사의 이해』(景仁文化社, 2016), p.258.

28) 박명호, 위의 책, p.256.

29) 尹榮玉, 앞의 논문(1986), p.108.

데, 이는 원성왕 4년의 도적, 동왕 5년 정월 한산주의 기근이 왕권의 위기의식을 높인 데 따른 사회적 변동으로[30] 본다. 재해로 촉발된 사회적 변동은 원성왕 반대세력의 역공을 불렀을 것이다. 왕위계승에의 집착과 왕권에의 도전, 쟁탈전은 자체로 심각한 사회불안을 조성한다. 잦은 모반은 더할 나위 없다.[31] 힘들게 정권을 잡은 원성왕은 안정적인 후계구도를 만들기 위해 온 힘을 쏟았다. 원성왕은 즉위와 동시에 왕자 인겸(仁謙)을 태자로 책봉하여 왕위계승자로 확정했다. 그러나 지에(791) 태자가 졸거하자, 이듬해 의영(義英)을 다시 태자로 책봉한다. 의영태자도 곧 죽자 왕손(故 仁謙太子의 장자) 준옹(俊邕, 후의 昭聖王)을 태자로 책봉했다. 원성왕은 왕과 태자를 정점으로 하여 극히 좁은 범위의 근친왕족들에게 상대등·병부령·재상·어룡성사신(御龍省私臣)·시중(侍中) 등 요직을 맡겼다. 이에 원성왕 때 재상제도가 갖는 권력집중의 기능이 충분히 발휘되었다 해석한다.[32] 원성왕은 재위기간 동안 장자·차자·적장손에 이르기까지 3차례의 태자책봉을 단행하며, 순조로운 왕위 계승을 이루겠다는 목적의식을 가졌다. 원성왕과 태자가 권력의 정점에 두고 왕실과 근친들을 요직에 배치하여 배타적 권력 집중을 꾀했던 셈이다.[33]

지방사회에 대한 원성왕의 관심은 정법전(政法典)의 정비에서도 볼 수 있다. 정법전은 원성왕 원년에 정비했는데,[34] 이는 승정기구로서 불교계의 정비와 함께 지방통제를 목적으로 한다. 즉 중대 말부터 유행한 중앙귀족들의 불사활동으로 이들이 지방에서 영향력을 확대하자 원성왕이 정법전을

30) 이기봉, 앞의 논문(2012), pp.304~305.

31) 尹榮玉, 「遇賊歌의 考察」, 신라문화제학술발표논문집7 『新羅文學의 新研究』(동국대학교 신라문화연구소, 1986), pp.106~107.

32) 李基東, 『新羅骨品制社會와 花郎徒』(一潮閣, 1984), pp.152~153.

33) 이문기, 『신라 하대 정치와 사회 연구』(학연문화사, 2015), pp.52~53.

34) "政官 或云 政法典 始以大舍一人·史二人爲司 至元聖王元年 初置僧官 簡僧中有才行者 充之有故則遞 無定年限"(『三國史記』 卷40, 雜志9, 武官 下).

정비했다. 이처럼 원성왕은 제도적 차원에서 지방정책을 추진하면서 지방사회의 혼란을 극복하려 했다. 그러나 이러한 노력과 달리 원성왕 4년에 지방사회의 이탈을 의미하는 도적이 발생하자, 지방통제를 위한 수단을 강구했던 것이다.[35] 신라 하대는 통일 후 국토가 확대되고 다스려야 할 이질적 백성들이 많아졌다. 신라는 골품제 귀족정치에 의존했기에, 새로운 역사・사회발전을 저해했다. 비대해진 귀족들은 융합보다는 분열을 일삼았고, 누구든지 힘이 강대해지면 일약 왕좌에 오르기 위해 권력투쟁의 악순환을 되풀이했다. 이러한 와중에 골품제의 희생자인 육두품 이하 출신들의 사회적 불평불만, 부패한 사회에 대한 서민들의 개혁 의지, 이러한 것들이 하나로 뭉쳐, 당시의 시대와 사회에 순응하지 않으려는 사람들이 도둑이나 반란자가 되었을 수도 있다.[36]

3. 〈우적가(遇賊歌)〉의 구절을 풀이한다면?

① 自矣心米
② 皃史毛達只將來吞隱
③ 日遠鳥逸□□過出知遣
④ 今吞藪未去遣省如
⑤ 但非乎隱焉破□主
⑥ 次弗□史內於都還於尸朗也
⑦ 此兵物叱沙過乎
⑧ 好尸曰沙也內乎吞尼
⑨ 阿耶 唯只伊吾音之叱恨隱潽陵隱

35) 이기봉, 앞의 논문(2012), pp.300~301.
36) 崔聖鎬, 「遇賊歌의 時代的 背景攷」, 『東岳語文論集』 17(東岳語文學會, 1983), pp.330~331.

⑩ 安支尙宅都乎隱以多

① 제 ᄆᆞᄉᆞ매(자기의 마음의)
② 즈ᅀ 모ᄃᆞ렷단 날(모습을 모르려하던 날)
③ 머리 □□ 디나치고(멀리 □□ 지나치고)
④ 엳ᄯᅳᆫ 수메 가고쇼다(멀리 숨어서 가고 있다.)
⑤ 오직 외온 破戒主(오직 못된(不正한) 도적)
⑥ 저플 즈ᅀᅢ ᄂᆞ외 ᄯᅩ 돌려(두려워 할 형상에 다시 또 돌아가리.)
⑦ 이 잠ᄀᆞᅀᅡ 디내온(이 칼을 겪으면)
⑧ 됴ᄒᆞᆯ 날 새누오ᄶᅡ니(좋은 날 샐 것이더니)
⑨ 아으 오지 이오맛ᄒᆞᆫ 善은(아으 오직 요만큼한 선(善, 善業)은
⑩ 안디 새집 ᄃᆞ외니이다(아니 새로운 집 되었네.)

(양주동 해독)

① 제의 ᄆᆞᅀᆞᄆᆡ(제 마음의)
② 즈ᅀᅵ 모ᄃᆞᆯ 보려든,(모습이 볼 수 없는 것인데,)
③ 日遠鳥逸 ᄃᆞ라리 난 알고(일원조일 달이 난 것을 알고)
④ 엳ᄃᆞᆫ 수플 가고셩다(지금은 수플을 가고 있습니다.)
⑤ 다ᄆᆞᆫ 외오ᄂᆞᆫ 破家니림(다만 잘못된 것은 强豪님,)
⑥ 머믈오시ᄂᆞᆯ 도도랄랑여(머물게 하신들 놀라겠습니까.)
⑦ 이 자본가시ᅀᅡ 말오(병기兵器를 마다하고
⑧ 즐길 法(법)이ᅀᅡ 듣ᄂᆞ오다니,(즐길 법法을랑 듣고 있는데,)
⑨ 아야, 오직 뎌오밋ᄒᆞᆫ 물론(아아, 조만한 善業은)
⑩ 안자 텩도 업스니다.(아직 넉노 없습니다.)

(김완진 해독)

곳곳에 결자(缺字)가 있고 특히 ③, ⑤, ⑥, ⑧~⑩에 이견이 많은데, 구절 구절을 해독할 만한 근거를 찾아보면 다음과 같다.

1) 自矣心米皃史毛達只將來呑隱日

이 구절은 "영재가 나이 90이 되어서야, 남악(南岳)에 은거하러 가는 자신의 모습을 회상하며, 과거를 청산하고 참된 삶을 찾아 숲길을 가고 있다"라고 이해[37]해 왔다. 자심(自心)은 "자기 마음"(唯識 20론), "스스로 心念을"(牧牛子修心訣20)처럼, "자기 마음"을 말한다. 이 말은 뒤의 '모(皃, 貌)'와 이어진다.

(1) "내 맘의 모양새 온전케 함은 돈으로 안 되네. 난(鸞)새의 날개 빌려 바람 따라 훨훨 날려네."[38)]

(2) "마음과 정신을 풀고, 까마득한 정신을 비운다면, 만물은 무성하게 자라 그 근본으로 돌아간다.",[39)] "마음과 정신이 이미 피폐해져서, 세월 갈수록 슬픔만 더하네."[40)]

(3) "처음 조공(曹公)은 관우(關羽)의 사람됨이 빼어나다고 여겼지만, 그의 속마음은 오래 머무를 뜻이 없음을 알고",[41)] "옛날, 태산(泰山) 오백무(吳伯武)가 아우 문장(文章)을 잃어버린 지 20여 년이 되었는데, 서로가 우연히 저자에서 만나 문장이 백무를 때리려하다가 마음 상태가 어쩐지 슬퍼지는 까닭에 서로 확인해 물어보았더니 형제였다."[42)]

(1)은 "마음의 모양(心皃)", (2)·(3)은 "마음과 정신, 사고력과 정신력, 정신, 정신 상태"를 뜻하는 '심신(心神)'의 예이다. 의미가 유사한데, 정리하면 '심모(心皃, 心貌)'는 "심신의 모양새, 마음이 지향하는 바, 지향점, 마음이 이르는 곳, 마음의 대상"이다. 유사어로 심행(心行, 마음의 行相)이 있다. 심행은

37) 朴仁熙, 「遇賊歌 硏究」, 『語文硏究』 151(韓國語文敎育硏究會, 2011), p.215.
38) "使我心貌全 且非黃金力 將攀下風手 愿假仙鸞翼"(朱晝, 喜陳懿老示新制).
39) "解心釋神 莫然無魂 萬物云云 各復其根"(『莊子』 2, 外篇 在宥).
40) "心神已弊 晷刻增悲"(北周 庾信, 代人乞致仕表).
41) "初 曹公壯羽爲人 而察其心神無久留之意"(『三國志』 蜀志, 關羽傳).
42) "昔泰山吳伯武小孤 與弟文章相失 二十餘年 遇于縣市 文章欲毆伯武 心神悲慟 因相尋問 乃兄弟也"(北魏 酈道元, 水經注; 『宗鏡錄』 卷73, 延壽, 『高麗大藏經』 44, p.405).

"심(心)이 염념(念念)하여 천류(遷流)함, 선악의 소념"이다. 마음속으로 잊지 않는다는 뜻으로 심모와 같다. "부처께서 그의 심행을 알므로, 대승을 설한다."(『法華經』 方便品) 했고, "중생의 왕래하는 소취(所趣)와 심의 소생(所生)을 선지(善知)한다."(『維摩經』 佛國品) 하였다.[43]

(4) "이는 반드시 마음으로 행해야 할 일이요 입으로만 욀 일이 아니다. 입으로만 외고 마음으로 행하지 않는다면 허깨비와 같고 이슬과 같으며 번개와도 같이 허망한 것이다. 입으로 외고 마음으로 행한다면 마음과 말이 서로 어울려 본디 성품이 부처님으로서 이 성품을 떠나 따로 부처님이 없다."[44]

(5) "중생의 심행이 각기 다르니 어떤 때는 여럿이 하나의 심행을 갖기도 하고 때로는 한 사람이 여럿의 심행을 갖기도 한다. 한 사람이 여럿이 되는 것이나 여럿이 한 사람이 되는 것처럼 법강(法綱), 즉 법률과 규율을 늘려 널리 전하여 심행의 새를 잡고자 할 따름이라."[45]

심행, 즉 마음의 지향은 사람마다 다르다. "세상 사람들이 입으로 하루 종일 반야를 말하지만 정작 자기성품의 반야를 모른다. 이는 아무리 음식 이야기를 해도 먹지 않으면 배고픈 이치와 같다. 오직 입으로만 공(空)을 외서는 자신의 참 성품을 볼 수 없으니 끝내 아무런 이익이 없다."는[46] 최상의 지혜, '반야(般若)'와 통한다. 불교는 마음에 대한 탐구를 중시한다. 마음에 대한 탐구 · 정리는 대승의 유식(唯識)에서 체계화했는데, 인식주관에 따

---

43) 韓國佛教大辭典編纂委員會, 『韓國佛教大辭典』 4(寶蓮閣, 1982), pp.119~120.

44) "此須心行 不在口念 口念 心不行 如幻如化 如露如電 口念 心行 則心口相應 本性 是佛 離性無別佛"(慧能 저, 원순 역, 『六祖壇經』, 법공양, 2005, pp.66~67).

45) "衆生心行各各不同 或多人同一心行 或一人多種心行 如爲一人衆多亦然 如爲多人一人亦然 須廣施法綱之目 捕心行之鳥耳"(天台, 『摩訶止觀』 卷5 上; 『大正新修大藏經』(이하 『大正藏』) 46, pp.1911~1912).

46) "世人 終日 口念般若 不識自性般若 猶如說食不飽 口但說空 萬劫 不得見性 終無有益"(慧能 저, 원순 역, 앞의 책, pp.64~65).

라 변화하는 허망한 대상에 집착하지 않고, 자신의 내면수양과 지적성찰을 강조하니,[47] 영재의 마음가짐과 상통한다.

'毛達'·'毛冬'을 '毛達(迭)'을 '모딜(暴·惡·凶)'로[48] 읽고, "니시 ᄊᆞ진기ᄅᆞᆯ 더욱 모딜이 ᄒᆞ고(李氏罵益厲)"(東國新續三綱行實圖, 烈4 : 1, 李氏刳復)처럼 "모딜기(이)"[49]로 읽고자 한다. '將'은 '持也'의 뜻으로 보아, "디녀오돈 날"로[50] 읽는다. '장래(將來)'는 '장차', "가져오다·초래하다", "전부터 그렇게 하여 오다"라는 뜻으로, 『고려사』에 실린 몽고군 첩문의 "하늘의 기운과 도리를 가지고(지니고) 말씀드립니다. 우리에게 항복 않고 대항하다 잡힌 자들은…"[51] 에서의 '지니다', 즉 "가져오다,[52] 과거부터 해 내려오다"의 의미를[53] 취한다. 이에 이 구절을 "제ᄆᆞᅀᆞᄆᆡ ᅀᅳᆷ 모딜이(기) 디녀오단 날"로 읽고, 90세에 이른 영재가 불도의 깨달음을 얻거나 중생을 교화하겠다는 마음을 단단히 먹고 남악을 향함을 뜻한다. 위로는 보리(菩提, 깨달음)를 구하고, 아래로는 중생을 교화하려 한다. 불교에 귀의하면 누구나 끝없는 번뇌를 끊고(煩惱無盡誓願斷), 한량없는 법 후문을 배우리라(法門無量誓願學), 한없는 중생을 다 제도하리라(衆生無邊誓願度)는 마음을 먹기 마련인데, 자기 마음에 큰 다짐(誓願)을 하고 길을 나선다는 뜻이다. "부처님 멸도하신 뒤, 이 경 능히 가지므

47) 장익, 『불교 유식학 강의』(정우서적, 2012), p.30, p.46, pp.35~36.
48) 최남희, 『고대국어 형태론』(박이정, 1996), p.103; "모딜은 자신의 마음이 속세에 물들어 점점 나태해지거나 불심에 대한 게으름이 점점 심화되어 감"(兪昌均, 『鄕歌批解』, 螢雪出版社, 1996, p.822).
49) 신재홍은 '毛達只'를 'ᄆᆞᄃᆡ'의 동사적 의미 'ᄆᆞᄃᆞ기'로 보아, "기필하다, 요하다, 구하다"로 파악하고, "찾아 얻다, 바라다, 가지고 싶어 하다"(心·要·切·須)로 이해하고, "도적들이 인간의 본마음을 찾기를 바란다면"으로 풀이한다.(신재홍, 「鄕歌 難解句의 再解釋(1)-遇賊歌」, 『古典文學硏究』 10, 한국고전문학회, 1995, p.33).
50) 최남희, 위의 책(1996), pp.103~104.
51) "天底氣力 天道將來底言語 所得不秋底人"(『高麗史』 卷23, 世家 卷23, 高宗 18年 12月).
52) "月置 八切爾 數於將來尸 波衣"(<彗星歌>), "造將來臥乎隱 惡寸隱"(<懺悔業障歌>), "皆 往焉世呂 修將來賜留隱"(<常隨佛學歌>), 이두 "臣 無有作福作威爲將來臥乎等用良"(신하는 作福作威하여 옴이 없었으므로,… <柳瓛尙書都官貼文>)에 용례가 있다.
53) 南豊鉉, 「遇賊歌의 解讀」, 『口訣硏究』 39(口訣學會, 2017), p.114.

로,…”, “능히 이 경 갖는 이 내 몸을…”에서[54] ‘가지다(持)’는 “항상 경문을 독송하여 수행하다, 확고히 배워 보존한다.”는 뜻이다. ‘지념(持念)·억지(憶持)’에서도 ‘지’는 기억하여 잊지 않는 확고한 신앙이다.

제1·2행은 수행을 위해 나선 영재가 자신의 마음가짐을 드러낸 것으로, 향가를 청한 도적들에게는 인간적인 고백이면서 동시에 그들을 향한 권유·제안의 전제이다. “제 마음의/모습 구하려거든”의 가정, 화자가 도적과 자신을 같은 존재자로 전제하고, 모두 ‘마음의 참된 모습’을 찾아 나서야 한다고 강조한 말이다. “마음의 문제에 대해 사색하고 그 참모습을 구하기 위해 수도에 정진하였던 화자의 경력을 훈계의 말 속에 담고, 동시에 자신이 떠난 동기를 전달한”[55] 것이다.

2) 遠鳥逸㊍㊂過出知遣

遠鳥逸○○過出知遣	
해독	뜻풀이
“머리 ○○ 디나치고”(양주동)	“멀리 ○○ 지나치고”
“져므올 ᄂᆞ리 디나알고”(지헌영)	“젊은 날이 다 지나서야 깨달아 알고”
“멀오 을온 허믈 내디오”(이탁)	“멀으오 어린 허물 내치고”(오래오 (그런 줄 깨달았으니) 어린(迷한) 모든 허물을 다 털어 내치고)
“멀오일 셔산 디나겨 알오겨”(김선기)	“멀리 서산(西山) 지나쳐 알고”
“멀시 숨흘 쌔(잃은 적) 디나알고”(양희철)	“(깨달으려던 날이) 멀기 때문에 避隱의 때를 늦게 알고”
“(日)遠鳥逸 ᄃᆞ라리 난 알고”(김완진)	“(해가) 西山에 멀어지고 새도 제 깃에 숨어 달이 난 것을 알고”
“멀오 逸오는 過出 알겨”(정창일)	“멀고 멋대로 된 과오만 계속 생기는 것을 안

54) “以佛滅度後 能持是經故”, “能持是經者 則爲已見我”(『妙法蓮華經』 卷6, 如來神力品).
55) 신재홍, 「우적가의 주체와 타자」, 『향가의 연구』(집문당, 2017), p.256.

遠鳥逸○○過出知遣	
해독	뜻풀이
	다쪽"(전생의 악업으로 내세에 악도에 떨어짐)
"멀오 숨우라 넘나디고"(유창균)	"멀리 隱居하려고 넘어가고"
"멀오 숨온 디나츌 알고"(신재홍)	"멀리 숨은 잘못을 알고"
"멀쌔 일오 디나티고"(강길운)	"(해가 아직) 먼데 일찍이 그 골짜기를 지나치고"56)
"멀 새 돋 디나티견"(서재극)	"먼 새 달아나듯 지나가 버리고선"
"(히) 멀 새 수믈 나죄히 디나 알고"(금기창)	"(해가) 멀고 새가 숨을 저녁나절이 지나서 알고"
"먼 새 ᄂᆞ라 ○○ 디나디고"(최남희)	"먼 새 날아 ○○ 지나치고"
"머리 새 돋ᄃᆞ히 디나 알고"(황패강)	"(自性을 미처 깨닫지 못했던 날들이) 멀리 새 달아나듯 지나서 알고"57)

'遠鳥逸'에서 '鳥'를 '烏'의 잘못으로 읽고, "멀오, 머리(멀리)"로 해독한 경우(도표의 위)와 '새(鳥)'를 읽은 경우(도표의 아래)로 나누어진다. 또 많은 연구자들이 '日'을 앞 구절에 붙여 해독하고 있는데, 만약 뒤 구절에 붙여 "日遠鳥逸"이 되면,58) "오랜 세월 지나, 해가 멀리 떨어져 장안(長安)의 옛길을

56) 小倉進平, 『鄕歌及び吏讀の硏究』(近澤商店印刷部, 1929), p.232; 梁柱東, 『國文學古典讀本』(博文出版社, 1948), p.250; 池憲英, 『鄕歌麗謠新釋』(正音社, 1947), pp.25~27; 李鐸, 『國語學論攷』(正音社, 1958), pp.245~246; 金完鎭, 『鄕歌解讀法硏究』(서울大學校出版部, 1980), pp.147~156; 김선기, 『옛적 노래의 새풀이-鄕歌新釋』(普成文化社, 1993), pp.273~278; 정창일, 『鄕歌新硏究』(세종출판사, 1987), pp.393~394; 兪昌均, 앞의 책(1994), p.812; 양희철, 『삼국유사 향가연구』(태학사, 1997), pp.721~722; 신재홍, 『향가의 해석』(집문당, 2000), pp.313~314; 姜吉云, 『鄕歌新解讀硏究』(한국문화사, 2004), pp.298~299.

57) 徐在克, 『新羅 鄕歌의 語彙 硏究』(啓明大學校 韓國學硏究所, 1975), pp.51~52과 『增補 新羅 鄕歌의 語彙 硏究』(螢雪出版社, 1995), pp.73~74; 琴基昌, 『新羅文學에 있어서의 鄕歌論』(太學社, 1993), p.365; 최남희, 앞의 책(1996), p.131; 황패강, 『향가문학의 이론과 해석』(일지사, 2001), p.548.

58) '日遠鳥逸'을 한문투 그대로 이해하고, 산림의 모경(暮景)을 묘사한 것으로 보아, "해가 서산(西山)에 멀어지고 새도 제 깃에 숨어"로 읽는다. 해가 저물고 새가 숨어 버리며 나타날 것은 달밖에 없을 것이므로, '月矣' 또는 '月衣'로 결자로 채우고 "ᄃᆞ라리"라 읽는다.(金完鎭, 앞의 책(1980), pp.146~147), "해가 비치는 밝은 세상에서 멀리 벗어나 산속에서 숨어

헤매는 것 같다.", "어진 사람은 이르지 못할 것이 없지만, 어리석은 자는 날로 멀어질 뿐이다"[59]처럼 "해가 멀리 떨어짐", "날로 멀어짐"으로 읽히니, '日'은 앞 구절에 붙이는 것이 더 자연스럽다. 여기서 "머리/멀리(遠)"는 뒤의 "디나티고(過出知遣)"를 꾸민다. 문장구조상 가운데의 '鳥逸◯◯'의 '鳥(주어)+逸(서술어)'는 "◯◯"를 꾸미는 관형절이고, '◯◯'는 목적어이다. 앞 문장부터 이어오는 주어는 '스스로(自)'이다. 앞뒤 문맥상 '◯◯'은 '수플을 · 수플(林/森/叢[60]乙)', '隱林(森, 叢)+乙(∅)', 또는 '林 · 森 · 叢)/下 · 中'이 되어, "머리 새 숨온 숩/수플(을) 디나치고", "머리 새 숨온 수플 서리[아라 · 아릐 · 솝 · 가온더(가운듸)] 디나티고"가 된다. 의역하면, "새가 둥지를 찾아드는 (속세의) 숲을 저 멀리 지나치고"가 된다. "날던 새가 쉬려 할 때는 반드시 쉴 만한 숲을 잘 선택해야 하고, 사람이 배우기를 구할 때는 스승과 친구를 잘 선택해야 한다. 수풀과 나무를 선택하면 쉬는 것이 편안하고, 스승과 벗을 잘 선택하면 그 배움이 높아진다."에서처럼[61] 수행할 곳을 찾는 사람과 둥지를 찾는 새는 자주 견줌의 대상이 된다.

3) 今呑藪未去遣省如

'藪未'의 해독에는 "수메 · 숨애 · 수미" 등의 유형, "드메 · 드믜 · 더믜(岳

생활하는"(신재홍, 앞의 책(2000), p.293과 앞의 논문(1995), p.34)으로 해석하기도 한다. 앞으로도 논쟁거리이다.

59) "屢卜雲祥 雖美聖辰於中國 空知日遠 如迷旧路於長安"(『宋史』 高麗傳), "賢者莫不至 而愚者日遠矣"(韓愈, 與風翔刑部尙書書).

60) "이 셤 우희 이 남기 잇고 그 숩 서리예 므리 잇ᄂᆞ니"(月釋 1 : 24), "뻘기 숩플에 수멋더니(匿於叢薄)"(東新續三綱, 烈 4 : 12). "가시 수픐 가온ᄃᆡ(荊棘林中)"(南明上47), "수플 아래 돌입ᄒᆞ여 도적을 항거ᄒᆞ니(突入林下抗賊)"(東新續三綱 孝 6 : 86)(南廣祐, 『古語辭典』, 교학사, 1997, pp.884~888).

61) "鳥之將息 必擇其林 人之求學 乃選師友 擇林木則其止也安 選師友則其學也高"(Mu Bi, 自警文, 『Admonitions to Beginners, 『發心修行章)』, 조계종출판사, 2003, p.67).

의)" 등의 유형 등 여러 해독이 있지만, '藪'를 '숲'으로 읽어 은거의 장소로 보거나, "숲과 같이 빽빽하게 모여 있는 사람들의 무리 혹은 소굴"의 의미로 읽는 경우가 많다.[62)]

(1) "산에 돌아가 마음을 닦지 못한다 하더라도 자신의 능력에 따라 선행을 버리지 말아야 한다."[63)]

(2) "너희들 비구여, 만일 정적무위(靜寂無爲)의 안락을 구하려거든 마땅히 안팎의 시끄러움을 떠나 혼자서 한가한 곳에 있어라.", "마땅히 마음속의 모든 생각과 바깥의 여러 사람을 버리고 한가한 곳에 혼자 있어서 괴로움의 근본을 없애기를 생각해야 할 것이다.[64)]

불교에서는 속세와 구분하여 다양한 수행공간을 설정한다. (1)에서는 산수(山藪), (2)에서는 독처한거(獨處閑居)・공한독처(空閑獨處)라 했다. "항상 일체중생 교화하되 승방을 짓고 산과 숲과 전원과 밭을 마련하고 탑을 쌓고 겨울과 여름 안거에 참선할 곳과 도 닦을 도량을 마련해야 한다."에서는[65)] 승방, 불탑, 참선할 곳, 도 닦을 곳(一切行道處)을 설정했고, 부처님의 설산, 달마의 소림굴도[66)] 언급한다.

(3) 그때 사리불이 이 뜻을 거듭 펴려고 게송으로 말하기를, "나는 이미 번뇌 다하였지만, 듣고는 역시 걱정 없나니, 산골짜기 숨어서나 수풀 속을

62) 양희철, 위의 책(1997), pp.724~725; 신재홍, 위의 논문(1995), p.36.

63) "然而不歸山藪修心 隨自身力 不捨善行"(元曉 지음, 무비 스님 강의, 『發心修行章』, 조계종출판사, 2015, p.114).

64) "汝等比丘 欲求寂靜無爲安樂 常離憒鬧 獨處閑居", "當捨已衆他衆 空閑獨處 思滅苦本"(金達鎭 역, 『法句經』, 玄岩社, 1971, p.448).

65) "常應敎化一切衆生 建立僧坊山林園田 立作佛塔 冬夏安居 坐禪處所 一切行道處 皆應立之"(李圓淨 편, 목정배 역, 『梵網經菩薩戒本彙解』, 운주사, 2015, p.407).

66) "世尊 住雪山 六年 坐不動 達磨居少林 九歲 默無言 後來參禪者 何不依古蹤"(Mu Bi, 自警文, 앞의 책(2003), p.67).

찾아가서, 앉거나 거닐 적에, 항상 이 일 생각하며, 내 스스로 책망하길, 어찌 자신 속였던가.",[67] "사람이면 누군들 산에서 도 닦고 싶어 하지 않으랴만 애욕에 얽히어서 하지 못할 따름이다."[68]

"높은 산은 지혜로운 사람이 머물 곳이요, 깊은 골짜기는 수행자가 깃들 곳이라. 배고프면 나무열매 따먹고 주린 창자를 달래고, 목마르면 흐르는 물을 마시며 갈증을 푼다. 메아리 울리는 바위동굴을 염불당 삼고, 슬피 우는 새소리를 기쁘게 벗 삼아라. 절하는 무릎이 얼음처럼 차더라도 따뜻한 불 생각 말고 주린 창자가 끊어질 것 같아도 밥 생각 말라."는[69] 수행자가 깃들 공간과 마음가짐을 일러준다.

'藪'는 '수풀', "스님들이 은거하는 산속"을 가리킨다. 신라 <불상조상명(佛像造像銘)>에서[70] 그 쓰임을 볼 수 있다. 석남암은 이 불상을 안치한 내원사(內院寺)와 산등성이를 사이에 두고 있던 절로, 산청 석남리(石南里)로 추정한다. 관음암(觀音巖)은 현재 '보선암터'라고 하는 암자지의 본 이름이다. '암(巖)'은 암자(庵子)로, 굴혈(窟穴)이란 뜻이 있으니 암자보다 더 소박한 수련처를[71] 뜻한다.[72] <우적가>의 '藪'는 "사찰이나 암자가 있는 숲" 또는 "수도자가 묻혀 사는 숲"이다. '藪未'는 '숲에'이다. '去遣省如/가고소다'는 "(나는) 분명 가고 있도다, 가고 있음이 틀림없구나."로 해석할 수 있다. 이 4구까지는 영재 스님이 자기가 살아온 모습을 드러내 보이고, 산속에 들어가

---

67) "爾時舍利弗 欲重宣此義 而說偈言, 我已得漏盡 聞亦除憂惱 我處於山谷 或除樹林下 若坐若經行 常思惟是事 嗚呼深自責 云何而自欺"(鳩摩羅什, 三藏 譯, 『妙法蓮華經』 卷2, 譬喩品 第3).

68) "人誰不欲歸山修道 而爲不進 愛欲所纏"(元曉 지음, 무비 스님 강의, 앞의 책(2015), pp.26~27).

69) "高嶽莪巖 智人所居 碧松深谷 行者所捿 飢飡木果 慰其飢腸 渴飮流水 息其渴情 助響巖穴 爲念佛堂 哀鳴鴨鳥 爲歡心友 拜膝如氷 無戀火心 餓腸如切 無求食念"(元曉 지음, 무비 스님 강의, 앞의 책(2015), pp.38~39).

70) 石南寺址 <石造毘盧遮那佛坐像>의 원문은 <풍요> 장의 각주 103)에 실려 있다.

71) 朴敬源, 앞의 논문(1985), p.9.

72) 南豊鉉, 『吏讀硏究』(태학사, 2000), pp.300~301.

행하고자 하는 수련의 의미를 도적들이 알아듣도록 노래하고자 한 것이다.[73] <우적가>를 피은 편에 실은 까닭도 산속에서의 불도수행에 주목한 까닭이다. 이에 이 구절은 "이제든 수페 가고쇼다"가 된다.

4) 但非乎隱焉破㊕主

의(衣)자가 빠진 것으로 보고, "다위온은 바위솟((一念精進하여) 대여온 大峴嶺(見性無礙의 境))",[74] "은(隱)자가 빠졌고, '허른(傷, 害)'과 '후린(劫, 掠)으로 읽어, (지금 나를) 해치는(겁박하는) 님"[75] 등 일부 다른 풀이도 있지만, 대체로 도적을 해학적으로 지칭하여 '파계(破戒)한 자'에 '主/니림(님)'[76]을 붙인 것으로 이해하고, 도적들에게 존대한 것은 이들을 악인으로 보지 않고 회유하기 위한 배려 때문이다.[77] '非乎/외오'는 "잘못하여, 그릇되게 하여"라는 뜻이다. 『두시언해』에서 '謬, 誤, 錯' 등을 언해하는 데 쓰였다.

> "和親ᄒᆞ던 이리 도ᄅᆞ혀 외오 ᄃᆞ외도다(和親事却非)"(초간본 두시언해5, 17a), "人間애 萬事ㅣ 외오 ᄃᆞ외야슈믈 歎息ᄒᆞ노라(歎息人間萬事非)"(초간본 두시언해23, 46a)

'외오'는 비법(非法, adharma)으로, "부정한, 부당한, 옳지 못한, 도리에 어긋난, 나쁘고 흉악한 일을 뜻하는 악사(惡事), 종교적 규정을 위반한, 유익하지 못한 것"[78]이란 뜻이다. "5천의 큰 귀신들이 항상 앞을 가로막고 큰 도둑

---

73) 南豊鉉, 위의 논문(2017), pp.17~18 참조.
74) 池憲英, 앞의 책(1947), pp.25~27.
75) 신재홍, 앞의 책(2000), pp.299~300.
76) 梁柱東, 訂補版 『古歌硏究』(博文書館, 1960), p.653.
77) 南豊鉉, 앞의 논문(2017), p.20.
78) 金勝東, 『佛敎印度思想辭典』(釜山大學校出版部, 2001), p.765.

이라고 말할 것이며, 만약 시골・도시 집에 들어가면 귀신이 다시 그 발자국을 쓸고, 세상 사람들은 불법을 도둑질하는 사람이라고 꾸짖으며, 중생들이 계를 깨뜨린 이 사람을 보지 않을 것이다. 계를 범한 사람은 축생과 다를 바 없고 나무토막과 같으니"처럼,[79] 비법을 저지르고, 계율을 어긴 자를 범계(지)인(犯戒(之)人)이라 하며 호되게 비판한다. "믿는 마음으로 출가하여 부처님의 바른 계를 받고서, 계를 파괴한 이는 모든 신도의 공양을 받지 못하며, 불법을 부촉(咐囑)받은 임금의 국토에 다니지 못하며, 그 나라의 물도 마시지 못한다."에서는[80] 훼범성계자(毁犯聖戒者)라 했다. 이 지칭은 계(戒)를 받은 자가 그를 어겼을 때 쓰는 말인데, 도적들에게 쓴 것은 그들을 불교세계로 품어 "인간에게는 누구나 지켜야 할 계가 있다는 것, '너희들은 지금 그 법을 어기고 있다는 것'을 지적"하며, 계율을 전하고자 한 언술이다. 이에 이 구절을 "다만 외온 파계주(破戒主)"로 읽고자 한다.

5) 次弗㊀史內於都還於尸朗也

<우적가>에서 가장 이견이 많은 구절이다. "자불이사 너어 도도ᄅ혈 郎여"(남이 소유물을 내어도 돌려줘야할 낭이(남이 제 것을 주어도 돌려주어야 할 그대들이)[81]라 읽은 것은 일반의 해독과 갭이 크다. '次'는 훈독할 자리에 놓였고, <제망매가> '버그흘이고(次肹伊遣)'에 그 예가 있으니, '次'는 '버그다, 즉 다음이다'라는 뜻이다.[82] 그리고 '불(弗)'은 '번'[83]의 의미를 가진다. 이에 '버

79) "五千大鬼常遮其前 鬼言大賊 若入房舍城邑宅中 鬼復常掃其脚迹 一切世人皆罵言 佛法中賊 一切衆生 眼不欲見 犯戒之人 畜生無異 木頭無異"(李圓淨 편, 목정배 역, 『梵網經菩薩戒本彙解』, 운주사, 2015, p.436).

80) "信心出家 受佛正戒 故起心毁犯聖戒者 不得受一切檀越供養 亦不得國王地上行 不得飮國王水"(李圓淨 편, 목정배 역, 위의 책(2015), pp.435~436).

81) 金俊榮, 『鄕歌文學』(螢雪出版社, 1982), p.169.

82) 양희철, 앞의 책(1997), pp.728~729.

그볼'이 되고, "다음번"의 뜻이다. 횟수 또는 반복을 말한다. 다음번은 결자인 ○을 수식하는 말이고, '內於都'는 음차 "너어도"로 읽고자 한다.

(1) ᄂᆞ외 잇ᄂᆞᆫ 거시 업스리니(更無所有, 楞解 1 : 86), ᄂᆞ외 煩惱ㅣ 업스며(法華 1 : 22), ᄂᆞ외 여러 疑惑 업스니(無復諸疑惑, 法華 1 : 248)

(2) "ᄂᆞ외야 현마 모딘 罪業을 짓디 아니ᄒᆞ리니"(釋譜 9 : 31), "ᄂᆞ외야 모ᄃᆞᆫ 相ᄋᆡ 달오미 업스리라(無復諸相之異矣, 楞解 4 : 10), "ᄂᆞ외야 뉘으추미 업게코져 ᄒᆞ다니(無所復恨, 宣賜內訓 2上58), "鄧氏로 ᄂᆡ외여 기튼 類 잇디 아니케 호리라"(不令鄧氏復有遺類, 宣賜內訓 2下13)

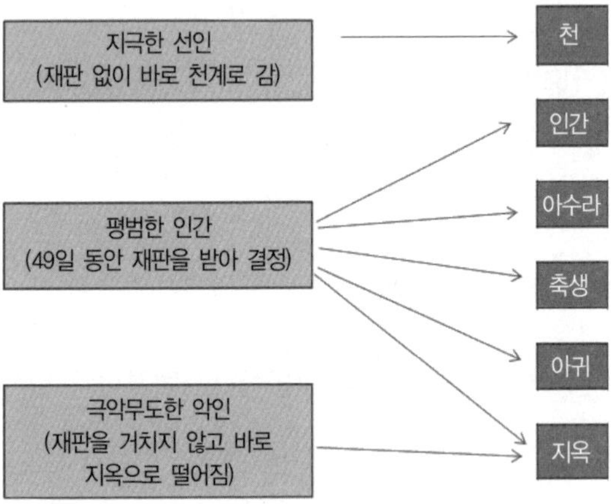

83) 벌, 겹(重). "ᄯᅩ 이 ᄒᆞᆫ 불 迷惑ᄒᆞᆫ ᄆᆞᅀᆞ미라"(又是一重迷心)(金剛 下38), "ᄂᆡ와 雲霞 ᄭᅵᆫ 뫼ᄲᅮ리 몃 볼오"(煙霞嶂幾重)(두해 9 : 25), "놀ᄀᆞᆫ 뵈로 두서 불 ᄡᅡ 알ᄑᆞᆫ ᄃᆡ 울호ᄃᆡ"(以故布數重裹之以熨病上)(救簡 1 : 80), 번. "淨居天이 禮롤 아라 세 불올 값도ᄅᆞ늘"(월인 상55), "올홀 녀그로 세 볼 값도ᅀᆞᆸ고 ᄒᆞ녀긔 앉거늘"(석보 6 : 21), "두 솑가라골 드니 두 ᄇᆞ롤 곱게 供養코져 ᄒᆞ논 ᄠᅳ디러니"(석보 24 : 47).

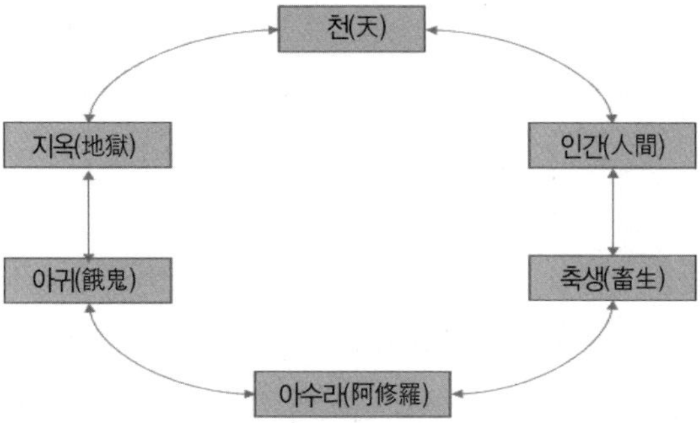

육도윤회의 세계

(1)은 "ᄂᆞ외, ᄂᆞ외야, 노의"의 쓰임이고, (2)는 "ᄂᆞ외야, ᄂᆞ외여"의 용례이다. 부사로, "다시, 다시는"의 의미다. 앞뒤 문맥상 "次弗○史"은 주어이고, "還於尸朗也"는 서술어에 해당한다. ○는 '生'이어야 자연스럽다. 삼생(三生, 三世轉生)은, 과거 · 현재 · 미래, 전생(前生) · 금생(今生) · 내생(來生), 전생 · 이승 · 저승을 뜻한다. 삼생을 지나 해탈을 얻는다는데, 초생(初生)에 종자를 심고, 차생(次生)에 성숙하고, 제3생에 성도에 들어간다는[84] 논리이다. "성문(聲聞)에 의거하여, 극히 빠르면 삼생에 가행(加行)을 닦는다."(『俱舍論』 · 『俱舍光記』 卷23) 했다. '次弗○史'는 "다음번 삶", 차생(來生) · 후생(後生) · 증입생(証入生), 차생(次生)이다. "最後身[85]ᄋᆞᆫ ᄆᆞᆺ後ㅅ 모미니 ᄂᆞ외 죽사리 아니ᄒᆞ야(최후신은 가장 마지막 몸이니 다시 죽살이를 하지 아니하여)"(月釋1 : 31), "殺은 주길씨니 煩惱盜賊 주길씨라 ᄯᅩ 不生이라 ᄒᆞᄂᆞ니 나디 아니탓 ᄠᅳ디니 ᄂᆞ외야 生死ㅅ 果報애 타나디 아니홀 씨라(殺은 번뇌 도적을 죽이는 것이다. 또 不生이라 함은 나지 않는다는 뜻이니 다시 죽고 사는 괴로운 윤회를 하지 않는 것이라)"(月釋2 :

84) 金勝東, 앞의 책(2001), p.931.
85) "생사의 세계에서 이미 아라한 위에 도달하여 이 세상에 다시 돌아올 수 없는 최후의 신체", "생사윤회를 반복하지 않는 사람, 즉 聖者", "이미 깨달음에 이르고 부처님의 자리에 올라 다시 세상에 돌아올 수 없는 위치".

20)에서와 같이 전생의 업으로 다음 생에 윤회를 거듭함을 말한다. 이에 "버그볼 사리ᅀᅡ 니어도 돌올 랑아(다음번의 삶(次生)은 다시 돌아올 모양이라)"로 읽는다.

> (3) "주인공아! 나의 말을 들으라. 몇 사람이나 도를 공문(空門) 속에서 얻었거늘 그대는 어찌하여 길이 고취(苦趣) 중에서 윤회하는고. 네가 무시(無始) 이래로부터 금생에 이르기까지 깨달음을 등져 티끌(번뇌)에 합하고 어리석은 소견에 떨어져서 항상 많은 악을 지어서 삼도(三途) 고통의 수레바퀴에 들어가며 모든 착한 일을 닦지 아니하여 사생(四生)의 업해(業海)에 빠짐이로다. 몸은 육적(六賊)을 따르는 까닭으로 혹 악도에 떨어져서 지극히 괴롭고 고통스러우며, 마음은 일승법(一乘法)을 등진 까닭으로 혹 사람으로 태어나도 부처님 탄생 전이나 부처님 열반 후로다."[86]

윤회(輪廻, samsara)는 번민과 고통 속에 살다가, 죽으면 생전의 업(業)[87]에 따라 지옥·아귀·축생·아수라·천상·인간[88]으로 수레바퀴처럼 도는 것이다.[89] 이를 크게 선도(善道)·악도(惡道), 육취(六趣)로 분류한다. "행위 결과의 연속인 윤회의 반복도 스스로 청정본성을 찾으려 하고 너와 나를 경계하는 집착을 버리면 자연 소멸하는 것"이다.[90]

> (4) "여러 중생들은 나고 늙고 병들고 죽으며, 근심과 슬픔과 고통과 고뇌

---

86) "主人公 聽我言 幾人 得道空門裏 汝何長輪苦趣中 汝自無始以來 至于今生 背覺合塵 墮落愚癡 恒造衆惡而入三途之苦輪 不修諸善而沈四生之業海 身隨六賊故 或墮惡趣則極辛極苦 心背一乘故 或生人道則佛前佛後 今亦幸得人身 正是佛後末世"(Mu Bi, 自警文, 앞의 책(2003), p.55).

87) 김승동, 『불교사전』(민족사, 2011), pp.876~877.

88) 지옥도(naraka-gati), 아귀도(preta-gati), 축생도(tiryañc-gati), 아수라도(asura-gati), 인도(manuşaya-giti), 천도(deva-gati).

89) 韓國佛敎大辭典編纂委員會, 『韓國佛敎大辭典』 5(寶蓮閣, 1982), p.285; "從阿鼻獄 上至有頂 諸世界中 六道衆生 生死所趣 善惡業緣 受報好醜 於此悉見"(鳩摩羅什, 『妙法蓮華經』 卷1, 序品).

90) 불교방송 편성제작국, 『알기쉬운 불교』(BBS 불교방송, 2006), p.312.

속에서 시달리는 것을 보며, 또한 5욕과 재물을 위하여 가지가지 고통을 받으며, 또 탐하고 구하느라 현세에서 많은 고통을 받다가, 후세에는 다시 지옥・축생・아귀의 고통을 받으며, 만일 천상이나 인간에 태어난다 하더라도 빈궁하고 곤란하여 많은 고생을 하며"[91]

색성향미촉(色聲香味觸) 5종의 탐닉[오욕五慾], 재욕(財慾)은 생사유전의 직접 원인이다. 티끌과 흙속의 오물과 같다 하여 오진(五塵)이라 부르기도 한다. 삼악도의 괴로움은 여러 생에 익혀온 탐애 때문이라[92] 했다. 인간은 인생의 궁극적 이치를 깨닫지 못하고, 얽매어 온갖 업을 짓고 헛되이 윤회한다.[93] "그의 공덕이 충분하여 모든 중생이 윤회의 고통에서 영원히 벗어나길 원하고 항상 불회에 참여하기를 기원한다."를[94] 보면, 항상 괴로운 반복(苦回)에서 벗어나길 간절히 바랐음을 알 수 있다.

"태어나서는 죽고, 죽어서는 또 다시 태어나고, 태어나고 죽고, 태어나고 죽는 것이 마치 화륜(火輪)과 같다."(『능엄경(楞嚴經)』 卷3) 했다. "태어나고 태어나고 또 태어나고 태어나도 그 태어나는 시초를 모르고, 죽고 죽고 또 죽고 죽어도 그 죽음의 끝을 모른다."(『비장보륜(秘藏寶鑰)』 上)[95] 윤회를 근간으로 하는 1회의 삶은 생유(生有)・본유(本有)・사유(死有)・중유라는 4유의 단계로, 업에 따라 잉태되는 순간을 생유, 출생 후 죽음에 이르기까지를 본유,

91) "諸衆生 爲生老病死 憂悲苦惱之所燒煮 亦以五欲財利故 受種種苦 又以貪著追求故 現受衆苦 後受地獄畜生餓鬼之苦 若生天上及在人間 貪窮困苦愛別離苦怨憎會苦 如是等種種諸苦 衆生沒在其中 歡喜遊戱 不覺不知不驚不怖 亦不生厭 不求解脫 於此三界火宅 東西馳走 雖遭大苦不以爲患"(『妙法蓮華經』 卷2, 譬喩品 第3).

92) "夫諸佛諸佛 莊嚴寂滅宮 於多劫海 捨慾苦行 衆生衆生 輪廻火宅門 於無量世 貪慾不捨", "三途苦本因何起 只是多生貪愛情 我佛衣盂生理足 汝何蓄積長無明"(Mu Bi, 自警文, 앞의 책, p.37, p.65).

93) 불교방송 편성제작국, 앞의 책(2006), p.53.

94) "願以建立之功 使津通之益 仰爲家國 己身眷屬 永斷苦回 常與佛會"(曹望憘 座臺 碑文, 彌勒下生石像; 고혜련, 『미륵과 도솔천의 도상학-"佛說觀彌勒菩薩上生兜率天經"에 근거하여』, 일조각, 2011, p.208).

95) 韓國佛敎大辭典編纂委員會, 『韓國佛敎大辭典』 3(寶蓮閣, 1982), p.500.

죽는 순간을 사유, 죽어서 다시 태어날 때까지를 중유라 한다.

일회적인 삶을 다한 후에, 끊임없이 생사를 되풀이하니 사후세계는 무한히 열려 있다.[96] <우적가>에서 '차생(次生)・환생(還生)'을 언급한 것은 바로 이 전생(轉生)의 원리를 말한다. 좋은 업을 지으면 즐거운 결과가 오고,[善因樂果] 악한 업을 지으면 나쁜 결과가 온다는[惡人苦果] 인과응보 원리를 통해,[97] 도적들의 주의를 환기하고 경각심을 불러일으켰다. "윤회는 무작위로 규칙 없이 일어나는 것이 아니라, 전생과 후생은 인과관계(카르마)의 법칙을 가진다.", 즉 '준 대로 받는다. 행한 대로 돌아온다.'는 법칙이고, '심은 대로 거두리라', '칼로 흥한 자, 칼로 망하리라.'는 말과 통한다. 전생에서 굶주림을 경험한 사람은 후생에서 강박적인 식탐에 빠져들 수 있고, 추락으로 인해 죽은 사람은 후생에 고소공포증에 시달릴 수 있는[98] 것이다. "次弗生史 內於都 還於尸朗也(버그블 사리ᄉᆞ 녀어도 돌올 랑야)"는 "너희들 스스로 악업을 쌓았으니, 수레바퀴 돌 듯 고통스러운 생사를 무한 반복"[99]한다는 일반론으로, 도적들을 향해 "너희들이 재물을 탐하고 사람을 위해(危害)하는 업을 지으니, 그 악업에 따라 다음 생에 또 무한한 고통을 받게 될 것이라.", 즉, 초생(初生)・차생(次生), 그리고 제3생 등으로 이어지는 윤회의 고통을 받게 될 것임을 깨우쳐 준 것이다.

96) 구미래, 『한국인의 죽음과 사십구재』(민속원, 2009), pp.360~361.
97) 김승동, 『불교사전』(민족사, 2011), p.877.
98) Christopher M. Bache 지음, 김우종 옮김, 『윤회의 본질』(정신세계사, 2017, p.108, p.118.
99) 六道輪廻, 輪廻轉生, 流轉生死, 輪廻生死(韓國佛教大辭典編纂委員會, 『韓國佛教大辭典』 5, 寶蓮閣, 1982, p.285); 盧庵, 『불교에서의 죽음 이후, 중음세계와 육도윤회』(예문서원, 2015), pp.86~87.

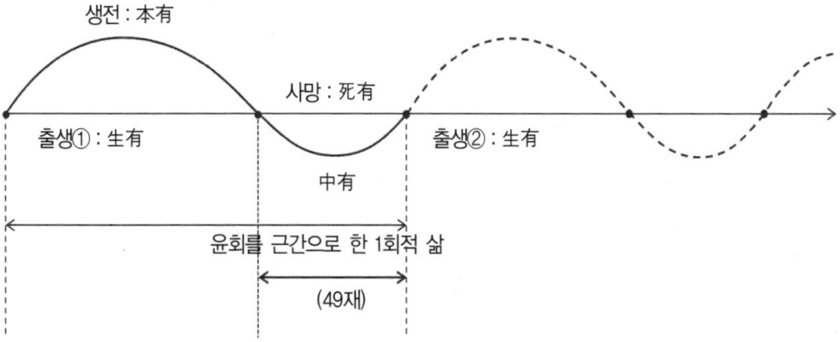

윤회를 근간으로 한 일생의 불교적 인식 구조[100]

6) 此兵物叱沙過乎 好尸曰沙也 內乎吞尼

(1) 此兵物叱沙過乎

"도적들이 영재(永才)를 해치려 했으나, 영재는 칼날에도 두려워하는 기색 없이 태연하게 있었다."[101] 했는데, "칼(刃, 釰), 창(戈)"은 곧 무기・병물(兵物)이다.

(1) "호동은 그 여인을 시켜 무고(武庫)에 들어가 병물(兵物 무기류)을 파괴하게 하고, 왕에게 낙랑을 엄습하라 권하였다."[102]

(2) "왕이 부여를 정벌하러 가는 길에, 이물림(利勿林)에서 잘 때에 밤에 쇳소리가 들려, 새벽에 사람을 시켜 찾아보게 하여 금으로 만든 옥새와 무기 따위를 얻었다."[103]

---

100) 구미래, 앞의 책(2009), pp.360~361.

101) "遇賊六十餘人 將加害 才臨刃無懼色 怡然當之", "賊 皆釋釰投戈"(『三國遺事』 卷5, 避隱 第8, 永才遇賊).

102) "好童使女武庫 壞其兵物 勸王襲樂浪"(『東史綱目』 第1下, 壬辰年, 대무신왕 15년(32) 夏4月).

103) "四年 冬十二月 王出師 伐扶餘, 抵利勿林(理勿林)宿 夜聞金聲 向明 使人尋之 得金璽兵物等"(『三國史記』 卷14 高句麗本紀 第2, 대무신왕 4년 겨울 12월).

"鬼兵 모딘 잠개 나ᅀᅡ 드디 몯게 ᄃᆡ외니", "兵ᄋᆞᆫ 잠개 자ᄇᆞᆫ 사ᄅᆞ미오", "병 잠개며 귓거슬"(兵及鬼)을[104] 보면, 병물(兵物)·병기(兵器)·무기(武器)는 '잠개'로 번역한다. 경전에는 "보살은 설사 부모를 죽인 자에게도 원수 갚지 아니하거늘 중생을 죽여서야 되겠느냐. 중생을 죽이는 도구를 준비하지 말지니",[105] "불자들아, 일체의 칼과 몽둥이와 활과 창과 도끼 등 싸움에 필요한 온갖 기구를 비축하지 말며, 그물·올가미와 덫 등 산 것을 잡거나 죽이는 기구는 무엇이나 비축하지 말아야 한다."며[106] 생명을 죽이는 기구를 비축하지 말라 했다.

"항하사(恒河沙)의 겁, 무수한 겁"을 '사겁(沙劫)', "항하사처럼 무수한, 수많은 세계"를 '사계(沙界)', "항하사의 마음, 심수(心數; 심작용·의식작용)"를 '사심(沙心)'이라 했다. 항하사는 갠지스강의 수많은 모래를 비유한 말이다. 같은 이치로, '사과(沙過)'를 "수없이 많은 허물", 즉 "재물을 탐내어 무기로써 사람을 위협하고 죽이려한 도적들의 허물"을 비유한 말로 보고자 한다. "흉악하여 참을성 없고, 나중에 후회하고, 사람들이 사랑하지 않고, 나쁜 소문이 퍼지고, 죽어서 나쁜 길에 빠지는 허물"은 인욕을 참지 못한 5가지 허물,[107] "안색이 나빠지고, 몸에 힘이 빠지고, 눈이 어둡고, 성이 잘 나고, 재물을 잃는다."는[108] 술로 인한 허물이다. "악한 일로 속이고, 혐의를 받으며, 괜히 중생을 죽이고, 남의 재물을 도적하며, 악한 사람과 가까이하는"

104) 출전은 차례로 월인천강지곡 69, 월인석보 서, 월인석보 23 : 86, 分門瘟疫易解方 7이다.

105) "而菩薩乃至殺父母尙不加報 況殺一切衆生 不得畜殺衆生具"(李圓淨 編, 목정배 역, 四十八輕戒, 앞의 책(2015), p.267).

106) "若佛子 不得畜一切刀杖弓箭矛斧鬪戰之具 及惡網羅罥殺生之器 一切不得畜"(李圓淨 編, 목정배 역, 四十八輕戒, 위의 책(2015), pp.266~267); 太賢 저, 한명숙 옮김, 『梵網經古迹記』 卷4(동국대학교출판부, 2017), p.449.

107) "不忍辱人有五過失 一凶惡不忍 二後生悔恨 三多人不愛 四惡聲流布 五死墮惡道 是爲五"(『四分律』 卷59, 毘尼增1-3; 『高麗大藏經』 23, 高麗大藏經硏究會, 1989, p.626).

108) "飮酒有五過失 無顔色 體無力 眼闇 憙現瞋 相失財物 是爲五 復有五事"(『四分律』 卷59, 毘尼增1-3; 위의 책(1989), p.626).

것도[109] 과실이고, "불을 쪼이는데도(向火有五過失)", "속인의 집에 왕래하는 비구에게도(常憙往反白衣家比丘有五過失)"[110] 다 죄가 있다니 허물의 종류도 참으로 많다.

냄새나고 더러우며, 사람들이 피하고 싫어하고 두려워하여 함께 살지 못하므로 계를 어긴 사람의 허물을 시체에 비유한다.[111] 계를 파하면 스스로 손해되고, 지혜로운 이에게 꾸지람을 받고, 나쁜 소문이 퍼지고, 죽을 때 후회하고, 죽어서 지옥에 빠진다고(5가지 허물) 했다.[112] 검림(劍林)·검수(劍樹) 지옥은 "뜨거운 철환(鐵丸)이 달리는, 높은 칼 숲 지옥이다. 온갖 칼 숲을 오르내리다 죄가 소멸되면, 굶주림과 질병이 많은 세상에 태어난다. 어버이에게 불효하고, 스승과 어른을 존경하지 않고, 험구하고, 자비심이 없어 칼이나 몽둥이로 남을 괴롭혔던 이가 떨어지는 지옥"[113]이다. 불자들은 "스스로 죽이거나 다른 사람을 시켜 죽이거나 방편을 써서 죽이거나…생명 있는 온갖 것을 짐짓 죽이지 말아야 한다.",[114] "일체 재물, 바늘 한 개, 풀 한 포기까지 모든 재물을 훔쳐서는 안 된다."는[115] 등의 계율도 있다. 파계주에서 "존칭의 '님'은 타자의 존재성을 존중하는 태도를 반영했다. 준엄하게

---

109) 韓國佛教大辭典編纂委員會, 『韓國佛教大辭典』 5(寶蓮閣, 1982), p.305.

110) "向火有五過失", "常憙往反白衣家比丘有五過失"(『四分律』 卷59, 毘尼增1-3, 앞의 책(1989), p.626).

111) "犯戒人有五過失 有身口意業不淨 如彼死屍不淨 我說此人亦如是 或有身口意業不淨 惡聲流布 如彼死屍臭氣從出 我說此人亦復如是 彼有身口意業不淨 諸善比丘畏避 如彼死屍令人恐怖 我說此人亦復如是 有身口意業不淨 令諸善比丘見之生惡心言 我云何乃見如是惡人 如人見死屍生恐畏 令惡鬼得便 我說此人亦復如是 有身口意業不淨者 與不善人共住 如彼死屍處 惡獸非人共住"(『四分律』 卷59, 毘尼增1-3; 위의 책(1989), p.625).

112) "破戒有五過失 自害 爲智者所呵 有惡名流布 臨終時 生悔恨 墮死惡道 是爲五持戒 有五功德 復有五事 先所未得物不能得 既得不護 若隨所在衆 若刹利衆婆羅門衆若居士衆 若比丘衆於中 有愧恥 无數由旬內沙門 婆羅門 稱說其惡"(『四分律』 卷59, 위의 책, p.626).

113) 金勝東, 앞의 책(2001), p.47.

114) "若自殺 教人殺 方便殺 讚歎殺…乃至一 切有命者 不得故殺"(李圓淨 編, 목정배 역, 十重大戒, 앞의 책(2015), pp.109~113).

115) "一切財物 一針一草 不得故盜"(李圓淨 編, 목정배 역, 위의 책(2015), pp.128~130), 太賢 저, 한명숙 옮김, 앞의 책, p.325.

꾸짖은 끝에 '님'이라는 존칭을 써서 상대의 감정을 조금 풀어 준 것을 화자의 골계적 품성"[116]이라고도 하는데, 파계주라 지칭해 도적의 무리들에게 불제자·불보살로서의 가능성을 열어주고, 계율을 제시하며 타일러 위협·약탈·살생 등 도적들의 갖은 악행을 개선해보려는 영재의 인간적이고 애정 어린 노력이다.

(2) "好尸曰沙也 內乎呑尼"

다음 도표와 같이, '曰'을 '日'의 잘못으로 읽고 풀이하는 경우와, 그대로 '曰' 자로 보고 해독하는 경우, 그리고 기타로 나뉜다. '日'로 읽고서, "도둑의 창칼을 지나고 나면(도둑의 창칼에 맞기만 하면) 저승 날이 새리니(저승으로 가는 길이 열릴 것이니)"라고 해석[117]한 경우가 많지만, 본고는 "앞서 日遠鳥逸에서 '日'이 쓰였으므로, '曰'자가 '日'로 읽힐 가능성은 희박하다."는[118] 주장을 지지한다.

해독	뜻풀이
"됴홀 날 새누옷다니"(양주동)	"좋은 날 새리려니(샐 것이더니)"
"됴할 날 새누옷다니"(김상억)	"도둑의 창칼을 지나고 나면(도둑의 창칼에 맞기만 하면) 저승 날이 새리니(저승으로 가는 길이 열릴 것이니)"
"됴홀 날 새누옷다니"(최학선)	"좋은 날이 새리려니"
"(허믈오)홀 날 새누오짜니"(황패강)	"(허물할) 날 샐 터이니"(흉기를 견책할 날이 곧 샐 터이니)
"조홀 날 몰에 너흐트니"(정열모)	"(더러운 병장기 때문에) 지나간 좋은 날을 물에 집어넣다니"
"도홀 놀 몯누오둔이"(이탁)	"(마음) 좋은 날을 (全然) 모르는 것"

116) 신재홍, 앞의 책(2017), p.257.
117) 金尙憶, 『鄕歌』(한국자유교육협회, 1974), p.485.
118) 金完鎭, 위의 책(1980), p.153.

해독	뜻풀이
"됴홀 날 믈여누호다니"(홍기문)	"좋은 날을 물리더니"[119]
"됴홀 ᄀ롬사 이아ᄂ온ᄃ니"(서재극)	"좋은 이야기야 이아칠 거냐?"
"됴홀 ᄀ롬사 니ᄅᄂ온ᄃ니"(신석환)	"忠言은 말해야 할지니"
"(사괴)홀 가라사여 나오더니"(금기창)	"(사이좋게 지낼 것을) 말씀하게 하여 나오더니"
"됴홀 ᄀ롬사 야ᄂ오ᄃ니"(양희철)	"좋을 말씀사 여나오다니"
"됴흘 이바구사 여논 단이"(강길운)	"그것은 쓰는 사람의 마음에 따라선 착한 일에 보탬이 될 수도 있는 것을"
"됴홀 ᄀᄅ사 이아ᄂ온ᄃ니"(최남희)	"좋은 말씀이야 너희들을 해칠 것인가"[120]
"즐길 法이ᅀᅡ 듣ᄂ오다니"(김완진)	"즐길 法을랑 듣고 있는데"
"됴홀 이사야 드료ᄃ니"(신재홍)	"좋을 것이야 들이다니"[121]

기존에도 '好+日'을 "좋은 이야기(말씀), 충언, 사이좋은 이야기" 등으로 풀이한 적이 있다. '왈(曰)'은 "ᄀᆞᆯ다, 말하다"로,[122] 어(語)·언(言)·화(話)·설화(說話)·담(談)과 상통한다. "제가 '무엇이 부처입니까?'라고 물으니, 청림 스님은 '병정동자(丙丁童子)가 불을 구하는구나.' 하고 말했다.", "좋은 말(好語)이다만 네가 잘못 알았을까 염려스럽구나. 다시 한 번 설명해 보아라.",[123] "관휴(貫休) 스님이 『선월집(禪月集)』에, "남전[南泉, 748~834]의 좋은 말씀(好言語) 항상 기억하니/이처럼 어리석고 아둔한 놈도 드물다."에서[124] 쓰임을

119) 梁柱東, 앞의 책(1948), p.251; 金尙憶, 앞의 책, p.485; 崔鶴璇, 『鄕歌硏究』(宇宙, 1985), pp.141~148; 황패강, 앞의 책(2001), pp.538~548; 정열모, 새로 읽은 향가, 『한글』 99(조선어학회, 1947), p.17; 李鐸, 앞의 책(1958), p.246; 홍기문, 『향가해석』(조선민주주의인민공화국, 1956), pp.304~305.

120) 徐在克, 앞의 책(1975), pp.51~52; 신석환, 「永才遇賊歌考」, 『士林語文硏究』 8(士林語文學會, 1991), pp.20~21; 琴基昌, 앞의 책(1993), p.382; 양희철, 앞의 책(1997), pp.710~711; 姜吉云, 앞의 책(2004), 298~299쪽; 최남희, 앞의 책(1996), p.294.

121) 金完鎭, 앞의 책(1980), pp.152~153, p.156; 신재홍, 앞의 책(2000), p.314.

122) "ᄀᆞᆯ 왈(曰)"(類合 상 14), "王制에 ᄀᆞᆯ오ᄃᆡ"(소학언해 1 : 12), "ᄒᆞᆫ날 재 갈온 여ᄉᆺ가짓 德이니"(一曰六德, 소학언해 1 : 12).

123) "某甲問如何是佛 (靑)林云 丙丁童子來求火 法眼云 好語恐伱錯會可更說"(圜悟克勤, 『碧巖錄』 第7則, 法眼慧超; 백련선서간행회, 『碧巖錄』 上, 藏經閣, 1993, p.71, p.84).

124) "難得禪月詩云 常憶南泉好言語 如斯癡鈍者還希"(圜悟克勤, (『碧巖錄』, 第7則, 法眼慧超; 백련

찾을 수 있다.

(1) "아울러 선왕께서는 '천자를 섬기는 데 예를 잃지 않아야 한다.' 하셨으니, 달콤한 말을 듣고 천자를 알현해선 안 된다. 입조하였다가 돌아오지 못하면 그것은 나라가 멸망하는 형세"[125]라 하였다.

(2) "위명제(魏明帝, 226~239)가 태자일 적에 부왕 문제(文帝, 220~226)와 사냥을 나갔다가 어미와 새끼 사슴을 만났는데, 문제가 어미를 쏘아 보기 좋게 명중했다. 태자에게 다시 그 새끼를 쏘라고 명하니, 태자가 활을 내려놓고 울며 말하기를, '폐하께서 이미 그 어미를 잡으셨는데, 제가 그 새끼까지 죽일 순 없습니다.' 하니, 문제가 '선한 말이 마음을 움직이는구나!'라며 왕위를 명제(明帝)에게 물려주었다.", "훌륭한 말도 입에서 나오고, 추잡한 말도 입에서 나온다."[126]

(3) "진심으로 사랑해도 (상대는) 알지 못하니, 좋은 말과 태도를 드러내어 신뢰를 얻는다."[127]

(1)·(2)·(3)에서 '호어(好語)'는 각각 "찬양하는 말, 칭송하는 말", "옳은 말, 착한 말", "온화하고 간곡한 말, 아주 부드러운 태도로 듣기 좋게 하는 이야기"이다.[128] 다 비슷한 의미지만, "묘한 이치[妙義]와 좋은 말[好言]은 세 종류의 말이 비록 언사는 묘해도 의미가 천박하고, 비록 이치[義理]는 깊고 묘해도 그 언사가 완전치 못하니, 이 때문에 묘한 이치와 좋은 말로 설명한다."를[129] 통해, <우적가>의 '好尸曰沙也'를 "됴흘 말ᅀᅡ(됴흘 ᄀᆞ흠이ᅀᅡ)"로

선서간행회, 위의 책(1993), p.211, p.232).

125) "且先王昔言 事天子期無失禮 要之不可以說好語入見 入見則不得復歸 亡國之勢也"(『史記』 第53, 南越傳).

126) "(魏明帝) 未立爲嗣 文帝與俱獵 見子母鹿 文帝射其母 應弦而倒 復令帝射其子 帝置弓泣曰 陛下已殺其母 臣不忍復殺其子 文帝曰 好語動人心 遂定爲嗣 是爲明帝"(『世說新語』 卷上, 言語), 好言自口 莠言自口"(『詩經』 小雅, 正月).

127) "實心愛而不知 故好言繁辭以信之"(『韓非子』 卷8, 41篇 解老).

128) 檀國大 東洋學硏究所, 『漢韓大辭典』 3(檀國大出版部, 2000), p.1122.

읽는다. '內乎呑尼'는 "계오 훈 말을 내면"(纔出一語, 女四解 2 : 15), "말 내요미 醉훈 사루미 골후며"(出語如醉人, 蒙法 47)의 쓰임처럼 "내호두니?(나오겠는가?)"130)로 읽는 것이 합리적이다. 그러므로 이 구절은 "이 잠갯 沙過오 됴홀 말ᄉᆞ야 닉호두니"이니, 의역하면 "(너희들이) 무기를 가지고 저지르는 숱한 허물(악업)에 대해 (어찌) 좋은 말을 하겠는가?"가 된다.

7) 阿耶 唯只伊吾音之叱恨隱 㵛陵隱 安支尙宅 都乎隱以多

한(恨)을 의미사로 보느냐((1)) 의미사로 보지 않느냐((2))에 따라 논자마다 견해차가 크다.

(1) "오ᄌᆞ이나이ㅅ 恨ᄋᆞᆫ(오직 나의 한은, (이제까지 죄악만 지어오고 나의 천부의 良心인) 사랑(仁, 慈悲)은)"(이탁), "오직 이노밋 恨은(오직 이놈의 恨은)"(서재극), "오직 뎌 남즛훈(오직 내 소리에서의 恨은)"(양희철), "오직ㄱ이 나읫 恨ᄋᆞᆫ(오직 나의 한은)"(신재홍), "이 내 모뭇 恨ᄋᆞᆫ(오직 이 내 몸의 恨은)"(닦노라 애쓴 善業은 바라는 집(蓮華藏界)으로 아니 모아짐이니이다)"(황패강)131)

(2) "오지 이오맛훈(오직 요만큼한)"(양주동), "어제 내 소래ㅅ 하는(내가 소리를 잘 한다는 것을)"(지헌영), "오지 이 오롬짓훈(오직 이 오름직한)"(홍기문), "오지 이오맛한(아직 요만한)"(김상억), "오직 뎌오밋훈(조만한)"(김완진)

129) 용수 저, 구마라집 한역, 김성구 번역/김형준 개역, 發趣品을 풀이함, 『大智度論』 卷49.

130) "말 내요미 醉훈 사루미 골히며"(出語如醉人, 蒙法47), "계요 훈 말을 내면"(纔出一語, 女四解 2 : 15), "아모리 푸새엣거신들 긔 뉘 싸히 낫더니"(성삼문, 『시조대전』 1703).

131) 이 외에도 "오지기 남으짓 한은(오직 나머지 한은)"(정열모), "오직 伊 나롬지실 恨은(오직 근본이 나로 인한 恨은)"(정창일), "오직 이내 소리읫 훈은(오직 이내 소리에의 恨은)"(금기창), "오직 이모미ㆆ 恨ᄋᆞᆫ(오직 이 내 몸의 恨은)"(최남희), "오직이 남엣 恨은"(파계주들의 착한 마음이 아직 모두 숨어있는 것, 그들이 회개하도록 저에게 힘을 보태어 주소서)"(강길운)가 있다.

수적으론 한(恨)을 의미사로 보는 논자들이 많다. '伊吾音'을 "이놈의/이 사람의/이 몸의/이 소리의"로 다양하게 푼다. <안민가> '狂尸恨(어릴ᄒᆞᆫ)・太平恨音叱如(太平ᄒᆞᆫ음ᄶᅡ)'의 '恨'은 앞말과 연결되는 'ᄒᆞ다'의 'ᄒᆞ-'이나, 여기선 앞말이 '之叱'(잇)이므로 명사로 간주된다. '音之叱恨'에서 '음'과 '한'은 연결되어 있으니, '음'은 훈독하는 것이 합리적이다. 음은 성(聲, 소리)과 통하는데, 소리에는 8가지의 종류가 있으니, 이를 테면 유집수(有執受)・무집수(無執受) 대종(大種)을 근거로 한 것과 유정명(有情名)과 비유정명(非有情名)의 차별에 따라 네 가지로 나뉜다. 이를 다시 가의(可意)・불가의(不可意)로 차별하여 8가지가 되는 것이다.[132] 유집수대종이란 감각이 있는 유정물 지・수・화・풍 4대종을 말하며, 무집수대종은 감각이 없는 무정물 4대종을 말한다. 유정명과 비유정명은 유정의 말과 비유정의 말이며, 가의성과 불가의성은 듣기에 즐거운 소리와 불쾌한 소리다. 따라서 성처의 8종이란 유집수대종에 근거한 소리로서 언어적인 즐거운 소리(有情名・可意聲, 이를 테면 노랫소리), 언어적인 불쾌한 소리(有情名・不可意聲, 예컨대 꾸짖는 소리), 비언어적인 즐거운 소리(非有情名・可意聲, 장단에 맞춘 손뼉소리), 비언어적인 불쾌한 소리(非有情名・不可意聲, 주위를 환기시키는 손뼉소리), 그리고 무집수 대종에 근거한 소리로, 언어적 즐거운 소리(이를테면 변화인의 부드러운 소리), 언어적 불쾌한 소리(변화인의 꾸짖는 소리), 비언어적 즐거운 소리(악기 소리), 비언어적 불쾌한 소리(천둥소리)가 그것이다.[133]

132) "聲唯八種 謂有執受 或無執受大種爲因 及有情名 非有情名差別爲四 此 復可意及不可意差別成八 執受大種爲因 聲者 謂言手等 所發音聲 風林河等 所發音聲 名無執受大種爲因 有情名聲謂語表業 餘聲 則是非有情名 有說 有聲通有執受 及無執受大種爲因 如手鼓等合 所生聲"(世親 저, 권오민 역, 『阿毗達磨俱舍論 1』 分別界品・分別根品, 동국역경원, 2002, p.17); 世親, 『阿毘達磨俱舍論』 卷1, 分別界品 제1; 『大正新修大藏經』 29, 1925, 大正一切經刊行會, p.2).

133) 世親 저, 권오민 역, 『阿毗達磨俱舍論 1』 分別界品・分別根品(동국역경원, 2002), p.17.

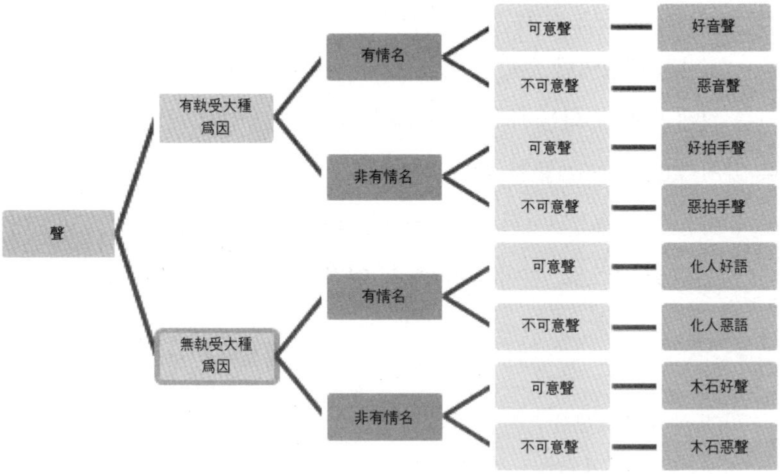

(3) "차라리 백 천 자루 뜨거운 칼이나 창으로 나의 두 눈을 뽑을지언정 파계한 마음으로는 예쁜 모양을 보지 않으리라'고 서원을 세워라. 또 차라리 백천 자루 송곳으로 귀를 찌르면서 한 겁이나 두 겁을 지낼지언정 파계한 마음으로는 아름다운 소리를 결코 듣지 않으리라'고 서원을 세워라."[134]

파계한 마음으로는 아름다운 소리(好音聲)를 결코 듣지 않으리라고 한 것처럼, 계율을 어기고 악행을 일삼은 도적들에게 좋은 소리를 할 수 없다는 말이다. 이 말은 뒤의 '한(恨)'과 이어진다. 이에 제9행은 "오직 나읫 恨은(오직 나의 한은)"으로 읽힌다. 앞뒤 풀이는 조금씩 다르지만, 시적 화자가 "내가 비록 선선히 죽음을 받아들이지만, 그래도 남은 오직 하나의 한이 있나니"라고 한탄으로 본 데[135] 동감한다.

한이란 75법의 하나로, 곧 결원번뇌(結怨煩惱)[136]의 정신작용이다. "한이

134) "復作是願 寧以百千熱鐵刀矛 挑其兩目 終不以此破戒之心 視他好色 復作是願 寧以百千鐵錐 劖刺耳根 經一劫二劫 終不以此破戒之心 聽好音聲"(李圓淨 편, 목정배 역, 앞의 책, p.383).

135) 신재홍, 앞의 책(2000), p.306.

136) 小煩惱地法에는 嫉・惱・害・諂・忿(krodha) 등이 있다. 분은 忿發의 뜻이다.

란 분(忿, 忿怒의 정신 작용), 버리지 못하고 자주 생각하는 원(怨)"(『구사론(俱舍論)』 21)이다. 결원이란 원한을 품는 것을 말하고, 한은 "자기 마음에 어그러지는 일에 대하여 화를 내는" 진에(瞋恚, 瞋)의 일종이고,[137] 이미 분발한 것을 잊지 않고 원수(怨讐)를 맺는 심리이다.[138] 한은 분(忿)의 연속 작용이다. 분이 마음속에 축적되어서 나쁜 마음을 품고, 그것을 끊지 못하고, 상대에 대한 원망을 안으로 쌓아 마음속을 어지럽히고, 고뇌하여 한으로 맺힌다.[139]

(4) "여래정토에서 부처를 만나지 못할까 걱정되어 사재를 털어 공양하고 전심전력으로 미륵하생석불을 조상하였다."[140]

(5) "양혜왕(梁惠王)이 말하기를, 과인이 일찍이 공숙좌(公叔座)의 말을 듣지 않은 것이 후회스럽다.",[141] "누태후(婁太后)가 병이 나은 후, 효소제(孝昭帝)가 얼마 안 있어 병에 걸려 붕어할 때 유조(遺詔)를 내렸는데 친히 태후(太后)의 장례를 치르지 못할 것을 한탄하였다."[142]

(4)에서 한은 "걱정된다.", (5)에서는 "후회스럽다, 한탄스럽다"는 의미로 쓰인다. "음호(喑乎)는 아파서 내는 소리(痛傷之聲)·한스러워 내는 소리(恨聲) 희(噫)·희(譩)로 써야 한다."[143] 했으니, '한'은 미리 불도를 닦은 영재가, 도적들에게 부처님의 가르침을 못다 전한 안타까움을 담은 한스러움과 탄식

137) "由忿爲先 懷惡不捨 結怨爲性 能障不恨熱惱爲業"(深浦正文 著, 全觀應 譯, 『唯識論解說』, 明心會, 1993, p.339).

138) 空海 唯眞 지음, 『煩惱障 所知障 硏究』(경서원, 2000), p.115.

139) 장익, 앞의 책(2012), p.191.

140) "恨未逢如來之際 減己家珎 玄心獨拔 敬造彌勒下生石像一軀"(曹望憘 座臺 碑文, 彌勒下生石像; 고혜련, 앞의 책(2011), p.208).

141) "梁惠王曰 寡人恨不用公叔座之言也"(司馬遷, 『史記』 商君列傳).

142) "后旣痊愈 帝尋疾崩 遺詔恨不見太后山陵之事"(顔之推, 無知로 인한 잘못된 孝道, 『顔氏家訓』 제8편, 勉學).

143) 『新集藏經音義隨函錄』 p.466, 13행.

의 감정이다. "이 사바국토는 음성(音聲)이 불사(佛事)가 된다."(光明玄2, 唯識述記 2本)했고, "사바세계(娑婆世界)에서 음성으로 가르치는 것"을 '성교(聲敎)'라 하며, "음성으로써 부처님의 설법을 전하는 것을" '음교(音敎)'[144]라 한다. 말로써 남을 교화하는 것, 법 될 말이나 불보살 성현들의 가언선행을 전하여, 기억하고 본받게 하며, 타일러 가르치는 것을 언교(言敎)라 한다. 도적들이 자신들의 악행을 깨닫고 바른 길을 위해 노력했다면 분(忿)도 한(恨)도 남지 않을 것이지만, 그러한 노력은 이루어지지 않았고 아직 자신도 도적들을 교화시켜보지 못했으므로 허탈감과 참괴감에 가까운 감정이 생긴 것이다.[145]

"湁陵隱 安支尙宅 都乎隱以多"에서 '선릉(湁陵)'의 선(湁)은 '善'의 이체자로, "於內人衣善陵等沙(普賢5)", "一切善陵頓部叱廻良只"(普賢10), "向乎仁所留善陵道也"(普賢11)의 선릉과 같은 말, 즉 "공덕(功德), 선근(善根)"과 동의어라는 견해를 지지한다.[146]

(6) "皆吾衣修孫 一切善陵頓部叱廻良只 衆生叱海惡中 迷反群無史悟內去齊"(普賢 10의 1-4구)(모든 내 닦은 일체 '선릉' 모두 돌려 중생해(衆生海)에 길 잃은 자 없이 깨닫게 하고저), "得賜伊 馬落 人米無叱昆/於內 人衣 善陵等沙/不冬喜好尸置乎理叱過(깨닫게 해주신 것마다 나남이 없거늘/어찌 남의 '선릉'들이라고/아니 기뻐함 두리잇가"(보현 5의 6-8구)

여기서 남의 선릉이란 부처와 같이 훌륭한 사람의 공덕, 일반중생의 공덕 모두를 칭하는 말인데, 최행귀의 한역시 "삼명(三明)한 이가 쌓아 모으신

144) "우리들이 오늘 佛의 音敎를 듣고 歡喜踊躍하여 일찍이 없던 기쁨을 얻었다."(『法華經』 信解品).

145) 장익, 앞의 책(2012), pp.190~191 참조.

146) 박재민, 『신라 향가 변증』(태학사, 2013), pp.300~301.

많은 공덕/육취(六趣) 속의 중생이 닦아 이룬 적은 선근/남이 이룬 것도 모두 내가 이룬 것이 되니/모두 따르고 기뻐하리라(三明積集多功德 六趣修成小善根 他造盡皆爲自造 揚堪隨喜揚堪尊)"에 드러나듯이 '공덕, 선근'에 대응한다. 『유마경』 보살행품(菩薩行品)에 "신명(身命)을 아끼지 않고 모든 선근을 심는다." 하였고, 주에 "선심(善心)이 견고하고 깊어서 뽑을 수 없기에 근(根)이라 한다.' 하였고, 『대집경(大集經)』 17에 '선근(善根)은 선을 하고자하는 법이다." 하였다.

'宅'은 "法性叱宅阿叱寶良"(보현10)의 "법성(法性)의 집"처럼 곧잘 비유적 의미로 쓰인다. '화택(火宅)'은 "고뇌가 가득한 이 세계", '미택(迷宅)'은 "미혹의 집", '안택(安宅)'은 "두려움이 사라지고 마음이 편안해지는 집" 등이 예이다. '상택(尙宅)'도 마찬가지다. 그러므로 이 구절은 "~한 공덕은 편안한 상택 되오니다."로, 영재가 도적을 교화하기 위한 말이다.[147]

(7) "정토에 왕생하고 나면 곧 여래의 대중들의 수에 들어간다. 대중들의 수에 들어가고 나면 당연히 수행하여 마음이 편안한 집(安心宅) 마당에 들어가게 되고, 이 집 마당에 들어가고 나면 당연히 수행하는 집안에 들어가게 되며, 수행을 성취하고 나면 당연히 교화하는 땅에 들어가게 된다. 교화하는 땅이란 곧 보살들이 스스로 즐기는 땅이다."[148]

'安支尙宅'은 '安+宅', 또는 '尙+宅'과 다 결합될 수 있는데, '상(尙)'에는 "더 좋게 꾸미다. 덧붙여 장식하다."라는[149] 뜻이 있고, '안택(安宅)'은 "편안한 거처, 전하여 인(仁)과 의(義), 안택정로(安宅正路)"라는[150] 의미이고, 아미

---

147) 박재민, 위의 책(2013), pp.302~303.

148) "入淨土已 便入如來大會衆數 入衆數已當至修行安心宅 入宅已 當至修行所居屋寓 修行成就已當至敎化地 敎化地則是菩薩自娛樂地"(李太元, 『往生論註 講說』, 운주사, 2003, pp.461~462).

149) "尙 飾也"(『廣韻』 漾韻), "尙之 則飾之於外 故又爲飾也"(吳善 述, 『說文廣義』 校訂), "飾羽尙畵 文繡鞶帨"(劉勰, 『文心雕龍』 序志).

타불의 정토인 극락의 다른 이름이 '안양정토(安養淨土)'·'안양국(安養國)'이고, "마음을 편안하게 하고, 몸을 기르므로 안양이라 하여" '안양계(安養界)'·'안양토(安養土)'라 한다. 위의 (7)에서 "정토에 왕생하고 나면, 당연히 수행하여 마음이 편안한 집(安心宅)에 이른다."[151] 했으므로, '安支尙宅'은 수행하여 이른 정토라는 편안한 집으로 이해하고자 한다. '안택'은 "해탈을 구하려 하지도 아니하며, 삼계의 불타는 집[火宅]에서 동서로 뛰어다니느라 큰 고통을 당하면서도 걱정할 줄 모르는구나."처럼,[152] 오욕이 강한 세상, 번뇌와 고통으로 가득한 세상을 뜻하는 '화택(火宅)'의 상대어이다.

이어지는 '도(都)'는 "모도아 ᄒᆞᆫ 져보미니(都一撮, 南明 상64), "모ᄃᆞᆫ 사ᄅᆞ미 부텨를 븓ᄌᆞ와 마롤세니"(集者依佛立言, 능1 : 23), "경문(經文)을 결(結)ᄒᆞ야 모도시니라"(結會經文, 永嘉集諺解上 54), "부텻 율장(律藏)ᄋᆞᆯ 모도고 아난(阿難)이롤 ᄒᆞ야 부텻 경장(經藏)ᄋᆞᆯ 모도더니"(석보 24 : 3)에서와 같이, "모도다, 모으다(몯오다)"(輯, 轃, 會, 集, 合)의 뜻이다. '도(都)'를 '총집(總集)'의 뜻 '모도'로, 따라서 '都乎隱以多'는 '모도호니이다'로 읽고, "모아집니다, 총괄합니다."로 해석[153]하고자 한다. "영재가 지금까지 자신의 행적이 참된 실천이 아님을 깨닫고, 나이 아흔에 은거의 길을 나섰는데, 더 이상 선업을 쌓을 수 없어 '安(阿賴耶)識'이 달라질 수 없고, '새집'이 될 수 없는" 안타까운 심정을 반영한 것[154]이라고 해석하기도 하지만, 9·10구는 "오직 이 내 소릿 恨ᄋᆞᆫ 善

150) "夫仁 天之尊爵也 人之安宅也"(『孟子』 公孫丑 上), "仁 人之安宅也, 義人之正路也, 曠安宅而弗居 舍正路而不由 哀哉"(『孟子』 離婁 上).

151) 淨土論에서 彌陀淨土에서 왕생함으로 얻는 五功德門에, 近門, 大會衆門, 宅門, 屋門, 園林遊戲地門이 있다.(天親菩薩 저, 무량수여래회 역, 無量壽經 優婆提舍 願生偈, 제10 이롭게 하는 행을 성취함, 『淨土五經一論』, 비움과 소통, 2016, pp.335~336) 여기서 宅門은 수행을 완성하는 것이고, 屋門은 法悅을 얻는 것을 말하며, 원림유희지문은 중생을 인도하는 것을 뜻한다.(韓國佛教大辭典編纂委員會, 『韓國佛教大辭典』 4, 寶蓮閣, 1982, p.670).

152) "不求解脫 於此三界火宅 東西馳走 雖遭大苦不以爲患"(『妙法蓮華經』 卷2, 譬喩品 第3).

153) 황패강, 앞의 책(2001), p.542.

154) 朴仁熙, 앞의 논문(2011), p.221 참조.

陵ᄋᆞᆫ 安宅 모ᄃᆞᆫ이다."로서, 영재 자신에 대한 안타까운 심정에 머무르는 것이 아니라, 오로지 선업을 쌓는 일만이 편안한 집(정토) 이르는 길이라고 도적들에게 새로운 삶에 대한 방향을 제시하며 가르치고 격려하는 말이다.

4. 〈우적가(遇賊歌)〉에는 어떤 의미를 담았는가?

이상 논의에 따라 <우적가>를 해독하면,

제 ᄆᆞᅀᆞᄆᆡ(내 마음의)

自矣心米

즈ᇫ 모딜이 디니단 날(자세를 모질게 지니던 날)

皃史毛達只將來呑隱日

머리 새 숨온 수플 디나티고(멀리 새 숨어드는 숲을 지나쳐,)

遠鳥逸林乙過出知遣

이제ᄃᆞᆫ 수페 가고쇼다(이제야 수행 도량으로 가노라.)

今呑藪未去遣省如

다만 외온 破戒主(계율 어긴 그대들도)

但非乎隱焉破戒主

버그볼 사리ᅀᅡ ᄂᆡ어도 돌올 량이야(次生에 윤회는 거듭 할 것이라.)

次弗生史內於都還於尸朗也

이 잠갯 沙過오(창칼로 만드는 숱한 허물에)

此兵物叱沙過乎

됴ᄒᆞᆯ 말ᅀᅡ야 ᄂᆡ호ᄃᆞ니(어찌 좋은 말이 나오리!)

好尸曰沙也內乎呑尼

아야, 오직 이 내 소릿 恨ᄋᆞᆫ(아아! 오직 나의 恨은)

阿耶 唯只伊吾音之叱恨隱

善陵은 安宅 모돈이다.(善業만이 편안한 집(정토) 이르는 길이라!)

善陵隱 安支尙宅 都乎隱以多

이다. 풀어서 의역하면, "내 맘을 굳게 먹고, 새들 깃드는 숲을 멀리 지나쳐, 수행의 도량을 찾아 나선다. 계율을 어긴 그대들도 생사의 고통스런 윤회를 계속하겠지만, 창칼로 만드는 숱한 악업에 대해 좋은 말을 하긴 어렵다. 아아! 다만 아쉬움으로 남는 바는 '(그대들도) 선업을 쌓으면 편안한 정토에 이를 수 있음'이라.(=그럼에도 너희들은 이와 같이 악업을 짓고 있으니 그저 안타까울 따름이라.)"가 된다.

1) 재물은 지옥으로 가는 근본임을 깨우침

도적들은 재물을 빼앗으려는 마음을 가지고 영재를 위협했지만, 영재는 목숨까지 하찮게 여길 정도로 초월자적 모습을 보였다. <우적가>를 불러 준 것이 고마워 도적들이 건네준 비단까지도 "재물은 곧 지옥 가는 근본"이라며 내동댕이쳤다. 현세에 집착하는 적도들에게, 이 행동은 말로써 표현하기 어려운 강한 설득력이 있었을 것이다.[155]

(1) "재물을 아끼고 탐하는 사람은 악마의 무리에 불과하고, 자비로운 마음으로 베푸는 사람은 부처의 제자이다."[156]/"재물과 여색의 화는 독사보다 더 심하니 자기를 반성하고 그름을 살펴서 항상 반드시 멀리 여윌지니라."[157]

(2) "송(頌)하여 읊기를 재물의 이익과 색욕은 염라대왕의 지옥으로 인도함이요, 청정한 행은 아미타불이 연화대로 안내함이니라. 옥쇄로 끌어서 지

155) 尹榮玉, 앞의 논문(1986), p.118.
156) "慳貪於物 是魔眷屬 慈悲布施 是法王子"(元曉 지음, 무비 스님 강의, 앞의 책(2015), pp.38~39).
157) "財色之禍 甚於毒蛇 省己知非 常須遠離"(Mu Bi, 誡初心學人文, 앞의 책(2003), pp.15~17).

옥에 들어가면 고통이 천 가지요, 반야용선을 타고 올라가서 연화대에 태어나면 즐거움이 만 가지니라."[158]

불교에서 모든 고통의 원인은 탐욕이다. 탐욕을 멸하면 온갖 고통을 멸한다.[159] 승만(勝鬘)부인이 대승불교의 정수인 여래장사상을 설한 경전인 『승만경(勝鬘經)』에는 "저는 오늘부터 깨달음에 이를 때까지, 자신을 위해서 재물을 쌓아두지 않으며, 전부 가난한 중생들을 성숙시키는데 쓰겠습니다."[160] 했다. "탐욕과 분노, 어리석음은 각기 물감을 푼 물, 끓는 물, 이끼 낀 물과 같다. 그런 물에 얼굴을 비출 수 없는 것처럼, 중생들의 마음이 번뇌로 덮여 진리를 못 본다는 것이다. 이에 번뇌가 없는 깨끗한 마음을 닦는 것이 불교의 수행"이라[161] 했다.

영재는 (1)·(2)의 가르침에 따랐겠지만, 영재가 도적들이 건넨 비단 2필을 바닥에 던졌을 때는 일순간 긴장감이 흘렀을 것인데, 긴장감이 도리어 도적들에게 "재물은 길이 아님"을 깨닫게 하고, 각자의 불성을 자각하는 계기를 마련했을 것이다.[162] "영재는 도적들을 직접 꾸짖기보다 젊은 시절 자신의 심적 혼란을 보임으로써 도적들을 올바른 삶, 수행의 길로 이끌 수 있었다."[163] 영재는 "옛날에 중생들이 이 보배에 집착해 서로 해치고 도둑질하고 거짓말하고 속여 생사고뇌의 인연을 지었으며, 이렇게 거듭하다 점점 커지매 업이 두터워 마침내 지옥으로 떨어지는 것"[164]이라는 부처님의

---

158) "頌曰 利慾閻王引獄鎖 淨行陀佛接蓮臺 鎖拘入獄苦千種 船上生蓮樂萬般"(Mu Bi, 自警文, 앞의 책(2003), p.75).

159) 『妙法蓮華經』 卷2, 譬喩品.

160) 일진, 『승만경을 읽는 즐거움』(민족사, 2014), p.54.

161) 불교방송 편성제작국, 앞의 책(2006), p.53.

162) 길태숙, 앞의 책(2010), p.416.

163) 김유경, 「노래와 이야기를 통해 본 향가의 주제」, 『향가의 깊이와 아름다움』(보고사, 2009), pp.305~306.

164) "如佛所說 往昔衆生 爲此寶故共相殘害 更相偸刦欺誑妄語 令生死苦緣 展轉增長 墮大地獄"(三

가르침을 알고 있었을 터이다. 그러므로 도적들이 전해주는 비단도 영재의 물욕을 흔들지 못했다. 도적들은 자신들과 상반된 가치 지향을 가진 영재에게 경이와 경외감을 느꼈을 것이고, 이에 자극되어 불자로서의 새 삶을 선택했던 것이다.

2) 적도(賊徒) 회개(悔改)의 사명감

<우적가>를 지은 영재에게 붙은 수식은 '석(釋)'이다. 석은 석가(釋迦)의 간칭으로 동진(東晋)의 도안(道安)이 불제자를 석이라 하면서 널리 퍼졌다.[165) "혜공왕(惠恭王) 2년(永泰 2년 丙午, 7월 2일)에 석(釋) 법승(法勝)・법연(法緣)이 석조 비로자나불(毘盧遮那佛)을 조성하여…" 등에[166) 쓰임이 있다. 그의 행동이나 가르침을 볼 때, 영재는 출가 이전에 이미 경지에 오른 불제자였음에 분명하다.

(1) "너희 불자들아, 모든 중생이 팔계를 범하거나 오계와 십계를 범하거나 금계를 훼손하거나 일곱 가지 역적의 죄를 짓거나 팔난(八難)에 태어날 죄를 짓거나 온갖 계를 범한 사람을 보면, 마땅히 참회하도록 가르쳐야 한다.", "보살이 이 같은 사람을 참회하지 아니하고 함께 있으면서 이양(利養)을 같이 받으면서 함께 포살(布薩)하여 대중 가운데서 계를 말하여 주어 그 허물을 지적해서 참회하도록 하지 않는 자는 가벼운 죄가 된다."[167)

藏/鳩摩羅什, 456『佛說彌勒大成佛經』;『大正新修大藏經』 14, p.430).

165) 韓國佛教大辭典編纂委員會,『韓國佛教大辭典』 3(寶蓮閣, 1982), pp.530~531.

166) "永泰二年 丙午 七月二日 釋法勝法緣 二僧并 爲石毘盧遮那佛 成內 …"(惠恭王 2년(永泰2年, 766) 佛像造成記)(朴敬源,「永泰二年銘 石造毘盧遮那坐像-智異山 內院寺石佛 探査始末」,『考古美術』 168(韓國美術史學會, 1985), pp.8~9.

167) "若佛子 見一切衆生 犯八戒五戒十戒 毁禁 七逆八難 一切犯戒罪 應教懺悔", "而菩薩 不教懺悔 同(共)住 同僧利養 而共布薩 一衆(住)說戒 而不擧其罪 教(令)悔過者 犯輕垢罪"(李圓淨 編, 목정배 역, 앞의 책(2015), pp.244~247), 太賢 저, 한명숙 옮김, 앞의 책(2017), p.431.

“온갖 선행에서 지혜는, 배의 노를 잡는 것과 같다네. 맹인 백 천 명은 길을 잃어버리지만, 눈 맑은 사람 하나만 있으면 제 길을 찾을 수 있는 것과 같다네.”에는[168] 지혜로운 자는 길을 잃고 헤매는 사람들을 이끌어야 한다는 사명감을 담았다. 계율을 어긴 자가 지은 죄를 참회하게 하지 않는 것도 죄라 했다.

> (2) “붓다여, 저는 오늘부터 깨달음에 이를 때까지, 생명을 잡아두거나 모든 악행, 계를 어기는 행위 등을 보았을 때는 결코 버려두지 않고, 제 힘이 미치는 한 그 자리에서 강하게 책망해야 할 사람에게는 강하게 책망하고 그 잘못을 깨우쳐 주고, 부드럽게 설득해도 알아듣는 자에게는 부드럽게 이야기하겠습니다. 절복(折伏, 강하게 책망하는 것)과 섭수(攝受, 부드럽게 타이르는 것)에 의해 세상의 길이 유지되는 까닭입니다.”[169]

잘못을 항복받아야 할 사람에겐 항복받고, 용서해 줄 사람은 용서함으로써 가르침을 오래도록 머물게 할 수 있다 했다. 『승만경』에도, 세존을 향해, “저는 오늘부터 깨달음에 이를 때까지, 계율을 범하고자 하는 마음을 일으키지 않을 것이고, 부모자식이 없거나 병들고 죄짓는 등 고난으로 괴로워하는 중생을 보면 외면하지 않고 반드시 안온(安穩)케 하겠다. 재물로써 이익 되게 하여 고통에서 벗어날 때까지 외면하지 않겠다.”는[170] 서원을 제시했다. “계(戒)를 범하는 사람을 보면 구할 생각을 일으키고, 모든 바라밀

---

168) “慧於諸善行 如船楫所持 百千盲失路 由一眼得存”(太賢 저, 한명숙 옮김, 위의 책(2017), p.441).

169) “世尊 我從今日 乃至菩提 若見捕養 衆惡律儀及諸犯戒 終不棄捨 我得力時 於彼彼處 見此衆生 應折伏者 而折伏之 應攝受者 而攝受之 何以故 以折伏攝受故 令法久住”(『勝鬘師子吼一乘大方便方廣經』 十受章第2, 『大正藏』 卷12, 寶積部 下, 涅槃部 全, p.217).

170) “世尊 我從今日 乃至菩提 於所受戒 不起犯心”, “世尊 我從今日 乃至菩提 若見孤獨幽繫疾病 種種厄難困苦衆生 終不暫捨 必欲安穩 以義饒益 令脫衆苦 然後乃捨”(『勝鬘師子吼一乘大方便方廣經』 十受章第2, 위의 책, p.217).

은 부모로 생각하느니라. 37도품(道品)의 법은 권속으로 생각하느니라. 선근의 수행에는 적당이라는 한도가 있을 수 없느니라."에도[171] 계를 어긴 사람을 바른 길로 이끌어야 한다는 사명감을 담았는데, 불제자 영재도 도적들을 바른 길로 이끌어 악도로 들어가는 사람을 줄이겠다는 사명감을 가졌던 것이다.

3) 참회(懺悔)와 적선(積善)의 권유

<우적가> 9~10구에 대한 해석은 분분하다. "제3단에서는 자신은 죽어도 여한이 없지만 착한 본심을 가지고도 도적이 된 그들이 안타깝다 했다." 거나[172] "셋째 단락은 주체가 '나'가 될 수도 있고, '너'가 될 수도 있기 때문에 의미가 모호하다."고도[173] 했다. 이 구절을 "오직 요만한 선업은 새집이 안 되니이다."로 해독(양주동)하여, 공덕을 쌓아야 열반에 오를 수 있음을,[174] "그대들이 나를 죽임으로써 내게 좋은 날(정토왕생)을 맞게 해주는 정도의 적선만으로는 너무 적고,[175] 그것도 그대들의 악업을 쌓는 일에 불과하다"[176]는 말로 이해(성호경)했다. 양주동이 선업의 주체를 밝히지 않았다면, 성호경은 요만큼의 적선이 도적의 살해 행위를 지칭한다는 점에 차이가 있다. 홍기문은 반대로 "오직 이 오름직한 善두듥은 못 들어 갈 큰 집이 아니외다"[177]로 해석하여 열반에 오를 수 있다는 희망을 제시한다. 양희철

---

171) "見毁戒人 起救護想 諸波羅蜜 爲父母想 道品之法 爲眷屬想 發行善根 無有齊限"(華公 강설, 『유마경과 이상향-사바에서 부르는 不二의 노래, 민족사, 2014, p.528).

172) 김유경, 노래와 이야기를 통해 본 향가의 주제, 『향가의 깊이와 아름다움』(보고사, 2009), 305면.

173) 길태숙, 앞의 책(2010), pp.422~423.

174) 梁柱東, 訂補版『古歌硏究』(博文書舘, 1960), p.672.

175) 박노준, 『향가여요 종횡론』(보고사, 2014), p.156.

176) 성호경, 『신라향가연구-바른 이해를 위한 탐색』(태학사, 2008), p.302.

177) 홍기문, 『향가해석』(조선민주주의인민공화국 과학원, 1956), pp.305~318.

은 "오직 내 소리에서의 한(恨)은 큰 언덕에(/물들어) 숨어 높인(/오히려) 댁이 돌온(/모은) 것"[178]이라 해석하여, 도적질을 뉘우치고 개전(改悛)한 피은의 유도라 했다. 열반에 가기 위한 노력을 강조하든, 열반에 오를 수 있다는 긍정 상황을 제시하든, 피은을 유도하는 말이든, 미래적 상황을 제시한 것임은 분명하다. 마지막 단락의 주체가 모호하게 드러나고 있는 것은 더 이상 영재와 도적이 너와 나의 타자로 대치되고 있지 않기 때문이다. 미래에는 영재도 도적도 상택을 향해 구도에 힘을 쓰는 한 존재라는 점에서 너와 나의 구분이 필요 없는 것"이라[179] 해석하기도 한다.

"부처께서 인하여 설게(說偈)하기를, 복도(蔔蔔)의 꽃은 비록 말랐으나 일체의 꽃보다 승(勝)하고, 파계한 비구니라 할지라도 오히려 모든 외도(外道, 불교 이외의 다른 교학)보다 낫다"(행사초(行事鈔) 3) 하였고, 말법등명기(末法燈明記)에 "만약 계법이 있으므로 파계할 수 있고, 이미 계법이 없다면 어떤 계를 파하여 파계하겠느냐?" 하였다.[180] 스스로 행한 잘못에 대하여 부끄러워하고 뉘우치고 반전할 수 있는 계기를 만들어주고 있다.

(1) "학산수(鶴山守)는 온 나라에서 노래를 제일 잘 한다. 그가 산속에 들어가 소리를 익힌 적이 있었는데, 매양 한 가락을 마치면 모래를 주워 나막신에 던져서 그 모래가 나막신에 가득 차야만 돌아왔다. 일찍이 도적을 만나 죽게 되었을 때, 바람결에 맡기고 노래 부르니 뭇 도적들이 모두 감격하여 눈물을 흘리지 않는 자가 없었다. 이쯤 되면 '죽고 사는 것을 마음속에 두지 않는다.' 할 만하다."[181]

---

178) 양희철, 『삼국유사 향가 연구』(태학사, 1997), p.759.
179) 길태숙, 앞의 책(2010), pp.422~423.
180) 韓國佛敎大辭典編纂委員會, 『韓國佛敎大辭典』 6(寶蓮閣, 1982), pp.728~729.
181) "鶴山守通國之善歌者也 入山肄 每一闋 拾沙投屐 滿屐乃歸 嘗遇盜將殺之 倚風而歌 群盜莫不感激泣下者 此所謂死生不入於心"(朴趾源 저, 鍾北小選 炯言桃筆帖序, 신호열·김명호 옮김, 『燕巖集』 卷7, 別集. 민족문화추진회, 2004, pp.167~168).

위는 노래로 도적들을 감격시킨 학산수 일화이다. 들보 위에 숨은 도적을 군자(梁上君子)라고 지칭한 진식(『후한서』 진식전陳寔傳)의 일화처럼, 노래나 이야기로써 마음이 통했다. 도적 중에도 양심과 도덕을 가진 사람이 있을 것이니, 진심을 담아 소통을 시도하면 성공을 거둘 때도 있었을 것이다. 도적들은 아직 불자가 아니었지만, 그들은 불자라고 본다면 가장 기본적인 계율인 불살생계(不殺生戒), 불투도계(不偸盜戒), 불망어계(不妄語戒)를 어겼다. "생명을 죽이는 것에 대한 부끄러움, 생명에 대한 애정, 고통 받는 자들에 대한 연민"이 없고, "누군가의 소유이거나 자기가 받지 않은 어떤 것도 가져서는 안 된다"는 계율을 어겼고, "거친 말을 내뱉는" 잘못까지 범했을 것이다.[182] 영재가 도적들을 향해, '파계주(破戒主)'라 칭하며 "모든 사람은 불성(佛性)을 가졌음"을 일깨워, 그들도 불제자가 되고 깨달음에 이를 가능성을 열어, 그들이 궁극적으로 가야할 지향점을 일깨워주고자 한 인간적이고 따뜻한 감싸 안기이다. 도적들은 이 일을 계기로 영재의 우월감을 높이 평가하고 자신들의 열등함을 절실히 느끼게 되었을 것이다. "죽음의 위협적 상황을 반전시키고, 인간의 마음을 바꾸게 한 노래라는 점에서 <우적가>는 지속적인 관심의 대상이 될 만큼 매력적인 노래"임에[183] 틀림없다.

<우적가>의 작품성격을 규정하는데, 9·10구의 의미 파악은 매우 중요하다. 향찰 "唯只~都乎隱以多"는 "오직 이 내 소릿 恨ㄷ 善陵ㄷ 安宅 모돈이다"인데, 문장성분은 "부사어("오직")+관형어("이 내")+주어("소릿 恨")+서술절"(주어 "善陵ㄷ"+목적어 "安宅"+서술어 "모돈이다")이다. 도적들에게, "선업을 쌓으면, 정토에 왕생 후 수행을 통해 마음이 편안한 곳에 이를 것"이라는 매우 단순한 명제를 전하려고, 선업을 닦아야 한다는 전제를 달고, 극락정토를 결과로 제시했다.

182) 이자랑·이필원 글, 배종훈 그림, 『도표로 읽는 불교입문』(민족사, 2016), pp.194~195.
183) 길태숙, 앞의 책(2010), p.406.

<table>
<tr><td rowspan="2">이 녀 소리의 한
(伊吾音之叱恨)</td><td>원인
(因)</td><td>A(“潽陵隱”)
▼</td><td>“善業은(善根은,
功德은)”
▼</td><td>“善業을 쌓으면”
“善根을 심으면”
“功德 닦으면”</td></tr>
<tr><td>결과
(果)</td><td>B(“安支尙宅
都乎隱以多”)</td><td>“安宅
모도오니다(모도니다)”</td><td>“정토에 왕생하고 나면, 수행하여 마음이 편안한 집 마당에 들어감”</td></tr>
<tr><td>A(善業)[184]</td><td colspan="4">①살생하지 않음 ②도둑질하지 않음 ③삿된 음행을 하지 않음 ④거짓말하지 않음⑤이간질하지 않음 ⑥나쁜 말을 하지 않음 ⑦발림말을 하지 않음 ⑧탐욕을 다스림 ⑨분노를 다스림 ⑩어리석음을 버리고 정견을 닦음</td></tr>
<tr><td>~A(惡業)[185]</td><td colspan="4">①살생 ②도둑질 ③삿된 음행 ④거짓말 ⑤이간질 ⑥나쁜 말 ⑦발림말 ⑧탐욕 ⑨분노 ⑩어리석음</td></tr>
<tr><td colspan="2">A→B</td><td colspan="3">“선근을 심으면, 정토 왕생하여 마음 편안한 집에 이를 것이라”(해解/신원伸寃/호음성好音聲/호어好語)</td></tr>
<tr><td colspan="2">~(A→B)=~A→~B</td><td colspan="3">“선근을 심지 않으면, 정토 왕생하여 마음 편안한 집에 이르지 못할 것이라”(한恨/결원번뇌結怨煩惱/오음성惡音聲/오어惡語)</td></tr>
</table>

심행(心行, mental behavior)의 가르침에는 두 가지 법이 있다. 하나는 정행(正行), “진정한 행업(行業), 바른 행동(correct behavior)”을 가르치는 것이고, 다른 하나는 악행(惡行), “불선(不善)한 행동, 잘못된 행동(wrong behavior)”을 꾸짖어 가르치는 방법이다.[186] A→B의 “선근을 심으면, 정토왕생 하여 마음 편안한 집에 이를 것이라”는 도적들에게 정행을 가르치는 것이고, ~A→~B의 “선근을 심지 않으면, 정토 왕생하여 마음 편안한 집에 이르지 못할 것이라”는 이들에게 악행을 꾸짖어 가르치는 것이다. 영재스님은 이 가운데 A→B의 방법으로 가르쳤지만, 그 속에 담긴 의미는 ~A→~B와 같다. 그

184) 서원각, 『육도윤회와 인과의 진실』(비움과소통, 2018), pp.108~120.
185) 서원각, 위의 책(2018), pp.92~107.
186) “言心行者 略有二門 一教正行門 二誡惡行門”(太賢, 『梵網經古迹記』 卷1, 앞의 책(2012). p.73).

러므로 "이 내 소리의 恨(伊吾音之叱恨)"은 ~A → ~B의 가르침을 다 전하지 못한 것을 말한다. 한(恨)은 "마음에 맺히어 풀리지 않고, 감당하지 못하여 정신적으로 어려운 상태"를 말하기 때문이다. 7~8구에서 "(너희들이) 무기로써 저지르는 숱한 허물(악업)"을 좋은 말로 할 수 없다고 한 것도 같은 까닭이다.

"우리는 스스로 이런 인과사슬의 미궁 속으로 한 걸음씩 걸어 들어왔듯이 그 바깥으로 나가기를 선택할 수도 있다. 그처럼 사슬을 약화시키거나 중화하는 카르마(Karma)를 선업이라 하고, 더욱 강화하는 카르마를 악업이라 한다." 카르마는 인간의식을 성장시키는 많은 인과법칙, 도덕률적인 주고받음으로써 "환생(還生)을 낳는 행위"이다.187) 선업을 쌓는 것은 악업의 업인(業因)을 끊는 것에서부터 시작한다. 도적들에게 악업의 업인은 재물이며, 더 나아가 모든 것을 재물로써 판단하는 세속적 가치관이다. 그래서 영재는 도적들이 세속적 가치관에서 벗어나 악업의 업인을 끊도록 '재물이 지옥 가는 근본'이라 했다. 영재는 도적들의 수준에 맞추어 <우적가>를 불러 각성(覺醒)케 하려고 유도했을 것이다.188)

(2) 십념(十念)의 염불로 저 나라에 태어날 수 있음을 듣고도 깨닫지 못하므로, 의심을 내어 말하기를 "일생 동안 악을 짓지 않음이 없는 자가 단지 십념 염불로써 능히 모든 죄를 소멸시키고 즉시 저 극락에 왕생하여 정정취에 들어가 영원히 삼도(三途 : 지옥·아귀·축생의 삼악도)를 여의고 끝내 불퇴전에 오를 수 있겠는가!", "어떻게 두 바퀴 번뇌(二輪煩惱 : 견혹과 사혹의 두 번뇌)를 끊지 않고 곧바로 십념만으로써 삼계의 밖으로 벗어날 수 있겠는가?"라고 했다.189)

---

187) Christopher M. Bache 지음, 김우종 옮김, 『윤회의 본질』(정신세계사, 2017), pp.110~111.
188) 朴仁熙, 앞의 논문(2011), p.225.
189) "十念念佛 得生彼國 由不了故 生疑而言…如何一生無惡不造 但以十念 能滅諸罪 便得生彼 入正定聚 永離三途 畢竟不退耶", "如何不斷二輪煩惱 直以十念 出三界外耶"(원효 저, 혜봉 역주,

(3) "네가 아까 묻기를 '선근을 끊은 사람에게도 불성이 있습니까?'라고 하였는데, 여래의 불성도 있고, 후신(後身) 불성도 있다. 이러한 두 불성은 장애 때문에 아직 오지 않았으므로(障未來故) 없는 것이라 말할 수 있으나, 필경은 얻고야 말 것이기 때문에 '있는 것'이라고 말할 수도 있다."[190)]

"중생이 나쁜 마음을 내어 부처님 몸에 피를 내는 5역죄(逆罪)를 지어도, … 본래 죽이려는 마음이 없었으면 그런 죄업은 경하고 중대하지 아니한 것"[191)]이라며 교화의 길을 열어두었다. 佛의 가르침을 믿지 않고, 비방하는 사람(이교도, icchāntika, 一闡提)까지 성불할 수 있다고 한다. 선근을 끊은 사람에게도 불성이 있다 했으니, 도적들에게도 분명 기회는 있는 것이다.

문제는 선택이다. 우리는 삶에서 항상 선택을 하고, 선택한 행위로 인한 결과(조건)을 얻는다. 새로운 조건 속에서 새로운 선택을 하고, 그것은 또 새로운 조건을 만든다. 카르마는 결코 사전에 확정되어 있는 것이 아니라, 수많은 선택에 따라 계속 상황이 달라지는 것이다.[192)] "내 이름을 듣고 나를 정성껏 부르면 누구라도 서방정토 극락세계로 맞이하겠네. 빈부도 구별·차별하지 않고, 지혜롭거나 우둔한 자도 가리지 않네. 많이 배운 자, 못 배운 자를 구별하지 않고, 계율을 잘 지키는 자건 아니건, 죄를 지은 자건 죄가 없는 자건 가리지 않네. 오직 나의 죄를 깊이 반성하고 오로지 아미타부처의 이름을 부른다면 이 세상의 기와조각을 저 세상의 황금으로 변하게 하네."라[193)] 했으니, 불교 교리는 상당한 포용력을 가졌다.

『유심안락도』, 운주사, 2015, pp.56~58).

190) 元曉 저, 黃山德 역, 『涅槃宗要』(東國大學校 佛典刊行委員會, 1982), p.5, p.157.

191) "有衆生於如來所生麤惡心 出佛身血起 五逆罪 至一闡提 … 本無煞心 雖出身血 是業亦尒輕而不重 如來如是 於未來世爲化衆生示現業報"(北涼天竺三藏曇無讖 譯, 『大般涅槃經』 卷9, 如來性品; 『高麗大藏經』 卷9, p.76).

192) Christopher M. Bache 지음, 김우종 옮김, 위의 책(2017), p.110.

193) "彼佛因中立弘誓 聞名念我總迎來 不簡貧窮將富貴 不簡下智與高才 不簡多聞持淨戒 不簡破戒罪根深 但使回心多念佛 能令瓦礫變成金"(法然上人 撰述, 須摩提 옮김, 『아미타불의 본원을

"도적들이 감동하여 칼과 창을 버리고 승려가 되어 지리산으로 숨어 다시는 세상에 나오지 않았으니",(賊又感其言 皆釋 釰投戈 落髮爲徒 同隱智異 不復蹈世) 도적들은 이제 새로운 삶을 선택한 것이다. 계율을 어긴 파계주들이 다시 계를 지키면, 계란 소극적으로는 방비(防非) · 지악(止惡)의 힘이요, 적극적으로는 만선(萬善) 발생의 근본이 되는 것이고, 선근이 좋은 과보를 받을 만한 좋은 인이 되니, 착한 행업의 공덕 · 선근을 심으면 반드시 선과를 맺는다. 『십선업도경(十善業道經)』에 "만일 살생을 여의면 이내 열 가지의 고뇌 여의는 법을 성취한다." 했다. 예컨대, "온갖 성을 내는 습기(習氣)를 영원히 끊는다.", "언제나 악몽이 없고 자나 깨나 쾌락을 느낀다.", "원수가 없어지고 뭇 원한이 저절로 풀린다.", "악도에 대한 두려움이 없다"[194] 등은 살생을 여읠 때 얻는 과보이다. 살업(殺業)에서 오는 고통의 과보가 극심한 것은 마치 저 불살(不殺)에서 받는 선보(善報)의 크기와 같다. "부처께서 일체중생에게는 모두 불성이 있다고 말씀하셨으나 번뇌로 가려졌기 때문에 알지도 못하고 보지도 못한다. 그러므로 부지런히 방편을 닦아 번뇌를 끊고 보아야 한다." 했다.[195] 영재는 <우적가>를 통해, 도적들도 회개하고 참회하면 불성을 되찾을 수 있음을 깨우쳐 주려했고, 이에 도적들은 새로운 삶을 선택했다. 이제 "정법을 지키어 신명을 아끼지 않으며, 모든 선근을 쌓지만 피곤해하거나 싫증을 내지 않고, 의지는 언제나 방편과 회향에 안주하며,…"에[196] 힘쓰면 된다.

이런 점에서 <우적가>를 "생사를 초월하여 자신과의 싸움에서 승리한

선택하라-選擇本願念佛集』(비움과소통, 2016), pp.94~98).

194) "若離殺生 卽得成就十離惱法 何等爲十", "三永斷一切瞋恚習氣", "七常無惡夢寢覺快樂", "八滅除怨結衆怨自解", "九無惡道怖"(『十善業道經』; 『大正新修大藏經』 卷15, 經集部2, p.158).

195) 李圓淨 편, 목정배 역, 十重大戒, 앞의 책(2015), pp.125~127, p.164.

196) "護持正法 不惜軀命 種諸善根 無有疲厭 志常安住 方便廻向"(華公강설, 『유마경과 이상향』, (민족사, 2014), pp.527~528).

오도송(悟道頌)",[197] "심적 자경자각(自警自覺) 과정을 묘사한 자경가, 수도인에게는 번뇌의 망적(妄賊)을 잡아 굴복시켜야 진각을 얻을 수 있음을 보인 성수일여(性修一如)의 증도가(證道歌)·선가(禪歌)",[198] "무명에서 벗어나 인간의 참된 근본의식을 얻는 순간을 묘사한 것",[199] "이타행을 하지 못하고, 남을 해하여 자리적(自利的) 악업을 쌓는 도적들을 절복(折伏)·섭수(攝受)시킨" 노래, 적도의 칼날 앞에서 스스로의 생을 성찰하고 칼날로 위협하는 적도까지 연민하는, 고도의 인간적 서정시",[200] "도심(盜心)을 가라앉혀 불심으로 바꾼 교훈시"[201]라 이해하고 있다.

<우적가>는 "설도(說道)의 노래"로,[202] "시교성(示敎性)·권유적 고시성(告示性)·윤리적 명령의 성격을 띠었고, 영재가 도적들보다 우월적 위치에서 덕성 있는 명령어법을 구사"했다.[203] "원성왕 대에 농민노예들이 군도(群盜)가 되면서, 반항과 재물약탈을 할 무렵, 동녕승이자 향가 작가인 영재가 군도를 만나 교화시키고자 한 노래",[204] "죽음보다도 더 강한 정토(淨土, 새집) 희구의 뜻을 읊은 관음력(觀音力) 표상의 가요"라는[205] 해석도 있다. "영재는 발심하여 화엄 도량인 남악(聖)으로 가기 전에는 재가승(俗)이었고, 60명의 도적은 영재가 성속(聖俗)의 경계에서 일으킨 갈등을 비롯한 모든 마음[206]을 비유적으로 표현한 것"으로[207] 이해하기도 한다.

---

197) 김영수, 「우적가 배경설화에 나타난 시험과 悟道의 양상」, 『비교민속학』 25(비교민속학회, 2003), pp.486~487.
198) 金鍾雨, 『鄕歌文學硏究』(二友出版社, 1983), p.109.
199) 朴魯埈, 『新羅歌謠의 硏究』(悅話堂, 1982), p.282.
200) 尹榮玉, 앞의 책(1980), 248쪽과 앞의 논문(1986), p.114.
201) 李在銑, 『鄕歌의 理解』(三星美術文化財團, 1979), p.179.
202) 張德順, 『國文學通論』(新丘文化社, 1988), p.94.
203) 李在銑, 「新羅鄕歌의 語法과 修辭」, 『鄕歌의 語文學的 硏究』(西江大出版部, 1972), pp.160~162.
204) 金學成, 『韓國古典詩歌의 硏究』(원광대출판부, 1980), p.313.
205) 金東旭, 「新羅 鄕歌의 佛敎文學的 考察」, 『韓國歌謠의 硏究』(乙酉文化社, 1961), p.26.
206) 『大日經』 注心品에 瑜伽行者의 心相을 貪 이하 60心으로 나누었다.

<우적가>의 작품 성격을 밝히기 위해 전체 흐름을 살펴보면 다음과 같다.

진행 상황	삼국유사 영재우적(永才遇賊) 조 해당 구절
영재가 아혼에 불도 수행을 위해 먼 길을 떠남	(永)才年僅九十矣, 暮歲將隱于南岳
⇓	
대현령(大峴嶺)에서 도적 60여 명을 만남	至大峴嶺 遇賊六十餘人
⇓	
도적들이 영재를 향가 가창자로 앎(旣知, 친숙함)	賊素聞其名
⇓	
영재가 도적의 칼 앞에서도 두려워하지 않음	遇賊六十餘人 將加害 才臨刃無懼色
⇓	
<우적가>를 불러 악업을 쌓은 도적을 회개(悔改)함 도적들이 노래에 감동하여 준 비단 2필을 내팽개침(재물은 지옥의 근본임을 깨우쳐줌)	潽陵隱 安支尙宅都乎隱以多 賊感其意 贈之綾二端, 乃投之地 知財賄之爲地獄根本
⇓	
도적들이 감동하여 칼과 창을 버리고 승려가 되어 지리산으로 숨어 다시는 세상에 나오지 않음(최종선택)	賊又感其言 皆釋 釰投戈 落髮爲徒 同隱智異 不復蹈世

도적 60명은 창칼을 버리고 승려가 되어, 수행의 길을 최종 선택했다. 악업을 일삼던 자가 불제자가 되는 일은 쉽지 않은데, 다음 요인들이 반전 계기를 만들었을 것으로 예상한다. 첫째, 영재가 90세를 넘어서도 수행을 위해 애쓴다는 점, 둘째, 도적들이 향가 가창자인 영재라는 존재를 미리 알아서 친숙한 마음으로 향가를 청했다는 점, 셋째, 칼로 위협해도 영재가 두려

207) 金承璨, 「遇賊歌 硏究」, 『新羅文化』 7(東國大 新羅文化硏究所, 1990), p.18.

움 없이 의연했다는 점(도리어 도적들이 당황했을 것)[208], 넷째, <우적가>의 내용에 악업을 저지른 자라도 회개하고 선업을 닦으면 새 삶을 살 수 있다는 희망의 메시지를 담은 것, 다섯째, 자신들은 재물을 탐하여 도적질까지 하고 있건만 영재는 비단을 팽개치며 "재물은 지옥의 근본"임을 깨우쳐 준 것, 악행을 저지르고 있는 자신들을 포기하지 않고 따뜻한 마음과 진심어린 충고로 회개하려 한 것 등이 도적들로 하여금 삶의 방향을 전향하여 불도에 심취하게 하는 계기를 마련해준 것이다. 도적들도 선근을 심으면 정토 왕생할 수 있다는 꾸짖음과 깨우침에는 깊은 사명감과 애정이 담긴 까닭이다.

아버지를 죽인 아사세왕(阿闍世王)에게도 "대왕이시여, 신이 부처님께 말씀 듣기로 지혜로운 자가 둘이 있으니 하나는 나쁜 짓을 짓지 않는 이요, 다른 하나는 지은 뒤에 곧 참회하는 이니라. 어리석은 이도 둘이 있으니 하나는 죄를 짓는 이요, 하나는 짓고는 감추려는 자이니라. 비록 나쁜 일을 저질렀다 해도 이내 드러내어 참회하고 부끄러워하며 다시 짓지 아니하면, 마치 흐린 물에 맑은 구슬을 넣으면 구슬의 힘으로 물이 곧 맑아지는 것과 같으며, 또 구름이 걷히면 달이 청명하여 지듯이, 죄를 짓고 참회하는 것도 그와 같다고 들었습니다. 왕께서 만약 참회하시고 참괴한 생각을 품으시면 죄가 곧 소멸되어 본래와 같이 깨끗하게 되리이다."[209] 했고, "우리가 옛날부터 지은 악업들은 모두 무시(無始)의 탐진치(貪瞋痴)에 의한 것이고, 신어의(身語意)에서 생(生)한 것이다. 우리는 지금 계속 그 일체를 참회한다."[210] 했

---

208) 柳孝錫, 「遇賊歌에 있어서 믿음과 상상의 가치」, 『신라가요의 기반과 작품의 이해』(보고사, 1998), p.530.

209) "大王 且聽臣聞佛說 智者有二 一者不造諸惡 二者作已懺悔 愚者亦二 一者作罪 二者覆藏 雖先作惡 後能發露 悔已慚愧 更不敢作 猶如濁水置之明珠 以珠威力 水卽爲清 如煙雲除 月則清明 作惡能悔 亦復如是王若懺悔懷慚愧者 罪卽除滅 清淨如本"(曇無讖, 『大般涅槃經』 卷19, 梵行品第八之五; 『高麗大藏經』 9, 高麗大藏經研究會, 1985, p.167).

210) "菩薩 自念 我於過去無始劫中 由貪瞋癡 發身口意 作諸惡業 無量無邊 若此惡業 有體相者 盡

다.

<우적가> 1~4구는 영재가 90세라는 고령에도 번뇌에 얽매인 속세의 삶을 버리고 수행의 길을 떠나는 자신을 예로 들어 수행의 필요성을 강조했고, 5~8구는 도적들에게 "계율을 어기고 무기로써 살생을 일삼으면 악업이 육도윤회의 인과를 만들어 다음 생에서도 지속적으로 고통 받을 것"임을 일깨웠다. 9~10구는 "그대들이 악업을 지은 것은 지혜롭지 못하고, 무시(無始)의 탐진치(貪瞋痴)에 의한 것이니 지금부터라도 회개·적선(積善)하면 죄가 곧 소멸되어 본래대로 깨끗하게 될 것이라."하여 도적들을 향해 새로운 삶의 방향성을 제시했다.

5. 대인배가 노래를 불러 강도들을 깨우치다

영재 스님은 계율조차 모르던 도적을 덕으로 품어, 불교교리를 전달하며, 강한 책임감과 따뜻한 인간미를 발휘함으로써, 도적들이 악업을 멈추고 불성을 깨우치고 새 삶을 선택할 수 있도록 참회의 길을 열어주고자 했다. <우적가>와 그 산문 전승은 재물 등에 대한 욕망은 독사·악마이므로 버려야 할 것이고, 이제부터라도 선업을 쌓아 지금까지의 악업을 지워야 함을 강조했다. 육도윤회의 인과와 회개와 적선의 중요성을 일깨웠다. 마음의 신(神), 곧 심신(心神)의 정신작용과 대상을 분별하는 인식작용의 중요성을 적극 피력한 대승(大乘)의 '유식론(唯識論)', 제법(諸法)의 성상(性相), 즉 모든 존재와 현상의 본성과 모양을 분별하고 체계화하려는 '법상종(法相宗)'의 근본교의를 담고 있다.

虛空界 不能容受"(『大方廣佛華嚴經』 卷40, 普賢行願品 懺除業障).

도적은 어느 시대에나 흔히 있을 수 있는 일이지만, 원성왕은 본인의 왕위계승, 후계 구도의 정립에 온갖 힘을 기울여야 했기에, 내치에 허점이 생길 수도 있었을 것이고, 거기다 잦은 재이(災異)와 정치·사회적 변동으로 인하여 불안정성이 컸다. '영재우적' 조와 <우적가>는 생계의 문제이든 정치적 입장이든 불안정 상태에 있던 도적들에게 종교적 안정감, 삶의 목표와 지향점을 제시하여 올바른 방향으로 이끌었다는 사회적 의미를 가진다.

'영재우적' 조에 "영재가 골계를 타고났다(性滑稽)" 해서 기존에 <우적가>와 골계를 연결 짓는 논의도 많았다. 골계는 "우스갯소리, 농담, 상황과 형편에 맞추어 유연하고 융통성 있게 하는 행동이나 말",[211] "언변이 유창한 사람이 그른 것을 옳은 것처럼, 옳은 것을 그른 것처럼 얘기하여 능히 같은 것과 다른 것을 혼란스럽게 함",[212] 말을 어지럽게 바꾸어 막히고 지체됨이 없음[213] 등 쓰임이 다양하다. 『사기』 <골계열전>에는 "순우곤(淳于髡)·우맹(優孟)·우전(優旃)이 기지와 해학, 반어와 풍자에 뛰어나, 그들이 말을 하면 치밀던 화도 가라앉고, 포악한 군주도 웃는 가운데 자신의 잘못을 깨닫게[214]한다." 했다. 영재 또한 언변이 좋고 말이 유창하여, 재치와 기지를 통해 도적들의 삶을 바꾸어 놓았다. 영재가 골계를 지녔다고 말한 것은 그가 도적들에게 바른 가치와 행동을 가르치는 중에 슬며시 나무라고 타이르는 반어와 풍자, 본뜻의 은근한 전달방식인 풍유(諷諭)를[215] 활용할 줄 아

---

211) 『文宗實錄』 문종 1년 辛未(1451) 9월 20일 乙卯; "初 鴟夷子以滑稽見幸 與麴聖相友 每上出入 託於 屬車 鴟夷子嘗困臥 聖戲曰 卿腹雖大 空洞何有 答曰 足容卿輩數百 其相戲謔如此"(李奎報, 麴先生傳, 『東文選』 卷100); "寧廉潔正直 以自淸乎 將突梯滑稽 如脂如韋 以潔楹乎"(『楚辭』 卜居), 如脂如韋는 부드럽게 휘는 것을 말한다(柔弱曲也))(洪興祖, 卜居章句 제6, 離騷; 『四庫全書』 集部 楚詞類).

212) "按滑亂也 稽同也 言辯捷之人 言非若是 說是若非 言能亂同異也"(司馬貞, 『索隱』; 瀧川龜太郎, 滑稽列傳 제66, 『史記會註考證』 卷126, 彰文閣, 1978, p.1293).

213) "滑亂也 稽礙也 言其變亂 無留滯也"(瀧川龜太郎, 위의 책(1978), p.1293).

214) 司馬遷 저, 김원중 옮김, 66 滑稽列傳, 『사기열전 2』(민음사, 2007), p.733.

215) "托此滑稽 以全其身 一談一笑 諷旨頗深 其君雖暴虐 烏可怒而殺 俳優雖昏庸 豈不反而覺諷諭"(李德懋, 『靑莊館全書』 卷4, 嬰處文稿2, 書滑稽傳後; 『韓國文集叢刊』 257, p.81).

는 능력을 일컬은 것으로 보인다.

『우파니샤드』의 "내버림의 지혜를 가져 어느 누구의 재물도 탐내지 말라.", "무지에 갇혀 그 의식을 통제하지 못하는 사람은 그 지혜가 영구한 순수함에 이르지 못하여 최종 목적지까지 가지 못하고 탄생과 죽음의 윤회의 길(고통스런 탄생과 죽음의 쳇바퀴)을 따라 이 속세로 다시 되돌아 내려온다.", "선업을 쌓은 자들은 사제로 태어나거나, 무인으로 태어나거나, 바이샤로 태어난다. 그러나 악업을 쌓은 자들은 개나 돼지나 천민 등 나쁜 탄생을 하게 된다.", "전생의 업이 다 소멸되지 않는 한, 그는 늪에 빠진 뱀처럼 움직인다. 그러나 해탈을 얻은 자는 육신을 입은 때라도 하늘에서 달이 어디에든 얽매이지 않고 다니는 것처럼 돌아다닌다."를[216] 보면, 불교의 재물·업 관념, 윤회와 해탈에 대한 생각은 힌두교, 자이나교와 비슷한 면이 많을 것으로 보인다. 앞으로 <우적가>에 관한 고찰은 불교뿐만 아니라 다른 종교로까지 확장하여 의미해석의 근거를 찾아나가야 할 것으로 보인다.

---

216) 이재숙 옮김, 『우파니샤드』(Ⅰ)·(Ⅱ)(한길사, 1996), p.56, pp.120~121, p.342, p.889.

〈처용가(處容歌)〉

춤과 노래로 역신(疫神)의 공격을 물리치다

1. 처용의 아내를 덮친 역신의 정체는?

<처용가(處容歌)>나 처용설화에 관한 연구는 다른 향가작품과 비교되지 않을 정도로 활발하여, 어학·문예학·연극학·민속신앙·역사학·심리학·불교 신앙적 관점 등 여러 분야에서 양적·질적으로도 풍성한 성과를 내었다.[1] 그간의 연구 성과에 대한 검토와 집적이 개별적 혹은 종합적[2]으로 이루어졌고, 게다가 <처용가>, <처용>, <처용훈>, <처용의 어둠>, <처용의 시대> 등 처용을 소재로 한 현대시[3] 여러 편이 확대 재생산되었

1) 金鍾革, 「處容의 정체」, 『韓國文學史의 爭點』(集文堂, 1986), pp.169~174에서 그동안의 논의를 관점에 따라 자세히 분석하였다.

2) 李佑成 外, 「韓國學 方法論의 檢討를 위한 제1회 學術 심포지엄 處容說話의 綜合的 考察」, 『大東文化硏究』 別輯 I (成均館大學校 大東文化硏究院, 1972); 金烈圭·申東旭·李相澤 編, 「處容說話의 綜合的 考察」, 國文學論文選1 『鄕歌硏究』(民衆書舘, 1977); 金東旭·黃浿江·金慶洙 編, 『處容硏究論叢』(蔚山文化院, 1989); 처용연구전집 간행 위원회 김경수 외, 『處容硏究全集』 II 문학1 / 『處容硏究全集』 II 문학2 / 『處容硏究全集』 III 민속 / 『處容硏究全集』 IV 종합(亦樂, 2005); 김경수 외, 『처용은 누구인가』(역락, 2005).

3) 박노준, 『향가 여요의 정서와 변용』(태학사, 2001), pp.269~282; 崔美汀, 「處容의 文學傳承的

으니 처용이나 <처용가>에 대한 관심이 지대함을 알 수 있다. 현재까지 <처용가> 관련 학위나 학술 논문을 합하면 1,000여 편이 넘고, 단행본이나 작품만 해도 1,000여 개에 가까우니 이젠 <처용가>를 주제로 하여 논의를 시도하는 것 자체가 힘겹고 버거운 일이다. 하지만 그동안 이루어진 논의의 폭이 넓고 시각과 관점 또한 다양하니 이제는 영역 간의 통섭을 시도하는 연구, 기존의 다양한 논점을 하나씩 모아가는 차원의 논의들이 새로이 필요한 시점이다.

신라 (향가) <처용가>와 <고려 처용가>는 처한 상황이 같음에도 불구하고 처용이 취하는 태도는 아주 판이하다. 신라 <처용가>는 포용적 자세를 취하지만 <고려 처용가>는 위협의 언사가 중심을 이룬다. 이는 단순히 문화적 변이로만 취급할 수는 없고 시적 태도의 차이에서 비롯한 결과로 볼 수밖에 없다. 시적 진술에서 <처용가>의 1~6구는 공통이지만 신라 <처용가> 7~8구 "본래 내 것이지마는 앗긴 것을 어떻게 하겠는가?"는 내면적 자세를 취함에 비해 <고려 처용가>는 이 구절만 삭제하고 "열병신(熱病神)이ᅀᅡ 회(膾)ㅅ 가시로다"라며 공격적이고 외향적인 자세를 취하고 있다.[4] 신라 <처용가> 마지막 구절 "아ᅀᅡ놀 엇디ᄒᆞ릿고"를 어떻게 읽느냐에 따라 작품의 가의(歌意)가 크게 달라지기 때문에 이 구절은 초기 학자들부터 매우 중요하게 여겨왔다.

이 글은 신라 <처용가>를 연구 대상으로 삼아 먼저 역신(疫神)에 대한 한의학적 고찰을 전제한 후 논의를 진행해갈 것이다. 그동안 역신을 외간 남자로 보는 시각은 여럿 있었으나 정작 역신이 처용의 처와 '절여지숙(竊與之宿)'한 일을 질병이나 의료민속의 관점에서 실체를 파헤치는 논의는 많지

本質」, 『冠岳語文硏究』 5(서울대학교 국어국문학과, 1980), pp.169~186에서 이들 현대시와 <처용가>를 연계한 자세한 논의가 이루어졌다.

4) 최재남, 「<처용가>의 성격」, 『한국고전시가작품론』 1(집문당, 1992), pp.82~83.

않았다. 이에 이 글에서는 먼저 '역신(疫神)'의 정의와 지칭 범위를 살핀 후에, 자신의 아내를 범하는 역신을 향해 처용이 취한 행동의 진의를 파악하려 한다. 그리고 신라 <처용가>의 의미를 분석함으로써 그동안 관용과 체념, 분노와 위협 등으로 서로 다르게 읽어왔던 『삼국유사』 '처용랑(處容郎) 망해사(望海寺)' 조의 성격을 재검토하고자 한다. 이는 <처용가>의 마지막 구절 "아ᅀᆞᆫ늘 엇디ᄒᆞ릿고"에 담긴 내포적 의미를 다시 파악하려는 노력의 일환이다.

2. 역신(疫神)의 정체부터 밝혀라

『삼국유사』 권2 「기이(紀異)」의 '처용랑 망해사' 조는 신라 헌강왕(憲康王, 875~886) 때의 일을 적고 있다. "처용의 처는 매우 아름다웠는데, 역신이 그녀를 흠모하여 딴 사람이 없는 밤을 틈타 그 집에 와서 그녀의 잠자리에 몰래 머물렀다(其妻甚美 疫神欽慕之 變無人夜至其家 竊與之宿)"라고 했기에 그동안 역신의 존재와 행위에 관해서는 그동안 "질병,[5] 부정적인 사회 현상,[6]

5) 疫神은 "痘神의 역병"(孫晋泰, 處容郎傳說考, 『신생』16, 1930; 최철 · 설성경, 『향가의 연구』, 정음사, 1984, p.48), "터알이라는 病鬼 疫神"(金映遂, 處容舞와 處容歌, 『佛教學報』2, 동국대학교 불교문화연구원, 1964, pp.134~135), "疾病을 주는 巫神"(玄容駿, 處容說話考, 『국어국문학』39 · 40合集, 국어국문학회, 1967, pp.9~10), "역신이 처용의 처를 흠모하고 동침한 것은 처용의 처가 疫病에 걸렸다고 볼 수밖에 없다"(徐大錫, 處容歌의 巫俗的 考察, 『韓國學論集』2, 계명대학교 한국학연구원, 1974, pp.276~277), "처용의 처가 역신과 간통한 것은 바로 熱病이고, 역신이 사람으로 변하여 간통하였다는 것은 發病의 具象的 表現"(李相斐, 處容說話의 綜合的 考察, 『國語國文學研究』1, 圓光大 國語國文學科, 1974, pp.61~62), "천연두(마마, 손님), 紅疫, 瘧疾 등의 熱病"(嚴元大, 處容에 關한 綜合的 考察, 『國語國文學研究』3, 圓光大 國語國文學科, 1976, p.104), "처가 역병에 걸린 현실적인 사실을 설화화"(金思燁, 『鄕歌의 文學的 研究』, 啓明大學校出版部, 1979, p.272), "相對役인 姦夫는 疫神 곧 병마를 일으키는 신"(金學成, 『韓國 古典詩歌의 研究』, 圓光大學校出版局, 1980), p.338, "역신은 질병을 옮기는 신으로서 熱病神, 痘神, 疫病神, 戶口別星, 瘟鬼라고도 하는데, 天然痘, 痘瘡, 瘟疾, 疫患, 天行痘, 疱瘡, 戶疫, 媽媽, 손님 등의 여러 가지 병명으로 불린다."(林基中, 『新羅歌謠와 記述物의 研究-呪力

간부(奸夫),[7] 패륜아,[8] 권력자(강자)"[9] 등으로 아주 다양한 해석을 해왔는데,[10] 최근까지도 "처용은 왕정을 보좌하는 세력이고, 역신은 중앙의 불순한 집권세력"[11]으로 이해했으니 논의는 여전히 현재진행형이기에 매듭을 짓지 못하고 있다.

역신의 실증적, 혹은 상징적 의미를 밝히려면 가장 먼저 역신의 문헌적 쓰임과 의미를 살펴야 마땅하다. '역신'은 흔히 '역귀(疫鬼)'와 같은 의미로 쓰인다.[12] 역신에 대해서는 "(고대 중국의) 황제 전욱(顓頊)에게 세 아들이 있었는데, 나자마자 죽어 귀신이 되었다. 그중 하나는 양쯔 강 물에 살아 온귀(瘟鬼)라고 불렸고, 그중 또 하나는 약수(若水)에 살면서 요괴도깨비[魍魎]가 되었으며, 그중 마지막 하나는 궁궐의 구석진 곳에 살면서 어린아이들을 잘 놀라게 하였다"고[13] 유래를 설명하고 있다. 전욱은 중국 상고의 제왕 5제(五帝) 가운데 하나이다. 세 아들이 나자마자 죽는 바람에 돌림병, 귀

觀念을 中心으로』, 半島出版社, 1981, p.271), "재난 중의 하나인 疫疾의 神格化"(朴鎭泰, 處容歌舞에 대한 演劇學的 硏究, 『국어국문학』88, 1982, pp.196~197).

6) "나라를 위태롭게 하는 재앙"(조동일, 가면극 연구 노트 8, 處容歌舞의 演劇史的 理解, 『연극평론』15, 한국연극평론가협회, 1976, p.14), "나라의 멸망을 催促한 환락의 상징"(金承璨, 處容歌, 『鄕歌文學論』, 새문사, 1986, p.406).

7) "처용의 처가 奸夫와 간통함을 목격하고 지은 노래로서, 疫神이라함은 奸夫의 詐裝"(申采浩, 朝鮮古來의 文字와 詩歌의 變遷, 『동아일보』 1924.1.1.).

8) "처용의 아내는 탕녀, 역신은 인간의 상징적 존재로서 패륜아"(朴魯埻, 『新羅歌謠의 硏究』, 悅話堂, 1982, pp.333~336),

9) "도시(중앙) 귀족 자제의 타락한 모습", "병든 도시의 상징", "처용의 不在를 틈타서 이 美女와 간통했다는 역신은 遊閑公子-타락된 화랑의 후예들이 아니었을까. 그것은 시골 녀석인 처용을 무시하는 그들의 傲慢한 행위이다. 그러나 부도적한 짓이며 음란한 풍속이다. 병든 도시 생리의 한 표현이다."(李佑成, 三國遺事所載 處容說話의 一 分析, 『金載元博士回甲紀念論叢』, 동간행위원회, 1969; 『韓國中世社會硏究』, 一潮閣, 1991, pp.186~196), "처용은 무당도 巫祖도 護國龍도 아니며, 설화 형성 당대의 실존 인물이되 强者(權力上層)에게 침해받는 민중(弱者)의 상징적 인물"(金學成(1980), 앞의 책, pp.372~373).

10) 김영수, 處容歌 硏究의 綜合的 檢討, 『處容硏究全集』Ⅳ 종합(역락, 2005), pp.90~95 참조.

11) 류해춘, 『한국시가의 맥락과 소통』(역락, 2019), pp.79~80.

12) "禮曰 顓頊氏有三子 生而亡去爲疫鬼."(王充, 『論衡』 訂鬼).

13) "疫神, 帝顓頊有三子 生而亡去爲鬼 其一者居江水 是爲瘟鬼 其一者居若水 是爲魍魎 其一者居人宮室 樞隅處 善驚小兒."(蔡邕 撰, 『獨斷』 卷上).

신, 도깨비가 되었다는 것이다. 이에 우리의 무가에서는 "손님네 삼 분이 우리 조선을 나오실나끄/어주(義州) 압록강 당도하니/배 한 척이 전이 없네"에서처럼[14] 손님의 원위(源委)로 늘 중국을 설정하고 있다. 그리고 『오주연문장전산고(五洲衍文長箋散稿)』에서도 포창(疱瘡)을 옮기는 신이 스스로를 역신의 무리로 칭하고 있다.[15] 포창을 달리 '마마'라고 부르는데. 수포가 생겨 물을 싼 것같이 된다 하여 붙여진 이름이다.

이에 역신은 전염병 가운데 두창(痘瘡, smallpox)·포창 등을 옮기는 귀신을 칭한다.[16] 역신은 전염성이 강하여 흔히 '큰 돌림, 대역(大疫), 천행두(天行痘)'라 칭했으며, 특히 신귀(神鬼)가 강하다고 알려져 있다.[17] 우리에게는 '천연두'라고 많이 알려져 있지만, 옛 문헌에는 '두창·완두창(豌豆瘡)·두질(痘疾)·두진(痘疹)·두역(痘疫)·두환(痘患)·두후(痘候)·천두(天痘)·천창(天瘡)' 등 다양한 명칭으로 쓰이고, 그 가운데 '두창'이 가장 대표적인 지칭이다.[18] 민간에서는 이를 두고 '손님, 마마(媽媽)'라 칭한다.

먼저 점이 생겼다가 부어오르고 관장(灌漿)되는 것이 마치 꽃봉오리가 피는 것 같고, 7일이 지나면 수엽(收靨), 탈가(脫痂)하는 것이 마치 꽃이 시드는 것처럼 보이기 때문에 '천화(天花)'라고도 하고, 창형(瘡形)이 콩과 같기 때문에 두창이라 했다는 어원을 가지고 있다.[19]

---

14) 金泰坤, 『韓國巫歌集』 1(集文堂, 1971), pp.345~349.

15) "予等疫神徒 司疱瘡之病 予等亦元依此病死成疫神 此歲國人 始憂疱瘡."(李圭景, 「痘疫有神辨證說」, 『五洲衍文長箋散稿』 卷57, 人事篇1, 人事類2).

16) 황병익, 「疫神의 정체와 신라 <처용가>의 의미 고찰」, 『정신문화연구』 123(한국학중앙연구원, 2011), pp.127~152.

17) 新太陽社 編輯局 百科事典部, 『原色最新醫療大百科事典』(新太陽社, 1991) : "其中 痘瘡癘疫 偏以神鬼稱 故怪而辨其大略"(李圭景, 「痘疫有神辨證說」, 『五洲衍文長箋散稿』 卷57, 人事篇1, 人事類2)(한국학중앙연구원, 한국고전종합DB 원문과 국역); 김동일 외, 『동의학사전』(과학백과사전종합출판사, 1988; 여강출판사, 1989).

18) 李英澤, 「우리나라 痘瘡에 대한 醫史學的 硏究-우리나라 史書 및 古典醫書를 중심으로」, 『中央醫學』 38 : 5(중앙의학, 1980), pp.277~278.

19) 동양의학대사전편찬위원회, 『東洋醫學大事典』 3(경희대학교 출판국, 1999), pp.146~147.

두창의 최초 발원지로는 인도가 가장 유력하다. 인도에서 실크로드를 따라 유럽으로 전파되고, 중국을 거쳐 우리나라에 들어오고 다시 일본으로 전파되었다 한다. 우리나라에는 4, 5세기경에 북으로는 연접된 대륙의 동북(東北) 지방을 거쳐, 서(西)로는 중국의 산동지방 및 서해 연안으로부터 황해를 건너 점차 전파되어 그 병독이 동남으로 만연하였다. 신라 성덕왕(聖德王) 36년(736)경에는 신라로부터 대마 일기(壹岐)를 거쳐 일본 대재부(大宰府) 서쪽인 축자(筑紫)에까지 유전하게 되었다고 한다.[20]

두창의 발생 시기에 관한 언급은 문헌마다 조금씩 다르다. 1608년 허준이 왕명을 받아 편찬한 『언해두창집요(諺解痘瘡集要)』에는 "의혹입문의 ᄀᆞᆯ오ᄃᆡ ᄀᆞ장 녜ᄂᆞᆫ 힝역 쁘리 업더니 쥬적 내죵과 진 처엄브터 인ᄂᆞ니라"[21](현대어 풀이 : 의학입문에 일렀으되 아주 옛날에는 마마가 없었는데 주나라 말엽과 진나라 초엽에 생겼다)라 하여 주(周)나라(기원전 1134–250) 말엽, 진(秦)나라(기원전 250–207) 초기를 잡고 있으니 이에 따르면 중국에서는 기원전 250년경에 이미 두창이 유행했음을 알 수 있다. "후한 때 장중경(張仲景)도 두진에 대한 언급을 안 하다가 위(魏)나라(220–265) 때부터 언급했고, 수(隋)나라(581–618) 소원방(巢元方)에게도 두진에 대한 병론(病論)은 있으나 처방은 없었다. 당 고종(高宗, 618–626) 때 진인 손사막(孫思邈)이 비로소 처방전을 내놓았으니 두진은 후세에 생겨난 병이다."[22] 이 당시의 처방전도 "정강(靖康) 2년(1127) 봄, 궁성 있

---

20) 전종휘, 「전날의 마마(痘瘡)와 그 예방」, 『醫史學』 2권 2호(大韓醫史學會, 1993), 122쪽. "두창은 인도를 발원지로 하여 서기 2, 3세기경에 중국으로 침입하였으리라는 것이 사가들의 일치되는 견해이다. 우리나라에는 서기 4, 5세기경에 북으로는 중국의 동북인 요동을 거쳐 서로는 산동지방 및 서해연안으로부터 황해를 건너 전파되어 5, 6세기경 신라 때는 그 병독(病毒)이 남으로 만연되어 성덕왕 36년(737)경에는 대마도를 거쳐 일본 축자(筑紫, 현 九州北部)에까지 전파되었다고 추정하고 있다."(金斗南, 「痘瘡장승考–朝鮮時代의 痘瘡對策과 장승」, 『한국민속학』 14, 한국민속학회, 1981, p.61).

21) "醫學入門曰 太古無痘疹 周末秦初 乃有之."(鄭鎬完, 『역주 諺解痘瘡集要』 卷上 痘瘡源委).

22) "後漢張仲景 亦不論之 自魏以來有之 而隋巢元方 雖有病論 無藥方 唐高宗時 孫眞人思邈 始出治方 則乃後出之病也."(李圭景, 痘疫有神辨證說, 『五洲衍文長箋散稿』 卷57, 人事篇1, 人事類2).

는 곳에 두창이 창궐하였는데, 어떤 이인(異人)이 있어 처방을 내렸기에 모름지기 두창이 생긴 자가 그 병을 다스리기 위해서는 그 처방을 본받지 않을 수 없었다. 검은 콩 2합(合)을 볶고 감초 2촌(寸)을 노릇하게 하여 물 두 잔을 붓고 졸여서 수시로 마시라"는 처방전과[23] 크게 다르지 않을 것이다.

(1) "고금의감에 ᄀᆞᆯ오ᄃᆡ 발열ᄒᆞ여 알ᄅᆞᆫ 천 날 돋ᄂᆞ니ᄂᆞᆫ ᄀᆞ장 듕ᄒᆞ고 알ᄒᆞᆫ 이튼날 돋ᄂᆞ니도 ᄯᅩᄒᆞᆫ 듕ᄒᆞ고 잠깐 열ᄒᆞ고 사ᄒᆞᆯ 후애 돋ᄂᆞ니ᄂᆞᆫ 경ᄒᆞ고 나ᄒᆞᆯ 다쇄만ᄋᆡ 모미 시거야 돋ᄂᆞ니ᄂᆞᆫ 더옥 경ᄒᆞ니라 도ᄃᆞᆫ 천 날로 이틀 사ᄒᆞᆯ애 니르러야 보야ᄒᆞ로 ᄀᆞ죽ᄒᆞᄂᆞ니 발애 도다야 다 돋ᄂᆞᆫ 작이라 대쇠 ᄀᆞᆮ디 아니ᄒᆞ고 블거 ᄌᆞ윤ᄒᆞ고 귿티 두렫ᄒᆞ고 빋나 멀거ᄒᆞ야 진쥬 ᄀᆞᄐᆞ니ᄂᆞᆫ 됴ᄒᆞ니라"[24]

(현대어 풀이 : 고금의감에 일렀으되, 열이 나고 앓는 첫날에 돋는 이는 가장 심하고, 앓는 이튿날 돋는 이도 또한 심하고 잠깐 열이 나고, 사흘 뒤에 돋는 이는 가볍다. 나흘 닷새 만에 몸이 식어야 돋는 이는 더욱 가볍다. 돋는 첫날로 이틀 사흘에 이르러야 바야흐로 가지런해진다. 발에 돋아야 다 돋는 것이라. 대소가 같지 아니하고 붉으며 축축하고 끝이 뚜렷하고 빛이 나면서 진주 같은 이는 좋다.)

(2) ᄯᅩ ᄀᆞᆯ오ᄃᆡ ᄂᆞ치 세낫치나 다ᄉᆞᆺ 나치나 혹 ᄒᆞᆫ 나치도 다 크고 검븕거 뎡두 ᄀᆞᄐᆞ면 일후믈 ᄀᆞᆯ오ᄃᆡ ᄂᆞᄂᆞᆫ 힝역이라 ᄒᆞᄂᆞ니 ᄀᆞ장 경히 ᄒᆞᄂᆞ니 혹 나만 돋고노야 돋디 아닌ᄂᆞ니라[25]

(현대어 풀이 : 또 일렀으되 얼굴에 세 낟이나 다섯 낟 혹은 한 낟만이 다

23) "靖康二年春 京師疫氣大作 有異人書一方於齋舍 凡因疫發腫者服之 無不效其方 黑豆二合 炒令香熱 甘草二寸炙黃 以水二盞 煎其半 時時呷之."(張杲 撰, 救疫神方, 『醫說』 卷3, 神方).

24) "古今醫鑑曰 發熱一日卽出痘者 太重 二日卽出痘者 亦重微微 發熱三日後乃出痘者 爲輕四五日身凉乃見痘者 尤輕 自出痘一日至二三日 方齊 痘出至足 爲出齊 大小不等 紅潤圓 頂光澤明淨如眞珠者 吉."(鄭鎬完, 앞의 책, 卷上 出痘三日).

25) "又曰 頭面上忽生三五箇 或只一箇 高大者 紫黑儼似疔痘者 名曰飛痘 此最輕 或只此一痘 再不出痘."(鄭鎬完, 위의 책, 卷上 出痘三日).

크고 검붉어 아픔이 심한 마마 같으면 이름을 일러 나는 마마라 한다. 가장 가벼운 것은 마마 하나만 돋고 다시 돋지 아니한다.)

두창이 오면 고열을 동반하고 얼굴을 중심으로 온몸에 검붉은 반점이 낟알처럼 돋는다. 병세가 경미하여 대수롭지 않게 지나가는 경우도 있지만, 심한 자는 며칠 안에 반드시 죽는다. 치료를 하여 낫게 된 후에도 흔적이 검붉게 남으며 몇 해가 지나도 방법이 없다. "지난해 두창이 매우 위험했었는데 여염에서는 한집안에서 잇달아 죽은 경우도 있다니 놀라고 참담함을 느꼈다. 이번 아이의 누이도 두창으로 잃었다. 불과 열흘 사이에 위급해져 다시 살아날 가망이 없었는데 다행히도 다시 살아난 것은 허준의 공이니 공을 갚을 수 없다"는 내용[26]을 보면 두창 때문에 생사를 오가는 모습을 많이 볼 수 있다.

현대의학에서도 두창의 위험성을 매우 높게 보고 있다. 두창은 특징적인 피부 발진이 나타나는 바이러스성 전신 감염증이다. 잠복기간은 7-19일(대개 10-14일)이며, 권태감, 40°C에 이르는 고열, 심한 요통, 두통 그리고 구토와 복통 같은 전구 증상이 갑자기 나타난다.[27] 얼굴이나 몸에 특유의 수포가 형성되는 것이 전형적 증상이고, 뼈마디가 쑤시는 고통, 무기력함을 겪게 된다. 수포성 발진 200개 정도는 약한 증상이고, 500개 이상의 수포가 안면을 뒤덮는 경우도 많다.[28] 전염성도 강하고 치사율도 높아 여러 사람의 참혹한 죽음을 불러올 수도 있는데, 치사율은 5-30%이니 유행과 병형(病型)에 따라 큰 차이가 있다. 융합형은 50%, 출혈형은 80%이나 소두창(Alastrim, Variola minor virus)은 1% 미만이다. 또 환자의 연령과도 상관성이 높

---

26) 『선조실록』 24년(1591) 1월 신축 첫 번째 기사.
27) 오명돈, 바이러스 질환 두창(천연두), 『감염학』(대한감염학회, 2007), pp.819~821.
28) Ronald D. Gerste 저, 강희진 옮김, 『질병이 바꾼 세계의 역사』(미래의 창, 2020), p.113.

아 유약아(幼弱兒)와 연로자(年老者)는 예후(豫後)가 불량하여 합병증의 유무 또한 영향을 미친다.[29] 이를 통해 볼 때 두창은 최근까지 치사율이 아주 높은 두려운 질병으로 인식되었음을 알 수 있다.

3. 처용 스토리와 신라 〈처용가〉에 담긴 마음?

"무릇 역질 따위에는 귀신이 있어서 여역(癘疫) · 두역(痘疫) · 진역(疹疫)의 모든 귀신이 무엇을 아는 듯이 전염시키고 있다. 아주 가깝게 통해 다니는 친척과 인당(姻黨)에는 번갈아가면서 반드시 전염되도록 한다"는 자료를[30] 보면 지난날 민간에서는 질병이 귀신(악귀)으로 인해 생긴다는 의식이 팽배했음을 알 수 있다.

> (1) 마마의 신은 깨끗한 것을 좋아하고 더러운 것을 싫어하며 조용한 것을 좋아하고 시끄러운 것을 꺼리며 때때로 훤히 빛을 드러내어 숙연하게 사람을 놀라게 하니, 마치 그 사이에 주재(主宰)하는 신이 있는 것 같아 세속에서 크게 받들고 경건하게 섬기는 것이 오래되었다. 그러니 어찌 내가 그것이 없다고 단정할 수 있겠는가?[…] 집에 어린 딸이 있는데 생후 여섯 달 만에 신의 은혜를 입고 보살핌을 받아 살아나게 되었으니 13일 만에 공이 이루어지고 과정이 다 끝났다.
>
> 이리하여 술과 밥으로 푸닥거리하여 전송하고, 이와 같은 글을 지었으니, 그 일은 세속을 따랐으나 그 뜻을 끌어다 예(禮)에 넣고 싶다. 신이 계신다면 오히려 밝게 들어주소서.[31]

---

29) 洪基元, 「痘瘡의 疫學 및 臨床」, 『대한의학협회지』 8권 3호(대한의학협회, 1965), p.201.

30) "凡疫類 皆有鬼如癘及痘疹之屬 淸染相傳 若有知覺行路偶値未必傳病 其坊近通問親戚姻黨遞染."(이익, 『星湖僿說』 권6, 萬物門).

31) "痘之有神 又其好潔而惡穢 喜靜而忌囂 往往發見光景 肅然動人 殆若有物宰乎其間 則世俗之顯

위의 글에서도 마마 신의 은혜와 보살핌으로 어린 딸이 살아났다 하였다. 없던 병이 생겨나고, 풍토와 기운이 변하는 것은 다 자연의 이치라 하고, "어리석은 백성은 귀신에게 이리저리 빌기를 잘 하는데, 이는 무식한 짓이라"고 지적하면서도 "자신을 삼가서 귀신을 피하는 것만이 필요할 것이다"라고 한 것을 보면[32], 우리 조상들이 귀신의 존재와 그 위력을 인정하고 있음을 알 수 있다.

(2) 『화한삼재도회(和漢三才圖會)』에 추고천황(推古天皇) 34년(626)에 일본에 흉년이 들자 삼한(三韓)에서 미속(米粟) 170소(艘)를 구해 싣고 오다가 낭화(浪華)에 정박할 때였다. 그때 배 안에 포창(疱瘡)을 앓는 세 소년이 있었는데, 한 소년은 노부(老夫)가, 또 한 소년은 부녀(婦女)가, 또 한 소년은 승도(僧徒)가 붙어 있었다. 그들이 누구인지 몰라서 사람들이 그 이름을 묻자 붙어 있던 역신이 "우리는 역신의 무리로 포창의 병을 맡았는데, 본디 우리도 이 병을 앓다가 죽어서 역신이 되었다. 이 나라 사람들은 금년부터 이 병에 걸릴 것이다"라고 하였다.[33]

이 글에서는 두창을 옮기는 역신의 무리가 마치 눈앞에 뻔히 보이는 것처럼 묘사했다. 세 소년에게 각각 노부(老夫)·부녀(婦女)·승도(僧徒)가 붙었다 했고, 자신들이 누구인지 왜 역신이 되었는지도 친절히 설명하고 있다.

薦虔奉 久矣 余又安知其必無也 [⋯] 家有小女兒 生纔六月 蒙神之惠 旣撫而壽之矣 旬有三日功成行滿 爰有酒食 以賽以餞 而爲之言如右 其事則因乎俗 其義則欲引而進之於禮也 神而在者尙明聽之."(『麗韓十家文鈔』 卷9, 送痘神文).

32) "近世 又有疹疫 其盛行不滿百年矣 風氣之變 自然之理也 何足怪乎 凡疫類 皆有鬼如癘及 痘疹之屬 淸染相傳 若有知覺行路偶値未必傳病 其坊近通問親戚姻黨遞染 如神鬼之情狀 大抵與人相近也 以此愚珉多行祈禱 此甚無謂 而要在謹以避之耳."(李瀷, 『星湖僿說』 卷6, 萬物門).

33) "惟和漢三才圖會曰 推古天皇三十四年 日本穀不實 故三韓調進米粟百七十艘 船止於浪華 船中有三少年憂疱瘡者 一人則老夫添 一人則婦女添 一人則僧添居 不知孰人 國人問其名 添居者答曰予等疫神徒 司疱瘡之病 予等亦元依此病死成疫神 此歲國人 始憂疱瘡."(李圭景, 「痘疫有神辨證說」, 『五洲衍文長箋散稿』 卷57, 人事篇1, 人事類2).

(3) 옛날 젊은 과수(寡守)가 살았었다. 그런데 웬일인지 날마다 살이 빠져갔다. 이것을 보고 동네 할머니가 "늬 무슨 일이 이시냐?" 하고 그 이유를 물으니 젊은 과수 하는 말이, "날마다 밤만 되면 털벙거지 쓴 사람이 와서 자고 갑니다."라고 했다. 이 말을 들은 할머니는 "그거 생불 도채비 같구나" 라고 생각하여 이것을 물리칠 계략을 짰다.[34]

위의 글도 병을 옮기는 귀신이 젊은 과수에게 들러붙어 시름시름 앓게 한다고 표현했는데, 과수의 눈에는 도깨비가 털벙거지를 쓴 사람으로 보였다 하였다. 무속신화 <영감본풀이>에도 "옛날 어떤 과부가 사는데, 전과 달리 얼굴이 파리하게 말라 드러눕게 되었다. 이상히 여긴 이웃 사람이 그 이유를 물었더니, 그 과부가 말하기를, 근간 이상한 남자가 같이 살자고 졸라 밤마다 와서 잠자리를 같이하고 간다고 하였다. 다음날 밤에 숨어 살펴보았더니 도깨비신이 와서 교구(交媾)하고 밝을 녘에 떠나는 것이었다"(濟州市 老衡洞 女 高氏 談)는[35] 이야기가 있어 질병이 찾아드는 상황을 도깨비와 여인의 교구(交媾)로 표현했음을 볼 수 있다.

(4) 김생이 "자네는 이미 죽지 않았나? 그런데 어떻게 다시 인간 세상에서 다닌단 말인가"라고 물었더니, 친구는 이렇게 대답했다.

"난 죽은 뒤에 마마귀신이 되었다네. 인간 세상에 마마를 퍼뜨리고 있지. 지금 막 경기 지역을 돌고 이제 영남으로 가는 길일세. 그래서 지금 이 새재를 넘는 것이고 여기 데리고 가는 아이들은 모두 마마에 걸려 죽은 경기 지방 아이들이야."[36]

---

34) 玄容駿, 『學術調査報告書』 8집-涯月邑 郭支里 · 光令里(제주대학교 국어국문 국어교육과, 1984), p.128.

35) 玄容駿, 『巫俗神話와 文獻神話』(집문당, 1992), p.400.

36) "生問 君已死矣 何以復行於人世耶 其友答曰 吾於死後 爲痘神 行痘於世間 纔行於畿甸 將復行於嶺南 故今玆踰嶺 而所領小兒 皆畿甸痘化者也"(任埅 저, 정환국 역, 『天倪錄』, 성균관대학교 출판부, 2005, pp.226~228, pp.453~454).

여기서도 마마귀신을 눈앞에 보이는 듯이 기술한다. "술과 찬을 신위 앞에 놓고 제를 올려 제문을 읽고 난 다음 불사르자, 얼마 후 죽어가던 아이가 갑자기 벌떡 일어났다.", "마을에서 죽어가던 아이들이 하룻밤 사이에 모두 의식을 회복하였다. 집주인이 김생이 일으킨 기적을 이웃 마을에 알렸더니 여기저기 단숨에 전해졌다. 그러자 사람들이 서로 앞 다퉈 김생을 찾아와 절을 올리며 신통한 사람으로 떠받들었다."고[37] 했다. 김생을 신인(神人), 즉 신통(神通)·신령(神靈)한 사람으로 인정한 것과 처용이 이 신통력 때문에 문신(門神)의 권위를 부여받은 일은 일맥상통한다. 이와 같은 신이담이 노리는 진정한 효과란 다름 아닌 역병의 가시화(可視化)와 인간화(人間化)이다. 역병은 눈에 보이지 않을뿐더러 대상을 가리지도 않는다는 점에서 실제보다 더 큰 공포와 불안을 불러일으킨다. 역병에 대한 신이담을 통해 역병을 가시화하고 인간화함으로써 그것이 불러일으켰던 막연한 불안과 공포를 진정시키려 했던 것이다.[38] 미리 겪은 사람들의 경험을 바탕으로, 마마귀신이란 예측불가능하고 냉혹한 존재가 아니라 도덕적이고 온정적인 존재라는 것을 강조함으로써 그것에 대한 공포를 완화시키고,[39] 귀신을 구체화하고 가시화함으로써 미리 준비하고 적절히 대응·대비할 것을 바란 때문이라 생각한다.

이상을 통해 볼 때, <처용가>에서 역신이 처용 처의 잠자리에 든 일을 실제 남녀의 범간(犯姦)으로 보기는 어렵다. 또 "두창이 처음 발열할 무렵에 그 부모나 유모의 꿈속에 색다른 사람을 보되, 늙은 여인이 보이면 길하고 젊은 여인이 보이면 흉하고, 승도(僧徒)나 선비가 보이면 중간이 되는데, 그

37) "卽以酒饌 祭于神位 讀其文而焚之 須臾 垂死之兒 頓然回蘇矣", "其一村將死者 一夜之間 莫不回甦 主人以生之事 言于其隣 一時相告 競來拜謝 以爲神人"(任埅 저, 정환국 역, 『天倪錄』, 성균관대학교출판부, 2005, pp.226~228, pp.453~454).

38) 강상순, 『귀신과 괴물-조선 유교사회의 그림자』(소명출판, 2017), pp.281~282.

39) 강상순, 위의 책, pp.278~279 참조.

들이 다 역신이다"[40]라고 하여 역신이 늙은 여인, 젊은 여인, 승도 등 여러 모습으로 현현(顯現)한다 하였으니 처용의 처에게 깃든 역신을 정황으로만 파악하여 남녀 간의 범간이라 결론짓기는 어렵기 때문이다. 결론적으로, "역신이 그녀를 흠모하여 그녀의 잠자리에 몰래 머물렀다"라고 한 것은 역신, 즉 '급성발진성 피부질환 두창을 옮기는 악신(惡神)'이 처용의 처에게 두창을 옮기는 상황을 매우 현실감 강한 실제인 것처럼 묘사한 것이라고 보는 것이 합리적이다.

처용이 두창을 옮기는 귀신을 볼 수 있는 능력을 가진 것은 경덕왕이 오악삼산의 신들과 교유하거나 비형랑(鼻荊郞)이 귀신과 대화하고 왕명으로 귀신 길달(吉達)을 데려다 집사 벼슬을 내인 일,[41] 또는 "헌강왕(憲康王)이 포석정으로 행차하니 남산의 신이 어전에서 춤을 추었는데, 옆에 있는 신하들에게 보이지 않고 왕에게만 보였다. 그래서 왕이 몸소 춤을 추어 형상을 보였다"[42]에서 왕의 눈에만 남산 신이 보인 것과 같은 맥락의 신통력이다. 이 신통력을 바탕으로, "아내에게 빙의(憑依)한 역신을 볼 수 있는 처용은 무적 권능의 소유자로서, 이 권능이 나중에 문신(門神)으로 승격될 수 있는 자격을 갖추는 기반"[43]이라 이해하기도 하는데, 고대와 중세에 귀신을 보는 능력을 담은 기록이 많으므로 처용의 정체는 이들은 충분히 검토한 후에 결론 내려야 할 것으로 보인다.

---

40) "痘病 初發熱時 有父母或乳母夢見異人 而見翁媼爲吉 壯女爲凶 僧及士爲中 蓋此疫神也."(李圭景, 앞의 책).

41) "王御國二十四年 五岳三山神等 時或現侍於殿庭"(『三國遺事』卷2, 紀異 第2, 景德王 忠談師 表訓大德), "王召鼻荊曰 汝領鬼遊 信乎 郎曰 然 王曰 然則汝使鬼衆 成橋於神元寺北渠, 荊奉勅 使其徒鍊石 成大橋於一夜 故名鬼橋 王又問 鬼衆之中 有出現人間 輔朝政者乎 曰 有吉達者 可輔國政 王曰 與來 翌日荊與俱見 賜爵執事 果忠直無雙"(『三國遺事』卷1, 紀異 第1, 桃花女 鼻荊郎).

42) "又幸鮑石亭 南山神現舞於御前 左右不見 王獨見之 有人現舞於前 王自作舞 以像示之."(『三國遺事』 卷2, 「紀異」, 處容郎 望海寺).

43) 최용수, 처용가와 처용의 정체, 『배달말』 19(배달말학회, 1994); 『고전시가 깊이 읽기』(문예원, 2015), pp.121~123.

<처용가>와 관련 설화에서 또 논란이 되는 대목은 역신이 처용의 처를 '절여지숙(竊與之宿)'한 데 대하여 처용이 '창가작무이퇴(唱歌作舞而退)'한 일이다. 노래의 다른 구절에 대해서는 별다른 이견이 없지만, 7・8구의 '본ᄃᆡ 내해다마ᄅᆞᆫ / 앗아ᄂᆞᆯ 엇디ᄒᆞ릿고(本矣吾下是如馬於隱 奪叱良乙何如爲理古)'에 대해서는 의견이 분분하고 그 간극 또한 넓다.

먼저 이를 체념,[44] 패배, 인욕(忍辱), 관용 등으로 읽는 견해가 통설을 이루었다. "인간 존재의 근원적 허무에 향해져 있는 것, 내 것이라는 '집(執)'을 버린 상태, 즉 본디 내 것이라도 앗아가면 앗길 수 있다는 무애자재(無碍自在)의 깨달음의 경지, 달리 집착(執着)함을 볼 수 없는 상태"라[45] 한 것도 주제 맥락은 흡사하다. "'엇디ᄒᆞ릿고'는 무나(無奈)-체념, 무방(無妨)-달관의 뜻으로 경정(逕庭)이 있다", "체념적이면서도 함축이 있는 유구한 정서"[46], "신과 신 사이에서 벌어진 상황으로, 역신을 관대히 용서함으로써 범한 자를 감복케 했다"[47], "체념적 언사는 결코 체념이 아니며 힘 있는 자의 관용이고, 그 관용은 역신을 영구히 제압하게 되는 것이다"[48]라는 주장이 대표적이다. 처용 서사를 "이판서 딸의 남편(A)이 자신의 아내(B)가 전에 사귀던 김판서 아들(C)과 정을 통하고 있는 장면을 확인하고도 불문에 부친 채 물러나온다"는[49] 설화 <신랑의 아량>과 견주며,[50] 처용을 <도량 넓은 남

---

44) "체념적이면서도 함축이 있는 悠遠한 정서"(梁柱東, 訂補版 『古歌硏究』, 博文書舘, 1960, p.431).

45) 黃浿江, 鄕歌硏究試論 Ⅰ-處容歌 硏究의 史的 反省과 一試考, 『古典文學硏究』2(韓國古典文學硏究會, 1974), p.142.

46) 梁柱東, 訂補版 『古歌硏究』(博文書舘, 1960), p.431; 梁柱東, 「古歌箋 箚疑」, 『國學硏究論攷』(乙酉文化社, 1962), p.101.

47) 이완형, 處容郎 望海寺'조의 서사적 이해와 처용가의 기능, 『處容硏究全集』 Ⅱ 문학2(역락, 2005), p.649.

48) 윤영옥, 처용가, 『處容硏究全集』 Ⅳ 종합(역락, 2005), p.276.

49) 조상묵(남, 79), 온양읍 설화 19, 신랑의 아량, 『韓國口碑文學大系』 4-3 충남 아산군(한국정신문화연구원, 1982), pp.57~65.

50) 정운채, <처용가>와 <도량 넓은 남편>의 관련 양상 및 그 문학치료적 의의, 『고전문학과

편>으로 이해하는 주장도 이와 같은 맥락이다.

한편 이 부분을 "본시 내해인 데야/뺏다니 무슨 말고"로 읽고, 단념이 아니라 항거이고, 역신을 책망하고, 구축(驅逐)을 위해 위협하는 뜻이라[51] 보기도 한다.

> (5) <처용가>의 해독에서 가장 문제되는 것은 마지막 1행이다. 종래의 해독은 이 마지막 1행이 처용의 체념적 태도를 표시했다고 설명해왔다. 그러나 원시종교에 대한 약간의 조예를 가지고 있는 이라면 악역신(惡疫神)을 쫓는 처용에 대하여 '체념' 운운이 얼마나 당치 않은 것인가를 의당 의심해 봄 직하다. 『삼국유사』의 '가무이퇴(歌舞而退)'는 처용이 물러났다는 과거의 해석과는 반대로 "처용이 가무하여 물리쳤다"고 해석하는 것이 옳을 것이다. 이에 이 부분을 '아ᄉᆞ롤 엇더ᄒᆞ릿고'로 읽어 "빼앗음을 어찌 하릿고", 즉 "어찌 (감히) 빼앗음을 하릿고"로 해석된다.[52]

이 책의 개정판에서는 이와 같은 설명이 빠졌지만, 이후에도 여러 논자가 비슷한 견해를 제시하였다. 기존의 해석이 역신의 굴복과 자연스럽게 연결되지 않는다고 지적하면서, "유화(宥和)나 관대(寬待) 또는 초탈의 경지 등으로 본다면 다음에 역신의 굴복과 연결이 되지 않는다. 이에 7·8구는 사리(事理)로써 역신을 타이름과 동시에 준엄한 문책"으로 보기도 한다.[53] 그리고 '퇴(退)'를 처용이 스스로 물러났다는 자동사로 파악하지 않고 "역신을 물리쳤다"로 해석하기도 한다.[54] "불시의 침입자인 역신에 대한, 분노에 찬 폭로와 풍자"[55], "결국 네 것도 될 수 없고 죽을 뿐인데, 죄를 인정하고

교육』 12(한국고전문학교육학회, 2006), pp.217~218.
51) 정렬모, 『향가연구』(사회과학원출판사, 1965), p.180.
52) 李基文, 『國語史概說』(民衆書舘, 1961), pp.65~66.
53) 徐大錫, 「處容歌의 巫俗的 考察」, 『韓國學論集』 2(啓明大學校 韓國學硏究所, 1975), p.59, p.65.
54) 최용수, <처용가>에 대하여, 『處容硏究全集』 II 문학1(역락, 2005), p.206.

물러나라. 역신에게 의문의 형식으로 보내는 위협"56), "위압적인 호령을 할 수 있는 처용이 '내 아내를 도로 내놓고 썩 물러가거라. 만일 그렇지 않으면 잡아 죽이겠다'라고 한 위협적인 언사"로57) 보는 주장도 제시되었다.

이 외에도 "일관(日官)이 신의 역할을 맡고, 처용은 '처를 빼앗겼으니 어떡하면 좋겠느냐!'며 되찾아 올 방법을 묻는 축원"58), "은밀하고 폐쇄적인 밀실의 창을 열고 광장의 환한 달 아래서 펼치는 축제이자 향연"이라 하여 유쾌한 웃음과 긍정의 원리59), "당위성과 힘을 가진 처용이 범간자(犯姦者)에게 보이는 연민과 측은한 마음"60)으로 보는 시각도 있다.

함경도 재가승(在家僧)이나 제주도의 풍속을 들어 "이객(異客)에게 자기 처를 제공하는 습속의 구체적인 표현"61)으로 이해하기도 한다. 여기에 불교적인 '해탈과 보시(布施)'로 보는 시각도 여럿 제시된 바 있다. "불교에서 말하는 6바라밀 중의 하나인 보시의 행을 주상(住相) 없이 실천한 것이다. 빼앗긴 자기의 처를 체념하는 듯, 사랑하는 자기의 처까지도 걸림 없이 역신에게 시여(施與)함으로써 그를 완전 감복시킨다."62) "'내 것'이라는 '집(執)'을 버린 상태, 집착함을 볼 수 없는 상태이다. 가무자퇴(歌舞自退)로써 사심(捨心)

---

55) 최철, 『향가의 문학적 해석』(연세대학교 출판부, 1990), pp.217~220.
56) 박인희, 處容의 實體와 <處容歌>, 『處容硏究全集』 Ⅳ 종합(역락, 2005), p.786.
57) 박진태, 處容歌의 背景과 意味, 『處容硏究全集』 Ⅳ 종합(역락, 2005), pp.248~249.
58) 민긍기, 처용가의 생성적 의미에 관한 일고찰, 『고전문학연구』 8(한국고전문학회, 1993), p.107; "<처용가>에 담긴 축원은 역신에게 처를 빼앗긴 처용이 어떻게 하면 역신을 물리치고 자신의 처를 되찾아 올 수 있겠는가를 묻는 말이 될 것이다. 축원에 대한 응답이 공수라고 할 때 역신을 물리치는 방법을 응답으로 받아낸 축원이라면 당연히 그와 같은 방법을 물었다고 보아야 할 것이기 때문이다."(閔肯基, 『원시가요와 몇 가지 향가의 생성적 의미에 관한 연구』, 누리, 2019, p.234).
59) 이승남, <처용가>의 시적 정서와 서사물의 구조, 『處容硏究全集』 Ⅱ 문학2(역락, 2005), pp.658~659, p.662.
60) 楊熙喆, 『삼국유사 향가연구』(태학사, 1997), pp.183~184.
61) 金東旭, 處容歌 硏究, 『韓國歌謠의 硏究』(乙酉文化社, 1961), p.131.
62) 金鍾雨, 『鄕歌文學硏究』(二友出版社, 1983), pp.157~158; 안태욱, 處容說話의 佛敎的 硏究, 『處容硏究全集』 Ⅱ 문학1(역락, 2005), p.421.

을 성취하려 했다"[63], "처용은 용자(龍子)이기에 세속적 소유욕을 극복하고, 아내를 역신에게 내어줄 수 있는 금도(襟度)의 자세를 가졌다. 앞에서의 대결을 포기하고 환락에 병든 아내와 역신을 탐락(耽樂)에 자심(滋甚)하도록 방치해둠으로써 자각에 의한 새로운 출발, 발전적 변신을 이끌려고 하였다"[64]는 관점도 있다.

<처용가>의 7・8연을 분노나 질책으로 보면, "공이 노함을 보이지 않으시니 느껴 아름답게 여겨(公不見怒 感而美之)"와 "네가 어찌 감히 빼앗을 수 있겠느냐"는 문맥상 서로 모순되는 것이 사실이다.[65] 탐락이 자심하도록 방치한 후, 자각할 때까지 기다렸다는 시선은 상황 전환의 계기나 시점을 설명해내기 어렵다. 집착을 벗고 초월한 데서 나온 관용이라고 보는 관점이 가장 적절하지만 이 이론은 이론적인 해석을 넘어 '처용랑 망해사'의 서사 문맥 속에서 구체적인 판단 근거를 마련하기가 어렵다.

무가(巫歌) "가매문을 비시고 각시손님을 보더니마는/각시손님네요/가매안에 있는 각시손님을/내 자는 방안에다가 하리밤만 수청(守廳)들며넌/승겨없이 건네주오리다./이렇게 말을 하니/호반손님 시준손님 홰통에 본(憤)을 내야/사공사람으로 거짓 성명 물아넣고/사공을 목을 쳐서 의주 압록강 던져버리고"[66]에는 뱃사공이 중국에서 건너오는 질병인 '각시손님(두창)'에게 하룻밤 수청을 들어주면 배를 내어주겠다고 했다가 결국 두창신의 분노를 사서 죽임을 당한다는 이야기이다.

처용 또한 역신이 자신의 처를 '절여지숙(竊與之宿)'한 데 대해서도 분노하고 공격하는 것이 인지상정이다. 처용은 '창가작무이퇴(唱歌作舞而退)'했으

63) 황패강, 『향가문학의 이론과 해석』(일지사, 2001), p.576.
64) 김승찬, 『신라향가론』(부산대학교 출판부, 1999), p.306; 김승찬, 處容說話와 그 歌謠의 研究, 『處容研究全集』 II 문학1(역락, 2005), p.179.
65) 楊熙喆, 『삼국유사 향가연구』(태학사, 1997), p.179.
66) 金泰坤, 앞의 책, pp.345~349.

니 특별한 대응방식인 것은 분명하다. 이런 면에서, "처용의 정체성은 화합과 관용이 아니라 예지(叡智)와 권능(權能), 역신과 간통한 것이 아니라 역신에 의해 병이 든 아내를 예지하고, 권능으로써 병을 구축(驅逐)한 것"으로[67] 읽는 관점은 <처용가>의 성격 이해를 위해 앞으로도 꾸준히 심화・확대해 나가야할 방향 전환이다.

<처용가>의 역신이 두창으로 대표되는 질병이라는 주장들이 늘고 있다. 두창은 문헌적으로나 임상, 경험 등으로나 이미 알려진 질병이지만, 처용의 행위에 담긴 의미를 파악하기 위해서는 먼저 두창에 대한 질병 인식과 치료행위에 관한 의료민속을 살핀 후에 <처용가>의 성격을 논해야 한다.

(6) 속칭 두신(痘神)을 마마라 하며, 마마는 존칭으로서 낭낭(娘娘)과 같다. 세속에서는 두신이 강남에서 왔다 하여 '손님'별이라 하기도 한다. 어린아이가 천두(天痘)를 앓으면 종이 깃대를 만들고 거기다가 '강남호구별성사령기(江南戶口別星司令旗)'라는 글을 써서 문 앞에 꽂아 천연두를 앓는 집이라는 것을 표시한다. 십여 일이 지나서 옴(疥)이 떨어지면 여무(女巫)를 불러 두신을 보내는 배송 굿을 한다. 짚으로 만든 말과 마부를 만들고 무녀는 마부타령을 부른다. 이때 관중들은 돈을 내서 무녀에게 준다.[68]

(7) 조선 사람들은 이 병을 '마마'라 부르는 귀신이 애들에게 들어가 증상을 일으킨다고 믿고 있었다. 따라서 아무런 치료를 하지 않고, 병을 일으키는 귀신에게 제사 등의 의식을 치렀다. 귀신을 위로하고 아이를 죽지 않게 하기 위해 음식, 꽃 및 돈을 바치기도 했다. 며칠 후 귀신이 이런 의식에 만족해하여 빠져나가면 아이는 살게 되지만 그렇지 않으면 죽게 된

67) 강석근, 삼국유사 處容郎望海寺 조 깊이 읽기-울산광역시 처용문화제의 정체성과 관련하여, 『공연문화연구』 32(한국공연문화학회, 2016), pp.481~482.

68) "俗稱痘神曰媽媽 媽媽者尊稱 卽如娘娘也 俗傳痘神自江南來 故亦稱 손님(SonNim)譯義星使 兒染天痘則以紙作旗 旗面書曰江南戶口別星司令旗 而揷識痘家 患痘十餘日始落疥 於是用女巫送痘神 名曰拜送 備蒭馬有馬夫牽之 巫唱馬夫打令 歌曲名目打令 觀聽者擲錢以賞女巫."(이능화, 『조선무속고』, 동문선, 1991, p.181).

다고 믿었다. 그런데 이 귀신의 집은 조선이 아니라 중국인데 다른 종류의 음식을 먹고 싶어 할 때 조선에 찾아온다고 믿었다.[69)]

이 자료를 보면, 우리나라에서는 근대에 이르기까지, 두창을 서신(西神)이라 칭하며,[70)] 매우 정중하게 대접했다. "욕하지 말고 세탁하지 말고 조수(鳥獸)를 죽이지 말고 자택은 물론 이웃집에서도 바늘을 사용하지 않아야 천연두의 큰 흔적을 남기지 않는다"[71)]고 믿었다. 무당이 두창 귀신을 보낼 때는 '별성(別星)'이라 하여 마치 임금을 받들 듯이 했다.[72)] 두창 신을 성신(聖神),[73)] 혹은 차원이 다른 천신(天神)[74)]이라 한 것도 이 때문이다.

『향약구급방』에서 제시한 두창에 대한 실제 처방은 "어린이에게 완두창(豌豆瘡)이 막 나오려고 하거나 이미 나와서 함복(陷伏, 독기가 몸 안을 공격하여 피부가 검게 함몰된 상태)되는 경우에는 모두 재빨리 치료해야 한다. 그렇지 않으면 독기가 장부(臟腑)에 침투하여 치료할 수가 없다. 섣달에 돼지피를 병에 담갔다가 통풍되는 곳에 걸어서 말린다. 이 약의 절반을 대추만하게 덜어낸 다음에, 녹두를 첨가하여 가루를 낸다. 그리고 나머지 절반의 대추만한 분량과 한데 간 후에 따뜻한 술에 타서 복용하면 즉시 좋아진다." 했다.[75)] 두창이 워낙 긴급하고 절박한 질병이라는 점을 감안하면, 이와 같은

69) 朴瀅雨, 『濟衆院』(몸과 마음, 2002), p.238.

70) "我東則痘神 曰胡鬼媽媽 又稱客至 嶺南稱西神."(李圭景, 痘疫有神辨證說, 『五洲衍文長箋散稿』 卷57, 人事篇1, 人事類2).

71) 村山智順 저, 김희경 역, 『조선의 귀신』(동문선, 1990), p.186.

72) "茶山筆談云 御路之 脊鋪以黃土 未詳所始 或云象太陽黃道 不知然否 奉使臣入郡縣 另以黃土一畚瀉丁兩旁 小目五里亭抵館舍而已 巫送痘鬼亦用此法 以其名別星也."(丁若鏞, 『牧民心書』 卷12, 6條 工典, 5條 道路).

73) "謹告于痘神榻下 惟我靈旆 称云聖神 未過望余 聖神來臨 廊兒先司 內外仰思 稚女有祗 予爲俱知."(三木榮, 『朝鮮醫學史及疾病史』 中 『朝鮮疾病史』, 富士精版印刷株式會社, 1963, p.41).

74) 村山智順 저, 金禧慶 역, 『朝鮮의 鬼神』(東文選, 1990), p.302.

75) "小兒豌豆瘡欲發 及已發而陷伏者 皆宜速療 不尒 毒入藏 不可理 以猪血臘月取瓶盛 掛風中令乹 右取半棗大 加碌豆粉 又半棗大同研 溫酒調下 卽差"(『鄕藥救急方』; 이경록 옮김, 국역 『향약구급방』, 역사공간, 2018, pp.235~236). 삼국시대의 의서로 『高麗老師方』·『百濟新集方』·

전통적인 처방전을 당연히 따랐을 것으로 보이지만, 의료민속적인 측면에서 살펴보면, 두창(손님, 마마)에 대한 금기는 매우 많다.

(8) 득효방의 ᄀᆞᆯ오ᄃᆡ 힝역할 제 여러 가짓 더러운 내며 봇닷근 기름ᄂᆡ며 아비엄이 방ᄉᆞᄒᆞ기며 머리 ᄀᆞ마 빗ᄂᆞᆫ 일ᄃᆞᆯ홀 ᄀᆞ장 긔휘ᄒᆞ라 붇디 몯 ᄒᆞ여셔 쵹범ᄒᆞ면 독긔 심장의 드러 답답ᄒᆞ여 죽고 부른 후에 쵹범ᄒᆞ면 헌ᄃᆡ 알키를 버히ᄂᆞᆫ ᄃᆞᆺ 하야 검고 ᄌᆞᆫ므르ᄂᆞ니 ᄀᆞ장 경계호미 맛당ᄒᆞ니라.[76]

(9) 초우셰 ᄀᆞᆯ오ᄃᆡ 힝역ᄒᆞᆯ 제 겨ᄃᆞ랑의 암내 나ᄂᆞ니며 방 안해 남진겨집 음욕앤 내며 겨집의 월슈(후) 내며 술 취ᄒᆞᆫ 내며 마ᄂᆞᆯ 파 머근 더러운 내며 셕유황 모긔 업시 ᄒᆞᄂᆞᆫ 잡약 내며 ᄒᆞᆫᄀᆞᆯ ᄀᆞᄐᆞᆫ 비린내 누른내 머리 터럭 ᄉᆞᆫ 내ᄃᆞᆯ홀 갓가이 마티디 말라.[77]

(8)을 보면, 두창에 걸리면 여러 가지 더러운 냄새, 볶고 달이는 기름 냄새, 방사(房事)도 피하고, 머리에 빗질하기 등도 삼갔다. 아직 붓지 않았는데 나쁜 기운을 마주하면 독기가 심장에 들어가 답답하여 죽는다고 여겼고, 불어 나온 뒤에 촉범하면 헌 데 앓기를 칼로 살을 베는 듯하고 검고 짓무르는 것을 경계하였다. (9)에서는 겨드랑이 암내, 부인의 달거리 내, 술 취한 냄새, 마늘과 파를 먹은 냄새, 석유황으로 모기 없이 하는 약 냄새, 한결같은 비린내, 누린내며 머리 터럭 사르는 내 등을 삼갔다. 이는 두창이 사람의 기 기운데 향내를 맡으며 퍼져 다닌다고 여겼기 때문이다.

"(이 병에 걸리면) 집안사람은 노소 할 것 없이 성심을 다하여 몸을 깨끗

『新羅法師方』 등이 있었다는 기록이 있지만, 전하지 않는다. 두창에 대한 기록을 전하는 『향약구급방』은 고려 고종(1232~1251)에 출간했다고 하는데, 이 또한 현재는 전하지 않고, 조선 태종 17년(1417)에 간행된 중간본(일본 도쿄, 궁내청 서릉부 소장)이 유일하게 전한다. (이경록, 위의 책, p.13).

76) "得效方曰 痘瘡 切忌諸般臭穢煎炒油煙 父母行房 梳頭等 觸犯未發而觸 則毒氣入心悶亂而死 已發而觸 則瘡痛如割 以至黑爛切宜深戒."(鄭鎬完, 앞의 책, 卷下 禁忌).

77) "初虞世曰 痘瘡 勿親近狐臭漏液 房中淫慾 及婦人月候 醉酒葷穢硫黃蚊藥 一切腥臊燒頭髮等氣."(鄭鎬完, 앞의 책, 卷下 禁忌).

이 하고 가까운 마을의 친척이나 관계없는 사람들까지 앓는 아이의 방에 출입하지 못하게 한다. 작은 상에 정화수를 떠놓는데, 이를 객주상(客主床)이라 부른다. 혹 할 일이 있으면 항상 상 앞에서 두 손을 모아 간절히 소원을 비는데, 이것이 민간의 관례"라고[78] 한 것을 보아도, 두창에 대한 마음가짐을 잘 알 수 있다.

이 외에도 밖에서 온 사람, 동냥하러 온 중, 도사들의 경 읽기와 오고 감, 더러운 냄새는 물론 침향(沈香)과 백단향(白檀香), 강진향(降眞香), 유향(乳香), 용뇌(龍腦)와 사향(麝香) 등까지도 일절 피하라 하였고, 마마의 딱지가 막 떨어져 아직 살이 연할 때 씻기기를 서두르지 말라 하였다.[79] 의방에 따르면 "제사, 범염(犯染, 초상집 출입), 연회(宴會), 성교와 외인출입을 꺼리고 유밀(油蜜)과 성전(腥羶 : 노린내 나는 짐승, 누리고 비린 냄새), 오예(汚穢) 등도 꺼렸다."[80] "이는 마마가 누에와 같이 물건에 따라 변화하기 때문이다. 세속에서는 이것을 매우 신중히 지키며, 그 밖의 꺼리는 일들은 이루 다 적을 수가 없다. 어쩌다가 범하면 죽고 또 위태롭게 되는 자가 열에 예닐곱이 된다. 만약 목욕하고 간절히 빌면 다 죽어가다가도 되살아난다. 그러므로 사람들은 더욱 그것을 믿고 지성으로 높이고 받든다. 심지어는 관대(冠帶)를 하고 나갈 때나 집에 들어올 때에 고하기까지 한다."[81] 생각하였다. 모두 역신이 찾아온 일을 매우 위중한 일로 여겼기 때문이다. 두창으로 사망한 시체는 호구별성(戶口別星) 귀신의 노여움을 샀기 때문이라며 사체를 풍장(風葬)하기

---

78) "家內老少 盡皆誠心淨身 隣里親戚雜人 不能出入病兒房中 設木井華水而名曰客主床而 或有所爲之 輒手禱于床前 是爲俗例也"(張漢宗 著, 김영준 역, 祝願行房, 『禦睡新話』, 보고사, 2010, pp.151~154).

79) 위의 책, pp.321~322.

80) "俗 重痘瘡神 其禁忌大要曰 祭祀犯染宴會房事外人 及油蜜腥羶汚濊等臭 此則 載於醫方."(魚叔權, 『稗官雜記』 권2; 『大東野乘』 卷4).

81) "蓋痘瘡如蠶隨物變化故也 世俗守此甚謹 其餘拘忌又不可紀 苟或犯之則死 且殆者十居六七 若沐浴禱請則垂死而復生 以此人愈信之至誠崇奉 至有出入之際 必冠帶告面者"(魚叔權, 『稗官雜記』 卷2; 이재호 역, 국역 『대동야승』 4, 민족문화추진회, 1973, p.495).

도 하였다.[82] 이 같은 생각 때문에 환자가 있는 곳에 출입할 때는 일일이 이름을 대고 떠들썩한 것, 좋은 옷, 맛있는 음식도 다 삼가고 청소나 부부 동침도 의약을 투입하거나 소독하는 일도 일절 금하였다.

(10) 병진년(1556년) 봄에서 여름 사이에 역기(疫氣)가 촌마을에 연달아 발생했는데 처음에는 가벼운 홍역이라더니 자세히 보니 두창이었다네. 먼 곳으로부터 점차 인근에 퍼졌는데, 먼저 아이들 때문에 두렵도다. 큰일로는 선조께 제사도 중지하고, 작은 일로는 길쌈일도 그만두었네.[83]

(11) "3월, 임금이 인순왕후의 담제(禫祭)를 지내려 할 때 마침 왕자가 역질(疫疾)을 앓았다. 그런데 시속에서는 병중에 제사 지내는 것을 꺼려했으므로 이에 임금은 전염병을 핑계하면서 '천재(天災)가 이와 같으니 직접 제사 지낼 수가 없다' 하였다. 대신들과 근신들, 그리고 양사(兩司)가 모두 이에 반대하면서 천재에 근신하는 일과 제사 지내는 일은 상호 아무런 관계가 없습니다. 천재가 어찌 전하의 제사에 방해가 되겠습니까?" 하였다. 이렇게 여러 날을 주장하였지만 임금은 끝내 이를 허락하지 않았다.[84]

두창을 앓는 사람이 있으면 심지어 선조나 선왕께 제사 지내는 일도 그만두고 길쌈 등의 일상사도 폐하였다. (11)에는 왕자가 두창에 걸리니 임금이 유교적 예법을 강조하는 신하들의 강력한 반대를 무릅쓰고 제사 지내는 일을 꺼려하고 있다. "두창을 앓고 난 뒤 1, 2년이 되어도 여전히 제사지내기를 꺼려, 비록 선비의 집이라도 그 풍속에 구애되어 제사를 폐지해 버리는 사람까지 있었다. 마마귀신에 대한 금기가 예전에는 이렇지 않았는데 근년에 와서 더욱 심해졌으니, 만약 또 4·50년이 지나면 마침내는 어떻

82) 위의 책, p.288.
83) "丙辰年春夏 疫氣連村落 初聞輕疹瘡 諦審乃痘疫 自遠漸近隣 爲兒先惕若 大事停祭先 小務廢織作."(李文楗 저, 이상주 역, 「行疫嘆」, 『養兒錄』, 태학사, 1997, p.75).
84) 『石潭日記』 下, 萬曆5年 丁丑.

게 될지 모르겠다."는[85] 개탄까지 나왔다. 16세기 이문건(李文楗)의 경우 외조모의 기일에 제사를 지내야 하는데 집에 두창이 돌고 역신을 떠나보내지 못하는 바람에 남의 집을 빌려서 몰래 제사를 올린 일[86]도 있었다.

보이지 않는 역병을 피할 수 없다면 역귀에게라도 비는 수밖에 없었다. 특히 두창을 일으키는 마마신은 고약하기로 정평이 나 있었다. 조선시대 마마신에 대한 제의는 왕실과 여염을 구분하지 않고 치러졌다.[87] 두창신의 방문을 거부했다가는 도리어 화를 돋울 수 있으므로 가능한 한 순조롭게 회복되기를 바라면서 음식과 술을 대접했다.[88] 질병의 원인을 모르는 상태였기에, 기도와 의례는 불가피해서,[89] 어디든지 따지지 않고, 역병을 물리칠 수만 있다면 토지신이든 부엌 신이든 가리지 않고[90] 빌었던 것이다. 율곡이 해주(海州) 향약 과실상규 6조에 "이단(異端, 유교 이외의 도)을 배척하지 아니하는 것인데, 한 집안에서 음사(淫祀, 내력이 바르지 않은 귀신을 위하는 곳)를 숭상하는 일을 그치지 않거나 술가(術家)의 풍수설에 혹하여 조상의 분묘를 망령되게 옮기고, 기일이 지나도록 장사 지내지 않거나 진창(疹瘡)으로 인하여 제사를 폐하는 것이다"[91]라고 두창으로 인하여 제사를 폐하는 일을 금지하는 항목까지 만들 정도로 두창 때문에 제사를 폐하는 일이 잦았음을

85) "瘡畢一二年 尙忌祭祀 雖士人未免拘俗 至於廢祭 蓋瘡神之忌 舊不如此 自近年加密 若又過四五十年 則未知竟如何也"(魚叔權, 『稗官雜記』 卷2; 이재호 역, 위의 책, p.495).

86) "二十五日甲辰 晴 外祖妣忌日 祭行于申溫家 早往參之 權常亦來參 但溫家不送疫神云 借隣家以行 行畢移坐溫家餕之 隣翁金永昌亦來參."(李文楗, 嘉靖16 丁酉 3월 25일, 『默齋日記』 1冊, 國史編纂委員會, 1998, p.94).

87) 김호, 시골 양반 疫病 분투기-18세기 구상덕의 『勝總明錄』을 중심으로, 『역사비평』 131(역사문제연구소, 2020 여름), pp.203～204.

88) 『五洲衍文長箋散稿 인사편 1, 두역유신변증설.

89) 김호, 앞의 논문(2020 여름), p.204.

90) "初七 戊午, 余處 誠祭土地及竈王 以度厄"(1733년 4월 7일 戊午, 具尙德, 『勝總明錄 —一八世紀 固城縣의 農家日記』, 韓國精神文化硏究院, 1995, p.204).

91) "六日 不斥異端 謂一家崇尙淫祀 而不之禁 或惑於術家風水之說 妄移葬先墓 及過期不葬 及因瘡疹廢祀."(李珥, 海州鄕約 增損呂氏鄕約文 過失相規, 『栗谷集』 雜著).

알 수 있다. “후(后)께서 매번 우리 전하께서 두창을 겪지 않으셨다 하여 보호함이 더욱 지극하였는데, 계해년(1683) 10월 성상께서 감기가 들어, 이틀 만에 진두(疹痘)가 비로소 나타나니, 후께서 크게 놀라고 근심하시어 비저(匕箸)를 줄이시고 무오년 때와 마찬가지로 다시 목욕재계하여 대신해줄 것을 청하셨다”[92]에도 두창에 대한 매우 경건한 금기가 나타나 있다.

> (12) 어린이가 두역을 앓게 되면 깨끗한 소반 위에 정화수 한 사발을 떠 놓고 솥에다 밥을 짓고 시루에 떡을 쪄서 바치며 기도하고, 두역이 끝나면 지번(紙幡)·유마(杻馬)에 두드리고 바칠 물건을 마련하여 전송하는데 이를 배송(拜送)이라 한다. 두역이 처음 시작되면 일체의 동작과 나란히 자는 일 등 구애받고 꺼려야 하는 일이 많다.[93]

근대에 이르기까지 항상 두창 환자가 있었고, 몇 년에 한 번씩은 유행하였다. 8–10세가 넘은 사람 중 거의 대부분은 반흔(瘢痕)을 갖고 있었으며, 두창에 걸리지 않은 아이는 아예 가족으로 치지 않는 부모도 있을 정도로 사망률이 높았다. 에비슨이 본 환자 중에는 11명의 자녀를 모두 천연두로 잃은 부인도 있었다 한다.[94] 그럼에도 불구하고 두창에 걸려 사경을 헤매도 조선인들은 의사를 찾지 않았다 한다. 에비슨이 조선에 와서 첫 4년 동안 천연두 환자 때문에 왕진을 간 경우는 두 번밖에 없었다 한다.[95] 두창에 걸려도 고작 정화수를 떠놓고 떡을 바치며 기도만 하였다. “세속에서는 어린 아이가 두역을 하면, 신을 신봉하면서 기휘(忌諱)하고 약도 쓰지 않고 기도

92) 『숙종실록』 9년(1683) 12월 을축.

93) “我東則痘神 曰胡鬼媽媽 又稱客至 嶺南稱西神 兒痘 則取淨盤 設井華水一碗 每日鐺飯甑 餠以供禱焉 及經痘終 盛其紙幡 杻馬 捆載享神之物以餞之 名曰拜送 其始疫時多拘忌.”(李圭景, 앞의 글).

94) 朴瀅雨, 『濟衆院』(몸과 마음, 2002), p.238.

95) 위의 책, p.238.

만 했기 때문에 많은 인명이 요절하여 애석하기 이를 데가 없다"[96]라며 민간의 의료행위에 대해 안타까운 심정을 드러낸 기록도 있다. 이렇듯 두창은 두신(痘神)의 명에 의해서 생긴 병이므로 의약을 끊고, 오직 순종의 뜻을 표하여 신의 노여움을 풀고 용서를 빌며, 청수 또는 어육이 섞이지 않은 소찬으로 향응을 베풀어 위로해야 한다고 여겼던 것이다.

(13) 각국의 손님신들이 조선에 구경하러 나온다. 의주 압록강에 이르러 뱃사공을 불러대니 세 번 만에야 나타난 뱃사공이 하는 말이 배가 한 척도 없다고 한다. 손님신들이 버들잎을 훑어 배를 만들기 시작하니 도사공이 비로소 손님신임을 알아보고 목욕재계한 후에 제상을 차려놓고 살려달라고 빈다. 손님신들이 정성에 감복하여 방방곡곡을 다니며 영험한 일들을 베풀어주고 떠난다(부여지역무가 7 개요).[97]

(14) 손님네 대접을 하는데/방아품을 팔아서/중쌀애기를 받아서 아침이며 넌 밥적게요/상쌀애가 받아서 지늑이며 촉촉개요/이렇게 절제를 해도 성의껏 대접을 하니/손님으는 저 노구 할머니 성의껏 대접하는지 안 하는지/벌써 알고 있는가불네라/성의껏 이렇게 대접을 착실히 하니/손님네가 거기서 사흘을 묵어서/사흘 만에 떠나는데…….[98]

(13)에서는 뱃사공이 두창(손님)신이 온 것을 알고 목욕재계한 후에 제상을 차려놓고 살려달라고 빌자 두창신이 그 정성에 감복하여 방방곡곡을 다니며 영험한 일들을 베풀어주고 떠났다 하였다. (14)에서는 늙은 할미가 가난한 살림에 손님 대접을 위해 방아품까지 팔아서 극진히 모시니 두창은 사흘 만에 떠났다. "노구할매가/소금아밥에라도/싸레기 밥에/싸레기죽에다/이렇게/대우를 하니/그래도/고맙다고/백번 천 번/치사를 하니",[99] "대양푼에

96) "世俗以兒疫帶神多尊奉之 忌諱之 只事祈禱 不用藥石."(柳夢寅, 『於于野談』).
97) 金泰坤, 『韓國巫歌集』 4(集文堂, 1980), pp.239~240.
98) 金泰坤, 『韓國巫歌集』 1(集文堂, 1971), p.351.

갈비찜에 소양푼에 영계(軟鷄)찜에/네에 가서 욕심 많어 받으시던 내 별상님 아니시리/아무쪼룩 거믄 땅에 흔배서 오는 길에 명을 주구 가는 길에 복을 주구/너의 수원성추(所願成就) 무러거들낭 장군 별상님이 다 도와주신다"[100] 에도 지극정성으로 모시니 두창신이 도리어 갖가지 일을 도와주고 감사를 표하며 떠난다는 믿음을 담고 있다. 조선시대인 "1727년 봄, 몽대(夢大)가 두역(痘疫)을 순하게 앓자 곧바로 두창신의 전송례를 거행했다."는 등의[101] 기록이 여러 곳에 보인다.

한 손님신이 서울 김 정승 집에서는 천대를 받고, 이 정승 집에서는 융숭한 대접을 받는다. 이에 이 정승 집에는 많은 금은보화를 주고, 김 정승 집을 찾아서는 정승의 아들 철원이를 병신을 만든 다음 급기야 죽여버리고 떠난다는 무가가 전한다.[102] "젊은 분들은 아들이고 딸이고/모도 조카네고 이래 키울 때는/아무리 지금 세월이 약이 좋고 주사가 좋다 해도/손님네를 잘 위해야지/손님네 잘못 삐끌어노면/참 자손들을 꼼보도 맨들 수 있고/병신도 맨들 수 있고/눈도 또 새따먹게도 맨드고 코빙신도 입비뚤이도 맨들고/뱅신을 모도 맨들어 노니"라고[103] 한 것도 두창의 보복을 두려워했기 때문이다.

이렇듯 중세에서 근대에 이르기까지 우리 민간에서는 두창신을 화나게 하면 처절한 복수극을 펼치므로 절대 경계하는 태도를 보이거나 대립하는 모습을 보여선 안 된다는 질병 의식이 팽배하였다. 이에 두창신을 아예 극진히 대접하거나, 아니면 최소한 살려달라고 저자세로 빌어야만 무자비한

99) 김유선 구연, 임재해 채록, 경상북도 월성군 감포읍 무가2, 손님굿; 조동일 · 임재해, 『韓國口碑文學大系』 7-2 慶州 月城(한국정신문화연구원, 1980), pp.806~807.

100) 金泰坤, 앞의 책(1971), p.33.

101) "夢大 自初 吉羅痘 善徑而今日已送神矣"(1727년 2월 18일 乙亥)(具尙德, 『勝總明錄―一八世紀 固城縣의 農家日記』, 韓國精神文化硏究院, 1995, p.54).

102) 金泰坤, 강릉지역무가 2 개요, 앞의 책(1980), pp.237~247.

103) 김유선 구연, 임재해 채록, 앞의 책, p.795.

공격을 피할 수 있다고 여겼다. 궁중과 민간에서 숙종 때 세자가 두창을 앓자 신증(神甑)을 설치하고, 두창신의 환심을 사기 위해 마마떡을 바친 일을 보아도 두창신을 매우 예민하고 까다로운 신으로 여겼음을 알 수 있다. 환자가 발생하면 지붕에 강남별성(江南別星)이라고 쓴 깃발을 올려 다른 사람의 출입을 막고 근신하며 조용히 지내야 하였다. 잔치를 한다거나 집에 사람을 불러들인다거나 중이나 무당을 불러들여 다른 신을 모시면 두신을 성나게 할 것이라고 여겼다.[104)]

<처용가> 관련 설화에서 역신이 "몰래 그녀(처용 처)의 잠자리에 들었다(竊與之宿)"고 한 것은 처용의 아내에게 두창의 병증이 나타났음을 뜻하고, 이에 처용이 '창가작무이퇴(唱歌作舞而退)'한 것은 두창신을 대접해야 한다는 민간의 질병 인식에 따라 금기를 지킨 근신(謹愼) 행위로 보인다. "처용의 유서(宥恕)를 이객(異客)에게 관대(款待)하던 민속과 결부하여, 축액(逐厄) 설화에서 악신을 정면으로 위협하여 축출시키는 것이 아니라, 호귀배송(胡鬼拜送)과 같이 악귀의 마음을 화락하게 하여 보내려는 후전(後餞) 풀이"로[105)] 이해하는 것이 마땅하다. 또 "두신(痘神)은 대접을 해주지 않으면 노하여 벌로써 병을 내린다.", "천연두를 앓는 어린이의 허튼소리는 신의 소리이며 얼굴의 반흔(瘢痕)을 신의 발자국", "귀신의 빙의와 다른 점은 귀신을 정중하게 섬기면 조용히 지나간다. 두신 · 삼승할망은 일종의 의신(醫神, Heilgott)으로, 병도 주고 고치기도 하는 양면성을 가지고 있다."는[106)] 것이다.

<처용가>의 구절 7 · 8구의 "본디 내 것이지만/빼앗긴 걸 어찌 하리오"(本矣吾下是如馬於隱 奪叱良乙何如爲理古)는 두창신을 대접하는 말로서, '내게 아내가 소중하지만 역신의 뜻을 거스를 의사는 전혀 없음'을 명확히 함으로

---

104) 村山智順 저, 金禧慶 역, 『朝鮮의 鬼神』(東文選, 1990), p.300.
105) 金東旭, 處容歌 硏究, 『韓國歌謠의 硏究』(乙酉文化社, 1961), p.155.
106) 이부영, 『한국의 샤머니즘과 분석 심리학-고통과 치유의 상징을 찾아서』(한길사, 2012), pp.207~208.

써 자신에게는 역신에 대한 공격 의사가 없음을 밝히어 역신의 경계심을 늦추고자 한 언술이다. 처용의 입장에서는 “두창신에게 공손히 대하면 재앙과 병마가 피해 갈 것이라는 믿음”에서 비롯한 것이지만, 두창신의 입장에서는 처용의 온건한 대응이 ‘인격적 덕망, 관용・포용’으로[107] 보였을 수 있다. 춤과 노래를 통하여, 두창신의 뜻을 거스르지 않고 즐겁게 함으로써 아내의 질병이 악화되는 것을 막고자 하였다는 점에서 처용무를 ‘신을 즐겁게 하려는 오신(娛神)’의 일종이라 볼 수도 있는데, 처용무가 황(黃)을 중심으로 좌우 청・홍・흑・백의 오방 처용무로써 통일성과 안정성, 균형 잡힌 조형감을 추구하고, 춤의 대형이 동서남북의 방향과 봄・여름・가을・겨울의 자연 순리에 따르는 것도[108] 같은 원인으로 보인다.

처용이 <처용가>의 7・8구처럼 노래하며 두창의 징후를 보이는 아내를 두고 물러나 노래 부르고 춤을 춘 것은 공격 본능이 강한 두창신 앞에서 일체의 행동을 삼가고 금기에 충실하면서 질병이 스스로 물러가주기를 바라는 조심스러운 태도를 반영한 것으로, ‘외기(畏忌)’[109]나 ‘외신(畏愼)’, 혹은 ‘기휘(忌諱)’라고 규정함이 합당하다. 두창 바이러스는 치사율이 50%에 달하는 대두창 바이러스(variola major)와 치사율이 0.2%밖에 안 되는 소두창 바이러스(variola minor)가 있는데,[110] 처용의 아내에게 찾아온 역신은 이 중 가벼운 증세를 가진 것이었을 것으로 짐작할 수 있다.

결국 역신은 두려워하고 조심스러워하는 태도를 담은 처용의 춤과 노래,

---

107) 김학성, <처용가>와 관련 설화의 생성기반과 의미, 『한국 고시가의 거시적 탐구』(집문당, 1997), p.247.

108) 황경숙・배성한, 음양오행으로 본 처용무의 구성 원리, 『움직임의 철학 : 한국체육철학회지』 17권 3호(한국체육철학회, 2009), pp.208~209.

109) “洪奉翊順 忠正公子也 常與李商書淳對碁李輸骨董書畵殆盡 以所寶玄鶴琴爲孤注 洪賭得之 李取其琴以與曰 此琴吾家靑氈也 相傳幾二百年 物旣久頗有神 公謹藏之 李特以洪性多 畏忌爲之戱耳 一日夜極寒 琴絃凍絶 琤然而響 忽念有神之語急炷燈用桃 荊亂擊琴 遭擊兪響 則愈惑喚婢僕相守.”(李齊賢, 『益齋亂藁』 卷10, 櫟翁稗說 前集 2).

110) Ronald D. Gerste 저, 강희진 옮김, 앞의 책(2020), p.115.

처용의 온건한 태도에 감동하여 자신의 행동을 뉘우치고 처용에게 문신(門神)의 권위까지 부여하고 물러난다. "또 ᄀᆞᆯ오ᄃᆡ ᄂᆞᆺ치 세낫치나 다ᄉᆞᆺ 나치나 혹 ᄒᆞᆫ 나치도 다 크고 검븕거 뎡두 ᄀᆞᄐᆞ면 일후믈 ᄀᆞᆯ호ᄃᆡ ᄂᆞᄂᆞᆫ 힝역이라 ᄒᆞᄂᆞ니 ᄀᆞ장 경히 ᄒᆞᄂᆞ니 혹 ᄒᆞᆫ 나만 돋고 노야 돋디 아닌ᄂᆞ니라"[111]하여 두창도 그 정도에 따라 위중함의 경중이 다른데, 처용 처가 가벼운 증세를 보이다 치유된 것을 두고 역신이 굴복하여 물러난 것으로 묘사했던 것이다.

역신에 대한 섣부른 공격・축귀(逐鬼)도, 일정한 의료행위도 여의치 않은 상황에서 처용은 가무를 선택하였다. 어떤 종류의 약도 사용해서는 안 되고, 그 지시를 따라야 쉽게 나을 수 있다고 믿었다. 혹시 약을 쓰면 '고귀한 손님'이 노하여 환자의 목숨을 요구하기 때문이라"[112]고 여겼다. 처용의 춤은 이와 같은 절박한 상황에서 비롯되었다. 무서운 전염병, 두창에 아내가 인질로 잡혀 있는 셈이니 체념도 관용도 초월도 쉽지 않다. 처에게 더 큰 재앙이 닥칠까 봐 분노하고 공격할 수도 없으니 속은 이미 까맣게 타들어 갔을 것이다. 그러므로 처용의 춤은 다급한 상황에 스스로의 마음을 가다듬는 엄숙하고 숙연한 행위이다. "11월 17일 깊은 밤에 공익(功益)이 부르는 신라 <처용가>를 들으니 성조(聲調)에 비장(悲壯)한 느낌이 그대로 전해졌다"[113]고 한 것은 이와 같은 애절한 상황을 일컬은 것이 아닐까 싶다. 춤은 자체로 극도의 절제이면서 신과 통하는 행위이니 그 간절하고 절박한 마음이 역신에게 전해져서 역신 스스로 "감동을 느끼고 아름답게 여기어(感而美之)" 꿇어앉는 지경에 이르렀을 것이다. 후에 처용무가 "대지 위에서 자연

111) "또 일렀으되 얼굴에 세 낟이나 다섯 낟 혹은 한 낟만이 크고 검붉어 아픔이 심한 마마 같으면 이름을 일러 나는 마마라 한다. 가장 가벼운 것은 마마 하나만 돋고 다시 돋지 아니한다(又曰 頭面上 忽生三五箇 或只一箇 高大者紫黑 儼似疔痘者 名曰飛痘 此最輕 或只此一痘 再不出痘)."(鄭鎬完, 앞의 책, 卷上 出痘三日).

112) H. G. 언더우드 저, 李光麟 譯, 『韓國改新教受容史』(일조각, 1989), p.70.

113) "夜久新羅曲 停杯共聽之 聲音傳舊譜 氣像想當時 落月城頭近 悲風樹抄嘶 無端懷抱惡 功益爾何爲."(李崇仁, 十一月十七日夜 聽功益新羅處容歌 聲調悲壯 令人有感, 『陶隱集』 권2, 시).

만물이 생장(生長)하였다가 수장(收藏)되는 순환의 원리를 담은 춤으로 거듭나고, 사계절의 치우치지 않는 올바름과 당당함, 그리고 평온과 조화, 어진 임금이 잘 다스리는 태평한 세상을 암시하며 기후가 적절한 태평한 세상에서는 농사와 풍작을 기대하는"[114] 춤으로서의 의미를 가진 것은 역신이 질병을 퍼뜨려 평화로운 질서가 깨지지 않고 아내가 원상회복되기를 바랐던 신라 처용의 마음이 이어진 것이라 할 수 있다. '처용랑 망해사' 조에서 "지신과 산신이 장차 나라가 망할 것을 우려하여 춤을 추어 경계하였다"[115]고 했는데, 처용무와 이들의 춤은 위기 상황에서 원상의 질서가 회복되기를 원한다는 점에서 공통적이다.

『삼국유사』 '처용랑 망해사' 조의 '범처(犯妻)'를 두고 "역신이 사람으로 화하여 처용의 아내를 능욕하다"로 풀이하기에는 난점이 있다. 산문 기록 속 "變無人夜至其家竊與之宿"의 '변(變)'에는 "역신이 사람으로 변하여"라는 의미 외에도 "정기가 뭉치어 물(物)이 되고, 떠도는 유혼(游魂)이 모여 변(變)이 된다."[116]의 '변', 즉 '귀신(역신)'과 동일한 지칭으로 볼 수 있는 여지가 있다.[117] 이에 <처용가>의 구절 "드러ᅀᅡ 자리보곤 / 가로리 네히어라(入良沙 寢矣見昆 脚烏伊 四是良羅)"는 처용의 처가 두창의 침범을 당한 것을 현실감 있게 적은 것이고, 설화 속의 "其妻甚美 疫神欽慕 [···] 變無人夜······"를 "처용의 처가 심히 아름다워서 역신까지도 그녀를 우러러 사모하였다. 이에 역신이 딴 사람이 없는 야밤을 틈타 그 집에 와서 몰래 그녀의 잠자리에 들었다"[118]로 풀이한 것으로 이해하는 것이 좋을 듯하다. 다시 말해 '범처'

114) 중요무형문화재 제39호 처용무보존회, 『처용무보』(민속원, 2008), p.214.
115) "乃地神山神知國將亡 故作舞以警之 國人不悟 謂爲現瑞 耽樂滋甚 故國終亡."(『三國遺事』 卷2, 紀異, 處容郎 望海寺).
116) "精氣爲物 游魂爲變 是故知鬼神情狀."(『周易』 繫辭 上).
117) 洪在烋, 處容郎 望海寺 說話의 校訂字辨正-處容郎 夫妻의 寬容, 不貞說 辨正을 爲한 註釋的 考究, 『女性問題硏究』 8(효성여대 부설 한국여성문제연구소, 1979), p.97 참조.
118) "其妻甚美 疫神欽慕之 變無人夜至其家 竊與之宿."(『三國遺事』 卷2, 紀異).

를 "물과 불이 해를 입혀도 구제하기 어려운데, 하물며 하늘의 재앙은 어떻겠는가?",[119] "계자고(季子皐)가 아내를 장사 지내면서 남의 논을 침범하자……",[120] "무릇 크게 취한 사람은 수레에서 떨어져서 앓을지언정 죽지는 않는다. 골절이야 다른 사람과 마찬가지겠지만 상처를 입는 것이 남들과 다르다. 이는 (떨어질 때) 정신만은 온전하기 때문이다"에서[121] 쓰인 것처럼 "두창신이 처용의 아내에게 질병을 옮기어 해를 입히다 / 처용의 아내에게 두창이 덤벼들어 해치다(侵犯, 犯害, 侵害)"로 풀이하고자 한다.

여기서 처용 처의 빼어난 미모가 역신의 침범 원인이 되고 있는데, 이는 "질병의 귀신이 그녀의 아름다움을 시새움했음을 뜻하고, 함께 잤다는 것은 그녀를 병들게 했다는 것이다."[122] 또한 <처용가> 마지막 구절의 "빼앗긴 것을 어찌 하리(奪叱良乙何如爲理古)"의 '탈(奪)'도 "처용 아내가 능욕을 당하였다", "처용 아내의 정조를 빼앗다"는 등의 성적인 의미보다는 "(처용이 역신에게) 잠자리를 빼앗기다"로 읽고자 한다. 당연히 처용이 들어야 할 잠자리를 역신이 차지하고 있으니, "본디 내가 들어야 할 잠자리이고 내가 품어야 할 아내이지만 역신에게 앗겼으니 도리가 있겠는가?" 하며 역신을 공격할 의지도 경계하는 마음도 전혀 없는 체하는 표현이다.

미리 알아차리진 못했지만 내 자리를 이미 당신이 차지하고 있으니 굳이 물러날 필요는 없다 하면서 역신을 도리어 안심시키고 반가운 '손님'으로 대접하는 극진함을 보이고 있다. 자신의 잠자리를 역신에게 내어주며 역신의 자리를 인정함으로써 역신이 공격 의지를 누그러뜨리고 자발적으로 물러가도록 유도하고 있는 것이다. 때론 부드러운 태도가 공격적 자세보다

119) "水火之所犯 猶不可救 而況天乎, 犯 害也."(『國語』 周語 下).
120) "季子皐 葬其妻 犯人之禾."(『禮記』 第4, 檀弓 下).
121) "夫醉者之墜車 雖疾不死 骨節與人同 而犯害與人異 其神全也."(『莊子』 達生).
122) 임재해, 처용 담론에 나타난 사회적 모순과 굿 문화의 변혁성, 『배달말』 24(배달말학회, 1999), p.215, p.220.

강한 작용을 하는 법인데, 처용무와 <처용가>는 삼가 조심스러운 태도 속에 질병 퇴치라는 궁극적이고 진정한 바람을 내재화한 것이다.

4. 근신(謹愼)으로 역신을 물리치다

『삼국유사』 <처용랑 망해사> 조에는 처용을 동해용의 일곱 아들 중 하나라 했고, 처용에게 굴복한 역신이 처용 앞에 꿇어앉아 문신(門神)으로 신격화했으니, 그 설화적 각색으로 인해 처용의 정체를 검증하는 일은 쉬운 일이 아니다. "처용은 무당도 무조(巫祖)도 호국룡(護國龍)도 아니며, 설화 형성 당대의 실존 인물이되 강자(强者, 權力上層)에게 침해받는 민중의 상징"이라[123] 하고, "처용 관련 서사는 예겸(乂鎌, 銳鎌)과 문원(文元) 사이에 있었던 일을 역신(疫神)과 용자(龍子)의 대립으로 각색한 것인데, 처용은 신덕왕(神德王)의 아버지인 이간(伊干) 문원이고 역신은 의부(義父)인 예겸이다. 전자는 동해안 지방의 세력자이고 후자는 시중까지 지낸 중앙의 세력자"라[124] 본 것은 정치적 역할 관계를 밝히고자 했다. 처용이 목도한 역신은 처용과 그 아내를 맺어준 헌강왕이다. 처용이 춤추며 물러난 것은 헌강왕이 자기 처와 간통하는 장면을 보고도 못 본 체 한 것이다. 헌강왕은 타락한 욕망을 드러내고, 처용은 인간사에 처절한 절망을 표출한 것으로서, 처용이 물러난 것은 헌강왕으로 하여금 자신의 행위가 지니는 의미를 뼈저리게 자기반성할 것을 유도한 것이라[125] 한 것은 <처용가>에 대한 정치적 해석이다.

123) 金學成(1980), 앞의 책, pp.372~373.
124) 박인희, 處容의 實體와 處容歌, 『語文研究』 124(韓國語文教育研究會, 2004), pp.226~229.
125) 박일용, 역신의 상징적 의미와 <처용가>의 감동 기제, 『古典文學研究』 49(한국고전문학회, 2016), pp.27~28.

오늘날 우리는 역병 발생의 메커니즘을 어느 정도 과학적으로 파악하는 시대를 살고 있다. 물론 끊임없이 변형을 거듭하는 병원균을 완전히 제어하는 일까지 기약하긴 어렵지만, 역병을 일으키는 병원균의 실체를 현미경으로 관찰할 수 있고 그 발생과 전파의 경로를 역추적 할 수 있으며 그에 따라 방역체계를 작동시킬 수 있는 상황에 있다.[126] "무릇 질병이란 내상(內傷) 7정과 외감(外感) 6기에 따른 것이니, 어찌 귀신으로 인한 까닭이겠는가?"를[127] 보면, 조선의 선비들은 이미 두창이 귀신의 소행이 아님을 감지한 것으로 보인다. 그럼에도 불구하고 두창을 신격화한 것은 그 원인을 밝히고 대책을 마련하는 일이 어렵고, 그 치사율과 전염성이 높기에 두려워하고 불안해진 때문인 것으로 보인다. 이에 조선시대, 아니 20세기 초에 이르기까지, 우리 조상들은 "귀신은 이기(二氣, 음양)에 근본하되 횡요(橫夭)하여 어그러지고 답답한 기(氣)가 혹 그 사이에 생겨서 원한이 되면 괴물(怪物)이 되고 이물(異物)이 되고 질려(疾癘)가 되어 사람에게 환란을 내리는데", "귀신은 참으로 이기이고 이기는 곧 천지이니, 생생(生生)하는 것이 귀신의 본덕(本德)이고 질려로 사람에게 환란을 주는 것은 귀신이 마지못하여 하는 것"이라[128] 하여 질병이란 사람의 길흉에 따라 귀신이 내리는 형벌 정도로 생각했으므로 <처용가>의 문맥은 당시의 질병 인식과 의료 민속으로 바라보는 것이 마땅하다.

우리의 조상들은 질병을 옮기는 귀신을 향해 "아! 인간을 사랑하여 살리고자 하는 것은 하늘의 본심인데, 어찌하여 진노하기를 그만두지 않는가? 왜노를 불러들여 폭행을 하게하고 악귀가 흉한 짓을 하도록 맡겨두어 죽이고 또 죽여서 지금에 와서는 더욱 심하게 하니", "청구(靑丘) 수천 리

126) 강상순, 『귀신과 괴물-조선 유교사회의 그림자』(소명출판, 2017), pp.282~283.
127) "凡疾病 內傷七情 外感六氣而作 安得有神鬼干於其間耶"(李圭景, 앞의 책, 人事篇1 人事類2).
128) 『중종실록』 권52, 중종19년(1524) 12월 11일 신축 4번째 기사.

지역에 다시는 인간이 없고 원귀의 터로 변하게 하려고 그러는 것인가”라고[129] 원망과 탄식을 섞어 항변하기도 했고, “내가 생각하건대, 귀신은 아는 것이 있어 이해할 수 있으니, 정심혈성(精心血誠)이 어찌 감통(感通)하지 않겠는가? 그러므로 내신(內臣)을 보내어 제물을 갖추되 깨끗하기를 힘쓰고 깨끗한 곳을 가려서 두 제단(祭壇)을 만들어, 나누어 제사하고 고하여 백성의 목숨을 빌게 한다.[130] 바라건대, 너희 귀신은 흠향하고 빨리 사라져 원망하는 기를 풀어 생생(生生)의 본덕으로 돌아가라.”며[131] 대접하는 정성이 귀신과 통하기를 소망하기도 했는데, <처용가>는 이 가운데 후자의 길을 택했다.

그동안 신라 <처용가>의 7・8구, “본디 내 것이지마는, 빼앗긴 것을 어찌 하리”를 흔히 관용이나 체념, 분노와 질책 등으로 풀이하거나 “빼앗겨도 난 혼란에 빠지지 않는다는 위협적・역설적 언술”[132]이라 이해했다. 그러나 민간에서는 치명적인 전염성과 치사율을 보이는 역신, 즉 ‘두창을 옮기는 신’을 ‘손님, 마마’라 부르며 정중히 모셨고 공격적 자세를 일절 금기시하였다.[133] 이에 신라 <처용가>는 두창에 대한 민간의 금기와 질병 인식에 따른 외신(畏愼)・외기(畏忌)・기휘(忌諱)를 그린 것으로 이해함이 마땅하

---

129) 李墍 저, 이익성 역, 松窩雜說, 『大東野乘』(민족문화추진회, 1971), pp.144~145.

130) “갑인, 역신(疫神)을 수도의 동서남북과 기내(畿內)의 십계(十堺)에서 제사지냈다.”(“甲寅祭疫神於京師四隅 畿內十堺”(『續日本記』 卷30, 高野天皇, 寶龜 원년 6월 甲寅)는 전염병을 막기 위해 지낸 일본의 진화제(鎭花祭)를 기록하였다.(스가노노 마미치 외, 이근우 옮김, 『續日本記』 3, 지식을만드는지식, 2012, p.479).

131) “予惟 鬼神有知 可以理曉 精心血誠 豈無感通 肆遣內臣 備蒇祭物 務於潔蠲 擇淨地爲兩壇 分祭致告 用祈齊民之命 惟爾鬼神 庶右享之 焂霽乖憾之氣 以歸生生之本德”(『중종실록』 권52, 중종19년(1524) 12월 11일 신축 4번째 기사).

132) 류해춘, 『한국시가의 맥락과 소통』(역락, 2019), pp.88~91.

133) “疫神에 대해 처용이 노한 태도를 보였다면, 역신의 甚怒로 인해 아내의 병은 더욱 악화될 것이다. 여기서 이미 역신이 처를 범했을 바에는 차라리 畏敬과 恭待로서 그를 감화시켜 볼 심사로 노래를 부르고 춤을 추면서 물러난 것으로 보인다.”(嚴元大, 處容에 關한 綜合的 考察, 『國語國文學研究』3, 圓光大 國語國文學科, 1976, p.104).

다.[134] 역신의 공격을 받은 아내를 사실상 포기하거나 체념한 것이 아님에도 불구하고, 처용은 물러나 노래하며 춤추었고 속으로는 역신이 자기 아내에게서 떨어져 스스로 물러나기를 바라면서도 겉으로는 용서한 듯 체념한 듯 공격성이 전혀 없는 듯이 대접했으니 처용의 춤과 노래는 일종의 '속임 동작[feint]'에 해당한다. 처용이 이와 같은 속임 동작을 행한 까닭은 역신의 공격성을 약화시켜 피해를 줄이고자 하는 유인책(誘引策)이다. 영향력이 큰 강자에게 직접 맞서지 않고 기운이 스스로 약화되기를 기다린 처용의 대응방식은 역신에 대한 당시의 의료민속을 그대로 수용한 것이다.

그러나 신라 목간(木簡)에 적은 "大黃 1兩, 黃連 1兩, 皀角 1兩, 青黛 1兩, 升麻 1兩, 甘草 1냥, 胡同律 1兩, 朴硝 1兩, △△△ 1兩, 青木香 1兩, 支子 1兩, 藍淀 3分"이 천연두에 관한 처방이라는 점을[135] 보면, 각종 약은 물론 "침향·백단향·용뇌·사향 등까지도 일절 피하라"던 의료민속을 사람들이 항상 곧이곧대로 따른 것은 아닌 것으로 보인다. 금기와 두려움이 사회적 통념이라면 약을 쓰고 질병에 대응하는 것은 생존본능에 따른 반사적 행동이었을 것이므로 그 이원적 태도는 놀라울 것이 없다.

<처용가>를 부르며 물러나 춤을 추는 속임 동작, 즉 소극적이고 부드러운 태도로써 역신이 스스로 물러가기를 기원했더니 아내의 질병도 나았고, 물러가는 역신이 처용에게 신도(神荼)·울루(鬱壘)·종규(鍾馗)와 같은 문신(門

134) 꺼리고 피하는 방식을 취한 신라 <처용가>에 비하여 고려 <처용가>는 적극적인 逐鬼의 방식을 택하여 熱病神을 몰아내는 儺禮를 행한다. 이는 처용에게 神荼나 鬱壘 등 門神의 지위를 부여한 것이다. <마마 배송굿>에도 2가지 태도가 함께 보인다. 우리 전통의 풍속에서 꺼리고 피하는 순간과 적극적으로 몰아내는 상황을 어떻게 차별화하는지에 대하여 의료 민속, 굿춤, 拜送굿, 處容舞와 관련지은 충분한 논의가 필요하다.

135) 윤선태, 月城垓字 출토 신라 문서목간, 『역사와 현실』 56(한국역사연구회, 2005), pp.124~125; 이현숙, 신라 약재명 목간에 대한 분석, 한국 목간학회 제6회 정기발표회(한국목간학회, 2009), p.109. "삼국시대의 의서로 『高麗老師方』·『百濟新集方』·『新羅法師方』 등이 있었다는 기록이 있지만, 전하지 않는다."(이경록 옮김, 국역 『향약구급방』, 역사공간, 2018, p.13).

神)의 지위를 부여하였으니, 처용이 '뒤로 물러나 노래하고 춤을 춘' 행위는 일석이조의 효과를 얻었다. 이에 따라 역신의 '범처(犯妻)'는 "역신이 처용의 아내에게 두창을 옮기어 해를 입히다(侵犯, 犯害, 侵害)"로, 8구 "빼앗긴 것을 어찌 하리(奪叱良乙何如爲理古)"의 '탈(奪)'은 겁탈(劫奪)의 의미라기보다는 "(처용이 일시적으로 역신에게) 잠자리를 빼앗기다"로 읽고자 한다.

신라와 고려의 두 <처용가>는 같은 모티프를 가지고 있지만 표현 방식과 작품의 성격이 상이하다. 거기다 국어학과 문학, 음악, 무용, 의료, 민속 등 많은 영역과 상관성이 강하므로 작품의 특징을 밝히고 구절을 해독하는 일에 한계가 많았음을 인정한다. 앞으로 기존에 누적된 성과들을 바탕으로 각 분야에 대해 더욱 심도 있는 논의를 진행함은 물론이고, 영역 간의 통섭적인 연구와 고찰도 이루어져야 할 것이다. 또 처용무의 입무(入舞)로부터 퇴무(退舞)까지의 춤사위가 처용가 입창(立唱)과 어떤 상관성을 가지느냐에 관한 연구도 두 <처용가>의 성격을 밝히는 데 도움이 되리라 생각한다.

처용의 정체를 현실적으로 실증하는 일은 여전한 과제이다. 사찰의 사천왕상과 같이, 제액이나 축귀의 역할을 담당한 신도·울루·종규는 당연히 험상궂은 모습으로 형상화했으므로, 처용의 생김새를 근거로 이슬람 사람으로 단정 지어서는 안 된다. 헌강왕 때와 인접한 시기인 경문왕 대(867~873년)에 3번이나 역질(疫疾)이 일어났고,[136] 당대(唐代)의 남해무역에서는 외국 상인들, 특히 이슬람 상인들이 중심적인 역할을 담당하였는데, 여기서 주요 상품이 된 것은 향약(香藥)이었다.[137] 9세기 후반에 도래한 무슬림 상인들은 이역(異域)의 희귀한 약재를 공급함으로써 역병 구제에 기여했고, 이로 말미

136) 이현숙, 신라 통일기 전염병의 유행과 대응책, 『韓國古代史硏究』 31(한국고대사학회, 2003), pp.221~224.
137) 永正美嘉, 新羅의 對日香藥貿易(서울대 석사논문, 2003), p.7.

암아 사람들은 이들을 구역(驅疫)의 신비한 힘을 가진 존재로 인식되기도 했을 가능성이[138] 있다. 게다가 괘릉(掛陵)이나 서악동 신장상(神將像) 문비석(門碑石)을 지키는 무인상(武人像)이 처용의 형상과 흡사한 점을 보면, 처용의 정체성과 캐릭터를 밝히기 위해서는 신라사회에서 이슬람 사람들이 수행했던 역할, 신라와 이슬람의 교역 등을 종합적이고 다각적인 시각으로 고찰해야 할 것으로 보인다. 그동안 해온 것처럼 신라 말 중앙과 지방의 정치적 역학관계를 지속적으로 검증하는 것도 긴요한 일이고, "동해안의 신라 고찰로서 비슷한 지세와 구조를 가진 양양의 진전사지(陳田寺址), 낙산사, 등명 낙가사(洛伽寺), 감은사, 기림사, 석굴암, 망해사 등을 용신 신앙, 호국사상과 연관 지어 이해"[139]하려는 노력도 병행해야 할 것이다.

138) 金昌錫, 8~10세기 이슬람 제종족의 신라 來往과 그 배경,『韓國古代史研究』44(韓國古代史學會, 2006), p.119.
139) 김경수, 處容郎 望海寺의 社會史的 性格, 耳勤崔來沃教授華甲紀念論文集『說話와 歷史』(集文堂, 2000), pp.336~337.

A 100-Year Review and Prospects for Future Study

— Hyang-ga鄕歌 research based on history and literature —

Hyang-ga mean “vernacular songs or local songs”, distinct from Chinese songs(漢詩), which were written in the Silla and Goryeo periods from the 6th to the 12th centuries. Hyang-ga were written using hyangchal(鄕札), a system whereby Silla people used borrowed Chinese characters to express Korean. This Chinese Character Borrowing system(借字表記) devised to transcribe native literature by borrowing Chinese sounds and meanings was also used in Japan and Vietnam.

At the time, Silla intellects expressed their thoughts and feelings through Chinese poetry or passages. However, they considered that Chinese sentences were inefficient to reflect the heart of Silla people since Korean and Chinese share few similarities in terms of word order and phonetic values. For this reason, they sought to preserve the distinctiveness and uniqueness of Korean native poetry by borrowing sounds and meanings of Chinese characters and arranging them to fit the Korean word order.

There are a great deal of achievements in the 100-year history of Hyang-ga research, which ranges from history and literature to Buddhist studies. In line with the progress of linguistic deciphering, there have been studies on the definition, concept, and writers of Hyang-ga. The research has accomplished much in the study of Three-Gu Six-Myeong三句六名 form and contents, as well as in the study of rhetoric and aesthetics.

Despite of all the achievements, the following should be addressed in future research. First, the concept, scope, and definition of Hyang-ga should be clarified more clearly. In relation to Vietnamese and Japanese borrowed Chinese character 借字表記 poetry : Quocnguthi國語詩 and Waka和歌, Hyang-ga should be studied from a universal perspective. Second, results of related studies in the fields of history, literature, Buddhism, medical science, folklore and astronomy should be integrated and converged to draw complementary conclusions. Third, a macroscopic view of the sociocultural utilities of Hyang-ga in Buddhist ceremonies, memorial rituals, and official ceremonies held by the king should be considered. Fourth, scholars should summarize previous research findings from an objective point of view to lay the foundations for upgrading Hyang-ga studies in secondary education.

참고문헌

역사와 문학 기반 향가 연구사 100년을 회고하고 미래 연구를 전망하다

『桂苑筆耕』 卷20, 『承政院日記』 高宗 38년 12월, 『省齋集』 別集 卷4, 『均如傳』, 『文心雕龍』, 『分類五洲衍文長箋散稿』 第17輯, 『三國史記』, 『三國遺事』, 『日本書紀』 卷13, 卷21, 卷22, 卷24, 卷27, 卷29; 『仁王經疏』, 『維摩經 外』, 『入唐求法巡禮行記』, 『淨土五經一論』, 『高僧傳』 卷5, 卷13, 『大正新修大藏經』 50, 『新唐書』 卷220, 『舊唐書』 卷199, 『四山碑銘』 雙谿寺 眞鑒禪師碑銘 并序, 『다시 보는 역사 편지 高麗墓誌銘』 卒內侍檢校戶部尙書試大僕少卿尹公墓誌銘, 『全唐詩』 卷896 李珣 南鄕子.

〈서동요(薯童謠)〉 역사와 문학의 경계를 넘나들다

『雜寶藏經』 卷2, 『胎産集要』, 『救急簡易方諺解』 1 : 109, 『朱子語類』 卷8, 『列子』 卷4, 4章 仲尼篇, 『隋書』 東夷列傳, 百濟; 『國漢會話』 乾; 韓國語學資料叢書 第1輯 『國漢會話』,(太學社, 1988); 『同文類解』 下, 飛禽; 『同文類解』 乾, 坤(弘文閣, 1995); 『法語錄諺解 禪家龜鑑諺解』(大提閣, 1987); 『三國史記』 卷20, 高句麗本紀8, 嬰陽王 23年; 卷4, 新羅本紀4, 眞興王 14年; 卷26, 百濟本紀4, 聖王 31年; 卷27, 百濟本紀5, 武王 3年 秋8월; 卷27, 百濟本紀5, 武王8년; 『三國遺事』 卷1, 紀異1, 眞興王; 卷2, 紀異2, 武王; 『世祖實錄』 卷46, 世祖 14년 6월 18일 丙午; 『日本書紀』 卷19 欽明天皇 14년 冬 10월, 欽明天皇 15年 冬十二月, 欽明天皇 16年 8月; 『諺解胎産集要』; 金信根 編, 『韓國科學技術史資料大系』 醫藥學篇 33(驪江出版社, 1988); 李奎報, 東明王篇 并序, 『東國李相國集』 全集 卷3; 『文叢』 1; 李山海, 翌日 張君希道以雌鷄見遺 又以詩謝之, 『鵝溪遺稿』 卷1, 箕城錄; 『文叢』 47; 許愼 撰, 段玉裁 注, 『說文解字 注』, 上海古籍出版社, 1981; 『東史綱目』 第4下, 聖德王 19年 庚申年 夏六月.
고려대학교 민족문화연구원, 『고려대 한국어대사전』 ㅂ~ㅇ, 창작마을, 2009.
국립국어원 『표준국어대사전』(stdict.korean.go.kr)
민주면 · 이채 · 김건준 저, 조철제 옮김, 佛宇, 『국역 동경잡기』 卷2, 민속원, 2014.
박재연, 『필사본 고어대사전』 7 ㅋ~ㅎ, 學古房, 2010.
李福休, 薯童謠, 『海東樂府』 卷1; 鄭求福 編, 『海東樂府集成』 2, 驪江出版社, 1988.
이희자 · 이종희, 『한국어 학습 전문가용 어미 · 조사 사전』, 한국문화사, 2010.
趙翼, 朱子論敬要語, 『浦渚集』 卷19, 雜著; 『文叢』 卷321; 한국고전번역원 이상현 역, 2004, 『性理

大全』 卷43 學1.
MBC『한국민요대전』.
NEW 9TH Edition『Oxford Advanced Learner's Dictionary』, Oxford university press, 2015.

〈혜성가(彗星歌)〉 혜성 출현에다 일본군 침략까지 엎친 데 덮치다

『三國遺事』 卷1, 紀異1, 延烏郎 細烏女; 卷4, 義解5, 關東楓岳鉢淵藪石記 外;『三國史記』卷4, 新羅本紀4, 眞興王 37年; 卷47, 列傳7, 金歆運. 外;『高麗史』 卷81, 志35, 兵1, 兵制 外.;『淮南子』天文訓;『新增東國輿地勝覽』卷23 迎日縣 建置沿革;『經國大典』卷4, 兵典, 烽燧;『增補文獻備考』卷124, 兵考16, 烽燧 2; 東晉天竺三藏佛馱跋陀羅譯,『大方廣佛華嚴經』卷34, 寶王如來性起品 第三十二之二; 後秦龜玆國三藏鳩摩羅什譯『摩訶般若波羅蜜經』卷1 序品; 後秦龜玆國三藏法師鳩摩羅什奉 詔譯,『大智度論』初品 十喩釋論 第11;『大乘入楞伽經』卷5, 無常品;『大般涅槃經』卷21, 光明遍照高貴德王菩薩品.;『大方等無想經』 卷6, 大雲初分增長健度; 大唐天竺三藏善無畏共沙門一行 譯,『大毗盧遮那成佛神變加持經』卷1;『高麗大藏經』第13, 東國大學校 民族佛敎硏究所, 1986;『隋書』卷5, 本紀5, 宣帝 太建13年條 外;『新唐書』志32, 天文2, 孛彗 武德 9年條 外; 杜甫, <燕子來舟中作>; 辛碩祖 外,『纂註分類杜詩』卷17(以會文化社, 1992); 金宗直, 迎日縣寅賓堂記,『佔畢齋集』卷2, 文集;『韓國文集叢刊』12; 李崇仁, 迎日縣新城記,『陶隱集』卷4;『韓國文集叢刊』6; 李淳風, 觀象玩占 卷16; 續修『四庫全書』1049, 子部, 術數類(上海古籍出版社, 1995); 李瀷, 灾祥,『星湖僿說』卷1, 天地門; 續修四庫全書編纂委員會 編, 馬王堆帛書天文氣象雜占; 續修『四庫全書』1049, 子部, 術數類(上海古籍出版社, 1995); 新校本『晉書』卷90, 列傳60, 良吏 杜軫; 宋 魏慶之 撰, 彗氣橫天,『詩人玉屑』卷4; 景印『文淵閣四庫全書』1481, 集部420, 詩文評類, 臺灣商務印書館, 1983; 宋 呂祖謙 編, 劒聯句,『文鑑』卷29; 楊家駱 主編,『宋文鑑』上, 世界書局, 1967.
田溶新, 完譯『日本書紀』, 一志社.
中國佛書刊行會 編, 最新『佛敎辭典』, 寶蓮閣, 1975.
金正信,『佛敎學大辭典』, 弘法院, 1988.
羅竹風 編,『漢語大詞典』10, 漢語大詞典出版社, 1994.
李純之 저, 김수길・윤상철 역,『天文類抄』, 大有學堂, 1998.
成周悳 編, 이면우・허윤섭・박권수 역,『書雲觀志』, 소명출판, 2003.

〈풍요(風謠)〉 양지 스님이 중생들과 함께 불상을 만들며 공덕을 닦다

『三國史記』卷5 新羅本紀 第5 善德,『三國遺事』,『觀經玄義分』,『舊唐書』卷199 東夷列傳 新羅傳,『妙法蓮華經』卷1 方便品 第2,『摩訶僧祇律』卷23,『佛說觀佛三昧海經』卷7,『佛說大乘造像功德經』卷上,『詩經』四家 韓詩,『新修大正大藏經』第15卷, 第16卷, 第44卷, 第22卷,『中阿含』卷7 分別聖諦經,『周易』繫辭 下; 成海應,『硏經齋全集』卷8 詩, 又拈韻; 遠法師 撰,『大乘義章』卷13; 尹愭, 무명자집 시고 제6책, 詩 영동사 252; 李敏敍,『西河先生集』卷2 七言古詩 將赴三江留別李兄景略; 曇無讖 漢譯,『優婆塞戒經』卷1, 悲品 第三; 權 近, 陽村先生文集卷之四 詩 送全羅道按廉陳正郎十四

韻; 大韓佛教天台宗 總本山 救仁寺,『觀無量壽佛經 觀無量壽佛經疏』(민족사, 1996); 강한영 校注,『申在孝 판소리 사설집』(普成文化社, 1978).
金承燦,『韓國口碑文學大系』8~14, 韓國精神文化硏究院, 1986.
김승동,『불교사전』, 민족사, 2015.
방아 타령, 경상남도 하동군 화개면, 화개면 민요9, 탑리 원탑(1984.2.19. 김승찬, 곽의숙 조사)
서경수,『밀린다왕문경』, 동국역경원, 1983.
任東權,『韓國民謠集』, 集文堂, 1961.
조동일・임재해,『한국구비문학대계』7-2 경북 경주・월성 편, 한국정신문화연구원, 1980.
韓國佛教大辭典編纂委員會 編,『韓國佛教大辭典』, 寶蓮閣, 1982.
黃壽永 編, 甲申銘金銅釋迦坐像光背/丙辰銘金銅光背/甲寅年釋迦像光背/辛卯銘金銅三尊佛光背, 增補『韓國金石遺文』, 一志社, 1976.

〈원왕생가(願往生歌)〉 광덕(廣德)과 엄장(嚴莊) 스님의 수행길을 담다

『三國遺事』卷5,『敦煌本壇經』,『般舟三昧經』上,『觀無量壽經』正宗分,『佛祖統紀』卷27,『大般涅槃經』卷29,『高麗大藏經』卷9,『沙彌尼律儀』,『善見律毘婆沙』卷6,『한글대장경 96』,『宋高僧傳』卷4,『韓國佛教大辭典』,『佛教 印度思想辭典』,『無量壽經』正宗分,『涅槃宗要』,『大乘起信論』卷1,『大正藏』(大正新修大藏經),『淨土論』卷上,『法苑珠林』卷16,『無量壽經優婆提舍願生偈』,『中阿含經』卷36,『佛說觀無量壽佛經』,『妙法蓮華經』卷5,『阿彌陀經』,『大乘本生心地觀經』卷7,『大般涅槃經』卷9,『釋門儀範』,『阿彌陀經』正宗分,『讚阿彌陀佛偈』,『增補山林經濟』卷16,『遊心安樂道』,『往生論註 講說』,『大乘起信論疏 別記』.

〈모죽지랑가(慕竹旨郎歌)〉 늙은 화랑을 향한 애틋한 그리움을 노래하다

『康熙字典』(1958), 中華書局,『觀彌勒菩薩上生兜率天經』,『明史』職官志 一.
『佛說彌勒下生經』,『辭源』(1987), 商務印書館,『三國史記』,『三國遺事』,『周禮』天官 序官, 罽賓國三藏般若奉 詔譯,『大方廣佛華嚴經』卷22, 入不思議解脫境界普賢行願品; 于闐國三藏實叉難陀奉制譯,『大方廣佛華嚴經』卷72, 入法界品第三十九之十三
김승동 편,『佛教・印度思想辭典』, 부산대학교출판부, 2001.
金煐泰, 新羅斷石山神仙寺造像銘記,『三國新羅時代佛教金石文考證』, 民族社, 1992.
羅竹風,『漢語大詞典』, 漢語大詞典出版社, 2001.
吳杲山, 入龕畢 成服祭文,『茶毘文』, 寶蓮閣, 2002.
丁若鏞 著, 金鍾權 譯註,『雅言覺非』, 一志社, 1976.
塚本善隆,『增訂 望月仏教大辭典』4, 世界聖典刊行協會, 1958.
韓國佛教大辭典編纂委員會,『韓國佛教大辭典』, 寶蓮閣, 1982.
涵虛・張商英 著, 金達鎭・玄明昆 譯,『顯正論 護法論』, 東國大學校附設 譯經院, 1988.

〈헌화가(獻花歌)〉 노옹이 절세가인 수로(水路)에게 꽃을 꺾어 바치다

『高麗史』 卷24, 世家 卷24, 高宗 3; 『南史』 卷12, 列傳2, 后妃傳 下, 武帝丁貴嬪; 『東史綱目』 第4下, 聖德王 19年 庚申年 夏六月; 『文淵閣四庫全書』, 子部, 雜家類, 雜纂之屬, 玉芝堂談薈, 卷23; 『文淵閣四庫全書』 集部, 詩文評類, 宋詩紀事, 卷80; 『史記』 卷55, 留侯世家, 第25; 『續日本記』 卷9, 聖武天皇 神龜3年 秋7月; 『禮記』 上卷, 曲禮 下, 第2; 『漢書』 本紀, 卷9, 元帝紀 第9; 『後漢書』 卷113, 逸民列傳73, 漢陽老父傳; 南孝溫. 遊金剛山記, 『秋江集』 卷5; 『韓國文集叢刊』 16, 民族文化推進會. 1988; 薛逢. 鄭相反行, 『御定全唐詩』 卷548; 禹謨 撰, 『駢志』 卷16, 辛部 下; 『文淵閣四庫全書』 子部, 類書類; 李昉 等 撰, 偃武, 『太平御覽』 卷327, 兵部58; 『文淵閣四庫全書』, 子部, 類書類. 新羅 聖德大王神鍾銘; 金煐泰, 韓國佛教金石文考證1 『三國新羅時代佛教金石文考證』, 民族社, 1992.
汪玢玲・張志立 主編, 『中國民俗文化大觀』(上), 吉林人民出版社.
정약용 저, 渤海考, 『我邦疆域考』 卷6, 정해렴 주, 현대실학사, 2001.
中國佛書刊行會, 最新 『佛教辭典』, 寶蓮閣, 1975, p1031.
韓國佛教大辭典編纂委員會, 『韓國佛教大辭典』, 寶蓮閣, 1982.

〈원가(怨歌)〉 정치현실에 대한 애달픈 충정을 전하다

『呂氏春秋』, 『古文眞寶』, 『唐詩別裁集』, 『孟子』, 『三國史記』, 『三國遺事』, 『漢韓大辭典』5, 『大明律直解』, 『文心雕龍』第47, 『世說新語』, 『史記』, 『西河先生集』, 『史記本紀』, 『孟子』, 『桂苑筆耕』, 『茶山詩文集』卷19, 『左傳』, 『禮記』, 『禮記集說』, 『月印釋譜』, 『月印千江之曲』, 『藝文類聚』, 『韓非子』, 『淮南子』, 『增補文獻備考』, 『英祖實錄』, 『宣祖實錄』

〈제망매가(祭亡妹歌)〉 누이의 천도재(薦度齋)에서 불도를 말하다

『楞嚴經諺解』, 『圓覺經諺解』, 『大明律直解』, 『左傳』, 『葛庵集 續集』, 『佔畢齋集』, 『林下筆記』, 『鶴峯逸稿』, 『惺所覆瓿藁』, 『숙종실록』, 『僧伽吒經』, 『成實論』, 『한글대장경 維摩經 外』, 『楞嚴經』, 『韓國佛教大辭典』, 『大智度論』, 『星湖全集』, 『四佳詩集』, 『月沙集』, 『역주 능엄경언해』, 『김달진 전집 9 붓다차리타』, 『밀린다왕문경(밀린다팡하)』, 『佛說泥洹經』, 『초전법륜경』, 『智度論』, 『涅槃經』, 『三國遺事』, 『懸吐國譯 地藏經』, 『古語辭典』(南廣祐), 『李朝語辭典』(劉昌惇), 『우리말 큰 사전 -옛말과 이두』(어문각), 『고어대사전』(學古房), 『漢韓大辭典』(檀國大 東洋學研究所)
한국고전번역원(http://www.itkc.or.kr/itkc/Index.jsp)
『고려대장경』(http://kb.sutra.re.kr/ritk/index.do)
국립국어원 『표준국어대사전』(http://www.korean.go.kr)

〈도솔가(兜率歌)〉 해 2개의 동시 출현으로 잔뜩 겁먹은 신라인들을 진정시키다

『三國遺事』, 『入唐求法巡禮行記』, 『佛說觀彌勒菩薩上生兜率天經』, 『摩訶般若婆羅蜜經』, 『釋氏要

覽』, 『起信論疏記會閱』, 『高麗史節要』, 『林下筆記』, 『孤雲集』, 『佛說陁羅尼集經』, 『佛說法滅盡經』, 『佛說彌勒下生成佛經』, 『佛說仁王般若波羅蜜經』, 『說文解字』, 『說文解字今釋』, 『佛說海意菩薩所問淨印法門經』, 『大覺國師文集』, 『佛說海意菩薩所問淨印法門經』, 『護國三部經』, 『純祖實錄』, 『佛說灌頂七萬二千神王護比丘呪經』, 『金剛三昧經論』, 『承政院日記 英祖』, 『高麗史節要』, 『高麗史』 天文, 『三國史記』 百濟本紀 新羅本紀, 『史記』 卷27, 天官書 第5, 圓測 著, 백진순 역, 『인왕경소』(동국대학교 출판부, 2010), 원효 저, 은정희 역주, 『원효의 대승기신론 소·별기』(일지사, 2006), 元曉 저, 최세창 역주, 『大乘起信論疏記會本』 卷2(운주사, 2016); 梁會稽嘉祥寺沙門釋慧皎 撰, 『高僧傳』 卷9, 神異上 竺佛圖澄一; 『高麗大藏經』 第32, 東國大學校 民族佛教研究所, 1986; 三藏沙門不空 譯, 奉持品, 『仁王護國般若波羅蜜多經』 卷下; 大正新修 『大藏經』 卷8 般若部4, 大正一切經刊行會, 1924; 北涼三藏法師曇無讖 譯, 四天王品, 『金光明經』 卷2; 『大正新修大藏經』 卷16 經集部3, 大正一切經刊行會, 1925; 大唐天竺三藏阿地瞿多 譯, 佛說諸佛大陁羅尼都會道場印品, 『佛說陁羅尼集經』 卷12; 『高麗大藏經』 第11; 大唐三藏沙門義淨奉 制譯, 四天王護國品, 『金光明最勝王經』 卷6; 大正新修 『大藏經』 卷16 經集部3, 大正一切經刊行會, 1925; 金富軾, 消災道場疏; 李奎報, 消災道場疏, 『東文選』 卷110.
吉野正敏 外, 『氣候學·氣象學辭典』(二宮書店, 1985).

〈찬기파랑가(讚耆婆郎歌)〉 기파랑의 명쾌한 판단과 고고한 지조를 찬양하다

『筆寫本 花郎世記』, 『三國史記』, 『海東高僧傳』, 『佛說勝軍王所問經』, 『世說新語』 賞譽, 『全唐詩』 卷339, 『省齋集』 卷20, 『正菴集』 卷6, 『海行摠載』 回槎錄, 『桂苑筆耕集』 卷20, 『陶隱集』, 『東國李相國前集』 卷8 卷13 卷33, 重刊本 『杜詩諺解』 卷5, 『三國志』 魏書 申毗傳, 『史記』 滑稽列傳補, 『妙法蓮華經』 卷6 如來神力品, 『東陽雙林寺傅大士碑』, 『晋書』 列傳 第6章, 『三淵集』 卷14, 『景德傳燈錄』, 『六祖壇經』, 『摩訶止觀』 卷5 上, 『五洲衍文長箋散稿』 天文總說, 『大方廣佛華嚴經』 卷2, 『新唐書』 卷45 選擧志, 『容齋隨筆』 卷10, 『承政院日記』 고종 2년 5월 6일, 『演繁露』 卷2, 『東文選』 卷25 制誥, 卷17 七言律詩, 『東文選』 卷11, 五言排律, 『韻府羣玉』 卷6, 『韻府羣玉』 卷15, 『說苑』 卷12 奉使, 『梅泉集』 卷2, 『五山集』 續集 卷1 五言古詩, 『世說新語』, 『南冥先生集』 卷1 五言古風, 『詩經』 小雅 天保, 『詩經集傳』 卷9, 『莊子』 讓王, 『論語』 子罕, 『文心雕龍』 第47 才略, 『世宗實錄』 卷26, 『潛谷遺稿』, 『屛山集』 卷8, 『酉陽雜俎』 續集 卷5, 『雲養續集』 卷2 敎諭書, 『茶山詩文集』 卷1 詩, 『省齋集』 卷24 講說雜稿, 『東京雜記』, 『聊齋志异』
元曉 지음, 무비 스님 강의, 『發心修行章』, 조계종출판사, 2015.
이원정, 李圓淨 편, 목정배 역(2015), 『梵網經菩薩戒本彙解』, 운주사, 2015.
이유기, 역주 『南明集諺解』, 세종대왕기념사업회, 2002.

〈안민가(安民歌)〉 나라가 가야 할 길을 제시하다

『管子』, 『史記』, 『三國史記』, 『金光明經』, 『樂書』, 『禮記註疏』, 『增一阿含』, 『세종실록』, 『大薩遮尼乾子所說經』, 『佛說勝軍王所問經』, 『佛說諫王經』, 『佛爲優塡王說王法政論經』, 『前漢書』, 『論語』,

『文宗實錄』, 『高麗史』, 『尚書精義』, 『西谿易說』, 『東坡易傳』, 『續日本記』, 深浦正文 著, 全觀應 譯, 『唯識論解說』(明心會, 1993).

〈도천수대비가(禱千手大悲歌)〉 눈 멀어가는 자식을 위해 애절히 기도하다

『三國史記』 卷36, 雜志5, 地理3; 卷34, 雜志3, 地理1; 卷32, 雜志1, 祭祀 : 『三國遺事』 卷3, 塔像4, 芬皇寺千手大悲 盲兒得眼; 『外臺祕要方』 卷21; 文淵閣 『四庫全書』子部, 醫家類.
『全唐詩』上下, 上海古籍出版社; 『證治準繩』 卷15; 文淵閣 『四庫全書』子部, 醫家類; 『韓國科學技術史資料大系 醫藥學 篇』(4)(6)(1988), 『鄕藥集成方』, 驪江出版社; 唐西天竺三藏伽梵達磨 譯, 『佛說千手千眼觀世音菩薩廣大圓滿無㝵大悲心陀羅尼經』, 第11張; 東國大學校 編, 『高麗大藏經』 11(民族佛教研究所, 1986); 大唐總持沙門智通 譯, 『千眼千臂觀世音菩薩陀羅尼神呪經』 卷上, 9張; 東國大學校 編, 『高麗大藏經』 11, 民族佛教硏究所, 1986; 『法華經』卷2, 譬喩品 第3; 申駿浩(1986), 『妙法蓮華經諺解』, 民族文化社; 漢 鄭氏 注, 『禮記註疏』 卷2, 曲禮 上; 『欽定 四庫全書』 經部, 禮類, 禮記之屬.
孫 穆, 『鷄林類事』; 姜信沆(1980), 『鷄林類事 高麗方言 硏究』, 成均館大學校出版部.
辛民教 외 역, 『國譯 鄕藥集成方』上中下, 永林社, 1986.
眯目第二十五 墮睛被物打附; 『역주 구급방언해』(하), 세종대왕기념사업회.
羅竹風 主編, 『漢語大詞典』, 漢語大詞典出版社, 2001.
천명일 편저, 『깊은 뜻이 담겨있는 부처님 말씀, 천수경』, 지혜의 나무, 1999.
胡國臣 · 張年順, 現代中西醫診療叢書 『中西醫臨床眼科學』, 中國中醫藥出版社, 1998.

〈우적가(遇賊歌)〉 영재 스님이 칼을 든 도적을 불자로 만들다

『三國史記』, 『新增東國輿地勝覽』, 『三國志』 蜀志 關羽傳, 『莊子』, 『宗鏡錄』, 『高麗大藏經』 44, 『六祖壇經』, 『摩訶止觀』卷5, 『妙法蓮華經』卷6, 『宋史』高麗傳, 『妙法蓮華經』 卷2, 『發心修行章』, 『法句經』, 『梵網經菩薩戒本彙解』, 『東史綱目』, 『三國遺事』 卷5, 『四分律』 卷59, 『高麗大藏經』 23, 『阿毘達磨俱舍論』 卷14, 『大正新修大藏經』(이하 『大正藏』) 卷29, 『妙法蓮華經』 卷1, 『梵網經古迹記』 卷4, 『世說新語』 卷上, 『漢韓大辭典』, 『韓非子』 卷8, 『碧巖錄』 第7, 『大智度論』 卷49, 『史記』, 『顔氏家訓』, 『淨土五經一論』, 『遊心安樂道』, 『大乘起信論』 卷1, 『大正藏』 卷32, 『涅槃宗要』, 『大般涅槃經』 卷9, 『高麗大藏經』 卷9, 『梵網經古迹記』 卷1, 『史記列傳』 滑稽列傳, 『索隱』, 『史記會註考證』 卷126, 『四庫全書』 集部 楚詞類, 『楚辭』, 『高麗史』 卷129, 『青莊館全書』卷4, 『韓國文集叢刊』 257, 『燕巖集』 卷7, 『瑜伽師地論』 卷19, 『大正藏』 30, 『佛說彌勒大成佛經』

〈처용가(處容歌)〉 춤과 노래로 역신(疫神)의 공격을 물리치다

『國語』 周語 下, 『論衡』, 『大東野乘』, 『陶隱集』, 『獨斷』, 『牧民心書』, 『默齋日記』 『三國遺事』, 『石潭日記』 下, 『星湖僿說』, 『養兒錄』, 『於于野談』, 『麗韓十家文鈔』, 『역주 諺解痘瘡集要』, 『禮記』 第4 檀弓, 『禮記』 第19 樂記, 『五洲衍文長箋散稿』, 『栗谷集』 雜著, 『醫說』, 『益齋亂藁』, 『莊子』, 『조선

왕조실록』, 『周易』 繫辭 上, 『稗官雜記』, 『韓國口碑文學大系』 7-2 慶州 月城, 『韓國巫歌集』. 羅竹風, 『漢語大詞典』(漢語大詞典出版社, 2001), 馬鳴 지음, 지안 옮김, 『대승기신론』(지식을 만드는 지식, 2011).

〈논저〉

姜吉云, 姜吉云全集Ⅴ 『鄕歌新解讀硏究』, 한국문화사, 2004.

姜晋哲, 「新羅의 祿邑에 대하여」, 『李弘稙博士 回甲紀念 韓國史論叢』, 동간행위원회, 1969; 『韓國中世土地所有硏究』, 一潮閣, 1989.

고영섭, 『삼국유사 인문학 유행』, 박문사, 2015.

고운기, 『일연과 삼국유사의 시대』, 월인, 2001.

구미래, 『한국 불교의 일생 의례』, 민족사, 2012.

구미래, 『한국인의 죽음과 사십구재』, 민속원, 2009.

琴基昌, 『新羅文學에 있어서의 鄕歌論』, 太學社, 1993.

金基興, 「花郎世紀 두 사본의 성격」, 『歷史學報』 178, 歷史學會, 2003, pp.1~27.

김기흥, 『삼국 및 통일신라 세제의 연구』, 역사비평사, 1991, pp.100~102.

金東旭, 『韓國歌謠의 硏究』, 乙酉文化社, 1961.

金東旭・黃浿江・金慶洙 編, 『處容硏究論叢』, 蔚山文化院, 1989.

金東旭, 改訂 『國文學槪說』, 普成文化社, 1974.

金東旭, 鄕歌의 下部 장르, 『新羅時代의 言語와 文學』, 韓國語文學會, 1974, pp.309~323.

金斗南, 「痘瘡장승考-朝鮮時代의 痘瘡對策과 장승」, 『한국민속학』 14, 한국민속학회, 1981, pp.59~93.

김두진, 『삼국시대 불교신앙사 연구』, 일조각, 2016.

金思燁, 『鄕歌의 文學的 硏究』, 啓明大學校出版部, 1979.

金尙憶, 『鄕歌』, 한국자유교육협회, 1974.

金相鉉, 「7세기 후반 新羅佛敎의 正法治國論-元曉와 憬興의 國王論을 중심으로」, 『新羅文化』 30집, 東國大學校 新羅文化硏究所, 2007, p.100.

김상현, 「미륵사 서탑 사리봉안기의 기초적 검토」, 『대발견 사리장엄, 彌勒寺의 再照明』, 마한백제문화연구소・백제학회, 2009, pp.138~154.

김선기, 『옛적 노래의 새풀이-鄕歌新釋』, 普成文化社, 1993.

金聖基, 「怨歌의 해석」, 『한국고전시가작품론 1』, 집문당, 1992.

김수경, 「향가에 나타난 죽음인식의 두 양상-<모죽지랑가>와 <제망매가>를 중심으로」, 『이화어문논집』 11, 이화여자대학교 이화어문학회, 1990, pp.221~240.

金壽泰, 「統一新羅期 專制王權의 崩壞와 金邑」, 『歷史學報』 99・100, 歷史學會, 1983.

金壽泰, 『新羅中代政治史硏究』, 一潮閣, 1996.

金勝東, 『佛敎 印度思想辭典』, 釜山大學校出版部, 2001.

김승동, 『불교사전』, 민족사, 2011.

金承璨, 『新羅鄕歌論』(世宗出版社, 1993); 『신라 향가론』(부산대학교 출판부, 1999).

金承璨,『鄕歌文學論』, 새문사, 1986.

金承璨・權斗煥,『古典詩歌論』, 한국방송통신대학출판부, 1989.

金烈圭,「鄕歌의 文學的 硏究 一斑」, 人文硏究論集4『鄕歌의 語文學的 硏究』, 西江大學校 人文科學硏究所, 1972.

金榮洙, 怨歌,『鄕歌文學硏究』, 一志社, 1993.

김영수,「우적가 배경설화에 나타난 시험과 悟道의 양상」,『비교민속학』25, 비교민속학회, 2003, pp.461~493.

김영욱, 향가해독이야기, 한국목간학회연구총서 03 주보돈교수정년기념논총『문자와 고대 한국 1-기록과 지배, 주류성, 2019.

김영운,『국악개론』, 음악세계, 2015.

김영태,『삼국시대 불교신앙 연구』, 불광출판부, 1990.

金瑛河,「新羅 中古期의 政治過程試論-中代王權成立의 理解를 위한 前提」,『泰東古典硏究』4, 翰林大學校 泰東古典硏究所, 1988, pp.3~48.

金完鎭, 韓國文化硏究叢書21『鄕歌解讀法硏究』, 서울大學校出版部, 1980.

金完鎭, 향가의 解讀과 그 硏究史的 展望,『三國遺事와 문예적 가치 해명』, 새문사, 1982.

김완진,『향가와 고려가요』, 서울대학교출판부, 2000.

金雲學,『新羅 佛敎文學硏究』, 玄岩社, 1976.

김유경,「노래와 이야기를 통해 본 향가의 주제」,『향가의 깊이와 아름다움』, 보고사, 2009.

김은택,『일본서기』의 '신라정벌' 관계 기사에 대하여,『력사과학』87-2, 과학 백과사전출판사, 1987.

김일성종합대학 조선문학사강좌,『조선문학사』, 김일성종합대학출판사, 1990.

金在庚,「新羅 土着信仰의 分化進展」,『歷史學報』174, 歷史學會, 2002, pp.1~31.

김재경,『신라토착신앙과 불교의 융합사상사 연구』, 民族社, 2007.

金鍾雨,『鄕歌文學硏究』, 二友出版社, 1983.

金俊榮,『鄕歌文學』, 螢雪出版社, 1982.

金俊榮,『鄕歌詳解』, 教學社, 1964.

金鎭英, 處容의 정체,『韓國文學史의 爭點』, 集文堂, 1986.

金晋郁,『향가문학론』, 역락, 2005.

金贊會,「大分縣の <眞名野長者伝説・物語>と韓國」,『ぽリグロシア』第8卷, 立命館アジア太平洋大學, 2004.1, pp.99~115.

김창룡,『한국 노래문학의 의혹과 진실』, 태학사, 2010.

金昌錫,「8~10세기 이슬람 제종족의 신라 來往과 그 배경」,『韓國古代史硏究』44, 韓國古代史學會, 2006, p.119.

金哲埈,「羅末麗初의 社會轉換과 中世 知性」,『創作과 批評』12, 一潮閣, 1968, pp.772~782.

金哲埈,「新羅 上代社會의 Dual organization(하)」,『歷史學報』2, 歷史學會, 1952, pp.85~113.

김택규, 回顧와 展望-鄕歌硏究의 展望과 몇 가지 問題,『新羅時代의 言語와 文學』, 韓國語文學會, 1974, pp.169~307.

金學成, 『韓國古典詩歌의 硏究』, 圓光大學校 出版局, 1980.
김학성, 「향가의 장르체계론」, 『大東文化硏究』 27, 성균관대학교 대동문화연구원, 1992, pp.3~22.
김학성, 향가와 화랑집단; 한국고전문학회 편, 『문학과 사회집단』, 집문당, 1995.
김학성, 『한국 고시가의 거시적 탐구』, 집문당, 1997.
김형태, 중등교육과정의 향가교육 실태연구, 『향가의 깊이와 아름다움』, 보고사, 2009.
김홍규, 『한국문학의 이해』, 민음사, 1986.
金興三, 「新羅 聖德王의 王權强化政策과 祭儀를 통한 河西州地方 統治(下)」, 『博物館誌』 4·5合輯, 江原大學校博物館, 1998, pp.61~88.
羅景洙, 『鄕歌文學論과 作品硏究』, 集文堂, 1995.
나경수, 『향가의 해부』, 민속원, 2004.
南豊鉉, 『吏讀硏究』, 태학사, 2000.
南豊鉉, 『借字表記法硏究』, 檀大出版部, 1981.
盧重國, 百濟史에 있어서의 益山의 위치, 『益山의 先史와 古代文化』, 마한 백제문화연구소·익산시, 2003, pp.187~222.
盧重國, 『百濟政治史硏究』, 一潮閣, 1988.
노중국, 彌勒寺 창건과 知命法師, 『백제사회사상사』, 지식산업사, 2010.
노중국, 『백제정치사』, 일조각, 2018.
盧泰敦, 統一期 貴族의 經濟基盤, 『韓國史』 3, 국사편찬위원회, 1978.
盧泰敦, 「高句麗의 漢水流域 喪失 原因에 대하여」, 『韓國史硏究』13, 韓國史硏究會, 1976, pp.29~57.
류 렬, 조선민주주의인민공화국 사회과학원 언어학연구소 기획 조선어학전서 13 『향가연구』, 박이정, 2003.
류병윤, 「향가연구의 방향모색을 위한 고찰」, 『한어문교육』 17, 한국언어문학교육학회, 2007, pp.57~79.
閔肯基, 『원시가요와 몇 가지 향가의 생성적 의미에 관한 연구』, 누리, 2019.
朴敬源, 「永泰二年銘 石造毘盧遮那坐像-智異山 內院寺石佛 探査始末」, 『考古美術』 168, 韓國美術史學會, 1985, p.9.
朴箕錫, 「願往生歌와 廣德 嚴莊 설화의 관련 양상」, 『한국고전시가작품론1』, 집문당, 1992
朴魯埻, 「鄕歌의 歷史·社會學的 연구성과 되짚어보기」, 『慕山學報』 9, 동아인문학회, 1997, pp.139~169.
朴魯埻, <獻花歌>의 해석; 金烈圭·申東旭 편, 『三國遺事의 문예적 硏究』, 새문社, 1982.
朴魯埻, 『新羅歌謠의 硏究』, 悅話堂, 1982.
朴魯埻, 『향가 여요의 역사』, 지식산업사, 2018.
박노준, 『옛사람 옛노래 향가와 속요』, 태학사, 2003.
박노준, 『향가 여요의 정서와 변용』, 태학사, 2001.
박노준, 『향가여요 종횡론』, 보고사, 2014.

朴仁熙, 「感通篇 鄕歌로서 願往生歌」, 『大東文化研究』 50, 성균관대 대동문화연구원, 2005, pp.297～321.

박인희, 「경덕왕 대 향가 4수의 의미와 역할」, 『韓國詩歌文化研究』 42, 韓國詩歌文化學會, 2018, pp.102～103.

박인희, 『삼국유사와 향가의 이해』, 월인, 2008.

박일용, 「역신의 상징적 의미와 <처용가>의 감동 기제」, 『古典文學研究』 49, 한국고전문학회, 2016, pp.27～28.

박재민, 「고등학교의 訓借字·音借字 교육에 대한 비판적 고찰」, 『국어교육』, 한국어교육학회, 2012, pp.149～172.

박재민, 「兜率·詞腦·嗟辭의 語義에 대한 小考」, 『古典文學研究』 43, 韓國古典文學會, 2013, pp.3～31.

박재민, 「향가 해독과 훈차자·음차자 교육에 대한 비판적 고찰」, 『한국시가 연구사의 성과와 전망』, 보고사, 2016, pp.64～86.

박재민, 『新羅 鄕歌 辨證』, 태학사, 2013.

박재연 주편, 선문대 중한번역 문헌연구소, 『고어대사전』, 학고방, 2010.

朴眞奭, 『好太王碑拓本研究』, 黑龍江朝鮮民族出版社, 2001.

朴眞奭·李東源, 『好太王碑與古代朝日關係研究』, 延邊大學出版社, 1996.

朴海鉉, 『신라중대정치사연구』, 국학자료원, 2003.

박현숙, 무왕과 선화공주의 미스테리, 미륵사지 출토 금제사리봉안기, 『금석문으로 백제를 읽다』, 학연문화사, 2014.

박현숙, 미륵사 금제사리봉안기의 출현과 선화공주의 수수께끼, 『우리시대의 한국고대사 2』, 주류성, 2017.

朴瀅雨, 『濟衆院』, 몸과 마음, 2002.

배대온, 『歷代 이두사전』, 형설출판사, 2003.

法然上人 撰述, 須摩提 옮김, 『아미타불의 본원을 선택하라-選擇本願念佛集』, 비움과소통, 2016.

부산박물관, 「石南寺址 石造毘盧遮那佛坐像 蠟石舍利壺」, 『부산박물관 소장유물 도록 珍寶』, 디자인인트로, 2013.

史在東, 「薯童 說話 研究」, 『藏菴池憲英先生華甲紀念論叢』, 同論叢刊行會, 1971, pp.893～952.

사재동, 「薯童謠의 文學的 考察」, 『향가연구』, 국어국문학회 편, 태학사, 1998, pp.223～241.

서대석, 『한국 신화의 연구』, 집문당, 2002.

徐琳 저, 梁伍鎭 역, 白族 文字에 관하여, 『아시아 諸民族의 文字』, 口訣學會 編, 태학사, 1997.

서영교, 「融天師의 彗星歌 창작시기와 그 배경」, 『民族文化』 27, 민족문화추진회, 2004.

서영숙, 『한국 서사민요의 날실과 씨실-우리 어머니들의 노래』, 역락, 2009.

徐在克, 「薯童謠의 文理」, 『清溪金思燁博士頌壽紀念論叢』, 學文社, 1973, pp.257～268.

徐在克, 『新羅 鄕歌의 語彙 研究』, 啓明大學校 韓國學研究所, 1975; 增補 『新羅 鄕歌의 語彙 研究』, 螢雪出版社, 1995.

서철원, 「처용가무의 전승 및 연행 과정에 나타난 오방처용의 성격」, 『韓國詩歌研究』 41, 한국시가학회, 2016, pp.51~79.
서철원,「新羅中代 鄕歌에서 서정성과 정치성의 문제-聖德王 代 <獻花歌>·<怨歌>」,『민족어문』 53, 민족어문학회, 2006.
서철원,『향가의 역사와 문화사』, 지식과 교양, 2011.
서철원,『향가의 유산과 고려시가의 단서』, 새문사, 2013.
성규·이인철,『신라의 불교사원』, 백산자료원, 2003.
성기옥,「향가의 형식·장르·향유기반」,『국문학연구』 6, 국문학회, 2001, pp.65~100.
성기옥·손종흠,『고전시가론』, 한국방송통신대학교출판부, 2006.
성호경,「讚耆婆郎歌의 시세계」,『국어국문학』 136, 국어국문학회, 2004, p.136.
성호경,「향가 연구의 함정과 그 극복 방안」,『국어국문학』 100, 국어국문학회, 1988, pp.127~138.
성호경, <제망매가(祭亡妹歌)>의 시세계,『국어국문학』 143, 국어국문학회, 2006, pp.273~304.
성호경,『신라향가연구-바른 이해를 위한 탐색』, 태학사, 2008.
성호주,「鄕歌의 作者와 그 周邊問題」,『향가연구』, 태학사, 1998, pp.147~163.
소창진평 小倉進平,『鄕歌及び吏讀の硏究』, 京城帝國大學, 1929; 한국학문헌연구소 편,『국어국문학자료총서』 5, 아세아문화사, 1974.
손종흠,『고전시가미학강의』, 앨피, 2011.
宋基豪 역,『韓國古代金石文』 1-고구려 백제 낙랑 편, 韓國古代社會硏究所, 1992.
宋芳松,『韓國音樂史論攷』, 영남대학교출판부, 1995.
宋晳來,『韓日古代歌謠の比較硏究, 學文社, 1983.
宋晳來,『鄕歌와 萬葉集의 比較硏究』, 乙酉文化社, 1991.
송지언,「'감동천지귀신'의 의미와 <제망매가>의 감동」,『국어교육』 139, 한국어교육학회, 2012.10, pp.259~283.
신동원,『호열자, 조선을 습격하다』, 역사비평사, 2004.
신동원,『호환 마마 천연두-병의 일상 개념사』, 돌베개, 2013.
신동익, 원왕생가의 작자,『한국문학사의 쟁점』, 집문당, 1986.
신동흔,「慕竹旨郎歌와 죽지랑 이야기의 재해석」,『冠嶽語文硏究』 15, 서울대학교 국어국문학과, 1990, pp.190~191.
신영명,「안민가의 정치사상」,『우리문학연구』 31, 우리문학회, 2010, pp.63~85.
신영명,『월명과 충담의 향가』, 넷북스, 2012.
신재홍,「제망매가의 주제 분석」,『국문학연구』 4, 국어국문학회, 2000, pp.213~230.
신재홍,「鄕歌 難解句의 再解釋(3)-慕竹旨郎歌」,『先淸語文』 24, 서울대 사범대 국어교육과, 1996.
신재홍,「향가에 나타난 정치 이념과 현실-<도솔가>, <안민가>, <원가>를 대상으로」,『고전문학연구』 26, pp.189~220.
신재홍,『향가 서정 여행』, 월인, 2016.

신재홍, 『향가의 미학』, 집문당, 2006.

신재홍, 『향가의 연구』, 집문당, 2017.

신재홍, 『향가의 해석』, 집문당, 2000.

신정훈, 『8세기 신라의 정치와 왕권』, 한국학술정보, 2010.

辛鍾遠, 「斷石山神仙寺 造像銘記에 보이는 彌勒信仰 集團에 대하여-신라 中古期의 王妃族 岑喙部」, 『歷史學報』 143, 歷史學會, 1994, pp.1~26.

辛鍾遠, 『삼국유사 새로 읽기(1)』, 일지사, 2004.

신종원, 불교사상과 제반문화, 『한국사 4』-고대사회에서 중세사회로2, 한길사, 1994.

신종원, 『삼국유사 깊이 읽기』, 주류성, 2019.

신종원, 『삼국유사 새로 읽기(2)』, 일지사, 2011.

申瀅植, 『統一新羅史硏究』, 한국학술정보, 2004.

신형식, 『新羅史』, 이화여자대학교 출판부, 1985.

심경호, 『참요, 시대의 징후를 노래하다』, 한얼미디어, 2012.

안상현, 우리가 정말 알아야 할 『우리 별자리』, 현암사, 2000.

안상현, 『우리 혜성 이야기』, 사이언스북스, 2013.

안태욱, 處容說話의 佛敎的 硏究, 『處容硏究全集』 II 문학1, 역락, 2005.

양종국, 웅진도독 부여융과 신라 문무왕의 취리산 會盟址 검토-현재의 취리산과 연미산을 중심으로, 『취리산회맹과 백제』, 혜안, 2010.

梁柱東, 「新羅歌謠의 文學的 優秀性-주로 讚耆婆郞歌에 대하여」, 『國學硏究論攷』, 乙酉文化社, 1962, pp.22~29.

梁柱東, 詳註 『國文學古典讀本』, 博文出版社, 1948.

梁柱東, 訂補版 『古歌硏究』, 博文書舘, 1942/1960.

양주동, 「德字辨-원왕생가의 작자 문제」, 『국어국문학논문집』 3, 동국대 국어국문학과, 1962.

楊熙喆, 「薯童謠의 語文學的 硏究」, 『語文論叢』 11, 청주대 국어국문학과, 1995, pp.1~30.

楊熙喆, 「祭亡妹歌의 意味와 形象」, 『국어국문학』 102, 국어국문학회, 1989, pp.241~261.

楊熙喆, 『향찰 연구 12제』, 보고사, 2008; 『향찰 연구 16제』(2013); 『향찰 연구 20제』(2015)

양희철, 「唐代批評으로 본 '其意甚高'와 <찬기파랑가>」, 『韓國詩歌硏究』 18, 韓國詩歌學會, 2005, pp.43~76.

양희철, 『삼국유사 향가연구-詩性과 鄕札式 思考로 본 解讀과 解釋』, 태학사, 1997.

양희철, 『향가 문학론 일반』, 보고사, 2020.

엄국현, 「도솔가 연구」, 『한국민족문화』 43, 부산대 한국민족문화연구소, 2012, pp.109~140.

呂運弼, 禱千手大悲歌의 祈願歌的 理解, 『한국고전시가작품론』 1, 集文堂, 1992.

염나리, 「<찬기파랑가> 이해를 위한 학습 활동 구성 연구-상징을 중심으로」, 『국어교과교육연구』 29, 국어교과교육학회, 2017, pp.57~59.

염정삼, 『說文解字注』 부수자 역해, 서울대학교출판문화원, 2010.

芮昌海, 「<讚耆婆郞歌>의 文學的 再構 및 解釋 試論」, 『한국고전시가작품론』 1, 集文堂, 1992.

芮昌海, <獻花歌>에 대한 한 試論, 白影 鄭炳昱先生 還甲紀念論叢 II 『韓國詩歌文學硏究』, 新丘文

化社, 1983, p.50.
오출세, 혜성가; 임기중 외, 『새로 읽는 향가문학』, 아세아문화사, 1998, p.26.
원보영, 『민간의 질병인식과 치료 행위에 관한 의료민속학적 연구』, 민속원, 2010, pp.113~238.
魏恩淑, 祿科田의 설치, 『한국사』 19 고려후기의 정치와 경제, 국사편찬위원회, 1996.
유동석, 고려가요 정과정의 노랫말에 대한 새 해석, 『한국문학논총』 26, 한국문학회, 2000.6, pp.241~254.
兪元載, 「百濟史에서 益山 文化遺蹟의 性格」, 『馬韓百濟文化』 14, 圓光大 馬韓百濟文化研究所, 1999, pp.109~119.
兪昌均, 補訂 『鄕歌批解』, 螢雪出版社, 1994.
柳孝錫, 「遇賊歌에 있어서 믿음과 상상의 가치」, 『신라가요의 기반과 작품의 이해』, 보고사, 1998, pp.524~540.
윤선태, 「月城垓字 출토 신라 문서목간」, 『역사와 현실』 56, 한국역사연구회, 2005, pp.124~125.
윤소희, 「월명사의 聲梵에 관한 연구-한국 초전불교와 서역 불교문화를 통하여」, 『국악원논문집』 31, 국립국악원, 2015, pp.111~144.
윤소희, 『동아시아 불교의식과 음악』, 민속원, 2013.
윤소희, 『범패의 역사와 지역별 특징』, 민속원, 2016.
윤소희, 『한중불교음악연구』, 백산자료원, 2014.
尹榮玉, 「信忠掛冠과 怨歌」, 『三國遺事의 문예적 研究』, 새문사, 1982.
尹榮玉, 「遇賊歌의 考察」, 신라문화제학술발표논문집 7 『新羅文學의 新研究』, 동국대 신라문화연구소, 1986.
尹榮玉, 「彗星歌의 考察」, 『嶺南語文學』 4, 嶺南語文學會, 1977.
尹榮玉, 『新羅詩歌의 研究』, 螢雪出版社, 1991.
이경섭, 『신라 목간의 세계』, 景仁文化社, 2013.
李庚秀, 勞動謠로서의 風謠, 『한국고전시가작품론 1』, 집문당, 1992, pp.45~53.
李基東, 「新羅 興德王 代의 政治와 社會」, 『國史館論叢』 21, 1991, pp.97~131.
李基東, 『新羅骨品制社會와 花郎徒』, 一潮閣, 1984.
李基文, 『國語史概說』, 民衆書舘, 1961.
李基白, 『新羅時代의 國家佛教와 儒教』, 韓國研究院, 1978.
李基白, 『韓國古代政治社會史研究』, 一潮閣, 1996.
李基白, 「三國時代 佛教傳來와 그 社會的 性格」, 『歷史學報』 6, 歷史學會, 1954, pp.128~205.
李基白, 景德王과 斷俗寺 怨歌, 『新羅政治社會史研究』, 一潮閣, 1974.
李基白, 統一新羅와 渤海의 社會, 『韓國史講座』 古代篇, 一潮閣, 1982.
李基白, 『新羅思想史研究』, 一潮閣, 1994.
李基白, 『新羅政治社會史研究』, 一潮閣, 1997.
李基白, 『한국고대정치사회사연구』, 일조각, 1996.

李基白・李基東, 『韓國史講座』 1, 一潮閣, 1982.
이기백, 신수판 『한국사신론』, 일조각, 1990.
이기봉, 「신라 원성왕 대의 재이와 정치・사회적 변동」,『新羅史學報』 25, 新羅史學會, 2012.
이기영, 「仁王般若經과 護國佛敎」, 『東洋學』 5, 단국대학교 동양학연구원, 1975.
李乃沃, 「미륵사와 서동설화」, 『역사학보』 188, 역사학회, 2005, pp.29~57.
李能雨, 『古詩歌論攷-그 本性 把握을 위한 研究』, 숙명여자대학교출판부, 1983.
이도학, 『백제 사비성 시대 연구』, 일지사, 2010.
이도학, 『백제인물사』, 주류성, 2005.
이도학, 『삼국통일 어떻게 이루어졌나』, 학연문화사, 2018.
이도흠, 「찬기파랑가의 새로운 語釋과 의미 해석」, 『文兼 全英雨博士華甲紀念論文集 國語國文學論叢』, 水原大 國文學科, 1994, pp.669~700.
이도흠, 三國遺事에서 현실의 反映과 屈折의 變因과 原理-景文王 설화와 調信夢 설화를 중심으로, 耳勤崔來沃敎授華甲紀念論文集 『說話와 歷史』, 集文堂, 2000, pp.311~333.
이도흠, 「안민가의 和諍詩學」, 『동아시아문화연구』 23, 한양대학교 한국학연구소, 1993, pp.43~90.
이도흠, 『신라인의 마음으로 삼국유사를 읽는다』, 푸른역사, 2000.
이도흠, 『화쟁기호학, 이론과 실제』, 한양대출판부, 1999.
이문규, 『고대 중국인이 바라본 하늘의 세계』, 문학과지성사, 2000.
李丙燾, 「薯童說話에 對한 新考察」, 『歷史學報』 1, 歷史學會, 1952, pp.57~76.
이병학, 『역사 속의 원효와 금강삼매경론』, 혜안, 2017.
이병호, 『백제 왕도 익산, 그 미완의 꿈-무왕과 왕궁리, 선화공주와 미륵사』, 책과함께, 2019.
李符永, 『分析心理學』-C.G.Jung의 人間心性論, 一潮閣, 1978.
李相斐, 「處容說話의 綜合的 研究」, 『국어국문학연구』 1, 원광대 국어국문학과, 1974, pp.47~66.
이소라, 『삼국유사의 서술 방식 연구』, 제이앤씨, 2005.
李丞南, 삼국유사 신충괘관조의 의미소통과 향가 원가의 정서적 지향, 『韓國思想과 文化』 46, 한국사상문화학회, 2007, pp.147~174.
이승남, <처용가>의 시적 정서와 서사물의 구조, 『處容研究全集』 Ⅱ 문학2, 역락, 2005.
이승남, 「원왕생가의 시적 자아와 작자 문제」, 『한국어문학연구』 39, 동악어문학회, 2002, pp.197~216.
이승남, 『고전시가의 작품세계와 형상화』, 역락, 2003.
李姸淑, 『新羅鄕歌文學研究』, 박이정, 1999.
이연숙, 「향가와 『萬葉集』 작품의 불교 형상화 방식 비교 연구」, 『韓國詩歌研究』 21(韓國詩歌學會, 2006), pp.103~137.
이연숙, 『한국어역 만엽집』(1)~(8), 박이정, 2012~2015.
이영태, 「향가의 가창 현장과 <우적가>」,『우리문학연구』 15, 우리문학회, 2002, pp.29~51.
이영태, 「수록경위를 중심으로 한 <수로부인>조와 <헌화가>의 이해」, 『국어국문학』 126, 국어국문학회, 2000.5, pp.195~196 참조.

李英澤, 「우리나라 痘瘡에 대한 醫史學的 硏究 - 우리나라 史書 및 古典醫書를 중심으로」, 『中央醫學』 38 : 5, 중앙의학, 1980, pp.275~284.

이영호, 「삼국유사 감통조 월명사 <도솔가>를 읽고」, 신라문화제 학술발표 논문집 32 『감통과 신통의 보여준 신라인』, 동국대 신라문화연구소, 2011.6, pp.238~240.

이완형, '處容郎 望海寺' 조의 서사적 이해와 처용가의 기능, 『處容硏究全集』 II 문학2, 역락, 2005.

이완형, 「<讚耆婆郎歌>에 숨겨진 의도와 노래의 기능」, 『어문학』 96, 한국어문학회, 2007, p.221.

李龍範, 「處容說話의 一考察-唐代 이슬람商人과 新羅」, 『震檀學報』 32, 震檀學會, 1969, pp.1~34.

李佑成, 「三國遺事 所載 處容說話의 一分析-新羅末 高麗初 地方豪族의 登場에 대하여」, 『金載元博士回甲記念論叢』(을유문화사, 1969); 『韓國中世社會硏究』(一潮閣, 1991), pp.166~199.

李雄宰, 「遇賊歌 說話의 硏究」, 『平沙閔濟先生華甲紀念論文集』, 同刊行委員會, 1990, pp.279~315.

李仁哲, 「新羅上代의 佛寺造營과 그 社會經濟的 基盤」, 『白山學報』 52, 白山學會, 1999, pp.47~81.

李仁哲, 『신라정치경제사 연구』, 일지사, 2003.

이임수, 『한국시가문학사』, 보고사, 2014.

이임수, 『향가와 서라벌 기행』, 박이정, 2007.

이자랑 · 이필원 글, 배종훈 그림, 『도표로 읽는 불교입문』, 민족사, 2016.

이장웅, 「삼국유사 무왕 조를 통해 본 역사적 사실과 설화적 진실」, 『삼국유사의 세계』, 세창출판사, 2018.

이재석, 『고대 한일관계와 일본서기-일본서기의 허상과 실상』, 동북아역사재단, 2019, p.170.

李在銑, 『鄕歌의 理解』, 三省美術文化財團, 1979.

李在銑, 「新羅鄕歌의 語法과 修辭」, 『鄕歌의 語文學的 硏究』, 西江大學校 人文科學硏究所, 1972.

李廷瑾, 翼狀片에 關한 臨床的 硏究, 『大韓眼科學會雜誌』 22권 1호, 大韓眼科學會, 1981, pp.17~24.

이정숙, 『신라 중고기 정치사회 연구』, 혜안, 2012.

李鍾旭, 「彌勒寺의 創建緣起」, 『彌勒寺-遺蹟發掘調査報告書 I』, 文化財管理局, 1989.

李鍾旭, 廣開土王陵碑 및 『三國史記』에 보이는 '倭兵'의 正體, 『韓國史 市民講座』 11, 一潮閣, 1992.

李鍾旭, 「三國遺事 竹旨郎條에 대한 一考察」, 『韓國傳統文化硏究』 2, 曉星女子大學校 韓國傳統文化硏究所, 1986, p.207.

李鍾旭, 『新羅上代王位繼承硏究』, 영남대학교 민족문화연구소, 1980.

이종욱, 「花郎世紀의 신빙성과 그 저술에 대한 고찰」, 『韓國史硏究』 97, 韓國史硏究會, 1997, pp.1~34.

李之茂 撰, 李智冠 역, 校勘譯註 『歷代高僧碑文』(高麗篇 3), 伽山佛敎文化硏究院, 1996.

李昌植, 「水路夫人 說話의 現場論的 硏究」, 石田 李丙疇博士 古稀紀念 特輯號 『東岳語文論集』 25,

東岳語文學會, 1990, p.202.
李鐸, 鄕歌新解讀, 『國語學論攷』, 正音社, 1958.
李太元, 『往生論註 講說』, 운주사, 2003,
李太元, 『淨土의 本質과 教學發展』, 운주사, 2006.
이필원, 『사성제 팔정도』, 민족사, 2010.
이해주, 『삼국시대 불상의 미의식 연구』, 학연문화사, 2013.
이현숙, 「신라 약재명 목간에 대한 분석」, 한국 목간학회 6회 정기발표회, 한국목간학회, 2009, p.109.
이현우, 「경덕왕 대 향가 5수의 사상적 배경과 의미 분석-배경설화와의 관련 양상을 중심으로」, 『국제어문』 73집, 국제어문학회, 2017, p.278.
이현우, 「영재 <우적가>의 배경설화에 관한 일고찰」, 『泮橋語文研究』, 반교어문학회, 2016, pp.257~280.
이현주, 「신라 선화공주의 역사적 실재와 역할」, 『史林』 70, 首善史學會, 2019, pp.83~84.
李賢熙, 「향가의 언어학적 해독」, 『새국어생활』 6-1, 국립국어원, 1996.
이형대 지음, 『신라인의 마음, 신라인의 노래-이야기와 함께 만나는 향가의 세계』, 보림, 2012.
이형대, 「怨歌와 鄭瓜亭의 시적 인식과 정서」, 『한성어문학』 18, 한성대학교 국어국문학과, 1999, pp.99~118.
李弘稙, 三國遺事 竹旨郎條 雜考, 『韓國古代史의 研究』, 新丘文化社, 1973, p.525.
인권환 외, 『고전문학연구의 쟁점적 과제와 전망』 下, 월인, 2003.
임기중 외, 『새로 읽는 향가 문학』, 아세아문화사, 1998.
林基中, 『新羅歌謠와 記述物의 研究』-呪力觀念을 中心으로, 半島出版社, 1981.
임기중, 한국인의 말하기 전통과 7~8세기 시문법, 『향가의 깊이와 아름다움』, 보고사, 2009.
임기중, 鄕歌의 研究와 그 認識樣相에 대하여, 『關大論文集』 8, 관동대학교, 1980, pp.25~42.
임승택, 『초기불교-94가지 주제로 풀다』, 종이거울, 2013.
임재해, 「처용담론에 나타난 사회적 모순과 굿 문화의 변혁성」, 『배달말』 24, 배달말학회, 1999, pp.189~238.
임주탁, 「소통 문맥을 통해 본 향가의 특성과 그 의미」, 『語文學』 118, 한국어문학회, 2012, pp.133~135.
임주탁, 「향악의 개념과 향가와의 관계」, 『한국문학논총』 79, 한국문학회, 2018, pp.67~99.
임주탁, 「안민가의 창작동기와 의미 해석」, 『한국문학논총』 57, 한국문학회, 2011.4, pp.5~28.
임홍빈, 「국어학과 인문학적 상상력」, 『국어국문학』 146, 국어국문학회, 2007, pp.7~34.
장　익, 『불교 유식학 강의』, 정우서적, 2012.
張德順, 『國文學通論』, 新丘文化社, 1988.
장세경, 『이두자료 읽기 사전』, 한양대출판부, 2001.
장영우, 도솔가, 『새로 읽는 향가문학』, 아세아문화사, 1998.
장원섭, 『신라 삼국통일 연구』, 학연문화사, 2018.
장윤희, 「고대국어 연결어미 '遣'과 그 변화」, 『口訣研究』 14, 口訣學會, 2005, pp.124~146.

張正龍, 「新羅鄉歌 獻花歌의 背景論的 高察」, 『井山柳穆相博士華甲紀念論叢』, 中央大學校 中央文化硏究院出版部, 1988, p.535, p.549.
장지훈, 『한국 고대 미륵신앙 연구』, 집문당, 1997.
張珍昊, 『新羅鄉歌의 硏究』, 螢雪出版社, 1993.
장충식, 『한국의 불상』, 동국역경원, 2005.
張漢宗 著, 김영준 역, 祝願行房, 『禦睡新話』, 보고사, 2010.
全圭泰, 『論註 鄕歌』, 정음사, 1976.
全德在, 新羅時代 祿邑의 性格, 『韓國古代史論叢』 10, 駕洛國史蹟開發硏究院, 2000.
全德在, 『한국고대사회경제사』, 태학사, 2006.
전보영, 「경덕왕과 승려의 교류양상과 그 의미」, 『史學硏究』 112, 한국사학회, 2013, pp.53~68.
전운덕 田雲德 發行, 『金光明經 金光明經玄義』, 大韓佛敎 天台宗 救仁寺, 1996.
전인평, 『새로운 한국음악사』, 현대음악출판사, 2000.
전종휘, 「전날의 마마(痘瘡)와 그 예방」, 『醫史學』 2권 2호, 大韓醫史學會, 1993, pp.122~125.
젊은 역사학자 모임, 임나일본부 연구와 식민주의 역사관, 『한국 고대사와 사이비 역사학』, 역사비평사, 2017.
鮎貝房之進, 「國文・吏吐・俗謠・造字・俗字・借訓字」, 朝鮮史講座 『特別講義』(3), 朝鮮史學會, 1923, pp.208~212.
정렬모, 『향가 연구』, 사회 과학원 출판사, 1965.
鄭尙均, 兜率歌 연구, 『한국고전시가작품론』 1, 集文堂, 1992.
정열모, 「새로 읽은 향가」, 『한글』 99, 한글社, 1947; 정열모, 『향가연구』, 사회과학원출판사, 1965.
정열모, 『신라향가주해』, 국립출판사, 1954; 한국문화사(1999 영인).
정열모, 『향가 연구』, 사회과학원출판사, 1965.
鄭容淑, 「新羅 善德王 代의 정국동향과 毗曇의 亂」, 『李基白先生古稀紀念 韓國史學論叢』(上) ~古代篇・高麗時代篇, 一潮閣, 1994.
鄭宇永, 「<薯童謠> 解讀의 爭點에 대한 檢討-국어학자들의 연구 업적을 중심으로」, 『국어국문학』 147, 국어국문학회, 2007, pp.259~294.
정운채, <처용가>와 <도량 넓은 남편>의 관련 양상 및 그 문학치료적 의의, 『고전문학과 교육』 12, 한국고전문학교육학회, 2006, pp.217~218.
鄭媛朱, 『高句麗 滅亡 硏究』, 한국학중앙연구원 박사논문, 2012.
丁益燮, 「願往生歌의 作者攷-背景說話를 中心으로」, 『湖南文化硏究』 9, 全南大學校 湖南文化硏究所, 1977, pp.101~114.
鄭寅普, 「朝鮮文學源流草本 第一編」, 『朝鮮語文硏究』, 延禧專門學校出版部, 1930, pp.1~49.
정종목, 포석정은 놀이터가 아니었다, 『역사스페셜』 3, 효형출판, 2001.
정진원, 월명사의 도솔가 해독에 대하여, 『口訣硏究』 20, 구결학회, 2008, pp.231~258.
정창일 鄭昌一, 『鄕歌新硏究』, 세종출판사, 1987.
정한기, 「<서동요>에 나타난 민요적 성격」, 『고전문학과 교육』 22, 한국고전문학교육학회,

2011, pp.385～409.
정홍교,『조선문학사』1(원시~9세기), 사회과학출판사, 1991, p.186.
조규성·박재문,「익산 미륵사지 석탑에 사용된 화강암에 대한 암석학적 연구」,『과학교육논총』27, 전북대학교 과학교육연구소, 2002, pp.33～45.
조규익,『고전시가와 불교』, 學古房, 2010.
조동일, <안민가>에 나타난 정치의식,『한국고전시가작품론』1, 集文堂, 1992.
조동일, 신라향가에서 제기한 문제,『한국시가의 역사의식』, 文藝出版社, 1993.
조동일, 제4판『한국문학통사 1-원시문학-중세전기문학』, 지식산업사, 2005.
조동일, 彗星歌의 창작 연대, 白影 鄭炳昱先生 還甲紀念論叢Ⅱ『韓國詩歌文學研究』, 新丘文化社, 1983.
조명화,『佛教와 敦煌의 講唱文學』, 이회문화사, 2003.
曺凡煥,「王妃의 交替를 통하여 본 孝成王 代의 政治的 動向」,『韓國史研究』154, 한국사연구회, 2011, pp.37～68.
조범종,「삼국유사 피은 영재우적 조 검토」,『신라문화제학술논문집』31, 2010, pp.255～264.
조선과학백과사전출판사 출판 위원회,『新東醫學辭典』, 여강출판사, 2003.
趙潤濟,「鄕歌研究에의 提言-李能雨 君의 '鄕歌의 魔力'을 읽고」,『現代文學』23, 현대문학사, 1956, p.19.
趙芝薰,「新羅歌謠研究論考」,『民族文化研究』1, 高麗大 民族文化研究所, 1964, pp.123～170.
趙芝薰,『韓國文化史序說』, 探求堂, 1984.
조태영,「三國遺事 水路夫人 說話의 神話的 成層과 歷史的 實在」,『古典文學研究』16, 韓國古典文學會, 1999, pp.19～20.
조현걸,「불교의 정법치국의 이념과 신라정치체제에서의 수용 -신라의 삼국통일 이전 시기를 중심으로」,『대한정치학회보』16집 3호, 대한정치학회, 2009, pp.131～154.
조현설,「두 개의 태양, 한 송이의 꽃-월명사 일월조정 서사의 의미망」,『민족문학사연구』54, 민족문학사학회·민족문학사연구소, 2014, pp.113～142.
朱甫暾,「毗曇의 亂과 善德王 代 政治運營」,『李基白先生古稀紀念 韓國史論叢』(上), 一潮閣, 1994.
주보돈, 남북국시대의 지배체제와 정치,『한국사』3 고대사회에서 중세사회로 1, 한길사, 1994.
주보돈,『신라 지방통치체제의 정비과정과 촌락』, 신서원, 1998.
중요무형문화재 제39호 처용무보존회,『처용무보』, 민속원, 2008.
中村 元 저, 鄭泰爀 옮김,『原始佛教-그 思想과 生活』, 東文選, 1993.
中樞院 編,『吏讀集成』, 國學資料院, 1975.
池憲英,『鄕歌麗謠新釋』, 正音社, 1947.
池憲英,『鄕歌麗謠의 諸問題』, 太學社, 1991.
지헌영,「善陵에 대하여」,『東方學志』12, 연세대 국학연구원,1971, p.147.
진홍섭 글, 안장헌·손재식 사진,『불상』, 대원사, 1989.
秦弘燮,『韓國의 佛像』, 一志社, 1992.
車柱環,『中國詞文學論考』, 서울大學校出版部, 1982.

채상식, 『一然 그의 생애와 사상』, 혜안, 2017.
蔡雄錫, 『高麗時代의 國家와 地方社會』, 서울대학교출판부, 2000.
처용연구전집 간행 위원회 김경수 외, 『處容研究全集』 Ⅱ 문학1 / 『處容研究全集』 Ⅱ 문학2 / 『處容研究全集』 Ⅲ 민속 / 『處容研究全集』 Ⅳ 종합, 역락, 2005.
村山智順 저, 金禧慶 역, 『朝鮮의 鬼神』, 東文選, 1990.
崔光植, 『三國遺事』 所載 老翁의 起源과 性格, 『효대논문집』 35, 대구효성가톨릭대학교, 1987, p.179.
최광식 편저, 『삼국유사의 세계』, 세창출판사, 2018.
최광식, 『한국고대의 토착신앙과 불교』, 고려대학교출판부, 2007.
최광식・박대재 역주, 『삼국유사』, 고려대학교출판부, 2014.
崔南善, 民俗과 說話, 『三國遺事 解題』, 瑞文文化社, 1983.
최남희, 『고구려어연구』, 박이정, 2005.
최남희, 『고대국어 표기 한자음 연구』, 박이정, 1999.
최남희, 『고대국어형태론』, 박이정, 1996.
崔美汀, 「處容의 文學傳承的 本質」, 『冠岳語文研究』 5, 서울대학교 국어국문학과, 1980, pp.159~189.
최선경, 서동설화의 영웅신화적 성격과 <서동요>의 의미, 『향가의 수사와 상상력』, 보고사, 2010.
최선경, 「안민가 창작 배경의 의미와 성격」, 『열상고전연구』 13, 열상고전연구회, 2000, pp.129~148.
崔聖鎬, 『新羅歌謠研究-背景과 思想을 중심으로』, 文賢閣, 1984.
崔鉛植, 「彌勒寺 創建의 歷史的 背景」, 『韓國史研究』 159(韓國史研究會, 2012), pp.1~35
최용수, 처용가와 처용의 정체, 『배달말』 19, 배달말학회, 1994; 『고전시가 깊이 읽기』, 문예원, 2015.
최의광, 「新羅 元聖王의 王位繼承과 國人」, 『韓國史學報』 37, 고려사학회, 2009, pp.63~103.
최재남, <처용가>의 성격」, 『한국고전시가작품론』 1, 집문당, 1992.
최정선, 「일본의 향가 연구 동향과 과제」, 『東아시아古代學』 41, 東아시아古代學會, 2016, pp.185~209.
최정인, 『현대인을 위한 알기 쉬운 불교교리』, 불교시대사, 2000
崔　喆, 『鄕歌의 본질과 시적 상상력』, 새문社, 1983.
최　철, 『향가의 문학적 연구』, 새문사, 1983.
최　철, 『향가의 문학적 해석』, 연세대학교 출판부, 1990.
崔鶴璇, 『鄕歌研究』, 宇宙, 1985.
최호석, 「경덕왕 설화 연구-三國遺事의 서술방식과 역사 인식을 중심으로」, 『韓國民俗學』 30, 民俗學會, 1998, p.258.
칼세이건・앤드루연 저, 홍동선 역, 『혜성』, 범양사, 1985.
편집부, 「鄕歌研究의 反省的 考察(綜合討論)」, 『慕山學報』 9, 동아인문학회, 1997, pp.281~315.

韓國佛教硏究院, 『新羅의 廢寺 I』, 一志社, 1974.
韓國佛教大辭典編纂委員會 編, 『韓國佛教大辭典』 1권, 5권, 寶蓮閣, 1982.
한국역사연구회, 『한국고대사산책』, 역사비평사, 2017.
韓圭哲, 「新羅와 渤海의 交涉과 對立」, 新羅文化祭 學術發表會 論文集 15 『新羅의 對外關係史 硏究』, 東國大學校 新羅文化硏究所, 1994, p.312 참조.
한규철, 「남북국의 성립과 전개과정」, 『한국사 3-고대사회에서 중세사회로 1』, 한길사, 1994, pp.231~281.
許文燮・李海山 編, 『古代歌謠 古代漢詩』, 民族出版社, 1988.
虛庵, 『불교에서의 죽음 이후, 중음세계와 육도윤회』, 예문서원, 2015.
허영순, 『우리 고대사회의 무속사상과 가요』, 세종출판사, 2007.
허왕욱, 「향가 <원가>에 대한 역사적 이해」, 『洌上古典硏究』 17, 열상고전연구회, 2003, pp.171~208.
허윤희, 미륵사지 백제의 비밀을 털어놓다, ≪조선일보≫ 2009년 2월 25일, p.A18.
허정주, 「한국 민족시학(Ethnopoetics) 정립을 위한 樣式史學的 시론-三句六名을 중심으로」, 『건지인문학』 13, 전북대학교 인문학연구소, 2015, pp.375~406.
賢松, 『정토불교의 역사와 사상-정토불교의 기원과 전개, 교리와 인물을 중심으로』, 운주사, 2014.
현송(남태순), 「淨土經典의 往生思想과 鄕歌에 나타난 彌勒信仰 연구」, 『淨土學 硏究』 12, 韓國淨土學會, 2009, pp.394~434.
현송, 『한국 고대 정토신앙 연구-삼국유사에 나타난 신라 정토신앙을 중심으로』, 운주사, 2013.
玄容駿, 「月明師 兜率歌 背景說話考」, 『韓國言語文學』 10, 韓國言語文學會, 1973, pp.87~106.
玄容駿, 「處容說話考」, 『국어국문학』 39・40호, 국어국문학회, 1968, pp.1~38.
玄容駿, 『巫俗神話와 文獻神話』, 집문당, 1992.
홍기문, 『향가해석』, 조선민주주의인민공화국, 1956; 大提閣(1991 영인).
洪起三, 「融天師 彗星歌 眞平王 代」, 『東洋學』 24, 檀國大學校 東洋學硏究所, 1994.
홍기삼, 『향가설화문학』, 민음사, 1997.
洪基元, 「痘瘡의 疫學 및 臨床」, 『대한의학협회지』 8권 3호, 대한의학협회, 1965, pp.29~33.
홍윤식, 「益山 彌勒寺 창건과 선화공주의 역사적 의미」, 『대발견 사리장엄, 彌勒寺의 再照明』, 마한백제문화연구소・백제학회, 2009, pp.22~35.
홍윤식, 『한국의 불교미술』, 대원정사, 1999.
홍익희, 『유대인 창의성의 비밀-베스트보다 유니크를 지향하라』, 행성B, 2013, pp.127~131.
洪在烋, 「處容郎 望海寺 說話의 校訂字辨正-處容郎 夫妻의 寬容, 不貞說 辨正을 爲한 註釋的考究」, 『女性問題硏究』 8, 효성여대 부설 한국여성문제연구소, 1979, pp.85~106.
황경숙・배성한, 「음양오행으로 본 처용무의 구성 원리」, 『움직임의 철학 : 한국체육철학회지』 17권 3호, 한국체육철학회, 2009, pp.199~211.
黃柄翊, 「三國遺事 二日竝現과 <도솔가>의 의미 고찰」, 『語文硏究』 115, 韓國語文敎育硏究會, 2002.9, pp.145~166.

황병익, 「혜성가의 쟁점과 의미 고찰」, 『한국시가연구』 17, 한국시가학회, 2005, pp.175~217.
황병익, 「三國遺事 水路夫人 條와 獻花歌의 意味 再論」, 『韓國詩歌硏究』 22, 韓國詩歌學會, 2007, pp.5~40.
황병익, 「삼국유사 죽지랑 조와 모죽지랑가의 의미 고찰」, 『어문연구』 135, 한국어문교육연구회, 2007, pp.187~216.
황병익, 「禱千手大悲歌의 재해석-'一等沙隱賜以古只內乎叱等邪'의 의미를 중심으로」, 『한국시가연구』 26, 한국시가학회, 2009, pp.215~242.
황병익, 「疫神의 정체와 신라 <처용가>의 의미 고찰」, 『정신문화연구』 123, 한국학중앙연구원, 2011, pp.127~152.
황병익, 「安民歌의 창작 배경과 의미 고찰」, 『정신문화연구』 128, 한국학중앙연구원, 2012, pp.194~201.
황병익, 「제망매가의 의미 재고찰」, 『어문론총』 61, 한국문학언어학회, 2014, pp.195~220.
황병익, 「효성왕 대의 정치현실과 원가의 의미 고찰」, 『한국시가문화연구』 33, 한국시가문화학회, 2014, pp.429~465.
황병익, 「산화 직심 좌주의 개념과 도솔가 관련설화의 의미 고찰」, 『한국시가문화연구』 35, 한국시가문화학회, 2015, pp.399~434.
황병익, 「삼국유사 광덕엄장 조와 원왕생가의 의미 고찰」, 『한국시가연구』 43, 한국시가학회, 2017, pp.183~219.
황병익, 「삼국유사 양지사석 조와 풍요의 의미 고찰」, 『한국시가문화연구』 39, 한국시가문화학회, 2017, pp.245~284.
황병익, 「역사와 문학 기반 향가 연구의 회고와 전망」, 『한국시가연구』 45, 한국시가학회, 2018, pp.115~174.
황병익, 「삼국유사 영재우적 조와 우적가의 의미 고찰」, 『한국시가문화연구』 43, 한국시가문화학회, 2019, pp.5~56.
황병익, 「삼국유사 경덕왕 충담사 조와 찬기파랑가의 의미 재고」, 『어문연구』 183, 한국어문교육연구회, 2019, pp.203~241.
황병익, 「삼국유사 무왕 조와 서동요의 의미 고찰」, 『고전문학연구』 57, 한국고전문학회, 2020, pp.5~55.
황선엽, 「향가에 나타나는 '遣'과 '古'에 대하여」, 『國語學』 39, 國語學會, 2002, pp.3~26.
황선엽, 「원왕생가의 해독에 대하여」, 『口訣硏究』 17, 구결학회, 2006, pp.187~219.
황순종, 『화랑 이야기』, 인문서원, 2017.
黃浿江, 「鄕歌硏究試論 I-處容歌硏究의 史的 反省과 一試考」, 『古典文學硏究』 2, 韓國古典文學硏究會, 1974, pp.11~148.
黃浿江, 「兜率歌 硏究」, 『新羅文化』 6, 東國大學校 新羅文化硏究所, 1989.
黃浿江, 信忠怨樹譚의 神話的 考察, 『韓國敍事文學硏究』, 단국대출판부, 1972.
黃浿江, 「鄕歌 硏究 70년의 回顧와 現況」, 『韓國學報』 9, 일지사, 1983, pp.193~224.
황패강, 『향가문학의 이론과 해석』, 일지사, 2001.

히로사치야 지음, 강기희 옮김, 『소승불교와 대승불교』, 민족사, 1991.
BBS 편성제작국, 『알기 쉬운 불교』, 불교방송 출판부, 1992.
James George Frazer, The magical control of rain, The Golden Bough-A Study in Magic and Religion, The Macmillan Company, 1963.
Ronald D. Gerste 저, 강희진 옮김, 『질병이 바꾼 세계의 역사』, 미래의 창, 2020.

* 원고 분량으로 인해, 위의 <참고문헌>에는 연구에 활용한 1차 자료만 모두 기록하고, 논저는 여러 곳에서 반복적으로 인용한 몇몇만 선별하여 열거하였다. 본문의 각주를 참고해 주시기 바라고, 선행 업적으로 연구에 도움을 주신 모든 분들께 깊이 감사드린다.

찾아보기

ㄱ

ㄴ

ㄷ

ㅇ

ㅈ

ㅊ

저자 황병익黃柄翊

경북 풍기에서 태어났다. 부산대에서 ≪고려속가의 연행 상황과 연행상의 변화 연구≫로 문학박사를 받았다. 현재 경성대학교 인문문화학부 교수로 재직하면서, <고전시가론>, <한국문학의 역사>, <고전문학 이야기 문화유산>, <한국인의 놀이문화> 등을 가르치고 있다. 고대시가 · 향가 · 고려가요 · 시조 장르를 집중 연구하고, 한국의 고전문학과 전통문화유산에서 대중문화콘텐츠를 발굴하는 일에 주목하고 있다. 단독저서로는 ≪고전시가 다시 읽기≫(2006), ≪고전시가 사랑을 노래하다≫(2010), ≪고전시가의 숲을 누비다≫(2015), ≪고전시가 시대를 노래하다≫(2016)가 있고, <황조가>, <도솔가>, <처용가>, <청산별곡>, <동동>, <한림별곡>, <도산십이곡> 등에 관한 학술 논문을 썼다.

신라향가 천년의 소망

초판 1쇄 인쇄 2020년 8월 5일
초판 1쇄 발행 2020년 8월 15일
지은이 황병익
펴낸이 이대현
편 집 권분옥
디자인 김주화
펴낸곳 도서출판 역락
서울시 서초구 동광로 46길 6-6 문창빌딩 2층
전화 02-3409-2058(영업부), 2060(편집부)
팩시밀리 02-3409-2059
이메일 youkrack@hanmail.net
홈페이지 http://www.youkrackbooks.com
등록 1999년 4월 19일 제303-2002-000014호
ISBN 979-11-6244-530-3 93810

* 책값은 표지에 있습니다.
* 파본은 교환해 드립니다.
* 이 도서의 국립중앙도서관 출판예정도서목록(CIP)은 서지정보유통지원시스템 홈페이지(http://seoji.nl.go.kr)와 국가자료종합목록 구축시스템(http://kolis-net.nl.go.kr)에서 이용하실 수 있습니다.
(CIP제어번호 : CIP2020032184)